重读中国文学史

先秦至唐宋部分

郭外岑　著

學苑出版社

图书在版编目（CIP）数据

重读中国文学史．先秦至唐宋部分/郭外岑著．—北京：学苑出版社，2008.7

ISBN 978－7－5077－3001－2

Ⅰ．重…　Ⅱ．郭…　Ⅲ．文学史—中国—先秦时代～宋代　Ⅳ．Ⅰ209

中国版本图书馆 CIP 数据核字（2008）第 095963 号

责任编辑：战葆红
出版发行：学苑出版社
社　　址：北京市丰台区南方庄 2 号院 1 号楼　100079
网　　址：www. book001. com
电子信箱：xueyuanyg@ sina. com
xueyuan@ public. bta. net. cn
销售电话：010－67674055、67675512、67678944
印 刷 厂：北京通州京华印刷制版厂
开本尺寸：787×1092　1/16
印　　张：47. 75
字　　数：900 千字
版　　次：2008 年 7 月北京第 1 版
印　　次：2008 年 7 月北京第 1 次印刷
印　　数：1—1000 册
定　　价：120. 00 元

目　录

意象文学卷
(上)

意象文学卷
(下)

绪　论

苏东坡有咏庐山诗云:“横看成岭侧成峰,远近高低各不同。不识庐山真面目,只缘身在此山中。”放眼中国文学发展演化的沟沟壑壑、侧岭横峰,我深感未能寻求更大参照系统去把握,因而造成“身在此山”不能一睹其“真面目”的遗憾,于是产生拉开一段距离、变换一个角度去观察的渴望。然而,仅仅就因为这样一个想法,却对中国文学有了意想不到的领悟、解读和发现,故而萌生了“重写”的冲动。这种冲动并非自今日始,早在写《意象文艺论》——后被一些学者称为“三阶段四层次”的文学史论时,即已成型,正是在这些宿旧和年轻同道者的不断鼓动下,终于不揣浅陋而贸然动笔了,写作中深感其中经历的艰苦。本书原拟称《中国文学三段史》,这似乎更醒目而且切合实际,但又考虑到其不同于一般文学史的特征,也有不必受一般文学史写作模式过多规范的原因,反复再三,遂以《重读中国文学史》名之。为了给这本像是文学史的东西提供一个阅读和理解的背景铺垫,有必要先介绍一下“三阶段”论。

一、人类文艺的三种基本历史形态

还是先从黑格尔说起。他在其《美学》中曾将人类艺术分为三种基本类型,即主要源于东方的象征型艺术,以希腊艺术为标志的古典型艺术及从宗教范围扩展到“骑士风”的浪漫型艺术。所谓“象征型艺术”,他称作人类“艺术的开始”,或“艺术前的艺术”;所谓“古典型艺术”,则是人类艺术的“理想表现形式”,或最“完美的理想艺术创造”;所谓“浪漫型艺术”,则是“艺术的终结”,并将为哲学所取代而让位于哲学。此即他所构拟的“美的理念”本身外化和发展的三个阶段。

他说:“第一种是象征型艺术。这里的理念还在摸索它的正确的艺术表达形式,因为理念本身还是抽象的、未定性的,所以不能由它本身产生一种适合的表现方式,而是要在它本身以外的自然界事物和人类事迹中去找它的表现方式。”但是,由于这种理念的表现往往只是一种“隐约暗示”,或把“尚未定性的普遍意义勉强纳入一个具体事物里”,所以“它所找到的形象不免有所缺损或歪曲”①。这即是造成古代象征型艺术形象怪诞离奇的根本原因所在。故在象征型艺术的形象和意义之间也只能是“一种抽象的协调”。今天,文化人类学告诉我们,由于史前时期原始先民们生产力水平的低下和认识能力的限制,他们不能用抽象概念去把握事物,也不能用抽象语言去表达思想,故其表述往往是一种具象性的“绘声绘影”的图画语言,因而才出现了黑格尔所说的意义和形象的“随意任性”地结合或“隐约暗示”,而“形象就不免有所缺损或歪曲”。但是,史前时期人们虽缺少抽象能力,却具有非常丰富和活跃的想象,他们“用想象和借助想象……把自然力加以形象

① [德]黑格尔著,朱光潜译.《美学》(2). 人民文学出版社,1959

化”,再加之根深蒂固的“万物有灵”观念的支配,把“人间力量采取非人间力量的形式”(皆马克思语)表现,因而造成形象的扭曲变形而显得怪诞离奇。然而就象征型艺术的一般特征而言,则“感性事物和形象,很少让人只就它本身来看,而更多地使人想起一种本来外在于它的内容意义”①。由于它的内容意义是被人为地勉强附加上去的,所以形象并不能明确清晰地显示感性事物,它们之间也就不存在内在必然联系,而总是呈现出某种神秘模糊色彩。而人们之所以能够理解它,则完全由于世代相传的古老习俗观念或曰“集体表象”,因而才被认为具有某种特定的象征内涵。亦即黑格尔所说“并没有译出来”的“精神密码”。然而,如果这个意义已经明确(个性化具体化)并被形象、明白地表现出来时,这就是“比喻”而非真正的象征了。黑格尔称之为“自觉的象征”,并说这是一种“虽清楚却肤浅的构思方式”,如比兴、寄托、寓言、童话等。由于它们本质上都是“喻”,故我们将其与象征并称作“喻象文艺”,或更全面些把内容和表达都包括进来,特称“象征性喻象文艺”。

关于第二种艺术类型,黑格尔说:“内容与形式的完全适合的统一就是第二种艺术类型即古典型的基础。”因为,“这外在的因素既然是内在整体本身的一个方面,就不再以单纯自然的客观事物的身份而存在,它已没有独立自主性,而只是精神的表现。在这种互相渗透之中,由精神转化成的自然形象和外在存在那一方面也因而直接获得它本身的意义,不再把这意义暗示为某种从物体现象割裂开来、与物体现象不同的东西了。这就是符合精神概念的精神与自然的同一”(《美学》(2)第163页)。也就是“把自然的化成理想的,使自己通过自然而且就在自然中表现出来”(《美学》(3)第163页).所以古典型艺术同象征型艺术有根本不同,这种艺术的意义和形象之间,或精神和物质之间,不再存在勉强附加的痕迹,物质不再压倒精神,而是物质和精神的统一体。因为,此时理念已找到它最适合的物质形式,并成为形式的“本身的意义”。具体来讲,这物质形式就是人体。他说:“这种形象在本质上就是人的形象,因为只有人的形象才能以感性方式把精神的东西表现出来。”并说:“肉体如果作为精神的实际存在而属于精神,精神也就是肉体的内在方面,所以这里的物质并不包含或暗示出另外一种意义”(《美学》(2)第165页)。因此:“形成艺术作品内容的全体精神是从肉体中显现出来的,完全和肉体统一起来的”(《美学》(2)第166页)。最典型的例子就是希腊雕塑。它与象征型艺术仅建立在某种“相似点”的“喻”的方式不同,与内容的神秘模糊因而造成形象的扭曲变形不同,它的形象和意义是直接地同一并现实地统一在一起的,因而并不需要人为地从外部给它附加什么,其本身即是一个独立自足的完满存在。因为它“把神们的性格个性化为完全具体的人类面貌,使古典理想中的拟人主义达到完备的程度”(《美学》(2)第236页)。就是说,希腊艺术是把神话给人性化、生活化、世俗化了,正如黑格尔引法国俗语所说:上帝按照自己的形象创造了人,但人也回敬了上帝,按照人的形象把上帝创造出来。更重要的是,“古典艺术的永恒力量还在于把一些普遍性的实体(理念)表现为实际的希腊人的生活和行动”,“人类的活动显得就是神们的事迹”;而且,“至于形式,古典艺术用的是人类的形状、

① [德]黑格尔著,朱光潜译.《美学》(2).北京:人民文学出版社,1959

事迹和情节”，并最终“走到对事件和动作的细节描绘”（《美学》（2）第241、219、249页）。不言而喻，西方历来叙事文学比较发达，注重对细节的提炼及个性描写，以创造具有深刻现实内容的人物典型，正是源于古典艺术的这种根本特征。故自赫拉克利特、柏拉图、亚里斯多德以来，他们都把艺术定义为“自然的摹仿”，或后来所说“生活的再现”。而且，由于创造典型是他们追求的终极目的，故我们特称其为“再现艺术”或“再现性典型艺术”。①。

至于“浪漫型艺术”，在黑格尔并非仅指十八九世纪的西方浪漫主义，也包括如中世纪艺术在内的其他艺术，所述内容比较庞杂含混，有的或可看作象征型艺术的延续（如中世纪），有的则是文艺转型期的艺术（如浪漫主义），实难统于一宗（详后），故能否称为一种独立的艺术类型还有疑问，且不论。

于是，黑格尔所说艺术类型便只剩两种，即“象征型”和“古典型”。前者是把某种抽象概念“拟物化”，后者则是“拟人化”。“拟物化”是在精神和物质之间“发见到某些类似点”，并加以牵合比附，其实物并不具有人的特质，我国《诗经》中所说“兴”即多此类；“拟人化”则是把物质自然人性化，并赋予物以人的特征，物本身便成为人的感性存在，如希腊雕塑②。那么，除此是否还存在第三种艺术类型呢？我们不能不把目光投向中国艺术。

中国文学发展至最辉煌时期的艺术形态，是以创造“意象”并进而追求“意境”为轴心的表现性艺术。它既不同于以“喻”为特征的古代象征型艺术，也不同于以“摹仿”为特征的古希腊典型艺术。这主要是指源自晋宋而高度成熟于唐宋的诗、词、书、画乃至园林建筑等。所谓“意象”，顾名思义乃是意和象的契合，因而也是心和物、情和景的同构对应。不过这种同一，却并非如希腊艺术是指创作对象本身精神和物质的同一，而是创作主体和客体之间的内在同一。具体地说，这是情和景的关系问题。正如王夫之所说：“情景虽有在心在物之别，而景生情，情生景，哀乐之触，荣悴之迎，互藏其宅”③。或如谢榛所说：“作诗本乎情景，孤不自成，两不相背……景乃诗之媒，情乃诗之胚，合而为诗”④。又如吴乔说：“夫诗以情为主，景为宾。景物无自生，惟情所化，情哀则景哀，情乐则景乐”⑤。况周颐则说：“盖写景与言情，非二事也，善言情者，但写景而情在其中”⑥。因此，在中国文艺中，写景即是言情，写物即是写我，是意象不分、情景不二的，写景遂成为言情的一种特殊手段。对此说得最为简赅而精辟的是宋代范晞文，他一言蔽之曰：“不以虚为虚，而以实为虚，化景物为情思”⑦，而这种情和景的关系，借用马克思的话说，就是自然的人化，或人的对象化。也适用黑格尔的一句话：自然的东西被心灵化了。总之，“化景物为情思”，即中国文艺的本质核心所在，故特称之为“意象文艺”，或“表现性意象文艺”。

---

① 按：有人曾称此为“摹象艺术”，似有将其肤浅化的倾向，故不取。
② 按：这是黑格尔的理解。
③ 郭绍虞等编.《薑斋诗话》(3).《中国古典文学理论批译专著选辑》. 人民文学出版社，1962
④ 郭绍虞等编.《四溟诗话》(3).《中国古典文学理论批译专著选辑》. 人民文学出版社，1962
⑤ 郭绍虞等编.《围炉诗话》(1).《中国古典文学理论批译专著选辑》. 人民文学出版社，1962
⑥ 郭绍虞等编.《蕙风词话》(2).《中国古典文学理论批译专著选辑》. 人民文学出版社，1962
⑦ 丁福保辑.《对床夜话·十六》.《历代诗话续编》(上). 中华书局，1983

我们并没有忘记兴起于十九世纪末，风靡于整个二十世纪的西方现代派艺术。它包括一大批以反传统为鲜明标志的文艺流派，当其一登上艺术的神圣宝殿，便彻底改变了西方文艺的流向，而令世人耳目一新。那么，它是否也是一种全新的艺术类型呢？回答是否定的。其实这是对古代象征艺术的回归，当然是在新时代条件下的螺旋式回归，而非简单地对原始艺术的模仿。下面从三个方面略作说明。

一是反理性走向神秘主义。西方哲学思想和文艺观念的转变，是以浪漫主义对个体主观性的强调为先声的，但他们迈出的这第一步无疑又是反理性的。浪漫主义的本义，就是指对文艺复兴以来，尤其是新古典主义所倡导的理性的一种反驳。他们深感理性对文艺创作的束缚，故特重视对主观心灵作用的发挥，而把情感和想象提高到创作的首要地位。因此，在他们的作品中对内心生活的描写，往往压倒对客观世界的理性观察，而传统创作所坚守的"再现"原则遂被抛弃。随后，尼采和柏格森首先为之提供了反理性的哲学批判武器，弗洛伊德和荣格又帮助发现了潜意识"原型"领域，而存在主义则提出"世界即荒诞，存在即虚无"的人生命题。西方现代派文艺就是在这种文化土壤的滋养和精神信仰的支撑下发展起来的。他们把世界看成"形而上的空洞无物"，所表现的是"人类在一个荒诞宇宙中的尴尬处境"，即在那"毫无意义的世界里毫无意义的存在"。正如布列东所说，这是一种"纯粹的精神的无意识活动"，是"在不受理性的任何控制，又没有任何美学或道德的成见时，思想的自由活动"（《什么是超现实主义》）。而创作动机的非理性和符号系统的神秘性，则正是原始象征艺术的两大基本特征。

二是反传统走向象征主义。所谓反传统，即否定传统艺术模仿或再现生活的本性。从浪漫主义开始，西方艺术愈来愈强调表现个人激情和对"人生命运之谜"的内心体验，故从根本上取消对现实世界进行模仿或复制。福内即曾宣布"艺术从此之后不再是复制品"，而格拉西安则说"艺术即持续不断的创造活动"，"艺术只要摹仿了自然的美，创造性就不复存在"（塔塔克维兹．《六个概念的历史》）。故强调主观心灵的神秘内省而否定对现实生活反映，又成为二十世纪现代派作家创作的基石。因为，他们无一不是丑的张扬者。从前期象征主义"将悲哀作夸耀"起，后期象征主义专写荒原美、表现主义专写怪诞美、超现实主义专写梦幻与现实交织的超现实美，到意识流小说的心理变态美、荒诞戏剧的荒诞美、黑色幽默小说的地狱美恐怖美等，他们无不在反传统"再现"的道路上愈走愈远，终代之以"怪诞"和"变形"。诗人雪莱说"诗使它触及的一切变形"①。莫亚雷斯说："客观只向艺术提供一个极端简明的起点，象征主义将以主观变形来构成它的作品"②。而"怪诞"又是"变形"的必然产物，这是现代派作家更为推尊的。故佩斯说："怪诞是象征性地使用夸张"，"是要揭示一个比我们在日常生活中所见的世界更深刻更紧张的世界"③。沃尔夫冈·凯泽尔则总结说："怪诞是异化的世界"④。总之，现代派艺术就是无意识梦幻世界或"异化世界"的符号象征，而这又是直接通向古代象征艺术的。

---

① ［英］锡德尼．钱学熙译．《为诗辩护》．人民文学出版社，1978

② 黄晋凯．《象征主义、意象派》．中国人民大学出版社，1989

③ ［德］沃尔夫冈·凯泽尔．曾忠禄，钟翔荔译．《美人和野兽》．华岳文艺出版社，1987

④ ［德］沃尔夫冈·凯泽尔．曾忠禄，钟翔荔译．《美人和野兽》．华岳文艺出版社，1987

三是反文明走向原始主义。伴随现代派艺术一道而来的，在西方还有一股走向原始艺术的强大社会思潮。自亨利·卢梭以来，人们愈来愈认识到现代文明带给人类的是世界荒芜、人性毁灭的巨大灾难，人类只有回复到一个更加自然纯真的社会状态中去，才能找回失落的自我而免遭祸患。故早在卢梭即提出“回归大自然”的口号。随着现代科学对人深层意识中种种隐蔽力量和潜能的认识，现代人对理性、科学、文明都产生了根本的怀疑和动摇。崇尚无意识梦幻和非理性神秘体验的现代派作家们，一般都对科学和文明是人类进步持怀疑否定态度，认为这恰恰是“科学和物质的失败”。而达达主义甚至痛恨“那被称为现代文明的一切表现形式——它的制度，它的逻辑，它的语言”，要将这一切都彻底破坏。他们深感传统造成的沉重负累和束缚，从史前洞穴壁画、原始部落民族、岛国居民和东方古代文明中，去寻找创作的启示和灵感，对记录着人类所谓“原初体验”的原始艺术进行再发掘。高更从巴黎来到布列塔尼，又遍涉南海各岛屿，即是出于对人类童年生活的渴望和向往；克立似乎更迷恋原始艺术中那稚拙童贞的野趣，并深为能体验一下原初的动物式冲动而欣喜若狂；马蒂斯则径直宣布“我的灵感常来自东方艺术”，因为东方艺术中那浓厚的巫文化神秘内涵常激发他不竭的才思；毕加索则走向广袤的黑非洲，因为黑人艺术中那怪异稚拙的“几何图形”，为他提供取之不尽的创作灵感；“垮掉的一代”则要摆脱一切文明束缚，希望回归到那未开化的时代去做“神圣的野蛮人”。总之，在他们看来，愈是原始质朴的艺术包含的人类情感才愈有普遍性，因为它们不含任何文化偏见，未曾受到过现代文明的污染。

前苏联学者叶·莫·梅列金斯基就曾将这种文学现象称作“神话的诗学”或“神话化的诗学”，并认为它是“二十世纪文学领域所出现的神话‘复兴’”[①]。这确是西方文艺复兴以后的又一次“复兴”，不过它的对象已不是希腊、罗马，而是古代象征艺术了。当然这也不是文艺的简单回归，而是以现代哲学和科学为先导的更高层次上的回归。

二、三种文艺源于三种思维方式

人们不禁会问：人类艺术的历史为何只出现这三种基本的类型呢？回答是它源于人类的三种基本思维方式。恩格斯曾说：“每一民族的民族性秘密不在于那个民族的服装与烹调，而在于（他们）理解事物的方式”。推而广之，则各种艺术类型发生的内在动因，同样也不在其生活习俗等外在方面，而是和每个社会发展到一定历史阶段，人们理解和认识事物的基本思维方式密切相关。

在史前时期，原始人类的思维究竟是一种什么状况呢？英国著名人类学家詹·乔·弗雷泽在其巨著《金枝》中，曾提出“交感巫术”的理论加以说明。他指出，在原始人群（氏族、部落、部落联盟）中普遍存在巫术活动，这可分两大类：一是根据“同类相生”或“果必同因”原则建立的，可称作“顺势巫术”或“模拟巫术”。另一类是根据“凡互相接触过的事物在其中断接触后仍会远距离相互作用”原则建立的，可称作“接触巫术”。前者所依据的是事物的“相似律”，后者所依据的是事物的“接触律”（或“触染律”）。但不论

---

① ［苏］叶·莫·梅列金斯基．魏庆征译．《神话的诗学》前言．商务印书馆，1990

前者或后者，它们都是以“相似性联想”为基本思维模式的。他写道：

> “顺势巫术”是根据对“相似”的联想而建立的；而“接触巫术”则是根据对“接触”的联想而建立的。……但是在实践中这两种巫术经常是合在一起进行的。或者更确切地说，顺势或模仿巫术可以自己进行下去，而接触巫术，我们常发现它需要同时运用顺势或模拟原则才能进行。①

他举例说，在许多原始部族中如果有人想要致死某人，他们首先就要收集那人身上掉下的东西，如指甲、头发、眉毛、唾液等，然后用蜂蜡之类的东西将其粘在一起做成那人的塑像，再放在火上烧烤，他们就相信这会伤害甚至致死那人。再如，许多部族为了求得丰产，总是让孕妇或多子女的母亲去播种。如奥里诺科印第安人，常让他们的女人怀抱婴儿、头顶烈日去地里播种；而巴干达人则相信一个不孕的妻子，会由于缺乏生殖力而影响果树结果，故绝不能让其走进果园，甚至还会因此而遭致遗弃。不言而喻，这种巫术显然结合了‘顺势巫术’的原则。并且，即使被称作消极巫术的“禁忌”，也同样如此。他说：“事实上全部或绝大部分”禁忌，也“仅是交感巫术的相似律与接触律这两大原则的特殊应用”，或者说“禁忌是来源于相似律的”（《金枝》第 33 页）。因此可以断言，“相似性联想”当是原始先民最基本的思维方式，而且在进入文明社会后也沿用了很长时间。

既然“相似联想”是原始先民的普遍思维方式，那么他们的语言表达也就常常离不开类比或譬喻。故卢卡契说：“在初始的原本的日常思维（按即原始思维）中，对客观现实直接反映进行连接和转化的基本的主导形式中，最重要的一种方式是类比”。即“它把自己和其它事物相对比，而不是相结合”②。列维·斯特劳斯也认为，原始人的“逻辑系统同时在几个轴上发挥作用”，“二者之间的联系不是因果性的，而是譬喻性的”③。比如，“他们不能抽象地表现硬的、软的、热的、冷的、长的、短的”等，于是“为了表示‘硬的’，他们就说：像石头一样；表示‘长的’就说像大腿；‘圆的’就说像月亮，像球一样，如此等等”。而且，他们也“没有名称来表示颜色，颜色永远是按下面的方式来指出的：把谈到的这个东西与另一个东西比较……例如他们说：这东西看起来像乌鸦，或者有乌鸦的颜色，久而久之，名词就单独作形容词来用”④。因此，在原始人类稚拙的思维尚不足以抽象地把握事物特征时，他们只能采用将此物与彼物加以比拟的方式来说明，而原始人的语言也就始终离不开拟喻性具象特征。鲁蒙霍尔茨曾指出：在原始人中存在着“一种想要看出事物之间的相似的强烈倾向，而我们叫做不同类现象的那种东西，则被他们看作是同一的东西”⑤。比如蝴蝶和鸟，本是不同的东西，但由于它们都会飞，所以称作蝴蝶鸟；太阳也一样被称为“金乌”。这大概即黑格尔所说“发现到的某些类似点”吧。所以，恩斯特·卡西

① [英]詹·乔·弗雷泽著．徐育新等译．《金枝》．中国民间文艺出版社，1987

② [匈]卢卡契．《审美特性》(1)．中国社科出版社，1986

③ [法]列维·斯特劳斯．李幼蒸译．《野性的思维》．商务印书馆，1987

④ [法]列维·布留尔．丁由译．《原始思维》．商务印书馆，1981

⑤ [法]列维·布留尔．丁由译．《原始思维》．商务印书馆，1981

尔在谈到原始语言和神话的关系时才说:“神话和语言受着相同的,至少是相似的演化规律的制约……这就是可称作隐喻式的那种形式”。并说“语言和神话的理智连接点是隐喻”,因为语言“以其原就是隐喻思维的本性生出神话,并且是神话的永恒源泉”①。总之,似乎可以这样结论:原始人的巫术性“相似联想”,决定着他们的思维是一种“隐喻式思维”,而隐喻思维又造成语言表达的拟喻性特征,从而赋予原始神话和艺术以象征内涵。

应该指出的是,这种思维方式在我国古籍中亦可找到其存在的蛛丝马迹,那就是人们常说的“类”这个概念。如《周易·系辞下》讲伏羲制作八卦说:“近取诸身,远取诸物,于是始作八卦,以道神明之德,以类万物之情”。此外,《荀子·非相》有“以人度人,以情度情,以类度类”之说;《淮南子·要略》有“其形骸九窍取象与天合同,其四气与雷霆风雨比类”之附会。而儒学大师董仲舒,则用这个“类”建构起他的“天人感应”学说,如“天亦有喜怒之气、哀乐之心与人相副。以类合之,天人一也。”;“此人之所以上类天也”②。又如司马迁说:“作辞以讽练,连类以争议,《离骚》有之”③。王逸说:“《离骚》之文,依诗取兴,引类譬喻”④。刘勰说:“观夫兴之托喻,婉而成章,称名也小,取类也大”⑤。毫无疑问,他们所说“类”,正是“相似联想”那种古老的思维方式。而要真正解开缠夹了二千多年的“比兴”这个谜团,也许从原始思维的研究入手,才能带来新的曙光。

在原始人的观念中,人和自然界的其他生物是混同为一的。动植物和人,甚至非生物和人都没有严格区分和明确界限。它们被认为同人一样也有灵魂和生命,所以高兴时可造福于人,不高兴时又会危害人。为了制服或控制它们,原始人才错误地主观幻想地发明了巫术和禁咒,而且巫术活动是渗透于他们生活的一切方面的。但是这种人和自然的合一,却并非真正的同一或统一,而是丧失掉主体自觉的一种蒙昧混同,即把人降低为物,降低为自然的一部分而被动存在着。如列宁曾深刻地指出的:“在人面前是自然现象之网。本能的人即野蛮人没有把自己同自然界区分开来,自觉的人则区分开来了”⑥。因此,当社会的群体智慧发展到人能自觉地把自己同自然区分开来时,人也就从匍匐着的大地上真正站立起来,而希腊人正是这样一个富于智慧和勇气的民族。大约是在公元前六七世纪时,希腊的“智者”们却能幡然醒悟,终于从巫术神话思维的谬误中摆脱出来,给人类带来智慧之光。至公元前四五世纪,希腊文明已进入其鼎盛期,哲学、天文学、逻辑学、几何学等都蓬勃发展起来,并取得辉煌成就,最终成为西方文化的基石。而一种新的思维方式亦随之诞生,概言之,这是一种以知识、理性、逻辑为三大特征的思维观。

这种思维观不同于原始巫术的先验性,首先重视的是感性经验知识,这是由感官的直接观察或对事物作准确量度和测定而得来的。由此获得的知识也不同于原始思维的

① [德]恩斯特·卡西尔.于晓译.《语言和神话》.三联书店,1988

② 董仲舒.《春秋繁露·阴阳义》.上海古籍出版社,1989

③ 《史记·太史公自序》.百衲本二十四史《史记》卷一百三十

④ 王逸.《离骚经序》.《四部丛刊》影明翻宋本《楚辞》卷一

⑤ 范文澜.《文心雕龙注》.人民文学出版社,1962

⑥ 列宁.《哲学笔记》.人民出版社,1960

“集体表象”，因为“集体表象”是世代相传下来的不需验证的先验观念，而知识则是个体直接感知的结果，故有极大的可实证性。因此，凡是能够量度并实证的东西才被认为是有用的知识，否则便是荒谬虚妄，而虚妄荒谬在理性法庭上是没有立足之地的。故一切由实践得来的知识，又必须经过理性的检验甄别，通过各种科学手段证实或证伪。就是说他们既重视人的感性能力，更重视人的理性能力。因为，虽然感性和理性都能把握、认识并解释世界，但前者提供给人们的还只是感性知识，而后者才能揭示事物的内在本质。但不论感性或理性又都必须服从逻辑，即事物的内在因果关系，因为只有逻辑才是证实或证伪的最有效的手段。如果把事物运动的因果联系概括提高，上升为普遍有效的理性认识，就最终获得了真理，为改造客观世界提供可靠的理论依据。由此可知，这种思维方式的突出特点，就是把主体和客体、人和物分割开来，以至对立起来，使主体获得最大的独立自主性，并彻底摆脱人对自然的屈从和依赖。而主体对客体的掌握，则纯粹出于控制、占有、改造和利用，以达到为人类造福的目的。自然也就成为人的对立物，是人类为生存而不断索取的对象，人和自然的关系归根到底只是认识和被认识、控制和被控制、改造和被改造的实践占有关系。

正是基于这种思维方式，不仅哲学和一切科学都是人类掌握改造客观世界的有效手段，而且一切文学和艺术创作也被纳入这种认识手段之中。因此在西方人看来，文艺和科学在认识并揭示现实的本质真实上并无根本不同，区别仅仅在于表达的方式或手段。正如别林斯基所说：“哲学家用三段论法，诗人则用形象和图画说话，然而他们所说的都是同一件事。……一个是证明，另一个是显示，可是他们都是说服，所不同的只是一个用逻辑结论，另一个用图画而已”①。而且，他们有时甚至认为，艺术真实较之科学真实还更高更具普遍性。如亚里斯多德即说：“诗所描述的事带有普遍性，历史则叙述个别的事”②。因此在西方世界，文艺也就同科学一样被纳入人类“求知”的范围，成为反映现实生活的特殊手段，而这正是希腊人“艺术摹仿自然”说产生的基本根源。亦如亚里士多德所说：“我们看到那些图像所以感到快感，就因为我们一面在看，一面在求知，断定每一事物是某一事物”③。既然都是求知，文艺和科学便没有什么本质不同。这就是统治西方文艺达数千年之久的基本创作观念，直到十九世纪的理论家才将其完善化为“再现生活”，并过分强调文艺的形象特征，而有所谓“把思想化为形象”、“用形象来思维”之说。

与希腊人差不多同时，在公元前六世纪中叶，中国人的理性精神也开始活跃起来，至春秋战国时期达到高潮，同样出现了一个百家争鸣的热闹争议局面。一大批哲学家，如老聃、孔丘、墨翟等，都作为学派创始人或主干而活跃于文化学术论坛。他们著书立说、争议论辩、互相诘难，进行自由讨论和理性批判。在哲学上讨论的主要问题则集中在天人关系，即人和自然的问题上。就各家的具体主张而言虽不尽相同，甚至有过尖锐的对立，但除荀子主张“制天命而用之”的天人相分外，认为人和自然应存在整体和谐或对应，则是完全一致的。如前述，希腊哲人的伟绩在于首先打破巫术性人对物的被动屈从，并

---

① 辛未艾译.［俄］《别林斯基选集》(2). 人民文学出版社，1959

② 亚里斯多德.《诗学》(9). 人民文学出版社，1962

③ 亚里斯多德.《诗学》(9). 人民文学出版社，1962

把人作为自觉意识着的主体从自然中独立出来，从而大大发展了人的理性科学精神。而我国先秦的哲人们，在对人和自然的这种蒙昧统一作哲学审视时，却不是从根本上打破人和自然的统一，而是靠理性思辨从中悟觉并升华出“天人合一”思想，同西方哲人走的显然不是同一条道，这种思想主要可分儒道两派。

儒家学者似乎从原始思维中继承了更多东西，故主要是从自然中发现与人对应的某种理想人格，把人格精神拟物化，对自然的欣赏变成对自我人格的欣赏。如孔子所说：“智者乐水，仁者乐山。智者动，仁者静；智者乐，仁者寿”①。“岁寒，然后知松柏之后凋也”②。“为政以德，譬如北辰，居其所而众星拱之”③等。凡山水、松柏、星辰，都成为人的道德精神的物化形态，是人的某种节操品格的象征。又如列为儒家六经之首的《周易》，其贯穿始终的一个中心思想即“天人同德”，是在天和人之间找到某种道德上的契合点，然后把天人关系拟喻化，以说明天人之间存在某种相似相通，故天有什么德行则人亦应遵循。如说：“夫大人者，与天地合其德，与日月合其明，与四时合其序，与鬼神合其吉凶，先天而天弗违，后天而奉天时”④。“天尊地卑，乾坤定矣；卑高以陈，贵贱位矣；动静有常，刚柔断矣”⑤等。在这方面，董仲舒的“天人感应”说则表现得更加露骨，以至把天和人强加比附，说明天人之间先验地存在某种神秘对应，并且这个天已是能够赏善罚恶的有意志的天了。总之，窃以为儒家天人观基本上还未蜕尽原始人类巫术性“相似联想”的思维方式，正所谓“所以象德也”⑥。反映在文艺上即孔子所说“比德”，康德所说“道德的象征”。无疑，这又是两汉以前我国文艺基本属于喻象文艺的原因所在。

能够沟通这种在现实生活中似乎不可逾越的物我距离的，最具关键意义的就是老子哲学提出的“道”。据他的说明，这个“道”既是万物之根（故说“有生于无”），它不仅生成万物，而且生成天地（所谓“天得一以清，地得一以宁”），“是谓天地之根”，可知天地万物皆同出一源。但“道”又不是君临万物之上，并创造万物的有意志的人格神，而是万物存在的本体，生命发生的本原（故说“万物得一以生”）。故“道”又普遍地存在万物之中。天人，物我，既然同体又同根，即先天地存在内在同一性，那么“物我一体”“心物同一”也就成为现实的可能。其实，道家所追求的最高人生境界不就是这样一种“见素抱朴，少私寡欲”、“塞其兑，闭其门，挫其锐，解其纷，和其光，同其尘，是谓玄同”⑦，即回归道体、无私无欲、物我两泯、心物同一的精神绝对自由境界吗？这才是中国人特有的真正“天人合一”观。不过老子说得过于玄虚，属纯思辩的哲学阐释，不免充满神秘感；而庄周则将其具体化，以充满审美体验的感性经验作直观描述。他一方面说：“天地与我并生，万物与

① 阮元刻．《论语·雍也》．《十三经注疏》本《论语注疏》．中华书局，1983
② 阮元刻．《论语·子罕》．《十三经注疏》本《论语注疏》．中华书局，1983
③ 阮元刻．《论语·为政》．《十三经注疏》本《论语注疏》．中华书局，1983
④ 阮元校刻．《易·乾卦》．《十三经注疏》．中华书局，1983
⑤ 阮元校刻．《易·系辞上》．《十三经注疏》．中华书局，1983
⑥ 阮元校刻．《十三经注疏》本《礼记正义》．中华书局，1983
⑦ 任继愈．《老子新译》．《老子》(56)．上海古籍出版社，1987

我为一”①、“其生也天行，其死也物化”②，另一方面则提出了达致这种境界的具体方法，那就是由“心斋”、“坐忘”、“物化”组成的三阶段静心修养论。

何谓“心斋”？他说：“若一志，无听之以耳，而听之以心；无听之以心，而听之以气。听止于耳，心止于符，气也者虚而待物者也。唯道集虚，虚者心斋也”③。经过这样一番静心修养，于是达到“堕肢体，黜聪明，离形去知，同于大通（道），此谓坐忘”④。最后达到这样一种精神境界，即“不知所以生，不知所以死，不知就先，不知就后，若为物化”（《庄子·大宗师》）而进入物化境界，个体即能超越死生，绝智去虑、无知无识而与万物为一，与道一体。这时听到的是无声的“天乐”，看到的是无形的“大象”，体悟到的是无言的“大美”。因为“美”，在庄子看来正是主体心灵获得绝对自由而进入永恒无限的一种人生境界，是对生命律动和大千运化的一种纯真体验。如果破坏了物和我，心灵和自然的契合同一，失却主体既对内又对外的超越，而缠夹于私念利欲之中，也就失去了真正的美。故他说：“夫虚静恬淡，寂寞无为者，万物之本也……静而圣，动而王，无为而尊，素朴而天下莫能与之争美”⑤。又说：“无不忘也，无不有也，澹然无极而众美从之。此天地之道，圣人之德也”⑥。最高的美即是“道”，故要体道、悟道，而与道为一体。然唯“澹然无极”者才能见道，故说“素朴而天下莫能与之争美”。又“道者万物之本根”也，人只有回到“道”即自已的自然本性，才能“无不忘”而“无不有”，即超越一切又占有一切，故说“众美从之”。所以，在中国人的艺术观中，“美”的创造是既不离物而又超于物的，是既不灭人而又超于人的。不离物又超于物，是说它既根源于现实，但又并非对事物作如实再现，而是力求把握人和天的同构契合，故是一种“不似之似”或“离形得似”。不灭人又超于人，是说它既是主体自觉的创造，但又并非全靠人力所能为，故又讲“天机自启”、“天籁自鸣”，在兴到神往时“妙手偶得之”。由此可知，中国文艺特重视灵感，重视顿悟，重视“再现”真实之外的“意似”——心理感受的真实，情感体验的真实。显然，这是大不同于原始思维的“相似联想”，也大不同于西方人的“再现”思维观的。

三、世界文艺大背景中的中国文学

文艺是一个广义的概念，文学是其基本样式之一（亦称语言艺术），它还包括其他形式，如绘画、雕刻、戏剧、电影、音乐、舞蹈、建筑、工艺美术等。

在西方，文学这个词——literatura 有广义和狭义之分。广义的文学是指用语言文字记录下来的具有社会意义的人的思维的一切作品；狭义的文学即指语言艺术。作为专指语言艺术的文学这个术语，直到近代才被广泛使用。在中国，文学兼有“文章”和“博学”两重意义，故将文学、哲学、历史等都囊括在“文学”之中。直到 20 世纪初，才广泛使用

---

① 《庄子·齐物论》.《四部丛刊》影明世德堂本
② 《庄子·天道》.《四部丛刊》影明世德堂本
③ 《庄子·人间世》.《四部丛刊》影明世德堂本
④ 《庄子·大宗师》.《四部丛刊》影明世德堂本
⑤ 《庄子·天道》.《四部丛刊》影明世德堂本
⑥ 《庄子·刻意》.《四部丛刊》影明世德堂本

“文学”一词作为专指语言艺术的术语。

若将中国文学置于世界文艺的大背景中来观察，则我们会发现其发展演变大致可分三个阶段：两汉以前基本是喻象文学时期，晋宋至宋元则是意象文学时期，而自中晚唐尤其宋元以后，则进入以小说戏曲为主流的再现文学时期。不言而喻，两汉以前文学仍属东方象征文艺传统，而宋元以后文学，则同西方再现文学存在本质的一致性，尽管它们都各自带有自己民族的鲜明个性。至于晋宋至宋元的意象文学，那才是其他民族所无而为中华民族所独具。

喻象文艺期的文学　史前时期的中国文艺，尽管带有鲜明的自己民族的特色，但在以下两点，即把某种抽象观念“拟物化”和思维方式的“相似联想”上，无疑同古代象征型文艺是基本相同的。由于其所选取的形象同样不能完全表达其抽象内涵，故形象也就只成为一种隐喻符号或神秘代码。而且，由于形象和意义之间存在的不谐调、不相称及难以克服的内在矛盾，故又造成形象本身的怪诞离奇以至变形扭曲。例如曾被闻一多称为“龙是我们立国的象征”《伏羲考》的龙图腾，以及史前神话、彩陶纹饰，青铜饕珍等，即都是这样。尤其是中国神话和埃及神话中的人兽同体神，虽然前者多为人面兽身，后者多为兽面人身，但由于都是“人间力量采取非人间力量的形式”的象征，故存在更多的相似性。相较而言，则和希腊神话有明显不同，譬如神话发展到后来都被历史化了，但希腊神话主要是世俗生活化的结果，故拟造出的是人性化的“神系”；中国神话则是社会人伦关系的演绎，故拟造的是传说中的三皇五帝——“帝系”。而这种对神话材料的人伦化处理，又直接导致了我国先秦“比德”文艺观的盛行。

如果说原始文艺的象征出于集体无意识积淀，那么我国先秦文艺的拟喻性则是理性自觉的产物，于是文学也被纳入自觉理性的控制之下，造成以政教伦理为旨归的文学观的盛行。如《诗经》中的比兴，《离骚》中香草美人式象征，诸子散文中极富哲理性的寓言，“比体云构”的汉赋等。《诗经》可看作我国喻象文学的典型形态：如《周南·关雎》，毛传曰：“兴也。关关，和声也。雎鸠，五雎也，鸟挚而有别。……后妃说乐君子之德，无不和谐，又不淫其色，慎固幽深，若关雎之有别焉”。又《邶风·旄丘》传曰：“兴也。前高后下曰旄丘。诸侯以国相连属，忧患相及，如葛之蔓延相连及也”。由此可知，在所谓“兴”诗中，其所喻和被喻之中介联系正是黑格尔所说“发见到的某些类似点”，如前诗即为“挚而有别”，故可引申牵合以喻后妃之德；后诗则为“蔓延相连及”，故可引申牵合以喻“侯国之忧患相及”。不过这种“类似点”的联想发现，却不免带有极端个体经验的性质，故刘勰说“明而未融，故发注而后见”①、黄侃说“自非受之师说，焉得以意推寻”②，故历来“兴”义歧解，“言人人殊”。当然“兴”更深层的内涵，恐怕还是已被遗失的远古巫术宗教内涵，如图腾崇拜、生殖崇拜、动植物崇拜等。如闻一多就认为《诗》中以鸟起兴者，即源于图腾崇拜，并说：“假鸟为喻，但为一种修辞术；自视为鸟，则图腾意识之残余。历时愈久，图腾意识愈淡，而修辞意味愈浓”③，所以后人也就不知其本义了。郭沫若则认为鸟（凤）是生殖

---

① 范文澜.《文心雕龙注·比兴》. 人民文学出版社，1962

② 黄侃.《文心雕龙札记》. 中华书局，1963

③ 《诗经通义·周南》.《闻一多全集》. 三联书店，1948

器的象征,故“鸟直到现在都是生殖器的别名,卵是睾丸的别名”①。至于鱼,闻一多《说鱼》一文则认为是“匹偶或情侣的隐喻”,其象征意义则根源于鱼的“蕃殖能力”。总之,它们都与生殖崇拜有关。再如屈原《离骚》,王逸曾称其“依《诗》取兴,引类譬喻”,并认为其中大量香草美人、恶禽臭物等,都是比喻君子或小人的。因此在这类作品中,自然或超自然物便都与人的道德价值观念密切相联,从而形成一种习惯性喻象。其实它们也是基于“某种相似点”上的“拟物化”,本来人和物之间并无任何相通之处,只是当其被强加上某种道德内涵时,物便成为一种人的特定喻指了。屈原作品更深层的内涵,亦应追溯到盛行并保留于荆楚之间的远古巫术神话观念,这突出表现在:天和地的相通,人和神的相通,物和我的相通等。故才有那种超越时空限制的“高翥远举”,才有那种泯灭阴阳界限的人神对话,以及“九死未悔”、上天下地的不断求索,而完全沉浸于一种神奇变幻的巫术神话世界之中。不过这已非单纯的“依诗取兴”,而是超人间的神话式象征了。

我国喻象文学的另一类型,即所谓“兴寄”之作。其不同于比兴或象征之处在于,它不是把外加于事物的某种属性附会到道德观念上去,使抽象观念拟物化。而是在历史或超现实人物身上,发现与现实生活的某些“类似点”,从而与之认同并借以抒发自己的思想感情。如被钟嵘称为“言在耳目之内,情寄八荒之表”②的阮籍《咏怀》,被沈德潜称为“咏古人而己之性情俱见”③的左思《咏史》,以及钟嵘认为“乃是坎禀咏怀,非列仙之趣也”④的郭璞《游仙》等。它们或曰“寄”,或曰“托”,其实质则均不离乎“喻”,可看作我国喻象文学发展的余脉。

意象文艺期的文学 沈德潜曾说:“诗至于宋,性情渐隐,声色大开,诗运转关也。康乐神工默运,明远廉俊无前,允称二妙”⑤。晋宋之际,我国文学确实发生了一次历史性的转折,那就是以景(声色大开)言情(性情渐隐)取代“直抒胸臆”的作品而崛起。究其转变之内在动因,则是长期动乱的社会引起传统儒学的衰微,以及以老庄思想为主干的魏晋玄学的兴起,从而以崭新理论和思辨力终于取代儒学的一统地位,成为影响几乎波及全社会的主导思想。而其玄远思辨之风的日渐盛行,其山林隐逸之举的风靡流荡,又极大地改变着人们的思想方法和思维模式,以及生活方式、生存状态。尤其重自然而黜名教之论的深入人心,一方面导致个体人性的觉醒和人格高扬,因而形成重个体、重精神、重才情、重特行的社会风气;另一方面又使人们终于发现了大自然、走向大自然,从而有了对山水自然的倾心热爱,有了感受山水自然的精神气质,并形成对山水自然审美意识的觉醒。于是自然和人生、心和物、主体和客体之间便建立起一种新型关系,一种崭新的文学也就诞生了。刘勰《文心雕龙·明诗》曾这样描述道:“宋初文咏,体有因革,庄老告退,而山水方滋。俪采百字之偶,争价一句之奇,情必极貌以写物,辞必穷力而追新,此近世之所竞也”。又《物色》篇说:“自近代以来,文贵形似,窥情景之上,钻貌草木之中,吟咏

① 郭沫若.《郭沫若全集·历史编》(1).人民出版社,1982
② 陈延杰.《诗品注》.《诗品》(卷上).人民文学出版社,1958
③ 沈德潜.《古诗源》(7).中华书局,1984
④ 《诗品》(卷中).中华书局,1984
⑤ 《说诗晬语》.《清诗话》(下).上海古籍出版社,1978

所发，志惟深远，体物为妙，功在密附”。至于以山水代替玄言，将直抒转换为“形似”，那还是表面的或形式的，最重要的则是“情必极貌以写物”或“窥情风景之上”崭新创新作原则的提出。本来情在主体又何言“窥情风景之上”呢？因为这已是客观对象化、或外在物化了的情（他曾说过“登山则情满于山，观海则意溢于海”），故并非一般所说情。又主观情感本可直陈，又何言“情必极貌以写物”呢？因这物已是被“意化”即主观心灵化的物，故状景即是达情，写物即是写我，其所捕捉表达的正是景物瞬间触发的某种情思、意绪或心境，即所谓“感兴”“兴会”。前面曾提到范晞文所说“化景物为情思”者即此。

我国意象文学的演化进程，大致可分为前后两期，即六朝“意象”期和唐宋“意境”期。但理论上由意象论到意境论的完成，则又经过一个中间过渡阶段，这是指盛唐“兴象”说和中晚唐“境界”说的提出。至于它们之间的关系，则是一种理论不断深化和概念不断完善的过程。

六朝文学最引人注目的成就，即表现为“诗人秀句”的创造。这既是其迥然有别于《诗》、《骚》而令人耳目一新的独特创造，但也招来“有句无篇”之讥评。刘勰曾将其概括为“隐秀”一词以明之。所谓“隐”，是就其含蓄隽永的内涵说的；所谓“秀”，则是指独拔警策之秀句。故二者非一亦非二，不即亦不离，而所谓“意象”即指兼具此二义之秀句。但是，六朝诗的“意象”又是有缺陷的，若就其单个意象即“诗人秀句”而言，固然是十分杰出的，然秀句和秀句之间却缺少内在有机的必然联系。正如宋人方回批评大谢诗所说：“其诗似才得一句，便拿捉一句为联者，所以无自然真味”①。如名句“白云抱幽石，绿筱媚清涟”、“露湿寒塘草，月映清淮流”等，就并非全出于结构本身的不可移易性，故是可以拆卸开来重新组装的。我国诗歌只有发展至唐代，才进入其高度成熟的黄金期。这首先表现在由浅层结构上的对偶排列，向整体浑融的意境的过渡完成。诗歌从此不再以单个的“秀句”取胜，而是创造一种完满自足且通体融贯的有机结构整体，虽然其中亦不乏脍炙人口的秀句。吴乔曾说：“盛唐诗亦甚高，变汉魏之古体为唐体，而能复其高雅；变六朝之绮丽为浑成，而能复其挺秀。艺至此亦尚矣”②。其与六朝诗之不同即在意境浑然天成且又不失其“挺秀”，故终能消弭尽琐屑饾饤的人工之巧，而成就文学史上之一代高峰。至于在情和景的关系或结构处理上，唐人又有哪些表现形式呢？大概而言，一是王孟诗派的抒情方式，他们纯粹用景物言情，写的是情感化的景物，可称作“化景为情”的抒情模式；二是以杜甫为代表的一般唐人抒情方式，或先景后情，或先情后景，或情联和景联夹杂，可称作“情景互根互生”的抒情模式；三是以李商隐为标志的中晚唐抒情方式。如果说盛唐诗歌是以写瞬间触发的“显意识”为主，那么自中唐以后诗歌创作则逐渐向心灵深层，乃至潜意识或隐意识领域开掘，以至造成那种在文字和语法层面不可解和在心灵层面却可解的现象，可称作“情景结构的心灵场”。它将宣告一个诗歌时代即整齐的五七言时代的结束，而迎来另一个时代即更适于表达深层情感的“曲子词”时代的到来。

在诗和词的区分上，人们常说，“诗直词婉”、“诗庄词媚”，但在阐释的过程中，却不免

① 王大鹏等编 .《瀛奎律髓》(8).《中国历代诗话选》. 岳麓书社，1985

② 吴乔 .《围炉诗话》. 文物出版社，1992

将其曲解化了。词为什么不同于诗又能取代诗？换句话说，人们为什么要抛弃整齐的五七言诗而选取参差不齐的民间“曲子词”这一形式？根本原因并不在新鲜好奇，而是由于抒写婉曲隐秘的感情这一内在动因决定的。因此，李清照那么强调词“别是一家”而要同诗划界，其原因就在“婉”，这包括相互联系的三方面内容：一是词在内容上的心理历程化，二是抒写方式的隐在情节化，三是由内容所决定的长短不齐的形式。这是词的“本色”，也应该是其主流，因为失去了“婉约”的特征，词也就不复存在了。然而在其萌生、发展和演化的过程中，由于中国文人的深厚文化根底往往来自传统的诗文辞赋，故以诗改造词或赋改造词，即把写诗文辞赋的方法纳入词中，便成为驾轻就熟的必然之路。于是词又分为三类：即曲化词，即吸收民间“曲子”养分而发展起来的词；诗化词，即将诗法融入词法写的词；赋（文）化词，即将写赋（文）方法融入词法写的词。应该指出，不论以诗法入词或以赋（文）法入词，都是一把双刃剑，运用得当可以提高词的表现力，运用失当则将失去词之所以为词的特征，成为“句读不葺之诗（或赋）”了。即使词坛泰斗苏轼和辛弃疾，亦常不免此失。

再现文艺期的文学　正当意象文学进入其巅峰期时，我国文学却出现分流，一方面如前述是意象文艺，如诗、词、书、画等的全面繁荣鼎盛，另一方面却是一种截然与此不同质的文学的萌生，这就是以“新乐府”诗和唐人传奇小说为创作实绩，以白居易“为时”、“为事”为理论标志的再现文学的出现。它一经产生即表现为自觉的文艺运动，如元白领导的“新乐府运动”，再辅之以韩柳领导的“古文运动”，以及在“市人说话”、变文俗讲基础上发展起来的传奇小说的风行等。清叶燮在《百家唐诗序》中曾说：“贞元元和之际，后人称诗谓为中唐。不知此‘中’也者，乃古今百代之中，而非有唐之独得而称中者也。后此千百年，无不以是以为断”。① 对中国文学史能作出如此判断，确实独具慧眼，不过窃以为若能从前期之重表现，至后期之重再现这一历史性变迁来理解，无疑才会赋予它深刻内涵。

无论就创作实绩或理论建树来讲，最能体现这一转变之精神，而表现得最激进最深切的著名者，都应首推白居易及其他新乐府诗人。白氏在元和初即已提出“为君为臣为民为物为事而作，不为文而作也”②的创作宗旨，虽初具新意，但尚未真正突破传统所谓“六义”或“风雅比兴”的范围，故认识上还是比较模糊的。但到元和十年被贬江州后，才有充裕时间认真总结其创作经验，认识上也有巨大飞跃而提出崭新的创作纲领：

> 仆常痛诗道崩坏，忽忽愤发，或食辍哺，夜辍寝，不量才力，欲扶起之。……其实未窥作者域耳。自登朝以来，年齿渐长，阅事渐多，每与人言，多询时务，每读书史，多求理道，始知文章合为时而著，歌诗合为事而作。③

根据前引《新乐府序》所说来看，他当时确是“未窥作者之域耳”。但到十年后的江州，由

① 叶燮撰.《已畦集》(8). 人民文学出版社，1979

② 白居易.《新乐府序》，文学古籍刊行社影宋本《白氏长庆集》卷四十五

③ 白居易.《与元九书》，文学古籍刊行社影宋本《白氏长庆集》卷四十五

于他“年齿渐长，阅事渐多”的生活历练，且经过“多询时务”、“多读书史”的调查深思，才“始知”新乐府创作的真谛，故断然提出“为时而著”“为事而作”的明确主张。唐以前人们对文学创作的认识，要么是“言志”的，要么是“缘情”的，但都重在主观方面的表现，他却提出是“为时为事”的，显然是由内在转向外在，由主观转向客观，确是文学史上一次质的巨大飞跃。不必讳言，白氏诗论确有维护传统“六义”诗教的一面，但更具价值的却是“为时为事”的崭新主张。而在这两种思想指导下，创作的其实是两类不同性质的诗，对此他曾有过明确的说明。《与元九书》在为其诗歌分类时写道：“自拾遗以来，凡所适所感，关于美刺比兴者；又自武德讫元和，因事立题，题为‘新乐府’者，共一百五十首，谓之讽谕诗”。虽同归于讽谕诗之下，但却是既有联系又有区别的两类诗。说它们有联系，因为都不离乎“讽谕”；说它们有区别，因有重“美刺比兴”和重“因事立题”之不同。诗人元稹也有两段话，可作白氏诗论“为时为事”说的补充。一是《和李校书新题乐府序》：“余友李公垂，贶余新题乐府二十首，雅有所谓不虚为文者。余取病时之尤急者列而和之，盖十二而已”。一是《乐府古题序》：“近代唯诗人杜甫《悲陈陶》、《哀江头》、《兵车》、《丽人》等，凡所歌行，率皆即事名篇，无复依傍。予少时与友人乐天、李公垂辈，谓是为当，遂不复拟赋古题”。此所谓“病时之尤急者”，即白氏“为时而著”说之最好注脚；而所谓“率皆即事名篇”，又白氏“为事而作”说之另一种概括。他们共同认为“谓是为当”，正可知新乐府诗人创作之总体倾向。

其实中国文学之走上再现，也是中晚唐时期的一种巨大潜在趋势。比如韩柳领导的“古文运动”，其在创作上的积极意义，正如陈寅恪先生所说：“古文之兴起，及其时古文家以古文试作小说，而能成功之所致，古文乃最宜于作小说者也”①。即是说这一文体改革的成功，为当时正在兴起的传奇创作提供了一种比较适合的文体，较之骈体文无论在人物描写、形象塑造、环境氛围渲染等方面，都更有利于小说的发展，从而大大促进传奇小说的繁荣。并且更发人深省者还在于，当时的许多古文家、新乐府诗人、传奇小说作者，可能由于基本创作倾向的一致性，不仅韩柳诸人“以古文试作小说”，写了许多传奇名篇，即新乐府诗人也往往是传奇小说的爱好者、试作者，并且他们之间还自觉不自觉地形成一种心灵默契，互相呼应，以张大其声势。如白居易写了《长恨歌》，陈鸿即为之作《长恨歌传》；元稹写了《莺莺传》，李绅又为之作《莺莺歌》；而唐传奇三大代表作之一的《李娃传》的作者白行简和《霍小玉传》的作者蒋昉等，又都是他们的亲朋契友。何况如果说韩柳诸人是“以古文试作小说”，那么就某种意义而言，如白居易等的有些“新乐府”诗，亦未尝不是“试作”的产物。

降及赵宋，传奇创作渐趋衰微。但随着商业经济发展，以城市生活繁荣为背景，市民阶层壮大为受众的“市人小说”却获得长足发展。于是讲史说经、话本小说、诸宫调等都赫然兴起，而极一时之盛。此后又经过整整一代人的开拓创建，那种以描写人物故事、反映现实生活、塑造典型形象为主，被称为“一个新纪元”的元杂剧终成为文学史之主流。总之，从霍四究“说三分”、尹常卖“五代史”到《红楼梦》，从宋大曲、元杂剧到孔尚任《桃

---

① 陈寅恪.《元白诗笺证稿》.上海古籍出版社，1982

花扇》,历时约六七百年,跋涉过漫长道路,终为中国文学史开辟出又一个光辉灿烂的新时代。大概而言,它的前期主要是讲唱文学时期,是讲给或演给观众或听众看的,故类型化倾向比较严重;后期则进入以书面文学为主的时期,主要是写给人读的,故有充裕时间和篇幅塑造人间世相的各种典型。以《三国演义》、《水浒传》为代表的前期作品,因一般都带有浓厚的讲述色彩,故追求的是故事的完整有序、情节的曲折离奇、历史事件的真实生动,但人物形象往往成为某种抽象概念的化身,性格单一固定,缺少必要的变化发展,虽说某一方面的性格特征非常突出,却不免流于定型。《水浒传》在人物性格个性化上有较大的发展,诚如金圣叹所说:"叙一百八人,人有其性情,人有其气质,人有其形状,人有其声口",可谓"一样人还他一样说话,真是奇绝本事"①。但主要人物终未能蜕尽类型化的单一模式。

《金瓶梅》的出现,应是文学史上的一个奇迹。它首先打破英雄传奇、才子佳人式的叙事格局,并彻底抛弃按照传统类型描写人物的固定程式,而直面世俗人生,写普通人,叙家常事,不做虚美夸饰,不走轻车熟路,只是像生活那样如实写来,从而真实地揭示出现实生活的各种世态人情。诚如刘廷玑所说:"深切人情世务,无如《金瓶》,真称奇书"②。或如张竹坡说:"曾于患难穷愁,人情世故,一一经历过,入世最深,方能为众脚色摹神也"③。而其所写则"似真有其事,不敢谓操笔伸纸做出来的"。即能像生活一样真实可信,并非小说家言。中国文学之典型化进程,只有发展到"深得《金瓶》壶奥"的《红楼梦》,才可说得到完美体现。它之所以能高于《金瓶梅》者在于,虽然也是从生活中个别偶然的事物选材的,但能明确意识到文学作品的真实,绝非生活原型的直接翻版。正如脂砚斋所说,它是"事之所无,理之必有"、"似极扯淡,然却是天下之必有情事"(《红楼梦》甲戌本第二、七回脂评)。即不必是生活中实有的事情,但却是生活中必然会发生的事情,毋宁说是作家按照生活本身规律再造的艺术真实。因此,《红楼梦》中的人物就像生活本身那样真实,而每个人物又都是一个完满自足的小小世界,是很难用现成的某种抽象的概念去概括的。因而,也就彻底摒弃"恶则无往不恶,善则无一不善",即集善恶之极于一身的类型化方法,而是多重立体的复杂生命结构的真正的典型了。总之,由拟话本中的"言情"小说,到《金瓶梅》、《红楼梦》,是中国小说艺术发展的一条主线;而由拟话本中的"世态"小说,到《儒林外史》、晚清"谴责小说",则是另一条线,即讽刺艺术的主线。二者交互影响,又各异彩纷呈,共同建构起我国文学人物画廊的百花园,并随近代"西学东渐"之风的兴起,终给古典文学划上一个圆满句号。

四、关于文学史写作的几点意见

文学史就是文学发展的历史,它同一般历史既有联系也有分别。我们前面的解读,无疑是从文学本身的发展演变着眼的,故有必要对目前文学史写作的一些问题重作审视。

1. 打破以王朝兴衰史为文学断限的描述方法。因为文学有其自身发展演化的规律,

---

① 黄霖等选注.《读第五才子书法》.《中国历代小说论著选》(上).江西人民出版社,1982

② 黄霖等选注.《在园杂志》.《中国历代小说论著选》(上).江西人民出版社,1982

③ 黄霖等选注.《金瓶梅读法》.《中国历代小说论著选》(上).江西人民出版社,1982

没有哪一种文学形式，是随着王朝的兴而兴，又随着王朝的亡而亡的，人为地将其强行割断并使之支离破碎，把完整的历史淹没在政权的不断更迭中，是有悖文学发展规律的。因此，笔者不赞成把文学史写成流水帐，比如某朝某代有哪些作家作品，都一一罗列出来，有似史籍中的"艺文志"。正如有专家指出的，这种写法表面看似结构严密，但分开来看却又互不关联，自然也就没有规律可寻了。

2. 淡化时代背景，探求文学本身发展规律。不言而喻，文学是在一定时代的政治的、经济的、文化的条件下发展演变的，所以它们之间关系密切，谈文学便不能不谈其赖以生存的环境背景。但是说到底，这也只是文学发展的外部条件，并非起决定因素的内在动因。文学和时代的关系有时十分密切，有时却相当疏远，复杂的文学现象也并非能从时代找到一切合理解释，所以要讲"淡化"。所谓淡化，当然不是完全不要，而是需要时即谈，不需要时则不谈，总之是随文而谈，不是游离于具体叙述去专章专节地谈，这或许更符合文学史的特征。

3. 剔除准文学和非文学的东西，把文学史写成文学史。人们常把历史上大量哲学论文、政治论文、历史散文，乃至应用文，都包揽进文学史来谈，是否有点管太宽手太长之嫌？这不是说它们就与文学没有关系，比如一些优秀的史传文，对文学的影响便十分巨大，但其实质则只是历史而非文学，故只能作"淡化"处理，放在文学发展的大背景重点谈，而不是当作文学本身谈。更重要的还在于，如果把哲理文、政论文、历史散文、应用文等，都混杂在文学史中谈，文学史也就没有规律可寻了。因为它们与文学本来存在质的不同，也就没有什么共同规律可言。这是目前把文学史写成现在这个样子的重要原因之一。更奇怪的是，至齐梁时期人们对文学与非文学，本来已有比较清晰的认识，比如萧统，即把圣哲杂论等一概排除在文学之外，并说"虽传之简牍，而事异篇章，今之所集，亦所不取"。接着又说："至于记事之史，系年之书，所以褒贬是非，纪别异同，方之篇翰，亦已不同"。而他所谓文者，则只是那些"事出于沈思，义归乎藻翰"之作①。又萧绎说："古之学者有二，今之学者有四"。此所说"四"即：转相师授通圣人之经的"儒"，博穷子史而不通其理的"学"，及善为章奏却不便为诗的"笔"和吟泳风谣流连哀思的"文"。前二者当属于学术范畴，此不必论。至于后二者他则区分说："笔，退则非谓成篇，进则不云取义，神其巧惠，笔端而已。至如文者，惟须绮縠纷披，宫徵靡漫，唇吻遒会，情灵摇荡"②。尽管他们所说亦未必十分贴切，但尽量把文学和非文学加以区分，却无疑是对文学认识的一大进步。但不知出于什么原因，今人何以又要从这点些微的进步退回到"文史哲不分"的老传统去呢？

4. 淡化名家名作，为文学史开拓一个更广阔的视野。毫无疑问，文学史是由那些名家名作为其构成主体的，自然不能不讲，但也不能只集中在几个大家身上，故笔者不赞成把文学史写成作家作品论或专题研究。这方面的工作，似应由专门研究人员去作，而不应是文学史家的主要任务。我们这里所说"名作"，亦并非是指作家的代表性作品，而是

---

① 萧统.《文选序》，《四部丛刊》影宋本六臣注《文选》卷首

② 萧绎.《金楼子·立言》，知不足斋本《金楼子》卷四

指像《水浒传》、《红楼梦》那样的鸿篇巨制。至于一般代表性作品，不但要讲而且要大讲特讲。只是所谓“名作”，亦并非只有名家所有，千百年来传诵不衰的也许更多还出于非名家之手，而名家亦非篇篇都是名作。可惜目前文学史对此却有所忽略，故当我们离开大学课堂而走进社会时，经常会碰到像格言一样使用的名句却感到十分生疏，原因就在我们的文学史只顾写名家名作专题论，对文学发展演化的普遍规律和进程却无暇顾及。如果只集中在几个名家或名作身上，普遍规律之所以“普遍”也就不存在了。

5. 打破传统文学史结构框架的封闭性、保守性、排他性，从而能够尽量吸收当今文学研究领域出现的新见解、新成果，这不但可以丰富文学史本身的文化内涵，而且使文学史与科学研究的步伐始终保持一致。从这点来说，本书所反映的虽是作者个人的文学史观，其实亦更可看作是集体研究成果的体现，故文中多引用他人之说，并尽量一一注明。总之，彻底改变过去文学史与文学研究常常脱节的现象，亦是本书重要目的之一。

不过需要致歉的是，由于考虑到读者接受的习惯，对以上所说问题笔者亦未能尽免。但是我还是要说，要把文学史写成文学史，尽量少掺入些非文学的东西。

喻 象 文 学 卷

第一章 巫术、神话和文学的起源

第一节 文学在先民社会的初生形态

在人类社会的史前时期，远古先民们即已创造出极为丰富而被我们称作艺术的东西，如洞穴壁画和岩画、雕塑和陶塑，彩陶纹饰和刻画，以及巫咒神话等。而要追溯文学的起源，则应从作为人类最早语言表达形式的神话和巫咒谈起，因为它虽然往往采取的是非现实的离奇怪诞的形式，但却已具备文学的某些基本特征，如形象性、故事性、抒情性等。

在原始时期的初民社会中，由于人们生产力的低下，活动范围的狭小和认识水平的限制等，他们稚拙的思维方式还难以完全把握和解释自然的、社会的各种现象，并从而把自己同其他一切有生命甚至无生命的自然物区别开来。用马克思的话说，他们还没有完全割断同自然联系的脐带，故而在很大程度上，他们仍然是用动物式的即时性直观方式来感知世界。于是以己度物，以物例人，把一切事物拟人化，从而萌生并形成根深蒂固的万物有灵观念。正如爱德华·B·泰勒所指出：他们还分不清什么是人类的，什么是自然的，而所有自然物都被他们赋予生命和人的特征。在《原始文化》中他这样写道："日常生活经验事实转化并进入到神话中去的首先和最主要的就是对自然现象灵性（animation）的信仰，它的最高点也就是拟人化……原始人把世界的每一个细节都看作是生命和欲望的作用。……对低级种族来说，太阳、星辰、树木、河流、风和云都是具有人的灵性的生命体，从而导致原始人把一切存在物都看作是和人或动物相同的东西"①。正是所有自然物在原始先民看来都是有生命的这一牢固信仰，并把自然物进行拟人化，因而才促使他们把日常经验的事实不自觉地进行加工变形和神化，从而变成离奇怪诞的神话。安德鲁·兰即认为神话是一种特殊的智力状态的产物，这种智力是一种"心灵的朦胧而混乱的框架，对这种框架来说，所有有生命的事物和无生命事物，人、动物、植物或无机物似乎都处于同样的生命、热情和理性的水平上"②。因此，这就造成原始人类还难以正确科学地认识事物，也不能去正确解释各种自然和社会现象，如宇宙的开辟、人类的起源、各种事物及现象的发生等，于是他们便只能借助于幻想或想象，将其变形并神化为超越现实的有生命的东西，而且认为世间的一切都是它们所为，当其高兴时便会造福人类，当其恼怒时又会报复、危害人类，于是便产生出巫术和宗教信仰。就其本质来说，宗教巫术不过是对这些幻想中的敌人进行既讨好又力求控制的一种法术，它不只要通过某种繁杂而神秘的

① 朱狄.《原始文化研究》. 三联书店，1988

② 朱狄.《原始文化研究》. 三联书店，1988

礼仪（其中有舞蹈、音乐、雕塑或绘画等）达到目的，而且还要诵念经咒或礼辞，用人类初次掌握的语言的神圣力量实现自己的欲望。经咒和礼辞在巫祭仪中虽不可截然分离，但前者却主要用于日常生活的巫术，是后代诗歌的最早萌芽；后者则主要用于宗教祭祀礼仪，往往编织成光怪陆离的神话，为了叙述的方便，下面暂分开来谈谈。

一、巫术经咒

人类的历史是以物质生产的生活本身为其存在的先决条件的，因此在生产尚处于自然粗陋的直接状态的史前社会中，原始先民们最为关切的则是那些与自己生存需要关系最为密切的自然事物，他们认识和支配自然力的活动最初总是和这一目的密切相关。人与自然的这种狭隘关系，便决定了他们首先是从生存的基本需要去认识问题、思考问题的，因而不可能是从艺术审美的角度去掌握客观对象。换句话说，对远古先民来说，他们根本不会出于纯艺术的目的进行创作。因此，留存至今的所谓原始歌谣，其本质上并不是真正的诗歌，而是用于巫术实践目的并长期活在巫师口头的经咒。日本学者白川静在研究诗歌的起源时，即曾指出："短歌的形成可以说是神圣咒语采取文字形式加以表现的最初成果。因而，初期短歌的本质便是咒歌。挽歌与其说本来是悲伤的歌，不如说是镇魂的歌"①。因为在史前先民的巫术祭仪中，对语言存在着一种特殊的神圣性崇拜，而且可以说从人类创造语言开始，这种神圣性就已经存在了。对他们来说，念诵语言像使用物质武器一样，同样能够借以制胜或中伤想象中自然界的各种敌人。而他们中能够掌握这种语言且功能特异者，遂被尊为巫师、祭司或首领，他们是利用语言武器向外界力量作斗争的代表者，因而其念诵的语言（经咒）也就具有了特殊的神圣性。因为，他们使用语言所要达到的目的，人们"都相信与语言本身是一件东西，或与语言保有交感作用。一些表示欲望的辞句，一经说出便算达到目的"②。所以巫咒在当时人们的生活中发挥着重要的作用，并且渗透于生活的各个方面。列维·布留尔在《原始思维》中就曾举出过许多实例，比如狩猎的每个细节便都要念诵经咒，并总结说："它们清楚地说明了狩猎在本质上是一种巫术的行动。在狩猎中，一切不是决定于猎人的灵敏和力量，而是决定于（经咒的）神秘力量，是这个神秘的力量把动物交到猎人的手里"③。故而对原始人类说来，不论他们作画、唱歌或跳舞，都是同巫术活动密切结合在一起的，纯粹意义的艺术创作在那时根本还不存在。而能够广为传播的"诗歌"实际上便只有经咒。正如前苏联民间文学研究者开也夫所说："咒语——这是一种被认为具有魔法作用力的民间口头文学。念咒语的人确信：他们的话一定能在人的生活和自然现象里唤起所希望的结果"。而最早的诗歌即由此产生出来④。同样，在我国历史上流传至今而能够被确定的最早诗歌，其实也都是经咒，如《礼记·郊特牲》所载伊耆氏蜡辞：

---

① ［日］白川静著.《中国古代民俗》. 陕西人民美术出版社，1988

② 李安宅编.《巫术与语言》. 商务印书馆，1986

③ ［法］列维·布留尔. 丁由译.《原始思维》. 商务印书馆，1981

④ ［俄］A. 开也夫.《俄罗斯人民口头创作》. 中国民间文学研究会，1964

土反其宅，水归其壑，昆虫毋作，草木归其泽。

"蜡者，索也。岁十二月，合聚万物而索飨之也"。一看即知为祭蜡时所用的祈祝之辞。《郊特牲》还说："祭有祈焉，有报焉。"而有祈必望有报，正是巫祭活动的目的所在，否则就根本不存在"巫祭"了。同时，这也反映出先民们对自己语言神秘力量的自信。又如《吕氏春秋·古乐》所载葛天氏之乐："三人操牛尾，投足以歌八阕。"八阕歌辞今天虽未流传下来，但从操牛尾而歌的仪式和所列歌名来看，亦知是用于宗教巫祭礼仪的经咒。比较特别的是《吴越春秋》所载弹歌：

断竹，续竹，飞土，逐宍（肉）。

这首歌词之意义究竟何在？据原注陈音答越王问，谓"臣闻弩生于弓，弓生于弹，弹起于古之孝子，不忍见父母为禽兽所食，故作弹以守之"云云，则是古之孝子为父母守尸尽孝之歌。然这却是毫无根据的臆猜，故今人多不取。对史前先民来说，他们既分不清人和物、生和死的界限，更不会把生死截然对立。在他们看来，死不过是活着时的灵魂向另一世界的迁徙，并不会感到过分恐惧，更不会造成巨大悲哀，哪会有守尸尽孝的"孝子"观念！显然这是在忠孝观念产生以后所作的附会。但若如今人将此诗解作纯粹歌唱狩猎生活的歌，似仍不妥。因为细按原诗词义，它那极为简单质朴的语言，紧张急促的节奏，尤其"飞土逐肉"式的非现实有效性描写，都说明咏唱者并不重在实际内容，只不过是一种语言的象征，如将其用于巫祭礼仪或念诵的咒语，则十分合拍。因为它最宜于用来反复咏唱、以求充分发挥其语言神秘功能的场合，故无疑也是一首有关狩猎巫术的咒辞。

再从《吕氏春秋·古乐》篇所载一些古老乐歌的创作缘起来看，似乎更能说明这一问题：

帝颛顼生自若水，实处空桑，乃登为帝。惟天之合，正风乃行，其音若熙熙凄凄锵锵。帝颛顼好其乐，乃命飞龙作效八风之音，命之曰《承云》。

帝尧立，乃命质为乐。质乃效山林溪谷之音以歌，乃以麋辂置缶而鼓之，乃拊石击石，以象上帝玉磬之音，以舞百兽。瞽叟乃拌五弦之瑟，作为十五弦瑟，命之曰《大章》。

禹立，勤劳天下，日夜不懈，通大川，决壅塞，凿龙门，降通漻水以导河，疏三江五湖注之东海，以利黔首。于是命皋陶作为《夏籥》九成。

可知这些最早乐歌（诗）的创作，有两点最值得注意：一是皆用于重大的祭祀典礼，如颛顼之"登为帝"、"帝尧立"、"禹立"等历史性关键时刻；二是配合着巫术宗教性舞蹈演唱，如"拊石击石，以舞百兽"式的集体化装舞。如将这两点结合起来看，则更不难想象《承云》、

《大章》、《夏籥》等乐歌的巫祭性质。又据《帝王世纪》载,《大章》之作还缘于“诸侯有苗氏处南蛮而不服,尧征而克之于丹水之浦”,则可能还与战争巫术关系密切。此外,关于伏羲神农时乐歌的记载,似亦与巫祭仪式密切相关。如《辩乐论》说:

> 昔伏牺氏因时兴利,教民佃渔,天下归之,时有《网罟》之歌。

可知伏羲时已进入原始渔猎时期,而《网罟》之歌的创作,当与祈求渔猎丰产的巫术活动有关。又《路史》载炎帝神农时:

> 教化兴行,应如桴鼓,耕桑得利,而究年受福,乃命刑天作《扶犁》之乐,制丰年之咏,以荐厘末,是曰下谋。

说明此时又进入农耕社会,“作《扶犁》之乐”当是用来祈求“受福”的“丰年之咏”,无疑更与农业丰产巫术有关。总之所有这些最古老的乐歌,都不能简单地当作一般诗歌来看待,因为它们创作的真正目的都是用于宗教巫祭的礼辞或经咒,而后世所谓的诗歌也就由此萌生出来。我国最早关于诗歌的说明,似亦透露着同样的消息。《尚书·尧典》曰:

> 帝(舜)曰:“夔,命汝典乐,教胄子,直而温,宽而栗,刚而无虐,简而无傲。诗言志,歌永言,声依永,律和声,八音克谐,无相夺伦,神人以和”。夔曰:“於!予击石拊石,百兽率舞”。

据此,最早的诗是“言志”的,歌是“永言”的,显然“言”占据关键地位。那么究竟何谓“言志”呢?从其目的说,是“八音克谐,神人以和”,无疑具有神秘的巫祭性质。从诗、乐、舞三位一体的表演形式说,则击石拊石,作纹身化装式的“百兽舞”,又无疑带有浓厚的巫术色彩。故最初诗歌是由巫祭经咒中产生出来,便毫无疑义了。

二、神话传说

什么是神话?在目前学界意见分歧,疑议颇多,如寓意派、语病派、历史学派、社会学派等。但一般所接受而影响广泛的,则仍是马克思、恩格斯关于神话的阐释。马克思在《〈政治经济学批判〉导言》中说:

> 任何神话都是用想象和借助想象以征服自然力,支配自然力,把自然力加以形象化;因而,随着这些自然力实际上被支配,神话也就消失了。……希腊艺术的前提是希腊神话,也就是已经通过人民的幻想用一种不自觉的艺术方式加工过的自然和社会形式本身①。

---

① 《马克思恩格斯选集》(3). 人民出版社,1972

恩格斯在谈到宗教时说：

> 一切宗教都不过是支配着人们日常生活的外部力量在人们头脑中的幻想的反映。在这种反映中，人间力量采取了超人间力量的形式。在历史的初期，首先是自然力量获得了这种反映，……不久社会力量也起了作用，这种力量和自然力量本身一样，对人来说是异己的，最初也是不能解释的，它以同样的表面上的自然必然性支配着人①

根据这些论述，对神话则可得出这样几点基本认识：第一，神话产生的时代，是在人类完全受着异己的最初也是不能解释的"自然必然性支配着人"的时代，即"历史的初期"的初民阶段。第二，就神话的创造方式说，它是初民"用想象和借助想象"对自然和社会力量进行的加工，即"外部力量在人们头脑中的幻想的反映"。第三，神话本质上则是"借助想象以征服自然力，支配自然力，把自然力加以形象化"，所以，"人间的力量采取了超人间力量的形式"。第四，然而这种形象化创作过程，却是一种"不自觉的艺术方式加工"，因而有别于后世人们自觉的艺术创造。第五，由于它是人类特定历史阶段，即原始氏族社会的产物，故"随着这些自然力之实际上被支配，神话也就消失了"。那种认为在进入文明社会后依然在不断产生神话的看法，显然是不能成立的。现代艺术史研究和考古资料的发掘均已证明，在人类艺术发生的历史上，雕刻是早于绘画的。换句话说，在人类早期的原始思维中，感性借助物象形成三维表象的具象思维，是早于形成二维表象的面性思维的，当然也更早于单就因果关系认识事物的线性思维的。而这正是空间立体的三维表象，即所谓艺术想象之所以在神话思维中占据优势的根本原因所在。因而，神话总是"把自然力加以形象化"，是由那个特定时代人类的思维结构及驾驭物质材料的心理能力决定了的。恩格斯曾指出："每个时代的理论思维，……都是一种历史的产物，在不同时代具有非常不同的形式。"②因此，神话中已经萌生并逐渐发展起来的艺术因素，虽然对其思维的成果已作了艺术加工，但却并非出于原始先民的自觉行为，而是人类思维发展的特定历史阶段上的必然产物，所以在本质上是不自觉的。③

由此还可进一步推知，神话的产生和创造只能出现在人类发展的特定历史阶段，即马克思所说人类还只能借助想象和幻想认识自然力、征服自然力、支配自然力的时代，大体而言即原始氏族和部落社会。因为此时的人类还刚刚从自然界区分出来不久，他们原作为动物的一类，即自然的一部分的附属地位而被动地存在着，尚处于开始只把自然界作为对象而确立主体的过程中。在神秘的大自然面前，他们既难以把人和物真正分别开来，更难以形成真正自觉的独立自主性，故只能作为自然的奴隶而盲目崇拜自然。处于这种生存状态下的人们，对神秘而纷杂的自然乃至社会现象，也就难以作出客观真实的

① 《马克思恩格斯选集》(3). 人民出版社，1972
② 《马克思恩格斯选集》(3). 人民出版社，1972
③ 武世珍.《神话学论纲》. 敦煌文艺出版社，1993

科学的认知和解释,遂只有凭借最初发展起来的人类高级属性——想象或幻想进行主观猜测。不过这种臆猜,在他们看来却并非虚假,而是绝对真实可信不容置疑的,故才代代相传下来并深深积淀在集体无意识中。然而,社会总在不断前进,随着原始人类的实践活动对自然必然性认识的逐步获得,人们对自然力的盲目崇拜,也就转变为越来越多的利用和支配,即把自己从自然的统治下解放出来并确立为自然的主体,变自然的奴隶为自然的主人。而最终随着人类理性的觉醒及科学技术的进步,人类也就走进文明社会的门坎,那些原来还很神秘陌生的自然力实际上也就被支配,神话产生的社会土壤已不再存在。因此马克思才说:"随着这些自然力之实际上被支配神话也就消失了"。

在原始初民社会,神话和宗教其实是本为一体,不可分离的,或者说它只是原始宗教祭仪的一个组成部分。而最早的神话也就是宗教祭仪的礼辞,正如马林诺夫斯基所说:"神话是人类信仰底自然产物。……每一个信仰都会产生它底神话,因为没有信仰是没有奇迹的,而主要的神话不过是叙述巫术底荒古奇迹罢了"。故而在原始宗教祭仪中,"几乎每个咒都有一项仪式所没有的成分,那就是神话的征引,征引巫术所本的祖先与文化英雄"。因此他才断言:"我们可以不致言过其实地说,原始社会里面最模范最发达的神话,乃是巫术神话。神话底作用,不在解说,而在证实;不在满足好奇心,而在使人相信巫术的力量;不在闲话故事,而在证明信仰的真实"①。H·瓦辛格尔在谈到神话如何进入宗教时则说:"开始是由万物有灵论的观念引起了神话,随即神话就伴随着祭礼进入了宗教,而随着人类科学知识的增长,宗教教义又降低为一种假设,它由于经不住时间的考验又重新复归于神话"②。对此表述得更为清晰明确的是简·埃伦·哈里森,她认为"神话起源于祭礼仪式",是"与祭礼活动的进行相关的陈述"。换句话说,则是在祭礼仪式上神话诗文的背诵,并且这种背诵总是伴随着高度的情感刺激,使个体总是沉溺于他所属的群体并与群体相同一。阿道夫·E·詹森则认为:"在最早的宗教形式中,神话和祭礼是密切相关的,对神话的理解常常要受到人们生活方式的影响。……神话与祭礼长期以来都被认为是不可分割的,而两者之间纠缠不清的关系却又经常为人们所忽视。"③当然随着人类生产力的发展和生活范围的扩大,神话产生的原因可能就不再是单一的宗教祭礼了,正如恩格斯所指出,首先是自然力量在起作用,不久社会力量也起了作用,神话发生的根源便超出了单一的自然宗教范围,而成为对客观世界所作的幻想式解释了,因而导致"人间力量采取了超人间力量的形式"。但不管怎么说,神话和宗教巫祭的密切关系则是不可否认的事实。

神话最初作为宗教祭仪的礼辞,讲述本氏族或部落的祖先和英雄的荒古奇迹,如天地开辟、民族起源、万物肇始和各种文化发明创造等,这并非出于毫无根据的臆猜,而是有充分史料记载能够证实的。如《吕氏春秋·古乐》篇载:

昔葛天氏之乐,三人操牛尾投足以歌八阕:一曰《载民》,二曰《玄鸟》,三曰

---

① [美]马林诺夫斯基著. 李安宅译.《巫术科学宗教与神话》. 中国民间文艺出版社,1986

② 朱狄.《原始文化研究》. 三联书店,1988

③ 朱狄.《原始文化研究》. 三联书店,1988

《遂草木》，四曰《奋五谷》，五曰《敬天常》，六曰《达帝功》，七曰《依地德》，八曰《总万物之极》。

这八阕歌辞今虽没有流传下来，而葛天氏之民亦不可考，但仅从八阕歌名亦可考知其大概。《载民》据《说文》载字段注："叚之为始，才之叚借也。才者草木之初也，夏曰载。亦谓四时始终也"。是载民即民之初始，大概是讲人类起源的，属天地开辟神话无疑。今《诗经·大雅》有《生民》一篇，仅就诗题看则与之十分相近，但诗曰："厥初生民，时维姜嫄。生民如何？克禋克祀，以弗无子。履帝武敏歆，攸介攸止，载震载夙，载生载育，时维后稷。"则是讲周民族始祖后稷的，属族源神话类型，显然有所不同，不过它们所讲都是用于祭仪的生动神话故事则无疑。在八阕歌辞中，讲氏族起源神话故事的是第二阕《玄鸟》。今本《诗经·商颂》亦有《玄鸟》一诗，两者篇名完全相同，那么它们仅是偶然的巧合呢，抑或存在内在的必然联系？诗曰："天命玄鸟，降而生商，宅殷土芒芒。古帝命武汤，正域被四方，方命厥后，奄有九有"。所讲述的是殷民族开基建业的族源故事，当是用于祭祀祖先的礼辞。而葛天氏八阕歌辞中的《玄鸟》，其性质和功用亦应与之相同，便不能排除其为《诗经·玄鸟》古辞的可能，应该说二者之间有一脉相承的关系。尽管在写入《诗经》时也许已经过加工润色，因为如《诗序》所说："玄鸟，祀高宗也"。即它主要是祭祀高宗武丁的，神话的成分反而被冲淡了。果如此，则可推知葛天氏之民，当是先商民族的一支或部落，殷民族崇拜的图腾神玄鸟当也是他们假定的祖先，故在其祭仪中咏唱人类起源之后，便顺理成章地再歌唱其图腾神玄鸟。因此，与《诗经·玄鸟》不同，它可能是专讲"玄鸟生商"故事的，亦即简狄吞燕卵而生殷祖契的神话。二者歌唱内容的重点虽不尽相同，只是由于《诗经》体例是以"首句标其目"的，故也题作《玄鸟》罢了。

八阕乐歌中的其他几篇，依学界一般的解释，《遂草木》是用施行巫术助长草木繁茂以冀丰收的，因为"树林之神专司庄稼"，"它能够行云降雨，能使阳光普照，减灾灭祸，六畜兴旺，妇女多子"①。《奋五谷》是通过巫祭祈求庄稼丰收的，有可能还加进一些农业知识和技术的表演，起着先民"农业教科书"的作用。《敬天常》明显用于祭天，《依地德》自然用于祭地，大概是祈求上天和大地母亲的福祐，在人寿年丰后"含哺而游，鼓腹而熙，交被天和，食于地德"的意思。《总万物之极》当是在追源人祖、祭天祭地、祈求草木庄稼丰收后，对其余物事的总的祭祀，因为在巫术观念笼罩下的原始先民看来，万物都是有灵的，它们既可危害人也可造福人。至于这几阕歌辞中是否包含着神话故事，抑或只是祈告性的礼辞，就不得而知了。不过第六阕《达帝功》，则明显是讲述本部落先祖的丰功伟绩的，无疑属于英雄神话的范围，并且这也是各民族祭祀中不可缺少的重要内容。《诗经》三颂虽然历史化的色彩较重，但多是颂功祭祖的诗，即为明证。总之，这八阕歌辞已充分说明，神话确是原始宗教祭仪的一个组成部分，它往往被作为祭祀的礼辞而在仪式上念诵，并一代又一代地流传下来。

另外，陶阳、牟钟秀所著《中国创世神话》一书，详细讲述了我国各民族现存神话史

① [英]詹·乔·弗雷泽．徐育新等译．《金枝》．中国民间文艺出版社，1987

诗，如彝族的《梅葛》、《查姆》、《门咪间扎节》，苗族的《苗族古歌》，纳西族的《创世纪》，白族的《开天辟地》、《刀簿劳谷与刀簿劳胎》，哈尼族的《奥色密色》、《哈尼阿培聪坡坡》，拉祜族的《牡帕密帕》，崩龙族的《达古达楞格莱标》，阿昌族的《遮帕麻与遮米麻》等。最后总结其特点说："它们大都是具有一定故事性和便于记忆的韵文体诗，是主持原始宗教的人在祭祀天神和祖先的节日时念诵或歌唱的，所以，无论有无手抄本或文字记载，大都在口头流传"①。则更是神话原本作为宗教祭仪的一部分并和宗教密切结合着的活化石。

维柯曾提出人类必经过三个时代，即神的时代、英雄时代和人的时代，以便在神话世界中去建立他"想象的逻辑"。于是他宣称我们必须在前两个时代中去寻找诗的真正起源。因为人类不可能以抽象的思维或以理性的语言开始，它必须要经过神话和诗歌的象征(symbolic)语言的时代。各原始民族不是以概念而是以诗的形象来思维的，他们说的是寓言，写的是象形文字。诗人和神话创作者看来确实生活在同一世界中，他们具有同样的基本力量——拟人化的力量。他们观照一个对象时非得给它一种内在的生命和拟人的形态②。这就是说，作为初民社会原生形态的文学其实只有两种，那就是神话和诗。但不论神话或诗，它们都是作为宗教祭仪的一部分而属于宗教巫祭，因此在本质上它们就是巫术经咒或祭仪礼辞。虽然它们对后世真正的文学都发生过直接或间接的重要影响，并作为人类文学的源头而纳入文学史研究，但对神话的研究则情况更为复杂一些，故下面我们就重点从神话谈起。

第二节　神话产生的时代

神话究竟是在什么时代，或者什么条件下产生的呢？它作为原始人类意识形态的原生体，既然是意识或精神的产品，便必待人类社会意识产生之后，才能够历史地发生。又由于神话是原始先民口耳相传的关于神的故事，则必待人类有声语言产生之后，才能被创造和流传。而且，神话讲述的故事和文明社会人们讲述的故事不同，它呈现怪诞诡谲、离奇变形的非现实形态，可知它又是人类思维处于特定历史阶段上的产物。因此，人类社会意识的出现，与之相伴随的有声语言的形成，以及发展到特定历史阶段的人类思维形式，这就是促成神话之所以发生的先决条件。下面就依此三方面进行历史地考察。

动物世界是没有神话的。因此，刚从动物世界分裂出来的人类，也是不会有神话的。人和动物的分界究竟何在？我们历来遵从的法则是：人是唯一有理智的动物。故而，有没有思维活动便是人类区别于动物的根本特征所在。然而，现代科学的发展以及跨学科研究，却向这一传统的信念提出挑战，并使之产生了危机。比如考古学、人类学、比较心理学、社会生物学等新兴综合科学的发展，即为重新考察人和认识人的本质诸属性的生成，提供了更为广阔的视野和新的实证材料，从而得出：动物也有相当发达的思维能力。比如猿类，即可通过套接两根不同的竹竿去打落高处的食物，或用依次垒高木箱去摘取

① 陶阳，牟钟秀著.《中国创世神话》.上海人民出版社，1989

② [德]恩斯特·卡西尔.《人论》.上海文艺出版社，1986

香蕉，甚或盛水灭火以取食等。虽然这还只是从直接感知对象之间的关系发出的行动和解决问题的能力，但我们却不能不承认其间存在思维活动。有人称此为“思维的萌芽状态”，企图抹煞它和人类思维之间的共同之处，但萌芽状态的思维不就已经是“思维”吗？从发生学的广义动态背景来看，这种思维同人的思维应是一脉相承的链条上的不同环节，只有大小高低的量的区别，而非本质的差异。日本当代著名心理学家仓石精一就曾指出：

从广义说，思维是对“问题情境”作出解决办法所经历的过程的总称；从狭义说，是指运用语言表达概念所形成新的构成的过程。……这种广义的思维，不仅存在于人类，而且也存在于高等动物。例如，动物寻找曲折的弯路，使用觅食工具的棍棒，制作类似工具的一种有意识的动作等等，这些与人类的高等思维作用在本质上是非常相似的。这种有意识的动作对问题所作的解决，叫作动作思维，而不同于语言思维。①

《苏联哲学百科全书》“思维”条的作者列昂节夫也指出：在整个十九世纪，思维仅仅被等同于人类特有的按照逻辑程序而进行的认识活动（按即仓石精一所说“狭义”的思维），“只是在20世纪初，思维的具体研究才具有真正历史主义的特点”，这就是“研究人类思维经过史——思维在动物界的发生根源的一些实验工作，形成第二个流派”②。当然，动物的思维（可称“动作思维”）和人的思维是有区别的，并且从思维的狭义范围（即仅仅局限在人类进化史的范围）来说，也确可称作“质的区别”，但这也并不能抹煞它们之间的连续性、一贯性。而且这后一流派研究卓越有成效的进展，正可在人类思维起源的认识上打破沿袭已久的我们自己设置的樊篱，而形成更加开阔的历史主义的眼光。其实不仅动物的思维是一种“动作思维”，即与动物分手不久的早期人类思维，同样可以断言也是“动作思维”。因为那时的人类，除用同动物差不多的吼叫和动作表情以外，真正分节的语言还未产生，那是需要经过一段相当长的进化才能完成的，现代科学研究证明至少也在200万年以上。

下面我们就进一步研究一下人类思维发展的进程，以确定神话产生所需要的思维发展特定阶段。

动物有行动思维，或曰“实践智能”。而最初的人类也应与动物一脉相承，有过行动思维的阶段，但这只是一种猜测却难得到科学实证。不过现代生理学研究表明：婴儿胚胎的发育过程，正好浓缩并重复着低等生物向高等灵长类动物进化的历史。发生认识论也说：单个个体思维能力的发生和建构，同样浓缩并重复着人类社会认识行为发生发展的全部历史。因此，观察研究儿童思维的历时性发展，遂成为证实这一推论的有力佐证。

对儿童行为所作的科学观察说明，儿童的思维认识能力曾有过一个由外至内、由不

① 赵璧如主编.《现代心理学发展中的几个基本理论问题》.中国社会科学出版社，1982

② 赵璧如主编.《现代心理学发展中的几个基本理论问题》.中国社会科学出版社，1982

成熟到成熟的发展过程。最先出现的是延迟模仿，其后是象征性游戏，再后是描绘性造型表象，最后才发展到语言思维。在延迟模仿和象征游戏阶段，他们使用的表达符号就是个体自身的肉体动作，即以模仿和游戏活动为其表情的物质符号，所创造的则是一种虚拟的时空情境。不过模仿需要人类已经产生记忆和联想，故虽尚属动作思维，却同动物即时性发生的动作思维不同，所以称作“延迟模仿”，已成为人所特有的意指性自觉活动了。但是，这种符号和动作的直接同一活动，在人的自意识的进一步发展中，又必然导致符号和动作的逐渐分离，并终于独立出来而物化为客体空间造型符号，如儿童的绘画和泥塑，于是产生用图象进行描绘的图象思维。而这种图象符号因其本身即具有达意的表象性质，再经过进一步内化而抽象化为心理表象，并必然要寻找新的媒介来表达，于是又有分节语言的产生，而最终进入语言思维的阶段。儿童思维发展的这一过程，无疑是同先民们思维发展历程大体相同的。

在动物中间也广泛存在着模仿和游戏活动。如兽类之间的玩戏打斗，猫捕到老鼠后的挑逗玩弄等，或认为其功能是让幼年动物练习成年后将会用到的动作、认识和熟悉捕食对象。动物中甚至还存在舞蹈，“最早的舞蹈可能是愉悦的单纯表达或是与求偶有关的活动。下述事实说明了这种情形：鸟类、动物类甚至蜘蛛，都以舞蹈来吸引和打动其配偶”①。因知模仿、游戏以至舞蹈，都是动物和人所供有的一种行为现象，或者说这是人类从他们的动物祖先那里遗传继承下来的。比较心理学还揭示出这样一种情况：“同成年的黑猩猩相比较，人类婴儿的模仿能力显然要低得多”②。正因为如此，在原始先民中最早出现的符号行为是模仿、游戏和舞蹈，也就毫不奇怪了。至于初民的模仿和游戏行为，现已无稽可考，因为今天所能见到的任何一个原始部族，其发展水平和情况已远非初民的原样。但即使如此，原始舞蹈人类学家们仍然搜集到不少的“熊舞”、“鱼舞”、“蛙舞”、“鸟舞”、“野犬舞”、“鹇鹋舞”等体现着初民观念的舞蹈。它们的一个共同特征，即都属于狩猎舞。这也不难理解，因为迄今为止的考古学和人类学都说明，人类最早的祖先就是一批猎人。所以这类舞蹈，当是初民以狩猎为谋生手段的时代的产物。③ 而其中最著名的当推普列汉诺夫曾在《论艺术(没有地址的信)》中描述过的“野牛舞”：

> 北美洲的红种人跳自己的“野牛舞”，正是在好久捉不到野牛而他们有饿死的危险的时候。舞蹈一直要继续到野牛的出现，而印第安人认为野牛的出现是和舞蹈有因果联系的。

接着他分析说：“他们的头脑里怎样出现了这种联系的观念，这个问题在这里与我们无关，姑且丢开不谈；但是我们可以有把握地说，在这种情况下，不论是‘野牛舞’或者是在动物出现时开始的狩猎，都不能看作是娱乐。在这里舞蹈本身就是追求功利目的的活

---

① 《新大英百科全书》(5).“舞蹈”，中国大百科全书出版社，2006

② [美]D. A. 德斯伯里．邵郊等译．《比较心理学》．科学出版社，1984

③ [美]匹尔比姆．《人类的兴起》(一)．科学出版社，1983

动，并与红种人的主要生活活动密切联系着”①。普列汉诺夫举述此例的目的，是为说明原始人的艺术的功利目的先于审美目的，无疑这是为大量事实所证明的正确结论。但他认为他们相信跳舞会导致野牛出现的“这种联系的观念”，却是无关紧要或不必注意的，则忽略了一个尤为重要而需认真研究的现象。因为，这种看似莫名其妙的“联系观念”本身，即说明一种重要事实：巫术观念的发生。而巫术的发生，正标志着原始先民思维发展的一次巨大飞跃。在初民的延迟模仿和游戏活动中，是否已包含有巫术内容已不可知，但如“野牛舞”之类的仪式活动，却是包含着明显的巫术目的在内的。而巫术的出现，却有非常重要而深远的社会意义，因为人类从此便进入一个崭新的时代——发现符号及符号功能并产生符号行为的时代。因此，符号哲学对人提出新的定义：“人是符号的动物”。

人类符号行为的出现，首先给人带来的是一个意识到的对象化世界。即把外在自然和人自身都变成意识的对象存在。在人类初始的行动思维中，思维及其肉体是混为一体而难以分开的，但自从有了人所创造的符号这一中介以后，才产生思维从肉体动作中独立出来的可能，并随着思维自身的发展最终把这种可能变为现实。美洲原始人的“野牛舞”，就是包含符号功能在内的最早符号行为。表面上看，这类舞蹈也是身体的有规律的动作，同动物的求偶舞之类没有什么不同。但实质上，动物舞蹈只是出自动物的生理本能，是它们生命活动的直接表现；而狩猎舞蹈则不同，它是受主观意愿和目的驱动的精神活动，舞蹈本身即已成为人与自然、人与人、以至与自己之间交流交际、对话传达的符号行为。因此，正是通过这种舞蹈符号活动，人才能产生出比较明确的意识，不仅意识着对象也意识着自己，而且成为人类劳动经验和文化信息得以记录、传递和交流的载体，使人类能够世代相延并不断发展。没有符号的作用，人类一切都将化为乌有，因此应该说，人类的巨大进步就是以此为起点的。一个明显的例子是：旧石器时代曾经延续了几百万年，而新石器时代的历史则只有短短一万多年，没有符号功能的作用这是难以想象的。吴汝康先生就曾指出：“据报导，黑猩猩是唯一有改变天然物能力的动物，如去掉树的枝叉，来猎取白蚁，近似于工具的制造。但黑猩猩只是在眼前所能获得结果的场合下，才会这样做。由于智力的限制，它很少知道过去和未来”②。原始人的狩猎舞之类，其所以与之不同，是因为它既是对过去经验的延迟模仿，也是对未来目的的一种祈愿，作为二者联系中介的才是舞蹈本身的符号行为。黑猩猩缺少的正是这至关重要的一步——符号行为，故“很少知道过去和未来”，尽管也有“近似于工具制造”的劳动活动，却始终难以进化为人。从这个意义上说，符号行为才使人变成真正的人。

然而，随着人类生产力的不断发展，脑功能的不断完善强化，心理表象力求使自己对象化为物质符号的要求则成为历史的必然。这一方面是作为动作思维符号的舞蹈不断繁杂分化，如伴随着会出现交感巫术、万物有灵和灵魂观念的萌生，除狩猎舞之外还衍化出战争舞、性征舞、丧葬舞等；另一方面也是更重要的一面，则是新的物化符号——造型符号的产生。大约在距今30万年至5万年的旧石器时代中期，象我国的马坝人、长阳人、

---

① ［俄］普列汉诺夫.《论艺术(没有地址的信)》. 三联书店，1964

② 吴汝康.《人类的起源和发展》. 科学出版社，1980

丁村人，和欧洲的尼安德特人（简称“尼人”）时代，在他们居住的洞穴遗址中已发现有人骨和动物骨头的规则有序的排列，说明此时已经产生原始宗教，但在他们同时或更早的人类遗迹中，却从未发现那怕是最粗糙的物化符号（如雕塑或绘画）形式的存在，便充分说明此时人类还未脱离以自身肉体动作进行符号活动的阶段。然而到了旧石器时代中后期的交叉过渡时期（距今5万年左右），人类符号活动的载体却发生过一次重要变化，即除原来的巫术舞蹈之外，还出现了不以自身动作为局限的新的物化空间造型形式，如主要集中在欧洲又遍布世界各地的属于旧石器时代后期的洞穴壁画、崇拜偶象及刻划符号等。这次符号变化的重要意义在于，它把人类思维从自身动作符号的羁绊中解脱出来，使思维的物质外壳由具体动作转向已经抽象化的心理表象造型符号，从而脱离开即时表演性的时空限制而大大增强脑信息的处理、贮存和积累能力。但就其性质而言，则仍然是以巫术目的为其使用核心的。如这些图画往往以概括的形体和突出的细节真实、标示出狩猎对象被矛击中和箭射中而受伤死去的部位，明显带有施行巫术法咒企求发生作用的意义。有时，他们还无视客观物象之间的空间关系，将不同时期刻划上去的动物形象重复叠置在一起，更带有曾多次进行过巫术活动的痕迹。而且这些图象还往往绘于最不易达到的洞穴深处或最隐秘之地，也显然不仅是为了欣赏或传授狩猎知识。因此，此时的人类已主要不是在行动思维，而是进而演化为图象思维了。并且，还通过两种思维的有机结合，即舞蹈活动和图画偶象的结合，还形成一系列相应的辅助仪式，更把巫术祭仪推进到更加成熟的阶段。

大约到了新旧石器的交替时期，人类符号功能又一次发生巨变，心理表象的物质载体向更为抽象内化的语言过渡，这标志着更高层次的语言思维的出现。马克思、恩格斯即曾指出：“语言也和意识一样，只是由于需要，由于和他人交往的迫切需要才产生的。”而且人类“并非一开始就具有‘纯粹的’意识。……语言和意识具有同样长久的历史；语言是一种实践的、既为别人存在并仅仅因此也为我自己存在的现实的意识”①。确实，由动物的呼叫系统到人类分节语言的出现，其递变过程应和人类自身一样古老。但以概念语词系统为符号媒介所进行的思维活动，其发生却不会很早。在二十多年前，美国解剖学家克里林，曾根据尼安德特人（即早期智人）的化石材料，建立了一套尼人声道模型。语言学家利伯曼则用电子计算机测定，这种声道模型还“不能清晰地发出一定的声音，其中包括元音 a、i、u”。因为尼人“发音的喉部直接突入口腔，他们只能依赖口腔的形状改变发音，因此，他们的声道由单道共鸣道所组成”②。这说明在距今约十几万年前的早期智人阶段，人类还不具备产生语言的生理机能。又据报道，1971 年菲律宾国家博物馆考察队在马尼拉以南 500 英里处的热带丛林中，发现了至今仍生活在旧石器时代晚期的塔沙代人。一是他们很害怕与外界的人接触，说明长期以来一直处于孤立隔绝环境之中，受文明社会的影响不大；二是他们使用的语言，简单到大约只有 100 个左右的词语，当要说出父亲和父亲的父亲时，都只能说具体的名字；当问到他们的人数时，主人便一一说出

① 《马克思恩格斯选集》(1). 人民出版社，1972

② ［美］C·B·科塔拉.《尼安得特人的灭亡，语言是一个因素吗?》. 科学杂志，1974

24个人的名字;他们也未形成数的抽象概念,不会计算时间。由此可知,即使当人类进入旧石器时代晚期,虽已产生分节语言,但要把心理表象固定在相应的物质形式中,还仅仅是初始阶段。不过,从此人类的语言却长足发展起来,尤其是语言同巫术的结合,则出现了人类企图控制外在世界的一种新的形式——咒语,即从图象万能崇拜,转向语言万能的崇拜。原先他们是以主体自身动作或物化图象对客体施加影响,现在则是以主体念诵语词来实现操纵控制自然的意愿和目的,并且他们都相信"一些表示欲望的辞句,一经说出便算达到目的"。与此同时出现的另一重要现象,就是人类的一种高级属性——想象和幻想开始萌生并发展起来。马克思曾指出:"在野蛮期的低级阶段(距今约一万至六千年),人类的高级属性开始发展起来。……在宗教领域中发生了自然崇拜和关于人格化的神灵以及关于大主宰的模糊概念,原始的诗歌创作,共同住宅和玉蜀黍面包——所有这些都是属于这一时期的。它也产生了对偶家族和组成胞族和氏族的部落所结成的联盟。想象,这一作用于人类发展如此之大的功能,开始于此时产生神话、传奇和传说等未记载的文学,而且业已给予人类以强有力的影响"。① 即明确指出此时已经产生自然崇拜、神灵信仰和想象,这是无容置疑的。而意识思维、分节语言、想象和幻想以及巫术观念、有灵崇拜等的出现,都似乎为神话和诗歌的创作准备了充分条件,那么是否真如马克思所说诗歌和神话即发生于此时呢?下面作进一步探讨。

如前所说,神话是原始宗教的一个组成部分,它的产生与宗教的形成密不可分。马克思就曾指出:"宗教崇拜多少和氏族有着直接联系,正是在氏族中宗教观点才得以萌芽,宗教形式才被制定。"又指出:希腊人的宗教活动同样"开始于氏族中,这种活动后来传播到胞族,并在一切部落共同举行的庆典中达到其最高点"②。那么,氏族又是在什么时候产生的呢?马克思在该书中写道:"蒙昧人最发达的一部分,最后组成氏族社会,并形成住在散居村落的小部落,……子女继承其母亲,而不能被认为是父亲的人死后获得任何东西"③。即认为氏族的形成是在蒙昧时期的"最后"阶段,即距今约五万年左右的新旧石器交替时期,此时实行的是"子女继承其母亲"的母权制社会。恩格斯在《家庭、私有制和国家的起源》中说:"氏族在蒙昧时代的中级阶段发生,在高级阶段继续发展起来,就我们所有的资料来判断,到了野蛮时代的低级阶段,它便达到了全盛时代"④。此处他所说"蒙昧时代的中级阶段",当指中级向高级阶段过渡的晚期。因为他还说过:"氏族制度,在绝大多数场合下,都是从普那路亚家庭中直接发生的。"并强调说:"氏族不仅仅是必然地,而且简直是自然而然地从普那路亚家庭发展起来的"⑤。而普那路亚家庭的结束时代,正好是在蒙昧时代中高级阶段的交替时期。神话的最初产生,应该说要比氏族的出现稍晚一些,正如马克思在批评英国古典历史学家格罗脱时所说:"格罗脱先生应进一步指出:虽然希腊人是从神话中引申出其氏族来的,但这些氏族比他们自己所创造的神

① 马克思.《摩尔根〈古代社会〉一书摘要》. 人民出版社,1978
② 马克思.《摩尔根〈古代社会〉一书摘要》. 人民出版社,1978
③ 马克思.《摩尔根〈古代社会〉一书摘要》. 人民出版社,1978
④ 《马克思恩格斯选集》(4). 人民出版社,1972
⑤ 《马克思恩格斯选集》(4). 人民出版社,1972

话及其神祇和半神祇要古老些"①。因此,马克思前面那段话把神话的产生确定在"野蛮时期的低级阶段"是不够准确的,而是应该更早一些,当然也不会早到氏族刚刚出现的那个时代。从人类生产及生产工具的发展来看,当是新旧石器交替或新石器时代的早期。这时人类的分节语言已经产生,神话的创造及传播也有了物质符号作为凭借。虽然,氏族作为"出自同一祖先,具有同一氏族名称并以血统关系相结合的血缘亲族的总和","是由一个假定的女祖先和它的子女及根据女系永远传递下去的她的女性子孙所组成的"②,但是值得特别指出的是,这个被全体氏族成员所认可的"假定的女祖先",正常常被当作是最初的神话人物,而在宗教活动中作为崇奉的对象并创造出最早的神话来。自然,在实际上把始祖真正神话化,恐怕还要待以相当时日,所以她应比神话中的神祇和半神祇会更古老些。③

再从思维物质基础的大脑机能的发展来说,也可得出大体相似的结论。神话作为人的意识或精神的产物,是与人的生理机构和遗传能力发展到相当水平密切相关。即是说只有当人的心理反映系统在实践活动中,发展进化到比较完善的程度,能够形成比较稳定的社会意识时,神话才能够产生。现代科学研究表明,在古猿进化到人类的初期,其脑量只是现代人脑量的三分之一,甚至在人类发展的100万年之内,平均脑量也只有600－700毫升。直至距今约50至20多万年的北京人时期,脑量才达到现代人的三分之二。再根据脑功能定位学提供的材料看,在人脑三个基本机能联合区各自包括的相互重叠的三种类型皮质区中,人脑的进化依次是:在原始人那里得到最猛烈的增长的脑区位于下顶部,在古人那里是下额区,在现代人那里是两半球的上额区④。这说明直到旧石器时代中期以前的直立人时期,担任综合各种感觉功能的第二皮质区尚处在发展中,作为"人的认识活动最高形式的脑基础"的第三皮质区,还很不发达。就是说在人类进化的几百万年的漫长行程中,生物学规律始终占据主导的地位,而社会性则只以萌芽形式起着次要作用。直到距今约10万年的智人时代,他们的脑量才接近现代人脑量的水平。此后又经过一段时期,人脑的发展才最后完成而趋向于质量发展方面。正如前苏联学者乌格里诺奇所指出:"在形成中人(远古人类和古人)的阶段上,除逐渐出现的社会规律外,物种进化的生物学规律也起作用。特别是自然选择的过程仍然继续进行,致使人身在形态上发生变化。可是,从克鲁马农人⑤起,人类在生物学上停止进化,而只是在社会规律性的基础上继续发展"⑥。由此推断,神话的产生大约也只能在人脑停止生物学进化,而社会规律性占发展主导地位的旧石器时晚期以后,这同前面的判断也是基本一致的。

还有一个问题也必须指出:神话的发生同万物有灵观念是密切联系着的。换句话说,没有万物有灵和灵魂观念的出现,神话的产生也就无从谈起。"广义神话论"者认为

---

① 马克思.《摩尔根〈古代社会〉一书摘要》. 人民出版社,1978
② 马克思.《摩尔根〈古代社会〉一书摘要》. 人民出版社,1978
③ 武世珍.《神话学论纲》. 敦煌文艺出版社,1993
④ [苏]A·P·鲁利亚.《神经心理学原理》. 中华书局,1984
⑤ 即现代型人,在考古学上定年为旧石器时代晚期。
⑥ [苏]乌格里诺夫.《艺术与宗教》. 三联书店,1987

存在一个前万物有灵的"活物论"神话时代的观点固然错误,但依据马林诺夫斯基所说:"原始宗教的好多方面,都不容易限制在泰(勒)氏有灵观念范围以内"来否定这种联系也未必正确。固然,原始先民并非处处都是以有灵观念行事的,"以为初民无清醒状态,而是完全不可救药地沉迷于神秘状态中",尤其在世俗生活的范围内,有灵观可能还不占主要地位。但是,神话都必然是从富于幻想和想象的有灵观那部分生活土壤中发生的,而绝不会是从毫无幻想和想象热情的"世俗生活"土壤中生发出来。马氏的这段话是人们经常引用的:

> 初民对于自然与命运,不管是或则利用,或则规避,都能承认自然力与超自然力,两者并用,以期善果。只要由着经验知道某种理性的努力能有用,他便不会忽略过去。他知道禾稼不能专靠巫术生长,独木舟制造适当也难航行水面,战争不靠勇敢更难攫得胜利。他永远没有单靠巫术的时候,然在另一方面,倒有时候完全不用巫术,即如生火与旁的技术之类。凡有时候必要承认自己的知识技能不够了,便一定会用巫术的。①

巫术的思维前提是有灵观,如果不认为生物和无生物都像人一样有灵魂和个性,巫术就不会产生也不必进行了。原始先民绝不会象现代人那样理智,把"理性的努力"和巫术信念分得那么清楚,其实这二者在他们生活中都是"永远"交织混杂在一起的。禾稼、战争、制造独木舟等,固然不能"单靠巫术",但人类学提供的大量材料说明,他们生活中却普遍存在着祈求丰收的丰产巫术,或预期战争胜利并鼓舞勇气的战争巫术等等。制造独木舟而顺利"航行水面"大概亦不例外。在他们看来,这二者并存本来就不是矛盾对立的。何况,神话创造正是由其观念中"神秘状态"的一面为心理基础的,而绝不会由着经验如生火技术之类的方面产生出来。因此,神话不是"某种理性"的产物,当其理性真正高场起来的时候,神话也就消失了。当然,如果完全忽视初民生活中知识经验一面的存在和作用,那么神话也就仅成为原始人的胡思乱想,根本谈不上是他们世界观和知识总和的原生载体了。比如在神话中,常把那些自然和社会的无可抗拒的力量,想象成凶恶可怖的神灵,使其形象带有人兽共体的非现实特征,如雷神是"龙身人头",水神共工是"人面蛇身朱发",西王母是"豹尾虎齿而善啸"(《山海经》),战神蚩尤是"人身牛蹄,四目六首"、"耳鬓为剑戟,头有角"(《述异记》)等等,如果没有巫术性的有灵幻想,单靠理性和经验知识能创造出来吗?但又不可否认,它们并非远离初民生活,故而才积淀着丰富而深刻的理性知识和生活经验。普列汉诺夫曾写道:

> 人在同自己的动物界的一切同族比较的时候,意识到自己是无比高尚的生物,于是害怕同它们相象,甚至把自己同它们不相似的地方竭力加以突出、夸大。但是,把这应用到原始民族身上,却是完全不正确的。大家知道,他们中间

① [美]马林诺夫斯基.《巫术、科学、宗教与神话》. 中国民间文艺出版社

有一些拔掉自己的上门牙，以便和反刍动物相象，另一些锉短自己的上门牙，以便和肉食的野兽相象，又有一些把自己的头发编得象角一样，这类的例子几乎是数不完的。……他们是用另外的眼光来看待这些动物的。为什么要用另外的眼光呢？因为他们处在另一个文化阶段上。……也就是说，仍然决定于我在上面讲过的社会条件。①

那么，原始人究竟是在什么文化阶段上，用一种什么样的眼光看待这些动物因而造成"力求使自己和它们相象"的呢？可惜普列汉诺夫没有说清楚。大概这就是人们不会否认的有灵观念和巫术思维方式吧。当然，这一切都是由生产力发展的特定阶段上的特定生产方式决定的，因而从一开始我们即判定神话是特定历史时期的产物。

第三节　神话是一种象征

神话是在史前时期长期流传并为后人记述下来的一些神奇故事，它不是史前先民的个人创造，或个人某种特殊想象力的产物，而是在民族或民族部落中经过世代传承加工后形成的集体的创造，是对先民们为求生存而面对的神秘自然力和社会力量的"一种不自觉的艺术加工"。那么，对它的性质、意义和个性特征应该如何理解呢？对此，神话研究者可谓众说纷纭，长期争论不休，朱狄曾在《原始文化研究》中将其归纳为十类并加评述。然而，他们尽管观察的角度不同，切入点各异因而形成不同流派，但就其对神话的根本理解而言，则可大致概括为两类，即说明论和寓意论。

所谓说明论，是把神话理解为原始先民对那些自己还不理解的自然现象和社会现象，所作的一种想象或幻想式的原始解释，而解释本身即是说明，所以神话是说明性的。对神话作这种理解自然并非错误，问题是这种"说明"究竟是一种什么样的说明，如果它是完全按照事物存在的本来面目进行解说，那么它讲述的就是一种完全现实的故事，不过这同后世所说故事文学就没有什么区别了，神话也就不再成为神话。而神话采用的说明方式，恰恰不是现实的、真实的，而是一种神奇的想象或幻想，并在不自觉中使现实的东西扭曲变形，"人间的力量采取了超人间力量的形式"，因而显得荒诞无稽、光怪陆离。因此，只从故事叙述的表面意义去解释，不仅难以穷尽其深刻内涵，甚至是不可理解的。显然，这正是"说明论"者难以克服的矛盾，因而才有寓意论的提出。

关于神和神话的寓意论，早在希腊时期即已萌生，但将其真正作为一种阐释神话的理论，则是相当晚的事。18 世纪西方的一些神话研究者如赫涅、克洛伊佐、许莱格尔等人即提出神话的寓意说。克洛伊佐在其《古代各民族特别是希腊民族的象征和神话》一书中，即认为不能仅就神话叙述的表面史事去理解神话，而应探索它深层所包含的内在理性。② 另一位法国古典哲学家谢林则说："希腊神话本身包含着表示一切思想的无穷寓意

① ［俄］普列汉诺夫.《论艺术(没有地址的信)》. 三联书店，1973

② ［德］黑格尔. 朱光潜译.《美学》(2). 商务印书馆，1979

和象征”[①]。黑格尔虽不同意将一切神话都纳入寓意和象征之内，但在其论述“象征性艺术”中关于神话问题时，却充分肯定了克洛伊佐的观点：“这个假说本来是正确的”。当有人指责克洛伊佐说：“在神话里找较深远的意义，而所谓较深远的意义其实只是他自己摆进神话里去的，没有历史根据能证明它们是实际存在的；反之，历史所能证明的只是人们先把那些思想摆进神话里去，然后才能在神话里找到那些思想”。黑格尔即反驳说：“但是尽管我们近代人在神话里所见到的东西古人原不曾想到，我们并不能从此得出结论说，古代的神话表现根本不是象征性的，因此就不能当作象征的东西去了解”[②]。因此，H·J·罗斯在《希腊神话学指南》中才说：“在寓意论者看来，神话是那样的荒诞无稽，以致它们真正的意义并不在于它们的表面意义，这种意义必然是一种隐藏的意义。因此，人们所要做的工作是去解析那种能抽引出来的意义”[③]。当然，寓意论者所说的象征内涵，仅仅是指神话中隐藏的某种抽象的理念或精神，如狮子象征勇猛，鹰代表宙斯，阿庇斯(神牛)代表神等，把象征的内容限制得比较狭小，因为要在一切神话中都要找出这种抽象意义来是困难的。但有趣的是，后起的神话学派往往从不同角度，同样最终把神话归结为象征。

与寓意论不同的是历史学派，其始祖亦可远溯到希腊的欧赫麦洛斯。他认为：神话不是一种秘传的哲学，而是一种筛选了的历史。故神话中的英雄应看作历史上真正存在过的英雄，神话中的故事应看作历史上真正发生过的事件。对神话的解释应首先以历史事实作根据，并从中抽引出历史事件的核心成分来，才能揭开神话的真正内涵[④]。将神话叙述的事件，完全作历史事实的真实解释，这不能说没有根据，但其片面性也是明显的。因为，不是一切神话都能找到历史事实加以证明的，更何况神话中的英雄，也难以都归结为古代英雄、酋长、祭司或巫师。赫伯特·斯宾塞也持相似观点，认为神话是人类祖先崇拜的产物。神话中的神，实际就是人类远古时代一些有作为的祖先们的传奇故事。例如一些原始部族常取自然现象如曙光、乌云、太阳等作人名，在流传过程中把自然现象人格化，于是这些自然现象逐渐被遗忘，而那些故事却被神秘化成为神话。科林伍德则把神话称之为一种“准历史学”。认为神权历史学根本不是有关人类活动的历史学，但就故事中的神灵亦是人类社会超人统治者这层意义来说，它仍然与人类活动有关[⑤]。他们对神话所作的理解应该说各有独到的发现，也补充了寓意论者只从神话中寻找某种抽象神秘意义的缺失，但正如埃德蒙·利奇所提出的：创世神话，英雄神话都可能有“真实历史”的基础，但从另一种观点看它们又是神话，究竟和历史的真实不同[⑥]。因此，说神话中存在历史的影子可以，但就认作历史却不可以，因为这种历史因素只是无意识的集体积淀，并不存在真实的历史叙述，而这两方面的矛盾和同一，则造成神话的象征性。正如约翰·

---

① [德]谢林.《先验唯心论体系》(中译本). 商务印书馆，1977

② [德]黑格尔. 朱光潜译.《美学》(2). 商务印书馆，1979

③ 朱狄.《原始文化研究》. 三联书店，1988

④ 朱狄.《原始文化研究》. 三联书店，1988

⑤ 朱狄.《原始文化研究》. 三联书店，1988

⑥ [英]埃德蒙·利奇. 王庆仁译.《列维·斯特劳斯》(中译本). 三联书店，1985

雅科布·巴霍芬所说:“历史事件(为神话)提供了内容,宗教为它提供了表现形式。……神话往往包含着宗教和历史的事实,两者不是分离而是同一的”①。不过,如恩格斯所指出的,巴霍芬把这一切的起源都归结为宗教,而不是人们的现实生活条件则是错误的。②

此外,如心理分析学派代表人物弗洛依德、奥托·兰克、卡尔·亚伯拉罕等,则把他们关于儿童无意识梦境的分析扩展到神话中,认为在神话中我们总能发现一种被压制了的欲望,这些欲望以一定方式表现它们要求满足,因此神话只是这种欲望的象征化的表现而已。或者用弗洛依德的话说就叫“象征的梦”。在这派神话学者中值得注意的是荣格,他一反弗洛依德关于个体无意识的理论,而提出“集体无意识”即“原型”的概念,认为这是一个非常古老而遥远的概念,指的是原始观念中世界的一种形象符号。而神话就是由表现原型或把原型符号化的形象所构成。因此,神话是原型的重要表现方式,是揭示人类灵魂的始初性记录。由于原始人的无意识心理有一种不可抑制的愿望,要把对外界的感觉经验同化为内在的心理事件,所以他们不会仅仅看到日出日落,而是在看到这些自然现象的同时会伴随着强烈的心理情感活动,于是太阳的运行就被幻化为神或英雄的活动,而所有季节的变化或月亮的圆缺等亦如日出日落一样,无不成为集体无意识心理的象征性表现。因而神话本身即是一种象征。用埃里奇·纽曼的话说:神话之所以对所有问题的回答都是象征性的,就因为它对所有问题的回答都来自精神的深处——无意识。它是一种象征化了的隐喻,精神的混合物就象梦那样把各种东西交织在一起。它最令人注目的特征就是它的意义的复杂性、不确定性以及不可被确定性③。

社会学和人类学的神话论者们,则更侧重于探讨神话象征性产生的社会根源,虽然他们不一定明确提出过象征论主张。如爱德华·泰勒就认为:神话是原始人一种特殊心灵的产物,它分不清什么是人类的,什么是自然的,故所有自然物都被他们赋予生命和人的特征。正是由于所有自然在野蛮人看来都是有生命的这一信仰,才使得他们把自然力进行拟人化,把本来属于日常生活的经验事实进行神化变形,故而创造出神话。这就是泰勒提出的著名的“万物有灵”。安德鲁·兰也认为:神话是一种特殊的智力状态的产物,这种智力的特征则是一种“心灵的朦胧而混乱的框架,对这种框架来说,所有有生命事物和无生命事物,人、动物、植物或无机物似乎都处于同样的生命、热情和理性的水平上”。神话的产生即与原始人这种特特殊的信仰习惯有关,成为万物有灵、巫术、灵魂观念、神鬼观念、梦境与现实的混淆等。而“野蛮人是好奇的,最早科学精神的模糊冲动已在他们的头脑中起着作用,他渴望对自己所生活的世界进行解释,并在解释中寻找到自己”④。泰勒则说:“当神话被创造出来的阶段,人的注意力在智能方面尚处于黎明状态之中。因此任何自然现象和社会习惯对当时的人们来说,都没有明显的理由,于是他就去创造出一个故事去解释这种自然现象或社会习惯。即使后来的人并不相信这种解释,那

① [英]巴霍芬.《神话、宗教和母权》. 伦敦:普林斯顿大学出版社,1968
② 《马克思恩格斯选集》(4). 人民出版社,1972
③ 朱狄.《原始文化研究》. 三联书店,1988
④ 朱狄.《原始文化研究》. 三联书店,1988

也是他们祖先的真正的传说"①。他们都把神话归结为原始先民处于特定智力阶段上对自然现象和社会习惯所作的解释,毫无疑问同马克思对神话的论述是比较接近的,不过马克思认为这是"用想象和借助想象以征服自然力支配自然力"的结果,他们则认为决定于原始先民的万物有灵观念,即把人混同于动物和植物、有生物和无生物这样一种"心灵的朦胧而混乱的框架"。然而,正因为神话是在这样一种混沌心灵状态下对自然和社会现象所作的解释,它也就不可能完全按照事物存在的本来而真实的面貌来描写和叙述,便必然造成对"日常生活的经验事实"的神化变形,因而使其具有明显的象征性。恩斯特·卡西尔的看法也与此接近,尽管他是从"神话的现象学"角度来研究神话的,也认为神话是一种"前科学社会的世界观",不能和现代人的"经验的世界"同时并存。而且这种世界观不仅可以在一些神话故事中发现,也可以在图腾实践中,在巫术中,在占星术和祭礼仪式中发现。因此他说:"他(原始人)的自然观既不是纯理论的,也不是纯实践的,而是交感的(sympathetic)。如果我们没有抓住这一点,我们就不可能找到通向神话世界之路。神话的最基本特征不在于思维的某种特殊倾向或人类想象的某种特殊倾向。神话是情感的产物,它的情感背景使它的所有产品都染上了自己所特有的色彩。……原始人并不认为自己处在自然等级中一个独一无二的特权地位上。所有生命形式都有亲族关系似乎是神话思维的一个普遍预设。图腾崇拜的信念是原始文化最典型的特征"。并指出:对原始人说来"没有什么东西具有一种限定不变的静止形态:由于一种突如其来的变形,一切事都可以转化为一切事物。如果神话世界有什么典型特点和突出特征的话,如果它有什么支配它的法则的话,那就是这种变形的法则"②。有灵观确是原始文化中存在的普遍现象,它不只存在于神话中,而且也存在于巫术活动、图腾崇拜、宗教祭礼中,并成为它们之所以产生的心理基础。巫术、宗教、神话等固然不能简单等同,但先民社会中普遍而广泛存在的基于有灵观上的巫术活动,却成为神话产生的肥沃土壤,因为前者是早于后者在历史阶段上出现的。而原始人类对自己不能理解、感到迷茫或恐惧的自然现象,用巫术式的幻想去把握,因而造成事物形象的歪曲变形,故卡西尔才认为变形是支配神话的基本法则。

基于前人的这些论述,我们对神话的象征性似乎可作出一个较准确的解释了。黑格尔曾对象征下定义说,:"象征首先是一种符号。不过在单纯的符号里,意义和它的表现的联系是一种完全任意构成的拼凑。这里的表现(按即象征),即感性事物或形象,很少让人只就它本身来看,而更多的使人想起一种本来外在于它的内容意义"。换句话说,"象征就不只是一种本身无足轻重的符号,而是一种在外表形状上就已可暗示要表达的那种思想内容的符号。同时,象征所要使人意识到的却不应是它本身那样一个具体的个别事物,而是它所暗示的普遍性的意义"③。如果我们不是把象征的内容,仅仅局限在黑格尔所说"普遍性的意义"或抽象理念上,而是把它延展得更加实际广阔一些,比如神话中所积淀的历史内容、特定社会观念、对自然现象的理解和解释等,那么这一界定就可完

① 朱狄.《原始文化研究》. 三联书店,1988

② [德]恩斯特·卡西尔. 甘阳译.《人论》. 上海译文出版社,2004

③ [德]黑格尔. 朱光潜译.《美学》(2). 商务印书馆,1979

全适用于对神话的概括。因此，我们所理解的神话的象征性，就是说“不管神话看来多么妄诞无稽，夹杂着几多幻想的偶然的任意的成分，归根到底，它总是由心灵产生的，总要含有意义”①。不过这意义却不是它本身就有的、明白说出来的，而是“本来外在于它”、被不自觉地加进去的。当然，在形象和表现的内容之间也并非互相分离、毫无联系，而是“在外表形状上就已暗示出要表达的那种内容”。既然这只是一种暗示关系，所以才需要人们去作象征意义的解释。从其表现的形式方面看，它也不是现实的事物的真实模写或再现，诚如黑格尔所说，则是在“力求转化自然事物为精神事物和转化精神事物为感性事物的双重努力之中，暴露出象征型艺术在这个意义和形象还见出差异的阶段的离奇幻想，挣扎酝酿以及颠倒错乱的拼凑”。② 就是说，由于低级生产力和稚拙认识水平的限制，他们还不能正确的认识客观事物，更不能对客观现象进行抽象思维并转化为概念，而只能在有灵观的引导下把对事物的理解转化为具体形象的过程中，借助离奇的想象或幻想去把握，因而造成形象本身的荒诞无稽和扭曲变形。正如普列汉诺夫所说：“因为人用同自身类比的方法来判断这些现象和力量：在他们看来世界似乎是有灵性的；现象似乎是那些与他们本身一样的生物，即具有意识、意志、需要、愿望和情欲的生物的活动结果”③。马克思也说，此时的“劳动者把自己的生命贯注到对象里去，但因此这个生命已不再属于他，而是属于对象了”④。因而在他们的眼里一切都是被人格化的充满神秘意义的现象，都是具有灵性或神性的生物，对它们的把握也只能是非现实或超现实的。所以，象征不是现实的真实再现，而是现实的幻想性扭曲，但其深层却包涵或积淀着深刻的真实，而发掘这种真实就是当今多学科渗透的神话学的使命。

例如我国的伏羲女娲神话，据载他们皆为人面蛇身：“上纪开辟，遂古之初，五龙比翼，人皇九首，伏羲鳞身，女娲蛇躯”（王延寿．《鲁灵光殿赋》）。“庖牺氏、女娲氏、神农氏、夏后氏，蛇身人面、牛首虎鼻”（《列子·黄帝》）。而且从汉代的画像砖来看，伏羲女娲图亦正作人面蛇躯交尾状。于是便又派生出这样一则关于人类的始祖神话：

> 昔宇宙开辟之时，只有女娲兄妹二人在昆仑山，而天下未有人民。议以为夫妻，又自羞耻。兄即与妹上昆仑山，咒曰：“天若遣我兄妹二人为夫妻，而烟悉合，若不，使烟散”。于烟即合，其妹即来就兄。乃结草为扇，以障其面。

妹即是女娲，那么兄又是谁呢？据《路史后记》二注引《风俗通》曰：“女娲，伏希（羲）之妹”。又《通志·三皇考》引《春秋世谱》、《广韵》十三佳等说同。可知这一对人类始祖，原来是伏羲和女娲兄妹为婚而生人的，且他们都是人面蛇躯，牛首虎鼻，就神话叙述的表层意义来看，简直是不可理解的。难道这纯出于原始先民荒诞无稽的胡编乱造？然据考古学、人类学、民俗学发掘的材料，细绎其深层内涵，却并非如此。

---

① ［德］黑格尔．朱光潜译．《美学》(2)．商务印书馆，1979

② ［德］黑格尔．朱光潜译．《美学》(2)．商务印书馆，1979

③ 《普列汉诺夫哲学著作选集》(3)．人民出版社，1962

④ 马克思．《1844 年经济学哲学手稿》．人民出版社，1979

首先，所谓“人面蛇身”原来是先民们图腾崇拜的产物。图腾是氏族假定的自己所崇拜的祖先，并作为本氏族区别于其他氏族的标记，同氏族的每个成员合而为一，即认定自己是这一图腾物的子孙。图腾崇拜的对象可以是植物、动物、甚至是无生物如云、日光、风等，但以动物为主。那么说伏羲女娲“人面蛇身”，便表明这是蛇图腾氏族的始祖了。因为，他们既认定自己的祖先是蛇，便都是蛇的子孙而赋有“蛇性”，并装扮成“蛇形”（即纹身的起源）以作标志，实际是使自己“拟兽化”。然而，正如闻一多先生所指出：“在那拟兽化的企图中，实际上他只能做到人首蛇身的半人半兽的地步。因为身上可以加文饰，尽量的使其象龙（按此处可先做蛇理解），头上的发剪短了，也多少有点帮助，而面部却无法改变，这样结果不正是人首蛇身了吗?”而且“根据‘同类产生同类’的原则，与自身同型的始祖观念产生了，便按自己的模样来拟想始祖，自己的模样既是半人半兽，当然始祖也是半人半兽了”。① 那么神话中伏羲女娲之所以是人面蛇身，其发生学的根源大概即在于此。后来伏羲女娲族的蛇图腾演化为龙图腾，用闻一多的话说，那是“部落的兼并”的结果，但也仍以蛇图腾为其主干，此即古代所说“诸夏”以及与他们同姓的若干夷狄民族。

其次，兄妹为婚而产生了人类，虽在许多民族中都有这类神话，但也并非纯粹出于荒诞无稽之说。那么，它所包含的深层历史内涵又是什么呢? 原来在人类同动物分手以后，曾存在过几种原始家庭婚姻制度。首先是所谓杂婚制，即在血亲群体或集团中，存在一种杂乱的性交关系，不仅兄弟和姊妹起初曾是夫妻，而且父母和子女之间曾经也是夫妻。但随着物种进化的自然选择规律的支配，这种婚配关系终于被淘汰，于是又进入群婚制阶段。群婚的初级形式是所谓“血缘家庭”，在这种家庭中婚姻集团是按照辈数来划分的，即所有祖父和祖母辈都互为夫妻，他们的子女即父亲和母亲辈也互为夫妻，同样第三代子女之间也构成夫妻圈，余者类推。它和杂婚制不同之处仅仅在于排除了祖先和子孙之间、父母和子女之间的夫妻关系，但仍保持着同胞兄弟姊妹之间的夫妻关系。群婚的进一步发展，出现了氏族之间的族外婚制，或称“普那路亚家庭”。恩格斯这样写道：“不过，一旦发生同母所生的子女之间不许有性交关系的概念，这种观念就一定要影响到旧家庭公社的分裂和新家庭公社的建立（这种新的家庭公社这时不一定要同家族集团相一致）。一列或者数列姊妹成为一个公社的核心，而她们的同胞兄弟则成为另一个公社的核心。……若干数目的姊妹——同胞的或血统较远的即从（表）姊妹，再从（表）姊妹或者更远一些的姊妹——是她们共同丈夫的共同的妻子。但是在这些共同丈夫之中，排除了她们的兄弟。这些丈夫彼此已不再互称为兄弟，他们也不必再成为兄弟了，而是互称为普那路亚，即亲密的同伴，即所谓 associe［同伴］。同样一列兄弟——同胞的或血统较远的——则跟若干数目的女子（只要不是自己的姊妹）共同结婚，这些女子也互称为普那路亚。……它的主要特征是一定的家庭范围内相互的共夫和共妻”②。也就是说，这种婚姻关系是由一个大的母氏族中分裂出来的若干子氏族之间互为夫妻（当然妻子的兄弟和丈夫的姊妹排除在外），实际是氏族间的集体的共夫共妻，不过这种关系也并非只是简单

① 闻一多.《闻一多全集·伏羲考》. 三联书店重印（开明书店版），1948

② 恩格斯.《家庭、私有制和国家的起源》. 人民出版社，1972

的A对B式的，而是多个氏族间交叉进行的。但不管怎样，由于它们都是从同一母氏族中分化出来的，故相互之间仍然是兄弟姊妹关系。明白了原始社会中这几种家庭婚姻关系，那么神话中伏羲女娲兄妹同婚的故事，究竟属于哪一种婚姻形式呢？显然它不属于杂婚制时期的产物，因为他们已有远为发达和进步的文化发明和创造。或者是“血缘家庭”时期的产物吗？似乎也不大可能。因为据记载，虽然他们都是风姓，都是人面蛇身（属于同一图腾氏族），都生于成纪，但一在今天水秦安县，一在今天水风沟，并不生长于同一个“家庭公社”中，而是属于同一氏族（蛇图腾）中分化出来的有兄妹关系的两个子氏族中。而且，女娲一族是由“一列或数列姊妹”为核心组成的，伏羲一族则是由“他们的同胞兄弟”为核心组成的。它们互为集体的丈夫和妻子，共同繁衍了以龙（蛇）为图腾的夏民族的后人，所以推为人类始祖。由此看来，伏羲和女娲兄妹为婚的故事，其深层含义当是指：属于同一部族（蛇图腾）最初分裂出来的两个有着兄妹关系的氏族之间的结婚，即普那路亚家庭的族外婚制的产物，伏羲女娲皆代表氏族，而不是指某个人。

总之，通过上面的考察，用今人的观点来看是这样一个不合情理而难于理解的神话故事，居然包含着十分深广而丰富的内容，其中既有先民历史的投影（族外婚制），又有原始巫灵观念的投射（图腾崇拜）。但这一切又都不是按照生活的本来样子描写出来的，当然也不是毫无联系，而是“在外表形状上就已暗示出要表达的那种内容”。所以，才需要进行文本阐释，这就造成神话的象征。

《山海经·大荒东经》中有一则神话，与此也很相似：

> 有司幽之国。帝俊生晏龙，晏龙生司幽，司幽生思士，不妻；思女，不夫。食黍食兽，是使四鸟。

郭璞注：“言其人直思感而气通，无配合而生子。此《庄子》所谓白鹄相视，眸子不运而感风化之类也”。认为讲的是司幽之国男妇无配合而生子，实在是对原文表面意义的附会。据文化人类学提供的材料，原始社会还存在过另外一种两性关系制度，即在重大集体活动如狩猎、战争、播种中的性禁忌制度。Ю·Н·谢苗诺夫在《婚姻和家庭的起源》中曾指出：在史前人群两性关系中，占重要地位的是一种“优势作用”规则，即占居等级制最高地位的雄性不仅在最高发情期内独占雌性，而且在全部发情期内独占雌性。故当时发生的相当大一部分流血冲突，就是基于这种争夺雌性的角逐造成的，并给群体的协调团结和生产活动造成极大危害。他写道：“要知道，性本能与食物本能不同，食物本能随着原始人群的产生已在颇大程度上纳入了一定的社会范围，而性本能却仍然停留在社会调节的范围之外。因此，在正在形成的社会里，恰恰是性本能成了各种冲突的主要根源”①。为了减少或避免这种冲突引起的死亡和危害，尤其是一些重大活动开始和进行的前后，为了保证群体的协调团结和活动的顺利进行，就必须避免这种冲突的发生。“实践活动的过程本身渐渐地，日益强烈地使原始人产生了这样一种观念：狩猎以及狩猎准备时期发

---

① ［俄］Ю·Н·谢苗诺夫.《婚姻和家庭的起源》. 中国社会科学出版社，1983

生性交关系会给集体带来危险，避免危险的唯一办法是在所有这一时期内节制两性关系。这样，在原始群中就开始逐渐地产生了狩猎生产上的性禁忌”。而且，“在不发生性交关系的紧张经济活动时期，原始群逐渐呈现为由两个多少独立的集团组成：一个包括全体成年男子；另一个包括女人和孩子。这样，原始群就依时间不同分成了非性关系集体和非规范性关系的联合体；而非性关系集体同时也分成空间上独立的男人集团和女人—儿童集团”①。民族学的资料证明，生产方面性禁忌的产生都伴以男女分开生活的现象。并且，随着生产活动的发展要求性禁忌的时间越来越长，而没有性禁忌的时间则日益稀少和短暂，久而久之遂形成定期的独特的性开放节日，这就是后来所说“春社”或社祭活动。当然在性禁忌期间对两性关系的限制是非常神圣而严格的，违犯者就会受到严厉惩罚。《淮南子·齐俗训》载：“帝颛顼之法，妇人不避男子于路上者，拂之于四达之衢”。拂，去也(《广雅·释诂》)，就是驱赶。即透露出这种婚姻习俗的存在。如果两性隔绝的时间愈长，而性接触的时间愈少，那么产生的性饥渴也就越加强烈，于是遂有“思士思女”神话的产生。

明白了原始社会中这种奇异的性隔离习俗的存在，再来看《山海经》中的这则神话，就容易理解了。帝俊，即太阳神踆乌，俊即踆之异写，实即神鸟的人神化。晏龙，《天问》曰：“日安不到，烛龙何照?”日安二字即是晏，“晏，晚也”(《礼记疏》)烛龙，见《山海经·大荒北经》：“人面蛇身而赤，是烛九阴，是谓烛龙”。可知它是给黑夜带来光明之神，正如王逸《天问》章句所说：“天之西北，有幽冥无日之国，有龙衔珠而照之也”。司幽，司即主管，当是主管“幽冥无日之国”的神灵。一天紧张的劳动结束后，入夜最容易引起孤男寡女们的思念之情，故有“思士不妻”和“思女不夫”之说。思士，即思念着的男子；思女，即思念着的女子；而造成思念的原因就是没有得到妻子或丈夫。那么揭开这则神话的神秘面纱，它的含义即是：表面义，帝俊生晏龙，晏龙生司幽，司幽生思男、思女；浅层义，太阳神生光明神，光明神生黑夜神，黑夜神生思念着女士和思念着男子的男女们；深层义，太阳带来光明(白天)，光明过去是黑暗(夜晚)，黑夜则带来思念女子的男士集团，和思念男子的女士集团。而且，这思念是在“食黍食兽”的重大活动时期，所透露的正是狩猎或农事活动中的性禁忌。

上面是包含社会象征内容的神话，下面再举两则关于自然现象的神话。根据《山海经》的记载，帝俊是十个太阳和十二个月亮的生身之父：

> 东南海之外，甘水之间，有羲和之国。有女子名曰羲和，方日浴于甘渊。羲和者，帝俊之妻，生十日。(《山海经·大荒南经》)
>
> 有女子方浴月。帝俊之妻常羲，生月十有二，此始浴之。(《山海经·大荒西经》)

羲和，原是为太阳驱赶车子的使者，此处又成为十日的生母。常羲，实即嫦娥，古娥、羲同

① [俄]Ю·Н·谢苗诺夫.《婚姻和家庭的起源》. 中国社会科学出版社，1983

声可转,此处则是十二月的生母。既然她们都是帝俊(太昊)的妻子,或者就是一人。因古音娥、和为一声之转,例可通用;又女娲之“咼”,与娥古韵同属歌部,叠韵对转,亦可通用;而“娲”与“和”,在书中亦常通用,如著名的“和氏之璧”,在《淮南子·说山训》中即写作“咼氏之璧”,就是明证。那么,羲和或常羲实在就是那位炼石补天、缚黄土作人的人类始祖女娲。至于说她能生十日,又生十二月,则是对日月起源这一自然现象的解释。一年有十二个月,周而复始,史前人类难以理解,于是幻想着它是由月神常羲生出来的。至于“十日”神话,当与殷人以干支纪日的神圣历法有关,因十个天干正好构成十日(即一旬),而殷王也皆以天干命名,说明他们正是以“日神之子”自居的。因此,殷王的祖先帝俊(高祖夔)也就成了“十日”的父亲,言其族系的神圣性。

与十日神话密切相关的,还有后羿射日的神话。《楚辞·天问》:“羿焉彃日?乌焉解羽?”王逸注:

> 《淮南》言:尧时十日并出,草木枯焦。尧命羿仰射十日,中其九日,日中九乌皆死,堕其羽翼,故留其一日也。

又《山海经·海外东经》郭璞注:“尧令羿射十日,中其九日,日中乌尽死”。

关于这则神话,一般是以“天灾与救世”的母题来解释的。即在长期的生产和生活实践活动中,人们把烈日带来的酷热灾难,以及太阳又给人们带来光明和温暖,这样两种既憎恶又热爱的交织着的复杂情感,通过幻想和想象而编织出来的。但是,射日神话不仅干旱的北方有,潮湿的南方也有,少数民族地区也有,这就不是“天灾与救世母题”所能解释的了。于是有论者提出:与其说是“天灾与救世的母题”,不如说社会大动荡,文化大嬗替,即商周易代的神话隐喻。在夏代就有太阳崇拜的习俗,国王也往往以太阳自居。故《尚书·汤誓》中记载人民诅咒昏王,即有“时日曷丧,予及汝皆亡”的民谣。而商人又以他们的祖先帝俊为太阳神,卜辞里也多有祭日即日神崇拜的记录。① 说明太阳崇拜更甚,所以殷王多以“日神之子”自比。但是,商周易代之后,周人虽对祭日的仪式加以保留,但祭日的次数却大大减少,从每日必祭减为每年仅有数次,而且在祭仪中日神已失去其主角地位,成为其他大神的配角。② 这表明随着殷周文化的更替,从而引发出太阳崇拜的衰落,于是殷人至上神帝俊的突出地位也随之被剥夺,留传至今的先秦典籍中,除保留着浓厚原始神话痕迹的“古之巫书”《山海经》外,竟不再有关于帝俊的文字,他是彻底地被从历史上抹去了,代之而起的则是周人至上神的“天”和人伦化的“天命”。显然,这是以殷周时代的更替和周人的胜利为历史背景的,后羿射日的神话产生于此时则绝非偶然,他成为帝尧的一个臣子,射日神话也成为尧舜传说的有机组成部分,属于周文化的系列了③
总之,“十日”神话如果说还积淀着原史人类的自然观,是对神秘自然现象的一种解释,那么,“射日”神话则包含着深刻的历史内容,是历史变迁时期的产物,不过其形式亦然是用

---

① 郭沫若著.《殷契粹编》. 科学出版社,1965

② 朱天顺.《中国古代宗教初探》. 上海人民出版社,1982

③ 陈钧.《神话新论》. 上海文艺出版社,1986

神话象征来表现的。

综前所述，所谓神话的象征性，就是历史的内容采取了非历史的表现形式，或用恩格斯的话说，就是“人间的力量采取了超人间力量的形式”，因而是不能就其字面意义来理解的，而是要深入到文化隐义层面去开掘，所以需要作出更深一层的阐释。因此，寓意派神话论者所说要从暧昧而朦胧的神话语言中去找出其隐藏的某种意义或理念，即所谓象征的说法是不够恰当的。并不是不存在这一类神话，比如《庄子》中的混沌神话、《列子·汤问》中的愚公移山神话、《山海经》中的刑天神话等，就都包含着某种抽象的哲理意义，但那已是神话的变种，即寓言的前奏了，实在算不得真正意义的神话。因为它们都是一定程度的有意识理性创作，而非不自觉的集体创造。

第四节　神话的演变和对文学的影响

神话反映的题材是相当广泛的，应该说凡是原始人类需要认识和解答的问题，几乎都有神话产生。因此，要对神话作比较精确的分类，那是相当困难的。比如，有人对神话的区分多达21类，除创造神话、人类起源神话之外，还有洪水神话、太阳神话、月亮神话、星辰神话、英雄神话、野兽神话等，琐细而极其繁复。也有将其概括为十类或四类、三类的。四类者如创世神话、有关自然及其变化的神话、有关诸神及其生活的神话和动物神话。三类者最为简洁，只包括创世神话、自然神话、社会神话三项，似乎又失去了丰富具体的内容而显得一般化。比如创世神话，即万物起源的神话，就包括有天地开辟、人类起源、民族诞生、文化发明及宇宙万物肇始等诸多方面的内容，既有属于自然神话范围的，也有属于社会神话范围的，很难做到界限截然分明。总之，由于各人研究的角度不同，采用的方法不同，也就不必也不需要强求统一了。

但是，神话作为一个动态系统，随着社会生产的发展，原始人类认识能力的提高，却处在永不停息的发展演变之中。原先占主导地位的神话渐渐消歇，而新的神话类别又会产生，演变到最后则是整个神话的消亡并导致新的自觉文学形式的产生。这种演变过程的最显著的特征，就是神话向“人话”的过渡。比如，最早的神话是关于自然崇拜、天地开辟和诸神起源的故事，其中充满了神秘暧昧的性质。纯粹是把“自然力加以形象化”的神的活动，因而构成故事的全部情节，其中还见不出人的因素参与其中。然而随着人类对自然界斗争一步步取得胜利，神话中也就出现了英雄的形象，有关于征服自然的，有关于反抗天帝的，有关于氏族战争的，也有关于文化发明创造的等。如《山海经》中记载的烛龙故事：

西北海之外，赤水之北，有章尾山。有神，人面蛇身而赤，直目正乘，其瞑乃晦，其视乃明，不食不寝不息。风雨是谒，是烛九阴，是谓烛龙。（《大荒北经》）

钟山之神，名曰烛阴。视为昼，瞑为夜，吹为冬，呼为夏，不饮不食不息，息为风。身长三千里，在无脊之东。其为物，人面蛇身赤色，居钟山下。（《海外北经》）

这两则故事所言完全一致，故知“烛阴”即是烛龙（郭璞注：“烛龙也，是烛九阴，因名云”）。而章尾山亦即钟山，因“章钟声近而转也”。（郝懿行笺疏）其所讲的实际是关于昼夜更替、气候变化等自然现象的始初人类认识，所以除了把自然力加以形象化神秘化，并赋予它巨大的威力之外，还根本看不出任何人间力量的存在，或者说看不出人类征服大自然、改造大自然的努力。但是到了后来的英雄神话，如女娲补天、后羿射日、鲧禹治水等，在这些神话故事中，人的形象开始占居主要地位，英雄活动构成故事的主要情节，于是神话人物也由纯粹的神变成半神半人的超人，而人类征服自然成为故事的鲜明主题。这种情况，在女娲故事的演变中，也许会看得更加清楚。如前述，女娲和伏羲本来都是“蛇面人身”，甚至“牛首虎鼻”的，而且还是兄妹为婚生下人类的，故其形象总显得神秘暧昧，是远离人间烟火的。但到了炼石补天的神话则大不一样。《淮南子·览冥训》载：

往古之时，四极废，九州裂，天不兼覆，地不周载；火爁炎而不灭，水浩洋而不息；猛兽食颛民，鸷鸟攫老弱。于是女娲炼五色石以补苍天，断鳌足以立四极，杀黑龙以济冀州，积芦灰以止淫水。苍天补，四极正；淫水涸，冀州平；狡虫死，颛民生。

可以看出，为民除灾灭害的英雄形象，已成为这则神话的主导因素，尽管炼五色石以补苍天的情节还有浓重的虚幻性。她为什么要炼石补天呢？动因显然是为拯救人类。而且其他一些英雄行为，如杀黑龙、除猛兽、止淫水等，那更是非常现实的生活内容，根本不带有什么神秘性。可见人的因素成为其活动的主要内容，明显标志着神话向人话的过渡。随着神话中这种人性内容的进一步增强，发展到鲧禹治水、羿射九日、神农氏发明医药开创农耕等，人间英雄征服自然的活动便完全代替了神的活动。于是，神话也就逐渐走向消亡，并向真正艺术领域转变而永久地影响着后世文学创作。这主要可以从三方面来看。

一、神话的历史化

人们普遍认为：“神话不是历史，而是历史的影子”。这固然说明神话和历史的区别，但反之也说明神话和历史又密不可分。如前所述，神话之所以产生，其本身就是原始先民征服自然、改造世界、创造历史的实践活动在观念形态中的反映，或者说是他们认识客观世界的同时，也认识人类自身和人类发生史的一种物态化表现。因此，从原始人类最初创造神话的时候开始，他们就把自己创造的一部分神话如开天辟地神话、人类诞生神话、氏族起源和文明创造神话等，是直接间接地作为自己的历史来看待的。尤其是氏族始祖的神话，正如马克思所指出的：作为“出自一个共同的祖先，具有一个氏族名称并以血统关系相结合的血缘亲族的总和”，“每一个这样的氏族都有一个神话上的祖先，他被认为是氏族名称的始祖和英雄”①。如我国神话中的伏羲、女娲、炎帝、黄帝等，他们的活

① 马克思.《摩尔根〈古代社会〉一书摘要》. 人民出版社，1978

动实际就被看做民族的发祥史，并且代代相传，不断加添和增补，把神话人物历史化，终于成为民族的信史。总之，神话的历史化就是随着神话中这种历史因素的不断增加，和超人间力量的神话因素的不断削弱而实现的。早在神话产生的初期，这种历史因素就在某些神话中存在，或者说它是原始先民基于构建自己历史的需要而产生。但作为原始意识活动的产物，由于它还仅仅只能反映事物发生、发展和变化的某些外部现象，故虚幻性想象因素远多于现实成分，因而被人们看作只是“历史的影子”；但它们本身包涵的历史因素，又确实被当时人们当作自己的真实历史而接受和广泛流传，并且愈是流传到后来它的现实因素愈丰富，人们也就不能不以这些神话作为远古历史的传说而加以承认。

神话的历史化演变，大体而论有两种形式。一方面它可能朝着历史传说以至信史的方向发展，最终以一部分神话退出文学艺术领域，而演变成历史为其结局。我国神话的结局大多属于此类，它不象西方神话最终演化为完整严密的神系，而是演变为真正历史化的帝系，并带有信史的性质。但是，神话的发展演变并不是采取这种单一或唯一的形式。故另一方面它也可能向着文学艺术的领域继续发展，使一部分神话最终演化成史诗，即成为艺术化的历史。前者如果称作狭义的历史化，那么后者则是广义的历史化。但不管哪一种演化方式，它们都对人类文学的发展作出了贡献，史诗固然是一种新的文艺形式，历史传说也具有永久的艺术魅力。至于每个民族的神话在历史化的进程中，究竟会演变为哪一种形式，情况是不尽相同的。相较而言，在宗教比较盛行的民族中，大概史诗化的倾向比较明显，如希腊、印度等民族；而在历史成熟较早的民族中，则传说化的倾向比较显著，如我国的汉民族地区。中国历来被认为史诗不够发达，其原因大概在于此。

二、神话向寓言的演化

前面提到，神话是一种原始象征艺术，即以象征为主要形式来表现某种观念意义的艺术形式。既然它是一种象征就必然包含着两个方面，即现实内容的观念意义和表现内容的超现实的形式，从而构成矛盾运动的统一体。因为，就其本质而言，神话起源于人类的社会需要，即原始人类认识、解释和把握他们在生产和生活实践中所遇到的各种问题的需要。不过他们对新面临的各种问题的解释，却总是通过想象和幻想而带有虚幻的性质，尽管想象和幻想都是根据所要解释对象的某种特征而获得的，但当其一旦形成就会以一种观念意义的形态反作用于客观对象，并附着于对象的外在形象而使其具有观念意义的性质。这就是说，任何神话从其产生之初就包含着两方面因素：被观照对象的外在形象和形象所凝聚的观念意义。从一方面看，它是以想象和幻想为中介联系的形象和意义的统一体；从另一方面看，又由于想象和幻想作为人的一种认识思维活动，它又受着一定的物质生产水平的限制和制约，因而随着物质生产的不断发展，它也处在不断变化和提高的过程中，这又使神话呈现为一种动态流变的开放系统。换言之，随着人类思维和认识能力的不断发展，相应地神话创造的理性自觉因素也就不断加强，它原本就存在的某种具有启示或训诫的意义便越来越明显，而一但当其占具神话内容和功能的主导地位，那么一部分神话也就演变为寓言或童话了。比如《山海经·西次山经》记述的“中央之帝”即黄帝的故事：

> 又西三百五十里，曰天山。多金玉，有青雄黄。英水出焉，而西南流注于汤谷。有神焉，其状如黄囊，赤如丹火，六足四翼，浑敦无面目，是识歌舞，实惟帝江也。

毕沅注：江读如鸿。故帝江即帝鸿，也就是黄帝。但把他描写成这样一只“六足四翼”的奇怪神鸟，究竟是为了说明或象征什么呢？确实难以理解。至于说“其状如黄囊”，大概和盘古开天辟地的故事有些联系。据《三五历纪》载：“天地浑沌如鸡子，盘古生其中，万八千岁，天地开辟，阳清为天，阴浊为地”。那么关于黄帝状如黄囊、浑沌无面目的描写，虽未说到开天辟地，却已包含了天地起始神尚处于朦胧浑沌时期的杂乱意识，显然比较原始。但是到了《庄子》一书中，将其加工改造成为“倏忽与浑沌”的故事，则明显带有晚近寓言的性质：

> 南海之帝为倏，北海之帝为忽，中央之帝为浑沌。倏与忽时相与遇于浑沌之地，浑沌待之甚善。倏与忽谋报浑沌之德，曰：“人皆有七窍，以视听食息，此独无有”。尝试凿之，日凿一窍，七日而浑沌死。

较之前者，它蕴含的喻义显然已明朗化，故而具有自觉的哲理内含。据郭象注：“为者败之，此段喻意”。则故事中的倏与忽比喻有为，浑沌比喻无为，是用来宣扬庄子顺其自然、无为而治的政治思想的。神话向寓言转化的这种明显迹象，同样在其他一些神话中也是普遍存在的现象，而当其创造出如“精卫填海”和“夸父逐日”、“刑天断首”和“嫦娥奔月”、“舜服象”等故事时，最早的一批寓言也就正式出现了。精卫和夸父的故事无疑寓含有人类征服自然的宏愿和意志的训诫鼓舞意义；刑天和嫦娥的故事，则包含着惨烈的政治斗争内容，尤其嫦娥被逐出人间而飞上清冷的月宫，也许更喻示着人类具有历史意义的女性的失败。至于舜服象的故事，则以家庭斗争的情节和背景，通过人性感化的力量意义，而使之带有浓厚的道德训诫色彩。至先秦诸子著作，我国寓言终于蔚为大观，显然是与神话的这种演化密切联系着的。

三、神话作为原型

原型批评，是目前很流行的一种神话理论。他们把原始人类不自觉地创造的神话，作为系统整体地把握人类文学的最初的或原始的意象来研究，从文化人类学和宗教民俗学的角度来阐释文学创作，因而给文学乃至艺术研究开辟出一种崭新的观念和视角，也给先民神话赋予新的价值和内涵。故这种批评方法的更准确的称呼，应该是“神话——原型批评”。至于“原型”这一概念，最早是由瑞士著名分析心理学精神病学家C·G·荣格提出的，并与他所说“集体无意识”理论密切相关。他在《原型和集体无意》中曾说：“与集体无意识的思想不可分割的原型概念指的是心理中明确的形式的存在，它们总是到处寻求表现。神话学研究称之为'母题';在原始人心理学中,原型与列维·布留尔所说的'集体表象'概念相符"。① 因此,可以说它就是人类集体无意识所凝聚的载体,故才能在文学和民俗中一代又一代地传递下来,成为约定俗成的典型原初意象。他曾进一步解释说:

> 原始意象或原型是一种形象,或为妖魔,或为人,或为某种活动,它们在历史过程中不断重现,凡是创造性幻想得以自由表现的地方,就有它们的踪影,因而它们基本上是一种神话的形象。更为深入地考察可以看出,这些原始意象给我们的祖先的无数典型经验赋以形式。可以说,它们是无数同类经验的心理凝结物。它们呈现出一幅分化为各种神话世界中的形象的普遍心灵生活的图画。……每一个意象中都凝聚着一些人类心灵和人类命运的因素,渗透着我们祖先历史中大致按照同样的方式无数次重复产生的欢乐与悲伤的残留物。②

因此,原型是凝聚着人类祖先无数次所经验所重复过的普遍心灵生活、命运、欢乐与悲伤等的"神话形象",是由原始先民的现实生活所分化或派生出的神话世界的普遍图式,它积淀在集体无意识中代代相传,并以之为"遗传"载体。所以,当原型表现的这种情境在后代人们心中再次发生,或者被再次激活时,人们就会突然体验到一种异常强烈的释放感,就象被一种不可抗拒的强力所操纵似的。而这时就不再是作为个人,而是全体或整个人类的声音在心中激荡回响,这便是原型作为集体无意识载体所产生的强大力量。荣格对神话所作这种全新的理解和阐释,无疑不仅对神话研究,而且对整个人类文学研究都有深远的开创意义。于是,发展到加拿大著名文艺理论批评家N·弗莱,终于使文学理论中的原型批评得以真正确立。当然,弗莱所说"神话"已不同于一般的理解,它特指由神话故事所引伸出来的一种纵贯文学整个历史的叙述结构原则,而不仅仅是原生态神话。由此他又进一步将全部西方文学发展史分成依次出现的三种原型象征模式,即原生神话、传奇文学和自然主义写实文学。后二者都是神话模式的"置换变形",如果说"现实主义是一种不明显的明喻艺术,神话则是一种不明显的隐喻艺术",传奇则介于二者之间,它一方面使神话朝着人的方向置换变形,另一方面又不同于现实主义而朝着理想化的方向使内容程式化,实际上这就是明喻,如比拟、意义联想、偶然的附带意象等。但在这三种文学模式中,形式尽管可以发展变化,而纵贯其中永恒不变的结构模式则是原型。因此他说:

> 在这一相(按指神话相)中,象征是可交际的单位,我给它起名叫原型:即一种典型的、反复出现的意象。我用原型来表示那种把一首诗同其他诗联系起来并因此而有助于整合统一我们的文学经验的象征。③

---

① 叶舒宪.《神话——原型批评》.陕西师大出版社,1987

② 叶舒宪.《神话——原型批评》.陕西师大出版社,1987

③ 叶舒宪.《神话——原型批评》.陕西师大出版社,1987

在《伟大的编码:圣经与文学》中他又说:

> 关于文学,我首先注意的东西之一是其结构单位的稳定性。比如说在喜剧中,某些主题、情景和人物类型从阿里斯托芬时代直到我们今天都几乎没有多大变化地保持下来。我曾用"原型"这个述语来表示这些结构单位。①

神话叙述的某些结构模式,经过一代又一代人的不断重复,便将这些经验铭刻在我们的心理构造中,它首先不是以充满内容的形象的形式,而是作为"无内容的形式"即一种感知和行动的确定类型的可能性存在着。每当相应于某一特定原型的情境出现时,该原型就被再次激活而成为一种创作灵感或本能冲动,并在不同时代的不同作家作品表现出来。而一切艺术的真正特殊魅力即由此产生,因而也应以此去分析评判这些作品。如前述,由于弗莱所说"神话"已非仅指原生神话,而是一种永恒的象征模式,所以"神话"即是"原型"。如他所说:"神话是一种核心性的传播力量,它使仪式具有原型意义,使神喻成为原型叙述。因此,神话'就是'原型,虽然为了方便起见,我们在提叙述时说神话,在提到意义时说原型"②。那么所谓原型批评实际就是关于神话认识和神话影响的理论。较之由神话直接演化而来的传说、寓言、史诗等的研究,它使我们对神话与后代文学的关系有了更为广泛而深刻的认识。

---

① 叶舒宪.《神话——原型批评》. 陕西师大出版社,1987

② 叶舒宪.《神话——原型批评》. 陕西师大出版社,1987

第二章　巫术宗教祭仪的礼辞:“诗三百”

第一节　“诗三百”篇的史前文化积淀

《诗经》是我国最早的一部诗歌总集,原称“诗”或“诗三百”,被推尊为“经”则是汉代经学兴起后的事。学界一般认为它创作于西周初至春秋中叶的五百年间,其中以《颂》最早,大概是西周初期的作品,其次是大小《雅》,约为西周末至东周初年作品;十五《国风》最晚,可能都是春秋时期的作品了。

然而,这只是从社会学角度,即对当时的政治、经济、历史人物等作共时性牵附得出的结论。这种研究方法往往以史证诗,或以诗证史,其主观臆断、牵强附会之处自所难免。而更重要的,还在于这种研究所注视者常常只是一些外部直观的、一时性的影响因素及其在诗中的反映,因而很难看到历史文化的深层积淀,从而揭开其本来面目并发掘出诗篇所蕴含的丰富内涵。今天的研究者已认识到这种不足,遂进而作文化人类学、宗教学、民俗学、考古学等的综合研究,主要去把握史前文化影响的内在性、层积性、永恒性,故得出的结论也就大不相同。每个时代的政治、经济、道德意识等,如果放置在历史的滔滔长河中来看都是变动不居、日新月异、甚至倏忽即逝的,对其文学创作的影响固然不容忽视。但就《诗经》这部最早用文字记录的具有特殊性质的诗集来说,真正构成其文化底蕴或深层内涵的,却主要不是某些外在的瞬时性因素影响,而是那种内在永恒的原始文化的积淀。因此《诗经》这部最早的诗歌总集便绝非仅为有周一代人所创作,而更应看作可能是早期中华文明层积起来的艺术结晶。固然它的最后记录、整理及写定可能是在姬周,因而并不排除其中确有周代作品,但绝大多数篇章当来自更早的文化渊源,即史前时期的宗教礼仪祷辞和巫咒之类。

文化人类学提供的丰富材料表明,在原始先民中普遍存在着唯灵论思想,于是“万物有灵”成为主宰人们的生活和思维的主要观念,并由此派生出许多与生俱来代代相传的先在而神秘的巫术宗教信仰,如图腾崇拜、生殖崇拜、灵物崇拜、语言崇拜等。尤其是渗透于原始人群生活各个方面而无所不在的巫术宗教活动,更造成对山川鸟兽草木虫鱼的神秘力量的膜拜或禁忌,而这一切都毫无疑问地反映在原始诗歌(巫咒礼辞)中,并一直延续下来而积淀在《诗经》中,从而造成三百篇特有的隐喻性、象征性内涵,此即后代人们所说之“比兴”。正如一切原始艺术那样,《诗经》中的绝大多数诗篇的创作动机并非出于审美,或者说是作为自觉的艺术品来创造的,而是出于某种神圣而又神秘的实用功利目的,故其功利性远大于其审美性。列维·布留尔即曾指出:对原始人类来说“没有神秘意义的图画什么也不是”。确实,原始先民如果不是出于某种神秘意念的表达需要,而去无缘无故地创作图画或其他艺术,那是不可想象的,原始诗歌的创作当然也是如此。出现于公元前11世纪至前6世纪时的《诗经》,距今已有3000年历史,当时文明初辟,去古未远,其中保留并积淀有许多原始巫文化遗迹和内涵,那是极其自然而且必然的。前人注解《诗经》即常常提到,如《邶风·终风》“愿言则嚏”句,郑注:“今俗,人嚏云:人道我。此古之遗语也”①。又《鄘风·蝃蝀》“蝃蝀在东,莫之敢指”句,王质注:“今人犹言不可指,指则手生肿也”②。而《郑风·溱洧》,冉觐祖注:“今俗逢节赛神,优人扮戏,谓之会。而往观者辐辏其地,毂击肩摩,谓之赶会。民间夫妇,抱携子女,络绎于途”③。后二例虽未点明亦是“古之遗语”,其实亦正是古之宗教巫术礼仪的遗风遗俗。这些还只是就个别诗句或诗意而言的,《诗经》中的许多诗篇则本身即是巫祭礼辞,如《邶风·燕燕》一诗:

燕燕于飞,差池其羽。之子于归,远送于野。瞻望弗及,泣涕如雨。
燕燕于飞,颉之颃之。之子于归,远于将之。瞻望弗及,伫立及泣。
燕燕于飞,下上其音。之子于归,远送于南。瞻望弗及,实劳我心。
仲氏任只,其心塞渊。终温且惠,淑慎其身。先君之思,以助寡人。

此诗《毛传》谓:“卫庄姜送归妾也”。孔疏亦说:“庄姜无子,陈女戴妫生子,名完,庄姜以为己子。庄公薨,完立,而州吁杀之。戴妫于是大归,庄姜远送之于野,作诗见己志”。后来解说纷纭,但大都未能超出这一范围,或谓送亲人,或谓送朋友,总之都认定这是一首“送人诗”。但近年来从文化民俗学角度研究《诗经》的学者们,却从《吕氏春秋·音初》篇抄出一条材料,遂使对此诗的理解大为改观:

有娀氏有二佚女,为之九成之台,饮食必以鼓。帝令燕往视之,鸣若谥谥。二女爱而争搏之,覆以玉筐。少选,发而视之,燕遗二卵,北飞,遂不返。二女作歌,一终曰:“燕燕往飞!”实始为北音。

由此可知,原来这是一首有关殷民族始祖诞生神话的歌诗。若再参以《史记·殷本纪》所载,其义则更明:

殷契,母曰简狄,有娀氏女,为帝喾次妃。三人行浴,见玄鸟堕其卵,简狄取吞之,因孕生契。

玄鸟即燕,是殷民族传说中的图腾始祖。故《商颂·玄鸟》也说:“天命玄鸟,降而生商”。据历史学家考定,商契的时代当是母系氏族社会,民人“只知其母,不知其父”,吞燕卵而生商,属上古时代普遍存在的感生神话类型。简狄是他们传说中的始祖(亦为殷民族崇祀的高媒神),燕是他们崇拜的图腾。因此《邶风·燕燕》一诗,无疑是殷民族礼送图腾神

① 《十三经注疏》上册.《毛诗正义》.中华书局影印本,1980
② 《诗总闻》.中华书局,1985
③ 《诗经详说》.齐鲁书社,1997

回归祖先那里去的礼仪祷辞,亦即先民们图腾崇拜意识的曲折反映,尽管在写入《诗经》时可能已有很大改动,与"有娀氏二女"所歌者未必尽同。所谓图腾,一般包括两重含义:对氏族内部来说,它是一个氏族所选定的想象中的始祖;对氏族外部来说,它又是本氏族用以区分"我"与他氏族的标记。在先民观念中,它有一种神圣的超自然的力量,故也是氏族的保护神。因此,当送别图腾回到自己祖先那里去的时候,全氏族就会怀着强烈而虔诚的感情,举行盛大的祈祷仪式,并歌唱礼赞。"之子于归"的"子",即对图腾神燕子的尊称。全诗不厌其烦地反复咏唱:"瞻望弗及,泣涕如雨"、"瞻望弗及、伫立以泣"、"瞻望弗及,实劳我心",正是这种虔诚而强烈的氏族情感的自然表现。全诗结尾更进而说:"先君之思,以助寡人!"先君,即已逝去的祖先;祖先不可见遂寄望于可见的图腾。助者,畜也,养也。可知这正是祈请祖先福佑之辞。如果只是一般的送人诗,试想岂可求其畜养勉助乎?其情之切又何以至于此!

但更深一层看,图腾崇拜在原始先民又是和生殖崇拜密切相关的。因为,图腾正是他们想象中产生人类的始祖,是护佑氏族生殖繁衍绵绵昌盛的保护神。于此理解"玄鸟生商"的传说,当会发现更深刻的原始文化内涵。郭沫若先生即说:"玄鸟旧说以为燕子",他则认为即是凤,"但无论是凤或燕子,我相信这传说是生殖器的象征,鸟直到现在都是(男性)生殖器的别名,卵是睾丸的别名"①。今俗亦尚呼男根为"鸟"、"鸡巴根"、"鸭鸭"、"雀雀"等,即为此说之明证。因此,研究者一般都认为在神话传说中,鸟类是作为男根的象征物出现在描写中的,而《诗经》中的鸟类描写当亦不例外。又《楚辞·自悲》王逸注:"鸟,阳物也"。而阳物,至今亦为男子生殖器的称呼。神话传说太阳有三足乌,或称踆鸟。《淮南子·精神训》曰:"朘,赤子阴也"。台湾《中文大辞典》尸部则说:"屡,赤子阴部,与朘同。《集韵》:'屡,赤子阴,或从尸从血'"②。故知此所谓"踆鸟"亦确系男根的象征,由于它是三足,与一般两足者有所不同,故写作"踆",而中间一足即代表"朘"或"屡"。《老子》第五十五章:"未知牝牡之合而朘作,精之至也"。更明显是指赤子阴而言。因此,所谓"玄鸟生商"的神话,以及《史记·殷本纪》所言"玄鸟堕其卵,简狄取吞之,因孕生契"云云,实际是对简狄与帝喾发生性行为而怀孕生契的象征性隐晦描写。对此《吕氏春秋·音初》篇的描写就更加细致,"为九成之台",此台又称春台、桑台、上宫、阳台等,是古代先民们祭祀高媒神而求子祈福的地方,自然也是"会合男女"之地。如《老子》第二十章所写:"众人熙熙,如享太牢,如登春台"。或《诗经·桑中》所写:"期我乎桑中,要我乎上宫"。《楚辞·天问》也说:"禹之力献功,降省下土四方,焉得彼涂山女,而通之乎台桑。"又《楚辞·高唐赋》言楚王与巫山神女相通,亦在"云梦之台"或"阳台"。可知此"台"之特殊地位与性质。尤其《天问》还说"简狄在台喾何宜",王逸注:"言简狄侍帝于台上"。侍帝于台,即涂山女"通之于台桑"之意,是古代先民中通行的一种礼仪,故要特设"九成之台"以成礼。《音初》篇又说:"饮食必以鼓"。首先,"饮食"一词在古代是表示性行为的常用隐语,如《诗经·衡门》:"岂其食鱼,必河之鲤;岂其取妻,必宋之子"。

---

① 《郭沫若全集·历史编》(1). 人民出版社,1982

② 《中文大辞典》(10 册). 台湾"中国"文化学院,1968

《诗·株林》:“驾我乘马,说于株野;乘我乘驹,朝食于株”。此所谓“食”可知都是隐指,尤其“食鱼”与“取妻”对举,则含义更加明白。但“饮食”何以要用鼓?原来先民们举行生殖祭祀时,部落首领和酋长常要进行“尸女”仪式。如《春秋》昭二十三年载“夏公如齐观社”,对此三传皆谓非礼,其原因如《穀梁传》所说:“以是为尸女也”。《说文》:“尸,陈也,象卧之形”。据此郭沫若《释祖妣》解释说:“尸女即通淫之意。如《郑风》之《溱洧》、《鄘风》之《桑中》,所咏者皆此事”。总之,这种性行为是在祭祀高媒神社仪式上,由酋长或首领们在鼓乐声中,众目睽睽之下,所进行的为部落或氏族祈求子孙繁衍的一种神圣仪式,人人都充满着虔敬神秘的感情,默祷上苍给予福佑,当然不会感到大惊小怪,而认为是“非礼”了。何况在帝喾的时代,根本就不存在后世所说那种“礼”,而“尸女”本身即是他们最神圣的“礼”,伐鼓张乐正是理所当然。“帝令燕往视之,鸣若谥谥,二女争而搏之”。燕是男根的象征,令往观即对性行为的曲写,鸣若谥谥以摹其声,二女争搏以象其性亢奋,所以才称之谓“佚女”。佚者,逸也,淫也。可知这则神话对先民的“尸女”仪式进行了绘声绘色的描写,也反映出原始生殖崇拜的深刻文化背景。而《燕燕》一诗则是由此派生而来的殷民族图腾拜祭仪的礼辞,作为一般的“送人”诗理解,实为不妥。

上面所谈是《吕氏春秋·音初》篇作为北音之始的“燕燕”歌,还有一则故事说到南音之始的“候人”歌:

> 禹行功,见涂山之女,禹未之遇而巡省南土。涂山氏之女乃令其妾候禹于涂山之阳,女乃作歌。歌曰:“候人兮猗!”实始作为南音。

这则故事亦见于《楚辞·天问》,不过屈原则颇有微辞而已。

> 禹之力献功,降省下土四方。焉得彼涂山女,而通之于台桑?闵妃匹合,厥身是继,胡维嗜欲同味,而快朝饱。

问题是《诗经·曹风》中也有一首《候人》诗,这难道仅仅是巧合吗?且抄在下面再作分析:

> 彼候人兮,何戈与祋。彼其之子,三百赤芾。
> 维鹈在梁,不濡其翼。彼其之子,不称其服。
> 维鹈在梁,不濡其咮。彼其之子,不遂其媾。
> 荟兮蔚兮,南山朝隮。婉兮娈兮,季女斯饥。

闻一多先生曾写过一篇《高唐神女传说之分析》,在举出丰富可靠的材料,对涂山氏《候人》歌、《曹风·候人》诗及高唐神女传说作细致的比较研究后指出:“古《候人》歌与曹《候人》诗有着很深的关系,那么‘朝隮’又像是古《候人》歌的中心人物涂山氏了。朝隮一面关连着高唐神女,一面又关连着涂山氏,……二者莫非本是一人罢?对了,我有证据，是地理中得来的”。但他指出也不能在二者之间简单地划上等号，而是说“这几个民族最初出于一个共同的远祖（当然是女性），涂山简狄（按他认为宋之高禖即殷之先妣简狄，亦即涂山氏——笔者）高唐（神女），都是那位远祖的化身”，即都是“从某一位先妣分化出来的”①。然而，她们三者之间的关系究竟如何，这里暂且不论，但闻一多先生却给我们传达了一个重要信息：古涂山氏《候人》歌和《曹风·候人》诗确实存在密切联系。当然在录入《诗经》时可能已不完全是古《候人》歌的原貌了，但基本面貌还是得到了保存的。这从诗的内容即可看出。涂山氏所候之人是奔忙于治水的大禹，而诗中所候之人一则是“何戈与祋”，再则是“三百赤芾”。戈与祋固然可释为兵器，但在远古时代兵器和劳动工具是没有严格界限的。何者荷也，扛也，正符合大禹当时的身份。芾即祓之假借，赤祓是用皮革制成上有精美花纹的高贵服饰，用来描写大禹也正合适。由于“禹未之遇而巡省南土”，便远离而去，所以诗中才以“不濡其翼”、“不濡其咮”的鹈鹕来比，并气恼地说“不称其服”、“不遂其媾”。然而，浓烈绵渺的相思情欲终难压抑，故才“令其妾候禹于涂山之阳”并作歌：“婉兮娈兮，季女斯饥”。闻一多认为，这“饥”并非口腹之饥，而是情欲之饥，亦即通淫之意，是很对的。《诗经》中也多有描写，如《周南·汝坟》、《陈风·衡门》和《株林》等。《楚辞·天问》上引那段话所说“而快朝饱”（闻氏认为饱即饲之误，饲通饥），也是同样的意思，在此诗中则是“不遂其媾”之饥。总之，这首《候人》诗其渊源亦甚古远，据闻一多先生意见并与古代高禖神祀还关系密切。《诗序》谓其“刺近小人也，共公远君子而近小人焉”，那是完全错误的。然而，祀高禖何以要歌这种颇涉淫乱的诗呢？大概古人以高禖为主婚姻和子嗣的尊神，在这种祭祀活动中，不但在上者要举行“尸女”仪式，在下者也是要“大会男女”的，为了取悦并讨好这座尊神，以祈福佑子孙绵延，而演唱神的爱情、婚姻、以至性的故事，那是很自然的。对此，《楚辞·九歌》为我们提供了很好的典型。《九歌》同样是用于祭祀娱神的，王逸曾说：“九歌者，屈原之所作以乐诸神。屈原放逐，窜伏其域……出见俗人祭祀之礼，歌舞之乐，其词鄙陋，因为作《九歌》之曲”②。据此则知屈原《九歌》是在民间祭神歌的基础上，经过加工润饰、删其泰甚而写成的，尚且“颂其所祠之神而婉娩缠绵，尽巫与主人之敬慕”③，那么被认为“其词鄙陋”的民间祭歌，就更可知了。以此例彼，那么《候人》歌用于祠祭高禖也就不是什么奇怪的事。

《吕氏春秋·音初》篇还列有作为东音之始的《破斧》歌，而《诗经·豳风》中也正好有《破斧》诗，虽然二者之间的关系因资料缺乏，今天尚难考查清楚，但从前面谈到的《燕燕》歌和《候人》歌来推猜，难道这种相同会是偶然的么？另外，《音初》篇亦载有作为西音之始的殷整甲所作歌，但未列出歌名，只说“秦缪公取风焉，实始作为秦音”。那么这“秦音”必与《诗经·秦风》有密切关系，可惜无从作具体篇章的考查了。在前面谈到神话一章中，我们还提到《吕氏春秋·古乐》篇所载葛天氏八阕乐歌，一曰《载民》，二曰《玄鸟》。载者假借为才，始也，与《诗经·大雅·生民》义同；《玄鸟》则又是《商颂》中之篇名，专讲商祖简狄生契的传说。凡此种种，难道都能说是偶然的巧合么？唯一通达的解

---

① 《闻一多全集》. 三联书店据上海开明书店（重印本），1948

② 《九歌序》.《四部丛刊》影明翻宋本《楚辞》卷一

③ 王夫之.《楚辞通释》. 上海人民出版社，1975

释,就是《诗》三百篇中确实积淀了史前文化的丰富内涵,绝不能只是简单地作为周代民歌的总集看。

为了进一步说明问题,下面再举《诗经·小雅》中的《云汉》一诗分析。《毛传》云:“云汉,仍叔美宣王也。宣王承厉王之烈,内有拨乱之志,遇烖而惧,侧身修行,欲销去之。天下喜于王化复行,百姓见忧,故作是诗也”。全诗八章章十句,摘抄三章如下:

> 倬彼云汉,昭回于天,王曰於乎,何辜今之人?天降丧乱,饥馑荐臻。靡神不举,靡爱斯牲。圭璧既卒,宁莫我听?
>
> 旱既太甚,蕴隆虫虫。不殄禋祀,自郊徂宫。上下奠瘗,靡神不宗。后稷不克,上帝不临。耗斁下士,宁丁我躬?
>
> 瞻卬昊天,有嘒其星。大夫君子,昭假无赢。大命近止,无弃尔成。何求为我,以戾庶正。瞻卬昊天,曷惠其宁?

从全诗所写内容来看,却丝毫看不出有什么“美宣王”的意思,倒是充满着呼天呛地、诚惶诚恐而祈祷上苍的虔诚。一方面在反复咏叹:“天降丧乱,饥馑荐臻”、“旱既太甚,蕴隆虫虫”、“旱魃为虐,如惔如焚”;另一方面又剖白深衷,希求降福:“圭璧既卒,宁莫我听”、“耗斁下土,宁丁我躬”、“瞻卬(仰)昊天,曷惠其宁”。总之,完全是一首用于祭祀的祷词,根本没有什么“美盛德之形容”的意思。那么这究意竟是一首什么诗呢?据《文献通考》载:

> (汉)穆帝末,和时议,制雩坛于国南郊之旁,依郊坛远近祈上帝百辟。旱则祈雨大雩社稷山林川泽,舞僮八佾,凡六十四人,皆元(玄)服,持羽翳,而歌《云汉》之诗。

这则材料虽然晚出,讲的已是汉代的事。但却说明:每当大旱之年,古人要举行祈雨雩祭,必舞八佾而歌《云汉》之诗,仍然保留着原始巫祭的礼仪习俗。把《诗》三百篇按照王功政教的需要来解释,是在汉儒们手里完成的,但要完全改造民间巫祭礼仪的性质,其力量却微乎甚微。可见要真正理解《诗》绝不能仅仅依靠书本知识,民俗中可能保存着更丰富的始初材料,这才是探本的方法。《云汉》诗不断重复着“不殄禋祀,自郊徂宫”、“祈年孔夙,方社不莫”、“昊天上帝,则不我遗”、“昊天上帝,则不我虞”等话语,正符合进行雩祭的旨意。因此,此诗无疑是一首用于雩祭的祷词。

然则何谓雩祭?《后汉书·礼仪志》曰:“自立春至立夏尽立秋,郡国上雨泽若少,府郡县各扫除社稷。其旱也,公卿官长以次行雩礼。求雨毕,诸阳衣皂,兴土龙,立土人,舞僮八佾,七日一变,如故。事反拘朱索社,伐朱鼓,祷赛,以少年如礼”。因此,这是一种遇到大旱时举行的祈雨仪式,不但要“兴土龙,立土人”,行礼、伐鼓、舞八佾,而且要“祷赛”而歌《云汉》之诗。不过这种祭仪并非起源于汉代,早在《周礼》中即有记载:“司巫掌群巫之政令,若国大旱,则帅巫而舞雩”,“女巫掌岁时袚除,衅浴,旱暵则舞雩”。可知雩祭仪式早就存在了,不同的是汉代天旱祈雨,是由“公卿官长以次行雩礼”,巫师只是作为陪衬的实践者出现的;周时则完全由司巫“帅群巫而舞雩”。这只能说明在《诗经》写定的周代,巫的地位远较汉时为崇隆,其祭仪则是一以贯之地延续下来的。舞雩不仅有歌有舞,想必也一定要歌诗,而《云汉》大概就是群巫们作法的祷词。进而考察,其实雩祭的起源似乎较周代更早,在夏商时期即已有了,可能那时还没有这种名称,但仪式却是存在的。《吕氏春秋·顺民》篇载:

> 汤克夏而正天下,天下大旱,五年不收。汤乃以身祷于桑林,曰:“余一人有罪,无及万夫;万夫有罪,在于一人。无以一人之不敏,使上帝鬼神伤民之命”。于是剪其发,磿其手,以身为牺牲,用祈福于上帝。民乃大悦,雨乃大至。

汤在这次祈雨的祭祀大典中,所扮演的角色正类似弗雷泽在《金枝》中所写“祭司王”的身份,他不仅“剪其发,磿其手”,以自己的身体发肤作为祭礼的牺牲,而且将一切罪责归于自身苦苦祈祷,以求雨泽滋润,庄稼草木复生,负荷的正是为全部落消灾免祸的“圣王”的责任。而举行祭礼之地则在桑林,即前面已提到的桑台、上宫、阳台之类,汉时称为“郊台”者,都是“祈上帝百辟”的神圣之地。因此商汤的桑林之祭,很可能就是雩祭的最初源头。尤值得注意者则是其祷词,因为它已赅括了《云汉》诗的要义。如诗中反复所写之“耗斁下土,宁丁我躬”、“昊天上帝,则不我遗”、“何求为我,以戾庶正”等,则正是“一人有罪,无及万夫;万夫有罪,在于一人”而引咎自责的意思。故可进而推测,《云汉》诗的雏型在夏商时期即已存在,只是在经过历史的演化而录入三百篇时,已经更丰富更完善罢了。在先民农业社会中,旱灾是生活的最大灾难,有旱灾便不能没有祈雨的巫祭仪式,也就不能没有《云汉》诗那样的祷词,这是由其客观社会条件决定了的。因为在原始先民的观念中,天与人是能够相通的,其联通的中介便是巫觋。天既能赏善,亦能罚恶,故“旱者政教不施之应”的思想十分普遍。作为巫师之长的部落首领,遇天旱则引咎自责,甚至“以身为牺牲”都是责无旁贷的事。只是发展到后来,世袭制盛行,政教分离,国君便不再兼任巫师的职能,雩祭一类的事皆由专职巫师来担任,于是才有组织严密的雩祭仪式,《云汉》诗大概就是在这样的历史背景中最终完成的吧。

通过前面所举诗例,我们确认《诗经》中积淀了大量原始文化内涵。至于这究竟占有多大分量,自然还须作进一步探究,不过从下面各节将要谈到的具体作品来看,则绝非是个小数字,甚至可以说是带有广泛的普遍性的。而要取得突破性进展的最有效方法,则是必须引入文化人类学、民俗学、神话学等现代科学方法,并同传统方法有机结合起来,进行深入细致的梳理。其所以要这样做的目的,即从原始文化角度阐释《诗经》,无非是想说明这样一个问题:《诗》三百篇大多为巫祝之词。换句话说,是巫师们用于巫术宗教祭仪的礼词。它最终可能写定于周代(因为其中有不少周人之作),并经过不少加工润色,所谓“踵事增华”者,但却不能将其仅视为有周一代的作品。而且它的搜集编辑也绝非偶然。那么《诗》的编集究竟是出于何种目的呢?

文化人类学提供的材料说明,对古代先民们来说,处身于为求生存而与强大的自然力量进行搏斗的那样一个艰难时代,要脱离某种功利实用目的进行纯艺术创造并结集整理那几乎是不可想象的。唯一可能的解释就是功利实用。我国古代有所谓“采诗观风”之说,即不失为一种有力说明,只是那仅仅关涉统治者的利益和需要,何况还并不一定可靠。对此记载得比较明确的是班固《汉书·食货志》:

> 冬,民既入……男女有不得其所者,因相与歌咏,各言其伤。……孟春之月,群居者将散,行人振木铎徇于路以采诗,献之大师,比其音律,以闻于天子。

又《汉书·艺文志》说:

《书》曰:“诗言志,歌咏言”。故哀乐之心感,而歌咏之声发。诵其言谓之诗,咏其声谓之歌。故古有采诗之官,王者所以观风俗,知得失,自考正也。

班固此说并非凭空臆说,而是有更早记载作根据的。《左传·襄公十四年》引《夏书》即有“遒人以木铎徇于路”的记载,虽未必即是指“采诗”,但与班固却是一脉相承的。又《国语·晋语》范文子说:

> 吾闻古之言王者,政德既成,又听于民。于是乎使工诵谏于朝,在列者献诗,使勿兜(惑也),风(采也)听胪(传也)言于市,辨祆祥于谣,考百事于朝,问谤誉于路,有邪而正之,尽戒之术也。

班固所说“自考正”云云,当即由此发挥而来。《礼记·王制》亦云:“岁二月,(天子)东巡守,……命大师陈诗以观民风。”根据这些记载,古有“采诗”的政治活动,似乎是无可怀疑的了。然而这只是一种传闻,学界考证也多以为子虚乌有。何况《诗经》中究竟有多少是真正民间的作品,也大成问题。《雅》《颂》非出于民间者甚明①,即使《国风》亦遽难断言,因为《诗大序》早就说过:“国史明乎得失之迹,伤人伦之废,哀刑政之苛,达于事变而怀其旧俗者也”。尽管他给“风”下的定义是“上以风化下,下以风刺上”,看来这后一个“下”只是相对于最高治者而言的国史们,并不包括广大的劳苦大众,所以“采诗”之说也就失去了社会基础。现在人们已充分认识到,主宰着早期人类思维和生活的社会意识,主要就是巫术及宗教活动,而最早的诗歌即是从这些巫术宗教的祭仪礼词中萌生出来的。所谓“礼词”,应包括巫师或祭司们用于祭祀礼仪的经、咒、祝、祷等各种语词,其中渗透着丰富的史前文化的神秘内涵,也就是很自然的了。也许我们可以这样概括,同《周易》一样,《诗经》也是一部自远古流传下来的巫祝之书,原本并非哲学或文学,不过前者主要用于占卜,此则主要用于祭祀,或者说前者记录的是古老的卜辞,它所记录的则是古老的礼词。毫无疑问,它们都是为满足当时人们最现实也最重要的需求而蒐集整理起来的。

---

① 《小雅》有一部分接近《国风》,其性质详后。

第二节 “诗三百”的作者和《雅》《颂》

这里所说《诗经》的作者，当然不是指某一个作家，那是永远也不可能考查清楚的。所以，只能大体确定为某一阶层的某一类人。一般认为《颂》是民族的史诗，主要用于王朝的中央级祭典，自然出自先王或高层人士之手；《雅》则为“周大夫作也”，即出于中下层士人阶层，故其中有美有刺，不象《颂》那样只是单一地颂美；至于《国风》则是民间歌谣，桑间濮上、行旅征戍、走卒贩夫、狡童佚女，皆可成为作者。看来这已成为一般常识，似乎没有再提出讨论的必要。然而如前所说，《诗经》是一部具有特殊丰富内涵的作品，故对其作者重新加以考定，不仅是必要的且是可能的。

诗字，从言从寺，而寺与志通，故历来认为“诗”的本义就是“言志”。如《尚书·尧典》曰：“诗言志，歌永言”。《毛诗序》也说：“志之所之，在心为志，发言为诗”。可谓众口一词。至杨树达先生《释诗》一文，则是对这种观点的集成性总结：

> 《说文三篇上言部》：“诗，志也，志发于言。(《韵会》引《说文》有此四字，是也，今本脱)从言，寺声”。古文作䛳，从言㞢声。按志字从心㞢声，寺字亦从㞢声，㞢志寺古音无二。古文从言㞢，言㞢即言志也。篆言从言寺，言寺亦言志也。……盖诗以言志为古人通义，故造文者之制字也，即以言志为文。其以㞢为志，或以寺为志，音同假借耳。①

就是说“诗”字本从㞢，从寺是后起之字。而㞢即是志，是从㞢之诗即“诗言志”。至于后写作“诗”，从寺，是因为㞢志寺古音相通，“音同假借耳”，并非诗之本字。考“诗”字的出现，最早见于《诗·大雅》中之《卷阿》、《崧高》，以及《小雅·巷伯》诸篇，甲金文字中则未见。若作䛳，志从心，自然可解作“在心为志，发言为诗”。但今写作“诗”，从寺，而寺实从手不从心，本义为持(详后)，便没有了“言志”的意思。若“寺”作名词用，即为“寺人”，故北宋著名文学家王安石曾一反旧说，大胆提出：

> 诗为寺人之言。(《字说》)

而《诗经》中仅有的几首说明了作者的诗，如《小雅·巷伯》也确有“寺人孟子，作为此诗，凡百君子，敬而听之”的话，可证。因此，解作“寺人之言”亦并非无据。叶舒宪在其所著《诗经的文化阐释》中，遂按“诗言志”之例，进而提出“诗言寺”之说，虽在学界尚有争议，其论证却是比较严密且能够成立的。②

“寺”不见于甲骨文，但在金文中却出现不少，或作𡬝(《洪伯寺簋》)，或作㞢(《邾公

---

① 《积微居小学金石论丛》(增订本). 中华书局，1983

② 叶舒宪.《诗经的文化阐释》. 湖北人民出版社，1994

铎钟》)或作𡬶(《鬳羌钟》)等。可知“寺”本非从土从寸,而是从之(㞢)从手(又)。故古文字学家一般都解作“持”,当是持之本字。如林义光《文源》即说:“《说文》云:‘寺,廷也,有法度者也,从寸’。按从寸无法度义。古作𡬶,作𡬶,从又从之,本义为持。又象手形,手之所以为持也,之亦声。《邾公铎钟》:‘分器是持’。石鼓:‘秀弓持射’,持皆作寺”①。因此,他进而认为《说文》所释是后起之字,并非寺之本义。然本义同引申义之间亦必有本质联系。寺从㞢(之),从又(手),手自可训持,但手持什么才算是“有法度者”呢? 则需进一步考查“㞢”的原义。

“㞢”在甲骨卜辞中原是祭祀之名②。如:“贞㞢于王亥卌牛,辛亥用”。(前.4,8,3)“甲寅卜㞢于唐一牛(前.1,47,1)……”。“㞢于南庚㞢小宰”(前.1,47,1)。“辛巳卜大贞㞢自上甲元ネ三牛、二ネ二牛,十三月”(前.3,26,1)等。又如:“于东母㞢匚”(林.1,22,2)。“㞢于东母”(前.7,11,1)。“㞢于东母、西母,若”(上.28,5)。可知㞢在商代都是用于祭祀之名,故陈梦家先生遂进而指出:㞢祭是与尞祭想区别的一种祭祀方法,后者用火烧牺牲的方式祭天神,㞢祭则似用以祭人鬼(祖先),有时也伴以燎祭的用牲方法③。而且,“㞢”在卜辞中还与“又”通,又亦为祭祀之名。王国维《甲骨文字考释》释“又土”即说:“又之言侑,《诗·楚茨》‘以妥以侑’,犹言祭也”。又释“王受又”说:“又读为佑,王受又犹言王受福矣”。④ 对此,陈梦家也指出:“㞢”在卜辞中亦假作“又”,都是祭祀之名⑤。那么,由此推而论之,在甲骨文时代人们以㞢和手会意而造出“寺”字,当是指那些手持法器主持祭祀之人,即所谓“寺人”,或称巫师、祭司,与后世所说阉寺之类人物是大为不同的。而能够担任主持祭祀礼仪的人,自然都是具有超常法力且有崇高威望者,他们的说话和号令就是公众服从的法度,所以《说文》才释为“有法度者”,其实并没有错,只是未言明其本义之由来而已。因为,在远古先民时代,巫术宗教礼仪盛行,巫觋们凭借其超常的能力和法术,常充当着神界和人界之间往来沟通的神秘使者,不仅是宗教领袖,也是部落首领。并且,在原始人群中还盛行对语言神秘力量的崇拜,对语言所代表的东西及其欲达到的目的,他们“都相信与语言本身是一件东西,或与语言保有交感作用。一些表示欲望的词句,一经说出,便算达到目的”⑥。此即是巫咒或礼辞其所以能够产生的社会心理根源。而巫觋们又正是语言的这种神秘力量的垄断占有者和使用传导者。正如弗雷泽在《金枝》中所说:最早的统治者就是从这些拥有语言神秘力量,并与超自然力保持着交往关系的巫师中演化出来的⑦。因此不难设想,在史前先民社会中,由诗、乐、舞融为一体的祭祀礼仪中产生的诗歌,即由这些地位显赫且掌握着语言神秘功能的巫师们,为着特

① 《金文诂林》(3). 香港中文大学影印本,1855

② 参见罗振玉编.《殷墟书契》前编、后编。林泰铺.《龟甲兽骨文字》.《殷墟书契》前、后、续编. 天津古籍书店,1993

③ 陈梦家.《殷墟卜辞综述》. 科学出版社,1956

④ 《戬寿堂所藏甲文字考释》(3). 1917

⑤ 《古文字中之商周祭祀》. 载燕京学报,1936(19)

⑥ 李安宅编译.《巫术与语言》. 商务印书馆,1986

⑦ [英]詹·乔·弗雷泽著. 徐育新等译.《金枝(二)、祭司兼国王》. 中国民间文艺出版社,1987

殊的目的而创作出来，当是无可怀疑的事。至于单纯用于“言志”或“缘情”的诗，其实那是很晚才出现的。王安石把《诗经》看作“寺人之言”，并非全出于望文生义的臆猜。

除《小雅·巷伯》一篇明言为“寺人孟子”所作外，诗篇本身已言明作者的还有如下诸篇：

> 《大雅·崧高》：“吉甫作诵，其诗孔硕。其风肆好，以赠申伯”。
>
> 《大雅·烝民》：“吉甫作诵，穆如清风。仲山甫永怀，以慰其心”。
>
> 《小雅·节南山》：“家父作诵，以究王讻。式讹尔心，以畜万邦”。

那么他们都是些什么人呢？是否也与寺人有关？下面先从“家父”谈起。

此诗中之“家父”，三家诗均作“嘉父”。据《汉书·古今人名表》称，嘉父与谭大夫、寺人孟子并列中上。又蔡邕《朱公叔谥议》云：“周有仲山甫、伯阳父、嘉父，优老之称也”。可知《烝民》提到的仲山甫和此诗嘉父，则都是古代男子长辈的美称，并非专有之人名。《毛传》曾谓此诗：“家父刺幽王也”。但从全诗内容来看，却主要是讥刺把持朝政、不恤民瘼的“赫赫师尹”。故姚际恒曾说：“通篇唯末二章及王，余俱指尹氏。观此则家父之爱王切矣，其责恨尹氏深矣”。① 据此则知此诗之作，又与写作《崧高》和《烝民》的尹吉甫有了关系。阮元《毛诗补笺》说：“师尹，太师尹氏也，吉甫之族。幽王时不用皇父，任尹氏为太师，尸位不亲民，故诗人刺之”。② 然而，这尹氏又是什么人呢？于省吾《诗义解诂》说：“尹谓尹氏，即金文中的作册尹或内史尹。系史官之长，犹近世所称的秘书长”。在上古时代巫史不分，史官之长亦即巫师或祭司长，亦当是从原始寺人中分化而来。叶舒宪曾作进一步考证说：

> 寺训司、治；尹亦训治。《说文》：“尹，治也。从又丿，握事者也”。段注：“又为握，丿为事”。这种字形分析会使人联想到寺字古写法亦从又而不从寸。寺训持，表示主持祭祀者。尹亦有主持之义。《尚书·立政》尹伯传曰：“尹伯，长官大夫”。《尚书·顾命》“百尹御事”传：“百尹，百官之长”。《汉书·叙传下》：“芮尹江湖”注：张晏曰：尹，主也”。正因为尹与寺古谊相近，后人才合二字称尹寺。③

又“尹”字甲骨文与《说文》所引古文不同，尝写作[illegible]（《藏》二、四二、四），[illegible]（《拾》三、七）[illegible]（《前》七、三三、一）[illegible]（《甲编》七五二）等，为手握东西之状。故王筠《说文释例》曰：“尹字云从又丿，握事者也。握以说又，事以说丿。然十二篇乁厂二字皆无事义，恐丿非字，只是以手有所料理之状，要亦依文训义则然耳。”孔广居《说文疑疑》则曰：“尹当作[illegible]，

① 姚际恒.《诗经通论》(10). 中华书局，1958

② 阮元.《揅经室集》(3). 商务印书馆，1936(民国25年)

③ 叶舒宪.《诗经的文化阐释》. 湖北人民出版社，1994

从又从丿。又，手治之也；丿上下通也。治当通乎上下也。丿亦声"。李孝定先生又据此进而发挥说："孔氏并改篆文作⿰扌又，尤冥合古意。……窃疑尹之初谊当为官尹，字殆象以手执笔之形。盖官尹治事，必秉薄书，故引申得训治也。"①三家相承，都认为尹是"手有所料理状"，但所料理者究为何事？或者谓丿的本始含义何在？解释就各不相同了。孔以为是上下通，以明"治当通乎上下"；李则认为即笔之象形，以明"以手执笔之形"。大概都是从治理政事角度提出的解释，日本学者白川静则变换角度，又从宗教文化方面提出新说。谓：

> 《说文》训为握事者也的尹字，余意乃握持神之所凭之木杖之意。与巫字如左右字所示持工ㄩ、父字持斧、叟字持神火等相同，持有神圣之物之意也。②

结合前面对尹寺即巫师或祭司长的考查，再以当今文化人类学和宗教学所提供的丰富材料来验证，当以白氏所说最接近原义。因为，本为古代社会巫师祭司一类的尹寺，以手持神物（比如神杖之类）而示主持祭祀，口诵祝祷之词，那是再妥贴不过的了。何况我国神话中本来就有"伊尹生于空桑"的传说，据郑樵《通志·氏族志》："尹氏，少昊氏之子，封于尹城，因以为氏。子孙世为周卿士，食采于邑"。说明尹氏的起源确实是很早的，远在原始部落时代即子孙繁衍，其职司大概就是巫师或祭司一类神职人员，故子孙得以"世为周卿士"，而尹吉甫则是其中之姣姣者。

最后还需补充一点：尹还与君通。《说文》二上口部："君，尊也，从尹发号，故从口"。可知处于政权最高位置上的国君，也是由尹演变而来，最初就是主持祭祀，能够发号施令以决策治民的尹。其在祭政合一的史前时代，是巫师长或祭司王，在祭政分离以后，则渐次演变为国君或君王。《左传·襄公十四年》载："夫君，神之主也。"当是君字的原始古义。因此在甲金文卜辞中，君与尹也是音义兼通之字③。如："其命多尹作王寝"（续.6，17，1）、"命尹作大田"（乙.1151，2044）、"丁酉卜疑，贞。多君曰：来叔氏驭……"（后.下，13，2）、"辛未王卜丶曰：余苦多君曰般有祟"（后.27、13）等。"多尹"和"多君"往往互用，可知其义相同，不过此时他们的地位已经下降，成为王下面专司宗教祭祀的神职人员了。而由尹至君的演变，似又透露着一种历史信息，即尹寺本来就是最早的部落"王"，但当祭政分离，尹寺地位下降，而政治统治意义的"王"出现时，才产生了加"口"而发号施令的"君"，尹寺遂沦为专职祭司或史官，如"作册尹"之类。但国家大事，惟祀与戎，故他们仍是执掌军国大事的辅弼重臣，所谓"左史右巫"者是也。西周晚期的铜器铭文中曾屡见"作册尹"④或"内史尹"（《师𩛥簋》），其实都是史官，而尹史之分化大概即在此时。《周礼·春官》："内史掌王之八枋之灋，以诏王治"。王国维《观堂集林·释史》也说："作册、尹氏，皆《周礼》内史之职，而尹氏为其长，其职在书王命与制禄命"。又说："秩以内史

---

① 《甲骨文字集释》(3). 中国台湾，1970

② 《说文新义》(2). 载台湾《金文诂林补》卷2

③ 《殷墟书契》前、后、续编，天津古籍书店影印合成本，1993

④ 《永盂》、《颂鼎》、《免簋》、《休盘》等。

为尊,内史之官虽在卿下,然其职之机要,除冢宰外,实为他卿之所不及……盖枢要之任也”。地位虽然隆崇如此,但推究其源,则尹、寺、史都是从古代的主持祭祀的巫师中分化而来的。

综前所述,尹寺既是国家各级祭礼之主持者,那么《诗经》中有关用于祭祀的诗歌,或曰祝颂祈祭之词皆出他们之手,便是顺理成章之事。所以,《诗》的作者自明而可考者,或曰“寺人”,或曰“尹氏”,或曰“国史”;即使未明言作者而实用于祭祀的那些诗,也必出于他们前辈或同代祭司之手无疑。《诗经》中明显与祭祀有关,或直接用于祭祀的是《颂》和《雅》两部分,可以肯定其作者首先就是尹寺或国史。关于“颂”的训释,至今已不下十数家,但各说之间亦并非毫无共通之处。比如以“颂”为赞美之辞,为宗庙祭歌,于是由祭歌又分出舞容说、乐调说、乐器说、威仪性表演说等,虽具体解释不同,其实仍根于一源。东汉蔡邕《独断》曾说:“宗庙所歌诗之别名三十一章,皆天下之礼乐也”①。所谓三十一章,即指《周颂》31 篇,其中 26 篇是用来祭祀先祖先王的,往往带有史诗的性质,此外五篇是在祭祀中用以祈告社稷、祝祷丰收,如《臣工》、《噫嘻》、《丰年》、《载芟》、《良耜》,说它们都是“宗庙乐歌”,确实不错。故朱熹即明确指出:“颂者,宗庙之乐歌”②。但古代祭祀宗庙,却是诗乐舞并用,实结合为三位一体的,祷词即是诗,又伴以舞蹈和音乐的演奏,那么“颂”名的由来究竟应根据哪方面来定呢?由祭祀时用于祝告的诵词,便有《诗序》所说“美盛德之形容”,或王充所说“褒颂纪载,鸿德乃彰”③。又由于诵词必伴舞蹈,于是又有“颂,容也,谓陈为国之形容”(《管子·牧民》)和“颂,容也,叙说其成功之形容”④之说。舞则必有乐器伴奏,于是又有颂即庸,如镛钟镛磬镛鼓之乐器说,如清代杨名时谓:“庸即颂也。颂钟颂磬与歌声应,直言‘颂’重人声也”⑤。舞与歌应,节奏有快慢,声调有缓急,故顾颉刚先生说:“《风》《雅》《颂》之别实即乐器与声调之别,绝不关涉义理”⑥。即认为是由伴奏的音乐曲调不同所致。但不管诸家之说如何分歧,但在认为《颂》在总体上是“宗庙乐歌”这点上,却都是一致的。不过一般认为:《周颂》是西周初武王、昭王时期的诗,即用于西周时的宗庙祭祀,所祭对象依次是文王、武王、大王(王季)和始祖后稷,也有涉及成王、康王的。《鲁颂》四篇据魏源考订,以为是鲁僖公时的宗庙祭祀歌:

> 僖四年,《经》书:公(僖公)会齐侯、宋公等侵蔡,蔡溃,遂伐楚,次于召陵。此中夏攘楚第一举,故鲁僖、宋襄,归侈厥绩,名作颂诗,荐之宗庙。⑦

《商颂》五篇,据《史记·宋微子世家》则认为是宋襄公时所作:

---

① 王先谦.《诗三家义集疏》(24). 中华书局,1987

② 朱熹.《诗集传》(19). 上海古籍出版社,1980

③ 王充.《论衡·须颂》. 四部丛刊子部,清重印涵芬楼本

④ 《释名·释言语》. 商务印书馆(民国年间)

⑤ 杨名时.《诗经劄记》. 南菁高等学堂,清光绪 34 年本

⑥ 顾颉刚.《史林杂识》. 中华书局,1963

⑦ 《魏源全集》.《古诗微(6)·鲁颂韩诗发微》. 岳麓书社,2004

> 襄公之时(公元前650－637年),修行仁义,欲为盟主,其大夫正考父美之,故追道契、汤、高宗,殷所以兴,作《商颂》。

可知仍是用于祭祀祖先之宗庙之乐歌。但尽管如此,也并不说明它们都只能创作于周初或鲁僖、宋襄之世,因为其中不少诗篇,如《周颂》之《天作》(祀王季)、《思文》(祀后稷),《鲁颂》之《闷宫》,《商颂》之《玄鸟》、《长发》等,都主要写先祖或从先祖传说写起,都说明可能有先周创作或更早创作作根据。这些《颂》诗既然清一色都是祀祖或与祀祖有关的礼辞,那么出于尹寺一类人之手便是毫无疑义的。

关于《二雅》,《毛诗序》曾说:“雅者,正也。言王政之所由兴废也。政有大小,故有小雅焉,有大雅焉”。故传统上都把“雅”理解为“正”,又由“正”引申为“政”,于是认为大雅即“大政”,小雅即“小政”。显然这是汉人把《诗》政治化经典化改造的结果,似与《雅》之所以为“雅”的得名关系不大。今人释“雅”虽仍很纷杂,但影响最大者约有三说:一是秦声说,为章太炎所首倡;二是乐歌(乐器)说;三是孙作云提出的“夏地之诗”说。章氏认为“雅”就是“乌”,二字古发音相同故相通,而西周建都秦地,秦地歌唱的特点则是“其声乌乌”。根据主要有两条:一是李斯《练逐客书》所说:“夫击瓮叩缶,弹筝搏髀,而歌呼呜呜,快耳目者,真秦之声也”。一是《汉书·杨恽传》载恽报孙会宗书:“家本秦地,能为秦声,……酒后耳热,仰天拊缶,而呼乌乌”。因此推想西周的歌诗,亦必其声“乌乌”,故而得名。然其说之失在于与事实不符,因为从《雅》诗中根本看不出其发音特征是“乌乌”,西周处于鼎盛期的经济和礼乐文化,与秦地尚处于原始状态的“乌乌”之声存在天壤之别。

释“雅”为乐名,从之者甚众,主要根据是《小雅·鼓钟》:“鼓钟钦钦,鼓瑟鼓琴,笙磬同音,以雅以南,以龠不僭”。既然钟鼓、琴瑟、笙磬都是乐器,龠是舞蹈即“龠舞”,那么“雅”和“南”,当是乐歌名。但这一推论是不确的。《毛传》认为,“以雅以南”即是“为雅为南”,而“南”是“南夷之乐”。三家诗及《郑笺》亦同,郑玄并释“雅”为“周乐”。所以“雅”是北方乐歌,“南”是南方乐歌,它们是以地域来区分的,并非以乐名区分。犹如荀悦《申鉴》、左思《三都赋》所说之“音有楚夏”。楚与南近,夏与雅通,在这里皆指地域。那么北方的乐歌为什么称“雅”呢?孙作云先生《说雅》指出:“雅”即“夏”的同音假借字,故《雅》诗即是夏地之诗①。他举证说,首先西周王畿在今陕西关中沃野,乃夏之故地,故西周人亦常自称“夏人”。如《尚书》即屡言之:“用肇造我区夏,越(与)我一二邦,以修我西土”(康诰)、“惟文王尚克修和我有夏”(君奭)、“帝钦罚之(纣),乃伻(使也)我有夏,式(代)商受命”(立政)等,即以“夏”代周而自称,谓之为“我有夏”。《诗经》中也有不少,如《周颂·时迈》前曰:“允王维命,明昭有周”;末尾则说:“我求懿德,肆于时(此)夏,允王保之”。又《思文》说:“贻我来牟,帝命率育,无此疆尔界,陈常(赏)于时夏”。又《大雅·皇矣》:“帝谓文王:予(当作汝)怀明德,不大声以色,不长夏以革,不知不识,顺帝之则”。非常明显,他们总是以“夏”指周,以“夏”代周的。其次,夏既可代周,周人亦常以

① 孙作云.《诗经与周代社会研究》. 中华书局,1966

夏人自称,故他们也有称“雅诗”为“夏诗”、称大小“雅”为“大夏”、“小夏”者。如《墨子·天志》下所说:“于先王之书,大夏之道之然:‘帝谓文王,予怀明德,毋大声以色,毋长夏以革,不识不知,顺帝之则’。”其所引之诗即《大雅·皇矣》之句,但他不称“大雅”而称之为“大夏”,可知直至春秋末年仍有称《雅》诗为“夏诗”者,更是“雅”即夏地(周王畿)之诗的有力明证。又《左传·襄公二十九年》吴季札至鲁观乐,当演奏到《秦风》时他说:“此之谓夏乐”。按周自东迁之后,夏地为秦人所居,故秦地之歌亦可称为“夏乐”,是“雅”诗通于“夏诗”的又一力证。总之“雅”即是“夏”,是夏人故地之或称,那么雅诗即是夏诗,在《诗经》中实指西周王畿之诗。于是他总结说:“也许为了与三代的‘夏’有所区别,所以就把‘夏诗’称为‘雅诗’。总之,西周诗之所以称‘雅’者,原本于‘夏’,以地为名,犹如十五《国风》各以地名作区别一样”①。

但是作为夏故地的西周王畿之诗,究竟是什么性质的诗呢?孙先生在《论二雅》②中这样写道:“这些被前人所认为是西周初年诗,实际上是周宣王朝诗。《大雅》前十几篇(按他共列出十七篇)赞美祖先之诗,是周宣王的祭祀歌,即‘颂’。《小雅》前十六篇……是宴飨歌,天子诸侯互相颂美歌,也是‘颂’,并且也是周宣王朝之‘颂’”③。为了确定这些诗都是用于宗庙祭祀的“颂”,他还将《大雅》中的十首祭祖歌与《周颂》一一作了对照。如《大雅》中的《文王》、《皇矣》、《灵台》都是祭祀文王的,与《周颂》中的《清庙》、《维天之命》、《维清》、《我将》相当。《大雅·灵台》是祭祀文王的“前奏曲”,与《周颂·有鼓》正合。又《大明》是祭祀武王的,与《周颂·访落》接近;《緜》是祭祀大王王季的,与《周颂·天作》相近;《生民》是祭祀后稷的,又与《周颂·思文》同旨。于是得出结论:“与《周颂》中的祀祖歌相比,不但篇章相当,而且连篇次也相当,都是先祭文王、其次是武王、其后是大王,最后是后稷。这反映周人的祀祖,以文王为主,武王次之,然后再往上推,推及大王(王季),最后是始祖后稷;若往下推,大概就推到成王、康王为止。”④

把《二雅》中的大部分诗都定为祀祖诗,且就性质作用言,有些诗近乎《颂》;而就地域划分说,有些诗则近乎《风》,应该说这是正确的。但将这些诗一律归诸宣王朝祀祖诗,却显然与《说雅》一文以“雅”为西周京畿乐歌说相佐。并且,为什么要把那些近乎《颂》和近乎《风》的诗都集结在《二雅》中呢?这更不是宣王朝诗所能解释的,倒是西周京畿之地说完全可以概括。窃意以为,《周颂》当是周“王天下”后彼时新创作并正在用于宗庙祭祀之乐歌,而此前或此后一并流行过的宗庙祭祀歌(当是前者创作的根据),以及近于《风》诗的京畿之地的乐歌,全部搜集在《二雅》中,所以内容也比较庞杂,也不可能是一时一地之作,也许其中保存的先周时代的作品还更多。最明显的如《緜》、《生民》、《公刘》等,便都是带有周民族史诗性的乐歌,当是周原古老神话传说的孑遗,所以更具有发生学的本原性,这正是完全历史化的《周颂》所没有的。《二雅》中还有一些诗,虽非民族史诗却渊源甚古,亦应属于此类。如《大雅·凫鹥》,全诗五章章六句,是写“公尸”来降以接受燕飨

① 孙作云.《诗经与周代社会研究》. 中华书局,1966
② 孙作云.《诗经与周代社会研究》. 中华书局,1966
③ 孙作云.《诗经与周代社会研究》. 中华书局,1966
④ 孙作云.《诗经与周代社会研究》. 中华书局,1966

的肃穆盛大场面的,摘抄三章如下:

> 凫鹥在泾,公尸来燕来宁。尔酒既清,尔肴既馨。公尸宴饮,福禄来成。
>
> 凫鹥在潨,公尸来燕来宗。既燕于宗,福禄攸降。公尸宴饮,福禄来崇。
>
> 凫鹥在亹,公尸来止熏熏。旨酒欣欣,燔炙芬芬。公尸宴饮,无有后艰。

“公尸”的起源是很早的。《周礼·春官·大司乐》:“凡乐事,大祭祀宿县,遂以展之,王出入则令奏《王夏》,尸出入则令奏《肆夏》,牲出入则令奏《昭夏》。”这种祭祀所用乐章皆以“夏”名,可知其起源是甚早的,当为夏王朝遗制,其中之一就是“尸出入”时所奏的“肆夏》。故孙诒让《周礼正义》说:

> 《御览·乐部》引《尚书大传》说舜乐云:“始奏《肆夏》,纳以《孝成》。”郑注云:“始谓尸入时也,纳谓荐献时也。《肆夏》《孝成》皆乐章名”。彼“始”即此“尸入”,亦奏《肆夏》,由周沿虞夏法与?

这说明祭祀而燕飨“公尸”的礼制,在虞舜时的原始部落时期既已产生,当尸出入时要奏《肆夏》乐的,并同王出入之奏《王夏》、牲出入之奏《昭夏》共同进行,可见,其仪式的盛大隆重。那么《凫鹥》一诗的原始形态,是否即配合《肆夏》所演唱之诗呢?首先,必须弄明白这里所说“尸”究竟是什么?据《礼记·郊特牲》:“尸,神象也”。它是代表神的。又曰:“尸,陈也”。《尔雅·释诂》及《士虞礼》郑注又谓:“尸,主也”。《说文》只取《礼记》第二义谓:“尸,陈也,象卧之形”。会合诸书所言来看,“尸”当是指在古代重大祭仪上用以象神并且主持祭礼的人牺,大概即文化人类学所说为部落共同利益自为牺牲的“圣王”或“祭司王”①。并且,因为他是作为牺牲要最后被杀陈放的,所以又派生出“陈也,象卧之形”这层意思。正如段玉裁《说文解字注》所言:“祭祀之尸,本象神而陈之,而祭者因主之,二义实相因而生也。故许但言陈。至于在床曰屍,其字从尸从死,别为一字,而经籍多以尸为之”。才算揭示出“尸”的本义。在史前先民社会中,圣王、神尸和人牺,本是三位一体而不分的,皆由既是部落首领又是神的代表的主祭巫师来担任,如前引《吕氏春秋·顺民》篇商汤祈雨事,即谓“剪其发,劘其手,以身为牺牲,用祈福于上帝”,便是生动的实例。但是到了后来,尤其是《诗经》的时代,野蛮的人祭制度逐渐被废除,于是“尸”也就不再作为牺牲而被杀,纯粹成为代表神灵接受祭祀和享受祭品的象征,《凫鹥》一诗所写者即此,故不再有人牺的内容,血腥味也已淡化。

另外,原始的“尸”本是作为牺牲而被杀之事,这从远在虞舜时代所奏的《肆夏》乐中,也可得到一些消息。“肆”之本义原指杀人暴尸,故《说文》释“肆”云:“极陈也”。即处以极刑而后陈尸暴之。《韵会》即进一步解释说:“肆,既刑陈尸曰肆”。《论语·宪问》“吾力犹能肆诸市朝”句皇疏也说:“肆者,杀而陈尸也”。又《礼祀·月令》“去桎梏,毋肆掠”

① [英]詹·乔·弗雷泽著. 徐育新译.《金枝》(24). 中国民间文艺出版社,1987

句正义曰："肆谓死刑而暴尸者。肆，陈也，谓陈尸而暴之。"总之，"肆"本是一个充满杀戮血腥意味的概念，所反映的正是原始巫祭仪式中杀死人牺的时代内涵。因此，乐以《肆夏》为名，当是那个时代伴随刑牲而陈尸祭奠时所演奏的乐曲吧。并且，因此还进而演化出"肆"亦为祭祀之名，如《史记·周纪》所说："自弃其先祖肆祀而不答"，即以祀、肆连言，故《集解》曰："肆，祭名"。又《周礼·春官·大宗伯》："以血祭祭社稷……以肆献祼享先王，以馈食享先王"。注云："肆者，进所解牲体，谓荐孰时也"。实即祼献牲体的一种祭仪，同以馈食享先王是不同的，正是古代"尸祭"礼仪的残留或讹变。总之，"肆"和"尸"在古代祭仪中是密切相关的，只是随着人类知识文明的发展，人类理性精神的觉醒和高扬，人牺终至被"公尸"所代替，《肆夏》之乐也渐次被尘封，而改换成《凫鹥》一类诗流传下来，其渊源的古老是可想而知的。《诗经》中还有一些诗也写到"公尸"，如《大雅·既醉》：

昭明有融，高朗令终。令终有俶，公尸嘉告。其告维何？笾豆静嘉。朋友攸摄，摄以威仪。

又《小雅·楚茨》：

礼仪既备，钟鼓既戒。孝孙徂位，工祝致告。神具醉止，皇尸载起。钟鼓送尸，神保聿归。诸宰君父，废彻不迟。诸父兄弟，备言燕私。

均说明祭仪用"公尸"是《二雅》时代的普遍现象。因此亦可确定，《二雅》中的许多诗篇其实来源甚古，可能远在《周颂》之前。所以《诗》的编辑排列次序，历来都是"风、雅、颂"，却并未将最尊贵的《颂》置于最先。至于《风》何以又在《雅》《颂》之前，通过下面的分析我们即会明白。这是否又解开一个千古之谜呢？顺便说明一点，因为《雅》是古夏地和西周王畿之诗，故可能包括的时间是很长的，内容也很杂（有的近"颂"，有的近"风"），既非仅是宣王一朝之诗，但也不排除有周代诗歌存在的可能。

第三节　说十五《国风》

关于"风"的解释，今亦多达十余种，如风教说、风化说、风刺说、风俗说、风土说、风谣说、声调说等，但大体而言可归为两类，而且是性质完全对立的两类：即风教风化说和风土民谣说。前者主要来自《毛诗序》所说："风，风也，教也。风以动之，教以化之"。所反映的是传统重实用、重政治教化的诗学观。后者则自郑樵始，谓："风土之音曰风"①。至顾颉刚等的"土乐"说②的提出，遂逐渐为学界广泛接受，并成为近数十年《诗经》研究的

① 郑樵著.《六经奥论》. 广州粤东书局，清同治12年(1873)

② 《顾颉刚集》.《论诗经所录全为乐歌》. 中国社会科学出版社，2001

主流。说《国风》就是各诸侯国的乡土之音或民谣,如果从最广泛的意义上来理解,也许并不错,但何以要以“风”名,且其深层的原始文化内涵又是什么?那就需要另作阐释了。其实,早在本世纪三十年代当“土乐”说正盛行时,一部分学者就已注意到《尚书·费誓》服虔注“马牛其风”句的一段话:

风,放也。牝牡相诱,谓之风。①

即认为“风”是雌雄动物以声相诱者。于是陆侃如先生发挥其义说:

《费誓》“马牛其风”及《左传》“风马牛不相及”的“风”字,普遍训作“放”字,《广雅》及《释名》亦然。惟服虔注“牝牡相诱谓之风”一句颇可注意。“放”字本可训为“纵”(《吕览·审分》注),又可训为“荡”(《汉书·艺文志》注)。江南方言,男女野合,恐人撞见,倩人守卫,谓之“望风”,与情敌竞争,谓之“争风”,亦可助证。故“风”的起源大约是男女赠答之歌。②。

此后遂不断有人补充,以证成“风”即表示男女媾合之词。如朱光潜先生写文章即说:“依达尔文说,诗歌的原始功用在引诱异性。鸟兽的声音都以雄类的最雄壮谐和。它们的羽毛颜色也以雄类的鲜明华丽。诗歌和羽毛都同样地是‘性的特征’。在人类也是如此,所以诗歌大部分都是表现性欲的。《国风》大半是言情之作,已为世人公认。”③如果说陆侃如是从民俗学提出证明,此则是从生物学观点提出证明。随后陈梦家也发表《“风”“谣”释名——附论国风为风谣》一文,指出“谣”是与“歌”相对的乐舞,亦即所谓“踏歌”。据《方言》等书,“谣”还可引申为淫、诱、讹,从作用上看也就是“男女相和相诱”。接着即释“风”说:

《吕氏春秋·季春之月》“乃合累牛腾马,游牝于牧”,注云:“累牛,父牛也,腾马,父马也,皆将群游从牝于牧之野风合之”。案风合即“马牛其风”之风,“游”即诱,“牧”是牡之误字(二字形近音同),游牝于牡就是诱牝于牡以相风合。“风”为诱牝牡相合,与“谣”之为诱男女相合,完全一样,所以“风”与“谣”是一。④

经过这一训释性补证,更加说明“风”就是“风合”,与“谣”则完全同义,都是诱牝牡或男女相合之意,包含着原始生殖崇拜的深刻内涵,与性爱和婚姻主题密切相关。今日所说之风化、风情、风流、风月及伤风败俗等词语,即仍然保持着它的本初意义。考诸十五《国

① 孔颖达.《尚书正义》. 中华书局影印,1986
② 陆侃如,冯沅君.《中国诗史》. 作家出版社,1957
③ 《性欲母题在原始诗歌中的位置》. 载《歌谣》周刊第2卷第26期,1936
④ 《歌谣》周刊第3卷第20期,1937

风》,即各国之所谓"风谣"者,其内容亦正与此相合。不过它既然与先民的性崇拜或生殖崇拜密切相关,便不免带有浓厚的原始巫术宗教信仰的内容,这是需要我们作进一步阐释的。

在我国先民的思想观念中,原来早就存在"伺风"、"祈风"的风神崇拜。甲骨卜辞中即有关于四方风神的记载:"东方曰析,凤(风)曰劦。南方曰夹,凤(风)曰㞑。西方曰夷,凤(风)曰彝。(北方曰)□,凤(风)曰 ⿰阝殳"。故卜辞中对祈风的记载也就特别多,如:

丙辰卜,于土(社)宁风?(《掇》三四九)

癸禾,其宁凤于方?又雨?(《人》一九九四)

甲戌贞,其宁凤?三羊、三犬、三豕。(《续》一、一五、三)

《说文》训宁为"定息",当是祈求凤(风)停止定息的意思。其祈祭的动机和目的,可能是在祈雨,以求天地交泰,风调雨顺而万物化生。《诗·小雅·甫田》有:"以我齐明,与我牺羊,以社以方"。《毛传》曰:"社,后土也;方,迎四方之气于郊也"。气动则生风,故迎四方之气者即迎四方之风,可知此诗描写的正是以祈风为主旨的社祭活动,给"于土宁凤"、"其宁凤于方"提供了生动的感性认识,并且这种社祭活动还往往要伴以乐舞,所谓"节八音而行八风"(《左传·隐公五年》)者即是。《礼记·郊特牲》说:"天子大社,必受霜露风雨,以达天地之气"。其达天地之气者,潜台词大概是说要沟通天地,使之交合而化育万物,或称"合气"。而天地之交合,万物之化育是与风(相关的雨、露等)在它们之间的神秘媒介作用密切相关的,故王充《论衡·自然》说:"天覆于上,地偃于下,下气蒸上,上气降下,万物自生其中间矣"。又《易通卦验》说:"八风以时,则阴阳变化道成,万物得以育生"。(《太平御览(9)》)其中透露的即是"风"交通天地、化生万物的原始巫术宗教观念。那么,古人祈风下雨的巫祭活动,便自然含有诱导天地交合的神秘象征意义,也是"风"作为"牝牡相诱"说的原始文化内涵之本源①。

又《周易·蛊卦》彖辞:"蛊,刚上而柔下,巽而止蛊。蛊,元亨而天下治也"。据《左传·僖公十五年》卜徒父答晋侯问蛊卦:"蛊之贞,风也"。蛊的一般意义即诱惑,蛊与风通而含义亦正同,可知它们都是诱导的意思。所以,在上刚(天)和下柔(地)的相互交合中,必须要有"风"的媒介诱合,才能使上下交泰、万物化生,天下也就达到大治。因此,原始先民还通过相似联想而进一步类推,认为"风"还是天帝的使者,可以代表天帝来广播生命于万物,以促进万物的繁殖和生长,遂与原始人类的生殖崇拜又拉上了关系。如卜辞所载:

贞,羽癸卯,帝令其凤(风)?(《合》一九五)

羽癸卯,帝不令凤(风),夕露。(《乙》二四五二)

于帝史(使)凤(风),二犬。(《遗》九三五)

① 叶舒宪.《诗经的文化阐释》. 湖北人民出版社,1994

辛未卜,帝风(风)? 不用。雨。(《佚》二二七)

就明确记载“风”是天帝的使者,且听命于天帝的指挥。而这种神秘的“风化”观,古人就曾用来解释动植物的生殖繁衍,如《庄子·天运》说:

夫白鶂之相视,眸子不运而风化。虫雄鸣于上风,雌应于下风而风化。类自为雌雄,故风化。

郭庆藩《集解》注:“鶂以眸子相视,虫以鸣声相应,俱不待合而便生子,故曰风化”。其所以“风马牛不相及”就因为违背了“类自为雌雄”,故不能“风化”。只有同类之物,如白鶂或虫的雌雄,虽“俱不待合”而仍能生子,这才叫“风化”。所谓不待合而生子,实即神话巫术思维中普遍存在的无性生殖观念的反映。这里虽然讲的是虫鸟,但同天公地母交合而化生万物,只能凭藉“风”作神秘使者的情况完全一致。大概史前人类尚不知天地化育的奥秘,便只能近取诸身,远取诸物,以己例物,才有了那种天地交接而“风化”的想象吧,“风”也就成为天地动情并传播生命力的象征。依此类推,则不言而喻古人举行“祈风”的盛大祭祀,其主要动机就在于诱使天地动情(谓之“来风”),普降甘霖带给万物以生命活力。而也由于此,于是与“风”密切相伴随的云、雷、雨、露等,也便都有了性和生殖的特殊象征含义。概言之,云是天神情欲的表征,雷则象其肆淫之威力,雨露便是其使地母受孕而发泄之精液了。故“云雨”一词,一直流传至今而未失其原始本来意义。《老子》二十三章说:“飘风不终朝,骤雨不终日,熟为此者? 天地”。又三十二章说:“天地相合,以降甘霖”。正说明天地交合之表征,是以普降甘霖的方式出现的。而道教经典《太平经》则说:“大若守贞,则雨不降”①。所谓“守贞”,就是不愿肆淫,即不刮风打雷下雨以求交合,所以说“雨不降”。总之,“风”之始义盖源于此,后辗转引伸遂成为雌雄相诱之“风谣”,而《国风》之所以命名亦顺理成章。那么,所谓“风诗”,其实就是“男女相诱合”之诗,或曰是男女相赠答以表示性欲望的情歌。

但是就其实际功用来说,这所谓“风谣”却不是一般的民歌,或与后世所说情歌完全等同,因为它确实还蕴含有丰富的巫文化内涵,也许称作“情咒”更为恰当。下面就举《国风》中的作品,来作具体分析,如《邶风·终风》:

终风且暴,顾我则笑。谑浪笑敖,中心是悼。
终风且霾,惠然肯来。莫往莫来,悠悠我思。
终风且曀,不日有曀。寤言不寐,愿言则嚏。
曀曀其阴,虺虺其雷。寤言不寐,愿言则怀。

《毛传》云:“卫庄姜伤己也。遭州吁之暴,见侮慢而不能正也”。朱熹则说:“庄公为人狂

① 《太平经合校》. 中华书局,1960

荡暴疾，庄姜盖不忍斥言之，故但以终风且暴为比。”显然都是从“暴”字附会发挥，而归结到“怨而不怒”的妇德上来。但诗中既言“悼”言“思”，又重言“不寐”，自然是写相思愁结，辗转反侧之苦，与妇德似无关涉。因此，“暴”便绝非暴虐或暴戾，而是疾风暴雨式之狂暴；“悼”亦非忧郁悲伤，而是思绪悼荡不宁、缠结不解。理解此诗之关键，即在诗中反复叠言之风、云（霾）、雷等物象（最值得注意者是诗中未言及“雨”）。如前所言，它们都是情欲或情欲冲动的象征，但不言及“雨”则说明，“终风且暴”、“终风且霾”之类行为都并非她所亲身感受到的，而只是一种期盼之咒词而已。这正如举行郊祀而“伺风”“祈风”，只要那些“代表欲望的词语被说出就算达到目的”，甘霖也就会降落大地。所以下面则有“顾我则笑”、“惠我肯来”之语，正是一经说出便希望达到的目的。但如果是“谑浪笑傲”，则我心中就会情意默默，悼荡不宁；如果是“莫往莫来”，则悠悠情思便剪不断、理还乱了。至于后两章之“愿言则嚏”、“愿言则怀”，则是期盼着情咒所应发生的作用。因此，诗中之“终风”可知并非传统所说的简单的“比”，实在还积淀着更深的原始巫文化内涵。又如《郑风·风雨》：

风雨凄凄，鸡鸣喈喈。既见君子，胡云不夷？
风雨潇潇，鸡鸣胶胶。既见君子，胡云不瘳？
风雨如晦，鸡鸣不已。既见君子，胡云不喜？

此诗简直可看作是前诗的续篇。不过《毛传》却说：“思君子也。乱世则君子不改其度焉”。郑笺亦云：“兴者，喻君子虽居乱世，不变改其节度”。大概是由于诗中反复写到“风雨”和“鸡鸣”，所以才联想到“乱世”上来的吧，其实全不相干。此诗一个突出的特征是风雨兼写，不象《终风》只写风、云、雷而不及雨，故确可算是一首“淫奔”诗，即写女主人公喜会佳偶后的怡悦之情。三章诗反复咏唱风雨，关键则在“夷”、“瘳”、“喜”三字。夷者，平复也；瘳者，病愈也，性饥渴既已得到平复缓解，自然会掩饰不住怡悦而“胡云不喜”了。在原始思维观念中，“鸟”还是男根的象征，那么“鸡鸣喈喈”的描写，更会有性接触中摹声隐语的用意。这在神话传说中是经常出现的，如纳西族东巴经《动埃苏埃》写世界初始，说“上边先发出喃喃的声音，下边后发出嘘嘘的气息，声音和气息的结合，发生变化，出现了一个白蛋”云云；又《崇搬图》写人类初始，也说“最初期间，上面高空有声音震荡着，下面地里有气体蒸酝着，声和气相互感应，化育为三滴白露”云云，便都是这类隐语的摹写。又《五运历年记》写盘古开天辟地，也有“嘘为风雨，吹为雷电”的描写①，虽然比较含蓄隐晦，似仍残留着摹声状形的影子。然而，象《风雨》一诗这样直接而大胆的描写，是可能的吗？著名人类学家马林诺夫斯基即曾说：“在特罗布里恩德的求爱中没有什么委婉可言，他们对完整的个人关系的追求也是如此，性占有是唯一的目的。带着性欲的公开企图，简单而直接的要求约会”。而且，“如果遭到拒绝，也没有产生个人悲剧的余地，因为他从小就习惯于在某些少女身上泄欲，而且他知道，另一次私通将肯定而迅速地医治好这类

① 董斯张.《广博物志》(9). 清乾隆26年(1761)刻本

创伤”①。对原始先民们来说,敢于如此直接而毫无顾忌地表达性爱,其实是很自然的。并且,此诗所写也许并非直接经历,只不过是“带着性欲的公开企图”,而咏唱的情咒而已,因为他们相信这些“代表欲望的词语”一经说出是会产生那种神秘功效的。《国风》中这种以风,云、雷、雨“起兴”的诗还有不少,大概只有从原始文化的隐喻性内涵去理解,才能真正揭示其深刻底蕴。

《国风》中还有一大部分诗是写到动植物的,也与性或生殖崇拜密切相关。比如“鱼”,就是作为性象征的隐语而经常出现在诗中的。闻一多《说鱼》一文,早就指出过:“鱼是代替‘匹偶’或‘情侣’的隐语”,其象征意义则根源于“鱼的蕃殖能力”。② 而且,与之相联系而经常出现的“饥”、“食”、“饱”、“疗饥”等字,则往往又是性欲望、性渴求或性满足的隐语。如《陈风·衡门》:

衡门之下,可以栖迟。泌之洋洋,可以乐饥。
岂其食鱼,必河之鲂?岂其取妻,必齐之姜?
岂其食鱼,必河之鲤?岂其取妻,必宋之子?

“食鱼”和“取妻”相对举而言,其隐喻意义则不言而自明。既然娶不到齐之姜、宋之子作妻,但聊以自慰者是可于每年上巳节“大会男女”时,于泌水之旁,横门之下,“栖迟”以“疗饥”,也就满足了。由此看来,这实是一首因失恋而聊以自嘲自解的诗。但何以要用“鱼”来作性象征呢?闻一多说是由于“鱼的蕃殖能力”,赵国华在《生殖崇拜文化论》中则进一步发挥说:“原始人类浑沌初开,人兽之间尚无严格分野,由鱼及女阴的相类联想,引发出他们的一种模拟心理。经过与鱼生殖能力的比照,远古先民尤其女性,渴望对鱼的崇拜能起到生殖功能的转移作用或加强作用,即能将鱼的旺盛的生殖能力转移给自身”。③ 因此,在我国原始彩陶上才布满那么多鱼纹,而《诗经》中也才有那么多诗写到鱼,作为一种普遍存在的原始文化现象,也就毫不奇怪了。既然用“鱼”可以隐喻女阴,则用“食鱼”来隐喻解除性饥饿,便同样顺理成章。再如《周南·汝坟》:

遵彼汝坟,伐其条枚。未见君子,惄如调饥。
遵彼汝坟,伐其条肄。既见君子,不我遐弃。
鲂鱼赪尾,王室如燬。虽则如燬,父母孔迩。

闻一多《风诗类钞》该诗注:“朝(即调)饥是性的饥饿。鱼,象征廋语,此处喻男”。④ 燬,《说文》作娓,言其欲火旺盛。则“王室”之非一般所解之统治朝廷可知,故必另有他解。按“王”在金甲文中皆写作斧形:古或吉,实为“牡器之象形”,同且(祖)等字一样,其原始

---

① [美]马林诺夫斯基.高鹏译.《野蛮人的性生活》.团结出版社,1989
② 《闻一多全集(二)·神话与诗》.三联书店据上海开明书店重印本,1948
③ 赵国华.《生殖崇拜文化论》.中国社会科学出版社,1990
④ 《闻一多全集》(4).三联书店据上海开明书店重印本,1948

意义都来自先民的阳具崇拜。如此则“鲂鱼赪尾”之意也有了落实,不能仅认作是简单的“比”了。当然也有认为“王”即“玉”之讹者,而“玉室”即指女阴,如今尚称阴户为“玉门”即其证。那么诗中主人公仍是女,并非“喻男”甚明,且与“鱼”的象征意义恰相一贯,故尤可取。《国风》中这类写到性饥饿的诗还有很多,如《曹风·候人》:“婉兮娈兮,季女斯饥”;《陈风·株林》:“乘我乘驹,朝食于株”;《卫风·氓》:“于嗟鸠兮,无食桑葚”;《王风·丘中有麻》:“彼留子国,将其来食”等,可知在当时实为通用俗语,只是在经学家手中已茫昧无知了。

《汝坟》一诗还写到“伐其条枚”、“伐其条肄”,实是《国风》中的又一大主题,即以采伐来象征爱情或婚姻。如“伐木”、“伐柯”、“析薪”、“束茅”、“束楚”等。砍伐当然与斧密切相关。叶舒宪对“斧”曾提出新解,其说可从①。他认为“斧”的本义与史前氏族社会的“初开权”有关。《康熙字典》中收有“斧”字,释为斧之伪字,又写作“斨”。其二字所从之“开”,《说文》:“张也,从门开声”。《韵会》:“开,启也”。故有开启、开通之义。而“父”在上古不单指生身父亲,也泛指男性长者,即社会性的父,如氏族部落的酋长或祭司之类。《中文大辞典》释“初夜权”说:“古代社会中,庶民娶亲,酋长祭司之类,有于新婚第一夜与新妇性交之权,谓之初夜权”。实乃是被现代化了的一种曲解。因为史前时期酋长祭司们行使“初开权”,那是很神圣的,并不能理解为后世的淫欲霸占,并且行使“初开”者还要冒很大危险的。“初开与其说是一种享受特权,不如说是一种神圣的义务。……就象酋长们身为一族之领袖有义务为全部落的福利安危负责,甚至要在部落遭天灾之际以身为牺牲一样”。这种仪式主要是在女子的成年礼上进行。女子的成年礼“从功能上讲,就是要通过某种象征性的行为确定某一少女已经脱离孩童时期,转变为成年女性——社会共同体的成员——了,伴随这一转变的首先是与异性发生性关系的权力”②。而原始先民们相信,在与未经过具有神圣功能的酋长祭司“初开”过的少女发生性关系,那是违犯巫术禁忌的非常危险的行为,所以才会有这种原始习俗产生。故而可以说,“斧”与“斧”即是史前男性氏族社会首领所承担的对本部落所有少女“初开权”的神圣象征,他们也就是最初的“媒”。斧既具有如此特殊的含义,因此以斧“伐柯”或“伐木”便成为与“娶妻”相对应的隐语。《豳风·伐柯》即是这样一首颇具典型意义的诗:

伐柯如何?匪斧不克。取妻如何?匪媒不得。
伐柯伐柯,其则不远。我觏之子,笾豆有践。

下面我们再看与此相类的“析薪”。《说文》:“析,破木也。一曰折也。从木从斤”。《广雅》:“析,折分也”。又《史记·司马相如传》索隐引如淳曰:“析,中分也”。可知“析”即破木中分或折木中分,其义相通,与“伐木”含义相近。于是我们又会联想到,关于“析”可能也具有“初开”之义。其实稍作深究,即知“析”正是古代崇拜的专司婚姻之神。前引卜

① 叶舒宪.《诗经的文化阐释》.湖北人民出版社,1994
② 叶舒宪.《诗经的文化阐释》.湖北人民出版社,1994

辞四方神中即首列“析”神:“东方曰析,凤曰咎”。对此胡厚宣先生《甲骨文四方风名考证》亦曾举出两条材料:“贞帝于东方曰析,凤曰劦”;“卯于东方析,三牛,三羊,吉三”①。那么卜辞中多次提到的这个“析”,究竟仅是风名抑或神呢?杨树达先生曾说:“帝为禘祭,世所习知,又其卯东方析也,以三牛三羊吉三,假令殷人不以诸名为神,焉得有禘祭与卯牲之事哉?”②因此,可以推知“析”确为殷所祀之神。然而他又是什么神呢?据《礼记·月令》:“高辛氏之出,玄鸟遗卵,娀简吞之而生契,后王以为媒官嘉祥而立其祠焉”。高辛即帝喾,因封邑于高辛而得名。“辛”在甲骨文中作 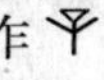 ,当是以斧析木之象形。朱芳圃曾指出:“辛即薪之初文”。且析、辛音近义通,故可相假。据《史记·殷本纪》载殷之始祖契“母曰简狄,有娀氏女,为帝喾次妃”,是殷人所祀之“析”神当为帝喾无疑。又《尚书·尧典》云:“乃命羲仲,宅嵎夷,曰阳谷,寅宾出日,平秩东作;日中,星鸟,以殷仲春,厥民析,鸟兽孳尾”。羲仲即析,其职司一是“寅宾出日,平秩东作”,所以他是东方的主神;二是专管“厥民析,鸟兽孳尾”,二者连言且都与生殖婚姻活动有关,可知他又是司理两性交配之神,与帝喾之为“媒官”正相一致。且其活动还在“仲春”,也正是祭祀高禖而“大会男女”之时,那么他的身份也就更加确定,“厥民析”之析,当与“析薪”之含义完全相同,即包含的可能正是“初开”之意。因此,析、高辛当均为司主生殖和婚姻之神,即最早的高禖神了。而“析薪”一词之始义,当源乎此。《齐风·南山》之三、四两章即用此义:

> 蓺麻如之何?衡从其亩。取妻如之何?必告父母。既曰告止,曷又鞠止?
> 析薪如之何?匪斧不开。取妻如之何,匪媒不得。既曰得止,曷又极止?

以“蓺麻”喻娶妻多子,是民俗中普遍存在的现象,毋须多说。但以“析薪”喻娶妻婚嫁,则必须联系到“析神”司主的婚姻生殖功能上来,其微妙的意蕴才好理解。又以“斧”喻“媒”,也不能看作只是简单的比,因为只有通过斧的“初开”以后,才能达到“伐柯”、“析薪”的目的,同样,这也正是“媒”的初始功能所在,因此象这类诗是寓含有深刻特定的文化象征意义的。《风》诗中亦所在多是,如《小雅·小弁》之“伐木掎矣,析薪扡也”;《小雅·小牵》之“析其柞薪,其叶湑兮”;《豳风七月》之“取彼斧斨,以伐远扬”;《周南·汉广》之“翘翘错薪,言刈其楚”;《王风·扬之水》之“扬之水,不流束薪”;《唐风·绸缪》之“绸缪束薪,三星在天”;《郑风·扬之水》之“扬之水,不流束楚”等。可知在《诗经》的时代,由“析薪”及其所派生的此类词语,也已积淀为日常口头俗语了,它们的原始表象意义可能今天已不好理解,但在当时却是约定俗成、不言自明的。应该是用于婚姻之情咒。

《国风》中还有一类主题相同的诗,可以明显看出那是用于两性之间情爱关系的情咒。马林诺夫斯基曾说:“在一个尚未与科学结缘的原始社区,巫术是无数信仰和活动的根基。……在所有与爱情有关的事物中,它是至关重要的。巫术可以赋予魅力、触发爱

① 胡厚宣.《甲骨学商史论丛初集》(二). 河北教育出版社,2002
② 杨树达.《积微居甲文说》. 上海古籍出版社,1986

情;巫术可以使伉俪情侣感情疏远;巫术可以产生和增加个人美"。① 这大概就是情咒所以产生的社会心理和思想信仰根据。原始先民认为语言本身即存在某种神秘力量,故诵咒便能增加个人自身的吸引力,或发生作用使要拒绝的对方回心转意,甚或在巫咒的作用下使其不自觉地陷入情网。当然,巫术也能产生相反的作用,即使情人分离或感情疏远。这是史前各民族中普遍存在的现象,如印度史诗《阿达婆吠陀》保存的许多情咒之一的《相思咒》,三章诗皆用比喻手法写,其一章曰:"象藤萝环抱大树,把大树抱得紧紧;要你照样紧抱我,要你爱我,永不分离"。念此咒的功能正在于通过语言的神秘力量而增强对方产生情爱。《周南·樛木》则正是这样一首诗:

> 南有樛木,葛藟累之。乐只君子,福履绥之。
> 南有樛木,葛藟荒之。乐只君子,福履将之。
> 南有樛木,葛藟萦之。乐只君子,福履成之。

诗的作者大概也相信,只要反复念诵这类咒词,心爱的人就会象葛藟(藤萝)缠绕大树那样,也会来紧紧拥抱自己而"福履绥之"、"福履成之"了。马林诺夫斯基在其著作中也搜集到许多情咒,其中如特罗布里安德岛民的情咒《颤卡卡雅》,其一节云:"我的'颤洛伊瓦'爱之魔力仍在,我的'颤洛伊瓦'爱之魔力哭泣,我的'颤洛伊瓦'爱之魔力拉拽,我的'颤洛伊瓦'爱之魔力溢出。压下来,压在你的床铺上;抚摩,抚摩你的枕垫;进我的房子,踏我的地板"②。则是相信念诵这咒语,他所思恋的情人就会真的走进他的房子,踏上他的地板甚至床铺。《齐风·东方之日》所写亦同:

> 东方之日兮,彼姝者子,在我室兮。在我室兮,履我即兮。
> 东方之月兮,彼姝者子,在我闼兮。在我闼兮,履我发兮。

朱熹《诗集传》注:"即,就也。言此女蹑我之迹而相就也"。《玉篇》释"发"则谓:"进也,行也"。是亦有蹑迹相就之意。可知此诗所写正与《颤卡卡雅》相似,亦当属于原始先民之情咒,想通过咒词的念诵使日月般明丽的"彼姝者子",排闼入室而来相就。象《诗经》中很多这类诗篇,如果没有其他原始民族的情咒作参照,我们便只能当作一般的情诗来读了。

《国风》中还有一部分描写植物采摘主题的诗,其实也都是情咒。过去的《诗经》研究者常会感到困惑:描写爱情何以要扯到毫不相干的采摘上去呢?有些诗甚至还只言采摘而根本不及爱情。如《周南》中的《关雎》、《葛覃》、《卷耳》等即是这样,其原因究竟何在?《关雎》首章由雎鸠求鱼的性象征描写,引出君子求淑女的主题后,接着写道:

---

① [美]马林诺夫斯基. 高鹏译.《野蛮人的性生活》. 团结出版社,1989

② [美]马林诺夫斯基. 高鹏译.《野蛮人的性生活》. 团结出版社,1989

参差荇菜,左右流之。窈窕淑女,寤寐求之。求之不得,寤寐思服。悠哉悠哉,辗转反侧。

参差荇菜,左右采之,窈窕淑女,琴瑟友之。参差荇菜,左右芼之。窈窕淑女,钟鼓乐之。

用琴瑟或钟鼓吸引淑女,以使之欢娱动情,这是可理解的。日本音乐史家属启成即说过:“音乐是呼唤异性的声音”①。并且自古以来各民族青年男女求偶都是如此。但是,采摘荇菜又与呼唤异性有何相关呢?原来在原始先民的巫文化意识中,自然界许多动植物几乎都具有某种神秘力量,采摘它们或用以自洁,或用以投赠,以至使人致幻,就会产生某种奇异的触染功能,对促发或诱导情爱,则尤见神奇功效。而原始民族生活中的诸多法术和禁忌,大都由此而引起。在马林诺夫斯基搜集的许多情咒中,就有这样的诗句:“污秽的树叶和洗濯的树叶,光滑象 reyava 树皮。我的脸上焕发着美丽的光彩,我用树叶来洗它;我的脸,我用树叶来洗它;我的眉毛,我用树叶来洗它们”②。那么采摘荇菜的动机,可能正与此相仿,尽管今天已不能完全破译其密码。但如果能认识到原始人类这种带有巫术性神秘活动的内涵和意义,可能《风》诗中有关植物采集、洗涤、投赠的诗篇意蕴,也就没有什么难理解的了。这类诗中最特殊的要数《芣苢》:

采采芣苢,薄言采之;采采芣苢,薄言有之。
采采芣苢,薄言掇之;采采芣苢,薄言捋之。
采采芣苢,薄言袺之;采采芣苢,薄言襭之。

全诗三章十二句,除变换几个关于采集活动的动词外,反复咏唱的就只是“采采芣苢”,可以说是毫无意义。故今人遂多以为这是一首表现朴实劳动生活的欢快民歌。而汉以来的经学家们,却多从“芣苢”本身作训释,或以为“其子治妇人生难”③,或以为“治难产”④,或以为“服之令有子”⑤。这都是从芣苢的药用价值方面着眼的。独闻一多改换角度从巫术功效方面解释说:“《周书·王会篇》:‘桴苡者,其实如李,食之宜子。’孔注亦曰:‘食桴苡,即有身’。桴苡、稃苡即芣苢。芣、胚并‘不’之孳乳字,苡、胎并‘以’之孳乳字,芣苢与胚胎音近,故古人遂根据类似律之魔术(巫术)观念,以为食芣苢即可怀胎生子”⑥。其实采集芣苢,并不一定出于芣苢同胚胎音近的类似联想关系,很可能芣苢本身即包含有某种巫术性神秘意义。列维·布留尔即曾写道:回乔尔人认为“希库里是一种神圣的植物,被指定去采集它并以整整一系列非常复杂的仪式来为此目的进行准备的男人们,每年都在举行了盛大典礼以后出

① 《音乐史话》. 人民音乐出版社,1983
② [美]马林诺夫斯基. 高鹏译.《野蛮人的性生活》. 团结出版社,1989
③ 陆机.《释文》疏. 上海社会科学出版社,2000
④ 《毛诗正义》,中华书局影印《十三经注疏》,281
⑤ 徐锴撰.《说文系传》. 四库全书本
⑥ 《闻一多全集(2)·诗经通义》. 三联书店,1982

发去采集它。它的采集是在遥远的地区以极端的辛苦和非常的艰难为代价进行的：回乔尔人的生存和安宁与这种植物的收成神秘地联系着”①。此诗中的“芣苢”是否即与回乔尔人的“希库里”具有同样重要的神秘内涵和意义呢？虽然今天已没有直接材料可作确证，但为先民们如此认真地去咏唱，恐绝非一般的寻常之物。而且很可能此诗就是为采集者的送行举行“盛大典礼”时所诵的礼词，那种反复咏唱的形式，也正是为了能充分发挥其神秘语言功效的原因吧。《国风》中写到植物采集的诗篇亦不少，如“采蘩”、“采蘋”、“采蕨”、“采薇”（召南），“采葑”、“采菲”（邶风），“采唐”（鄘风），“采葛”、“采萧”、“采艾”（王风），“采苓”、“采苦”（唐风），“采芑”、“采芭”、“采菽”、“采芹”（小雅）等，大概也都不能作为一般的植物采集看待，如果不把它们真看作乡土民歌的话。

采集植物的另一目的就是“投赠”。这也同其所包含的神秘巫术意义密切相关，如赠之芍药、投以木瓜、报以桃李等。马林诺夫斯基就曾根据他所搜集的事例写道：“一块食物或槟榔子被施以巫术，送给那位女郎。洗礼巫术（按指前面已提到的用植物花叶净身）已经使她对追求者更感兴趣，而且，她虽然还不准备马上顺从，她将可能要求给她一些这样的小礼物，无论如何，她不会拒绝这样的礼物，虽然她怀疑这礼物后面隐藏着一种动机”②。巫术为什么会有这种神奇的力量呢？因为“恋爱巫术所用的香料、花草、醉人心脾的刺激品……主要都是要与巫术所要达到的目的用情绪来联在一起的”。故“不管是模仿或预兆目的，或者只是直接的施用，反正必有一个共同点：必有一个共同的巫力——共同的巫术德能，存在施了巫术的东西上面。然这个到底是甚么呢？简单一句话，那永远都是咒里面的力量，因为咒才是巫术里面最重要的成分呢”③。可知，这些投赠的东西是事前特别施加了巫术法力的，并且投赠者也相信这会促进爱情，增强情欲，具有如前面所说“风”的那种“诱合”功能。《郑风·溱洧》即是一首典型的投赠诗。

溱与洧，方涣涣兮。士与女，方秉简兮。女曰观乎？士曰既且。且往观乎，洧之外，洵訏且乐。维士与女，伊其相谑，赠之以芍药。

溱与洧，浏其清矣。士与女，殷其盈矣。女曰观乎？士曰既且。且往观乎，洧之外，洵訏且乐。维士与女，伊其相谑，赠之以芍药。

此诗无疑是写三月上巳“大会男女”的盛况，故有“士与女殷其盈矣”的叠咏。《汉书·地理志》引此诗颜师古注：“谓仲春之月，二水流盛，而士与女执芳草于其间，以相赠遗，信大乐矣，惟以戏谑也”。解释诗旨则大体不错，但仅以戏谑释赠芳草，似仍未达一间耳。理解此诗最重要的一点，即在“女曰观乎”、“且往观乎”之“观”。《墨子·明鬼》篇说：

燕之有祖，当齐之（有）社稷，宋之有桑林，楚之有云梦也。此男女之所属而观也。

---

① [法]列维·布留尔．丁由译．《原始思维》．商务印书馆，1981

② [美]马林诺夫斯基．高鹏译．《野蛮人的性生活》．团结出版社，1989

③ [美]马林诺夫斯基．李安宅译．《巫术科学宗教与神话》．中国民间文艺出版社，1986

细审文意,此“属而观”则绝非一般认为的是一个跟着一个去看热闹。故陈梦家先生即解释说:“属者合也,谓男女交合也。观疑是馆。云梦是楚之高禖,故社亦高禖也”[①].燕之祖,齐之社,宋之桑林,楚之云梦,皆为祭祀高禖神社之地,这是没有问题的。而祀高禖之一大特征,就是会合男女以祈婚姻子嗣,故释“属”为男女交合是完全符合当时情境的,今尚流行有“属尾”一词,即是属为交合之明证。至于“观”即“馆”之借字,那也有确凿根据。如传说中的高唐神女与襄王幽会事,《文选》载宋玉《高唐赋》曰:

> 昔者楚襄王与宋玉游于云梦之台,望高唐之观,其上独有云气,崪兮直上,忽兮改容,须臾之间变化无穷。王问玉曰:“此何气也?”玉对曰:“所谓朝云者也。”王曰:“何谓朝云?”玉曰:“昔者先王尝游高唐,怠而昼寝,梦见一妇人曰:“妾巫山之女也,为高唐之客,闻君游高唐,愿荐枕席。王因幸之。去而辞曰:‘妾在巫山之岨,旦为朝云,暮为行雨,朝朝暮暮,阳台之下’。旦朝视之,如言,故为立庙,号曰朝云。”

此事《文选》江淹《杂体诗注》引《宋玉集》则作:“楚襄王与宋王游于云梦之野,望朝云之馆”云云。又《渚宫旧事》卷三引《襄阳耆旧传》谓:“襄王与宋玉游于云梦之台,望朝云之馆,其上有云气,变化无穷。”此所谓朝云之馆,当即《高唐赋》所说“高唐之观”,可知馆与观通。尤其《南部新书》庚部谓:“濠州西有高唐馆,附近淮水。御史阎钦授宿此馆,题诗曰:‘借问襄王安在哉?山川此地胜阳台。今朝寓宿高唐馆,神女何曾入梦来’。韬轩往来,莫不吟讽”。则直以高唐观为高唐馆了。其实“观”亦为后世称呼寺庙之常见词,如金天观、白云观之类。此处当指社稷、桑林、云梦之高禖神庙,故《郑风·溱洧》之“且往观乎”,亦应隐指有相约而“属”于禖宫之意。每当三月上巳,男女大会于溱与洧二水边上,先以简兰、芍药等花草投赠,大概就不只是一般表示爱情的戏谑行为,恐怕还有“施以巫术送给那女郎”的神秘动机在内。《毛传》曰:“简,兰也”。陆玑《毛诗草木鸟兽虫鱼疏》:“简,即兰,香草也”。实即可入药用之佩兰或泽兰,历来都认为是祓除不正之气的“妇人良药”。如《本草经》:“利水道,杀蛊毒,辟不祥,久服益气轻身不老,通神明。”但更重要的是它还有一种特殊的神秘巫术功能。《左传·宣公三年》载:

> 郑文公有贱妾曰燕姞,梦天使与己兰,曰:“余为伯鯈。余,而(你)祖也,以是为而子。以兰有国香,人服媚之如是”。既而文公见之,与之兰而御之。辞曰:“妾不才,幸而有子。将不信,敢征兰乎?”文公曰诺。生穆公,名之曰“兰”。

兰有“服之媚人”的功效,陈周弘让《山兰赋》亦曾言及之:“爰有奇特之草,产于空崖之地。仰鸟路而裁通,视行踪而莫至。挺自然之高介,岂众情之服媚”。可知赠兰能够使

① 陈梦家.《高禖郊社祖庙通考》. 载《清华学报》第12卷第3期

“人服媚之”,文公之御燕姞而“与之兰”并有子,当正是男女会合时以之投赠的真正目的所在。又“简”或为“蕑”,《众经音义》卷二引《字书》:“蕑与简同,简即兰也”。卷十二又引《声类》:“蕑,兰也”。《说文》:“蕑,香草,出吴林山”。此说当出自《山海经·中山经》:“又东百二十里,曰吴林之山,其中多蕑草”。此外,《中山经》提到蕑草的还有蕑山、洞庭之山、青要之山等,并谓“其状如蕑,而方茎黄花赤实,……服之美人色”。即使仅从“蕑”之本字来看,从草从姦,亦可推知此草与男女会合之事亦密切相关。有些草木具有某种特殊的巫术功能,这从高唐神女的神话传说中也可得到一些消息。高唐神女又名瑶姬,相传为䔄草所化,是为楚之高禖而专司男女婚姻之事。《文选·别赋注》即引《高唐赋》曰:“我帝之季女,名曰瑶姬,未行而亡,封于巫山之台,精魂为草,实为灵芝。”此草亦有媚人功效。《山海经·中次七经》:“又东二百里,曰姑媱之山。帝女死焉,其名曰女尸,化为䔄草。其叶胥成,其华黄,其实如菟丘,服之媚于人”。《搜神记》亦谓:“故服(此)怪草者,恒媚于人”。而《襄阳耆旧传》则说得更明白:“我夏帝之季女也,中曰瑶姬,未行而亡,封乎巫山之台,精魂为草,摘而为芝,媚而服焉,则与梦期。所谓巫山之女,高唐之姬”。按《广雅·释诂》:“瑶,淫也”。又《释诂》三:“媱,戏也”。那么此所谓姑瑶之山,当是先民们会合男女以淫戏的高禖圣地,禖神即为瑶姬,她的化身就是“服之媚人”的䔄草,故折而赠之便有“媚人”或曰“男女诱合”的神秘功效。晋人习凿齿《襄阳耆旧记》曾谓:巫山神女死后“精魂依草,实为䔄芝,媚而服焉,则与梦期”①。即是说此草之所以能“服之媚人”,就因其为女神“精魂依草”的化身,具有高禖神特有的灵性吧。而与䔄草有着同样功效的简兰,当亦有深远的巫术信仰为根据,可惜已无从查考了。闻一多说:“用研究性欲的方法来研究《诗经》,自然最能了解《诗经》的真相。其实也用不着十分的研究,你打开《诗经》来,只要你肯开诚布公读去,他就在那里。自古以来苦的是开诚布公的人太少,所以总不能读到那真正的《诗经》”②。我确信此话是不无道理的。

关于花草和性爱巫术的关系,马林诺夫斯基曾记述过一个很有趣的故事,当对我们理解这类问题有重要参考价值。他写道:“在梅兰内西亚人的生活之间,爱情与异性相恋,是有重要地位的。……一切两性相恋,一切诱人的本领,都相信是在恋爱巫术以内。土人以为奠定这宗巫术的,是过去一段姻缘;讲述这段戏剧似的姻缘的,是很奇怪而结局很悲的兄弟姊妹乱伦的神话。我在这里只能简单地提一提。这两个年轻的人与母亲住在一个村子以内,有一天他为旁人用的施了恋爱巫术的油,被她误闻了一下。她这样弄得欲火难禁以后,追他到海滨,而行爱的行为。事毕彼此很恼丧,不吃不喝,共死在山洞中。一种香草由他们底骨骼中生出来,便是以后配制恋爱巫术最有力的主要成分之一”③。毫无疑问,这和高唐神女精魂化为䔄草之说多么相似,虽然一个是用来直接配制恋爱巫术的神油,一个则用以投赠,但其背后隐藏着的神秘巫术内涵是完全一样的。

陈子展先生曾说:《颂》诗乃“史巫尸祝之词”④。由前面所述来看,其实《风》《雅》诗

---

① 《太平御览》(399). 四库全书本

② 《闻一多全集》(3). 湖北人民出版社,1993

③ [美]马林诺夫斯基. 李安宅译.《巫术科学宗教与神话》. 中国民间文艺出版社,1986

④ 陈子展.《诗经直解》. 复旦大学出版社,1983

亦不例外。现在人们越来越多地发现许多诗其实就是先民生活中的巫咒,尽管我们还不能对三百五篇诗都提出确证。因此,我很怀疑《诗经》的结集并能长久保存下来,正是史巫尸祝们的杰作,因为那是他们在各种巫祭礼仪场合都需随时背诵翻检的教材,所以并非直到周代时才有。由于在史前先民的巫术宗教信仰中,对语言也存在着一种神圣崇拜,从人类创造语言之始这种神圣性就已存在了。对他们来说,念诵语言就是使用一种物质武器,也能够借以中伤或制胜想象中的自然界各种敌人。而在他们中,能够掌握这种语言且功能特异者,即被尊为巫师或祭司王,实即他们利用语言武器向外界各种神秘力量作斗争的代表者。因此,对史前人类来说,不论作画、唱歌或跳舞,都是同巫术活动密切结合并成为巫术的有机组成部分,纯粹的艺术创作在那时是根本不会存在的,而唯一能够广为传播并流传下来的“诗歌”,本质上便只有经咒。在我国历史上,同样能够流传至今并确证为最早的诗歌,同样也都是经咒,如《礼记·郊特牲》所载伊耆氏蜡辞,原注谓:“蜡者,索也。岁十二月,合聚万物而索飨之也”。一看即知为祭蜡时的祈祝之辞。《郊特牲》还说:“祭有祈焉,有报焉”。而有祈必有报,正是一切巫祭活动的目的意义所在,否则就根本不存在“祭”了。同时,这也反映出先民们对自己创造的语言神秘力量的自信。除情咒外,《国风》中还有一些诗篇,仍可辩认出保留着原始经咒性质和功能。如《魏风·硕鼠》:

硕鼠硕鼠,无食我黍。三岁贯女,莫我肯顾。逝将去女,适彼乐土。乐土乐土,爰得我所。

硕鼠硕鼠,无食我麦。三岁贯女,莫我肯德。逝将去女,适彼乐国。乐国乐国,爰得我直。

硕鼠硕鼠,无食我苗。三岁贯女,莫我肯劳。逝将去女,适彼乐郊。乐郊乐郊,谁之永号。

《毛传》谓:“刺重敛也。国人刺其君重敛,蚕食于民,不修其政,贪而畏人,若大鼠也”。于是以为此诗是反映阶级压迫和沉重剥削的主题,便沿袭了两千多年。然细按文意,无疑仍是一首为消除鼠害而诵念的祈鼠咒。在远古农耕社会中,鼠害十分严重,先民们出于巫术思维认识方式,除采取实际灭鼠行动外,就是用巫咒的力量来灭鼠,这也是世界史前各民族中普遍存在的现象。前引《礼记·郊特牲》的蜡祭活动,在“合聚万物而索飨”中就有对猫虎的崇拜:“迎猫为其食田鼠也,迎虎为其食田豕也,迎而祭之也”。可知当时迎祭猫虎以制鼠豕的崇拜是确实存在的,那么有祈鼠经咒的产生也属必然。弗雷泽《金枝》中曾搜集到世界各地不少祈鼠诗的例子,有些咒词就和《硕鼠》极为相似,如古希腊一篇记农事而说到祈鼠的文章,其中就有这样的咒词:“我命令你,所有在场的老鼠,你们不得伤害我,也不许容忍其他老鼠进行伤害。我把那边的一片地给你,但是我如果在这里再捉住你,凭诸神之母起誓,我要把你碎成七块!”而在阿登尼斯,为了赶走老鼠则要反复念诵这样的咒辞:“公老鼠、母老鼠,我用伟大的神的名义命令你们,走出我的房子,走出我所有的住宅,到某某地方去,在那里呆一辈子!”请看,这不正是《硕鼠》所说“逝将去女,适彼乐土”么？而读过这些驱鼠巫咒，我们还会认为“硕鼠硕鼠，无食我黍”、“三岁贯女，莫我肯顾”等，都必然含有某种政治讽刺的喻义么？顺便提一句，《伐檀》亦未必就有如前人所说那样的政治喻义，因为《金枝》中就有这样的记载：史前人类遵循的一个基本原则是：“相似的东西产生相似的东西”，即“同类相生”原则。所以，如果鱼群在应来的季节里不来，他们就请位努特卡里男巫做一个游鱼的模型，放在鱼群通常会来的水域，再举行念诵祈鱼的祷词的仪式，这样鱼群就会立即游来。同样如果是儒艮或海龟，便做儒艮或海龟的模型。“中西里伯斯群岛上的托拉查人相信，同种类的东西通过它们内在的灵气或其周围的有生命力的媒介而互相吸引，于是他们就把鹿和野猪的颚骨悬挂在家里，以便赋予这些骨头以生命的灵气，而驱使它的同类来到猎人经过的道上”①。那么《伐檀》所说：“悬貆”、“悬特”、“悬鹑”是否也有同样的含义呢？果如此则“不稼不穑”、“不素餐兮”等，就成为减轻劳动、希望生活富裕的祷词。至于伐檀木而置于河之干、之侧、之漘，则可能是祭仪进行时的一种必要程式，就象尼亚斯岛上的居民那样，每当发现一头野猪掉入陷阱时，就要拉上来摘九片树叶在猪背上擦，因为他们相信“正如九片叶子从树上掉下来一样，也会有九头野猪掉入陷阱”②。尽管我们已无从详细了解，但伐檀的目的也许与此正相一致。我们还常发现，原始人的诗歌，表面看往往就象政治诗，其实则根本不是。如《金枝》第四十七章关于波美拉尼亚人“杀死谷精”所唱的歌：“人已准备齐全，镰刀弯成一弯，谷子有大有小，绅士必须杀掉”。以及拉明村人的歌：“我要用这把明晃晃的刀，砍掉这位绅士的头，我们用刀割草地和谷田，还要用刀割掉世上的王侯。……”③。如果不了解歌唱这些诗的文化背景，这不是比《伐檀》《硕鼠》更政治化么？但若真以为这是农民反抗压迫的诗，那就大错特错了。其实，这是当人们把作为“谷精”的人围在中间时，一面磨着镰刀一面唱的歌，所谓“绅士”“王侯”只是对被当作“谷精”的人的昵称罢了。因此，我们面对史前民族的诗歌，如果不了解其文化背景，很可能误入歧途。

下面再看《召南·驺虞》：

> 彼茁者葭，壹发五豝。于嗟乎驺虞！
> 彼茁者蓬，壹发五豵。于嗟乎驺虞！

《毛传》：“驺虞，义兽也。白虎黑文，不食生物，有至信之德则应之。”这无疑是一种被政治化的曲解。实际前人也已看出，如方玉润即提出反驳说：“《毛传》以驺虞为义兽，皆有心附会文王化行之故。……以兽比君，伦乎不伦，固不待辩而自明也”。并进而申述道：“丰道生引《郊特性》‘迎虎谓其食田豕也’，以豝豵为田豕害稼之兽，是矣。然曰害稼，则杀之正宜其多，何五豝而仅一发乎？若一发而中五豝，仁心又安在乎？”④此说切中要害，尤以豝豵为害稼之田豕，无论就诗本身或其他典籍记载来看都确凿无疑。而且，此诗还可

① [英]詹·乔·弗雷泽．徐育新等译．《金枝》．中国民间文艺出版社，1987
② [英]詹·乔·弗雷泽．徐育新等译．《金枝》．中国民间文艺出版社，1987
③ [英]詹·乔·弗雷泽．徐育新等译．《金枝》．中国民间文艺出版社，1987
④ 方玉润．《诗经原始》(2)．中华书局，1986

与《硕鼠》相互印证,互作发明。关于古人蜡祭迎猫以食田鼠,迎虎以食田豕之事,前面已经引用,而《毛传》不顾事实,却将“白虎黑文”的驺虞曲解为“不食生物”的义兽,那是毫无根据的。关于驺虞,论者均引《尚书·尧典》这条材料:“帝曰:‘畴若予上下草木鸟兽?’佥曰:‘益哉!’帝曰:‘俞,咨!益!汝作朕虞’。”可知虞是舜任命的典兽官,专掌草木畜牧之事。延至后代遂演变为专管天子围猎的猎官了。如贾谊《礼篇》所说:“驺者,天子之囿也;虞者,囿之司兽者也”。然而,神话传说中帝所任命的各类职司之官,其实都往往是人们崇奉的神灵,而并非就是掌管某类具体事务的官员。因此,准确地说“驺虞”应是传说中的狩猎神和兽神,故《驺虞》一诗亦应与《硕鼠》之为祈鼠诗相类,是祭祀驺虞神时的祈豕咒,因此才有“壹发五豝”、“壹发五豵”等的神化描写,是对被祈咒对象发出的强烈诅咒。而“于嗟乎驺虞”的反复咏唱,又是对伟大兽灵神的虔诚呼求。诗旨简单明了,无需扯到仁仪之类政治概念上去。

《国风》中还保留了一些有关圣物崇拜的诗,如《周南·螽斯》:

> 螽斯羽,诜诜兮。宜尔子孙,振振兮。
> 螽斯羽,薨薨兮。宜尔子孙,绳绳兮。
> 螽斯羽,揖揖兮。宜尔子孙,蛰蛰兮。

《说文》释螽:“蝗也”。从诗意看,无疑这是一首祈求子孙繁衍倡盛的诗。但祈求子孙繁衍,又何以要从螽蝗写起呢?难道这就是汉儒所说的“兴”?其实并非那么简单,原来在远古先民社会中,普遍存在对“圣物”的崇拜,在一般情况下圣物是严禁猎杀的,但却要定期举行杀死圣物的“圣餐”仪式。至于这些圣物,也不一定就是非常了不起的动物,相反则往往是普普通通的东西。正如弗雷泽所说:“狩猎或游牧的部落,和农业民族一样,也有杀他们的崇拜物的风习。在猎人和牧人供奉并杀掉的那些崇拜物或神(如果它价值得尊为神的话)之中,许多都是单纯的;而不是体现其他超凡神物的动物”①。因此,将螽蝗尊为“圣物”也是完全可能的。而在对圣物杀死前后,则都要举行庄严的祭礼,并念诵祷词以求福佑。这是为什么呢?列维·布留尔曾说:“开场的仪式的目的是要防止动物同时也防止那个体现着和代表着该种的一切动物神的报复。……收场的仪式的目的则是要安抚牺牲者(或其灵魂)。动物的死如同人的死一样,并不导致它们完全消失。相反的它们继续活着,也就是与它们的群的生存互渗着,尽管是在稍许不同的条件下;和人一样,它们也是注定要再生的。所以和它们保持友好关系是极为重要的”。② 也就是说祭祀的目的,是为了安抚死者的灵魂,以求得谅解。如果杀死的确是圣物,这圣物又是他们崇拜的氏族图腾,即祖先的代表和祖先神灵的依附者,那么杀祭圣物就有更深的涵义:“其意图是向祖先的神灵祈求(祖先神灵依附在动物身上),请他们为活着的子孙赐福”③。《螽斯》所写,看来更多是属于后者,因为诗中为子孙祈福的意图是明显的。张岩认为此

---

① [英]詹·乔·弗雷泽.徐育新等译.《金枝》.中国民间文艺出版社,1987.718
② [法]列维·布留尔.丁由译.《原始思维》.商务印书馆,1981
③ [英]詹·乔·弗雷泽.徐育新等译.《金枝》.中国民间文艺出版社,1987

诗实为一首圣物崇拜的杀祭祷词。他具体分析说：首句称“螽斯羽”，而不直呼“螽”，是出于对所崇拜的动物的敬畏和避忌；接着写其“诜诜”、“薨薨”则是对圣物杀死前的形容描状之词；至于“揖揖”，当是圣物死后礼敬之以送终之意。最后发出“宜尔子孙”的福佑，并以“振振”、“绳绳”、“蛰蛰”相期许，正是圣物杀祭仪式最后要达到的目的①。故全诗看似描写简洁，却是极完整的，而且无论就形式或内容都非常符合在圣餐一类仪式上作礼辞念诵。与此诗性质相类的，据张岩举证的还有《桃夭》、《园有桃》、《椒聊》、《江有汜》等诗，但能否成立还需进一步证明。

第四节　说赋、比、兴

历来谈赋比兴者，主要都依据两条材料：一是《周礼·春官》所说：“大师……教六诗，曰风、曰赋、曰比、曰兴、曰雅、曰颂，以六德为之本，以六律为之音”。一是《诗大序》所说：“故诗有六义焉，一曰风、二曰赋、三曰比、四曰兴、五曰雅，六曰颂”。对照两书所言无论从排列次序或具体内容来看，似乎都不存在什么本质不同。但前者称“六诗”，后者却称“六义”，又似乎有明显区别。于是一切歧义遂由此产生，以至纷纭至今仍莫衷一是。细究起来，对赋、比、兴（尤其“兴”）的解释，恐怕已不下一、二十家。但概括而言，则不外“体”“用”（或曰经纬）之争。主“六诗”即“六体”说者，认为赋、比、兴同风、雅、颂一样“原来都是乐歌的名称，合言六诗，正是以声为用”②。同样是指诗体而言的。主“三用”说者，又可分为两种意见：一种认为风、雅、颂是“诗篇之异体”，赋、比、兴是“诗文之异辞”③。朱熹则称作“三经”和“三纬”④。即认为前者是就诗篇的不同体裁而言的，后者则是就诗文的表现方法来说的，故有“体”“用”之不同。另一种意见认为“六义”均属诗之“用”：“体为作诗之本，用为作诗之法”，“风、雅、颂之于诗，其用与赋、比、兴同，故曰六义，非体裁之名也”⑤。不过此二说虽在风、雅、颂的定性上不一致，但都认为赋、比、兴属诗之“用”，则是完全一致的。综观这些分歧意见，给我们的总体印象是：前人论赋、比、兴者，或拘于《周礼》所言诗与音乐的关系作诠释，或拘于《诗经》文本的编排体例和表现手法作诠释，要之都离不开《诗经》产生时代的周代社会背景作参照系。然而，当今许多学者从文化人类学角度考查的结果已充分表明，《诗》三百篇并非全是周代诗歌，还往往积淀着史前时期巫文化的丰富深刻内涵。那么，我们是否可以从这一角度切入进行深入研究，并作出新的解释呢？

所谓赋、比、兴，当是原始先民的一种独特思维方式，或曰“原逻辑”思维方式造成的语言表达特殊性之历史积淀。文化人类学提供的大量材料表明，史前人类是很少甚至不用抽象概念来思维、传达和交流思想的，他们用以表达思想的语言总是非常具体生动而

---

① 张岩.《简论汉代以来〈诗经〉学中的误解》. 载文艺研究. 1991(1)

② 朱自清.《朱自清古典文学论文集(上)》，上海古籍出版，1981

③ 孔颖达.《毛诗正义》. 中华书局影印本，1983

④ 朱熹.《诗集传》. 上海古籍出版社，1980

⑤ 包世臣.《书诗关睢序后》载《艺舟双楫(1)》，《艺林名著丛刊》. 中国书店，1983

个别化的。正如列维·布留尔所说:“原逻辑思维很少使用抽象,它的抽象也与逻辑思维的不同;它不象逻辑思维那样自由地使用概念”。因此,“我们看到的原始民族的语言‘永远是精确地按照事物和行动呈现在眼睛里和耳朵里的那种形式来表现关于它的观念’。这些语言有个共同倾向:它们不描写感知着的主体所获得的印象,而去描写客体在空间中的形状、轮廓、位置、运动、动作形式,一句话,描写那种能够感知和描写的东西。这些语言力求把它们所要表现的东西的可画的和可塑的因素结合起来”(《原始思维》.139,150)。既然他们还缺少抽象综合地表现事物概念的能力,所使用的语言也就只能是表示个别具体的东西的语词。而正是语言这种具象性和个别化特征,才造成表达方式也不同于逻辑思维的独具特色。概括而言则可归纳为两点:A、绘声绘影的描写;B、拟喻性相似类比。此外,还有一种蕴含着象征性神秘内涵的特定语词,则是原始先民中更值得注意的语言现象。笔者认为这就是原初意义的赋、比、兴,尽管当时还不曾产生这种名称。

一、绘声绘影的描写:赋

列维·布留尔在《原始思维》中谈到史前人类的语言特征时,接着还写道:“克拉马特语(可以作为语族非常多的北美语系的代表)有一个极为特殊的倾向,这就是盖捷特所说的‘绘声绘影’的倾向,也就是如画地描绘出说话人所要表现的那种东西的倾向。”例如,为了表示豪猪,就用手的动作准确地描写它掘土和抛土时的奇怪方法,它的刺、它竖起的自己的小耳朵时的姿态。为了表示水,就用动作表示出当地土人怎样喝水、怎样舔吸捧在手心窝里的水的样子。为了表示项圈,就用双手做出围住脖子并从后面锁住的姿势等。如果是问路,要说明从某地到另一地方的距离,他们绝不会回答有多远或多少里。而是给你详细描述怎么走,譬如什么地方有个转弯,什么地方有一棵大树之类,至于走多长时间,则是指指天空的太阳,当太阳从这个位置走到那个位置时就到达了。因此,“我们可以说,他是在描写它们的同时就想象着它们了”。并且布留尔还由此断言:“口头语必然是描写性的”(《原始思维》.156)要尽量逼真生动地去描述事物“可塑可画”特征,此即原始语言所特具的“描写性”,而且还是“绘声绘影”地进行描写,这不就是后世所说铺采摛文、直陈其事的“赋”么?尽管他们使用的还只是口头语言(或伴以手势语),但当口头语言经过文字符号而写定并记载于书册时,原始语言的这种特征也就自然积淀保存下来,并逐渐转化为一种文体特征。布留尔还接着写道:

> 埃维人(Ewe)各部族的语言非常富有借助直接的声音说明所获得的印象的手段。这种丰富性来源于土人们的这样一种几乎是不可克制的倾向,即摹仿他们所闻所见的一切,首先是描写动作。但是,对于声音、气味、味觉和触觉印象,也有这样的声音图画的摹仿或声音再现。某些声音图画与色彩、丰满、程度、悲伤、安宁等等的表现结合着。毫无疑问,真正的词(名词、动词、形容词)当中的许多词都是来源于这些声音图画的。实在说来,它们不是形声词,它们多半是描写性的声音手势。(《原始思维》.157~158)

他称这种语言是“声音图画的摹仿或再现”，包含有这样两方面特征：一是语言描写的摹仿性，一是绘声绘影地描述。所谓语言的摹仿性，就是要真实地再现事物的本来面貌和特征；并且这种摹仿还要求“如画地描绘”出来，这就和一般的语言表达不同。前者可以称为‘直陈其事’，后者可以称为‘铺采摛文’。因此，所谓“赋”必须具备这两方面的特征，才是真正意义的“赋”体，否则缺一则不可。然而，前引布留尔所举都是国外资料，那么这种语言表达方式在我国原始先民中是否也存在过呢？《诗经》的许多作品就是如此，如《周颂·有瞽》写音乐祭祀场面：

有瞽有瞽，在周之庭。设业设虡，崇牙树羽。应田县鼓，鞉柷磬圉。既备乃奏，箫管各举。喤喤厥声，肃雝和鸣，先祖是听。

可谓极尽绘声绘影铺张摹写之能事。又如《大雅·烝民》写仲山甫出征：“仲山甫出祖，四牡业业，征夫捷捷，每怀靡及。四牡彭彭，八鸾锵锵，王命仲山甫，城彼东方”。《大雅·韩奕》写为韩侯饯行：“韩侯出祖，出宿于屠。显父饯之，清酒百壶。其肴维何，炰鳖鲜鱼。其蔌维何，维笋及蒲。其赠维何，乘马路车。笾豆有且，侯氏燕胥”。凡此等等，不是正可看作原始语言中那种“声音图画”的艺术化精炼提纯么。《周易·系辞上》的一段话也透露出某些消息：

圣人有以见天下之赜，而拟诸其形容，象其物宜，是故谓之象。圣人有以见天下之动，而观其会通，以行其典礼。

所谓“象其物宜”，《周易正义》云：“象其物宜者，圣人又法象物之所宜”。大概即是指对客观事物作真实摹仿或再现的意思，这就叫“象”，正符合前面所述原始语言的第一个特点：直陈其事。然而，这种物象的“直陈”又是以“拟诸其形容”为前提的。《正义》云：“拟诸其形容者，以此深赜之理，拟度诸物形容也”。这就不能不叫人怀疑，其所说当指那种“绘声绘影”或“如画地描写”了。无疑这又是我国先民中确曾存在过那种“如画地”表达思维的既曲折又生动的反映。下面再结合汉以后对“赋”的诠释，略作解析。

郑玄《周礼·大师》注：“赋之言铺，直铺陈今之政教善恶”。如果剔除其汉人谈诗必与政教挂钩这一缺失，那么他的诠释应该说是基本符合原始赋体特征的。如前所说，赋确实包含着两方面特征，那就是“铺”和“陈”。陈，即语言表达的“摹仿”或再现功能；铺，即绘声绘影或“如画地描写”。故刘勰也说：“赋者铺也，铺采离文，体物写志也”①。所言也正是这两个方面：体物和铺采，因而比较准确地概括了赋体特征。但到了钟嵘，他的解释便不大一样，《诗品序》说：“直书其事，寓言写物，赋也”。谓“寓言写物”，实际就是“写物”，上下句讲的都是同一内容，只是把“事”和“物”分开讲而已，显然与赋的初始意义已不完全符合。此后，如孔颖达《正义》云：“则诗文直陈其事，不譬喻者，皆赋辞也”。朱熹

① 范文澜注本.《文心雕龙·诠赋》. 人民文学出版社，1962

《诗集传》亦谓:“赋者,敷陈其事而直言之也”。大都步趋钟嵘的路子,而丢掉了赋的另一半特征。更甚者如李详,在黄叔琳《文心雕龙注》补正中批评刘勰说:“《正义》……又曰:‘直陈其事不譬喻者皆赋辞’。案彦和‘铺采’二语,特指词人之赋而言,非六义之本源也”。恰是认黑为白,本末倒置! 其实,“词人之赋”固然有踵事增华之失,但本质上却并未违背赋体始义,因为他们继承和发展的正是“铺”和“陈”两个方面,只不过在原始先民来说这还是一种朴素而不自觉的思维表达方式。但在汉赋则已发展为一种宏侈钜丽、笼括文坛的特殊文体了,汉赋之不可一笔抹倒其原因也在此。总之,赋肇始于先民的一种特殊思维表达方式,至两汉而发展到极盛乃至极端,故有利亦有弊,不能也不必简单予以否定。

二、拟喻性相似类比:比

原始先民缺乏抽象和综合思维能力,还导致其语言表述的另一大特征:以彼喻此、以物比物,从而达到具象说明的目的。其实从本质上说,原始思维就是一种隐喻思维。弗雷泽在《金枝》中谈到原始巫术时曾说;“‘顺势巫术”是根据对‘相似’的联想而建立的;而‘接触巫术’则是根据对‘接触’的联想而建立的……但是在实践中这两种巫术是经常结合在一起进行的。或者更确切地说,顺势或模仿巫术可以自己进行下去,而接触巫术,我们发现它需要同时运用顺势或模拟原则才能进行”①。巫术既是原始先民的世界观,也是他们的认识论,换句话说是统治先民社会的一种最根本的思维方式。因此,弗雷泽对两种巫术的基本法则的阐释,也就是对原始思维的基本法则的阐释,他认为只有“相似性联想”才是两种巫术能够进行下去的根本法则。而且即使被称作“消极巫术”或“黑巫术”的种种禁忌,也“仅是交感巫术的相似律与接触律这两大原则的特殊应用”,或从根本上说“禁忌是来源于相似律的”②。因此我们可以认定,在弗雷泽看来原始思维的另外一大特征就是“相似性联想”。并且,正是由于这种相似性联想在先民社会的普通存在,进而造成原始人类语言表达的具象拟喻性。卢卡契亦曾指出;“在初始的原本的日常思维中,对客观现实直接反映进行连接和转化的基本的主导形式中,最重要的一种方式是类比”,即“它把自己与其他事物相对比,而不是相结会”③。他所说初始的原本的思维,即指原始思维。可知以彼物比此物式的“类比”,确是原始思维的根本特征所在,并非只是个别学者的看法。列维·斯特劳斯也说;“它们(原始的思维——笔者)在诸项之间建立的关系绝大多数情况下,都或者依据邻近性,或者依据相似性”,因而,“二者之间的联系不是因果性的,而是譬喻性的”④。我们知道,“因果性”是现代逻辑思维发展的标志,而“譬喻性”正是原始思维独具的特征。鲁蒙霍尔茨就曾发现,在原始人群中存在着“一种想要看出事物之间的相似的强烈倾向,而我们叫做不同类现象的那种东西,则被他们看

① [英]詹·乔·弗雷泽. 徐育新等译.《金枝》. 中国民间文艺出版社,1997

② [英]詹·乔·弗雷泽. 徐育新等译.《金枝》. 中国民间文艺出版社,1997

③ [匈]卢卡契.《审美特性》(1). 中国社科出版社,1986

④ [法]列维·斯特劳斯. 李幼蒸译.《野性的思维》. 商务印书馆,1987

作是同一的东西"①。比如蝴蝶和鸟,本来是完全不同类的东西,但因为它们都有翅膀都会飞,就被先民们看作同一的东西而称"蝴蝶鸟",甚至进而把太阳也看作是一只"大鸟"等。并且,也正是这种"要看出事物之间相似的强烈倾向",便必然导致原始人类语言表述的拟喻性特征。布留尔在引述霍氏这句话后,接着即举例说;"他们不能抽象地表现硬的、软的、热的、冷的、圆的、长的、短的等等性质",而为了要表现硬的,就说象石头;为了表现长的,就说象大腿;圆的就说象月亮,象球一样等。并且,他们也"没有名称来表示颜色,颜色永远是按下面的方式来指出的:把谈到的这个东西与另一个东西比较,这另一个东西的颜色被看成是一种标准"。例如,他们说这东西象乌鸦,久而久之名词就被单独作为形容词来用,于是所有黑色的东西,特别是有光泽的黑色的东西,就都叫 KOT KOT(乌鸦)②。这就是说,在史前人类稚拙的思维尚不足以抽象地把握事物并说明其特征时,他们就只能用"以彼物比此物"的方式加以说明。而且,这种说明还往往是"以一概全"式的,即只选取二者之间的某一相似或相近点进行类比,转移甚至强加到所要说明的事物上去,从而造成"我们认为根本不同的东西却被他们看作同一的东西"的奇怪现象。因此恩斯特·卡西尔干脆称这种思维是"隐喻式思维"③。毫无疑问,这就是"诗六义"中所说"比"的始初形态。

但也需进一步追问;在我国古代是否同样存在过这种被称作"相似性联想"或"隐喻式思维"的思维方式呢?回答也是肯定的。《周易·系辞下》讲伏羲制作八卦说:"近取诸身,远取诸物,于是始作八卦,以道神明之德,以类万物之情"。据笔者理解,这"道神明之德"讲的是八卦的巫术性宗教神秘内容,而"类万物之情"中的"类",即是巫术思维的类比联想了。因为八卦正是以"类"构架而推及于万物的,如三(乾)用以象征天,在人事则代表父,在动物则代表马,在数字则代表九等,所用的都是推类而及的思维方法。由于《周易》对后世产生的影响极大,故这个"类"也就成为积淀着特定内涵的专有概念,而被广泛使用于各个方面。如《荀子·非相》即有"以人度人,以情度情,以类度类"之说,《淮南子·要略》论大人,亦有"其形骸九窍取象与天合同,其四气与雷霆风雨比类"之附会。至董仲舒则更利用并通过改造的原始思维"相似联想"方式,而构建起他"天人感应"的神学迷信论,其哲学思想的蛊惑性也正是以"类"这个特定概念为基点的。如说:"与人相副,以类合之,天人一也"④。"人之本于天,天亦人之曾祖父也,此人之所以上类天也"⑤。即认为人的一切(如四肢、九窍、喜怒哀乐等)无不与天一一对应,完全是按照天的模式创造出来的。或曰天人何以能够"相副",他回答的依据也同样是"类",即自古遗传下来的巫术性相似联想。不只哲学上如此,在文学批评中"类"也在广泛使用。如司马迁说:"作

① [法]列维·布留尔.丁由译.《原始思维》.商务印书馆,1981

② [法]列维·布留尔.丁由译.《原始思维》.商务印书馆,1981

③ [德]恩斯特·卡西尔.于晓等译.《语言与神话》.三联书店,1988

④ 董仲书.《春秋繁露·阴阳义》.上海古籍出版社,1989

⑤ 《为人者天》,同上

辞以讽谏,连类以争议,《离骚》有之”①。东汉王逸也说:“《离骚》之文,依诗取兴,引譬连类”②。这是谈《骚》,至于说《诗》,汉人也同样喜欢使用这个“类”字。如孔安国说;“兴,引譬连类”。③ 郑玄则说;“比见今之失,不敢斥言,取比类以言之”④。此后如挚虞也说;“比者,喻类之言也”⑤。至刘勰言“比兴”,则更是屡屡谈及“类”。如曰:“附理者切类以指事,起情者依微以拟议”;“观夫兴之托喻,婉而成章,称名也小,取类也大”⑥等。这都充分说明,在两汉以前人们的思维方式大概还处在巫术性“相似联想”笼罩之下,并未真正摆脱隐喻性思维的羁绊。

对此,也可从其时人们特别看重譬喻的运用,强调“引譬连类”的重要性中,得到实践上的证明。《荀子·非相》即说:“谈说之术,矜庄以莅之,端诚以处之,坚强以持之,分别以喻之,譬称以明之”。这是谈说重譬之例,前三项讲谈说论辩中应具备的心理态度,后两项才讲修辞技巧,所强调的则只是譬喻。《礼记·学记》则说;“大学之教也……不学博依.不能安诗”。郑注:“博依,广譬喻也”。是学诗重譬之例。又说:“善教者使人继其志。其言也约而达,微而臧,罕譬而喻,可谓继志矣”则是教人重譬之例。并且这还是要为人师者所必备的一项修养:“君子知至学之难易,而知其美恶,然后能博喻,能博喻然后能为师”。《淮南子》甚至认为即使谈天说地、说山道林也必须精通譬喻:“言天地四时而不引譬援类,则不知精微”;“说山说林者……假譬取象,异类殊形,以领理会意”⑦。确实,通过相似联想而假譬以明事理,这不只在史前先民社会的语言交流中是不可或缺的,即使到三代两汉恐怕也是时刻不离的语言技巧。

综前所言,似乎可作这样概括:原始先民因缺乏抽象思维综合能力,故具有特别发达的“相似性联想”本领,因而导致他们思维方式的隐喻性。而“隐喻性思维”又必然造成其语言表达的类譬性特征,而这就是始初形态的“比”。

三、积淀着神秘象征内涵的语词:兴

“兴”也是由原始思维的特殊方式造成的,但与前两种语言情况有所不同。它不是由原始人类缺乏抽象思维能力所致,而是有自己产生的独特根源和发展道路。列维·布留尔曾说:“我们已经知道,对他们(原始人类)的思维来说,没有哪种知觉不包含在神秘的复合中,没有哪个现象只是现象,没有哪个符号只是符号;那么,词又怎么能够简单的是词呢?任何物体的形状、任何塑象、任何图画,都有自己的神秘力量;作为声音图画的口头表现也必然拥有这种力量。神秘力量不仅为专有名词所固有,而且也为其他一切名词所固有”⑧。话当然不能说得那样绝对,因为不是任何事物以及对事物的任何感知,对原

---

① 司马迁.《太史公自序》,百衲本二十四史《史记》卷一百三十

② 王逸.《离骚经序》,四部丛刊影明翻宋本《楚辞》卷一

③ 何晏注,宋邢昺疏.《论语注疏》. 北京大学出版社,1999

④ 《周礼·大师》注.《十三经注疏》上册,中华书局影印本,1980

⑤ 挚虞.《文章流别志论》. 台北:艺方印书馆

⑥ 刘勰.《文心雕龙·比兴》. 范文澜注本. 人民文学出版社,1962

⑦ 《淮南子·要略》. 岳麓书社,1998

⑧ [法]列维·布留尔. 丁由译.《原始思维》. 商务印书馆,1981

始人类来说都是充满神秘力量的，正如马林诺夫斯基所说：“他们（原始人类）永远没有单靠巫术的时候，倒有时候完全不用巫术”①。因此他们的生活和生活中交流用的语言，也就不会都必然具有那种神秘意义。但是，在原始先民使用的语言中，确有一部分“专有名词”是蕴含着某种神秘意义的。赵沛霖在《兴的起源》一书中，曾提出“原始兴象”的概念作为研究“兴”起源的基点，大概指的就是这类“专有名词”，如他所概括的鸟类兴象、鱼类兴象、树木兴象和虚拟动物兴象（如龙凤、麒麟等），就是如此。他写道：“所谓原始兴象是被神化了的因而具有观念内涵的物象被援引入诗的结果，完全以其宗教性质和意义为本质；从心理过程看，则是观念内容和物象之间的一种联想”。② 他认为作为一般规范化的艺术形式的“兴”，就是在这众多的“原始兴象”的基础上生出来的，是“原始兴象”在历史发展中丧失其原有概念内容后逐渐形成的抽象艺术形式，因而原始兴象还不是真正的“兴”。这却是启开了真理的大门，而错进了谬误的房间。其实，被布留尔称作“专有名词”而被他称作“原始兴象”的那些词语，因其是积淀了巫术宗教的某种神秘内涵，或如他所说“完全以其宗教性质和意义为本质”，所以正是真正意义的“兴”。并且，也因此还同仅作为原始语言特殊表达方式的“赋”和“比”，明显区分开来。至于《诗经》中的“兴”，借用他的话说则是那些专有名词的“历史积淀”或残留，并非随着历史发展而逐渐丧失原有的内容后产生的蜕变。如果真是丧失掉原有内容而仅仅成为诗歌套语或纯粹形式，最多也只是一种写作技巧，对《诗经》这部著作还有什么特殊意义可言呢。举例来说，《诗经》中写到大量的鱼，如闻一多所说那是女性或婚姻的象征；又如鸟则是男性的象征，其中的燕是殷民族崇拜的祖先图腾；树木则导源于先民的社树崇拜，而伐柯、析薪、束茅、束楚等，又是嫁娶求偶的隐语。凡此等等，正是我们的前人纷争了千多年而仍难说清的“兴”。之所以难于说清，是因为后人已昧于它们原有的巫术宗教神秘内涵，因而同“比”也就纠缠不清，难以划出界限。仅从表面来看，它们确实有点象“比”，如伐柯喻娶妻，鱼喻性爱等，不就是地道的“比”么？但从另一方面看，它的深层又包涵有特殊的巫术宗教内容，其所以能够用来“喻”婚姻和性爱，其实又是从特定巫文化内容派生出来的，故而又绝对不是“比”。有些描写，如植物采集、花草投赠等，表面看似乎又是“赋”，但若揭开其蕴涵其中的巫术宗教内容，则又绝对不是“赋”。于是遂产生出后人的种种附会，以至有“你说你的，我说我的，越说越糊涂”（朱自清语）之感叹。试想如果连这些特定的巫术宗教内涵都丧失殆尽，那还有“兴”存在的必要和余地吗？

兴之繁体为兴，《说文》写作興，但甲骨文写作或。1997 年在河南登丰县王城岗龙山文化晚期遗址（约前 2405 – 2330 年）中，曾发掘出一块陶片（H437）上刻有“”象形符号，专家或以为即“共”字，其实很可能就是兴（）的最早形态，因为在祭器上刻上具有巫文化内涵的“兴”，较之只是一般意的“共”更有可能。故从舁从，当是兴的本体，后来《说文》写作从舁从同，当是讹变。由从同的意符再进而附会，训作“起也，同力也”，当是因讹而演生的意义。因此，就甲骨文体作众手举槃之象而言，训作“举”或“起”本无不

① ［美］马林诺夫斯基.《巫术宗教与神话》. 中国民间文艺出版社，1986

② 赵沛霖.《兴的起源》. 中国社会科学出版社，1987

可,但有三点值得注意:一是郭沫若先生在众手举磐的基础上,进而指出此字可能还有旋转的意思在内;二是甲骨文又写作𦥑,而增“口”的意思大概在突出呼喊或歌唱的特征。合二点来看,那么它是否即是托物举槃、载歌载舞的一种生动仪式形象呢?若是,则兴乃是一种祭祀性活动无疑。三是即使从“同”,而“同”的一种解释即祭祀用的爵或酒器。《尚书·顾命》:“上宗奉同瑁”,传曰:“同,爵名,祭以酌酒者”。那就更说明“兴”与祭祀活动存在密切关系了。《说文》释“巫”:“以舞降神者也”。以手托物而集体踊跃起舞,正是巫师降神仪式必有的活动,那么“兴”更可能还是巫祭的一种名称。《周易·系辞上》:“是兴神物,以前民用”。《礼记·乐记》亦有“降兴上下之神”之说,《正义》释为“兴起神理事物”,恐未确,当正指一种降神或送神的巫祭活动。这从由兴孳生的衅(釁)字亦可得到说明。《说文》释衅:“血祭也”。即还保留着“兴”一类字的原始巫祭内容。还由于“兴”和“歌”(诗)本有孪生关系,而史前先民社会又普遍存在自然崇拜,祭祀的对象也往往是那些草木鸟兽虫鱼,故《诗》中“兴”的概念可能即由此引申而来。我甚至怀疑如《尚书·尧典》所说:“诗言志,歌永言,声依永,律和声,八音克谐,神人以和。夔曰:於!予击石拊石,百兽率舞”及《毛诗序》所说:“情动于中而形于言,言之不足故嗟叹之,嗟叹之不足故永歌之,永歌之不足不知手之舞之,足之蹈之也”的记载中,就积淀着关于“兴”的模糊记忆。

“兴”是积淀着原始巫术宗教祭祀神秘内涵的一些“专有名词”。我们以此来衡量汉以后人对“兴”的解说,便会发现汉人的解释最接近它的本义,越到后来就相去越远,以至完全出于臆猜。郑众说:“比者,比方于物;兴者,托事于物”(《周礼·大师》郑注)。孔安国说:“兴,引譬连类”①。今人有一种看法,认为汉儒已将兴义完全“丢失”,因而他们的解释都是不着边际的。其实亦未必尽然,孔郑诸人虽已不完全通晓“兴”的巫术宗教内涵,但依据古老承传似乎他们还知道比和兴存在某些共同点,那就是“譬”或“喻”。他们也本想区分开这两种性质不同的“譬”,却终因昧于“兴“义本源,而只能作出如“比方于物”和“托事于物”那种似是而非的判断,从而引发出千古争讼难息的纷杂局面。本来“譬”和“托”是有区别的,前者即比喻,后者指寄托。但仅以“寄托”释兴,却不能完全贴切,于是比和兴便永远纠缠不清。也许正是有见于此,郑玄又在“譬”和“托”区分的基础上,再加入“美”和“刺”的内容说比兴,显然更不妥当。因为正如后人所指出:“其实比兴皆有美刺者也”。但不管怎么说,汉儒总还知道比兴都是一种词语喻指,只是没有更精确的语言说明罢了。延至六朝,人们又弃旧说而作新解,如挚虞说:“比者,喻类之言也;兴者,有感之词也”②。刘勰说:“比者附也,兴者起也。附理者切类以指事,起情者依微以拟议”③。如前面所指出,以“起也”释兴,那是后起派生义,并非“兴”的本源意义。到宋代朱熹,“兴”的本义可说已完全丢失。他说:“比者,以彼物比此物也”;“兴者,先言他物以引起所咏之词也”④。对此,姚际恒即提出批评说:

---

① 何晏注,邢昺疏.《论语注疏》.北京大学出版社,1999
② 欧阳询撰.《艺文类聚》(56).上海古籍出版社,1986
③ 范文澜注本,刘勰.《文心雕龙·比兴》.人民文学出版社,1962
④ 朱熹.《诗集传》.上海古籍出版社,1980

"谓'先言他物'与'彼物比此物'有何差别"①。差别当然还是有的,因为用以相喻和用作起头究竟不同。但朱熹却顺此推导,得出"兴"本身毫无意义的结论:"兴者,托物兴辞,初不取义"②、"诗之兴,全无巴鼻"③,那就大错特错了。循此发挥,至本世纪遂有"只是个开头"之说,其影响至今犹在。如谓:"文艺创作为什么要比兴? ……看来,这里正好是上述使情感客观化、对象化的问题。'山歌好唱口难开','山歌好唱起头难',为什么'起头难''口难开'呢? 主观发泄情感并不难,难就难在使它具有能感染别人的客观有效性。……这就是'托物兴词',也就是比兴。无论是《诗经》或近代民歌中,开头几句经常可以是毫不相干的形象描绘,道理就在这里"④。这大概只是一种六经注我式的现代阐释,与"兴"的本义可说已没有多少关系了。

总之,"兴"确实多写鸟兽草木虫鱼,那是因为原始先民崇拜的神圣对象本来就是动植物所致。孔子说《诗》除事父事君之外,有"多识于鸟兽草木之名"之说;孔颖达释"兴"亦有"诗文诸举草木鸟兽以见意者皆兴辞"之论,恐怕皆非泛泛而谈。不过诗人描写它们的目的,却绝非仅在"触物兴情",也绝非只是个开头,以解决"口难开"的问题。它们在诗歌中就是主词,即歌咏的对象,并非毫无意义的陪衬,所谓"彼物"或"他物"。黑格尔《美学》曾用"象征"和"比喻"两个概念,来区分古代象征型艺术的两种不同类别。笔者认为用前者来称谓《诗经》中的"兴",可能是比较恰当的。因此《诗经》这部所谓诗歌总集,也应属于他所说"真正的象征"的那种象征艺术。

① 姚际恒.《诗经通论》. 中华书局,1958
② 朱熹.《楚辞集注·离骚序》. 上海古籍出版社,2001
③ 黎靖德编.《朱子语类》(8). 四库全书本
④ 李泽厚.《美学论集》. 上海文艺出版社,1980

第三章　理性光照下的人生哲理:寓言

第一节　关于寓言的界说

春秋战国时期,是一个诸子蜂起、百家争鸣、各自立说的特别时代,它标志着人类进入阶级社会后,充满创造活力的理性第一次高扬。因而,这也是我国散体文最繁荣昌盛,却风格多样、个性鲜明的时期。然而,这些散文却主要是一些政论文、哲学论文和历史散文,真正属于文学者并不多,故或者可说这是一个非文学的时代。幸运的是,在诸子论说文中,一方面由于承袭了史前先民"相似联想"和"隐喻性思维"的思维惯性,另一方面更由于他们宣传各自主张,以生动说明事理或阐释哲理的需要,在文中却大量采用了寓言这种故事性说理形式,于是又一度造成寓言的极其繁盛,寓言似乎成为各家必须采用的手段,若庄子提出了寓言的初步理论,而韩非等有结集寓言的专辑,因此这又是一个寓言文学的时代。寓言成为这一时期文学的主要形式,而且还是典型的喻象文学,故应予特别加以关注。

那么,什么是寓言?

"寓言"一词,首先由庄子提出,他在《庄子·杂篇》中说:"寓言十九,藉外论之"。按:藉者,借也,当是借之他言以论之之意。故晋郭璞注曰:"寄之他人,则十言而九见信"。这是从寓言的功能特征说的。唐成玄英疏则说:"寓,寄也。世人愚迷,妄为猜忌,闻道己说则起嫌疑,寄之他人,则十言而信九矣",则是在功能特征之外,进一步还说明了寓言发生的社会基础。清人王先谦《集解》又说:"寄寓之言,意在于此而寄于彼",则是偏重于表现手法的说明。不过古人的这些解释,都是单就"寓"字进行发挥的,虽说不无合理之处,但却容易与其他文体混淆,比如《诗经》中的比兴,《楚辞》中的象征等,因为这都可以说成是"意在于此而寄于彼"的寄托之言,故并非完全贴合。但他们都指出这是"寄言"之一体,却是十分合理的。

今人以此为未足,遂提出各种定义试作全面界定。如说:"(寓言)是作者的话寄托在臆造的故事中,在假托的故事中寓藏着作者对人生的认识和感受";或说:"寓言是一种隐含着明显讽喻意义的简短故事";或说:"寓言是一种饱含着生活经验,闪烁着智慧光芒,具有强烈的道德观念,充满丰富哲理的讽刺性文学体载";乃至说:"寓言是这样一种文学形式,它通过虚构的短小故事,来寄托人类社会中的一个道理,表现作者对社会某种现象的明确态度,从而起到讽刺、劝戒和启迪思想的作用"。看来"后出者转精"这句话,稍作修改谓"转细",很适合用到这里。大体而言,他们在"寄"的基础上补充了三点:一是要有一个"故事",而且是"简短的"、"虚构的";二是寄托着某种"讽喻意义",或是"对人生的认识和感受",或是"生活经验"、"道德观念"、"智慧光芒"、"丰富哲理"等;三是"讽刺"

作用,可以概括为"讽刺、劝戒和启迪思想"三方面。这是否就将寓言的精义囊括尽了呢?恐亦未必,后面将会自明。但综其所述,可大体作一界定:

> 寓言是一种虚构的,寄寓着某种人生哲理,具有讽刺、劝戒和启迪作用的短小故事。

这里有几点应予以注意:它是一种"寄言",但必须有"故事",即以讲故事的形式出现,所以不同于比兴体诗或其他教诲诗;它虽有"故事",但必须是"虚构的"、"简短的",所以不同于史传文或讽刺小说;它虽说明某种"人生哲理",但是这是内在的、本身即具有独立自足性的实体,并不依赖他物而存在,所以也不同于一些说理文中作为明理的例子而出现的复杂比喻。如果注意到了这三点,寓言的定位问题也就不难解决。

寓言既是这样一种文学形式,那么我国寓言是如何起源即发生的呢?

对此,目前似有三种看法:寓言起源于神话;寓言起源于动植物故事;寓言起源于生活中的比喻。在谈神话一章中,我们曾说到神话向寓言的转化问题,似乎笔者是主张神话说的,其实也不尽然。世间一切事物的发生往往都是多元的,而并非单一的,尤其是各种因素间的相互交叉影响,情形更是复杂,并非简单几句话便能概括。首先,神话作为史前时期人类文化的综合体,它深深植根于原始人类固有的思维方式。这分两方面,一是"万物有灵"观造成的想象性和虚幻性,二是被弗雷泽称作"相似性联想"或卡西尔所说"隐喻式思维"方式。前者更多地赋予神话象征内容,后者赋予神话的则是象征的形式,所以我们才将神话定格为象征性喻象文艺范畴。"神话是一种原始象征艺术,即以象征为主要形式来表现某种观念意义的艺术形式","任何神话从其产生之初就包含着两方面因素:被观照对象的外在形象和形象的所凝聚的观念意义。从一方面看,它是以想象和幻想为中介联系的形象和意义的统一体;从另一方面看又由于想象和幻想作为一种认识思维活动,它又受着一定的物质生产水平的限制和制约,因而随着物质生产的不断发展它也处在不断变化和提高的过程中,这又使神话呈现为一种动态流变的开放系统。换言之,随着人类思维和认识能力的不断发展,相应地神话创造的理性自觉因素也就不断加强,它原本就存在的某种具有启示或训诫的意义便越来越明显,而一但当其占具神话内容功能的主导地位,那么一部分神话也就演变为寓言或童话了"①。例如:《山海经·西次山经》所写"中央之帝"帝江(即黄帝)的形象:"其状如黄囊,赤如丹火,六足四翼,浑敦无面目"云云,无疑是天地起始神尚处于朦胧期的杂乱模糊形象,属神话;可是到了《庄子》一书便创造出"倏忽"和"浑沌"的故事来,则明显带有寓意的性质,则是寓言了。这正如黑格尔在区分象征和比喻时所说:"只有在意义和表现意义的形象以及二者之间的关系都明白说出时,才没有上文所说的暧昧性(即象征)。但是这里所表示出的具体事物就不再是真正的象征,而是通常所谓比喻"②。所以称之为"自觉象征"。如果就这一点而言,

---

① 参阅本书第 1 章第 4 节

② [法]黑格尔著. 朱光潜译.《美学》(2). 上海文艺出版社,1984

就像比喻是神话象征的理性化延展,那么寓言则是比喻的艺术化升华。此外,如"刑天断首"、"嫦娥奔月"、"舜象故事"、"精卫填海"、"夸父追日"等带有明显寓意的故事,都能充分说明寓言和神话的连接性,那么说有一部分神话最终演化为寓言,大概是不能否认的事实。

关于动植物故事,它的根正深植于神话。中国神话的一大特征,就是其人首兽身、人兽合体的变异形象,而且在万物有灵观念的影响下,人和动植物还是可以互相转化的,这又为动植物故事从神话母体中分离出来,准备了充分的条件。如大禹化熊的故事、精卫化鸟的故事、巫山女神化为䔄草的故事以及舜之二妃泪化斑竹的故事、夸父手杖化作邓林的故事等,当动植物形象从神话中独立出来的时候,便成为动植物故事。应该说明的是,把动植物形象作为寓言故事的主体,那主要是西方寓言形态的观念,故黑格尔给寓言的定义是:"借动植物生活来说明人生道理的故事"①。从古希腊的《伊索寓言》算起,如法国的《列那狐的故事》、《拉封丹寓言》、意大利达·芬奇寓言、德国莱辛寓言、俄国克雷洛夫寓言等,就都以动植物形象为主要描写对象,所以说动植物故事是寓言的源头,也许是可以的。但中国寓言的情形却大不相同,它主要是以人物形象及其活动为描写对象的,其主体是人而不是物,动植物故事也就不可能是主要来源或决定条件了。所谓动植物故事,是指那些以解释人类尚不能理解的动植物现象为目的小故事,如兔子的嘴唇为什么是豁的,老虎为什么不会爬树,蝙蝠为什么象老鼠等,具有传达某种自然界知识的作用。不过,它的这一特征似乎亦源自神话。神话本来就是以不自觉的或幻想的方式反映和解释人和自然关系的,故许多神话便包含着认知内容,如触龙神话是解释大自然现象的,湘妃神话是说明斑竹来历的,共工神话是解释天倾西北的,精卫故事是说明某种鸟的变生的等。总之,或通过悲凄苍凉的故事,或通过如火如荼的斗争,往往包含着史前先民幼稚的知识认知和解释,后来的动植物故事只是较理性地将其细化罢了。就此而言,其实动植物故事亦可追溯到神话中去。

最需要阐明的是比喻和神话的关系。本书序论部分已经谈到,当今文化人类学的研究证明,由于当时社会生产力水平的低下和认识能力的稚弱,原始人类是不能进行抽象思维并用抽象语言概念表达的,故在他们的思维过程中占主导地位的便是一种"要看出事物之间的相似的强烈倾向"的具象化思维,这种思维方式弗雷泽特称之为"相似的联想"。故马克斯·米勒慨叹地说:"那时,任何超出日常生活的狭隘视野的思想都非得凭借隐喻手段才有可能表达出来"。(《语言与神话》. 104)我想若谈人类对比喻的运用,无疑这便是最早的根源了。然而,也是这种被称作"隐喻"的思维方式,同时又是神话产生的基础(当然还有万物有灵观念)。正如卡西尔所指出:"神话和语言受着相同的,至少是相似的演化规律的制约……这就是可称作隐喻式思维的那种形式"。并说:"语言和神话的理智连接点是隐喻",因为语言"以其原就是隐喻的本性生出神话并且是神话的永恒泉源"(《语言与神话》. 102 ~ 103)。神话发生的原因较之比喻复杂多了,但它们同出于一种思维模式则是无可疑议的,而且照卡西尔所说隐喻性原始语言就是神话产生的本源,

---

① [法]黑格尔著. 朱光潜译.《美学》(2). 商务印书馆,1979

二者实是二而一的东西,那么我们怎能遽断哪一个才是寓言的前导呢?大概只能这样结论:在原始思维方式的制约限定下,产生了一种特殊的语言表达方式:比喻;同样,也是这种思维方式造就了人类最早的艺术:神话;在比喻和神话的共同作用下,人类历史上又出现了一种新的喻象文学形式:寓言。

这种寓言文学形式,又不同于先在的或后起的其他文学样式。比如神话,神话产生于原始公社时期,反映的是原始人类与自然的斗争;不论西方或中国,寓言则产生于奴隶社会以后,所反映的是人和人之间、社会各阶层之间的斗争。有时二者都采用幻想的方式,但神话的幻想是以不自觉的方式进行的,是对自然现象的幼稚乃至歪曲的认识,它的象征只能折射式的反映人与自然斗争的某过程;如《女娲造人》、《刑天舞干戚》之类。寓言则是理性思维的产物,它的幻想是自觉的,是为说明某个道理而有意采用的,所以整个故事和形象构成一个比喻,说明一种哲理,起到讽刺、劝诫和启迪现实的作用,如《鲲鹏与莺鸠》①、《混沌之死》②等。

又如历史传说,中国寓言中采用历史人物为主角者特别多,但也不能把二者混淆不分。历史传说必须具有历史事实的真实性,即使在口耳相传的过程中有所失真,但基本的历史事实不能改变,而必以历史的真实事件为创作根据。寓言则不然,它可以采用历史人物的名字,但故事是完全虚构的,历史人物只不过是作者借以明理的符号,与实际的历史人物并无关系。另外,传说则篇幅必大,人物故事繁多;寓言则篇幅短小,其描写重心也不在人物故事上,能说明道理即可。

再如动物故事和童话,二者的主角多用动植物,这往往与动植物寓言相近。但动植物故事一般不藏寓意,主要是解释人类尚未认识的某些动植物现象,传达有关知识;寓言的作用则是讽刺、劝诫或启迪,可以说"言在此而寄于彼"是其生命。因此,由于动植物故事是一种解释,故一般不采用拟人化手法,而寓言却是要给所写动植物赋予人的行为、思想和感情的。在这点上寓言和童话则相似。不过,童话主要是以儿童心理特征为基础进行创作的,主要目的是为儿童开智启蒙;寓言却是以成年人的生活经验、心理感受为基础创作的,目的在说明某种哲理,富有启示认识功能,属于理智的层面。另外,所谓"话"就是讲故事,自然要求人物、故事、情节的生动完整,而寓言在这方面就不多作要求了。

那么,这些文学样式同寓言之间,是否也存在相互交错的模糊地带呢?世间任何事物之间,这种模糊带的存在恐怕都是不可避免的,这或者由于演化过渡的原因所造成,或者由于交流影响的原因所塑就,前者可称承袭律,后者可称交换律,而文学亦自不能例外。然而,这种现象的存在,并不影响对某种文体本质的认识,亦不影响对其加以定位。这又牵涉到寓言生成的时代问题了。

第二节　寓言在先秦诸子散文中的生成

"相似联想"式的原始思维方式,在人类社会其实是延续了很长一段时间的,即使到

① 《庄子集释·逍遥游》. 中华书局,1997

② 《庄子集释·应帝王》. 中华书局,1997

今天它仍融化在日常生活而被广泛应用。因而,在这种思维方式的普遍作用下,除最初造成比喻和神话外,新的喻象文学形式也就会必然不断产生。寓言即是最具影响的形式之一。然而,由神话到寓言的过渡历程,我们虽尚可清晰感觉到,但由于留下的资料太少,除不多例证外却很难将其清理出连贯的链条。而比喻到寓言的情形却不同,这就是为什么学界力主神话源自比喻的根本原因所在。

比喻的使用,在原始人类是为说话的方便和需要,当不能用抽象的语言说明事物时,便出现了比喻;在后来的诸子百家,则是为说理的方便和需要,并且由于所要说明的道理变得愈来愈复杂深奥,比喻也就由简单变为繁复,由物比变为事比,这便成为寓言出现的临界点。《说苑·善说》有段梁王与惠子的对话,讲到比喻的重要性:

> 客谓梁王曰:"惠子言事善譬,王使无譬,则不能言矣"。王曰:"诺"。
>
> 明日,谓惠子曰:"愿先生言事,直言无譬也"。惠子曰:"今有不知弹者曰:'弹之状何若?'曰:'弹之状若弹'。喻乎?"曰:"未喻也"。曰:"弹之状如弓而似竹为弦,则知乎?"王曰:"知矣"。惠子曰:"夫说者固以其所知喻所不知而使人知之,今王曰无譬,则不可矣"。王曰:"善"。

当理性逻辑尚未被认知的时候,说理是不能离开比喻的,不仅惠子这么认为,不懂论辩术的梁王也要连声称"善"。可见在当时它所发挥的重要作用。

最早的比喻是在民间。明代徐元太采择古书中的比喻,编了一部《喻林》,多达一百二十卷;吕佩芬著《经言明喻篇》,亦收比喻多达七千余条,其中不少便都来自民间。下面择抄一些以见一斑:

> 《国语·周语》引谚:"众心成城,众口铄金"。
>
> 《左传·僖公五年》引谚:"辅车相依,唇亡齿寒"。
>
> 《左传·桓公十一年》引谚:"匹夫无罪,怀璧其罪"。
>
> 《国语·周语》引谚:"兽恶其网,民怨其上"。
>
> 《左传·文公十七年》引谚:"畏首畏尾,身其余几"。又曰:"鹿死不择音,铤而走险,急何能择?"
>
> 《左传·宣公十一年》申叔时引谚:"吾侪小人,所谓取诸其怀而与之也"

这些比喻虽很简单,但却往往是智慧结晶的名言,在以后的社会生活中依然发挥着现实指导作用。在比喻发展过程中,起了关键作用的是那些被列为"经"的上层典籍,他们一方面向民间学习吸收这种表现手法,另一方面却也因为说理的需要使其大大丰富发展,即变简单为复杂,变拟物(物比)为讲故事(事比)。亦正由于此,于是一些学者还认定这就是寓言的开始。如《尚书·牧誓》:

> 王(武王)曰:"古人有言曰:牝鸡无晨。牝鸡之晨,惟家之索(尽)"。今商王受,

惟妇言是用。

又如《梓材》：

（周公）曰："若稽田，既勤敷菑，惟其陈修，为厥疆畎。若作室家，既勤垣墉，惟其涂塈茨。若作梓材，既勤朴斫，惟其涂雘。

前者是借牝鸡不能司晨，以喻后宫之不宜干政；后者则是借种田、建屋、做家具作比，以喻事必克终、不可半途而废的道理。所言各例，既无完整情节，人物性格模糊，更无独立自足的故事，当属较复杂比喻，自不待明。然如下面二则，人物故事都有了，是否就可看作是寓言呢？

王（周公）曰："若考作室，既底法，厥子弗肯堂，矧肯构？厥父菑，厥子弗肯播，矧肯获？厥父翼（思虑），其肯曰：'予有后，弗弃基？'肆（故）予曷敢不越卬敉（平定）宁王大命？"（《御制大诰》）

周公曰："呜呼！君子所其无逸。……相小人，厥父母勤劳稼穑，厥子乃不知稼穑之艰难，乃逸，乃谚既诞，否则侮厥父母，曰：'昔之人（指老人一辈）无闻知'。"（《尚书·无逸》）

虽然有了人物，故事，甚至对话，但都是周公训导人的议论，用了许多"若"，可谓谆谆劝诱，用心良苦。但"若"后所言之事，其作用不过是为说明道理所举的例子，它本身并不具有独立地位。例子的作用就是"举一反三"，开启茅塞，属一种说理方法。寓言则不然，它是一种独立的文学形式，本身即具自足自立性，并不依附他物而存在。寓言故事中当然也包含着某种哲理，但哲理是依附寓言的，而不是相反，所以它的功能便不仅仅是例子的作用。

无疑，寓言和比喻之间存在某种必然联系，而由比喻到寓言也就必然存在一个由此及彼、由不独立到独立的中间过渡环节，因此比喻和寓言的粘连同样需要界说。

1、为了说明某个道理，编造几个故事作为明理的例子或例证，其根本特征就是对他物（理）的依附性，这便属于复杂比喻。

2、若编造的故事是独立自足的，其中虽也寄寓着或暗示着某种道理，但道理是为它而存在的，是附着在故事上的，这便成了寓言，即作为一种特殊形式的文学。

3、然而由复杂比喻到寓言之间，确也存在一个由彼到此的过渡地带，并非可将二者截然分离，所以有些复杂的比喻，若故事本身相当完整生动，即使从原有说理体系中脱离出来，仍具有独立欣赏的哲理价值，那便是初级形态的寓言了。以此来衡量春秋时期的诸子典籍，我们会发现其中故事基本尚处在仅仅作为例子的复杂比喻阶段，只是到后期才有初级性的寓言萌生。如《左传·成公十年》载：

晋侯(景公)梦大厉(恶鬼),披发及地,搏膺而踊,曰:“杀余孙,不义。余得请于帝矣!”坏大门及寝门而入。公惧,入于室,又坏户。公觉,召桑田巫。巫言如梦。公曰:“何如?”曰:“不食新矣”。公疾病,求医于秦,秦伯使医缓为之。未至,公梦疾为二竖子,曰:“彼,良医也,惧伤我,焉逃之?”其一曰:“居肓之上,膏之下,若我何?”医至,曰:“疾不可为也。在肓之上,膏之下,攻之不可,达之不及,药不至焉,不可为也”。公曰:“良医也”。厚为之礼而归之。六月丙午,晋侯欲麦,使甸人献麦,馈人为之。召桑田巫,示而杀之。将食,张(通胀),如厕,陷而卒。

据《左传·成公八年》载,晋景公由于听信了庄姬的谗言,遂错杀了赵同、赵括兄弟。《史记·晋世家》说:“诛赵同、赵括,族灭之”。错杀忠臣的昏君,自然心里不安,有时会作恶梦,于是便有了这件“病入膏肓”事件的记载,借以寄托诛奸佞、反虐政的政治主张。但是,认定此事纯出虚构,恐亦未必正确,虽不敢说完全依据历史细节的真实,但更多地出于当时传说,则是可肯定的。何况,虚构+寄托,可以是衡量寓言的必要条件,但非充分条件。其实这就是记述史事(可以根据传说),亦正是作为史书的《左传》作者职责,与寓言无涉。又如《左传·宣公十五年》载:

初,魏武子有嬖妾,无子。武子疾,命颗(其子)曰:“必嫁是”。疾病,则曰:“必以为殉!”及卒,颗嫁之,曰:“疾病则乱,吾从其治也”。及辅氏之役,颗见老人结草以亢杜回,杜回踬而颠,故获之。夜梦之曰:“余,而所嫁妇人之父也,尔用先人之治命,余是以报”。

这则“结草以报”的著名故事,其实也是记载史事,以说明某些历史人物的思想品德,后人可以引申出“以德报德”之类的美好含义,但和“寓者寄也”手法不同,所以仍不是寓言。又如《庄公十四年传》载:

初,内蛇与外蛇斗于郑南门中,内蛇死。六年而厉公入。公闻之,问于申繻曰:“犹有妖乎?”对曰:“人之所忌,其气焰以取之。妖由人兴也,人无衅焉,妖不自作。人异常则妖兴,故有妖”。

据史载,郑国自鲁桓公十一年郑庄公死后,国事便陷于一片混乱之中。先是郑昭公立,同年却被逐奔卫,遂立厉公。鲁桓公十五年,郑厉公又被迫出奔蔡,之后君位凡易者三。鲁庄公十四年,厉公和傅瑕遂内外串通,杀郑子子仪,又返国即君位。此则所说“内蛇与外蛇斗”的故事,大概即是影射此事的。但是,其主旨所在却是由此引出下面关于有无“妖”的精采议论,故事连作为例子的地位也不存在,就更谈不上寓言了。凡此类史事的记载,虽不能说历史上真有其事,但记事的目的是清楚的,或有似于后来《世说新语》所记人事,用意就在突出某一历史人物的思想、性格或智慧,与所谓寓言何涉?

《国语》中的记事情况也基本如此。如《周语》所载著名的"雄鸡断尾"故事：

景王既杀下门子，宾孟适郊，见雄鸡自断其尾。问之，侍者曰："惮其牺也"。遽归告王曰："吾见雄鸡自断其尾，而人曰惮其牺也，吾以为信畜也。人牺实难，己牺何害？抑其恶为人用也乎，则可也。人异于是，牺者实用人也"。

此处所说宾孟，乃王子朝傅。周景王无嫡子，故立王子猛为太子，后又欲废王子猛而改立王子朝。于是单穆公、刘蚡等，遂谋图除掉王子朝和宾孟，先杀了宾孟之傅下门子。宾孟感到形势危急，遂造了这个故事谏周景王早下决心，果断采取行动立王子朝。意思是说雄鸡断尾以保全性命，诚乃畜类的狡猾，但人却不同，"己牺何害"，只要不受制于人，取得权位即可"用人"（统制别人）。显然，故事本身并不包含他所说这些内容，只是引发这番话的由头而已，当仍属说理例子的一类。又如《晋语》八载：

平公射鴳，不死，使竖襄搏之，失。公怒，拘将杀之。叔向闻之，夕，君告之。叔向曰："君必杀之。昔吾先君唐叔射兕于徒林，殪，以为大甲，以封于晋。今君嗣吾先君唐叔，射鴳不死，搏之不得，是扬吾君之耻也。君其必杀之，勿令远闻。"君忸怩，入趣赦之。

晋平公自己技艺不精，射鴳不死，却反要牵怒于人而杀之。叔向认为这是品德不良，又不敢正面揭明，遂以反言谏之，终使平公醒悟而自惭，赦免了竖襄。显然，这仍是通过历史事实的叙述（未必完全真实），以褒扬叔向机智善言的才能，属历史纪事而与"寓者寄也"的寓言仍相去甚远。

古代兵书中一些讲兵法的形象化表述，也被人说成是寓言。如《孙子兵法·九地》中二则：

善用兵者，譬如率然。率然者，常山之蛇也，击其首则尾至，击其尾则首至，击其中则首尾俱至。敢问：兵可使如率然乎？

夫吴人与赵人相恶也。当其同舟而济，遇风，其相救也如左右手。

象这类明显的比喻，只是为说明道理而采用的形象化表述，甚至连起码的"寄言"特征都没有，其相去寓言就更远了，不能把寓言泛化为小故事。

更应该一说的是《周易》。《易》卦、爻辞中，有许多也象小故事的记述，是否也应看作寓言呢？如《履·六三》：

眇能（而）视，跛能（而）履，履虎尾，咥人，凶。武人为于大君。

按一般的解释其大意是：眼睛不好还能勉强看东西，跛了脚还能勉强走路，不小心便莽撞

踩到老虎尾巴上,被老虎吃掉了,是个凶险的下场。最后一句是点明卦旨:武人得势即践国君位者,若此。又《贲·初九》:

贲其趾,舍车而徒。

这是说有个当官的人(那时只有当官的才有车),为了炫耀自己华美的鞋子,便舍弃车而徒步行走。又《归妹·六五》:

帝乙归妹(嫁女),其君之袂不如其娣之袂良。

帝乙,殷纣之父,名乙。君,古时国君夫人亦可称君,此当指前"归妹"之妹。娣,本指女弟,即今日妹妹,此谓陪嫁之人。这则故事所讲乃帝乙嫁女给周文王之事,意思是说本为嫁女,却把陪嫁丫头打扮得比新人还漂亮,致使本末倒置,喧宾夺主。又《旅·上九》:

鸟焚其巢,旅人先笑后号咷。丧牛于易,凶。

此当记殷祖先王亥事。据《竹书纪年》等载,王亥曾作客有易之国,从事牧畜牛羊的活动,但其淫奢享乐无度,有易之君绵臣遂杀王亥而夺其牛。前面所叙"鸟焚其巢"事,当是占卜王亥事的象喻:旅人焚巢本为驱鸟,但不慎连房子都点着了,便落得先笑后号咷的结果。又《屯·六三》:

即鹿无虞,惟入于林中,君子几(求)不如舍,往吝(难)。

虞,古代掌管山林鸟兽之官。意思是说打猎而追逐野鹿,鹿逃进密林又没有熟悉山林的虞人带路,就不如舍弃不追,若还要继续深入则必遭灾难。又《无妄·六三》:

无妄之灾。或系之牛,行人得之,邑人之灾。

这是讲"无妄之灾"的,即没有做什么错事却反遭灾难。后面当是象示:有人(当为邑主)把牛系在村边,没让人看守,被过路的人偷走了,于是他怀疑是邑人所为,邑人反遭其殃。那么,《易》卦、爻辞中的这些"故事",就是我们所说寓言吗?

大家都知道,《易经》是一部占筮书,所谓卦辞即是对卦象的解释。不过,这种解释却不是直接说明性的,而同样用"立象以见义"的方法,即提供一种事象(于是似有故事)作为巫师们解说发挥的依据,其本身便带有极大的可塑性和不确定性。因而造成如下特点:就方法言,它用的是一种以象示意的"象示"原则,而"象示"的本质即在其非直接说明的启示性多种可能性,而且,其所谓"故事"亦大不同于一般书中的讲故事,它似有故事而目的又实不在故事,只是"设象"以待解读而已,故特称作"事象"。然而,寓言的本质却是

“寄言”，即把某种明确理念寄寓于故事之中，无需作过多的解释说明，一看即知，发人深省，如“刻舟求剑”、“守株待兔”、“亡羊补牢”、“邯郸学步”等。总之，一个是讲故事，一个是立事象；一个用寄言，一个用象示，二者有本质的不同，故不可混淆不分。

到了春秋后期，诸子纷起，学派初分，著作亦繁，学术思想更趋活跃，在寓言生成史上也进入一个新阶段。此期诸子书中的“喻”，虽大多仍停留在作为明理例子的复杂比喻阶段，但有些故事却已具备了可以分离出来的独立自足性，可以看作是最早的寓言。学界一般认为寓言的萌生在公元前六世纪，应该是有充分根据的。下面且看《墨子》、《晏子春秋》等书中的情况。

《墨子》一书，乃是墨翟弟子依据其讲学记录整理而成，其中有些篇章，如《经说》、《大取》、《小取》则是其再传弟子所作，反映的是后期墨家思想。墨翟，宋国人（一说鲁国），本“学儒者之业，受孔子之术”①，后却改创墨家学派，提倡“兼爱”、“非攻”、“尚贤”、“节用”等主张，遂与儒家分道扬镳，相互对抗。值得注意的是墨家学派是我国逻辑学的开创者，强调论辩的理论严密和可推知性，而举具体事例以明理即是重要方法之一，当然它们大都还只是比喻。如《鲁问》：

> 文君曰：“先生何止我攻郑也？我攻郑，顺于天之志。郑人三世杀其父，天加诛焉，使三年不全，我将助天诛也”，墨子曰：“郑人三世杀其父，而天加诛焉，使三年不全，天诛足矣。今又举兵，将以攻郑，曰：‘吾攻郑也，顺于天之志’。譬有人于此，其子强梁不材，故其父笞之；其邻家之父，举木而击之，曰：‘吾击之也，顺于其父之志’。则岂不悖哉？”

这里体现的当然是墨子的“非攻”思想，为说理透彻遂举“邻家之父举木击之”的例子来说明，准确生动，难以置辩。但这仅仅只是比喻，因为脱离了说理的具体语言环境，它也就失去了原有的深刻内涵，并不具有寓言的独立自足性。又如《天志中》：

> 是故子墨子之有天之（通志），辟人无以异乎轮人之有规、匠人之有矩也。今夫轮人操其规，将以量度天下之圆与不圆也，曰：“中吾规者谓之圆，不中吾规者谓之不圆。是以圆与不圆，皆可得而知也”。此其故何？则圆法明也。匠人亦操其矩，将以量度天下之方与不方也，曰：“中吾矩者谓之方，不中吾矩者谓之不方。是以方与不方，皆可得而知也”。此其故何？则方法明也。故子墨子之有天之意（意字当衍）也，上将以度天下之王公大人为刑政，下将以量天下之万民为文学出言谈也。……故置此以为法，立此以为仪，将以量天下之王公大人卿大夫之仁与不仁，譬之犹分黑白也。

显然，轮规匠矩之说，若从论辩的语言系统中分离出来，其本身还有什么独立的深刻内涵

① 《淮南子·要略》．岳麓书社，1998

吗？似乎没有。墨翟借此不过说明自己学说的准绳性、重要性罢了,这当然可看作故事寄托之内涵,不过那只是比喻应有的比附内涵,而非故事本身的独特寓意,“寓”和“喻”是不尽相同的。

然而,同样是为说明道理所讲的故事,《墨子》书中的有些故事,却具有独立自足的性质,即使脱离论辩说理的语言系统,本身就具有独特的哲理内涵。如《兼爱中》为说明自己“兼爱”主张之难以推行,原因就在国君之不重视不提倡,遂一连讲了三件事,抄二则如下:

> 昔者楚灵王好士细腰,故灵王之臣皆以一饭为节,胁息然后带,扶墙然后起。比期年,朝有黎黑之色。是其故何也?君悦之,故臣能之也。
>
> 昔越王勾践好士之勇,教驯其臣,和合之(按当作“私令人”)焚舟失火。试其士曰:“越国之宝尽在此”。越王亲自鼓其士而进之。士闻鼓者,破碎乱行,蹈火而死者左右百人有余,越王击金而退之。

“君悦之故臣能之”,这是作者当时的本意,然而由于这些故事本身的完整生动性,即便离开原有的语言环境,仍具有独立存在的价值。就象人们常说“形象大于思想”那样,其本身即可引伸而赋予更丰富的意义,比如“上有所好,下必甚焉”之类。至于第二则故事,可以引申的空间(如用兵之道)就更大,绝非“君悦之故臣能之”可以范围。因此,这应该看作已是成形的寓言。再如《耕柱》篇所载:

> 今有一人于此,羊牛刍豢,雍人但(通袒)割而和之,食之不可胜食也。见人之作饼,则还然窃之,曰:“舍我食”。不知日月安不足乎?其有窃疾乎?鲁阳文君曰:“有窃疾也”。

以虚设之“今”字领起,似为比喻,主旨当然是阐释墨子的“非攻”思想。楚国执政大臣鲁阳文君,常借故对郑、宋等国发动战争,以满足其扩充国土、掠夺财物的欲望,屡屡造成“农夫不得耕,妇人不得织”的苦难,于是作者编造这则故事骂他“有窃疾”。从比喻的角度说,可谓贴切而巧妙;然由于故事本身的完整性和涵盖性,其内蕴便远远超出于此,即使看作对贪婪悭吝者的辛辣讽刺,也是入木三分的。

《晏子春秋》,是一部记载春秋后期齐国名相晏婴言行的书,对晏子机智过人的行为处事,描写得十分形象生动。其成书年代,当在晏婴死后不是太久,大概是根据民间传说和古书的零星记载编纂而成。书中所载故事,大都仍是例子式的比喻,如《内篇问上》载:

> 景公问于晏子曰:“治国何患?”晏子对曰:“患夫社鼠”。公曰:“何谓也?”对曰:“夫社,束木而涂之,鼠因往托焉,熏之则恐烧其木,灌之则恐败其涂,此鼠所以不可得杀者,以社故也。夫国亦有焉,人主左右是也。内则蔽善恶于君上,外则卖权重于百姓,不诛之则乱,诛之则为人主所案据。腹而有之,此亦国之社

鼠也。人有沽酒者,为器甚洁清,置表甚长,而酒酸不售,问之里人其故,里人云:'公狗之猛,人挈器而入且酤公酒,狗迎而噬之,此酒所以酸而不售也。'夫国亦有猛狗,用事者是也。有道术之士,欲干万乘之主,而用事者迎而龁之,此亦国之猛狗也。左右为社鼠,用事者为猛狗,主安得无壅,国安得无患乎?"

社鼠、猛狗之设,便只是比喻,即为说明道理所举易晓的例子,除此则别无他蕴,同《诗经》中的比兴手法差近。又如《内篇谏下》所载:

景公树竹,令吏谨守之。公出,过之,有斩竹者焉,公以车逐,得而拘之,将加罪焉。晏子入见,曰:"君亦闻吾先君丁公乎?"公曰:"何如"?晏子曰:"丁公伐曲沃,胜之,止其财,出其民。公日自莅之,有舆死人以出者,公怪之,令吏视之,则其中金与玉焉。吏请杀其人,收其金玉,公曰:'以兵降城,以众图财,不仁;且吾闻之,人君者宽惠慈众,身不妄诛,令舍之'。公曰:"善"。晏子退,公令出斩竹之囚。

不管"斩竹者"之是否出于虚构,也不问"丁公伐曲沃"之是否出于历史真实,但都是为说明其治政道理——"宽惠慈众"所举的例子,这和故事中蕴含某种哲理性的生活经验,都不是一回事,所以仍不能称作寓言,但如下面一些故事却具备寓言性质了。如《内篇杂下》载:

景公欲更晏子之宅,曰:"子之宅近市,湫隘嚣尘,不可以居,请更诸爽垲者。"晏子辞曰:"君之先臣容焉,臣不足以嗣之,于臣侈矣。且小人近市,朝夕得所求,小人之利也。敢烦里旅!"公笑曰:"子近市,识贵贱乎?"对曰:"既窃利之,敢不识乎!"公曰:"何贵可贱?"是时也,公繁于刑,有鬻踊者,故对曰:"踊贵而履贱"。公愀然改容。公为是省刑。君子曰:"仁人之言,其利博哉!晏子一言而齐侯省刑。"

"更晏子宅"之事,在此并非为说理而设的比喻性例子,实只是引发下面故事的由头——晏子住宅近市,常和市民混杂在一起,此有失大臣体统,故而才引出景公"识贵贱乎"之问。然晏子却避而不答,借机对景公弊政进行讥刺——时景公暴虐酷刑,乃至刖足者过多,人多装假腿而废鞋,故而造成"踊贵履贱"的奇怪现象。这才是一篇之主旨,也是适合寓言之真正题材,并借此褒扬了晏子政治家的高尚品德。尽管"踊贵履贱"的故事流于简略,但作为寓言意在警策的雏型却是具备的了。又如《内篇谏下》载:

景公走狗死,公令外共之棺,内给之祭。晏子闻之,谏。公曰:"亦细物也,特以与左右为笑耳。"晏子曰:"君过矣!夫厚藉敛不以反民,弃货财而笑左右,傲细民之忧,而崇左右之笑,则亦无望已。且夫孤老冻馁,而死狗有祭;鳏寡不恤,死狗有棺。行辟若此,百姓闻之,必怒吾君;诸侯闻之,必轻吾国。怨聚于百姓,而权轻于诸侯,而乃以为细物,君其图之!"公曰:"善"。趣庖治狗,以会朝属。

此段故事,以晏子大段议论为主体,"走狗死"之事遂成为议论引发的依据,亦近似于例子。然重走狗而轻细民,本是统治者的通病,具有很强的警策性;再加之"走狗死"的故事,即使脱离了大段议论,仍具有其完整性和独立性,并非议论的附着物,因而这应看作一种初具形态的寓言。

此外,当时一些其他诸子著作中,也有一些此类初具形态的寓言。如《管子·小问》载:

桓公乘马,虎望见之而伏。桓公问管仲曰:"今者寡人乘马,虎望见寡人而不敢行,其故何也?"管仲对曰:"意者君乘驳马而盘桓,迎日而驰乎?"公曰:"然"。管仲对曰:"此驳象也,驳食虎豹,故虎疑焉"。

这类故事,已经与论辩说理无关,似为记异传奇而已,然其中却蕴藏着一种深刻道理:被假象迷惑就会作出错误判断,象那只老虎。又如:

桓公观于厩。问厩吏曰:"厩何事最难?"厩吏未对,管仲对曰:"夷吾尝为圉人也,傅马栈最难。先傅曲木,曲木又求曲木,曲木已傅,直木无所施矣;先傅直木,直木又求直木,直木已傅,曲木亦无所施矣。"

此专讲编排马栈之事,当然与论辩说理亦无关系,故非例证式的比喻亦甚明。然其在独立完整的故事中,同样蕴含有深刻寓意:选才之道。若选才不当,重用了邪曲之人,则邪曲者又求邪曲者为党,正直者遂进门无阶,朝政必将大坏。反之者则反是,故是不可不慎之又慎的。

又如清人马国翰收入《玉函山房辑佚书》中的一些故事,也已是基本成形的寓言,其中有《宓子》、《胡非子》、《魏文侯书》等,摘抄数则如下。

宓子贱为单父宰,过于阳昼曰:"子亦有以送仆乎?"阳昼曰:"吾少也贱,不知治民之术,有钓道二焉,请以送子"。子贱曰:"钓道奈何?"阳昼曰:"夫报(举也)纶错饵,迎而吸之者,阳桥也,其为鱼薄而不美;若存若亡,若食若不食者,鲂也,其为鱼博而厚味"。子贱曰:"善"。

未至单父,冠迎之者交接于道。子贱曰:"车驱之!车驱之!夫阳昼之所谓阳桥者,至矣"。于是至单父,请其耆老尊贤者而与之共治单父。(《宓子》)

此则故事完整独立,已完全脱离说理例证的比喻作用。而且立意警策,讽刺辛辣,语言生动，以一“阳桥”之譬，骂尽天下那些只知钻营奔走者的丑恶灵魂。象这类故事，应该说已具备寓言应具的全部条件了。又如：

一人曰：“吾弓良，无所用矢”。一人曰：“吾矢善，无所用弓”。羿闻之，曰：“非弓，何以往矢？非矢，何以中的？”令合弓矢，而教之射。(《胡非子》)

读这则故事，总教人想起后来“矛与盾”一类寓言，尽管它们的立意各不相同，但其讥讽社会上一些片面无知、自矜自大的蠢人，则有异曲同工之妙。又如：

宓子贱治单父，弹鸣琴，身不下堂，而单父治。巫马期亦治单父，以星出，以星入，是夜不处，以身亲之，而单父亦治。巫马期问其故于宓子。宓子曰：“我之谓任人，子之谓任力；任力者固劳，任人者固佚。”(《景子》)

简练而深博，警策而省人，“任人任力”之说，当为千古不磨之铭言哲理。总之，由上面数则寓言可知，大约到了春秋战国之交，我国寓言已蜕尽说理例证的保护色，已完全从比喻的海洋中分离独立出来，成为一种独具特色的文学形式了，并且也预示着一个寓言的时代即将到来。

那么，寓言恰恰生成于此时之原因又何在呢？自不能不求诸时代所赋予的特殊机遇。

周王朝自进入春秋以后，大一统的奴隶制度开始衰微，而诸侯纷起，属国分立，他们争城夺池，战事连年，又使者奔驰于道往来不绝，无论政治、军事、外交斗争都进入一个极为错综复杂的时代。适应着这一时代要求，于是中国历史上最早的知识分子“士”阶层，亦随之应运而生。他们崛起于闾里，奔走于诸候之间，凭藉自己掌握的丰富知识和聪明才智，创学说，立宗派，干王侯，说国君，以求自己的政治主张得到一逞。他们是人类思想智慧的创造者，也是人类精神财富的生产者，因而常被人们称作“智者”或“圣人”。并且在学派和学派之间，思想和思想之间，也不可避免地常常展开激烈交锋，他们相互辩难论争，尝漫步于广廷朝堂，屈人于斗席之间，亦获誉于千里之外；或奔走于外交场合，致一言可退千军万马。正是在这种背景下，人们对语言技巧(“善辞令”)的重视，则无过于此时者；而诸侯各国对“善辩”之士的笼络，亦无过于此时者。《左传·襄公三十一年》有段关于郑子产“择能使人”的记载，从中即可看出些消息：

子产之从政也，择能而使人。冯子简能断大事，子大叔美秀而文；公孙挥能知四国之为，而辩于其大夫族姓、班位、贵贱、能否，而又善为辞令；裨谌能谋，谋于野则获，谋于邑则否。郑国将有诸侯之事，子产乃问四国之为于子羽(公孙挥)，且使多为辞令；与裨谌乘以适野，使谋可否；而告冯简子，使断之；事成，乃授子大叔使行之，以应对宾客。是以鲜有败事。

郑子产向有“择能使人”的美誉,每遇与诸侯国之间有事,他除选用“能断”“能知”“能谋”者与之共同作出决断外,其具体执行者则落在“美秀而文”、“善为辞令”的人身上而“以应对宾客”了。因为对“辞令”的重视,这不只是当时社会风气的原因,更有关乎国家之生死存亡。孔子是我国最早立私塾收弟子的伟大教育家,他在教育学生时特设“言语”一科,就是专为培养这方面人才的,并每每谈及语言技巧修养的重要性。《左传·襄公二十五年》载孔子话说:“《志》有之:‘言以足志,文以足言’。不言,谁知其志?言之无文,行而不远。晋为伯,郑入陈,非文辞不为功,慎辞哉!”文辞在当时的政治生活中,既有如此重要的地位,那么人们追求“善辞令”的语言运用技巧,也就没有什么可奇怪的了。

不过,对所谓“善辞令”的学习修养,大致而言可包括两方面内容:一是对《诗》的学习和重视,对此孔子在教导自己儿子孔鲤时曾说:“不学《诗》,无以言”(《论语·季氏》)。当然,这不是说不学《诗》就不会说话,而是说不能有技巧地说好话。其教弟子说:“小子!何莫学夫《诗》?诗可以兴,可以观,可以群,可以怨。迩之事父,远之事君。多识于鸟兽草木之名”。这可以说是他对诗歌功能的全面概括,亦即学习的价值所在。首先是感发意志、认识社会、团结群体和讽刺政治的功用,而借此亦可提高自己说话的修养和技巧。其次“事父事君”,则是应该遵从的信念和不可违背的伦理准则。最后还不忘加上一句,指出其丰富知识的功用。又《论语·子路》中他说:“诵《诗》三百,授之以政,不达;使于四方不能专对,虽多亦奚以为?”则是其学《诗》的终极目的了。为官从政能通达事理,出使四方可应对诸侯,即是一个人“能言”“善辞令”又有政治修养的具体表现,如再结合当时弥漫于整个政治生活的“赋诗言志”盛况来看,这些话是具有时代的普遍意义的,绝非只是一家之言。

二是对比喻的学习和重视。前面已经说到,说理而用比喻,即是把抽象道理加以具象化,因而使人明白易晓的有效方法。正如惠子答梁惠王所说:“说者固以其所知喻其所不知而使人知之”,故诸子论文中辩难论答,几乎无一不用比喻者。因此,在当时学习和运用比喻,又成为人们“善辞令”的一项重要修养。《礼记·学记》即说:“不学博依,不能安诗”。博依,即比喻,这是说如果连比喻的技巧都不能掌握,就更谈不上灵活恰当地用《诗经》饰说言志了,因为引《诗经》本身就是一种比喻。《荀子·非相》则说:“谈说之术,分别以喻之,譬称以明之”。更把喻和譬提到“术”高度来认识,则是春秋战国时期特有的文化现象,可知更不可轻忽大意。至于儒墨两家的创始人,也同样对比喻的学习和运用十分重视。孔子尝说:“能近取譬,可谓仁之方也”(《论语·雍也》)。朱熹注:“譬,喻也:方,术也”。故知此“方”,实即荀子所说“谈说之术”的术,只是强调其作为宣传儒家“仁”学思想工具性的一面罢了。墨子则说:“譬也者,举也(他)物而以明之也”(《墨子·小取》)。虽是对“譬”所作解释,目的仍在教人,同样透露出他的重视。

应该说明的是:学《诗》用《诗》、学譬用譬,虽然在当时形成热潮的时代大背景下,二者都受到人们的追捧和重视,但它们之间既有相联系的一面,也有相区别的一面,不可贸然等同。就相联系的一面说,《礼记·学记》把比喻和“安诗”牵扯到一起,即已透露出此中消息;而孔子关于“兴、观、群、怨”之说,其中两项似乎与比喻也有直接关系。按伪孔传释“兴”曰:“引譬连类”;释“怨”曰:“怨刺上政”。邢昺《礼记正义》进一步解释说:“令人能引譬连类以为比兴也”;又说:“君政不善则风刺之,言之者无罪,闻之者足戒,故可以怨”。而所谓“比兴怨刺”也正是比喻运用之精髓所在。另外,孔子所说“多识于鸟兽草木之名”,若置之热中学习语言技巧的这一特殊背景来看,丰富的名物知识亦正为用于比喻的材料罢了。就相区别的一面说,《汉书·艺文志》曾说:“古者诸侯卿大夫交接邻国,以微言相感,当揖让之时,必称《诗》以喻其志,盖以别贤不肖而观盛衰焉”。可知当时“称诗言志”这种所谓“喻”,是“以微言相感”为其根本特征的,即采用的是暗示、影射的曲折表现方式,让对方有所感悟、领会或启迪,但并不明白说出自己要说的意思。一般比喻则不同,它的目的就在于“以其所知喻其所不知”,故喻体和喻意之间的联系是直接的、明白晓畅的,并不故作隐晦。而寓言的“寄言”特征,实与后者相近而去前者甚远,这也说明比喻才是寓言的直接源头。然而,当春秋时期,诸侯卿大夫相互交接而使“赋诗言志”之风弥漫于全社会,加之人们依然沿袭着“相似联想”的思维贯性,广泛采用比喻来表达自己变得愈来愈精微复杂的思想理念,便造成一种追求语言技巧的浓郁社会氛围,而正是在这种氛围的陶冶浸润之下,比喻的运用也由简单变作复杂,甚至出现讲故事以明理的情况,于是一种新的文学形式也就在不知不觉中从举事以明理的语言链条中独立出来,这便成为寓言。因此,单用比喻并不就是寓言,单讲故事也并不等同于寓言,借用马克思的话说,寓言也有其“出现的世纪”。

第三节　《庄子》《列子》书中的寓言

大约到了战国中期,我国寓言文学才进入真正的成熟繁荣时期。故在当时的诸子著作中,几乎没有哪一家不设拟喻、讲故事、用寓言;然而,也没有哪一家能像《庄子》那样,把寓言作为全书构思谋篇的基点,作为阐释其哲学思想的基本手段。因此,也只有《庄子》寓言,才真正称得上是纯粹哲学性寓言,且其数量之多,质量之精,设想之奇特诙诡,都不是同时期其他诸子所能比拟的。而且,庄子还是我国古代第一个明确提出“寓言”概念,并对其作系统理论阐释的人,这不仅说明他对寓言独特功能的重视和深刻认识,更表现出他对这一文体的创造性建设,其功绩应予充分肯定。因此,可以说庄子才是我国文学史上第一位寓言大师。

庄、列都是道家学派的代表性人物,其著作中亦多为“谬悠之说,荒唐之言,无端崖之辞”,而这实际是指他们所创作的寓言说的,故最能看出其与古代神话传说的连接性。换句话说,即尚未割断其与母腹的脐带,所以放在最前面讲。究其原因,他们大概都生于宋国,与南方的荆楚之地相临,其活动地域主要在这一带。而当时的荆楚之地,却是巫风盛行,保存着丰富的神话传说,具有浓厚的神话传播氛围。正如王逸《九歌序》所说:“昔楚南郢之邑,沅湘之间,其俗信鬼而好祠”。其实在《列子》中亦早有记载,如《说符》曰:“楚人鬼而越人禨”。《淮南子·人间训》也说:“荆人鬼,越人禨”。而《吕氏春秋·异宝》则说得更加明白:“荆人畏鬼,而越人信机”(按毕沅校注以“机”为“禨”之误)。而正是在这种盛巫风、好淫祀、奉神灵的环境中,浸润濡染日久,便不免在思想观念上难以割断原始的脐带,而且在思维方式上也深深积淀着神话思维模式,这是不难理解的。可以说,庄、列那些带有绚丽神话色彩的寓言,就是植根于这种特定的思想观念和思维模式的,与稍后出现的屈《骚》应该同出一源。

庄子(约公元前369—前286年),名周,宋国蒙(今河南商丘东北)人。约生活在梁惠王、齐宣王时期,曾做过漆园吏的小官。据《史记·老子韩非列传》载:楚威王闻其贤,曾遣使者厚礼相迎,许以为相,不就曰:"我宁游戏污渎之中自快,无为有国者所羁。终身不仕,以快吾志焉。"其他事迹不详。他是庄子学派的创始人,《庄子》一书即是其哲学思想的渊薮。据《汉书·艺文志》载,《庄子》原有52篇,今存33篇,其中《内篇》7篇为庄周本人之作,《外篇》15篇及《杂篇》11篇,则其为门徒和后学所作,但其中也可能杂有庄周之作。《庄子》中特设《寓言》一篇,是专谈寓言文体的。其曰:

> 寓言十九,重言十七,卮言日出,和以天倪。

那么,什么是寓言、重言、卮言呢?他分别作出解释:

> 寓言十九,藉外论之。亲父不为其子媒。亲父誉之,不若非其父者也。非吾罪也,人之罪也。与己同则应,不与己同则反;同于己为是之,异于己为非之。

郭象注:"言出于己,俗多不受,故借外耳。肩吾、连叔之类,皆所借者也"。是说同样的话(道理),如果是直接由自己说出来,一般人就不会接受,所以要假托外人来说,便容易接受了。成玄英进一步解释说:"藉,假也。所以寄之(也)他人。十言九信者,为假托外人论说之也"。[①] 寓者,寄也。故要"寄"要"托",而且还必须借助"他人""外人",即有虚构的故事情节,这便是寓言的本义。但为何不直说而要采用这种表达方式呢?因为世俗总是同于己者则"应"、则"是之",不同于己者则"反"、则"非之",其成见是非常顽固的,故不得已只好变换一种方式,采用迂曲说理的办法,所以说"非吾罪也",乃时势所造成。就像对自己的亲儿子进行赞誉,不如借别人赞誉更有说服力。

> 重言十七,所以已言也,是为耆艾。年先矣,而无经纬本末以期来者(依高山本改),是非先也。人而无以先人,无人道也。人而无人道,是之谓陈人。

郭注:"以其耆艾,故俗共重之,虽使言不借外,犹十信其七"。成疏:"耆艾,寿考者之称也。己自言之,不藉于外,为是长老,故重而信之,流俗之人有斯迷妄也"。可知所谓重言,就是假借德高望重的前人来说自己所要说的道理,故这些故事中的主角总是由历史人物来担当,如《庄子》中许多关于尧、舜、孔、老等的故事即是。由于他们都是见多识广、智慧超群、受人尊敬的"长者",故"俗共重之",所以有很强的号召力,自然可以藉重。从他们自己的角度说,虽可认为是"言不借外",但从编造故事者的角度说,却仍是"藉外论

① 《庄子集释》. 中华书局,1997

之”,故同样可看作寓言。王夫之就曾说:“寓亦重也,重亦寓也”①。因此,这里所说“重言”,实际就是另一种题材的“寓言”。而“所以已言”者,就是借重历史人物的权威平息争讼也。

卮言日出,和以天倪,因以曼衍,所以穷年。不言则齐,齐与言不齐,言与齐不齐也,故曰:言无言(依高山寺本改)。言无言,终身言,未尝言;终身不言,未尝不言。有自也而可,有自也而不可;有自也而然,有自也而不然。恶乎然?然于然;恶乎不然?不然于不然。恶乎可?可于可;恶乎不可?不可于不可。物固有所然,物固有所可。无物不然,无物不可。非卮言日出,和以天倪,孰得其久!万物皆种也,以不同形相禅,始卒若环,莫得其伦,是谓天钧。天均者,天倪也。

郭象注:“夫卮,满则倾,空则仰,非持故也。况之于言,因物随变,唯彼之从,故曰日出。日出,谓日新也。日新则尽其自然之分,自然之分尽,则和也”。成疏云:“卮,酒器也。日出,犹日新也。天倪,自然之分也。和,合也。夫卮满则倾,卮空则仰,空满任物,倾仰随人”。卮乃酒器,故知这是以酒器作比,大概是指关于寓言之内涵或点明主旨的议论的。酒器是满倾空仰,任物随人的,“况之于言”,则取其“因物随变,唯彼之从”之义。即不偏主一端,不固持一见,随物(人物故事)之不同而生不同之识见议论。不过,这必须要有依据,对酒器说就是“持”,对言说则是“天倪”。天倪,即自然之道。故一切识见议论,都是必须合乎自然之道的。若能以自然之道为准则,虽可“因物随变”、“空满任物”,也就不至于满倾空仰乃至倾覆了,故说“和以天倪”。自然之道是变化无穷、蕴含无尽、常出常新的,“因以(之)曼衍”②也就必然识见常出,认知常新,进入没有终极之境,故曰“卮言日出”。此后所谈,则是庄子据其辩证观所作进一步阐发,大意是说:卮言只是“唯彼之从”所作议论,由于针对事物(寓言)之意义不同,所作议论也不一样。有时对其作肯定描述(“然于然”),有时对其作否定描述(“不然于不然”);有时肯定其应该肯定的一面(“可于可”),有时否定其应该否定的一面(“不可于不可”)。但是,不论其肯定或否定,都应从事物的本来性状(“自然之道”)出发,因为“物固有所然,物固有所可”,它们本来就是有相互依存的两面性:“有自也而可,有自也而不可;有自也而然,有自也而不然”。从应该肯定的一面看“无物不可”;从应该否定的一面看,则“不可于不可”。总之,万物皆“以不同形相禅,始卒若环,莫得其伦,是谓天钧”。世界上没有固定永恒、一成不变的东西,他们时时都处于“日日新又日新”的相续相禅、或不暂住的变化之中,这就叫“天钧”(天倪),即自然之道。而卮言,正是符合这种自然之道的,所以说“和以天倪,孰得其久”,便是永恒之至道的体现了。

《庄子·天下篇》有段话也谈到寓言,可看作前面的补充:

---

① 王夫之.《庄子解》(27). 中华书局,1964

② 陆德明.《经典释文》:“曼衍,无极也”。

以天下为沉浊,不可与庄语。以卮言为曼衍,以重言为真,以寓言为广。

所谓“沉浊”,《天下篇》是这样描述的:“天下大乱,贤圣不明,道德不一,天下多得一察焉以自好”,“是故内圣外王之道,暗而不明,郁而不发,天下之人各为其所欲焉以自为方。悲夫!百家往而不反,必不合矣!”是说身处这样一个乱世,圣贤潜隐,是非淆乱,道则郁而不发,暗而不明,各家又都因其所欲,各持一偏以自是,固执而偏激,正面严肃的说理很难叫他们信服。“与己同则应,不与己同则反;同于己为是之,异于己为非之”。于是,便不能不采取特殊手段编造怪诞离奇的寓言故事以耸其听闻,借前圣先贤之口使其领悟道真,再用卮言的深刻内涵启发其觉悟。这就是说,庄子采用讲寓言的方式说明自己的哲学思想,实在是出于一种时代所迫的被动选择,但也是自觉的选择。驰骋当时学界的主要是名辩学派,如惠施、公孙龙等人,庄子曾对其提出尖锐的批评:“然惠施之口谈,自以为最贤,曰‘天地其壮乎!’施存雄而无术。南方有倚人焉曰黄缭,问天地所以不坠不陷、风雨雷霆之故。惠施不辞而应,不虑而对,遍为万物说。说而不休,多而无已,犹以为寡,益之以怪,以反人为实,而欲以胜人为名,是以与众不适也。弱于德,强于物,其涂隩矣。由天地之道观惠施之能,其犹一蚊一虻之劳者也,其于物也何庸!”又说:“桓团、公孙龙辩者之徒,饰人之心,易人之意,能胜人之口,不能服人之心,辨者之囿也”。名辨学派采用的是逻辑推理的论辩方法,无疑对我国古代逻辑学的建设是有重要贡献的,但他们的论说也往往陷入诡辩论。庄子批评他们“多而无已,益之以怪,以反人为实,以胜人为名”、“饰人之心,易人之意,能胜人之口,不能服人之心”。因此,在庄子看来,他们不过都是些“辨者之徒”,强于知名物,而弱于知道德,谈论起大道来就象蚊虻之嗡嗡而已,是毫无价值可言的。总之,这里庄子对寓言产生的社会原因进行了深刻阐释,并对用寓言说理取代逻辑说理作了自己的说明,不仅代表当时寓言理论发展的高度,即是今天看来也有重要意义,尽管也不无偏颇之处。

庄子哲学代表的是阶级压迫的社会中处于弱者地位,或在社会大变革中被排挤出上层集团的那部分人的思想感情。他是阶级压迫社会的最早反抗者,视当政者为“窃国者”,追求个性解放和精神的绝对自由,甚至提出“同与禽兽居,族与万物并”的回归原始状态的极端主张。在政治思想上,他依据老聃“无为而无不为”的道论,提出“无为而治”的治世理想,反对用人为方式改造社会,深刻揭露和批判了统治者之所谓“施政”之术给人民带来的灾难。他的许多精美寓言,就是阐释这种哲学思想的。如“浑沌之死”:

南海之帝为倏,北海之帝为忽,中央之帝为浑沌。倏与忽时相与遇于浑沌之地,浑沌待之甚善。倏与忽谋报浑沌之德,曰:“人皆有七窍以视听食息,此独无有,尝试凿之”。日凿一窍,七日而浑沌死。(《应帝王》)

此则寓言,历来说者甚多,梁简文帝即说:“倏忽取神速为名,浑沌以合和为貌。神速譬有为,合和譬无为"。① 这是以有为和无为分解其象征意义,然倏和忽凿(有为)死浑沌,却不能理解为是有为害死了无为。换句话说,有为只是倏和忽的行为,害死的不应是无为,因不论有为或无为所针对的都是同一个对象。清宣颖曾说:"天下,一浑沌之天下也;古今,一浑沌之古今也。今日立一法,明日设一政,机智豁尽,元气消亡矣。从来帝王除去几人,其余皆倏也忽也,皆凿浑沌之窍而致死者也。何以取名倏忽而言其凿窍?帝王相禅,一事倏造而有,一事忽废而无,数番因革之后,淳朴琢尽。解此方知帝倏帝忽取义之妙。中央之帝为浑沌者,守中则自然之道全也"。(《南华经解》)则此说似较妥贴,以浑沌象征天下,是被那些"今日立一法,明日设一政"、"一事倏造而有,一事忽废而无"的帝倏帝忽们雕凿而害死的,这正与庄子"无为而治"的政治思想相合。统治者们以立法设政的"有为"方式治天下,就象浑沌之被雕凿而死之害天下;若以"无为"治之,充分发挥事物的自然本性,顺应自然规律之发展,所谓"自然之道全",浑沌也就不至于死而天下可致太平了。这则极富浓厚神话色彩的寓言,当是《庄子》寓言的代表作。此外,如"黄帝将见大隗"(《庄子·徐无鬼》)、"鲁侯养鸟"(《庄子·至乐》)等,都是表现这一思想的,其后者曰:

> 昔者海鸟止于鲁郊。鲁侯御而觞之于庙,奏《九韶》以为乐,具太牢以为膳。鸟乃眩视忧悲,不敢食一脔,不敢饮一杯,三日而死。此以己养养鸟也,非以鸟养养鸟也。夫以鸟养养鸟者,宜栖之深林,游之坛陆,浮之江湖,食之鳅鲦,随行列而止,委蛇而处。

"以鸟养养鸟",就是要顺应鸟的自然习性,任其充分发展,才能生活得有生命力,如栖息于山林,浮游于江湖,吃的是鳅鲦,随族群而止处等,是之谓"无为"。若硬要按人类的标准要求,将人类的生活习惯强加于它,给他奏最美的音乐,吃最丰盛的膳食,那么它岂"敢食一脔"、"饮一杯"?便只有饿死的份,是之谓"有为"。若以"有为"而治天下,是亦强施己意于民者也,不给人民造成灾难才怪!历来统治者之牧民,是皆所谓鲁侯养鸟者也。此则寓言,与"浑沌之死"有异曲同工之妙,都是其哲学思想的充分而巧妙的体现,其结篇之精致,令人惊叹。

庄子寓言,大都具有浓厚的神话色彩,想象丰富,构思奇特,诡谲诞幻,确能豁人耳目,正所谓"谬悠之说,荒唐之言"者,然又不失其睿智的真理。如著名的"蜗角之战":

> 时魏惠王与齐国君田侯牟有约,田侯牟背之,惠王怒,犀首(将军)公孙衍请发兵二十万欲攻齐,惠子闻之而见戴晋人。戴晋人曰:"有所谓蜗者,君知之乎?"曰:"然"。"有国于蜗之左角者,曰触氏;有国于蜗之右角者,曰蛮氏。时相与争地而战,伏尸数万,逐背旬有五日而后反"。
>
> 君曰:"噫!其虚言与?"曰:"臣请为君实之。君以意在四方上下有穷乎?"

---

① 王先谦.《庄子集解》引. 三秦出版社,1998

君曰:"无穷"。曰:"知游心于无穷,而反在通达之国,若存若亡乎?"君曰:"然"。曰:"通达之中有魏,于魏中有梁,于梁中有王。王与蛮氏有辨乎?"君曰:"无辨"。客出,而君惝然若有亡也。(《杂篇、则阳》)

此则寓言,构思奇特,作者先将世界比作蜗牛,又将国家比作蜗角,而国与国之间的战争,也不过是蜗角上触氏与蛮氏的"争地而战",故世间一切残酷的干戈纷争,便都毫无意义了。《秋水篇》借海若之口曾说:"计中国之在海内,不似娣米之在大仓乎?号物之数谓之万,人处一焉……此其比万物也,不似毫末之在于马体乎?"正是在这种哲学观的指导下,从广袤无垠的宇宙来看世界,魏不过是蜗之一角,魏都梁亦不过一角中之一角,再看梁都中的惠王,就更加渺小而无足轻重了,那么,相互纷争除"浮尸数万"外,还有什么意义可言呢?这则看似荒诞的故事,其实包含着深刻的哲理:是庄子理想人格的体现。《德充符》论至人曾说:"有人之形,无人之情。有人之形,故群于人;无人之情,故是非不得于身。渺乎小哉,所以属于人也!謷乎大哉,独成其天!"人是渺小的,但若能抛弃"是非"之心,去体道而成其天,便是至人大人。天者,自然也。顺应自然而与道为一,即是最高的人生境界,故惠王听了故事后,才"惝然若有亡"而罢兵息战。此外,如"河伯与海若"(《外篇·秋水》)、"少知与大公调"(《杂篇·则阳》)等皆属此类。

《外篇·天地》中"象罔得珠"的寓言,也是一篇构想怪异,极富神话色彩的哲理故事:

黄帝游乎赤水之北,登乎昆仑之丘而南望。还归,遗其玄珠。使知索之而不得,使离朱索之而不得,使吃诟索之而不得也。乃使象罔,象罔得之。黄帝曰:"异哉!象罔乃可以得之乎?"

这是一篇极富象征意味的寓言,旨在说明如何才可得道。篇中除黄帝外,其他都是概念的形象化。玄珠乃指至真至崇的大道,下面之知、离朱、吃诟,依次指知识心机、视听聪明和善于言语巧辨者,象罔则是淳真自然的象征。玄珠遗失,使知索之不得,使离朱索之不得,使吃诟索之不得,唯象罔得之,旨在说明:单靠心机巧智和雄辩是难以体道悟道的,只有纯真静默的心灵才可达到与道为一的境界。象这种纯哲理性的寓言,在先秦诸子中确不多见。

在《庄子》一书中,这类神话色彩很浓的寓言还有很多,如"藐姑射之神"、"鲲鹏之变"(《内篇·逍遥游》)、"庄周梦蝶"(《内篇·齐物论》)、"河伯与海若"(《外篇·秋水》)、"任公子钓鱼"(《杂篇·外物》)等,当然也都是为了说明他的哲学和人生观而设的注解。但是《庄子》书中也有不少寓言是贴近现实的生活哲理,亦极具批判社会、揭露丑恶、启迪心智的深刻意义。如《内篇·人间世》先讲了个"因材之患"的故事:

宋有荆氏者,宜楸柏桑。其拱把而上者,求狙猴之杙者斩之。三围四围,求高名之丽者斩之。七围八围,贵人官商之家求椫榜者斩之。故未终其天年,而中道已夭于斧斤,此材之患也。

这固然宣传了他安时处顺的养生哲学，但在阶级统治的社会里，也正是一切有才之士的必然命运和悲哀。接着他又讲了个“商丘大木”的故事，则极富哲理：

南伯子綦游乎商之丘，见大木焉有异。结驷千乘，隐将芘其藾，子綦曰：“此何木也哉，其必有异材夫！”仰而视其细枝，则拳曲而不可以为栋梁；俯而视其大根，则轴解而不可以为棺椁；咶其叶，则口烂而为伤；嗅之，则使人狂酲三日而不已。子綦曰：“此果不材之木也，以至于此其大也。嗟乎，神人以此不材！”

这是宣扬其“无用之用”哲学的，商丘大木之所以能有今日之如此其“大”，便是因为无用：其分枝不可为栋梁，大根（树干）不可为棺椁，舐其叶则口烂，嗅其味则狂酲。然而，正因为其无用，却反而成就了它的大用。所谓“大用”，在庄子即能享其天年之意，所以，称作“无用之用”。而“神人以此不材”者，是说神人就是以其不材（无用）而成就其大材（大用）的，乃点明全文主旨之语。实际这也正是庄子的人生哲学。

“东施效颦”（《天运》）则对社会上某些不当的模仿行为，进行了揶揄嘲讽：

西施病心而矉（颦）其里。其里之丑人见之而美之，归亦捧心而矉其里。其里之富人见之，坚闭门而不出；贫人见之，挈妻、子而去走。

美本是各人所固有的，不问自身条件，盲目地去模仿，必造成适得其反的结果。可为社会上一切缺乏自知的“效颦者”所鉴。另外，“邯郸学步”（《秋水》）这则寓言，亦可与此相互发明：“寿陵余子学行于邯郸。未得国能（态），又失其故行矣，直匍匐而归耳”。可知学是要讲方法条件的，学而不当，不但学不到他人反会失去自己。

说到学，《庄子》书中的许多寓言，则是对高超技艺匠人的赞颂，其中既包含对学习经验的深入揭示，但更重要的还是对“道”的说明。如“大马问捶钩者”（《知北游》）、“梓庆削鐻”（《达生》）、“津人操舟”（《达生》）、“痀偻承蜩”（《达生》）。最著名的当然是“庖丁解牛”：

庖丁为文惠君解牛，手之所触，肩之所倚，足之所履，膝之所踦，砉然响然，奏刀騞然，莫不中音，合于《桑林》之舞，乃中《经首》之会。

文惠君曰：“嘻，善哉！技盖至此乎？”

庖丁释刀对曰：“臣之所好者道也，进（超）乎技矣！始臣之解牛之时，所见无非全牛者。三年之后，未尝见全牛也。方今之时，臣以神遇而不以目视，官知止而神欲行。依乎天理，批大郤，导大窾，因其固然，枝经肯綮之未尝，而况大軱乎？良庖岁更刀，割也；族庖月更刀，折也。今臣之刀十九年矣，所解数千牛矣，而刀刃若新发于硎。彼节者有间而刀刃者无厚，以无厚入有间，恢恢乎其于游刃必有余地矣，是以十九年而刀刃若新发于硎。虽然，每至于族，吾见其难为，怵然为戒，视为止，行为迟，动刀甚微，謋然已解，如土委地。提刀而立，为之四顾,为之踌躇满志,善刀而藏之"。

文惠君曰:"善哉!吾闻庖丁之言,得养生焉"。

庖丁宰牛的高超技艺,是如何得来的呢?据他自己解释,是能"好道"而超越一般单纯技巧的缘故。道者,规律也。因此,是说解牛必须熟悉并且掌握牛体生理的内在结构,但这要经过长期艰苦的实践才能达到,并非纯粹技巧问题。这启示我们:要做好任何事情,必先掌握事物本身的内在规律,而实践则是获取真理的必由之路。不过文章最后借文惠君赞叹说:"吾得养生焉"!这本是点明全文主旨之语,故所宣扬的实是庄子"因顺自然"的养生之道,同前面我们讲解就不尽一致了。

与此相近的还有"吕梁丈人蹈水"(《达生》)的寓言:

孔子观于吕梁,县(悬)水三十仞,流沫四十里,鼋鼍鱼鳖之所不能游也。见一丈夫游之,以为有苦而欲死也,使弟子并流而拯之。数百步而出,被发行歌而游于塘下。

孔子从而问焉,曰:"吾以子为鬼,察子则人也。请问蹈水有道乎?"曰:"亡,吾无道。吾始乎故,长乎性,成乎命。与齐俱入,与汩偕出,从水之道而不为私焉。此吾所以蹈之也"。孔子曰:"何谓始乎故、长乎性、成乎命?"曰:"吾生于陵而安于陵,故也;长于水而安于水,性也;不知吾所以然而然,命也"。

吕梁丈人将其高超的游泳技能,归之于"始乎故(环境)"、"长乎性(适应性)"、"成乎命(不期然而然)",实际要说明的仍是"因物自然"即顺应自然之道的思想。但也启示我们:由必然进入自由,就要顺应自然物性,尊重客观规律,按照客观必然性办事,才能获得真正主动而进入自由境界。

成语"运斤成风"的故事则出自《庄子·徐无鬼》:

庄子送葬,过惠子之墓,顾谓从者曰:"郢人垩慢其鼻端若蝇翼,使匠石斫之。匠石运斤成风,听而斫之,尽垩而鼻不伤,郢人立不失容"。宋元君闻之,召匠石曰:"尝试为寡人为之"。匠石曰:"匠则尝能斫之,虽然,臣之质死久矣!"自夫子之死也,吾无以为质矣,吾无与言之矣!

惠子是庄子经常论辩的诤友,但也是相互最理解的知己。惠子之死,庄子是非常悲痛的,于是便虚构了这个故事以寄托哀思。他们的关系就象匠石和郢人,相互最能理解,最为信赖,也最配合默契,所以才能"尽垩而鼻不伤,垩尽而立不失容"。若以名利相交,则如匠石与宋元君,环境顿变,情势迥异,地位悬殊,虽有高超技艺也难以施展了。庄子借此说明他和惠子之相契相知,比喻贴切,情感真挚,读来感人。不过,他深含的道理却是:"君子之交淡若水,小人之交甘若醴;君子淡以亲,小人甘以绝"(《山木》)。所讲还是庄子澹泊的处世观。

与此不同,"曹商得车"(《列御寇》)却是一篇讽世刺世骂世之文,用笔极为辛辣:

宋人有曹商者,为宋王使秦。其往也,得车数乘;王说之,益车百乘。反于宋,见庄子,曰:"夫处穷闾阨巷,困窘织屦,槁项黄馘者,商之所短也;一悟万乘之主,而从车百乘者,商之所长也"。庄子曰:"秦王有病召医,破痈溃痤者得车一乘,舐痔者得车五乘,所治愈下,得车愈多。子岂治其痔邪,何得车之多也?子行矣!"

曹商不过一小小谋士耳,凭其三寸不烂之舌而来往于宋秦间,侥幸讨得宋君的欢心而获取官职,便得意忘形,妄自尊大,竟然以"商之所短"来傲视鄙弃对利禄卓然不群的庄子,嘲笑其"处穷闾阨巷,困窘织屦,槁项黄馘",实乃恬不知耻之徒。故庄子遂以"舐痔者"拟之,可谓入木三分。

"庄周游于雕陵"(《山林》)这则寓言,则揭示了社会上一种怵目惊心的现象:

庄周游于雕陵之樊,睹一异鹊自南方来者,翼广七尺,目大运寸,感周之颡而集于栗林。庄周曰:"此何鸟哉,翼殷不逝,目大不睹?"蹇裳躩步,执弹而留之。睹一蝉,方得美荫而忘其身;螳螂执翳而博之,见得而忘其行;异鹊从而利之,见利而忘其真。庄周怵然曰:"噫!物故相累,二类相召也!"捐弹而反走,虞人逐而谇之。

后世有"螳螂捕蝉,黄雀在后"之格言,不想此则寓言故事中,黄雀之后尚有庄周"执弹"而伺之,而庄周之后尚有虞人以他为盗,追捕而诟詈之。此虽重在写自然界,然所象征者正是人类社会互为陷阱、互相残害、叫人怵然胆寒的现实。

《庄子》书中还有一些短小寓言,对后世也是影响极大、传诵极广的,如前已提到的"邯郸学步",还有:

泉涸,鱼相与处于陆,相呴以湿,相濡以沫。不如相忘于江湖。(《大宗师》)

朱泙漫学屠龙于支离益。殚千金之家,三年技成,而无所用其巧。(《列御寇》)

瓮盎大瘿说齐桓公。桓公说之,而视全人,其脰肩肩。(《德充符》)

狙公赋芧,曰:"朝三而暮四"。众狙皆怒。曰:"然则,朝四而暮三"。众狙皆悦。(《齐物论》)

今且有人于此,以随侯之珠,弹千仞之雀,世必笑之。是何也?则其所用者重,而所要者轻也。(《让王》)

"相濡以沫"的成语,人皆能详,无需多说。第二则是讲学习的:学而必以致用,毫无实际用处的东西,无论学的多好也无意义。第三则所讲是一种心理变态:齐桓公喜欢上那个有大脖子病的人,便看一般人就觉得脖子太细太小,岂非偏见!四则是讲智力反常:芧的数量并未增加,"朝三暮四"则怒而不喜;稍作变动,"朝四而暮三"则不怒反喜,岂非愚蠢可笑!五则是讲得不偿失:以千金之重的随珠,去打一只毫无价值的麻雀,岂非脑子有问题!总之,像这类短小的寓言,文字虽简,内容却极深刻,三言两语即能给人以强烈的启示,无怪乎传之经久不衰也。

综前所述,庄子的寓言成就极高,内容极为丰富,其构思之新颖奇特,想象之怪诞恢诡,设想之变幻莫测,描写之生动传神,语言之汪洋恣肆,在当时都是独树一枝的。这固然得力于他超人的智慧和生活经验,但也与"百家争鸣"的环境需要和神话思维方式的积淀,是密不可分的。而这一切的总和,正说明这是一个造就寓言大家的时代。

与《庄子》寓言风格相近的是《列子》。

相传《列子》一书的作者是列御寇(一作圄寇或圉寇),其时代应早于庄子,大概在战国初期,亦为宋国人,其他事迹不详。据《尸子·广泽篇》、《吕氏春秋·不二篇》等都说"列子贵虚",其思想应属于早期道家。但对《列子》一书,后人多怀疑其为伪,《汉书·艺文志》所录八篇,即经刘向、刘歆父子整理者,约在东汉时即已散佚。故今传《列子》八篇,东晋张湛为之作注,实魏晋时人所伪作。然而,历来为其辩诬,认为乃先秦古籍,是为列子及其弟子所作者,言之凿凿,亦不在少数。故按理而推,正如一些学者指出,其书中不少文字既不见于今日所传先秦两汉之书,也不是魏晋人思想的反映,还常被魏晋人用作典故,并非全出伪造①,其中当保留了不少原作材料,仍具有研究当时寓言发展的重要参考价值。

《列子》寓言的突出特色,同样是其浓厚的神话色彩及思维方式的超现实性,如半神话式的《愚公移山》、《夸父追日》(《汤问》)等寓言,即首先见于此书,因已为人所熟知,故此处不赘。其次是对宇宙奥秘的关注,同庄子有一脉相通之处,反映的也是道家的宇宙观,只是更集中于具体问题。如著名的"杞人忧天"(《天瑞》)故事:

> 杞国有人忧天地崩坠,身亡所寄,废寝忘食。又有忧彼之所忧者,因往晓之曰:"天,积气耳,亡处亡气,若屈伸呼吸,终日在天中行止,奈何忧崩坠乎?"其人曰:"天果积气,日月星宿,不当坠邪?"晓之者曰:"日月星宿,亦积气中之有光耀者,只使坠,亦不能有所中伤"。其人曰:"奈地坏何?"晓者曰:"地,积块耳,充塞四虚,亡处亡块。若躇步跐蹈,终日在地上行止,奈何忧其坏?"其人舍然大喜,晓之者亦舍然大喜。

在现实生活中,整天怕天塌地陷而寝食难安的人,恐怕不是很多,然而对这种多余的担心遂视之为愚昧,恐亦非妥。因为人类在神秘的自然面前,因难以把握而产生心理困惑,并进而提出问题予以解答,却正是进步的开始。《庄子·天运》即曾有过相似的发问:"天其运乎?地其处乎?日月其争于所乎?孰主张是?孰维纲是?"而屈原《天问》也说:"斡维

① 杨伯峻.《列子集释·前言》.中华书局,1997

焉系？天极何加？”、“日月安属？列星安陈？”可知这是古代哲人们共同的疑问，体现的正是人类对神秘宇宙的积极探索精神，只是列子用寓言表现得更加夸张罢了。今天看来固然显得幼稚，而科学正当由此起始。又如“两小儿辩日”（《列子·汤问》）：

孔子东游，见两小儿辩斗。问其故，一儿曰：“我以日始出时去人近，而日中时远也”。一儿曰：“我以日初出远，而日中时近也”。一儿曰：“日初出大如车轮，及日中则如盘盂，此不为远者小而近者大乎？”一儿曰：“日初出沧沧凉凉，及其日中如探汤，此不为近者热而远者凉乎？”孔子不能决也。两小儿笑曰：“孰为汝多知乎？”

关于日近日远的问题，也许今天的科学可以做出合理的解答，但在当时历史条件下却是难以作答的，而提出问题本身即标志着人类智力的觉醒。至于说“孔子不能决”，固然包含道家反儒的思想倾向，但我们也不必嘲笑“大圣人”之不如小儿，因为那是那个时代存在的必然局限。科学萌生于不断的困惑和怀疑精神，即是这篇寓言提供给我们的最好启示。另外，“鲍氏之子”（《列子·说符》）一篇，亦与此有相似处：

齐田氏祖于庭，食客千人。中座有献鱼雁（鹅）者，田氏视之，乃叹曰：“天之于民厚矣！殖五谷、生鱼鸟以为之用”。众客和之如响。

鲍氏之子年十二，预于次。进曰：“不如君言。天地万物与我并生，类也。类无贵贱，徒以小大智力而相制，迭相食，非相为而生之。人取可食者而食之，岂天本为人生之？且蚊蚋噆肤，虎狼食肉，非（当作岂）天本为蚊蚋生人、虎狼生肉者哉？”

天无意志，这在当时是一种崭新的思想。齐国大贵族田成子，其识见还不如十二岁的鲍氏小儿，可知当时统治阶级的思想保守性。此则寓言借一个小孩子的口，旗帜鲜明地批驳了传统“天命论”，其意义是十分重大的。

《列子》寓言的另一特色，是丰富的想象甚至科幻色彩。如“偃师造人”、“扁鹊换心”（《庄子·汤问》）、“尹氏与役夫”、“蕉鹿”（《庄子·周穆王》）等。“扁鹊换心”的故事，写鲁国的公扈和赵国的齐婴有病，他们去找名医扁鹊求治，病愈之后扁鹊却说：他们还有一种病，是与生俱来，药物不能治的心志性格上的疾病，二人同意再治，遂饮以毒酒，“迷死三日，剖胸探心，易而置之，投以神药，既悟如初”，但换心之后返回家中，却引起妻子不敢相认的矛盾，后经扁鹊解释，始得平息。象这类寓言故事，确乎超出一般人想象之外，称其带有浓厚的科幻色彩亦不为过，在同时期的寓言中是很少见的。又如《列子·周穆王》：

郑人有薪于野者，遇骇鹿，御而击之，毙之。恐人见之也，遽而藏诸隍中，覆之以蕉，不胜其喜。俄而，遗其所藏之处，遂以为梦焉，顺涂而泳其事。傍人有闻者，用其言而取之。既归，告其室人曰：“向薪者梦得鹿而不知其处，吾今得之,彼直真梦矣"。室人曰:"若将是梦见薪者之得鹿邪?讵有薪者邪?今真得鹿,是若之梦真邪?"夫曰:"吾据得鹿,何用知彼梦我梦邪?"

薪者之归,不厌(安也)失鹿。其夜真梦藏之之处,又梦得之之主。爽旦,案所梦而寻得之,遂讼而争之,归之士师。士师曰:"若初真得鹿,妄谓之梦?真梦得鹿,妄谓之实?彼真取若鹿,而与若争鹿;室人又谓梦仞(认)人鹿,无人得鹿。今据有此鹿,请二分之"。以闻郑君,郑君曰:"嘻!士师得复梦分人鹿乎?"访诸国相,国相曰:"梦与不梦,臣所不能辨也。欲辨觉梦,唯黄帝孔丘。今亡黄帝孔丘,孰辨之哉?且恂士师之言可也。"

《庄子·齐物论》有"庄周梦蝶"的故事,是宣扬其"物化"思想的,写得已够幻化离奇的了。若此,则更进一步写得梦觉虚实难分:薪者先把事实当作梦,后又将梦当作事实;闻者把别人的梦当作事实,其妻又把其夫之事实当作梦;士师以梦实纠缠不清而二分鹿,郑君又以士师分鹿亦梦;最后求之国相,国相则只能喟其"孰辨之哉!"。象这种虚虚实实、变幻莫测的故事,确与庄子有相类之处,然情节更复杂,描写更生动,也更具艺术性。又如"焦螟":

江浦之间生麽虫,其名曰焦螟。群飞而集于蚊睫,弗相触也,栖宿去来,蚊弗觉也。离朱、子羽方昼拭眦扬眉而望之,弗见其形;䚦俞、师旷方夜擿耳俛首而听之,弗闻其声。唯黄帝与容成子,居空峒之上,同斋三月,心死形废,徐以神视,块然见之,若嵩山之阿;徐以气听,砰然闻之,若雷霆之声。

此篇主旨,当是宣扬列子"贵虚"思想的,讲的是一种得道的境界。《庄子·人世间》有段谈"心斋"的话或可与之参看:"回曰:'敢问心斋'仲尼曰:'若一志,无听之以耳,而听之以心;无听之以心,而听之以气。耳止于听,心止于符,气也者虚而待物者也。唯道集虚;虚者,心斋也'。"《汤问》此篇所说"同斋三月,心死形废",即庄子所说"若一志"的心斋;心斋而至于"无听之以耳而听之以心,无听之以心而听之以气",便进入"虚以待物"的认知境界,而此时人之视听,也就既超越感性表象又超越抽象符号(文字概念)的认识阶段,以一种精神性的"气"去体道悟道见道了。不过列子采用的表述手法却比较特殊,他不象庄子用纯抽象说理,而是借"焦螟"这一具体形象,来作象征性说明。其想象的大胆和极度夸张的手法很有点象《庄子》中的"蜗角之战":焦螟这种小虫,居然小到群集飞动于蚊子的眉睫之间,往来却不会相撞,蚊子竟然也感觉不到,所以即使视力最好的离朱和子羽,在光明的白天擦亮眼睛也看不到,听力最好的䚦俞和师旷,在寂静的夜晚竖起耳朵也听不到。那么如何才能知道它的存在呢?这就要靠圣人"虚以待物"的心斋了,斋至"堕肢体,黜聪明,离形去知,同于大通"(《庄子·大宗师》),即"心死形废"的物化境界,排除一切内外欲念的干扰,而"徐以神视"、"徐以气听",极小的东西也就变得犹如山阿,极细的声音也就变得犹如雷霆,小和大发生根本性转化,终于进入"唯道集虚"的得道至境,人的生命也得到彻底解脱,从而获得绝对自由。另外,《汤问》篇中还有一则"纪昌学射"的寓言，虽是讲学习技艺的问题，其所传达的基本理念却与此篇相通。纪昌为了学好射箭技术，遂“以牦悬虱于牖，南面而望之，旬日之间，浸大也；三年之后，如车轮焉；以睹余物，皆丘山也。乃以燕角之弧，朔蓬之竿射之，贯虱之心而悬不绝”。纪昌何以会练成如此精湛技艺，能一箭贯穿虱心而牦不断，借用《庄子》“痀偻承蜩”寓言中孔子的话说，就是“用志不分，乃凝于神”，那也应该就是通过“心斋”而达到的“以神视”、“以气听”的精神境界吧！又《汤问》篇“詹何钓鱼”寓言，也是用大小的对比、转换、映衬来结构其人物故事，其手法也够独特的：“詹何以独茧丝为纶，芒针为钩，荆筱为竿，剖粒为饵，引盈车之鱼于百仞之渊、汩流之中，纶不绝，钩不伸，竿不挠”。象《列子》中的这类寓言，同《庄子》中那些纯出于想象的故事又有不同，其中更清晰地传达出一种辩证转化观念，当是对寓言文学的创造性丰富和发展。

列子这类寓言，传达的另一信息是：重精神（修养），轻形体；形体是可以变动转化的，精神则是决定性因素。大小转化，虚实转化，乃至心物的转化，才能创造出惊人的奇迹。于是不能不提到著名的“九方皋相马”（《列子·说符》）的寓言故事：

> 秦穆公谓伯乐曰：“子之年长矣，子姓（子孙）有可使求马者乎？”伯乐对曰：“良马可形容筋骨相也。天下之马者，若灭若没，若亡若失，若此者绝尘弭辙。臣之子皆下才也，可告以良马，不可告以天下之马也。臣有所与共担纆薪菜（一作采薪）者，有九方皋，此其于马非臣之下也，请见之”。
>
> 穆公见之，使行求马。三月而反报曰：“已得之矣，在沙丘”。穆公曰：“何马也？”对曰：“牝而黄”。使人往取之，牡而骊。穆公不说，召伯乐而谓之曰：“败矣！子所使求马者，色物牝牡尚弗能知，又何马之能知也？”
>
> 伯乐喟然太息曰：“一至于此乎！是乃其所以千万臣而无数者也。若皋之所观天机也，得其精而忘其粗，在（察）其内而忘其外；见其所见，不见其所不见；视其所视而遗其所不视。若皋之相者，乃有贵乎马者也。”
>
> 马至，果天下之马也。

九方皋相马，只看马是否精良，根本就没注意它是牝是牡，毛色如何，所以回答秦穆公问话，也就错误百出。看来，伯乐不仅知马亦善知人，他指出九方皋所相者，“在其内而忘其外，”即在精神而非形体，所以只看见所要看的，而遗忘他所不看的，回答错误也就没有什么奇怪了。最后他还进而指出：“若皋之相者乃有贵乎马者”，即不仅拘限于相马，还可引伸到观察一切事物上。因此，“九方皋相马”不仅成为最著名的格言，而且成为我国文艺理论的一块奠基石，若后来的“传神”论、“言外之意”论、“象外之象”论、“不似之似”论等，其根源最早都可追溯到它，产生的影响是极其深远的。

排斥逻辑推理思维，说明道理用寓言，阐释哲理用寓言，寓言成为他们结撰论文的基本材料。而且，一般寓言不足以说明道家学派神秘飘渺的思想，于是借助想象，驰骋幻想，沉迷于古老的神话思维方式，以“谬悠之说，荒唐之言，无端崖之辞”出之，创造出怪诞谲诡、恢宏夸大，出人意表的故事来说明。《庄》《列》寓言之不同于诸子寓言者在此，其耀眼的独创性也在此。就其在寓言文学上的地位而言,可以说在当时是罕有其匹的。

第四节　《孟子》《荀子》及其他诸子寓言

除《庄子》《列子》寓言与神话有明显的直接链接外,其他诸子寓言,如儒、墨、名、法诸家却表现出现实的政治化浓厚倾向,应该说这是由复杂比喻直接演化派生出来。一个明显的理由是,虽然诸子也惯用寓言说明道理,但他们大都精于运用比喻,而能够真正称得上寓言的却并不是很多,便可看出其中演化的轨迹,与庄、列之以寓言为说理之基本手段者并不一样。究其原因,由于他们大都生活于中原地区,受当时普遍高扬的理性精神的影响,其神话思维观念已经淡化,孔子有"不语怪力乱神"之说,即是代表性时代标志,故其思维方式也呈现出另一类型。他们关注更多的不是天人宇宙等玄虚问题,而是现实的社会人生问题,所谓"修身齐家治国平天下"即是其生活支点,故大都表现出强烈的用世色彩,四处奔走,游说诸侯,推行已见,遑遑不可终日。这种更贴近现世政治生活的倾向,便决定了他们不作虚幻的纯哲学思考,而是更多作实践哲学的逻辑理性思维。换句话说,庄、列是有意造作寓言,其他诸子则是时或涉猎寓言,因为比喻更适合他们的思维说理模式。

除《庄子》、《列子》以外在诸子文中,寓言较多的还有《孟子》、《尹文子》、《尸子》等书,现分述如下。

孟子(约公元前372－前289年)名轲,字子舆(一说子居或子车),战国邹(今山东邹县)人,少年丧父,由母亲教育成人,曾受业于孔子之孙子思(孔伋)之门人,是战国中期儒家学派的最主要代表人物,被后世尊称为"亚圣",并称"孔孟"。曾游历于梁、齐、宋、邹、薛、鲁、滕等国,作过齐客卿,但因其主张"迂远而阔于事情"(《史记·孟轲荀卿列传》),故终不为用。晚年归家与学生万章、公孙丑等讲习著述,写成《孟子》七篇。其书以述孔子之意,明先王之道为宗旨,宣扬仁义,主张仁政,提倡"民为贵,君为轻"的民本主义思想。《孟子》善譬,尤多比喻,与其雄辩恣肆的文风相得益彰,但这些比喻中真正称得上寓言的作品并不是很多。著名的"以五十步笑百步"即出自《梁惠王上》孟子对惠王问:

> 孟子对曰:"王好战,请以战喻。填然鼓之,兵刃既接,弃甲曳兵而走。或百步而后止,或五十步而后止,以五十步笑百步,则如何?"曰:"不可。直不百步,是亦走也!"

这是设喻批评梁惠王不修行仁政以保民,还以为自己比邻国强的,虽用了喻词"喻",但有比较完整的故事,描写也较生动,故可当作寓言读。后世加以引申,用来批评那种没有自知之明,却去嘲笑别人的愚蠢行为。又如"揠苗助长"的故事:

> 宋人有闵其苗之不长而揠之者,芒芒然归,谓其人(家人)曰:"今日病(困乏)矣,予助苗长矣!"其子趋而往视之,苗则槁矣。(《公孙丑上》)

在此段文字之前也用了喻词"若",显然是比喻。但就故事本身来说,同样写得相当完整生动,故仍可当寓言读。后世引申专指那些不按事物客观规律办事,却一味蛮干的人。《孟子》中的有些故事却是完全脱离"喻"的寓言,如"子濯孺子侵卫"。这是由逢蒙学射于羿而杀羿引出的一段故事,孟子认为"羿有罪",公明仪认为"无罪",于是孟子说"薄乎云尔,恶得无罪?"遂讲了这段故事:

> 郑人使子濯孺子侵卫,卫使庾公之斯追之。子濯孺子曰:"今日我疾作,不可以执弓,吾死矣夫!"问其仆曰:"追我者谁也?"其仆曰:"庾公之斯也"。曰:"吾生矣"。其仆曰:"庾公之斯,卫之善射者也,夫子曰吾生,何谓也?"曰:"庾公之斯学射于尹公之他,尹公之他学射于我。夫尹公之他,端人也,其取友必端矣"。庾公之斯至,曰:"夫子何为不执弓?"曰:"今日我疾作,不可以执弓"。曰:"小人学射于尹公之他,尹公之他学射于夫子,我不忍以夫子之道反害夫子。虽然,今日之事,君事也,我不敢废"。抽矢,扣轮,去其金,发乘矢而后反。(《离娄下》)

这是讲"取友必端",即交友当慎择其人的。若逢蒙者,学射于羿而又杀羿,是羿择友不慎,故曰"有罪"。至于庾公之斯不但念其师恩,且念其师之师恩,理由是"不忍以夫子之道反害夫子",可知是个顶天立地的"端人",这是"取友必端"的例子。两者相较,交友不以利,而以义交,才可避免灾祸。全文纯取客观叙述的态度,丝毫不动声色感情,直笔朴实道来,而至理名言自在其中。又如"弈秋诲弈":

> 弈秋,通国之善弈者也。使弈秋诲二人弈:其一人专心致志,惟弈秋之为听;一人虽听之,一心以为有鸿鹄将至,思援弓缴而射之,虽与之俱学,弗若之矣。为(谓)是其智弗若与?曰:非然也!(《告子上》)

同样的老师,同样的条件,为什么学习的结果却大不一样?其决定因素便在主观努力,或专心致志,或驰心他务,不是先天质素不如人,而是后天用心不到家,如此而已。孟子是有"天才论"倾向的,此处却强调后天勤奋的意义,启示后学者良多。有些寓言的结尾,孟子也常点明其主旨,与全用白描者不同,如"校人欺子产":

> 昔者,有馈生鱼于郑子产,子产使校人畜之池。校人烹之,反命曰:"始舍之,圉圉焉;少则,洋洋焉,攸然而逝"。子产曰:"得其所哉!得其所哉!"校人出曰:"孰谓子产智?予既烹而食之,曰得其所哉!得其所哉!"故君子可欺以其方,难罔以非其道。(《万章上》)

表面看,作为"智"者的子产,是被看管池塘的小吏给捉弄了,欺骗了。其实,讲这则故事的目的并不在此。为了不发生理解的歧义,他便直接点明含义道:"君子可欺以其方,难罔以非其道!"即可以用他能相信的事情来诳骗他,却不可用不合道理的事情蒙蔽他。经这一点,深奥的道理顿觉豁然,亦说明孟子运用寓言说理之技巧高明。有时,孟子还借寓言来发牢骚:孟子在齐,有次遇上年荒,他劝齐王发棠邑仓粟赈济,于是齐人得救。后来齐王不再信任孟子而欲去齐,又遇饥荒,大家都以为他还会替他们说话,于是他讲了一则"冯妇搏虎"的寓言故事:

> 齐人有冯妇者,善搏虎,卒为善士则。之野,有众逐虎,虎负嵎,莫之敢撄。望见冯妇,趋而迎之。冯妇攘臂下车,众皆悦之。其为,士(猎士)者笑之。(《尽心下》)

就象不是猎人就不要去管猎虎的事,否则必会遭到真正猎人的嘲笑那样,俗言谓"不在其位,不谋其政"嘛,我若还要再管的话,岂不成"冯妇"了吗?无疑,其中是包含着强烈情感的。"其为士者笑之",乃点眼之笔,全篇寓意由此而豁显。行文简赅而到位,较之纯发议论者更胜一筹。《孟子》中的寓言数量虽不是很多,但一般都写得比较精彩,此外如"齐人有一妻一妾"(《离娄下》)、"有攘邻鸡者"(《滕文公下》)等,都可算是名篇,此不赘。

与此情况相似的还有《尹文子》。尹文(约公元前350－前285年),战国时齐人,曾居稷下,游说过齐宣王、齐湣王。据《汉书·艺文志》载,《尹文子》原为一篇,属名家。高诱则谓尹文"作《名书》一篇,在公孙龙前,公孙龙称之"①。今传《尹文子》则分《大道上》、《大道下》二篇,思想也较驳杂,似兼采儒、墨、名、道、法诸家成书者,属杂家,故有学者考证乃魏晋以后人伪作。全书约五千言,亦善用比喻,寓言虽不是很多,却都称得上是精品,且都是用来说明名实关系的,即所谓"因名以得实"或"因名以失实"的哲学问题,故颇富哲理性。如《大道上》中的"宣王好射":

> 宣王好射,说(悦)人之谓己能用强也,其实所用不过三石。以示左右,左右皆试引之,中关而止。皆曰"不下九石,非大王孰能用是?"宣王悦之。然则,宣王用不过三石,而终身自以为九石。三石,实也;九石,名也。宣王悦其名而丧其实。

这是讲名实不符,因而造成"因名以失实"的例子。又如"楚人担雉":

> 楚人(有)担山雉者,路人问曰:"何鸟也?"担雉者欺之曰:"凤凰也"。路人曰:"我闻有凤凰,今直见之。汝贩之乎?"曰:"然"。请买十金,弗与;请加倍,乃与之。将欲献楚王,经宿而鸟死。路人不遑惜金,惟恨不得以献楚王。国人传之,咸以为真凤凰,贵,欲以献之,遂闻楚王。感其欲献于己,召而厚赐之,过于买鸟之金十赔。

---

① 高诱.《吕氏春秋·正名》注.上海书店出版社,1986

这是讲名实不符，以假为真，却因名而受益的；又如“田父得玉”：

魏田父有耕于野者，得宝玉径尺，弗知其玉也。以告邻人，邻人阴欲图之，谓之曰：“此怪石也，畜之弗利其家，弗如复之！”田父虽疑，犹录以归，置于庑下。其夜玉明，光照一室，田父称家大怖。复以告邻人，曰：“此怪之征，遄弃，殃可销”。于是遽而弃于远野。邻人无何盗之，以献魏王，魏王召玉工相之。玉工望之，再拜而却立，曰：“敢贺大王得此天下之宝，臣未尝见！”王问其价，玉工曰：“此无价以当之。王城之都，仅可一观”。魏王立赐献玉者千金，长食上大夫禄。

这又是讲因名而失实，奸人以真为假，趁机从中获利的。还有一则“黄公好谦”，则是讲“违名而得实”的：

齐有黄公者，好谦卑。有二女，皆国色。以其美也，常谦辞毁之，以为丑恶。丑恶之名远布，年过而一国无聘者。卫有鳏夫，失时，冒娶之，果国色。然后曰：“黄公好谦，故毁其子，妹必美”。于是争礼之，亦国色也。国色，实也；丑恶，名也。此违名而得实也。

总之，名实不符，真假不分，是非莫辨，善恶难明，社会就会陷于一片混乱，所以尹文子强调必须“正名”，并说：“政者，名法是也。以名法治国，万物所不能乱”（《大道下》）。于是他又讲了几则同实异名而致乱的寓言故事：

田子读《书》曰：“尧时太平”。宋子曰：“圣人之治以致此平”。彭蒙在侧，越次答曰：“圣法之治以至此，非圣人之治也”。宋子曰：“圣人与圣法何以异？”彭蒙曰：“子之乱名甚矣！圣人者，自己出也；圣法者，自理出也。理出于己，己非理也；己能出理，理非己也。故圣人之治，独治者也；圣法之治，则无不治矣。此万世之利，唯圣人能该之”。宋子犹惑，质于田子。

田子曰：“蒙之言然。庄里丈人，字长子曰盗，少子曰殴。盗出行，其父在后追而呼之，曰‘盗，盗’。吏闻因缚之。其父呼殴喻吏，遽而声不能转，但言‘殴，殴’。吏因殴之，几殪。……郑人谓玉未理者，曰璞；周人谓鼠未腊者，曰璞。周人怀璞，谓郑贾曰：‘欲买璞乎？’郑贾曰：‘欲之’。出其璞视之，乃鼠也。因谢不取。（《大道下》）

田骈、宋研、彭蒙三人论辨的是“圣人”致平或“圣法”致平的问题，而归结到最后还是名实问题。宋研误认圣人与圣法为一，彭蒙则以二者有别，不能混同。因为，“圣人之治”为“独治”（个别的），“圣法之治”则“无不治”（普遍的）。故知“圣人”者，名也；“圣法”者，实也。田骈同意彭蒙的意见，遂讲了三则寓言（此录二）来说明，都是讲名同而实异的，如不“正名”以还实，就会造成误解和混乱。这犹如同称“圣”而有名实之分那样，如果把一个太平盛世的出现,仅仅归结为某“人”之治(特指,如尧),那就是只见其名而不知其实;如果归结为“理法”之治,才算看到了普遍的永恒的真理。然而,没有圣人亦难体现圣法,故二者又是统一的,所以说“此万世之利,唯圣人能该之”。总之,《尹文子》中的寓言同样是与其哲学思想密切结合的,工具性的特色非常明显。

尸子,名佼,战国中期人。《史记·孟荀列传》称“楚有尸子”。刘向《别录》辩之曰:“‘楚有尸子’疑谓其在蜀。今案尸子,晋人也,名佼,秦相卫鞅客也。卫鞅商君,谋事划计,立法理民,未尝不与佼规之也。商君被刑,佼恐并诛,乃亡逃入蜀。……卒,因葬蜀”①。既为商鞅门客,可知应属法家。然《汉书·艺文志》载《尸子》20篇,列入杂家,亦非专主法者。南宋后其书散佚,清人孙星衍等有辑本二卷,上卷16篇,下卷为佚文。其书亦善用比喻,寓言亦较多,然多简略短小,描写生动,出语警策。如:

> 人谓孟贲:“生乎?勇乎?”曰:“勇”。“贵乎?勇乎?”曰:“勇”。“富乎?勇乎?”曰:“勇”。三者,人之所难能,而皆不足以易勇。此其所以能摄三军、服猛兽之故也。

简单几句对话,即写出一个视勇敢更重于生死、富、贵的凛然勇士形象,教人赞叹。又如:

> 闵子骞肥。子贡曰:“何肥也?”闵子骞曰:“吾出见美车马则欲之,入闻先王之言则又欲之,两心相与战!今先王之言胜,故肥”。

这是言学习先王之道的重要的,然出之以俚喻常言,正见出思想之机敏。在欲念和真理之间激烈交战挣扎,自然令人憔悴而消瘦。若真理战胜嗜欲,专心学习先王之道,精神上没有沉重负担,就能够保持愉快的心情,自然会心宽体胖。又如:

> 驸马共(一作其)为荆使于巴,见担鸩(毒酒)者,问之:“是何以?”曰:“所以鸩人也”。于是请买之,金不足,又益之车马。已得之,尽注之于江。

这是赞颂人之美好德行的:牺牲一已私利而去为人除害,这叫“义行”。行义者必受人尊敬。又如:

> 荆庄王命养由基射蜻蛉,王曰:“吾欲生得之”。养由基援弓射之,拂左翼。王大喜。

通过小小事情,只抓住“拂左翼”这个细节,却塑造出一个技艺精湛的善射者的高大形象。尸子此类寓言,大都说得言简意赅,机敏贴切,有发人深省之妙。

---

① 裴骃.《史记集解》引. 文学古籍刊行社,1955

此外,其他诸子书中,也有一些精彩的寓言,或为人凝炼为成语而传诵,兹举数则如下:

齐人有东郭敞者,犹多愿,愿有万金。其徒请赒焉,不与。曰:"吾将以求封也。"其徒怒而去之宋。曰:此爱于无也,故不如以先与之有也。(《商君书·徕民》)

这是商鞅劝说秦孝公实行"徕民"政策的。当时秦已多次战胜三晋(韩、赵、魏),但不能征服他们。于是他针对秦国土广人稀,三晋人多地少的情况,提出免税免役以招来三晋之民垦殖秦国土地的"徕民"政策,取得削敌强己的效果,但却遭到官僚保守势力的反对,遂讲了这个故事批评他们的作为"岂异东郭敞之爱非其有以亡其徒乎?"可谓一针见血。然而它更重要的意义,还在于给人们的处事作为提出的永恒启示:爱其无而失其有,两败之矣!

腾蛇游雾,飞龙乘云。云罢雾霁,与蚯蚓同,则失其所乘也。(《慎子》)

这也成为著名典故:任何权威和神圣,若失去其支持造势的条件,便什么也不是!

毛嫱、西施,天下之至姣也。衣之以皮倛,则见者皆走;易之以元緆,则行者皆止。由是观之,则元緆,色之助也,姣者辞之,则色厌矣。(《慎子》)

走,逃走;止,驻足。"好花还需绿叶衬",一切好的效果,都需创造必要的条件;条件不同,其效果迥异。

(魏文侯问扁鹊)曰:"子昆弟三人,其孰最善为医?"扁鹊曰:"长兄最善,中兄次之,扁鹊最为下"。魏文侯曰:"可得闻耶?"扁鹊曰:"长兄于病视神,未为形而除之,故其名不出于家。中兄治病,其在毫毛,故名不出于闾。若扁鹊者,鑱血脉,投毒药,副肌肤间,而名出闻于诸侯"。魏文侯曰:"善"。(《鹖冠子》)

这是庞煖答赵悼襄王问治国之道时讲的一段故事,目的显然是以治病喻治国,故最后他评论说:"凡此者不病病,治之无名,使之无形,至功之成,其下谓之自然。故良医化之,拙医败之,虽幸不死,创伸股维"。意思是说,良医治病是在病症尚未形成(未为形而除之)的时侯治疗,就象扁鹊的长兄,"治之无名,使之无形,至功之成"。这就叫无为而治的"自然"。治国与治病同理,应在弊政尚未形成时消除它,即能防患于未然。可谓比拟贴切,说理透彻,有极大的启发智慧的作用。又如:

宋之愚人,得燕石于梧台之东,归而藏之,以为大宝。周客闻而观焉。主人斋七日,端冕之衣,衅以特牲,革柜十重,缇巾十袭。客见之,俯而掩口,卢胡而笑曰:"此燕石也,与瓦甓不殊"。主人大怒,曰:"商贾之言,巫匠之心!"藏之愈固,守之弥坚。(《阙子》)

前引《尹文子》中曾讲过一则"田父得玉"的寓言,那是因名失实,以真为假;此则相反,不但名实不符,以假为真,且固执己见,甚至怀疑好心者的动机,是对愚蠢顽固之人的辛辣讽刺。"燕石"一词也就成为后人对自己作品或藏品的谦称。

当然,还应当提到荀子(约前310－前230),名况,赵国人,又称荀卿。汉人避宣帝刘询讳,改称孙卿。他是战国后期的大思想家,儒家学派的代表人物,今存《荀子》32篇,大都是荀卿自著,只有少数篇章出自弟子或他人之手。其书善用比喻,近似于寓言者亦不少,但真正的寓言却不是很多。而且,有些还是取材他书或根据流行故事而改写的,如"东野毕失马"(《哀公》篇),即见于《庄子·达生》、《吕氏春秋·离俗览》等;而"涓蜀梁善畏"(《解蔽》),又见于《庄子·渔父》,其故事梗概虽基本相同,但人名、细节,尤其主旨却很不一样。可能这些都是广为流传于当时的民间故事,而各家都可随意取来以发挥己意的原因吧,所以说不上是谁效仿了谁。下面就以"涓蜀梁"的故事为例作些分析,《荀子》是这样写的:

夏首之南有人焉,曰涓蜀梁,其为人也愚而善畏。明月而宵行,俯见其影,以为伏鬼也;卬视其发,以为立魅也。背而走,比至其家,失气而死,岂不哀哉!

《庄子》则是这样写的:

人有畏影恶迹而去之走者,举足愈数而迹愈多,走愈速而影不离身。自以为尚迟,疾走不休,绝力而死。不知处阴以休影,处静以息迹,愚亦甚矣!

两相对照,则《荀子》的故事比较完整,有人物的概括介绍,细节描写重在畏而多疑上;《庄子》则用"人有畏影恶迹而去之走者"一语带过,细节描写则突出其"足愈数而迹愈多,走愈速而影不离身",故二者似有很大不同。究其原因,则由于他们所要表达的思想主旨不同的缘故。《荀之》的用意,在说明"凡人之有鬼也,必以其感忽之间,疑玄之时正之,此人所以无有而有无之时也"。即人在心中有鬼,才会于有无恍惚之中疑神疑鬼,其实世上本无什么鬼,是宣扬他的唯物思想的,故特以"伏鬼""立魅"的细节渲染之。《庄子》则不同,他要宣扬的是"处阴""处静"的道家虚静无为思想,本不拘限在鬼神有无问题上,故特加入"愈数而愈多"、"愈速而不离"的象征描写,以为下文处阴休影、处静息迹铺垫。这正说明,诸子创造寓言的目的,完全是为宣传自己的哲学思想服务的,虽才华横溢而目的却不在文学。

当然,《荀子》中也有其自己创作的寓言。如"孔子观于鲁庙"(《宥坐》),讲"中而正,满而覆",即训戒为人不要骄傲自满的道理;"曾子食鱼"(《大略》),则教人效法曾子"一事不知，儒者为耻”的谦虚态度，更不要饰非以自是。下面看“蒙鸠为巢”：

> 南方有鸟焉，名曰蒙鸠。以羽为巢，而编之以发，系之苇苕。风至苕折，卵破子死。巢非不完也，所系者然也。（《劝学》）

蒙鸠筑巢选择不当，遭受到“卵破子死”的灾殃；所以“君子居必择乡”，选择不慎，其后果也是会很糟糕的。推而广之，则说明环境或外界条件对人有巨大影响，故优化生活环境乃是不可忽视的问题，这在今天仍有深刻的现实意义。《荀子》书中的寓言虽不多，但也具有先秦诸子寓言服务于哲学思想，寓意深刻，现实针对性强等共同特点，应给予充分的注意。也许由于他更是一个严肃的思想家，而不是耽于幻想的文学家的缘故。

第五节　战国策士的寓言

在战国时期战争频仍，社会动荡，理性勃发，思想活跃的历史大背景下，崛起于社会各阶层的士阶层人士中，除前面讲到的诸子百家之外，还有一部分人是专门为君王或某个政治集团利益出谋划策的，即所谓“策士”。他们人数众多，虽不象前一种人那样聚徒讲学、著书立说、开创学派，是思想理论的创造者，但其在政治军事外交诸方面发挥的巨大作用，却往往有改变事态发展趋势的决定意义。他们常奔走于诸侯各国之间，活跃于政治舞台之上，或出入于宫廷、争辩于朝堂，凭借自己的聪明才智和三寸不烂之舌，出奇策、屈强敌，一言而争讼息，数谋而纷难解，故也常身居要职，佩带相印，以其显赫的地位而名震天下。孟子就曾说他们“一怒而诸侯惧，安居而天下熄”（《孟子·滕文公下》），可知其曾经发挥过的作用。当然，他们又往往是一些投机通变之士，没有一以贯之的政治思想，更缺少高尚的德行节操，故随着政治形势的变化和需要，背盟弃主、买友求荣、翻云覆雨的事也经常发生，所以孟子又讥称他们奉行的是“妾妇之道”（《孟子·滕文公下》）。因而，他们都是一些因时权变的政治家，而不是想立万世大法的思想家。他们在求生存、说人主、解疑排难的活动中，凭籍个人的机智和才干，针对复杂错综的具体矛盾和实际难题，曾创造出较之诸子数量更多的寓言故事，只是由于其活动的分散性和没有个人著作记录等原因，大都随着时间的流逝被历史尘埃湮没了。所幸尚有《战国策》一书，其中记载了不少寓言得以流传至今，亦可略窥战国策士创作的概貌，然即此已可看出其成就并不比诸子逊色，甚至还在一般诸子之上。

《战国策》是一部记言体史书，其成书年代可能较晚，据载是经西汉刘向整理，即所谓“因国别者，略以时次，分别不以序者以相补除重复，得三十三篇”（《战国策序录》）。然其所根据的材料却相当原始，大概都是战国时各国史籍，故至西汉尚无统一的名称，正如其《序录》所说：“或曰《国策》，或曰《国事》，或曰《短长》，或曰《事语》，或曰《长书》或曰《修书》”，最后由他定名为《战国策》。书中记述了自东西周以来，秦、齐、楚、赵、韩、魏、燕、卫、宋、中山等十二国二百四十余年的史事,虽说“其纪事不皆实录,难尽信”①,但却较真实地反映了战国策士们的言行活动,具有重要的史料价值。清章学诚曾说:“其辞敷张而扬厉,变其本而加恢奇焉,不可谓非行人辞令之极也”②。也许将最后一句移作策士寓言的专门评语,当更加贴切。

战国策士寓言,同诸子寓言的显著区别在于,他们不再是阐释学说思想的载体,而是针对某种政治活动提出的谋略,故具有极强的现实针对性,是真正的政治寓言。如“邹忌照镜”:

> 邹忌修八尺有余,而形貌昳丽。朝服衣冠,窥镜,谓其妻曰:“我孰与城北徐公美?”其妻曰:“君美甚,徐公何能及君也!”城北徐公,齐国之美丽者也。忌不自信,而复问其妾曰:“吾孰与徐公美?”妾曰:“徐公何能及君也!”旦日,客从外来,与坐谈,问之客曰:“吾与徐公孰美?”客曰:“徐公不若君之美也!”明日徐公来,孰视之自以为不如;窥镜而自视,又弗如远甚。暮寝而思之,曰:“吾妻之美我者,私我也;妾之美我者,畏我也;客之美我者,欲有求于我也”。
>
> 于是入朝见威王,曰:“臣诚知不如徐公美,臣之妻私臣,臣之妾畏臣,臣之客欲有求于臣,皆以美于徐公。今齐地方千里,百二十城,宫妇左右莫不私王,朝廷之臣莫不畏王,四境之内莫不有求于王,由是观之,王之蔽甚矣!”王曰:“善”。乃下令:“群臣吏民,能面刺寡人之过者,受上赏;上书谏寡人者,受中赏;能谤讥于市朝,闻寡人之耳者,受下赏”。令初下,群臣进谏,门庭若市;数月之后,时时而间进;期年之后,虽欲言无可进者。燕、赵、韩、魏闻之,皆朝于齐。(《齐策(一)》)

邹忌照镜而悟其美言之虚,言于齐威王而威王悟其受蒙蔽,最后归结到“纳谏”上,并收到燕、赵、韩、魏“皆朝于齐”的良好效果。可知编造这则故事,是通过寓言形式为治国理政进谏言的,具有明显的政治目的和针对性。又如“楚人有两妻”:

> 楚人有两妻者,人诽其长者,长者詈之;诽其少者,少者报之。居无几何,有两妻者死。客谓诽者曰:“汝取长者乎?少者乎?”曰:“取长者”。客曰:“长者詈汝,少者报汝,汝何为取长者?”曰:“居彼人之所,则欲其报我也;为我妻,则欲其为我詈人也”。(《秦策(一)》)

这是以妻喻臣。为他人之臣时,喜爱他的不忠;若为我臣,则必爱其忠贞。人的喜恶爱憎,总是随着政治利益的变化而改变的,在那个斗争复杂的时代,尤其如此。又如“大王之狗”:

---

① 孙猛校正,晁公武.《郡斋读书志》(11). 上海古籍出版社,1990

② 章学诚.《文史通议·诗教(上)》,嘉业堂本《章氏遗书外编》卷一

王见大王之狗：卧者卧，起者起，行者行，止者止，毋相与斗者。投之一骨，轻起相牙者，何则？有争意也。（《秦策（三）》）

据前文载当时的形势严峻："天下之士，合纵相聚于赵，而欲攻秦"，秦王甚感忧虑，于是秦相应侯便给他讲了这个故事，其实也是给秦王提出对策，只是没有直说，而是用寓言喻说之。秦王心领意会，遂按计而行，使用金钱收买拉拢，使其分化争斗，终于瓦解了合纵攻秦，形势得以扭转。又如"黠麋陷网"：

今山泽之兽，无黠于麋，麋知猎者张罔，前而驱己也，因还走而冒人，至数。猎者知其诈，伪举罔而进之，麋因得矣。（《楚策（三）》）

这则动物寓言同样启示人们：不管多么狡猾的对手，只要识破其诡计，找出其破绽，即可将计就计战而胜之。这些寓言实际都是为人主提供韬略之策，反映的正是那个时代策士的特殊政治功能。

然而，更值得关注者还在于《战国策》中的许多寓言，都成为后世传播最广、普及率最高的成语故事，因而影响着一代又一代的人们。这不仅说明编书者并非散漫录记，而是经过精心挑选而写成的，因而也更能体现出策士们的机巧智慧和应变能力，故其寓言也更贴近生活，贴近现实，成为最具有启示教诲功能的启蒙教科书。现举数例如下：

虎求百兽而食之，得狐。狐曰："子无敢食我也！天帝使我长百兽，今子食我，是逆天帝之命也。子以我不信，我为子先行，子随我后，观百兽之见我而敢不走乎？"虎以为然，故遂与之行。兽见之，皆走。虎不知兽畏己而走也，以为畏狐也。（《楚策（一）》）

这便是成语"狐假虎威"之所从出，其含义人所熟知，此不赘。又如：

楚有祠者，赐其舍人一卮酒。舍人相谓曰："数人饮之不足，一人饮之有余，请各划地为蛇，先画成者饮酒"。一人蛇先成，引酒且饮，乃左手持卮，右手画蛇曰："吾能为之足"。足未成，一人之蛇成，夺其卮曰："蛇固无足，子安得为之足？"遂饮其酒。为蛇足者终亡其酒。（《齐策（二）》）

这又是成语"画蛇添足"之所从出，是讥刺那些耍小聪明而弄巧成拙者的。又如：

季梁往见王（魏王），曰今者臣来，见人于大行，方北面而持其驾，告臣曰："我欲至楚"。臣曰："君之楚，将奚为北面？"曰："吾马良"。臣曰："马虽良，此非楚之路也"。曰："吾用（旅资）多"。臣曰："用虽多，此非楚之路也"。曰："吾御者善"。此数者愈善，而离楚愈远耳！（《魏策（四）》）

此为魏王欲攻邯郸,季梁谏止所讲的寓言,故结尾说:"王之动愈数,而离王愈远耳,犹至楚而北行也!"是告诫人们行动和目的必需一致,否则条件愈好离目的亦会愈远,成语"南辕北撤"即源于此。再如:

> 今者臣(苏代)来,过易水,蚌方出曝,而鹬啄其肉,蚌合而拑其喙。鹬曰:"今日不雨,明日不雨,即有死蚌!"蚌亦谓鹬曰:"今日不出,明日不出,即有死鹬!"两者不肯相舍,渔人得而并禽之。(《燕策(二)》)

此又为赵欲伐燕,苏代谏止赵惠文王时所讲寓言,其结论则是:"今赵且伐燕,燕赵久相支,以弊大众,臣恐强秦之为渔夫也!"是告诫人们做事情顾及全局,不能因眼光短浅而使第三者从中渔利。成语"鹬蚌相争"、"坐收渔利"即源于此。再如:

> 有两虎争人而斗者,管庄子将刺之。管与止之曰:"虎者,戾虫;人者,甘饵。今两虎争人而斗,小者必死,大者必伤,子待伤而刺之,则是一举而兼两虎也。无刺一虎之劳,而有刺两虎之名"。(《秦策(二)》)

利用敌人矛盾,相机而动,坐收"无刺一虎之劳而有刺两虎之名"之利,就是它要告诉我们的权变之术。成语"两虎相争必有一伤"即源出于此。此外,如《西周策》中的"百发百中"、"前功尽弃",《齐策》三中的"两败俱伤",《楚策》四中的"惊弓之鸟",《魏策》二中的"三人成虎"等等,都是人们所熟悉且常乐道的成语,亦活在今天的口头语言中,其生命之强大可谓惊人。

如果说诸子寓言偏重于人类思想的创造,战国策士寓言则主要是生活智慧的产物。前者是抽象思维的具象化,重在理论的阐释;后者是实践经验的总结,重在解决具体问题。策士寓言的这一特点,前面所举那些寓言固已能充分说明,但有更多寓言却写的更为生动机智,发人深思。如"海大鱼"的故事:

> 靖郭君将城(筑城)薛,客多谏。靖郭君谓谒者:"无为客通!"
>
> 齐人有请者,曰:"臣请三言而已矣,益一言,臣请烹!"靖郭君因见之。客趋而进曰:"海大鱼"。因反走。君曰:"客有于此"。客曰:"鄙臣不敢以死为戏!"君曰:"亡,更言之!"对曰:"君不闻海大鱼乎? 网不能止,钓不能牵,荡而失水,则蝼蚁得意焉。今夫齐,齐君之水也。君长有齐阴(荫),奚以薛为? 失齐,虽隆薛之城到于天,犹之无益也!"君曰:"善"。乃辍城薛。(《齐策(一)》)

靖郭君即田婴,齐威王之子,封地于薛。他欲隆薛城霸地一方的决心很大,连谏止的一言都不愿听,遂闭门谢客。可是那个齐人却将计就计,故弄玄虚,以"海大鱼"三言请进,终于打消了他城薛的念头。在这样复杂的政治斗争中,没有超人的胆识和才智,那是很难做到的。又如:"昭王求马"的故事:

臣闻古之君人(当作人君)有以千金求千里马者,三年不能得。涓人言于君曰:“请求之”。君遣之。三月,得千里马,马已死,买其首五百金,反以报君。君大怒,曰:“所求者生马,安事死马而捐五百金?”涓人对曰:“死马且买之五百金,况生马乎?天下必以王为能市马,马今至矣”。于是不能期年,千里马至者三。(《燕策》)

这是齐国灭燕之后,燕昭王急于招纳天下贤士以报仇,郭隗为他讲的故事,以死马喻己而以千里马喻贤士,郭隗因此得到尊荣富贵,其结果也不错:“乐毅自魏往,邹衍自齐往,剧辛自赵往,士争凑燕”。(《燕策》)但更应注意的是寓言的本身,涓人居然以大不敬的死马招来千里马,其智其谋可谓过人矣,而战国策士正是以此来求生存的。再如:“决蹯之虎”:

人有置系蹄者,而得虎;虎怒,决蹯而去。虎之情,非不爱其蹯也,然而不以环寸之蹯,害七尺之躯者,权(权变)也。(《赵策(三)》)

为了整体利益而牺牲局部利益,即使要经痛苦,也在所不惜,这样普遍的道理,遇事而能悟者古今几人!读这则寓言可以警醒。此外,如“土偶与桃梗”的寓言,是说一次孟尝君田文要离齐入秦,前途险恶,上千客人都劝止不住,于是苏秦便讲了这个故事:

今者臣来,过于淄上,有土偶人与桃梗相与语。桃梗谓土偶人曰:“子,西岸之土也,挺子以为人。至岁八月,降雨下,淄水至,则汝残矣。”土偶曰:“不然。吾西岸之土也,残则复西岸耳。今子,东国之桃梗也,刻削子以为人,降雨下,淄水至,流子而去,则子漂漂者将何如耳!”今秦四塞之国,譬若虎口,而君入之,则臣不知君所出矣!

听过他这番话,孟尝君才忽然醒悟,终于取消了去秦之意,可见策士们的机智及其所讲寓言,在许多重大的活动中起着多么实际的意义。“献不死之药”这则寓言,则是讲破除虚妄而又能完身自保的:

有献不死之药于荆王者,谒者操以入。中射之士问曰:“可食乎?”曰:“可”。因夺而食之。王怒,使人杀中射之士。中射之士使人说王曰:“臣问谒者,谒者曰可食,臣故食之,是臣无罪而罪在谒者也。且客献不死之药,臣食之而王杀臣,是死药也。王杀无罪之臣而明人之欺王!”王乃不杀。(《楚策(四)》)

此则寓言虽未明白点出寓意,似乎是单为描写中射之士(宫中卫士)之机智善辩而设,但从其所陈理由——食不死之药反而被杀(死)的逻辑矛盾来看,客观上是有破除迷惘的寓意的。不过,它也启示我们:即便是做有益的事情,也应讲究方式方法,才可免于灾难而取得完满的结果。这同样是策士的权变之术。

另外,战国策士寓言的另一突出特点,是动植物寓言数量的大大增多,这从前举“狐假虎威”到“土偶与桃梗”即可见到。诸子寓言中并非没有以动植物为主角的寓言,如“相濡以沫”、“丰狐文豹”(《庄子》)、“蒙鸠之巢”(《荀子》)、“腾蛇乘雾”(《慎子》)等,但数量实在不多,大量采用的都是人物寓言,尤其是历史人物寓言。策士寓言中涉及动植物的数量增多,当是先秦寓言走向纯寓言的一个标志。下面看“蜻蛉与蚊虻”:

王独不见夫蜻蛉乎?六足四翼,飞翔乎天地之间,俛啄蚊虻而食之,仰承甘露而饮之,自以为无患,与人无争也;不知夫五尺童子,方将调铅胶丝系,加己乎四仞之上,而下为蝼蚁食也。

蜻蛉其小者也,黄雀因是已!附啄白粒,仰栖茂树,鼓翅奋翼,自以为无患,与人无争也;不知夫公子王孙,左挟弹,右摄丸,将加己乎十仞之上,以其颈为的,倏忽之间,坠于公子之手。昼游乎茂树,夕调乎酸咸!

夫黄雀其小者也,黄鹄因是已!游于江海,淹乎大沼,附啄鳗鲤,仰啮菱衡,奋其六翮而凌清风,飘摇乎翱翔,自以为无患,与人无争也;不知夫射者,方脩其芇卢,治其缯缴,将加己乎百仞之上,被礛磻,引微缴,折清风而抎矣。故昼游乎江湖,夕调乎鼎鼐!

蔡圣侯之事其小者也,君王之事因是已!左州侯,右夏侯,辇从鄢陵君与寿陵君,饭封禄之粟,而戴方府之金,与之驰骋乎云梦之中,而不以天下国家为事,不知夫穰侯方受命乎秦王,填黾塞之内,而投己乎黾塞之外,!(《楚策(四)》)

这是庄辛对楚襄王讲的几个动物寓言,就其取材看,似与《庄子·山林》篇所讲“螳螂捕蝉,异鹊在后”极为相近,不过这里更应关注的是它们所表现的不同内容。《庄子》寓言,旨在揭露人人相互暗算,人人互为吞食目标的丑恶现实,是用来说明远离污浊尘世,体悟天道自然,“堕肢体,黜聪明,离形去知,同于大通”(《庄子·大宗师》)而求得精神彻底解脱的哲学思想的。庄辛所言则实际的多,只是为楚王出谋划策,告诫其要居安思危,不要因贪图逸乐而贻误国事。前面引文中删去了“夫黄鹄其小者也,蔡圣侯之事因是已”,一节,他写道:“南游乎高坡,北陵乎巫山,引茹谿之流,食湘波之鱼,左抱幼妾,右拥嬖女,与之驰骋乎高蔡之中,而不以国事为事”,其实就是在委婉批评楚襄王“不以天下国家为事”。所以前边的三则动物寓言,不过是劝谏的另一种方式罢了。即此亦可见出哲学寓言和政治寓言之不同。又如前面提到的“昭王求马”的寓言故事,同《列子》“九方皋相马”的故事取材亦基本相同,但后者所讲同样是一种哲学思想,是说观察事物应重“在其内而忘其外”,不以马的牝牡毛色为意,而要看它的内在精神气质。并且,最后还特意点明:“若皋之相马者乃有贵乎马者”,即可引伸到一切事物而不只拘限在马,故有普遍哲学意义。至于前者,则只是招纳天下贤士的一种拟喻,一种具体策略,目的是解决当前面临的具体矛盾,实用性远大于理论性,也更能见出策士们的机敏和智慧。故列国君主多重用策士,而孔、孟、庄、列等哲学思想家反而多不显达者,其原因盖在于此乎。这也是我们把诸子寓言和策士寓言分开叙述的主要理由。

第六节　寓言专集的出现和寓言的独立

成书于战国末年至秦初的《韩非子》和《吕氏春秋》,是先秦诸子中具有总结意义的两部重要著作。尽管它们的写作和内容有很大不同,如一为个人著述,属法家;一为集体编写,属杂家等。但从寓言文学发展史的角度来看,它们却存在一个很大共同点,即:诸子著作中的寓言,总是因其表述哲学思想的需要,而作为一种譬喻或说明例证而随文插入的,具有很大的分散性和随机性。但《韩非子》和《吕氏春秋》的作者却不同,他们不取诸子寓言的行文方式,而是有目的、有计划、自觉地把各种寓言分类归并、依类排列在所要说明的问题之下,虽然未改作为说明例证的性质,却客观地造成寓言结集的出现,其开创性的意义不能忽视,正如有学者指出:"这正显示了寓言文学发展的独立趋势"①。尽管今天很难说清它们成书谁先谁后,因而谁受了谁的影响,也许将其看作一种时代的共同潮流更为恰当。不过从现存情况看,《吕氏春秋》的编排尚不够严整细密,也未完全脱离诸子行文模式,表现得比较初始,故学者才称其"上承《庄子》,下开《韩非子》内外储说,可谓从庄子寓言组织形式向韩非的寓言分类汇编形式过渡的中转环节"②。至于《韩非子》则要成熟得多,也才真正称得上是有严密系统的寓言专集(下详)。故遵从事物发展总是由简至繁,由粗至精的惯例,姑置《吕氏春秋》于前叙述。

至于为什么会出现寓言发展的这种变化,大概不外以下几方面的原因:一是诸子和策士寓言的丰富积累,给他们提供了充分的寓言材料,因而有了进行分类汇编的条件。对诸子来说,他们的寓言都是随其说理的需要自己创作的,自然不存在分类的问题。但对韩非们来说,除自己创作一部分外,尚可向前人积累的成果借鉴,或直接引用,或稍作加工修改,或对同一题材进行再创造,总之有充足的材料供他们用来说明同一问题,这便有了分类汇编的需要。二是对寓言特征认识的提高,从而强化对寓言自身价值的理解,使寓言终于能够脱离说理而独立出来。在诸子论文中,强调的是寓言的"譬"或"寄"的作用,如庄子所说"以天下为沉浊,不可与庄语",所以才用寓言的比喻寄托功能来作说理的补充。然到了战国末期,由于寓言创作和运用更加成熟普遍,如韩非等则更重视寓言的启迪感悟作用,故只需列出所要说明的主旨,再缀以同类性质的一组寓言,而不必发过多抽象议论,即可通过感发启悟而得到说明,因而更加突现寓言的文学性。另外,韩非和《吕氏春秋》中的寓言多以历史故事为题材,而当时史籍的完备,也为他们编造大量历史寓言提供了必要的条件。如编年体史书有《春秋》、《左传》、《竹书纪年》;国别体史书有《尚书》、《国语》、《战国策》,而列国史籍,则如孟子所说有"百国春秋"等。而历史的一大特征,就是可直接借鉴性,即让历史人物直接现身说法,针对现实政治斗争问题讲述自己成功或失败的经验教训,无疑会具有亲切感和震撼作用,其本身的具象生动性也无需再

① 公木.《先秦寓言概论》. 齐鲁书社,1984
② 公木.《先秦寓言概论》. 齐鲁书社,1984

作抽象的议论说明,只需将同类性质的历史故事归类汇编(亦即寓言的分类汇编),其共同主题亦会不言自明。上述诸多原因自难截然分离,而是统合为一体而发挥作用的,它们共同促成诸子论文表述方式的改变,也促成文学史上寓言专集的出现。其对后世的影响更是十分深远,如汉以后的《说苑》、《笑林》、《笑府》等,就都是其直接影响的产物。

《吕氏春秋》虽以“吕氏”冠名,但真正执笔写作者并非吕不韦,而是其众多门下宾客,他不过是总策划和编纂者,然其功亦伟矣,对于其成书当起过决定的意义,故不可忽略不知。

吕不韦(?—公元前235年),濮阳(今河南濮阳县)人,亦说阳翟(今河南禹州)人。早年经商,“往来贩贱卖贵,家累万金”(《史记·吕不韦列传》)。后在邯郸遇到来作为赵国人质的秦太子子楚,遂以金钱结交资助,并令其广接宾客,以丰其羽翼。后秦昭王及其父相继去世,传位于子楚,即秦庄襄王,以吕不韦为丞相,封文信侯。庄襄王在位三年卒,又传位于十三岁的太子政①。秦王政乃尊吕不韦为相国,并称“仲父”以主持朝政。秦王政九年四月,行加冠之礼而开始亲政,诛长信侯缪毐,吕不韦亦受牵连,于次年十月免去相国之职,居封邑河南雒阳(今洛阳市)。十二年又令其迁蜀,吕不韦自度难逃一死,遂饮鸩自尽,葬于北邙道西。至于他编纂《吕氏春秋》的动机和经过,《史记·吕不韦列传》有载:

> 当是时,魏有信陵君,楚有春申君,赵有平原君,齐有孟尝君,皆下士喜宾客以相倾。吕不韦以秦之强羞不如,亦招致士厚遇之,至食客三千人。是时,诸侯多辩士,如荀卿之徒,著书布天下,吕不韦乃使其客人人著所闻,集论以为八览、六论、十二纪二十余万言,以为备天地万物古今之事,号曰《吕氏春秋》。布咸阳市门,悬千金其上,延诸侯游士宾客有能增损一字者,予千金。

可知此书乃是一部与魏、楚、赵、齐诸国争强竞胜之作,其内涵当然更有炫耀强秦文化、壮大强秦国威之用意。乃至“布咸阳市门,悬千金其上”以招揽能增损一字者,则不无自矜矜人、踌躇满志之骄慢在内了。然而,《吕氏春秋》的编纂,还有一个司马迁没有提到的更重要的目的,那就是为即将统一天下的秦帝国立典,故具有极强的现实针对性。对此,元人陈澔曾一语道破,他在谈到此书时曾说:“吕不韦相秦十余年,此时已有必得天下之势,故大集群儒,损益先王之礼而作此书,名曰《春秋》,将欲为一代兴王之典礼也”②。因此,该书之核心不是讲哲学理论,而是提供各方面之治国策略,故具有鲜明的政治目的性。就这一特点而言,它应归于战国策士的寓言。然而,亦正由于这种明确的目的性和针对性,故其编排十分谨严,条理亦极细密,没有一个总设计、总策划者的统筹安排,这是很难做到的,吕不韦的功劳大概在此。

《吕氏春秋》既由吕氏门客集体写作,而门客又非出一家一派,故其思想内容也相当

① 据说此乃吕不韦将己已怀孕的女子献给子楚所生。

② 陈澔.《礼记集说》.上海古籍出版社,1987

庞杂,对先秦各家之说均有所反映,《汉书·艺文志》遂列入杂家。此后,虽有主新道家、新儒家、墨家、阴阳家说者,那是就其主导思想而言的,然就总体而言,则是集各家之说为一编者,杂而不乱,统而有序,熔冶众说于一炉,乃是其所长。就编排看,全书分《十二纪》、《八览》、《六论》;每《纪》又各有5篇①,每《览》又各有8篇②,每《论》则各有6篇,总计共160篇。就每篇结构层次看,则一般先提出论题,说明篇旨,再缀以具体故事例证之。而寓言即在这最后一部分,由于尚不占全篇主要地位,故还不俱备寓言专集性质。应该指出的是,《吕氏春秋》中的寓言故事,多是从其他书中抄录或稍加改制而成的,缺少应有的创造性,故意义不大,这大概由于编写者人员庞杂和缺乏创造性所造成。然而,其中也有不少寓言出自作者的匠心独运,极富文学性而为后人熟知。如"刻舟求剑"的故事:

> 楚人有涉江者,其剑自舟中坠于水,遽契其舟,曰:"是吾剑之所从坠!"舟止,从其所契者入水求之。舟已行矣,而剑不行,求剑若此,不亦惑乎!(《慎大览·察今》)

这是对只知法先王而不知求新变,一味泥古守旧派的辛辣讽刺。不过它的现实意义远大于此。世界上的一切事物都是发展变化的,故不能用静止不变的观点看问题,本本主义、经验主义、思想僵化,只会败事有余而成事不足。又如:

> 人有亡𫓧(同斧)者,意其邻之子。视其行步,窃𫓧也;颜色,窃𫓧也;言语,窃𫓧也;动作态度,无为而不窃𫓧也。扣其谷而得其𫓧。他日复见其邻之子,动作态度,无似窃𫓧者。其邻之子非变也,己则变矣;变也者无他,有所尤也。(《有始览·去尤》)

这则寓言告诫人们:一个人有心理毛病(尤)就会产生偏见,以主观偏见看问题,必然会是非颠倒。就象这个亡𫓧者,他怀疑(意)是邻人之子偷了他的斧子,遂觉其一举一动都象偷斧子的人;等真相大白,又看他一切行动都不象偷斧子的人。这种变态心理实在要不得,应该警惕。与"刻舟求剑"同列于《慎大览·察今》篇的,还有一则"其父善游",亦含意隽永:

> 有过于江上者,见人方引婴儿而欲投之江中,婴儿啼。人问其故,曰:"此其父善游。"其父虽善游,其子岂遽善游哉!

同样的道理,条件发生了变化,做事便不能一成不变。俗谓"在游泳中才能学会游泳",其

① 第十二纪《季冬纪》多出一篇《序意》,按古书例当是序言。

② 今本《有始览》下缺一篇。

父善游,未经过实践锻炼,其子则未必善游。人的才能不是天生就有的,这是对唯心先验论的尖锐批判。

另外,同列于《似顺论·别类》中的两则寓言,也发人深省:

> 鲁人有公孙绰者,告人曰:"我能起死人"。人问其故,对曰:"我固能治偏枯,今吾倍所以为偏估之药,则可以起死人矣"。物固有可以为小,不可以为大;可以为半,不可以为全者也!

不同的事物有不同的质的规定性,不同的矛盾有其解决的不同方法。只从量上增减,执一以求,岂非荒谬!这同样是批判守陈不变的。又如:

> 相剑者曰:"白所以为坚也,黄所以为牣也。黄白杂则坚且牣,良剑也"。难者曰:"白所以为不牣也,黄所以为不坚也,黄白杂则不坚且不牣也。又柔且锩,坚则折,剑折且锩,焉得为利剑?"剑之情未革,或以为良,或以为恶,说使之也。故有以聪明听说,则妄说者止;无以聪明听说,则尧桀无别矣!

这是对饰其言以混淆视听、巧其辞藉以诡辩者的批判。不过他最后归结为"以聪明听说"为判断是非的标准,却是错误的,因为唯一的标准还是实践。然他告诫执政者不要为巧言所惑,仍具有积极意义。还有列入《淫辞》篇的"澄子亡缁衣",也是抨击诡辩派的:

> 宋人澄子者,亡缁衣,求之涂。见妇人衣缁衣,援而弗舍,欲取其衣。曰:"今者我亡缁衣"。妇人曰:"公虽亡缁衣,此实吾所自为也"。澄子曰:"子不如速与我衣。昔吾所亡者,纺缁也;今子之衣,禅缁也。以禅缁当纺缁,子岂不得哉?"

它告诉人们,那些诡辩之徒不过是一些以歪理邪说、花言巧语,来骗取自己利益的人,应该警惕。《仲冬纪·当务》篇中的"齐有好勇者"则是宣传儒家"勇而当义"思想的,描写甚为生动:

> 齐之好勇者,其一人居东郭,其一人居西郭,卒然相遇于涂,曰:"姑相饮乎?"觞数行,曰:"姑求肉乎?"一人曰:"子肉也,我肉也,尚胡革求肉而为?"于是具染而已,因抽刀而相啖,至死而止。勇若此,不若无勇。

《当务》篇首节谓:"所贵勇者为其行义也","勇而不当义"则会"大乱天下"。这则寓言就是例证。若此二人毫无意义的勇,虽对"抽刀相啖而死"而泰然处之,亦不足为训,乃鄙夫以至无赖之勇也。然在其一言一行之中,神情气质却宛然可见,应是寓言中描写人物的优秀篇章。《吕氏春秋》中也有一些动物寓言,含义深刻,亦值得注意。如:"燕雀争处"。

燕雀争善处于一室之下，子母相哺也，姁姁焉相乐也，自以为安矣。灶突决，则火上焚栋，燕雀颜色不变，是何也？乃不知祸之将及己也！（《有始览·谕大》）

其所寓托的虽仍是居安思危的主旨，但更进一层却告诫人们：贪图一时安乐，而不能深谋远虑，缺乏远见，必将导致大祸临头。这对当时秦国的统治者来说，似更具现实政治意义。

《吕氏春秋》中数量最多的，当然还是以历史人物为题材创作的历史寓言，其中有些篇章的故事、细节都相当完整，已与后代所说小说接近，但亦并未失去寓言特有的拟喻和训诫意味，或可称寓言小说。先看“列子问射”：

子列子常（借作尝）射中矣，请之于关尹子。关尹子曰：“知子之所以中乎？”答曰：“弗知也”。关尹子曰：“未可！”退而习之三年，又请。关尹子曰：“子知子之所以中乎？”子列子曰：“知之矣！”关尹子曰：“可矣！守而勿失”。（《季秋纪·审己》）

这是讲个人修养的（即审己），以学射箭为喻，但却具有普遍的启迪意义：感觉到的东西不一定能深刻理解，只有理解了的东西才能更深刻地感受。列子偶然射中一次，便去请教关尹子，是知其然而不知其所以然，得到的自然是被否定。经过三年的刻苦实践，再去请教，感性认识已上升到理性认识阶段，所以受到肯定，并鼓励其谨守勿失。这是古人生活智慧的深刻总结。又如“毁钟掩耳”：

范氏之亡也，百姓有得钟者。欲负而走，则钟大不可负，以椎毁之，钟况然有音，恐人闻之而夺已也，遽揜其耳。恶人闻之可也，恶己自闻，悖矣！

这是根据春秋时智伯伐灭范氏创造的一则寓言，似全出虚构，当是成语“掩耳盗铃”的最初源头。世间一切蠢人，以为对“我”不存在的东西对他人也不存在，自欺而又欺人，自以为高明而实愚蠢！尽管作者对其进行了辛辣讽刺，今天人们似仍在犯这种错误。

而“黎丘丈人”的故事则开了魏晋志怪小说的先河：

梁北有黎丘部，有奇鬼焉，喜效人之子侄昆弟之状。邑丈人有之市而醉归者，黎丘之鬼效其子之状，扶而道苦之。丈人归，酒醒而诮其子曰：“吾为汝父也，岂谓不慈哉？我醉，汝道苦我，何故？”其子泣而触地曰：“孽矣！无此事也。昔也往责（同债）于东邑人，可问也”。其父信之，曰：“譆！是必夫奇鬼也，我固尝闻之矣”。明日端（同耑）复饮于市，欲遇而刺杀之。明旦之市而醉，其真子恐其父之不能反也，遂逝迎之。丈人望其真子，拔剑而刺之。丈人智惑于似其子者，而杀其真子。（《慎行论·疑似》）

为君者对自己的一举一动都须谨慎,如何辩别似是而非的东西,不要被假象所蒙蔽,就是其中之一。然而在现实社会中,假象却往往以伪装的形式出现,总给人造成错觉而上当受骗。这则寓言告诫人们:认识事物切忌表面性,如何透过现象看本质,区分假象和真相,才能少犯错误。“宋王使人候齐寇”则是告诫国君不要因直言逆耳而闭目塞听的:

齐攻宋,宋王使人候齐寇之所至。使者还,曰:“寇近矣,国人恐矣!”左右皆谓宋王曰:“此所谓肉自生虫者也。以宋之强,齐兵之弱,恶能如此?”宋王因怒而诎杀之。又使人往视齐寇,使者报如前。宋王又怒,诎杀之。如此者三。

其后又使人往视,齐寇近矣,国人恐矣。使者遇其兄,曰:“国危甚矣,若将安适?”其弟曰:“为王视齐寇,不意其近,而国人恐如此也。今又私患乡(同向)之先视齐寇者,皆以‘寇之近也’报而死,今也报其情死,不报其情又恐死,将若何?”其兄曰:“如报其情,有且先夫死者死,(不如)先夫亡者亡!”于是报于王曰:“殊不知齐寇之所在,国人甚安。”王大喜,左右皆曰:“乡之死者宜矣”。王多赐之金。寇至,王自投车上驰而走。此人得以富于他国。(《贵直论·壅塞》)

不爱听直言,专喜听谄佞之辞,最终把谎言当成真理,便必然会受到客观事实的惩罚,以至家破而国亡,古今多少人曾蹈此覆辙!最后写“寇至”的两句话尤令人警醒:喜听谎言者虽贵为宋王亦落得个流落他乡的结果,而被逼说谎者反因宋王喜爱而富贵于他国!值得深思。

《吕氏春秋》中的寓言,是专为当国者设置的,具有鲜明的政治性;又是为当国者出谋划策的,故属策士的寓言。就前者言,它要立治国之“大典”,必要作条分而楼析;就后者言,为使听者容易接受,必须缀以生动的寓言。两股合力之共同作用,始变说理例证之哲学寓言,而为分类排列之政治寓言,这是寓言史的一次重要转变。从发展序列的角度说,确应将其看作“过渡的中转环节”。

韩非(公元前280?—前233年)是战国晚期韩国的诸公子,生活在由七雄争霸到秦统一天下的时期,据《史记·老子韩非列传》载,他“为人口吃,不能道说,而善著书”。虽有富国强兵、振兴国家的雄才大略,然“数以书谏韩王,韩王不能用”,遂敛心息机,专心著述,“悲廉直不容于邪枉之臣,观往者得失之变,故作《孤愤》、《五蠹》、《内外储》、《说林》、《说难》十余万言”。后其书流传至秦,秦王政大为激赏,曾慨叹说:“嗟呼!寡人得见此人与之游,死不恨矣!”遂发兵攻韩以求韩非。待非受遣至秦求和,秦王却听信李斯、姚贾等人谗言,下非于狱,终为李斯药死。今传《韩非子》55篇,当是他作品的总集,其中有些篇章可能是韩非后学所补,或从他家杂入。前面所说之可称我国最早寓言专集者,即专指其《说林》和《储说》两本著作而言,此外如《十过》、《喻老》、《说难》、《和氏》、《五蠹》等篇中也有不少寓言。

《说林》当是一部寓言汇编性专集。因为,它既没有严密的编辑体例,也没有对所收寓言进行分类,各篇之后亦大多没有对篇旨的说明或提示,似乎只是各类寓言的汇录而已。全书分上、下两卷,上卷收寓言34则,下卷收37则,共计71则。究其所以会如此,其实当是尚未形成有意识分类编排的缘故。而作者平日喜爱寓言,等到积累了一定数量,便将或搜集或创作的寓言汇为一帙,然即此亦可看作我国最早的寓言专集,其开创性意义已不可低估。

至于《储说》,其情况则大不相同,应该说它是一部经过精心编排有严密组织的分类寓言专集。全书分内、外两篇,内篇又分上、下,外篇分左、右,左、右各分上、下,总共六篇。各篇内容则分《经》和《说》两部分,《经》简要概括地提出所要说明的问题,即全篇主旨;然后以"其说在某事"的方式,列举出属于此类寓言的名目。《说》则依《经》所列寓言顺序,依次录出具体寓言;有时还用"一曰"的方式保存异说,以作补充。《储说》内篇开始有一短序曰:"主之所用也七术,所察也六微",是讲人主如何利用权术来制驭臣下,以巩固其统治的地位的。"七术"是对"明君执术以驭臣下"①七个方面的阐释,即《内篇上》所要说明的问题;"六微"是对臣下心理活动六个方面的剖析,"皆人臣微妙之事,为人主者不可忽视也",即《内篇下》所要说明的问题。《储说外篇》同《内篇》的叙述方式完全相同,也分《经》和《说》两部分,《经》提出主题,《说》列举寓言。只是在组织上稍有不同:一是没有统领各篇的"总序"和各篇前"分序",而是由《经》直接讲起;二是不象《内篇》那样,《经》的部分均有标题,如"七术""六微"之名目,而是用"一、二、三"的数字标示。从《外篇》的具体内容分析,其所讲及所列寓言大致都不超出《内篇》范围,而且各《经》文之间也无必然关系,有时同一《经》文又包含几层意思,所以不是用某个标题可以概括,也失去了严密的顺序,便只能用数字分节标出。由此看来,《外篇》大概只是《内篇》的补充、延伸或扩展,同样都统属于前面的"总序"或"分序"之下,也就没有另写序言的必要。总之,相对于《说林》的简单汇编,《储说》的组织结构则要细密严谨得多,不仅分类有序,层次清晰,且前后呼应,上下关联,极具经营构思之苦心,无论在中外文学史上,都是一部别具一格的伟作。

至于《说林》、《储说》何以称"说",这也是一个值得探讨的问题。《史记·韩非列传》司马贞《索隐》曰:"《说林》者,广说诸事,其多若林,故曰《说林》。"日本学者太田方则说:"刘向著书名《说苑》,《淮南子》亦有《说林》,皆言有众说,犹林中之有众木也"②。按前者所说则指"诸事",实即书中寓言;按后者所说则指"言说",当偏重于论说之辞,用以阐明己意者也。结合《说林》之具体内容来看,此书除寓言汇辑外则别无他语,故似以前说为是,"说"即指寓言,便具有了文体的特殊意义。然何以称寓言为"说"呢?均未作进一步解释。窃以为从当时已存在的"小说"一词,也许可探听出一些消息。"小说"一语最早见于《庄子·外物》:"其于得大鱼难矣,饰小说以干县(悬)令,其于大达亦远矣",是指以琐言小语为修饰而博取高名美誉者,那是去贤达之哲理甚远的。又《荀子·正名》说:"可道而从之,奚以损之而乱;不可道而离之,奚以益之而治。故知者论道而已矣,小家珍说之所愿皆衰矣"。此所谓"小家珍说"即指庄子所说"小说",它是和"智者论道"相悖且不能并存的,大道明则小说息。合二家所说来看,他们对"小说"均持鄙视的态度,似与《说

① 司马迁.《史记·韩非传.索隐》,四库全书《史记索隐》

② 梁启雄.《韩非子浅解》.中华书局,1985

林》不应有所关联,其实亦不尽然。首先在先秦诸子,往往各持己见,相互驳难,故把不同己见之说卑称为"小说",尤其是那些没有"一以贯之"的理论而驰聘于政坛的策士之说,统称为琐碎驳杂之说便毫不奇怪,但是这并不意味着即能否定其持论的价值。而这些所谓"小家珍说"中,其实主要就是今天所说的寓言。其次,再从韩非所处之境况来看,他作为一代杰出的政治家而胸怀大志,却失意蜷局,宏图难展,遂退而著书,以抒"孤愤"。在这种特殊背景下,那么他视自己的那些寄喻性遇言,为"小家珍说"是"饰小说以干县令"的东西,大概不会出乎情理之外吧。后来,汉人如桓谭曾为小说定义说:"若其小说家,合残丛小语,近取譬论,以作短书,治身理家,有可观之辞"①。称之为残丛小语,且以譬喻作论,还寄托着训导劝诫的内容,就更和韩非的寓言创作相一致了。桓谭后出当然也不能排除其"小说"观念受韩非影响的可能。尤应引起注意的是,此后人们或有直认寓言为小说之祖者,或有直称小说为"寓言"者。前者如宋人黄震,即称《庄子》"固千万世诙谐小说之祖也"②。清人尤侗则说:"《盗跖》《渔父》《让王》《说剑》诸篇……直为后世小说作俑耳"③。后者如唐李肇《国史补》即称《枕中记》为"寓言";宋人《夷坚乙志序》称《玄怪录》为"寓言",《夷坚支志》称《龙城录》为"寓言"等等。虽然,我们尚不能因此便把"小说"和寓言等同,但汉以前所说"小说"确实包括了寓言,甚至可以说主要是寓言,那么韩非称自己的寓言为"说",并以"其说若林"之"林",和"储蓄以待所用"(《汉书·杨雄传》注)之"储"来名其集,便没有什么可奇怪的了。

韩非乃先秦法家思想的集大成者,他上承老师荀况之学,又吸取老子的"无为"思想和墨子的"尚同"理论,并将申不害重术、商鞅重法、慎到重势等冶为一炉,创造出适合新兴地主阶级完成一统大业、建立中央集权的封建专治理论。其具体策略则以法治为主,兼用术、势,以推行极端的皇权主义,而被史家称为"惨礉少恩"。他入秦后虽惨死狱中,但其主张却为秦王政所采用,并付诸国家政事而实践之,终于完成统一大业;但秦亦承其弊端,实行高压政策,以致激化矛盾而速亡之。保存至今的三百多则寓言,就是为说明和宣传其政治主张而设置创作的,无论数量之多,或其质量之精,都堪称庄子之后的第一大家,因而代表了我国寓言文学发展的又一座高峰。

韩非寓言是为自己的政治主张服务的,而其政治主张又专为现实斗争提供谋划,故其寓言便带有明确服务于政治的实用色彩。这虽是这一时期策士寓言的共同特色,而韩非却更具理论的深度。如"纣令胶鬲索玉版":

> 周有玉版,纣令胶鬲索之,文王不予。费仲来求,因予之。是胶鬲贤而费仲无道也。周恶贤者之得志也,故予费仲。(《喻老》)

周文王为了搞垮殷纣的统治,故意施用了离间计,拒绝贤臣而反予奸臣。这固然会引起殷王朝内部的矛盾,破坏其团结,具有实际策略的意义;但也与"六微"中的"敌国废置"思

① 桓谭.《新论》. 上海人民出版社,1976

② 黄震.《黄氏日钞·读诸子》. 四库全书本

③ 尤侗.《艮斋杂说(2)》. 中华书局,1992

想相合，具有理论指导价值。又如“汤让天下于务光”：

汤以（同已）伐桀，而恐天下言己为贪也，因乃让天下于务光。而恐务光之受也，乃使人说务光。曰：“汤杀君而欲传恶声于子，故让天下于子”。务光因自投于河。（《说林（上）》）

周文、商汤者，皆历史上之圣君也，韩非却把他们塑造成精于心计权谋者，虽未必有贬意，却也不很光彩，大概都是法家重术思想的反映。前者用的是离间计，此则用嫁祸于人而名利双收，又很符合“七术”中的“疑诏诡使”思想，同样具有理论意义。

而《储说》中的寓言，就更具明确的政治目的而为其提供理论服务了。如“梁车为邺令”：

梁车新为邺令，其姊往看之。暮，而后门闭，因逾郭而入。车遂刖其足。赵成侯以为不慈，夺之玺，而免之令。（《外储说左下》）

梁车认为其姊逾郭而入是违犯了纪律，故施以“刖足”的处罚，赵成侯则认为这是“不慈”故免其官。可是在法家看来，这样处置梁车是不对的，因为这会造成“私行胜则少公功”（《经六》），是违背法制而讲仁孝了，应予摒弃。又如“晋文公出亡”：

晋文公出亡，箕郑挈壶餐而从，迷而失道，与公相失。饥而道泣，寝饿而不敢食。及文公反国，举兵攻原，克而拔之。文公曰：“夫轻忍饥馁之患，而必全其壶餐，是将不以原叛！”乃举以为原令。

大夫浑轩闻而非之，曰：“以不动壶餐之故，怙其不以原叛也，不亦无术乎！故明主者，不恃其不我叛也，恃吾不可叛也；不恃其不我欺也，恃我不可欺也”。（《外储说左下》）

晋文公遭难，箕郑也经受了战争的考验，表现得忠心耿耿，故战争胜利后文公便任他作原令。然而却遭到浑轩的激烈反对，理由是明主应该“恃术”，而不是讲诚信。恃术则臣不敢叛，讲诚信则只是“不我欺”而已。这两则寓言对情和义的否定，正说明法家“残害至亲，伤恩薄厚”①的一面。当然也有重要的理论认识意义，以人为本的法制才是合理的理想追求。又如“阳虎去齐走赵”：

阳虎去齐赵，简主问曰：“吾闻子善树人”。虎曰：“臣居鲁，树三人，皆为令尹，及虎抵罪于鲁，皆搜索于虎也。臣居齐，荐三人，一人得近王，一人为县令，一人为侯吏，及臣得罪，近王者不见臣，县令者迎臣执缚，侯吏者追臣至境上，不

① 《汉书·艺文志》，百衲本二十四史《汉书》卷三十

及而止。虎不善树人!"主俛而笑曰:"夫树橘柚者,食之则甘,嗅之则香;树枳棘者,成而刺人。故君子慎所树"。(《外储说左下》)

这则寓言一不是讲世态的冷暖炎凉,二不是讲简主嘲笑阳虎,而是讲"君子慎所树"的道理,同样具有普遍理论意义,并不仅拘限在某种具体事物上。再如"郑武公伐胡":

昔者郑武公欲伐胡,故先以其女妻胡君,以娱其意。因问于群臣:"吾欲用兵,谁可伐者?"大夫关其思对曰:"胡可伐"。武公怒而戮之,曰:"胡,兄弟之国也,子言伐之何也?"胡君闻之,以郑为亲己,遂不备郑。郑人袭胡,取之。(《说难》)

《说难》是讲士夫文人游说诸候的艰难的,言有不慎即遭危险。其中有一条曰:"夫事以密成,语以泄败;未必其身泄之也,而语及所匿之事,如此者身危"。此则寓言即是说明这个道理的,关其思不知保密的重要,一语说穿了郑武公心中的隐情,遂招来杀身之祸,就是违背了这一原则造成的。《外储说左上》中有一则"公孙衍被逐"的寓言,可与此互相发明:

甘茂相秦惠王,惠王爱公孙衍,与之间有所言,曰:"寡人将相子"。甘茂之吏道穴闻之,以告甘茂。甘茂入见王,曰:"王得贤相,臣敢再拜贺"。王曰:"寡人托国于子,安更得贤相?"对曰:"将相犀首"。(按衍在魏曾任犀首之职)王曰:"子安闻之?"对曰:"犀首告臣"。王怒犀首之泄,乃逐之。

这本是讲君主处事,必须谨言慎行,随时注意秘密不可外泄,否则必然败事的。但有一点却是共同的:"事以密成,语以泄败"。无论为君为臣,皆需切记。象这类寓言,其实都是讲"术"的,不过在韩非已提升到理论层次了,成为组成他政治哲学思想的有机部分,与一般术士就事论事的策略智慧大不相同。

与其政治哲理寓言相联系的另一特点,是其对历史政治斗争经验和智慧的深刻总结。韩非不仅是一个胸怀大志的政治家,也是一个杰出的思想家。无疑他对历史上尤其春秋战国时期的复杂政治斗争,有过广泛而深入的研究。他又不甘心无所作为,遂起而"发愤著书",将其一生之心得体悟总结于其中,而又出之以寓言这一特殊形式。所以他的寓言,不仅是庄子那样的哲理寓言,孟子那样的道德寓言,更是一种政治智慧寓言。其实前面所举那些寓言均属此类,下面再举一些。

子胥出走,边候得之,子胥曰:"上(指楚王)索我者,以我有美珠也,今我已亡之矣。我且曰子取吞之!"候因释之。(《说林(上)》)。

子胥危难中逃离楚国,却被边候抓住。于是他灵机一动,谎称楚王抓他是因为自己有宝珠。他看准边候惧祸怕死的心理，便说珠已丢失，若被楚王责问，他就说是边候夺走而吞食之。边候不敢阻拦，放他出关，遂转危为安。这是心理战，下面再看借题发挥的婉谏：

绍绩昧醉而亡其裘。宋君曰："醉足以亡裘乎？"对曰："桀以醉亡天下，而况裘乎？《康诰》曰'毋彝酒'者，彝酒，常酒也。常酒者，天子失天下，匹夫失其身"。（《说林（上）》）

帝王耽于酒色，臣子不敢直言，为避免触犯龙颜，婉谏便是最好的方法。而故意制造事由，借题发挥以达意，就是一种智慧。这些还是简单的，复杂的政治斗争则更需要大智大勇：

智伯索地于魏宣子，魏宣子弗予。任章曰："何故不予？"宣子曰："无故请地，故弗予"。任章曰："无故索地，邻国必恐，彼重欲无厌，天下必惧。君予之地，智伯必骄而轻敌，邻邦必惧而相亲，以相亲之兵待轻敌之国，则智伯之命不长矣。《周书》曰：'将欲败之，姑必辅之；将欲取之，必姑予之。'君不如予之以骄智伯。且君何释以天下图智氏，而独以吾国为智氏质乎？"君曰："善"。乃与之万户之邑，智伯大悦。因索地于赵，弗与，因围晋阳。韩、魏反之外，赵氏应之内，智氏自亡。（《说林（上）》）

作为古人智慧结晶的"将欲取之，必姑予之"这句成语，韩非就是通过这则关系错综的寓言故事，将其演绎得生动具体，淋漓尽致，留给后人永远的启示。而"鲁丹三说中山君"，则是讲一个人的观察力和政治敏感的：

鲁丹三说中山之君，而不受也，因散五十金事其左右。复见，未语而君与之食。鲁丹出，而不反舍，遂去中山。其御曰："反见，乃始善我，何故去之？"鲁丹曰："夫以人言善我，必以人言罪我"。未出境，而公子恶之曰："为赵来间中山！"君因索而罪之。（《说林（上）》）

必行贿国君左右，才能得到赏识；反之，未受贿者必以恶言毁之。这样腐败的政治，岂是一个正直君子可久留的地方？于是鲁丹便毅然决然地离去了。后来事情的发展果然不出他的所料，并加上是为赵国来中山做间谍的罪名，岂不令人心寒。而千载后读来，亦然给人无限启迪。"管仲和鲍叔"则是讲在复杂的政治斗争中如何才能胜算的：

管仲、鲍叔相谓曰："君乱甚矣，必失国。齐国之诸公子其可辅者，非公子纠则小白也，与子人事一人焉，先达者相收"。管仲乃从公子纠，鲍督从小白。国人果弑君，小白先入为君，鲁人拘管仲而效之，鲍叔言而相之。故谚曰："巫咸虽善祝，不能自祓也；秦医虽善除，不能自弹也"。以管仲之圣，而待鲍叔之助，此

鄙谚所谓"虏自卖裘而不售,士自誉辩而不信"者也。(《说林(下)》)

固然这则寓言是讲:不管一个人多么聪明,才能如何出众,也必需依靠别人的帮助才能成功,就象谚语所说再好的医生也不能给自己看病那样。然而细想一下,其包含的深刻内蕴却并非仅此,否则,他们为何乱前还要特意约定"人事一人焉,先达者相收"呢?显然,这也是讲策士们政治智慧的算计,而且他们成功了!给后人留下的启示则更多。"陈轸贵于魏王"是喻理的,这个比喻却设得十分机智警辟:

陈轸贵于魏王,惠子曰:"必善事左右。夫杨,横树之即生,倒树之即生,折而树之又生。然使十人树之而一人拔之,则毋生杨矣。以十人之众,树易生之物,而不胜一人者何也?树之难而去之易也。子虽工自树于王,而欲去子者众,子必危矣"。(《说林(上)》)

一时得宠于魏王而贵,则诋毁者必多,不能善事左右而团结他人,则处境必然危殆。为官之道亦甚微妙矣。为了说明这个道理,惠子举杨树为例。杨者,横倒竖折皆可生,其生命力之强十分惊人。然若十人栽而一人拔之,则无生杨,可不警觉乎?天下事大多如此,岂止为官之道,败事容易成事难——好事难成原因未必全在做事本身,值得深思。"惠子说魏王"也是一则充满智慧的寓言:

张仪欲以秦、韩与魏之势伐齐荆,而惠施欲以齐荆偃兵。二人争之,群臣左右皆为张子言,而以攻齐荆为利,而莫为惠子言。王果听张子,而以惠子言为不可。

攻齐荆事已定,惠子入见。王言曰:"先生毋言矣!攻齐荆之事果利矣,一国尽以为然。"惠子因说:"不可不察也。夫攻齐荆之事也诚利,一国尽以为利,是何智者之众也?攻齐荆之事诚不利,一国尽以为利,何遇者之众也?凡谋者,疑也;疑也者,诚疑以为可者半,以为不可者半。今一国尽以为可,是王亡半也。劫主者,固亡其半者也。"(《内储说上》)

这则寓言,固然表现出惠施的机智和巧言善辩,但说明的道理也是极为深刻的。兼听者则明,偏听者则暗,这是一般道理。但有时候多数不一定正确,真理却在少数人手里。不作认真的调查研究,而简单地以多数做决断,那往往是失败之由。惠子的理由并不难懂:既然召大家来共同参谋,就是因为还有疑虑;而所谓"疑"者,就是有人相信,有人不相信;现在只听取相信者那一半的意见,而丢掉不相信这一半的意见,便是"亡其半"。而正是那些劫持朝政、挟持大王的人,便是使王"亡其半"的人。人们常小视古人朴素的辩证法思想,其实那往往是会达到极深刻程度的。

在韩非寓言中,最为人所熟知的还是那些非历史人物故事,而且许多都已积淀为常用典故成语,如"郑人买履":

郑人有且置履者，先自度其足而置之其坐，至之市而忘操之。已得履，乃曰："吾忘持度"。反归取之。及反，市罢，遂不得履。人曰："何不试以足？"曰："宁信度，无自信也"。（《外储说左上》）

"宁信度，无自信也"，固非常人所能有，然正是通过这种夸张放大的手法，给那些固执守旧者的扭曲灵魂，以极其辛辣的讽刺，令人难忘！"鲁人善织"主题虽不同，却仍在鞋子上作文章：

鲁人身善织屦，妻善织缟，而欲徙于越。或谓之曰："子必穷矣"。鲁人曰："何也？"曰："屦为履之也，而越人跣行；缟为冠之也，而越人被发。以子之所长，游于不用之国，欲使无穷其可得乎？"（《说林上》）

人要采取某种行动，必须审时度势。一国有一国的国情，一地有一地的风俗，客观形势变了，而不从变化的实际出发，就必然会做出"以子之所长游于不用之国"的蠢事，是注定要失败的。而"守株待免"的寓言可谓家喻户晓：

宋人有耕田者，田中有株，兔走，触株折颈而死。因释其耒而守株，冀复得兔。兔不可得，而身为宋国笑。（《五蠹》）

这则寓言本是为其"不期修古，不法常可，论世之事，因为之备"的主张作例证的。所以最后评论说："今欲以先王之政，治当世之民，皆守株之类也。"但给人的客观启示远大于此：必须认清事物的偶然性和必然性，若把偶然当必然来对待，就会闹出大笑话！"自相矛盾"的寓言故事，也是人所熟知的：

楚人有鬻盾与矛者，誉之曰："吾盾之坚，莫能陷也"。又誉其矛曰："吾矛之利，于物无不陷也"。或曰："以子之矛陷子之盾，何如？"其人弗能应也。（《说难（一）》）

矛和盾作为相克对立之物，是排他的；此人由于利益的驱动，自我吹嘘而陷入互不相容、前后抵触的地步，自然成为人们的笑柄。推而广之，人的言行往往如此，岂止矛和盾哉！"矛盾"一词由此引入中国哲学而广泛使用，可知影响之深远。"卖椟还珠"的寓言故事，亦为人所熟知：

楚人有卖其珠于郑者，为木兰之柜，熏以桂椒，缀以珠玉，饰以玫瑰，辑以翡翠。郑人买其椟而还其珠。（《外储说左上》）

韩非从法家"崇实尚用"的功利观出发，提出重情质而轻貌饰，如曰："礼为情貌者也，文为质饰者也。夫君子取情而去貌，好质而恶饰。夫持貌而论情者，其情恶也；须饰而论质者，其质衰也”（《解老》）。为说明这个道理，他创造了许多寓言，如《秦伯嫁女》、《癸稽之讴》、《画荚者》等，《卖椟还珠》就是其中最著名的一篇。它启示人们，舍本求末，崇饰而轻实，其效果会适得其反。“三人成虎”虽是一则历史寓言，但人们早已把它的意义普遍化了，亦成为广泛使用的成语：

> 庞恭与太子质于邯郸，谓魏王曰：“今一人言市有虎，王信之乎?”曰：“不信”。“二人言市有虎，王信之乎”？曰：“不信。”“三人言市有虎，王信之乎?”王曰：“寡人信之”。庞恭曰：“夫市之无虎也明矣！然而三人言而成虎。今邯郸之去魏也远于市，议臣者过于三人，愿王察之”。庞恭从邯郸反(同返)，竟不得见。(《内储说上》)

这本是为“七术”之一“众端参观”作例证而讲的，意思是说君主执政，事情繁杂众多，故须随时参验观察，方可免为奸佞蒙蔽，否则听信谗言，是非不分，就会把事情办坏。“三人言而成虎”，就是蔽而不明、谗言成祸的例子。不过，哲人有言：“谎言重复千遍就会变成真理”，正与此则寓言所说相同，可见它是具有普遍哲理意义的。《韩非子》中的这类著名寓言还很多，如“老马识途”（《说林(上)》）、“滥竽充数”（《内储说上》）、“郢书燕说”（《外储说左上》）、“见箸知祸”（《喻老》）、“一鸣惊人”（《喻老》）等，就不一一列举了。

韩非的有些寓言，同样篇幅较长，故事情节完整，注意到人物形象的刻划，也可称作寓言小说。如“犀首逃秦”（《外储说右上》）、“扁鹊治病”（《喻老》）、“和氏献玉”（《和氏》）等，兹录后者如下：

> 楚人和氏，得玉璞楚山中，奉而献之厉王。厉王使玉人相之，玉人曰：“石也”。王以和为诳，而刖其左足。及厉王薨，武王即位，和又奉其璞而献之武王。武王使玉人相之，又曰：“石也”。王又以和为诳，而刖其右足。
>
> 武王薨，文王即位，和乃抱其璞而哭于楚山之下，三日三夜，泣尽而继之以血。王闻之，使人问其故，曰：“天下之刖者多矣，子奚哭之悲也?”和曰：“吾非悲刖也，悲夫宝玉而题之以石，贞士而名之以诳，此吾所以悲也。”
>
> 王乃使玉人理其璞，而得宝焉，遂命曰：“和氏之璧”。

“和氏璧”的声名远播，几乎无人不晓无人不知，然这往往是把它当历史读。其实这只是一则寓言，一种譬喻，是说在守旧势力强大，保守思想严重的情势下，法术之士实行变法的艰难，以及不被重用返遭迫害的深深悲哀。把璞玉当顽石，认鱼目为珍珠，终至邪正不分，乃是昏庸君主的必然作为。不过幸遇文王那样的贤君，能够明察秋毫，透过现象看本质，终于把宝玉从顽石中刻剥出来，算是给落魄之士带来了些安慰。尤其文中对和氏的描写，他那种九死不悔，坚忍不拔，为理想而“泣尽以血”的顽强奋斗精神，不仅感人至深，且形象鲜明生动，也是带给一切为事业而献身者的鼓励。至于其他两篇，则或重在描述历史故事，或重在阐释某种哲理，都不及此篇之更具文学性和欣赏性了。

综而言之，韩非的寓言，无论就其艺术上的成熟性，或是以专集出现的结构新形式，都毫不夸张地说是对先秦寓言的一个完满总结。故对后来寓言产生的影响亦尤巨，如前所说，若《淮南子》之有《说林》，刘向之有《说苑》外，其它若刘向《新序》、邯郸淳《笑林》等，都无不受到直接影响。并且，他们同样创造出许多寓言名作，如："塞翁失马"（《淮南子》）、"扬长避短"（《说苑·杂言》）、"反裘负刍"、"以德报怨"、"叶公好龙"（《新序》）等，不过这已是先秦寓言的尾声了。因此，我国寓言的黄金期至此可说已基本结束，当然也并非说从此便没有寓言，作为一种古老文体它还在不断被创造，有时甚至还会出现再度繁荣，如中晚唐，但也远非昔日的灿烂光辉了。

第四章　荆楚神话传说的回响:屈《骚》

如果说《诗》三百篇是原始巫文化宗教礼仪内容的积淀,那么以屈《骚》为代表的《楚辞》,则是在荆楚神话传说这片沃土中孕育出的一枝奇葩。尤其是屈原作品,更以其幻诞奇诡的想象、汪洋恣肆的情怀、精彩绝艳的文辞,不仅成为众多楚辞作者中最伟大的杰作,也是中国喻象文学不可逾越的一座高峰,因而具有感昭后世的永恒魅力。两千多年来摹仿其作者虽代不乏人,但真能攀跻比肩者却并不多见,这大概并非完全由于个人才情所限,当有更深刻的历史原因隐藏其间,这就是历来人们力求探索并解开的奥秘所在。

第一节　楚《骚》产生的文化背景

张正明先生曾指出:"楚文化的主源可推到祝融,楚文化的干流是华夏文化,楚文化的支流是蛮夷文化。三者交汇合流,就成为楚文化了"①。根据发掘的地下资料,萌发期的楚文化同中原华夏文化并无多大区别,这说明它是直承夏商巫文化发展而来。但到其勃兴鼎盛期,无疑亦受到周文化的重要影响,又对周边南蛮各族神话巫祭文化进行了广泛地吸收会通,因而才成就独具特色的楚文化。屈原及其他重要《楚辞》作者,就是在这种文化传统背景中涵茹成长起来的,故他们的作品都具有融通南北文化特征的整合特色。比如屈原《离骚》,"把最为生动鲜艳、只有在原始神话中才能出现的那种无羁而又多义的浪漫想象,与最为炽热深沉、只有在理性觉醒时刻才能有的个体人格和情操,最完满的溶化成了有机整体"②。做出这种判断固然无可非议,但作为一部独特的文学作品,尤其是与北方《诗》学传统大异其趣的南国《楚骚》传统来说,更需阐释清楚的则是它所独具的个性,而不是其多因子综合特色。北方的理性精神固然对他有所影响,但更为突出的还是屈原对巫学的深厚修养和神话思维模式,这是首先必须追根究底的。还可进而作这样的比较:即使《诗》、《骚》的根基都来自原始巫文化传统,但《诗》的内容似乎更多巫术礼仪的功利性,而《骚》的艺术却偏重于神话传说的荒诞幻想,这也不是用"综合性"能够真正说明的。

从经过孔子删修的《诗经》中现存的诗歌来看,除涉及商周氏族起源历史的个别几首诗之外,其他大量诗篇都不带什么神化幻想色彩。即使在《诗》之外,被保存下来看作是真正原始时代的那几首诗歌,也都是用于巫术祭仪的礼辞,同样不带神话奇幻色彩,而和南方诗歌形成鲜明的对比。这种情况说明,神话在北方远不及在南方人民生活中具有那样重要的地位。究其原因所在,则北方艰苦的自然条件,促使氏族部落间的竞争和战斗

① 张正明.《楚文化史》. 上海人民出版社,1987

② 李泽厚.《美的历程》. 文物出版社,1982

非常激烈，因而社会的发展变化速度也比较快，从而较早较快地进入阶级社会，而巫文化也就更早地被史文化所取代。而“不语怪力乱神”的理性怀疑精神得到大力发扬，也必然造成原始神话过早走向消亡。而相较之下，南楚荆蛮之地的情形则大不一样，正如《汉书·地理志》所说：“楚有江汉川泽山林之饶，江南地广，或火耕水耨，民食鱼稻，以渔猎山伐为业。果蓏蠃蛤，故呰窳偷生而亡积聚，饮食还给，不忧冻饿，亦亡千金之家”。正是这种优裕丰盈的生活条件，给求生谋存带来了先天的便利，人民不需过分劳苦和付出太多磨难即可生活，因而楚地贫富分化也就不象北方那样迅速剧烈，故能长期停留在原始氏族社会阶段上。《汉书·地理志》曾说：“楚地……信巫鬼，重淫祀”。正是这种相对落后的社会条件在文化精神上的反映。但是巫风的盛行，丰富多彩的神话传说的存在，却为楚国独特的艺术精神的发展，准备并提供了北方所不能具备的优越条件。马克思曾说：“大家知道，希腊神话不只是希腊艺术的武库，而且是它的土壤”①。这也完全适用于当时的楚国，故王逸《九歌序》说：

> 昔楚南郢之邑，沅湘之间，其俗信鬼而好祠，其祠必作歌乐鼓舞以乐诸神。屈原放逐，窜伏其域，怀忧若毒，愁思沸郁，出见俗人祭祀之礼，歌舞之乐，其词鄙陋，因为作《九歌》之曲。

其实对于屈原来说，楚人信鬼重祀的巫风对他的影响不只是改创几首巫歌而已，更重要的还在于含茹濡养于其中，使之化为血肉精神，如对巫学的信仰、事巫的心态、巫术的思维方式等。所以才能创作出那些汪洋恣肆、绚丽幻诞的伟大诗篇。

楚人崇巫重淫祀，可谓由来已久，渊源有自。相传楚之先人，出自古帝颛顼，所谓“帝高阳之苗裔”者即是。据《史记·楚世家》载，楚先祖重黎、吴回都曾是帝喾的火正，被任命为“祝融”。《国语·郑语》史伯亦谓：“夫黎为高辛氏火正，以淳耀敦大，天明帝德，光照四海，故命之曰祝融，其功大矣”。高辛即帝喾，亦即帝俊、帝舜，故楚人历来特别推崇帝舜。长沙子弹库楚墓出土的帛书中就有“帝俊乃为日月之行”的记载，即是明证。火正，即司火之官，生为火官之长，死则为司火之神，故命为“祝融”。祝融乃“朱明”之转语，即所谓“能昭显天地之光明，以生柔嘉材者也”（《国语·郑语》），实即专掌光明和太阳之神。《楚辞·九歌》中所祀之神有云中君，就是楚先祖祝融，故说：“烂昭昭兮未央”、“与日月兮齐光”、“览冀州兮有余，横四海兮焉穷”，与史伯所描写的祝融形象正同。又《楚辞》中雷神亦名丰隆，实为祝融之声转，因古无轻唇音，皆读重唇音，都是状雷声之词。故祝融既是光明之神，亦是雷神，楚人奉之以为始祖，史籍亦有确证。《左传》僖公二十八年，记楚别封之君夔子，封后不祀祝融和鬻熊，遂以为大逆不道而攻灭之，可见其在楚人心目中的崇高地位。到了商代，殷人称祝融诸部为“荆”，《商颂·殷武》曰：“维女（汝）荆楚，居国南乡”。又曰：“挞彼殷武，奋伐荆楚，深入其阻，裒荆之旅”。不过楚人只是荆人中最偏西的一支，故自己只称“楚”而不称“荆”。但在处于北方的诸夏看来，荆楚仍是可

① 《马克思恩格斯全集》(42). 人民出版社，2003

以混称或连称的，如《国语·晋语》八即说“楚为荆蛮”。商末周初，以丹阳为中心的楚酋长名鬻熊，此人甚有政治头脑和远见，在周人灭商的战争中，遂背商而附周。《史记·周本纪》载文王时，有“鬻子”“往归之”，当正是记载此事，故得到封地。鬻熊死而其子熊丽继为酋长，周成王时丽孙熊绎继位，被封到荆蛮之地，于是才有了“楚”这个正式的族名兼国名。

但最可注意的是，世代以火正为官的楚人，至熊绎时代他却成为酋长兼大巫，这大概就是造成楚人崇巫重淫祀的根本原因所在。《左传·昭公十二年》记，楚灵王时右尹子革曾说：“昔我先王熊绎，辟在荆山，筚路蓝缕，以处草莽。跋涉山林，以事天子，唯是桃弧棘矢，以共御王事”。据张证明考证，熊绎为周天子效力之事主要有三项，都与巫祀有关：1. 是守燎以祭天。即监理如《礼记·祭法》所说：“燔柴于泰坛祭天也”。楚先人任火师，奉火神，为周天子监燎祭天，当正是其职责所在。但祭天而监燎的火师，必是神通广大能沟通神人隔绝的著名巫师，亦必通晓巫术。《国语·晋语》八载：“昔成王盟诸侯于歧阳，楚为荆蛮，置茅蕝，设望表，与鲜卑守燎，故不与盟。”设置神茅、望表，监理燎祭，正是巫师的特技和职司所在。2. 是贡苞茅以缩酒。《史记·封禅书》载管仲曰：“江淮之间，一茅三脊，所以为藉也。”这“藉”，《史记·孝武帝纪》称为神藉，裴因《集解》谓即灵茅，大概是楚地的特产（所谓“一茅三脊”），所以有向周王朝贡纳的义务，其功用就是在祭天时用以“缩酒”。缩本作“莤”，《说文》：“礼祭束茅加于裸圭，而灌鬯酒，是为莤，象神歆之也”。莤，上从茅下从酒，正是束茅缩酒之会意。又前引《晋语》八有“置茅”之语，韦昭注：“谓束茅而立之，所以缩酒”。皆可证贡纳苞茅在祭礼中的重要性，而这正是楚人应承担的义务，故《左传》僖公四年，管仲曾代表齐桓公责备楚国说：“尔贡苞茅不入，王祭不共（供），无以缩酒，寡人是征”。而楚使者也只好赶紧承认错误。熊绎既是“置茅蕝”以共御王事的监理者，可知其身分所在。3. 是贡桃弧棘矢以禳灾。据前引子革讲熊绎事，谓“唯是桃弧棘矢，以共御王事”，可知他还兼负着这项巫师的职责。桃弧，以桃木为弓；棘矢，以棘技作矢。可知这不是用以打杖，而是用来驱除邪祟恶鬼的。《左传》昭公四年，记鲁丰申讲藏冰出冰之事，就有“其出之也，桃弧棘矢以除其灾”之说可知①。总之，从楚君熊绎对周王室所肩负的这三项义务来看，他是国君兼巫师则无疑。楚君既如此，则楚人崇巫重祀，也就毫不奇怪了。

从周代的情况来看，各国皆无不有巫，但诸夏之中虞人、夏人、殷人的贵族，其巫风均较周人为盛，而南方的楚人则更盛，楚巫也是最负盛名。《论语·子路》篇载孔子曰：“南人有言曰：‘人而无恒，不可以作巫医’。善夫！”按南人即指楚人。《九章·思美人》：“观南人之变态”，王逸注谓南人即“楚人”，可证。孔子如此赞赏楚巫的品格，正说明他们在当时人心目中的地位，故许多国君都往往请楚巫占卜问事。《左传》文公十八年载齐侯有疾，鲁国惠伯即请龟卜楚丘占之，曰：“齐侯不及期，非疾也，君亦不闻，令龟有咎”。又《左传》昭公十五年载，鲁国的叔孙穆子（豹）初生时占卜，遇《明夷》之《谦》，亦请卜楚丘为之解说。卜楚丘即楚之卜人，系楚名巫。楚国有一累世以巫为官的家族，即观氏。观氏原

① 张正明.《楚文化史》(2 章 1 节). 上海人民出版社，1987

为都人，先灭于秦，后又灭于楚。武王伐都，俘获有将才的观丁父，任为军率（即一军主帅），曾立过大功，其后人便历任“佐开卜”，即卜尹的助手。平王时有观从，又建拥立之功，平王令其自选官职，他便以先人为“佐开卜”之理由，选了卜尹之职。后有观射父，当亦是观氏之后，为当时楚国至高无上的大巫，楚王遇有不决之事，都得去请教他，可知地位之尊崇。有次王孙圉出使晋国，赵简子问到楚以“白珩”为国宝之事，他回答说：楚国之国宝第一是观射父，第二是左史倚相，第三是叫“云连徒州”（《国语·楚语》（下））的沃野。他竟被列为国宝之首。并说：“能作训辞，以行事于诸侯。”可知也是诸侯各国的导师。楚国公族子弟中也有身为大巫的，如曾任申公的屈巫，在庄王共王时，他是最大的一位县公，位与司马相近。此外，楚国还有“巫彭作医，巫咸作筮”（《吕氏春秋·勿躬》）之说，也是楚人所崇奉的神巫，在屈原作品中亦常提到，合称为“彭咸”。

楚人崇巫重祀之风盛行，还与南方各土著民族的影响有关。楚人迁居江汉地区后，历时既久，遂不能不栉蛮风、沐越雨，潜移默化而受其影响。这些民族都是从原始氏族社会直接发展来的，大部分都还停留在社会发展的早期阶段，故他们的精神生活仍然散发着浓烈的巫文化气息。对于自己生活于其中的世界，他们总感到既熟悉又陌生，既亲近又疏远，在天与地之间，神鬼人之间，自然山川与人类社会之间，似乎都存在着某种奇特的神秘联系，于是在为生存而作的斗争中，便需要无所不知的导师指导，而这就是巫。楚人长期生存濡染于其中，便必然会产生认同甚至被同化。再加上楚人对自己的祖先曾作为天与地、神与人沟通媒介（祝融）的传统未能忘怀，因此他们的精神文化也就与中原大不相同，而带有更多更浓的原始文化成分、神秘意味和自然气息。《列子·说符》就曾说：“楚人鬼而越人机”；《淮南子·人间训》也说：“荆人鬼，越人机”。《吕氏春秋·异宝》则说得更明白些：“荆人畏鬼，而越人信机”。毕沅校注改“机”为“机”，是正确的。这说明在楚人和越人中，其俗虽有重鬼或重机之不同，但在畏鬼重淫祀上都是一致的。《汉书·郊祀志》下载武帝时越人勇之曾说：“粤人俗鬼，而其祠皆见鬼，数有效”。这就不只是信鬼，而且能降鬼神于人间“可见之”了。其实《九歌》中所祠之神，除东皇太一神有点飘渺模糊外，就都是可见的，且能与人交通往来，互通情意，相娱相恋，可谓人神一体了。当然，人们能见到的神鬼，只是装扮成神灵的巫。

楚人畏鬼重淫祀，可谓到了极其荒唐的地步。如《左传》昭公十三年载“埋玉卜嗣”的故事：“初，共王无冢适，有宠子五人，无适立焉。乃大有事于群望，而祈曰：‘请神择于五人者，使主社稷’。乃遍以璧见于群望，曰：‘当璧而拜者，神所立也，谁敢违之？’既，乃与巴姬密埋璧于大室之庭，使五人斋而长入拜。康王跨之，灵王肘加焉，子干、子皙皆远之，平王弱，抱而入，再拜，皆压纽”。此事自然荒唐，但奇怪的是后竟一一应验。据《史记·楚世家》载，共王死，老大嗣立，是为康王；康王死，其子嗣立，是为郏敖，未几为老二杀之而自立，是为灵王；灵王末年，老三老四和老五串通策动政变，纷乱中老三老四自尽，老五即位是为平王，“竟续楚祀，如其神符”。然而，最为愚蠢而可哀的则是灵王，《新论·言体》载：“昔楚灵王骄逸轻下，简贤务鬼，信巫祝之道。斋戒洁鲜，以祀上帝，礼群神，躬执羽绂，起舞坛前。吴人来攻，其国人告急，而灵王鼓舞自若，顾应之曰：‘寡人方祭上帝，乐神明，当蒙福佑焉，不敢赴救。'而吴兵遂至，俘获其太子及后姬以下，甚可伤"①。在此之前，神巫观射父就曾对楚昭王说过："自公以下至于庶人，其谁敢不齐肃恭敬，致力于神！"(《国语·楚语》(下))在灵王身上可谓得到了最迂腐的实践，从而招来国破家亡之祸。

《国语·楚语》下曾载有观射父对楚昭王讲的一段话说："民之精爽不携贰者，而又能齐肃衷正，其智能上下比义，其圣能光远宣朗，其明能光照之，其聪能听彻之，如是则神明降之，在男曰觋，在女曰巫"。这固然说明，楚人对巫觋的人选要求是很高的，他们必须是智慧超群，才能出众，且具有不同常人的秉赋、学识和教养的人，所以地位隆崇，是人们的宗教领袖和精神导师。但是有学者指出巫觋的发祥地，其实就在楚国。甲骨卜辞中未见"觋"字，《周礼》中虽有司巫之官，且下辖"男巫无数"、"女巫无数"，却仍然未见有"觋"的称谓。先秦典籍中仅前引《国语·楚语》和荀子《正论》、《王制》等篇中有"巫""觋"之称，但前者应是地道的楚语，荀子曾任楚南陵令，故有此称则必系受楚语影响无疑。至于《汉书·郊祀志》所说和《说文解字》解释的"巫""觋"，显然又完全是沿用《国语·楚语》。可知即使到了汉代，"觋"的称谓在北方仍未普遍流行，只是楚地之特产，这从另方面也说明楚国巫风特盛有其长久渊源。

总而言之，屈原就是生活在这样一个崇巫重祀的社会中，生活在充满着原始蛮荒精神和神秘氛围的习俗中，并且是普遍使用神话思维和巫术礼仪行事的人群中，长期来耳濡目染，沉浸含茹，自然不能不受其深刻影响。故不论其生活行事、文化心态、情感模式、甚或思维方式，便先天而自然地禀赋有某种神秘不羁的浪漫情调。张正明先生就曾指出，屈原即使不是巫师，也是郢中巫学大师。理由是：屈原对神话传说，并未曾作过理性的批判和反思，相反倒是作了某些感性发挥，把自己也放进神话和传说中去了，其原因则在于他有郢中巫学的深厚根底，而这在屈原作品中是完全可以得到证明的。如《离骚》即自称"纷吾既有此内美兮，又重之以修能"云云，这样的秉赋和教养，恰好可充任观射父所说那样博学超群的巫学家。实际情况也正是这样，从其作品中可以发现，他既博览群书，广涉诸家，详悉掌故，擅长辞令，而且尤精于巫学；他也熟知神话，深谙神巫，善作神游，颇有大巫的见识和风采。《离骚》和《九歌》中都写到"扬灵"，注解大抵解作"显灵"。其实"扬灵"是从原始巫术观念的变形信仰演化而来，意即万物灵性的相通互渗和转移，可引申为灵魂的飞扬远举，与"神游"相仿。而且，楚国巫文学的代表作，几乎都出自屈原手笔。因此，如果说屈原不是一位象卜尹那样的专职大巫，至少亦可确认他是郢中巫学的一位大师②。屈原在楚朝廷的地位，其实也与隆崇的楚巫(如观射父)地位相当。他是掌管楚国贵族屈、景、昭三大宗族祭祀事务的三闾大夫，这一职务在古代是不能轻易授予某个人的，因为主管宗族祭礼事务不仅只是通晓典章制度的问题，还首先必须是能够通神(神亦祖先)即秉赋特异才能且为神所认可的人物，这就注定屈原必是主持宗教祭典的"神授"的主祭师。屈原写作《天问》，恢宏廓大，上下古今，表明他对族源神话、历史传说有博大深厚的修养。改创《九歌》恐怕亦并非仅如王逸所说"嫌其鄙俚"而已，因为从头到

---

① 李昉.《太平御览》. 河北教育出版社，1994

② 张正明.《巫、道、骚与艺术》. 载《文艺研究》，1992(2)

尾都是巫在酣歌载舞,其功能正如《国语·楚语》记王孙圉所说"上下说于鬼神,顺道其欲恶",当是有意而为之作。李坤曾作过统计,仅《湘夫人》所写到的香草就约二十来种,它们毫无例外地"都具有滋阴壮阳有益生殖的特效功能"①。这也说明他对巫医草药有着丰富的知识。屈赋中大多数主人公,都带有神性、仙性,有上天入地企求长寿的本领,这种惊人的超时空观念在当时历史条件下,单由个人的奇思异想恐怕也是难以达到的,大概只有具备精湛的巫学修养者才能成就。因而或上天庭进入仙界,或下地府拯救灵魂,任何事物都被他经过抽象而作超时空的处理,从而产生超脱感和升腾感,所体现的亦正是原始宗教的神秘精神。《招魂》、《大招》虽不一定是屈原的作品,但都是巫觋作法的唱词,其功能是"魂兮归来,反故居些!"同收入《楚辞》中亦可说明楚辞作者的巫文化传统和精神。这就是屈原,和屈原所生活和创作的时代,也是造成屈《骚》和《诗经》根本不同特色之本因所在。

前面说过,《诗经》和《楚辞》这两部我国最早的诗歌总集,虽然都有其产生的共同的巫文化根源,但却表现出各不相同的显著特色。概括而言,前者更偏重于巫术祭仪和现实实用方面,所以表现得更素朴、更质实、更贴近民情风俗;后者更富于神话传说的瑰丽想象,所以表现得更浓艳、更谲诡、更多些蛮荒色彩。从这个角度来认识屈《骚》,则屈原的作品大致可分作三类。一类是对神话所作整理和审视的产物,如《天问》;第二类是对神话的创作和改制,如《九歌》;第三类是融神话精神和思维方式于现实的生活感受之中,因而创作的鸿篇巨制,包括《离骚》、《九章》等。下面即依此作进一步的分析。

第二节 《天问》:疑信参半的神话世界

我国古代保存神话材料较多的典籍,计有《庄子》、《列子》、《山海经》以及《左传》、《吕氏春秋》、《淮南子》、《史记》等,而内容最丰富最具系统性的就是《楚辞》,尤其是其中屈原的作品。而其他作者由于社会或个人的种种历史原因,他们大都未能长期生活或接触具有原始巫文化遗俗的地域,故很难搜集到真正原生形态的神话。他们中有些是哲学家,有些历史学家,有些是政治家,往往都从各自的特定立场出发看待神话,神话也就被他们自觉不自觉的改造歪曲了。比如,历史学家用神话来追溯历史,因而神话被历史化而演化成为人类发生发展的历史传说;哲学家用神话来阐明哲理,因而神话又被哲理化而演化成为取譬说理的寓言故事;至于政治家、宗教家等亦曾利用过神话,神话又成为他们宣扬政治主张或宗教思想的依据材料。相较而言,诗人屈原则大不相同,他虽然也是战国时期楚国杰出的政治家、思想家,却不曾用政治家和思想家的眼光去看待、改造和利用神话,原因就在于他曾经历过一段特殊的生活道路,被排挤出上层统治集团而长期放逐到仍然保存着浓厚原始生活风习和巫术宗教传统的沅湘地带,因而能够幸运地接触并搜集到丰富荒古的原生形态神话。马科斯·米勒曾说:"难得发现原始状态中的神话——因为它存在于人们的头脑中,并且被人们无拘无束地讲述着,一般说来,我们不得

---

① 李坤.《美人·香草·性》. 载《贵州教育学院学报》,1991(2)

不通过神话编撰者的著作或者后代去研究神话,而这时它早已停止了生命,变得令人不可理解"①。屈原作品中的神话,尤其是《天问》中保存的丰富而系统的神话,可以说正是这"难得发现"的例外发现,即原始状态的尚未"停止生命"的活生生的神话。王逸《天问序》曾说:

> 屈原放逐,忧心愁悴,彷徨山泽,经历陵陆,嗟号旻昊,仰天叹息。见楚有先王之庙及公卿祠堂,图画天地山川神灵,琦玮谲诡,及古贤圣怪物行事。周流罢倦,休息其下,仰见图画,因书壁呵而问之,以泄愤懑舒泻愁思。

似认为屈原写作《天问》,根据的是楚先王灵庙和公卿祠堂中的壁画,即得之于第二手材料,而非来自民间口耳相传的原生神话,则未必尽然。因为较之《九歌》,其实《天问》中所保存的神话则更丰富、更系统,更具有原始形态,当直接来自楚地人民荒古生活,庙堂壁画最多可能只是触发点而已。王逸在《九歌序》中曾说:屈原放逐沅湘之地,"其俗信鬼而好祠,其祠必作歌乐鼓舞以乐诸神",他忧怀愤懑,愁思怫郁,"出见俗人祭祀之礼,歌舞之乐",于是抽思兴怀,投笔创作。可知他写作的材料直接取自"存在于人们头脑中"并被"无拘无束地讲述着"的原生神话,这不仅适用于《九歌》,也更适用于《天问》,因而也更符合历史的真实。因为据人类学和民俗学提共的材料,始初神话是和宗教祭礼密切联系着的,乐舞用以乐神、娱神,神话(礼辞)则用以颂神、祈神,其目的都是为了讨得神灵的欢心,以福佑氏族部落和子孙,后来难以用文字记录的乐舞表演消亡,而用语言讲述的故事却一代代流传下来,这就是神话。屈原所见伴随着"祭祀之礼"和"歌舞之乐"演唱的神话,应该还是流传于人民口头而未经文人加工的神话。但王逸明确指出,《九歌》是据此而加工改写的,《天问》却未必需要加工,所以也更具原生形态性质,故在神话保存上也更有价值。

《天问》以其恢宏奇谲的整体结构,一口气对神话传说提出了一百七十二个问题(共一百八十八句),可谓一篇旷古奇文。正如清人夏大霖所惊叹:"创格奇,设问奇,穷幽极渺奇,不论不类奇,不经不典奇,颠倒错综奇……问过又问,说了重说,更奇。一枝笔排出八门六花,堂堂井井,转使读者没寻绪处,大奇! 大奇!"②其实说到底,就是屈原以一枝生花之笔,采用问而不答的设问体式,或奇诡谲怪的丰富想象,排列出一个古老神话传说的完整体系,在那还不能真正理解神话实质的封建时代的人们看来,不免觉得穷极幽渺而又不经不典、不论不类,甚至没寻绪处,所以大奇! 而这正是《天问》不同其他作品的真精神所在。

在《天问》结构的神话传说体系中,大致包括三方面内容:(1)宇宙生成神话;(2)夏商周古史传说;(3)春秋列国杂史。或可总括为天地自然生成和人间历史兴亡两大部分。第一部分共56句,首写天地混沌初开(6句),宇宙形成(6句),日月星辰运转(10句);继

---

① 阎云翔.《神话新论》. 上海文艺出版社,1987

② 夏大霖.《屈骚心印》. 齐鲁书社,1997

写鲧禹治理洪水的经过(18句),以及大地西北的神导传说(8句)和大地东南神异传说(8句)。其后第二段共一百三十二句,过渡到人间兴衰的历史,首先写夏后启立国至少康中兴这段传说(34句),但中间插入后羿族征服夏王朝的故事;接着写夏王朝传至桀,因失去天意终被灭的史迹(16句),中间又插入问询天帝之始的十句(并牵涉到帝舜及其支族的传说)。以后是关于殷民族战胜有易而兴,至成汤得伊尹而定天下,又至殷纣失民心而为周武所灭之历史(36句)。再后写周民族自后稷而兴,经文、武灭纣得天下,到周幽王又因昏暴被亡的历史(24句)。最后是总括夏商周三代兴亡的历史,向上天发出何佑何罚的质询,旨归于对现实提出讽谏以寄慨(22句)。①。不过其中加进齐桓公、吴王阖庐、彭祖等建成霸业以及秦楚兴国的不同艰难历程,意在举史为鉴,吸取教训。总观全诗,则叙述完整,层次清晰,条理井然,构建成了序列化的神话传说系统,谓之最古老的神话史亦未尝不可。

然而最可贵的是这一神话史,却并非把神话历史化,使之成为传说信史,而是保存着远古神话的原生形态,因而有其独特的价值。闻一多曾指出:"《天问》云云,据旧说以难新说也"。此处旧说,是指他所依据的原生态古老神话;而所谓新说,则是指被歪曲改造的神话中的历史化倾向。他既以前者来诘难后者,便具有十分珍贵的史料价值。故郭沫若说:"凡在《天问》中有其梗概的,我们便可以安心相信是先秦的真实资料,而非秦汉以后的人所杜撰。这对于中国的古代,也就提出了很丰富的史料"②。孙作云也说:"《天问》对于上古历史研究提供了十分珍贵的史料,研究上古史的人绝对不能忽视这篇作品"③。姜亮夫则更明确认为:"盖屈子所陈,乃齐楚所习闻,与《老》《庄》《山经》相近……故不与儒墨之言应也"。"鲁与三晋史料,大半经过儒家一派人的整理,其实真相埋没的很多。南楚所传古史,未经过任何学派整理,亦自存其特有之真"④。为什么会显得特别"真"而十分珍贵?不言而喻,因它保存了原始先民生活中许多已被埋没的真实情况或本来面目。如有关原始社会史部分,《天问》中写道:

> 厥萌(民)在初,何所亿焉?璜台十成,谁所极焉?登立(位)为帝?孰道尚之?女娲有体,孰制匠之?

闻一多《楚辞校补》云:此"皆问女娲事。'厥萌在初'盖斥女娲抟黄土作人言之"⑤。按女娲抟黄土作人事当以此为最早见,后至《风俗通》才有比较完整的记载,可知是道地的楚地传说。萌,民也;億,测也;犹言生民之初,其事渺茫,谁所意测而知之也。既言"制匠",则为质询女娲造人传说无疑。《说文》女部云:"娲,古之神圣女,化万物者也"。因而她是人类"假定的女性始祖"。但"造人"并不等于"生民",故应是天地开辟大神,当是

① 林庚.《天问论笺》. 人民出版社,1983
② 郭沫若.《屈原赋今译》. 人民文学出版社,1981
③ 孙作云.《天问研究》. 中华书局,1989
④ 姜亮夫.《屈原赋校注序言》. 人民文学出版社,1957
⑤ 《闻一多全集》(2). 三联书店,1948

母系氏族社会前期的产物。值得注意的是她只是单独造人,并非如其他神话所说还有一个兄弟兼丈夫的伏羲(如《独异志》所说)。后者当是血缘婚后期即级别群婚的产物,可知其发生要晚得多。《天问》只讲到搏黄土造人而不及兄妹结合生人,说明所根据材料非常古老。马王堆一号汉墓《帛画》,也只画着蛇身人首的女娲而不是伏羲女娲蛇身交尾图,则与此正合,更证明这是楚地流传的古老神话。相较而言,北方更流行的则是感生神话,如简狄吞燕卵、姜原履大人迹等。因为那时人民"只知其母,不知其父",还不了解妇女怀孕生孩子与男子有什么关系,孩子是图腾(氏族神祇)通过与妇女接触,产生神秘的感应或交流而赐给氏族的。正如马克思据摩尔根叙述印第安人摩其部落时所说:"其氏族的成员声称他们是由那用作氏族名称的动物传下来的,认为他们的远祖是被主宰之神从动物变为人的"①。这种古老人类起源论虽较之"造人"说似乎晚出,但同样反映的是母系氏族社会的原始观念,在《天问》中也有涉及。

> 女歧无合,夫焉取九子?伯强何处,惠气安在?

女歧即"尾为九子"的九子母,本星名。《史记·天官书铭》引宋均曰:"属后宫场,故得兼子,子必九者,取尾有九星也"。这九子星后来遂演化为九子母的神话,《汉书·成帝纪》颜师古注引应劭曰:"画堂画九子母,或云即女歧也"。即指此。但是最初女歧可能不只是星名,而同样是"假定的女性祖先"。因为这女歧之"歧"本来就是指以"九尾"为特征的某种动物图腾(如九尾狐)的尾部九个分枝,实际则是象征着九个小氏族,女歧即他们假定的始祖。伯强,据前人考定为风神禺强,即箕星②。《史记·天官书》索隐引《春秋元命苞》曰:"尾九星,箕四星,后宫之场也"。二星既同属后宫之场,可知关系密切,故昔人每连称而《天问》亦连类写及之。又据《山海经·南山经》:"箕尾之山,其尾踆于东海",似又暗示这种星相及其动物图腾崇拜,起源于东夷文化族团,是楚文化源头之一。所以"女歧无合",是说她无偶匹合而生九子的历史事实,故屈原才提出疑问,其实这正同简狄、姜嫄,羲和、女修等神话故事完全一样,都是"处女母亲"或"贞洁受孕"古老观念的反映。

萧兵先生曾指出:《楚辞》中虽没有象伏羲女娲兄妹级别群婚那样的故事,但却有类似"母子结婚"即血族群婚的残余③。如《天问》写到匈奴前身的狄人风俗时说:

> 昏微遵迹,有狄不宁。可繁鸟萃棘,负子肆情?

昏微,即殷先王上甲微。遵迹,是说遵从其父王亥淫乱昏暴的行迹,所以才搅扰得有狄不能安宁。有狄,包括后来的猃允、熏鬻、荤粥、匈奴等。《史记·匈奴传》云:"父死,妻其后母;兄弟死,皆取其妻妻之。"又《索隐》引《括地谱》云:"夏桀无道,汤放之鸣条,三年而

① 马克思.《摩尔根〈古代社会〉一书摘要》. 人民出版社,1981

② 《闻一多全集·天问释天》. 三联书店重印上海开明书店本,1948

③ 萧兵.《楚辞与神话》. 江苏古籍出版社,1986

死。其子獯鬻妻桀之众妾,避居北野,随畜迁徙,中国谓之匈奴"。可知狄人是有父死纳妻(非生母)的习俗的,《天问》谓"负子肆情"即写此。负,即媍,通妇。《汉书·高帝纪》有"武负",如淳注即曰:"俗谓老大母为阿负。"又湖北云梦睡虎地4号秦墓出土之木椟,其"新妇"皆写作"新负"。故此句是说昏微遵从父迹,而母子肆行奸情,正是"父死妻其后母"习俗的残余。至于"繁鸟萃棘",则是状此之隐语,繁鸟即鹭鸟,猛禽类,是男性(亦为男根)之象征;棘即灌木丛,又是女性(或女阴)的象征①,鸟集棘丛,所以为"负子肆情"也。

如前节所说,楚先祖重黎、吴回都是帝喾即帝俊或帝舜的火正"祝融",故《楚辞》所述古史是从尧舜开始的,下至鲧禹治水,正可补正史中的许多缺环。《天问》曰:

> 舜闵在家,父何以鳏?尧不姚告,二女何亲?

《释名·释言语》:"敏,闵也"。而在甲骨金文中,则"敏"又常省作"每",与"母"相通。《说文》闵字古文上部今仍保留"母"形,可知"闵"即是"母"。我国有些地方方言中,呼"每"(妈)如敏(闵)亦可证。因此,前两句是说:舜的母亲明明在家,怎么能说他父亲是鳏夫呢?恩格斯在《家庭、私有制和国家的起源》中谈到原始"共产制家庭经济意味着妇女在家庭内的统治"地位时曾说:"不管他(男子)在家庭里有多少子女或占有多少财产,仍然要随时听侯命令,收拾行李,准备滚蛋。对于这个命令,他甚至不敢有反抗的企图;家对于他变成了地狱"。即透露出解开这个秘密的信息。根据《天问》所写内容来看,这时大概已进入对偶婚早期,故男子在家庭中的地位尚未确立起来,而妇女仍然牢固地占据着绝对统治,所以舜父瞽叟有"随时听候命令"卷起铺盖滚蛋而变成"鳏夫"的可能。在古籍记载和民间传说中,瞽叟也常表现为听其后妻唆使对舜进行迫害的怕老婆相,可能就是这一历史阶段上家庭情况的真实写照。并且,也正因为此,遂又闹出"尧不姚告,二女何亲"的另一事端来。

尧字,早见于甲骨文,是一人头顶木板,上有两块陶土坯而行进的象形。与古书称尧为陶唐氏暗合。《路史》后记注引《孝经援神契注》:"尧,火精鸟庭也,庭有鸟骨表,取朱鸟与太微庭也"。说明他属于东方鸟图腾崇拜的夷人集团,大概是精于制陶业的一支。而舜实即帝俊,属俊鸟(锦鸡)氏族,则也是以鸟为图腾的东方夷人集团的一支,那么尧和舜又是同宗通姓无疑。尧妻二女于舜,说明当时他们实行的可能是部落内婚,即在同一图腾群体内各部族之间进行的是级别群婚制。《说文》女部曰:"姚,虞舜居姚虚,因以为姓。从女,兆声。或为:姚,娆也。《史篇》以为:姚,易也"。而娆、尧同音,姚、娆又一声之转,亦可证明属于姚姓的舜,确与尧是同宗通姓。又《史记·五帝本纪》云:"舜母生舜于姚虚,故姓姚氏,"。《诗含神雾》也说:"握登……生舜于桃(姚)虚"。舜从母姓而姓姚,自然是"只知其母"的母系氏族家庭,掌握大权的当是母亲姚氏。可是尧既未请示,也未报告舜母姚氏,就把两个女儿"嫁"给了舜(嫁之初义即入女家,故实为舜赘娆族),那怎么

---

① 可参阅前《诗经》有关部分。

能够成“亲”呢?萧兵曾激动地指出:“这简直是造反,是革命”,因为这是由同图腾部落内婚向“亚血族群婚或普那路亚制度”过渡的标志,“它暗示后期母系氏族里已孕育着父系氏族,母权必将式微,父权终将兴起”①。《孟子·万章》曾说:“万章曰:舜之不告而娶,则吾闻命矣;帝尧之妻舜而不告,何也?(孟子)曰:帝(尧)亦知告焉,则(舜)不得妻也”。讲的也正是这件事,由于它是有违于现行婚姻制度的,必不为姚氏所允许,故说“告焉则不得妻也”。萧兵称此“是一个革命性的转变”,实不为过。

尧舜故事之后,《天问》还写到舜象故事:

> 舜服厥弟,终然为害;何肆犬体(豕),而厥身不危败?

舜象兄弟斗争的故事,亦与“尧舜禅让”故事密切相关,反映的实是“难题求婚”和“王位继承考验”(Ordeal 考验)的古老历史传统。所谓“难题求婚”是广泛存在于古代和民间文学中的一种婚姻形式,即在男(一般为穷小子或流浪汉)女(一般为仙女或帝姝)婚前(也有未经允许的婚后),女方父母要向求婚者提出种种难题考验,只有完成这些难题后才能被允许结婚。而提出的难题常是超人力所能为的,所以总是在具有超常能力的仙女帮助下才能完成。舜所受的考验在史料记载中虽表现为其弟象或其父与象所加的迫害,但和“难题求婚”的考验却有本质的一致性,或为传说产生的讹变,即为突出帝舜的仁孝而受到禅让并为理想典范的史家所为。清代梁玉绳就认为,如果真有那些迫害的事,那么应该发生在娶尧帝二女之前才合适,即看到这一问题的实质。

王逸《天问注》释此四句说:言舜弟象施行无道,舜犹服而事之,然象终欲害舜也,故肆其犬豕之心烧廪、填井、欲以杀舜,然终不能危败舜身。烧廪填井事见于《孟子·万章上》,然《史记·五帝本纪》所述较详:“使舜上涂廪,瞽叟从下纵火焚廪,舜乃以两笠自扞而下,得不死。后瞽叟又使舜穿井,舜穿井为匿空旁出,舜既入深,瞽叟与象共下土实井,舜从匿空出,去。瞽叟、象喜,以舜为已死。象曰:本谋者象,象与其父母分。”由此来看,舜受迫害纯粹是家庭的内部斗争问题,即社会上普遍存在的“后母虐待前妻子女”现象,也就毫无神话意味,这显然是经过文人史官改造过的。相较而言,古本《列女传》的记述则更接近原始面貌:

> 瞽叟与象谋杀舜,使涂廪。舜告二女,二女曰:“时唯其戕汝,明唯其焚汝,鹊如汝裳,衣鸟工往”。舜既治廪,戕旋阶(应为旋捐阶)瞽叟焚廪,舜往飞(去)。复使浚井,舜告二女。二女曰:“时亦唯其戕汝,时其掩汝,汝去裳,衣龙工往”。舜往浚井,格其入出,从掩,舜潜出。

二女即尧女娥皇、女英,后为舜妻者。据此则帮助舜能逃脱灾难者非舜本人的智慧,而是具有超自然能力的天帝(尧)的两个女儿。《史记》说她逃出第一次灾难是“以两笠自扞

① 萧兵.《楚辞与神话》. 江苏古籍出版社,1986

而下”①,可知都是采用现实的智慧办法。第二次亦然,则是预先挖好斜洞从旁钻出。《列女传》所说显然与此不同,似乎更具古老思维观念,是采用二神女神秘的巫术方法:穿着长有翅羽的“鸟工”衣服“飞”出,和穿着能穿洞的“龙工”衣服而“潜出”②。这就更符合神话传说的性质,而证明《史记》等书的记载是经过粉饰改造的。但是舜所经历的考验(迫害),还不止烧廪、填井二事,据《列女传》载还有饮酒一难:

> 瞽叟又速舜饮酒,醉将杀之。舜告二女,二女乃与舜药浴注豕。舜往,终日饮酒不醉。

闻一多《楚辞校补》:“注豕者,豕读为矢。《说文》曰:‘臑 ,臂,羊矢也’。《仪礼·乡射礼释文》引《字林》矢作豕,是其比”。故知注豕,即注矢。《天问》“何肆犬豕”者当指此,而更知所注者即犬矢。他并指出《韩非子·内储说下》有燕人妻,诬其夫惑易,遂浴之以狗矢解惑之事,因谓:“舜注矢以御醉,盖犹燕人浴矢以解惑。此其事虽不雅驯,然以秽恶禳灾,今民间巫术犹多行之,以今推古,宜亦同然。”因而指出王逸释“肆犬豕”为“肆犬豕之心”殊失之凿。肆当读为渍。经传中肆、肄通用,本系同字,《诗·雨无正》“莫知我戭 ”,《左传》昭十六年即引作“肄”,则肆、肄、渍通。《广韵》:“泄,注也”。故知“肆犬豕”即注犬矢也,以此为浴则终日饮酒不醉,所以才说“厥身不危败”,亦当是史前遗留下来的辟邪巫术之类。然而,最重要的是:这三次考验(迫害)都是在帝之二女神秘巫术法力帮助下才化险为夷的,按照传说中“难题求婚”的一般规律,应属于婚前的难题考验这种古老传统,而不是舜象的家庭斗争,所以梁玉绳认为应发生在舜娶尧女之前,那才是合理的。因为,舜经受住了这些考验,说明他有对付各种突然事变的才智和能力,并且学会了各种神秘的巫术传受,因而他是圣人,有管理领导全部落生活的本领,所以帝才妻其二女,并禅让了王位。这些“难题求婚”又是同“王位继承考验”密切相关的,而舜和象的斗争则是王位 Ordeal(神裁)考验的曲折反映。据《史记》载:“尧曰:‘吾其试哉!’于是尧妻之二女,观其德于二女”。正是在经过各种考验后,才妻其二女的。并且,妻其二女后还进行了考验:“乃使舜慎和五典,五典能从。……尧使舜入山林川泽,暴风雷雨,舜行不迷。尧以为圣,召舜曰:‘女(汝)……登帝位’。”并且还说:“尧乃赐舜絺衣与琴,为筑仓廪,予牛羊。瞽叟尚复欲杀之(舜)”。据《孟子》则谓:所赐之物除絺衣和琴之外,还有弤(朱漆弓)和干戈,其实这些都是王权和王位的象征。所以,此后舜弟象还不择手段地企图夺取这些赐物而占为己有。那么,“瞽叟尚复欲杀之”的真实含义即在此吧!故知历史所谓“尧舜禅让”之事,其实是充满残酷的斗争的,并非如正史写得那么平和理想。

尧舜之后便是鲧禹的故事:

> 不任汩鸿,师何以尚之?佥曰何忧,何不课而行之?鸱龟曳衔,鲧何听焉?

---

① 《太平御览》卷一九〇引《史记》则说是“舜重席而下”。

② 敦煌变文《舜子变》曰:“帝释变作一黄龙,引舜通穴往东家井出”。

顺欲成功,帝何刑焉?永遏在羽山,夫何三年不施?伯禹愎鲧,夫何以变化?纂就前绪,遂成考功。

此段可分成前后两部分来看,前八句叙鲧治水失败被杀事,与《尚书·尧典》所叙基本相同:“滔滔洪水……方割。……佥曰:于,鲧哉!帝(尧)曰:吁,咈哉!方命圮族。岳曰:异载!试可乃已。帝曰:往,钦哉!九载,绩用弗成”。鲧治洪水失败后,据中原典籍所载,他成了罪大恶极的元凶,如《尚书·洪范》云:“鲧堙洪水,汩陈其五行,帝乃震怒……鲧则殛死”。《国语·晋语》云:“鲧违帝命,殛之于羽山。”《左传》文公十八年甚至加上了“傲很明德,以乱天常”的罪名。总之,他是犯上作乱,违命自用的代表,殛死也完全应该。可是在屈原《天问》中,他却完全是另外一付模样,尽管是用反问的口吻表现的。如《天问》问道:“顺欲成功,帝何刑焉?”是说他盗用天帝“息壤”,筑堤治水,以拯救万民,欲顺水之所欲归而成功,为什么却受到天帝的刑罚?《天问》又进而质询:“阻穷西征,岩何越焉?化为黄熊,巫何活焉?咸播秬黍莆雚是营,何由并投而鲧疾修盈”?是说他为阻止后羿西征,所设高岩何以被越过?他死后化为黄熊,灵巫又怎样将他救活?他还教人民在莞蒲水草之地耕作,播种黍谷小米以解救穷困,何以会招来那么多讪谤和疾恨?显然屈原是将同情倾注在失败英雄鲧一边的。故《离骚》说:“鲧婞直以亡身兮,终然殀乎羽之野!”《惜诵》也说:“行婞直而不豫兮,鲧功用而不就”,在刚强耿直这点上深深共鸣,引为同调。总之,鲧治洪水失败而被杀,他同中原典籍采取了截然不同的情感态度,必有另一种神话传说系统作为根据,也许更接近原始面貌而不必看作帝圣臣凶。

后六句讲鲧死生禹,即就“伯禹愎鲧”事发问。所记略与《山海经·海内经》同:“鲧窃息壤以堙洪水……,帝令祝融杀鲧于羽郊,鲧复生禹”。郭璞注引《归藏·开筮》曰:“鲧死三岁不腐,剖之以吴刀,化为黄龙”。此黄龙实即禹,属龙图腾氏族,因为《路史·后记》注引《开筮》便写作:“鲧殛死,三岁不腐,副之以吴刀,是用出禹”①。关于“伯禹愎鲧”,闻一多《古典新义·楚辞校补》云:案禹、鲧二字当互易,“愎”当从一本作“腹”。《广雅·释诂》:“腹,生也”。故愎生即腹生,谓鲧化生禹也。王逸注谓“鲧愚恨愎而生禹”者,非是。鲧腹生禹后演化为鲧妻生禹,实是神话被历史化留下的遗迹。如《史记·夏本纪正义》引《蜀王本纪》曰:“禹母吞珠孕禹,坼副而生”。又《说郛》五引《遁甲开山图》荣氏解曰:“女狄……得月精如鸡子,爱而含之,不觉而吞,遂有娠,十四月生夏禹”。这种变易在神话的文字记载中常见,而且是愈到后期愈变得合理,却往往失去它的原始面貌。鲧为禹父,竟然腹孕生禹,遂引起后世学者大惑不解,于是有的释鲧为女性,有的释之为爬虫类卵生动物。其实现代不少学者如孙作云、杨堃等已指出:这反映的是古老的“产翁坐月”习俗(或称“代孵”、“装养”)。是说孕妇分娩以后,遂被赶出产房而去劳作,丈夫却要装作呻吟生产状而去坐月,以示孩子是自己所生。保罗·拉法格曾精辟地指出:“男子其所以装产,因为他要使人相信他也是生小孩子的人”。其目的就是获得象母亲那样对孩子的应有权力,尤其是血统归属和继承权力,因而“做了由母权制度过渡到父权制度的阶梯”。在尧

① 徐坚.《初学记》(22). 中华书局,2004

妻二女于舜的故事中，已显露出原始婚姻制度的变化，而“伯鲧愎禹”则再次说明社会制度发生的巨大变化。“三年不施”之施，字见甲骨文中，象手持武器作扑击蛇虺状，可引申为破或杀，当即《开筮》所说之“副”或《蜀王本纪》之“坼副”。《庄子·胠箧》：“苌弘施”。释文曰：“一云刳肠曰施”。则正所谓“剖之以吴刀”之意。大概因为男子无以生产，便只能采用剖腹产才合理吧。

> 禹之力献功，降省下土(四)方，焉得彼涂山女，而通之于台桑？闵妃匹合，厥身是继，故维嗜不同味，而快鼌(朝)饱？

前四句讲禹娶涂山氏女事，如《吴越春秋·越王无余外传》所说：“禹三十未娶，行到涂山，恐时之暮，失其制度。乃辞云：‘吾娶也，必有应矣’。乃有九尾白狐造于禹。……涂山之歌曰：‘绥绥白狐，九尾庞庞；我家嘉夷，来宾为王；成家成室，我造彼昌；天人之际，于兹则行’。明矣哉，禹因娶涂山，谓之女娇”。台桑，即桑台，当指桑中之春台，乃上巳节先民大会男女处①。而最值得注意的则是后四句。据一般典籍记载，禹母为有莘氏。《世本·帝系篇》：“鲧娶有莘氏女，谓之女志，是生高密。云：高密，禹所封国”。《吴越春秋·越王无余外传》：“禹父鲧者，帝颛顼之后。鲧娶于有莘氏之女，名曰女嬉”。学者大都认为此“有莘”即“先零”，汉谓之“先零羌”，应属西北之羌族集团无疑。这就是说鲧的时代已实行了部落外婚制，是原始婚姻制度的进一步改革。故萧兵曾指出：“鲧之先辈时代约当帝尧，应实行部落内婚。但是到了鲧这一代，以鱼鳖龙蛇之类水族为图腾的夏族酋长却与以牛羊犬马等驯畜为图腾的羌狄妇女结合，显然实行了异图腾部落外婚，从而破坏了部落内婚制度。所以《书·尧典》骂他‘方命圮族’，《史记·夏本纪》译为‘负命毁族’。《汉书·叙传》注引孟康曰：‘言鲧之恶，坏其族类’。……显指鲧违逆‘天命’(传统)，破坏族规，革新婚制”②。而《天问》所说“闵(母)妃匹合”、“嗜不同味”者正当指此而言。闵，禹母高莘也；妃，涂山氏女禹妻也。鲧与高莘固为部落外族通婚，其实禹与涂山氏女志(或女嬉)又何尝不是异图腾族外婚姻。据前引《越王无余外传》所言，涂山氏属九尾狐族，显然与禹不是同一部族，故《天问》才说“厥身是继”，即跟着他父亲娶了异图腾妇女。推究其原因，大概是因随着治理洪水，禹的活动范围已远远超出本部族而几乎走遍天下，所以才演出那场“见涂山之女，禹未之遇而巡省南土”(《吕氏春秋·音初》)的动人相思悲剧。何况禹也并未被划归父亲氏族(看来“伯鲧愎禹”之目的并未达到)，而是仍然“从女生”而随其母姓(姒)，常被看作是羌夷集团之人了。如史籍所说：“大禹出于西羌”③。孟轲称：“禹生石纽，西夷人也”。④“夏禹生于石纽，长于西羌，西夷之人也”⑤，“家于西羌，地曰石纽”(《吴越春秋·越王无余外传》)。因而也常被称作“戎禹”，思想自然也就

---

① 参见《诗经》有关部分。
② 萧兵.《楚辞与神话》. 江苏古籍出版社，1986
③ 陆贾撰.《新语·术事》. 国学文化公司版重印清线装本
④ 《史记·六国表》注引皇甫谧语
⑤ 《后汉书·戴良传》注引《帝王纪》

不会那么保守，而敢于冲破传统的束缚。故屈原才发出疑问："胡维嗜不同味，而快鼌（朝）饱？"因为鲧禹都是属于不同图腾、不同信仰和传统的婚姻结合，所以说"嗜不同味"；但屈原似乎不理解这种婚制变易，故又发出"而快朝饱"的疑问。朝饱，即《诗·周南·汝坟》所说之"调（朝）饥"，但彼为性饥渴，而此为性满足之隐语。

然而到了大禹的时代，父系血统正式确立，子从父姓而儿子真正归属了父亲，这一婚制改革才算完成。《绎史》卷十二引《随巢子》曰："禹娶涂山，治鸿水，通轘辕山，化为熊。涂山氏见之，惭而去，至嵩高山下化为石。禹曰：'归我子！'石破北方而生启"。《淮南子》亦曰："禹治鸿水，通轘辕山，化为熊。谓涂山氏曰：'欲饷，闻鼓声乃来'。禹跳石，误中鼓，涂山氏往，见禹方作熊，惭而去，至嵩高山下，化为石，方生启。禹曰：'归我子！'石破北方而启生"①，就是父系血统正式确立这一历史事实，在神话传说中的曲折反映。于是，历史从此翻开新的一页，而父传子位的家天下亦由此产生，并且到了禹子启还演出过一场"勤子屠母"的家庭悲剧。《天问》写道：

> 启棘宾商（帝），《九辩》《九歌》；何勤子屠母，而死（尸）分竟地？

前句所言，即《山海经·大荒西经》所说："开（启）上三嫔于天，得《九辩》《九歌》以下。此大穆之野，高二千仞，开焉得始歌《九招》（韶）"。按郭注曰："言献美女于天帝"。棘，通戟，杀也。是说启杀献三个美女祭天，以换取天帝所掌握的能够招风唤雨缓解旱灾的《九辩》《九歌》。可知这正是普遍流行于原始人群中的一种神秘巫祭活动，而一般所献祭者都应是俘虏或奴隶，此所谓"三嫔"大概就是这类女性。可是，看来这次巫祭并不太成功，也没有起到多大作用，于是又有"勤子屠母"悲剧发生。不过完全看成"悲剧"也不尽然，因为在先民社会中，还存在这样一种牢固信仰，即当一般巫祭未能缓解灾害时，便由作为部落酋长或最高祭司的巫师，以自身作为牺牲而英勇献身，以上达或感动天帝普降甘霖。这大概不仅是因为她（他）们是沟通人神的使者，且具有特异功能，因而才被选中为部落巫师的；更重要的还在于先民们的深信人的血液骨肉是诱发降雨促进丰收的圣物，尤其是女巫的经血。"勤子屠母"则表现得更加特殊，刚刚继承王位的夏后启，不但杀了自己的母亲，而且不要"死（尸）分竟地"，砍成一块块分埋在四境各地，这又是为什么呢？勤子，即堇子，干旱、旱馑之谓，当指旱神的儿子。而启，在卜辞和《说文》中，皆训为"晴"，故启即是夏人所崇奉的晴神。因此，旱子、晴神，可一身而二任。他以旱神儿子的身分，为祈雨而屠母分尸，这是因为在原始人的思维观念中，巫师族长的尸体本来就蕴涵着神秘力量，而女巫更是丰产多子的象征，分埋四境正可促使每块土地获得丰收。这也正是世界各民族先民社会中普遍存在的巫术信仰。后启演奏着从天帝求来的《九辩》《九歌》②，先杀三嫔继屠其母以祈雨，固然是以"堇子"身份所进行的神圣巫祭活动，但又何尝不反映着父系社会确立后妇女地位的极度衰落。

---

① 《天问》洪兴祖补注引，今本无。

② 实如王夫之《楚辞通释》所说："启所作乐"。

总之,通过上面仅对《天问》所记原始社会史实的考察,即可发现它所述史料的独特性、真实性和丰富性的可贵价值。中国神话,不论其神话资料或神话思想,都普遍呈现出零散断片、杂乱无序、不成系统的潜在零散形态。屈原《天问》则以其特殊的生活经历为基础,以其丰富的神话知识为依据,通过他幽渺的想象、炽烈的情感和优美的笔触,对远古神话进行了初步的熔铸和整理,早在二千多年前就已开始了直到本世纪初文化人类学者才开始进行的工作,无论就见识和精神来说都是十分可贵的。并且,他还用质询的方式对神话一一发问,这本身就是采取的一种特殊态度。现在不少学者认为,《天问》所反映的对神话的态度,是屈原用高度的理性精神对神话进行审视和否定,却未必完全正确。试想如果真是那样,屈原在《天问》中也就不会付出那么多情感和挚着了。因此,我比较同意张正明先生的意见:“对于神话和传说,屈原不曾作理性的反思。屈原倒是作了些感性的发挥,把自己也放进神话和传说中去了,原因在于屈原有郢中巫学的根底”。这是指他熟知神话,深钦神巫,善作神游,颇有大巫的见识和风采。所以,他尽管“在《天问》中提出一百七十多个问题,我们从《天问》中却看不出屈原有一丝一毫的怀疑。一般的问题,屈原都是有所不知而问,不是有所不信而问”①。比如有关尧、舜、禹和楚先祖的神话传说,他就绝不怀疑,只是个别细节离奇因而发问的。至于其他一些具体问题,如“昆仑县圃,其尻安在?”如果是出于怀疑,《离骚》怎会说:“朝发轫于苍梧兮,夕余至乎县圃”呢?又如:“何所冬暖？何所夏寒?”就更不需要作回答了。因此,他提出的那些诘问,“都不是有无和真伪”问题,“问而不答是引而不发”②。《天问》在神话学上其所以有珍贵价值,根本原因概在于此,即他是以巫文化的观念和方式对待神话的,否则恐怕《九歌》会变成信史,《离骚》也难以写作了。

第三节　《九歌》:人神相娱的巫祭乐歌

前面提到夏启嫔于天帝而得到《九辩》《九歌》之事,可称作原始的《九歌》。根据王逸所述,屈原《九歌》则是根据当时流行于沅湘之间的祭祀乐歌,因嫌“其词鄙陋”而重新创作的,那么它与原始《九歌》必然存在着血缘关系。根据史籍记载,楚地广泛存在自然崇拜的古老风习,如《左传》哀公六年载楚昭王曾说:“江汉沮漳,楚之望也”。又昭公十三年载楚共王“埋璧卜嗣”事,亦谓”乃有大事于群望”,且“乃遍以璧见于群望”。而所谓“望”,杜预释作“祀竟(境)内山川星辰”,刘向则说是“见天不见(现)妖,而地不出孽,则祷于山川”。袁康也说:“无锡历山,春申君时,盛祠以牛”(《越绝书·越绝外传记》)。又陆机说:“楚怀王于国东偏,起沉马祠。岁沉白马,名享楚邦河神,欲崇祭祀,拒秦师”(《要览》引)。可知楚确有祭天地与境内山川星辰之隆习,而《九歌》所祭之神正与此相合。

《九歌》所祀之神,大致可分为三类:一是天神,如《东皇太一》、《东君》、《云中君》、《大司命》和《少司命》。太一,星名,在紫微中宫,为诸神之尊,是楚人崇拜的最高神。汉

① 张正明.《巫、道、骚和艺术》. 文艺研究,1992(2)

② 张正明.《巫、道、骚和艺术》. 文艺研究,1992(2)

魏晋以后,亦一直首祭此神,《九歌》以迎东皇太一始,正是所祀之主神。以下各篇所祀之神,则是配祭。《东君》所祀为太阳神,主要描写其喷薄而出、雷霆万钧般的东升,和光辉灿烂、英勇无私、威武雄壮的太阳形象。《云中君》则礼赞云神,因为云神司雨,可给人类带来雨露甘霖以解除干旱,而保证万物茂盛丰收,故云"思夫君兮太息,极劳心兮忡忡",以示思念讨好。《大司命》乃主人类寿夭之神,故有"固人命兮有当,孰离合兮可为"的悲叹。《少司命》则主婴儿的寿命,故有"竦长剑兮拥幼艾,荪独宜兮为民正"的祈求和礼赞。二是土地山川之神,如《湘君》、《湘夫人》、《河伯》、《山鬼》。二湘所祀为湘水神,也有认为即舜和二妃的,其实二说似不矛盾。因为舜及二妃死后或化湘水之神,而在古帝中楚人最尊崇舜,辗转相传遂与原来的湘水之神合二为一,也是合情合理的。相传舜死后二妃思念,泪尽而葬于湘山,《二湘》所写正多凄楚悲怆之思念恋情,与此正合,岂灵巫为娱神而故作多情乎。《河伯》所祀当为河神,但有人将之联系到西门豹治邺中"河伯娶妇"故事者,当不可信。据《史记》载,此事发生在魏文侯年间,下距屈原约一百年左右,而一写河伯娶妇之十分凶残,一却将河伯写得缠绵多情,如"与子交手兮东行,送美人兮南浦。波滔滔兮来迎,鱼鄰鄰兮媵予"等,情调内涵则完全不同。《山鬼》所祀则为楚之山神,是《九歌》中写得最为缠绵悱恻的一首抒情诗。清代顾成天首先把它和巫山神女联系起来理解,似与宋玉《高唐赋》所写甚为合拍。诗中写女主人公满怀欣喜之情去会恋人,对方却没有如期赴约,甚至杳无音讯,因而从无限幸福的向往一下跌入痛苦怅惘的失意。在巫山神女的故事中,她的爱情原是一场迷离恍惚的梦境,此篇当是写她梦醒后的寻求。她称所求者为"公子"、"灵修"、"君"等,其身份亦正与传说中的男主角楚怀王高贵的身份相合。可知屈宋所写正是此神女传说的两个不同方面。三是人神,只有《国殇》一篇。一般认为这是祭祀为国牺牲的将士灵魂的,但也有人认为它是一首楚人祈祷胜利的军傩歌。据史载楚怀王在位三十年,其中二十年都有较大战争,而且楚国失利的时候居多,楚人对此不能无动于衷,于是对"信巫鬼、重淫祀"的楚王来说,就不能不把胜利的希望寄托在战争加鬼神的佑助上了,举行军傩仪式正是必然。《汉书·郊祀志》载,成帝末年谷永曾上书劝谏其侈谈"祭祀方术"而举例说:"昔周史苌弘欲以鬼神之术辅尊灵王会朝诸侯,而周室愈微,诸侯愈叛。楚怀王隆祭祀,事鬼神,欲以获福助,却秦师,而兵挫地削,身辱国危"。《国殇》所写当正是战前隆祀鬼神时所唱乐歌,并用以超度死亡将士、祈祷战争胜利、鼓舞战士士气的。姜亮夫先生即曾指出:"我们可以说《国殇》纯粹是楚国为对付秦国的战争,用来鼓舞战士的"①。因此,其情感基调并非仅仅是慷慨悲壮,也充满着娱神的欢快和热烈。综观上面三类神祇,绝大部分都可说是楚人"祭望"所崇拜的对象。但屈原《九歌》并非即是当时祭祀乐歌的原始记录,而如王逸所说,是因"其词鄙陋"而重新加工改写的。这就同他在《天问》中对待神话的态度有所不同。《九歌》中的神话故事,虽然也有其古老的地域性传说为根据,但却是被他改造而审美化了的。由记录发问到改造美化,并在祭祀中既用以娱神,也用以娱人,也许正透露出他的巫师身份和巫文化根底。至于对神话的这种改造,可从下面几点看出:

---

① 姜亮夫.《楚辞今译讲录》.上海古籍出版社,1996

一、对巫歌的艺术雅化

王逸指出：当时民间的巫祭乐歌“其词鄙陋”，大概不只是指伴舞演唱时词语的尘下，而且也包括着词语所表现的内容淫秽。因为，这在原始《九歌》早就如此，《离骚》即写道：

> 启《九辩》与《九歌》兮，夏康娱以自纵。不顾难以图后兮，五子用失乎家巷（讧）。

夏启家庭内部何以会五子内讧？看来与用《九辩》《九歌》而康娱自纵，关系密切。原来《九辩》《九歌》是先民用于求雨的乐歌，是他们向自然灾害作斗争时所采用的幻想性巫术手段。在他们的观念中，为了诱导上天排水降雨，以刺激土地的蕃庶丰收，在这种祭祀中往往要公开表演性交或性舞，故其内容不免猥亵、淫荡而粗野，完全是原始巫术相似律的应用。夏启父子却沉溺于此而放纵自乐，不引起内乱才怪！闻一多先生就曾解释说：“正如一般原始社会的音乐，这乐舞的内容颇为猥亵。只因原始生活中，宗教与性爱颇不易分，所以虽猥亵而仍不妨为享神的乐。也许就在那次郊天的大宴享中，启与太康父子之间，为着有仍二女（即五子之母）起了冲突……太康竟领着弟弟们造起反来”①。可到了屈原《九歌》中，这些粗野而猥亵的内容却不见了，而代之以缠绵悱恻、凄楚动人的爱情描写，并且词语也艳丽芬芳，完全雅化。有人认为《九歌》写的是“人神恋爱”故事，如《河伯》所写为河伯娶妇，《山鬼》所写为活人“娶山”、“嫁山”，二《湘》二《司命》所写，都是巫觋为媒，诱骗活人祭神等，虽不甚贴切，但也说明“性”的内容已被“爱”所替代。其实屈原《九歌》是用于祭祀时表演的乐歌，不论“神”或“灵”大概均由巫觋们来扮演。巫师们神通广大，是作为神的代言人并且能沟通天地人神之间的桥梁出现的。一般男女神分别由男巫和女巫来扮演，为了能达到“娱神”的目的，它们（他、她）互相酬答、歌唱并伴以舞蹈，其内容（除东皇太一外）则多是爱慕、失恋和思念，因而造成“人神恋爱”的错觉。而恰当点说，应称作“神神恋爱”。因为这里的巫（灵），不是作为人而是作为神出现的。故蒋骥注《九歌》即说：“凡言灵者，皆指神言”。② 即使“灵保”一词也是指神，如马瑞辰注《小雅·楚茨》中的“先祖是皇，神保是飨”时说：“神保为神之嘉称，犹《楚辞》或言灵，或言灵保。保，亦灵也”。故“神保即神，非谓尸也”③。总之，在屈原《九歌》中，根本不存在“娶妇”、“嫁山”之类的内容，而是情爱代替了性欲，文明赶走了粗野，蛮荒神话变成真正艺术，完全实现娱神自娱的目的。不过应该注意到，在历史长河中我国对神话的改造，基本取两条道路：一是使神话历史化、哲理化，这是经学家、史学家、哲学家的作为；一是把神话艺术化、审美化，屈原则是历史上并不多见的做这种改造中的佼佼者和代表者，故尤其值得重视和可贵。

---

① 《闻一多全集》(1). 三联书店出版 1948 重印本

② 蒋骥.《山带阁楚辞·九歌》注. 上海古籍出版社，1984

③ 马瑞辰.《毛诗传笺通释》. 中华书局，1989

二、对神鬼的人情驯化

《九歌》源于巫祭乐歌，而流行于民间宗教祭祀中的神祇，其个性无疑会带有某种原始的粗野性、超人间的神圣性和神秘性，是既“民神杂处”而又远离人间的，他们不会是人民的朋友或导师，而是人间高高在上的主宰者、掌管生杀予夺大权的崇祀对象，人们投入的也只是虔诚狂热、如痴如醉的宗教情感和互渗。然而，屈原《九歌》中的神祇，却是被人间化、世俗化、人性化了的，除东皇太一仍然保存着那种神圣朦胧、高傲而不可一视的神秘性外，其他神灵都被赋予人间的形象，抒发着人类的丰富感情，具有人类复杂的内心世界、痛苦和忧伤，因而是被作家优美的情思所驯化和艺术化了的。例如日神东君，通过对他喷薄而出、雷霆万钧之势的东升，和日行中天的光辉灿烂描写，塑造了一个威武雄壮、英勇无畏而又光明正大的真正骑士的形象，无疑带给人们的是正义感、亲切感。相较之下，则云神云中君更显得雍容华贵而忧思多情。一方面他浴兰汤、华采衣、龙驾帝服、巡天翱游周章；另方面又飚举云中、览观冀州、横跨四海、忧心忡忡地为“思夫君”而掩泣太息呢！无疑这都是对大自然形象的情感升华和美化，故消弥去几多神性而又凝缩着几多人性。当然，《九歌》中写得最为缠绵悱恻、哀艳感人的，还要数二《湘》、《山鬼》、《河伯》等篇。二《湘》所咏，当是楚人所祀之湘水神，有认为即沅湘之二女与奇相神者：“盖二女死于湘，有神奇相配焉。奇相，湘君也；二女，湘夫人也。……湘君则捐袂遗佩，而采杜若以遗夫人；夫人则捐袂遗褋，而搴社若以遗湘君，此则交相欢之义矣”①。但一般认为所写即二妃殉舜以殁的优美动人故事：

> 洞庭之山，帝之二女，尧之二女也，曰湘夫人。舜崩，二女啼，以涕挥竹，竹尽斑，今下隽有斑皮竹。②
>
> 湘水去岸三十里许，有相思宫、望帝台。昔舜南巡而葬于苍梧之野，尧之二女娥皇、女英追之不及，相与恸哭，泪下沾竹，竹上文为之斑斑然。③
>
> 湖水西流，径二妃庙南，世谓之黄陵庙也。言大舜之陟方也，二妃从征，溺于湘江，神游洞庭之渊，出入潇湘之浦。潇者，水清深也。④

正因为这是一则流传久远的哀感动人的神话故事，在屈原笔下也就描写得分外真情浓烈、凄婉缠绵。写湘君，既有“令沅湘兮无波，使江水兮安流，望夫君兮未来，吹参差兮谁思”的神威，又充满“令涔阳兮极浦，横大江兮扬灵。扬灵兮未极，女婵媛兮为余太息。横流涕兮潺缓，隐思君兮悱恻”的失意深痛，更有“心不同兮媒劳，恩不甚兮轻绝”、“交不忠兮怨长，期不信兮告余以不闻”的深衷怨尤。写湘夫人，则首先置于“嫋嫋兮秋风，洞庭波兮木叶下，白薠兮骋望，与佳期兮夕张”的萧瑟背景中，极力铺写“沅有茝兮醴有兰，思公

① 罗愿.《尔雅翼》(2). 丛书集成初编本，中华书局，1985

② 张华.《博物志》(10). 丛书集成初编本，中华书局，1985

③ 任昉.《述异记》(上). 钦定四库全书荟要，吉林出版集团，2005

④ 郦道元.《水经注·湘水》. 华夏出版社，2006

子兮未敢言，荒忽兮远望，观流水兮潺缓”的思慕企望，而终以“捐余袂兮江中，遗余褋兮醴浦，搴汀洲兮杜若，将以遗兮谁者？时不可兮骤得，聊逍遥兮容与”的深深失望结束。总之，对两位神祇的恋情描写，真可谓情真意切，兴味酣畅，悱恻哀艳，而有生死不渝之感。至于《山鬼》，虽写的是“独忧”，是镜中花、水中月一样永远得不到的恋情，却也以苦苦的追求，痴迷得令人心碎肠断！巫山女神的传说，可能有久远的渊源，《吕氏春秋·音初》所说：“禹行功，见涂山之女，禹未之遇而巡省南土。涂山之女乃令其妾待禹于涂山之阳，女乃作歌，歌曰：‘候人兮猗！’实始作为南音”，大概即是最早的神话原型。《诗·曹风·候人》所咏，即“候人兮猗”的歌词的具体化，其中有曰：“维鹈在梁，不濡其咮。彼其之子，不遂其媾。荟兮蔚兮，南山朝隮。婉兮娈兮，季女斯饥”。看来确是“未之遇”而分离，故有“不遂其媾”、“季女斯饥”的失意和叹息。后至宋玉《高唐》《神女》二赋，可谓演变得最为完整而优美动人。有学者曾指出：古代社会曾广泛存在过事奉神社的尸女，她们守候在社中以交媾为手段，为人们祈雨、求子的愿望服务。他们终身不能结婚，便有为祈雨、求子者服务的义务。而涂山氏、季女、巫山神女等，就是这类人物被神话化的反映①。不过这些故事所写情况亦不尽相同，涂山氏是“未之遇”，季女是“不遂其媾”，巫山神女则是“王因幸之”，即有遂其愿的，也有未遂其愿的。屈原《山鬼》所写，似更接近涂山氏之怅望而未遇，但整个氛围的渲染又和宋玉所写相同。高唐神女名瑶姬，传说精魂化为䔄草，实为灵芝，服而媚焉，则与梦期；而山鬼则曰：“乘赤豹兮从文狸，辛夷车兮结桂旗。被石兰兮带杜衡，折芳馨兮遗所思”；“若有人兮山之阿，被薜荔兮带女萝。既含睇兮又宜笑，子慕予兮善窈窕”。看来她们都并非人间女性，而是山中草木精灵，且都有“媚人”的性格特征。高唐神女自谓在“巫山之阳，高丘之阻”（即险峻之处）；山鬼所居则是：“处幽篁兮终不见天，路险难兮独后来。表独立兮山之上，云容容兮而在下”，也相一致。《高唐赋》写巫山之云，谓“须臾之间，变化无穷”，“晰兮若姣姬，杨袂鄣日，而望所思”，“湫兮如风，凄兮如雨”；山鬼所写则为：“杳冥冥兮羌昼晦，东风飘兮神灵雨。留灵修兮憺忘归，岁既晏兮孰华予?”无论就其烟云缥缈、凄风苦雨之氛围，或是其中交织着的“瞻望所思”的悠悠情怀，都是极其相似的。又山鬼自述其复杂矛盾的思绪有：“采三秀兮於山间，石磊磊兮葛蔓蔓。怨公子兮怅忘归，君思我兮不得闲?”三秀，即灵芝，因一年开花三次，而名“三秀”。“於”古读为“巫”，故郭沫若以为“於山”即是巫山。此二点则更为山鬼即是巫山神女，提供了有力证据。“山中人兮芳杜若，饮石泉兮荫松柏，君思我兮然疑作”，亦说明她们是草木所化之精灵，同时又赋有缠绵痴情的个性，故才有“采三秀”、“饮石泉”、“荫松柏”等的象征性描写，以衬托出“然疑作”的狐疑不定的复杂思绪了。当然屈原笔下的山鬼与宋玉笔下的巫山神女也有很大不同之处：后者是写梦期而遇“因而幸之”，情爱是完满的；前者则显然是写“梦后”的痴恋等待——“子慕予兮善窈窕”，首先从对方设想着笔，正是紧承幽梦而言，分别时又有重会之约，故又说“折芳馨兮遗所思”，是有所准备而来；又说：“留（等待）灵修兮憺忘归”，当是如期践约。但结果却是令人失望的，所思者至终并未出现，女主人公便只能在一片凄风苦雨、木落猿啼的沉重背景中“思

① 杨琳.《巫山神女原型新探》. 文艺研究，1993(4)

公子兮徒离忧"了! 总之,宋玉所写是一次女就男式的美妙艳遇,更多地透露出士阶层的世俗幻想;屈原所写则是女就男而未遇的痴情,更多透露着对爱情忠贞不渝的崇高情怀,他们思想境界之高低不言自明。

《九歌》中的《河伯》,与其他文献所载者亦不同,也是被屈原炽烈的热情艺术加工过了的。王逸注此篇曾引传曰:

> 河伯化为白龙游于水旁,羿见射之,眇其左目。河伯上诉天帝曰:"为我杀羿!"天帝曰:"尔何故得见射?"河伯曰:"我时化为白龙出游"。天帝曰:"使汝深守神灵,羿何从得射汝?今为虫兽当为人所射,固其宜也,羿何罪?"

河伯当为楚人所祀之河神,据此所记则很象一个刁钻放荡、行为不轨的恶少,因而惹祸自受,并无可钦可敬之处。如再联系到河伯娶妇的故事,那就更叫人可恶可畏。大概楚人所崇奉的河伯却并非如此,故在《天问》中他对此提出疑问,并大有为河伯遭遇鸣不平的意思:"帝降夷羿,革孽夏民。胡䠶夫河伯,而妻彼洛嫔?"而在《九歌》中河伯也就变成另一付模样:"登昆仑兮四望,心飞扬兮浩荡,日将暮兮怅忘归,惟极浦兮寤怀",多情、善感、且忧思萦怀;"与子交手兮东行,送美人兮南浦,波滔滔兮来迎,鱼鄰鄰兮媵予",更温情、淑礼,毫无凶神恶煞般的样子。

总之,综观《九歌》中诸神的描写,已完全蜕去其原始的粗野和宗教的神秘,显然是被屈原主观情感化、人性化且艺术审美化了。换句话说,他所着重描写的已非可怖的神性,而完全是人间的世俗的纯真情感。从这个角度说,谓《九歌》中兴寄有屈原的身世之感,也并非全无道理。一方面在诗人与神巫的互渗一体中,既能够体验到诸神的心灵情感活动;另一方面也无形中嫁接上现实的际遇经验而流露于不自知。这种原始巫文化与诗人实际心态的杂糅,既造成《九歌》难解之处,同时也正是其真正魅力之所在,历来见仁见智亦在所难免。

三、叙述语言的艺术美化

屈《骚》的特殊体式,与《诗经》相较则与其中的"二南"相近,故程千帆曾说:"二南之诗,则《诗》《骚》之骑驿,亦楚辞之先驱也"①。据《韩诗外传》则二南之地在今南阳、荆州一带,春秋时即为楚所占有。其诗多写草木虫鱼,好用比兴,联缀虚词,与黄河流域诸国诗风颇异,但与楚骚亦相差甚远。比较可信的看法,骚体应渊源于南方的民歌,如《沧浪歌》(《孟子·离娄上》)、《南风歌》(《孔子家语·辩乐解》)、《越人歌》②等。前二者大概都是北方人的仿作,故与地道的"骚"体终隔一层。惟《越人歌》则是鄂邑榜枻的越人为鄂君子皙所唱,经过越译楚语,后由刘向记音并译意而保存下来的,所以也就与《骚》最相接近。其词曰:

---

① 程千帆.《先唐文学源流论略》. 武汉师范学院学报,1981(1)

② 刘向.《说苑·善说篇》. 北京图书馆出版社,2003

今夕何夕兮，搴洲中流。今日何日兮，得与王子同舟。蒙羞被好兮，不訾诟耻。心几烦而不绝兮，得知王子。山有木兮木有枝，心说君兮君不知！

此歌历来为人交口称赞，谓其成就之高不在《诗》《骚》之下，究其“兮”字用法、比兴手段、甚至叶韵格式和总体风格情味，皆与《九歌》极为相近，因而常被看作是《九歌》的直接渊源。朱熹曾就《湘夫人》“沅有芷兮澧有兰，思公子兮未敢言”两句注云：“其兴起之例，正犹越人之歌所谓：‘山有木兮木有枝，心悦君兮君不知’”（朱熹.《楚辞集注·九歌》）。可知在屈原创造《九歌》的过程中，象《越人歌》这样的南国乡土民歌，实为之仿效吸收是不言而喻的。然二者相较，《越人歌》尚显得直陈而质朴，无疑保持了民歌的自然本色，屈原《九歌》却艳丽深华，明显经过诗人的艺术升华和加工创造，从而形成“惊采绝艳”的鲜明个性特色。研究者一般认为《九歌》写作于《离骚》等篇之前，那么我们可以认定屈骚“奇艳”的整体特征，应该是在《九歌》中最早奠基并臻于成熟的。

屈原是我国文学史上第一个表现出鲜明艺术个性的伟大诗人，其诗篇虽然展示着丰富多样的风格，正如刘勰所说：“故骚经九章，朗丽以哀志；九歌九辩，绮靡以伤情；远游天问，瑰诡而慧巧；招魂大招，耀艳而深华”①。除《天问》《远游》表现为瑰诡慧巧而外，都显示出一种统一的风格特色，那就是“艳”和“丽”。因而，绮靡朗丽、耀艳深华就成为其最突出的主导性艺术风格。如艳丽的词采、绚烂的想象、飘忽纵逸的奇思、香草美人的手法和神幻奇谲的天国描写等，都以其开创性的成就确立起诗人在文学史上的特殊地位。司马迁说：“其志洁，故其称物芳”（《史记·屈原列传》）。扬雄称其为“诗人之赋丽以则”②。班固谓“其文弘博雅丽，为辞赋宗”③。王逸则认为“金相玉质，百世无匹”④。在汉人中不管站在哪一种立场，都未曾否定过其“丽”的特征。对此，刘勰《文心雕龙·辨骚》篇更是大加褒赞：“气往轹古，辞来切今，惊采绝艳，难与并能”；“惊才风逸，壮志烟高，金相玉式，艳溢锱毫”。从对后世的影响着眼则谓：“是以模经为式者，自入典雅之懿；效骚命篇者，必归艳逸之华”（《文心雕龙·定势》）。以“艳”来概括屈骚的总体特色，较之汉人仅称之为“丽”，显然认识把握得更准确、更深刻、也更有个性特征。如《湘夫人》写洞庭秋色：“帝子降兮北渚，目眇眇兮愁予，嫋嫋兮秋风，洞庭波兮木叶下”，胡应麟即谓“形容秋景如画”，为“千古言秋之祖”⑤。写其居室，则成为芳香与色彩交织成的水下世界：气味芬芳的白芷、兰草，辛味浓郁的桂木、芳椒，葱翠的薜荔，浅绿的荪草，“花发如笔”的辛夷，白质紫文的紫贝，照眼欲燃的荷花等等，构筑起一座比人间金玉宫殿更富色彩的神阙，同湘夫人的身份又若合相契。《山鬼》除描写含睇宜笑、披香带萝的艳丽容貌以外，骑的是火红的豹子、毛色斑烂的文狸，驾的是辛夷木车，打是的桂花旗杖，再装饰上石兰杜若的穿戴，在幽篁险路上穿行，又把山鬼描摹得何等华贵而朴野！这种浓彩重墨当然不只在这几篇

① 范文澜注本.《文心雕龙·辩骚》. 人民文学出版社，1962（景元刊本）线装书局，2002

② 《法言·吾子》.《四部丛刊》影宋书《扬子法言》卷二

③ 《离骚序》.《四部丛刊》影明翻宋本《楚辞》卷一

④ 《楚辞章句序》.《四部丛刊》影明翻宋本《楚辞》卷一

⑤ 胡应麟.《诗薮》. 上海古籍出版社，1979

中存在,其他篇章亦然。如写《云中君》:“浴兰汤兮沐芳,华采衣兮若英,灵连蜷兮既留,烂昭昭兮未央”;写《东君》:“驾龙辀兮乘雷,载云旗之委蛇”、“青云衣兮白霓裳,举长矢兮射天狼”;写《河伯》:“鱼鳞屋兮龙堂,紫贝阙兮朱宫,灵何为兮水中,乘白鼋兮逐文鱼”。总之,屈原笔下的神祇究竟是“神”,而不是世间或贵或贱的芸芸众生,所以要用光怪陆离的自然事物、自然色彩、自然声响,铺采摛文地来加以描绘,便必然造成“惊采绝艳”的艺术特色,其实这也正是原始思维中“绘声绘影”语言倾向的高度艺术性美化。应该指出,这种叙述语言虽是在《九歌》中最早明显出现的,但却最终融汇进《离骚》,《九章》等篇章中,因而成为屈骚的整体性特征。

至于造成这种深华艳逸艺术风格的具体原因,刘勰指出过两点:一是受战国时纵横家风气的影响:“方是时也,韩魏力政,燕赵任权,五蠹六虱,严于秦令;唯齐楚两国颇有文学。齐开庄衢之第,楚广兰台之宫,孟轲宾馆,荀卿宰邑;故稷下扇其清风,兰陵郁其茂俗,邹子以谈天飞誉,驺奭以雕龙驰响,屈平联藻于日月,宋玉交彩于风云。观其艳说,则笼罩雅颂,故知暐晔之奇意,出于纵横之诡俗也”①。二是受山川地域的陶冶:“若乃山林皋壤,实文思之奥府,略语则缺,详说则繁。然屈平所以能洞监风骚之情者,抑亦江山之助乎?”(《文心雕龙·物色》)。可能这后一方面更引起人们的重视,故历代评说者不绝。如黄伯思说:“盖屈宋诸骚,皆书楚语,作楚声,纪楚地,名楚物,故可谓之楚辞”②。楚语楚声未必就能造成屈骚式的“艳”,但楚地的霞光夕照、山岚翠微,再加上浩淼的洞庭、沅湘,嵬峤的九嶷、衡岳,云蒸雾绕的神秘云梦,以及葳蕤缤纷的岸芷泽兰、红荷金桔、香桂芳椒等物,那么对诗人文化心理结构的积淀和陶冶就不可小视了。故王夫之说:“楚,泽国也;其南沅湘之交,抑山国也。叠波旷宇,以荡遥情,而迫之以崟嵚戌削之幽菀,故推宕无涯,而文彩翕发,江山光怪之气,莫能掩抑”③。这一切凝注于诗人笔端而流露于不自知者,便正如唐人李华所感受到的:“辨衡巫于点黛,指洞庭于片白,古今横前,江下茂树,方黑春云一色。曰:屈平宋玉,其文宏而靡,则知楚都物象,有以佐之”(李华.《登头陀寺东楼诗序》)。然而,正如有些学者所指出,除上述两点外,更重要的恐怕还是楚地巫风盛行和深入人心所致,或者说是由屈原深厚的巫学根柢所造成。原始宗教巫术思维方式的一大突出特征,就是其充满着神秘观念的怪异想象。灵巫本认为自己有升天入地,交接神灵的特殊本领,他们既是交通人神的桥梁,又是神灵在人间现形的具体代表,故往往在斋戒沐浴之后,穿戴上奇装异服,披带上芳花香草,妆扮得无比瑰奇艳丽以为神灵之象。这从地下出土的一些文物即可得到证实。如河南长台关楚墓出土的锦瑟漆画,其所绘灵巫形象,或高冠长袍,或披发曳裳;湖南长沙子弹库出土的楚墓帛画,更有长髯佩剑男子,驭龙以升天的神奇图象。这些都使我们想到屈原《九歌》中的描写,不仅极为相象,而且一样地奇艳瑰丽动人。更为奇怪的是同屈原本人自述形象也十分相合,故郭沫若曾题其图曰:“仿佛三闾再世,企翘孤鹤相从。陆离长剑握拳中,切云之冠高耸。上罩天球华盖,下乘湖面巨龙。鲤鱼前导竟从容,瞬上九天飞动”(载《文物》,1973(7))。由此亦可证明,

① 范文澜注本.《文心雕龙·时序》.人民文学出版社,1962
② 黄伯思.《东观余论·校定楚辞》.中华书局据古逸丛书三编影印本,1988
③ 王夫之.《楚辞通释序》.上海人民出版社,1975

即使屈原本人不是楚国大巫，也对巫学素有深厚的修养，对巫师有倾心企慕，所以才会那样塑造自己的形象。而以巫术性思维方式感受自然、想象神物、并注之于笔端便不能不“惊采绝艳”而“耀艳深华”了。

第四节　《离骚》：天人相通的象征世界

一篇屈子《离骚》，千古学人不知为之发出过多少惊奇赞叹，用上多少最美最精彩的语言，以发抒其最难掩抑的倾心和情思，而仍难穷尽其奥妙而意足心安！究其原因所在，自然首先在于他以奇特之想象、华美之语言、宏大之结构所营造之浩渺深广之内涵，而包蕴于其中之伟大人格和忧国情思，因而才能深深拨动历代爱国志士的心弦。它不只是屈辞中总其大成之作，并且还因此作为一种典型，而把举凡屈原一切作品皆称之为“骚”。前人如宋洪兴祖，其《楚辞补注》就曾将屈原作品分别题为：《离骚经》章句第一，《离骚·九歌》章句第二、《离骚·天问》章句第三，《离骚·九章》章句第四……朱熹《楚辞集注》亦如此，而题作《离骚经》第一，《离骚九歌》第二，《离骚天问》第三，《离骚九章》第四云云。对非屈原的作品则总称之为《楚辞》，或题作“续离骚”以示区别。可知在他们的思想中屈原的作品只有《离骚》一篇是尊称为“经”的，其他则是《骚》之附丽，这就更加突出了《离骚》在屈原作品中的显要地位。那么，其原因又何在呢？

概言之，从屈原创作的艺术成就来看，或者可以说其他作品都不过是他创作《离骚》的准备，因为只有《离骚》才表现出他熔铸古今、接纳万有的真正博大成熟。如前述，《天问》基本是远古神话的直录（尽管不否认其中有他理性的思考和情感灌注），因而才呈现为“奇”，不过这“奇”并非出自屈原的主体创造，而是神话本身就带有的。《九歌》主要是依神话原型而加工改制的，故“奇”的特色已逐渐淡化（更多带有人情味），而更突出地呈现为“艳”，尽管这是诗人苦心营构的艺术再创造，但终归不能无所依傍而空诸万有，全出已心。而《离骚》则不同，它以现实生活生发的深广激愤和强烈的情感体验为基底，加之以融化为自己血肉的神话思维和意识来营构作品，并以香草美人式的“惊采绝艳”话语表述之，便显示出一种海涵地负式的博大精深和空诸万有的创造气度。在这里，自然或超自然物都同诗人的道德价值观念密切相连，故而形成一种特指性喻象。不只大量描写到的香草美人、恶禽臭物，都是用来比喻君子或小人的，就是那些神话故事也成为有一定寓意的特殊喻象而进入作品之中。因此可以说，《离骚》中的神话不只是保存着神话的蛮荒原貌，而是攫取神话的艺术精神使之与现实经验高度结合，并在神奇浪漫的幻想中塑造着诗人自己的高大形象。他结构作品的这种特殊思维方式，还突出表现为：天上和地下相通，神界和人界相通，物我内外相通。毫无疑问这是得力并根植于巫术或神话那种把握世界的特定方式的，故才有超越时空限界的高举远蓦，才有泯灭阴阳界限的人神对话，以及融通物我内外的相契相知、相亲相昵，而完全沉浸在神奇变幻的巫术神话世界之中。我们还可改变一个角度来看，如果说《天问》是对我国神话所作的一次系统审视和整理，意义固然重大；而《九歌》则是对神话本质精神的一次发现，预示着神话演化为艺术具有历史意义的重要转折；那么《离骚》的出现则是一次质变，即作为原始意识形态的神话终于走进艺术的真正殿堂,因而它也从此就不再是本原意义的神话了。伟哉《离骚》! 它是荆楚巫文化神话土壤中孕育的一株真正艺术奇葩,因而标志着后人难以企及的一座文学高峰。

张正明先生曾指出:“巫学给艺术带来的是狂怪直率的意绪,道学给艺术带来的是睿智玄妙的理念,骚学给艺术带来的是融狂怪直率的意绪和睿智玄妙的理念于高洁绮丽的情思之中”①。他所总结的这种巫、道、骚与意、理、情的影响对应系统,固然是深刻的卓见,可以启发人思。但细想起来,巫学更重要的是为“道一骚”文化奠定了一种特有的共同基础,即特殊的生活观念和思维方式,或曰巫文化世界观。因此,不论道和骚,都不过是在这片肥沃土壤上生长起来的绚烂思想花朵,只是前者偏于理性的思考,后者偏于感性的创造,二者之间存在某种相通或影响是必然的,骚学也就不必高攀道学之理念而显示其“玄妙”了。下面我们就从巫学角度探讨屈原《离骚》。

一、用神话思维结构的作品体系

神话思维一个最突出的特征,就是超越时空,沟通天地、人神、物我的整体自然观。这在《离骚》等作品中则突出表现为“流观”意识。在《离骚》第二大段写到求女时曾明确说:

> 和调度以自娱兮,聊浮游以求女。及余饰之方壮兮,周流观乎上下。

在其他一些作品如《哀郢》《远游》中,也有同样描写:

> 曼余目以流观兮,冀壹反之何时?(《哀郢》)
> 经营四荒兮周流大漠,上至列缺兮降望大壑。(《远游》)

与此相近者还有如:

> 忽反顾以游目兮,将往观乎四荒。览相观于四极兮,周流乎天余乃下。(《离骚》)
> 登苍天而高举兮,历众山而日远。观江河之纡曲兮,离四海之沾濡。(《惜誓》)

凡此所谓“游观”、“览观”、“流观”等,其内涵都基本相同,确切的含义就是所谓“周流观乎上下”,即超越时空限制,随灵魂提升而驰神遨游,以纵目四极,笼括天地,故抒情主人公也具有半人半神的性质。在屈原后期的作品中,这种由神话思维演化而来的“流观”意识,更成为他建构作品的主导性思维体系。《离骚》全篇可分为前后两大部分三大段,即

① 张正明.《巫、道、骚与艺术》. 文艺研究,1992

是以此超乎寻常的幻象思维如叩阍、求女、问卜等为贯穿始终的主要线索的。第一部分首叙自己的家世、生辰、嘉名和好修“内美”,接着转入对现实的丑恶、楚王的昏庸、党人的谣诼、世途之险隘以及众芳芜秽变质的批判,并表示自己“虽九死其未悔”的坚贞决心。文中除大量使用香草美人式的比喻象征手法外,应该说基本是对现实社会和亲身遭际体验的真实描绘,因而是较少有幻想虚构成分在内的。然而也正是这部分的后半,诗人却在愤激高扬的思绪中远蓦高举:“朝饮木兰之坠露兮,夕餐秋菊之落英”,“步余马于兰皋兮,驰椒丘且焉止息”;“高余冠之岌岌兮,长余佩之陆离”,“忽反顾以游目兮,将往观乎四荒”,毫无疑问正是那种黑暗丑恶的现实,令人压抑窒息的空气,才激发出诗人的心灵幻化和灵魂飞举。因而这种“流观”意识的产生,既是诗人情感激流的必然发展,又是转入第二部分幻境描写的自然过渡,使前后两大部分水乳交融般地结合为一个有机整体。而后半部分,则完全为“流观”意识所笼盖。先写向幻想中的舜帝陈词,再写向缥缈中的天廷叩阍。这一切努力失败后即转入上下“求女”(哀神女、求宓妃、媒简狄、留二姚等)。求女失败(实喻求贤),于极度苦闷中诗人又转而求巫问卜:先有灵氛之吉占,劝其离楚他适,另谋所图;次有巫咸降神,建议另择贤君事之,“求矩矱之所同”。但他却“心犹豫而狐疑”,难以离弃故土,便对楚国政局再加审视酌量,失望中而有“二上昆仑”之举。据专家们考证,他这次所经历之地,除“朝发天津,夕至西极”外,有流沙、赤水、不周、西海等,都是西北地区实有之地名,而以“陟陞皇之赫戏”为其最后归宿。用他的话说,就是”及余饰之方壮兮,周流观乎上下”。那么,他这一举动又有什么深刻含义呢?有认为这可能是屈原设想的一种战略计划,有从背后包抄而报秦之意。也有认为这是去传说中西王母所居之昆仑圣地,以期得道成仙。独姜亮夫先生提出,这是去追循楚祖先的发祥地——“旧乡”,即帝高阳所曾始基而兴起的昆仑山麓,以缅怀先祖而寄托今之哀思。故才有“仆夫悲余马怀兮,蜷局顾而不行”之语。比较诸说,当以姜说似最能得诗人之用心所在。总之可以看出,一篇《离骚》如无这种“流观”意识贯穿其中,就会支离破碎、杳不相属,虽可解释为诗人情感的跳跃性太大,而实际却是很难读懂的。清吴世尚大概就道出了这种感觉,他说:“此千古第一写梦之绝笔也……故其词忽朝忽暮,倏东倏西,如断如续,无头无踪,惝恍迷离,不可方物。此正白日梦境,尘世仙乡,片晷千年,尺宅万里,实情虚景,意外心中,无限忧悲,一时都尽,而遂成天地奇观,古今绝调矣”①。不过他不从超越时空主体的“流观”意识去理解,而仅归之于“白日梦境”进行分析,恐怕是远远不够的。

这种“流观”意识,作为从神话思维中所萌生的一种独特艺术构思,它还有如下几方面重要意义和特征:一是宇宙永恒意识。《远游》说:“悲时俗之迫厄兮,愿轻举而远游”,“轩辕不可攀援兮,吾将从王乔而娱戏”。《惜誓》说:“登苍天而高举兮,历众山而日远”,“黄鹄之一举兮,知山川之行曲;再举兮,知天地之圆方。临中国之众人兮,托回飙乎尚羊”。又说:“澹然而自乐兮,吸众气而翱翔”。显然他之所以要“轻举”“或“高举”,而去“翱翔”以“尚羊”,正是为了超越这黑暗污浊的尘世,而求得对痛苦沉闷人生的解脱,达到与宇宙一样无限和永恒。《远游》说:“惟天地之无穷兮,哀人生之长勤”。正因为天地无

① 吴世尚.《楚辞疏》.湖北人民出版社,1985

穷而人生短暂,这又是一种何等的无奈和悲哀,所以他才要超越时空去追求生命的不朽,达到“超无为以至清兮,与泰初而为邻”!也就是《涉江》所说:“登昆兮食玉英,与天地兮同寿,与日月兮齐光。”《离骚》自述其“耿吾既得此中正”、“溘埃风余上征”时,王逸注曰:“得此中正之道,精合真人,神与化游”①。无可讳言,这“真人”就是屈子所追求的人生境界。因此,包含在“流观”意识中更为深层的内涵,是一种对宇宙无限和永恒的追求礼赞,是对现实社会被压抑被迫害的个体生命不朽的热情肯定,正是屈原崇高人格和爱国精神的深刻体现。《庄子》一书亦曾屡屡谈到“乘云气,御飞龙,而游于四海之外”,并说:“今一以天地为大炉,以造化为大冶,恶乎往而不可哉?”(《庄子·大宗师》)可知同由巫文化土壤中生长起来的《庄》《骚》,在这方面是完全相通的,其共同根据则是《老子》第二十五章所说:“人法地、地法天,天法道,道法自然”。不法有形而法可知不可及的本一“自然”,这正是屈原作品中所体现的一种其大无匹、其妙无垠的宇宙意识。二是动态空间意识。读屈原作品往往会产生一种突出感受,那就是无论神话人物、传说古帝、山川灵物、飘风云雨,都完全听从他的驱使,共同组成一幅壮丽画面而在动态空间中流驶。《离骚》则尤其如此,比如写“就重华而陈辞”后的高举:“驷玉虬以乘鹥兮,溘埃风余上征。朝发轫于苍梧兮,夕余至乎县圃。欲少留此灵琐兮,日忽忽其将暮。吾令羲和弭节兮,望崦嵫而勿迫。路漫漫其修远兮,吾将上下而求索。饮余马于咸池兮,总余辔乎扶桑。折若木以拂日兮,聊逍遥以相羊。前望舒使先驱兮,后飞廉使奔属。鸾皇为余先戒兮,雷师告余以未具。吾令凤鸟飞腾兮,继之以日夜。飘风屯其相离兮,帅云霓而来御。纷总总其离合兮,斑陆离其上下”。就是一段奇文。他不是写从某一定点视角出发在凝固空间中看到什么,而是写大化流动的神话式幻想空间中存在什么。诗人似乎高踞于太古之初,九天之上,纵观古今于须臾,俯览宇宙于一瞬,驾云乘风,弭节按拍,而精骛八极,心游万仞。无疑这是一种超乎客体之上的幻化空间和现实空间的完美结合,故既真实又虚幻,既亲近又超远,构成屈骚强大艺术表现力的一个突出特点。又如写“求女”一节,在“朝吾将济于白水兮,登阆风而緤马;忽反顾以流涕兮,哀高丘之无女”之后,便展开他“览相观于四极”的“周流”:“游春宫,折琼枝,相下女,令丰隆乘云,求宓妃所在,命蹇修为理,解佩纕以结言”;接着又“夕次穷石,朝濯洧盘,望瑶台之偃蹇,求有娀之佚女,令鸩鸟为媒,凤皇受诏,既恐高辛之我先”,终因理弱媒拙而失败。所写也是一种无遮无碍,变动不居的幻化空间,与前节出同一机杼。再如写“灵氛告余以吉占”后的远逝自疏:以琼枝为羞、琼爢为粻,驾飞龙、杂瑶象为车,扬云霓、承凤翼为旗,历经天津、西极、流沙、赤水、不周、西海,终至戏皇所居之昆仑。凡此都说明诗人想象所弛骋的空间,是不受地理位置的界划局限,甚至原初神话界划局限的动态性自由空间,与其说这是一种超越性时空描绘,毋宁说是诗人思维空间波荡着的强大激流而已。三是自我超越意识。屈原所处的时代,是楚国历史上极其腐败窳弱的时代,军事上屡遭兵挫地削的沉重打击,外交上又屡次受骗,既失信于盟国,也完全失去主动权;国内政治则是“王听之不聪,谗谄之蔽明,邪曲之害公,方正之不容”(《史记·屈原列传》),完全由奸佞党人所把持。屈原既受任于国家危难之际,

---

①　王逸.《楚辞章句·离骚注》.《四部丛刊》影明翻宋本《楚辞》卷一

一心为“存君兴国”而奔走呼号，却遭到腐朽势力的围攻，而谣诼四起，失去国君的信任。但他又“宁溘死”而不“改乎此度”，遂一贬再贬，直至投汨罗以自殉。在这样一个黑暗腐败的环境中，他几乎是无路可走，无处侧身，真有点“为天地”所不容之势。然而，他又不愿放弃自己的政治理想，不忍目睹自己的国家走向灭亡，更为自己所受的不公平遭遇而疾痛惨怛、奔走怒号。为了求得情感上的慰藉，为了求得心理上的平衡，他不得不从黑暗丑恶的现实中超脱出来，去“远逝”、“高举”乃至“流观”。因而，也才使其个性中闪烁着人格的高风亮节和思想的崇高境界。故读其文者，则不仅会感到如鲁迅所说“放言无惮，为前人所不敢言”①之铮铮铁骨，更会感到一种神人般的飘逸，哲人般的超迈，和志士般的矢志不移，在壮怀激烈中增加几分静穆的自适——“澹然而自乐兮，吸众气而翱翔”、“一举兮知山川之纡曲，再举兮知天地之方圆。临中国之众人兮，托回飙乎尚羊”。借用钟嵘的话说：“可以陶性灵，发幽思，言在耳目之内，情寄八荒之表……使人忘其鄙近，自致远大”②。而正是这种强烈的自我超越意识，遂成为魏晋时期我国文学自觉之先导。

二、迷幻心态构成的创作底蕴

屈原萌生于神话思维的“流观”意识，其现实心理基础是一种孤傲狂放的迷幻心态，这为学界已经指出。而在《离骚》等作品中，其突出表现即是“神游”。司马迁《史记·屈原列传》描述屈原创作《离骚》时之心态即说：

> 屈平疾王听之不聪也，谗谄之蔽明也，邪曲之害公也，方正之不容也，故忧愁幽思而作《离骚》。……故劳苦倦极，未尝不呼天也；疾痛惨怛，未尝不呼父母也。屈平正道直行，竭忠尽智，以事其君，谗人间之，可谓穷矣。信而见疑，忠而被谤，能无怨乎？屈平之作《离骚》，盖自怨生也。

太史公此言并非出于臆猜，因为《楚辞·渔父》即说：

> 屈原既放，游于江潭，行吟泽畔。颜色憔悴，形容枯槁，渔父见而问之……屈原曰：“举世皆浊我独清，众人皆醉我独醒，是以见放”。

《卜居》载他问卜于郑詹尹也说：“屈原既放，三年不得复见”，“心烦虑乱，不知所从”。《天问序》则谓其“彷徨山泽，经历陵陆，嗟号昊旻，仰天叹息”。又《屈原外传》记他创作《离骚》：“遂放而耕，吟《离骚》，倚耒号泣于天”，“披蓁茹草，混同鸟兽”。凡此种种所描述的景象，似乎都说明屈原的许多作品，是在遭受巨大打击和迫害后，处于心情迷乱、理智失控状态下写作出来的。而在《离骚》和《天问》中表现得最为突出。

当时的楚国朝廷，不论从君王到臣下，或是前堂后宫，都是由一群昏愚守旧、贪婪嫉

① 鲁迅.《摩罗诗力说》.《鲁迅全集》卷二十，1973

② 钟嵘.《诗品》(上)，陈延杰注本. 人民文学出版社，1958

妒、屈节逢迎、专事谗言离间的小人把持着朝政,用屈原的话说,造成一种"鸡鹜翔舞"、"邑犬群吠"、"腥臊并御"、"阴阳易位"、"黄种毁弃,瓦斧雷鸣"的恶浊世风和腐败习气,这不仅足以将世上一切最美好的事物玷污淹没,而且可能葬送一个国家和民族的前途命运。身处在这样一种污浊黑暗的社会风气之中,屈原不仅不与之上下浮沉、同流合污,而是以那"独立不改"、"受命不迁"的铮铮铁骨,以"九死其犹未悔"的决心去与之对峙抗争,甚至投去最高傲鄙夷的一瞥而掉头不顾:"何桀纣之猖披兮,夫唯捷径以窘步。惟夫党人之偷乐兮,路幽昧以险隘"。矛头直指最高统治者及其党人,直言不讳地进行愤怒抨击。至于那些"群小"之叛离变节、蝇营狗苟,他更置以轻蔑地一笑而鄙弃之:"余以兰为可恃兮,羌无实而容长"、"椒专佞以慢慆兮,樧又欲充夫佩帏"、"苏粪壤以充帏兮,谓申椒其不芬"。他这种愤世嫉俗、高傲不屈的个性情操,自然是为当今之荃蕙不察和党人不容了,于是只能将一腔愤懑呼天呛地的发为亘古不泯的诅咒呼号:"千钧为轻,蝉翼为重!黄钟毁弃,瓦釜雷鸣!谗人高张,贤士无名!吁嗟默默兮,谁知吾之廉贞!"(《卜居》)"鸾鸟凤皇,日以远兮!燕雀乌鹊,巢堂坛兮!露申辛夷,死林薄兮!腥臊并御,芳不得薄兮!"(《涉江》)"变黑以为白兮,倒上以为下!凤皇在笯兮,鸡鹜翔舞!同糅玉石兮,一概而相量!夫惟党人之鄙固兮,羌不知余之所臧!"(《怀沙》)由于对社会政治和民族命运认识最清醒,也看得最透彻,故其内心之忧愤也就最深广最沉重。何况他还抱着"知死不可让"的决心而以死相殉,其情感的狂澜又何能强抑而不陷入迷乱癫狂状态之中?故屈原后期的作品,大多是写情感迷乱中神游的幻境。在《天问》中为"问",在《离骚》中则集中表现为"游"。

《天问》中诗人面对先王宗庙和公卿祠堂中的古老壁画,飞腾起杳渺的想象,沉迷于神话幻境之中,一口气执拗地提出 170 多个问题:从天地之生成,到日月星辰之安在;从四方神怪之究诘,到夏商周三代之兴亡,一直问到春秋时期吴楚两霸之争。其目的用意究竟何在?细按其文,大概不外乎是写在精神的恍惚迷乱中由历史兴亡所触发的伤痛,和对"天命反侧"所引起的疑丛。所以才表现为如夏大霖所说之"奇":不伦不类、不经不典、颠倒错综、问过又问、说了重说,转使读者没寻绪处①。而这种颠倒错乱之思绪,不正说明诗人内心之愤懑迷乱已到精神崩溃的边缘?而其情其境也就超出一般常人所能之范围。正如清贺贻孙《骚筏》所说:"烦懑已极,触目伤心,人间天上,无非疑端"。同样的迷幻情怀,在《离骚》中则更突出地表现为"神游"和"流观"。诗中最感人的人格精神,就是那传诵千古的"九死其未悔"的决心,和"路曼曼其修远兮,吾将上下而求索"的执着和坚定。而这"求索"精神具体表现在作品中,就显现为那超现实超时空的梦幻般的神游:先是"驷玉虬以乘鹥兮,溘埃风余上征";继则"飘风屯其相离兮,帅云霓而来御";转而"为余驾飞龙兮,杂瑶象以为车";终则"驾八龙之婉婉兮,载云旗之委蛇"而达目的地"陟陞皇之赫戏"。在这一系列听詈、求女、问卜、陈辞、上征的曲折经历中,诗人的一腔悲愤似乎已不是对现实的抨击和痛斥所容纳得下、稀释得了的,它充塞于天地之间,周流于八极之外,所以只能在跨时空的历史长河中去遨游抒写,在渺远荒古的神话世界中去排遣

① 夏大霖.《屈骚心印》. 齐鲁书社,1997

释放，正如前人所说无疑这是一种梦境、幻境。清吴世尚说："其词忽朝忽暮，倏东倏西，如断如续，无头无踪，惝恍迷离，不可方物"①，即此之谓。这也说明，屈骚中之境界，确非一般之常理所可解，亦非一般之常情所可喻，用西哲柏拉图之"迷狂"说视之，当更合契。

因此，屈原创作中的迷幻心态，就不只是残酷的现实所摧迫产生的，而且也与其深厚的巫学修养相关。巫的职业特征是以歌舞来祀神祠鬼（祖），娱神乐神，并作为神的化身出现以昭示万民，这从《九歌》中可得到充分说明。巫的甲金文写法，即象两人相对翩翩起舞，可说是其活动的真实写照。巫师起舞往往被管弦应旋律，击鼓撞磬以合节奏，曼声引唱，抑扬顿挫且行为放纵无拘，以达娱神和自娱的目的。但巫师作法，又并非是在清醒和理智状态中进行的，而是要进入精神失控的迷幻心理之中，所以才能通神、代神，为神灵所凭附而沟通天地神人。为了要达到这种精神失控的迷幻状态，他们还常常服用带麻醉性的饮料，或用有麻醉作用的药物涂抹身体器官，使其慢慢致幻而进入迷乱状态，而这也正是他们有异于常人之功能所在。巫术的进行还极富群体性和民众性，当其进入高潮时，不只巫师处在狂乱迷幻之中，且群情激荡、伴随急管繁弦而达到高度兴奋，也处在理智失控的狂乱迷幻之中。屈原未必即是大巫，但他深厚的巫学修养和丰富的巫文化经验，塑造并积淀成其易于迷狂和产生幻觉的性格，却是毋庸置疑的。当极端黑暗和险恶的现实，压抑摧迫煎熬着他，当他处于极度失控和痛苦之中时，容易理智失控而产生迷乱幻觉也就是必然的了。楚民族是最富幻想的民族，其原因亦盖在于此。

三、用神话思维创作的结构

读屈原《离骚》者，无不感受到它所展现的诗人强烈鲜明的艺术个性。其中的一个重要方面，就是他所构建的整体性象征模式。这不只是指其香草美人式的比兴手法，更重要的还是其恢诡怪谲的神话象征世界。这大致可分为三类：一是圣君贤臣以寄寓崇高理想；二是善鸟香草以象征高尚人格；三是灵修美人以托兴隐曲情思。当然这三方面在《离骚》中是相互渗透、相辅相成而融为一个整体的，因而才构成其完整的象征形象体系，并形成一种模式而影响着此后千百年的文学创作。

《离骚》中提到的圣君贤臣及其对立面的人物有：鲧、禹、启、浞、浇、夏桀、后辛、高辛、少康、挚、皋陶、傅说、武丁、吕望、宁戚、周文、齐桓等，当然有些只是传说中的人物，但都是作为屈原寄托理想或其反面人物出现的，并在很大程度上已摆脱了历史的局限，而被赋予象征的意义。例如在多篇作品中都写到的鲧的"婞直"，其实就是诗人自身的象征写照。而篇中禹、汤、武丁、周文、齐桓等，则是象征明君的；与之相反的启、浞、浇、夏桀等，则是误国昏君的代表。至于挚、皋陶、傅说、吕望、宁戚等，又被作为贤臣的典范来赞颂，并且武丁与傅说、周文与吕望、齐桓与宁戚的遇合相得，则成为君圣臣贤佳话的象征。因此可以说，《离骚》中的这些人物系列，作为象征都可在楚国的现实生活中找到他们的影子。比较集中的描写如：

① 吴世尚.《楚词疏》. 湖北人民出版社，1985

启九辩与九歌兮,夏康娱以自纵。不顾难以图后兮,五子用失乎家巷。羿淫游以佚畋兮,又好射夫封狐。固乱流其鲜终兮,浞又贪夫厥家。浇身被服强圉兮,纵欲而不忍。日康娱以自忘兮,厥首用夫颠陨。夏桀之常违兮,乃遂焉而逢殃。后辛之菹醢兮,殷宗用而不长。汤禹严而祗敬兮,周论道而莫差。举贤而授能兮,循绳墨而不颇。皇天无私阿兮,览民德而错辅。

汤禹严而求合兮,挚咎繇而能调。苟中情其好修兮,又何必用夫行媒?说操筑于傅岩兮,武丁用而不疑。吕望之鼓刀兮,遭周文而得举。宁戚之讴歌兮,齐桓闻以该辅。

淫游自纵,是自取灭亡之道;举贤授能,则为兴旺发达之德。这既是历史的深刻教训,可以用来警诫当今主上;但作为一种象征,则是对现实政治生活的猛烈抨击。历史是渺远的、已经逝去的现实;现实也是确实的、还在重演的的历史。在历史和现实之间,屈原找到了一种艺术的表达方式,那就是象征。这是他创造的象征模式的第一个层次。

较之历史和现实事件更深一层的虚化,于是又进入善鸟香草的象征世界,这也是屈原创造的更高艺术境界。《离骚》的前半部分乍看是基本写实的。但他并未以白描手法平直出之,而是以花鸟香草之类曲折隐言之,即所谓"言在此而意在彼",使屈《骚》呈现出一种色彩缤纷、深华耀艳的鲜明风格。据有关人士统计,《离骚》中写到的花草多达23种,如江离、辟芷、秋兰、宿莽、申椒、菌桂、留夷、揭车、杜衡、秋菊、薜荔、胡绳、琼茅、芰荷、荃、蕙等。写到的动物也有十多种,如鸷鸟、玉虬、鸾鸟、凤皇、雄鸠、鹈鴃、骐骥、蛟龙等。王逸认为,这是"善鸟香草,以配忠贞;恶禽臭物,以比谗佞……虬龙鸾凤,以讬君子;飘风云霓,以为小人。其词温而雅,其义皎而朗"①,即指出其中蕴含的奥妙。不过他一律归之为"依诗取兴,引类譬喻",似乎只是传统比兴手法的延续,却未必妥当。早在淮南王刘安即指出:"其文约,其辞微。其志洁,其行廉。其称文小而其指极大,举类迩而见义远。其志洁故其称物芳,其行廉故死而不容自疏"(《史记·屈原列传》引),文约辞微、文小指大、类迩义远,显然不只是一般的简单比兴,而是一种较之《诗经》更高更完整的艺术创造,用后来所说"象征"一词概之,似更为切当。一般而言,这些善鸟香草或恶禽臭物有如下象征作用:或用以象征诗人的修养和情操,或用以象征恶人的奸邪和谗佞;或用以象征人才培养的蜕化变质。如:

纷吾既有此内美兮,又重之以修能。扈江离与辟芷兮,纫秋兰以为佩。汩余若将不及兮,恐年岁之不吾与。朝搴阰之木兰兮,夕揽洲之宿莽。日月忽其不淹兮,春与秋其代序。惟草木之零落兮,恐美人之迟暮。不抚壮而弃秽兮,何不改乎此度?

余既滋兰之九畹兮,又树蕙之百亩。畦留夷与揭车兮,杂杜衡与芳芷,冀枝叶之峻茂兮,愿竢时乎吾将刈。虽萎绝其亦何伤兮,哀众芳之芜秽。

① 王逸.《离骚经序》.《四部丛刊》影明翻宋本《楚辞》卷一

兰芷变而不芳兮，荃蕙化而为茅。何昔日之芳草兮，今直为此萧艾也。岂其有他故兮，莫好修之害也。余以兰为可恃兮，羌无实而容长。委厥美以从俗兮，苟得列乎众芳！椒专佞以慢慆兮，榝又欲充夫佩纬。既干进而务入兮，又何芳之能祗？固时俗之从流兮，又孰能无变化？览椒兰其若兹兮，又况揭车与江离？惟兹佩之可贵兮，委厥美而历兹。芳菲菲而难亏兮，芬至今犹未沫。

与历史人物世界不同，这里显然是一个芳草香花竞艳的神奇世界。不过，它们似乎都联系着一个共同终端，那就是诗歌主人公屈原。或者说它们都是由此同一个核心辐射出去的射线，因而也就必然地浸染着鲜明而强烈的主人公的思绪、情感和品格。故此，我们也就不能将其简单地仅作为一般的草木植物看待，而是理解为诗人主体想象外化的“有意味”的象征世界。这是他所创造的象征模式的第二个层次。应予特别指出，由屈原首创的这种艺术表达方式，发展到后来居然演变为一种凝固的创作套路，并成为我们民族最具个性的审美特征之一。

在前两层象征模式基础上，再进一步虚化以至幻化，《离骚》的后半部分诗人又创造了一个神话人物的象征世界。这是其象征模式的第三个层次。这些属于神或半神的人物有：羲和、望舒、飞廉、丰隆、雷师、帝阍、宓妃、蹇修、二姚、西皇、神女、女嬃、灵氛、巫咸等，而舜、鲧、禹、羿等其实也可划归此类。王逸曾说：“灵修美人，以媲于君；宓妃佚女，以譬贤臣；虬龙鸾凤，以托君子；飘风云霓，以为小人”（《离骚经序》），即是指此而言的。班固从其正统儒家立场出发，曾对此大加贬斥：“多称昆仑冥婚、宓妃虚无之语，皆非法度之政，经义所载”，但也不得不说：“虽非明智之器，可谓妙才者也”①，即从反面立场上同样肯定其在艺术上的独创性和开拓作用。刘勰评《骚》则折中于班、王二人之间，指出其“同于风雅”的四事，和“异乎经典”的四事，对此则归诸“异”的一面，谓：“至于托云龙，说迂怪，丰隆求宓妃，鸩鸟媒娀女，诡异之辞也”，其立场则更接近班固，但也不能不赞其：“气往轹古，辞来切今，惊采绝艳，难与并能”②，可能受到王逸的影响，而在气逸和采艳之外，特别提出“辞来切今”的一面，即对蕴含的讥刺现实的象征内容大加褒赞，则是班固远所不逮的。其最典型的描写，如“跪敷衽以陈辞”一节，自“驷玉虬以乘鹥”而“上征”以下，依次写道：朝发苍梧，夕至悬圃，欲留灵琐而日暮，遂命羲和以弭节；望崦嵫其路漫漫，折若木以拂日月；饮马咸池，总辔扶桑，前有望舒先驱，后有飞廉奔属；鸾皇先戒，雷师告余，凤鸟腾飞，飘风云屯，纷总总其离合，斑陆离其上下；叩帝阍命其开关，却倚阊阖而望予不语，便只好大失所望地“结幽兰而延伫”了。这段奇文，他一口气排列出那么多灵物、灵地、灵神，以瑰丽而密集的笔触创造了一个令人神往的神话世界，这大概在古今中外的一切作品中都是极为少见的。在灵氛告余吉占后“厤吉日乎吾将行”一节，也有差不多同样的描写，如：

① 班固.《离骚序》.《四部丛刊》影明翻宋本《楚辞》卷一

② 范文澜注本.《文心雕龙·辨骚》. 人民文学出版社，1962

“为余驾飞龙兮，杂瑶象以为车”，“扬云霓之掩蔼兮，鸣玉鸾之啾啾。朝发轫于天津兮，夕余至乎西极。凤皇翼其承旂兮，高翱翔之翼翼。忽吾行此流沙兮，遵赤水而容与。麾蛟龙使梁津兮，诏西皇使涉余”。

与前段亦有异曲同工之妙。因此，我们可以这样说：屈原是采用丰富的蛮荒神话材料，完全运用一种瑰奇的本原神话思维方式，来结撰他的神话象征世界的。后人因已丢失这种本原性神话素材，也丢失了这种原初性的思维方式，故而已不可能再重复或复现屈《骚》的艺术辉煌，终使其成为真正不可逾越的高峰。

在《离骚》的象征模式中，还存在着一个理解上的重要难点，即以抒情主人公为中心构成的婚恋喻象。在作品前半部分，是以楚王为男而自己以女自喻；在作品后半部分，又以宓妃、二姚等为女而自己为男自居。于是在主人公的性别上，遂形成前后矛盾和极大反差，这究竟是为什么呢？在与楚王的关系上，主人公自喻弃妇，并直言眷眷恋情：“指九天以为正兮，夫惟灵修之故也。曰黄昏以为期兮，羌中道而改路”；“初既与余成言兮，后悔遁而有他。余既不难夫离别兮，伤灵修之数化”。因此，有些学者遂把屈原误解为“男妾”或“性变态”者。而有些学者则进而从艺术手法或表现技巧上理解，摆脱简单肤浅的事实认定似更为妥当。如游国恩《楚辞女性中心说》云：“文学用女人来做比兴的材料，最早是《楚辞》”。但“我们不必惊异，这象征并非突然；在我国古代，臣子的地位与妻妾相同，《周易·坤》文言说：‘坤，地道也；妻道也；臣道也’。所以屈原以女儿自比是很有理由的”，“何况他事楚怀王，后来被放逐，这和当时妇人的命运有什么两样呢？所以他把楚王比作‘丈夫’，而自己比作弃妇，在表现技巧上讲，是再合适也没有的了”。至于在后半部分的“求女”中，诗歌主人公是以男性自居的，这似乎问题不大，因为这同诗人的身份是相符合的。但也造成理解上的困难，正如何焯《义门读书记》所说：“此辞（按即《离骚》）难通处，无如中间求女三节。然文意坦然明白，寄情属望之恳倒全在比段，……历来注家莫有得其说者”。于是后人臆猜说解，遂滋纷纭，有谓求君者，有谓求贤臣者，有谓求隐士者，有谓求诸侯者，有谓求通君侧之人者，有谓实求美人者等。但不管怎样假定阐释，则“文意坦然明白”是无可疑议的，最大的疑难在于《离骚》中作为性恋对象的楚王或宓妃、二姚等，都有固定不变的男女性别身份，唯独主人公屈原却一会是女，一会是男，具有变动不定的男女二重性别身份，其深层原因又该如何解释呢？也许我们正可从其植根于中的楚国巫风信仰和巫术文化土壤中，能得到本原性说明。

楚人重淫祀，普遍为人所知。“非其所祭而祭之，名曰淫祀”。① 但这却是把握楚文化本质最关重要的一环。不了解其所包涵的巫文化深刻内容，楚文化也就会黯然失色。楚人祭祀中担当主要角色者，即是巫觋（在女曰巫，在男曰觋）。而他们的职能主要就是降神、迎神、娱神，在人神之间架起一道沟通的桥梁，因此也正是诸神的扮演者。洪兴祖《楚辞补注》即说：“古者巫以降神，‘灵偃蹇兮姣服’，言神降而托于巫也”，这是由于所降或所迎之神只是一种幻想的存在对象，而表演过程中又必须把非实体性的神祇具象化为实

① 阮元刻.《十三经注疏》本《礼记正义》.《礼记》

体表演出来，这就造成表演中巫觋“一身而二任”的复杂情况。即一会是神，一会是巫，一会称余吾，一会称尔汝，把人物称谓搞得十分混乱。这在《九歌》中即有真实生动的反映，《九歌》虽是屈原在民间祭词基础上加工改写成的，大概删削修饰之处主要是那些“燕昵鄙俚”、“亵慢淫荒”之词，但原始《九歌》表演中的特殊体例和内容却被真实保存下来了。其最要者约有二端：其一是表演内容的性恋诱惑。巫觋是沟通人神的具象中介，他们扮演诸神，要讨其欢心而达到娱神目的，看来主要方法还不是供祭食品，而是要充分发挥性恋关系的感召力和诱惑力，在轻歌慢舞、情思缠绵中，使人神相互交通感应，意洽情浓，于是表现性恋关系就成为其表演的主要内容，也是降神巫术进行的先决条件。其二，是巫觋身份频繁转换。前人如戴震虽曾说：“《周官》凡以神仕者，在男曰觋，在女曰巫，亦通称也。男巫事阳神，女巫事阴神”。① 也许并不竟然。或者确如朱熹所说：“以阴巫下阳神，以阳神接阴鬼”。② 即在巫、神、鬼的关系上，婚恋性别其实并非单独出现的，往往错综交杂、变动不居，尽管三者皆集于巫之一身而由巫来担任。钱钟书先生就曾精辟指出：“《九歌》中之‘吾’、‘予’、‘我’或为巫之自称，或为灵之自称，要均出于一人之口。……忽合而一，忽分而二、合为吾我，分相尔彼，而隐约参乎神与巫之离坐离立者，又有屈子在，如玉之烟，如剑之气。胥出一口，宛若多身（monopoly logue），叙述搬演，杂用并施，其法当类后世之‘说话’、‘说书’”③。因为巫在这类降神巫术仪式中，他们往往构成人神男女相恋相感的两极，故其性别身份也要根据与所降神祇的关系而频频变换。以上两点，即是抒情主人公屈原在《离骚》中，或自比“弃妇”，或上下“求女”，一会是女，一会是男的性恋意识之所以产生的本原性文化土壤。由此亦进一步说明，屈原的巫文化修养与心灵深契，正是《离骚》创作的根本基础。

综前所述，《离骚》是以神话思维来结构作品，又以迷幻心态为其创作底蕴，而用神话形象（灵神、灵物、灵地）来构成象征模式的。从这里我们也可以看出，他在巫文化土壤上形成的奇特思维方式，并用丰富的情感世界对现实的升华，加之“惊才风逸”的创作天才的超常发挥，是其成功的根本奥秘所在。它不仅成为先秦文学史的一座里程碑，也是全部中国文学史的一个辉煌奇迹。而构建起创作主体独特的思维模式，用真诚的情感世界去升华现实，正是一个作家艺术才华能得到超常发挥而成就文学大事业者的成功前提，这应该毫无例外地适用于一切时代，并非仅止屈原而已。

① 戴震撰.《屈原赋注》. 中华书局，1999

② 朱熹撰，蒋立甫校点.《楚辞集注》. 上海古籍出版社，2001

③ 《九歌（一）》.《管锥编（二）》. 中华书局，1994

第五章　物质世界的浮夸赞歌:汉赋

第一节　《诗》《骚》传统中的汉赋

自《诗经》《楚辞》这两部诗歌总集之后,中国文学便形成两个对比鲜明的传统,简言之即《诗》的传统和《骚》的传统。前者是由原始巫祭礼词发展而来,故是偏于现实的、生活的、质朴的,大都是一些歌词短章;后者则是由神话传说系统发展而来,故是偏于想象的、幻想的、诡奇瑰丽的,大都为精心结撰的抒情长篇。这正好反映着先民生活的两个不同方面。处在那样一个蒙昧蛮荒的人类童年时代,对于日常的现实生活方面遇到的问题,先民们总是用巫术方式去解决,那就是举行各种礼仪和诵读经咒,仪式用于通灵,经咒用于祈告,所以不必也不应夹杂太多的想象幻想成分在内。但对非现实生活方面遇到的问题,例如宇宙的开辟、人类的起源、日月的运行、各种自然现象的变异等,那就不是靠一般思维和实践所能解决,因而必须借助神奇的幻想、瑰丽的想象才能得以合理的解释。这两个方面虽然在原始人类的生活中是相互依存着、渗透着并统一为一个整体,但又似乎界限分明,因而成为《诗》《骚》传统的始初源头。有一个现象十分值得注意:与屈骚不同,今本《诗经》中极少神话幻象的描写,而大量出现的则是自然事物和社会事物的描述,并且自然事物还远远多于社会事物,这正反映出先民们自然崇拜意识的炽烈倾向。据学者统计,在《诗》三百五篇中,描写自然事物如鸟兽草木虫鱼和风雨雷电等的约700种,而描写社会事物如帝王百官父母妻子和车船器具等的则只有300种,是七比三。从《风》、《雅》、《颂》三体来看,则分别是四比一、二比一和一比一。这大概是由于《颂》是西周时用于祭祀的庙堂之歌,而《风》《雅》则更接近原始祭仪的缘故吧。对于神话传说的描写,除《颂》和《大雅》中一些民族史诗外,则极为少见,而且即使写到也往往是被历史化世俗化了的。《商颂 · 玄鸟》大概是唯一写到神话的一篇:“天命玄鸟,降而生商,宅殷土芒芒”。玄鸟是殷民族崇拜的祖先图腾,在这篇民族史诗中由它写起应是必然,但也极其简括,已洗刷掉不少神秘色彩。治水的大禹在《诗经》中共出现六次,分别见于《信南山》、《韩奕》、《文王有声》、《閟宫》、《长发》、《殷武》,但他却是作为一位历史化的开国帝王写入诗中的,已很少有其他古籍所记载的那些神话色彩。至于最为人们熟知的那些神话,如女娲补天、后羿射日、共工触山、嫦娥奔月等,就根本未曾进入诗人视野而纳入笔底。至于龙凤,本来是中华民族崇拜的最神圣的两大图腾,似乎也并不带有神幻色彩。写龙的如:“龙盾之合”①、“龙旂阳阳”(《周颂 · 载见》)、“龙旂承祀”(《鲁颂 · 闷宫》)、“龙旂十乘”(《商颂 · 玄鸟》),便都是作为甲盾和旗帜上的饰物来写的。《大雅 · 卷阿》确曾写

① 阮元刻.《秦风 · 小戎》.《十三经注疏》本《毛诗正义》

到凤:“凤皇于飞,翽翽其羽”、“凤皇鸣矣,于彼高冈”。也只是作为“仁瑞”的灵鸟来写的,已被完全世俗化了。自然,不带有明显的神话意味,并非否认其内在巫文化蕴涵,只是想说明它和神话不处在同一思维层次上,因而便同主要继承神话传统的《楚辞》形成鲜明对照。这说明神话传说和巫祭礼辞,确实代表了原始先民生活的两个方面,两种思维系统。而作为一代文学代表的汉赋,就是在继承这两种传统的《诗》《骚》影响下建构起自己独特体系的。

关于汉赋的起源和成因,刘勰《文心雕龙·诠赋》曾说:“至如郑庄之赋大隧,士蔿之赋狐裘……虽合赋体,明而未融。及灵均唱骚,始广声貌。然则赋也者,受命于诗人,拓宇于楚辞也”。所谓“受命于诗人”,大概是指汉赋继承了《诗经》的劝善惩恶的“讽练”作用,如《汉书·王褒传》所说:“辞赋大者与古诗同义,小者辩丽可喜”,即指此而言。但这绝非主要的,而最根本的渊源则仍出于楚骚。刘勰谈到屈《骚》的影响,就曾明确指出:“枚贾追风以入丽,马扬沿波而得奇,其衣被词人,非一代也。故才高者菀其鸿裁,中巧者猎其艳辞,吟讽者衔其山川,童蒙者拾其香草”①。表面看来,似乎汉人袭取屈骚者只是奇丽、鸿裁、艳辞、香草之类形式因素,所以称作“拓宇于楚辞”(《文心雕龙·诠赋》)。其实那正是汉赋能够成就一代文体的根本原因所在。至于内容上“受命于诗人”的方面,则正如扬雄所批评:“极靡丽之辞,劝百而讽一”②或如崔骃所说:“赋者将以讽,吾恐其不免于劝也”。即认为赋的格式总是极力铺张,百般赞扬(所谓“劝百”),最后才曲终奏雅,进行规谏(所谓“讽一”),那是不值得称道的。值得注意的倒确实是汉赋袭取楚辞的形式,而踵事增华,大加张扬,恰恰丢掉屈骚中最可宝贵的东西——深广炽烈的象征内涵,而流为浮泛单薄的“比体”联缀。当然,作为一代文学的代表,它也有自己本身的价值存在,下面我们将重点谈到。总之,赋体的形成和发生,受命于诗人是假,“拓宇于楚辞”是真,受传统文化观念的束缚,刘勰所说也未必可信。

作为一种特殊文体,刘大杰先生曾指出:“赋这种体制是较为特殊的。由外表看去,是非诗非文,而其内容,却又有诗有文,可以说是一种半诗半文的混合体”③。就是说它是先秦诗歌和散文混合融汇而成的一种文体,语言上是骈中有散,散中有骈,韵散间杂。骈者用其疾,散者用其缓。疾徐促缓,造成抑扬顿挫的韵律美;句式短长,又造成参差错落的节奏美。因此,探寻其渊源所自的多因素性,对章学诚《校雠通义·汉志诗赋》第十五所说是应该重视的:

> 古之赋家者流,原本《诗》《骚》,出入战国诸子。假设问对,《庄》《列》寓言之遗也;恢廓声势,苏张纵横之体也;排比谐隐,韩非《储说》之属也;征材聚事,《吕览》类辑之义也。

章氏指出的诸多方面,肯定对汉赋的形成都产生过相当影响,但就其近亲而言则仍然是

---

① 范文澜注本.《文心雕龙·辨骚》. 人民文学出版社,1962

② 《汉书·司马相如传赞》. 百衲本二十四史《汉书》

③ 《中国文学发展史》(上). 上海古籍出版社,1982

楚《骚》。主客问答之体,固然在诸子寓言中多见,然《楚辞》之《卜居》、《渔父》已有成辞,至宋玉诸赋而益多变化。如《高唐赋》第一大段:

昔者楚襄王与宋玉游于云梦之台,望高唐之观,其上独有云气,崪兮直上,忽兮改容,须臾之间,变化无穷。王问玉曰:“此何气也?”玉对曰:“所谓朝云者也”。王曰:“何谓朝云?”玉曰:“昔者先王尝游高唐,怠而昼寝,梦见一妇人,曰:‘妾,巫山之女也,为高唐之客。闻君游高唐,愿荐枕席’。王因幸之。去而辞曰:‘妾在巫山之阳,高丘之岨,旦为朝云,暮为行雨。朝朝暮暮,阳台之下’。旦朝视之,如言,故为立庙,号曰朝云”。……王曰:“寡人方今可以游乎”?玉曰:“可”。王曰:“其何如矣?”玉曰:“高矣显矣,临望远矣。广矣普矣,万物祖矣。上属于天,下见于渊。珍怪奇伟,不可称论”。王曰:“试为寡人赋之”。玉曰唯唯。

至于骋辞铺排,恢廓声势,确乎受纵横家沾溉不少,而荀卿《赋篇》已事铺排,如《佹诗》之写世人黑白颠倒:“道德纯备,谗口将将。仁人绌约,敖暴擅强。天下幽险,恐失世英。螭龙为蝘蜓,鸱枭为凤皇。比干见刳,孔子拘匡。昭昭乎其知之明也,郁郁其遇时之不祥也。拂乎其欲礼义之大行也,闇乎天下之晦盲也。皓天不复,忧无疆也,千岁必反,古之常也。弟子勉学,天不忘也。圣人共手,时几将矣……”。然至宋玉诸赋始大张声势,如前引《高唐赋》宋玉答楚王问“朝云始出,若何状也”一段:

其始出也,晰兮若松榯?;其少进也,晰兮若姣姬,扬袂鄣日,而望所思。忽兮改容,偈兮若驾驷马,建羽旗。湫兮如风,凄兮如雨,风止雨霁,云无处所。

就较荀赋更具铺张扬厉的描写性,因而也更接近汉赋。至于汉赋中其东、其西、其南、其北……之叙述程式,又始见于《楚辞·大招》,当是其近源。如写四方艰险:“田邑千畛,人阜昌只。美冒众流,德泽章只。……魂乎归来,赏罚当只。名声若日,照四海只。德誉配天,万民理只。北至幽陵,南交趾只,西薄羊肠,东穷海只。魂乎归来,尚贤士只”等。又汉赋“曲终奏雅”的措意结构,似亦源自《大招》,如在上引“尚贤士”之后,即剖心明志曰:“发政献行,禁苛暴只。举杰压陛,诛讥罢只。直赢在位,近禹麾只。豪杰执政,流泽施只。魂乎归来,国家为只”。总之,汉赋成形于《诗》《骚》、诸子之后,承载的文化传统固非一端,所受影响亦难囿于一隅,但直接继武楚《骚》而开拓廊庑,却是显而易见的事实。故就汉赋的演化轨迹来看,首先是骚体赋的兴盛,接着才是枚乘、司马相如“半诗半文”的典型汉大赋蔚成大国,最终以东汉中叶以后的抒情小赋而收结。它既不同于诗,也不同于文,而是一种半诗半文的特定时代的文体,从而继《诗》《骚》之后造成中国文学史的又一次辉煌。

第二节　笼天地挫万物的巨丽美

汉赋的典型形态，既不是貌似楚辞的骚体赋，也不是完全诗化的抒情小赋，而是最具时代特征的那种半诗半文、韵散夹杂的皇皇大赋。过去的文学史对之否定太过，但又是抹煞不掉的事实，那么它的艺术魅力究竟在何呢？闻一多先生曾这样评述道："凡大为美，其美无以名之"。而人们却不理解"以大为美"的道理，故"汉赋不为文学史家所重视，如以读《天问》观点去读它，便可看出它的伟大实超过其他文体"，这可能是传统欣赏习惯造成的错位，遂使以"大"为美的汉赋在历史的沉积中淹没不彰了。他接着又写道：

> 《上林》是司马相如所独创，它的境界极大，……后来的《两京》《三都》诸赋，无非仿自《上林》《子虚》，自此可知在当时的人还懂得大就是美，所以那些大赋还能受到称赞。自王仲宣（粲）《登楼赋》出以后，则以大为美的欣赏风气荡然无余。这种风气的形成又是和汉帝国的强盛有关。①

同两汉前后的文学相比，它不仅结体宏伟巨大，形式瑰丽阔大，更重要的还是结构空间的大、境界拓展的大、气势夺人的大。较之楚骚那种沉郁悲慨、浩如长江大河的激愤，它固然显得浮泛空虚而缺少感人奋进的力量；较之魏晋的清神秀骨、恬如林花岸草的秀媚，也显得稚重古拙而缺少有余不尽的风韵。它的美似乎仅停留在雕馈满眼的声响、色彩、气势的炫博矜奇上，因而显得斑斓辉煌、惊心动魄、以感官的强烈刺激和满足移人情怀，表现出一种富丽堂皇的厚重稚拙美。因此，以创造"巨丽美"为已任，才是汉赋的艺术真精神所在。扬雄曾称："赋者……必推类而言，极靡丽之辞，闳侈钜衍，竟于使人不能加也"②，以"闳侈钜衍"来概括汉赋是极为切当的。

西方美学称这种巨大的美为崇高。比如康德，他"把崇高分为两种：一种是数量的崇高，特点在于对象体积的无限大；另一种是力量的崇高，特点在于对象既引起恐惧又引起崇敬的那种巨大的力量或气魄"③。汉赋的崇高近似于康德所说第一种崇高，但也不能说没有第二种崇高的成分在内，因为它也具有那种"巨大的力量和气魄"。康德曾列举崇高的事例说："好象要压倒人的陡峭的悬崖，密布在天空中迸射出迅雷疾电的黑云，带着毁灭威力的火山，势如扫空一切的狂风暴雨，惊涛骇浪中的汪洋大海以及从巨大河流投下来的悬瀑之类景物，使我们的抵抗力在它们威力下相形见绌，显得渺小不足道。但是只要我们自觉安全，它们的形状愈可怕，也就愈有吸引力；我们就欣然把这些对象看作崇高的"④。康德描写的崇高是自然的崇高，汉赋却表现为艺术的崇高。艺术的崇高源自大自然的崇高，故汉人笔下描写的对象大多正是这些"既引起恐惧又引起崇敬"的东西。例如

---

① 郑临川.《闻一多论古典文学》. 重庆出版社，1984

② 《汉书·扬雄传》. 百衲本二十四史《汉书》

③ 朱光潜.《朱光潜美学文集》(4). 上海文艺出版社，1984

④ 朱光潜.《朱光潜美学文集》(4). 上海文艺出版社，1984

枚乘《七发》写观涛:

将以八月之望,与诸侯远方交游兄弟,并往观涛乎广陵之曲江。至则未见涛之形也,徒观水力之所到,则卹然足以骇矣。观其所驾轶者,所擢拔者,所扬汩者,所温汾者,所涤汔者,虽有心略辞给,固未能缕形其所由然也。恍兮惚兮,聊兮栗兮,混汩汩兮;忽兮慌兮,俶兮傥兮,浩标瀁兮,慌旷旷兮。秉意乎南山,通望乎东海,虹洞兮苍天,极虑乎崖涘。流揽无穷,归神日母,汩乘流而下降兮,或不知其所止。或纷纭其流折兮,忽缪往而不来。临朱汜而远逝兮,中虚烦而益怠,莫离散而归曙兮,内存心而自持。于是澡概胸中,洒练五藏,澹澉手足,颒濯发齿。揄弃恬怠,输写淟浊,分决狐疑,发皇耳目。……

这还只是写初见江水,而未写正式的涛形,已给人空阔浩淼、博大无涯、惊心骇情、无所适从之大美,似乎康德所说那种"恐惧"和"崇敬"的感情皆具,所以也才显现出其巨大的力量和气魄。这是汉人独具的力量和气魄,也正是汉赋能引发特殊审美感染力之生命所在。至于下面写涛形则更具气势,作者一气直下接连用了十多个形象生动的比喻,既有"鸟不及飞,鱼不及回、兽不及走","遇者死、当者坏"的恐惧与惊骇,又夹杂着在其威力之下"直使人踣焉,洄暗凄怆焉"而感到的相形见绌和渺小不足道。然而,正是这具有威胁性和充满危险感的曲江狂涛,却能"伸伛、起躄、发瞽、披聋",具有开廓心胸、振奋精神、涤烦起病的美感魅力,故成其为真正意义的阳刚之美、崇高美。

不过汉赋的巨丽美,从其形式细部来看,却往往表现为一种夸豪斗富、炫博逞奇式的物象陈列或词语堆累。它能叫人惊心骇目、神逸魄荡,却很难留下韵味悠长的人生体味和沉思。犹如那雕缋满眼的图画,或琳琅满目的百宝箱,珠光宝气,斑斓辉煌,烁烁放光,可以炫人耳目,给人感官刺激,但留下的记忆不过是人为的精心涂饰而已。皇甫谧《三都赋序》曾说:"赋也者,所以因物造端,敷弘体理,欲人不能加也"。又溯源赋史谓:"逮汉贾谊,颇节之以礼,自时厥后,缀文之士,不率典言,并务恢张。其文博诞空类,大者罩天地之表,细者入纤毫之内。"因为填满汉赋的那些事物,往往出于凭空臆想,又是人为地饰加上去的,现实中并不一定真实存在,所以才说"博诞空类"、"欲人不能加也"。例如司马相如《上林赋》之罗列上林珍奇:

蛟龙赤螭,𩶧䲛渐离,鰅鳙鰬魠,禺禺魼鳎,揵鳍掉尾,振鳞奋翼,暨处乎深岩。鱼鳖讙声,万物众夥;明月珠子,的皪江靡,蜀石黄碝,水玉磊砢,磷磷烂烂,采色澔汗,藂积乎其中。鸿鹔鹄鸨,驾鹅属玉,交精旋目,烦鹜庸渠,箴疵䴔卢,群浮乎其上。汎淫泛滥,随风澹淡,与波摇荡,奄薄水渚,唼喋青藻,咀嚼菱藕。……

你看这些光怪陆离的物象描写,当出于作家人为地刻意镶嵌、堆砌和涂饰,并非上林园所能完全实有。然而,这并不等于说它们毫无意义。显然,夸富的目的达到了,炫博的目的达到了,因而建构闻一多所说"大美"的目的也达到了,所以才有汉赋的富丽堂皇、炎炎赫势。如果缺少这些连篇累椟、并列铺排、横向展开的外在涂饰,那么弘博、富丽的汉赋也将不复存在。

刘熙载《艺概·赋概》曾说:“赋起于情事杂沓,诗不能驭,故为赋以铺陈之。斯于千态万状,层见叠出者,吐无不畅,畅无或竭。《楚辞·招魂》云:‘结撰至思,兰芳假些,人有所极,同心赋些’。曰至曰极,此皇甫士安《三都赋序》所谓‘欲人不能加’也。”可知汉赋的铺陈正是文学进步的结果,是诗之后的一次空间扩展和内容泛物化。故他又说:“可知赋须当有者尽有,更须难有者能有也”。① 因此,赋所创造的是一种不同于诗文的特殊的美,即“闳侈钜丽”的美。它更需要挥斥八垠、俯仰古今的瑰丽想象,更需要这想象建构的主体性巨大空间,并用光怪陆离、斑斓奇诡的物象去填满这空间。司马相如答友人盛览所说的“赋家之心”,能“包括宇宙,总览人物”,即此之谓。刘熙载也说:“赋家之心,其小无内,其大无垠,故能随其所值,赋象班形,所谓‘惟其有之,是以似之’也”②。因此,搜索枯肠、务尽奇诡的涂饰和铺排,对赋来说是必然的,因为他们创造的只是貌似真实的主观幻想世界,同完全出于真实再现的纯写实主义,也就有着本质的不同。

总之,汉赋创造的是一种巨丽的美,“以大为美”,既不同于《诗》《骚》的抒情性,也不同于诸子散文的哲理性,而是表现为一种富丽堂皇、色彩斑斓的宏大美崇高美,构成这种审美特征的因素主要有两个方面,即一是汉赋体现的空间意识,一是铺陈排比的描写形式。这就是下面讨论的主要问题。③

第三节　以真实涵虚幻的空间意识

在原始社会的早期阶段,人类大概是不会有空间意识的,因为那时的人类还没有从自然界中分化独立出来,于是人神杂处,天地相通,万物为一,人的智力意识尚处在蒙昧混沌的状态。人类能够自觉意识到并与天神地祇明确划界,那是很久以后才发生的事。据《尚书·吕刑》载:“(尧)乃命重、黎,绝天地通”。可知这是直到传说中的尧的时代,人类才设法断绝受天帝统治而营建大地上的自己家园。对这次人类发展史上的重要变革,《国语·楚语》下有更详细的记载:

> 及少皞之衰也,九黎乱德,民神杂糅,不可方物。……颛顼受之,乃命南正重,司天以属神;命火正黎,司地以属民。使复旧常,无相侵渎,是谓绝天地通。

“民神杂糅”正指蒙昧时期那种没有自主性的人类混沌意识,他们还分不清神界和人界的界限,所以颛顼受命之后才委派重司天而属神,黎司地而属民,使天地隔绝,人神划界,地上的居民从此不再受天神庇佑和干扰,一心一意重建自己的家园。故《尚书正义》说:“重即羲,黎即和。尧命羲和世掌天地四时之官,使人神不扰,各得其序”。既然人神划界,天

---

① 刘熙载.《艺概·赋概》.上海古籍出版社,1978
② 刘熙载.《艺概·赋概》.上海古籍出版社,1978
③ 吴功正.《美的巨丽形态》.求是学刊,1992(2)

地区分,于是人类最初的空间意识也就萌生,即有了上(天)和下(地)。当然严格地说,这还不能算真正的空间意识。现代心理学认为,人类空间意识的基础是方位观念,而方位观念的发展则经历过由二方位到四方位的演化进程。现代民族学的材料也证明,世界各民族都是先有东西(二方位)然后才认识南北(四方位)的。而四方位观念的确立,大概是到《山海经》所反映的时代才真正出现的。

鲁迅先生在《中国小说史略》中曾说:“《山海经》之离奇怪诞,正可以窥见初民意识形态之真面目,而《禹贡》之平正确实者,乃为后世地理知识进步之结果”。就一般而言这是正确的,因为《山海经》的内容,从大纲至细目,都是按空间方位的地理位置来结构叙述的,无疑反映的正是“初民意识形态之真面目”。不过在此之前应该说还存在过更早的初民时代,那就是首先有了上(天)下(地)观念,《山海经》则是更具发展的意识形态而已。它突出的特点就是产生了四方观念,如:

《海外南经》:南方祝融,兽身人面,乘两龙。

《海外西经》:西方蓐收,左耳有蛇,乘两龙。

《海外北经》:北方禺疆,人面鸟身,耳两青蛇,践两青蛇。

《海外东经》:东方句芒,鸟身人面,乘两龙。

这管辖南西北东的四位神祇中,祝融是火神,蓐收是刑戮之神,据《山海经西次三经》他又是司日入之神。禺疆是海神,据《大荒东经》他是北海之神,其父禺虢则是东海之神。而句芒则是东方图腾神。他们分别居住在四海的尽头,即所谓“海外”,应是相对于海内而言的。《尔雅·释地》:“九夷、八狄、七戎、六蛮谓之四海”。可知除中原地区的四方边缘地带,即当时人所说“四海”。而《山海经》之“海外”当是较边缘地区更远的地方,愈此则非神话时代人们所能核括了。这就是当时神话空间所能包容的领域,说明《山海经》的神话世界确已具有四方位地理观念,标志着对方位观念的低级阶段的超越,是神话内容进一步扩展和丰富的结果。另外,在我国古代还存在一种所谓“月令图式”的空间观念,指的是那种时空混同的,或时间和空间相互结合的观念。如东方与春季结合,主木;南方与夏季结合,主火;西方与秋季结合,主金;北方与冬季结合,主水;土则总领中央与四季。对此曾有两种认识:一种认为这是原始混沌蒙昧的时空观念的反映,自然产生时代较早;另一种则认为这是具有某种超前智慧的现代时空依存意识的反映,产生时代应该较晚。其实,这种时空观念的产生既非原始到蒙昧阶段,亦非超前到现代科学意识,它不过是《山海经》空间图式的合乎逻辑的发展,即在四方位地理观念中融入时令观念和五行思想的结果。

值得注意的是屈《骚》中反映的空间意识,它既具有《山海经》的方位地理观念,又具有时令空间意识。如《离骚》中二上昆仑所反映的“流观”意识,自“朝发轫于天津兮,夕余至乎西极”以下,所经之地就有流沙、赤水、不周、西海等,都无不方位明晰次序井然,并表现出极强的地域特色和时令意识。不过和《山海经》等的最大不同在于:虽然他更强烈地立足于现实,但似乎又时时摆脱不了神话思维模式的规范,总是把现实时空世界上升或提高到神话世界来描写，使神话空间成为现实空间的拟喻或象征。即使写到最现实的生活和事物时，也无形中涂上一层浓浓的神话色彩。如《离骚》写对人才的变质和失望即谓："余既滋兰之九畹兮，又树蕙之百亩。畦留夷与揭车兮，杂杜衡与芳芷。冀枝叶之峻茂兮，愿竢时乎吾将刈。虽萎绝其亦何伤兮，哀众芳之芜秽"。又如写诗人自己的好修与美质，则谓："朝饮木兰之坠露兮，夕餐秋菊之落英"、"制芰荷以为衣兮，集芙蓉以为裳"、"高余冠之岌岌兮，长余佩之陆离；芳与泽其杂糅兮，唯昭质其犹未亏"等，总是用极其芳菲美好的语词尽力铺饰，使现实的变为半现实或完全非现实的，极平凡质实的事物遂统统升华为充满神话意味的比兴。《穆天子传》等作品中的空间意识，亦与此大体相近，它所描写的是周穆王北绝流沙，西征昆仑，周游四荒，迹至绝境而会见神话传说中的西王母故事，但与其所反映的历史本事相比，似乎已完全失去了现实色彩，其突出特征便是结构上的方位地理化和内容上的神话志怪化。这不能只看成是一般的文学与历史的区别，更重要的是人对外部世界的好奇渴求和有意地神话式提升。总之，不论屈《骚》或《穆天子传》，它们反映出的空间意识似乎还离不开神话式玄想，还不能现实地把握空间世界，反映出对地上人间家园的建立始终与神话世界藕断丝连。

汉赋产生和兴盛的时代，也是汉帝国最强盛最辉煌灿烂的时代。诚如李泽厚所说："这是一个幅员广大，人口众多，第一次得到高度集中统一的中华帝国的繁荣时期的艺术。……强有力地表现了人对物质世界和自然对象的征服主题"①。换句话说，这是人在大地上对自己家园真正确立后，第一次征服占有物质世界和自然对象后表现出的惊愕、赞叹和溢美之情的艺术体现，反映在汉赋表现的空间意识上，也就与前此者完全不同。它不是象屈《骚》那样将现实空间神话玄想化，而毋宁说是把神话材料现实空间化。从整体形式看，汉赋的空间结构都是现实的，宫殿园囿、城池楼阁、飞禽走兽、山川草木、君臣仕女，应有尽有；但从填满装饰这空间的细部来看，却又往往是那些诙奇怪诞、光怪陆离的神话珍奇。究其原因，大概是因为人类第一次从物质世界的神秘力量下解放出来后，所激励焕发的好奇精神、探求精神、扩展精神及新鲜感、自豪感的反映。因此，汉赋追求的是空前的"大"，是"苞括宇宙，总览人物"，是无所不包，无所不有，能有则尽有。刘勰曾写道："相如含笔而腐毫，扬雄辍翰而惊梦，桓谭疾感于苦思，王充气竭于沉虑，张衡研京以十年，左思练都以一纪"②。旧或以为这是说他们只在铺排组丽上狠下功夫，实未窥见其奥窍。这里体现的正是赋家特有的胸襟气度，是他们空诸所有、囊括万有的扩展探索精神。一般地讲，人对客观世界的占有征服，无非是人的本质力量的对象化展开，是作为人的有机或非有机躯体的延伸，人们怀着好奇感、新鲜感、自豪感对之进行礼赞是必然的。不过，汉人对自然事物的艺术把握，似乎并不满足于仅作如实地描绘，机械地翻版，而往往是用那些早就流传着的光怪陆离的神话事物去浸染它、美化它，以致对其神圣化、理想化的表现。因此，言山则必隆崇𡼏崒、昆仑悬圃；言土则必丹青赭垩、雌黄白坿；言石则必赤玉玫瑰、琳珉昆吾；言草则必衡兰芷若，江蓠蘪芜；言水族则必神龟蛟鼍、玳瑁鳖

① 李泽厚著.《美的历程》. 安徽文艺出版社，1994

② 范文澜注本.《文心雕龙·神思》. 人民文学出版社，1962

鼋;言走兽则必白虎玄豹、蟃蜒貙犴……凡此等等,似乎都是现实的,又是充满神秘色彩非现实的,正是他们要囊括万有的渴求好奇心理的反映。故皇甫谧《三都赋序》说:“缀文之士,不率典言,并务恢张,其文博诞空类,大者罩天地之表,细者入纤毫之内”。刘熙载也说:“赋取采丽,而丽非奇不显,是故赋不厌奇”①。以非现实的细部珍奇来结构大轮廓的现实空间,此即迥别于前人的空间意识之特征所在。汉武帝曾在他现实的池苑中,修筑起蓬莱、方丈、瀛洲等仙山,力求把仙境植入人间,也正是这种意识的绝妙反映。

也正因此,所以在汉大赋的空间结构中,组成其细部的个别事物便成为失去其独立意义的孤立存在。离开其在整体结构中的装饰、点缀、神圣化功能,象玄猿素雌、神龟蛟鼍、蜚廉獬豸、灵草神木等怪异形象,还有什么独立内涵和意义可言呢?这就是说,它们原有的源自神话的内容被消解了,它们在展开着的汉赋空间中被罗列构想,不是因为其本身存在的意义,而完全是由于人们美化自身世界的需要和有意作为。当然这不是说可以完全漠视这些细部发挥的功能,成为可有可无之物,因为正是它们的铺陈罗列,排比组接,才构成汉赋那充满厚实、五彩斑斓、炫人耳目的特有空间世界,缺少了它们也许汉赋就不再成为汉赋了。但是,在它们组合的空间世界中,其自身的价值存在却是孤立自在的,已不再具有在神话世界中曾有过的那种独立运行的力量功能,所以剩下的便只是近似于工艺装饰的性能。不是由于内容真实的需要它们才存在(这是虚假的),而是完全由于结构空间所必须它们才被选择(获得文学意味)。因此,对汉赋细部的描写,用神话学去说解自无用武之地,用考据学阐释亦往往发生误读。例如《上林赋》中有“卢橘夏熟”之说,左思《三都赋序》则讥评说:“相如赋上林而引‘卢橘夏熟’,考之果木,则生非其壤”。如果完全按现实生活真实来要求,自然批评得不错。但如果仅仅从夸美上林来说,它所起的作用不过是工艺装饰性的,故晋灼注曰:“此虽赋上林,博引异方珍奇,不系于一也”。说“不系于一”而博引异方珍奇,正点着了赋家之良苦用心所在,用一般话说不过“铺饰”而已。理解汉赋的要义就在这“饰”字上,即工艺装饰性,“铺”只是成饰的手段。又如《上林赋》中之“东注太湖”,郭璞注:“太湖,在吴县。《尚书》所谓震泽也。”当然是指江苏太湖,用于上林似不合理。正如沈括《梦溪笔谈》卷四所说:“八川自入大河。大河去太湖数千里,中间隔太山及淮、济、大江,何缘与太湖相涉?”沈括是主张改“湖”为“河”的,认太湖即大河,故有此说。齐召南则认为不必改易,“太湖”即大湖,故说:“按此大湖自指关中巨泽言之,非吴地震泽也。凡巨泽潴水,俱可称大湖,不必震泽。”吴汝纶又进一步落实,谓“太湖,即昆明池也”。其实他们都是想极力坐实赋文而强为之曲说,但擅改原文既犯校勘学之大忌,而八水也不尽注昆明池,谓“此可假言之耳”自难成立。迫于这种窘困,程大昌又为之提出新说云:“此言环四海皆天子园囿……彼于日月所照,霜露所坠,凡土毛川珍,孰非园囿物?叙而填之,何以非实?后世顾以长安上林核其有无,所谓痴人前不得说梦也”②。除“四海皆天子园囿”的理由有点冬烘而外,“叙而填之”之说倒不失为一种通达之见。确实,相如赋上林并非是以长安东西周围二百余里宫苑为限的,若都要以

① 刘熙载.《艺概·赋概》.上海古籍出版社,1978

② 程大昌.《演繁露》(11).丛书集成本,中华书局,1991

考据实之,岂非说梦。何况汉赋中此类描写极多,大都很难一一坐实,考据学方法遇此难题,只能暴露出自己的窘困无能。因此,还是“博引异方珍奇”“叙而填之”二语说得对,因为这些工艺装饰性的细部描写,无非是人间现实家园的一种理想化神圣化饰美而已,在汉赋空间结构中并不具有本身存在的独立意义。

当然,汉赋中的这些“虚美”成分,愈是发展到后来便愈减少,而现实性的铺排则不断增多,如班固《两都赋》:

> 建金城而万雉,呀周池而成渊,披三条之广路,立十二之通门。内则街衢洞达,闾阎且千,九市开场,货别隧分。人不得顾,车不得旋,阗城溢郭,旁流百廛,红尘四合,烟云相连。于是既庶且富,娱乐无疆,都人士女,殊异于五方,游士拟于公侯,列肆侈于姬姜。……下有郑白之沃,衣食之源,提封五万,疆埸绮分。沟塍刻镂,原隰龙鳞。决渠降雨,荷插成云。五谷垂颖,桑麻铺菜。东郊则有通沟大漕,溃渭洞河,泛舟山东,控引淮湖,与海通波。西郊则有上囿禁苑,林麓泽薮,陂池连乎蜀汉,缭以周墙,四百余里。……

夸张之处间或有之,怪异珍奇则几乎为现实事物所代替。这大概正是一种历史的必然,因为随着理性的张扬而神话在人类生活中逐渐消褪,神话玄想也就被无情逐出人间家园了。

第四节　合纂组列锦绣的富丽形式

汉赋笼天地、挫万物的空间意识,和穷奇索怪、能有则尽有的胸襟气度,必然导致其殚精竭虑、呕心沥血的炼狱精神和铺张扬励、汪洋博汇的富丽形式。所以,司马相如答盛览问作赋,才将“赋迹”和“赋心”结合起来谈。《西京杂记》载:

> 其(相如)友人盛览,字长通,牂牁名士,尝问以作赋。相如曰:合纂组以成文,列锦绣以为质,一经一纬,一宫一商,此作赋之迹也。赋家之心,苞括宇宙,总览人物,其乃得之于内,不可得而传。

内容决定着形式,在这里确实得到充分印证。当然形式又是反作用于内容的,没有那富丽堂皇、光华灿烂、炫博矜奇的光焰和气势,也就不会有汉赋那厚重、沈雄、博大、古拙的炎汉气象和风格。杨雄曾言赋“必推类而言,极靡丽之辞,闳侈钜衍,意欲使人不能加也”。推类而言是汉赋细部结构的动因,极靡丽之辞则是其艺术语言的必然展开,而最后成就的就是那“闳侈钜衍”的巨丽美。此即刘勰所说“繁类以成艳”者也。故皇甫谧也说:“赋也者,所以因物造端,敷弘体理,欲人不能加也。引而申之,故文必极美,触类而长之,故辞必尽丽。然则美丽之文,赋之作也"①。由于其表现的内容和深层结构所决定,赋的外在形态必然是一种"美丽之文",其特征就在于铺张、排比、夸饰、填塞和充满,显得炎炎煌煌、五色斑斓、炫目耀眼、移情骇神、惊心动魄,表现的只是空间的物象声响、色彩、运动、力量、粗线条轮廓、飞扬流动的气势,给人的是感观的刺激和满足,心灵的震慑和排荡,并不留给人们什么需要深思的东西。刘勰曾批评汉赋说:"铺采摛文"、"蔚似雕画"②,"织综比义,以敷其华,惊听回视,资此效绩"③,所突出的就是这一特征。因此,尽管汉赋的靡丽直接渊源于楚骚的奇艳,但二者的性质却有很大差别。

骚艳:表现为情感想象的,可称作"情感型"的。赋丽:表现为炫博逞奇的,可称作"知识型"的。屈骚的华美奇艳,完全是出于情感激越、忧愤深广的表现需要,它似乎充满于天地,周流乎八垠,鼓荡着乾坤,这大地已承载不了它的厚重,这人间已容纳不下它的深广,所以没有那种上天入地的"流观"意识,不靠那呼风唤雨、驱神走鬼的奇思逸想,就得不到尽情发泄,得不到完全释放,从而求得心理平衡和人格高扬。故凡是地上的东西都被他主观幻想而神化美化了,非现实的东西也被他博大心灵而雅化驯化了。反映在语言表现风格上,就不只是丽,更是一种奇和艳。汉赋则不然,它表现的是人们征服占有物质世界后产生的自豪、惊愕、炫耀和礼赞,因而是理智的而不是情感的态度。在其空间意识的整体结构的规范下,自然对象物又往往被蒙上一层珍奇怪诞的色彩,且以学究的态度力求囊括殆尽,包揽无余,用以点缀、装饰这被贵族化的生活家园。所以靠的是丰富的博物知识,是深厚的小学功底,王芑孙曾说:"作赋之功,固以淹迟极妙也。选义按部,既待捻髭;招字就班,几经搔首。俯俛有功,怊怅阙失,阙而存之,久乃录焉。所以子建七步之奇,不夸于赋;子云《甘泉》之奏,独致肠出"④。如果说屈骚的创作是情感暴发式的,靠的是飞腾的想象和兴会式的灵感;那么汉赋的创作则是理智知识型的,靠的是钩佚补阙的学问和搔首捻髭的苦吟,故王芑孙又说:"赋自不关妙语"⑤,即与灵感妙悟无涉。而袁枚等人其所以欣赏汉赋者也正在此,如袁枚《历代赋话序》说:"古无志书,又无类书,是以《三都》《两京》,欲叙风土物产之类,山则某某,水则某某,草木鸟兽虫鱼则某某,必加穷搜博访,精心致思之功,是以三年乃成,十年乃成"。刘师培《文章源流》也说:"扬马之流,类皆湛深小学,故发为文章,笺之者复详征训故,徒词主骈丽,遂足冠冕西京。"前面已经指出,以此种态度读赋常不免产生误读和曲解,但也不正说明汉人创作词赋的一种特殊心态么?《西京杂记》曾载:"司马相如为《上林》《子虚》赋,意思萧散,不复与外事相关。控引天地,错综古今,忽然如睡,焕然而兴,几百日而后成"。即是其创作实践的最生动说明。至于"扬雄辍翰而惊梦"、"张衡研《京》以十年"之类,更说明这是当时的普遍现象,并非相如一人而已。

---

① 皇甫谧.《三都赋序》. 四部丛刊影宋本六臣注《文选》卷四
② 范文澜注本.《文心雕龙·诠赋》. 人民文学出版社,1962
③ 范文澜注本.《文心雕龙·比兴》. 人民文学出版社,1962
④ 王芑孙.《读赋卮言·立意》. 国朝名人著述丛编,斐然山房清光绪9年(1883)刻本
⑤ 王芑孙.《读赋卮言·审体》. 国朝名人著述丛编,斐然山房清光绪9年(1883)刻本

确实,词赋创作需要的是才学,而不是才情。如刘熙载所说:“赋兼才学。才弱者往往能为诗,不能为赋。积学以广才,可不豫乎?”①而依靠才学者,则不免涂饰,不免有意逞博,故而造成语言表现形式的“丽”——铺张扬厉、闳侈钜丽、极丽靡之辞。晋代葛洪曾指出:“《毛诗》者,华彩之辞也,然不及《上林》《羽猎》《二京》《三都》之汪涉博富也”,“若夫俱论宫室,而奚斯‘路寝’之颂,何如王生之赋灵光乎?同说游猎,而《叔畋》《卢铃》之诗,何如相如之言上林乎?并美祭祀,而《清庙》《云汉》之辞,何如郭氏《南郊》之艳乎?等称征伐,而《出车》《六月》之作,何如陈琳《武军》之壮乎?”并最终得出结论:“古者事事醇素,今则莫不雕饰,时移世改,理自然也”②。就是说,在描写纷纭繁杂、千汇万状的物类对象上,汉赋顺乎潮流而铺排、涂饰、雕镂、彩绘的富丽逞博,是前所未有的。关于汉赋极尽夸饰之能事,而造成物类铺排之具体方式,刘熙载曾总结出二法:“赋兼叙、列二法。列者,一左一右,横义也;叙者,一先一后,竖义也”③,即横向展开法和纵向展开法。前者是面的空间拓展铺排,如汉赋常用的其东如何,其西如何,其上如何,其下如何,其山如何,其水如何等即是。后者则是线的立体推进,如枚乘《七发》之写六事,由音乐饮食写到畋猎观涛,最后曲终雅奏点明主题者即是。然而,这只是一般的粗略概括。今人循此而继续探讨者不少,而下列三点最值得注意。

其一是散点辐射式。这是汉赋最具典型意义的一种结构方式,即先确定某一对象为描写中心,然后由此中心点生发辐射开去,进行全方位铺排,最后达到“人所不能加”以突现主题的目的。前面我们曾说赋是以空间为主要描写对象的艺术,现在可进而说它是全方位宏观扫描式的空间艺术。它“其大无垠,其小无内”,大处可以涵盖乾坤,小处则又密不透风,总之是以笼括天地、总览人物为急务,表现在结构上就是全方位辐射展开。如《子虚赋》之侈言云梦:“云梦者,方九百里,其中有山焉。其山则盘纡弗郁……其土则丹青赭垩……其石则赤玉玫瑰……其东则有蕙圃……其南则有平原广泽……其西则有涌泉清池……其北则有阴林……其上则有鹓雏孔鸾……其下则有白虎玄豹……”。山石土泽,东南西北上下全写到了,恰似一组全方位的电影广镜头。又如《两都赋》之盛言京都:“内则街衢洞达,闾阎且千,九市开场,货别隧分……”外则“沟塍刻镂,原隰龙鳞,决渠降雨,荷插成云……东郊则有通沟大漕,溃渭洞河……西郊则有上囿禁苑,林麓薮泽……”,城里城外东郊西郊亦一一罗列,更似一幅东汉时期的《清明上河图》。究其目的在铺排山川形胜,都市繁荣,造成的客观印象却不免雾縠之组丽、雕虫篆刻。

其二是总领分叙式。即以描写某一事物领起全文,然后逐层展开,条分缕析,雕镂刻画,以达到铺排之目的。小者如《七发》写饮食之美:“犓牛之腴,菜以笋蒲;肥狗之和,冒以山肤。楚苗之食,安胡之飰 。……熊蹯之臑,芍药之酱。薄耆之炙,鲜鲤之鲙。秋黄之苏,白露之茹。兰英之酒,酌以涤口。山梁之餐,豢豹之胎。小飰大歠,如汤沃雪。”大者如《上林赋》)之言上林,先用整体之形胜领起,然后分九段用九个“于是乎”分叙;首写水

① 刘熙载.《艺概·赋概》.上海古籍出版社,1978

② 《抱朴子·世钧》.平津馆丛书本卷三十

③ 刘熙载.《艺概·赋概》.上海古籍出版社,1978

族之珍，次写原隰之产，三写走兽之奇，四写楼馆之美，五写树木繁茂，六写娱游之乐，七写畋猎之盛，八写猎物之多，九写猎后置酒张乐而尽情享受。最后再用三个"于是"分写天子的悔悟、释疑和子虚、乌有、亡是公的认错，表达曲终奏雅之意。这种结构的特点是相互排比映衬，集点为面，点面结合，造成空间的整齐和谐，亦为后来词赋家所广泛袭用，如杨雄的《甘泉》、班固的《两都》等，遂演化为一种固定模式。

三是层叠推进式。表现为后浪推前浪、一波压一波的跳跃式展开。它的铺排不是并列式的，而是大幅度地翻进，往往以小衬大，大中更见大。最典型的是《天子游猎赋》，先是子虚夸楚，继则乌有先生夸齐，最后亡是公夸天子上林，都极力将千汇万状的珍奇纳入"夸"中，以决胜负。子虚谓："楚有七泽，尝见其一，未见其余也。臣之所见，盖特其小小者耳，名曰云梦"。然此云梦竟有"方九百里"之巨，其中奇珍异宝，飞禽走兽，歌舞射猎，样样俱全，可谓美矣。接着乌有先生出场，驳其"是何言之过也"，乃盛赞齐之渤澥，谓："邪与肃慎为邻，右以汤谷为界，秋田乎青邱，傍徨乎海外，吞若云梦者八九于其胸中，曾不蒂芥！"既如此之大，可说已无以复加，难乎为继了。谁知又有亡是公出而压倒齐楚夸上林："楚则失矣，而齐亦未为得也。……且夫齐楚之事，又乌足道乎！君未睹夫巨丽也？独不闻天子上林乎？左苍梧、右西极，丹水更其南，紫渊径其北……"。确是一个包括宇宙、总揽人物的珍奇俱全、灵异汇集的绝妙世界，视之齐楚，岂非小巫见大巫耶？这种层叠式的推进，可谓极尽铺张涂饰之能事，确为后来者概莫能及。故闻一多先生称其"境界极大"而誉之为"大美"，并说后来的《两京》《三都》无非仿此而已。然而应该看到，这三种结构方式并非各自孤立存在着，而往往是结合在同一篇作品中使用，不过各有侧重而已。

构成汉赋"巨丽"美的因素，除上面所说这种"铺排"方式之外，还有一点却是历来很少为人言及的，这就是刘勰所说"比体云构"现象。《文心雕龙·比兴》："炎汉虽盛，而辞人夸毗，诗刺道丧，故兴义销亡。于是赋颂先鸣，故比体云构，纷纭杂遝，倍旧章矣"。又说："织综比义，以敷其华，惊听回视，资此效绩"。这里所说"比兴"，自然是取被汉以来经学家们所曲解发挥的意义，即"比者，比方于物"；"兴者，托事于物"。很明显前者主要是语言形式上的，后者则主要是内容寄托上的，故前者浮浅而后者深邃。汉赋所丢失的就是这深邃的情感内容，而大加张扬的却是浮浅的比喻形式，所以说"织综比义"、"比体云构"。比喻句式的大量集结，在宋玉《高唐》等赋中已经开始，如答楚王问"朝云始出，状若何也"的问题时即说：

> 其始出也，晰兮若松榯；其少进也，晰兮若姣姬，扬袂鄣日，而望所思。忽兮改容，偈兮若驾驷马、建羽旗。湫兮如风，凄兮如雨，风止雨霁，云无处所。

至枚乘《七发》已张扬光大，连篇累牍，如写观涛一段：

> 其始也，洪淋淋焉，若白鹭之下翔；其少进也，浩浩溰溰，如素车白马帷盖之张。其波涌而云乱，扰扰焉如三军之腾装。其旁作而奔起也，飘飘焉如轻车之

勒兵。六驾蛟龙，附从太白，纯驰浩暁，前后络绎，顒顒卬卬，据据疆疆，莘莘将将。壁垒重坚，沓杂似行军，訇隐匈磕，轧盘涌裔，原不可当。观其两旁，则滂渤怫郁，暗漠感突，上击下聿，有似勇壮之卒，突怒而无畏。……凌赤岸，篲扶桑，横奔似雷行。诚奋厥武，如振如怒，沌沌浑浑，状如奔马，混混庉庉，声如雷鼓。发怒庢沓，清升逾跇，侯波奋振，合战于藉藉之口……。

又如王褒《洞箫赋》之拟声：

故听其巨音，则周流汜滥，并包吐含，若慈父之蓄子也。其妙声，则清静厌瘱，顺叙卑达，若孝子事父也。科条譬类，诚应义理。澎濞慷慨，一何壮士；优柔温润，又似君子。故其武声，则若雷霆輘輷，佚豫以沸渭；其仁声，则若颽风纷披，容与而施惠。或杂遝以聚敛兮，或拔摋以奋弃。悲怆怳以恻惐兮，时恬淡以绥肆。被淋洒其靡靡兮，时横溃以阳遂。……

至于铺排与比喻（包括明喻、暗喻）间杂以出，同时并用者，更不可胜数。直至曹植的《洛神赋》，其比喻之丰富繁杂，亦然炫人耳目、惊听骇视。如："其形也，翩若惊鸿，婉如游龙，荣耀秋菊，华茂春松。仿佛兮若轻云之弊日，飘飖兮若流风之回雪。远而望之，皎若太阳升朝霞；迫而察之，灼若芙蕖出绿波。……"总之，铺排和连篇累牍的比喻，确是构成汉赋"巨丽"美的两种最重要的方法。虽然刘勰所说"比体云构"，是从否定意义方面讲的，却正好指出汉赋语言表达的一大特征。而细部描写的诙奇诡诞和表现形式的拟喻缤纷，又恰恰说明汉赋仍未冲破喻象文艺的范围，尽管在内容上已大大淡化了传统"六义"和屈骚象征色彩，而增强整体性的现实描绘。

第五节　"似讽实谀"中反映的炎汉气象

那么汉赋的现实意义和内容价值究竟何在呢？前人大多亦然将其与《诗》《骚》等量齐观，归结于托辞以讽谏。班固曾就汉赋的整体特征定性说："或以抒下情而通讽谕，或以宣上德而尽忠孝"①。杨雄后来对赋虽持批评态度，但《自序传》却说："赋者，将以讽之"。又《汉书·王褒传》载其论赋亦云："辞赋大者与古诗同义，小者辩丽可喜"。东汉蔡邕也否定作赋，但《上封事陈政要七事》却说："其高者颇引经训风喻之言"。至于对其代表作家的批评，其着眼点也在这点上。如司马迁说："相如虽多虚辞滥说，然其要归引之节俭，此与《诗》之讽谏何异？"②又说："《子虚》之事，《上林》赋说，靡丽多夸，然其指风谏"（《史记·太史公自序》）。班固亦称相如赋说："寓言淫丽，托讽终始。"③杨雄则就

---

① 班固.《两都赋序》. 四部丛刊影宋本六臣注《文选》卷一

② 《史记·司马相如传赞》. 百衲本二十四史《史记》

③ 《汉书·叙传》. 百衲本二十四史《汉书》

《大人赋》说:“往时武帝好神仙,相如上《大人赋》欲以风”。[1] 那么,借辞赋的靡丽之辞进行风谏,确是司马相如等辞赋家进行创作的初衷,显然与那些一味进行奉承阿谀者,其品格之高下相去悬远。但是,借赋这种宏大巨丽的形式真能达到讽谏的目的吗?当时杨雄就已提出批评说:“靡丽之辞,劝百而讽一,犹骋郑卫之声,曲终而奏雅”[2],是说辞赋写作的格式,先是以大量篇幅极力铺张,百般赞扬,所以说“劝百”;临近结尾,才婉转指出这种行为的弊端,进行讽谏,所以说“讽一”。而造成的结果则必然是“劝”多于“讽”。故崔骃《七依》说:“赋者将以讽,吾恐其不免于劝也”。而《汉书·艺文志》则干脆称枚、马之徒,“竟为侈丽之词,没其风谕之义。”因此,使用赋这种特殊文体进行讽谏,恰恰会适得其反而名存实亡,根本达不到讽谏的目的。故而汉赋的价值并不在“讽谏”,欲讽而实谀,那是必然结果。

关于赋的客观内容价值,班固提出的另外一种概括,是极富启迪性的。《两都赋序》说:

> 至宣、武之世,乃崇礼官,考文章,内设金马石渠之署,外兴乐府协律之事,以兴废继绝,润色鸿业。

刘勰在《文心雕龙·时序》篇中也写道:

> 施及孝惠,迨于文景,经术颇兴,而辞人勿用,贾谊抑而邹枚沈,亦可知也。逮孝武崇儒,润色鸿业,礼乐争辉,辞藻竞鹜。……遗风余采,莫与比盛。

对“润色鸿业”的解释,大多以歌功颂德一语了之,实有未当。李泽厚曾提出,汉赋表现的是“人对物质世界和自然对象的征服主题”。这表明中华民族进入发达的文明社会后,对世界的直接征服和胜利,使文学艺术也不断要求全面地肯定、歌颂和玩味自己存在的自然环境,作为人的生活的直接或间接的对象化存在于艺术中的,故表现为力量、运动、气势之美[3]。也有论者提出其反映的则是“炎汉气象”,集中代表了汉人的丰沛盛壮美和特定历史气象,即汉人那种雄心勃勃、睥睨千古的历史意识心理,或曰是一种历史颠峰的极端意识[4]。尽管他们所说不完全相同,但很明显都是从班固那里发挥出来的,自然是作了现代化的阐释。因此,对所谓“润色鸿业”不可理解得太狭隘。在我国封建社会处于上升期的汉代,人们对群体的力量尚无自觉意识,故对全社会取得的伟大成绩总是和最高决策者联系起来,在他们眼里作为最高统治者的皇帝是和国家完全同一的。因此所谓“润色鸿业”歌颂的对象,就不能仅看成是某一具体的最高统治者,而是整个社会集群的力量和理想,反映的正是一种群体意识。即群体征报物质世界所焕发出来的那种博大的胸襟

---

① 《汉书·扬雄传》. 百衲本二十四史《汉书》
② 《汉书·司马相如传赞》. 百衲本二十四史《汉书》
③ 李泽厚.《美的历程》. 安徽文艺出版社,1994. 82
④ 吴功正.《美的巨丽形态》. 求是学刊,1992(2)

和气魄、丰沛的情感和力量、高扬的自豪和惊喜，一句话即对感性生活世界的肯定和执着。据《史记·平准书》载：

> 汉兴七十余年之间，国家无事，非遇水旱之灾，民则人给家足，都鄙廪庾皆满，而府库余财货。京师之钱累巨万，贯朽而不可校。太仓之粟，陈陈相因，充溢露积于外，至腐败不可食。众庶街巷有马，阡陌之间成群，而乘字牝者傧而不得聚会。守闾阎者食粱肉。

整个社会都呈现出一片富庶繁荣的景象。这固然是最高决策者实行的政策有当，但也是靠全社会成员焕发的奋发精神和创造性劳动取得的成果。从汉武帝实行的政策来看，他文治武功兼施，从而消除内忧外患。文化上崇经术、考文章、兴礼义、既设金马石渠之署，又立乐府协律之事，真可谓“礼乐争辉，莫与比盛”。政治上解除藩王威胁，安抚各方少数民族，使汉帝国空前统一。军事上北击匈奴，东平朝鲜，南定南越，疆域空前扩大。而国力的强盛，疆域的广大，军威的显赫，政治的清明，物产的富庶等，一方面固然造成统治阶级的荒淫奢侈，如《后汉书·张衡传》所说：“天下承平日久，自王侯以下莫不逾侈”。《三辅黄图》也曾记述宫室的侈丽说：“以木兰为棼僚，文杏为梁柱，青琐丹墀，左碱右平，黄金为壁带，间以和氏珍玉，风至其声玲珑然也”。又记述商贾生活奢侈说：“衣必文采，食以粱肉，千里游敖，冠盖相望，乘坚策肥，履丝曳”，这固然是不值得歌颂的。但从另一方面来看，民殷国富，居安行逸，却正反映出人们征服占有物质世界实力的空前提高，反映出他们对现实生活的全面肯定和执着追求的时代风彩。黑格尔在谈到英雄时代曾说：“到处都可见出新发明所产生的最初欢乐，占领事物的新鲜感觉和欣赏事物的胜利感觉，一切都是家常的，在一切上面人都可以看出他的筋力，他的双手的灵巧，他的心灵的智慧，或是他的英勇的结果”。① 用此来理解刚进入高度文明社会的汉人心态，应该是极为贴切的。确实，他们初次这样广泛地占有物质世界后的欣喜感、自豪感、胜利感，以及一切才情、智慧、精力、灵巧等都被生活具象化了，那么他们对所居住的城市屋宇、代步的行车走马，以至大自然的一草一木、飞禽走兽，尽情地进行张扬、铺排、夸饰、装扮得神圣不俗，不正是很自然而合理的事么？因为，那也正是他们对自己客观对象上展开的本质力量丰富性的肯定和礼赞，尽管可能这还并非是自觉的。且看下面这段史书记载，在汉高祖登基之初：

> 萧丞相营作未央宫，立东阙、北阙、前殿、武库、太仓。高祖还，见宫阙壮甚，怒。谓萧何曰：“天下匈匈，苦战数岁，成败未可知，是何治宫室过度也？”萧何曰：“天下方未定，故可周遂就宫室。且夫天子以四海为家，非壮丽无以重威，且无令后世有以加也”。高祖乃悦。

---

① ［德］黑格尔著．朱光潜译．《美学》(1)．人民文学出版社，1959．324

原来宫室营建的“壮丽”并非只是个简单的奢侈问题,它既是天子权威的神圣象征,更是汉帝国威仪和力量的表现。而描写宫室壮丽的辞赋,也就不能只看成是无谓的铺排夸饰、虚辞滥说,而是时代的胸襟气度和特有历史意识的一种艺术化表现。“无令后世有以加也”,可谓一语道尽了汉人特有的那种雄心勃勃的开创精神,睥睨千古的高傲气魄,前无古人、后无来者的追求和自信,并在汉赋中范型为一个时代的审美理想。唐人也够盛世风度的,但与汉人的却根本不同。后者是古典的,前者是浪漫的。后者博富宏丽而前者精警高华,后者堆砌重复而前者风流婉转,后者只展现外在空间世界,前者则抒写着丰富的内在心灵,即使纯粹写景时也是如此。辞赋为有汉一代所独有,反映的也正是那个时代的群体意识,这就是它的真正内在价值所在。

第六章 愤激难平的"兴寄"之作:咏怀诗

第一节 关于"兴寄"

中国喻象文艺自史前神话肇始其端,其进一步演化的典型形态就是《诗》《骚》。此后,或者使其象征内涵逐渐明晰化、自觉化、浅显化,用易于为人所理解的人物情节结构故事,并从中抽绎出某种道德格言或训诫意义以启示、教导和鼓励人,因而"形成一种虽清楚却肤浅的构思方式"(黑格尔语),这就是曾在先秦盛极一时的诸子寓言。或者是使象征意义逐渐消解淡化,以所谓"体物浏亮"代替蒙昧神秘,就其所描写的个别形象来说尽管也光怪陆离、炫人耳目,但其作用则只起到对整体空间结构的装饰点缀作用,它们原有的象征内容可说已丧失殆尽,因而又演化为有汉一代文坛主流的汉赋。然而,在这两种文艺演化形式之外,值得注意的是魏晋时期,还曾出现过一种对后代文学同样产生深远影响的喻象文学形式,那就是所谓"兴寄"诗,其最具代表性的如阮籍《咏怀》、左思《咏史》、郭璞《游仙》等。表面看来他们所咏者皆为历史人物或神话仙人,内里却是忧生之嗟、兴怀之叹,如李善所说:"虽志在讥刺,而文多隐避,百代之下,难以情测"①。显然,这是与《诗》中比兴或《骚》辞象征都根本不同的艺术表现方式,可看作是我国喻象文学的余响。

关于"兴寄"一词的提出,最著名的是初、盛唐之交的陈子昂。他在《与东方左史虬修竹篇序》这篇著名序文中批评齐梁以来颓靡文风时说:

> 文章道弊五百年矣!汉魏风骨,晋宋莫传,然而文献有可征者。仆偿暇时观齐梁间诗,彩丽竟繁,而兴寄都绝,每以永叹。思古人常恐逶迤颓靡,风雅不作,以耿耿也。一昨于解三处见明公《咏孤桐篇》,骨气端翔,音情顿挫,光英朗练,有金石声。……不图正始之音复见于兹,可使建安作者相视而笑。

从前后文意来看,可知他批评的对象是"彩丽竞繁"的齐梁间诗,而予以充分肯定的则是"汉魏风骨"和"正始之音"。而其核心内容,即是被他欣喜地惊呼"复见于兹"的"兴寄"精神。不过细审《古诗》或建安诗歌最突出的特征,却并非"兴寄"(后面将会谈到),那么"兴寄"这一特征便非"正始之音"的杰出代表阮籍等人而莫属了。寄,自然是指寄托,即言此喻彼式的诗歌表现方式。兴,则来自《诗》三百篇的"比兴",但并非简单地取其"引譬连类"之义,而更多地恐怕是取传统经学赋予它的道德寓意而言。因此,此处所说"兴寄"实质上就是寄托,即只指内涵的丰富情感寄寓而言,所谓"以鸟兽草木虫鱼见义"的那

① 李善注.《咏怀诗》.《文选》卷二十三.《四部丛刊》影宋本六臣注本

方面则被磨刷掉了，而这正是诗歌美学上的一大进步。到了中唐的白居易，他大力倡导“六义”或“美刺比兴”，其实和陈子昂所说“兴寄”精神也是一脉相承的。虽然其所说“比兴”的名称与《诗经》无异，但他的《秦中吟》和《新乐府》大都是用赋体来写，除少数几首根本都不曾用“以鸟兽草木虫鱼见义”的手法。因此，他的诗学真精神并非“六义”或“比兴”，而是“文章合为时而著，歌诗合为事而作”的“两为”主张。这也说明被传统一直视为金科玉律的“比兴”论，至此已发生了根本质的变化，而预示着中国文学史的一次巨大转变，即以生活真实为再现对象的文学的产生。

在“兴寄”文学的发展史上，清代中叶以后常州词派提出的“寄托”说，是值得重视而应予关注的。因为，他们的理论已完全淘汰掉了传统“六义”说的阴影，直揭其理论核心而自成一套完整体系。此说之首倡者是张惠言，他在《词选序》中提出作词之要义，在于“缘情造端，兴于微言，以相感动，极命风谣。里巷男女，哀乐以道，贤人君子，幽约怨悱不能自言之情，低徊要眇，以喻其致。盖诗之比兴，变风之义，骚人之歌，则近之矣。”即强调词作要有一唱三叹、反复曲折、幽眇深微之内涵，与《诗》《骚》之比兴“相近”而不相同，所谓“意内言外”者就叫词，也就是寄托。因此常州派理论的后继者陈廷焯，就直接把批判的矛头指向“比兴”论：“风诗三百，用意各有所在，仁者见之谓之仁，智者见之谓之智，故能感发人之性情。后人强事臆测，系以比、兴、赋之名，而诗义转晦”①。就是说诗中那种“幽约怨悱不能自言之情”，并非后人所说“比兴”所能概括的，不过“臆测”而已。到了常州派重要词学理论家周济，“寄托”说才得以明确提出并加深化。他在《介存斋论词杂著》中说：

> 初学词求空，空则灵气往来。既成格调，求实，实则精力弥满。初学词求有寄托，有寄托则表里相宣，斐然成章。既成格调，求无寄托，无寄托则指事类情，仁者见仁，知者见知。北宋词下者在南宋下，以其不能空，且不知寄托也。高者在南宋上，以其能实，且能无寄托也。

在他看来，诗中寄托应该有两个层次，一种是有意为之的寄托，属学词的初阶；一种是“无寄托”之寄托，即流露于不自知者，这才是词学的最高境界。所以他才提出：“夫词，非寄托不入，专寄托不出”②的主张，使喻象文艺美学达到一个新的高度。其后，谭献又专“以衍张茗柯（惠言）周介存（济）之学”而选《箧中词》，进而提出：“侧出其言，旁通其情，触类以感，充类以尽，甚且作者之用心未必然，而读者之用心何必不然”③，可说对调济“无寄托”说更推进到极端，彻底打破了以彼比此式的机械类比。而况周颐下面的这段话，则可看作是对这种理论的总结：

> 词贵有寄托，所贵者流露于不自知，触发于弗克已。身世之感，通于性灵。即性灵，即寄托，非二物相比附也。横亘一寄托于搦管之先，比物此志，千首一

---

① 陈廷焯.《白雨斋词话》(6). 人民文学出版社，1959

② 《宋四家词选目录序论》. 见《介存斋论词杂著》附录. 人民文学出版社，1959

③ 谭献.《复堂词录序》. 人民文学出版社，1959

律,则是门面语耳,略无变化之陈言耳。于无变化中求变化,而其所谓寄托乃益非真。昔贤论灵均书辞,或流于跌宕怪神,怨怼激发,而不可以为训,必非求变化者之变化矣。夫词如唐之《金荃》,宋之《珠玉》,何尝有寄托,何尝不卓绝千古,何庸为是非真之寄托耶?①

确实,只有那种流露于不自知,似有似无,不即不离之寄托,那才称得上是真寄托。因为,这里已不存在硬性的比拟,机械的牵附,全由任情而发、任性而出,所以才显得含蓄蕴藉,无迹可求。正如沈祥龙所说:"词能寄言,则如镜中花,如水中月,有神无迹,色相俱空,此惟在妙悟而已"②。总之,在中国文学和美学思想史上,比较具有系统性的属于喻象文艺的理论,可以说只有两次,一次主要是就《诗经》总结出来的汉代学者提出的"比兴美刺"说,另一次是由陈子昂肇端至清代常州派而大盛的"寄托"说,故而尤显得可贵。

这种"兴寄"之作的最早标本,就是被后人称作"创成一体,垂式千秋"和"屏彼藻绘,直揭胸怀"的阮籍《咏怀》、左思《咏史》和郭璞《游仙》。它们虽然题目各异,取材不同,但实质上皆为坎壈咏怀之作,故我们放在一起来论述。

第二节 "言在耳目之内,情寄八荒之表"的阮籍《咏怀》

阮籍字嗣宗,属"竹林七贤"之一,其代表作就是82首五言《咏怀》诗。这些诗大概并非一时之作,故吴汝纶说:"阮公虽云志在刺讥,文多隐避,要其八十一章决非一时之作,吾疑其总集平生所为诗,题为《咏怀》耳"③。他所生活的时代,正如《晋书》所说:"属魏晋之际,天下多故,名士少有全者,籍由是不与世事,遂酣饮为常"。这确是一个世事多变、世极迍邅而名士朝不保夕的凶险时期。当时司马氏擅权,排斥打击异己,文士稍有不慎,就有被杀头灭族的危险,致使当时"名士减半"④。从阮籍的政治背景来看,他的父亲阮瑀是建安七子之一,曾在曹操身边担任司空军谋祭酒、丞相军师祭酒多年,属曹氏谋士集团的重要成员之一。阮籍幼年丧父,又得到曹氏父子很好的照顾,在情感的天秤上自然倾向曹氏一边。他对曹魏的王业也抱有很大的热情和希望,企盼着能一展自己的才华而为之效力,正如《咏怀》诗所写:"王业须良辅,建业俟英雄。元凯康哉美,多士颂声隆"。但魏明帝去世后,由年幼无知的齐王曹芳继位,大权遂落入辅政大臣曹爽之手。他虽是曹氏宗室,却属庸碌之辈,故一场高平陵事变遂使之家破身亡,国家大权又落入老谋深算、足智多谋的司马氏父子之手。阮籍等名士大失所望,于是"荣进之心日颓,任逸之情转笃",情绪低沉而消极对抗,完全采取了与现政权不合作的态度。但司马氏集团为了拉拢士人,收买人心,却一方面极力标榜"名教之治",推行所谓的以孝治国,把自己装扮成恪守伦理纲常的模范;另方面又极力笼络社会名流,起

① 况周颐.《蕙风词话》(5). 人民文学出版社,1959

② 沈祥龙.《论词随笔》. 载《词话丛编》本. 中华书局,1986

③ 吴汝纶.《古诗钞》(2),施培毅等校点. 黄山书社,2002

④ 《三国志·王凌传》. 引《汉晋春秋》(28)

用名士们入仕作官,以点缀社会升平。嵇阮等人一眼便看穿了他们的这种拙劣伎俩和虚伪骗局,不但对其所作所为表现出非常反感,而且对其专横跋扈、独断擅权、凶狠残忍更是深恶痛绝,这就造成他们同司马氏集团之间的激烈矛盾。嵇康刚直,采取坚决不妥协的态度,于是很快因吕安事而被杀。在这种严酷的高压政治统治下,士人们人人自危,朝夕难保,稍有不慎,即有抛头弃尸之可能。于是他们或放浪形骸,佯狂自适;或以酒为伴,沉迷酣醉;或潜心玄理,以求鲜脱,来掩饰他们的内心苦闷和愤慨。与嵇康相比,阮籍性格比较软弱,他不敢疾恶如仇地去直接对抗,也不敢态度鲜明地公开决裂,便采取了一种消极规避的方式。比如,自高平陵事件后,他就一直在司马氏父子手下任职,先后曾任过司马懿的属吏太傅从事中郎,司马师的属吏大司马从事中郎,司马昭的大将军从事中郎等职,还当过步兵校尉和地方官东平太守。只是在这些职位上并不尽责守职,只是敷衍了事而已。“或闭户视书,累月不出;或登山临水,经日忘归。博览群籍,尤好庄老。嗜酒能啸,善弹琴,当其得意,勿忘形骸,时人多谓之痴”。(《晋书·阮籍传》)他深知世事险恶,人心叵测,政治上稍有不慎,就会身首分离,所以虽“任性不羁,而喜怒不形于色”,更是“口不论人过”。但即使如此谨慎,也难逃政治上的迫害。他可以酒掩护,大醉六十日推脱司马昭为子求婚联姻的政治企图。但当景元四年(263年),司马昭自封晋公,位相国,加九锡,要他写“劝进文”时,再以酒掩护就不起作用了,只好当场违心书写。可是从此他的精神支柱也就倒塌了,不久即郁郁死去。

阮籍的八十二首《咏怀》诗,就是在这种如履薄冰的政治氛围中,面对专制高压政治的迫害,而产生的矛盾、苦闷、悲愤和变异心态的反映。所以,一方面撷取神话和史实,通过奇丽的想象和优美语言,来抒写自已忧时、愤世、疾俗的感情,但又不敢直说,只能委婉曲折的来表达,于是造成晦涩难懂之弊。正如李善《文选》注所说:“嗣宗身仕乱朝,常恐罹谤遇祸,因兹发咏,故每有忧生之嗟。虽志在刺讥,而文多隐避,百代之下,难以情测”①。沈德潜则说:“阮公《咏怀》,反复零乱,兴寄无端,和愉哀怨,杂集于中,令读者莫求归趣,此其为阮公之诗也。必求时事以实之,则凿矣”②。不过也许正由于这种隐晦曲折的表达方式,《咏怀》诗才在中国文学史上增添一种特殊的美,即兴寄无端而意在辞外,难以情测而莫知归趣,不可以迹象求、不可以史事实的朦胧美。故千载之下艺术魅力犹在,恰如嚼食橄榄,愈咀而愈有滋味,所以沈德潜才说此其为阮公之诗也。至于这八十二首诗的总体特征,还是钟嵘《诗品》所评最为精当:

> 《咏怀》之作,可以陶性灵,发幽思,言在耳目之内,情寄八荒之表。洋洋乎会于风雅,使人忘其鄙近,自致远大。颇多感慨之词,厥旨渊放,归趣难求。颜延年注解,怯言其志。

陶写性灵,抒发幽思,言其内蕴的人格情操之美,所以读来能够开阔人之胸襟,陶冶人之

---

① 萧统.《文选》(23).《四部丛刊》影宋本六臣注

② 沈德潜选编.《古诗源》(6). 中华书局,1963

精神。而“言在耳目之内，情寄八荒之表”，则讲高超的艺术表现，故而造成千载之下难求归趣的“兴寄”特色。从这两方面来读阮籍的《咏怀》诗，庶几可得其底蕴，如第三十三首：

一日复一夕，一夕复一朝。颜色改平常，精神自损消。胸中怀汤火，变化故相招。万事无穷极，知谋苦不饶。但恐须臾间，魂气随风飘。终身履薄冰，谁知我心焦。

此诗首四句，是说自己在一天天地形容衰损、精神消减下去，似无深意，只是叹老而已。接着又说胸中如汤火烧燎一般，痛苦难熬，显然又不会是一般的忧生之嗟。那么究竟是什么原因造成呢？随即才点明主旨：“但恐须臾间，魂气随风飘”。原来是说在当时那个社会，若自己行事稍有不慎，顷刻之间即会身首异地，招来杀身之祸，所以下面才叹喟自己如“终身履薄冰”，慎之又慎。不过虽似有深衷的难言之隐，但始终却又未予说明。因此，仅从表面看全诗虽情绪激动，但又写得很有节制，也很平静。如果我们结合着诗人特有的身世经历来看，那么诗中所渲泻的苦痛之情，绝非事出无因，正是诗人所生活的那个黑暗、险恶、压抑的时代，才造成这种深重巨痛、难以抚平的悲愤和心灵创伤的，故使之朝夕难安、心似汤火、如履薄冰。黄节就曾指出：“司马师曰：阮嗣宗至慎，每与言，终日言皆玄远，口不臧否人物。诗曰‘终身履薄冰’，所以昭其慎欤？”①即就此而言，可知所谓“寄托遥深”者如此。又如第十一首：

湛湛长江水，上有枫树林。皋兰被径路，青骊逝骎骎。远望令人悲，春气感我心。三楚多秀士，朝云进荒淫。朱华振芬芳，高蔡相追寻。一为黄雀哀，泪下谁能禁？

此诗所咏则为庄辛借蔡灵侯事谏楚襄王者，当是一首典型的咏史诗。首六句全从《招魂》中化出，用以描写楚地景物，为下面写楚事作铺垫引入正题。又旧说以为《招魂》乃宋玉所作，故七八句即承此引出“三楚秀士”如宋玉者，对帮闲文人的“朝云进荒淫”进行抨击。末四句才切入主题，用蜻蛉黄雀的典故，具体写荒淫误国的蔡灵侯，以与楚襄作比。据《战国策·楚策》载：“蔡灵侯……南游乎高陂，北陵乎巫山，饮茹豀之流，食湘波之鱼，左抱幼妾，右拥嬖女，与之驰骋乎高蔡之中，而不以国家为事。不知夫子发方受命于宣王，系已以朱丝而见之也。……君王之事因是以。左州侯，右夏侯，辇从鄢陵君与寿陵君，饭封禄之粟，而载方府之金，与之驰骋乎云梦之中，而不以天下国家为事。不知夫穰侯方受命于秦王，填黾塞之内，而投已乎黾塞之外”。但如仅以此史事解之，这确系一首述古人、道古事的咏史之作，并无深意所寄。实则不然，正如刘履所说：“正元（高贵乡公曹髦年号）元年（254 年），魏主芳幸平乐观。大将军司马师以其荒淫无度，亵近倡优，乃废为齐王，迁之河内，群臣送者皆为流涕。嗣宗此诗其亦哀齐王之废乎？盖不敢直陈游平乐之

① 黄节.《阮步兵咏怀诗注》. 上海古籍出版社，1978

事,乃借楚地而言”①。可知此诗确系借古讽今,有感而发,其中饱含着深刻的时代悲哀和激愤,正钟嵘所说“情寄八荒之表”者也。又如第三十一首:

驾言发魏都,南向望吹台。箫管有遗音,梁王安在哉!战士食糟糠,贤者处蒿莱。歌舞曲未终,秦兵已复来。夹林非吾有,朱宫生尘埃。军败华阳下,身竟为土灰。

这也是一首讽咏史事之作,所咏乃战国时梁王魏婴因溺淫乐于吹台,终为秦兵所围而割地求和事,见《战国策·魏策》。张玉穀曰:“首四(句)就发魏都、望吹台,一气赶出当日梁王行乐不长来”,而“战士二句,乃推原所以致败之由”②。下面即统述公元前273年秦军围大梁,破魏军于华阳,被迫割让南阳以求和之耻。全诗叙事多于抒写,情感的倾向性并不明显,似纯为一次荒淫误国之历史往事而发。但若仅以此来理解,却又大错特错,实则此诗同样寓有借古事以慨时政的深刻用意。故清陈沆即说:“此借古以寓今也。(魏)明帝末年,歌舞荒淫,而不求贤讲武,不亡于敌国,则亡于权奸,岂非百世殷鉴哉!”③其实,此诗开篇即从“魏都”写起,其影射之用意当十分明白。对此,张玉穀也已指出:“魏都许昌,即古梁地,故独举”。由此可知,诗人在选用历史题材上,是颇有一番良苦用心的。以上二首征用古事,相较而言还是比较显豁的,至如第十六首就更加隐晦了。

徘徊蓬池上,还顾望大梁。绿水扬洪波,旷野莽茫茫。走兽交横驰,飞鸟相随翔。是时鹑火中,日月正相望。朔风厉严寒,阴气下微霜。羁旅无俦匹,俛仰怀哀伤。小人计其功,君子道其常。岂惜终憔悴,咏言著斯章。

此诗旧多以为暗讽司马师废立之事。首二句先言“大梁”“蓬池”,只稍露端倪,此下则皆为写景伤时之语,似与时政废立并无多大关系。大梁即今河南开封,战国时魏都之所在地;蓬池,亦魏国地名,是大梁东北的一片沼泽地。徘徊蓬池而还顾大梁,盖亦屈子“忽临睨夫旧乡,蜷局顾而不行”之意。但此后即转入写景,并抒发其羁旅感慨,无一语与时局相关者。其实,解开此诗奥秘的关键所在,即隐埋于“是时鹑火中,日月正相望”二语之中。李善注引《左传》僖公五年晋侯问伐虢事于卜偃曰:“晋侯围上阳(虢国都),问于卜偃曰:‘吾其济乎?’对曰:‘克之’。公曰:‘何时?’对曰:‘……其九月十月之交乎?丙子旦,日在尾,月在策,鹑火中,必是时也’”。又《礼记·月令》曰:“孟冬之月,旦,七星中”。鹑火即南方七宿中的柳宿、星宿、张宿,每当夏历九十月之交(孟冬)时,其位置即移至南方天空正中。又“日月正相望”句,正指日在尾、月在策,是言每月十五日也。合二句文意来看,当暗寓九月十五日会发生政治上的重大变故,可能与司马氏篡权之事有关。因此下文才有“羁旅无俦匹,俛仰怀哀伤”之叹惋,和“小人计其功,君子道其常”(《荀子·天

① 戴明扬校注.《嵇康集》.《秀松穆入军赠诗十九首》引《选诗补注》. 人民文学出版社,1962
② 张玉穀.《古诗十九首赏析》. 陕西人民出版社,1981
③ 陈沆.《诗比兴笺》. 上海古籍出版社,1981

论》)的讽责。当然,如此解说也只是揣猜,至于真实情事已难确指,岂非同样是"兴寄无端,莫求归趣"者乎?

阮籍的八十二首《咏怀》,大多类此,或情出一时之感,或兴在有无之间,既难用史事填实,却也全非与时政毫不相关,所以才迷离惝怳,不易理解。窃以为王夫之这段分析是很能抓住其神理的:"步兵《咏怀》自是旷代绝作,远绍《国风》,近出入于《十九首》,而以高朗之怀,脱颖之气,取神似于离合之间,大要如晴云出岫,舒卷无定质。……且其托体之妙,或以自安,或以自悼,或标物外之旨,或寄疾邪之思;意固径庭,而言皆一致,信其但然而又不徒然,疑其必然而彼固不然。不但当时雄猜之渠长,无可施其怨忌,且使千秋以还了无觅脚根处。盖诗之为教,相求于性情,固不当容浅人以耳目荐取"①。故知《咏怀》之作,固以此而"为阮公之诗也",今人亦不当死执一时一事以求之。

第三节 "托前代以自鸣不平"的左思《咏史》

左思生活的时代与阮籍大不相同,已是西晋太康时期,当时司马氏政权已经巩固,生活也相对比较安定,因而不再存在魏晋易代之际,士人与司马氏之间那样激烈的矛盾。但是,此时门阀制度已经形成,所谓"上品无寒门,下品无世族",门第等级观念十分森严,仕进的道路全被世家大族所垄断,出身寒门者不得不深受压抑,长期屈居下僚,于是一般士人与世族之间的矛盾成为一个突出的社会问题。左思出身寒微,据《晋书》本传载,其父雍,起于小吏,后因有才能擢授殿中侍御史。他本人又"貌寝口讷,而辞藻壮丽,不好交游,惟以闲居为事"。因此,虽抱有"骋良图"的宏大志愿,匡顺天下的强烈功业心,却仕进屡不得志,长期沉抑下位,可谓生不逢时。武帝时妹芬入宫为妃,遂家京师,但也只做过秘书郎一类的小官,宏图始终难展。故对门阀制度充满强烈的批判意识,对高位素餐者表现出极大的鄙视和不满,反映在其诗歌中便化作愤世嫉俗、愤懑不平的深沉情感,而为历代失意文人所共鸣。其诗今存十四首,《咏史》八首则为其代表。这些诗正如昔人所说,虽名为"咏史",实则咏怀,托古以讽今,借物而抒怀,用古人古事来书写自己的襟抱和不平。钟嵘即说:"文典以怨,颇为精切,得讽谕之致"②。由此遂造成一种特有的"兴寄美",当然也可称为"讽谕",但却不是一般的讽谕诗。正如沈德潜所说:"太冲《咏史》,不必专咏一人,专咏一事,咏古人而已之性情俱见,此千秋绝唱也。后惟明远、太白能之",并谓:"太冲胸次高旷,而笔力又复雄迈,陶冶汉魏,自制伟词,故是一代作手"③。继承汉魏,而又超越汉魏,自创伟词,开创一代新诗体而垂范后昆,为中国文学史作出具有时代意义的贡献,其所以不朽者在此。故陈祚明说:"创成一体,垂式千秋。其雄在才,而其高在志。有其才而无其志,语必虚侨;有其志而无其才,音难顿挫。钟嵘以为'野于陆机',悲哉!彼安知太冲之陶乎汉魏,化乎矩度哉?"(《采菽堂古诗选》(11))

---

① 王夫之.《古诗评选》(4).载《船山全书》第14册.岳麓书社,1996

② 陈延杰注.《诗品》(上).人民文学出版社,1958

③ 沈德潜选编.《古诗源》(7).中华书局,1963

至于左思在《咏史》诗发展史上的特出贡献,明胡应麟《诗薮》曾说:“《咏史》之名,起自孟坚(班固),但指一事;魏杜挚《赠毋丘俭》,叠用八古人名,堆垛寡变。太冲题实因班,体亦本杜,而语奇伟,创格新特,错综震荡,逸气干云,遂为古今绝唱”。今考“咏史”这一诗体,在《诗经》《楚辞》中已有所滥觞,但还算不上真正的咏史,或借历史材料用于宗教祭示的目的,或作为自己说理谏上的事例点缀,都并非作为一种特殊诗体来写。到了东汉班固,才有《咏史》诗的正式创作,标志着这种诗体的初步确立。此诗主要叙述孝女缇萦救父一事,既歌颂了缇萦的高尚品德,也赞美汉文帝废除肉刑的仁政思想。但全诗基本以叙述史实为主,平铺直叙,缺少文彩,故钟嵘曾批评说:“东京二百载中,惟有班固《咏史》,质木无文”(《诗品序》)。在咏史诗的发展史上,班固《咏史》但述一事一人,尚缺少主体情感的介入,显然不是此体的成熟形态,故可称为“史传”式的写法。降至建安,曹植有《三良》诗,王粲有《咏史》诗,所咏者都是秦穆公迫使三良(奄息、仲行、铖虎)殉葬之事,主要表示自己的同情和谴责,虽情辞悱恻感人,却多为就事说理。此外,阮瑀有《咏史诗》二首,一咏三良,一咏荆轲,其情况也与此差不多。故此时的咏史之作,虽已突破史传型的质直,但却囿于就事论事,依事说理,可称为“史论”式的写法。值得注意的是曹植用乐府体写的《怨歌行》一诗。此诗写周公一片赤诚辅佐成王,却忠心不察而遭猜忌,无辜被谤:“推心辅王室,二叔反流言。待罪居东国,泫涕常流连”。联系他平生遭际来看,此诗可能寄寓着强烈的身世之感和深沉悲痛,但却不够明显,所以尚不是真正的“兴寄”体。

时代稍后于曹王诸人的杜挚,写有为历代人们注意的《赠毋丘俭》一诗,中间铺写伊平、吕望等八个在历史上曾显赫一时的人物,但笔力却集中描写他们在尚不得志时的穷愁潦倒,显然是借咏历史人物以明志。因诗一开头即说:“壮士志未申,坎坷多辛酸”;结尾又说:“才非八子论,而与齐其患。”无疑是援历史名人自比身世,暗寓如能得人提携,未必不如八子而建功立业,以至显达。但缺点是简单地罗列古人,缺乏生动的描写和艺术创造,如胡应麟所批评:“叠用古人名,堆垛寡变”①。但是,此诗所选取的历史人物遭际同作者身世之间,往往存在许多的相似性,能够较好结合,吟咏他们的目的在于引发诗人情思,故在原来史论史传型的基础上又大大前进了一步,虽说还不够成熟,却已具备了“兴寄”体的基本特征,可看作左思《咏史》的先导。

左思的《咏史》诗,就是在前人这些创作经验的基础上,才彻底打破传统史传史论型的写法,而完成“咏古人而已之性情俱见”这一转变的。因而,他不再作纯客观地叙述史事或依事评论,而是把咏史和抒情水乳交融般统一在一起,史事似已成为主体情感的延伸或特殊载体,从而建构起一种全新的艺术表达方式。故陈祚明才称赞其“创成一体,垂式千秋。”在这八首《咏史》中,第一首只是自叙才能怀抱,并未涉及史事,但所表现的感情却与后面七首前后呼应,一脉贯通,故一般认为它是整个《咏史》的序诗。其余各首则皆为托古讽今,藉古人古事抒发自已襟怀和不平之作。如其二:

郁郁涧底松,离离山上苗,以彼径寸茎,荫此百尺条。世胄蹑高位,英俊沈

① 胡应麟.《诗薮·内编》(2). 上海古籍出版社,1979

下僚。地势使之然，由来非一朝。金张藉旧业，七叶珥汉貂。冯公岂不伟，白首不见招。

诗一开始即提出一新颖比喻：山上寸草却掩盖了涧底青松，世道何其不公！不言自明，矛头直指不合理的门阀制度。接着举汉代金（日磾）张（汤）史事以实之。据史载，金日磾家自武帝至平帝，曾七代为内侍，权倾一时，故时人叹其“七世内侍，何其盛也”（《汉书·金日磾传赞》）。至于张汤家，《汉书·张汤传》谓：“安世（汤子）子孙相继，自宣元以来，为侍中、中常侍……者凡十余人。功臣之世唯有金氏张氏亲近贵宠，比于外戚”。故可知其贵盛。但文帝时的冯唐，虽功著而官微，至老亦不见招擢重用，又何其悲也！显然作者是以冯唐自喻的，不只深刻批判了“世胄蹑高位，英俊沈下僚”的不平等现实，而且也寄寓了自己强烈的愤慨和不平。故何焯说：“郁郁首，良图莫骋，职由困于资地。托前代以自鸣所不平也”①。同此首所抒写的内容情调基本相同的，还有其四：

济济京城内，赫赫王侯居。冠盖荫四述，朱轮竞长衢。朝集金张馆，暮宿许史庐。南邻击钟磬，北里吹笙竽。寂寂扬子宅，门无卿相舆。寥寥空宇中，所讲在玄虚。言论准宣尼，辞赋拟相如。悠悠百世后，英名擅八区。

此诗表面在为扬雄鸣不平，首以金、张、许、史等权贵的豪华，来衬托子云的冷清寂寞生活；接着笔锋一转，又以杨雄的百代不朽，反衬权贵的转眼尘灰，充满着对金张等人的鄙睨不屑。何焯又说：“济济首，谓王恺、羊琇之属，言地势既非，立功难觊，则柔翰故在，潜于篇籍，以章厥身者，乃吾师也”②。这固是一层意思，但揭开深层内涵来看，其实亦是以扬雄自比而自期自叹。据《晋书》本传，左思不仅善赋，曾写过“洛阳为之纸贵”的著名《三都赋》，且“家世儒学”，感激勤奋，“专意典籍”而“兼善阴阳之术”。那么，他以“言论准宣尼，辞赋拟相如”的扬子云自喻，当是自然而然的，为扬雄叫屈亦正是自况。与此种写法不同的有其六：

荆轲饮燕市，酒酣气益震。哀歌和渐离，谓若傍无人。虽无壮士节，与世亦殊伦。高眄邈四海，豪右何足陈。贵者虽自贵，视之若埃尘。贱者虽自贱，重之若千钧。

此首直接赞颂荆轲慷慨高歌、睥睨四海的侠士精神，但并非用以自喻。而是通过“高眄邈四海，豪右何足陈”，“贵者虽自贵”却视若尘埃，“贱者虽自贱”却重之千钧等描写，寄寓了对权贵的蔑视和不屑之情。故何焯说：“荆轲首，又言虽博徒狗屠，犹有轶伦之才，视碌碌豪右，自诧攀龙者，方复夷然不屑，况吾侪也”。③ 可谓得之。因此，这首只是借题发挥，

① 何焯.《义门读书记》. 中华书局，1987

② 何焯.《义门读书记》. 中华书局，1987

③ 何焯.《义门读书记》. 中华书局，1987

咏史本为咏怀,全无自悲自叹之意。《咏史》八首中最为人所传诵,也写得最为情思激扬者当推其五:

> 皓天舒白日,灵景耀神州。列宅紫宫里,飞宇若浮云。峨峨高门内,蔼蔼皆王侯。自非攀龙客,何为欻来游。被褐出阊阖,高步追许由。振衣千仞冈,濯足万里流。

此诗是诗人专咏自己超尘脱俗、不为富贵荣华所羁的高洁志趣的。前半刺世,写权贵宫室的壮丽和攀龙附凤者的碌碌奔走;后半明志,抒自己摒弃荣名而远举高蹈的情怀,从而引出"被褐出阊阖,高步追许由"以托古寄言。《孔子家语·三恕》载:"子路问于孔子曰:'有人于此,被褐而怀玉,何如?'子曰:'国无道,隐之可也;国有道,则衮冕而执玉'"。那么诗人以决绝的态度选择了隐遁这条路而"高步"许由,岂非因"国无道"而难为者欤?抑怀玉弃世独清独醒者欤?故才欲洗耳长川,汰除世俗烦恼,而追求生命自由以安顿人生归宿。只是这层意思又表现得何等委婉含蓄、隐而不露,同样是"寄慨遥深"之笔。然全诗之精神所注,生命所钟,尤在结尾二句:高人隐士生活,不免孤寂清冷,淡乎寡味,然此二句却以振衣千仞之高岗状其高蹈,以濯足万里之长流明其疏放,寄情于景,寓静于动,长怀叙志而饶吞吐大荒之概,遂使全诗境界为之开阔,心胸襟抱为之亮丽爽朗,把人的生命意识真正审美化艺术化了。其实,这也正是"魏晋风度"那种超尘脱俗、高风亮节精神之典型表现,被推为"千秋绝唱"、"古今难比"者原因当在此。

总之,左思的《咏怀》诗虽远绍前代,却又独辟蹊径而变创其体,首开借咏史以咏怀的先河,使这一题材升华到一个新的历史高度,无论就其艺术的醇熟,或者内容的蕴蓄丰厚来说,都为后人所沾溉者不少。故陈祚明才称其"创成一体,垂式千秋。其雄在才,而其高在志。有其才而无其志,语必虚侨;有其志而无其才,音难顿挫。钟嵘以为'野于陆机',悲哉!彼安知太沖之陶乎 汉魏,化乎矩度哉?"(《采菽堂古诗选》(11))

第四节 "乃坎壈咏怀非列仙之趣"的郭璞《游仙》

郭璞(字景纯)生活的时代,又晚于左思,约在西晋末至东晋初。其时太康时期曾一度出现过的相对承平和短暂繁荣,已一去不再复返。先是贾后擅权造成政治危机,接着便是"八王之乱"所引发的诸王侯之间的连年混战,于是整个社会又一次陷入动荡不宁的混乱纷争之中,西晋王朝也就走到崩溃的边缘。而此时北方少数民族诸部族亦乘机入侵中原,并在311年和316年,由匈奴族的汉国先后俘虏晋怀帝(司马炽)和晋愍帝(司马业),西晋遂宣告灭亡。逃到南方的大官僚贵族,又联合南方的豪绅显贵共同拥戴晋宗室司马睿(晋元帝)为帝,是为东晋。郭璞生活在这样一个各派政治力量纷争不息,殊死搏斗的大动荡大变乱的时期,无疑又深深陷入阮籍们曾经历过的那种仕途险恶、人生无常和忧生之嗟、隐遁之想的苦闷之中,这就是他创作《游仙诗》的生活思想背景。据《晋书》本传载:"璞好经述,博学有高才,而讷于言论,词赋为中兴之冠,好古文奇字,妙于阴阳算历”。后又经河东郭公授《青囊中书》九卷,“由是遂洞五行、天文、卜筮之术,”故方外之想较之阮、左尤为严重。又自以才高位卑,乃著《客傲》,遂沉溺酒色,率性轻放,在世极屯邅之中,情郁悲愤而更趋仙想。《答贾九州愁诗》即是典型的一首,其二章曰:

> 顾瞻中宇,一朝分崩。天网既紊,浮鲵横腾。运首北眷,邈哉华恒。虽欲凌翥,矫翮靡登。俯惧潜机,仰虑飞罾。惟其险哉,艰辛备曾。庶睎河清,混焉未澄。

首四句即描写中土战乱分崩的大变化,中四句则写战乱中欲举翮登仙的避世之想;后四句写登仙不能,又处处隐伏杀机的危患意识;最末二句则是理想破灭后对时局的彻底失望。有感于这种“乱离方炊,忧虞匪歇”的严酷现实,于是又写下作为他诗歌成就代表的十四首《游仙》。

关于郭璞《游仙》钟嵘曾评论说:“《游仙》之作,词多慷慨,乖远玄宗。其云:‘奈何虎豹姿’,又云:‘戢翼栖榛梗’,乃是坎壈咏怀,非列仙之趣也”①,又李善《文选》注说:“凡游仙之篇,皆所以滓秽尘网,锱铢缨绂,飡霞倒景,饵玉玄都。而璞之制,文多自叙,虽志狭中区,而词兼俗累,见非前识,良有以哉!”应该说他们的批评是切合郭璞《游仙诗》的特征和实际的,即与列仙旨趣相去甚远,而主要是抒写自己对现实的激愤及其旷放胸怀的,所以不可作一般游仙诗看待。李善即上承钟嵘,从这两方面作具体发挥,明确指出“文多自叙”、“词兼俗累”,故知与玄宗之滓秽尘网、餐霞饵玉者不同。但这却引起后人的误解,以为钟、李所说是对璞诗的否定,即既认为与玄宗旨趣相乖,又缺乏列仙趣味的描写,只是一味直抒情感胸怀,似乎便不能算作真正的游仙诗。如陈祚明说:”景纯本以仙姿游于方内,其超越恒情,乃在造语奇杰,非关命意。《游仙》之作,明属寄托之词,如以列仙之趣求之,非其本指矣!”(《采菽堂古诗选》(12))何焯则说:“景纯《游仙》当与屈子《远游》同旨,盖自伤坎壈,不成匡济,寓旨怀生,用以写郁。钟嵘《诗品》讥其无列仙之趣,此以辞害意也”②。沈德潜也说:“《游仙诗》本有托而言,坎壈咏怀,其本旨也。钟嵘贬其少列仙之趣,谬矣!”③其实后人的这些批评,与钟、李所说本质上并不相左,因为他们都认定其“本旨”是借以写郁或坎壈咏怀的,那就大不必要貌似针锋相对地去作批评,而应认真研究郭璞对游仙诗如何“变创其体”予以发展。

郭璞《游仙诗》确是对传统游仙之作的创新或发展。我国的神仙方术思想,在战国时期即已盛行,据《史记·封禅书》载:“自威、宣、燕昭使人入海求蓬莱、方丈、瀛洲。此三神山者,其传在勃海中,去人不远,患且至则船风引而去。盖尝有至者,诸仙人及不死之药皆在焉。其物禽兽尽白,而黄金银为宫阙。未至,望之如云,及到,三神山反居水下。临之,风辄引去,终莫能至云,世主莫不甘心焉”。此后,秦皇汉武遂皆有遣使入海求仙之事,其事更妄而神仙思想亦更盛行。史载:“及至秦始皇并天下,至海上,则方士言之不可

① 陈延杰注.《诗品》(中).人民文学出版社,1958

② 何焯.《义门读书记》.中华书局出版,1987

③ 沈德潜选编.《古诗源》(8).中华书局,1984

胜数。始皇以为至海上而恐不及矣，使人乃赍童男女入海求之。船交海中，皆以风为解，曰未能至，望见之焉。其明年始皇复游海上，至琅邪，过恒山，从上党归。后三年，游碣石，考入海方士，从上郡归。后五年，始皇南到湘山，遂登会稽并海上，冀遇海中三神山之奇药，不得，还至沙丘崩”（《史记·封禅书》）。可谓求神仙奇药之想已深入骨髓，故至死而不悟。又汉武帝亦宠幸方士李少君等，少君言：“臣尝游海上，见安期生。安期生食巨枣，大如瓜。安期生仙者，通蓬莱中，合则见人，不合则隐。”闻此言武帝深信不疑，遂生奇想。“于是天子始亲祠灶，遣方士入海求蓬莱安期生之属，而事化丹沙诸药齐为黄金矣。居久之，李少君病死，天子以为化去不死，而使黄锤史宽舒受其方。求蓬莱安期生莫能得，而海上燕齐怪迂之方士，多更来言神仙事矣”（《史记·封禅书》）。可以看出，他比秦始皇表现得更为虔诚而愚蠢，所以屡屡上当受骗。但上有所好，下必效焉，于是神仙方术思想遂浸淫于全社会，而进入其全盛期，游仙诗在文人笔下不断产生也就成为必然了。

马克思曾在《“莱茵观察家”的共产主义》中指出，宗教的一个突出本质，即把“一切使人受害的弊端的补偿搬到天上”①。盛行于我国秦汉以后的神仙方术思想，也不能例外。所谓“仙”，其实也是对社会和自然力量强加于人的种种弊端的补偿“搬到天上”的产物。换句话说，人虽为万物之灵长，但自身又存在诸多生理肉体上不可逾越的局限，所以常常会通过想象和幻想以求得到补偿。比如生和死这对矛盾，就曾一直困扰着古往今来的人们，而难以得到圆满的解决。作为生命个体，一切人都有无限延长生命的强烈愿望，《吕氏春秋·重己》就曾说：“世之人主贵，无贤不肖莫不欲长生久视。”此说当来自《老子》第七章：“深根固柢，长生久视之道”。可知追求延年益寿、长生不死，正是人类本性就有的要求。这种思想早在《诗经》的时代即已产生，如《鲁颂·泮水》即有“永锡难老”之说。此后，《山海经》也有“不死民……其为人黑色，寿不死”②的幻想，屈原《天问》则有“延年不死，寿何所止”的深沉发问。但在现实生活中，人是不能控制死生命运，也难以作到“延年不死”的，于是人才以自己为模型通过想象和幻想创造了“仙”，并赋予其超越人类生理局限的种种特征，以作为现实缺憾和弊端的虚幻补偿。秦皇汉武之妄，就在于他们把幻想当作现实而至死不悟。《说文》释“仙”：“长生仙去，从人从䙴”。故其本义即“长寿”，凡通过修炼而具有“不死”功能的超人，即可称为“仙”，所以它和纯粹的“神”并不一样。《庄子·逍遥游》写道：“藐姑射之山，有神人居焉，肌肤若冰雪，绰约若处子，不食五谷，吸风饮露，乘云气，御飞龙，而游乎四海之外”。可说即具备了“仙”这种超人的一切特征。还可补充的是：由修炼而“羽化”才能登仙这一特征。王充《论衡·无形》说：“仙人之形，体生毛，臂变为翼，行于云”。葛洪《抱朴子·对俗》说：“古之得仙者，或身生羽翼，变化飞行”。所以，所谓“仙人”则只是人体的变异，从而具有了超人体生理局限的特异功能而已。因此他不属于宗教信仰，而是产生于赤裸裸的生命本能冲动的生存信仰，依靠这种自由信仰和本能崇拜，人们用以抵制和克服对死亡的恐惧。求长生不老仙药以延年益寿，固然荒诞不经，但神仙思想所透露的生命忧患意识，却深深反映着人们对

① 《马克思恩格斯全集》(4). 人民出版社，2003. 218

② 《山海经·海外南经》. 广陵书社出版，2003

现实的畏惧，是一种追求人性自由的心理趋向的体现。故文人创作的一些游仙诗，往往并不失去反映现实黑暗的积极意义，正与此密切相关。

最早的游仙诗可追溯到《楚辞·远游》（或以为屈原作），汉赋中的一些作品如司马相如《大人赋》，也与游仙同旨。真正的游仙诗应从建安文学算起，曹操、曹植及魏代的嵇、阮便都写有一些游仙之作。曹操根本就不相信神仙，其《善哉行》即说："痛哉世人，见欺神仙"。也不相信人能长生不死，如《秋胡行》说："不戚年往，世忧不治。存亡有命，虑之为蚩"。又在那首著名的《步出夏门行》中说："盈缩之期，不但在天，养怡之福，可得永年"。即明确把后天的保养延年放在虚幻的成仙之上。这种思想则更集中地反映在《精列》诗中：

> 厥初生，造化之陶物，莫不有终期。莫不有终期，圣贤不能免。何为怀此忧？愿螭龙之驾，思想昆仑居。思想昆仑居，见欺于迂怪。志意在蓬莱，志意在蓬莱，周孔圣徂落，会稽以坟丘。会稽以坟丘，陶陶谁能度？君子以弗忧，年之暮，奈何时过时来微。

既有"莫不有终期"的体认，又有"见欺于迂怪"的彻悟，岂非是对长生和求仙的彻底否定！但是，长生不死和延年益寿究竟是虽有联系却根本不同的两个概念，因为后者是现实的无可非议的，前者却是荒诞不经的。所以据史载，曹操又确曾豢养过一批方术之士，甚至很想信他们的法术。"好养性法，亦解方药，招引方术之士，庐江左慈，谯郡华佗，甘陵甘始，阳城郤俭，无不毕至"。① 如对青牛道士的养性法，道士刘景的云母九子丸方，左元放、东郭延年等的房中术，"武帝行之恒有效"。② 其实这也并不奇怪，因为这些方术是包含着一定医药知识的，并非全出虚妄。总起来看，曹操对神仙方术的态度，大概是对方术中有益于延年益寿者则信，对荒诞无稽的神仙思想则根本否定。那么，他何以又要写游仙诗呢？如《气出倡》、《秋胡行》等所写："驾六龙，乘风而行"、"飘飖八极，与神人俱"之类，就只能理解为苦闷时的一时驰想，以写胸中不快，并非真的在虔诚追求。

曹植的处境与其父大不相同，他并非重权在握的一代枭雄，而是政治斗争的失败者，长期承受着严酷的打击、排挤和压抑，徙倚无定，壮志难酬，郁郁终其一生。对神仙的态度，他也是彻底否定的，较之乃父则更坚决也更明确。其《辩道论》即说："世虚然有仙人之说，仙人者，傥猱猿之属与？世人得道化为仙人乎？"开篇即提出疑问，其实并不相信真有仙人存在。接着他还把仙人和人间帝王相比，更不羡慕仙人的生活："夫帝王者，位殊万国，富有天下，威尊彰明，齐光日月。宫殿阙庭，焜耀紫薇，何顾乎王母之宫、昆仑之域哉！夫三鸟被役，不如百官之美也；素女嫦娥，不若椒房之丽也；云衣羽裳，不若黼黻之饰也；驾螭载霓，不若乘舆之盛也；琼蕊玉华，不若玉圭之洁也。"而最后的结论则是："为匹夫所罔，纳虚妄之辞，信眩惑之说，隆礼以招弗臣，倾产以供虚求，散王爵以荣之，清闲馆

① 《三国志·魏志·武帝纪》. 引《博物志》

② 《典论·论郤俭等事》. 四部丛刊影宋本六臣注《文选》卷五十二

以居之,经年累稔,终无一验。或殁于沙丘,或崩于五柞,临时复诛其身、灭其族,纷然足为天下一笑矣!”殁于沙丘是指秦如皇,崩于五柞是指汉武帝,显然是引前代帝王愚昧虚妄以自儆戒,毋蹈覆辙。既然如此,何以也要写那些缥缈虚无的游仙诗呢?看来同曹操不一样,他主要不是为求延年,而是有冲破世俗罗网的愿望在内,最典型的如《游仙诗》所写:

> 人生不满百,戚戚少欢娱。意欲奋六翮,排雾凌紫虚。蝉蜕同松乔,翻迹登鼎湖。翱翔九天上,骋辔远行游。东观扶桑曜,西临弱水流。北极登玄渚,南翔陟丹邱。

很明显,他“翱翔九天上”的游仙之举,是由“戚戚少欢娱”的现实遭际造成的,只有仙人那样无拘无束的自由翱翔,大概才能排解内心的苦闷和沉重。又如《仙人篇》,前写“四海一何局,九州安所如!韩终与王乔,要我于天衢。万里不足步,轻举陵太虚。”既与仙人同游为乐,不该再有他求,但结尾却说:“俯观五岳间,人生如寄居!”何以又会有人生如寄的尘世之想,显然与前首诗又是同一旨趣。借游仙而抒怀,是子建在诗歌史上的新创造,正开了嵇、阮和郭璞一路。嵇、阮和曹植所处的时代不同,其个人遭际和命运亦不一样,但同借游仙诗以抒对现实的不满,则是一脉相承的。如《咏怀诗》三十二说:“人生若尘露,天道邈悠悠。……去者余不及,来者吾不留。愿登太华山,上与松子游。渔父知世患,乘流泛轻舟”。他产生仙游的愿望,就不只是“少欢娱”而已,更在于“世患”难测,其忧愤显然较之子建更深一层。

然而到了西晋,写游仙诗的虽然不少,如成公绥、枣据、张华、陆机、邹湛、何劭、张协等,均有游仙之作,但数量不多,成就亦不高,明显走向单纯地餐霞饵玉、求仙问道之路,也许更符合所谓“游仙”的本意,但精彩亦顿失。如枣据诗:“何以济不朽?嘘吸漱朝霞。重岩吐神溜,倾觞挹涌波。恢恢大道间,人事足为多!”又成公绥《仙诗》:“西入华阴山,求得神芝草。珠玉犹粪土,何惜千金宝。但愿寿无穷,与君长相保”。既以“济不朽”或“寿无穷”为追求目标,那么人事足多、珠玉粪土也就自然而然。不过这不是魏晋人的遗世高蹈、怀珍自放,倒有点故作心地邈远的非非之想罢了。正如何劭《游仙诗》所写:“长怀慕仙类,眇然心绵远”。有些诗甚至带有浓重的玄味,如张华《游仙诗》其一:“守精味玄妙,逍遥无为墟”,就完全与当时已经泛滥的玄言诗风同一旨趣,以枯燥的说理来代替人性自觉的光辉了。

如果说曹植、阮稽的游仙多为直抒压抑和激愤,所谓“坎壈咏怀”因而表现得直接和浅显;而西晋诗人则走向完全的漱霞啜露以冀成仙,所谓“列仙之趣”也因而完全丧失现实的情趣和内容,故都不能造成巨大影响而形成独特的创作方法,只不过是在传统题材类型中的话语重复组合罢了。郭璞游仙诗的特殊价值,即在传统继承中加以重新改创,使直接者变得含蓄曲婉,使浮虚者融入现实悲怆,因而“寄慨遥深”而饶富兴寄喻象之美。

何义门谓其“寓旨怀生,用以写郁”①;刘熙载称“假栖遁之言,而激烈悲愤自在言外”。②可谓得其旨矣。如《游仙》其一:

京华游侠窟,山林隐遁栖。朱门何足荣?未若托蓬莱。临源挹清波,陵冈掇丹荑。灵溪可潜盘,安事登云梯?漆园有傲吏,莱氏有逸妻。进则保龙见,退为触藩羝。高蹈风尘外,长揖谢夷齐。

此诗开首即以“京华”和“山林”相对举,以突出“滓秽尘网,锱铢缨绂”的主题。但接着说“朱门何足荣,未若托蓬莱”,似确为挹霞啜露的“列仙之趣”;然下面却笔锋一转,谓“灵溪可潜盘,安事登云梯”,又对羽化登仙加以明确否定,并引漆园傲吏、老莱之妻却赂拒仕的高洁品行作为企慕的对象,无疑寓有深意。据《晋书》本传载,璞曾著《客傲》,其辞曰:“若乃庄周偃蹇于漆园,老莱婆娑于林窟……吾不能几韵于数贤,故寂然玩此员策与智骨”。正可作为此诗注脚。但《客傲》又是在什么情况下写的呢?本传又说:“璞既好卜筮,缙绅多笑之,又自以才高位卑,乃著《客傲》”。可知与《客傲》相同,此诗主旨也正是以睥睨缨绂、寄傲隐遁为其指归的。换句话说,诗人游仙并非真的去求仙,在他心目中仙即是隐,隐即是仙,那么诗篇前后所写也就没有矛盾了。

“进则保龙见,退为触藩羝”,其典出自《周易》。《易·乾卦》:“九二,见龙在田,利见大人”。魏王弼注:“出潜离隐故曰见龙,处于地上故曰在地。德施周普,居中不废,虽非君位,君之德也。”又《易·大壮》:“上六,羝羊触藩,不能退,不能遂,无攸利,艰则吉”。故知二句是说,如果自己“出潜离隐”则可如见龙而腾达,但时艰世危,难有所为,恐怕在复杂的政治斗争中,最后会落得个触藩羝的下场,那就进亦不能,退亦不能,只好束手就戮了。郭璞的这种心情,可引汉末郭泰(字林宗)的一段话来印证。汉末天下动乱,士人多有生命之虞,往往朝不保夕。于是林宗在《答友劝仕进者》信中说:“吾昼察人事,夜看乾象,天之所废,不可支也。方今,运在明夷之爻,值勿用之位,盖盘桓潜居之时,非在天利见之会也。虽在原陆,犹恐沧海横流,吾其鱼也,况可冒冲风而乘奔波乎?未若岩岫颐神,娱心彭老,优哉游哉,聊以卒岁”。据《周易·说卦》:离为日,坤为地,而明夷之卦,内卦为离,外卦为坤,是日没于地中也,取其象以示贤人遭难,故林宗说“值勿用之位,盖盘桓潜居之时”。又景纯此诗之“灵溪可潜盘”,亦由此盘桓潜居一语而来。而“进则保龙见”,则林宗所说“在天利见之会”,不过他们都是在否定的意义上使用的,尽管林宗明确加上“非”这一否定词,景纯却用“退为触藩羝”的因果关系说明。故最后仍落脚在长辞夷齐、高蹈于风尘之外的隐遁之意。由此看来,此诗无疑充满着对世事的危机感和深沉的生命忧患意识,正是那个时代士人们普遍心态的集中反映。因此,景纯《游仙》才会被时人视为“始变永嘉平淡之体,故称中兴第一”③,即对玄言诗那种“世极迍邅,而辞意夷

---

① 何焯.《义门读书记》. 中华书局,1987

② 刘熙载.《艺概·诗概》. 上海古籍出版社,1978

③ 陈延杰注本.《诗品》(中). 人民文学出版社,1958

泰”①的颓风的反驳，从而超越他的前人而“振响两晋”。

游仙而不忘现实人生，或借冥邈游仙以坎壈咏怀，即郭璞《游仙诗》所凝聚之真精神所在。这在前诗中表现得比较曲婉，而其九就更加直接：

采药游名山，将以救年颓。呼吸玉滋液，妙气盈胸怀。登仙抚龙驷，迅驾乘奔雷。鳞裳逐电曜，云盖随风回。手顿羲和辔，足蹈阊阖开。东海犹蹄涔，昆仑蝼蚁堆。遐邈冥茫中，俯视令人哀。

此诗首写采药以求长生，服食而成仙人。接写登仙之后放怀驰骋的种种快慰：驷玉虬、乘奔雷、鳞裳逐电、云盖随风、羲和为驭、阊阖为开，终于走进仙庭。然而，仙境诚然可乐，但人间苦难似乎更揪动着诗人心灵，遂不能不如屈子之临乡怀马，蜷局不行，而充满深痛巨哀，涔然洒泪。故陈沆笺曰：“此放言摅愤懑也。顿辔、蹈阊，即日驭回戈之旨；蹄涔、蝼蚁，即蜉蝣此辈之词”。由此来看，确如钟嵘所说，此“乃坎壈泳怀，非列仙之趣”，只不过是咏怀而披上一层游仙的美丽面纱而已。然此深沉的悲哀究竟来自何处？范文澜先生曾说：“郭璞非常博学，识见比那些清谈家高出无数倍。他看到大乱不可免，在刘渊起兵以前，去江南避乱。东晋建国，看到内乱仍不可免，心情是沉郁的，冒死斥责王敦的叛逆，性格是刚毅的。他是有肝胆、忧世的志士，所作《游仙诗》，文采鲜明，异于玄言诗的平淡，寓意慷慨，异于玄言诗的浮浅。”对这样一个有肝胆、有志节的刚毅之士来说，要完全遁入玄门而游仙，那是不可能的。所以游仙是假，咏怀是真，故范老结论说：“阮籍《咏怀诗》以后，《游仙诗》可称独步”②。既欲逃避隐遁，远离纷争的险恶现实，又独清独醒，放不下苦难深重的国家，满腔愤懑遂由此生，内心的矛盾亦由此成，它时时折磨熬煎着诗人，作“见龙”既不敢，作“羝羊”亦不愿，便只能集失意之悲、忧生之惧、傲世之愤于一身了。

《游仙诗》其二即反映出这种内心矛盾：

青谿千余仞，中有一道士。云生梁栋间，风出窗户里。借问此何谁？云是鬼谷子。翘迹企颍阳，临河思洗耳。阊阖西南来，潜波涣鳞起。灵妃顾我笑，粲然启玉齿。蹇修时不存，要之将谁使？

此诗所写大致可分前后两半，前半写隐于青谿的道士鬼谷子，企望因修道而成仙；后半写凌波而来的洛水宓妃，却因无媒可使而终难交接，遂生失意之悲。中间两句是用典，却是死典活用，并不恪守原意束缚。据《高士传》载：“尧让天下于许由……不受而逃去。……由是遁耕于中岳颍水之阳，箕山之下。……尧又召为九州长，由不欲闻之，洗耳于颍水滨”。可知此典本义乃不愿受官出仕而逃遁者，但与本诗具体情境不尽吻合。窃意以为

① 范文澜注本.《文心雕龙·时序》. 人民文学出版社，1962

② 范文澜.《中国通史》(二). 人民出版社，1978. 520

此两句实前后两半之间的过渡，即由隐遁而欲求仙之中介连接，故主要突出的是“企”和“思”二字，以示渴慕之情。翘企颍阳者，言其独行高蹈也；临河洗耳者，不欲尘滓污染也，都是隐者志行高远之言，从而过渡到宓妃之求。然据《文选》李善注引庾仲雍《荆州记》：“临沮县有青溪山，山东有泉，泉侧有道士精舍。郭景纯尝作临沮县，故《游仙诗》嗟青溪之美。”那么诗中鬼谷子，实乃诗人自况。又《晋书》本传谓璞“自以才高位卑，乃著《客傲》”，并曾注《山海经》、《穆天子传》及《楚辞》等数十万言，则知诗尾所写无媒求通灵妃之悲，当从《离骚》化用而来，亦屈子“哀高丘之无女”之意。因此，此诗断非一般所说“列仙之趣”，而是寄言，乃借游仙以坎壈咏怀也。

神仙之想是人对自身局限的幻想性超越，隐逸之行则是人对恶浊现实的自觉选择或逃避。成仙既不可能，归隐却是能够身体力行的，对此郭璞有比较清醒的认识：“灵溪可潜盘，安事登云梯”？（其一）所以对他说来，唯一可选择的就是“隐”。而隐即是仙，仙即是隐，归隐于青山绿水之间，徜徉于白云苍树之外，即可远离世俗尘网，脱弃险恶人世，使精神得到解脱，心灵得到安宁，个体的情性得到充分展示和自由表现。此即他所求最现实又被理想化的精神家园。《游仙诗》中有很大一部分即表现这种思想，但也同单纯的“列仙之趣”不同，亦明显是寄慨之作。如其七：

晦朔如循环，月盈已见魄。蓐收清西陆，朱羲将由白。寒露拂陵苕，女萝辞松柏。蕣荣不终朝，蜉蝣岂见夕？圆丘有奇草，锺山出灵液。王孙列八珍，安期炼五石。长揖当涂人，去来山林客。

大概而言，此诗前写晦朔相旋、季节更替，中发人生短促之感，末写追慕安期而生游仙之想。日行北陆者为冬，日行西陆者为秋，而主孟秋之月者其神蓐收。故“蓐收清西陆”句言秋至也。朱羲即日，白者白道，秋分之时日月同行白道，故“朱羲将由白”句谓将至秋分也。再结合“月盈已见魄”句所言，则知此乃中秋月圆时也。中秋即降寒露，陵苕女萝遂为枯萎凋落，一年繁华转瞬逝去，遂触景生情，由蕣荣、蜉蝣生命之短促而兴人生如寄的深沉慨叹。于是由生之苦短想到仙人不死，又生游仙之想，而企望于圆丘、锺山之奇草灵液焉。据《文选》李善注引《外国图》云：“圆丘有不死树，食之乃寿”。又引《十州记》云：“北海外有锺山，自生千岁芝及神草”。可知面对污浊现实郭璞确有列仙之想，不过奇怪的是，他在心慕安期生之炼丹石以延寿时，仍不忘滓秽尘网而嘲笑王孙子弟列八珍以促龄，其胸怀坎壈可知矣。那么，他长揖当涂之人而遁隐山林之举，亦有深刻之时代悲剧为底因也。《游仙诗》其六主题亦与此相近，不过对神仙的描写却更生动具体：

杂县寓鲁门，风暖将为灾。吞舟涌海底，高浪驾蓬莱。神仙排云出，但见金银台。陵阳挹丹溜，容城挥玉杯。亘娥扬妙音，洪崖颔其颐。升降随长烟，飘飖戏九垓。奇龄迈五龙，千岁方婴孩。燕昭无灵气，汉武非仙才。

此诗结构比较单一,首两句用典,出自《国语·鲁语上》:海鸟爰居止于鲁东门之外者三日,“展禽曰:‘今兹海其有灾乎？夫广川之鸟兽,恒知避其灾也。’是岁也,海多大风,冬暖”。就诗句所言表层意义来看,引典不过只是说明海上吹起大风,似别无深意可言。然细按之却不尽然,因为这恰为下面之“神仙排云出”作了铺染,与吞舟、高浪句共同创造出一种带有神异色彩的氛围,使神仙出没之所为之灵幻化,可知并非闲笔。接八句则具体铺写群仙之饮酒歌舞、遨戏九垓、无生无死的欢乐放荡的自由生活,如陵阳子之挹丹溜、容成公之挥玉杯、嫦娥轻歌曼舞、洪崖先生如痴如醉等。如果以为此诗自写“列仙之趣”,那么至此则大可抒发几句高企远举之话打住,但结尾却突然转入嘲讽,谓“燕昭无灵气,汉武非仙才”,可知仍耿耿不忘现实,也许这正是全诗主旨所在。

陈沆《诗比兴笺》释首二句曾说:“妖鸟国门,风暖将灾,敦变已成也”。似乎此诗寓含有时代巨变之意,固不免割裂诗句、深文周纳,而殊不足取。但我们也不能以为其毫无深意,而仅以肤浅之“仙趣”视之。所谓“神仙”,无非是处于水深火热中的庶民百姓以自身为范型而创造的理想化特殊生命群体,是他们对险恶现实的幻想超越,无疑寄寓着他们对专制压迫的反抗和自由生活追求的理想。因此,仙界和人界是对立的。在现实世界,“溥天之下,莫非王土;率土之滨,莫非王臣”(《诗·小雅·北山》)。人们都不能不在君主专制的高压下求生存。但在神仙世界,仙人们并不受人间皇王的节制管辖。他们“上不至天,中不累人,下不居地”①,根本超越于三界之外,是一个完全平等和无限自由的世界。所以,成仙同富贵淫乐也是不相容的。尽管诗人们曾说:“因知海上神仙窟,只似人间富贵家”(韦庄.《陪金陵府相中堂夜宴》诗)。但那只是诗人们的艺术比喻,富贵之家和成仙究竟是无缘的,而最高统治者的皇帝更应排除在神仙之外。这大概就是此诗最后两句之意蕴所在。关于燕昭、汉武求仙之事,前已抄录,又据《拾遗记》载:燕照王曾问学仙之道于甘需,甘需对曰:“上仙之人盖能去滞欲而离嗜爱,洗神灭念,常游于太极之门。今大王以妖容惑目,美味爽口,列女成群,迷心动虑。所爱之容,恐不及玉,纤腰皓齿,患不如神,而欲却老云游,何异操圭爵以量沧海,执毫厘以回日月,其可得乎?”这正代表了方外之人对极人间富贵的帝王们的普遍看法。又《汉武内传》载:西王母曾批评汉武帝“暴、淫、奢、酷、贼”五毒俱全,是个典型的恶棍而欲求道成仙,故说:“刘彻好道,然形慢神秽,虽当语之以至道,殆恐非仙才也”,璞诗结尾二句即由此变化而来,谓其“无灵气”、“非仙才”,就不仅是对愚妄帝王们的批判和蔑视,也是对现实最高统治者的辛辣嘲讽。而《游仙诗》之寄慨遥深者,往往如此。

总之,“游仙”题材,前人已有不少创作,但至郭璞手中才蔚然成为大国。这不仅指他曾集中精力创作而数量较多,更指他艺术上的创新和成就之高。因为这些诗,既不同于西晋人单纯“列仙之趣”的肤浅,也不同于曹阮等人“直抒胸情”的直露,而是在对前人批判继承中,融感怆于玄虚,变直露为曲婉,饶富“假栖遁之言而激烈悲愤自在言外”的兴寄美。因而,他的《游仙诗》和阮籍《咏怀》、左思《咏史》,在《诗》《骚》的比兴象征传统之外,又共同开辟出我国喻象文学一种新方法,一个新阶段,故千载之后仍弥旧弥新,而永

---

①　晋葛洪撰.《神仙传》写河上公语. 清光绪重印本

远放射着熠熠光彩！但不管怎么说，从文学演化史的角度来看，自阮籍、左思、郭璞之后，我国喻象文学的时代毕竟成为过去，诸如比兴、象征、寄托等，虽然作为民族文学传统还渗透在此后文学的各个方面，但那只是作为一种表现手法或修辞技巧而存在着，究竟不再占据整个创作的主导地位了。

意 象 文 学 卷

（上）

第七章　由人的觉醒到文的自觉

自从鲁迅先生提出曹丕的时代是一个“文学的自觉时代”以来，这一认识已为学界所普遍接受。他在《魏晋风度及文章与药及酒的关系》一文中说：

> 他（曹丕）说诗赋不必寓教训，反对当时那些寓训勉于诗赋的见解，用近代的文学眼光看来，曹丕的一个时代可说是“文学的自觉时代”，或如近代所说是为艺术而艺术的一派。

把文学自觉归结为“反对寓训勉于诗赋”，并简单地等同于“为艺术而艺术的一派”，虽表现出他敏锐的观察力，却不完全准确。比如，最能体现这一时期文学自觉精神的三部理论著作，除陆机《文赋》有追求纯艺术的倾向，提出“诗缘情而绮靡”外，它如刘勰《文心雕龙》即首标原道、征圣、宗经之旨，并对《诗》《骚》中的“比兴”内容大加肯定，而批评汉赋则是“比体云构而兴义销亡”（《比兴》）。钟嵘《诗品》进而提出赋、比、兴三者，要“酌而用之，干之以风力，润之以丹彩”，称这是“诗之至也”（《诗品序》），且批评百年间“诗人之风，顿已缺丧”。显然，他们并非都是“为艺术而艺术”的张目者。那么，对鲁迅先生所说，进行深入探讨并提出不同意见，也就不可避免。

持不同意见者认为，“文学的独立和自觉并非自魏晋始”，其理由有三：一是“文笔之辨”使文学从其他文体中独立出来；二是专业文人创作的出现和专业文人队伍的形成；三是多种文学体裁的发展和成熟。而这三方面都远早于魏晋可以说在汉代就已经出现，所以两汉文学即“已经独立和自觉”（《北京大学学报》（社哲版），1996（2））。然而，这更非文学自觉的本质所在，因为用上述三点说明文学的“独立”或可，而用以说明文学的“自觉”则不可，“独立”和“自觉”本非等同概念，故“独立”的出现未必即标志“自觉”的开始，前者并非后者成立的充足理由。一般地讲，所谓“文学的自觉”除对文学自身外在特征的认识之外，更重要的还是对其内在本质特征的自觉认识。即首先把文学看作不同于其他文体的文，他是展示人的主体精神世界的物质载体，换言之即对人的心灵的物态化展开，因而有赖于人对自身价值的充分肯定和人生终极目的的自觉追求，简言之是和“人的觉醒”密切联系的。故对它来说，除了本身的人性目的之外，并不需要从外部附加什么或承载什么，如鲁迅先生所说“道德的训勉”之类。显然，这是同两汉以来那种“厚人伦，美教化”的功利主义艺术观相对立的。因此，中国文学的真正走上自觉，可说与文学的独立、各种文体的成熟、文人创作的出现和文人队伍的形成等，是不存在内在必然联系的。而文学发展至魏晋的一个鲜明标志，即由客体转向主体、由外在转向内在、由物质转向精神，故重个性、重才情、重风貌、重特行，远远超过汉人的重道德、重德行、重事功、重学问，使功利实用的文学一变而为“直抒胸情”的纯文学，这大概即是“文学的自觉”的本质内涵所在吧。

第一节　魏晋玄学的兴起和“文学的自觉”

魏晋时期兴起的玄学思潮，实际是一次张扬个性和人性觉醒的思潮，因而也是一次极富时代特色的思想大解放运动。玄学家提出“自然”以和传统“名教”相对峙，无疑是对两汉以来伦理道德至上论和神学迷信宿命论的扬弃背反。同先秦诸子相比，这一思潮虽在时间规模上，以及流派众多和涉及问题的宽广度等方面，均难同日而语；但就其哲学思辨所取得的认识深刻性和理论纯粹性方面，却也是远远超过诸子的。至于两汉那种细碎繁琐、寻章逐句、门户森严的经学则更难与之相提并论。因而，它才能取代被“独尊”已久的传统儒学而风靡一时，成为笼罩全社会并标志时代理性认识高度的哲学思潮，而发生久远影响。

作为一个时代的哲学思潮或新型的世界观、人生观，玄学的产生可追溯到汉末“清议”。最初的清议，是为适应国家选拔人才的需要而出现的，但发展至汉末便带上浓厚的政治色彩和强烈的批判精神，或借以抨击朝政，或用以品评官员，充分表现出传统知识分子士阶层匡救时弊、力挽国家危亡的积极参与意识。汉末桓、灵之际，宦官专权，国是日非。他们把持朝政，排除异己，贪赃枉法，徇私舞弊，既凶狠又残暴，遂造成政治极度腐败，社会危机四伏，无论阶级矛盾或统治者内部矛盾都十分尖锐。《后汉书·党锢列传》说：“逮桓、灵之间，主荒政谬，国命委于阉寺，士子羞与为伍”。尤其在宦官与外戚轮番把持朝政的激烈斗争中，官吏制度更加腐败，选官任人弄虚作假，非亲者勿用，异己者斥逐，于是士人入仕的正常途径被阻断，他们深感前途渺茫，报国无门，满腔热情化为满腔愤懑，于是“月旦人物”之风遂因此而大盛。《后汉书·许劭传》曾说，劭等“俱有高名，好共核论乡党人物，每月辄更其品题，故汝南俗有‘月旦评’焉”。在此国是日非的严峻形势下，作为国家官吏后备大军的太学生们，便在一些正直而望重的官吏名士支持领导下，掀起了一场声势浩大的清议运动。他们高举“清议”这把批判武器，抨击朝政，臧否人物，矛头所向，朝野震慑，无论在舆论上或道义上，都在社会上造成强大威力和影响。这些人物中最负盛名的有郭林宗、贾伟等游学京师的名士，和李膺、陈蕃、王畅等朝廷重要官员。当时俗谚曰：“天下楷模李元礼（膺），不畏强御陈仲举（蕃），天下俊秀王叔茂（畅）”①，即可知他们当时在社会上的声誉之高。

然而，汉末清议运动的意义，并非仅是政治的。从社会思想史的角度来说，它更是一次思想解放性质的运动。在中国历史上，能够最早冲破君权神授的专制统治和儒学思想禁锢，并敢于独立思考、重新建构新的人生价值观念的，正是清议运动中的领袖人物，而这便是魏晋玄学的先声。当时，“匹夫抗愤，处士横议，遂乃激扬名声，互相题拂，品核公卿，裁量执政，婞直之风，于斯行矣”。甚至造成“危言深论，不隐豪强，自公卿以下，莫不

① 范晔.《后汉书·党锢列传》，百衲本二十四史

畏其贬议，屣履到门”[①]的强大压力。不言而喻，这种婞直不阿，无所避忌、放言不讳，乃至公卿豪强都闻之胆寒的“士人清议”，正是一种人性觉醒、个性独立所闪现的理性光芒，无疑具有巨大的思想解放意义。当然，这又是那个极端黑暗腐朽的宦官专制政治激发成的，“今中官近习，窃持国柄，手握王爵，口含天宪，运赏则使饿隶富于季孙，呼吸则令尹颜化为桀跖”[②]，一旦人们从这种钳口畏言的高压政治下冲决出来，思想解放和人性觉醒爆发的伟力，也就不可阻遏了。马克思曾说：“专制制度唯一的原则就是轻视人类，使人不成其为人”[③]。自秦汉以来大一统的专制政治正是如此，它剥夺了个体人格的独立和自由，严重扭曲了人的人性，在君主权威面前根本没有人格个性生存的空间。汉顺帝曾警告樊英说：“朕能生君，能杀君；能贵君，能贱君；能富君，君何以慢君命！”（《后汉书·樊英传》）在贵为“天子”的专制君主面前，生杀予夺之大权全归皇帝一人所握，其淫威所至，难道人还能“成其为人”吗？可是，在汉末“主荒政谬”的这个特定历史时期，作为宦官专制政治反动力的士人清议运动，却将这张专制统治和思想禁锢的大网，冲开一个老大的缺口，而被统治者所“独尊”的儒家思想也呈现出进一步动摇和衰微。不错，这场轰轰烈烈的党人运动，在永康至熹平（176—167 年）的十年“党锢之祸”中最终被镇压下去，但他们所开启的思想解放和人性觉醒之光，却深深影响着魏晋时期的名士们，并预示着一个新时期蹒跚到来。

延至建安曹魏，随着农民大起义的摧枯拉朽，及接踵而至的军阀混战的激荡风云，大一统的封建专制统治终于土崩瓦解，但人们的思想个性及才能智慧却获得发展的极大自由空间，而汉末士人开启的自由解放精神也才得到发展的真正机会。旧的统治秩序被打乱了，卫护社会大一统的纲常名教思想已经崩溃，一切神圣的旧东西在战乱和死亡的阴影下也黯然失色。贵为“天子”的皇帝，为一群悍将武夫、军阀豪强拨弄于股掌之间，想立则立，欲废则废，还有什么“君权神授”的神圣可言！以至杀戮者有之，篡夺者有之，淫其妻女者有之，还有什么纲常名教可讲！一代枭雄曹操的为人信条是：“宁我负人，毋人负我”[④]。个人的野心、事业、利益高于一切，这就是时代赋予人们的价值观。因而，这是一个没有精神支柱，失却价值准则和行为规范的时代，是一个彻底失控却因而获得大解放的时代。正是这个时代，给士阶层知识分子创造了他们能够骋才使气、实现人生价值和理想的机会。他们满怀豪情壮志，追求建功立业，企盼名镂金石而永垂不朽，表现出强烈的积极用世精神和高昂的英雄主义情怀。这在曹操的用人思想中，即有明确反映。他针对儒家“唯德是用”的传统观念，提出“唯才是举”的人才政策，如说：“夫有行之士，未必能进取；进取之士，未必能有行也”（《求贤令》），“若必廉士而后可用，则齐桓何以霸世！”（《敕有司取士毋废偏短令》）故敕令即使“盗嫂受金”其行如陈平者，亦应擢举而使“吾得而用之”。这些举措，在当时不仅彻底摧毁了拘守传统之人生价值价观，奏响了魏晋思想解放之先声，而且也向社会法定出一种崭新的实现人生价值的范式道路。于是离经叛

① 范晔.《后汉书·党锢列传》，百衲本二十四史

② 范晔.《后汉书·党锢列传》，百衲本二十四史

③ 《马克思恩格斯全集》(1). 人民出版社，1956. 411

④ 裴松之注.《魏书·武帝纪》. 百衲本二十四史《三国志》

道、背离常规的放荡行为，渐成一时社会风气。曹操本人，少即“飞鹰走狗，游荡无度”，并“任侠放荡，不治行业”，即与传统士人属根本不同性质的人物。建安七子中年龄最长的孔融，更是一位离经叛道的赫赫名士，不仅行为举止“不遵朝仪，秃巾微行，唐突宫掖”，蔑弃一切礼法；而且“跌荡放言”，常发惊世骇俗之论。如说：“父之于子，当有何亲？论其本意，实为情欲发耳！子之于母，亦复何为？譬如寄物瓶中，出则离矣！”①名士戴良，“少诞节，母喜驴鸣，良尝学之以娱乐焉”。及母丧，兄居庐啜粥，非礼不行，而“良独食肉饮酒，哀至乃哭“。人问其合居丧之礼否，答曰：“然。礼所以制情佚也，情苟不佚，何礼之论？夫食旨不甘，故至毁容之实，若味不存口，食之可也”，论者竟不能屈②。他这种有背时俗的特行，对魏晋名士影响极大，即如身为副君之重的曹丕，亦尝效之：王仲宣好驴鸣，当其葬时，丕即令群客“各作一声送之”③，青年名士仲长统，更以“达士拔俗”的自觉作号召，赋《见志诗》曰：“古来绕绕，委曲如琐。百虑何为？至要在我。寄愁天上，埋忧地下。叛散五经，灭弃风雅。百家杂碎，请用从火”④。把批判的矛头直指圣人经典，以桀骜不驯的独立人格，而求自我的确立。总之，象这种极富个性解放色彩的特立独行，实乃开启魏晋玄学思想风范的先驱。然而，放荡不羁而又完全失控的时代，也是一个极其危险的时代。尖锐复杂的政治军事斗争，固然为士人们创造了逞才骋志建功立业的机会，但也处处潜伏着陷阱和杀机。众多建安名士，不死于战争和疫疠，即多死于激烈政争的屠刀，而这更是时代的悲哀。因此，处身于这样一个险恶的社会之中，士人们就不只表现为慷慨磊落的放荡豪情，也常怀忧生之嗟和人生悲凉之感。正是这两个方面的掺杂揉合，才构成当时士人特有的时代风貌——“建安风骨”。

儒学的衰微，造成行为准则失控；战乱的年代，又呼唤着圣人来长治久安，于是“无为而治”和“因物自然”的思想，渐成为时代的两大主潮。但其存在的合理性，又如何从哲学理论上找到根据呢？显然传统儒学已不再能回答时代提出的新问题，而汉末魏初又是一个哲学的贫困时期，也无力回答这些问题。故到正始时期（240—249年）便有一批时代精英，或曰先期思考者，如何晏、王弼、夏侯玄等，受着时代风气所使，似乎水到渠成地选择倡导无为思想和极富自由精神的老庄哲学，并援道入儒，以道释儒，从而提出“自然”和“名教”这对概念，企图以此调和个体同社会的矛盾。他们一改传统儒学以实践理性思考问题的故辙，而从虚无玄远的宇宙本源论和万物本体论入手，力图不是实践地而是形而上地解决根本问题，故而以“自然”和“名教”相对待，把人的自然本性置于逻辑环节进行抽象思辨，来解决本和末，有和无、一和多的关系问题，并提出“贵无论”。这即是以何，王为代表所建立的正始玄学。然追溯其源，这种思想其实早在汉末郑玄以《老》解《易》中即已萌生。汉代的《周易》纬书，把宇宙生成过程一般分作五个阶段：太易——太初——太始——太素——天地万物。在《乾凿度注》和《乾坤凿度注》中，郑玄则将其简化为两个阶段，即太易和太极。太易时期尚不存在任何有形物质：“太易无形之时，虚豁寂寞，不可视听”；“以其寂然无物，故名之为太

① 路粹.《枉状奏孔融》，严可均辑.《全上古秦汉三国六朝文》全三国文
② 《后汉书·戴良传》，百衲本二十四史
③ 《世说新语·伤逝》.上海古籍出版社影印光绪思贤讲舍刻本，1982
④ 《后汉书·仲长统传》，百衲本二十四史

易"。因此,他称这个时期为"无"。他又认为:太初者气之始,太始者形之始,太素者质之始,"虽合此三始,而犹未有分判,老子曰:有物混成,先天地生"①。此即一般新说"太极"。他解释说:"气象未分之时,天地之所始也"(同前),又说:"淳和未分之气也"(郑注.《易·系辞》)。然不论如何混沌未分,但毕竟已是有气、有形、有质的"天地之所始",故他又称这个时期为"有"。于是,宇宙的生成过程最终简化为"有"和"无"两个阶段:"太易,无也;太极,有也。太易从无入有"②,而王弼、何晏等人,正是直承郑玄这一思想,才建构起他们"贵无论"的哲学本体论的。何晏《道论》说:

有之为有,恃无以生。事而为事,由无以成。夫道之而无语,名之而无名,视之而无形,听之而无声,则道之全焉。故能昭音声而出气物,包形神而彰光影。玄之以黑,素之以白,矩之以方,规之以圆。圆方得形,而此无形;白黑得名,而此无名。③

又《晋书·王衍传》述何、王要义④曰:

魏正始中,何晏,王弼等,祖述老庄立论,以为天地万物,皆以无为本。无也者,开物成务,无往而不存者也。阴阳恃以化生,万物恃以成形,贤者恃以成德,不肖恃以免身。故无之为用,无爵而贵矣。

王弼注《老子》则说:

天下之物,皆以有为生。有之所始,以无为本。⑤

无形无名者,万物之宗也。不温不凉,不宫不商。听之不可得而知,味之不可得而尝。故其为物也则混成,为象也则无形,为音也则希声,为味也则无呈。故能为品物之宗主,苞通天地,靡使不经也。⑥

此即玄学中的"贵无"之旨。不过与郑玄相比,郑所说"无"(太易)还只是"有"(太极)生成前的一个阶段,除此别无深意,故属宇宙生成论范围,未离汉人哲学的基本观点。但到何、王,则"无"成为"有"的本体,不仅产生有,为有所从出;而且还决定着有,规范着有,成为有存在的依据。如说:"有之为有,恃无以生"、"有之所始,以无为本"、"天地万物皆以无为本"等。所以,亦更明确地结论说:"无形无名者,万物之宗也"。比如玄之所以为黑,

---

① 郑玄.《乾凿度注》. 四库全书编纂委员会《文渊阁四库全书·易类》. 台湾商务印书馆,1983
② 《乾坤凿度注》. 台湾商务印书馆,1983
③ 张湛.《列子·天瑞》注引,杨伯峻.《列子集释》. 中华书局,1979
④ 按:此或以为何晏.《无为论》佚文。
⑤ 楼宇烈.《老子道德经注》(40).《王弼集校释》. 中华书局,1980
⑥ 楼宇烈.《老子指略》.《王弼集校释》. 中华书局,1980

素之所以为白，矩之所以为方，规之所以为圆，就不仅“赖无”以生成，而且是被“无”所规定了的。显然，这是从根本上对万物存在的本体（本性）加以解释，并非仅是讲万物的起源或生成而已。故可毫不夸张地说，何、王玄学无异是对《易》学的一场革命。而王弼注《老子》第一章的这段话则更值得注意：

> 凡有皆始于无。故未形无名之时，则为万物之始；及其有形有名之时，则长之、育之、亭之、毒之，为其母也。言道以无形无名始成万物，万物以始以成而不知其然，玄之又玄也。

在此王弼明确地把“以无为本”的内涵，剖分为相互联系的两个方面：一个是指当其未形无名之时，它是宇宙生成的本根，故说“为万物之始”。始者，初始也，在时空上应处天地万物之前之外，是天地万物的生育者。《老子》注说：“本其所由，与太极同体，故谓之天地之根也”（《老子道德经注》（6））。“物生而后畜，畜而后形，形而后成。何由而生？道也”（《老子道德经注》（51））。二是指当天地万物生成之后，它即存在于万有之中，并成为万物存在的本体而决定和规范着万物，故说：“为其母也”。《周易》晋注：“母者，外内而成德者也”。又《老子》第三十八章注：“德者，得也。常得而无丧，利而无害，故以德为名焉”。其实就是指物之所以能成为物，并发挥自身的功能效用，生生不息，常新不殆之根据所在。这即是“及其有形有名之时则长之育之亭之毒之”的含义所在。《老子》第五十一章注：“亭谓品其形，毒谓成其质，各得其庇阴，不伤其本矣”。总而言之，它作为万物存在本体的“无”，而能使之产生、发育、有形、成质，即是其“德”的表现，所以说“为其母”。因此，“以无为本”的更重要一层含义，是说它生成万物之后即存在于万有之中，并作为“有”存在生长发育的根据，是和万物合为一体的。无疑，这是王弼在玄学理论上的一大创造。因为在汉人看来，”无“只是宇宙万有生成前的一个阶段，待其万有生成之后便与“有”的存在断绝了直接联系，所以它只存在于万有之前或之外。而何晏也只看到“无”是宇宙万物的本原，它同万有同样只是发生学的关系，并未完全脱离汉人宇宙生成论的影响。王弼则不同，他不仅指出“无”是万物发生的本原，还是万物存在的内在依据，即本体，终将玄学推进到一个新的理论高度，建立起一套完整的本体论哲学。

“无”既是宇宙本原，又是万物本体，于是又产生两个重要哲学命题：“以无为本”和“以无为用”。由此进一步推演，便必然得出另一个重要结论：万物皆应顺其自然，排除人为干预——“因物自然”。而圣人则应顺应自然，无为而治——“无为而无不为”。他的这套理论，又正好为汉末乱离社会的两大问题，找到了解决的理论答案。

所谓“因物自然”就是要在没有人为因素的干预影响下，去顺应事物的自然本性去发展。因此，高扬人的个性，追求人格价值的独立，热切肯定人的情感欲望的合理性，成为魏晋时期的一种强大社会思潮。朱穆在其《崇厚论》中，即早已发出“率性而行谓之道，得其天性谓之德，德性失然后贵仁义”的呼声，成为他那个时代人性解放的先声。到建安时期，人们更进而捧出“自然”这个概念，来称扬一切逸出礼教的特行个性。如郭嘉称颂曹操：“公体任自然”（《三国志·郭嘉传》），杨修称赞曹植：“体通性达，受之自然”（《三国志·陈思王传》.引《典略》)。孟康谓崔杜:“禀自然之正性”。(《三国志·崔杜传》)这些言论无疑为正始玄学家建构人性自然的哲学,准备了丰富的思想材料,故“自然”一词在玄学理论体系中,终于具有哲学本体论的性质。夏侯玄即说:“天地以自然运,圣人以自然用”。(何晏.《无名论》引)何晏则说:“自然者,道也”。(何晏.《无名论》)而尤值得注意的,是王弼“因物自然”的提出,因为从此不可逆转的人性解放的时代思潮,才真正得到哲学抽象和理论升华,而产生强大的社会号召力。如他说:

万物以自然为性,故可因而不可为也,可通而不可执也。物有常性而造为之,故必败之;物有往来而执之,故必失之。(《老子道德经注》(29))

首先,他认“自然”为物之“常性”,即天赋的本性。而本性则应是自然而然的。“自然者,无称之言,穷极之辞也”(《老子道德经注》(25))。所以是神圣不可侵犯的,也是不能妄加改变的,人为地去施加什么或改变什么,都只能使其“败之”“失之”而最终丧失自然本性。故因势利导,顺其天性,使之能够充分得到发展或发挥,即会得到“自然之性”而成其“天全”。他说:“道不违自然,乃得其性,法自然也。法自然者,在方而法方,在圆而法圆,于自然无所违也”。(《老子道德经注》(25))因为圣人体道,应法自然而为化,故只能保全万物之“性”而不是损其“性”,此之谓“因物自然”。他说:“建德者,因物自然,不立不施”。(《老子道德经注》(41))即是此意。又说:

因物自然,不设不施,故不用关、楗、绳、约而不可开解也。此五者,皆言不造不施,因物之性,不以形制物也。(《老子道德经注》(27))

由此可知,所谓“因物自然”其目的即在“不造不施”,亦即不要人为地去施加什么、改造什么,其实所宣扬的正是君主无为而治思想。然在其背后,高扬的则是个性解放的独立人格精神。因为,他说:“大夷之道,因物之性,不执平以割物”(《老子道德经注》(41)),意思是真正的治平之道,应顺应万物之性并任其自然发展,而不能用人为的尺度去宰割它、重塑它。宰割重塑的结果,就必然会“失其性”,那是违反自然规律的。因此,在他看来一切人为的努力和作用,都只能破坏万物的自然本性和本来状态,故是不适当而且多余的,这就叫“无为”。

不塞其原,则物自生,何功之有?不禁其性,则物自济,何力自恃?物自长足,不吾宰成,有得无主,非玄而何?(《老子道德经注》(10))

毫无疑问,他认为圣人行“无为”之道,是以充分发挥和发展万物的自然本性,使其自然而然为其前提条件的。故正始玄学,在其本质上是个性解放的哲学,是当时人性觉醒思潮在理论上的集中反映。而中国文学在建安、正始时期,才产生了纯粹的抒情诗,或曰“文学的自觉”,正是以此为理论前导的。

如果说正始时期，是玄学理论的创建完成期，那么相对而言，则“高平陵政变”后的竹林时期，则是把玄学真正付诸实践行为的时期。虽然，由于社会政治诸多因素的影响，“竹林七贤”在理论上建树不多，却把个性解放思潮推向极端，甚至表现为畸形或变态。从时间上看，七贤同正始名士其实应属同时代人，因为他们中的大多数人，年龄实际都长于王弼。如高平陵政变时，山涛四十四岁，阮籍三十九岁，嵇康二十六岁，向秀二十二岁，最小的是王戎十六岁（按阮咸、刘伶年龄不详），其时王弼则只有二十二三岁（226—249）。因此，可说竹林七贤也是在正始玄学的熏陶下成长起来的，只是活跃于学坛的时代比较晚，而且还由于高平陵政变的原因，当时的政治气候也已完全不同，所以才自成一个阶段。在玄学上，由于他们反对司马氏的假名教与现实采用不合作的态度，从而完全否定“名教”，并提出“非汤武而薄周孔”、“越名教而任自然”的口号，终于把名教和自然完全对立起来，因而与正始玄学遂有很大不同。何、王等人并不完全否定名数，只是把名教和自然调和起来。但是，“自然”既为本为体，“名教”则为末为用，根据玄学理论逻辑来推导，发展到极端的结果，便只能得出黜名教而任自然的结论。因为只有彻底摆脱周孔等强加给人的名教束缚，才能使人性精神和人格力量得到真正解放，“名教”和“自然”是水火不相容的。正是玄学的这一变化，“因物自然”的抽象理论，也才得以转化为实践行为，并进而普泛化为全社会思潮而影响此后几代人。阮籍《大人先生传》说：“君立而虐兴，臣设而贼生，坐制礼法，欺愚诳拙”。“汝君子之礼法，诚天下残贼乱危死亡之术耳。”不仅把批判的矛头直指作为封建统治根基的名教，而且还将礼法之士比喻为裤裆里的虱子，“逃于深缝，匿乎坏絮，自以为吉宅也。行不敢离缝际，动不敢出裈裆，自以为得绳墨也。饥则啮人，自以为无穷食也。然炎丘火流，焦邑灭都，群虱死于裈中而不能出”。把他们描写成一群迂腐不化、残人害己、贪图安逸而浑噩焉不自知者，可谓极尽嘲讽挖苦之能事。但是，对此他不只发表为过激的言论，还付诸实际行动，离经叛道、狂傲不羁，以青白眼看人，难怪在当时社会上引起大哗而终不为世所容了。阮籍的言论已够大胆的了，然较之更为激进更富理论色彩的则是嵇康，其《释私论》说：

> 体亮心达者，情不系于所欲，矜尚不存乎心，故能越名教而任自然。

既然名教是根本违背人的自然本性的，而人世间的一切贼害酷虐又皆由之造成，那么作为名教偶像的儒家圣人，也就必然在彻底扫荡之列：“轻贱唐尧而笑大禹”、“非汤武而薄周孔”！而否定一切儒家文化所产生的负面效应，却正是对人性解放的张扬和自由精神的鼓吹。“六经以抑引为主，人性以从欲为吹。抑引则违其愿，从欲则得自然”①，故任性而行，纵欲而为，脱弃儒家名教一切桎梏束缚，即“任自然而为化”也就成为当时人所追求的人生价值之终极目的，竹林名士奉行的那些特行怪癖，离经叛道之举，概可由此得到解释。他在《答向子期难〈养生论〉》中说：“以道德为师友，玩阴阳之变化，得长生之永久，任自然以托身，并天地而不朽”。即是对其人生终极目的之很好的概括。但这种表面的

① 《难自然好学论》.《嵇康集》全十卷．民国三十年初版

追求豁达，其实并不能掩饰内心的痛苦。他们面对那个险恶的政治局势，也深知力量对比悬殊，更无回天挽救之力，其内心的痛苦是可想而知的，于是抽象的理论思考终于移向情感的层面。已经觉醒的灵魂，又不甘于寂寞，以浑浑噩噩地随物俯仰而与世沉浮，内心的悲愤苍凉终于发为歌诗，便形成可与“建安风骨”媲美的“正始之音”。刘勰曾评论说：“嵇志清峻，阮旨遥深”①，即是他们所造就的一代文学所特有的风貌。

第二节　玄佛合流和意象文学的发生

兴起于曹魏时期的玄学，至两晋之交却出现了重要的转变。而促成这一转变的原因，约有两个方面：一是生活于西晋之世的郭象，他提出的“自生独化”说使玄学庄学化；一是两晋之交兴起的玄佛合流思潮，又使玄学进而佛学化。于是，玄学家历来所张扬的“自然”最终被具体生活化和审美化，而“自然”和“名教”的关系，遂被“山水”和“道”的关系所取代。“游心太玄”、“悟对山水”，由山水去体道悟道，又成为一时的社会风气。而东晋士人放浪形骸、纵情山水、即物体玄的生活态度亦由此盛行，与之相适应的玄言诗也因此大盛。

关于郭象，《世说新说·文学》注引《文士传》曰：“少有才理，慕道好学，托志庄老，时人咸以为王弼之亚”。并“作《庄子》注，最有清辞遒旨”。在当时震动士林，名声远播，产生了很大的影响。《晋书·向秀传》说，此书一出“儒墨之迹见鄙，道家之言遂盛”，当是一部振兴玄学的划时代著作。但因《世说新语·文学》曾说，此书乃郭象袭取向秀《庄子解义》而“窃以为己注”者，遂争讼纷纭，而其人亦见鄙。但平心而论，则有所吸收容或不免，若其理论的完整性、独创性及所达到的抽象思辨能力和水平，都是迥出时流的，巩怕用“剽窃”一语很难抹煞。故论其在玄学上的理论贡献，若称“王弼之亚”，或当之无愧。

何、王玄学以“无”为本，郭注的鲜明特色则是以“有”为本。他认为“天地”只是万物的总名，并非先有天地而后才有万物。如《庄子·逍遥游》注说：“天地者万物之总名也”。又说：“天者，万物之总名也”。这就把老庄的宇宙生成系统及汉人的宇宙构成系统给拦腰砍断，不再在万物之前之外还承认有宇宙本原存在。那么，宇宙万物又是如何生成的呢？他提出“独化”说作回答。所谓“独化”，就是万物都是“自然而然”地生成和变化的，“块然自生”、“自己而然”，此外别无他因。然而，万物又是凭藉什么才能自生自化呢？他借用传统哲学“气聚则生，气散则死”的元气理论说明。《庄子·天地》注曰：“虽未有形质，而受气以有素分，然且此分修短，悫乎更无间际，故谓之命”。又《至乐》注曰：“润气生物，从无到有，故更相继续也”。并总括一句：“此言一气而万形，有变化而无生死也”②由此可知，他也承认“未有形质”的“无”，但这个“无”似乎不是“道”，而是“共一元气”的“气”。在他看来，“从无到有”，即是由气而生形，才产生万物，而万物又因其禀有生气，故而有“命”，又生成了生命。故他所说“气”，实指传统哲学中构成万物生命本原的物质性

① 范文澜注.《文心雕龙·明诗》. 人民文学出版社，1962
② 郭庆藩.《庄子集释》. 中华书局，1997

元气，或称作“生气”。由于元气是充塞于宇宙之间，而无所不周、无所不在的，故作为构成万物的本原则一，而化生为具体事物却各异。所以他说：“一气而万形”。又万物皆有生死，形体亦可灭亡，但元气却周流不殆，运转不息，常在而常新，故万物也就生生不已。所以他说元气“有变化而无生死也”。无疑郭象之玄学，是从老庄之“道”论又退回到古老的“元气”论。但因“元气”说到底也是一种物质性存在的“有”，那么他抛弃正始玄学“贵无”而倾向而“崇有”，也就是必然的。然而，若因此便认定郭象所讲本体（无）即“元气”，那又大错特错。《天道》注释“本”说：“所以先者，本也”。即是说先于一切事物而存在的那个东西就是“本”，但这即指化生万物而又先于万物的“元气”吗？似又不是。《庚桑楚》注解释“以生为本”句说：

物之变化，无时非生，生则所在皆本也。

原来他所说“本”，并非指元气本身，而是元气“无时非生”的化成万物的生化功能。生生大化，流动不居，它无时不在，无处不在，故“不可执而留”；它又引起一切事物的更替变化，“新旧相续，不舍昼夜”，与时俱往，与日俱新，无一刻而驻留，这就是他所说“本”。因为它是无可闻见的，并非某种具体事物，只是一种生化功能，所以也可称之为“无”。由此，我们可明显觉察到，这个“本”其实即老庄哲学所说“道之德”，即那个化成万物、生生不息的“德”。因此郭象玄学亦并未背离庄老根基。只是庄老以“道”为本，“德”则是“道”所外化的功能，而郭象却舍“道”而言“德”，息无而崇有，不以恍惚难明的道为本体，转而以可感可知的功能作本体。不少学者都指出，他的本体论是功能性本体论，而非实体性本体论，这是很正确的。

郭象提出“独化”的目的，是最终消解老庄哲学本体之“无”（道），极力张扬“崇有”（德），也就从根本上取消了宇宙发生问题。他注意的焦点，只集中在万物的生成变化上，不在万物由来和存在的根据，其实质则是将本体落实到万物生命本身，从而确立必须自已掌握自身生命的新人生观。在西晋末年那样一个动荡乱离、朝不保夕的时代，他并不主张“游谈方外”、遗世逃遁，去过离群索居的隐者生活以求解脱。而是立足方内，即在日常世俗生活中找到一付能够抚平心灵创伤、保持自我人格独立、求得身心解脱的治疗良方，这就是庄子所说“逍遥”。故《庄子注》对“逍遥义”的再阐释，遂成为郭象哲学精神的核心所在。他曾说：“夫《庄子》大意在乎逍遥游放，无为自得，故极大小之致，而明性分之适”①，可知他所理解的庄学要旨，即唯在“逍遥”，故才推尊为“百家之冠”。如果说，逃世的解脱是求于外，那么“逍遥“的解脱则是求诸内，贱外行而重内适，才可得到真正的解脱。他曾分辩说：“所谓无为之业，非拱默而已；所谓尘垢之外，非伏于山林也”②，因为在他看来：

① 王叔岷.《逍遥游》注.《郭象庄子注校记》.“中央研究院”史语所，1950

② 王叔岷.《大宗师》注.《郭象庄子注校记》.“中央研究院”史语所，1950

夫圣人虽在庙堂之上，然其心无异于山木之中，世岂识之哉！徒见其戴黄屋，佩玉玺，但谓足以缨绂其心矣；见历山川，同民事，便谓足以憔悴其神矣，岂知至至者之不亏哉！①

只要内心获得真正的自由解脱，“物物而不物于物”，庙堂欤，山林欤，便可等无差别，而皆不“足以缨绂其心”，又有什么不同呢？这即是真逍遥，即“自然而然”、“自己而然”的“独化”。他进而解释“逍遥”说：

夫大小虽殊，而放于自得之场，则物任其性，事专其能，各当其分，逍遥一也。岂容胜负于其间哉！（《逍遥游》注）

庄子所说“逍遥”，本是至人、神人、真人才能达到的生活境界，与普通的一般人可说是无缘的，所以才有大小之别。比如说，鲲鹏是能够逍遥的，而蜩鸠二虫便没有逍遥，这中间的鸿沟是不能愈越的。郭象则不以为然，他从万物“独化”的观点出发认为事物不论大小，只要“物任其性，事专其能，各当其分”，能够“放于自得之场”，那就是逍遥。因为，这正是各适其性，各尽其情，无拘无缚，自由自在，即各按其自然天性而生活，怎么能说不是逍遥呢？因此，他也特别欣赏庄子“齐物”之说，更企盼“天地与我并生，万物与我为一”的生活境界，因为只有如此才可“独化于玄冥之境”（《大宗师》注）而游放于“自得之场”。于是，他再为“逍遥”定义说：“皆不知所以然而自然耳。自然耳，不为也，此逍遥之大意”（《逍遥游》注）。郭象这样解释庄子的“逍遥义”，显然是对庄学的改造，其积极面是把“逍遥”世俗化普泛化，正好适应了人性解放的时代潮流，影响了整整一代士人生活，洵非无故。但其消极方面，又可能把“逍遥”低俗化庸俗化，足以为元康名士的享乐主义和纵欲主义张目，尽管他的本意可能并非如此。

然而，进入“本末内外，畅然俱得，泯然无迹”（《齐物论》注）的“玄冥之境”后，人的心灵世界感受到的又是什么呢？他说：

若乃物畅其性，名安所安，无远迩幽深，付之自若，皆得其极，则彼无不当而我无不怡也。（《齐物论》注）

他还说：“万物莫不皆得，则天地通”（《天地》注），可知进入此种境界，则物各尽其性，而悠然自若，于是与天地因之同一，物我亦因之两冥，作为主体的“我”便不再存在差别矛盾，无窒无碍而游放逍遥乎“自得之境”。“天乐适则人乐足”（《天道》注），主体也就获得最大自适及无尽欢乐，从而产生解脱感、怡悦感、自由感，故说“彼无不当而我无不怡也”。《养生主》注说：

① 王叔岷.《逍遥游》注.《郭象庄子注校记》.“中央研究院”史语所，1950

> 夫俯仰乎天地之间，逍遥乎自得之场固养生之妙处也。

可知他所说逍遥之游、自得玄冥之境，都不过是“养生”的方法，而值得注意的是：这种养生乃是审美怡悦的养生，即对人生自由境界的追求，而同服食求药、引气飞升者不可同日而语。这是一种天地合一、物我两冥的“玄冥之境”，而进入这种精神境界，则生机灵动的大自然便会一无隐匿地在眼前呈现，并从万物的生命跃动中体会到“无言”的大美，“无形”的大象，“无声”的大乐：

> 自然律吕以满天地之间，当顺而不夺，则至乐全矣（《天运》注）

应该指出，这种对天地之间自然律吕的思想体悟，在郭象之前的一些诗人笔下早就出现了，如左思《招隐诗》说：“非必丝与竹，山水有清音，何事待啸歌，灌木自悲吟”。郭象不过是将其用理论的形态表现而已。到了东晋，这种对天籁地籁和鸣的美感愉悦，便发展成为人们的普遍山水体悟，如徐丰《兰亭诗》之“清响拟丝竹”；王秀之《奉和慧远游庐山诗》之“常闻清吹空”；慧远《庐山东林杂诗》之“希声奏群籁”等。但不管怎么说，对自然生命活动的节奏韵律有敏锐体悟、并作理论说明的，郭象都是最早一人。无疑，这正好标志着当时人们在山水自然认识上的自觉。前面指出，郭象并不看重外在行为上的山林隐遁，而是内在心灵的逍遥自适，但这并不妨碍他把大自然当作安顿人生的最佳胜境。自然大化，生机灵动，风起云涌，鱼跃鸢飞，早燕初莺，花开叶落，一草一木无不是“独化”精理的生动体现——“万物莫不皆得则天地通”。若能“逍遥乎自得之场”或“独化于玄冥之境”，主体就会在审美静观中感受到自然生命之跃动，而与宇宙大化的律吕合一，产生无限的自由感和审美怡悦，进入至人或大人的最高人生境界。在这里，他把体道、养生和审美三者统一起来了，也把人生和自然、现实和理想统一起来了，为沉闷无着、找不到生活出路的晋人，终于打开一条寻求人生寄托、实现自我价值、安顿躁动生命的理想之路。郭象玄学能风行于两晋的士人阶层，则绝非偶然，而东晋以降山水游赏之风日炽，亦与此有直接的关系。

山水游赏之风的盛行，虽为郭象玄学导其源，但也为佛学的扩展造就成肥沃的土壤。于是玄佛合流，或玄佛并用，士林之风又为之一变。当时一些名僧或名士，即往往由玄入佛，而玄佛兼通，成为一时领袖群伦的著名人物。如支遁，他是佛教般若学“六家七宗”之中即色宗的代表人物①，但他对老庄之学同时又有极深修养，其实是由玄学思辨而最终通向佛理的。他曾引《庄子》释佛理，又缘佛理以释《庄子》，遂“令群儒旧学莫不叹服”，被称之为“支理”②，比如，关于庄子“逍遥义”他即提出新解：“夫逍遥者明至人之心也”，并不同意郭象把鲲鹏和蜩鸠混为一谈：

---

① 元康．《肇论疏》．大正一切经刊会重修《大藏经》，日本大正昭和年（1926）本

② 释慧皎，汤用彤校注．《高僧传》本传．中华书局，1992

至人乘天正而高兴，游无穷于放浪，物物而不物于物，则遥焉不我得？玄感不为，不疾而速，则逍然靡不适？此所以为逍遥也。若夫有欲，当其所足，足于所足，快然有似天真，犹饥者一饱，渴者一盈，岂忘蒸尝于糗粮、绝觞爵于醪醴哉？苟非至足，岂所以逍遥乎？①

他把"逍遥"只看作是"至人"才能达到的境界，那就是"物物而不物于物"的自足，"乘天正而游无穷"的自适。至于那些有欲而"足于所足"者，不过止于"饥者一饱，渴者一盈"的物质局限中，岂有逍遥之可谈乎！显然，支遁是以佛理之精密而谈玄，较之郭解似更能契合原意，故群伦倾动，望风而从。《世说新语·文学》载："《庄子·逍遥》篇，旧是难处，诸名贤所可钻味，而不能拔理于向、郭之外。……支卓然标新理于二家之表，立异义于众贤之外，皆是诸名贤寻味之所不得，后遂用支理"。可知支遁虽是释教中人，亦是清谈名士，曾为会稽时领袖群伦的人物。

又如僧肇，据《高僧传》本传载：

志好玄微，每以老庄为心要。尝读《老子道德》章，乃叹曰："美则美矣，然期栖神冥累之方，犹未尽善"。后见旧《维摩经》，叹善顶受，披寻玩味，乃言始知所归矣。

可知他又是释老兼通，而最后才皈依佛门的。至于慧远，则是继支遁之后，南方玄佛二方共同的袖领人物。出家前亦曾"博综六经，尤善庄老"②，出家后更是一个内外兼通，玄佛并用的大学者，且与当时名士交游广泛，如雷次宗、刘遗民、宗炳、陶渊明、谢灵运等，故在当时影响亦特大，而声名远播。此外，据《高僧传》载，竺道潜"优游讲学三十余载，或畅方等，或释老庄"；竺道立"以老庄玄微应佛理，颇亦属意焉"。总之，即此牢牢大端已可看出当时玄佛合流、二义融通的总体时代趋势，以至东晋后期，能执清谈牛耳者几乎全为名僧了。

另一方面，过江名士亦大都研修佛经，习读般若之学，如殷浩、王羲之、谢安等人，他们无不为佛学精义而倾倒，每每发出儒道远不及佛之叹。具有代表性的人物如孙绰，在其《喻道论》中即写道："周孔救极弊，佛教明本耳"，即认为儒学是救正时弊的具体应用策略，而佛教所阐明的才是世界的根本大法。《喻道论》还援老以释佛，说"夫佛也者，体道者也。道也者，导物者也。应感顺通，无为而无不为者也。无为，故虚寂自然；无不为，故神化万物"，大概反映了玄佛合流初期，佛教为求生存扩展而援道入佛的实际状况。至于玄佛之所以会合流的原因，汤用彤先生《魏晋思想的发展》一文曾举出过两点理由：一是名士名僧常有交往，且在生活行事上彼此相投，如隐居嘉遁，服用不同，不拘礼法的行径及谈吐风流，在在都有可以相通互感之处。二是佛学与玄学在理论上，也有不少可以牵

① 《世说新语·文学》注引．上海古籍出版社影印思贤讲舍本，1982

② 释慧皎，汤用彤校注．《高僧传》本传．中华书局，1992

强附会的地方，何况当时人士对佛教尚无全面认识，译经亦多失原义，一般人难免不望文生解，所以佛学专门术语大都袭取《老》《庄》书中名词，佛教也就被看作玄学的“同调”①。释道安《鼻奈耶序》其实早说过：“以斯邦（指中国）人老庄教行，与方等经（指佛经）兼忘相似，故因风易行也”。此外，若从社会原因上分析，巩怕还会有遭受世变乱离之后，西北少数民族入主中原，战乱的年代也给世族阶层以沉重打击的原因在内。他们汇入平民百姓行列一起逃难，不仅随时会受到饥饿冻馁的折磨，也经常碰到不虞之灾的死亡威胁，于是人生无常的幻灭感失意感增剧了，而佛教三世轮迴、“诸法唯空”的学说正好迎合了这种心理，成为人们求得身心解脱、抚平内心创伤的安慰剂，于是玄佛互补成为必然趋势。

玄佛二家最大契合点在身心的解脱，因而他们不约而同地都从自然山水寻求人生理想的慰托。这不仅是理论的，而且更是实践的。于是传统玄学中“自然”和“名教”的关系，遂一变而为“山水”和“道”的关系，从而深深改变着一代士人的生活行为，也极大地改变了他们的思想意识。佛教在印度兴起时，即与山林结下不解之缘，传说佛祖释迦牟尼就是在灵山一棵菩提树下，冥思静坐七天七夜而觉悟得道的。《付法藏因缘传》卷一说：“于是迦叶即辞如来，往耆阇崛山宾钵罗窟。其山多有流泉浴池，树林蓊郁，华果茂盛，百兽游集，吉鸟翔鸣，金银琉璃罗布其地，迦叶在斯，经行禅思，宣扬妙法，度诸众生”。故释子历来都栖居山林，住名山大刹，便成为一种修行传统。而经文所说“禅定”，也就是栖迟山林以静思之意。两晋流行的是般若之学，它的一大特色即把山水当作佛的化身，认为对山水的静观默思便可得到佛的“法身”。因为般若空观的一个基本观点，是所谓“色空不二”，即认为事物的现象和本体是合一的，“空”（真如）就体现在“色”（事物）中，故即“色”可以见“空”，即“物”可以观“道”。僧肇《不真空论》即说：“道远乎哉？触事而真。圣远乎哉？体之即神”。禅宗语录也说：“青青翠竹总是法身，郁郁黄花无非般若”（大珠禅师语），所说明的都是“色空不二”的道理，尤其是在自然山水方面。无疑，这同玄学家所说“体用一如”、“本末不二”，又是若何符契！更同郭象万物以“德”为本的“独化”论，亦息息相通，尽管他们各自的内涵却未必尽同。于是随着士阶层山水游乐之风的盛行，“山水”和“道”的关系遂取代“名教”和“自然”问题，而成为时人思考的中心。“澄怀味道”的体道悟道论，“山水以形媚道而仁者乐”的“畅神”说②，也就成为主宰着士人生活的人生哲学观。若溯其源，这种思想似乎早在阮籍即已萌生，其《达庄论》说：“夫山静而谷深者，自然之道也”。郭象《庄子注》也说：“自然之理，有寄物而通也。”即认为山川之谧静幽深是自然之道的物态化显现，故能即物而会其寄便可通于自然之理。此后，如王羲之说：“寥朗无崖观，寓目理自陈”③，孙绰说：“方寸湛然，固以玄对山水”（《太傅庾亮碑》），慧远说：“岩高吐清气，幽岫栖神迹。……留心叩玄听，感至理弗隔”④，正是这种“玄对山水”或“留心玄听”的观念和态度的转变，才启迪着当时人们对山水自然新的生命价值的发现。他们以山水为“澄怀味道”的栖所，于是“仁者乐山，智者乐水”才真正成为

---

① 《汤用彤学术论文集》. 中华书局，1983. 303

② 宗炳.《画山水序》，俞剑华.《中国绘画史》（上）. 商务印书馆，1955

③ 王羲之.《兰亭诗》，逯钦立校.《先秦汉魏晋南北朝诗》（中）. 中华书局，1983

④ 《庐山东林杂诗》.《先秦汉魏晋南北朝诗》卷二十

一代士人生活理想的追求，而自然和人生，心和物、主体和客体之间，终于建立起一种亲和谐适的新型关系，反映在文学创作上即一种新兴文学——意象文学的发生。

两晋之际玄佛合流影响文学的情况，檀道鸾《续晋阳秋》曾说：

> 正始中，王弼何晏好庄老玄胜之谈，而世遂贵焉。至过江，佛理尤盛，故郭璞五言，始会合道家之言而韵之。询（许询）及太原孙绰，转相祖尚，又加以三世之辞（佛语），而《诗》《骚》之体尽矣。①

名士固亦玄亦佛，名僧亦佛亦玄，在玄佛两种思潮的共同影响下，东晋士人游赏之风大盛，而笼罩诗坛的则是以孙绰、许询为代表的"玄言诗"。但值得注意的是，山水意象也在玄言诗人笔下大量出现了，这正逗露出当时文学转变的信息。如永和九年的会稽兰亭修禊之会，其所写《兰亭诗》即可作为解读标本：

> 三春启群品，寄畅在所因。仰望碧天际，俯瞰绿水滨。寥朗无崖观，寓目理自陈。大矣造化工，万殊莫不均。群籁虽参差，适我莫非新。（王羲之）
>
> 流风拂枉渚，停云荫九皋。莺语吟修竹，游鳞戏澜涛。携笔落云藻，微言剖纤毫。时珍岂不甘，忘味在闻韶。（孙绰）

而此时一些名僧所写诗中，其景物意象的描写，也很明丽生动。如支遁《咏禅思道人》，本是一首歌咏僧人坐禅的悟理诗，但其中写道："云岭竦大荒，落落英岳布。回壑伫兰泉，秀岭攒嘉树。蔚荟微游禽，峥嵘绝蹊路"。又如其《四月八日赞佛诗》，在赞佛而发挥空理的同时，也加入景物意象的描写："三春迭云谢，首夏含珠明。祥祥令日泰，朗朗玄夕清。……绿澜颓龙首，缥蕊翳流泠。芙蕖育神葩，倾柯献朝荣。芬津霈四境，甘露凝玉瓶"。其诗句清新流丽并不亚于那些玄言诗人。又一名僧慧远，曾作《万佛影铭》，认为佛的法身"神道无方"，故可"触象而寄"，于是自然山水成为佛的化身，悟对山水即可味理。他的《庐山东林杂诗》即是表现这一思想的，其中也有大景物意象描写，下举其一：

> 岩高吐清气，幽岫栖神迹。希声奏群籁，响出山溜滴。有客独冥游，径然忘所适。挥手抚云门，灵关安足辟。留心叩玄听，感至理弗隔。孰是腾九霄，不奋冲天翮。妙同趣自均，一悟超三益。

山水和佛理的直接联系，促成他们对景物意象的精细描绘，而这对晋宋之际文学发生转变，无疑也是有直接影响的。然而，更为重要的还是新的思想观念的形成，他们对山水景物所取的视角和态度，已大不同于汉魏时人。汉魏人的山水游乐，不外乎"傲雅觞豆之

---

① 《世说新语·文学》注引．上海古籍出版社影印思贤讲舍刻本，1982

前，雍容衽席之上，洒笔以成酣歌，和墨以藉谈笑”[1]，采取的是“玩”的态度。如仲长统《乐志论》述庄园安居之乐说：“与达者数子，论道讲书，俯仰二仪，错综人物，弹《南风》之雅操，发清高之妙曲。消遥一世之上，睥睨天地之间，不受当时之责，永保生命之期”。多叙其游乐，而少内心体悟，虽不能说没有人生感悟，但同景物山水还是两张皮。故钱钟书先生即说：“统之此文，局于‘可居’，尚是田园安逸之意多，景物流连之韵少”[2]。缺乏对山水景物之“韵”的深心体悟，正是他的时代局限所在。曹丕的《与吴质书》记南陂之游，情形亦大致如此：

> 每念南陂之游……高谈娱心，哀筝顺耳，弛鹜北场，旅食南馆，浮甘瓜于清泉，沈朱李于寒冰。皎日既没，继以朗月，同乘并载，以游后园。舆轮徐动，参从无声，清风夜起，悲笳微吟，乐往哀来，凄然伤怀。

重在记述，而略于心灵和景物的关涉，大概还局限在“可居”“可游”的层面。但到晋宋时人，情况就大不相同了。在他们的诗中，景物不再是游乐的背景或点缀，而是充满着生机灵趣，与主体心灵世界息息相通、脉脉相印的有灵有性的审美观照对象。因此，他们的游乐是“恣语乐以终日，等寂默于不言，浑万象以冥观，兀同体于自然”（孙绰.《天台山赋》），即心和物完全同一的“赏”和“悟”的态度。如潘岳等人所记：

> 四时忽其代序兮，万物纷以回薄。览花莳之时育兮，察盛衰之所托。感冬索而春敷兮，嗟夏茂而秋落。……临川感流而叹逝兮，登山怀远以悼近。彼四戚之疚心兮，遭一涂而难忍。
>
> ——潘岳《秋兴赋》

> 登山远望，睹崪崿以成愤；杖策广泽，瞻长波以增悲。游眄春圃，情有秋林之悴；濯足夏流，心怀冬冰之惨。
>
> ——嵇蕃《答赵景真书》

主体以多感灵动之心，去体悟客体韶秀变化之景，人和物之间毫无芥蒂，已然是一种亲和无间的态度。再看稍后人所写《兰亭诗序》：

> 群贤毕至，少长咸集。此地有崇山峻岭，茂林修竹；又有清流激湍，映带左右，引以为流觞曲水，列坐其次。虽无丝竹管弦之盛，一觞一咏，亦足以畅叙幽情。是日也，天朗气清，惠风和畅，仰观宇宙之大，俯察品类之盛，所以游目骋怀，足以极视听之娱，信可乐也。

---

① 范文澜注.《文心雕龙》时序. 人民文学出版社，1962

② 钱钟书著.《管锥编》(3). 中华书局，1986

——王羲之《三月三日兰亭诗序》

情因所习而迁移，物触所遇而兴感。故振辔于朝市，则充屈之心生；闲步于林野，则辽落之志兴。仰瞻羲唐，邈已远矣；近咏台阁，顾深增怀。……以暮春之始，禊于南涧水滨，高岭千寻，长湖万顷，隆屈澄汪之势，可为壮矣。乃席芳草，镜清流，览卉木，观鱼鸟，具物同荣，资生咸畅，于是和以醇醪，齐以达观，决然兀矣。

——孙绰《三月三日兰亭诗序》

修禊之事，本为民间祓祟之习俗，在名士们心中却变成畅和神志的山水游乐。王羲之称其“游目骋怀，极视听之娱，信可乐也”；孙绰谓之“席芳草，镜清流，览卉木，观鱼鸟，具物同荣，资生咸畅，决然兀矣”，正是玄学家所说“逍遥乎自得之场”的人生最高快乐。庄子所说那种逍遥方外的至人之乐，已离我们远去（仰瞻羲唐，邈已远矣），儒生因仕途成功而取得的荣华之乐，也不值得留恋（近咏台阁，顾深增怀），他们所追求的只是自然灵机带给人的那种自得自放的精神愉悦。“万物莫不皆得则天地通”、“天乐适则人乐足”，他们完全进入精神的绝对自由境界。对自然山水的这种特殊感受，显然是汉人所没有也不可能有的，然而它却是新型意象文学的发生、酝酿成熟的最主要的审美心理条件。于是，晋宋之际中国文学的一次大转变，终如春雷破土般地发生。沈约《宋书·谢灵运传论》这样写道：

有晋中兴，玄风独振，为学穷于柱下，博物止乎七篇，驰骋文辞，义殚乎此。自建武暨乎义熙，历载将百，虽缀响联辞，波属云委，莫不寄言上德，托意玄珠，遒丽之辞，无闻焉耳。仲文始革孙许之风，叔原大变太元之气。接及宋氏，颜谢腾声，灵运之兴会标举，颜年之体裁明密，并方轨前秀，垂范后昆。

又钟嵘《诗品序》写道：

永嘉时贵黄老，稍尚虚谈，于时篇什，理过其辞，淡乎寡味。爰及江表，微波尚传，孙绰、许询、桓（温）、庾（亮）诸公诗，皆平典似“道德论”，建安风力尽矣。先是郭景纯用隽上之才，变创其体；刘越石仗清刚之气，赞成厥美。然彼众我寡，未能动俗。逮义熙中，谢益寿斐然继作；元嘉中，有谢灵运才高词盛，富艳难踪，固已含跨刘郭，陵轹潘左。

他们对这次重要文学变革的叙述，在具体内容细节的看法或不尽同，但有一点却是一致的，那就是首开风气者为谢混（沈还加上殷仲文），真正将其推向成熟的者则是谢灵运（沈还加上颜延年）。这也是今人可以大致认同的。至于这次变革的本质特征，他们均未讲到，似乎只是“山水”代替“玄言”这一表面现象，更进一步的深入剖析，则有待“体大思精”的《文心雕龙》作者刘勰了。

第三节　意象文学出现的意义及审美特征

刘勰在其巨著《文心雕龙》中对这次文学的历史性变革，曾经有两次提到过。其《明诗》篇说：

宋初文咏，体有因革：庄老告退而山水方滋。俪采百字之偶，争价一句之奇；情必极貌以写物，辞必穷力而追新，此近世之所竞也。

又《物色》篇说：

自近代以来，文贵形似，窥情风景之上，钻貌草木之中。吟咏所发，志惟深远；体物为妙，功以密附。故巧言切状，如印之印泥，不加雕削而曲写毫芥，故能瞻言而见貌，即字而知时也。

可以看出，他不同于上述人者，其论述不但具体而且也很深刻，是接触到了新兴意象文学的本质特征的。首先，他是从历史整体角度来观察这一重要文学变革现象的，即不再只就个别作家创作而言，故能历史地把握“近世”文学之嬗变，且以“宋初”为断限。其次，审视角度也是从多种层面切入并进行论述的。从文学现象之嬗变言，谓“庄老告退而山水方滋”，即山水诗取代了玄言诗；从语言表达的符号变化言，谓“俪采百字之偶，争价一句之奇”，尤其指出“文贵形似”、“辞必穷力追新”，更是探本之言；从艺术方法的创变言，则谓“窥情风景之上”、“情必极貌以写物”，即在观察自然的角度，情感内容的取向，情景关系的新构等方面，都表现出一种全新的性质。凡此等等，其实正是新兴意象文学的本质特征，而非仅限于“山水”代替“玄言”的个别文学现象问题。因此还应指出，作为一种重要文学现象，山水文学的兴起在当时文坛虽还只是众多创作流派之一，但其深刻意义亦并非如某些文学史著作所说，只不过是传统创作题材的转换，从而扩大或丰富了题材的内容和范围。而它所代表或标志的正是一种崭新的美学理想或时代审美意识，如情和景、心和物、人生和自然的契合对应，因而也才有创作和欣赏中自然美的发现以及对自然的审美情感自觉。反映在理论认识上，也才有“意象”论的提出。下面就从刘勰所说生发开去，以便对晋晋宋文学的流变作一历史的审视。

中国文学自《诗》三百篇中的比兴美刺、先秦寓言，到屈《骚》中的香草美人、比喻寄托都不过是一种“道德的象征”（康德语），或者说是某种抽象理念的拟物化表现，即孔门所说“比德”。这是原始先民们类比求同性思维方式理性化的产物，故客观事物的描写总是作为伦理道德观念的某种拟喻出现在创作中的。至两汉辞赋，内容上的理性观念虽有所淡化，但仍不离“润色鸿业”的功利观，尤其形式方面的“比体云构”，更说明类比拟喻仍是其主导性思维方式。此后，如“情寄八荒之表”的阮籍《咏怀》，“乃坎禀咏怀非列仙之趣”

的郭璞《游仙》，以及"托前代以自鸣不平"的左思《咏史》，既然称"托"称"寄"，故知仍不离比喻、象征、寄托之类达意方式。由于这些作品的最显著的特征都是思维方式上的"喻"，故我们前面曾称之为"喻象文学。这是中国文学发展的起步阶段，是汉民族艺术地掌握现实的一种最早思维方式。

但自魏晋以后，中国文学渐次转入慷慨任气的"直抒胸情"阶段，标志着我国文学的真正自觉。后又几经曲折，几度嬗变，遂由乱离而屈沉，又由屈沉而玄言，再由玄言而山水，终于晋宋之际迎来了文学的一次巨大变革：以山水文学兴起为标志的文艺变革。其所以最后而归诸山水者，非仅谓模山范水而已，实乃一种崭新创作原则的确立，我们特称之谓"意象文学"。其转变的深刻内容，可大致归结为下面三个方面。

第一，从情感内容的表现性质说，晋宋以前文学或隐约曲婉，或悱恻缠绵，或淋漓痛快，然所表现者均不外社会的、时代的、伦理道德的思想情感，斯所谓"言志"，属于一种普泛的显意识范围。但自晋宋以后新兴意象文学所表现者，则是某一特定情境中主体瞬间触发的情思、意绪、感受或心境，常常不是理性可以明确把握、固定或说明的，属一种模糊游弋的隐意识或潜意识范围。刘勰曾称之为"隐"，谓"义主文外，秘响旁通，伏采潜发"、"深文隐蔚，余味曲包"①，其"义主文外"之"主"，或校作"生"，其实也未尝不是"在"之讹，因形体均极相近，即"义在文外"也。若比较两类诗歌来看，如"关关雎鸠，在河之洲"、"喓喓草虫，趯趯阜螽"之类，虽然也是写景，但因只是曲喻拟类，含义反而固定明确，故属"喻"而非"隐"。又如"余既滋兰之九畹兮，又树蕙之百亩"、"兰芷变而不芳兮，荃蕙化而为茅"等，虽也芳菲悱恻，极尽委婉缠绵，却因"依诗取兴"，着意寄言，内容则更易确指，说穿了都不过是某种道德意识的拟物化。然如"采菊东篱下，悠然见南山"、"池塘生春草，园柳变鸣禽"、"露湿寒塘草，月映清淮流"之类晋宋人的名章秀句，表面看来虽极尽逼真形似之妙，极富天真自然之趣，似无"言在此而意在彼"的曲折隐晦，但诗人所表达的情思意绪却反而"只可意会难以言状"，不经过心灵的感应体悟，则终不甚了了。故沈德潜《说诗晬语》曾指出：

> 诗至于宋，性情渐隐，声色大开，诗运转关也。康乐神工默运，明远廉俊无前，允称二妙。

这确是中国诗运之一大转关，其关键即在"性情渐隐，声色大开"二语。然所谓"渐隐"，却并非如白居易所批评的"率不过嘲风雪，弄花草而已"②，因而泯灭了性情，消匿了主体，只给人以"声色大开"的感官印象。而是确如刘勰所说："义在文外"、"余味曲包"。诗人的情思意绪已化虚为实，完全消融在景物之中了，故才隐而有味，含蕴无穷。因此对六朝意象文学来说，作家们已不再以表达社会情感、生活经历、道德意识为其创作的主要对象，而是以捕捉刹那间个人对山水自然的独特审美感受、美感体悟为目的，已完全沉浸在心

① 范文澜注本.《文心雕龙·隐秀》. 人民文学出版社，1962

② 白居易.《与元九书》. 文学古籍刊行社影宋本《白氏长庆集》卷四十五

灵潜隐化意识领域。

金代王若虚曾引《石林诗话》评谢诗“池塘生春草”句说：“世多不解此语为工，盖欲以奇求之耳。此语之工，正在无所用意，猝然与景相遇，借以成章，故非常情所能到”。又引田承君的话补充说：“盖是病起，忽然见此可喜，而能道之，所以为贵”①。这种“猝然相遇”或“忽然所见”的创作心态，当正是一种下意识的瞬间触发或领悟，并未经过理性的规范陶熔而另有附加，在“无所用意”中只就眼前景物来写，所谓“目击道存”，便自有一段动人情趣，故非普通的“常情”所能达到，而妙亦正在于此。又元好问评陶诗也说：“君看陶集中，饮酒与归田。此翁岂作诗，直写胸中天”（《继愚轩和党承旨雪诗》）。饮酒与归田当是“常情”，但出之于“岂作诗”式的无所用意，故所写者只是“胸中天”而已。天者，自然也，本性也，当是个体生命内在灵机的自然流露，所以才难明确把握，才显得“隐”。王夫之有一段评谢诗的话，也说得极为深刻：

> 谢诗有极易入目者，而引之亦无尽。有极不易寻取者，而径遂正自显然。顾非其人，弗与察尔。言情，则于往来动止、缥缈有无之中，得灵蛰而执之有象；取景，则于击目经心、丝分缕合之际，貌固有而言之不欺。而且，情不虚情，情皆可景；景非滞景，景总含情。神理流于两间，天地供其一目，大无外而细无垠，落笔之先，意匠之始，有不可知者存焉。②

他所说谢诗有“极易入目而引之无尽”和“极不易寻取而径自显然”的两种情况，其实正是就谢诗情感的潜隐化而言的，故下文即专谈“言情”和“取景”在创作中的辩证关系。情虽缥缈，却应化虚为实、抟虚成象，故说“情不虚情，情皆可景”，这是就情感的物化表达说的，斯所谓“以写景之心理言情”③。景虽固有，又非执象以求，就景写景，故说“景非滞景，景总含情”，这是就是景物的主观心灵化说的，又所谓“语不及情而情自无限”④。总之，晋宋时期以谢灵运为代表的新兴意象文学，确已抛弃传统那种拟喻性类比或直白性表述的情感表达方式，而开始追求一种崭新的创作原则，既能“状溢目前”，又有“情在词外”⑤之妙。所谓“性情渐隐，声色大开”者，正当指此而言。

第二，从其情景关系的新构方面来看，晋宋以前文学并非不写自然景物，但他们写景的目的主要在于渲染某种气氛，衬托某种环境，或者用以托喻起兴，总之是作为主题的背景来措置安排的，景物本身尚不具有独立存在的本体意义。“呦呦鹿鸣”者如此，“灼灼桃花”者如此，甚至“袅袅兮秋风，洞庭波兮木叶下”者亦如是。故钱钟书先生曾说：“窃谓《三百篇》有‘物色’而无景色”⑥。即认为景物描写尚不具有独立意义，故情和景、主体和

---

① 滹南诗话(1).《四部丛刊》影旧钞本《滹南遗老集》

② 王夫之.《古诗评选》(5). 文化艺术出版社,1997

③ 王夫之.《姜斋诗话》(23). 人民文学出版社,1962

④ 王夫之.《古诗评选》(5). 文化艺术出版社,1997

⑤ 刘勰.《文心雕龙·隐秀》佚文

⑥ 钱钟书.《管锥编》(2). 中华书局,1994

客体还处在相互外在的那种割离状态，还缺少那种经过“神与物游”后形成的心物之间的契合同构，因而只具有单个孤立的“物色”之美。但自晋宋以降，我国文学中的自然景物却改变了孤立从属地位而具有创作本体的意义，故讲求“形似”成为一时风尚，刘勰所说“近代以来文贵形似”者当指此而言。但这并非是说此时的创作又转向写实性客体再现，而是以心物之间的同构对应为内在契机，为创作发生的基点，故写景即是抒情，描写了景物也就表达了主体特有的感触、意绪或情思，因而写景成为其抒情的特殊手段。因为心物之间既然存在着历史地造就的某种同构对应关系，故主体所把握的景物也就只成为“他的”景物，成为他心灵的外在物化，客观景物也就具有了主观情感色彩。王夫之曾说：“故外有其物，内可有其情矣；内有其情，外必有其物矣”。① 又说：“然则情者，不纯在外，不纯在内，……吾之动几与天之动几相合而成者也”②，讲的就是心物之间的同构对应关系，有是物则必有是情，有是情则必有是物，所以美学意义上的情和物都是相因依、相含吐、相互对应存在的。郭璞《山海经序》曾说：“物不自异，待我而后异，异果在我，非物异也。”是说观于外者虽同，而感于内者则各异，因为各人所找到的心物之间的契合点是大不相同的，景物本身也就具有了极强的个体主观色彩。故刘勰才提出“情必极貌以写物”的崭新创作原则。有专家译刘勰此句为“内容方面要求逼真地描绘出景物的形容”，即将“情”作名词“内容”理解了。其实此处所说“情”连同下句“辞必穷力而追新”的“辞”，都具有动词的性质，即所谓“抒情”和“措辞”，其意是说作者抒发情感必须“极貌写物”，因为诗中的情感已完全客观对象化了，故极貌写物也就达到了抒发情感的目的。对此，宋人范晞文曾说过一句很精彩的话。他说：

> 不以虚为虚，而以实为虚，化景物为情思。从首至尾，自然如行云流水，此其难也。③

可说是对这一崭新创作原则最精辟的概括，也是刘勰“情必极貌以写物”思想的进一步发展。皎然《诗式》评谢诗曾说：“‘池塘生春草’，情在言外；‘明月照积雪’，旨冥句中。风力虽齐，取兴各别”。刘熙载评陶诗也说：“‘吾亦爱吾庐’，我亦具物之情也；‘良苗亦怀新’，物亦具我之情也”④，都可作为范希文“化景为情”说之最好例证。要知道正是对大自然的这种审美意识，是汉以前人所没有也不可能有的。王夫之评六朝诗还有一段话，与范晞文所说可谓有异曲同工之妙。

> 语有全不及情而情自无限者，心目为政，不恃外物故也。“天际识归舟，云间辨江树”，隐然一含情凝眺之人，呼之欲出。从此写景，乃为活景。⑤

---

① 王夫之.《诗广传》. 中华书局，1964

② 王永祥.《船山学谱》(3). 北京图书馆出版社，1964

③ 范晞文.《对床夜话》(16)引四虚序.《中国历代诗话选》(二). 岳麓书社，1985

④ 刘熙载.《艺概·诗概》. 上海古籍出版社，1982

⑤ 王夫之.《古诗评选》(5). 文化艺术出版社，1997

写景即是写情,故说"语不及情";然景物已化作情思,在似有似无、可解不可解之间,故又说"情自无限"。我以为在中国美学和文学批评史上,对六朝意象文学理解最深刻者莫过王姜斋,他所说"语不及情而情自无限"同范晞文所说"化景物为情思"二语,抉剔出的正是新兴意象文学创作的精髓所在。此外他还说:

> 不能作景语,又何能作情语邪?古人绝唱多景语,如"高台多悲风"、"蝴蝶飞南园"、"池塘生春草"、"亭皋木叶下","芙蓉露下落",皆是也,而情在其中矣。以写景之心理言情,则身心中独喻之微,轻安拈出。①

有人曾就此提出批评,谓"不能作景语又何能作情语"这话未免说得太片面绝对,因为他既以此为"绝唱",便不免完全否定了"直抒胸臆"之作。此说固然不无一定道理,因直抒情感式的作品也往往不乏佳构,尤其西方诗歌更是如此。但中国文学却向来推崇"化景为情"式的意境含蓄美,而且也正是我们民族独特艺术精神之本质所在,王夫之就是以此为理论基点来建构其创作新原则的。就中国文学中的"情"必须"化虚为实"来说,不能作景语便确难写出好的情语,这是以六朝唐宋以来的大量文学史实作依据的,所以他才提出"以写景之心理言情",情感才会蕴含不露、韵味无穷,即所谓"语不及情而情自无限"。若不解此便不能解王夫之,更不能真正理解中国文学。尽管晋宋人在心物关系上这种新意识和情景关系上的新构架,是为后人才清晰阐明出来的,但当其初现之时已成为我国文学步入新阶段的标志。

第三,文学艺术有一条基本发展规律,即内容结构的变异必然会导致语言符号的表达也发生变异。就总体特征而言,我国晋宋以前文学的语言基本上是一种描述性语言,晋宋以后则渐变为一种造型化语言,这显然是同"化景为情"的创作原则相一致的。因为化景为情的真正内涵,就是要用生动写景来代替情感的直白,写活了景也就写活了情,于是以新鲜独特的语言为景物造型,便成为创作的首要任务。刘勰所说"争价一句之奇"、"辞必穷力追新"者,正当指此而言。"昔我往矣,杨柳依依;今我来思,雨雪霏霏"(《诗·采薇》)、"蒹葭苍苍,白露为霜,所谓伊人,在水一方"(《诗·蒹葭》),都是《诗经》中历来传诵的写景名句,也确有情景交融之妙,但往往是前半(或后半)写景,后半(或前半)纯为叙述,景物描写只起到渲染衬托其环境背景的作用,且写景已完全消融到叙述过程中去了,与六朝化景为情者究竟不同。譬如谢混《游西池》之"惠风荡繁囿,白云屯曾阿,晨昃鸣禽集,水木湛清华";谢灵运的"岩峭岭稠叠,洲萦渚连绵,白云抱幽石,绿筱媚清涟"等,虽不能说没有叙述成份在内,但主要却是为某种特有景物的主体感受造型,而且叙述成份已完全消匿到造型结构中去了。作者通过细微精确的领悟体察,从视觉的、听觉的、时间和空间、色彩和声响、定点和散点等多种造型角度,来把握和捕捉客观景物极富个性的瞬间特征,以极具表现力的造型化语言,从而建构起一种立体具象的情感意象或浑整境

① 王夫之.《夕堂永日绪论·内编》.见《姜斋诗话》.人民文学出版社,1962

界。文学创作使用的工具虽是抽象的语言文字,但也有时间性语言和空间性语言之别。一般说前者为历时性因果表述,更注重情节的延续、过程的衔接、行为的描叙,所以历史感较强,要求表达概念的明确清晰,内涵也较固定,多诉诸人的理性,有较强的认识性内容。后者则是共时性具象集合,更注重画面结构的安排、色线的选择、立体的造型,所以空间感较强,其表达概念则往往模糊多义,可意会而难言传,内涵也较难把握,多诉诸人的直觉,有较强的感受性内容。两种语言的性质功能不同,自晋宋以后在创作中又形成强烈反差,故刘勰才会有"穷力追新"之感。对这后一种语言,刘勰称之谓"文贵形似",钟嵘则说是"巧构形似之言"①或"善制形状写物之词"②。在后人则或称之为"妍",或称之为"秀",是说状物造形均能得其妍娟秀丽之意。如说:

谢康乐如东海扬帆,风日流丽。③

灵运以丽情密藻,发其胸中奇秀,有骨有韵有色,时有字句滞累,即从彼法中带来。④

谢诗格调……大抵多发天然,少规往则,称性而出,达情务尽,钩深索隐,穷态极妍。⑤

玄晖灵心秀口,每诵名句,渊然泠然,觉笔墨之中,笔墨之外,另有一段深情妙理。⑥

谢玄晖名句络绎,清丽居宗……其秀气成采。江郎五色笔尚不能逮,唐人往往效之,不独太白也。玄晖诗变有唐风,真确论矣。⑦

"灵心"而出于"秀口","穷态"而能"极妍","秀气"而能"成采",显然都是就二谢诗的语言符号造型之鲜明特色说的。又因其"少规往则",故深感其"新";因其钩深索隐,故进而谓之"穷力追新"。至于因"达情务尽"而能于笔黑之中之外所见的"一段深情妙理",则是意象文学迥异于前人独辟的一种"妍秀"境界了。然后人多有笼统地称此为"雕藻淫艳"者,岂不谬哉!

与此相关的另一问题,则是刘勰所说"俪采百字之偶,争价一句之奇",究竟是褒是贬?依照一般解释,刘勰是六朝形式主义文风的反对者,故这是说宋以后诗歌专求词采对偶、音律协和、斤斤于个别字句的新奇,而忽略全篇的完整。这固然指出了六朝诗歌存在的缺陷,但也是其时创作实际的写真。再参照《文心雕龙》对声律、丽辞、夸饰、事类、练字等的重视和肯定,那就未必一定是贬。新兴意象文学在其最初起步的当时,所谓"情必

① 张协语评,陈延杰注.《诗品》卷上. 人民文学出版社,1958

② 鲍照语评.《诗品》卷中

③ 敖陶孙.《敖器之诗话》.《中国历代诗话选》(二). 岳麓书社,1985

④ 钟惺.《古诗归》(11),有明崇祯年间刻本

⑤ 陈祚明.《采菽堂古诗选》(17),清康熙45年刻本. 全国图书缩微中心,1989

⑥ 沈德潜.《古诗源》(12). 中华书局,1984

⑦ 施甫华.《岘庯说诗》. 载《清诗话》(下). 上海古籍出版社,1963

极貌以写物，辞必穷力而追新"的基本特征，主要是通过一些名章秀句而体现出来的，能作到通篇融贯者极少，故有"有句无篇"之讥评。严羽就曾指出："汉魏古诗，气象混沌，难以句摘。晋以还方有佳句，如渊明'采菊东篱下，悠然见南山'，谢灵运'池塘生春草'之类"①，其所举正是六朝意象诗的代表性名句，故一时摘集诗人秀句者成风，如沈约、刘勰、钟嵘等，无不皆好"摘句褒贬。"而这种"名章迥句，处处间起"、"奇章秀句，往往警遒"、"譬犹青松之拔灌木，白玉之映尘沙"②文学现象之存在，一方面固然说明新兴意象诗之还不够成熟，但另方面又正是其划时代意义之成就所在。故刘勰《文心雕龙》才专设《隐秀》一篇，并将"隐"和"秀"表面看似不同的两种文学现象放在一处论述。而这个为研究界尚少注意的问题，似于此亦可得到一些索解消息。因为在齐梁时期人们看来，"隐"和"秀"原是二而一的东西，隐为体，秀为用，前者即存在于后者之中。故没有"语不及情而情自无限"的隐，即不成其为秀句；反之，如没有"化景物为情思"式的秀句，也就不成其为隐。《文心雕龙》把"比兴"同"隐秀"分作两篇来讲，其用意即在此，虽然它们常被看作都是含蓄，但前者只是一种"喻"，后者才是真正的"隐"，也就是六朝意象文学特有的含蓄。对此，钱钟书先生曾有过一段精辟论述，他说：

> 夫"言外之意"，说诗之常，然有含蓄与寄托之辩。诗中言之而未尽，欲吐复吞，有待引申，俾能圆足，所谓"含不尽之意，见于言外"，此一事也。诗中所未尝言，别取事物，凑泊以合，所谓"言在于此，意在于彼"，又一事也。前者顺诗利导，亦即蕴于言中；后者辅诗齐行，必须求之文外。含蓄比之于形与神，寄托则类神之与影。③

尽管这是我国诗歌艺术发展的质变性成就，但六朝诗歌的秀句和秀句之间，却尚缺少有机联系，各种意象往往是并列平行、相互外在、甚至是有意拼合叠加在一起的。如"密林含余清，远峰隐半规"、"岸花临水发，江燕绕樯飞"、"天际识归舟，云中辩江树"之类，美则美矣，且每句都是一个独立自足的生动意象，但相互之间却缺少不可移易的有机必然性，因而是可以拆散开来另加组合的。宋方回评大谢诗即说："似才得一句，便拿捉一句为联者，所以乏自然真味"。④ 正是这一时期创作上存在之普遍现象。而这种由个别孤立意象或意象群所组接成的诗歌，我们才称作"意象文学"。就句而言，卓绝特秀；就篇而言，却有句无篇，故有别于后来更加成熟且臻通体融贯的唐宋"意境"。中国诗歌只有发展到唐宋时期，才突破孤立意象的组接而进入浑整完满的意境创造，这是六朝诗歌的进一步发展和深化。

也正由于六朝人对"争价一句之奇"的秀句的重视，又促使"俪采百字之偶"成为意象文学造型的内在需要。而反过来，也恰恰为秀句的创造提供了可能和客观条件。就意象

① 严羽，郭绍虞校释.《沧浪诗话·诗评》. 人民文学出版社，1983
② 皆钟嵘，二谢语评，陈延杰注.《诗品》卷上. 人民文学出版社，1958
③ 钱钟书著.《管锥编》(一). 中华书局，1986
④ 胡震亨.《唐音癸签》(8)引. 上海古籍出版社，1981

文学的创造本身来说,它既要从时间和空间的角度造型,也要从视觉和听觉的角度造型,所以讲求语言的声色之美,节奏韵律之美,便带有内在的必然性。而丽辞对偶、声韵节奏的追求,无疑都大大增强了诗歌形体结构的审美感受,故到了齐永明时期遂有自觉的"声律论"的提出。何况以"秀句"为特征的诗歌逐渐形成的那种短小形式,整齐的字句,以及语意对应等,也为对偶声律的讲求提供了客观方便和可能。故尽管从一开始对"声律论"即不乏激烈的批评(如钟嵘),但追踵继武者仍历久而不衰,直至唐代而最终完成格律诗的建设,正说明其本身即具有强大生命力。他们筚路蓝缕的探索,固然不无失误或荒谬之处,如规定出许多束缚创作的繁琐戒律若"八病"等,但不可否认中国诗歌的民族形式即是由此而奠定基础的。艾里略曾说:"创造一种形式并不是仅仅发明一种格式,一种韵律或节奏,而且也是这种韵律节奏的整个合适的内容的发觉"①,我国晋宋以后诗歌,其情感内容的潜隐化,其情景关系的新建构,以及与之相适应的表达符号的立体化造型等,都决定着人们对一种新的格式、韵律和节奏的追求。换言之,则"俪采百字之偶"、"辞必努力而追新"现象的出现,正是由"整个合适的内容的发觉"所决定了的。故亦如艾里略所说:"一个创造出新节奏的人,就是一个拓展了我们的情感并使它更为高明的人"②。正是从这个角度,并基于这样的理由,我们才真正发现了晋宋时期我国文学转变的深刻美学意义,并不能不给予充分的肯定性评价。

① 宗白华.《美学散步》.上海人民出版社,1981

② 宗白华.《美学散步》.上海人民出版社,1981

第八章　中国抒情诗的独立和成熟

中国文学经过以《诗》《骚》为代表的始初辉煌期之后，发展到汉代则是以"闳侈钜丽"、"润色鸿业"的散体大赋独霸文坛的时期，而诗歌创作则进入其沉寂期。当时的士阶层文人，大都把精力集中在辞赋的写作上，而诗歌创作则很少有人染指，素以诗国著称的中国文学遂呈现出一段空白。从现存的一些篇章来看，它们几乎都是模仿"雅颂"的四言体或模仿《楚辞》的骚体诗，不仅数量很少，而且价值也不是很高。稍可注意者，则是自项羽《垓下歌》之后，汉代帝王抒写其创业立国和胸襟怀抱的几首骚体歌，如开国皇帝刘邦的《大风歌》和武帝刘彻的《秋风辞》。

> 大风起兮云飞扬，威加海内兮归故乡，安得猛士兮守四方！
>
> （《大风歌》）

> 秋风起兮白云飞，草木黄落兮雁南归。兰有秀兮菊有芳，怀佳人兮不能忘。泛楼船兮济汾河，横中流兮扬素波。萧鼓鸣兮发棹歌，欢乐极兮哀情多，少壮几时兮奈老何！
>
> （《秋风辞》）

虽然就其所表达的那种囊括寰宇的胸襟气度和慷慨激越的苍凉情怀而言，都不是当时一些文人诗作所可比拟的，但在那如日中天的皇皇大赋海洋中，这种楚骚嗣响终被湮灭而未能产生多大影响，更难形成一股文坛巨流，成就一代文学。

然而，正是在这样一个诗坛沉寂的时代，却凭藉着政权力量的作用而有乐府诗的兴盛，为我国五言抒情诗的成熟和辉煌，准备了肥沃的土壤，从此中国文学中也才有了真正的抒情诗。正如马克思所指出："希腊神话不只是希腊艺术的武库，而且是它的土壤"①。我们正可以此来观察、评判乐府诗和五言诗的关系，而不是象过去那样把它们或多或少地对立起来。

第一节　乐府的采集和五言诗的兴盛

所谓"乐府"，原是汉武帝刘彻时所设立的一个专门掌管音乐的机关，"乐"即指音乐，"府"即官府。顾名思义，署理音乐则为其专务。据史载，当时管理这个机关的是"协律都尉"，由"性知音，善歌舞"的李延年担任，参与其工作的还有一些著名文学家，如司马相如

① 《政治经济学批判》导言.《马克思恩格斯全集》第13卷. 人民出版社

等数十人。其主要任务是训练音乐人才,为“歌诗”配制乐谱,在朝廷祭祀和宴乐时演奏歌曲。而最特殊的一项任务则是向民间采集歌谣,供皇帝“观风俗,知盛衰”,作为施政的参考。对此,《汉书·艺文志》有明确记载:

自孝武立乐府而采歌谣,于是有赵、代之讴,秦、楚之风。皆感于哀乐缘事而发,亦可以观风俗,知薄厚云。

又《汉书·礼乐志》载:

至武帝定郊祀之礼,……乃立乐府,采诗夜诵,有赵、代、秦、楚之讴。

可知当时采诗的范围是十分广泛的,遍及黄河和长江流域。而这些采集来的歌谣(民歌)和文人所作配乐演唱的诗,就统称为“乐府诗”,后来简称“乐府”。所谓“采诗夜诵”,以“观风俗,知薄厚”云云,固然是想从中了解下层人民的生活状况,作为统治人民的借鉴,但也不乏点缀政治升平和进行娱乐的目的。不过从客观效果来看,却因此而收集记录了不少各地民歌,且作为“新声”而广为传唱,无疑对当时及后世文学创作发生过深远影响。今天来研究汉代诗歌(尤其五言诗)的发生发展进程,这也是最可宝贵的材料。

不过,“乐府”一词并非是汉武帝时代才有,早在秦代即已出现。1977 年西安市骊山秦始皇陵附近出土的秦代编钟上,即刻有篆体“乐府”二字,可知在秦代“乐府”的名称就有了。汉袭秦制,乐府编制也就保存下来。《汉书·礼乐志》载:“孝惠二年,使乐府令夏侯宽备其箫管,更名曰安世乐”。可知汉惠帝时即曾设有“乐府令”,是专管音乐的官吏。这是可以理解的,因为各代统治者都会有用于祭祀或燕享的音乐编制,设有“乐府令”一类官员是很自然的。不过它同汉武帝所设管理音乐的专门机构“乐府”,当有很大不同,这至少有两点可举。一是它并非国家的专门机构,故没有武帝时那样大的独立性,活动范围也就比较小,所以只称“乐府令”;二是没有到民间采集歌谣这项特殊任务,即使他们演奏的音乐也有歌词,也和后来所说“乐府”(包括俗乐)的内涵有本质不同,因为由各地采集的民歌才是乐府诗的精华所在。故一般研究汉代诗歌者,其所说“乐府”是有文学史的特定内涵的,并不包括武帝以前伴乐演唱的一切歌词。

据班固《汉书·艺文志》所录,西汉歌诗有二十八家三百一十四篇,其中乐府民歌一百三十八篇。但现存两汉乐府民歌仅四十篇左右,而大部分还是东汉时期的作品,可知真正西汉时期的乐府民歌保存下来的并不多。最早收录乐府民歌的是沈约的《宋书·乐志》,此后宋代郭茂倩又将其进一步增广,把自汉至唐的乐府诗编成《乐府诗集》一百卷,分为十二类:(一)郊庙歌辞;(二)燕射歌辞;(三)鼓吹曲辞;(四)横吹曲辞;(五)相和歌辞;(六)清商曲辞;(七)舞曲歌辞;(八)琴曲歌辞;(九)杂曲歌辞;(十)近代曲辞;(十一)杂歌谣辞;(十二)新乐府辞。其中,“郊庙歌辞”所收为汉代贵族文人的作品,用于宗宙祭祀或朝廷宴享,如司马相如的《郊祀歌》,唐山夫人的《房中歌》等。两汉乐府民歌则主要保存在“相和歌辞”、“杂曲歌辞”和“鼓吹曲辞”三类中,尤其是“相和歌辞”中最多。

所谓“相和”，含有“丝竹更相和”和“人声相和”两层意思，乃是一种演唱方式，歌辞中有称“古辞”的均为“汉世街陌谣讴”，即真正的各地民歌。“杂曲歌辞”则是已失去声调的杂牌曲子，风格与“相和歌辞”相近，故有一部分也是汉代民歌，而且还载有不少文人五言诗，更可看出它们之间的密切关系。“鼓吹曲辞”，亦称“短箫铙歌”，可能是汉武帝时吸收采录的北方民族歌曲，共十八首，作军乐用，应是西汉作品。此外，还有“杂歌谣辞”一类，其中收录了不少汉代民谣，虽因其未曾入乐还不能称作乐府民歌，但也有一定的参考和认识价值，亦不应忽视。

但是，东汉时已不设“乐府”，那么今天所说汉代乐府民歌，究竟有多少属真正的“汉世街陌谣讴”①，便很值得怀疑了。萧涤非先生就曾指出：“西汉之有民间乐府，因其事见班书，故无可疑。东汉则乐府之设立，史无明文，藉令有之，其是否仍采用民谣，一如汉武帝故事，尤属茫昧”②。根据史载，西汉哀帝建平元年（公元前 6 年）乐府机关确已被取消：

> 下诏曰：“惟世俗奢泰文巧，而郑卫之声兴。夫奢泰则下不逊而国贫，郑卫之声兴则淫僻之化流……其罢乐府官。郊祭乐及古兵法武乐在经，非郑卫之乐者，条奏别属他官”。丞相孔光、大司空何武奏：“……大凡八百二十九人，其三百八十八人不可罢，可领属太乐。其四百四十一人，不应经法，或郑卫之声，皆可罢”。奏可。然百姓渐渍日久，又不制雅乐有以相变，豪富吏民，沉湎自若。

可知当时曾设有两个音乐机构，一为乐府，一为太乐。最后由哀帝下诏取消了乐府，其一部分合并到太乐，而“不应经法”或“郑卫之声”部分则彻底取消。不过还应注意到，乐府虽然取消，俗乐也被逐出宫廷乐坛，但流风所布，已蔚然成风，照样还广泛流传于社会各阶层。但是，到光武中兴之后，是否又恢复了“乐府”呢？东汉政治机构的设置，虽上承西汉，但也有明显改变。而最大的变动就是针对自武帝以后形成的庞大的官僚机构进行缩减。据司马彪《后汉书·百官志》载：“及至武帝，多所改作，然而奢广，民用匮乏。世祖（光武帝刘秀）中兴，务从节约，并官省职，费减亿计”。并且注明，凡《汉书·百官公卿表》所列西汉官署在《后汉书·百官志》中不复见者，即为“中兴所省”。再查《百官志》原为乐府所隶之少府下属各部，已无“乐府”机关，而有关东汉的史籍中，也再无有关东汉乐府活动的记载，可知类似武帝所立“乐府”的机构确已不存。当然供封建王朝祭祀和娱乐用的音乐机关还是有的，但那不是乐府，而是太常下属的大予乐。《后汉书·百官志》谓：“大予令一人，六百石。本注曰：掌伎乐。凡国祭祀，掌请奏乐，及大飨用乐，掌其陈序”。大予乐是东汉明帝永平三年（公元 61 年）由太乐改称。经学者考证，前引出土秦错金钮种上所刻“乐府”，及西汉惠帝时所说“乐府令”，实即太乐府，正此时所说之“太乐”。太乐原属奉常，掌管朝廷雅乐，景帝时改称“太常”，其下属之太乐则亦仍其旧。哀帝时取消

① 《宋书·乐志》，百衲本二十四史

② 《汉魏六朝乐府文学史》. 人民文学出版社，1984

武帝以来所设乐府，将一部分充入太常之下的太乐，而东汉时明帝又建置大予乐，以代替太乐，实是效法武帝前、哀帝后之旧制。

但是，废弃乐府并不等于连同采诗观风俗的制度一并废弃。其实，东汉统治者也是非常重视民意的，故曾多次效仿古法派人去民间采风，只是其职不再在音乐机关，而是另遣风俗大臣担任。据《后汉书》载：

汉安元年（142 年）八月，遣侍中杜乔，光禄大夫周举，守光禄大夫郭遵、冯羡、栾巴、张纲、周栩、刘班等八人，分行州郡，班宣风化，举实臧否……。①

和帝即位，分遣使者，皆微服单行，各至州县，观采风谣。②

光和五年（182 年），诏公卿以谣言举刺史二千石为民蠹害者……③

可知到民间采诗观风的活动时不时还是有的，尤其是新皇帝初即位时，但采风的目的已非音乐的，而是纯为政治的。换句话说，也就只保留了武帝时乐府采诗以“观风俗，知薄厚”的一个方面，而所采来的“街陌谣讴”也就不再配乐演唱，所以也就不能再称作“乐府”。值得注意的是，当时的几次采诗活动，据《后汉书》载有些全是闹剧，采诗者甚至弄虚作假，自造谣言，以此达到攻击政敌的目的。可以想象在这样一种政治目的驱动之下，有多少真正的“街陌谣讴”被采集而流传至今呢？这也再一次说明，象武帝时代那样诗乐一体化的采诗活动，已是不复存在了，即使也采集过一些民间谣歌，数量恐怕也不是很多。

然而，西汉武帝所立“乐府”却存在了百多年。如前引班志所载，“百姓渐渍日久”、“豪富吏民，沉湎自若”，在社会上是造成了很大影响的。乐府机关尽管可以取消，但其流风余韵，流荡所及，则上自公卿王侯，下至吏民百姓仍然乐此而不疲，下层文士或民间艺人遂照样模仿习作成风，今人所指认为东汉“乐府”者，概言之实皆由此而来，与西汉之由民间采集配乐演唱者已大不相同。这主要有三个方面：<1>作者身份不同。西汉乐府作者有两类，一是贵族文人，如司马相如等，是直接为统治目的服务的；一为底层百姓，多是“饥者歌其食，劳者歌其事”的“街陌谣讴”，被采入乐府而配乐演唱，遂为真正的乐府民歌。而东汉乐府诗的作者，则是中下层文人，或民间艺人。<2> 因此其创作意识也大不相同。西汉乐府民歌的作者本非诗人，来自民间，缘事而发，肆口而成，并无明确的创作意图，更无有意的精心构思，故一般朴野天成，不加雕饰，篇幅短小，为天地之元音；东汉乐府诗歌则出文人之手，创作意图及构思明确，故叙事完整，故事性强，精心刻划而篇幅加长，显然是有意为之的创作。<3>不同于西汉之用于乐府演唱，东汉已不设乐府，故如果说西汉是标准的“乐府”，那么东汉便只能称作民间说唱艺术。四川成都天回山东汉墓曾出土击鼓说唱俑，他左臂弯曲，持一小鼓，右手执槌前伸，双目眯缝，额前皱纹数道，

① 《后汉书》(6)，百衲本二十四史

② 《后汉书·季合传》，百衲本二十四史

③ 《后汉书·刘陶传》，百衲本二十四史

一副神采飞扬、手舞足蹈的神态①。可说明东汉时期的说唱艺术已相当发达，而那些被称为东汉乐府精华的叙事性作品，大概即出于当时艺人演唱。如有年代可考而属瑟调曲辞的《雁门太守行》即是如此，现钞全文于下试作分析：

孝和帝在时，洛阳令王君，本自益州广汉蜀民。少行宦，学通五经论，明知法令。历世衣冠，以温补洛阳令，治行致贤，拥护百姓，子养万民，外行猛政，内怀慈仁。文武备具，料民富贫，移恶子姓，篇著异端。伤杀人，比伍同罪对门，禁鍪矛八尺，捕轻薄少年，加笞决罪，诣马市论。无妄发赋，念在理冤，敕吏正狱，不得苛烦。财用钱三十，买绳礼竿。贤哉贤哉，我县王君，臣吏衣冠，奉事皇帝，功曹主簿，皆得其人。临部居职，不敢行恩，清身苦体，夙夜劳勤。治有能名，远近所闻。夭年不遂，早就奄昏。为君作祠，安阳亭西，欲令后世，莫不称传。

"洛阳令王君"即王涣，《后汉书》本传谓："（王涣）元兴元年（105 年）病卒，民思其德，为立祠安阳亭西，每食辄弦歌以荐之"。诗中所赞即其事，篇首称"孝和帝在时"，孝和乃东汉和帝殁后所谥庙号，与王涣皆死于同年，即元兴元年。和帝薨而殇帝立，是此诗当作于和帝殁后不久的殇帝时，当无大谬。诗中称颂其"拥护百姓，子养万民"的德政，又称"我县王君"，从叙述口气上即知作者当是王涣属下的洛阳民人，即下层小吏文士。传谓"每食辄弦歌以荐之"，更说明此乃民间艺人的弦歌演唱之词，与西汉所谓乐府民歌者本不相同，诗辞虽质朴无华，然铺叙条畅，组织井然，且伦理意识浓重，更非出自朴野农耕之人无疑。此类歌诗在所谓东汉乐府中所占比例甚大，如《陌上桑》、《上山采蘼芜》、《十五从军征》、《孔雀东南飞》以及辛延年《羽林郎》等，其实它们的作者都应是辛延年一类的下层文士，便不能笼统地称作"乐府民歌"。萧涤非先生在谈到《孔雀东南飞》时就曾指出："今所欲述者，为汉末无名士之杰作《孔雀东南飞》，其作者虽已佚名，然要必出于文人（但非一人）之手，如辛延年、宋子侯之流则绝无可疑"②。

作为汉乐府代表作的《孔雀东南飞》，确实被文学史家们一直是称作乐府民歌的。其实从历代著录的情况看，它最早是被称作"古诗"而非乐府，直到宋代郭茂倩编《乐府诗集》，才将之归于乐府。《隋书·音乐志》、《旧唐书·音乐志》、《新唐书·音乐志》中，均未收录此诗，说明它没有被官家乐府收录的任何记载。而最早收录此诗的是陈徐陵所编《玉台新咏》第一卷，该卷中既录有"古诗八首"，又录有"古乐府诗六首"，说明他把古诗和乐府诗是区别对待的。而在同一卷中即录有"古诗无名人为焦仲卿妻作"（即《孔雀东南飞》），即将此诗题作"古诗"，显然他并不认为属乐府民歌。这是它第一次见诸史籍的本来面目。此后，唐欧阳洵《艺文类聚》卷三十二收此诗。但此书有一通例即凡引乐府诗则一律注明"古乐府曰"字样，而此诗则曰"后汉焦仲卿妻刘氏，为姑所遣，时人伤之，作诗曰……"云云，称"诗"而不称"乐府"，可知在欧阳洵时代人们是不把它看作乐府诗的。

---

① 孙继南主编.《中国音乐通史简编》. 山东教育出版社，1991

② 《汉魏六朝乐府文学史》. 人民文学出版社，1984

宋钦定《太平御览》卷七〇五"篦"下引诗例,有"古诗曰:交文象牙篦,宛转素丝绳"。按同书所引乐府诗,则一律注明"古乐府曰"字样。可知,直至宋代钦定这套大型类书中,也仍然是认它为"古诗",而非乐府的。至于说它是民歌,那就更不恰当。因为从诗的内容看,所写均为中上层阶级(如府吏太守、知书达礼之家)的生活,绝非"饥者歌其食,劳者歌其事"的下层人民所能熟知。从此诗的艺术成就上看,结构完整、情节曲折、叙述流畅、人物极富个性,是经过精心撰构之作,与那些质朴的"街陌谣讴"难可比拟。从诗歌语言来看,如"孔雀东南飞,五里一徘徊"之类,虽富有乐府民歌色彩,但总体上却华美典雅。当然这也可看作是文人加工的结果,但联系前两点而言,则更可能是在文人竞习乐府之风大盛的那种背景下,诗歌创作逐步提高而走向成熟的表现。所以,萧涤非先生才说"要必出于文人之手……则绝无可疑"。诗前原序说:"汉末建安中,庐江府小吏焦仲卿之妻刘氏,为仲卿母所遣,自誓不嫁。……时人伤之,为诗云尔"。此序历来都有争议,但言之凿凿,不可不信。若然则建安时期正是我国文人五言诗进入成熟的第一高峰时代,朴俗而兼具华美,正是其一大特色。总之,亦如前引《雁门太守行》之出于下层文人之手,当亦是无名而好事文人之所作。再如《陌上桑》,崔豹《古今注》谓:

《陌上桑》者,出秦氏女子。秦氏,邯郸人。有妇名罗敷,为邑人千乘王仁妻。王仁后为越王家令,罗敷出采桑于陌上,越王登台见而悦之,因置酒欲夺焉。罗敷巧弹筝,乃作《陌上桑》之歌以自明,赵王乃止。

此说后人亦多不信,但亦言之凿凿,并将诗中所说罗敷之"夫"和"使君",一一指实为王仁和赵王,便绝非向壁虚构。如是,则此诗即使非罗敷自作,亦应是官为千乘或赵王家令那一阶层的文人所为,自与真正的汉世街陌谣讴不同。要之,此类诗既非出自田夫庶妇之口,更无采入乐府演唱的说明(当为民间艺人弦歌说唱之词),那么不应称"乐府"而称作"古诗",才是名副其实的。而所谓"古诗",其意则正指那些产生于汉代又作者佚名的文人五言诗。

其实,汉代乐府诗的采集和传唱,其文学史的意义并不在艺术,而在所反映的生活内容。故它也不代表汉代诗歌的最高成就,而是为我国五言抒情诗的成熟准备了肥沃的土壤。由于它是从民间采集的"街陌谣讴",故所反映下层人民的生活和原望、思想和情感、痛苦和欢乐,其直接性、真实性和深刻性,都是雄踞一代而宏侈钜丽的汉赋难与同语的,故犹如一股清风而席卷整个文坛,在当时社会及文人群中引起那样大反响,则绝非偶然。从现存可确定为乐府民歌的作品来看,有反映在封建统治者残酷剥削掠夺下,家破人亡惨不忍睹的生活场面的,如《病妇行》,《平陵东》、《东门行》等。《病妇行》写道:

病妇连年累岁,传呼丈人前一言。当言未及言,不知泪下一何翩翩:"属累君两三孤子,莫我儿饥且寒,有过慎莫笪笞。行过折摇,思复念之!"乱曰:抱时无衣,襦复无里。闭门塞牖,舍孤儿到市,道逢亲交,泣坐不能起,从乞求与孤买饵。对交啼泣,泪不可止:"我欲不伤悲不能已!"探怀中钱持授交。入门见孤儿，啼索其母抱。徘徊空舍中："行复尔耳，弃置勿复道！"

有压迫就有反抗，实在活不下去，就会挺而走险。于是《东门行》写道：

出东门，不顾归。来入门，怅欲悲。盎中无斗米储，还视架上无悬衣。拔剑东门去，舍中儿母牵衣啼："他家但愿富贵，贱妾与君共餔糜。上用沧浪天故，下当用此黄口儿，今非！""咄，行！吾去为迟！白发时下难久居"。

在整个有汉一代文学中，如此真实而又深刻地反映下层人民疾苦的，除乐府民歌外，恐怕是再也没有了。它不仅震撼着汉以来一代代人们的心灵，历代文学也从中不断吸取着创作的营养。此外，还有描写战争和徭役带给人民痛苦和灾难的。如《战城南》写一场激战之后，战士尸骨暴露沙场的惨象；《东光》抒发从征南越士兵的哀怨之情，《悲歌》所写则为征夫久戍在外的思家之情，均言真意切，至为感人。至于一些描写男女情爱或劳动生活的短歌，有的设譬奇特，有的托物言志，有的旋律轻松欢快，都各有独到之处。如：

上邪！我欲与君相知，长命无绝衰。山无陵，江水为竭，冬雷震震，夏雨雪，天地合，乃敢与君绝！

——《上邪》

枯鱼过河泣，何时悔复及！作书与鲂鱮，相教慎出入。

——《枯鱼过河泣》

江南可采莲，莲叶何田田？鱼戏莲叶间。鱼戏莲叶东，鱼戏莲叶西，鱼戏莲叶南，鱼戏莲叶北。

——《江南可采莲》

但是，在上面我们极力指出这些乐府民歌的成就时，无庸讳言艺术上却是很不成熟的。尤其是在语言表达上，大多都是散文化参差不齐的句式，固然可见出通俗和口语化，凝炼和升华却嫌不足，尚处在朴玉未凿阶段。然而，正是在这股采用乐府诗题以写身边时事的创作风气中，五言抒情诗却终于走向成熟，这就是以《古诗十九首》为代表的汉代文人之作。

第二节　人性光照下的五言古诗

从汉乐府诗到五言古诗的演化，是有迹可寻，历历可辨的，除前面我们已经指出属古诗（或曰出于文人之手被提高）的作品外，从其写作体制来看，若不是简单地分为叙事和抒情的话，应存在三种类型，即叙事性对白式、独白性发泄式及已接近古诗的纯抒情式。

第一类是以《孤儿行》(瑟调曲,杂言五十句),《病妇行》(瑟调曲、杂言二十四句)为代表的一批作品。此外如《相逢行》(清调曲,五言三十句),《陇西行》(瑟调曲,五言三十二句),《艳歌何尝行·双白鹄篇》(瑟调曲,杂言二十六句),《豫章行》(清商曲,五言二十四句),《艳歌行·南山石嵬嵬篇》(瑟调曲,五言十八句)等。

第二类以《白头吟》(楚调曲,五言十六句)为代表的一批作品,如《长歌行·岧岧山上亭篇》(平调曲,五言十二句)、《艳歌行·翩翩堂前燕篇》(瑟调曲,五言十四句),《伤歌行·本辞》(杂曲歌辞,五言十八句)等。

第三类就是历史上往往和古诗混而不分的一些作品,如《十五从军征》、《饮马长城窟行》、《步出夏门行》等一类作品,可能是因为配乐演唱过,故才归入乐府。

从上面三类诗分析,首先是篇幅逐渐缩短,如第一类一般都在二十句以上,最长的五十句,到第二类便缩短为十多句,这是由诗歌所写内容决定的,下面再说。其次是句式由不整齐杂言逐渐变为整齐的五言,说明五言诗正在走向成熟。第三,也是最重要的,就是诗歌主人公和描写对象的变化,这才是具有决定意义的,下面举例来说。如属第一类的《孤儿行》:

孤儿生,孤子遇生,命独当苦。父母在时,乘坚车,驾驷马;父母已去,兄嫂令我行贾。南到九江,东到齐与鲁。腊月来归,不敢自言苦。头多虮虱,面目多尘。大兄言办饭,大嫂言视马。上高堂,行取殿下堂,孤儿泪下如雨。使我朝行汲,暮得水来归,手为错(皵),足下无菲。怆怆履霜,中多蒺藜,拔断蒺藜肠月(肉)中,怆欲悲。泪下渫渫,清涕累累。冬无复襦,夏无单衣。居生不乐,不如早去,下从地下黄泉。春气动,草萌芽,三月蚕桑,六月收瓜。将是瓜车,来到还家,瓜车反覆,助我者少,啗瓜者多。"愿还我蒂,兄与嫂严,独且急归,当兴校计!"

乱曰:里中一何譊譊!愿欲寄尺书,将与地下父母:"兄嫂难与久居!"

再看第二类的《白头吟》:

皑如山上雪,皎若云间月。闻君有两意,故来相决绝。今日斗酒会,明旦沟水头。躞蹀御沟上,沟水东西流。凄凄复凄凄,嫁娶不须啼,愿得一心人,白头不相离。竹竿何袅袅,鱼尾何簁簁。男女重意气,何用钱刀为!

《孤儿行》又名《孤子生行》、《放歌行》,是写孤苦伶仃的孤儿在父母去世后,命运逆转,备受其兄嫂虐待而痛不欲生的情景,事件的前因后果,叙述完整,情节描写具体而细致,此类诗如《病妇行》大多还加入人物对话,有较强的故事性和叙事性。因此,可以明显看出,是作者以第三者的身份作客观叙述的,故人物和作者尚处于分离状态。并且,由于它们都重在叙事,篇幅也就拉长了,使用的语言也是未经加工提炼的质朴通俗的散文语言。据《西京杂记》载,《白头吟》是卓文君因司马相如欲另娶茂陵女而引发的激愤之作,事虽未必可信，但内容确是很符合这一人物情境的。此诗与前一类诗最大的不同，就是叙事成份大为减少，仅用“闻君有两意，故来相决绝”两句作简单交代和上下连接，大量篇幅都是主人公的情感独白。这一变化遂使人物和作者的关系变得模糊，认作作者的代言也可，认作主人公的直述也可，这就为纯粹抒情诗的形成大大前进了一步。尤其是诗的语言，已是经过精心提炼创造的，很少赘言賸语，再加如“竹竿何袅袅，鱼尾何簁簁”这类比兴句式的运用，诗味也大大加浓，境界更趋含蓄，已是相当成熟的五言诗了。只是作者的身份及表述方式，尚未完全转变，若一但作者身份同人物同一，人物独白变为纯粹抒写，那么真正的抒情诗如《古诗十九首》者便产生了。

《古诗十九首》最早收录于梁萧统编《文选》中，它代表了汉代五言诗发展的最高成就，也是我国抒情诗走上真正成熟的标志。刘勰曾说：“古诗佳丽……结体散文，直而不野，婉转附物，怊怅切情，实五言之冠冕也”①，钟嵘则谓：“文温以丽，意悲而远，惊心动魄，可谓几乎一字千金！”②，即可看出在当时人们心目中的地位。下面举几首乐府和古诗作对比研究，以分析后者是如何从前者凝炼其语言、升华出意境而深化情感以表达的，从而把握汉代五方诗发展的轨迹。如《伤歌行》：

汉乐府

昭昭素明月，辉光照我床。忧人不能寐，耿耿夜何长！微风吹闺闼，罗帷自飘扬。揽衣曳长带，屣履下高堂。东西安所之，徘徊以彷徨。春鸟翻南飞，翩翩独翱翔。悲声命俦匹，哀鸣伤我肠。感物怀所思，泣涕忽沾裳。伫立吐高吟，舒愤诉穹苍！

古诗（第十九首）

明月何皎皎，照我床罗帏。忧愁不能寐，揽衣起徘徊。客行虽云乐，不如早旋归。出门独彷徨，愁思当告谁？引领还入房，泪下沾裳衣。

两相对照，《古诗》的篇幅是大大压缩了，约为前诗的一半。前三句是从乐府诗前三句化生出来，但稍改数字其韵味已自不同，更显得凝炼、含蓄，故下面所有铺叙的句子一律删去不用，仅取“揽衣”以下四句浓缩为一句，而意自完足。“客行虽云乐”二句，似从“感物怀所思”以上诸句翻新，但主题更加明确，净化了乐府喜欢铺写带来来的模糊性。“出门独彷徨”二句，虽亦可找出原诗存在的影子，但却是有意新创，用以承接思客劝归之后，意顺字从最切当不过。“泪下沾裳衣”自是“泣涕忽沾裳”的化用，但以“引领还入房”补足之，并作为全诗结尾，遂具有言尽意余、涵咏不尽的妙处。总之，不论从那一方面说，《古诗》都显得更为凝炼、饱满、含蓄，情感容量丰富，结构纯净单一。原诗中既用“忧人不能寐”，又用“哀鸣伤我肠”，这类叙事方式遗留的人称混乱，也被彻底克服，所以成就为一代

---

① 范文澜注.《文心雕龙·明诗》. 人民文学出版社，1962

② 陈延杰注.《诗品》(上). 人民文学出版社，1958

真正的抒情诗。再如《西门行》:

汉乐府

出西门,步念之:今日尚不乐,当复待何时?逮为乐,为乐当及时!何能愁怫郁,当复待来兹?酿美酒,炙肥牛,请呼心所欢,可用解忧愁。人生不满百,常怀千岁忧。昼短苦夜长,何不秉烛游?游行去去如云除,弊车羸马为自储。

古诗(第十五首)

生年不满百,常怀千岁忧。昼短苦夜长,何不秉烛游?为乐当及时,何能待来兹!愚者爱惜费,但为后世嗤。仙人王子乔,难可与等期。

《古诗》篇幅亦约为乐府诗之一半。不过与《伤歌行》不同的是,前者为凝炼压缩后的升华,此则取其原有成句再增新创。诗前四句搬用《西门行》原诗,中二句则几乎是其前半首的压缩提纯,尽量删除那些显得繁杂的不必要重复(这在演唱也许是必要的),以及酿美酒、炙肥牛、呼所欲、期解忧、弊车羸马等过于物质化的铺写,使之净化为纯粹的精神性心灵化情感直抒,空灵、蕴藉、避实就虚。后四句则是重新创造后的加入,于是原诗人生苦短、及时行乐的单一主题,遂被新的内容所扩展、丰富、提高:讥笑守财奴的愚蠢和传说中神仙的不可凭信,不仅较之乐府原诗的思想高出许多,且更富诗的抒情意味。此外,乐府《饮马长城窟》之前后两段,与十九首之《青青河畔草》、《客从远方来》二诗也有某种联系,或取其句,或取其意,然后发挥开去进行再创造,使之更具抒情诗特征。总之,乐府诗经过文人作家的净化和提纯,汉代的五言抒情诗终于走向成熟,其间的脉络和轨迹是清晰可辨的。当然,五言诗一但成为文人们所喜爱的抒情工具,也就不必再依赖乐府而进行全新的创造了。

至于《古诗》的作者和时代,自齐梁以来,已有许多猜测之辞,其争议亦日滋。最早者如刘勰说:"古诗佳丽,或称枚叔,其'孤竹'一篇,则傅毅之词。比采而推,两汉之作乎!"(《文心雕龙·明诗》)钟嵘则说:"其外(按指陆机所拟十四首)'去者日以疏'四十五首,虽多哀怨,颇为总杂,旧疑是建安中曹(植)王(粲)所制。'客从远方来'、'桔柚垂华实',亦为惊绝矣。人代冥灭,而清音独远,悲夫!"(《诗品》(上))萧统《文选》首录十九首时,皆不列撰人姓名,故首题"古诗"。徐陵编《王台新咏》则以九首划归枚乘《杂诗》,余七首不录。按钟嵘所说陆机所拟十四首,为《行行重行行》、《今日良宴会》、《迢迢牵牛星》、《涉江采芙蓉》、《青青河畔草》、《明月何皎皎》、《兰若生春阳》、《青青陵上柏》、《东城高且长》、《西北有高楼》、《庭中有奇树》,《明月皎夜光》等十二首,余二首已佚,亦不知何题。《玉台》所说枚乘九首则全在其中。由此可知,十九首的作者当时已是一个谜,或谓枚乘者,或谓傅毅者,或谓建安曹王者,其实都是猜测之词,然其中必有原因。

首先,《古诗》的作者不可能是枚乘。因为,正如刘勰所说,西汉文学"至成帝品录,三百余篇,朝章国采,亦云周备,而辞人遗翰,莫见五言"(《文心雕龙·明诗》),他们正热中于辞赋的创作,根本就没有写过五言诗,何况是早期的枚乘呢!故钟嵘也说:"王、扬、枚、马，辞赋竞爽，而吟咏靡闻”（《诗品序》）。从现存材料来看，除李延年的《李夫人歌》（“北方有佳人，绝世而独立。一顾倾人城，再顾倾人国。宁不知倾城与倾国，佳人难再得”）等还不算完整的五言外，比较整齐的五言则多是一些民谣俗谚，如：

何以孝悌为，财多而光荣。何以礼义为，史书而仕宦。何以谨慎为，勇猛而临官。①

邪径败良田，谗口乱善人。桂树华不实，黄爵巢其巅。故为人所羡，今为的人所怜。②

安所求子死，桓东少年场。生时谅不谨，枯骨后何葬。③

显然这还不是什么真正的五言诗，除了抽象概念地说明某种否定或肯定的道理，不论语言的使用、情感的表达，或诗意诗心的创造，都同十九首相去甚远，无疑在那样一个时代背景下，是难以产生真正成熟的五言诗的。而且，从十九首所写内容来看，正如前人所指出，如“游戏宛与洛，洛中何郁郁”、“长衢罗夹巷，王侯多第宅。两宫遥相望，双阙百余尺”等，则不只语及东都洛阳，且写洛阳如此之繁盛，均绝非西汉景象。又如“驱车上东门，遥望郭北墓”，上东门为洛京城门，郭北即指北邙，又显系东都时人语。又如“盈盈楼上女”、“馨香盈怀袖”等句，显犯惠帝讳而未避，若作于西汉则有杀头之罪，东汉已经不拘。由此种种来看，十九首之不写于西汉人如枚乘、苏、李者甚明。

那么，它是否作于傅毅呢？那也不可能。固然西汉成帝时，五言诗的创作已经出现，如同时期班固之《咏史》诸作，但却都不太成熟，大概还停留在“质木无文”（钟嵘评班诗语）、就事直叙阶段，象《冉冉孤生竹》那样成熟的作品，恐怕还难以产生。故梁启超曾经指出：“刘彦和以‘冉冉孤生竹’一篇为傅毅作，依我的观察，西汉成帝时，五言已萌芽，傅毅时候，也未尝无发生十九首之可能，但以同时班固《咏史》一篇相较，风格全别……其他亦更无相类之作。则东汉之期——明、章之间，似尚未有此体”。并指出自安、顺、桓、灵以后，则五言诗创作才趋于繁荣，如张衡、秦嘉、蔡邕、郦炎、赵壹等均有五言作品传世，其时五言体制已经通行，造诣已经纯熟，非常之杰作理合应时出现。于是，他断言“十九首为安、顺、桓、灵数十年间”的作品④。

然而，如钟嵘所说“旧疑是建安中曹、王所制”，恐怕亦不可靠。曹植、王粲等人生活的建安时代，本为我国五言诗发展最辉煌的时期，创作十九首一类诗是不成问题的。但十九首中不少的诗篇都写到当时的东京洛阳，而洛阳在经历过董卓之乱焚烧后，一片残破荒芜的景象，诗中却丝毫未有反映，相反却极写其繁华兴盛。而且，建安是一个战乱纷争时期，诗中也一语未曾写及，所以十九首表现的意蕴风格，也是同为人盛赞的“建安风骨”大异其趣的。而且建安诗人多有袭用《古诗》诗意和词句者，而生于东吴的陆机更有

① 《汉书·贡禹传》，百衲本二十四史

② 《汉书·五行志》，百衲本二十四史

③ 《汉书·酷吏尹赏传》，百衲本二十四史

④ 《中国之美文及其历史》．载北大编．两汉文学史参考资料．中华书局，1986

《拟古诗十四首》之作，若所拟皆为曹、王作品，缘何又称“古诗”而不明言作者？凡此种种，均可证明《古诗》的作者生活于建安之前。

那么，是否可以说《古诗》是由枚乘、傅毅、建安曹王各写了一些而杂以成集的呢？恐怕亦难成立。因为《古诗》十九首，首首风格相近，造意用语十分谐调，显然反映了一个时代的统一诗风，不可能出于几代人之手。梁启超即曾雄辩地指出：“其所拟议之作者，最古者枚乘，西汉初人；次则傅毅，东汉初人；最近者曹、王，汉魏间人，距傅毅百余年，距枚乘且三百年。……断不会西汉初人有几首，东汉初人有几首，东汉末人又有几首。因为这十几首诗体格韵味都大略相同，确是一时代诗风之表现。凡诗风之为物，未有阅数十年百年而不变者”①，可谓不易之论，而十九首之不为两汉诗歌的大杂汇者亦已明矣。

如从另一方面来看，若《古诗十九首》这样成熟而纯净的抒情诗，其实又必然是在人性觉醒之后的汉末，也才能够产生。如前所说，随着汉末桓、灵时期那场轰轰烈烈的党人清议运动的勃起，士人们终于冲破久被“独尊”的儒学思想的牢笼禁锢，而从钳口畏言的高压政治下解放出来，并重新建构人生价值的新观念。这就是作为当时人性觉醒乃至文的自觉根本标志的，人对自身价值的充分肯定和人生终极目的的自觉追求。即由传统的重道德、重事功、重学问、重操行，一变而为重自我、重才情、重个性、重视生命，总之由外在而内在、由客观而主观、由物而我，最终完成人生价值观念的彻底转变，而《古诗十九首》正可作为这一转变的文学标本。

毫无疑问，这是一个将乱未乱、世风日下、既沉闷又没有出路的时代，因此不少诗篇也就不免带上了消沉颓唐的色彩，而为历来人们所诟病。但是，它们却敢想人之从来所不敢想，敢言人之从来所不敢言，敢违时之大忌而尽情直书、毫无顾计，可谓将人性解放的呼声首次表现的如此鲜明高昂。粗略而言，可大致概括为如下几个方面：

一、沉重压抑下的人生无常、生命短促感及深沉喟叹

这种思想并非首见于十九首，《诗、唐风、山有枢》中即已萌生，如谓：“山有漆，隰有栗。子有酒食，何不日鼓瑟？且以喜乐，且以永日。宛其死矣，他人入室！”后来汉初贾谊的《鹏鸟赋》中亦有流露，但这些都是一时境遇中一己思想感情的偶然表露，并且历来也不多见，同十九首时代那种笼罩全社会的浓重悲剧氛围不可同日而语，其产生的警醒人心的作用更难比并。如第十五首《生年不满百》：

> 生年不满百，常怀千岁忧。昼短苦夜长，何不秉烛游！为乐当及时，何能待来兹？愚者爱惜费，但为后世嗤。仙人王子乔，难可与等期。

过去人们批评此类诗为厌世的享乐主义，其实也未必尽然。若联系当时的社会政治现实来看，曾经热闹一时的太学生运动和名士朝议之风，在十年“党锢之祸”中皆被镇压下去，而死伤流放者则泰半，士人们完全陷于没有出路的苦闷失望之中。但是，已经觉醒的灵

① 《中国之美文及其历史》. 载北大编. 两汉文学史参考资料. 中华书局，1986

魂并不甘于寂寞，既知世事之不可为，于是转而求诸于内，遂发为对虚幻无聊人生的愤激之言。“昼短苦夜长，何不秉烛游”，在理想失落绝望的背后，深蕴着的不正是对自我生命的珍视和对现时生活的牢牢把握么？如果我们不是以斗争哲学作为评判文学的唯一标准，就未必不能从具体情境作出积极理解。陆时雍即曾说：“起四句名语创获，末二句将前意一喷再醒。‘为乐当及时，何能待来兹’，念此已是抚然……乃知此言无不可感！”① 董讷夫也说：“立意旷达，足以唤醒醉梦！”②他人以为厌世，此则以为旷达，而旷达则绝非厌世之可比；他人以为溺乐，此则以为醒人，而醒人又非溺乐之可比。魏文帝曹丕《与吴质书》曾说：“少壮真当努力，年一过往，何可攀援！古人思秉烛夜游，良有以也。”即引此诗而自励，并未作厌世溺乐者观。可知大凡经过历史潮汐淘汰而留存之文学杰构，其内涵是非常丰富复杂的，绝难因一时之偏见而盖棺论定。最有趣的还是，凡是个性得到张扬、思想得到解放的时代，如魏晋至唐前期，这种思想即被承传而光大，至宋则讳莫敢言而淹没无闻了，这难道还不值得深思么？珍视自我生命把握现实生活，其实也正是一种现代意识，只是古人尚不能认识得那么透彻，遂不免带有消沉的阴影，即所谓历史局限性吧！

十九首中此类诗篇所占分量甚大，如《青青陵上柏》之“人生天地间，忽如远行客。斗酒相娱乐，聊厚不为薄”。《迴车驾言迈》之“人生非金石，岂能长寿考？奄忽随物化，荣名以为宝”。《驱车上东门》之“人生忽如寄，寿无金石固。万岁更相送，圣贤莫能度。服食求神仙，多为药所误。不如饮美酒，被服纨与素”等。确实人生百年，良辰苦短，在永恒的宇宙面前，谁能不发出深沉喟叹？世事既不可为，生命又如此短促，不过寄世之过客而已，只有紧紧把握现时生命意义才会抚平心灵创痕。这种思想几乎一代代都在延伸，从积极用世的建安三曹起，发展至唐初张若虚的《春江花月夜》，可谓达到巅峰。当然他们对生命意义的理解可能各不相同，相较而言三曹是与其建功立业的人生态度密切关联着的，《古诗》的作者则过于偏重在追求物质生活的佚乐，至于张若虚则确如闻一多先生所说，从中升华出的却是一种伟大的宇宙意识——“在神奇的永恒面前，作者只有错愕，没有悲伤……有的是强烈的宇宙意识”③。站在这一时代高峰上鸟瞰，十九首的作者不免显得猥琐矮小，但其思想光辉的萌发之根却依然要追溯到他们那里。在这类诗篇中，最为人们诟病的可能要数《今日良宴会》一首了，其全诗如下：

> 今日良宴会，欢乐难具陈。弹筝奋逸响，新声妙入神。令德唱高言，识曲听其真。齐心同所愿，含意俱未申。人生寄一世，奄忽若飙风尘。何不策高足，先据要路津？无为守穷贱，轗轲长苦辛！

此诗前八句主要写寄意新声，冀其知音之能赏，大概不会引起非议。争议主要在后六句，

① 陆时雍.《古诗镜》，四库全书第1411册

② 董讷夫.《阮亭古诗选评点》，隋树森.《古诗十九首集释》第41页引. 中华书局，1957

③ 闻一多.《唐诗杂论·宫体诗的自赎》.《闻一多全集选刊之三》. 上海古籍出版社，1957

然而能否即斥之为“无耻之尤”，却也未必尽然。因历来读者，大都认为此乃一时愤激之言，如李因笃即说：“与《青青陵上柏》等，感寄略同，而厥怀弥愤”①。沈德潜也说：“据要津，诡辞也，古人感愤语”②。钟惺则谓：“欢宴未毕，忽作热中语，不平之甚”③。当然也有认为那是反言、讽言的，但都不认为乃是一种低俗情感的表现。如张琦说：“后六语反言之，而意益明”④。姚鼐则说：“此似劝实讽，所谓谬悠其词也”。正是那时代一个觉醒的不安灵魂之愤激躁动，同《后汉书·党锢列传》所说之“匹夫抗愤，处士横议”的时代脉搏，是完全共振契合的。甚至与汉代某些谣谚，如“何以礼义为，史书而仕宦”等，也有某些相通之处，只是一出于辛辣嘲讽，一为激切之反言而已。这确是一个失却理想，没有出路的时代，也是一个人性觉醒，处士横议的时代，其批判者之思想起点不高固属遗憾，然而那不正反映着时代的真实么？因为更高起点上的理性批判，是由后来的玄学家们才最终完成的，当时并不具备这一条件。

二、苦闷灵魂体验的孤独感、疏离感及知音难遇之叹

说到孤独感、隔膜感、疏离感等，谁都知道这是二十世纪以来西方现代派文学才大力张扬的主题，移用于中国古代文学尤其汉末的《古诗十九首》，似乎比较陌生，然而这是确实存在的。大凡在这样的社会，一方面是政治的黑暗腐朽，造成全社会普遍的沉闷压抑，缺少理想和没有出路；另方面恰又产生出最初的觉醒者先行者，他们感到苦闷彷徨，激愤而又迷茫，于是孤独、隔膜、疏离之情便会油然而生。汉末桓、灵之世正是这样一个时代，向后看儒学思想禁锢已被冲毁，向前看重建社会的时机尚未到来，人们便只能在醒悟和无望、躁动和猥琐的夹缝中讨生活。十九首便是这种情绪的典型反映，或借美好的爱情而流露，或借人生无常的忧思而直抒，具有普遍的人性意义。前者如《迢迢牵牛星》：

> 迢迢牵牛星，皎皎河汉女。纤纤擢素手，札札弄机杼。终日不成章，泣涕零如雨。河汉清且浅，相去复几许？盈盈一水间，脉脉不得语！

这是十九首最精彩的诗作之一，它取材于牵牛织女的优美神话传说，又如前人所指出是从《诗·小雅·大东》脱胎而来。《大东》原诗云：“维天有汉，监亦有光。跂彼织女，终日七襄。虽则七襄，不成报章。睆彼牵牛，不以服箱。”虽二者所写同为一事，但其内涵却根本不同。《大东》写织女之不会织布，牵牛之不能拉车，是说徒有其名而已；此则把织女人世化，说她织而难以成匹，言其相思之深也。可知并非简单套用，而是进行再创造的结果。就全诗而论，其构思之独特，表达情感之新颖，以及艺术上完整等，都不是《大东》可以比并的。诗之前两句，虽从牵牛写起，却是从陷入苦苦相思中的织女眼中来写，故曰“迢迢”。接下四句，即具体写其想思之重之深，虽终日劳作而难以成章。然就全诗整体

① 李因笃.《汉诗音注》. 陕西通志馆印《关中丛书》第七集，1936

② 沈德潜.《古诗源》. 中华书局，1984

③ 钟惺.《古诗归》，隋树森.《古诗十九首集释》24 页. 中华书局，1957

④ 张琦.《古诗录》，隋树森.《古诗十九首集释》24 页. 中华书局，1957

来看，前六句其实只是用作铺垫，故下面笔锋一转，突发奇思，以近结远，遂成千古绝唱。孙鑛曾说："末四句直截痛快，振起全首精神"①。陆时雍也说："末二语就事微挑，追情妙绘，绝不费思一点"②。朱筠甚至认为："此等诗字字痛快，令天下后世，处其境者可以痛哭，不处其境者可以歌舞，即杜韩手笔且恐摹写不到，可况余子？"③这确是一篇真精神之凝聚所在，也是作者真感慨之寄寓所在。那么它要表现的究意是什么呢？有人以为是写思妇游子相思之诗，有人则认为别有奇托，乃"忠臣见疏于君之辞"（张琦说），或"近臣不得志之作"（姚鼐说），其实都大可商榷。若以前说为是，由游子思妇相隔天涯，岂得谓相去几许，盈盈一水而"脉脉不得语"乎？若以后说为是，则诗的作者成了朝廷"近臣"而汲汲热中于功名者，与十九首整体风致恰恰相悖。因此，它所突出的不是牛女故事的其他方面，而创造性地把焦点聚集在隔绝感、疏离感和失落感上，这就具有了人性的普遍意义。与此诗主旨相近的还有《涉江采芙蓉》：

涉江采芙蓉，兰泽多芳草。采之欲遗谁？所思在远道。还顾望旧乡，长路漫浩浩。同心而离居，忧伤以终老！

虽同心而离居，抱忧伤以终老，正与牵牛织女之"脉脉不得语"同一感慨，同一心境。岂得皆谓为"忠臣见疏于君"乎？毋乃牵强之甚耶。对《古诗十九首》的解说中，前人已有认为此乃"汉末党锢诸君子之逃窜于边北，怜同患而遥深恋阙者之辞"的，并认为其诗成于汉桓之世④。此说大概由于过于具体，不及所谓"孤臣孽子忧谗畏讥"说之能虚与包罗，所以多为人不取，但我以为却恰与当时之境况心情合拍。试想当日"党锢之祸"后，先觉诸名士死伤逃放者泰半，无疑在他们的心灵中是造成普遍的孤独失落、隔绝疏离的深深创痛的，发而为这类伤时怀友之作正是必然。况且，与之前后的张衡、秦嘉、蔡邕、郦炎等人皆敢为诗署名，而此独不敢署名（今称之佚名）者，亦良有以夫！

此类诗在十九首中还有一些，如《庭中有奇树》之"馨香盈怀袖，路远莫致之。此物何足贵，但感别经时"；《去者日以疏》之"白杨多悲风，萧萧愁杀人。思还故里闾，欲归道无因"等。与这种孤独、疏离、隔绝心境相伴随的，便必然是知音难得之叹，如《西北有高楼》：

西北有高楼，上与浮云齐。交疏结绮窗，阿阁三重阶。上有弦歌声，音响亦何悲？谁能为此曲，无乃杞梁妻？清商随风发，中曲正徘徊。一弹再三叹，慷慨有余哀。不惜歌者苦，但伤知音稀。愿为双鸣鹤，奋翅起高飞。

此诗语意明确，叙述清楚，特借歌者之知音稀少为言耳，故主旨全在后四句。陆时雍曰："抚衷徘徊，四顾无侣。'不惜歌者苦，但伤知音稀'；'愿为双鸿鹄，奋翅起高飞'，空中送

① 孙镳.《文选瀹注》，隋树森.《古诗十九首集释》34 页引. 中华书局，1957
② 陆时雍.《古诗镜》，隋树森.《古诗十九首集释》34 页引. 中华书局，1957
③ 朱筠.《古诗十九首说》，隋树森.《古诗十九首集释》卷三《汇解》录载
④ 王凯泰.《月午楼古诗十九首详解序》，隋树森.《古诗十九首集释》卷三《汇解》录载

情，知向谁是？言之令人悱恻”①。“四顾无侣”之孤独感、疏离感，正是其写作主旨所在。故姚鼐直认“此伤知己之难遇，思远引而去。”不过，其写法却非常特殊，正如方东树所说：“此言知音难遇，而造境创言，虚者实证之，意象笔势，文法极奇，可谓精深华妙。……此等文法从《庄子》来，不过言知音之难遇，而造语造象，奇妙如此！”②以精深高妙的技艺，写人类普遍存在的情感，故最能撼动读者之深衷，这是十九首作为成熟抒情诗的共同标志。吴淇甚至认为：“十九首中，惟此首最为悲酸。如后‘驱车上东门’、‘去者日以疏’两篇，何尝不悲酸？然达人读之，犹可忘情；惟此章似涉无故，然却未有悲酸过此者也”③，可知钟嵘惊心动魄、一字千金之说洵非虚誉。

三、写一般离别之苦、相思之情的，然其中亦含深意，且多为精品

如《行行重行行》：

行行重行行，与君生别离。相去万余里，各在天一涯。道路阻且长，会面安可知？胡马依北风，越鸟巢南枝。相去日已远，衣带日已缓。浮去蔽白日，游子不顾返。思君令人老，岁月忽已晚。弃捐忽复道，努力加餐饭。

此篇或以为思妇念远之词，或以为逐臣被谗之旨，唯清人饶勉庵讲得最具体，指为孤臣孽子“因弃捐而怜念同患”者之词④。揆诸其他各篇，当以饶说为是，实乃党锢之祸中诸君子逃窜塞北而决绝者。首句“行行”字相叠，乃加重语气，言行而又行也。再益以“重行行”，更言其行之不止，愈走愈远也。只此开首一句，便不落俗套，知其事出有因而忧思沉重也。次句“与君生别离”点出真相，知是一次生死之别。前人多指出此从《九歌·少司令》之“悲莫悲兮生别离”一语化出，亦暗含“悲莫悲”的深衷，甚是。“万余里”言相去之远，“天一涯”更极言而补足之，皆谓非一时可以返回之意。并且道路险阻而漫长，这不只是指自然意义的，也是社会政治的（由下“浮云”句可知），故慨然发出“会面安可知”的深深浩叹，其命运之难以把握，生死之难以预期亦自的然，以上为一层。“胡马”“越鸟”二句乃引用成词，如《韩诗外传》之“代马依北风，越鸟翔故巢”，《吴越春秋》之“胡马依北风而立，越燕望海日而熙”等，自是眷恋故土不忘根本之意，然亦是总领下层。“相去万余里”承首句“重行行”而来，“衣带日已缓”又启下面“思君”句意，虽是家常话口头语，平平道出，然设想奇特，最附深衷矣。“浮云”二句亦引用成词，“以喻邪佞之毁忠良”⑤，虽则淡淡点出，却是理解此诗的关键，上下沟通便含有虽恋故土而不敢思返之意。此又一层。“思君令人老”以下四句，绾结全诗。张庚曾说：“思君二句承‘衣带缓’而来……妙在‘已晚’下著一忽字。彼衣带之缓曰‘日已’，逐日捎髀，苦处在渐；岁月之晚曰‘忽已’，陡然

① 陆时雍.《古诗镜》. 载《四库全书》第1411册

② 方东树.《论古诗十九首》，隋树森.《古诗十九首集释》卷三《汇解》载录. 中华书局，1957

③ 吴淇.《古诗十九首定论》，隋树森.《古诗十九首集释》卷三《汇解》载录

④ 饶学斌（勉庵）.《月午楼古诗十九首详解》，隋树森.《古诗十九首集释》卷三《汇解》载录

⑤ 李善.《文选》注，四部丛刊影宋本六臣注

惊心,苦处在顿,渐与顿皆久中之情”①,是说在思念同患的久久折磨中,被时序之突然感悟所警醒,既知时日之无多,遂采取决绝的态度,故曰“弃捐勿复道”。朱筠曰:“勿复道,是决词,是狠语,犹言‘提不起’也”②。至此似诗意已足,无可再述,然于无可告语中却强作慰解,以“努力加餐”自勉勉人,真乃回肠荡气、一波三折,结裹得更妙。朱自清先生曾举《史记·外戚世家》:“行矣,彊饭,勉之!”和《饮马长城窟行》之“上有加餐食”两例为证,说明此乃当时慰勉人的通用语③。然用于此处,却正是生离死别时的伤心无奈之语。故饶勉庵曾说:“此真明于世故老于人情,而并深于养生之术者,勿作寻常劝勉话头,忽略看过”④。

总之,十九首中的此类传诵之作,其述情之细密精致,其表达之婉曲含蓄,其用语之精警切当,其结体之圆融完足,都非此前之诗歌所能达到,确实标志着我国抒情诗发展的里程碑式新阶段。陆时雍曾评析此诗曰:“一句一情,一情一转。‘行行重行行’,衷何绻也;‘与君生别离’,情何惨也;‘相去日已远,衣带日已缓’,神何悴也;‘浮云蔽白日,游子不顾返’,怨何温也;‘弃捐勿复道,努力加餐饭’,前为废食,今乃加餐,亦无奈而自宽云耳。‘衣带日已缓’一语,韵甚;‘浮云蔽白日’意有所指,此诗人所为善怨。此诗含情之妙,不见其情;畜意之深,不知其意”⑤。已约略指出其成就和特征。因此可以这样说,我国诗歌历来讲求境界含蓄、婉而不露,又结体精警、一唱三叹的传统,是由此而奠定其基础的。再如《青青河畔草》:

> 青青河畔草,郁郁园中柳。盈盈楼上女,皎皎当窗牖。娥娥红粉妆,纤纤出素手。昔为倡家女,今为荡子妇。荡子行不归,空床难独守。

无疑这是一首思妇自悲之诗,春日寂寞,登楼遣闷,寄言抒怀而已。只是以其火辣辣的激情,直截痛快的语言出之,封建时代士阶层文人遂不敢接受,或以为“刺轻于仕进而不能守节者”(刘履说),或以为“托为离妇之词以况君臣朋友”(刘光蕡说)者,其实也正是那个人性觉醒时代典型情绪的体现。首二句从青青河草、郁郁园柳写起,一般以为兴句,然细会其意,并非泛泛而言。春草为念人相思之物,《楚辞·招隐士》:“王孙游兮不归,春草生兮萋萋”,可证;盖柳亦离别寄意之具,《三辅黄图》:“汉人送客至此桥(按指长安霸桥),折柳赠别”。盖柳谐“留”音,折柳即留客也。故此与全篇念游子不归的感伤之情,正相一致,先从河草园柳等景物写起,斯所谓寄言托情者也。“以物之及时,兴女之及时”(方廷珪语),此言得之。下连用六叠字句,以事铺排,亦创语奇特,为人称道。故此诗最大的特征,则在行针走线之绵密。吴淇曾分析说:“此章连排十句,读者全然不觉,以其句句有相生之妙。首二句以所见兴起‘楼上女’,夫楼上有女,何繇见之?以其‘当窗牖’。

---

① 张庚.《古诗十九首解》,隋树森.《古诗十九首集释》卷三《汇解》载录. 中华书局,1957
② 朱筠.《古诗十九首说》,隋树森.《古诗十九首集释》卷三《汇解》载录
③ 朱自清.《古诗歌笺释三种》. 上海古籍出版社,1981
④ 王凯泰.《月午楼古诗十九首详解》,隋树森.《古诗十九首集释》卷三《汇解》载录
⑤ 陆时雍.《古诗镜》,见《四库全书》第1411册

女何为当窗牖？以其‘妆’。何繇知其妆？以其‘出纤手’。因此一段公然不避人，而知其为‘荡子妇’，为‘倡家女’也。既为荡子，自是‘行不归’；既为荡子妇，自是‘床空’；既为倡家女，自是‘难独守’也”（《古诗十九首定论》）。除对倡女和荡妇的理解是错误的之外，其分析则相当深刻，正揭示出环环相叩，如行云流水般的行文特征。《说文》曰：“倡，乐也”。李善曰：“谓作妓者”。是倡家女并非今之所谓娼妓，乃歌舞乐妓之谓也。又《列子》曰：“有人去乡土游于四方而不归者，世谓之狂荡之人也”。是荡子亦非今所谓浪荡子，乃游于四方不归者，即游子也。游子不归，空床难守，此痴情语，放胆语，无顾藉语也，然一段真情至性的光辉却不可磨灭。此数句乃全诗结穴，而争议亦由此引起。刘履即斥之为“放滥无耻”①。方东树则认为：“昔为四句，叙情归宿，用笔浑转精融，以诗而论，用法用笔极佳，而义乏兴寄，无可取”②，是将艺术和内容割裂，只肯定前者而否定后者。近人王国维则另作新解，认为如“何不策高足，先据要路津”、“荡子行不归，空床难独守”之类，“可谓淫鄙之尤，然无视为淫词鄙词者，以其真也”③，仅以一空泛的“真”字来掩盖其淫鄙之实，那是无力而难以凑效的。如若此“真”乃是指人之真性情真爱欲、是解放时代纯真人性的大胆张扬，那就无可厚非，可惜并未明确指出。其实此等处，正方东树所说“冷水浇背，卓然一惊处”④。故姜任修说：“结只五字，抵后人数百首闺怨诗”⑤，而陆时雍则说：“疏节亮音，浅浅寄言，深深道款。‘荡子行不归，空床难独守’，一语罄衷托出”⑥。总之，《古诗》之精妙大多如此，无所避言，无所顾忌，罄其怀而抖出，发人性之天然，言人情之至真，便自能感发人意，因而才构成那一时代特有之风貌。沈用济、费锡璜《汉诗说》曾写道：

> 十九首中如“弃捐勿复道，努力加餐饭”、“空床难独守”、“无为守贫贱，轗轲长苦辛”、“忧伤以终老”、“荡涤放情志，何为自结束”、“不如饮美酒，被服纨与素”，皆透过人情物理，立言不朽，至今读之，犹有生气。每用于结句，盖全首精神专注末句，其语万古不可易，万古不可到，乃为至诗也。

此言发掘深到，庶几得之。又如《孟冬寒气至》一首：

> 孟冬寒气至，北风何惨慄！愁多知夜长，仰观众星列。三五明月满，四五蟾兔缺。客从远方来，遗我一书札。上言长相思，下言久别离。置书怀袖中，三岁字不灭。一心抱区区，惧君不识察。

① 刘履.《古诗十九首旨意》. 见《古诗十九首集释》卷三《汇解》载录
② 方东树.《论古诗十九首》. 见《古诗十九首集释》卷三《汇解》载录
③ 王国维.《人间词话》. 人民文学出版社，1962
④ 《论古诗十九首》.《古诗十九首集释》卷三《汇解》载录
⑤ 姜任修.《古诗十九首绎》.《古诗十九首集释》卷三《汇解》载录
⑥ 《古诗镜》. 见《四库全书》第1411册

此亦思妇之词，然以言情之心理写景，遂开后世诗歌无数法门，凡此等处皆不可不察。首二句纪时序，孟冬即旧历十月，故谓北风凛冽。惨慄，《文选》李善注本作“栗冽”。胡绍煐曰：“依注则正文当作栗冽”。以其与下文之列，缺、札、别、灭、察正相协韵也。“愁多”四句，吴淇曰：“冬之夜自是长，无愁不觉得，愁多偏觉得，仰观众星，总愁极无聊之意。‘三五’二句乃仰观见月，而感别离之久，因而追数从前圆缺”①。朱筠亦云：“愁多知夜长，非身试者道不出。夜不能寐，于是仰观众星，‘三五明月满，四五蟾兔缺’，可见夜夜如此，月月如此，非止一时不寐而已”②。是此虽写景，然句句皆从特有之心境情感流出，言情写景，只是一事，此则无迹可寻者。“客从远方来”以下八句，笔锋一转忽作叙事，似与上文全不相涉，然李因笃曰：“清夜追思往事也。必如此看，下文始安，而上一段亦有著落”③。是因情触景，长夜无眠，即景感发往事之词。“三岁”句乃一篇之警策，其一段深情妙义全贯注于此，所谓“深于造情善造情者”。故张玉穀评曰：“三岁句用笔最妙，盖置书怀袖，至三岁之久而字犹不灭，既可以作区区之证；而书来三岁，人终不归，又何能不起不能识察之惧？古诗佳处，一笔当几笔用”。④ 其针线细密之处，则往往如此，世所谓似断非断、似尽未尽者，皆可由此悟入。结句亦极富韵味，更不可轻心放过，诚如张琦所说：“一书之后，旷邈三岁，在远者或忘之……故曰‘惧君不识察’，不言怨深于怨矣”⑤。凡此等处往往含情，蕴而不露，与《三百篇》以彼物比此物之所谓“比兴”者，已有质的不同，是我国抒情诗更趋成熟的明显标志。

王夫之曾说过：“古人绝唱多景语，如‘高台多悲风’、‘蝴蝶飞南园’、‘池塘生春草’、‘亭皋木叶下’、‘芙蓉露下落’皆是也，而情在其中矣。以写景之心理言情，则身心中独喻之微，轻安拈出”⑥。此诗或恰与之相反，乃以言情之心理写景，故景乃情之所出，而非化景为情者也。因此，可看作我国诗歌完全走上“化景为情”前之初阶，亦即由前期向后期转变之过渡性形式。饶勉庵曾评此诗写景说：“看渠作意，从孟冬风气之惨慄，引起夜；从夜说到星，从星引到月；从月曲曲盘盘，算计到日子上去。后人读之，谓是闲闲写景耳，在作者之经营惨淡，正不知费几许心血也”⑦，此正说明其与后来诗歌写景之不同。此诗写景，景物总在情感之激流中有序进行，故依次选取孟冬寒气、北风惨冽，愁夜长、众星列、月园月缺等，暗示着特有心境下感受的时空变化，因而带有极强的情感色彩。后来诗歌则把叙述性时序淡化、模糊化，完全把情感化作景物来描写，故“语不及情而情自无限”，二者显然不同。前者也可以是情景交融的，但警句只在情语，如“三岁字不灭”、“努力加餐饭”、“空床难独守”、“忧伤以终老”等纯以抒情见长。后者则进一层，情和景已达到相生相洽之妙，所谓“景生情，情生景”者，故如王夫之所说“绝唱多景语”，纯以创造意境见

---

① 隋树森.《古诗十九首定论》.《古诗十九首集释》卷三《汇解》载录．中华书局，1957
② 隋树森.《古诗十九首说》.《古诗十九首集释》卷三《汇解》载录
③ 李因笃撰.《汉诗音注》.《古诗十九首集释》．中华书局，1957
④ 隋树森.《古诗十九首赏析》.《古诗十九首集释》卷三《汇解》载录
⑤ 张琦撰.《宛陵书屋古诗录》八十二卷.《古诗十九首集释》44 页引
⑥ 《夕堂永日绪论·内编》.《姜斋诗话》卷二．人民文学出版社，1962
⑦ 《月午楼古诗十九首详解》.《古诗十九首集释》卷三《汇解》载录

长。因此，十九首所标志的是我国五言诗走向真正成熟的第一个高峰。吴淇曾评论说："畜神奇于温厚，寓感怆于和平，意愈浅愈深，词愈近愈远，篇不可句摘，句不可字求。盖千古元气，钟毓一时，而作者以无意发之，故诣绝穷微，掩映千秋"①，用以概括其艺术成就及特色当无大谬。

第三节　乱离社会造就的"建安风骨"

史称"建安"乃东汉献帝刘协年号，是指从建安元年（196 年）起至曹丕代汉称帝（220年）约 25 年的时间。然而，文学史上所说的"建安文学"，却并非以此为断限。其起始则应提前到汉灵帝中平元年（184 年），即从黄巾民农大起义爆发算起，因为建安文士大多都是在由此引发的连年战乱和社会大动荡中成长并开始其创作生涯的；向后则应推迟到魏明帝曹睿景初年间，因为此时建安文士中的一些诗人如曹植（殁于 232 年）还在继续创作，前后共约 50 年时间。

东汉末桓、灵时期，社会矛盾日趋尖锐，一方面大官僚门阀世族的土地兼并十分严重，而宦官和外戚两大政治集团的斗争也更加激烈，于是朝政混乱，官场极其腐败，曾引发声势浩大的太学生运动；另方面对羌戎等少数民族又连年用兵，加之自然灾害不断，于是雪上加霜，社会凋蔽，民不聊生，终于爆发了席卷全国的黄巾农民大起义。随之豪强四起，军阀割据，黄巾起义军终于被镇压下去。灵帝中平六年（189 年）又发生董卓之乱，在各地豪强势力的联合讨董斗争中，他们又趁机拥兵自重，相互争夺吞并，整个社会遂陷入连年混战的动荡不安之中，人口大量死亡，生产受到严重破坏，给广大人民造成深重灾难，呈现出一片"白骨蔽平原"、"千里无鸡鸣"的残破景象。《晋书·食货志》说："人相啖食，白骨盈积，残骸余肉，臭秽道路"。即是对这一悲惨现实的真实描写。最后，经过十九年的兼并和争夺，到建安十三年的"赤壁之战"后，才正式确立魏、蜀、吴三国鼎立的新局面。而在逐鹿中原的艰苦卓绝的多年奋战中，曹氏集团东征西荡，讨灭群凶，终于统一了北方广大地区；政治上又采取招抚流亡，设立屯田，恢复生产等积极措施，实现了社会的相对安定。尤其每到一地，曹操又礼贤下士，招集文人，吸引了一大批文士集聚在自己周围，形成以曹氏父子为核心的邺下文人集团。刘勰曾这样描写道：

> 自献帝播迁，文学蓬转。建安之末，区宇方辑，魏武以相王之尊，雅爱诗章；文帝以副君之重，妙善辞赋；陈思以公子之豪，下笔琳琅：并体貌英逸，故俊才云蒸。仲宣委质于汉南，孔璋归命于河北，伟长从宦于青土，公干徇质于海隅，德琏综其斐然之思，元瑜展其翩翩之乐；文蔚休伯之俦，于叔德祖之侣，傲雅觞豆之前，雍容衽席之上，洒笔以成酣歌，和墨以藉谈笑。②

① 《古诗十九首定论》引元瑞说.《古诗十九首集释》卷三《汇解》载录

② 范文澜注.《文心雕龙·时序》. 人民文学出版社，1962

在曹氏父子的爱好、奖掖、团聚之下，造成中国文学史上少有的繁荣景象。对此，钟嵘《诗品序》说："自王、扬、枚、马之徒，词赋竞爽，而吟咏靡闻，……诗人之风顿已缺丧。东京二百载中，惟有斑固《咏史》，质木无文。降及建安，曹氏父子，笃好斯文；平原兄弟，郁为文栋；刘桢王粲，为其羽翼；次有攀龙托凤，自致于属车者，盖将百计，彬彬之盛，大备于时矣"，其盛况空前，是不言而喻的。所谓"俊才云蒸"、"彬彬之盛"，即是对其所作的溢美赞词，这就是历史上所说建安文学。其代表作家当首推钟、刘提到的三曹（曹操、曹丕、曹植）和七子（孔融、王粲、阮瑀、陈琳、应瑒、刘桢、徐干）。女诗人蔡琰（字文姬）则以一首流传千古的五言《悲愤诗》（按传为其所作骚体《悲愤诗》和《胡笳十八拍》尚真伪难辩）亦预于其中。

对建安文学的鲜明特征，后人常以"建安风骨"或"建安风力"相称。那么何谓"建安风骨"呢？史家常引用《文心雕龙·时序》篇的一段话作诠释："观其时文，雅好慷慨，良由世积乱离，风衰俗怨，并志深而笔长，故梗概而多气也"。就是说这是由于动乱的社会和苦难的现实，触发了诗人深沉的悲痛和慷慨不平之气，因而发为"梗概多气"的诗歌创作。一般来说，这种概括是不错的，也基本揭示出其本质特征。确实，建安文士大都经历过战乱，饱受过忧患，都有过一段颠沛流离、四处奔波的个人生活经历。他们中有些是战争的直接参与者，更多的则是这场苦难的身受者和目击者，同普通老百姓一样在死亡线上挣扎。因此，他们对社会现实有较深切的感受，对民生疾苦有较深刻的认识，对处于水深火热中的下层人民充满同情。而这些一但见诸笔端，便必然表现为记时事、叙丧乱、写目击之遭际和抒人生感慨的鲜明特色，因而带有强烈的写实性。

然而，仅此还不足以构成完整的"建安风骨"。如前所述，汉末军阀混战的激荡风云，不仅给文人们提供了丰富的生活内容和对现实的深切感受，更重要的还在于它以摧枯拉朽之势，促使大一统的封建专制统治土崩瓦解，于是人们的思想、个性、才能和智慧才获得发展的极大自由空间。旧的统治秩序被彻底打乱，维护社会一统的纲常名教思想也彻底崩溃，一切旧的神圣的东西在战乱和死亡的阴影下都黯然失色，只有个人的事业、利益和野心才高于一切，曹操那句"宁我负人，毋人负我"的为人信条，即是这种精神心理的典型体现。而这就是时代赋予人们的根本价值观。因此，这也是一个没有精神支柱，失却价值标准和行为规范的时代，是一个真正失控却因而获得大解放的时代。然而正是这个失控的时代，却使得汉末士人已经开启的人性自觉精神得到充分发挥的机会，他们满怀豪情壮志，追求建功立业，企盼名镂金石而永垂不朽，使自我价值得到充分展现，故而表现出强烈的积极用世精神和高昂的英雄主义情怀。刘勰所说"志深笔长"、"梗概多气"，更不应忽视这方面的内容。法国著名启蒙学者狄德罗在其《论戏剧艺术》中，曾这样写道：

> 诗需要一些壮大的、野蛮的、粗犷的气魄。正是内战猖獗狂热的情绪使人们拿起刀枪，血流遍野的时候，阿波罗诗神的月桂树才复活而发青……在经历了大灾难和大忧患以后，当困乏的人民开始喘息的时候，那时候想象力被伤心惨目的景象所激动，就会描绘出那些后世未曾亲身经历的人所不认识的事物。

就是说真正伟大不朽的作品,并非只是苦难现实结出的果实,它还需要植根于现实而为现实所激发出的野蛮粗犷的狂热情绪和伟大气魄,是客观刺激转化为主观激情后才能产生的。建安文士不正是这样一批时代造就的卓异特行诗人吗?在曹操统一北中国的伟大事业中,他们积极参与行伍,过着金戈铁马的战斗生活,因而焕发出昂扬慷慨的创作激情和英雄气概,而思想解放的时代潮流所带来的崇尚个性、蔑弃礼法的襟怀气度,又使他们的创作更具自由精神和开拓勇气,于是赤裸的写实总带有一股超拔之气,沉重的内容更染上一抹理想色彩。“世积乱离,风衰欲怨”,迸发出的不是低沉的人生叹息,而是高亢的时代呐喊——渴望招贤纳士,渴望建功立业,渴望铅刀一试而治平天下解民于倒悬。这才是“建安风骨”所闪耀的最亮丽的色彩。

但是一个没有行为规范,失去价值标准而逞力斗智的混乱时代,也往往是一个最危险的时代。尖锐复杂的政治军事斗争,固然为士人们创造着逞才骋志、建立功业的机会,但也处处充满陷阱和杀机,制造人生悲剧。战斗和瘟疫招致的平民大量死亡,造成的“白骨露于野,千里无鸡鸣”的社会惨象,已使建安诗人们“喟然伤心肝”,其心情够沉重的了;而尖锐的政争和阴谋,更常常置他们于被疏放、被压抑的困境,乃至招来杀身之祸。因此,在“建安风骨”的和声中,我们听到的不只是慷慨任气的高昂之音,也常夹杂着人生苦短、时光迁逝的悲凉之叹。忧生之嗟,本是《古诗十九首》中早已奏响的超强音,到建安诗人也并未有丝毫减弱。只是在十九首中,它是同及时行乐的衰颓思想胶结在一起的,尽管带有某种程度的愤激和不平,但仍然是那个没有出路失却理想的沉闷时代的社会心理的反映。建安诗人则不同,那是与建功立业、实现自我的豪情和解民于倒悬的愿望相联系,因而具有极强的思想和理性光辉。即如被称为“建安之杰”的曹植,在其饱受迫害和压抑的后半生,也并未因此而稍减初衷,如《杂诗》其五所说:“愿欲一轻济,惜哉无方舟!闲居非吾志,甘心赴国忧”。在诗人被迫“闲居”而报国无门无以用世的情况下,他并不象十九首的作者那样无所事事,游戏人生,把生命投注在一时的适性快愉上,而是仍然希冀着欲借“方舟”而“轻济”,以通达上聪,铅刀一试“甘心赴国忧”,最后实现自身价值而不朽。这就是建安诗人所特具的人生价值观。总之,代表一代文学精神所凝聚的“建安风骨”,并非是一种由多个个体组成的单调声音,而是一种多层面的复杂综合体,它至少由相互联系而又不可分离的三个方面构成,这就是:强烈的生活写实性、昂扬的积极进取精神和人生苦短的忧生之叹。

还有一种情况也值得注意,刘勰对建安文学的概括,不仅如前引《时序》篇所说,在《文心雕龙·明诗》篇中他还写道:“暨建安之初,五言腾踊,文帝陈思,纵辔以骋节,王徐应刘,望路而争驱。并怜风月,狎池苑,述恩荣,叙酣宴,慷慨以任气,磊落以使才,造怀指事不求纤密之巧,驱辞逐貌唯取昭晰之能,此其所同也。”大概而言,《时序》所说是就其跟随曹操东征西战的文士之作所作的概括,而《明诗》所说则是曹丕以五官中郎将身份留守东都时,围绕其周围的一班文士之咏所作总结。两篇描述的对象不同,其概括也就必然出现差异。不过就“建安风骨”的精神实质而言,前者则更能揭示其深厚内涵,“述恩荣,叙酣宴”之作究竟只是一个侧面。当然,二者之间也是有共同方面的,那就是“慷慨多气”、“磊落使才”的时代特色。下面就从上述三个方面对建安文学作一巡视。

一、被称为“诗史”的反映生活时事之作

明代钟惺曾评曹操诗说:“汉末实录,真诗史也”①,这主要是针对其《蒿里行》、《苦寒行》等作而言的。其实在建安诗人中,如王粲的《七哀诗》其一,陈琳的《饮马长城窟行》、孔融的《六言诗三首》、曹植的《送应氏》、蔡文姬的《悲愤诗》(五言)等,都可称得上是“诗史”之作。大概是由于发生在中平六年的那次董卓之乱,给社会造成的灾难太深重了,也给人们留下的印象太深刻了,所以上述这些诗作都间接直接、或多或少地描写到这一重大事件。繁华一时的东都洛阳,被一把大火夷为灰烬,人民则流亡失所,惨死道路,弃尸沟壑,面对这种触目惊心的悲惨景象,诗人们怎能不满怀愤怒和同情而流注于笔端。其代表作当推曹操(155—220 年,字孟德,沛国谯人)的《蒿里行》:

> 关东有义士,兴兵讨群凶。初期会孟津,乃心在咸阳。军合力不齐,踌躇而雁行。势利使人争,嗣还自相戕。淮南弟称号,刻玺于北方。铠甲生虮虱,万姓以死亡。白骨露于野,千里无鸡鸣。生民百遗一,念之断人肠。

此诗之一大特征,即在于它是从一个杰出的政治家、军事家的特殊视角,进行观察描写的。因此,诗中除对社会惨象进行真实地反映之外,还充满着理性的思考和冷峻剖判,因而具有沉雄苍莽的撼人力量。全诗可分前后两大部分,前十句是对关东群雄联合讨伐董卓却又相互残杀的历史真实的记述,后六句则是对这次战争造成的社会惨象的慨叹。群雄起兵讨董,却各怀异心,为争夺利益,故迟疑不进,遂由按兵观望到互相攻伐,于是烽烟不息。袁绍趁机拥立幽州牧刘虞于北方刻玺,袁术则在安徽寿春而称帝。整个社会已是分崩离析,战乱不断,士兵吃尽苦头,百姓死伤流离,终至造成“白骨露于野,千里无鸡鸣”的残败景象。此诗从大处起手,视野开阔,夹叙夹议,胸襟浩荡,最后以悲凉沉郁之声收尾,情韵悠长,能发人感而启人思。胡应麟曾说:“豪迈纵横,笼罩一世”②,刘熙载亦谓:“气雄力坚,足以笼罩一切”③,可谓的评。

王粲(177—217 年,字仲宣,山阳高平人)的《七哀诗》其一,也是反映这次战乱的,不过是从董卓部将作乱长安时写起:

> 西京乱无象,豺虎方遘患。复弃中国去,委身适荆蛮。亲戚对我悲,朋友相追攀。出门无所见,白骨蔽平原。路有饥妇人,抱子弃草间。顾闻号泣声,挥涕独不还:“未知身死处,何能两相完!”驱马弃之去,不忍听此言。南登霸陵岸,回首望长安,悟彼下泉人,喟然伤心肝!

如果说曹诗是以政治家军事家的胸襟和视野从宏阔背景描写,那么王粲此诗则只写一介

---

① 隋树森.《古诗归》(7).《古诗十九首集释》. 中华书局,1957. 24
② 胡应麟.《诗薮》. 上海古籍出版社,1978
③ 刘熙载.《艺概・诗概》. 上海古籍出版社,1982

书生的亲身所历，亲眼所见，因而具体而琐细，然而这也正是其特色所在。初平元年（公元 190 年）董卓挟持汉献帝西迁长安，自己却留屯洛阳毕珪苑中。中平三年四月吕布杀卓，卓部将李傕、郭汜遂抢掠烧杀长安作乱，于是诗人被迫离开长安去荆州依刘表避乱，诗当作于此时。但同样反映悲惨动乱的现实，此诗的最大特点是以一幅幅怵目惊心的图画来展现。开头两句以高度概括的语言，来叙述动乱的社会背景，先点出“乱无象”，再以“方遘患”作补充，加以具体化，接着写诗人被迫离开家人而远适荆蛮。先用一“弃”一“去”一“委身”，写出不忍离去而又不得不离去的悲痛心情；再用一“悲”一“追”一“攀”，写出亲人友朋之间生离死别，悲号难舍的伤心场面，形象生动，色彩强烈，感人至深。然而，诗人并没有将视野停留在一已的苦难和不幸上，而是拓展开去，又描绘出一幅令人悲怆的饥妇弃女图。“出门无所见，白骨蔽平原”，先宕开一笔写出时代大背景，那么路有饥妇人而弃子草间便成必然。而更妙的是作者代妇立言：“未知身死处，何能两相完”。既补足苦难社会造成的人们特有心态，又加强诗歌描写的真实性，从而引起一种惊心动魄的震撼——确有不忍再听下去的沉痛！最后四句则纵笔书怀，回望长安，心肝寸断，然又寄寓对太平盛世的向往。此诗将个人痛苦、人民灾难交织在一起来写，遂使一己之悲具有了深沉的时代内涵，充分表现出“诗史”的特有品性。

蔡琰（177—？年，字文姬，陈留圉人）用自己的血泪写成的那首五言《悲愤诗》亦是一篇名作。《后汉书·列女传·董祀妻传》载：“兴平中（汉献帝年号，公元 194—195 年），天下丧乱，文姬为胡骑所获，没于南匈奴左贤王。在胡中十二年，生二子。曹操素与邕善（按文姬为蔡邕女），痛其无嗣，乃遣使者以金璧赎之，而重嫁于祀。……后感伤乱离，追怀悲愤，作诗二章”。首章即此诗，另一章为骚体，一般认为非文姬作。本诗分三大部分，第一部分即写汉末大乱和自己被虏入胡的情形：

> 汉季失权柄，董卓乱天常。志欲图篡弑，先害诸贤良。逼迫迁旧邦，拥主以自强。海内兴义师，欲共讨不祥。卓众来东下，金甲耀日光。平土人脆弱，来兵皆胡羌。猎野围城邑，所向悉破亡。斩截无孑遗，尸骸相撑拒。马前悬男头，马后载妇女，长驱西入关，迥路险且阻。还顾邈冥冥，肝脾为烂腐。所略有万计，不得令屯聚。或有骨肉俱，欲言不敢语。失意几微间，辄言“毙降虏，要当以亭刃，我曹不活汝！”岂敢惜性命？不堪其詈骂。或便加棰杖，毒痛参并下。旦则号泣行，夜则悲吟坐，欲死不能得，欲生无一可。彼苍者何辜？乃遭此厄祸！

此诗乃建安文人诗中唯一一首长篇叙事体抒情诗，全诗长达五百四十字。首章即以深沉哀惋的笔触，倾诉了汉末动乱现实及军阀战乱、给人民造成的深重灾难和个人遭受的悲惨境遇，这不仅是对贼兵暴行的愤怒控诉，也是对当时黑暗社会现实发出的强烈抗议。在这次战乱中，蔡琰本人大概是在颖川、陈留一带被董卓部将李傕、郭汜的兵士掳掠的①。《三国志·魏志·董卓传》载：“（卓）尝遣军到阳城，适值二月社，民在其社下，悉就断其

① 何焯.《义门读书记》. 中华书局，1987

男子头，驾其车牛，载其妇女财物，以所断头系车辕轴，连轸而还雒”。正可与文姬所写者参照。诗人所揭示的当时人民受尽虐待和凌辱并在死亡线上挣扎的血腥场面，其真实性和深刻性在建安诗人包括曹操和王粲的作品中，可以说都是不会见到的。因此，若用“诗史”的标准来衡量，曹诗则过于偏重在军政时局的议论把握，王诗则局限于一已之所知所感，唯文姬此作则是对作为社会更广大基础的下层人民遭受苦难的真实写照，因而具有更重要得多的时代历史意义。

在董卓之乱后二十年，曹植（192—232，字子建，曹操第三子）又写了《送应氏诗》其一，对这次灾难性的战争后果也有真实的反映：

> 步登北芒阪，遥望洛阳山。洛阳何寂寞，宫室尽烧焚。垣墙皆顿擗，荆棘上参天。不见旧耆老，但睹新少年。侧足无行径，荒畴不复田。游子久不归，不识陌与阡。中野何萧条，千里无人烟。念我平生亲，气结不能言！

史载：“卓以山东豪杰并起，恐惧不宁，初平元年二月，乃徙天子都长安。焚烧洛阳宫室，悉发掘陵墓，取宝物”。“烧洛城外百余里，又自将兵烧南北宫及宗庙、府库、民家，城内扫地殄尽；又收富室，以罪恶没入其财物，无辜而死者，不可胜记。”（《三国志·魏志·董卓传》）建安十六年（211 年）诗人随其父西征马超，由邺城出发经洛阳，与应氏兄弟（应瑒、应璩）相会于此。时应氏兄弟将北往，遂作诗送别。虽时隔二十年，洛阳尚一片废墟，满目疮痍，其凄惨景象仍叫人惊心，故深深致慨于“中野何萧条，千里无人烟”的现实而“气结不能言”！无疑这是对曹操、蔡琰等所写的一个重要补充，将其综合起来通读，才真正构成那场历时数十年的军阀混战对社会造成严重破坏的现实“诗史”。全诗由写景起笔，边叙边写，逐层展开，情景交渗，最后以深沉叹惋结束。音韵谐畅，语言流美，标志着我国五言诗真正走上纯熟。钟嵘评其“情兼雅怨，体被文质，粲溢古今，卓尔不群，”①信然！

建安诗人反映现实生活的另一类作品，是对征夫、思妇、游子及下层人民生活疾苦的描写，明显继承了乐府民歌和汉末古诗的优秀传统，而又具有自己时代的突出特色。如曹操的《苦寒行》、《却东西门行》，陈琳的《饮马长城窟行》，徐干的《于清河见挽船士新婚与妻别》，阮瑀的《驾出北郭门行》，曹丕的《见挽船士兄弟辞别诗》，曹植的《泰山梁甫行》等。

《苦寒行》和《却东西门行》是描写征夫之苦的姊妹篇，但所采用的表现手法却各不相同。前诗是建安十一年（206 年）正月征高干时作②，主要叙述行军路经太行山的艰苦，又值冰天雪地，战士饥饿冻馁，苦不堪言。首写道路险艰：“北上太行山，艰哉何巍巍！羊肠坂诘屈，车轮为之摧。树木何萧瑟，北风声正悲。豁谷少人民，雪落何霏霏！”次言冻饿饥馁：“水深桥梁绝，中路正徘徊。迷惑失故路，薄暮无宿栖。行行日已远，人马同时饥。担囊行取薪，斧冰持作糜”。最后引《东山》诗的典故，长怀叙志，抒思归之情。描写真切生

① 陈延杰注.《诗品》(上). 人民文学出版社，1958

② 何焯.《义门读书记》. 中华书局，1987

动，间以景物渲染，甚有雄健苍凉之气。后诗则用比兴手法，以鸿雁塞北和飞蓬远扬作比，写其“长与故根绝”的悲伤，然后转入征夫：“奈何此征夫，安得去四方？戎马不解鞍，铠甲不离傍。冉冉老将至，何时反故乡？……狐死归首丘，故乡安可望！”此诗无论在表现手法或语言使用上，都可看出深受乐府诗的影响，朴质平易，不事雕饰，所谓“古直”者也，然寄慨亦深，是曹公长期军旅生活感受的写实。陈琳（？—217 年，字孔璋，广陵人）的《饮马长城窟行》也是描写征夫之作，采用的则是乐府对话体。诗以封建统治者修筑长城，连年劳役不断，因而造成人民妻离子散的苦难为题材，深刻揭示出“长城何连连，连连三千里！边城多健少，内舍多寡妇”的悲惨现实，并以“生男慎莫举，生女哺用脯，君不见长城下，死人骸骨相撑拄”的极大愤慨，对之作了无情控诉。

徐干（170—217，子伟长，北海人）的《于清河见挽船士新婚与妻别》，则是思妇别离之词，很值得一读：

> 与君结新婚，宿昔当别离。凉风动秋草，蟋蟀鸣相随。冽冽寒蝉吟，蝉吟抱枯枝。枯枝时飞扬，身体忽迁移。不悲身迁移，但惜岁月驰。岁月无穷极，会合安可知？愿为双黄鹄，比翼戏清池。

诗首两句点题，接着以大量景物节候的描写进行氛围渲染，从而达到抒发情感的目的。值得注意的是，这些景物描写，既可看作是传统比兴手法的运用——以蝉抱枯枝，岁月迁逝，随之色衰声绝，来象征新婚别离难会之痛；但在这样一首诗中加入大量景物描写，写景似乎成了诗歌的主体，这在建安以前诗歌中是少见的，也是后来诗歌发展新趋势的预示（见后），应该看作建安诗人的独创。全诗辘轳相转，一气直下，音声谐和响亮，甚能表现出新婚别离的少妇复杂婉曲的感情。末两句袭用乐府旧词，虽然表现美好愿望，与全诗情调却不太谐调，有游离之感。曹丕反映现实生活的诗作不多，其《见挽船士兄弟辞别诗》主题与徐干此诗相近，也有较真切生动的描写：“郁郁河边树，青青野田草。舍我故乡客，将适万里道。妻子牵衣袂，抆泪沾怀抱。还附幼童子，顾托兄与嫂。辞诀未及终，严驾一何早！负笮引文舟，饥渴常不饱”。二诗相较，徐诗更为含婉，此则多为直述；徐诗景情相洽，此则白描生动，二者风格大不相同。

曹植的《泰山梁甫行》是一首传诵好诗，对边海人民艰苦贫穷的生活，有较为直接真实的反映：

> 八方各异气，千里殊风雨。剧哉边海民，寄身于草野。妻子象禽兽，行止依林阻。柴门何萧条，狐兔翔我宇。

《泰山梁甫行》用古乐府曲调名，本为哀丧歌，曹植用以填写新辞，故内容不一定与原题相关。此诗大约写于诗人“居实六迁，连遇瘠土”①的迁转流徙时期，应是亲身之所历所见。

① 严可均辑．《迁都赋序》．《全三国文》

首以“八方”“千里”一联发端,气势恢宏,有吞吐宇宙之概。“各异气”、“殊风雨”,点明方舆之大,各地气候条件不同,作为全诗起兴而直接引入主题——“剧哉边海民!”接下五句,遂依次展开对边海居民艰苦生活的描写:寄身野草,言赖以生存之地的贫瘠;妻子如林麓禽兽,言生活已贫困到与禽兽争食的极原始状态;柴门萧条,接上作进一步铺垫,故有狐兔翔宇,则居住条件亦简陋不堪,以至与野兽为伍了。短短五句,层层写来,一句比一句凄惨,从而深刻揭示出战乱给人民造成的极大苦难,即使逃往边鄙不毛之地亦难摆脱此劫。能象曹植这样真实而直接反映下层百姓悲惨生活之作,在建安诗人的作品中是很少见的,故此诗尤值得注意。自曹丕父子相继即位后,诗人因被猜忌而饱受迫害,屡遭迁徙,所到之地大多贫瘠。他曾屡言:“连遇瘠土,衣食不继”①、“块然守空,饥寒备尝”②,可见生活之困顿。因此,他能写出如此深切的生活实录,固然是有丰富的生活经历为基础的,而其所以能于此而有所感触兴发者,亦未尝不寄语以自伤也。七子在曹丕称帝前均已去世,他们有丰富的战争经历,却缺少这方面的生活体验,故很少接触这一题材也是可以理解的。

二、以追求“三不朽”为底蕴的慷慨任气之作

如前所说,群雄争霸的动乱社会,也给建安文士提供了发挥才智、取得成功、实现自我生命价值的良好机会。自董卓之乱以后,汉王朝进入战争连年的动荡不安之中。“名豪大侠,富室强族,飘扬云会,万里相赴”,各据一方;“山东大者连郡国,中者婴城邑,小者聚阡陌,以还相吞灭”(《三国志·魏志·文帝纪》),终使大一统的专制统治被冲毁,而给每一个有势力者都提供了角逐天下的机会。他们在“还相吞灭”的斗争中,需要积聚自己的实力,所以都在大力招揽人才,以求为自己出谋划策,平定天下。于是建立现世功业的愿望,便在士阶层知识分子中急剧升腾起来。七子本是一群有作为的进取之士,富有才华的倜傥少年,适逢这样一个群雄争起时代提供的机会,自然不安寂寞。虽然他们中大多数人曾经历过择主流离之苦,但最终都集聚在一代枭雄曹操的麾下,生活趋于安定,亦被优遇而重用,胸怀抱负也得到一定伸展,可谓志得而意满。于是建功立业,辅国安民以求名刻金石而不朽,遂成为他们坚定不移的终生追求,即使受到挫折时亦不改初度。如徐干即曾说:“故司空颖川荀爽言之,以为古人有言,死而不朽。谓太上有立德,其次有立功,其次有立言。其身殁矣,其道犹存,故谓之不朽。……寿与不寿,不过数十岁,德义立不立,差数千岁,岂可同日言也哉?”③这是以三不朽为准则,所确立的自己的人生价值观。曹植在这方面表现得更为急迫,甚至出现偏颇,有轻忽“立言”之论。《与杨德祖书》即说:“辞赋小道,固未足以揄扬大义,彰示来世也。昔扬子云先朝执戟之臣耳,犹称壮夫不为也,吾虽薄德,位为蕃侯,犹庶几戮力上国,流惠下民,建永世之业,流金石之功,岂徒以翰墨为勋绩,辞赋为君子哉?若吾志未果,吾道不行,则将采庶言之实录,辩时俗之得失,定仁义之衷,成一家之言”。显然,他是把政治军事上建永世不刊之功业,放在第一位的,而

① 严可均辑.《迁都赋序》.《全三国文》

② 严可均辑.《社颂序》.《全三国文》

③ 严可均辑.《中论·夭寿》.《全三国文》

把“成一家之言”的著述放在其次，至于称为“小道”的辞赋则等而下之更不足重视了，故同意扬雄“壮夫不为”之说。当然在具体创作中，他也并非如此，《薤露》即说：“聘我径寸翰，流藻垂华芬”，也是期以不朽的。杨修似乎不大赞同曹植之说，然《答临淄侯笺》的真正主旨却是：“若乃不忘经国之大美，流千载之英声，铭功景钟，书名竹帛，斯自雅量，素所畜也，岂与文章相妨害哉？”①把文章之事同经国大业拉到一起，则未必与曹植所说杆格，只是对其地位的轻重认识有所不同而已，根底里还是事功为先。至于王粲，《三国志·魏志》本传谓：“处常伯之官，兴一代之制”，也是以“王佐才”为期许和憧憬的。总而言之，这种“三不朽”的思想追求，不仅见之于建安文士的言论，而且是贯穿于其全部诗文中的。建永世之功垂名金石，实现个体生命价值和理想，遂成其创作的深层底蕴，因而才造就出慷慨任气的一代诗风。

曹操的《短歌行》《对酒》，王粲的《从军诗》，刘桢的《赠从弟三首》，陈琳的《诗》（骋哉日月逝）等，尤其是曹植的《杂诗六首》中的一些作品，如《薤露行》、《鰕䱇篇》、《白马篇》、《赠白马王彪》等，便都是这种精神的集中体现。如王粲《从军诗》其一：

> 从军有苦乐，但闻所从谁？所从神且武，焉得久劳师？相公征关后，赫怒震天威。一举夭獯虏，再举服羌夷。西收边地贼，忽若俯拾遗。陈赏越丘山，酒肉逾川坻。军人多饫饶，人马皆溢肥。徒行兼乘还，空出有余资。拓地三千里，往返速若飞。歌舞入邺城，所愿获无违。昼日献大朝，日暮薄言归。外参时明政，内不废家私。禽兽惮为牺，良苗实已挥。（窃归负鼎翁，愿厉朽钝姿。）不能效沮溺，相随把锄犁。孰览夫子诗，信知所言非。

此诗乃王粲随曹操出征东吴时途中有感而作，主要是对“神且武”的曹公进行歌颂。首四句以言理发端，点明“所从神且武”的颂赞主题，接着导入以下十二句对具体战功进行歌颂。“一举”、“再举”、“西收”，言其战功显赫；“陈赏”至“空出”，谓其战果辉煌；“拓地三千里”以下，颂其凯旋而归和丰功伟业，并落结到治国齐家的雄才上。最后六句是诗人抒怀言志，最值得注意。首以伊尹为楷模，次言不能效沮、溺退隐归耕，并强调其“信知所言非”，充分表现他随曹誓死建功的坚定信念和积极乐观精神。《从军诗》其二也是满怀慷慨之气地抒发了这种感情：“征夫怀亲戚，谁能无恋情？拊衿倚舟樯，眷眷思邺城”。本是写人心思归的愁情的，但笔锋一转却劝勉道：“昔人从公旦，一徂辄三龄。今我神武师，暂往必速平”。周公东征尚且三年才归，今我神武之师东进，岂能不一扫而平，那是周公旦也难及的！除颂美之意，其功业必胜的信心，又是何等的乐观坚定！写战争而用颂歌的形式来表现，这在建安诗人中是比较特别的，不过也说明王粲热衷于功名的特有心情。陈琳却与此有很大不同：

> 骋哉日月逝，年命将西倾。建功不及时，钟鼎何所铭？收念还寝房，慷慨咏

① 萧统.《文选》(14)，四部丛刊影宋本六臣注

坟经。庶几及君在，立德垂功名。（《诗》）

同样是写建功立业的慷慨怀抱，陈琳更多地是和生命短促感、时间迁逝感的悲凉心境掺合在一起的。日暮西山，而功名未建，只好收念归房以诵经排遣。尽管急切的心情是一样的，究竟缺少了些乐观和自信，虽诗的结尾也喊出"庶几及君在，立德垂功名"的壮语，亦难释解其全诗的失意和消沉。刘桢（？—217 年，字公干，东平人）的《赠从弟》其二是首传诵名作，其写作心境则又不相同：

亭亭山上松，瑟瑟谷中风。风声一何盛，松枝一何劲。冰雪正惨凄，终岁常端正。岂不罹凝寒，松柏有本性。

此诗是以松柏喻从弟，勉励其坚贞自守，不因外部压力而改变其本性，确是一种个性觉醒、卓立不屈的倔傲精神的体现。钟嵘曾称赞其"真骨凌霜，高风跨俗"①，确然的然。但是，这种倔傲个性中深藏的底蕴又是什么呢？无疑还是那种热切的建功立业的人生信念。只要再读《赠从弟》其三便知："凤凰集南岳，徘徊孤竹根。于心有不厌，奋翅凌紫氛。岂不常勤苦，羞与黄雀群。何时当来仪？将须圣明君"。此又以凤凰为喻，是说志在奋翅高飞，而羞与平庸之辈燕雀为群，只等待着明君赏识，为之铅刀一试耳。可知对建永世之业的热切心情，是同王粲等人一样强烈的，只是表现得更为含蓄曲婉罢了。

在曹植的作品中对此有更集中的反映。《求自试表》即说："如微才弗试，没世无闻，徒荣其躯而丰其体，生无益于事，死无损于数，虚荷上位而忝重禄，禽息鸟视，终于白首，此徒圈牢之养物，非臣之所志也。"他是不甘于尸位素餐、老死丘山而白白渡过一生的，所以及时立身扬名，建不朽之业，便成为其诗歌创作的中心主题。如《杂诗》其六：

飞观百余尺，临牖御棂轩。远望周千里，朝夕见平原。烈士多悲心，小人偷自闲。国仇亮不塞，甘心思丧元。拊剑西南望，思欲赴太山。弦急悲风发，聆我慷慨言。

此诗大概是建安十九年（公元 214 年）曹操东征孙吴，曹植留守邺城时所作（采用黄节说）。不能亲随大军出征，遂登高楼远望，心潮起伏，四顾茫然，愁绪所凝发为歌咏，以抒写浩然慷慨之气。国仇不塞，言国仇未曾杜绝耳，故思丧元（掉脑袋）而为国赴难也。"拊剑西南望"，按其《求自试表》曾说："方今天下一统，九州晏如，顾西尚有违命之蜀，东有不臣之吴"。蜀西而吴南，故有西南望也。"思欲赴太山"，按汉纬书《援神契》说："太山，天帝孙也，主召人魂"。又《后汉书·乌桓传》说："中国人死者，魂神归岱山（即太山）。"可知赴太山者，指当以死报国也。曹植此时，留守赋闲，郁志难申，故奏此慷慨之悲歌以述志，是表现出典型的"建安风骨"之作。细绎其思想主旨，当与前引《杂诗》其五一脉相承。

① 陈延杰注.《诗品》卷上.人民文学出版社，1958

如前诗谓“远游欲何之,吴国为我仇”,此则谓“拊剑西南望,思欲赴太山”;前谓“闲居非吾志,甘心赴国忧”,此则谓“国仇亮不塞,甘心思丧元”;前谓“江介多悲风”,此则谓“弦急悲风发”;前谓“吾行将远游”,此谓“远望周千里”等,所表现的胸襟、气度、思绪和情志等,都是完全一致的,不同者只在前者写行途,此则写远望而已。旧或以为前诗写于文帝时,当与《赠白马王彪》同期。证据是诗所说“东路安足由”,即《赠白马王彪》所说“怨彼东路长”之东路,是指“谒帝承明庐,逝将返旧疆”后由洛阳归鄄城。但从内容分析,两首《杂诗》是一致且脉络相通的,与《白马王彪》诗表现的那种愤激悲怨的情绪就不太一致了。

曹植这种不甘寂寞、慷慨悲凉的心情,在《薤露行》《鰕䱇篇》《箜篌引》等作中表现得更为强烈。

> 鰕䱇游潢潦,不知江海流。燕雀戏藩柴,安识鸿鹄游。世士此诚明,大德固无俦。驾言登五岳,然后小陵丘。俯观上路人,势利惟是谋。仇高念皇家,远怀柔九州。扶剑而雷音,猛气纵横浮。汎泊徒嗷嗷,谁知壮士忧。(《鰕䱇篇》)

诗中他以鸿鹄自比,以寄托其远大抱负,而以鰕䱇和燕雀比喻那些蝇营狗苟的势利小人。他们“势利惟是谋”,哪里懂得“仇高念皇家,远怀柔九州”的志士?“汎泊徒嗷嗷”,黄节云:“宋玉《高唐赋》曰:‘众雀嗷嗷’,指上燕雀言。”是说他们都不过是在嗷嗷乱叫地混日子,哪里又知道报国赴难的壮士之忧?全诗写得情感激切,悲壮苍凉,充盈着不被理解的深深痛苦,真所谓“梗概多气”者。

总之,建安文学中“慷慨任气”“志深笔长”的特征,是以强烈的建功立业思想,即呼应着时代要求和个性解放精神,积极实现个体生命的永恒价值为其底蕴的,深层包孕的是高尚情操的追求和英雄主义的高扬,因而才形成一代诗风的鲜明特色而为后世所推重。如果缺少了这一精神内蕴,所谓“建安风骨”也将黯然失色。毫无疑问,这在曹植身上则表现得最为集中突出。

三、以迁逝之悲为情怀的感时忧生之作

如前所述,忧生之嗟本是《古诗十九首》中奏响的超强音,如《生年不满百》之“生年不满百,长怀千岁忧”,《青青陵上柏》之“人生天地间,忽如远行客”,《迴车驾言迈》之“人生非金石,岂能长寿考”,《驱车上东门》之“人生忽如寄,寿无金石固”,《今日良宴会》之“人生寄一世,奄忽若飙尘”等。的确在永恒的宇宙面前,百年人生不过是一寄世之匆匆过客而已,显得太渺小也太不足道了。然而,对于一个已经觉醒的灵魂来说,既不甘于寂寞而虚此一生,又看不到出路而为之奋争,其人的自身价值的追求遂表现为感性的、一己享乐而缺乏理想的,见诸诗作则是对虚幻无聊人生的无奈和愤激之言。建安诗人却不同,他们所处的那个战乱时代,是一个充满机会也到处是残酷杀戮的社会。这一方面给他们提供了英雄横行、驰骋才情、建功立业的大好时机,另一方面又是战争、瘟疫和激烈政争,瞬息之间使千百万生灵变为异类。他们看到太多的饥饿、死亡和杀戮,于是人生无

常，倏忽万变，逝者如斯之感油然而生，遂发为慷慨悲凉之叹。因此，他们同《古诗》作者既有一脉相承之处，又有很大不同。这在建安诗人的作品中几乎都能看到，如前引陈琳的《诗》，曹植的《薤露行》等，其中最著名的当推曹操的《短歌行》：

对酒当歌，人生几何？譬如朝露，去日苦多。慨当以慷，忧思难忘。何以解忧？唯有杜康。青青子衿，悠悠我心。但为君故，沈吟至今。呦呦鹿鸣，食野之苹。我有嘉宾，鼓瑟吹笙。明明如月，何时可掇？忧从中来，不可断绝。越陌度阡，枉用相存。契阔谈宴，心念旧恩。月明星稀，乌鹊南飞，绕树三匝，何枝可依？山不厌高，海不厌深，周公吐哺，天下归心。

此诗前人认为是用于宴会上演奏的歌辞，当是可信的。但不同于一般宴会歌辞者，在于又充分吐露了一代雄杰曹操个人的胸怀壮志，故更可认作是一首动人心怀的述志诗。清陈沆分析说："此诗即汉高《大风歌》思猛士之旨也。'人生几何'发端，盖传所谓古之王者知寿命之不长，故并建圣哲，以贻后嗣。次两引《青衿》《鹿鸣》二诗，一则求之不得，而沈吟忧思；一则求之既得，而笙簧酒醴。虽然，鸟则择木，木岂能择鸟？天下三分，士不北走，则南驰耳，分奔吴蜀，栖皇未定。若非吐哺折节，何以来之？山不厌土，故能成其高；海不厌水，故能成其深；王者不厌士，故天下归心"①，其说可大体概括此诗内容。不过，此诗之最大特征，是将生命短促之迁逝感作为发端，而为全诗求贤若渴、胸怀大志的情思浓笔铺垫，增强其急迫感、热切感，使情志融通一体，于是化消沉为积极、悲凉为奋进了。这在建安诗人作品中也是少见的，陈祚明谓其"本无泛语，根在性情，故其跌宕悲凉，独臻超越"②者，是也。同一"人生几何，譬如朝露"之慨，在此老笔下反增英雄豪宕之气，在"建安风骨"中可谓独树一旗。

与此诗格调基本相同的还有《步出夏门行》其四《龟虽寿》。约写于建安十二年（207年）北征乌桓时，抒发的是诗人一种特有生死观：

神龟虽寿，犹有竟时。螣蛇乘雾，终为土灰。老骥伏枥，志在千里；烈士暮年，壮心不已。盈缩之期，不但在天；养怡之福，可得永年。幸甚至哉，歌以咏志。

生命短促感，时光倏逝感，促使多少封建帝王去服食求仙，以期长生不死，然而那都不过是虚幻妄想而已，徒为后人笑柄耳。孟德身处辑世用兵之时，自不会为这种虚妄之想所迷惑。因此认为，即使如传说中的神龟、螣蛇等灵物，也必有其生命终结之时，何况人呢？但这并不意味着不爱惜生命，尤其是对志在千里，胸怀壮志的"烈士"来说，事业未成，而年已迟暮，生命又何其宝贵！故诗的结尾才发出"盈缩之期，不但在天"的坚定信念，即认

① 陈沆.《诗比兴笺》.上海古籍出版社，1981
② 陈祚明.《采菽堂古诗选》(5)，清康熙45年刻本，全国图书缩微中心，1989

为生命短长并不完全被动地受自然规律支配，若养怡得体，通过主观努力，也可得到“永年”。永年不是长生不死，而是对延长生存时间的渴望企盼，这就现实而且实际得多了。在此我们同样听到前诗那样昂扬的声音，本来悲凉色调浓重的人生主题，在他笔下都化为英雄慷慨之气。不过非常明显的是，此诗乃是《古诗》“生年不满百”思想的延伸，“仙人王子乔，难可与等期”的怀疑无奈，经过时代的洗礼，已升华为对天命的否定了。曹操此类嗟生之作还有《精列》《秋胡行》等，其中《精列》一诗颇值得注意。诗开篇即说：“造化之陶物，莫不有终期”，是说人生而终死的必然性，即使如圣贤亦不能一免，“周孔圣徂落，会稽以坟丘”，即是明证，何况如我辈呢？于是谁不因此慨叹“年之暮”而企望成仙：“愿螭龙之驾，思想昆仑居”。可是，这又明摆着是不可能的，故笔锋一转说：“思想昆仑居，见欺于迂怪”。求仙本身更是荒诞，遂只能以“君子以弗忧”来自励自慰了。无疑，此诗所表现的思想与《龟虽寿》完全一致，都反映着那时人们已从两汉神学迷信中解脱出来，因而所焕发的理性觉醒精神。

相较之下，七子中如刘桢、阮瑀等写迁逝之悲的作品，其思想境界就萧瑟多了。如刘桢《诗》：

> 天地无期竟，民生甚局促。为称百年寿，谁能应此录？低昂倏忽去，炯若风中烛。

天地永恒而生命短暂，这是人生中最大的悲哀！道家求解脱，方士慕成仙，都是为解决这一矛盾，然皆不可得，徒“见欺于迂怪”耳。刘桢亦深深致慨于此：为时百年，倏忽即去，恰如风中残烛，随时都会熄灭，又是何等地伤痛！然而，生命之可贵亦正在此，不过觉其活得“甚局促”罢了。所以，更应珍惜生命，抓紧时间，以求自身价值的充分实现。当然，这也正是那个时代人性觉醒精神的表现，但较之孟德却缺少了慷慨之气。因此在这类抒写迁逝之悲和忧生之叹的作品中，真正能鲜明地表现出“建安风骨”的作者，除魏武之外恐怕要数曹植了。他那充满慷慨悲凉情调的一些诗，如《薤露篇》等前面已讲过，下面再举几首游仙之作。在现实生活中他是很不得意的，可谓局促潦倒半生，于是便在精神世界中寻求解脱，写下不少超越现实遁入幻想的游仙诗。如：

> 人生不满百，戚戚少欢娱，意欲奋六翮，排雾陵紫虚。蝉蜕同松乔，翻迹登鼎湖。翱翔九天上，骋辔远行游。东观扶桑曜，西临弱水流。北极登玄渚，南翔陟丹丘。

此诗首写游仙之动因，次写随仙而远游，末明其所以游之目的。人生百年，何其短促，而现实生活又如此窘局困顿，难以忍受，遂萌生“奋六翮”而“凌紫虚”之想，这是因。接着写蝉蜕飞升，随仙人赤松、王子乔翱翔九天，并驱远游。其所历之地，尽皆神话传说中的神山宝地：“东观扶桑，西临弱水，北登玄渚，南陟丹邱”。当正是屈大夫所说之“上下流观”而欲一展身心以“畅神”者，实乃一种自我个性张扬和精神空间的幻想性扩展，明显受到屈《骚》的影响，然其所蓄之忧愤亦同样深广。不过屈辞敢于罄胸直抒，此则欲吐复吞，不敢明言罢了。子建本来并不信仙，游仙只是其托辞耳。他在《辩道论》中即说："世虚然有仙人之说。仙人者，傥猱猿之属欤？世人得道化为仙人乎！夫雉入海为蜃，燕入海为蛤。当夫徘徊其翼，差池其羽，犹自识也；忽然自投，神化体变，乃更与鼋鳖为群，岂复自识翔林薄、巢垣屋之娱乎！牛哀病而为虎，逢其兄而噬之。若此者，何贵于变化邪？"他首先指出，世人所说仙人不过是猿猴之类东西，哪里是"人得道化"而变成的呢？接着举例说，即使承认能够变化，如雉之入海为蜃、燕之入海为蛤，本来还可"自识"，而一但"神化体变"，便连原先的本性之娱都丢掉了，又何贵乎变化呢？牛哀病而变虎，其典出自《淮南子·叔真》篇，其道理也一样。因此，他嘲笑秦皇汉武之求仙说："为匹夫所罔，纳虚妄之辞，信眩惑之说，隆礼以招弗臣，倾产以供虚求，散王爵以荣之，清闲馆以居之。经年累稔，终无一验，或殁于沙丘（按指秦皇），或崩于五祚（按指汉武），临时复诛其身，灭其族，纷然足为天下一笑矣！"其对求仙的决然态度和辛辣讽刺，亦可知矣。既然如此，那么他又何以要写游仙诗呢？显然这是他对备受压抑迫害的后半生生活，在心理上不堪忍受时的精神性幻想超越，借以抒写幽愤求得内心平衡。其《仙人篇》所写亦正是这一主旨。诗紧扣主题，首写仙人们对博于"太山隅"的娱乐生活，并发出"四海一何局"的慨叹，于是遂偕仙人韩终、王乔升天远游：

> 韩终与王乔，要我于天衢。万里不足步，轻举陵太虚。飞腾逾景云，高风吹我躯。回驾观紫薇，与帝合灵符。阊阖正嵯峨，双阙万丈余。玉树扶道生，白虎夹门枢。驱风游四海，东过王母庐。俯观五岳间，人生如寄居。潜光养羽翼，进趋且徐徐。

这次升天远游，确实够开心的了：仙人陪伴，飞升天衢；轻举大虚，回驾紫薇；漫游天廷，与帝合符；飘风四海，拜谒王母——总之，在这次超尘越世的遨游中，局拘的心灵终于得到尽情舒展，郁积和幽愤终于得以完全释放。但回顾人间依然熙来攘往，于是发出"俯视五岳间，人生如寄居"的迁逝悲哀！此诗与前诗均写到升天远游，虽有繁简却存在诸多相同，只是前者仅及游而未明其意，此则于结尾一并点明之："不见轩辕氏，乘龙出鼎湖！徘徊九天上，与尔长相须"。径以黄帝轩辕氏乘龙而去的典故明志，含蓄地表明对龌龊人世的鄙弃，以及徘徊九天而惮于回归的悲哀。全诗想象腾跃，视野宏阔，安排有序而又波澜起伏，淋漓痛快却又含蕴婉曲，当是"建安风骨"的又一种表现。

然与此诗之放浪铺排不同，《升天行》则写得凝炼短小，用另一种方式表现了自己的忧生之悲。其二是专写太阳的：

> 扶桑之所出，乃在朝阳谿。中心陵苍昊，布叶盖天涯。日出登东干，既夕没西枝。愿得纡阳辔，回日使东驰。

据《山海经》载："汤谷上有扶桑，十日所浴。在黑齿北，居水中，有大木，九日居下枝，一日居上枝”①。“大荒之中,有山,名曰孽摇頵羝。上有扶木,柱三百里,其叶如芥。有谷,曰温源谷。汤谷上有扶木,一日方至,一日方出,皆载于乌”②。此诗所写,即完全据此神话传说,尤值得注意的在末二句。诗一开始即从扶桑写起,然后展开关于太阳神话宏阔壮丽背景的铺叙,接着突发奇想:希望得到一纡阳之辔,使西驰之日暂驻其足,所谓“白日驻流光”也,那么短促的生命也就能够延长。此种奇想,当缘自一种为消解时光流逝而产生的恐惧心理的美好愿望,其底里蕴藏的仍然是对自我生命珍视的忧生之嗟。

总观前述,我们对“建安风骨”遂有一个比较明确的定性。它的真正内涵,或曰现实品格,即是自汉末以来所萌生的人性觉醒和个性解放精神。但由于其时代所给予的特殊规定性,则又具体表现为追求自我生命价值的实现而激发出的强烈建功立业意识和英雄慷慨之气,以及由于客观阻力和局限造成的时光迁逝感、生命短促感、价值失落感和深沉的内心悲愤。当然这还不能赅括尽建安诗歌的全部题材和内容,但却代表了一代诗歌的创作主流和最高亢的声音。建安诗歌的源头直接来自乐府诗和汉末“古诗”,因而很自然地便因袭了许多原有主题和题材,除前面所述之外,如征夫思妇、弃妇游子、饮宴唱和等都有所涉及,但在反映时代精神风采上却缺少特色,也显得次要了。

第四节　建安诗歌的开创性成分

“建安风骨”虽是建安诗歌的主调,但就我国诗歌发展的历史进程而论,其他方面的创作却也不能忽视,因为正是其创作的全部总和才影响并促成后代文学的转变。所以,在当时看来似乎是比较次要的方面,在历史的演化中却成为更有意义的东西,以至在我国诗歌发展史上具有开创性转变意义。下面我们从三个方面来谈。

一、由乐府叙事向个体抒情化的转变

《乐府》长于叙事,《古诗》已偏重抒情。建安诗歌则在继承两大传统的基础上,进一步向纯粹个体抒情化的道路发展,终于造成“直抒胸情”之作真正繁荣。于是由外而内、由客观而主观、由物事而精神,终于完成由“言志”到“缘情”的历史性转变。而这也正是意象文学发生的前奏。

我们翻检建安诗作即可发现,其早期则主要是继承乐府诗传统,故叙事性作品较多,如曹操的《蒿里行》、《苦寒行》,阮瑀的《驾出北郭门行》,王粲的《七哀诗》,陈琳的《饮马长城窟行》等。但是到了后期,尤其是曹植的创作中则《古诗》的影响才充分显示出来,并最终完成诗歌的纯粹抒情化进程。这从下面诸人创作情况的统计即能说明问题。建安诗人中年龄最长者是孔融,但今存诗仅有《六言诗》三首和《临终诗》等少量作品,难以判断其创作倾向。其次是曹操,约存诗 20 首,有四言、五言和杂言,而成就最高的是四言诗,但全部是乐府诗。其子曹丕,今存诗约 40 余首,大体上乐府及古诗各半。七子中存

① 《山海经·海外东经》. 广陵书社出版,2003

② 《山海经·大荒东经》. 广陵书社出版,2003

诗最多的是王粲，约19首，刘桢约20首，阮瑀12首，除王粲的五首《从军诗》和阮瑀两首乐府诗外，其余全部为五言诗。此外徐干存诗9首，陈琳存诗5首，应瑒存诗6首，亦全部为五言诗。谢世最晚而遭遇最坎坷的是曹植，今存诗90首，虽写有不少乐府名篇，但是能代表其精神风貌和个性特征的，仍然是那些充满被迫害压抑和悲愤之情的大量五言诗，尤其是后期之作。因此，建安诗人并非一开始就大量创作五言抒情诗的，由乐府而转向五言，正经历过一次诗歌抒情化、文人化的历史进程。除去个人爱好等诸多因素外，恐怕最重要的还是与“文的自觉”存在必然内在联系。

建安诗人创作中抒情因素的不断增强，以致于走上纯粹抒情化，终于使之同质朴并长于叙事的乐府诗明确划界。曹氏父子拟乐府旧题之作，正如王士禛所指出：“往往以乐府题叙汉未事，虽谓之古诗亦可”①。例如曹操《蒿里行》、《短歌行》、《步出夏门行》等，其抒写一已之情的成分已大大加强，去乐府亦渐远，但语言质直，古风犹在。至如曹植《白马篇》、《野田黄雀行》等，虽也叙事，但语言华美，音节流荡，完全是自我个性情思的表现，已不复为乐府旧题面目，反倒和《古诗》相近，所以说“谓之古诗亦可”。不过细算起来，操、植父子亦非尽同，其间正标示着建安诗歌的重要转变，惜渔洋未能明确指出。沈德潜即说：“孟德犹是汉音，子桓以下纯乎魏响”②，这才是问题的实质所在。故陈祚明进一步分析说：“孟德所传诸篇，虽并属拟古，然皆以写已怀来。始而忧贫，继而悯乱，慨地势之须择，思解脱而未能，亹亹之词，数者而已。本无泛语，根在性情，故其跌宕悲凉，独臻超越。细揣格调，孟德全是汉音，丕、植更多魏响”（《采菽堂古诗选》(5)），他指出孟德诗“皆写已怀来”而“根在性情”，故已去乐府渐远而近《古诗》；但若“细揣格调”，却与丕、植亦大异，可以说他们属于两个不同的时代，即“犹是汉音”和“纯乎魏响”之别。从学习乐府而入于《古诗》来说，他们存在共同的一面；但这并不能抹煞时代阶段的区分。因为，丕、植之诗似乎连《古诗》也已超越，那就是诗歌走上纯粹文人化、抒情化的“魏响”。下面仅举曹丕名作《燕歌行》其一为例，试作分析：

秋风萧瑟天气凉，草木摇落露为霜，群燕辞归雁南翔。念君客游思断肠，慊慊思归恋故乡，君何淹留寄他方？贱妾茕茕守空房，忧来思君不敢忘，不觉泪下沾衣裳。援琴鸣弦发清商，短歌微吟不能长。明月皎皎照我床，星汉西流夜未央。牵牛织女遥相望，尔独何辜限河梁！

曹丕此篇，乃我国文学史上最早的一首完整的七言诗，长期享有盛誉，被推为七言歌行之祖。本来全诗为思妇立言，并非诗人情感的自抒，是不能算作标准的抒情诗的，但也不尽然。它最大的特色就是个人抒情成分及氛围的加大加浓，虽一韵到底而节奏单一，却写得宛转摇曳，情思曲婉缠绵，故同《古诗》已明显划界。首二句，当从宋玉《九辨》之“悲哉秋之为气也，萧瑟兮草木摇落而变衰”化出，但以更加口语化的平易语言，写出秋风萧瑟

① 王士禛.《古诗选·五言诗凡例》. 中华书局聚珍仿宋版影印

② 沈德潜.《古诗源》(5). 中华书局，1984

中人们会普遍产生的共同感受,先给全诗营造出一种浓重的感伤气氛。接下去诗篇的主要内容,则基本是《古诗》中《青青河畔草》、《迢迢牵牛星》二诗的化用,但写法却大不相同,故将二者作一对比研究,是很有意思的,正可见出"纯乎魏响"之所在。《青青河畔草》集中于对倡家女的大量铺写,最后结于主人公"昔为倡家女,今为荡子妇;荡子行不归,空床难独守"的深深喟叹,正是乐府家法,直接而剀切,言明而意尽。曹诗则不同;"君何淹留寄他方?贱妾茕茕守空房,忧来思君不敢忘",而且前面辅以思君断肠的凄苦,眷恋故乡的寄望,后则益以泪下沾衣的深愁,援琴微吟的排遣,将一段怀人之情写得低回掩抑,哀绝凄惋。总之,前者意在陈述,后者精于直抒,情浓而意远。诗篇结尾,又以"牵牛织女遥相望"寄慨发想,显然来自《迢迢牵牛星》。然二者之不同在于,面对同样的自然现象所引发的感受则迥乎为异。古诗生发出的是"盈盈一水间,脉脉不得语"的奇思逸想,属心灵的深切体验,空灵而蕴藉,高妙而深华。曹诗所感则是"尔独何辜限河梁"的恋情衷曲,仍然落实到思念主题上,前后呼应,往复回环,现实而直接。两相比较,或者可说后不如前之惊心警人,但在诗歌创作的抒情化上,正可见出建安诗歌重情实之特征所在。胡应麟曾指出七子之作,如"仲宣之淳,公干之峭,似有可称,然所得汉人气象音节耳,精言妙解,求之邈如"①,后二语亦可用来评魏文诗,并非仅为七子也。他还说:"子建《杂诗》,全法《十九首》意象,规模酷肖,而奇警绝到弗如"②。确实就其"精言妙解""奇警绝到"而言,正是建安诗人之所短而为《十九首》之所长,但曹、王诸人五言诗之成就并不以此论也。

方东树曾就刘桢等人诗评论说:"直抒胸臆,一往清警,缠绵悱恻,自是一体"③。建安诗人往往"直抒胸臆"而把诗歌真正抒情化了,故而终于造成迥异于前人的"自是一体"。这不只体现在乐府诗写作上,更主要的还是在蓬勃发展起来的五言诗中。如曹丕的《杂诗》、王粲、阮瑀的《七哀诗》、刘桢的叹死《诗》、徐干的《思室》诗,应瑒的《别诗》等,就都是典型之作,且对后世产生了很大影响。如《杂诗》其二:

> 西北有浮云,亭亭如车盖。惜哉时不遇,适与飘风会。吹我东南行,行行至吴会。吴会非我乡,安得久留滞。弃置勿复陈,客子常畏人。

此诗乃客子思乡之作,抒写难以把握自己命运的人生哀感。不过采用的是所谓"比兴"手法,若剥离去这层蔽障,便完全是一首直抒胸臆之作。首二句先从浮云起兴,以喻游子随风飘泊、游弋迁转、无力自持的命运。中六句即具体抒写飘泊流徙之苦,久滞难归之悲。"适与飘风会",言命运多乖,迫使其东南远行,因而流落于吴会。但他很清楚,"吴会非我乡",是难以长久留滞安居的。一切辛酸之思,难言这隐,遂皆由此产生,故最后结以"弃置勿复陈,客子常畏人"之凄怆悲苦语,流露出久滞异乡、人生地疏、势孤力单、而惮于见人的复杂心情。此诗虽用"兴体",实是径陈直抒,语言质朴,不加雕饰,一腔凄苦,罄衷托

① 胡应麟.《诗薮·内编》.上海古籍出版社,1979

② 胡应麟.《诗薮·内编》.上海古籍出版社,1979

③ 方东树.《昭昧詹言》(2).人民文学出版社,1962

一派凄楚悲凉景象。当既是诗人复杂矛盾情思的外化，也是其激荡不宁胸怀的直抒。陈思最擅写景铺垫，于此可见。而这种写法，实开意象文艺之先声。末四句于深感失望和无可奈何中表明志向，以及为国家统一愿赴汤蹈火的决心。欲济无方舟，自是江介淮泗二句的顺接，然深意内涵，悲愤极深，为一篇主脑。钟嵘《诗品》曾谓其诗“情兼雅怨，体被文质”，此诗足以当之。子建所写这类名篇甚多，如长诗《赠白马王彪》及《赠徐干》、《赠丁仪》等，均可参看。

曹植还有一些诗，也是用比兴手法写作的，其表现方式比较特殊，故很引人注目。如《杂诗》其二、《鰕䱇篇》、《浮萍篇》、《吁嗟篇》等。但同前面诸人一样，其所喻和被喻之间的联系，同样比较浅显直接，似乎只是一种不便直说而采用的代号，其内容则完全是作者情感的直陈。下面仅举《野田黄雀行》为例：

> 高台多悲风，海水扬其波。利剑不在掌，结交何须多！不见篱间雀，见鹞自投罗？罗家见雀喜，少年见雀悲。拔剑捎罗网，黄雀多飞飞。飞飞摩苍天，来下谢少年。

此诗所写当是自己无力营救朋友于危难，而产生的悲愤痛苦之情。朱乾曾说：“自悲友朋在难，无力援救而作。……此以责己也”①，应该是不错的。据《三国志·陈思王传》载：“植既以才见异，而丁仪、丁廙、杨修等为之羽翼。太祖狐疑，几为太子者数矣。……太祖既虑终始之变，以杨修颇有才策，而又袁氏之甥也，于是以罪诛修”。又载：“文帝即王位，诛丁仪、丁廙并其男口。植与诸侯并就国”。这大概就是此诗写作的政治背景。然而，究竟是因哪次具体事件而写的呢？黄节先生认为当为建安二十五年发生之事而作：“案《魏略》曰：太子立，欲治丁仪罪，转仪为右刺奸掾，欲仪自裁。而仪不能，乃对中领军夏侯尚叩头求哀，尚为涕泣，而不能救。后遂因职事，收付狱杀之。诗中篱间雀即疑指仪，少年即指尚。当仪之求哀于尚，而尚涕泣，犹少年之悲雀也”②。据此则是代尚、仪立言，而非曹植自抒悲愤。然与诗意却不尽相合：诗中少年明以“剑捎罗网”而救雀，且得飞摩苍天，下谢少年，并非“而不能救”以伏诛。因此，陈思之作当是因一连串政治变故引发，并不针对某一具体事件者。诗开篇即以高树悲风、海水扬波兴感，极力渲染环境的动荡险恶和恐怖气氛，既是即目所见，亦为特定情感之外射，发人联想。故接着二句，顺势抒愤，以明其因，言无权柄者之无奈，乃极激愤痛切之言！下面八句，才笔锋一转始入喻言，以“见鹞自投罗”的云间雀作譬，说明弱者的任人宰割、无力反抗。对此突然而来的变故，真是休咎难料，而喜者或自喜，悲者固自悲，世态之炎凉极矣！于是诗人便创造出一个寄托自己理想的少年拔剑解救，充分表现出解困助弱、冲决迫害的叛逆精神和追求自由的美好愿望。全诗情感真挚，忧愤深广，直写与比兴共用，前者是诗篇主导，后者为情感升华，虚实相生而相成，蕴含着一股强列的感人力量。

---

① 朱乾撰.《乐府正义》. 大兴朱珪刻本，清乾隆54年(1789)

② 曹植著.《曹子建诗注》. 人民文学出版社，1957

综观建安文学的演化历程，大致可分三段：从灵帝中平元年至献帝建安九年，是诗人们历经战乱、生死流荡时期，故其诗作皆极富现实性和时代精神，且多以乐府旧题写作，可看作初步形成期。自建安十年至二十二年，战乱流离中的各地文士逐渐荟集于曹氏麾下，并以五官中朗将曹丕为活动中心，生活上渐趋安定，创作重心也发生转移，虽曰“体貌英逸故俊才云蒸”，但“怜风月，狎池苑，述恩荣，叙酣宴”之作，却取代反映战争动乱和人民疾苦的诗歌成为诗坛主流。这是繁荣鼎盛期。公元220年曹操死，七子也已相继去世，曹丕代汉建魏而称帝，作为真正的诗人便只剩下曹植，自此他一直生活在被迫害、受压抑和长期流徙之中，于是抒写一己之失意和悲愤之作成为创作主调，并且由于全身心投入和精心制作的结果，文人化的纯净五言抒情诗才得最终完成。钟嵘曾谓其“建安之杰”，洵非虚美也。

二、五言抒情诗的独立和文人化的倾向

所谓文人化倾向，其实质即诗歌创作由自然状态向自觉状态的过渡。处于自然状态，便只需顺着所要讲述或表达的东西去写，不着力、不矜才、不涂饰、不藻绘，虽具有自然朴素之美，然非完全自觉的创造。进入自觉状态，便力求精心结撰、着意安排、字酌句炼、铺写张扬，由原来不大注重艺术美的直观写实转向自觉的审美追求和创造。文学史上常说的文与野、雅与俗、华与朴之分，大概即指此而言。明代谢榛曾这样写道：“《古诗十九首》平平道出，且无用功字面，若秀才对朋友说家常话，略不作意。如‘客从远方来，寄我双鲤鱼。呼童烹鲤鱼，中有尺至素书’是也。及登甲科，学说官话，便作腔子，昂然非复在家之时。若陈思王‘游鱼潜绿水，翔鸟薄天飞’、‘始出严霜结，今来白露晞’是也。此作平仄妥帖，声调铿锵，诵之不免腔子出焉。魏晋诗家常话与官话相半，迨齐梁开口俱是官话。官话使力，家常话省力，官话勉然，家常话自然”①。他指出自汉至魏晋至齐梁，文学创作由说家常话到说官话的演变，则正是指创作由自然状态向文人化自觉状态过渡的问题，并以曹植为转变的关键人物，都是很可取的。但他对家常话和官话的褒贬态度，却昧于发展观念而有失公允。固然“家常话省力”“自然”，但文学创作总不能始终停留在《古诗十九首》那样的水平上。换句话说，总不能始终停留在创作的自然状态，而排斥向自觉状态过渡。他批平陈思诗说官话，所指即“游鱼潜绿水，翔鸟薄天飞”一类平仄妥贴、声调铿锵的律句，怎能简单地说成是“便作腔子”、“不免腔子出焉”！其实他的眼光很敏锐，已见出“魏晋诗家常话与官话相半”，独陈思与之不同，正是诗歌不断走向自觉的进步标志，故历来推为诗史大家，岂可一笔抹倒。如朱庭珍就说：“古今大家，至曹子建始。汉代去古未远，尚无以诗名家之学，如《十九首》不著作者姓氏”。但“自建安作者，始有以诗传世之志。……嗣后，历代诗家莫不欲以诗鸣，为不朽计矣”，并最后结论说：“古今合计，惟陈思、阮步兵、陶渊明，谢康乐、李太白、杜工部、韩昌黎、苏东坡可为古今大家，不止冠一代一时”②。这就是说中国文学真正走上自觉，并不断趋于文人化而有“大家”产生，那

① 谢榛.《四溟诗话》(3). 人民文学出版社，1962

② 郭绍虞编.《筱园诗话》.《清诗话续编》(下). 上海古籍出版社，1983

是从曹植开始的，所以成为一块历史的里程碑。鲁迅先生说这是一个“文学的自觉时代”，似也应该包括文人化在内，故才称作“为艺术而艺术的一派”，否则就不会有文学上“官话”的出现了。不过也正因此，其文人化倾向发展到极端的结果，便不免产生负面影响而有形式主义，正如谢榛所批评的，“殆齐梁开口俱是官话”，出现某些不良文学倾向，也是应予指出的。

就大概而言，中国诗歌自两汉以降，乐府质素，《古诗》自然，其真正走上文人化则始自建安。然“曹公古直”，其倾向尚不明显；七子之徒，流风渐靡；“子桓诗有文士气”，未尽蜕俚俗，至子建则极矣。故胡应麟说：“子建《名都》、《白马》、《美女》诸篇，辞极赡丽，然句颇尚工，语多致饰，视东西京乐府天然古质，殊自不同”①。陈祚明则说：“（陈思）既擅凌厉之才，兼饶藻组之学，故风雅独绝。不甚法孟德之健笔，而穷态尽变，魄力厚于子桓”②。所谓辞极赡丽、句颇尚工、语多致饰，即“饶藻组之学”，其所指则正是子建诗鲜明的文人化自觉倾向。《名都篇》讽刺当时一些浪荡子弟，耽于“骑射之妙，游骋之乐，而无爱国之心”③，故为刺时之作。《白马篇》则是一首赞美边塞游侠儿，武艺超群、勇猛直前、忠奋爱国的诗。朱乾以为此乃“寓意于幽并游侠，实自况也”。因“篇中所云捐躯赴难，视死如归，亦子建素志，非泛述矣”④。二诗一正一反，互相映发，而以白马篇更优。

> 白马饰金羁，连翩西北驰。借问谁家子？幽并游侠儿。少小去乡邑，扬声沙漠垂。宿昔秉良弓，楛矢何参差。控弦破左的，右发摧月支。仰手接飞猱，俯身散马蹄。狡捷过猴猿，勇剽若豹螭。边城多警急，虏骑数迁移。羽檄从北来，厉马登高隄。长驱蹈匈奴，左顾凌鲜卑。弃身锋刃端，性命安可怀？父母且不顾，何言子与妻？名编壮士籍，不得中顾私。捐躯赴国难，视死忽如归。

从此诗的结构层次来说，描写的角度增多，刻划也更细致，与“天然古质”的乐府确有很大不同。首二句切题，先点出白马，且向西北边地奔驰而去，既是以乘马的骏美烘托主人的风彩，更渲染出边地形势的紧急，开篇即直奔主题。然接下去却宕开一笔，补叙游侠儿的籍贯来历，值得注意的则是“扬声沙漠鄙”一语，这既是对前面的绾结，又是向后面的过渡，着笔自然而不露痕迹。何以一去塞外即扬声边鄙，自然是由于超群的武艺，故下面即作正面铺张描写：“宿昔”二句写外表装束，“控弦”四句写精湛技艺，“狡黠”二句再作补充，言其身姿的矫健勇猛，层层推进，可谓铺排至于极致。“边城”以下六句，呼应开篇，具体写实战，但正面所写只有二句：“长驱蹈匈奴，左顾凌鲜卑”。与写超群武艺者相比，似乎太简，却正是前面极力铺排后的必然，故裁剪有序，详略得当，重点十分突出。至此，全诗似乎可直接“捐躯赴国难，视死忽如归”尾二句结束，也不能不说是一篇完整之作。但诗人并没有将其简单化，而是在写出武艺的高超之后，更进而写出思想品德的高尚，故有

① 胡应麟.《诗薮·内编》(2). 上海古籍出版社,1979
② 陈祚明.《采菽堂古诗选》(6),清康熙45年(1706)本. 全国图书馆缩微中心,1989
③ 萧统.《文选》,四部丛刊影宋本六臣注
④ 朱乾撰.《乐府正义》. 大兴朱珪刻本,清乾隆54年(1789)

“弃身”六句的插入,使主题开掘更深一层。舍家为国,捐躯赴难,仗义无私,才显出游侠本色,诗篇也更趋完整。这种精心的安排和细密的构思,不难看出是文学自觉而渐趋文人化的结果,自与“天然古质”形成鲜明对照。当然,更值得注意的还是诗篇所用语言,胡应麟称其“辞极赡丽,句颇尚工,语多致饰”,确为其一大鲜明特色。如“宿昔”一节为明其武艺之超群,极力铺排,肆意张扬,明显继承了汉赋描写手法。汉赋中多用其左如何,其右如何,其上如何,其下如何,东、西、南、北如何之类句式,因而形成闳衍钜丽之美,曹植便依样画葫芦地融入自己作品中。但与汉赋绝不相同者在于,一是由此造成的比较整饰的对偶句的使用,且错落为对,饶富诗歌语言的韵味,与汉赋流水账式的铺排自不相同。二是极注意用字造语,尤其是虚字使用上颇费功力,如此节中之“破右的”、“摧月肢”、“接飞猱”、“散马蹄”、“狡捷”、“勇剽”等,便都出于精心安排。明谢榛曾说:“陈思王《白马篇》‘俯身散马蹄’,此能尽驰马之状;《斗鸡诗》‘觜落轻毛散’,善形容斗鸡之势。‘俯’‘落’二字有力,一‘散’字相应,然造语太工,六朝之渐也”①。其实此类用字,何曾止是六朝之渐,谓其为后世文人诗创作之祖,恐怕亦不为过。如谢榛即曾指出:“子建诗多有虚字用工处,唐人诗眼本于此尔。若‘朱华冒绿池’、“时雨净飞尘’,‘松子久吾欺’、‘列坐竟长筵’、‘严霜依玉除’,‘远望周千里’”②。尤其是那个“冒”字,范晞文就曾列举六朝诗人诸多诗句,谓“皆祖子建”。如陆机“飞阁绕缨带,层台冒云冠”、潘岳“川气冒山岭,惊湍激岩阿”、谢灵运“蘋萍泛沈深,菰蒲冒清浅”、颜延之“松风遵路急,山烟冒垅生”、江淹“凉叶照沙屿,秋华冒水浔”③等。这种经过精心锤炼的用字造语,同汉赋那种纯粹散文化的句式,自然也大不相同。钟嵘谓其“骨气奇高,词采华茂”,对此是早有认识的。

这种华美而准确的描写,也并非只是曹植作品的个别现象,毋宁说是其创作的普遍倾向。如胡应麟与《白马篇》一同提到的《名都篇》、《美女篇》,前者写京洛少年,有“斗鸡东郊道,走马长楸间。驰骋未及半,双兔过我前。揽弓捷鸣镝,长驱上南山”;“脍鲤臇胎虾,寒鳖炙熊蹯。鸣俦啸匹侣,列坐竟长筵。连翩击鞠坏,巧捷惟万端”。后者状采桑女,谓“柔条纷冉冉,叶落何翩翩。攘袖见素手,皓腕约金环。头上金爵钗,腰佩翠琅玕。明珠交玉体,珊瑚间木难。罗衣何飘飘,轻裾随风还。顾盼遗光彩,长啸气若兰”等。其语言之华美,音韵之谐畅,用字之讲究,都是前此少有的。《美女篇》虽直接由乐府诗《陌上桑》变化出来,无疑已有很大提高甚至升华。即如上引一段,除仍然保持《陌上桑》的极力铺排外,更重要的是其写人不再那么单一。“攘袖”六句虽仍写服饰华美,但却并未停留在这一传统的单一视角上,如“罗衣”二句即进而写风姿绰约,“顾盼”二句揭示其风度韵态,可谓由形入神,孕含丰富,人物形象更加生动照人。清叶燮对此诗似特有偏好,故推为“汉魏压卷”。其《原诗》卷四说:“《美女篇》意致幽眇,含蓄隽永,音节韵度皆有天然姿态,层层摇曳而出,使人不可仿佛端倪,固是空千古绝作。后人惟杜甫《新婚别》可以伯仲,此外谁能学步?”此说虽不无偏嗜,但指出其用意含蓄幽眇,音韵和谐天然,且能“层层摇曳而出”之,却是很准确的。比如“攘袖见素手,皓腕约金环”、“明珠交玉体,珊瑚间木

---

① 谢榛.《四溟诗话》(4). 人民文学出版社,1962

② 谢榛.《四溟诗话》(2). 人民文学出版社,1962

③ 丁福保辑.《对床夜话》(1).《历代诗话续编》(上). 中华书局,1983

难"等,其用字之考究,语言之精美,都是颇下过一番心思的,谢榛谓"唐人诗眼本此",洵非虚誉。还有联绵叠字的密集使用,如冉冉、翩翩、珊瑚,琅玕、飘飘等,无疑都增加了诵读的音韵美、色彩美。正如沈德潜所说:"子建诗,五色相宜,八音朗畅,使才而不矜才,用博而不逞博,苏李以下,故推大家"①。总之,丽其辞、工其句、调其声、炼其字,正是其时诗歌文人化的鲜明标志,又开后世声律沾对之渐。

对此,北宋时的张戒即曾指出:"观子建'明月照高楼'、'高台多悲风'、'南国有佳人'、'惊风飘白日'、'谒帝承明庐'等篇,铿锵音节,抑扬态度,温润清和,金声而玉振之,辞不迫切而意已独至,与《三百篇》异世同律"②。在封建文人们看来,温润清和而辞不迫切,正与传统诗教相合,为了高自位置,便往往要和《诗经》攀比,这是可以理解的。但要说植诗音节铿锵,抑扬顿挫,就象金玉之声一样精美谐和,也和《诗经》为"同律",那就没有根据了。不过他总算认识到了中国诗歌的这一进步。至明谢榛,对此则有更深一层悟解,他不仅举曹植"游鱼潜绿水,翔鸟薄天飞"、"始出严霜结,今来白露晞"诸句,谓为"平仄妥帖,声调铿锵"③,并扩而广之,谓"建安之作,率多平仄稳贴,此声律之渐,而后流于六朝,千变万化,至盛唐极矣"④。所举如曹丕"梧桐攀凤翼,云雨散洪池"⑤曹植"朝游江北岸、夕宿潇湘沚"(《杂诗》)以及"春鸠鸣飞栋,流飙激棂轩"(《赠徐干》)、"员阙出浮云,承露槩泰清"(《赠丁仪王粲》)等,就不只是平仄妥贴,且对偶工稳,骈丽之辞于斯已启,故他直接称之为"律句"。当然,这种无意中的声律暗合,我们却只能视之为是偶然性、不自觉的,同后来真正律体的建立尚不可同日而语。不过他指出此乃声律之渐,而后流于六朝,直至盛唐始得完备而大盛却是很对的。因为严格的近体诗的形成,尚须经过永明声律论的自觉摸索阶段,才能进入自由创造时期。

另外,关于警句和发端的着意追求,也是常为人们所欣赏的和指出的,同样标志着诗歌由"天然古质"向文人化的进步。沈德潜曾说:"陈思极工起调,如'惊风飘白日,忽然归西山',如'明月照高楼,流光正徘徊',如'高台多悲风,朝日照北林',皆高唱也"。⑥ 此外,还有《泰山梁甫行》之"八方各异气,千里殊风雨",《薤露行》之"天地无穷极,阴阳转相因",《野田黄雀行》之"高树多悲风,海水扬其波",《侍太子坐》之"白日曜青春,时雨静飞尘"等,都是常为人所称道的发端警句。它们大都有笼括全篇,营造情感氛围、铺垫叙述基调的妙用,故着于开篇遂使全诗顿然生色。它们大多都是描写景物之警句,对后来意象诗歌的出现产生过直接影响,故留待后面再谈。

三、为景物造型的意象诗的萌生

曹操写过一首用乐府古题《步出夏门行》的《观沧海》,是建安十二年(207 年)北征乌

① 沈德潜.《说诗晬语》.人民文学出版社,1979
② 丁福保辑.《岁寒堂诗话》.《历代诗话续编》(上).中华书局,1983
③ 谢榛.《四溟诗话》(3).人民文学出版社
④ 谢榛.《四溟诗话》(3).人民文学出版社
⑤ 以下引诗皆见逯钦立辑校.《先秦汉魏晋南北朝诗》(上).《猛虎行》.中华书局,1983
⑥ 沈德潜.《说诗晬语》.人民文学出版社,1979

桓，东临碣石时为极目所见之大海美景而作，由于是我国诗史上最早一首完整的写景诗，故历来为人所重且脍炙人口，并被推为山水诗之祖，故讲意象文学发生史者大都从它谈起。确实，此诗第一次把大自然作为真正独立观照之对象，并作了较为细致而富于声色的描绘，尤其是“日月之行，若出其中；星汉灿烂，若出其里”四句，更表现出作者宏廓的想象和深切感悟，故成为写景之名句。而且他所选取的景物，其磅礴浩淼的气势，与诗人广阔的胸襟和豪迈气概，恰好形成同构对应，故读来自有一股“烈士暮年”的豪情激荡其间，确实十分感人。所以，它出现的意义是不可低估的。或者这至少说明，人们已开始发现并认识自然美，具有了感受大自然领悟大自然的审美心灵，而与之形成一种亲和融通的关系。反映在创作中，便预示着一种新型文学的萌生，然与真正的六朝意象文学却尚隔一层。前面我们曾指出，所谓文学的意象，其核心就是“化景物为情思”，即诗人情感的表达不再是《诗》《骚》式的拟喻或作罄胸直抒，而是通过主体特定心灵的观察、感受和体悟为自然景物造型，其引发的特有情思、意绪或心境也就体现其中，如“白云抱幽石”、“水木湛清华”之类。于是，对诗歌的景物造型，便成为区分创作的重要关键。若孟德比诗，所写则多为即目所见之直书，尚缺少生动的意象造型的营构，故尚隔着一层。但如七子之作，尤其曹植的一些作品，则与此大不相同，其意象之精心营造，确可称“六朝之渐”，而完全是新兴意象文学之先声了。如王粲《七哀诗》三首之二：

> 荆蛮非我乡，何为久滞淫？方舟泝大江，日暮愁我心。山冈有余映，岩阿增重阴。狐狸驰赴穴，飞鸟翔故林。流波激清响，猴猿临岸吟。迅风拂衣袂，白露沾衣襟。独夜不能寐，摄衣起抚琴。丝桐感人情，为我发悲音。羁旅无终极，忧思壮难任。

此诗首四句说明事情原因，直接进入主题，并特点明作为全篇主脑的“愁”，纯用叙述句式。若按魏晋时期人一般写法，似可直接末六句，进而叙写忧思难寐，遂摄衣抚琴，以求排遣而终不可得，故只能因羁愁难任而徘徊长叹了。但作者并未搬用这种直抒胸情的陈式，却独出心裁忽于中间插入八句生动的景物造型（意象），除“狐狸”二句袭用传统象征手法外，其余皆为特定心境的特殊感受，故貌似纯客观的景物描写中已深蕴诗人绵渺的情思。“山冈”二句虽承前句“日暮”而来，但光景苍凉，心情沉重，多寓无家可归之叹。“流波”二句，凄清孤冷，愁思激越，岂无“猿鸣三声泪沾裳”之悲！迅风拂衣，白露湿襟，夜深时永，形只影单，未尝不为独立苍茫一流涕之想也。总之，在淡淡点染，信笔勾画之中，诗意得到渲染映衬，主旨也被深化提升，较之情感的直抒，以实为虚，能化景为情，增加无尽之含蓄，这正是诗中景物意象之妙用。另外，此诗的结构方式也值得一提：开头叙事明因，中间写景含情，末尾长抒感慨。这种三段式块状结构，晋宋以后诗人多所采用，尽管所叙之事，所抒之慨不尽相同，或为遨游而作玄悟，或述离居而达别愁，但这种模式却一直被保存下来而影响远及于近体诗中。

此类专为景物造型的诗作，象王粲写得这样完整的，在建安诗人虽不是很多，但作为一种新鲜的文学现象却是普遍存在的。如王粲除前诗外，还有“白日半西山，桑梓有余晖。蟋蟀夹岸鸣,孤鸟翩翩飞"①、"萑蒲竟广泽,葭苇夹长流。寒蝉在树鸣,鹳鹄摩天游"(《从军诗》(5))、"曲池扬素波,列树敷丹荣"(《杂诗》)、"幽兰吐芳烈,芙蓉发红晖"(《诗》)等。此外,如陈琳有"嘉木凋绿叶,芳草纤红荣"(《诗》)、"凯风飘阴云,白日扬素晖"(《宴会诗》)、"卉木涣油油,红华纷晔晔"(《诗》)等。刘桢则有:"细柳夹道生,方塘含清源。轻叶随风转,飞鸟何翩翩"(《赠徐干诗》)、"方塘含白水,中有凫与雁"(《杂诗》)等,尤其那首《公宴诗》则写得比较完整:

> 永日行游戏,欢乐犹未央。遗思在玄夜,相与复翱翔。辇车飞素盖,从者盈路旁。月出照园中,珍树郁苍苍。清川过石渠,流波为鱼防。芙蓉散其华,菡萏溢金塘。灵鸟宿水裔,仁兽游飞梁。华馆寄流波,豁达来风凉。生平未始闻,歌之安能详。投翰长太息,绮丽不可忘。

这类诗大多是曹丕留守邺城时,文士们聚集周围写一时宴饮游乐之作,故内容一般比较单薄,远非王粲那首深蕴流离之苦、失意之悲的诗作可比,但艺术上也有独特之处。全诗除首六句叙事,末四句无慨致叹外,中间大量篇幅全是景物描写,而且写得那样认真,可谓藻词丽句、精雕细刻,并不乏秀美之句。无疑已开了谢灵运等山水诗精于刻划的先导,从文学史角度看并非毫无意义。至于魏文帝诗,既能领袖群伦,故亦多善摹景,如"梧桐攀凤翼,云雨散洪池"(《猛虎行》)、"通天拂景云,俯临四达衢"(《孟津诗》)、"双渠相溉灌,嘉木绕通川"、"丹霞夹明月,华星出云间"(《芙蓉池作诗》)等,具有代表性的则是那首《于玄武陂作诗》:

> 兄弟共行游,驱车出西城。野田广开辟,川渠互相经。黍稷何郁郁,流波激悲声。菱芡复绿水,芙蓉发丹荣。柳垂重荫绿,向我池边生。乘渚望长洲,群鸟讙哗鸣。萍藻泛滥浮,澹澹随风倾。忘忧共容与,畅此千秋情。

所采用的也是首先叙游、结尾致慨模式,但总共只四句,所占分量较轻,中间大量篇幅则着力摹景。但与一般宴游诗不同之处在于,所写景物都带有较浓的情感色彩,读来很能动情。并且动静相衬,弛张结合,描写很有层次,也极富情感节奏。"野田"二句,视野开阔,心胸舒展,自是"共行游"情状;但接着写黍稷郁郁,激流悲声,悠迴婉转,心情便转入低沉。"菱芡"二句,则绿水丹华,清新娟秀,情思又为之一振;接着却是柳垂重荫,群鸟哗鸣,心情再次转入沉重。最后以浮萍之泛滥漂浮,随风倾倒绾结,提示的也许正是人生莫测之悲,难怪诗的结尾要点醒"忘忧"而企盼着"畅此千秋情"了。此诗历来并不太为人注意,其实是很值得一读的。

在建安诗人中,无论从哪方面说,曹植的诗都是最值得注意的。其写景之作亦是如此,除一些很接近六朝人的"秀句",如"树木发春华,清池激长流"、"游鱼潜绿水,翔鸟薄

---

① 以下引诗见逯钦立辑校.《从军诗》(2).《先秦汉魏晋南北朝诗》(上). 中华书局,1983

天飞”等散见者之外,《赠徐干》、《赠丁仪》、《侍太子坐》等篇,都有很完整很精彩的描写,并且同所抒之情完全和谐地融为一体,故常为人所称赏(前面已提及不少)。下面举其名篇《公宴诗》为例:

公子敬爱客,终宴不知疲。清夜游西园,飞盖相追随。明月澄清影,列宿正参差。秋兰被长坂,朱华冒绿池。潜鱼跃清波,好鸟鸣高枝。神飚接丹毂,轻辇随风移。飘飖放志意,千秋长若斯。

此诗即同游西园(铜雀园)时和曹丕《芙蓉池作》而写,大概是建安中期(210年前后),丕、植兄弟之关系还相当融洽,故诗中充溢着欢快情绪。丕诗有“乘辇夜行游,逍遥步西园”、“惊风扶轮毂,飞鸟翔我前”诸语,正与此诗之“清夜游西园,飞盖相追随”、“神飚接丹毂,轻辇随风移”一一对应,可知正是同时和作。刘勰曾说:“暨建安之初,五言腾踊,文帝、陈思,纵辔以骋节,王、徐、应、刘,望路而争驱。并怜风月,狎池苑,述恩荣,叙酣宴,慷慨以任气,磊落以使才。造怀指事,不求纤密之巧;驱辞逐貌,唯取照晰之能,此其所同也”①,对当时创作情况的概括应该说是很切当的。然而,论建安诗者却往往只取后半,以肯定反映现实生活和政治抱负之作,而对“怜风月,叙酣宴”的一面却无形中被抹煞,这是很片面的。曹植此诗,便是当时盛极一时的“公宴”诗的代表之作,而且用刘勰所说“造怀指事不求纤密之巧,驱辞逐貌唯取昭晰之能”来衡量,也十分切当。前句是说还未产生齐梁诗逼真琐细之弊,后句则指已开意象文学为景造型之先声,所以为贵也。

诗开头四句叙丕、植兄弟与建安文士之间情谊的真挚,故有连日继夜之游,场景欢快而热烈。中间八句写游览之所见,情境轻松而景物灿然。仰观则清晖疏影,众星明密,似处身于一片冰清玉洁之世界中,心神之烦杂尽为释放。俯视则兰覆山坂,池放红荷,色香俱佳而赏心悦目,自然亲爱可人。这是静景。池中自有潜鳞跳跃,高树当藏好鸟和鸣,动静相衬,声色杂陈,静夜亦充盈着无限生机。这是动景。接着由物及人,进而补足主体此时的感受:迅风与宝辇相随而遨游,轻车共和风移动而漫步,又是何等的欢快,何等惬意!面对此情此景,诗人不禁心澄气朗,胸怀廓然,高呼着开怀纵情游乐,并愿“千秋长若斯”了。值得注意的是,对这幅美丽的图画诗人不仅从视觉的、听觉的、臭觉的,触觉的多种角度进行描绘,而且在色彩搭配、动静结合、声色协调上都作得十分完美,已基本开启后来诗歌景物造型的无数法门。而且在此诗中,“明月”、“列宿”、“秋兰”、“朱华”、“潜鱼”、“好鸟”无不呈现出欣欣向荣的景象,充满明快活泼的生机,人生和自然达到契合,情感和景物浑融交织,组合成一幅欢快爽朗的基调,无疑是诗人少年得志,气盛意满的心境外射,正所谓“化景为情”也。尤其“秋兰”四句,对仗严密而工整,不仅词性的虚实两两相偶,且语意亦自然工俪,音韵谐和,故被称为“律句”。这种形式的出现,对后代格律诗的走向成熟有直接影响,故在我国诗歌史上,很值得重视。

通观前举诸诗,我们可以清楚看到,一种专以景物造型而抒情为主要特征的诗歌,在

---

① 范文澜注.《文心雕龙·明诗》.人民文学出版社,1962

此时已经出现,虽然它不是建安诗的主导倾向,但意义却是不可低估的,因为这就是后来影响深远的意象诗的萌生。东汉中叶五言诗的兴起,原本是作为先期喻象文学的对立物出现的,这首先是因为始初拟喻性思维方式在历史舞台的退出,加之个体人性觉醒及人格独立共同导致的结果,所以同魏晋玄学的兴盛步调基本一致。于是,文艺也由汉人的重社会、重功业、重道德、重学问的外在人生价值追求,一变而为重个体、重内心、重才情、重风貌的内在生命体验,因而一种纯情诗——直抒胸情之作才大量涌现。然而人们又不能满足于诗歌创作始终停留在《乐府》的"天然古质"和《古诗》"对朋友说家常话"阶段上,即排斥由创作的自然状态而进入自觉状态,故讲究语言词藻、讲究声韵对偶、讲究精心结构,即文人化倾向便成为历史必然。但是,中国人根深蒂固的"天人合一"思想,并由此而派生出来的"心物同一"感悟模式,又决定着中国文学不能在"直抒胸情"的道路上老走下去(这是和西方很不相同的),力求达到心和物、情和景、人生和自然的契合同一,于是一种新型文艺——意象文学终于产生。由陆机的"缘情"论,到六朝人的"感兴"说,再到唐宋诗词的"化景物为情思",便是这一演进历程在理论上的反映。而建安诗人正好处在这一历史转换关节点上,他们总结过去,开拓未来,那么"化景为情"的意象诗在他们手中开始萌生,也就成为必然。对此,下章我们再作进一步讨论。

第九章　晋宋之际文学的转型

第一节　自然美的发现和意象文学的定型

如前述魏晋玄学兴起，首先引发的是人的自觉及伴随而来的个性解放和情感张扬，于是才有“直抒胸情”之作的一时兴盛。不过由于时间比较短暂，这种情形并没有持续下去，很快便被另一种文学——意象文学所取代。这首先要归功于玄学家崇尚“自然”及随后玄佛合流思潮的影响。因为它不仅改变着人们的思维模式，而且在实践意义的层面改变着人们的生活方式。当时政治极其黑暗，仕途险恶多变，“名士少有全者”。于是士人们畏惧避祸，或沉溺于醉酒，或遁迹于山林，以放浪自适、越世高谈为务，鄙弃营营世事，探求人生哲理，以隐逸为高蹈，以山水为乐园。然而他们远离尘世，投身大自然的结果，却萌生了对自然美的意识、体味和沉溺。从而唤醒了被两汉经学和神学迷信愚弄已久的麻木意识，终于发现了大自然，走向大自然，具有了对山水自然的倾心热爱，有了感受山水自然的心灵气质，形成他们对自然的审美意识。

在晋宋人的思想意识中，山水景物是充满生机和意趣的，一触一动，一草一木，无不洋溢着新鲜明丽的生命感：“清露晨流，新桐初引”、“林无静树，川无停流”、“望秋云，神飞扬，临春风，思浩荡”，空灵，蕴秀，跳动而超脱。分明有一颗审美的心灵在跃动，有一股赏悦的情思在潺湲。王羲之说：“群籁虽参差，适我无非新”①，陶渊明说：“平畴交远风，良苗亦怀欣”《怀古田舍》，正是对自然万物产生的这种新鲜感、欣悦感、亲切感，才是他们的前人所没有也不会有的。总之，在他们的眼里大自然被情趣化、灵动化、生命化了。再看《世说新语》下面的记载：

> 画家顾恺之“从会稽还，人问山川之美，顾云：千岩竞秀，万壑争流，草木蒙笼其上，若云兴霞蔚”。
>
> 书法家王羲之说：“从山阴道上行，如在镜中游”。
>
> 王献之说：“从山阴道上行，山川自相映发，使人应接不暇，若秋冬之际，尤难为怀”。
>
> 王司州（修龄）至吴兴印渚中看，叹曰：“非惟使人情开涤，亦觉日月清朗”。

这里既没有两汉皇皇大赋中那种色彩斑斓的奇思异想，也没有建安诗歌中那种慷慨任

① 皆见逯钦立辑校.《兰亭诗》.《先秦汉魏晋南北朝诗》. 中华书局，1983

气、磊落使才的襟抱和气势，但却另有一种生机灵动的感受和情怀，另有一种执着和诚笃，以及解脱返本的沉浸和玩味。《水经注》引袁崧《宜都记》曾说：

尝闻峡中水急，书记及口传悉以临惧相戒，曾无称有山水之美也。及余来践跻此境，既至欣然。……即自欣得此奇观，山水有灵，亦当惊知己于千古矣！

没有晋宋人的高情远怀，不能视山水为有灵有性的"知己"，就不会有自然美的发现，也不会有对自然美的沉溺。"曾无称有山水之美也"，正是时代所使然。袁伯修慨叹："江山寥落，居然有万里之势！"荀中郎登北固山望海说："虽未睹三山，便自使人有凌云意！"阮浮读郭璞"林无静树，川无停流！"诗说："泓静萧瑟，实不可言，每读此文，辄觉形超神越！"①都充分说明当时人们自然审美意识的觉醒。而正是他们这种"目送归鸿，手挥五弦"式的超脱意趣，这种"振衣千仞岗，濯足万里流"的高蹈情怀，才使人们走进一个充满审美情趣的世界。山水同人的精神世界的息息相通，同人的心灵奥府的脉脉相应，对文学创作也才有了新的理理。

陆机《文赋》说："伫中区以玄览，颐情志于典坟。遵四时以叹逝，瞻万物而思纷。悲落叶于劲秋，喜柔条于芳春。心懔懔以怀霜，志眇眇而凌云"。

陶渊明《游斜川诗叙》说："临长流，望曾城，鲂鲤跃鳞于将夕，水鸥乘和以翻飞。……遥想灵山，有爱嘉名，欣对不足，率尔赋诗，悲日月之遂往，悼吾年之不留"。

王微《叙画》说："望秋云，神飞扬，临春风，思浩荡。……绿林扬风，白水激涧，呜呼！岂独运诸指掌，亦以明神降之，此画之情也。"

刘勰《文心雕龙·物色》说："是以献岁发春，悦豫之情畅；滔滔孟夏，郁陶之心凝；天高气清，阴沈之志远；霰雪无垠，矜肃之虑深。岁有其物，物有其容，情以物迁，辞以情发。"

大自然是多姿多彩、变动不居的，它撩拨着主体心灵难以安宁，于是随物宛转，流连其上，睹物兴感，即景生情，遂产生强烈的创作冲动。用刘勰的话说，就是"情以物迁，辞以情发。"从审美心理学的角度说，这是心物关系的新发现；从创作认识论的角度说，则是情景关系的新建构，而一个崭新的文学时代就这样悄悄的到来。如果说魏晋时期，"缘情"的诗歌主要还处于"直抒胸情"的阶段，那么由于这种新的审美心态和创作意识的出现，却在无形中改变了文学的这一进程，故此后诗人们不再以情感直抒，或点缀以传统比兴手

① 刘义庆.《世说新语》.上海古籍出版社，据清思贤讲舍影印本，1982

法为唯一企向，而是力求"化景物为情思"，即在情和景的互根互生中开拓文学发展的新方向。

晋宋之际的文学，确如沈德潜所说，是"性情渐隐，声色大开，诗运转关也"。如果说得更具体一点，即刘勰所说："庄老告退，而山水滋。俪采百字之偶，争价一句之奇；情必极貌以写物，辞必穷力而追新"。即从思想内容到遣辞造句、表现手法和达情方式，都发生了根本变化。当然这不只是他们二人的认识，其他人亦屡屡提及，只是看到的方面不同罢了。如陆时雍说："诗至于宋，古之终而律之始也。体制一变，便觉声色俱开，谢康乐鬼斧默运，其梓庆之锯乎？"①这是从古律方面说的。宋严羽说："大抵禅道惟在妙悟，诗道亦在妙悟。……汉魏尚矣，不假悟也。谢灵运至盛唐诸公，透彻之悟也。"则是从诗道重"悟"方面说的。但他们都认为这是一次质的转变，而转变的关键是谢灵运，则是完全一致的。故陈祚明评谢诗说："大抵多发天然，少规往则，称性而出，达情务尽，钩深索隐，穷态极妍。陈思、景阳都非所屑，至于潘、陆又何足云！"②尤其"少规往则"一语值得特别注意，因为新兴意象文学之"则"是根本不同于传统的。

晋宋之际诗坛之三大家，当首推陶渊明、谢灵运和鲍照。尽管"陶谢"、"谢鲍"经常并称，但细究起来，其在文学史上之意义却并不一样。三人中陶诗成就最高，他没有当时一般诗人"有句无篇"之缺失，往往写得情景交融，意境圆浑，在当时历史背景下可说是一个奇迹。但是终六朝之世，他的诗歌几乎被淹没无闻，所以没有产生过多大影响。他之真正被发现和重视，那是唐代尤其宋以后之事了。比如在当时，他的好友颜延之曾写过一篇《陶徵士诔》悼念他，但对他的诗歌却只字未提。沈约写《宋书》，也只把他当做隐士而归入《隐逸传》中。刘勰《文心雕龙》历评各代著名作家诗人，却始终不曾提陶潜的名字。此外，如《南齐书·文学传论》及晋宋各史传也都没有讲到陶渊明。开始重视陶诗，大概自钟嵘始，不过《诗品》也只置之中品，可见其在时人心目中的地位。其后萧统编纂《文选》才收入他的诗作，并为他编集作序，开始承认其诗歌价值及历史地位，但产生的效应似乎也不很大。故终六朝之世，陶渊明对诗歌发展进程的影响是相当有限的。鲍照的诗歌，在当时是很受重视的，也是唯一可同谢灵运抗衡的诗人。如钟嵘评价说："其源出于三张，善制形状写物之词。得景阳之叔诡，含茂先之靡曼，骨节强行谢混，驱迈疾于颜延，总四家而擅美，跨两代而孤出"。"然贵尚巧似，不避危仄，颇伤清雅之调，故言险俗者多以附照"③。既然谈到他"贵尚巧似"、"善制形状写物之词"，似乎充分肯定了他的山水意象诗，但实际上当时及后代人都更看重其拟乐府，即那些"发唱惊挺，操调险急"④的直抒胸情之作，对山水意象诗反看作是步大谢后尘了。三人中只有谢灵运是倾其毕生之力进行"山水"诗创作的人，而这又是文学转型后发展的主流，因此谢灵运也就当之地愧地成为山水意象文学的奠基者和定型者。不过陶、谢、鲍三人之作，其情况都比较复杂，既有顺承传统以直抒胸情为主的作品，也有化景为情而以营构景物意象为主的作品。相较而

① 丁福保辑.《诗镜总论》.《历代诗话续编》(下). 中华书局，1983

② 陈祚明.《采菽堂古诗选》(10)，清康熙45年(1706)本，全国图书缩微中心，1989

③ 陈延杰注.《诗品》(中). 人民文学出版社，1958

④ 萧子显.《南齐书·文学传论》. 百衲本二十四史《南齐书》卷五十二

言，鲍以前者的成就最高，谢以后者的写作尤著，至于陶渊明则是意象文学的拓展者，即变“山水”为“田园”，故被称做田园诗人之祖。下面先从谢灵运讲起。

第二节　谢灵运奠基性的山水意象诗

谢灵运（385—433年）祖居陈郡阳夏（今河南太康县附近），过江后则世居会稽（今浙江绍兴）。因幼时在外寄养，故小名客儿，世称谢客。出身东晋世族，为车骑将军谢玄之孙。十五岁回到京城建康，十八岁袭封康乐公，因又称谢康乐。他所生活的晋宋易代之际，是一个社会急剧变化的时期。从政治形势说，这是寒人政治兴起，皇权大大加强，而东晋王朝那种“主威长谢，臣道专行”①的时代已经一去不返，由王、谢等大族秉政专权、坐镇郎庙的情况也不复存在。然而，谢灵运却不能忘怀“於穆冠族”的高贵出身和门第，满怀着“名辈应参时政”②的强烈政治欲望，更看不起“北府老兵”出身的皇帝刘裕，故对刘宋政权始终采取不合作的态度。《宋书·谢灵运传》曾说他“自谓才能宜参权要，既不见知，常怀愤愤”。并且还“构扇异同，非毁执政”，自然难以和当权者和谐相处了。其实刘宋王朝最初待他并不算薄，二千石的官阶也够显赫，可是这对自视高才、热中参摄政要的谢灵运来说，却并不能满足，遂不免发生摩擦。永初三年出为永嘉（今浙江温州）太守，他却不问政事，“肆意遨游，遍历诸县，动逾旬朔，民间诉讼不复关怀，所至辄为诗咏，以致其意焉”。一年后便归隐会稽始宁（今浙江上虞），以营建别墅为乐。文帝刘义隆即位，杀徐羡之、傅亮、谢晦等，征召被徐、傅排挤的谢灵运入朝，授秘书监，他却常称疾不朝值，“出郭游行，或一日百六七十里，经旬不归，既无表闻，亦不请急”。元嘉五年遂被免官还乡，但“因父祖之资，生业甚厚，奴僮既众，义故门生数百，凿山浚湖，功役无已。寻山涉岭，必造幽峻，岩嶂千重，莫不备尽”。甚至“尝自始宁南山，伐木开径，直至临海，从者数百人，归海太守王琇骇，谓为山贼”。可知此人之放荡不羁，行为欠检点者至此。晚年文帝又命他出任侍中、临川内史等职，元嘉十年，终因获罪于广州而被杀。谢灵运之一生，就是在这荣辱沉浮、政治倾轧、又终放情山水中渡过的，因而写下了大量山水诗，可知并非都是所谓模山范水之作。

关于谢灵运的山水诗，历来争议甚多。如潘德舆即说：“六朝两名士，一陆机，一谢灵运，其诗皆吾所不喜，盖真性为词气所没，不待观其人而知其品之舛矣”③，并进而谓：“谢客诗芜累寡情处甚多”④。至汪师韩则诋排更甚：“余尝取其全集读之，不但首尾不辩也，其中不成句法者，殆亦不胜指摘”。并说：“其诗又好重句叠字……凡皆噂沓，了无生气。至其押韵之字，杂凑牵强，尤有不可为训者”⑤，批评谢诗芜累噂沓，也许不错，但若谓其“寡情”、“了无生气”，就需进一步研究了。白居易曾写过一首《读谢灵运诗》即说：“谢公

① 《晋书·礼志上》，百衲本二十四史
② 《南史》(19)，百衲本二十四史
③ 郭绍虞编.《清诗话续编》.《养一斋诗话》(1). 上海古籍出版社，1983
④ 郭绍虞编.《清诗话续编》.《养一斋诗话》(2). 上海古籍出版社，1983
⑤ 汪师韩.《诗学纂闻》.《清诗话》(下). 上海古籍出版社，1982

才廓落，与世不相遇，壮士郁不用，须有所泄处。泄为山水诗，逸韵谐奇趣，大必笼天海，细不遗草树。岂惟玩景物，亦欲摅心素”。同时期之皎然亦说：“尝与诸公论康乐为文，直于情性，尚于作用，不顾词采而风流自然”①。明人钟惺则说：“灵运以丽情密藻，发其胸中奇秀，有骨、有韵、有色。时有字句滞累，即从彼法中来”②，即认为他的诗并非单纯“玩景物”之作，更“欲摅心素”，故说“直于情性”，而“丽情密藻”、“胸中奇秀”亦自在其中，这就公允而全面得多。现在需要说明的是，为何有人读他的诗觉得“芜累寡情”，有人却称扬他“直于情性”？原因究竟何在？我们在前面曾反复指出，意象文学中的情，绝非魏晋诗人那种“直抒胸情”式的情感直白，而是“化景物为情思”式的意境含蓄，是在某种特定情境中瞬间触发的一种情思、意绪或心境，“常常不是理性可以明确把握、固定或说明的，属于一种模糊游弋的隐意识或潜意识范围”，所以沈德潜才说“性情渐隐，声色大开”。王世贞有一段评谢诗的话，也许更能发其奥蕴：“谢灵运天质奇丽，运思精凿，虽格调创变，是潘陆之余法，其雅缛乃过之。‘清晖能娱人，游子澹忘归’，宁在‘池塘春草’下耶？‘挂席拾海月’，事俚而语雅；‘天鸡弄和风’，景近而趣遥”③。统“事俚语雅，景近趣遥”八字观之，即知谢诗之奥旨所在。对谢诗中之丰厚内涵，他也不再称“情”而是改称“趣”，尤值得深味。又皎然亦举谢诗名句说：“‘池塘生春草’，情在言外；‘明月照积雪’，旨冥句中，风力虽齐，取兴各别”④，这见于言外之情，冥于句中之旨，当正是意象诗歌特有的情感内容，所以与一般所谓情者大不相同，而特称“含蓄”。下面结合谢诗作具体分析，先看他的名作《登池上楼》：

潜虬媚幽姿，飞鸿响远音。薄宵愧浮云，栖川怍渊沉。进德智所拙，退耕力不任。徇禄反穷海，卧疴对空林。衾枕昧节候，褰开暂窥临。倾耳聆波澜，举目眺岖嵚。初景革绪风，新阳改故阴。池塘生春草，园柳变鸣禽。祁祁伤豳歌，萋萋感楚吟。索居易永久，离群难处心。持操岂独古，无闷征在今。

此诗乃少帝刘义符永初三年(422 年)的激烈政争中，谢灵运被首次逐出京师外放永嘉太守时，于第一个春初所作。故既有失意和不满，又有解脱后的欣喜感，情感是十分复杂的。全诗约分三层：前八句为一层，主要抒写遭贬后的失落感。“潜虬”能藏深渊而不露，故可远祸而自得悠然；“飞鸿”则薄浮云而高举，自当凌空而声名远播。谢灵运是官场斗争的失败者，进不能功业有成而施德世人，退又难躬耕田园而空怀高洁之愿，所以对潜虬则心惭，望飞鸿而感愧，终被排挤远放，落脚海隅，心情郁闷难舒，遂致卧病不起。中八句为第二层，承前“卧疴”句写病起开帷，忽然所见之初阳春景，在全诗中具有十分显眼而特殊的地位。末六句为第三层，则是承前发表议论。“豳歌”“楚吟”两句用典，前者指《诗经·七月》中之“春日迟迟，采蘩祁祁”句，相传为周公旦因谗出居东都时所作；后者则指

① 李壮鹰校注.《诗式》. 齐鲁书社，1986
② 谭元春评选.《古诗归》(11). 明崇祯年间刻本
③ 丁福保辑.《艺苑卮言》(4).《历代诗话续编》(中). 中华书局，1983
④ 李壮鹰校注.《诗式》. 齐鲁书社，1986

《楚辞·招隐士》,之"王孙游兮不归,春草生兮萋萋"句,乃是一首招慕高人隐士之词。诗人吟此而既"伤"且"吟",虽表面是关合"春"字,实则有深沉感慨寓焉。这似乎又回到第一层所写内容,但其不同在于:前面对两种生活(进德、退耕)的态度,是矛盾而游弋不定的,此则已从矛盾中解脱出来——决心离群索居。这种生活固然时光漫漫,于心难安,但《周易·乾卦》所说"遁世无闷"的那种高风亮操之行,岂独古人而已,其实我也能够做到。

就内容而言,首尾两层所表达的思想情感是明晰的,但中间突然加入大段景物描写,其意义又何在呢?或者说它同前后两层之间又有何必然联系呢?比如,是先有"潜虬""飞鸿"之想,才引发感时对景之乐?抑或,是先有"初景""新阳"之乐,反萌生失意矛盾之悲?它们之间似有关联,但又没有明确联系。同样,末层的"离群索居"之想,是因山水之赏、清景之乐而萌生的吗?但也未必,因为两层之间的情感色彩却并不一致,甚至存在很大反差,缺少陶诗中那种自然和谐的过渡。细想起来,就因蕴含在这些景物背后的情感内容,不过是某种瞬间触发的情思、意绪或心境而已,可以叫人感,却难进行理性分析,因而造成这种似断实连、似有还无的理解困惑。历来人们对此诗"池塘春草"一联很难说清,原因即在于此。然而,这却是全诗最显眼而关键的部分,若径直删去,虽并不失为一首传统"直抒胸情"之作,但却神彩顿失,也就不再是谢灵运,更不再是历史上的名篇。甚至可以这样理解,大部分谢诗,若删去中间写景部分,那便是一般魏晋人采用的抒情模式(直白+比兴+用典);若只取其半或中间部分,则又是唐诗(情+景或景+情)尤其王孟派的抒情模式。而谢诗的特殊意义,就正好是这两种模式的中间过渡,所以在后人看来不免有"繁富"或"芜累"之感。现在要说明的是,这些景物描写在全诗结构中的意义。大概可以这样概括:它的楔入打破了叙事加议论的单一说理模式,增加诗歌的感性心理内容和情感内涵,从而在一个更深也更高的层面提升了诗歌的审美质素。换句话说,诗歌创作由原来的启人"思"提升到发人"感",使感兴内容超越认识内容。请看:诗人对自己的不幸遭际一路叙来,终致"卧疴对空林",因而造成"衾枕昧节候"的浑噩之感。然一旦病情稍适,便有急不可耐的"窥临"之举。褰帷眺望,跃进眼帘的先是大景远景——池水清波荡漾,不觉叫人心澄意远;远山参差耸立,更是使人心旷神怡。于是恍然心悟,原来春阳已革除残冬的寒冷,严霜也被和风代替。这是"昧节候"的心灵的苏醒,情感自然是很愉快的。但也是一种心灵的直接感受,还比较虚,接着遂以"池塘""园柳"一联填实之。池塘周围已是春草泛绿,一片欣欣向荣的生机;园柳深处,迁来新鸟和鸣,更是一派怡人春意。在久病之人感而遇之,又会引起什么样的思绪呢?诗人没有明写,却反而造成含而不露的艺术效果,中国艺术后来所追求的"言尽意余"、"言近意远"的所谓含蓄,即由此产生。难怪在当时历中条件下,谢客要说"此语有神助,非我语也"①而自矜,尽管有人目之为新奇,有人却以为平淡无奇。

灵运的山水诗,或可称作记游诗,且有一个固定模式:先写记游缘起,再写记游所见景物,末发由此领悟之玄理。从思想发展之内在脉理说,也是一个相当完满的整体;但那种条块分割式的块状结构,却也造成行文板滞。再看《登石门最高顶》诗:

---

① 陈延杰注.《诗品》(上).人民文学出版社,1958

晨策寻绝壁，夕息在山栖。疏峰抗高馆，对岭临迴溪。长林罗户穴，积石拥基阶。连岩觉路塞，密林使径迷。来人忘新术，去子惑故蹊。活活夕流驶，噭噭夜猿啼。沈冥岂别理，守道自不携。心契九秋干，目玩三春荑。居常以待终，处顺故安排。惜无同怀客，共登青云梯。

首二句便写晨登夕栖，只是略去了攀登的过程，把笔触集中于“最高顶”上放情抒怀。接十句便是所见之景，由远而近，由见而闻，由实而虚，依次写来，条绪井然。且能化景为情，融情景中，乃全诗之精彩所在。“晨策”二句，是说一大早即开始策杖登攀，至晚方登上峰巅而栖息。据《游名山志》载，石门乃灵运南居，“石门涧六处，石门溯水上入两山口，两边石壁，后边石岩，下临涧水”。其险可知，而从石门登上最高顶，又须整整一天时间，其景色奇绝更可想见。放眼望去，高馆耸举于分散疏立的群峰之上①，并遥对壁立岭崖且下临湍急回溪，大有直插中天，俯仰宇宙的孤迥之势。收拢目光，则馆前有茂林密树罗列，阶基有乱石崩碴簇拥，连叠的山岩似乎塞断道路，茂密的竹林更使路径杳迷。“来人”“去子”二句，则宕开一层，特着一虚笔，且用“忘”“惑”二字点醒，以加强迷离幽深之感，应是诗人当时心境的客观外化。据前人考证，此诗乃元嘉五年（428 年）灵运在秘书监任上，因不得意而称疾东归后所作，其当时低迷无着的心情可知，与此诗可相印证。上面全为视觉所见，下二句遂转写听觉：暮色苍茫，山遮树掩，近处有“活活”山涧激流鸣响，远处有“噭噭”清夜孤猿哀啼，以动衬静，为低迷的心情更抹上一层凄楚。若对照结句之“惜无同怀客，共登青云梯”来读，其孤寂落漠之情正的然可见。王夫之评谢诗曾说：“言情，则于往来动止缥缈有无之中，得灵蠁而执之有象；取景，则于击目经心丝分缕合之际，貌固有而言之不欺”②，于此类诗中正可深会之。总之，象灵运这类写景诗，不仅可见其“善制形状写物之词”的高超技巧，且以高馆之孤傲突兀、山林之沈冥幽深，道路之迷离惝怳、山泉夜猿之凄楚哀吟，种种景物意象都无不曲折地反映出诗人微妙的情思心境。然等到最后八句，却转入枯燥说理，虽可看作是由前面景物悟觉生发出来，则不免兴味索然，而造成“隔”的感觉，当是板块分割式写法造成的必然弊端。

灵运诗大抵在永初三年（422 年）即三十八岁以前，尚未形成其明显独特风格，多承袭建安、太康诗人之余绪；至永嘉遭贬乃至两番归隐的十年间，才化幽愤之怀为山水清音，并确立起独树一家的牢固地位，而且愈至后期则变化愈多，构思描写亦更圆融。比如纪游、写景、悟理的三段模式即渐被突破，眼界胸襟亦大为开阔。如《入彭蠡湖口》：

客游倦水宿，风潮难具论。洲岛骤迴合，圻岸屡崩奔。乘月听哀狖，浥露馥芳荪。春晚绿野秀，岩高白云屯。千念集日夜，万感盈朝昏。攀登照石镜，牵叶入松门。三江事多往，九派理空存。灵物郄珍怪，异人秘精魂。金膏灭明光，水

① 疏，分疏；抗，高举。按：此当由班固《西京赋》“疏龙首以抗殿”句化出。

② 王夫之.《古诗评选》(5).《船山全书》第 14 册. 岳麓书社，1996

碧缀流温。徒作千里曲，弦绝念弥敦。

此为元嘉八年(431年)晚春所作，前一年会稽太守孟颉，曾诬奏灵运在浙聚众图谋不轨，于是灵运赴京自诉，总算得到文帝“见谅”而留京城，但一年后又外放江西，实为明用暗贬，驱虎离山之意，灵运亦心知之。在由京城建康赴临川(今江西南昌)内史任时，经彭蠡湖口即作此诗以抒抑郁之怀。起二句仍然保持了“纪游”的形式，但内涵深沉，已非简单的纪游可比。“客游倦水宿，风潮难具论”，客游明难明之因，风潮言已遭之难，其失落之感和幽愤之情已然可见。表面看此乃多年旅途颠顿，日夜水行露宿，因而引起的厌倦和惊悸，其前途未卜，故有“难具论”之言。但作更深一层想，则未尝不是长期官场中风雨颠簸、宦海沉浮、人间是非曲直莫辩之抑郁心情的折射，所以更感到“倦”，更觉得“难”。下面写景即由此心情生出，通贯全篇。“洲岛”“圻岸”二句，叩题以写湖水，是说风激浪涌，随洲岛而震荡回合，冲击崖岸崩起重重巨浪，故行路为“难”也。接着宕开一笔，转写夜景：月光下听到的是猿狖的哀啼，嗅到的是被露珠打湿的芳草幽香；放眼望去，晚上的春野一片碧绿秀色，高峻的山崖上则簇簇白云屯驻。这是一幅恬静幽寂的春野美景，诗人也因此而澹然释怀，丢弃人间的种种烦恼。但接下去却说：“千念集日夜，万感盈朝昏”，不论日日夜、早早晚晚，塞满大脑的仍然是那挥之不去的世途艰难的奥渺之思。至此诗人似乎有所觉悟，于是放怀高蹈，攀岩登石，直上浔阳城外庐山之东的石镜山；又牵藤攀叶，径至湖中三百三十里的松门山，去觅访真异高人的遗迹。然而，对仙人的寻访却是叫他失望的。“三江”“九派”二句，是说先哲记载的有关事理，已成难一追寻的故事，而沧海桑田又岂能考究清楚。古书曾有“三江既入”“九派孔殷”的记述，但究竟为三为九，传说悠谬，且具体何指，更费猜思，历来皆莫衷一是。故诗人写此不过发思古之幽情，藉以导入下文感时寄慨而已。“灵物”以下四句，就郭璞《江赋》所言而发，谓灵物异人唯爱珍藏而秘其精魂，故今天能见到的不过金膏仙丹却已灭其光明，莹润水玉空有流温而已。仙人尚且如此，则隐遁升天之事岂非虚妄！故徒然奏起愤懑哀怨的《千里别鹤》古琴曲，欲一泻胸中愤闷，寄托高蹈情怀。那知却骤然弦断，惟有不尽愁思，伴随袅袅余音在江天水际回荡。需要说明的是，此诗前半几乎一气灌注，哪些是纪述，哪些为写景，已难截然分开，惟觉其情感的起伏跳荡，心境抑扬沉浮而已。至于后半八句，虽句句用典，有深奥难解之失，但总体说来，亦能与前半融浑一气，尤其结句有余音袅袅，韵味不尽之妙，唐人诗即多从此化出。

那么，对谢诗又何以有“有句无篇”之讥呢？若细加分析即可发现，谢诗所谓“纪游”部分，本来就是多余而可删去的。因为，许多诗歌的诗题即已交待明白，如《从斤竹涧越岭溪行》、《游赤石进帆海》、《于南山往北山经湖中瞻眺》、《行田登海口盘屿山》等，便没有必要再作如何出发，如何攀登的种种叙述。其实愈到后期，谢诗这部分的叙写便愈简洁，以至如《入彭蠡湖口》之首二句，几乎淡化到感觉不出纪游的特别用意。所以到了唐人，便往往只从写景开篇，故特别显得浑整圆融。至于“悟理”部分，在谢诗或是题中应有之义，不免留下玄言尾巴，但对读者来说便觉枯燥乏味，因为诗究竟不是哲理鼓吹。再加之用典太多，又造成理解的艰涩，正如施补华所说“巉峭却深厚”(《岘庸说诗》，《清诗话》

(下). 上海古籍出版社,1982. 971)。这两部分既各有其弊,而读者又为其写景部分所吸引,尤爱赏其诗中秀句,自不免有"有句无篇"之感了。

谢灵运的山水诗,固然多运思精凿、硁硁字句、惨淡经营的"巉峭"之作,但历来人们最喜爱的却是他那些写得清新秀丽、风流自然的诗作。鲍照即曾说:"谢五言如初发芙蓉,自然可爱"(《南史·颜延之传》),敖器之说:"谢康乐如东海扬帆,风日流丽"。① 前引钟惺也说:"灵运以丽情密藻,发其胸中奇秀,有骨有韵有色"②。因此,就谢诗的情感内容价值言,除那些表现纠缠于世俗纷杂的愤闷情怀作品外,将自己的澄怀幽趣外化于自然清景之作其影响尤巨。这种情怀可以称"清趣",本是玄学家所追求的一种人生境界,自魏晋以来诗人笔下已多有歌咏。如张华《情诗》:"襟怀拥虚景,轻衾覆空床"、"兰蕙缘清渠,繁华荫绿渚"。陆机《赴洛道中》:"夕息抱影寐,朝徂衔思往。顿辔倚嵩岩,侧听悲风响。清露坠素晖,明月一何朗"。张协《杂诗》:"秋夜凉风起,清气荡暄浊。蜻蛉吟阶下,飞蛾拂明烛"等。进入东晋,追求清趣更成为一种审美风尚。如殷仲文《南州桓公九井作》:"独有清秋日,能使高兴发。景气多明远,风物自凄紧"。谢混《游西池》:"惠风荡繁囿,白云屯曾阿。晨戾鸣禽集,水木湛清华"。谢瞻《答康乐秋霁诗》:"夕霁风气凉,闲房有余清。开轩灭华烛,月露皓已盈"。谢庄《北宅秋园诗》:"夕天霁晚气,轻霞澄暮阴。微风清幽幌,余日照青林。收光渐窗歇,穷园自荒深。绿池翻素景,秋槐响寒音"等。其对清趣的体悟描摹,则更进入极为细致浑涵的阶段,故历来多为人所讽咏。当然,其表现更为突出的则是谢灵运,尤其是语言结构的求新求异又特别引人注意。如《石壁精舍还湖中作》:

> 昏旦变气候,山水含清晖。清晖能娱人,游子憺忘归。出谷日尚早,入舟阳已微。林壑敛暝色,云霞收夕霏。芰荷迭映蔚,蒲稗相因依。披拂趋南径,愉悦偃东扉。虑澹物自轻,意惬理无违。寄言摄生客,试用此道推。

景平元年(423 年)秋,灵运托病辞去永嘉太守职,回到故乡会稽始宁(今浙江上虞)庄园。其族曾祖谢安曾在此高卧,后祖父谢玄又将此处经营为庄园,其规模宏大,包括南北二山,中间隔巫湖,以通往来。祖宅本在南山,灵运辞归后,又在北山别筑宅居,石壁精舍即其一处书斋。诗大概写于回归始宁的第二年,抒发其"复得返自然"后的新鲜感受和幽居清趣。首四句从大处落墨,总写山光水色之秀美,故而自己耽玩游乐而忘归,清幽中包涵旷朗,气势不凡。尤其写光影山色的倏忽微妙变化,准确而灵动,更是神来之笔。山间清晨,云缭雾绕;旭日东升,则云收雾敛;日落黄昏,则暝色聚合,此所谓"变气候"也。又随着早晚冷暖的迁移变化,山林峰峦亦发生着微妙奇特的转换,明暗、高低、隐显、色泽、形貌、声响乃至韵味,都在不断迁易,可谓奥妙无穷,故曰清晖娱人而游子安然忘归也。诗歌蕴含量之丰厚,于此二句即可领悟。胡应麟曾说:"如'清晖能娱人'之类,虽非锻炼而

① 吴文治编.《敖陶孙诗评》.《宋诗话全编》第七册. 江苏古籍出版社,1998

② 谭元春评选.《古诗归》(11). 明崇祯间刻本

成,要皆真积所至”①,可谓知言。“出谷”以下八句,即承此而总写“还湖”一天的观感。“日早”“阳微”一联,特着一“出”一“入”,是暗示行程乃一整天,以呼应“昏旦”四句之总写。此则分述虽跋涉劳顿而兴致不减之由,并渐次转入湖光山色之赏。结构错综有致,叙述变换腾挪,极饶迭宕宛转之妙。进入湖中,两岸山峦林壑已是日色瞳昽,夜幕逐渐收敛;流云飞霞亦余氛霏微,向天边凝聚隐没;而满湖芰荷田田,倒影森森,明暗交叠而互相辉映;岸边蒲稗丛茂,随粼粼波光,动荡摇曳而彼此相依。短短四句,却由嶙峋山峦写到天边云霞,由满湖芰荷写到岸边蒲稗,视角多变而动静结合,远近参差,明暗变化,无不曲尽其妙,极富立体造型之美。刘勰曾总结宋初文咏特征说:“情必极貌以写物,辞必穷力而追新”,正此之谓也。“披拂趋南径,愉悦偃东扉”二句,叙此次游览之结束,但却绾结得极妙。陆行而用“趋”,乃天晚赶路,故情非得已也;到家而言“偃”,则疲劳倦极,理自必然也。言“愉悦”者,是虽疲而兴犹未尽,心情激动而难平静也。最后四句,写游后悟出的玄理,并以之教人。是说只要思虑淡泊,对名利荣辱、穷达得失就都看得轻了;只要自身感到惬意满足,就能率情适性、随遇而安不会违背万物之理。虽是枯燥说教,其中亦有不平寓焉。《登江中孤屿》亦是此类中名作:

> 江南倦历览,江北旷周旋。怀新道转迥,寻异景不延。乱流趋正绝,孤屿媚中川。云日相辉映,空水共澄鲜。表灵物莫赏,蕴真谁为传。想象昆山姿,缅邈区中缘。始信安期术,得尽养生年。

谢灵运在永嘉任上前后约一年时间,随即称病辞官回到始宁庄园。据诗首二句所言,当作于任太守的后期,即景平元年(423)。他此次外任,是因政治倾轧和被人排挤所致,故到任后“既不得志,遂肆意游遨,遍历诸县,动逾旬朔”。(《宋书》本传)故他倘佯山水,虽不无深沉幽愤和孤傲之思,但那“得复返自然”的解脱感和对自然美的澄怀清趣,恐仍是此诗主调。所用仍是纪游的三段模式:首二句写出游缘起。即到任后遍历诸县,永嘉一代胜景皆已“历览”,故长江南岸遂无新奇去处而产生厌倦,于是萌生出游江北之想。虽说年前赴任时此地亦曾匆匆经过,却未能一一践跻周游,故不免感到久已疏旷而生向往。接着即叙自己怀着急切心情“怀新”“寻异”,终于发现江中孤屿,并为其美丽的景色所激动而生遐想。这是谢最擅长的写景部分。末四句即境悟理,怀疑自己是到了昆仑神山的仙灵之间,已与碌碌尘世似乎隔得那么遥远,终于领悟到安期生的长生之道,愿以之养生而终其天年。

值得细味的是中间写景一段,据张云璈《选学胶言》引《寰宇记》:孤屿在温州南四十里,为永嘉江中小渚,长三百丈,阔七十步,屿上有二峰。此次灵运是怀着急切的心情去江北的,故觉得道路似乎变得漫长,时光反而过得太快而“不延”。清吴淇解二句曰:“凡人行过旧路,多不觉远,以怀新故,冀得所未见耳。道既觉远,则日便觉促,总是急急寻

---

① 胡应麟.《诗薮·外编》. 上海古籍出版社,1979

异，以见前倦于江南非倦于历览也”①。故知此状急切之心情，当为下文初见孤屿之喜预作铺垫。“乱流”句，据《尔雅·释水》：“正绝流曰乱”，郝懿行疏：“是正训直，绝犹截也。截流横渡不顺，曰乱”。今多作急流横渡解，是亦写发现孤屿后的急迫之情。然据诗意，“趋”的主语按一般语法当是“乱流”，而非句中未出现的乘舟之人。趋，疾行貌。此当是说江流湍急，突被直截阻断，卷起旋涡雪浪，故曰“乱流”。然截流者究竟为谁？句意似不甚明确。吴淇说：“乃未及江北，适于江中乱流正绝之处，得此孤屿”。（同前）乃知“截流”者非因“横渡”阻绝，而是孤屿之所致也。此句描写之主体，意思专在“孤屿”，与下句互文见义，互作补充，极状其孤峭之形胜而已，言阻绝乃其一端。媚，妍美悦人。总二句之意，是说孤屿临湍急江流而耸峙江中，青碧辉映，孤傲峭拔，十分悦美动人。“云日”二句，是对“媚”作进一步描写：仰望，则白云沐浴着丽日，光彩辉映，是何等明媚秀丽；平视，则蓝天与澄江共远，天水一色，又是多么清沏鲜亮。于是久窒的心胸顿然为之空阔，一腔烦闷亦随之涤荡尽净，生命终于获得自由而升华，遂禁不住发出深深感喟：显现着天地灵秀的如此美景，竟不为世人所识赏，蕴藏着自然真趣的江中孤屿，又有谁为之传述后世呢！前引袁崧《宜都记》曾对峡中美景发出过“曾无称有山水之美也”的慨叹，灵运亦有同感者，都标志着对自然美的时代自觉。尤其值得注意的是，他对光色变化十分敏锐细致的感受：“云日相辉映，空水共澄鲜”，可谓写尽了光色变化的妖娆情态，真不愧以“灵心秀口”而专发“胸中奇秀”者。因此在谢诗中，我们感受到的不仅是自然风物本身之美，更是感受这些风物的心灵的颤动和陶醉，这才是谢诗蕴含的情感力量之真正奥秘所在。

谢集中的这类诗极多，其所写虽为山水清景，其所含则是生命焕发的澄思清趣，二者不即不离而表现为艺术上的成熟和完美。如《悲哉行》之“灼灼桃悦色，飞飞燕弄声。檐上云结阴，涧下风吹清”；《游南亭》之”时竟夕澄霁，云归日西驰。密林含余清，远峰隐半规”；《过白岸亭》之“近涧涓密石，远山映疏木。空翠难强名，渔钓易为曲”；《过始宁墅》之“岩峭岭稠叠，洲萦渚连绵。白云抱幽石，绿筱媚清涟”；《石门岩上宿》之“暝还云际宿，弄此石上月。鸟鸣识夜栖，木落知风发。异音同至听，殊响具清越”；《游岭门山》之“海岸常寥寥，官馆盈清思。协以上冬月，晨游肆所喜。千圻邈不同，万岭状皆异”；《初去郡》之“野旷沙岸净，天高秋月明。憩石挹飞泉，攀林搴落英”等。凡此山水清景清音的描写，终于使我们走进谢灵运的心灵世界。他虽然没有真正隐逸过，并最后还陨命于残酷的政治斗争，作为仕途的长途跋涉者，曾屡遭打击排挤、失败和疲劳；但当迫不得已而退居大自然怀抱的时候，却是这些山水清景给了他暂时的憩息、慰藉和精神缓解。由于他沉溺得太深，把山水给心灵化了；又由于他过于真诚，把自己给对象化了。那里有失意后的愤闷和孤傲，更有解脱后的逸思和清趣。于是从他那丽情密藻、清新秀丽的景物描写中，我们能真切地把握到他心灵脉搏的跃动，这就是谢灵运建构的意象诗。简言之，他把诗歌给景物造型化了，或用苏轼的名言表述，即“诗中有画”。不言而喻，此后之唐诗、宋词、元散曲等，都是由此为发端的。

诗歌既然走上化景为情的意象化道路，不作直白，不事比喻，而要以景物造型的语言

---

① 吴淇.《六朝选诗定论》. 齐鲁书社《四库全书存目丛书補编》本，2001

出之，相应地诗歌创作便需建构起另外一套方法或技巧。在这方面，可说谢灵运也作出了奠基性的贡献。比如，在景物造型的时间和空间、声响和色彩、动态和静态、定点和散点、虚和实的处理；在语言形式的词彩美、声韵美、对偶美的讲求及词语选择安排的创新、准确、生动等方面，他都取得了领一代风气之先的成就。当然，为人诟病的累词芜句之类，也是经常存在的。下举《登永嘉绿嶂山》试作分析：

裹粮杖轻策，怀迟上幽室。行源径转远，距陆情未毕。澹潋结寒姿，团栾润霜质。涧委水屡迷，林迥岩逾密。眷西谓初月，顾东疑落日。践夕奄昏晓，蔽翳皆周悉。蛊上贵不事，履二美贞吉。幽人常坦步，高尚邈难匹。颐阿竟何端，寂寂寄抱一。恬如既已交，缮性自此出。

《读史方舆纪要》云："（永嘉）西北二十里，有青嶂山，上有大湖，澄波浩渺，一名七峰山"。是此诗仍为永嘉任上所作，采用的还是他惯用的三段式：首二句叙出游，中间十句写游览所见，最后八句以悟理结束。这天早上，他备足干粮，拄着轻便手杖，迟回逶迤终于爬上风景奇险幽寂的筑室。下面是补叙，回顾一路所见稀异之景色。出发后他是溯流而上的，一直向溪涧源头进发，等到上岸兴致亦然十分浓厚。"澹潋"句写水，渭其波光澹潋，碧潭澄澈，烟云弥漫而使人凛凛发寒；"团栾"句写陆，谓两岸修竹回合，摇曳掩映，虽经秋霜而依然葱翠可人。沿溪而上，但见涧流曲折蜿蜒，常常使人迷路；两岸高山，密林回合隐显，山岩显得更密。踏上岸来，置身一片浓绿之中，似乎失去了辩别时间的能力：朝西看，密林筛下斑斑驳驳的亮光，叫人疑惑是夜晚明月初升；向东望，岩壁上浸染着或明或暗的光照，更叫人错认作夕阳西下的余晖。"践夕"二句总括一笔，说自己已完全沉溺于林峦美景，奄忽之间已是黄昏，才猛醒竟然忘记了早晚；所幸的是那林壑最幽深隐僻之处，如今却都已历遍。这段描写感觉蕴含丰富，用笔新鲜奇特，而如此神秘幽异并带有原始野味的景物，我们恐怕只有在谢客笔下才能读到。值得注意的是，在这节山水描写中，诗人是从视觉、听觉、触觉、感觉乃至错觉等多方面多角度着笔的，其中有水行陆攀，有声色变化，浅深互衬，明暗对比，远近推移，虚实搭配，总之凡是有益于为景物造型的一切手段，全都被调度动员起来了，因而才构建成一幅曲折、变幻、清冷、神秘、幽异的极为丰富的艺术世界。刘勰曾指出"辞必穷力而追新"乃宋初文咏的一大特征，这在谢诗中表现得尤为突出。如此节中之"结"与"润"、"逶"与"回"、"迷"与"密"、"眷"与"顾"等字，不仅精确生动，往往造成诗中之"眼"；且新警奇特，能营造出令人耳目一新的意象。又"澹潋"与"团栾"迭用，"屡迷"与"逾密"对举，"谓初月"与"疑落日"分置，两两相配，对偶工整，既富语言色彩之美，又饶音韵铿锵之妙，故陆时雍说："诗至于宋，古之终而律之始也，体制一变便觉声色俱开"，尤其谢灵运则"神工巧铸，不知有对偶之烦"①。无疑在谢诗中这都不是个别的，如《七里濑》之"石浅水潺湲，日落山照曜。荒林纷沃若，哀禽相叫啸"。《游赤石进帆海》之"扬帆采石华，挂席拾海月。溟涨无端倪，虚舟有超越"等，其设想之奇

① 丁福保辑.《诗镜总论》.《历代诗话续编》（下）. 中华书局，1983

特，造语之新隽，对偶之工整，更兼音韵朗畅流靡，读之都能廓人心胸，发人绮思。又如《入华子岗是麻源第三谷》诗之“南州实炎德，桂树凌寒山，铜陵映碧涧，石蹬泻红泉”，按华子岗在临川南城县，古为南荒之地，属火德色赤，诗即以此为基点用笔，故有铜山碧涧、石蹬红泉①之语，可知是此地土质本然，而特殊的地域，特有之物色，只两句诗便概括无遗。其金石对举，赤碧辉映，又造成强烈反差，更说明诗人选字遣辞的极强能力和对景物的敏锐直觉。又如下列诸诗，连三段模式皆已抛弃，而成为纯粹的写景诗，其遣辞、造句、赋形等就更讲究了：

朝旦发阳崖，景落憩阴峰。舍舟眺迥渚，停策倚茂松。侧径既窈窕，环洲亦玲珑。俯视乔木杪，仰聆大壑淙。石横水分流，林密蹊绝踪。解作竟何感，升长皆丰容。初篁苞绿箨，新蒲含紫茸。海鸥戏春岸，天鸡弄和风。（《于南山往北山经湖中瞻眺》）

我行乘日垂，放舟候圆月。沫江免风涛，涉清弄漪涟。积石竦两溪，飞泉倒三山。亦既穷登陟，荒蔼横目前。窥岩不睹景，披林岂见天。阳乌尚倾翰，幽篁未为遭。（《发归濑三瀑布望两溪》）

在此类诗中，由各种感观捕捉的景物造型构件，就十分丰富而多姿多彩，在谢客笔下更是络绎奔会，次第而来，甚至显得有些杂乱拥挤，叫人应接不暇。钟嵘曾说他“兴多才高，其繁富宜哉”②，即就此而言的。如时间方面的有：朝旦、景落、日垂、月圆；空间方面的有：阳崖、阴峰、石横、密林、积石、飞泉；视觉方面的有：茂松、木杪、初篁、新蒲、迥渚、分流；听觉方面的有：壑淙、风涛、鸥戏、鸡弄、飞泉、清涟；感觉方面的有：窈窕、玲珑、和风、倾翰等等。“俯视乔木杪，仰聆大壑淙”，景阔而思壮；“初篁苞绿箨，新蒲含紫茸”，词丽而情绮；“沫江免风涛，涉清弄漪涟”，海天风波不起，心怀亦自闲适；“积石竦两溪，飞泉倒三山”，前含傲立之状，后尽飞腾之势；“海鸥戏春岸，天鸡弄和风”，则天容时态，两间生命，骀荡融怡，自是一片天机。谢诗的意象，就是用这类“繁富”的词语镶嵌成的，故有“钩深索隐，穷态极妍”之称。

前已提到，谢灵运对光感的变化十分敏感，这又成为其诗歌引人注目的一大特色。如《石壁精舍还湖中作》之“昏旦变气候，山水含清晖”、“林壑敛暝色，云霞收夕霏”，即将气候的早晚变化，因而引起的光色的浅深移动，流变明灭，及浸染于山崖，林木、天空、云朵上造成的动态抽象意蕴，都能通过准确词语和精心结构，十分微妙细致的表现出来。又如《登江中孤屿》之“乱流趋正绝，孤屿媚中川。云日相辉映，空水共澄鲜”，则专从日光和水色的关系着笔，将其相互之间的映衬、对比、转化所造成的微妙变化，如乱流撞起的浪花波纹，孤屿投射江中的幽姿倩影，以及云日之间相互辉映造成的复合色、过渡色、淡

① 《山居赋》亦云“石照涧而映红”“泛丹沙于红泉”。

② 陈延杰注.《诗品》(上). 人民文学出版社，1958

荡摇曳的抽象意态，都表现得十分准确生动，给读者留下无限品味余地。此外，如《过白岸亭》："近涧涓密石，远山映疏木。空翠难强名，渔钓易为曲"；《游南亭》："时竟夕澄霁，云归日西驰。密林含余清，远峰隐半规"；《晚出西射堂》："连障叠献鄂，青翠杳深沉"等。三首诗中都写到了岚翠，但因时间背景不同，难以捉摸的山岚翠色，也就显得各有个性特征。如远山疏木中的是"空翠"，曰难以强名；而白云夕照下的是"余清"，特隐含于密林；至如重峦叠障中的则是"青翠"，故杳远又深沉。其观察之细致，表现手法之高明，在他之前之后都是罕见的。比较特殊的是那首《从斤竹涧越岭溪行》："猿鸣诚知曙，谷幽光未显。岩下云方合，花上露犹泫。……蘋萍泛沉深，菰蒲冒清浅"。这是特定环境特殊时间段中的光感。地点是深山老林，光照难到，故只能从猿啼鸟叫知天已破晓；时间是晨光熹微，谷幽林深，虽有光亮曙色却并不明显。仰看岩下白云聚合舒卷，俯视花上晨露晶莹滴沥；水面浮萍摇荡着深色，浅滩菰蒲随清流而晃动。由昏而曙，由暗而明，感觉不断变换，色彩逐渐清晰，层次极为分明。若"合""泫""泛""冒"诸字，正所谓穷力追新者。总之，凡此类诗皆用字精审，描摹真切，乃极炼而归不炼者，简单地批评谢诗芜累堆垛可乎？除非你对大自然已失去新鲜感受！

前人或推灵运为"元嘉之雄"，或称谢诗为"诗运转关"，更有谓其为"古之终而律之始"者，若从文学史的角度言，这些推赞并不为过，因为他确已做出开路和奠基的划时代贡献。

第三节　陶渊明开创性的田园意象诗

陶渊明(365—427 年)，字元亮；一名潜，字渊明。浔阳柴桑(今江西九江西南)人。晋大司马陶侃曾孙，其祖父和父亲也都曾做过太守、县令一类地方官吏，但在他年幼时家道即已衰落。他长谢灵运约二十岁，然入宋后尚生活了七年，约早灵运去世仅六年，故基本可看作同时期的诗人。陶渊明生活的晋末宋初，统治阶级内部你争我夺的斗争十分激烈，政局动荡，战争频仍，社会十分黑暗，仕途险恶，充分暴露出门阀制度的腐朽和风气败坏。"嗟乎！雷同毁异，物恶其上，妙算者谓迷，直道者云妄；坦至公而无猜，卒蒙耻以受谤；虽怀琼而握兰，徒芳洁而谁亮！"①这是一个"真风告退，大伪斯兴"的混乱无序时代。因而，"仕"与"隐"的矛盾，长期纠缠着陶渊明而不能解脱，他曾三次出仕，又三次退隐，最后则以隐居田园而终其一生。

东晋政权的建立，虽曾一度出现过"中兴"局面，但其内部根基是极不稳定的。先是野心家王敦、苏峻相继叛乱，接着又有桓温的专权和图谋篡位。渊明二十多岁时，掌握朝政的司马道子父子，又与晋孝武帝之间展开明争暗斗。武帝太元十八年(393)三十岁左右的陶渊明，因家贫第一次出仕，起为江州祭酒。其《饮酒》十九写道："畴昔苦长饥，投耒去学仕。将养不得节，冻馁固缠己。是时向立年，志意多所耻"。故出仕不久旋即又辞官归田。《南史·隐逸传》即说他："亲老家贫，起为州祭酒。不堪吏职，少日自解归。州召

① 《感士不遇赋》. 见《陶渊明集》. 山西古籍出版社,2004

主簿,不就”。公元397年,武帝死,安帝即位,司马父子与晋室的斗争,终于演化为公开战争。这场战争,虽然于安帝隆安二年(398年)在兖州刺史王恭、豫州刺史庾楷联合荆州刺史殷仲堪、广州史桓玄等共同举兵征讨下,最终以司马元显的失败而告终,但桓玄却乘机崛起,被朝廷任命为江州刺史,兼领荆州四郡。陶渊明则是在王、庾等人联合举兵这一年,再次出仕而入桓玄幕府的,并于隆安四年(400年)随幕府迁移江陵。次年母丧,遂又去职还乡。其《辛丑岁七月赴假还江陵夜行涂口》诗说:“闲居三十载,遂与尘事冥。诗书敦夙好,园林无世情。如何舍此去?遥遥至西荆”。似乎这次出仕是出于迫不得已而为之深悔。隆安五年官兵击溃孙恩起义兵,司马元显欲起兵征讨桓玄,玄则借机以讨元显为名,于元兴元年(402年)领军顺流而下直抵建康,败其兵而杀元显并鸩其父道子,次年即废晋帝而自立。元兴三年,刘裕、刘毅、何无忌、诸葛长民等又起兵讨伐桓玄,历时一年,桓军势力被基本消灭。朝廷遂封刘裕为豫章公,并从此掌握朝政大权。陶渊明第三次出任,即在元兴三年刘裕等发兵讨桓玄时,先为镇军将军刘裕的参军,后为江州刺史建威将军刘敬宣参军。义熙元年(405年)三月刘敬宣上表请解江州任,八月渊明任彭泽县令,十一月因不愿“为五斗米折腰向乡里小儿”,遂解印绶辞官回家。《归去来兮辞序》说:“家叔以余贫苦,遂见用于小邑。于是风波未静,心惮远役,彭泽去家百里,公田之利,足以为酒,故便求之。”然“寻程氏妹丧于武昌,情在骏奔,自免去职,仲秋至冬在官八十余日”。从此便长期归隐田园,以“躬耕自资,遂抱羸疾”(《陶渊明传》)。尝与周续之、刘遗民称“浔阳三隐”。至宋文帝元嘉四年(427年)十一月卒。

令人疑惑的是,他为何要三次出仕,又三次归隐,而且出仕时间都很短?照一般看法,大都归结为对黑暗污浊的社会政治及腐朽门阀制度的反抗和蔑视,恐怕未必全是如此,至少也非主导原因。在第一次出仕,他曾说“不堪吏职,少日自解归”。这所谓“不堪”,恐怕就未必全出于不堪忍受的蔑弃。魏晋玄学兴起,带来的是人的自我意识的觉醒和对个性的解放。于是个人终于从社会有机整体中分离出来,成为有独立意识的精神个体。对这种个体来说,只有自己的生命属于自己而值得珍视外,其他一切都成为束缚人性的异己存在。因而珍视自己,珍视生命,珍视自身存在的价值,就成为一种时代的普遍意识。陶诗即曾说:“所以贵我身,岂不在一生?一生能复几,倏如流电惊”(《饮酒》其三),“死去何所知?称心固为好。客养千金躯,临化消其宝”(《饮酒》十一),由贵身而重生,再追求事事“称心”,这就是他人生的终极目的。而对生命意义的珍视,对生存终极目标的追寻,对人生短促感的焦虑和忧心,遂成为这个时代世纪性的主题。魏晋名士所以热衷服食、饮酒、谈玄和求仙,甚至是通侻放荡、谬伦悖理的种种独立特行,其实都是和这一时代主题紧密连系着的。故为人所称赏的所谓“魏晋风度”,说到底即是一种以自我为中心,又不受任何羁绊的精神自由的展现。陶渊明无疑是深受这种思潮影响的风流名士,他把污浊官场看作窒息人性的“樊笼”,把官场中一切繁文缛节看成是人性扭曲的“折腰”,那么他辞官归隐也就是必然了。自汉末“名教”衰微之后,老庄的“自然”观成为人们思想和生活行为的准则。因为在强大的社会面前,个人则往往显得过于渺小而软弱,然为了求得内心解脱和平衡,他们便只能借助老庄思想,架设起一条生活通道——放浪大化而恬淡自适。似乎只有在这里,无论多么沉重的灾难和痛苦,才得以淡化和消解。

但是,庄子所设计的却是一种纯精神的虚幻的彼岸世界,无论是他超尘脱埃的逍遥游,或缥缈虚无的藐姑射之山,乃至"万物与我为一"的齐物我、齐生死之论,对现实生活着的人来说,都是难以付诸实践的。而陶渊明却将庄子的彼岸精神世界,终于还原成为现实的生活世界,或可供人效仿的生活模式。他生活得那样萧散恬逸、陶然自适,又是那样地气质孤傲、襟抱旷达。而这种人格魅力,无疑给封建时代的士阶层文人,尤其是那些失去"兼济"而只能"独善"的士阶层文人,树立起一种理想的精神的偶像。尽管,这是要付出儒家所说"君子固穷"的代价的。这大概才是其屡屡厌弃官场的根本原因所在。

陶诗大致可分两类:一是咏怀(包括咏史),一是田园(也有山水)。前者是建安、正始乃至玄言诗"直抒胸情"的延续,采用的仍是传统的题材和写法;后者则是感应着时代潮流,自已开凿的一片新土,故人们总是把"田园"和"山水"并称。对陶渊明,过去曾有过"浑身静穆"和"金刚怒目"之争,对后者有时似乎强调得有点过分。因为这类诗的数量其实并不是很多,较明显的如《咏荆轲》、《读山海经》其九其十,以及《拟古八首》和《杂诗》中少数篇章。所以并不能代表陶诗的主流,当然也不能忽略不计。下举《读山海经》其十为例:

> 精卫衔微木,将以填沧海。刑天舞干戚,猛志固常在。同物既无虑,化去不复悔。徒设在昔心,良辰岂可待。

首二句咏精卫神话故事,见《山海经·北山经》:"(发鸠之山)有鸟焉,其状如乌,文首白喙赤足,名曰精卫,其鸣自交。是炎帝之少女,名曰女娃。女娃游于东海,溺而不返,故为精卫,常衔西山之木石,以堙于东海"。三四句咏刑天神话故事,见《山海经·海外西经》:"刑天与帝至此争神,帝断其首,葬之常羊之山。乃以乳为目,以脐为口,操干戚以舞。"前者以"微木"与"沧海"对举,是有意造成强烈反差,以突出其此举之不同寻常及坚定不移的决心。后者之干即盾,戚即斧,是说他被斩首之后仍以乳目脐口之形血战,死亦不屈,所以用"猛志固在"赞之。诗人显然是把他们作为人类两种崇高不朽精神歌咏的,充满慷慨激扬的悲剧美。"同物""化去"二句,实为庄子"物化"一词之分说,谓死去则物我化为一体,即回到生命的本原,已不知何者为我、何者为物,所以无虑亦无悔。因为"万物与我为一",即是"天地与我并生"(《庄子·齐物论》),生命进入最高境界的永恒,精神自然不朽。最后二句,马璞曾解释说:"吾无夸父之力,而有精卫、刑天之心。然亦徒设此心耳,而能填沧海之良辰恐不能待也。"认为此乃诗人自抒感慨,言有所寄,较之今所言之"复仇"主题者,似更为可据。不过应予指出的是,精卫与刑天所表现的坚持操守、宁死不屈的那种独立人格精神,其实也正是玄学名士所固执而推赞的,诗引庄子语赞其不朽即是明证,要说成"金刚怒目",也就未必。即如那首著名的《咏荆柯》,其主题的侠义抗暴和人物的雄杰特行,在陶渊明眼里,恐怕人格的意义更重于政治的意义。诗开首说"君子死知已,提剑出燕京",结尾又说"心知去不归,且有后世名"。这种重义气而"死知已"的精神,恐怕才是全诗的主题。何况陶渊明是最不喜欢"名"的,他却偏要给荆柯留"名",岂非悖谬!若联系前后来读,明知"去不归"而甘于"死知已",这大概就不是一般所说功名利禄,而正是魏晋人所心仪的"名士"之名吧。

在陶诗直抒胸情一类作品中,写得最具生命意蕴的,还是那些饱含时间流变之感和人生沧桑之悲的作品。他曾喟然感叹:"宇宙一何悠,人生少至百,岁月相催逼,鬓边早已白"。① 宇宙永恒而人生却十分短暂,这是自魏晋以来已经觉醒的个体生命,时常感到的最深沉巨大的悲哀,可是在这茫茫人世场中,大家却并不觉悟:"古时功名士,慷慨争此场,一旦百岁后,相与还北邙。松柏为人伐,高坟互低昂,颓基无遗主,游魂在何方?荣华诚足贵,亦复可怜伤"(《拟古诗九首》之四)。在深沉的哀思中,又充满着沧桑之变的历史悲凉,而这都源于觉醒的生命所作的一种哲理性清醒思考:

> 衰荣无定在,彼此更共之,邵生瓜田中,宁似东陵时。寒暑有代谢,人道每如兹。达人解其会,逝将不复疑,忽与一觞酒,日夕欢相持。(《饮酒》二十首其一)

此诗当作于义熙十三年(417 年),时作者五十三岁,正是晋宋易代之际。故诗中所写荣衰流变的时势感慨,是否即针对此而发,今不可知。但他所引秦东陵侯邵平的故事,却似意有所指者。据史载:秦亡后邵平不再出仕,遂家贫隐居汉京长安城东种瓜,因瓜美时人故称"东陵瓜"。诗人由此遂悟出,人世之荣衰是流动无定的,就象天道之有寒暑往复一样,那是不可改变的客观规律,所以通达事理的人就应通晓这个道理,既不必为此而惊恐失措,也不必为自己的穷达得失而系心。但是这不一定是为晋室的衰亡而叹惋,也不一定即因恶势力的猖獗而愤激,仍当是对人生所作的深沉哲理思考,因而诗的最后才表现出那种怡然自适的豁达气度。他的许多诗篇都表现过这一主题,既对人世沧桑看得很平常,也对个人生死看得很开,尽管有深重的感喟,却并不悲伤。如《杂诗》十二首其一:

> 人生无根蒂,飘如陌上尘。分散逐风转,此已非常身。落地为兄弟,何必骨肉亲。得欢当作乐,斗酒聚比邻。盛年不再来,一日难再晨。及时当勉励,岁月不待人!

诗起首即发出人生无常,命运不可把握的慨叹,读来似乎使人感到沉重迷惘。但接着却说,既然如此,每个人随时都不再是原来的自我,来到这世界上就应成为亲密兄弟,又何必在乎是否骨肉之亲或血缘之情呢!子夏早就说过:"四海之内皆兄弟也,君子何患无兄弟也"(《论语》)。如果说子夏所说,乃是一种博大的泛爱思想,联系陶渊明的时代,此诗则更是对一种和平谐适生活的热切呼唤了。而正是这种对比邻之欢,兄弟之亲的执着追求,于是那生命无常、人生如寄的沉重负累感,也随之被稀释消解掉了。"盛年不重来"四句,按一般理解是鼓励人们要珍惜时光、努力上进的意思。但这并不

① 引诗均见王瑶注.《饮酒》其十五.《陶渊明集》. 人民文学出版社,1957

符合那个时代陶渊明的特定思想性格，也与此诗表现的主导思想相抵牾。其实他是说：在这个动荡混乱的社会，既然生命如此短暂，岁月又如此逼人，青春一去不返，要求得恬适欢乐何其不易！那么，我们何不紧紧抓住生命意义之所在，而及时行乐去情尽情享受生命呢？此即所谓“得欢当作乐”也。正如有人指出：它实际上标志着一种人的觉醒，是人对自己生命意义和价值的重新发现。而这正是陶诗深层意蕴及思想力量之根源所在。而陶渊明之此类诗作，一般都写得朴质无华、素淡平易，不见组织雕镂之工，蕴含却极沉着厚重，具有很强的感发动人力量。称陶诗为魏晋五言诗的总结和时代性高峰，是毫不为过的。

但是，陶诗在文学史上的意义，主要还不在传统继承这方面，他同谢灵运一样，也是一代诗风的开创者。或者说，在时代风会的感召之下，他们都自觉地为新兴意象诗歌的建立，做出了具有各自特征的划时代贡献。尽管谢诗所写主要是山水，陶诗所写主要是田园，并且山水还成为此后诗歌发展的主流，但在诗歌创作的“化景为情”这点上，他们的倾向却是共同的。陶渊明的田园诗亦大致可分两类：一是写躬耕生活者，一是侧重田园景物者。但不论那一类，都以建构生动的景物意象为主，给人耳目一新之感。萧统曾谓其“语时事则指而可想，论怀抱则旷而且真”①，大概即是对此产生的初步感受。如《归田园居》其一：

少无适俗韵，性本爱丘山。误入尘网中，一去三十（当作十三）年。羁鸟恋故林，池鱼思故渊。开荒南野际，守拙归园田。方宅十余亩，草屋八九间。榆柳荫后檐，桃李罗堂前。暧暧远人村，依依墟里烟。狗吠深巷中，鸡鸣桑树颠。户庭无杂尘，虚室有余闲。久在攀笼里，复得返自然。

晋安帝义熙元年（405）陶渊明毅然弃彭泽县令而挂印回家，从此便结束了仕途生涯。归来不久即写下这组《归园田居》，以抒写自己欣喜心情和淳朴谐适的田园生活。首四句写归田后的思绪及心境，以较为抽象的议论出之。韵，人品气质。“适俗韵”者，当指官场逢迎、周旋应酬、钻营取巧的人际关系，正与人的“本性”是相对立的。而淳朴的乡村生活，宁静的田园风光，却是人性自由伸展生发之地，似乎与诗人存着一种内在的相适相通，即所谓“性本爱丘山”。这原是玄学给时代带来的思想精髓，且成为一代士人追求个性解放的原动力，故诗人的弃俗务而返自然，便有一种冲破“尘网”“樊笼”般的解脱欣悦之感。“羁鸟”“池鱼”二句用譬，既强化诗人厌倦官场、向往田园之情，与“受丘山”相呼应，也是为下一层作过渡铺垫。“开荒南野际”以下十二句，即专写村居田园生活：这里地处新垦之南野，有方宅绕田，草屋数间，屋后榆柳成荫，堂前桃李飘香，确是一派田园风光！这是近景、是实写。接着放开一笔，目光移向远方：前面村落历历，空中炊烟袅袅，大概已是傍晚时分，温暖和宁馨正在等待着劳作一天的农人回家。于是，整日空荡平静的村庄，开始有了生机——目虽不见，以耳写之：高树鸡鸣，深巷犬吠，又恢复了它原来的繁闹。总之，

① 《陶渊明集序》．见《陶渊明集》．山西古籍出版社，2004

草屋、桃李、村庄、炊烟等农村常见的景物，在诗人笔下都变成有声有色、有动有静、远近虚实相互映衬的生动意象，朴之极亦恬之极，从而构成叫士大夫们心向往之的一幅村居图。这自然又会叫人想起他曾描绘的桃花源："土地平旷，屋舍俨然，有良田桑竹之属。阡陌交通，鸡犬相闻，其中往来种作，男女衣著悉如外人。黄发垂髫，并怡然自乐"（《桃花源记》）。人们都说，"桃花源"是被陶渊明所理想化的农村生活，其实在他笔下的其他田园生活，都是被染上了一层理想色彩的。再如《归园田居》其二：

野外罕人事，穷巷寡轮鞅。
白日掩荆扉，虚室绝尘想。
时复墟曲中，披草共来往。
相见无杂言，但道桑麻长。
桑麻日已长，我土日已广。
常恐霜霰至，零落同草莽。

同样写的是普通农村生活，而不是自然景物本身，但这生活却是由景物及往来其中的人所构成的。它们共同营造出一种温馨恬适的生活氛围，虽没有晋宋人善为景物造型的精美"秀句"，更多的则是一种境界或情趣，而这正是陶诗高出谢诗的地方。穷居僻野，车马绝迹，桑麻遍地，绿草盈陌，农人往来其间，见面谈谈庄稼话题，既是问候，也是关怀，唯一担心的是庄稼丰歉。特有的心境意绪，特有的生活氛围，而以特有的意象营构填实之。因而，他的田园生活也就浸染上一层"质而实绮，癯而实腴"（东坡《与苏辙书》）的感情色彩，实际上是则是把自己的襟抱情怀田园意象化了。又如《归园田居》其三：

种豆南山下，草盛豆苗稀。
晨兴理荒秽，带月荷锄归。
道狭草木长，夕露沾我衣。
衣沾不足惜，但使愿无违。

几乎同样的主题、同样的景物、同样的生活，但读来却别有兴味，区别只在于：前诗侧重于纯朴的人际交往，此则侧重于惬意的耕作之劳。但是，其共同点都在确证着"虚室绝尘想"之后，所获得的一种心灵境界，这里虽不乏"常恐霜霰至"的焦虑，和"但使愿无违"的企盼，但这并不影响其因解脱后的愉悦，而产生的宁静恬适感。这个"愿"，有人曾解释为保持人格完整和坚持人生理想，似乎把陶渊明过于哲理化了。其实他是很实际的，更深知劳作丰歉对生活的重要："人生归有道，衣食固其端。孰是都不营，而以求自安！开春理常业，岁功聊可观"（《庚戌岁九月中于西田获早稻》）。可知在历史上的士人阶层中，他大概是把农业生产看得如此重要和认真的第一人。因此，这所谓"愿"，不过是企求"岁功聊可观"而已，与前"常恐霜霰至"当是同一心理。不过，陶渊明笔下的农耕生活，往往是充满诗意、经过心灵过滤的理想化的田园意象，绝不可同一般村居生活等量齐观。

其实,陶渊明当时所在的浔阳一带,可谓战祸连年,动乱频生,难道农村生活真的如他笔下所写那样宁静安逸?当然不是,但也不是有意故作粉饰。实乃新兴意象诗人同传统诗人的本质不同所在。即在他们笔下的景物都是“化景物为情思”,已经经过主观心灵化了的,客观事物不免浸染了浓重的情感色彩。陶渊明先以“罕人事”“寡轮鞅”的幽居生活,在时空上把自己同现实隔离开来;再以“掩荆扉”“绝尘想”的逃避心境,在精神上把自己同现实隔离开来。而隔离便是一种虚化,一种艺术的提升。所以他所体认的世界,便不免是被心灵过滤的主体化世界,即特定情思、意绪或心境的折射。“时复墟曲中,披草共来往,相见无杂言,但道桑麻长”,既是现实的真实的,又是经过选择的情绪化的,原型生活已受到心灵的升华。“晨兴理荒秽,带月荷锄归,道狭草木长,夕露沾我衣”,同样显现着生活的质素和本真,但也是艺术化诗意化的,无疑又是主体心境的投射。王夫之论诗歌创作曾说:“景生情,情生景”、“情不虚情,情皆可景;景非滞景,景总含情”①,清初寥燕则说“然则,物非物也,一我之性情变幻而成者也”(《李谦三十九秋诗题词》),中国人特有的这种审美观,于陶诗正可得到实物确证。然而,陶诗与谢诗又有不同。谢所写乃为主体心灵观照下的景物,陶所写则为观照景物的主体心灵。重在被观照的景物,则必须为诗人感受的景物真切造型,所以才有佳句络绎的现象出现;重在观照景物的心灵,则景物皆因心灵表现的需要取舍,不必在景物的细致雕琢上用工,唯见其浑整圆融。故而,陶诗不必有谢诗“有句无篇”之失,终六朝之世这都是一个奇迹。在他第二类田园诗中,这一特征表现得更加明显,如《饮酒二十首》其五:

结庐在人境,而无车马喧。
问君何能尔?心远地自偏。
采菊东篱下,悠然见南山。
山气日夕佳,飞鸟相与还。
此中有真意,欲辨已忘言。

自汉末以来,宇宙永恒而生命短暂的时光迁逝之悲,成为纠缠和困窘着人们思想的一个根本问题。面对着这一生存的无奈和困境,人们似乎又不甘心其失落,而要寻找一条解脱之道,以还给生命一个终极的完美形态。但魏晋名士们一代代都在探求解决之方,却始终未能得到完满答案。正是在这种背景下,陶渊明把庄子“天地与我并生,万物与我为一”的齐物思想,才算现实地真正落到实处。这就是:回归自然,憩心于田园,从而获得人和自然的和谐同一,在物我一体的随顺任化、陶然自适中,实现生命意义的永恒。此诗便是陶诗中表达这种生命意识最脍炙人口的一篇。全诗核心是“心远地自偏”句。此所谓“远“,乃玄学中常用语,是指超脱世俗关系利害、澹然自足自适的那种精神状态。因而,这是一种对社会的障隔,也是对群体意识的超越,从而消解掉动乱现实带来的侵扰和痛苦,安身立命于自然大化,直接与宇宙本体契合为一。由于“心远”,虽结庐人境却与喧嚣

---

① 王夫之.《古诗评选》(5).《船山全书》第14册. 岳麓书社,1996

世事拉开距离,遂无车马(此指显贵)扰攘而居处也就觉得偏远了。“采菊”二句,既可理解为人在悠然自适中见到南山,亦可理解为悠然肃穆的南山为人所见。即这“悠然”既属我,亦属物,甚至是不知何者为我,何者为物,而是心物之间的直接同构契合,所以才觉其妙。“见”一作“望”,苏轼曾批评说:“因采菊而见山,境与意会,此句最有妙处。近岁俗本皆作‘望南山’,则此一篇神气都索然矣”(《东坡题跋》)。为何不能作“望”?因为在陶渊明看来,自然是自在自足、无所外求的本然存在,正与人的本性相契合,所以在“悠然”这点上,自然和人性才达到谐适。但若作“望”,则是意有所属的有意识注视,都必然破坏这种谐适,故不如目无定视、意无所属的“见”更妙。王士慎曾这样分析说:“篱有菊则采之,采过则已,吾心无菊。忽悠然而见南山,日夕而见山气之佳,以悦鸟性与之往还。山花人鸟,偶然相对,一片化机,天真自具”。此说甚佳。秋菊吐芳,露泣清泠;日暮山岚,若有若无;飞鸟集群,结伴而归。一切都是那样恬静谐适,各以自己的自然本性完成着生命运动,人物内外存在着一种无言默契,心灵也找到自然的回归,这就是王氏所说“悦性”。结尾所说“真意”,即指诗人领悟到的这一人生真谛,但没有语言能够说清,故说“欲辩已忘言“。其实,如果真要说清,那便是哲学论文而非诗了,实是有意不必说清。

再看《癸卯岁始春怀古田舍》二首,前咏荷蓧丈人,后咏长沮、桀溺,大概是借古以自抒的“咏史”之作。其一曰:

> 夙晨装吾驾,启涂情已缅。鸟弄欢新节,冷风送余善,寒竹被荒蹊,地为罕人远。是以植杖翁,悠然不复返……

此与“结庐在人境”一诗,其境界极为相近,都是写与大自然融为一体的怡然自适。所不同者,前诗写秋,此则写春。首说“启涂情已缅”,将飘渺的思绪带向远方,是咏史扣题。接着转入写景,不过这些景物意象是很特殊的,只有在陶渊明的笔下才能见到。“鸟弄欢新节,泠风送余善”,天融时和的季节,鸟啭新声,熏风送爽,同人一样的欣喜欢悦;“寒竹被荒蹊,地为罕人远”,余冬料峭,竹尚带寒,人迹少至,蹊路为荒,亦所谓“心远地自偏”也。徜徉于这样的时令季节,悠哉游哉,人自不知复返,既写荷蓧丈人,亦写诗人自己。可知诗中选取那些田园意象,是带有浓重的主观感情色彩的,恰与其时欣悦的心情、超逸的思绪谐调一致。应予特别指出的是,对万物生命大化的这种新鲜感、欣悦感,当是陶渊明村居生活的主导性心境,故陶诗中亦多各具特色的生动描写。如此诗其二之“平畴交远风,良苗亦怀新,虽未量岁功,即事多所欣”。一望无际的禾苗,似乎也被拟人化了,与轻拂的和风共舞,充满新鲜的生机,倘佯其中的人也就为之陶醉而无限欣喜了。他如:“山涤余霭,宇暧微霄,有风自南,翼彼新苗”(时运),“日暮天无云,春风扇微和,佳人美清夜,达曙酣且歌”(《拟古诗九首》其七),“孟夏草木长,绕屋树扶疏,众鸟欣有吒,吾亦爱吾庐”(《读山海经》其一),“明两萃时物,北林荣且丰,神渊泻时雨,晨色奏景风”(五月旦作和载主簿)等。像这类融入陶渊明心灵世界的田园意象,不仅是谢灵运山水意象所没有的,也是终六朝之世的诗人少见的。后代“田园”之所以能和“山水”抗衡,岂虚谈哉!

但是，陶渊明也写过不少山水行旅之作，只是意象结构之独特亦与谢诗大不一样。如著名的《游斜川》诗：

开岁倏五日，吾生行归休。念之动中怀，及辰为兹游。气和天惟澄，班坐依远流。弱湍驰文鲂，闲谷矫鸣鸥。迥泽散游目，缅然睇曾丘。虽微九重秀，顾瞻无匹俦。提壶接宾侣，引满更献酬。未知从今去，当复如此否？中觞纵遥情，忘彼千载忧。且极今朝乐，明日非所求。

如前引此诗有小序曰："辛酉正月五日，天气澄和，风物闲美，与二三邻曲，同游斜川……"。可知当作于晋安帝义熙十年(414年)正月初，时诗人已进入五十之年。奇怪的是，诗的结构也采用了与谢诗相似的三段式：首叙出游缘起，中写所见景物，末则以议论结束。只是议论部分，不象谢诗带有那么浓重的玄理色彩。首句"五日"，亦作"五十"，当是正确的。古人云："人上寿百岁"，进入五十，便如日已过午，岁将及秋，这是极足警动人心的，所以接下即说"吾生行归休"。《淮南子·精神训》："死，归也"。又《说文》："休，止息也。"故诗人不免产生"念之动中怀"的深慨，而乘风和日丽之时作此一游了。下面即进入景物描写，不过也与康乐不尽相同：谢多明丽，陶则清和，当仍是其田园意象的延展。上则天高气清，一碧而如洗；下则宾朋列坐，临清流而赋诗(按序有"率共赋诗"之语)；见则惟彩色鱼鲂，在微波细流中嬉游；闻则有矫捷鸥鹭，在空谷浅滩上鸣叫。好一派疏野闲散，万类生机竞自由的景象，既可"悦性"，亦可"适性"，正是陶诗特有的精神境界。最后六句是就湖中曾(层)丘发慨，以明意畅情遥、旷达自适的襟怀和人生境界。古诗云："生年不满百，常怀千岁忧！"充满凄怆惋叹之情；此则曰"中觞纵遥情，忘彼千载忧！"则是旷放情怀之意。同汉末动乱社会中尚无处安顿下生命的士人不同，陶渊明似乎已找到自己生命的意义和归宿，故少有失落和无望的悲吟，这是时代前进的步伐打下的印记。

《和郭主簿二首》其二，在景物意象的创造上，则和谢诗颇有相似之处：

和泽周三春，清凉素秋节。露凝无游氛，天高肃景澈。陵岑耸逸峰，遥瞻皆奇绝。芳菊开林耀，青松冠岩列。怀此贞秀姿，卓为霜下杰。衔觞念幽人，千载抚尔诀。检素不获展，厌厌竟良月。

和郭主簿诗共二首，前诗写夏，此则写秋，但开篇却从春写起。"和泽周三春，清凉素秋节"，是说自入春三个月来，一直风调雨顺，所以到了秋季天凉气爽，十分宜人。但何以写秋而要从春说起，用意大概有二：一是说经过整个春天的雨泽浇洗，故今秋天气特别素朗明净，为下面写景铺设底色；二是说由于三春风调雨顺，夏季自是丰收年景，心情特别恬适怡悦，为全诗先奠定了情感基调。关于前者，下面即接着写道："露凝无游氛，天高肃景澈"，显然系直承"清凉素秋"四字而来，谓露凝霜华，空气明净，没有一丝纤尘污染，故天空显得格外高朗明澈，前后正相扣合。至于后者，则有前诗所写可证："园蔬有余滋，旧谷犹储今"、"舂秫作美酒，酒熟吾自斟"，正是一派丰年怡悦之情。要说明的是，首四句中的景物意象，乃诗人特创的心灵悟境，其他诗中亦经常写到，如“蔓草不复荣，园木空自凋，清气澄余滓，杳然天界高”（《已酉岁九月九日》）；如“露凄暄风息，气澈天象明，往燕无遗影，来雁有余声“（《九日闲居》）；如“白日沦西阿，素月出东岭，遥遥万里辉，荡荡空中景”（《杂诗八首》其二）；如“凉风起将夕，夜景湛虚明，昭昭天宇阔，皛皛川上平”（《辛丑岁七月赴假还江陵夜行涂口》）等，虽说描写的具体内容不同，但所营造的境界氛围及折射的情思意绪，却是完全一致的，乃陶诗本色。并且正是这些景物诗，同他那些冲融澹荡的田园诗，共同造就陶诗特有的静穆美。但此诗不同于其他陶诗之处在于，接下去所写景物意象则和谢诗却是一路：“陵岑耸逸峰，遥瞻皆奇绝，芳菊开林耀，青松冠岩列”。在那澄澈高爽的天宇之下，起伏的山陵高岗，奇峰飞逸高耸；苍翠的青松象头顶帽子，在峰峦上攒聚排列；林中盛开的菊花，则明媚耀眼、幽香四溢。这些描写，虽不象谢诗讲究工整对仗，但用词炼字之刻镂雕饰，景物造型之逼真细致，却是极为相近的。“怀此贞秀质”四句，是对不畏风霜的松菊节操的赞美，因而引发的对高人隐士（幽人）的怀念，可能有时代感慨存在乎其中。结句呼应诗题，说没有得到郭主簿的书信展读而心情厌厌，独对良月。宋汪藻曾评陶诗说：“山林之乐，士大夫知其可乐者，多矣”。但到陶渊明则“穷探极讨，尽山水之趣，纳万境于胸中，凡林扉穹翠之过乎目，泉声鸟啭之属乎耳，风云雨雾纵横合散于冲融杳霭之间，而有感于吾心者，皆取之以为诗酒之用。盖方其自得于言意之表也，虽宇宙之大，终古之远，其间治乱兴废，是非得失，变幻万方，日陈于前者不足以累吾之真”（汪藻《浮溪集》），用以评陶山水之作，是很能揭示出其内在意蕴的。

他如《于王抚军座送客》：

> 秋日凄且厉，百卉具已腓。爰以履霜节，登高饯将归。寒气冒山泽，游云倏无依。洲渚四缅邈，风水互乖违。瞻夕欣良宴，离言聿云悲。晨鸟暮来还，悬车敛余辉。逝止判殊路，旋驾怅迟迟。目送回舟远，情随万化遗。

据《宋书》载：永初二年（421）王宏为抚军将军领江州刺史，时谢瞻任豫章太守，将赴郡，王宏送至湓口，赋诗叙别。渊明当是应邀作陪，在席间写作此诗的。首四句叙送别，中八句写景，末四句达惜别之情，结构严谨完整。这是一个寒气凄厉的秋日，花草树木均已衰萎变黄，诗人踏着寒霜登上高楼，为将要回郡的客人送行。诗一开头，即极力渲染秋日凄厉萧索之气，自是送别之情，且为下面景物意象的结撰选取，先作情感基调的铺垫。环望四周，则山间覆盖着澹荡寒气，白云瞬息变幻而飘动无依，江中小岛四外已是模糊渺邈，江水风涛激荡而回旋冲击。于是面对这高朋满座的筵宴，遂写下表示离情别绪的诗句。这些充满动荡不宁、徙倚无定的景物意象，无疑是当时诗人心境的外化，妙在不即不离而又融洽无间。“晨鸟”二句，则是拟写游子迁客惯用的手法：落日（悬车）余晖，晨鸟暮归，独游子（离人）怅立高楼，这又是何等情怀！在这段描写中，诗叠用冒、倏、欣、敛等字，及“缅邈”“乖违”等词，可见在遣词用字上是很讲究的，大概此诗写于渊明晚年，故亦难免受到当时风气的影响。“逝止”二句写别离，逝指远去之人，止则代送行者。从此一别即判然殊路，不知何时再能相见（按次年谢瞻即逝），故旋车回归时心情一直惆怅迟迟；只有目送客船在天边远逝，把追随的一缕情思留在那青山绿水之间。结二句尤妙，不只写得情感真挚动人，且给读者留下无尽的遐思逸想，故为后世写送别者往往化用，如李白之“孤帆远影碧空尽”即是著名一例。

陶渊明的景物意象诗尚多，清人马位曾这样评论说：“人知陶诗古淡，不言有琢句处。如‘微雨洗高林，清飚矫云翻’、‘神渊泻时雨，晨色奏景风’、‘青松夹路生，白云宿檐端’，诗固不于字句求工，即如此等句，后人极意做作不及也，况大体乎？”①所以，陶诗不是没有琢句如颜、谢处，只是其主导风格却是“不言有琢句处”，或曰虽极工而无斧凿痕。正如王世贞所说：“渊明托旨冲淡，其造语有极工者，乃大入思来，琢之使无痕迹耳”②。其原因还是如前所说，他所表现的只是观照景物的主体心灵，只按心灵表现的需要选取景物，虽然不能不讲究语言的使用，却不必句雕字琢，所以并非只是单纯的技术问题。对此，前人似已有言及处，如陈师道即说：“渊明不为诗，写其胸中之妙尔”③。叶梦得则说得更为明白：“诗本触物寓兴，吟咏情性，但能输写胸中所欲言，无有不佳。而世但役于组织雕镂，故语言虽工，而淡然无味。陶渊明……初不自知为语言文字也，此其所以不可及”④。他们都认为，这根本原因就在“写胸中之妙”，故“不为诗”或“不知语言文字”，是即有雕琢使人不觉耳。沈德潜曾说：“陶诗合下自然，不可及处在真在厚；谢诗追琢而返于自然，不可及处在新在俊。千古并称厥有由夫”⑤。用以评意象诗歌之两大创始诗人，是比较恰当的，尽管仅从是否“自然”而立论。

第四节　鲍照诗作及对意象文学的贡献

鲍照(414—466 年)字明远，祖籍上党人，后迁居东海(今江苏涟水县东北)，家居建康。至于生平经历，虞炎序鲍照集有简要说明：“本上党人，家世贫贱，少有文思。宋临川王爱其才，以为国侍郎。王薨，始兴王濬又引为侍郎。孝武初，除海虞令，迁太学博士，兼中书舍人，出为秣陵令，又转永嘉令。大明五年，除前军行参军，侍临海王镇荆州，掌知内命，寻迁前军刑狱参军事。宋明帝初，江外拒命，及义嘉败，荆土震扰，江凌人宋景，因乱掠城，为景所杀，年五十余”。他少有才思，却出身寒微，遂造成其一生的坎坷和失意，故其诗歌的思想倾向也比较单一，那就是在当时亦然强大的门阀制度下，所遭受的“有志不展”的屈沉和压抑。钟嵘《诗品》曾说：“嗟其才秀人微，故取湮当代”。即很好地概括了他一生在出身和才能、个人和社会之间得不到谐和发展的悲剧性命运。他自己曾在《拜侍郎上疏》中自述“北州衰沦，身地孤贱”。又在《侍郎报满辞阁疏》中说：“臣嚚杌穷贱，情嗜踳昧，身弱涓甃，地幽井谷。本应守业，垦畛剿芿，牧鸡圈豕，以给征赋”。而正是在这特定社会中他身地孤贱的命运，同胸怀不甘埋没的远大抱负及恃才求名的强烈愿望之

① 丁福保辑.《秋窗随笔》.《清诗话》. 中华书局出版

② 丁福保辑.《艺苑卮言》(3).《历代诗话续编》(中). 中华书局，1983

③ 社科院文研所编.《后山诗话》.《中国历代诗话选》(1). 岳麓书社，1985

④ 叶梦得.《玉涧杂书》(8). 上海商务印书馆排印本，1927

⑤ 沈德潜.《古诗源》(10). 中华书局，1984

间难以克服的矛盾，却成为激发他创作出那些极富个性特征的不朽诗章的根本动因。《南史》有段记载，即很能说明他的思想个性："照始尝谒义庆，未见知，欲贡诗言志。人止之曰：'卿位尚卑，不可轻忤大王'。照勃然曰：'千载上有英才异士，沉没而不可闻者，安可数哉！大丈夫岂可遂蕴智能，使兰艾不辨，终日碌碌与燕雀相随乎？'于是奏诗，义庆奇之，赐帛二十匹，寻擢为国侍郎，甚见知赏"（《南史·宋临川烈武王道规传附照传》），所以同谢灵运的做官不合作及陶渊明的弃官不做不同，他是属于做官嫌小的另一类士阶层的代表。

在文学发展史上，鲍照同样是个新旧交替时期的过渡性诗人。王夫之曾说："元嘉之末，雅俗沿革之际，未可以悦目妄相推许也"①，对此似已有所认识，但并未详说。他既创作了大量拟乐府诗，把直抒胸情的传统之作推进到一个耀眼的高峰；同时又写作了不少五言山水诗，顺应时代潮流而独树一帜，并为时人所称赏。钟嵘《诗品》即说："其源出于二张，善制形状写物之词。得景阳之諔诡，含茂先之靡嫚，骨节强于谢混，驱迈疾于颜延，总四家而擅美，跨两代而孤出。……然贵尚巧似，不避危仄，颇伤清雅之调，故言险俗者多以附照。"即主要就是其山水意象之作而言的。但是，后人所看重的却恰恰是他乐府创作方面的成就，至于山水意象诗就不怎么提到了。如钟惺即说："鲍参军灵心妙舌，乐府第一手，五言古却又沉至"②。王夫之说："明远乐府，自是七言至极。顾于五言歌行，亦以七言手笔行之，句疏气迫，未免失五言风轨，但其谋篇不杂"（同前）。而陆时雍则说："鲍照才力标举，凌厉当年，如五丁凿山，开世人所未有"③，对其乐府的这些推赞之语，自有其充足的理由，但是作为一个横跨两个历史时代而有多方面成就的诗人，只片面强调某一方面，那是极为不妥的。

在他的拟乐府诗创作中，《拟行路难十八首》是其代表性作品。《乐府题解》："《行路难》，备言世路艰难及离别悲伤之意，多以君不见为首。"鲍照此作则专写对门阀世族社会中存在的种种不合理现象，进行抨击和感愤不平，一般认为是其青年时期的作品。首篇有"听我抵节行路吟"之句，当是十八首之序诗，而末篇又说"对酒叙长篇"，可知是其着意创作的完整组诗。先看其一：

> 奉君金卮之美酒，玳瑁玉匣之雕琴，七彩芙蓉之羽帐，九华葡萄之锦衾。红颜零落岁将暮，寒光婉转时欲沉。愿君裁悲且减思，听我抵节行路吟。不见柏梁铜雀上，宁闻古时清吹音？

这组诗的一大特点，即主要采用以七言为主的杂言乐府体写作，以富于长短变化、起伏跌宕的音节形式，来适应诗人所要表达的激烈跳动的感情，因而达到内容和形式的完美结合。本诗则用整齐的七言句式，出之以层折变化的精心结构，欲吐复吞、含而不露地表达诗人内心的复杂情思。首句以"奉君"二字领起，一气直下而贯注前四句，其结撰之

① 王夫之.《古诗评选》(1).《船山全书》第14册. 岳麓书社,1996

② 谭元春评选.《古诗归》(12). 明崇祯间刻本

③ 丁福保辑.《诗镜总论》.《历代诗话续编》(下). 中华书局,1983

奇特为前人诗中所少见。奉君，即向你献上，共列述四物：金卮美酒、玉匣雕琴、芙蓉羽帐、葡萄锦衾，可谓无一不精美绝伦，以为如此耽于逸乐，即可消烦解忧。且美酒盛以金卮，雕琴饰以玉匣，羽帐绣上芙蓉，锦衾织以蒲萄，其语言华美，极尽雕缛，乃鲍诗特有风格，所谓"字镂句刻，人巧绝伦"①者。此节是为全篇蓄势，铺排而张扬，接着笔锋陡转，遂进而写忧愁之难排难遣：红颜凋落，岁月迟暮，寒气袭来，年华已逝，这人生之大悲大哀，那岂是一般物质享受能够消解得了的呢！于是诗人强抑激烈情怀，且自嘲而自解：还是"栽悲""减思"以节制自己的伤痛吧，听我击节高吟一曲《行路难》，或许这尽情的发泄能排解掉人生苦闷。至此全诗已可结束，但诗人又奇峰突起，引古人古事为鉴：汉武之柏梁台，魏武之铜雀台，皆为当年歌舞宴乐风流繁华之地，然"英雄一去豪华尽"，今又安在哉！真是一波三折，言尽而意犹未尽，不仅加重全诗的历史沧桑感，且余音袅袅，韵味悠扬。再看其四：

泻水置平地，各自东南西北流。人生亦有命，安能行叹复坐愁？酌酒以自宽，举杯断绝歌路难。心非木石岂无感？吞声踯躅不敢言！

此承前诗"栽悲""减思"之不能而来，故情感之表达似更加外露而激烈，并正面点名创作主旨——与不公平的命运抗争。首二句化用《世说新语·文学》事："殷中军问：'自然无心于禀受，何以正善人少恶人多？'刘尹答曰：“'譬如写水著地，正自纵横流漫，略无正方圆者'。一时绝叹，以为明通"。诗人借用这个著名比喻，以说明人之命运的偶然性，显然是针对不合理的门阀制度而发，有强烈的现实批判意义。他虽然将此归结于各人不同的"命"，但并非就此认命，向命运低头，故接着便喊出"安能行叹复坐愁"的呼号，透露出内心蕴蓄着多少辛酸和悲愤！既然不能仅安于长吁短叹、愁苦悲伤，那么解脱之道又在何处呢？他仍然选择了晋宋人惯用的排遣方法：以酒自宽，甚至说连《行路难》也要断绝歌唱，不再浩歌当哭地一泻悲愤。然而果真如此吗？诗人却陡作翻转，说"心非木石岂无感"！人既是有生命有感情之物，怎么能没有感慨不平呢？只是"吞声踯躅不敢言"罢了。"不敢言"三字，极具份量，语含讥刺，发人深思，其包孕的悲愤之情亦更深广；且以此结束全篇，引而不发，却力敌千钧，最能引起读者共鸣。从全诗看，首句譬空设喻，悲愤难抑；中间跌荡层折，欲吐复吞；结尾有如激流奔湍，喷涌而出，把情感推至高峰；再配以长短交错相间的句式，和顿挫谐畅的音节，可谓声情并茂，意浓而词切。其六与此相似：

对案不能食，拔剑击柱长叹息！丈夫生世会几时，安能蹀躞垂羽翼！弃置罢官去，还家自休息。朝出与亲辞，暮还在亲侧。弄儿床前戏，看妇机中织。自古圣贤尽贫贱，何况我辈孤且直！

---

① 王夫之.《古诗评选》(1).《船山全书》第14册. 岳麓书社,1996

陈祚明评鲍诗曾说："感岁华之奄谢，悼遭逢之岑寂，唯此二柄，布在诸篇。纵古人兴讬，率亦同然，而百首等情，乌睹殊解？"①鲍诗大多数乐府篇章，确如陈氏批评所说，不外寄意"二柄"，故内容比较单一。但在表现形式上，却往往师心独造，自铸新词，故又各不重复。若此诗首四句，亦写自己备受压抑，而有志难伸、壮怀难展的悲愤，情感激越，语调亢奋，但以"不能食"、"拨剑击柱"、"长叹息"等一连串情绪极强的动作写之，便与前诗又不相同。接着慨叹岁月不居，人生短促，以自己岂能碌碌自弃反诘，把激愤之情再推进一层，且语完气足，收拾得恰到好处。中间六句，则又陡转，变激越直抒为徐缓平叙，语言亦变七言句为五言句，是张后之驰，暂作退一步旷达之想：先以罢官归去、回家休息自欺而自慰，并设想出一幅亲人朝夕团聚，戏儿床前，看妇机织，尽享天伦之乐的美好生活图画。显然，这是同诗中并未出现的那种险恶、虚伪、失去自由的官场生活，有意造成强烈对照，暗点"长叹息"之愁因。这样安排，无疑是诗人对于沉重的精神负荷的暂时释放和缓解，但又并非是其一贯汲汲于追求抱负施展的真实本意，故结尾二句再次荡起情感波澜，换五言短句为七言长句，尽情一泻心中难以抚平的伤痛。"自古圣贤尽贫贱"，援古以例今，把个人怀才不遇之悲，有意提升到历史层面来思考；"何况我辈孤且直"，则点透本因，把一己之坎坷遭遇之哀，直接联系到社会制度本身的原因上来。"孤且直"三字，措意苍凉，义愤填膺，用以结束全篇，能产生警心触目的效果，与前诗结句却得同妙。王夫之说："《行路难》诸篇，一以天才天韵，吹宕而成，独唱千秋，更无和者。太白得其一桃，大者仙，小者豪矣"②。故此类诗对后代五七言歌行体的影响极大。但成书倬云说："《拟行路》十八首，淋漓豪迈，不可多得，但议论太快，遂为后世粗豪一流人籍口矣"③。对这种负面影响亦不可不知。

但是，明远究竟是站立在新旧诗歌交替期的过渡性诗人，并同谢灵云一道为新兴意象文学的繁荣作出奠基性贡献。因而，即使在其"抗英吐怀，每成亮节"、"直前挥霍，目无坚壁"的拟府诗中，亦不能不受到时代风会的影响，把意象文学"化景为情"的创作方法融入其中，使之带有迥异于前人的鲜明特征。如那首被人推为边塞杰构的《代出自蓟北门行》：

羽檄起边亭，烽火入咸阳。征骑屯广武，分兵救朔方。严秋筋竿劲，虏阵精且强。天子按剑怒，使者遥相望。雁行缘石径，鱼贯度飞梁。萧鼓流汉思，旌甲披胡霜。疾风冲塞起，沙砾自飘扬。马毛缩如猬，角弓不可张。时危见臣节，世乱识忠良，投躯报明主，身死为国殇。

全诗层次分明，可作三部分看：首八句写战争突发引起的朝野紧张气氛，中八句写奔赴前线的戍边将士艰苦经历，末四句则以视死如归、为国捐躯的忠愤语作结。前八句写法甚为独特，选取的是一连串紧相衔接的动作，如迅雷疾电，一气贯下，且一浪紧似一浪，把战

① 陈祚明.《采菽堂古诗选》(18). 清康熙45年(1706)刻本，全国图书缩微中心，1989

② 王夫之.《古诗评选》.《船山全书》第14册. 岳麓书社，1996

③ 成书.《多岁堂古诗存·例言》. 清道光11年(1831)刻本

争的突发氛围渲染得极为浓重。故虽是平叙，却跌荡波折，充分显示出“此君意气所在”。边亭告急，求救文书纷至，而报警的烽火已传到京城；于是朝廷立即派兵遣将，首先进驻广武（今山西代县西），接着分兵援救溯方（今内蒙古黄河以南之地），情况确是够紧急的了。然而还不止此，因为这次面对的不是一般敌军进犯，故从反面再着一笔：敌方兵精将强，且是严寒天气，遇到的将是一场恶战。正是这一严峻战争形势，才造成天子赫然震怒，派出的使者络绎不绝，道路相望。据《风俗通》载：“文帝时匈奴犯塞，候骑至甘泉，烽火通长安。”又《史记·大宛传》：“贰师将军请罢兵，天子大怒，使使遮玉门，曰：‘军有敢入，辄斩之’。”上面诗意即由此化出。至此，双方剑拨弩张，一场战争风暴已不可避免，但奇怪的是，接下去诗人却并未正面写战争，而是用生动的景物意象造型，写赴边将士艰苦卓绝的经历：象雁队攀援险峻的石径，如鱼贯飞越悬空的桥梁；军乐声流露出对故乡的思念，旗甲上落满了胡地的寒霜。这说明已将入侵者赶出边界，部队进入敌占区。然而，这里的环境却更加恶劣，狂风冲塞，飞砂走石，天气分外酷寒，致使冻僵的手指难以拉开角质的弓，蜷缩的马匹毛发直竖如锥针尖利的刺猬。这段铺张描写，既真实又夸张，既刻划又峻健，正如朱熹所说：“分明说出边塞之状，语又峻键”①，应是鲍诗所独造的景物意象。不过，对此我们却不能以纯客观的写景状物看待，因为在那一派荒僻苦寒之中，将士们的英武雄豪之气，作者的倾心赞美之情，皆寓其中，当与唐人“欲将轻骑逐，大雪满弓刀”同一境界。表面看似写景，内里蕴含的却是诗人所体悟的一种情感和精神，此即意象不同于一般写景之奥秘所在。而且，也正由于这种内涵情感和精神的存在，才能合乎逻辑地过渡并引申出结尾四句精辟的警语，否则叙事、缀景、达情均各自独立，诗篇的整体融浑美也就破坏了。

在鲍照乐府诗作中，这类在中间突然插入景物意象的诗很多，我们均应作如是理解。如《拟行路难》其三：“春燕参差风散梅，开帏对景弄春爵。含歌揽涕恒抱愁，人生几时得为乐”。王夫之曾评论说：“春燕参差风散梅，丽矣！初不因刻削而成。且七字外，有无限好风光，与‘开帏对景弄春爵’恰尔相称”②，凡此等诗之好处，皆须于“字外”求之，方得妙尔。他如《代结客少年场行》之“升高临四关，表里望皇州。九衢平若水，双阙似浮云。扶宫罗相将，夹道列王侯。日中市朝满，车马若川流”；《代櫂歌行》之，“泠泠鲦疏潭，邕邕雁循渚。飂戾长风振，摇拽高帆举。惊波无留连，舟人不踌竚”；《代白纻曲二首》之“春风澹荡侠思多，天色净渌气妍和。含桃红萼兰紫芽，朝日灼烁发园华”，《代白宁舞歌辞四首》之“含商咀征歌露晞，珠履飒沓纨袖飞。凄风夏起素云间，车怠马烦客忘归，兰膏明烛承夜辉”等。尤其是那首《代阳春登荆山行》，则完全是典型的山水意象诗了：

旦登荆山顶，崎岖难道游。早行犯霜露，苔滑不可留。极眺入云表，穷目尽帝州。方都列万室，层城带高楼。奕奕朱轩驰，纷纷缟衣流。日氛映山浦，暄雾

① 王星贤点校.《朱子语类》. 中华书局，1986

② 王夫之.《古诗评选》.《船山全书》第14册. 岳麓书社，1996

逐风收。花木乱平原，桑柘绵平畴。攀条弄紫茎，藉露折芳柔。遇物虽成趣，念者不解忧。且共倾春酒，长歌登山丘。

此诗虽已完全淡化掉“玄言尾巴”，但结构上仍然采用三段式：纪游、写景、言情。且字雕句琢，鉤深索隐，亦完全是大谢手法，只是首尾直叙成分减弱而已，故不少诗家谓其“多规摹大谢”。

鲍照的山水意象诗，与大谢之最大不同在于：虽然都在琢句炼字上用功，但谢尚清峻流丽，故以深秀见长；鲍则锻炼重涩，独以奇警擅美。此或因后之于前，犹有甚焉，故后人评价便颇不一致。如萧子显即批评说：“发唱惊挺，操调险急，雕藻淫艳，倾炫心魄”（《南齐书·文学论传》）。王夫之也认为：“鲍照五言，恒得之深秀，而失之重涩，初不欲以俊逸自居”（《古诗评选》(5).《船山全书》第14册．岳麓书社，1996）。但也有认为涩重并非病者，如方东树说：“明远虽以俊逸有气为独妙，而字字炼，步步留，以涩为厚，无一步滑。凡太炼涩则伤气，明远独俊逸，又时出奇警，所以独步千秋”①。丁福保也说：“鲍诗于此陈言之法尤严，只一熟字不用，又取真境，沉响警奇，无平缓实弱钝懈之笔”②。关于句琢字炼之是否即为病，恐怕要作具体分析，不能一概而论，全盘否定者固非，全面肯定者亦难免饰美。陈祚明之论则较公充：“鲍参军既怀雄浑之姿，复挟沉挚之性。其性沉挚，故即景命词，必钩深索异，不欲犹人。其姿雄浑，故抗音吐怀，每独成亮节，自得于己。乐府则弘响者多，古诗则寻幽者众。然弘响之中或多拙率，寻幽之内生涩病焉”③。但不论前人怎么说，他在意象诗歌艺术探索道路上，所取得的与谢诗又不相同的业绩，即遣词造句的“不欲犹人”，命意吐怀的“自得于己”，都是不应抹煞的。诗家们经常指出，若杜甫、韩愈、孟郊等，乃至江西诗派的黄庭坚诸人，都曾深受其影响和沾溉，这正说明意象诗歌从其奠基期开始，即非单色调的，他为后人提供了选择的多样性。先看《日落望江赠荀丞》：

旅人乏愉乐，薄暮增思深。日落岭云归，延颈望江阴。乱流灇大壑，长雾匝高林。林际无穷极，云边不可寻。惟见独鸟飞，千里一扬音。推其感物情，则知游子心。君居帝京内，高会日挥金。岂念慕群客，咨嗟恋景沉。

此诗约写于元嘉八、九年（451年左右）间，时作者客居广陵（扬州）、瓜步（江苏六合）等地。荀丞，即当时任尚书左丞的荀赤松。此诗是鲍诗中写得比较平顺明畅的一首，故王夫之说：“古今之间，别立一体，全以激昂风韵，自致胜地”，“鲍集中此种极少，乃似剑埋土中，偶然被发，清光直欲彻天”④。首四句为一层，从客居他乡的游子写起，漂泊异地，本少欢愉，何况又值日落黄昏，暮色苍茫，又怎能不对景伤怀而倍增其愁思呢？接着即紧密回应题中“日落望江”四字用笔。白日西匿，万类知返，就连悠悠白云，亦疾趋故地山峦，

① 方东树．《昭昧詹言》．人民文学出版社，1961
② 丁福保．《八代诗管华录笺注》．民国四年（1915）铅印本
③ 陈祚明．《采菽堂古诗选》(18)．清康熙45年（1706）刻本，全国图书缩微中心，1989
④ 王夫之．《古诗评选》．《船山全书》第14册．岳麓书社，1996

此情此景，由物及身，又怎能不激起他孤独飘零、无所归依的深切之痛？于是，自然而然的又把目光转向希望所寄之江南，那正是友人荀丞所在之地。中八句即写“望”中所见江景，不过这些景物却无不染上一层黯然神伤的色彩。“乱流灇大壑”句，据《诗毛传》：“漻，水会也”。又《集韵》：“漻，或作灇”。是接写江上晚景：薄暮中惟见无数江河向长江汇聚，冲击着壁立峭石；随着弥漫加深的夜雾，高大的树林亦渐被遮绕，迷朦而幽深；而天光霞色也浑然一体，笼罩着大地，无边无际。暮色低沉，心情同样低沉。还有那失群孤鸟在苍茫中独飞，鸣声直透千里云层，闻之又岂不荡魄而惊心！写物也抑写我也，二者实已密不可分。陈胤倩说：“乱流六句，浩荡不群，诗本直率，而声态落落”①。沉痛难抑之怀，落落寡欢之情，那是难以言说的，所以诗人说：“推其感物情，则知游子心”。只有那些能从心物聚合中推知即景伤怀的人，才能真正理解游子此时心境况味吧？然而，恐怕知音稀少！末四句关合题中之“赠荀丞”，用词虽然曲婉，达意却很明确：你居住京城，天天高朋满座，挥金如土，可还惦记着离群索居的旧友，他正面对即将沉没江心的红日而长吁短叹呢！此诗虽尚留有三段式的影子，然较之谢诗却更浑融完整，于此也很能体悟山水诗中景物意向的妙用。再看他的名作《登黄鹤矶》：

> 木落江渡寒，雁还风送秋。临流断商弦，瞰川悲棹讴。适郢无东辕，还夏有西浮。三崖隐丹磴，九派引沧流。泪竹感湘别，弄珠怀汉游。岂伊药饵泰，得夺旅人忧？

此诗约写于大明六年（462），时放荆州刺史刘子顼将军府参军，赴任途经武昌登黄鹤矶时所作。在写法上之一大特征，是打破谢、鲍均喜欢采用的纪游、写景、抒怀三段模式，开篇即从景物写起，颇觉新鲜。首二句写登黄鹤矶时之景物时令，浩气激荡，气象不凡。秋风萧瑟，树叶飘零，大雁南飞，江边渡口一派肃杀景象，见之叫人神伤。其境界阔大苍凉，无形中已给全诗蒙上一层低沉旷放的情感色彩。三、四句作进一层渲染：伫立江边，抚弦弹奏起凄厉的商音，直到铮然弦断；俯视江上，传来阵阵渔歌，其声抑扬哀怨，又平添出多少悲怆！中六句写所见所感，情句景句交错进行。“适郢”“还夏”一联当明其“悲”之因。郢，即楚都荆州江陵。诗人此次是由武昌去江陵，不得东归故土，故说没有东去的车马。夏，即江陵附近之夏水，本《楚辞·哀郢》之“过夏首而西浮”句。既是西去夏口，自当浮舟溯江而上。二句当是以屈原自况，暗示此次西行，有如屈子之离郢，所以为“悲”也。“三崖”“九派”一联，三崖当指江宁三山而言，西行已远，故隐没不见也；丹磴，落日映照下的红色山岩，远眺不见家乡，唯崖岩重叠而已，造语槃刻。九派，《荆州记》：“江至浔阳，分为九道”。是说俯瞰近处，江流纵横流泻，亦如诗人之心乱如麻。“泪竹”句，典用舜帝二妃涕泣而竹斑之事（《博物志》）；“弄珠”句，典用郑交甫适楚遇二女佩珠事（《韩诗外传》）。是说“感”二妃念别之悲更增思乡之泪，“怀”二女佩珠事岂会有郑交甫好兴致，总之是写失意而已。末二句回应“断弦”“悲讴”，说纵有佳肴美乐（按“药饵”当作“乐饵”）

① 鲍照.《鲍参军集注》.上海古籍出版社，2005

之安逸，又岂能排解心中无限哀愁！此诗结构特别，又不同于前首，可说已彻底打破三段模式，不再在中段集中大量景物意象的营构，而是景句和情句交错进行。并且，往往状景中含情，达情中有景，纯粹的言情句并不是很多，故显得情景相洽、意象圆融。如将“木落”二句提到篇首，以萧瑟苍凉的时令氛围涵盖全诗，即产生出独特的审美效果，较之一般用“纪游”开篇者，自不可同日而语，故历来受到人们称赏。如方东树即说：“起句兴象，清风万古，可比‘洞庭波兮木叶下’。孟公‘木落雁南度，北风江上寒’，全脱化此句，可悟造句之法”①。王夫之则说：“木落因江渡夙寒，江渡之寒乃若不因木叶。试当寒月临江渡，则诚然乃尔，故经生之理，不关诗理，犹浪子之情，无当诗情”②。所以读这样的诗篇即会体悟到，不论抽象的或直白的抒情，都是不宜于意象诗的。因此，到了唐人便抛弃“纪游”式的开头，而多采用这种写法，可说是历史选择的结果。

然而，最能代表鲍诗风格的，还是他那些造语奇峭生涩，或遒健劲拔的诗篇，然亦沾溉后人不浅。如《登庐山二首》其一：

> 悬装乱水区，薄旅次山楹。千岩盛阻积，万壑势回萦。巃嵸高昔貌，纷乱袭前名。洞涧窥地脉，耸树隐天经。松磴上迷密，云窦下纵横。阴冰实夏结，炎树信冬荣。嘈囋晨鹍思，叫啸夜猿清。深崖伏化迹，穹岫閟长灵。乘此乐山性，重以远游情。方跻羽人途，永与烟雾并。

此诗当写于元嘉十六七年(439左右)，照任江州刺史临川王刘义庆之佐吏时。同时所作还有其名篇《登大雷岸与妹书》，可参看。诗以雄健峭拔之笔，状写庐山之高耸壮丽、地灵人杰，是此类诗中的代表作。首二句即从出游写起。悬装，系装、整装；乱，渡也，前引孔安国《尚书·禹贡》传“绝流曰乱”可证。此是说整装乘船渡过大江，后又舍舟登岸投宿在庐山僧舍。以下十四句即铺排状写庐山气象万千之景。“千岩”二句，谓群峰耸翠，叠垒阻隔，众壑奔竞，曲折萦迴。冠以“盛”，言稠密也；次以“势”，明形胜也。“巃嵸”二句，谓庐山昔日之崔巍，今日依旧；而群峰名目繁多，其来已久。此总写庐山状貌，下即转入细部描摹。“洞涧”二句，方东树曰：“洞，深也”、“耸，竦也”。是说俯视山涧，其深可通地下水道；仰观群峰，其高则与星汉相连③。“松磴”二句，是说石径蜿蜒而上，迷失在稠密的松林之中；白云缭绕山间，攒聚于幽深的岩洞之下。此皆倒装句式。“阴冰”二句，写庐山反常的自然景观：阴岩下的结冰，到了炎夏犹未消融；阳坡里的山花，进入冬季依然开放。“嘈囋”二句，写庐山美妙的娱人音响：清晨有林鸟鸣唱，似乎满含着婉转情思；深夜有山谷猿啼，显得格外凄清悠长。按《荆州记》：“高猿长啸，属引清远”，即此所本。“深崖”二句，当继庐山之钟灵毓秀，进写人杰而地灵。化迹，或谓“西国化人之迹”。此与“长灵”当同为泛言，指那些得道的高人隐士，说他们都深藏于穹岫岩穴之中，其事迹和精神将永远昭示着后人。结尾四句，即写由此引发的感想和情思，并收束全篇。《论语·雍

---

① 方东树.《昭昧詹言》. 人民文学出版社，1961

② 王夫之.《古诗评选》(5).《船山全书》第14册. 岳麓书社，1996

③ 天径，即天体运行之道。

也》:“知者乐水,仁者乐山”。诗人亦乘着“爱丘山”的高兴而登高远游,也就特别看重这次庐山之行带来的好心情,似乎跻身仙人之列,飘飘欲举而远离尘世了。方东树说“千岩”以下十四句皆实写,“虽造句奇警,非寻常凡手所能问津,但一片板实……然今何取乎?曰:取其造句奇峭生犱耳”。此话有理。就其给人的总体感受言,实景实写,似乏空灵蕴籍,但语言生新创奇,不落凡响,饶具特有的奇峭美。然语言是思维的现实,故一切生新创奇都源于主体心灵的特殊感受或认知,否则即会成为失去生命的空壳。若照此诗,当是浸淫着诗人深切感受的独造意象,故不可简单地以“雕藻淫艳,倾炫心魄”目之,所以后人多所赞赏。如陈胤倩说:“坚苍。其源亦出于康乐,幽隽不逮,而矫健過之,写景自觉森然”。王壬秋说:“观此二篇,方知鲍、谢为不可及”。① 鲍照关于庐山的诗甚多,其写法亦大多如此,若:

高岑隔半天,长崖断千里。氛雾承星辰,潭壑洞江汜。崭绝类虎牙,巑岏像熊耳。埋冰或百年,韬树必千祀。鸡鸣清涧中,猿啸白云里。瑶波逐穴开,霞石触峰起。迥互非一形,参差悉相似。……

——《登庐山望石门》

罗景蔼云扃,沾光扈龙策。御风亲列涂,乘山穷禹迹。含啸对雾岑,延萝倚峰壁。青冥摇烟树,穹跨负天石。霜崖灭土膏,金涧测泉脉。旋渊抱星汉,乳窦通海碧。谷馆驾鸿人,岩栖咀丹客。……

——《从登香炉峰》

若此类诗,方东树增评之曰:“涩炼、典实、沈奥,至工至佳,诚为轻浮、滑率、浅易之要药。此大变格也,杜、韩皆胎祖于此。”陈胤倩说:“琢句取异,用字必生,然固无强语。”若抛开个人的偏爱不论,实是说他不只奇峭,简直是生涩了,只是研炼得稳妥耳。也许我国意象文学的发展,正是经历过这种极端的探索阶段,才走向唐人真正的多样和辉煌吧。

鲍照的景物意象诗,其实亦大致可分两类,如前面一类可称作山水纪游诗外,另一类则可称作行役纪游诗。其山水之作明显是承谢灵运而变本加厉,故方东树说:“引入作涩一路,专事炼字炼句,惊创奇警生奥,无一笔涉习熟常境”(同前)。至于行役之作,主要是写下层士人经历的世事艰难和辛酸,故可看作一代寒士典型心态的表现。尽管也很讲究字句的研炼,但同谢诗所写只在深山大壑、密树老林的贵族性不同,他把景物意象普通生活化了。这一转变之意义在于,首开齐梁诗歌“趋俗化”的倾向,从而使诗歌的意象化扩展到生活的广泛领域。如《上浔阳还都道中作》:

① 鲍照.《鲍参军集注》引. 上海古籍出版社,2005

昨夜宿南陵，今旦入芦洲。客行惜日月，崩波不可留。侵星赴早路，毕景逐前俦。鳞鳞夕云起，猎猎晚风遒。腾沙郁黄雾，翻浪扬白鸥。登舻眺淮甸，掩泣望荆流。绝目尽平原，时见远烟浮。倏忽坐还合，俄思甚兼秋。未尝违庭户，安能千里游？谁令乏古节，贻此越乡忧？

诗当作于为临川王刘义庆之属官时。首二句，昨夜、今旦对举，南陵、芦洲连用，时间迅速变换，地点急剧转移，正是写船行之快，归心之切。南陵，即南陵戍，在安徽繁昌西北；芦洲，当是泛指，即芦苇丛生之沙洲。故三、四句，即转写对时间的主观感受：惜日月，赶路惜时也；不可留，逝者如斯也，总之是说在惜分夺秒地赶路。接下十句，即写行程中所见之景及其感受。“侵星”“毕景”二句，是说起早赶前，行色匆匆，以状其“急”。“鳞鳞”“猎猎”二句，云涌风劲，日暮荒寒，明时之“艰”；“腾沙”“翻浪”二句，浪卷沙扬，路途险艰，明行之“危”。“登舻”六句写望，连用“眺”、“望”、“目”、“见”等字，虽写视角之频频转换，亦是此时迷乱不定心情之表露。荆流，此指长江；淮甸，因东晋时曾在当涂设置淮阳侨郡，故谓。淮甸茫茫，荆流悠悠，原野尽头更是烟云缭绕，故乡难见，怎能不心荡神摇，怆然泣下！何况那烟云还在倏忽变幻，一会就收拢聚合为一片苍茫了，而沉沉暮霭中晚风送来的寒意比秋天更凉，又增添多少孤寂和凄伤！情不尽，思亦不尽，在无限哀痛中于是又转向对人生的自省：如果不是轻率地离开家乡，哪会有这次的羁旅远行？故而难守古人慎于出处的教导，才遗留下这离乡背井之忧！综观全诗，除末四句径达情思外，皆步步景，句句情，情景相依相洽而难分，这是它同谢诗最大的不同。大概而言，谢总为情化的景精心造型，他则为所抒之情适时缀景，故一显得用工而典丽，一显得平易而清新。何焯说：“字字清新句句奇。此诗及小谢《还都》，各极其情文之盛妙，可谓异曲同工。”①。认为小谢及齐梁诸子，正是以此为胎始的。

再如《行京口至竹里》：

高柯危且竦，锋石横复仄。复涧隐松声，重崖伏云色。冰闭寒方壮，风动鸟倾翼。斯志逢凋严，孤游值曛逼。兼途无憩鞍，半菽不遑食。君子树令名，细人效命力。不见长河水，清浊俱不息。

此诗将写景置于篇首，中间四句才纪行，最后四句发表议论，结构上再作创新，更是对惯用写作模式的突破。因此，首六句似乎纯为景物造型，很难见出主观情感的介入。但细读则大不然。写树，则只取其干（高柯），并用“高且竦”来描状；写石，则专注于“锋”，并用“横复仄（斜）”来形容。其用字考究、奇特，是精心挑选过的，可知表现的正是一种特殊感受，带有强烈的主观色彩。高大的树干在寒风中孤危高耸，直刺长天；尖利的石崖在阳光下纵横倾斜，障遮天边。一切都处在力的对抗中，显得是那样地孤、危、艰险。五六句

① 方东树.《昭昧詹言》引. 人民文学出版社，1961

继作铺写,冰用“闭”,寒用“壮”,鸟用“倾”,一切似乎都充满力感质感,造语更加奇特。千里山原,完全被冰雪封闭,寒凝大地,充塞于天地之间,世界是那样地压抑沉重,只有飞鸟试图冲破,却被迫在奋飞中倾斜了翅膀。这是客观描写?抑主观自喻?恐难说清,唯“化景物为情思”一语赅括之可也。渲染既足,才转入纪行,当是明如此描写景物之因:斯志、孤游,皆自述语;凋严,当指上所写一派酷寒;曛,《楚辞》注:“黄昏时也”。自己怀着壮志远行孤征,哪想到却碰上这样的严寒,而且暮色也渐渐逼近,造成强大的压迫感。兼途,犹言兼程赶路;半菽,语本《汉书·项籍传》:“卒食半菽”。是说菜菽(豆类)参半之食,乃解乏粮而用的权宜之计。但这并非说鲍照乏粮,而是说由于兼程赶路,既无时间下鞍休息,故连一般食物亦无暇食用,可知当时心情之急迫。结四句即写由此所悟之理和人生感慨:权要君子都为树立一个好名声而操劳,细民小人却受人驱使也奔波不停,这就象那长江奔流不息之水,清的浊的同样没有停息之时。这里既有对门阀制度的批判,也有对自己怀才不遇的叹惋,实际是为全诗补出情感的底蕴。故王壬秋评论说:“蕴藉中见气骨,作结尤佳”。① 总之,正是鲍照的这类诗作,除深山大壑之外,也使一般的行旅送别也走进意象文学的题材范围,这不仅是齐梁诗人最喜欢写的,也开启了唐人先导,其影响是深远的。

综前所述,自从汉末以来,伴随着人性的觉醒,中国文学也进入一个文的自觉时代。再加之盛极一时的玄学思想的影响,不仅引起人们对个体情感及心灵世界的重视,更促使人们走向大自然,终于发现了自然美,于是一种新兴的意象文学萌发了。从建安文学中后期开始,它已经在许多诗人笔下出现,如王粲《七哀诗》、刘桢《公宴诗》、曹丕《于玄武陂作诗》、陈思《公宴诗》等。至西晋太康时期,随着华靡诗风的大盛,似乎再次出现过一个小小的高潮,如张华《杂诗三首》、《情诗五首》,陆机《赴洛道中作》、《招隐诗》,潘岳《金谷集作诗》、《河阳县作诗》,张协《杂诗十首》等。到晋宋之际,终于迎来意象文学的大繁荣,大发展。谢灵运几乎倾其毕生之力专事山水意象诗的创作,陶渊明则在田园生活的领悟中独辟蹊径,鲍明远虽踵武大谢却把景物意象诗生活普泛化了。再加之谢混、王微、谢惠连,汤惠休等一时并作,于是“化景为情”的创作原则才被真正确立,而景物意象的创造遂成为时代主流。总之他们开启的是中国文学一个崭新的时代,留给后人需作的则是两方面工作:一是打破中间大段写景的板块式三段结构模式,使情和景融通一体而见出整体美;二是克服专为景物本身精确造型而造成的“有句无篇”现象,由写心灵观照的景物向观照景物的心灵过渡。说到底,其本质即是由“意象”向“意境”的演化,它的真正完成则有待唐宋人的努力了。

---

① 鲍照.《鲍参军集注》引. 上海古籍出版社,2005

第十章　意象文学的发展和蜕变

第一节　永明诗人的探索及得失

如果说刘宋时期是我国意象文学的始创奠基期，那么齐永明时期则是承“古之终而律之始”的刘宋文学，诗歌创作开始走上格律自觉和情景融通整一的时期，尽管他们的建构还不是很成熟，带有初创期的稚弱和失误。因而，曾招来历代不少人的非议和批评，被说成“绮靡不振”而认作文学衰退的征兆。永明诗人，一方面继承谢灵运开启的崭新创作原则，在景物描写上更趋细密而饶富警策韶秀之变化，再加之对声律对偶的自觉追求，把意象诗推进到一个新的阶段；另方面又踵武鲍诗“趋俗”的倾向，使诗歌内容更加生活化平易化，此虽有益于克服景物描写的刻板块状结构，然谢诗的厚重浩瀚之气亦少衰矣，终于又走上纤靡新巧之路。这一时期活跃在诗坛上的是一批极富创造勇气的诗人，甚至还造就出象谢朓这样的佼佼者。自唐代以后，他们虽屡遭批评，但不论就其积极面或消极面的影响来看，却基本决定了梁陈至唐初文学发展的道路，并为盛唐文学黄金期的到来创造了必要条件。因此，岂可以“绮丽不足珍”的轻蔑态度或“六义尽去”的狭隘偏激而一概抹倒。

一、永明体及其声律说

我国意象文学发展至萧齐时期，又发生了一次显著变化，史称“永明体”。其代表作家，钟嵘《诗品序》说：“王元长创其首，谢朓、沈约扬其波。三贤或贵公子孙，幼有文辩，于是士流景慕，务为精密，襞积细微，专相陵架，故使文多拘忌，伤其真美”。此外，还有范云、萧琛、陆倕等。对这种诗体新变，钟嵘虽是取批评态度的，但对当时文学的影响却极大，大有横扫诗坛而为时代主潮之势，其或得或失下面试作分析。

1. 作为意象文学新变的“永明体”

永明是齐武帝年号，“永明体”当指活跃于此一时期一批诗人的共通创作风格。不过稍作扩展，亦可泛指有齐一代之诗人。严羽即曾说：“永明体，齐年号，齐诸公之诗”。① 但在后代，也往往同“齐梁体”相混称，因为齐梁二代诗风格律相承，故不易分别。冯班《严氏纠谬》说：“若明辩诗体，当云齐梁体，创自沈、谢，南北相仍，以至唐景云龙纪（按指神龙，景龙），始变为律体”。但也并非不可分称，这主要应看所指特征而定。姚范即说：“称永明体者，以其拘于声病也；称齐梁体者，以绮艳及咏物之纤丽也。”②似乎比较通达。

① 郭绍虞校释.《沧浪诗话·诗体》. 人民文学出版社，1983

② 《援鹑堂笔记》(44). 道光十五年(1835)刊本

那么，唐以前人是怎样看“永明体”的呢？《南史·陆厥传》曰：

> 永明时盛为文章，吴兴沈约、陈郡谢朓、琅琊王融，以气类相推毂。汝南周颙善识声韵，约等文皆用宫商，将平上去入四声，以此制韵，有平头、上尾、蜂腰、鹤膝。五字之中，音韵悉异，两句之内，角徵不同，不可增减，世呼为永明体。

永明诗的特点，当然不止讲求声律一端，但声律说的提出确是其迥异于前人的突出特点。而且，正是从沈、谢诸人开始，中国诗歌才真正走上探求声韵美的自觉，在文学史上的意义自不可低估。他们提出的“四声八病”之说，尤其是“八病”自不免带有初创期的局限及因而造成的诸多流弊，后人批评其“碎用四声，酷裁八病”，也不能说没有根据。但由对语言的混沌理解进入有意探求，却不能不说是一大进步。况且，他们所说还只是“五字之中”和“两句之内”的声律，既有碍全篇音韵的流畅协调，也同更加成熟的唐代律体终隔一层。但不论如何，在当时人看来却是一种新鲜的变创，并在创作实践上赋予诗歌特殊的审美风貌，也是不容抹煞的。因此，它同具有进步意义的文学“新变”观，又是密切联系在一起的。正如萧子显所说：“习玩为理，事久则渎。在乎文章，弥患凡旧，若无新变，不能代雄”。于是他从建安文学讲起，历举各代文学之变，而最后说：“颜谢并起，乃各擅奇；休鲍后出，咸亦标世，朱蓝共妍，不相祖述”（《南齐书·文学传论》）。在他看来，一代应有一代之文学，每个作家也必须做出自己的贡献，然后才能“擅奇”而“标世”，否则，就会违反“弥患凡旧”这一准则，走上“事久则渎”的退化道路。显然，这正是为“永明体”的出现寻找理论根据，所以后人亦多把沈、谢与“新变”联系在一起。如《梁书·庾肩吾传》说：“齐永明中，文士王融、谢朓、沈约，始用四声，以为新变。”可知所谓“新变”，实主要是针对永明诗人开创的“声律论”说的，这确是当时文学进步造就的一种新体，应予深入研究，作出恰当的评价。

2.“新变”的核心内容：声律论

那么，永明声律说的内容究竟是什么呢？除前引《南史·陆厥传》所说“将平上去入四声，以此制韵”故造成“五字之中音韵悉异，两句之内角征不同”外，沈约本人是这样说明的：

> 若夫敷衽论心，商榷前藻，工拙之数，如有可言。夫五色相宣，八音协畅，由乎玄黄律吕，各适物宜。欲使宫羽相变，低昂互节，若前有浮声，则后须切响，一简之内音韵尽殊，两句之中轻重悉异。妙达此旨，始可言文。（《宋书·谢灵运传论》）

沈约是建构永明声律说的主将，为此还专著有《四声谱》，故矜为独得之秘而特别自豪。其《谢灵运传论》即说：“灵均以来，此秘未睹”。又《梁书·沈约传》亦说：“约撰《四声谱》，以为在昔词人，累千载而不寤，而独得胸衿，穷其妙旨，自谓入神之作”。我们若把沈约所说同陆厥之言对照来看，即可知所谓“一简之内”即陆所说“五字之中”，是讲五言诗一句之内的声韵问题。再联系下句所说，也不过是十字（一联）的问题。弄明白这一点很重要，因为这说明他们尚未顾计到整篇的音韵协调，所以同近体格律诗有根本不同。又其所说音韵、律吕、宫羽、轻重、浮切等，其实都是同一概念，因当时还没有平侧（仄）的定称，故出现各种纷杂称呼，而所指则都是声韵调适问题。由此亦可知，永明声律说的核心问题，就是“声”和“病”两个方面。“声”指声调，“病”指八病，如陆厥已提到的平头、上尾、蜂腰、鹤膝等八种病忌。刘勰《文心雕龙·声律》篇对此有进一步阐释：

> 凡声有飞沈，响有双叠。双声隔字而每舛，叠韵杂句而必睽。沈则响发而断，飞则声扬不还。并辘轳交往，逆鳞相比，迕其际会，则往蹇来连，其为疾病，亦文家之吃也。……是以声画妍蚩，寄在吟咏，滋味流于字句，气力穷于和韵。异音相从谓之和，同声相应谓之韵。韵气一定，故余声易遣；和体抑扬，故遗响难契。属笔易巧，选和至难；缀文难精，而作韵甚易。虽纤意曲变，非可缕言，然振其大纲，不出此论。

在这段话之前，他首先区分出声有“外听”（如音乐等自然音节）和“内听”（如声韵的人为协调）之别，并谓“外听易为察，而内听难为聪也。故外听之易，弦以手定；内听之难，声与心纷，可以数求，难以辞逐”。所以，如不知调适声韵的抑扬飞沈，就会造成“往蹇来连”的弊端，读起来有如患了口吃病一般。这明显是针对当时声律说的反对者而言的。故后半即正面阐述如何调适声韵，并提出“韵”与“和”的问题，有似于沈约所说“声”和“病”。这可说是声律论的核心内容，其中尤以“四声”为要。因为，四声既是协韵的基础，更是调声（和）的根本。故四声之被发现，在当时确有重要意义，可看作中国文学由只讲自然音节的朦胧状态，向追求人为音节的自觉状态转化迈出的重要一步。陆厥称他们“善识声韵”，并说“约等文皆用宫商，将平上去入，以此制韵”，故而造成“五字之中音韵悉异，两句之内角征不同”的格律美。但相较而言，在“声”和“韵”两个方面，则协韵比较容易，而调声（和）却相当困难，刘勰对此作了重点说明。“同声相应谓之韵”，只要韵调相同的字即可通押，故变化不大，是人人都可掌握的。但以平上去入调声，却困难得多，因为这首先要求能通晓四声，并且四声的调配还有一定规律，其间变化更是微妙复杂，诸多文“病”即由此产生。故刘勰才反复强调其难，谓“和体抑扬，故遗响难契”、“属笔易巧，选和至难”、“气力穷于和韵”等，原因即在于此。由于这是通过“异音”之间的搭配以求“和”，既要顾及到声音的轻重、飞沈、浮切，造成抑扬顿挫之势，更要顾及到词意的表达不受损害，确是创作中提出的一大难题。岂是可以用“但令清浊通流，口吻调利，斯为足矣”①能够抹煞的。而永明诗人却能以自觉鲜明的积极态度，对这一矛盾进行了比较深入的探讨，令时人耳目为之一新，特称之为“新变”，其功劳是不容否定的。

诗文之讲求声律是从自然音节发展而来的。自然音节本于思想情感表达的自然语气，永明声律则是根据字音的清浊飞沈，而人为规定出来的，故二者有本质的不同。韩愈《答李翊书》说：“气盛则言之短长与声之高下皆宜”。刘大櫆《论文偶记》说：“凡行文多

---

① 陈延杰注.《诗品》(序). 人民文学出版社，1958

寡短长，抑扬高下，无一定之律，而有一定之妙”。即讲的是自然音节。而齐梁以前诗文中所说“一宫一商”（司马相如）“音声迭代”（陆机）等，都是指此而言。由于这是一种由内容需要决定的诵说音节，可随行文而变化，并无定数，故说“无一定之律”；但它又可造成疾徐缓急之势，抑扬抗坠之节，读出高下顿挫的调子来，故又说“有一定之妙”。永明声律则与此不同，它是随诗文骈丽化而发展的结果，在辩字审音的基础上，人为地规定并造成的清浊轻重谐和的声律，故是适于吟咏的音节。我国对字音的研究，大约从魏晋以来即已开始，如魏李登的《声类》，晋吕静的《韵集》，即已开启研究声韵的风气。孙炎的《尔雅音义》，又创立反切，对字音的辩析更趋细密。加之宋齐以降，佛经转译的兴盛，又发明四声。按佛教徒在读译经典时，先按照声调的高低分辨出三声，再加上中国字附有 K、P、T 等辅音缀尾的入声字，遂成为四声。陈寅恪先生《四声三问》曾说：“借转读佛经之声调，应用于中国之美文化，四声乃盛行。永明七年二月二十日竟陵王子良大集沙门于京邸，造经呗新声，为当时考文审音一大事。故四声说之成立，适值永明之世，而周颙，沈约之徒又适为此新学说之代表。”此说已为学界广泛接受，但四声的正式确立，却未必即以“竟陵王子良大集沙门于京邸”事为绝对标志。因为，在刘宋时期“四声”似乎已为人们所认识并掌握，如钟嵘《诗品序》曾这样批评说：“千百年中而不闻宫商之辩，四声之论……自古词人不知之，惟颜宪子乃云律吕音调，而其实大谬。唯见范晔、谢庄颇识之耳。”而范晔《与甥侄书》确曾说：“性别宫商，识清浊，其自然也。观古今文人，多不全了此处，从有会此者，不必从根本中来。言之皆有实证，非为空谈。”可知范晔即已掌握四声，未必定要等到周颙、沈约。值得注意的是他们均提到“宫商”，此本指我国传统所说“五音”：宫、商、角、征、羽。一般认为“宫商响高，征羽声下”，故《国语·周语》云：“大不逾宫，细不逾羽”，即指此而言。沈约则称作“浮声”“切响”，是说宫商声大而缓，征羽声细而尖，故才有低昂、飞沈，轻重之说。由传统的五音转变到四声，无疑是辩字审音的一大进步，尽管古人曾有以五音配四声者，如《文镜秘府论》讲调声三术，即以宫商为平声，征为上声，羽为去声，角为入声，但总觉隔膜。因此，说“观古今文人，多不全了此处”亦未尝不可。尤其当时还提出低昂，浮切、轻重、飞沈等概念，进而把四声又一分为二，则更有利于诗文中调配声律，实已开后世以平侧（仄）调声的先声了。

至于八病，则是当时人们调声求“和”中，从消极方面提出的避忌，故局限性较大，后人亦多所指责。如卢照邻《南阳公集序》即说：“八病原起，沈隐候永作拘囚”。皎然《诗式》也说：“沈休文酷裁八病，碎用四声”。似乎从来就没有过好名声。不过也应看到，这是在声律论初起而尚未完全掌握规律时会必然存在的现象，也就没有什么奇怪了。郭绍虞先生即曾指出：“可以知道‘和’的问题，实在是永明体声律的主要问题。这是从古诗转变到律诗的枢纽，所以不能以古诗的音节来解释，也不能以律体的音节来傅会”①。而后世的种种责难恰恰是从已经成熟的律体角度进行批评的。

“八病”除陆厥和钟嵘都提到的平头、上尾、蜂腰、鹤膝外，还有大韵、小韵、旁纽、正纽

① 郭绍虞.《中国文学批评史》. 上海古籍出版社，1979. 86

四种。对此郭绍虞先生曾有细致深入的考述①,兹摘要叙述如下。简单地说,它们仍是由“异音相从谓之和”的求“和”中派生出来的,由于是只提病犯,而未明规律,所以不易使人掌握。然其细目有八,大别则四:平头上尾为一组,属同声之病;蜂腰鹤膝为一组,属同调之病;大韵小韵为一组,属同韵之病;旁纽正纽为一组,属同纽之病。四组还可归为两大类:平头、上尾、蜂腰、鹤膝四种,是就两句的音节讲的;大韵、小韵、旁纽、正纽四种,是就一句的音节讲的。因为后者只是一句中的音节,故两句中就要求较宽,不为病犯。《文镜秘府论》即说:“大韵、小韵、旁纽、正纽四病,但须知之,不必须避。”又引刘氏(按:当指隋刘善经)说云:“韵纽四病,皆五字之内之疵,两句中则非巨疾”。所以八病所言,皆不超出两句(一联)中的病犯避忌,并不关涉到诗作全篇,齐梁诗往往句合音律而前后联不粘者,概由于此。下面对八病再稍作分别认识,将对此有更深入的理解。

(1)平头、上尾:此二病当指两句五言诗的句头句尾同声之病。《文镜秘府论》:“第一字不得与第六字同声,第二字不得与第七字同声。同声者不得同平上去入四声”。这是后来律体协调平仄的开始,在八病中要求也最严。故《史通·杂说》云:“自梁室云季,雕虫道长,平头上尾,尤忌于时”。由于这是初始,故永明体亦尚不能完全遵守,而在律体既定之后,平仄自然谐适,此病也就不存在了。

(2)蜂腰、鹤膝:《蔡宽夫诗话》说:“所谓蜂腰、鹤膝者,盖又出于双声之变。若五字首尾皆浊音而中一字清,即为蜂腰;首尾皆清音而中一字浊,即为鹤膝”。若以粗喻浊音,细喻清音,则与蜂腰之两头粗(浊)中间细(清)或鹤膝之两头细(清)中间粗(浊)正合,可知这是取古人常用的象喻之言进行文学批评者。然何谓“清浊”?蔡氏亦曾解释说:“四声之中,又别其清浊以为双声,一韵者以为叠韵。盖以轻重为清浊耳,所谓‘前有浮声则后有切响’者是也。”前面曾说过,轻重、飞沈、浮切等,都是在平仄未出现之前的辩音之称,其实质就是平仄,那么清浊亦指平仄而言了。故而,平夹仄便是蜂腰,仄夹平则是鹤膝。仇兆鳌《杜诗详注》曾说:“今案张衡诗‘邂逅承际会’是以浊夹清,为蜂腰也。如傅玄诗‘徽音冠青云’,是以清夹浊,为鹤膝也。”此说与蔡氏正同。然如此说来,原来这是就两句的对偶而言的,即只有当蜂腰和鹤膝同时出现并两两相对时,才算病犯。否则,若单有蜂腰或单有鹤膝,则不算病。

(3)大韵、小韵、旁纽、正纽:前已说过,此四病皆为一句中的病忌,故永明体重在两句则不以为巨病。邹汉勋《五韵论》释沈约“音韵悉异”句云:“音目同纽,韵谓同类。言五字诗一句之中,非正用重言连语,不得复用同韵同音之字,犯之即为病”。这可看作四病的总原则。若分开来看,从韵的方面讲,如《文笔眼心钞》所说:“五字中二五用同韵字,名触绝病,是谓大韵。一三用同音字,名伤音病,是谓小韵”。从纽的方面讲,则旁纽是指双声字,如“雕弓”之于“敦弓”,冯班《钝吟杂录》解释说:“按征音四字端透定泥,敦字属元韵端母,雕字属萧韵端母,则是旁纽者双声字也”。故旁纽之称,是说一句中不可用双声字。至于正纽,则指四声相纽。《封演闻见记》云:“周颙好为体语,因此切字皆有纽,纽有平上去入之异”。即指此而言。邹汉勋说“一句中亦不得复用同音之字”,亦是此意,如

① 郭绍虞.《中国文学批评史》第二一节.上海古籍出版社,1979

溪、起、憩三字，就不得在一句中同用，犯之即为病。总之，八病所说，本来都是为探求“异音相从”而求“和”的，应该说无可厚非，但都带有初起时不成熟性质，且规定得太琐细太死，遂不免产生流弊而招来非议，也是可以想到的。比如韵纽四病，到了律体定型之后，不但不以为病，反而以病对病，适造成声韵对偶之美，即可证明其死板性。

3. 永明体引发的新旧之争

然而，永明体之在当时受到许多批评，却不能不说表现着新旧观念之争。对声律说提出疑议的，首推陆厥。他针对沈约《宋书·谢灵运传》所说：“自灵均以来，多历年代，虽文体稍精，而此秘未睹。至于高言妙句，音韵天成，皆暗与理合，匪由思至。张、蔡、曹、王、曾无先觉；潘、陆、颜、谢，去之弥远”。提出批评说：

> 自魏文属论，深以清浊为言，刘桢奏书，大明体势之致；岨峿妥帖之谈，操末续颠之说，兴玄黄于律吕，比五色之相宣；苟此秘未睹，兹论何为所指耶？愚谓前英已早识宫征，但未屈曲指的，若今论所申。……意者亦质文时异，今古好殊，将急在情物而缓于章句。情物，文之所急，美恶犹且相半；章句，意之所缓，故合少而谬多。义在于斯，必非不明矣。……一人之思，迟速天悬，一家之文，工拙壤隔，何独宫商律吕，必责其如一耶？论者乃可言未穷其致，不得言曾无先觉也。（《与沈约书》）

陆厥此书的反驳要点在于：古人文辞亦有暗合声律之处，故不得谓不明音律；其论亦常有谈及声律者，故不得谓此秘未睹；且其创作又急于情物而缓于章句，故音律之学即非所重，自然有合与不合，又岂可谓曾无先觉！显然这是把文学发展中，由对声律的不自觉和走向自觉混为一谈了。自然的音节也会偶有合于声律之处，但却不是人为地自觉造成的声韵之美，故还仅仅表现为个别性和偶然性。何况这点沈约亦早已指出：“至于高言妙句，音韵天成，皆暗与理合，匪由思至。”但究竟二者不容等同。然陆厥据此还要说：“愚谓前英已早识宫征，但未屈曲指的，若今论所申”，便是混淆了二者的本质差别。如再谓“一家之文，工拙壤隔，何独宫商律吕，必责其如一”，以此论证只可言“未穷其致”，不能说“曾无先觉”就更难成立。因为，声律说的出现，本来就是要探索出一种协适声韵的普遍语言规律，怎能以“必责其如一”为非。至于对声律说明确提出反对的则是钟嵘，其《诗品序》曰：

> 昔曹刘殆文章之圣，陆谢为体贰之才，锐精研思，千百年中而不闻宫商之辨，四声之论。或谓前达偶然不见，岂其然乎？尝试言之，古曰诗颂，皆被之金竹，故非调五音无以谐会。若“置酒高堂上”、“明月照高楼”，为韵之首。故三祖之词，文或不工，而韵入歌唱。此重音韵之义也，与世之言宫商异矣。今既不被管弦，亦何取于声律邪？……王元长创其首，谢朓沈约扬其波。三贤或贵公子孙，幼有文辩，于是士流景慕，务为精密，襞积细微，专相陵架，故使文多拘忌，伤其真美。余谓文制本须讽读，不可蹇碍，但令清浊通流，口吻调利，斯为足矣。

> 至平上去入,则余病未能;蜂腰鹤膝,闾里已具。

钟氏所言,似有挟权威以自重的味道,若权威们不曾说过的,后人就不该言,亦不必言,这也是典型的保守观念。他反对声律说的理由约有二端:一是前圣诗颂皆被之金竹,故才调五音以谐会,今既不被管弦,又何取声律呢?二是自声律之说大盛,遂造成文多拘忌,有伤真美。就前一点说,诗文自与音乐脱离关系以后,便向诵读的音节(即"文制本须讽读")发展,可以重在自然音调而不必讲求声律。然诵读的音节毕竟徐舒散缓,需要进一步精炼提高,于是便有吟咏音节的产生,以造成抑扬顿挫的声韵美。永明声律即是适应这一历史潮流产生的,本是时代的必然,钟嵘却以是否合乐为由加以否定,显然是传统保守观念的反映。至于后一点,正如成语所说——"因噎废食",那是大谬特谬的。因其格律的束缚而伤其真美者,固然有之;但因声律的讲求而增加真美者,恐怕更是主流。这本是此后文学史发展已证明的事实,然而直至今日,人们还在千方百计找理由为钟氏辩解,那就太不应该了。

由此还提出一个尖锐的问题:以古压今。在我国长期封建社会,可说历代皆有,故而造成"守旧"和"新变"的不断纷争,我们又该如何看待?似乎受到责难更多的仍是"新变"派,尤其是齐梁时期的"新变"派。如齐梁之交的裴子野,即持激烈批评态度。据《梁书》本传谓:"(子野)不尚丽靡之辞,其制作多法古,与今文体异"。其作风自然可知,故与新变派可谓针锋相对。其《雕虫论》曰:

> 古者四始六艺,总而为诗,既形四方之风,且彰君子之志,劝美惩恶,王化本焉。后之作者,思存枝叶,繁华蕴藻,用以自通。若悱恻芳芬,楚骚为之祖;靡漫容与,相如扣其音,由是随声逐影之俦,弃指归而无执。……爰及江左,称彼颜谢,箴绣鞶帨,无取庙堂。宋初迄于元嘉,多为经史,大明之代,实好斯文。高才逸韵,颇谢前哲,波流相尚,滋有笃焉。自是闾阎年少,贵游总角,罔不摈落六艺,吟咏情性。学者以博依为急务,谓章句为专鲁。淫文破典,斐尔为功,无被于管弦,非止乎礼义;深心主卉木,远致极风云,其兴浮,其志弱;巧而不要,隐而不深,讨其宗途,亦有宋之遗风也。

这是从"王化之本"角度提出的批评,明显带有以古压今的味道。原其理由,则认为"后之作者"既已丢弃了四始六艺之本,又缺失劝美惩恶之用,一味地在为文之"枝叶"上追求华词丽藻,因而被指为是"弃指归而无执"。值得注意者是,他因此连"楚骚之祖"的屈原,也一并抹倒,其偏激乖谬,有似于后来的白居易。而且,他要否定的不仅是文的"箴绣鞶帨"、"淫文破典"及"深心主卉木,远至极风云"等形式和题材方面的新变,甚至连作为文学自觉标志的"吟咏情性"这一特征也否定了。其观念的守旧滞后,由此可知。这自然会引来新变派的反驳,萧纲的《与湘东王书》即为此而发:

> 比见京师文体,懦钝殊常,竞学浮疏,争为阐缓。玄冬修夜,思所不得,既殊

比兴，正背风骚。若六典三礼，所施则有地，吉凶嘉宾，用之则有所。未闻吟咏情性，反拟《内则》之篇，操笔写志，更摹《酒诰》之作；迟迟春日，翻学《归藏》；湛湛江水，遂同《大传》！

显然，这段话完全是针对裴氏所说"六艺四始"、"王化之本"以及"以博依（指文学）为急务，谓章句（指经学）为专鲁"而发的，突出强调了文学不同于经学的根本特征。在萧纲等新变派看来，写景言情才是文学的生命所在，故不能写成摘章寻句的经学讲义。因此在他看来，裴子野等人的文章才是"既殊比兴，正背风骚"，而完全违背了文学创作的规律。此可谓正本清源之论。至于他所批评的"懦钝殊常"的京师文体，所指当然是以裴氏为首而盛行于京城的古文体派集团。据《梁书·裴子野传》载，除裴氏外，尚有沛国刘显、南阳刘之遴、陈郡殷芸、陈留阮寿绪、吴郡顾协、京兆韦棱等"皆博极群书、深相赏爱"。由此可知，萧纲所言，"反拟《内则》之篇"、"更摹《酒诰》之作"云云，亦非泛泛之谈，而是有所针对的。故下文即直指其名曰："裴氏乃良史之才，了无篇什之美"、"师裴则蔑绝其所长，惟得其所短"，结论自然是"裴亦质不宜摹"了。而且，他还鲜明地树立起宜学的对立面："至如近世谢朓、沈约之诗，任昉、陆倕之笔，斯实文章之冠冕，述作之楷模。"这就是说，他所标举的诗文传统是以谢朓、沈约开创的"声律说"为核心的新变派文学（按谢灵运亦在被否定之列，详后）。由此我们还联想到，萧纲曾说过而为后世多所指责的两句话："立身之道与文章异，立身先须谨重，文章且须放荡"（《诫当阳公大心书》）。细想起来，恐怕与此亦有联系。按照传统儒学观点，文章和德行应是一元的，所谓"文章之与德行，犹十尺之于一丈"（《抱朴子·文行》）者即是。而古文体派正是依此批评新变派"弃指归而无执"的，即认为他们摒弃一切传传，而讲求新变，故有背于王化之本。萧纲却站在新变派的立场，断然将二者区分开来，以为立身行事必须遵从圣训，应该"谨重"；但写文章却不宜过于拘束，若被传统、成见、旧习死死缠住，就根本谈不到革新乃至创造了，所以要"放荡"。正如颜之推曾以批评态度指出的那样："文章之体，标举兴会，发引性灵，使人矜持，故忽于操守，果于进取。"（《颜氏家训·文章》）抒发性灵之作，自不同于坚持操守之言，自然会"果于进取"而"放荡"一些，因为若一味地陈陈相因，谨重不变，那是不会有生命力的。至于有人将此和宫体诗的兴盛联系起来，恐怕只能是望文生义。不过萧纲只强调其二者的不同一面，而忽略其相联系相统一的一面，却不免有割裂片面之嫌。这在接下去的一段话中，即有更突出的表现：

但以当世之作，历方古之才人，远则扬、马、曹、王，近则潘、陆、颜、谢，而观其遗辞用心，了不相似。若以今文为是，则古文为非；若昔贤可称，则今体宜弃。俱为盍各（格），则未之敢许。

这就明显地把古和今、传统和新变截然对立起来了，似乎二者根本不能并容，以至走到极端："俱为合格，则未之敢许"！然而，这只不过是目前一般的理解，亦未必尽合原意。我则以为他说这话的用意，可能仅是针对永明声律而言的，故有似于沈约所说"观古今文人，多不全了此处”、“张蔡曹王，曾无先觉；潘陆颜谢，去之弥远”，从而对昔贤所作否定那样，只是自矜其能而非全盘抹煞。若果真如此，当是说若以昔贤之自然声律为是，则必以永明声律为非；反之，若以今之永明体为是，则古文体“宜弃”了。总之，对二者是不能同时肯定并作调和的。

在古和今的问题上，新变派为反驳崇古派的唯古论，曾观点鲜明地提出文艺进化观，这是很值得重视的。对此，早在晋代葛洪可以说已经解决。如《抱朴子·世钧》篇说：“且夫古者事事醇素，今则莫不雕饰，时移世改，理自然也。至于罽锦丽而且坚，未可谓之减于蓑衣；辎軿妍而又牢，未可谓之不及椎车也。……若舟车之代步涉，文墨之改结绳，诸后作而善于前事，其功业相次千万者，不可复缕举也。世人皆知今之快于曩矣，何独文章不及古邪？”他还举例说，若《尚书》之古朴，则不及今之诏策奏议清富赡丽；《诗经》之华彩，亦不及汉魏辞赋汪岁博富，即是明证。这本是不争的事实，尤其《诗》《书》二经，更长期来被尊为圣典，葛洪则大胆提出非议，无疑是对崇古派“征圣”“宗经”文学观的有力反驳，继承和创新也就不再成为问题。然而，齐梁新变派又遇到崇古派同样的遏制，便不能不再次拿起这一武器，如萧统《文选序》即说：

式观元始，眇觌玄风，冬穴夏巢之时，茹毛饮血之世，世质民淳，斯文未作。逮乎伏羲氏之王天下也，始画八卦，造书契，以代结绳之政，由是文籍生焉。……若夫椎轮为大辂之始，大辂宁有椎轮之质；增冰为积水所成，积水曾微增冰之凛，何哉？盖踵其事而增华，变其本而加厉，物既有之，文亦宜然，随时变改，难可详悉。

即以椎轮和大辂，积水和增冰的关系，说明后者虽是从前者发展来的，但它们已有本质的不同。因而，不能仅以前者为古，便否定今之新变遂裹足不前。“踵其事而增华，变其本而加厉”；“时移世改，理自然也”，这才是事物发展的必然规律，诗文自然亦不能例外。在这一点上，崇古派当是无力反驳的。

然而，新变派为何还要屡遭历代人们的批评泥？细究起来，也不是没有原因的。因为，他们所强调的只是“变”的一面，往往忽略“不变”的一面，即没有处理好继承和革新的关系。在这样的背景下，于是刘勰提出的“通变”说，便为双方都能接受而被推崇。所谓“通变”，即通于古而变于今，或会通古今而变之的意思。《文心雕龙·通变》说：

夫设文之体有常，变文之数无方，何以明其然耶？凡诗赋书记，名理相因，此有常之体也；文辞气力，通变则久，此无方之数也。名理有常，体必资于故实；通变无方，数必酌于新声。故能骋无穷之路，饮不竭之源。然绠短者衔渴，足疲者辍涂，非文理之数尽，乃通变之术疏耳。故论文之方，譬诸草木，根干丽土而同性，臭味晞阳而异品矣。

他既强调“资于故实”的重要，又不废“酌于新声”的创变，是把继承和革新统一起来的，自无仅持一端的偏颇。故就这段话阐述的原则来说,一般地讲是完全正确的。然而,若联系《文心雕龙》全书的整体思想来看,却也未必不存在问题。因为,这"资于故实"的实质即是"征圣""宗经",正反映着他文学思想中落后保守的一面,并不值得过多肯定。也许有人会说,这里他只是一般地谈论诗、赋、书、记等的"名理",即其体制和写作原则,因而具有普遍指导意义。但是他曾明确说过,文皆源出于六经:"故论说辞序,则《易》统其首;诏策章奏,则《书》发其源;赋颂歌赞,则《诗》立其本;铭诔箴祝,则《礼》总其端;纪传盟檄,则《春秋》为根。"甚至认为这是"含章之玉牒,秉文之金科",所以能"穷高以树表,极远以启疆,虽百家腾跃,终入环内者也"①。这在当时,无疑有救新变之偏、补时人之弊的意义,但以"经"来统贯一切,衡量一切,其所包含的落后性也是明显的。可是长期以来,人们只重视其所说"参古定法"、"还宗经诰"的一面,而忽视其"望今制奇"、"必酌新声"的一面,则不能不说是片面的。其实刘勰所说"通变",而最根本的一点就是要"变"。因为,其通于"古"者是既定的,已成的,而"变"才是开放的,流动的,也才能"骋无穷之路"为文学的不断创新打开一条广阔通道。这只要联系《文心雕龙》其他篇来看,就知道"变"才是其《通变》篇的主导方面。如《声律》篇之谈声韵,《丽辞》篇之讲骈偶,《夸饰》篇之论夸张手法,《事类》篇之述征事用典等,虽也反对用得过甚过滥,但却是取完全肯定的态度,并不象钟嵘、裴子野等人那样偏激。有些方面甚至还超出新变派,如对待征事用典,就曾为新变派所反对,可知他是站在"新变"一面的。

二、"有句无篇"之克服和诗篇短小化

"永明体"的兴起,在诗歌创作上究竟引起过哪些变化呢?大概而言有三个方面:一是对谢灵运诗歌创作的重新清理;二是声律讲求引起的诗体缩短;三是诗篇趋于浑整和对"圆美流转"的追求。

1. 对谢灵运诗作的重新认识和清理

谢灵运山水诗所确立的创作原则,如前述其意义在于整体地改变了中国文学的性质,那就是由"直抒胸情"向"化景为情"的转变。故不只影响到齐梁文学,而且是贯穿此后中国文学发展的始终的,清人冯斑曾说过很值得品味的一段话:

> 至于沈、鲍,文体倾侧,宫体滔滔,作俑于此。永明天监之际,鲍体独行,延之康乐微矣。严沧浪于康乐之后不言延之,又不言沈、谢(朓),则齐梁声病之体,不知所始矣。不言鲍明远,则宫体红紫之文,不知其所法矣。虽言庾信,亦忘祖也。②

就这段话的主要意思而言,他是借批评严羽辩六朝诗歌源流之不精,统谈南朝四代诗歌发展潮流的。由颜、谢(灵运)而至沈、鲍,鲍之后又特提出沈(约)谢(朓),乃至徐、庾,这

---

① 范文澜注.《文心雕龙·宗经》. 人民文学出版社,1962

② 吴乔.《围炉诗话》(2)引. 齐鲁书社,1997

是诗人一线的前后嬗变。就文学言，则由谢之山水，颜之事类，而至鲍之“雕藻淫艳，倾炫心魄”，于是南朝藻绘淫冶之文，始“作俑于此”；一变而为齐梁声病，再变而为滔滔宫体，其昭昭一线亦甚鲜明。这一概括无疑是正确的，下面将具体说明。不过，此处他却提出一个显眼问题：“永明、天监之际，鲍体独行，延之康乐微矣“。是否真的如此，那却是有争议的。如萧子显在《南齐书·文学传论》中，就将“启心闲绎，托辞华旷”的“出灵运而成”之一派，和“缉事比类，非对不发”的颜延之一派，同“斯鲍照之遗烈也”的一派，并列为盛行于齐梁间的三派进行批评，如果延之、康乐的影响真已“微矣”，那还有此必要吗？又萧纲《与湘东王书》则明确说：“又时有效谢康乐、裴鸿胪文者，亦颇有感焉”。钟嵘《诗品序》则说：“颜延，谢庄尤为繁密，于是化之……近任昉，王元长等，词不贵奇，竞须新事，尔来作者，浸以成俗”。都说明颜、谢的影响，其实都并未式微。萧子显等人都是当时著名文学批评家，其所说之真实性是不容怀疑的，那么是冯班真的说错了吗？我看那也未必。因为根据史料，当时文界对康乐的诗歌创作，是确曾进行过一番重新审视和清理的，对其进行的否定性批判，正成为齐梁诗歌进一步发展的动力。而相对于鲍照诗影响之盛，自可称作“微矣”了。

如前所述，谢诗之一大特征乃是呈现为一种块板状结构，大体为由叙游入手，接着按经游所见写景，最后由景所引出之玄理感悟结束，即所谓记游、写景、玄言模式。但一般说，记游和玄言部分都很简短，而大量篇幅便集中在景物的铺排堆积上，故不免显得繁冗滞重。其优点是往往秀句络绎，缺点则在于不够精炼，结体散缓。诗歌究竟不同于辞赋的铺排和散文化直说，不论言情或写景都将趋向凝炼浓缩，克服其块状结构而达到通体融贯。如果说谢灵运所写还是心灵观照下的景物，那么齐梁以后则逐渐向观照景物的心灵转换，尽管这一进程是在唐代才真正完成的，但齐梁时期人们通过创作实践已有所认识，做着消弥“有句无篇”的积极努力，却不能不说是意象文学发展进程的一大飞跃，为诗歌走向意境化开启新的阶段。正是在这种背景下，他们对谢诗进行重新认识和清理，便成为历史必然。根据现有资料，对谢诗首致不满的是齐高帝萧道成，他曾批评说：“康乐放荡，作体不辩首尾”（《南齐书·武陵昭王晔传》）。关于“放荡”一词之含义，前面谈新变派萧纲时已作辨析，大体是说创作不受拘束，任其驰思出新的意思。正因为如此，灵运之作才被钟嵘称作“逸荡”，并谓“寓目辄书，内无乏思，外远遗物”，而造成“繁富”之特色①。齐高帝所说“不辩首尾”，当正指此而言，即认为谢诗堆垒冗长，繁杂失统，并非是说他的诗不讲结构。因为平心而论，诗谢的首尾还是相当完整的，即从其块板状的三段模式来看，有起有结，有开有阖，都是精心结构的结果。而且，即以历来被人指责的玄言尾巴来说，大都是由大段景物描写的感悟生发出来，并非游离于全篇之外。因此，不辩首尾者大概仅就其写景冗长而言，非谓全篇之制。与此看法相近的还有萧子显，他在《南齐书·文学传论》中批评宋以后文学流行之“三体”时，即首列谢灵运体：

总而为论，略有三体：一则启心闲绎，托辞华旷，虽存巧绮，终致迂回，宜登

① 陈延杰注.《诗品》(上). 人民文学出版社,1958

公宴，本非准的。而疏慢阐缓，膏肓之病，典正可采，酷不入情。此体之源，出灵运而成也。

这和齐高帝所说，可谓同声相应。不过他不是作简单批评，而是进行较充分的分析。他首先指出其特征为“启心闲绎，托辞华旷”，从内容到形式两方面进行概括。接着笔锋一转说：“虽存巧绮，终致迂回”。巧绮，当指谢诗的绮藻秀句；迂回，当谓述情不显，反对的正是新变派缘情之旨，所以说“本非准的”。于是再进一步阐发说，虽有绮藻秀句，却疏慢阐缓，下笔不能自休，正与齐高帝所见者略同，确是谢诗之“膏肓之病”。而不同者是他还指出，谢诗“酷不入情。”此言似乎较难理解，但也并非毫无根据。在本编第六章第三节中我们曾指出，意象文学的本质就是“化景为情”，但这被“物化”了的情，尤其在早期诗人如谢灵运的作品中，却常表现为一种属隐意识或潜意识的情思、意绪、感受或心境，如陶诗之“采菊东篱下，悠然见南山”、谢诗之“池塘生春草，园柳变鸣禽”等所谓“情”，都不是用理性可以明确把握的，所以才显得含蓄隽永，余味不尽，故其所写可称作心灵观照下的景物。然而，自鲍照把山水意象有意平浅化生活化以来，属主体显意识的情感却在创作中不断加强，于是如何使情和景相洽相融，遂成为齐梁乃至唐人力求予以解决的突出矛盾。换句话说，即由专写心灵观照中的景物，向写观照景物的心灵转换，成为时代提出的迫切任务，而当其最后完成时便是诗歌意境美的真正确立。站在这个转换点的齐梁诗人回头来看大谢诗，自然会觉得阐缓冗沓，有句无篇，乃至“酷不入情”了。时至今日，不是还经常看到批评谢诗纯客观写景、而难作到融情入景之论吗？究其原因概亦源于没有看出两种情感的区分。

入梁，则有文坛实际领袖的萧纲，把大谢和裴子野捆绑在一起批评，其《与湘东王书》说：

又时有效谢康乐、裴鸿胪文者，亦颇有惑焉。何者？谢客吐言天拔，出于自然，时有不拘，是其糟粕；裴氏乃良史之才，了无篇什之美。是为学谢则不届其精华，但得其冗长；师裴则蔑绝其所长，惟得其所短。谢故巧不可阶，裴亦质不宜慕。

他和前人不同者在于，评谢则肯定多于否定，论裴则否定多于肯定。谢诗之“吐言天拔，出于自然”，这是自晋宋以来确立的诗歌创作新原则，终六朝之世都是人们孜孜以求的，不问青红皂白而一笔抹煞，自然不利于当时新变的潮流。在这点上他的认识，远较萧子显高明。但他也指出谢诗之糟粕，是“时有不拘”而过于冗长，虽同于子显而更加明确。其实六朝诗歌的发展，大体就是按照这条路演进的。与萧纲意见相近而更具分析精神的是钟嵘，其《诗品》卷上评谢曰：

其源出于陈思，杂有景阳之体。故尚巧似，而逸荡过之，颇以繁富为累。嵘谓若人兴多才高，寓目辄书，内无乏思，外无遗物，其繁富宜哉！然名章迥句，处处间起，丽典新声，络绎奔会，譬犹青松之拔灌木，白玉之映尘沙，未足贬其高洁也。

这可代表齐梁时期对灵运诗歌最全面的认识。他既指出谢诗“以繁富为累”，但又不象前诸人只作片面的否定，而是对形成的原因作了分析。“兴多才高”是总评价，这“兴”这“才”如何使用，却需作进一步分析。若因其“兴多”而“寓目辄书”，便缺少必要的概括提炼，自然会造成“繁”的弊累，这是一个方面。然“兴多”又兼“才高”，却往往会出现“内无乏思，外无遗物”的充实和冲动，下笔痛快淋漓，兴象超妙，虽“富”而不可一笔抹煞，这是又一个方面。因此，谢诗才有其独特的成就——“名章迥句，处处间起，丽典新声，络绎奔会”，既是其前人不曾有过的新创，也是齐梁人始终追求的审美理想。刘勰所说“情必极貌以写物，辞必穷力而追新”者，即指此而言，岂可轻意否定。若连这个基本创作原则都否定了，齐梁人进行的“新变”便失去根基，所谓声律、丽辞等也就没有了附着，整个理论体系将会坍塌。因此，钟嵘的分析应该说是比较中肯的，故多为后人所采用。

综前所言，则齐梁时期人们所作反思和批评，主要集中在两点：一是嫌其写景堆垛冗繁，这是诗体渐趋凝炼短小化的必然结论，近体格律诗的最后定型即是从这种反思中产生的。二是批评其“酷不入情”，这是对山水意象诗之情感转换引发的反思，终于导致“有句无篇”弊病之克服，追求诗篇通体融贯之浑整美，意境遂代替意象成为诗歌创造之最高理想。意境之所以能够取代意象，则缘于意象诗本身存在的缺陷：六朝诗的秀句和秀句之间，尚缺少有机联系，各种意象（实即景物造型化的秀句）往往是平行并列，相互外在，甚至是有意拼合叠加在一起的。就句而言，卓绝特秀；就篇而言，却有句无篇，是可以拆散开来重加组合的，故有别于后来日趋浑整的唐宋意境。根据钟嵘等人所说，他们似乎尚未认识到这点，这是时代的局限。但后人对此却是有所批评的，如宋方回评大谢诗即说：“（其诗）似才得一句，便拿捉一句为联者，所以乏自然真味”。[①] 而《诗筏》的作者也说：“康乐堆积佳句，务求奇俊幽秀之句以惊人”；“谢诗虽多佳句，然自首至尾，讽之未免痴重伤气”等。但若说齐梁人对此毫无觉察，似乎亦不尽然。如谢朓曾有“好诗圆美流转如弹丸”之说，可能即寓有救正之意。《南史·王昙首传附筠传》曰：

（沈）约尝启上，言晚来名家无先筠者。又于御延谓王志曰：“贤弟子文章之美，可谓后来独步。谢朓尝见语云：好诗圆美流转如弹丸。近见其数首，方知此言为实。”

诗要写得圆美流转，自然不是堆积佳句所能成就，故提倡圆美流转，客观上即是对谢“有句无篇”之否定。理论家多作负面的批评，诗人们才注意创作实践的总结，这可看作是在对大谢诗反思中提出的理论上正面建设。沈约不仅同意小谢此言，并说“近见其数首，方知此言为实”，是推小谢为实践的典范了。其实后人似亦多如此看，《诗筏》即说：“好诗圆

① 胡震亨.《唐音癸签》(8). 上海古籍出版社，1981

美流转如弹丸,此实玄晖自评也”,“玄晖能以圆美之态,流转之气,运其奇俊幽秀之句”。就小谢诗的成就说确实如此,当是对大谢诗批判继承得到的启示。这虽是意象诗发展中的一大进步,然大谢诗的厚重高古亦稍衰矣,内容变薄而风格趋平,正启齐梁诗普遍存在之流弊。

在理论建构上,沈约还提出“三易”说。《颜氏家训·文章》篇云:

> 沈隐候曰:“文章当从三易:易见事,一也;易识字,二也;易读诵,三也”。邢子才尝云:“沈侯文章,用事不使人觉,若胸忆(臆)语也”。深以此服之。祖孝征亦尝谓吾曰:“‘崖倾护石髓’,此岂似用事邪?”

在元嘉三大诗人中,颜延之诗用事过于繁密,钟嵘曾批评说:“拘挛补衲,蠹文已甚”、“虽谢天才,且表学问”;萧子显则说:“博物可嘉,职成拘制”,“唯睹事例,顿失清采”。沈约“易见事”之说,当针对此类诗风而言。灵运诗虽名句络绎,却不免堆垛;鲍照诗惊听回视,诡字奇词所在亦多,二家之制当从汉赋胎息而来。《文心雕龙·练字》篇曰:“陈思称:扬马之作,趣幽旨深,读者非师传不能析其辞,非博学不能综其理。岂直才悬,抑亦字隐。……今一字诡异,则群句震惊;三人弗识,则将成字妖矣。后世所同晓者,虽难斯易;时所共废,虽易斯难,趣舍之间,不可不察。”可知易识字,易读诵之说,当是批评元嘉诗风所形成的时人共识。无疑“三易”的提倡,又同“圆美流转”之说存在内在联系,尽管能做到“三易”未必即圆美流转,但圆美流转却必以“三易”为提前。

总之,针对刘宋诗坛,齐梁人是作过认真思考的,这既有负面的批评,亦有正面的理论建构。负面批评是指出其问题之所在,正面建构则在探索解决的办法,虽然这些都还仅仅是初步的,却使中国诗歌获得继续前进的动力和方向。齐梁诗存在的最大问题,是内容上的趋俗:高者尚可称作平俗,即平易通俗,故不无积极意义;下者则不免流于庸俗、卑俗,即是历来屡遭非议之交点所在。然则,这一切都并未掩盖其在艺术上的努力和进步,尤其是在意象文学创作方法的成熟完善上,否则唐宋时期文学黄金期的到来,便成为孤立的不可理解的现象。

2. 诗体的短小化和内容的含蓄化

从对谢灵运诗歌的繁富冗长、疏慢阐缓、乃至不辩首尾的批评中,已充分透露着诗体趋于短小的时代呼声,而永明诗人则首发其端。确实,象大谢诗那样大段铺写景物,堆垛佳句,是难免会把诗写得散缓冗长,而有碍于凝炼浓缩以求得整体融浑的。然诗歌是文学的最具概括性的简炼形式,求短求精求其浑成则是内在必然要求。晋宋以前多愤世之作,诗中有事,铺叙记事,诗不得不长。但随着文学的自觉,纯抒情的诗歌兴起,记事成份逐渐淡化,艺术上也越来越讲求凝炼,诗体趋短也就成为必然。再加之永明声律的提倡,注重宫商协适,平侧搭配,客观上也促使诗体变短,因为篇幅过长是很难作到声律的协调的。“圆美流转”之说之所以会受到时人认同,确是有其内在原因的。

关于齐、梁、陈三代诗体之发展,有学者曾依据丁福保辑《全汉三国晋南北朝诗》作过一个统计①,很能说明诗体趋短以至定型的情况,提要如下:据统计现存齐诗约304首(五言286),四句体69,六句体2,八句体83,十句体51,十二句体34,十四句以上共47;梁诗约1903首(五言1669)按句数分别为369,102,489,284,115,310;陈诗约504首(五言493)按句数分别为53,25,269,49,36,61。从中可以看出,八句和四句体占很大优势,但10句体也值得注意。而且,后来发展成为我国诗歌代表形式的五律五绝二体已初露端倪,且是按时代先后所占比重也越来越大。如八句体,在齐约占五言诗的29%,梁占29%强,陈则一跃而占55%;四句体在齐约占五言诗的24%,梁占32%,陈有所降低,约占11%。这就是说,诗体趋于短小并最终定型为四句八的律绝,不只是诗人主观喜爱的结果,更是由诗歌发展的内在机制决定了的。一方面在追求声律的谐和,另方面诗体又转趋短小,而短小则不宜放言直书,务求其凝炼浓缩,即把复杂纷乱的情感通过最精练的语言表达出来,故创作也就更富韵味,更加含蓄。所以,永明诗实是由古体向近体转换的关键一环。古体之长在缓而散,然弊亦寓焉;近体之长在短而精,是更趋成熟的表现。永明体正好居于过渡的中间,故云去古渐远而近于律也。陈祚明评永明代表诗人谢朓说:"玄晖去晋渐遥,启唐欲近,天才既隽,宏响斯臻,斐然之姿,宣诸逸韵,轻清和婉,佳句可赓。然佳既在此,近亦由是,古变为律,风始悠归。至于平调单词,亦必秀琢,按章使字,法密旨工。后人哦传警句,未究全文,知其选语之悠扬,不知其谋篇之深造也"②,则将其"古变为律"的意义,声律词藻、佳句韵味的成就及整体浑成之美,全部予以肯定,并非虚誉之词。又赵师秀诗曰:"辅嗣《易》行无汉学,玄晖诗变有唐风"。(《清夜偶成》)更将他同王弼《易》学尽革汉儒章句之学的意义相提并论,可知其地位之重要。

永明诗坛的领袖人物,无疑首推沈约,他是声律论的大力倡导者,也是积极实践者,故其所作亦多声律协和,情韵婉转,如《古意诗》:

挟瑟丛台下,徙倚爱容光。伫立日已暮,戚戚苦人肠。露葵已堪摘,淇水未沾裳。锦衾无独暖,罗衣空自香。明月虽外照,宁知心内伤。

《汉书·高后纪》:"高后元年,赵王宫丛台灾"。颜师古注:"连丛非一,故名丛台。盖本六国时赵王故台也"。首句所咏当指此,因是古事,故题曰"古意"。此借古喻今以抒感慨者,所咏则为宫中一"挟瑟"女子。伫立日暮,言时间之久且长;戚戚悲苦,明心中之痛且伤,这是总写。"露葵"两句,转写心灵感受中之景物,亦是想象之辞。露葵,《本草》曰:"古人采葵,必待露解,故曰露葵"。"淇水"句,典用《诗·卫风·氓》:"淇水汤汤,渐车帷裳,女也不爽,士贰其行。"朱熹集传:"言自我往之尔家,而值尔之贫,于是见弃,复乘车而渡水以归"。此则仅取归意。戚戚之伫,日暮断肠,遂想到家中园葵大概已到采摘的时候了吧?然而自己亦然被囚丛台,难以渡河返回家园。故此女当是被南朝帝王从农家掠来的农家女子,以满足其纸醉金迷的声色之乐,所以女主人公才会如此地自怜自爱而愁肠

① 吴小平.《论五言八句式诗的形成》,文学遗产,1985(2)

② 陈祚明.《采菽堂古诗选》(20). 清康熙45年(1706)刻本,全国图书缩微中心,1989

满怀！“锦衾”二句，更翻深一层，既有家难归，而独处幽房，孤独寂寞，愁绪百结，遂有“锦衾无独暖，罗衣空自香”、花落珠黄之哀感，这又是何等的无奈！结尾更见景伤情，转入直抒胸臆。“仰头看明月，寄情千里光”①。愁人当此，又怎能不惹起浓浓乡思？然虽寄情明月，明月又何曾真的理解内心的痛苦呢！全诗以一情景相生之问句结束，可谓写得含蓄隽永，悠悠不尽，而启人遐想。就全诗说，亦结构圆融，毫无情景滞隔之累，是沈约诗中少有的佳篇。就遣词言，则碧绿露葵，清沏淇水，华丽锦衾，芳香罗衣，正是“五色相宣，八音协畅”。就声律言，所押为平声阳韵，声调铿锵，音律谐和。“露葵”“锦衾”两联，更是对偶工整，骈丽严饰，亦是“宫羽相变，低昂互节”者。由此可知，沈约不只是声律说的积极提倡者，也是身体力行者。

沈约还写过一些音韵铿锵的小诗，读来亦十分清新可爱，如《石塘濑听猿》即是被传诵的一首：

嗷嗷夜猿鸣，溶溶晨雾合。
不知声远近，惟见山重沓。
既欢东岭唱，复伫西岩答。

这是一首纯粹的写景寄情之作，但落笔结撰却别有韵致。大概而言，不论诗中之景，诗人之情，则全从“听”字生发出来。首句即从“听猿”起笔，二句进而补足其意：因有清晨之云遮务绕，猿不可见，故惟有听其鸣而已。三句之不辩鸣声远近，亦是浓雾造成；故四句接以惟见山之隐约重沓，营造杳远幽深之境界，纯以景语写出，饶富发人想象的韵味。结尾“既欢东岭唱，复伫西岩答”二句，在晨雾弥漫的一片静谧中，忽着以东唱西答的动态描写，顿觉全诗生动活泼起来，而充满生命跃动的乐趣。猿鸣自古都是引发愁怅之物，此则反其意而写之，更有推陈出新之妙。且全诗从“听”写起，最后又集中笔力写“听”，细味之确有“累累如一串珠”的圆美流转之感。沈约诗虽已失却灵运之厚重，鲍照之激切，趋于平俗而内容单薄，然如此类诗，其造句之清新流丽，构思之婉转圆融，内涵之深永不尽，亦是前贤之所难及的。

永明诗人中，成就最高者当推谢朓，故有永明之冠之称，下面当专节评述。其在声律之建构和诗体园融方面，实践业绩更在沈约之上，这里仅简单谈及之。如《和徐都曹》：

宛洛佳遨游，春色满皇州。结轸青郊路，回瞰苍江流。日华川上动，风光草际浮。桃李成蹊径，桑榆荫道周。东都已俶载，言归望绿畴。

李善谓此诗在谢朓本集中原题《和徐都曹勉昧旦出新渚》（《文选》注），似更优。因为，这是和徐都曹《昧旦出新亭渚》一诗的，且题意也更为明白，举凡出游的时间、地点、目的都有交代。徐都曹名勉，字修仁，当是谢朓的朋友。新亭渚，在都城建康郊外，其亭始

① 逯钦立辑校.《子夜四时歌》.《先秦汉魏晋南北朝诗》（中）卷六、七. 中华书局，1983

建于东吴。由诗题看，应是一首纪游诗。首二句点明出游目的，当是兴之所至地去郊外踏春。宛洛即宛县和洛阳，前者为南阳郡治所在，后者则是东汉京都，都是当时极繁华之地，故古诗有“驱车策驽马，游戏宛与洛”（《青青陵上陌》）之句，诗人用此借状都成建康之繁盛，别无他意。在一个黎明（昧旦）时分，便驱车上路，以尽一日之畅兴遨游。他们首先踏上京城郊外青葱的道路，天色朦胧，晨光熹微，蓦然“回瞰”，才发现这大自然的春色之美。故“回瞰”二字，下得极有分量，当是一篇之关节所在。如果说，前三句还是出游之一般叙述，此则笔锋突转，描写即目所见之景物，极尽天地春光所展现的秀色。苍江者，谓苍茫浑涵之江面，正是黎明所见，然宏廓浩荡之胸怀亦自可知，全诗的氛围亦顿然拓展。“日华”一联，乃继写红日冉冉升起时景象：万道霞光洒满江面，滔滔江水，波光粼粼，正值明媚的阳光在波心跳动；火红霞光泼撒原野，芊芊青草，随风摇曳，宛如绚丽春色在草际浮荡。“动”“浮”二字最妙，使静态描写骤然变活，充盈着生机灵气，故只有光感热感的霞光、杳渺虚无的春色都被动态形象化了，皆变得可掬可揽。此乃一篇之警策，就构思言可谓别出心裁，就遣词言可谓清新秀丽，而诗人独特感受到的喜悦和激动亦蕴含其中。值得一提的是，灵运诗亦擅状光色的变化，如“昏旦变气候，山水含清晖”、“林壑敛暝色，云霞收夕扉”（《石壁精舍还湖中作》）“乱流趋正绝，孤屿媚中川，云日相辉映，空水共澄鲜”（《登江中孤屿》）等，其高妙处在于用准确新颖的语言，从光色的相互映衬变化中写景，固然极清丽可爱活泼喜人，但不免拘滞于客观事物本身着笔。小谢则不然，他在描状事物的光色变化时，却能化静为动，抟虚成实，尽管缺少大谢的超拔精致，却多了些生命情感的活力，这不能不说是意象文学的一大进步。至于“桃李”“桑榆”一联，虽是化用成语，然用以状写农家田园风光，亦自怡然可爱。当是日午时分所见，故成蹊桃李、荫道桑榆，皆历历可见。结尾二句，流露出对官衙生活的厌烦，从而引出“言归望绿畴”的喟叹，其实结得甚为有力。已经到了踏上归途的时候，但目光仍在绿野上留连，心情亦难割难舍，因为等待他回去的亦旧是烦闷和无聊。不尽的思绪还在无边无际的春光中延伸，那里留下什么，又得到什么，尽在不言之中，而诗境也因此得到开拓，给读者留下无穷想象。钟嵘曾批评说：“善自发诗端，而末篇多踬”①。其实亦未必尽然，如此篇之结尾岂可谓之踬乎？正含蓄之至而情思邈远、韵味无穷者。还需指出的是，此诗篇幅短小，对仗工整，声律也很考究，是永明体的典型特征。小谢集中此类诗尚多，如《送江水曹还远馆》：

高馆临荒途，清川带长陌。上有流思人，怀旧望归客。塘边草杂红，树际花犹白。日暮有重城，何由尽离席！

此诗之含蓄蕴藉且不必说，正所谓“谢朓诗变有唐风”者。单就声律结构而言，全篇除押入声韵外，平仄亦有不协，但总体已近似一首律诗。尤值得注意者，首联对偶工整，次联则不对，三联又为工整对仗，在律诗中称作“偷春格”。是说把颔联的对句移至首联，有如花儿偷得春光而先春开放，故得此名。这种特殊结构，也充分说明永时诗人之实践，

① 陈延杰注.《诗品》(中). 人民文学出版社,1958

确是一种不同旧体之“新变”，已启三唐之先鞭。前人有言：“谢朓之诗已有全篇似唐人者”①并非虚言。

谢朓还写过不少四句小诗，实可看作由古向律转变之开端。当然在他之前，汤惠休已有这类诗作，如《江南思》：“幽客海阴路，留戍淮阳津。垂情向春草，知是故乡人”。如《杨花曲三首》其二：“江南相思引，多叹不成音。黄鹤西北去，衔我千里心。”除前首头两句属对仗较考究且有气势外，尚未产生协调声律的自觉意识。故无论在内容的空灵蕴藉、或格律的谐和方面，小谢都远较其更为成熟。如《同王主簿〈有所思〉》：

佳期期未归，望望下鸣机。
徘徊东陌上，月出行人稀。

从声律结构方面来分析，此诗已具有明显的格律化倾向。它应属于“对式”绝句，即第一联与第二联各自成对，而相互之间又不粘，这是永明诗人创造的一种特殊形式，适成为五古向律体的过渡性诗体。从内容来分析，是一首思妇诗，本来她和夫君商定好“佳期”，盼望着他早日归来，可是佳期已过，音讯全无。百无聊奈之中，思念愈加炽烈，本想以织布之劳作排遣，心中的痛苦却亦然难以抚平，于是只好离机走出户外。简单十字，却道出多少曲折，多少凄婉！望望，当是翘首企望，形象逼真生动，并非仅是“怨望”式的心理活动。失望之后，徘徊东陌，本想或许可看到丈夫晚归的身影，然而“月出行人稀”！唯有清辉素月，沉夜静寂而已，这又是何等的失望！全诗最妙之处即在结句，不明说，不说透，唯以一景句绾结，不可说、不能说亦不必说之复杂情思，皆涵蕴其中，真所谓无字处皆成妙境。沈德潜评此诗即谓：“即景含情，怨在情外”②当是会心之言。还须指出，唐人有所谓“含思落句势”③，即以景语含思而收束全篇者，如“大雪满弓刀”、“一汀烟雨杏花寒”、“故垒萧萧芦荻秋”之类，此诗实先得唐人三昧。又如《玉阶怨》：

夕殿下珠帘，流萤飞复息。
长夜缝罗衣，思君此何极！

此诗境界空灵剔透，音韵悠扬婉转，也是谢朓新体小诗的代表作之一。沈德潜曾说：“渊然冷然，觉笔黑之中，笔墨之外，别有一段深情妙理”④，味之诚然！全诗本写一“怨”字，然无一字写及怨者；虽一字不及怨，字里行间却又无不流露出怨，所谓“不著一字，尽得风流”者是也。唐人写过不少宫怨诗，如刘驾《长门怨》：“闲揲舞衣归未得，夜来砧杵六宫秋”；郑谷《长门怨》：“闲把罗衣泣凤凰，先朝曾教舞霓裳”等，既可与此诗相互发明，亦实以此诗为渊源。尤其是大诗人李白的《玉阶怨》，无论在造语的精美和取境的空灵上，都

① 郭绍虞校释.《沧浪诗话·诗评》.人民文学出版社，1983
② 沈德潜.《古诗源》.中华书局，1984
③ 李壮鹰校注.《诗式》.齐鲁书社，1986
④ 沈德潜.《古诗源》.中华书局，1984

与此诗有直接联系。

永明声律说三个倡导者之一的王融，由于只活了27岁，而存诗不多，但也写过一些新体诗，《饯谢文学离夜》即是著名的一首：

所知共歌笑，谁忍别笑歌？离轩思黄鸟，分渚菱青莎。翻情结远旆，洒泪与行波。春江夜明月，还望情如何？

永明九年（491年），谢朓由太子舍人改随王镇西功曹，转文学，跟从随王萧子隆去荆州赴刺史任。行前，沈约、王融、范云、刘绘、虞炎、萧琛、江孝嗣等好友，聚集一堂为之饯别，并皆作有《离夜》同题诗。王融此诗即为此次饯别所作。首二句先以反问句式出之，既说“所知”，又言“谁忍”，在情感上造成强烈反差，并以歌笑二字复迭，表面是突出强调其乐，实则以乐衬哀，反跌出离别的悲苦，构思已自不入俗套。三四句写即目之所感，言离人窗前有黄鸟啼鸣而特别惹人情思，将别渡口为绿草复盖而倍觉伤怀。然“黄鸟”句却是征典，取《诗·小雅·黄鸟》之“言旋言归”意，是祈盼友人早日旋归，寓意更深一层。此点在下面五六句中即加以点明。翻情，违背自己心愿之情，说明谢朓并不乐意于此行，故有“旋归”之望，用心甚为含蓄细密。旆，指官吏出行之车马仪仗。是说他违背心愿去远行做官，伤心的泪水便只能洒向滚滚波涛了，其惜别之情自不待言。谢朓在其《和别沈右率诸君》诗中曾说：“叹息东流水，如何故乡陌”。知王融所写当是实情。此诗最佳处还在结尾二句，是从被送者的角度来写，直承泪洒行波而来：“春江夜明月，还望情如何？”应当倒过来读，是说还望送行诸友，此时此地其情如何？唯有春江苍茫，夜月明辉而已！多少难言之情，不尽之意，全部包蕴于其中了，真可谓此时无声胜有声也。诗篇虽然短小，容量却极大，且写景抒情融为一体，不再有堆垛割裂之感，正是新体诗从反思大谢诗获得的艺术上巨大进步。

永明时期其他诗人，也写有不少对仗工整、声韵谐适的新体诗，如虞炎、刘绘、范云等。刘绘的《送别》即是已相当成熟的五绝：

春满方解箨，弱柳向低风。
想思将安寄？怅望南飞鸿。

逯钦立先生认为，首句之“满”当为“蒲”之讹，甚是。解箨，本指笋竹之脱皮而出，可泛言青蒲之类嫩芽从皮径中抽出。若作“满”，一是“方解箨”便没有了主语，二是与下句之“弱柳”亦难成对，同当时讲求对仗的时风甚难相合。故首二句可作两重意思理解。从表面看，这是诗人送友时的实景：春回大地，蒲露尖角，两岸柳绦，迎风招展，正是万物复苏，万象更新之时，世间一切都充满勃勃生机，是何等喜人的景象！然而在这一片大好春光中，却要与友人远别，岂能不更加勾起心中浓重的失落感和悠悠情思？所谓“以乐景写哀倍增其哀者”是也。更深一层看，则解箨蒲芽，又使人想到“春草生兮萋萋，王孙游兮不归”的凄楚吟唱；而折柳送行，亦是民间流行风习，所谓“反折杨柳枝，愁杀行客儿”者即是。那么,将二者用于此处,又是何等贴切。后二句转入抒情,当从前面写景引发出来,语浅意露,无甚奇思,所以此诗总体成就并不很高。然而,全诗却平仄相对,声词粘贴,骈句亦很讲究,当是典型的永明新体诗。又如虞炎的《玉阶怨》:

紫藤拂花树,黄鸟度青枝。
思君一叹息,苦泪应言垂。

这是一首宫怨诗,前景后情,相互生发,写得比较含蓄。首二句极富色彩感:紫、花、黄、青,各种颜色错杂映衬,写尽春之繁华。又极具动态亲和感:紫藤与花树是"拂",黄鸟于青枝为"度",披拂摇曳,穿梭跳跃,亦写尽春色之融和怡荡。然而女主人公却幽禁深宫,年华虚度,即景伤情,岂能不产生芳华易逝的可怕,青春不再的悲哀!于是才引出后二句"一叹息"的自伤,和"苦泪垂"的难抑疼痛。"一"字尤值得品味,当是在久久沉默后,突然爆发的一声长叹,才会有惊心动魄之感。统观全诗,景由情感,情因景生,结构完密浑整,气脉流注贯通,结尾又只状其苦而不白其情,更觉涵蕴隽永。再加之极重修辞调声,有"宫羽相变,低昂互节"之妙,堪称优秀之作。

最后谈谈范云。他是永明诗人中成就比较突出的一个,也是永明体诗的积极实践者。许学夷《诗源辨体》卷九曾说:"范云五言,在齐梁间声气独雄。永明以后,梁武取调,范云取气。云前数篇,亦永明体"。此所谓"前数篇",后面再谈,此处只取《饯谢文学离夜》一诗:

阳台雾初解,梦渚水裁渌。远山隐且见,平沙断还绪。分弦饶苦音,别唱多凄曲。尔拂后车尘,我事东皋粟。

此诗亦前面所提到的永明九年(491 年),谢朓转随王文学赴荆州,诸友人设宴饯别作《离夜》诗之一。诗一开头,不叙情事,却破空而来先从景物写起,甚感突兀别致。"阳台雾初解,梦渚水裁渌",阳台、云梦皆在湖南,都城建康是看不到的,为何要这样写?叫人生疑。不过,二地均在诗人所去之荆州管辖范围内,故而在成诗之前,他已先跷望着荆州方向预作想象了。但唯见夜雾初解,江水泛渌,悠悠情思,已自难解。目光移开江面远望,则山势隐隐约约,若有若无,洲渚逶迤曲折,似绪似断,春江夜月,凄迷低婉,当是作者伤感情怀的外射。前四句紧扣着"夜"字写,下面即转入"饯"和"离"。"分弦饶苦音,别唱多凄曲",在这即将分别之时,宴前弦奏苦音,歌唱凄曲,其悲凉之情又何可掩抑!这是作进一步铺状渲染。分则各走东西,别亦海角天涯,此景此情,唯一想着的便是今后各人的出处命运——"尔拂后车尘,我事东皋粟!"后车,《孟子·滕文公下》云:"从者鸣笳以启路,文学托乘于后车",故用以专指文学侍从之臣。句用此典,正与谢朓当时随王文学的身分相合。拂尘,指登车上路,全句点明"送行"之主题。后句就作者自己言,东皋事粟,则是征典以明归隐田园之意。阮籍曰:"方将耕于东皋之阳,输黍稷之税,以避当涂者之路"(《奏记诣蒋公》)。这是一种;陶渊明曰:"登东皋以舒啸,临清流而赋诗"(《归去来兮辞》)又是一种。范云长谢朓十三岁，已饱历宦海沉浮、仕途坎坷，不论是“避当涂之路”或“临清流赋诗”，二人心意其实都相一致。然结尾先贺友人荣任，次明自己心迹，掩抑悲凉，亦送别题中应有之意。总之，全诗情词婉转，笔墨畅达，毫无窒碍而一气流注，读来感人至深。就体制音韵而言，八句四联，每联皆对仗工稳，声词谐婉，确系典型的“永明体”。若将各联稍作调整，便是一首五言律诗了。范云一些小诗，亦写得甚有风致：

> 江干远树浮，天末孤烟起。
> 江天自如合，烟树还相似。
> 沧流未可源，高飖(帆)去何已。
> ——《之零陵郡次新亭》

虽纯是写景，却化景为情，无字处皆有思绪流注，唐之王孟诸人当从此化出。又如：

> 春草醉春烟，深闺人独眠。
> 积恨颜将老，相思心欲燃。
> 几回明月夜，飞梦到郎边。
> ——《闺思》

则情景错杂，互根互生，相融相洽，浑成一片。春草春烟之凄迷，明月朗夜之素净，读之特别醒目，别具相互映衬韵味。这类小诗，都为唐人意境创造提供了借鉴。

关于六朝诗歌声律的发展，顾炎武曾指出：“四声之论，起于永明，而定于梁陈之间也”。(《音学五书·音论·四声之始》)这是大体的概括，此后便是近体格律诗的完成了。下面不再具体谈及，仅举梁简文帝萧纲的《晚日后堂》一诗为例，以明其发展之端倪。

> 幔阴通碧砌，日影度城隅。岸柳垂长叶，窗桃落细跗。花留蛱蝶粉，竹翳蜻蜓珠。赏心无与共，染翰独踟蹰。

此诗内容，大体是写闺中女子晚日时分所经验的孤寂之感和淡淡哀愁，风格纤巧细密，是典型的梁陈宫体。首二句点明所处地点及时间，且以“通”“度”二字把抽象的时间具象化，由日色光影的变化写出时间流逝的动态感，构思巧妙。中间四句写景：远眺则岸柳低垂，枝叶茂盛；近视则窗外桃花飘零，带萼坠落，说明这是暮春初夏时节，一片萧条衰煞景象。庭院中采密蛱蝶已散，花上留粉；捕食蜻蜓倦息竹丛，探头露脑，扣紧“晚日”所见着笔，观察细密。蜻蜓珠，典出张华《博物志》：“五月五日埋蜻蜓头于西向户下，埋至三日不食，则化为青真珠”。四句中，垂柳辅以长叶，桃落连带细萼，蝶去而花上留粉，蜓翳而竹丛露头，虽绮靡新巧，却刻划精确细密，正写出女主人公在百无聊奈、无所事事中注目所见，其心情极孤寂落寞，故才有结尾无人共赏，徒寄笔端之喟叹。可知景和情是密切相关的，毫无割裂堆垛之感。尤其要指出的是其声律，依次为：仄平平仄仄，仄仄仄平平。仄仄平平仄,平平仄仄平。平平平仄仄,仄仄平平平。仄平平仄仄,仄仄仄平平。就全诗说,除第三第四联失粘外,大体上已基本合律。或者说,全诗可看作是“平平平仄仄,仄仄仄平平”的重复,也是齐梁格律诗常用的对式联句。对仗工整,当是永明体进一步发展,已初具五言律雏形的表现,有承上启下之意义。

综上所述,永明声律说的提倡,及其诗体的缩短,带给诗歌创作的应该说是巨大的进步和内容的深化,并非如常见的批评是“绮丽不足珍”。当然,也不可讳言,由于时代原因和生活圈子的缩小,它的内容确是日趋平俗、单薄,乃至庸俗化了,比如愈来愈多的无聊阿谀诗、咏物诗、女色诗,乃至郡县名诗、药名诗、百姓名诗等的出现,即是明证。然而也应看到,这些并非诗坛主流,亦非人们真正欣赏之兴趣所在,何况其中也不乏一些可读之作呢?岂能因此而全盘抹煞。

3.“圆美流转”的诗体融整美

齐梁人对大谢诗反思和清理的另一大收获,就是嫌其“不辩首尾”,没有章法。或如宋方回所说:“似才得一句,便拿捉一句为联者,所以乏自然真味”。故而造成“虽多佳句,然自首至尾,讽之未免痴重伤气”。[1] 就是说缺乏一气流转,融浑贯通的整体美,所以被目为“有句无篇。”故如何求得情景相洽,首尾融整,便成为他们努力的方向,并确实取得耀眼的实绩。这自然是多方面的,下面仅摘其要者来谈。

首先,承灵运模式而能一气融贯者。如沈约《宿东园》:

> 陈王斗鸡道,安仁采樵路。东郊岂异昔,聊可闲余步。野径既盘纡,荒阡亦交互。槿篱疏复密,荆扉新且故。树顶鸣风飚,草根积霜露。惊麏去不息,征鸟时相顾。茅栋啸愁鸱,平冈走寒兔。夕阳带层阜,长烟引轻素。飞光忽我遒,宁止岁云暮。若蒙西山药,颓龄倘能度!

学界一直有一种认识,即认为休文之诗主要来自鲍照,如前引冯斑即说:“至于沈鲍,文体倾侧,宫体滔滔,作俑于此”,而延之、康乐则影响“微矣”[2]。其实此说之始,可追溯到钟嵘,其《诗品》(中)曰:“观休文众制,五言最优,详其文体,察其余论,固知宪章鲍明远也”。今人遂据摭以为通谈,却未必尽然。沈约是继明远之后写作乐府诗最多的诗人,就此而论谓“宪章鲍明远”,固然不谬,但若以“最优”之五言诗来说,就未必是鲍所能范围。即以此诗来说,首四句征典叙游,中间十六句大段写景,最后四句抒发感慨,完全是大谢家数,所不同者只是少了玄言的尾巴。故陈祚明说:“休文诗体,全宗康乐,以命意为先,以炼气为主,辞随意运,态以气流,故华而不浮,隽而不靡。《诗品》以为宪章明远,源流既謬,独谓工丽见长,品题并谬”[3]。或可谓二人各执一偏,但也不无道理。若说谢诗厚重,鲍诗险俗,休文所取正是鲍诗向俗一路,那也未必尽然。齐诗之趋向平俗,当是时代整个

① 贺贻孙.《诗筏》. 上海古籍出版社,1986

② 吴乔.《围炉诗话》引. 齐鲁书社,1997

③ 陈祚明.《采菽堂古诗选》(23). 清康熙45年(1706)刻本,全国图书缩微中心,1989

风气所使然①,未必是鲍照一人之力所能改变。诗首二句用典,分别见曹植《名都篇》"斗鸡东郊道,走马长楸间"和潘岳《东郊》诗"出自东郊,忧心摇摇,遵彼莱田,言采其樵"。表面看只是为切诗题"东"字,并引出下句。但陈思岂是斗鸡浪荡之辈,潘岳亦非采樵负薪之人,二人借此不过以抒失意愤懑而已。李善注休文此诗下句曰:"《东郊》,叹不得志也"。故知首二句征典是寓有深意的,不可等闲看过。三、四句承前之"道""路"二字,引出东郊之"闲余步",接着即写闲步所见之大段景物。此路既盘且纡,荒阡交互,已自生荒凉之感。平野则槿篱或疏或密,柴门亦有新有旧,更增加几分僻野。高树有寒风劲吹,低草则霜露萎积,点明已是岁暮,愈觉凄凉萧索。原上獐鹿惊恐奔逃,天空征鸟哀鸣顾盼,鵾鹨在茅檐上哀啼,冬兔在平冈处乱窜,百兽惶惶,躁动不安,这是自然变化造成,抑或社会乱离之征?不得而知。但"惊"、"征"、"愁"、"寒"等字的使用,是带有强烈的主观感情色彩的。此时已届天晚,夕阳的阴影不觉绕上重峦,农家炊烟也向天空冉冉升起。岁穷日暮,人亦衰老穷途,不觉思之怃然!于是惊呼:时光急速促迫,岂能我待!哪里只是日月迟暮而已,人亦垂垂老矣,徒增无限感慨!关于这段景物描写,陈祚明曾评论说:"向后写景,一气直下,萧瑟苍凉,游味其中,愈入愈悲,景中有情"②,可谓心会之言,正是谢诗之冗沓所缺少的。即就写景而言,沈谢亦自不同。王闿运即说:"此篇亦极有名,其写景处,亦渐细密新巧"③,而细密新巧,实开齐梁诗风之渐。至于结尾两句,是明自己求药以望长生不老之意,虽非康乐之玄言,亦未脱六朝之癖习,读之同样可厌。

沈约的《早发定山》也是一首写景名作,采用的亦是灵运诗的三段模式,只是稍有改变而已。当然这改变是重要的,但所写景物亦接近康乐。

> 夙龄爱远壑,晚莅见奇山。标峰彩虹外,置岭白云间。倾壁忽斜竖,绝顶复孤圆。归海流漫漫,出浦水溅溅。野棠开未落,山樱发欲然。忘归属兰杜,怀禄寄芳荃。眷言采三秀,徘徊望九仙。

据《梁书·沈约传》载,隆昌元年(494)约除吏部郎,出为东阳太守,在赴任途中经过定山(今浙江杭州东南)时,写下了这首诗。这次离京远行,虽不无贬谪之意,却获解脱之感,故诗中的情感是复杂的。诗首叙夙志,谓自己年青时雅爱丘壑,及至晚年又遇此奇山,心情自然是欣喜清爽的。这有点象谢诗的"纪游"缘起,但已有很大改变,即不是刻板的"叙",而是从久怀之情写起,恰成为全诗创作的心理基础。以下八句,即承"奇山"写所见之景:奇峰峻岭高标采虹之外,远置白云之间;峭壁悬崖或斜或竖,绝顶处却又变得圆缓,皆望之令人心迷目炫。这是写"望",极状山势之奇。俯视则钱塘江水浩浩漫漫,直奔大海,而出浦之处却是川渚容与,水花轻溅;山边则野棠正在盛开,夹杂着山樱初放,耀眼而欲燃。这是写"观",为"奇山"作进一步浓笔点染。大自然的神奇魅力,深深吸引着诗人而沉溺陶醉,这该是何等的快意?然而他的心情却并非仅仅如此,末四句即转入对此

① 比如已没有康乐那种深山大壑生活的经历和体验。

② 陈祚明.《采菽堂古诗选》(23). 清康熙45年(1706)刻本,全国图书缩微中心,1989

③ 王闿运.《八代诗选》眉批. 江苏书局刊本,1890

复杂情感的表白:一方面是“忘归”,即由上之奇山胜景引起;一方面是“怀禄”,却出于身不由己的无奈。兰草、杜若、芳荃,皆屈《骚》中常见的香草,本是象征屈原洁身自好和美好品质的物象。诗人引入自己的诗中,意谓不论是徜徉于山水,或寄迹于仕途,都将以屈子的崇高品格为榜样。正因为如此,故临离去时才有“眷言采三秀,徘徊望九仙”之眷恋与遐想。三秀,见《九歌·山鬼》:“采三秀兮於山间,石磊磊兮葛蔓蔓”。则有采食三秀灵芝,羽化登仙,遐飞远举的企望了。结尾两句似感突兀,但由于典皆来自《楚辞》,也就与前相承存在着内在的谐和。此诗写景,时而峰插云霄,时而山花烂慢,自如画法所说高远、平远、深远错杂,叫人心骇目逸;又彩虹、白云、青山、碧海、淡棠、浓樱交相辉映,色彩绚丽,给人以强烈的感观刺激。综合而言,此诗更接近谢诗的意象造型,只是他已精于提炼,不事堆垛,且能结合情感变化的内在需要结拴用笔,故显得层次清晰,气脉流贯,极富整体之美。

刘绘的《入琵琶峡望积布矶呈玄晖》与沈约此诗则有相同之处:

> 江山信多美,此地最为神。以兹峰石丽,重在芳树春。照烂虹霓杂,交错锦绣陈。差池若燕羽,崱岁似龙鳞。却瞻了非向,前观已复新。翠微上亏景,青莎下拂津。巉岩如刻削,可望不可亲。昔途首遐路,未获究清尘。誓将返初服,岁暮请为邻。

此诗亦用谢灵运三段式,不过首四句不是从“纪游”起笔,而是由“感兴”入题;结尾四句亦非玄言,而是触景生情引发的明志,自无板块式的割裂之感了。写作时间约在齐明帝建武初年,据〈南齐书·刘绘传〉载:“安陆王(萧)宝晊为湘州,以绘为冠军长史、长沙内史、行湘州事”。诗人因此溯江而上,赴湘州途径琵琶峡时所作。《水经注·江水》曰:“江水东经琵琶山南,山下有琵琶湾也”。所说即指此,约在今湖北阳春东,积布矶则在琵琶峡西之蕲春县境内长江北岸。首句即从一路所历江景之叹美写起,而归结为此处景色“最为神(奇)”,由面浓缩到点。且谓此地峰石之丽,尤其是在杂花生树、草木葱茏的春天,顺便点出时间。接着即扣紧“峰石丽”着笔。先写峡:阳光照射,峰石竞秀,彩练横空,云兴霞蔚,灿若锦绣;山势则参差耸峙,如飞燕展翅,飘然凌空;或荦确峥嵘,宛似游龙,迭嶂茏葱,盘江而动。此乃化静态为动态,大概是由于船行所见的原因。中间插入“却瞻了非向,前观已复新”二句,以为过渡:回看身后已非原来景色,再望前面却是新景络绎,应接不暇。于是进而写矶:岚翠氤氲,阳光都被半遮;绿树蒙笼,江上青莎披拂;唯有矶头巉岩峭削,如神工鬼斧劈就,望之令人却步。诗人于赏心悦目之中,惊奇赞叹之余,浮思联翩,心潮激荡,遂感而喟曰:“昔途首遐路,未获究清尘;誓将返初服,岁暮请为邻!”清尘,《楚辞·远游》曰:“闻赤松之清尘兮,愿承风乎遗则”。当指仙人赤松清虚冲漠之高行,引伸为清净淡远之境。初服,《楚辞·离骚》曰:“进不入以离尤兮,退将复修吾初服。”本指初时之服装,引伸为初时之品貌德行。四句意谓初时远行首次至此,未能发现这山川清幽之美,今日再临我将决心返回入仕前的心愿,辞官归隐而以峰石美景为邻。总之,全诗由“入峡”而“望矶”,由“望矶”而兴感,中间穿插点染景物描写,情因景生,景由情起,相辅相成，毫无割裂阻滞之感，却饶情景相生之妙，虽三段式结构和巉峭的笔墨仍是谢诗家数，但已能做到气脉通贯融整之美。

至于大谢诗骈字偶句、追新出奇而清丽浓秀的一面，更是永明诗人之爱好所在，可举王融《渌水曲》：

> 湛露改寒司，文莺变春旭。琼树落晨红，瑶塘水初渌。日霁沙溆明，风泉动华烛。遵渚泛兰觞，乘漪弄清曲。斗酒千金轻，寸阴百年促。何用尽欢娱？王度式如玉。

就写法来说，虽已打破谢诗三段式结构，即由景入题，但却仍保留着议论的尾巴，尽管所发乃抒写人生之感慨。大概而言，每四句为一层。首四句由湛露改寒（冬），文莺变春（此由"园柳变鸣禽"化出），写到杂花落树，池塘水渌，这是切题。中间四句写游乐，大概是三月上巳节，故有华烛风动，乘漪笙歌之欢，尤其是"泛兰觞"，更叫人想到《兰亭集序》所写"清流激湍，映带左右，引以为流觞曲水"之行乐风习。末四句所写，则为当时弥漫于整个华林的迁逝之悲，并企望着王度之外能尽一日之欢。亦是《兰亭集序》所写："夫人之相与，俯仰一世。……当其欣于所遇，暂得于己，快然自足，曾不知老之将至！及其所之既倦，情随事迁，感既系之矣"。值得注意的是那些用词造语，若"莺"而用"文"，"树"而言"琼"，"塘"而谓"瑶"，"烛"而以"华"，"觞"而着"兰"等，其色彩之绚烂，着意之雕琢，较之大谢则有过之而无不及，然而却正是由谢之"钩深索隐，穷态极妍"发展而来。由于全诗内容并非无病呻吟，又造语新丽可爱，语言绮靡畅达，写得还是清省融整的。

我国文学中的景物描写，大致可分作三个阶段：两汉、六朝、唐宋。两汉辞赋所写，主要是这儿有（存在）什么，采用的是叙述方式，一般为东有什么，西有什么，上有什么，下有什么；前有什么，后有什么等，不作具体描写，只是平行罗列，往往都是想当然之词，如蛟龙赤螭，白虎玄豹、宛雏孔鸾，赤玉玫瑰之类；比较现实一些的，也是街衢洞达，闾阎且千，沟塍刻镂，原隰龙鳞……故不免铺张扬厉。六朝人所写，则是我看到的是什么，采用的主要是描述式，故极力为景物作逼真造型，用词则钩深索隐，追新创奇，注意力全集中在物上，如白云抱幽石、远峰隐半现、三崖隐丹磴、乱流灇大壑之类，故追求佳句秀拔成为一时风气。不过，世间绝无纯客观的个体观察，所以景物造型也就不免带上心灵体验的色彩。唐宋人所写，则是我所感受着什么，描写的重点不再是物而是心，采用的主要是抒写式，具体逼真的刻画被心灵感受所代替。"风急天高猿啸哀"，情出景外；"夜半钟声到客船"，景为情化；"雾失楼台月迷津渡，桃源望断无寻处，可堪孤馆闭春寒，杜咀声里斜阳暮"，则情景浑融一体，不可句摘，颇难分解。故不再着力精雕细刻，亦不求佳句惊人，直如一片云，浑成无迹。大谢距汉人近，承其步武，虽精美过之，却不免堆垛；六朝人由谢鲍出，精益求精，遂渐趋融整，已启唐人先鞭。在这一演进的关节点上，永明诗人实已"先据要路津"，其中尤以谢朓为典型代表。古人云"玄晖诗变有唐风，"即指此而言。胡应麟曾摘小谢诗句，谓“调不同而语相似”于唐人者，即有《游东田》这首诗①，可举为例：

戚戚苦无悰，携手共行乐。寻云陟累榭，随山望菌阁。远树暧阡阡，生烟纷漠漠。鱼戏新荷动，鸟散余花落。不对芳春酒，还望青山郭。

此诗中间三联，对仗工整，声律考究，看作“有唐风”的标本，自不待言。我们分析的着眼点，主要放在情感统辖下的景物意象描写上，以说明其与大谢诗的关系。题中的东田，前面已经提到，位于都城建康效外，北依龙盘虎距的钟山，南临繁华热闹的秦淮，是一处风光秀丽，景色宜人的文人集聚胜地，谢朓亦在此建有楼馆别墅。诗中所写，即是与友人共游东田时的遣兴之作。首句极值得注意：戚戚，意绪沉沉之谓：悰，乐也，前面贯以“无”，正与“苦”同意。三词同意而叠用，不嫌其繁，当是《古诗》“行行重行行”的手法，显然是为强调心中苦闷之深之浓。这是全诗浓墨大抹进行景物描写的情感基底。二句叙游，亦是大谢手法，但合二句读，已自生出许多变化，全无板滞之处。三四句写登山途中所见，由于是自下向上观察，在白云掩映之处，屋宇丛集者，唯见檐头重叠，故曰“陟累榭”；又随山势蜿蜒而上，亭台孤立岩上者，形如菌芝，故曰：“望菌阁”。五六两句，写山顶远眺，放眼四荒，则绿树森密，邈迷模糊；云雾蒸腾，轻烟缕缕。七八句是近观，故用笔细致：新荷晃动，则知鱼戏其下；残花抖落，当是群鸟散飞。总括三联六句写景，角度层层转换，用词亦甚新巧，然不事铺张展开，只抓住自己感受最深最具特征之处来写，故用笔省净，结构紧密，完全克服了大谢诗冗长堆垛之弊。其实“寻云”“随山”一联，也是大谢诗中经常写到的，如《登山门最高顶》之“疏峰抗高馆，对岭临回溪”，却不作大谢之铺排，缀景达意便已。至于结尾两句，则是回应开头而发，并非游离之笔。诗从“戚戚苦无悰”始，与中间大段景物描写适形成情感上强烈反差，这才逼出收尾戚戚之忧，但唯山水游乐才可忘怀，故到踏上归途的时候，还要再望一眼青葱山郭，其眷恋难舍之情不言而自明。因此，结尾二句不但结得含蓄隽永，也是全诗内容的进一步深化，使貌似不够协调的记游、写景两大部分得到弥合而成为气脉流贯的整体。因此，永明诗虽师承大谢，却更注意诗歌的纯净和融整，乃诗歌创作上之一大进步。

其次，是情景间杂而浑整不分者，这可以说是彻底打破板块结构模式，而出现的一种崭新尝试。往往写得情句有景，景句有情，情景相生相成。如沈约之《行园诗》：

寒瓜方卧垄，秋菰亦满陂。紫茄纷烂熳，绿芋郁参差。初菘向堪把，时韭日离离。高梨有繁实，何减万年枝？荒渠集野雁，安用昆明池？

此诗谢朓有和作，题为《和沈祭酒行园诗》，故知作于齐明帝建武末年沈约任国子祭酒时。诗人除极讲究语言色彩的搭配外，一口气写到八种东西：寒瓜、秋菰、紫茄、绿芋、初菘（白菜）、时韭、高梨、野雁，完全是园中蔬果的罗列。虽洋溢着农家泥土气息，给人以淳素的

---

① 胡应麟.《诗薮·外编》(2)，上海古籍出版社，1979

家居生活之乐，然若仅仅如此，则不免显得内容单薄而无可称道了。因为同陶渊明的田园诗相较，它缺少的正是心灵的丰富感受和对生活的深刻体验，难以产生动人心神的艺术力量。重要的是最后四句，夹叙夹议，情景相生，故全篇皆活。万年枝，即冬青树，常种植于宫中，许多宫苑诗中经常写到。昆明池，汉武帝时开凿，位于西京长安，亦皇家游乐之处。诗人身在田园，饱瞻果疏之美，这却勾引起他深心的感悟：面对这结满硕果的高大梨树，有什么不如生长于宫苑的冬青？野雁游戏于荒渠更具自然天性，为什么非要落脚于昆明池不可？也许这梨这雁，都是诗人的象征，他已厌烦了明帝末年皇室的明争暗斗，心中也充满仕途坎坷的忧惧，故才产生远避高蹈、隐居田园之想。只是诗中并不明写，而以佳蔬美果之类作层层铺垫，结尾处用象征手法稍作点明。这不仅使情词蕴藉含蓄，且因景以情观，故景总含情，与单纯的咏物之作划界。沈约的这种思想，在《学省愁卧》、《宿东园》等诗中亦常流露，写得很有特色，如前诗：

秋风吹广陌，萧瑟入南闱。愁人掩轩卧，高窗时动扉。虚馆清阴满，神宇暧微微。网虫垂户织，夕鸟傍檐飞。缨佩空为忝，江海事多违。山中有桂树，岁暮可言归。

此诗又题作《直学省愁卧》，学省，即国学；直，值也；可知亦是他任国子祭酒时因当值有感而作。首二句写时令，特突出其“萧瑟”之氛围；三四句叙“愁卧”，以切题旨；中四句专以写景，却从“愁人”迤逦生出，为此时心境作进一步渲染；末四句感时而明志，以绾结全诗。虽宰割诗句作分析则如是，综合观之却是一融通整体。“秋风”二句固然写景，但为情感所化之景，不怀此情而未必有秋风撩人、秋意萧瑟之感。“愁人”二句，既是写人亦写恼人之风，言情叙景已然难分难解，无从分辩。“虚馆”以下四句，缀景缘情浑然一气，如虚馆清阴之肃煞阴冷，神宇暧微之凄清迷离，而网虫织户、鸟傍檐飞，更是一派衰落颓败景象，皆无不积淀着诗人特有的心境思绪，诚如前人所言“景非滞景，景总含情”。末段写由景触发之情思，其实也是“愁”所生发之根因所在。缨佩，本为官服之饰物，此指官爵；忝，辱也，谦逊之词；江海，犹山林，均代指隐逸之事。语出《庄子》：“就薮泽，处闲旷，此江海之士，避世之人也”。是说混迹官场已成空忝，隐避江海又每每多违，自称“愁人”“愁卧”者为此。故今当急流勇退，遁迹荒薮，以丹桂为邻，作屈大夫之想也。综而言之，此诗之情关乎景，景联带着情，写叙夹杂，情景互生，虽未脱六朝写景之巧密，却突破板块式结构的呆滞，其探索精神是应予肯定的。因为这说明，意象诗也可以有另外的写法。

而能打破板块结构模式，把意象诗推向更加丰富多样表现方法的，永明时期另一重要诗人范云，似乎更值得注意。《梁书·范云传》称其八岁能属诗文，“操笔便就”、“下笔辄成”，是一个极具创造性的早慧诗人。前面曾提过的那首《闺思》，就是一首很有特色的诗作：“春草醉春烟，深闺人独眠。积恨颜将老，想思心欲燃。几回明月夜，飞梦到郎边。”从形式上看，既不专作景语或情语，而是二者错杂间出，顺势直下，完全消解了板块结构模式；从内容看，情景又是相互依存，互根互生，密不可分的，显得十分融整，这是一种形式。再如《别诗》则是又一种形式：

孤烟起新丰，归雁出云中。草低金城雾，木下玉门风。别君河初满，思君月屡空。折桂衡山北，采兰沅水东。桂折心焉寄？兰采意谁通？

虽曰别诗，但开首却不写别，而是以连续四句的重笔写景，至中联始点明“别君”“思君”之意，结构已甚是奇特。然尤值得注意者，四句景语又连用四个地名，它们分别在今陕西临潼，山西、内蒙及甘肃兰州和敦煌，给人造成空间上千里万里之遥，时间上频频转移之速，所提示的正是征人戍边的辛劳和战事变化的剧烈，岂止专状边地景物之荒寒而已。因此，写景中正隐含着“万里赴戎机”的叙事，亦寄寓着“远道归还难”的忧思，是融写景、叙事、抒情于一体了。然此情究因何而生，却尚不明晰。直至五六两句才予点明：“别君”而又“思君”。这既是承上关合题旨，更是全诗结撰之转折，即由前半主要写景向后半主要言情过渡。不过写别君而缀以“河初满”，写思君而状之“月屡空”，其造句亦甚为别致。因为，送君之时河潮初涨，行程悠悠，则倍增其伤；盼君之时月明长夜，屡屡落空，亦倍增其哀。故在此类诗句中，何者为情，何者为景，已实难划分；然又确是其情，确是其景，于情于景一片浑融。至于末四句，或用《楚辞》之典，或取《乐府》之语，借物明志，句丽情真，则是六朝人惯用的手法。

同是写送别，谢朓之《新亭渚别范零陵云》一诗，则又别具特色：

洞庭张乐地，潇湘帝子游。
云去苍梧野，水还江汉流。
停骖我怅望，辍棹子夷犹。
广平听方籍，茂陵将见求。
心事俱已矣，江上徒离忧。

此诗的一个最大特色，就是首四句写景，却用了两个古代美丽的传说故事，且征典写景而能运用得如此出神入化，恐不是一般意义上的景了。据诗题，所送之地是新亭，范云要赴任的则是零陵内史。新亭为东吴时所建，在都城建康（今南京）郊外，水边陆地称渚，新亭当在其上。零陵，郡治在今湖南零陵县北，属荆楚蛮夷之地，范云由京城到此荒远之地赴任，是很有点被贬谪意味的。谢朓送友人远别，眼前景色该有多少可写，然而他却没有走人人走惯的轻车熟路，而是荡开一笔，先从友人将去之地写起。但零陵此时并不可见，于是他想起了有关潇湘之地的种种古老而美丽的传说：那里曾是传说中黄帝张乐洞庭、演奏《咸池》的地方，也是尧之二女娥皇、女英追舜帝不及，殁于湘水、泪化斑竹之处，更是舜帝南巡，葬身苍梧（九嶷）之野的所在。这样写的目的，大概有二：一是力求淡化因怀才不遇而引发的失意情绪，尽量把友人将去的荒僻之地写得神圣美丽，而且诗意化一些；二是艺术创新的需要，给诗歌一种开阔的视野，历史的空间，以求深化诗境，落想不入凡俗。因此，这种构思是极其独特的。前人曾谓小谢诗善于发端，此诗即为突出一例。如果说首三句所写是一种美好的幻想，那么由第四句始则将笔触转向现实，大有逝者如斯，不舍昼夜之悲。故而，五六句才真正写“别”——我伫立岸上依依不舍地停车眺望，子浮舟江中夷豫难离地辍棹不行,其惜别之情又何怅怅!七八句继而征典励友:安心离去吧,您将会象晋人郑袤那样做出为民称诵的政绩(听,声望;籍,隆盛),也会象司马相如晚年蛰居茂林,再次受到赏识(重用)。结尾两句是触景伤情,兴感慨叹——好友已远去他乡,自己却寂寞都城,一腔壮志已随滚滚波涛飘然逝去,唯有无穷无尽的别恨离愁填满胸中,这又是何等的无奈!统观全诗,首则征事成景,次则情景交练,终则即景生情,甚得构思运笔的穿插变化之妙。

因此,我们似乎可以这样说:调整诗歌的情景结构,使之更趋合理而完善,已成为永明诗坛的普遍风气,除前举诸人诗作外,所在则尚多。如孔稚珪的《旦发青林》:

孤征越清江,游子悲路长。
二旬倏已满,三千眇未央。
草杂今古色,岩留冬夏霜。
寄怀中山旧,举酒莫想忘。

同样已不完全集中笔力于状景,然处处又都是景。"草杂今古色,岩留冬夏霜",虽是写景,但与"二旬""三千"一联照映,又极富历史沧桑之感。又如沈约的《登北固楼诗》:

六代旧山川,兴亡几百年。
繁华今寂寞,朝市昔喧阗。
夜月琉璃水,春风柳色天。
伤时为怀古,垂泪国门前。

此诗起笔即不凡,大有天地悠悠、今古怆然之慨!中间两联,情哀而景乐,以清丽澹荡之景衬写繁华寂寞之情,情句和景句相洽而绝无涯际,则倍增其人世沧桑之感。唐人怀古之作似亦多由此化出,惜乎我们对其艺术上的开创意义并未给予足够的注意。

最后,是纯景物意象诗和以景结句诗的出现。大概永明之前,所谓"直抒胸情"的纯抒情诗比较盛行,但以纯粹写景而抒写情怀之作却并不多见。如前已指出,所谓"意象",其核心精神即"化景物为情思",只有在这类诗作中才得到最充分的体现。因此,纯景物意象诗的出现,实为永明诗人之一大创获,尽管他们写得还不如唐人那样成熟和完美。孔稚珪的《游太平山》即是较好的一首:

石险天貌分,林交日容缺。
阴涧落春荣,寒岩留夏雪。

太平山,在今浙江绍兴东南。诗中所写当是春末夏初诗人登山所见,以及因而引发的欣喜陶醉之情。诗虽简短四句,用字却极具功力,故读来饶有韵味。四句中步步转换视角,很有层次感:首写仰视(天空):分,割也,言山势险峻,怪石耸立,故一片完整的天空都被分割开了，是状其峻；次写平视（林间）：容，犹光也，言林木交错，日影斑驳，故明媚的阳光亦筛割成点点碎金，是状其幽。三句写俯瞰（阴涧）：落，遗落，残留也；是说虽至夏季低阴之处仍有春花开放，谓花之奇也。四句写翘望（山岩）：夏雪，冬雪而入夏者，前引《旦发青林》之“岩留冬夏霜”可参看；是说严寒冬雪亦然残留在山岩之上，谓雪之异也。因其景色之峻、幽、奇、异，故才产生非同平常之心灵体验，诗人所要表达者即此。凡此类诗中，景即是情，故写出自己发现的独特景物，也就表达了自己的独特感受，情和景是合而为一的。王夫之曾说：“语有全不及情而情自无限者……从此写景，乃为活景”①，又说：“以写景之心理言情，则身心中独喻之微，轻安拈出。”（《夕堂永日绪论·内编》）可说是对比类诗最精辟的理论概括。诗人不必直接说明什么，景物本身已自有感发动人的力量，或称气韵、神韵，是我国诗歌真正的含蓄，故有羚羊挂角之说，镜花水月之喻。此诗虽未能臻此化境，造句也还停留在六朝之过于雕刻，但其开创性意义是不容忽视的。

王融的《江皋曲》则写得境界开阔，甚有情味：

林断山更续，洲尽江复开。
云峰帝乡起，水源桐柏来。

林木断续，山势则绵延不绝；洲岛尽头，江水复聚而开阔，这是写平瞧。白云峰顶，汹涌起自帝乡；江水浩荡，来自杳渺桐柏，这是写远望。然胸中丘壑，眼底烟云，岂皆郁积胸中的垒块？聚散纷纭，难排难遣，是怀才不遇的失意抑或离人思念的愁绪？不得而知。却明明叫我们想起屈骚中那首哀感动人的歌词：“帝子降兮北渚，目眇眇兮愁予。嫋嫋兮秋风，洞庭波兮木叶下。白薠兮骋望，与佳期兮夕张”（《九歌·湘夫人》），启人遐思，却又难以确解，这正是景物意象诗的魅力所在。永明诗人的作品中并不乏此类佳作，前引沈约的《石塘濑听猿》即其一例。沈约还写过一首《伤春诗》，也很值得注意：

弱草半抽黄，轻条未全绿。
年芳被禁籞，烟华绕层曲。
寒苔卷复舒，冬泉断方续。
早花散凝金，初露泫成玉。

此诗有两点值得重视：一是篇幅较长，这在永明诗人纯景物意象诗中是少见的；二是全篇皆属景语，没有一字及情，但诗题却明明点出是“伤春”，那么所伤者究竟为何呢？另外，从诗中描写来看，当是万物充满生机的初春景象，并无常见伤春诗的“残红”、“落英”等事物，又何言其伤呢？这看似矛盾的现象背后，深藏着的正是景物意象诗的奥妙，而欲破解这一奥秘才会产生阅读的乐趣。譬如此诗，面对万物的勃勃生意，引发的是诗人的迟暮之悲、穷途之感、迁逝之伤？难以确定，但并不影响人们去细细品味。何况就句而言，往

① 王夫之．《古诗评选》(5)．《船山全书》第14册．岳麓书社，1996

往本身就写得很美，如此诗之"早花散凝金，初露泫成玉"，虽琢而并不伤其秀。纯景物意象诗的出现，大概是从大谢诗的板块结构中，取其中间精华部分发展而来，故还往往保留着"有句无篇"或"重句轻篇"的创作模式，成为意象或意象群的集合，而能求其全篇通体融贯者则不多，这大概只有等到唐人去真正完成了。

另外，以景物意象句缩结全诗，因而造成言尽意余、特别含蓄的诗歌之出现，也是这一时期诗坛的一个重要现象，因这对唐人曾产生过直接的影响。这种以景结句的表达方式，一般出现在诗人情感达到某种高峰点时，往往觉得不能说、不可说、或不必尽说，故才以景句结束全诗，而这却恰恰造成一种特殊美感韵味，给读者留下充分发挥想象的空间。在这方面取得突出成就的诗人，首推王融，如前引《饯谢文学离夜》诗，其结句为"春江夜月明，还望情如何?"实际是一倒装句式，即谓还望岸上送行朋友，此情当如何呢？唯见清江夜月，澄碧如洗，水天茫茫而已！表面他并未说明此情此景其伤如何，实际上已作了最充分的展现，只是避免情感的空洞直白罢了。又如《同沈右率诸公赋鼓吹曲》二首之《巫山高》：

想象巫山高，薄暮阳台曲。烟霞乍舒卷，蘅芳时断续。彼美如可期，寤言纷在瞩。怃然坐想思，秋风下庭绿。

《巫山高》本为《鼓吹曲辞·汉饶歌》曲名，据《乐府解题》是写远行之人"临水远望思归"的。但到王融、范云等人手中，则将其与宋玉《高唐》、《神女》二赋所写巫山神女合而为一，成为描写传说中爱情故事的诗篇。传说中的神女本不可见，故首句即点明乃"想象"之词。巫山之出名，则在于阳台云雨的美丽传说，二句所写即此。《高唐赋序》谓："旦为朝云，暮为行雨，朝朝暮暮，阳台之下。"加"薄暮"二字，以增强这种迷离惝恍之氛围。三四句写薄暮中阳台的景象：烟霭云霞变幻舒卷，杜蘅飘香时断时续。《高唐赋序》云："其上独有云气，崒兮其上，忽兮改容，须臾之间，变化无穷。"当亦是神女变幻的身影。五六句写梦期，《神女赋序》云："晡夕之后，精神恍忽，若有所喜，纷纷扰扰，未知何意？目色仿佛，乍若有记，见一妇人，状甚奇异，寐而梦之，寤不自识，罔兮不乐，怅然失志！"此则反其意而用之，谓梦中若真可期遇，那么醒后也应亦然在目，岂只是梦中虚幻而已。然虚幻者终究仍是虚幻，故结尾云：唯怅然失意，独坐相思，但见秋风萧瑟，庭树飘绿！这是一种衰飒的失落感，抑或恍惚中若有所见？不得而知，但诗已嘎然而止，任凭读者去细细品味好了。总之，虽收结得突然，但绵绵情韵犹在，这便是中国诗人的含蓄。

再如《和王友德元古意二首》之一：

游禽暮知反，行人独未归。坐销芳草气，空度明月辉。嚬容入朝镜，思泪点春衣。巫山彩云没，淇上绿条稀。待君竟不至，秋雁双双飞。

二诗皆写闺怨，且均为秋思之作。春暮秋尽，最能撩动离人思绪，故常见于诗人笔下。此诗虽"春""秋"字杂用，却并非写从春至秋者，下明。德元，乃齐尚书令王晏之子；"友"，官名，齐制凡诸王均设有师、友、文学各一人，德元尝为晋安王友，题故云。首二句直陈其情，点明诗旨，谓无识之禽兽尚且日暮知归，何远行之丈夫而绝情独不归也。“知”“独”二字呼应，知思之深亦怨之深也。三四句承上“不归”而来，乃忆述思念之苦：每当春草碧色之时，月光如水之夜，常常独坐等待，以至草气销尽，星月逝去，亦不见回归的身影，年华亦在无期的等待中悄然流逝，言其哀且痴也。“坐销”而状以“芳草气”，“空度”而接以“明月辉”，叙中有景，景中夹叙，情景浑然一体。五六句进一层状写苦思：期之不至，彻夜难瞑，晨起梳洗，但见镜中蹙眉憔悴之容，翻更自伤，不觉泪下湿衣难禁也。“巫山”句，典出《高唐赋》之“妾在巫山之岨，旦为朝云，暮为行雨，朝朝暮暮，阳台之下”。今则谓“彩云没”，言其佳期无望矣。“淇上”句，典出《鄘风·桑中》之“期我乎桑中，要我乎上宫，送我乎淇之上矣”。今既言“绿条稀”，知其时亦逾矣。此虽征典以状景，实亦含情景中，情景亦浑融不分也。结尾二句，径直点明“待君竟不至”的痛苦与失望，然这愁苦却是言之难明，说之不清，终非语言所能道出者，故以一景物意象承接：“秋雁双双飞”！此有意比耶？抑感而兴耶？虽难断定，然文虽尽而意尚余则的然可知也。又其二曰：

霜气下孟津，秋风度函关。念君凄已寒，当轩卷罗縠。纤手废裁缝，曲鬓罢膏沐。千里不相闻，寸心郁纷蕴。况复飞萤夜，木叶乱纷纷。

此诗由景入题，与前诗写法大不相同，但其表现则似更优。首先起笔即不俗：孟津、函关，皆北方地名，言秋风寒霜自北袭来，大有横扫千山，万物凋敝之势，顿觉境界沉深，凄厉逼人。此后，情景间杂而层次弥密：夫君远行，季候突变，怎不想到在外衣单之苦，于是接写取出罗纱，准备缝制寒衣。然而当其举起刀尺时，却犹豫地停下了。为什么？下面即补明原因：“千里不相闻！”既然远隔千里，而音讯不通，即使缝好又能寄往何处呢？这又多么叫人心意烦乱，郁闷难排，所以连鬓发容颜也无心再膏沐修饰了。曲鬓，典出《小雅·采绿》：“予发曲局，薄言归沐”。是说头发也乱成一团。这是一种浓得化不开的思念和烦怨，却欲罢不能，欲说还休，于是逼出结尾二句：“况复飞萤夜，木叶乱纷纷！”又偏偏碰上这样一个萤火明灭，撩人思绪的漫漫长夜，其无奈之情更何以堪！绝望中举目翘望，倩影难觅，唯见秋干寒枝，落叶缤纷而已。常言道：每至伤甚无处说，故以景结句遂成最佳选择。表面上似乎什么也没有说，骨子里却景中有人，惆怅之情亦和盘托出，真所谓“语不及情而情自无限”者。还应指出，此诗结构亦较前诗为优，因前诗之“秋雁”尚有着意为比之痕迹，此则纯出一时感兴，可谓浑化无迹。

奇巧的是，沈约诗很少使用这种手法，但他写过一首悼念王融的诗，题作《伤王融》，却似乎有意效取：

元长秉奇调，弱冠慕前踪。眷言怀祖武，一篑望成峰。途艰行易跌，命舛志难逢。折风落迅羽，流恨满青松。

此诗为《怀旧诗九首》的第一首，大概是借伤旧友以自伤者。王融小沈约二十六岁，因出生在南朝甲族的琅邪王氏①，少年得志，二十岁左右即由秘书丞迁丹阳丞、中书郎，永明十一年（493年），武帝萧赜病重，诏竟陵王子良侍医药，王融欲矫诏立子良，诏书已草而武帝复苏，以朝事委尚书左仆射西昌侯萧鸾②。武帝薨，鸾奉太孙（郁林王）登殿即位，仅十余日，即收融下狱，赐死，年仅二十七岁，诗即为此而作，共八句可分两节。前四句述融生平及对其评赞：首言"秉奇调"，即谓其有奇特过人的才情；次言"慕前踪"，则谓仰慕前贤而欲成就一番大业；三言"怀祖武"，即眷怀祖先的功迹而有远大抱负，其赞誉之情，已溢言表。然而，却"一篑望成峰"！不想竟功亏一篑，遗世大业以失败告终，更充满无限的惋惜和同情。后四句转抒伤悼之情：他将王融的不幸归结为"途艰"和"命舛"，并因而造成的怀才不遇、壮志难展，大概其中也包涵着沈约自己的经历和悲慨。不过，"途艰"是他们的亲身体验，"命舛"则是无奈的自欺，故而下句即说："折风落迅羽！"因为那正是"途艰"即残酷的现实政治斗争造成的，未必是命运不济的原因。折风，出《战国策·楚策四》之"（黄鹄）飘摇乎高翔"、终"折清风而擅（陨）"。迅羽，《文选》薛综注张衡《西京赋》云："迅羽，鹰也。"可知这是一句含蓄的比喻，即以苍鹰之遇大风而折翅坠落，喻一代俊秀王融之遭不测而冤死陨殁，其伤悼之情又如之何！其中满含悲愤，但又无可言说，故结句曰"流恨满青松"！是说物皆含愤，抑或恨及青松，甚至如青松之不朽而抱恨千秋，这就有待读者的心会了。而此亦正以景落句之奥妙所在。

张融的《别诗》亦巧妙地使用过这一表现手法：

白云山上尽，清风松下歇。
欲识离人悲，孤台见明月。

四句诗中，只有第三句正面写到"离人"之悲，其他则全是景语，很难见出所悲者为何。但是，白云、清风、苍松、明月等却都是六朝隐士们人格精神的象征，孔稚珪《北山移文》写隐士即说："使我高霞孤映，明月独举，青松落荫，白云谁侣？"可证。今送友远去，幽人独处，而山上白云过尽，松下清风已歇，唯孤台明月永照而已，其孤寂落漠之情不言自明。因此，乍读之似极平淡，细味之却意蕴深永，尤其结句既有"我寄愁心与明月"的离情，又有"明月清风送君归"之别愁，兼彼我于同一景物意象者也。故而，我们不能不惊叹他们诗歌艺术的杰出创造力。

综前所述，力求打破板块式情景结构，消解掉块状罗列式景物描写，融抒情叙述于景物意象创造之中，且别出心裁、千变万化、翻出许多新鲜花样，确已成为永明诗人的共同企向。这不仅是指如谢朓、沈约、范云等杰出的诗人。也包括如王融、孔稚珪、张融、刘绘等一批不太知名的诗人，他们都应在文学史上占有一席之地。因此，这虽是一个社会动荡、世事艰难的时代，但诗人们的思想却极为活跃，表现出史不多见的勃勃生机、青春焕发而敢于向传统挑战的时代精神。正是由于他们的努力，以及梁陈诗人的步武其后，虽

① 七世祖为东晋名相王导。
② 后废郁林王、海陵王自立为明帝。

然也有得有失,甚至失大于得,但在貌似衰颓之中却也孕育着进步力量,终于为中国诗歌开辟出一条继续前进的新路。这就是冲决出“俪采百字之偶,争价一句之奇”、斤斤于“诗人秀句”的狭窄套路,而注意到诗篇的浑成融整美,为唐诗的走上鼎盛期铺平了道路。可以想见,如果没有他们一代甚至几代人的共同努力,由谢灵运到唐人的距离恐怕还相当遥远,而近体诗的最终完成也就很难想象了。

三、永明时期的代表诗人谢朓

谢朓(464—499 年),字玄晖,陈郡阳夏(今河南太康)人,与谢灵运同族,故世有“小谢”之称。少好学,有美名,年十九为豫章王太尉行参军,后在随王萧子隆、竟陵王萧子良幕下任功曹文学等职,深得赏识而与于“竟陵八友”。明帝时任骠骑咨议,转中书郎,出为宣城太守,故又称“谢宣城”。建武四年(497 年)出为东南海太守,行南徐州事,不久迁尚书吏部郎。永元初,因事被萧遥光诬陷,下狱而死,年仅三十六岁。有《谢宣城集》传世。

谢朓是谢灵运之后,在山水诗创作上取得最突出的成就的诗人,也是永明诗坛的杰出代表,故他的诗歌在当时即获得很高的赞誉。据史载:“刘孝绰当时既有重名,无所与让,唯服谢朓,常以诗置几案间,动辄讽味”。而自以博学高才自诩的梁武帝,也倾心仰慕,说“三日不读朓诗,即觉口臭”(《颜氏家训·文帝》)。而领袖一代诗坛的沈约,也说“二百年来无此诗也”(《南齐书·谢朓传》)。若由永明上推二百年,当为西晋太康、元康时期,则不仅潘、陆、张、左等被置于小谢诗的成就之下,且颜、谢、鲍诸人亦在其后了。这与梁简文帝萧纲的认识亦正相一致,其《与湘东王书》即说:“谢(康乐)故巧不可阶,裴(子野)亦质不宜慕”,唯谢朓、沈约之诗,“斯实文章之冠冕,述作之楷模”。那么,他们把谢朓推举得如此高,究竟原因何在呢? 现在有一种看法,认为谢朓是实现六朝士人“朝隐”理想的典型代表,即“更为完善地体现庙堂与山林协趣这种士族的生活方式”,“因而更加适合了他们的审美趣味”。这就是奥妙所在,而大谢所写则为人境外的深山大壑,明远所写则为寒士悲凉的激愤,都与士族阶层的萧散情趣难以结合。因此,甚至可以把小谢的诗称作“朝隐”诗。

所谓“朝隐”,即《庄子·逍遥游》解所说之“虽在庙堂之上,然其心无异于山林之中。”说明白点,即一方面要做官,一方面又要成为陶情山水的真名士。这确是晋以来士大夫们所追求的理想生活,不仅有郭象等人在理论上的提倡,且成为盛行一时的时代潮流。干宝的《晋纪总论》曾说:“谈者以虚薄为辩而贱名检,当官者以望空为高而笑勤恪”,正是西晋名士的生活企向。而刘惔卒官,孙绰则为之诔云:“居官无官官之事,处事无事事之心。时人则以为名言”(《晋书·刘惔传》),亦正说明东晋人的理想人生。然自刘宋以后,似乎在频繁的政权更迭和严酷的社会动荡中,这一切却渐渐淡化了。比如陶、谢、鲍诸人,他们都是官场的失意者,或憩心于田园,或放情于山水,或沈抑于下僚,欲旷达风流而均不可得。至于小谢,他确实说过:“既欢怀禄情,复协沧州趣,嚣尘自此隔,赏心于此遇”(《之宣城郡出林浦向板桥诗》),似乎对既有官爵奉禄的生活保障,又能回归大自然的赏心悦目十分满意。不过,正如论者所指出,他的外放宣城太守,正如大谢之被黜永嘉太守一样,都是一种“久在樊笼里,复得返自然”即精神上获得解脱的欣喜而已。否则,他就不会写出“常恐鹰隼击，时菊委严霜”（《暂使下都夜发新林至京邑赠西府同僚》）那样的诗句了。因为他的为官生活并非如想象的那样惬意，而是经常处在战战兢兢、如履薄冰之中。所以一旦远离政治斗争的中心京都，倒反有一种解脱轻松之感：既未丢官，还可放情山水，实现自己热爱自然的夙愿，岂不两全其美！其实这只是一种自慰之词。又《始至宣城郡诗》说：“下帷阙章句，高谈媿名理。疏散谢公卿，萧条依掾史。……招招漾轻揖，行行趋岩趾。江海虽未从，山林于此始”。这是他初到宣城任上时所作，就诗的前半看，确有点“居官无官官之事”的意思，但若联系后半来看，就并非那么简单。“江海虽未从”者，是说江海之行的夙愿虽一直未能实现，因为总是被官衙事务缠身；“山林于此始”者，则是说今既被放出都，山林游赏之乐的愿望却由此开始实现了。因此，其所要表达的亦然是跳出樊笼、精神获得解脱的无限喜悦之情。而联系前后，则知前半所说不过是自以为“赋闲”后如释重负的故作放达而已。至于《游敬亭山诗》所说：“我行虽纡组，兼得寻幽蹊”。既言官场纡组，自己被排挤出京都，哪里还有“朝隐”的自足自乐呢？

之所以不能用“朝隐”解释小谢诗，还因为他自己就有明确的认识。《谢宣城别传》载朓即曰：“朓常有言：烟霞泉石，惟隐遁者得，宦游而癖此者，鲜矣！”①这就是说，在骨子里他认为“宦”和“隐”是对立的。即以前引“既欢怀禄情，复协沧州趣”一诗来说，他接着还写道：“嚣尘自此隔，赏心于此遇。虽无玄豹姿，终隐南山雾”。虽说“既欢怀禄情”，但却以“终隐”为人生的最后归宿，可知“朝隐”的快乐他并没有得到过。再如《移病还园示亲属诗》所写：“疲策倦人世，敛性就幽蓬。停琴伫凉月，灭烛听归鸿”；《观朝雨》所写：“戢翼希骧首，乘流畏曝鳃。动息无兼遂，歧路多徘徊。方同战胜者，去翦北山莱”等，都不象是把名教同自然、官和隐谐和统一而应该有的思想感情。尤其是《观朝雨》所写，他既“希骧首”又“畏曝腮”，便只能于歧路徘徊，可知他的仕途生活是十分“纡组”（坎坷）的，何曾得到过“朝隐”的潇洒乐趣。尤其“动息无兼遂”句，动，出仕；息，退隐；是说仕和隐哪能兼得而遂人心愿呢！其表明的思想就更和《谢宣城别传》所载完全一致了。因此，“朝隐”之说，于小谢容或有之，但不能说成是研究其诗歌长久被忽略的基础和关键。

那么，玄晖诗受时人赏识的原因究竟何在呢？窃以为可用毛先舒《诗辩坻》中的一句话统而概之，曰“元嘉遗响，自朓革之”（卷二）。如前所述，对元嘉诗风（不只谢灵运，亦包括颜延之，鲍明远）永明诗人是既有继承，也有反思和批判，不只进行过负面清理，亦有正面建树，因而革除元嘉之弊，乃是集体的一代人的努力，并非仅属谢朓一人之功劳。但也应看到，小谢确是他们中的佼佼者，并最集中最完美地体现出时代的艺术追求和审美理想，受到时代的推扬和褒赞是理所必然的。

元嘉至永明的诗风转变，大体而言，灵运诗中景物意象所逗露的“意”，往往还只是某种特定情境中诗人的感触，意绪、情思或心境，属诗人主体的隐意识或潜意识范围，因而常被人们认作是对景物的纯客观的描写，即只看到为景“造型”的一面，而忽略了“造型”中主体心灵表露的一面。到鲍照诗中，其景物意象虽有承大谢而变本加厉、过于雕刻务奇之作，也有得之于羁旅行役、寒士悲凉之作，这正为永明诗人开启了一条新路。延至永

---

① 倪璠注.《和王少保遥伤周处士诗》.《庾开府全集》(4)，亦见《宣城郡志·良吏列传》

明诸人，他们的一大进步就是把景物描写，引向日常生活中的普通事物，通过细心体察和发现，创造出一种婉丽纤秀之美。其创作题材也往往来自官衙府署、羁旅行役、离别送友、思乡怀人等寻常生活。故诗歌中的景物意象，也常因景起情，以情裁景，二者相因依相含吐而融为一个浑成整体，从而克服块状式景物描写造成的"有句无篇"之弊。尽管终六朝以至唐初之世，人们也始终未能摆脱追求"秀句"之积习。而正是在这一创作阈限内，谢朓以其取得的突出成就成为时代性诗人。

他的诗歌创作继鲍照之后，在本源上也是根基于灵运模式。贺贻孙即曾说："其（玄晖）诗仍是谢氏宗派，而一种奇俊幽秀处，似沈酣于康乐集中而得者"①。只是随着诗歌演化的时代大潮，而又有其独特的成就而已，故不宜将他们对立起来研究。简言之，大谢诗得之于深山大壑，故多精丽深秀、放情林麓之作；明远诗则多写于羁旅行役，故多艳采峭急、寒士悲凉之制；至于小谢诗，常来自仕途的适意和失意，既有羁旅之思，亦有林麓之想，多随生活情趣的转移有触而发，虽不专于状景却名句络绎，饶具清俊秀丽之美。其与大谢面貌相近而讲求谋篇琢句且带玄理阐发的如《游山诗》、《将游湘水寻句溪》、《游敬亭山》等。《游山诗》首曰："托养因支离，乘闲遂疲蹇。语默良未寻，得丧云谁辩。幸莅山水都，复值清冬缅"，即以玄言发端而接以纪游，并转入大段景物描写："凌崖必千仞，寻谿将万转。坚崿既崚嶒，回流复宛澶。杳杳云窦深，渊渊石溜浅。傍眺郁篻簩，还望森柟梗，荒隩被葴莎，崩壁带苔藓。鼯狖叫层嵁，鸥凫戏沙衍"。这种景物意象亦正是谢氏山水之所谓奇俊深秀者，且又增加了几分鲍诗之峭拔雕镂。至诗之结尾则曰："尚子时未归，邴生思自免。永志昔所钦，胜迹今能选。寄言赏心客，得性良为善。"则亦然未脱悟理谈玄的尾巴。故总观全诗，不只结构布局，亦然采用板块状三段模式，而且在选景、用语、造境上，同样是大谢家数。又如《游敬亭山》诗：

> 兹山亘百里，合沓与云齐。隐沦既已托，灵异俱然栖。上干蔽白日，下属带回溪。交藤荒且蔓，樛枝耸复低。独鹤方朝唳，饥鼯此夜啼。渫云已漫漫，多雨亦凄凄。我行虽纡组，兼得寻幽蹊。缘源殊未极，归径窅如迷。要欲追奇趣，即此陵丹梯。皇恩既已矣，兹理庶无睽。

此诗是建武二年（495）诗人在政治上受排挤贬黜，由中书郎出为宣城太守时所作，故内心充满失意而又向往隐逸的情绪。敬亭山在今宣城县北，因山上有敬亭而得名，诗中所写虽是远离政治斗争的旋涡，身心趋于平静而"欲追奇趣"的兴致，且无玄言尾巴联缀其后，不过就大体而言，亦然是由记游、写景、说理三部分组成，同样采用的是大谢模式。以写景而言，如上干白日、下带迴溪、独鹤朝唳、饥鼯夜啼之类，亦为大谢诗中所常见意象，尤其"缘源殊未极，归经窅如迷"，更为大谢诗中所屡屡写及，故就此类诗而言，《诗筏》谓"似沈酣于康乐集中而得者"，当并不为错。不过小谢诗的真正成就，却并不在此，他之所以成为永明诗坛的代表性人物，则在于虽承元嘉遗响而又进行的革新和创变，这是下面

① 贺贻孙.《诗筏》. 上海古籍出版社，1986

要重点谈及的。

首先,是元嘉遗响始革之后,所焕发出来的生动活泼的自由创造精神,成为时代的一大标志,并取得文学史上可与大谢比肩的重要地位。如果说,大谢诗以繁富冗长为累,且结构板滞,那么小谢诗则变为圆美流转,结体省净,自如挥洒而不拘陈规。可以说随着情感变化的需要,几乎每一首诗都有其独特创造,这才是其真正价值所在。如《鼓吹曲》二首之一的《登山曲》:

> 天明开秀崿,澜光媚碧堤。风荡飘莺乱,云行芳树低。暮春春服美,游驾凌丹梯。升峤既小鲁,登峦且怅齐。王孙尚游衍,蕙草正萋萋。

此诗当为诗人在荆州奉随王萧子隆命所作。初入仕途,涉世未深,充满对生活的理想和激情,故心情是愉快开朗的。诗一开头即以写景入题,落笔不俗。"崿"字点明题旨:登山。"天明"二字尤妙,语意双关,既指天已放亮,又谓天色晴朗,故有"开崿""澜光"之描状。二句是说在一个天气晴朗的早晨,烟岚渐渐散去,秀丽的峰峦也慢慢揭开面纱,而粼粼荡漾的波光,似乎在与绿草丰茸的堤岸相互亲昵,一片叫人心胸舒畅的宜人景象。"开"字化静为动,"媚"字以静写动,用词十分考究,是从大景着笔。接二句写细景,造语更为奇特:"风荡飘莺乱",是说风儿有点顽皮,吹荡得黄莺乱飘起来;"云行芳树低",是说白云被芳香吸引,低飞着从树丛中穿过。在诗人眼里,一切无生命之物似乎都具有了灵性,与人的心灵总是息息相通。如此写景,便非滞景。五六句才写到登山出游,时间是暮春,换上春寒刚过的轻装,沿着山路向上攀登,这是过渡性补充交待。七八句转写登上山顶的感受:兀立山头,放眼四望,山川苍茫辽阔,心胸亦为之顿展,于是眼前的鲁原变得渺小了、而北面的齐地又增天地悠悠之无限感慨。这虽是征典,前者用孔子登泰山事,后者用齐景公登牛山事,但不必胶着于原典去理解。末二句化用淮南小山《招隐士》之"王孙游兮不归,春草生兮萋萋"语意,"王孙"当是泛指,意谓山中风光如此美好,正可隐居其间恣意游赏,大概是慕羡归隐之意。统观全诗,则写景、叙述、言情,信手写出,运笔十分灵活,且景中含情,事中有景,情景事皆相因依含吐,既灵活而结构完整,唐人于此当获益匪浅,故历来推为名篇。

又如《别王丞僧孺》一诗:

> 首夏实清和,余春满郊甸。花树杂为锦,月池如皎练。如何当此时,别离言与宴。留襟已郁纡,行舟亦遥衍。非君不见思,所悲思不见

王僧孺是诗人好友,齐武帝永明十一年(493 年)正月,补晋安(今福建泉州)郡丞,四月离京赴任,此时诗人亦刚从荆州奉诏回京,故去送别。一般写离别之诗,当不免有哀伤之情,且以愁苦之景作渲染,此诗则不同,亦不落俗套。首四句写景,却偏从季节气候之宜人,京郊景色之明丽写起,完全是一种赏心悦目的愉快心情。初夏时节,天气清和,余留的春色尚满郊原,何以见得呢?你看,花树相杂,灿烂若云锦;月池明净,皎洁如白练,这

应该正是朋友们尽兴游赏的时候呵。“满”字值得注意，余春、郊甸本无具体景象可言，着一“满”字则境界全出。然在这种美好的情景下，诗人却跌出一声意味深长的反问式慨叹，遂使全诗内容急转：“如何当此时，别离言与宴”。为什么在这样的时候，朋友们不是邀游，却谈论起离别而设宴呢？此虽非正面言情，然其内心之痛苦已自的然可知。古人云：以乐景写哀则倍增其哀，此之谓也。七八句专写“别”：留在岸上的人襟怀已是郁结难解，而登舟远去的人又在江中迟回不前，其难分难舍之情又何以堪！结尾二句则写别后之思：不是因为看不见你而思念不已，更可悲的是思念你的时候却不能随时相见。总之，此诗以乐景衬哀，情思大起大落，措词宛转，意蕴含蓄，在小谢诗中别具特色。与此两篇又不相同的，是我们前面曾谈到过的《之宣城出新林浦向板桥》：

> 江路西南永，归流东北骛。天际识归舟，云中辩江树。旅思倦摇摇，孤游昔已屡。既欢怀禄情，复协沧洲趣。嚣尘自兹隔，赏心于此遇。虽无玄豹姿，终隐南山雾。

此诗乃诗人出任宣城太守，初发金陵沿大江西行去宣城时所作。李善引《水经注》曰：“江水经三山，又湘浦出焉。水上南北结浮桥渡水，故曰板桥浦。江又北经新林浦”。即将此诗经行路线叙述甚明，不必细言。首二句写逆江而上的心情：自己乘舟西南而去，江水却向东北奔流，对依恋京都的行人来说，则不能不引发良多感慨：舟行愈远，而江水东归，其一念之所系，终不能已，这是何等的无奈和悲哀！永，言其前路漫漫也；骛，谓归心急急也，两相映衬，虽不言情而情之所念自在其中。既然恋念故乡之情耿耿难已，便不能不顺流回顾眺望：唯见天边帆影点点，那当是长途跋涉后正在反归的船只；江岸树影丛丛，还能辩认出即将远离而去的故乡金陵。“辩”“识”二字极妙，生动地点化出诗人极目回眺，神情专注，恋思悠悠的故乡情怀。王夫之曾评比二句曰：“‘天际识归舟，云中辩江树’，隐然一含情凝眺之人，呼之欲出，从此写景，乃为活景”①。故知其写景之妙，大谢诗中当无此意象也，而这正是由六朝意象向唐人意境过渡的关键。陈祚明亦曰：“‘天际’二句，竟堕唐音，然在选体，则渐以轻漓入唐调”②。就整体而言，六朝《选》体皆启唐先鞭，然唯小谢此类诗更直入盛唐朗畅之调。孟浩然《早寒江上有怀》后半云：“乡泪客中尽，孤帆天际看。迷津欲有问，平海夕漫漫。”即由此化出，不过更富寄托，更增含蓄而已。“旅思倦摇摇，孤游昔已屡”，二句承上启下，先言舟中颠簸、行旅厌厌、思绪恍惚之态；次写如此惆怅孤征、并非首次、强自宽解之情，由状景转换到言情。以下四句写情，无非是自己能远祸避害，更兼得自然之乐的欣慰心情。结尾二句引《列女传·贤明传·陶答子妻》的典故，以明自己虽无玄豹的姿质而深藏避害，但终将要隐于南山之中，以追先哲足迹。这正说明小谢并非安于“朝隐”者，其最终目的还在幽栖而已。

《移病还园示亲属》在小谢诗中是较长的一首，其写景亦更具特色，也更能代表小谢

---

① 王夫之.《古诗评选》(5).《船山全书》第14册. 岳麓书社,1996

② 陈祚明.《采菽堂古诗选》. 清康熙49年(1706)刻本,全国图书缩微中心,1989

后期的思想：

疲策倦人世，敛性就幽蓬。停琴伫凉月，灭烛听归鸿。凉薰乘暮晰，秋华临夜空。叶低知露密，崖断识云重。折荷葺寒袂，开镜盼衰容。海暮腾清气，河关秘栖冲。烟衡时未歇，芝兰去相从。

题中的“园”当指钟山脚下的“东园”，诗约写于齐鬱林王隆昌(494)年间。是在经历齐武帝永明末年，皇室间为争夺皇权进行的残酷斗争和大杀戮的现实后，目睹自己的好友王融等亦遭惨死的事实，而产生的弃官归隐，远害避祸思想的表露，故所谓“移病还园”不过是一种借口而已。此诗与前诸作不同之最大特征在于：除首二句为直言明志外，整篇诗似皆可看作景物意象来理解，然写景中又自有情思寓焉。“疲策倦人世”，策，驱使也，是说自己疲倦于受人驱使的生活，所以才“敛性就幽蓬”，即收敛起亦曾竞逐于官场的狂躁，而移居在可以幽栖的茅草小屋。前因后果，交待清楚，更说明“移病”只是托词。“停琴”以下，全都是写栖居“幽蓬”所见之景物，以衬托苦寂清冷而又安逸的心境。“停琴伫凉月，灭烛听归鸿。凉薰乘暮晰，秋华临夜空。”秋华，指月光；暮晰，月光照耀下的明净夜晚；薰乃一种香草，此指气味。四句重点是状月夜。“叶低知露密，崖断识云重”，由树叶之低抑而推知寒露之多，由云遮雾绕之断崖，推知云层之浓重，观察细微，描状精确，是实写。“折荷葺寒袂，开镜盼衰容”，葺，修补、裁制；由“折荷”知，此“镜”当指池水，而以荷为衣，典则出自屈《骚》，是象征品质的高尚、雅洁、清幽；衰容，与首句之“疲策”相呼应，以状其精神之衰颓。此是虚写。“海暮腾清气，河关秘栖冲”，海，此指江面；栖冲，冲和淡泊的栖居之处。谓江面上升腾起清和之气，弥漫于河关而秘锁着我的居处。气象宏阔，胸襟为之一展，暗喻从此“秘”而不出之意。结尾二句，“烟衡”，闻人倓《古诗笺》作“杜衡”。就表层字义言，当仍是写景，谓杜衡未歇，芝兰相伴，与前之薰草、芰荷共同营构出一种高洁氛围，正是历来隐士们栖居的好去处，今正相伴相随，可沉酣其中而忘归也。作更深一层看，杜衡，芝兰皆为香草，前者可喻情操高洁的隐士，后者暗喻诗人自己，芝兰而从杜衡，是谓自己亦从高洁的隐士不返也。总之，全诗纯以写景状情，不只景中自有人在，且于征典中亦多明志，在情景结构上更进一层。

近体律绝自唐人定型后，往往形成一种固定的情景结构模式，如前四句情，后四句景；前四句景，后四句情；或中四句景，首尾皆情等，其实都是从六朝人的创作中凝炼浓缩出来的，不过是固定为四句八句而已。若以小谢诗为例，前景后情者如《郡内高斋闲坐答吕法曹》：

结构何迢遰，旷望极高深。窗中列远岫，庭际俯乔林。日出众鸟散，山暝孤猿吟。已有池上酌，复此风中琴。非君美无度，孰为劳寸心。惠而能好我，问以瑶华音。若遗金门步，见就玉山岑。

题中所说之“郡”，当指宣城郡，故知此诗亦写于宣城任上。繁嚣公务之余，无聊闲坐，极目旷望，美景诱人，思入杳邈，感慨遥深，于是写诗答谢友人。前六句纯是写景，皆为“望”中所见。首联突出写“望”，次联重心在“旷”，三联偏于状“散”，指景亦指情怀，故能景中含情，主客体融浑不分。七八句为过渡，记琴瑟诗酒之乐，然叙述中有景，景中带情，有承上启下之妙用。后六句纯言情，写诗人之高怀雅志，作遗世高蹈之想。金门，即金马门，是汉代征士待诏之处；玉山，传说中西王母所居之地。二句是说若为金门之征诏所遗弃，将随西王母隐居避害于玉山之颠。综观全诗，景自情出，情由景生，结构是相当完整的。若能汰其繁甚，使之更加凝练化、空灵化、含蕴化，则去唐人不远矣。

再如《和宋记室省中》：

> 落日飞鸟还，忧来不可极。竹树澄远阴，云霞成异色。怀归欲乘电，瞻言思解翼。清扬婉禁居，秘此文墨职。无叹阻琴尊，相从伊水侧。

此诗同样首四句写景，中二句过渡，末四句议论言情。然首四句中明有“忧来不可极”语，岂可谓纯写景乎？细味之此虽言“忧”，却正具状景之妙。《文镜秘府论》南卷《集论》就曾载日本僧人遍照金刚与诸学士讨论此诗而“诠其秀句”，诸人皆以“行（当作竹）树澄远阴，云霞成异色”为妙，他独以为不然，曰：“夫夕望者，莫不熔想烟霞，炼情林岫，然后畅其清调，发以绮词，府（通俯）行树之远阴，瞰云霞之异色，中人以下，偶可得之”。但未若“落日”二句状景之妙，何哉？曰：“观夫‘落日飞鸟还，忧来不可极’，谓扪心罕属，而举目增思，结意惟人，而缘情寄鸟，落日低照，即随望断，暮禽还集，则忧共飞来，美哉玄晖，何思之若是也！”于是诸君咸服。细味遍照金刚所言，确实不是没有道理的。“竹树”一联，状景固然很美，尤其“澄”“成”二字更妙，将晚日树阴之清凉澄沏，天空云霞之倏忽变幻，皆活脱写出。仅就写景而言，确是六朝人不可多得的秀句，故才受到唐诸学士的称赏。但从情景结构这一意象文学的核心来看，却不免偏于客体本身之造型，精致有余而内涵单薄，仍堕追求“秀句”的旧路。首联则不然，“落日”“飞鸟”虽是寻常物象，然一经纳入诗人的情感思维阈界，则景为情化，情寓景中，两相浃洽，而不可离分。虽无精巧，却一片浑化，所谓“扪心罕属，而举目增思，结意惟人，而缘情寄鸟”是也。试想，诗人披着落日余晖，独立苍茫，目送暮鸟归飞，在一片血色残阳的背景之下，忧思无端自来，且随归飞之鸟的牵引伸向无穷。这是一种何等幽深广袤的境界，更潜藏着多少人生沉沦的难喻悲哀！故遍照金刚又说：“落日低照，即随望断，暮禽还集，则忧共飞来”。总之，在这里一切都被诗人意象化了，也节奏化情韵化了，故读来倍觉亲切，倍觉感人。正因为有此铺垫，五六句写思归之急切，而接以“怀归欲乘电，瞻言思解（假也）翼”，便十分自然。不过最后四句征典议论，却有生硬之感，钟嵘所谓“末篇多踬”者，殆谓此耶？

先情后景者则如《送江兵曹檀主薄朱孝廉还上国》：

> 方舟乏春渚，携手趋上京。安知慕归客，讵忆山中情。香风蕊上发，好鸟叶间鸣。挥袂送君已，独此夜琴声。

此诗亦写于宣城任上,江(泌)、檀(超?)、朱三位当是谢朓之僚属或日常同游之好友。大体而言,此诗前四言情,后四状景。然前虽有"方舟泛春渚"之景语,但亦可作为交待别时时间、地点之叙述理解;后虽有"挥袂送君已"之叙述,但亦可作为分手场面、情境之描绘理解。首二句写送,"泛"言其轻松潇洒,"趋"言其急迫喜悦,为下面情感作反衬。"安知"句写己之慕归,"讵忆"句写友之念己(守宣城犹隐山中也)。"香风""好鸟"一联转写别时景物,既是"忆"之所系,亦为情之所托,并非闲笔。而当此香风四散飘荡,好鸟叶间鸣啭的良辰佳时,却要送君南浦,挥手远去,悠悠大江,悲情难抑,唯有独守孤衙,鸣琴排遣而已。总之,亦景亦情,情在景中,不可"截分两橛"(王夫之语)。若同阮籍名句"夜中不能寐,起坐弹鸣琴"(《咏怀诗》其一)比照着看,则阮诗只是情句而非景句,便谈不上意象创造了。与此诗相近者还有《送江水曹还远馆》:"高馆临荒途,清川带长陌。上有流思人,怀旧望归客。塘边草杂红,树际花犹白。日暮有重城,何由尽离席!"然不同者在于,此诗则明显是两句景、两句情的复叠模式,可看作小谢诗的另一种创造。

诗圣杜甫曾说:"谢朓每篇堪讽诵"(《寄岑嘉州》),我想不只是说小谢诗篇篇都写得圆美流转、清新自然、名句络绎、秀气成采,更应该看到他在情景结构方面所作的天才创造。而且所谓"圆美流转",亦正是赖此而效绩的,故为后人才提供和积累了宝贵的创作经验。

其次,小谢诗历来最受人称赏的还是其发端和秀句。钟嵘《诗品》曾说:"然奇章秀句,往往警遒,足使叔源失步,明远变色。善自发诗端,而末篇多踬",谓小谢诗多奇章秀句,前举诗中往往述及,此处不必复举,但再次强调指出还是必要的。因为,这是终六朝之世诗人们都在矢志追求的,虽高者尚能做到全篇谐适,然低者却仍不免造成"有句无篇"之弊。故就总体而言,六代以至初唐都属意象文学范围。至于说"末篇多踬",其结尾写得不够流畅警策者容或有之,但谓"多踬"却并非的评,否则朓诗也就不会受到历来那么高的赞誉了。下面专就"善发端"的一些诗篇试作分析,如《鼓吹曲》十首之一的《入朝曲》:

> 江南佳丽地,金陵帝王州。逶迤带绿水,迢递起朱楼。飞甍夹驰道,垂杨荫御沟。凝笳翼高盖,叠鼓送华辀。献纳云台表,功名良可收。

此诗当写于永明八年(490年)迁随王镇西功曹的一段时期,年约27岁,对功名事业及前途充满着信心和激情,故气势轩敞,格调高昂,富有青春活力。这十首诗是奉随王萧子隆命所作,主旨则在"颂藩德",具体描写云台献捷之事,与前已提到的《登山曲》之"天明开秀崿,澜光媚碧堤",皆为十首中的佼佼者,历来雅为人所称道,尤其是开头。"江南"句总写地理形势,而着"佳丽"二字,括尽山川秀丽、物产丰饶之美,虚中有实。"金陵"句概言历史变迁,自春秋时楚武王建置以来,从三国孙吴至萧齐均立都于此。又秦始皇时有望气者称此"有王者之气",谓"帝王州"者本此,更括尽金陵历史的悠久和荣光,实中有虚。总观二句,虽是就历史地理所作概述,然一从横向着笔,一从纵向点染,言词间透露着的是辉煌和煊赫,气势宏阔朗畅,大有"观古今于须臾,抚四海于一瞬"之概,所以不俗。接下三联，即承“帝王州”来写，亦是“入朝”之所见。先写远眺：城墙巍峨，绿水环绕，高楼栉比，壮丽辉煌。再写近观：宫殿迢递，夹着驰道，杨柳婆娑，复盖御沟。按“驰道”，或谓天子所行之道，常人不可步入者，稍嫌迂曲，不如解作车马驰行之道为切。上二联皆望中所见静景，下联即转向动景的描绘：“凝笳”句，谓笳声悠引，驷马奔驰而车盖摩云；“叠鼓”句，谓鼓声喧阗，华舟容与而歌吹悠场。按笳声徐引谓之“凝”，鼓点小击谓之“叠”，二句极写道路之繁华和河上之热闹，进一步渲染出皇京帝都的壮观华丽气派。总之，此三联均是首联“佳丽地”和“帝王州”的具体化，虽较落实而宏丽的气派亦然未减，故造成全篇一种十分谐和的统一基调。结尾二句才落到“颂藩德”的主旨上来，虽是谀词却不落俗套，表现的是功成名就、登台受赏的豪情壮志，寄寓着年轻诗人的积极进取精神，亦与全篇情感基调甚为谐适。发端固然精警，为一篇之神气所在，结句亦笔力不弱，是为全璧。

这是写都城胜景，然小谢更善于写江景，往往有追魂摄魄之妙之力。如《暂使下都夜发新林至京邑赠西府同僚》：

> 大江流日夜，客心悲未央。徒念关山近，终知返路长。秋河曙耿耿，寒渚夜苍苍。引领见京室，宫雉正相望。金波丽鳷鹊，玉绳低建章。驱车鼎门外，思见昭丘阳。驰晖不可接，何况隔两乡。风云有鸟路，江汉限无梁。常恐鹰隼击，时菊委严霜。寄言罻罗者，寥廓已高翔。

时谢朓为随王萧子隆文学，据《南齐书·谢朓传》载，他以文才深受随王赏爱，“流连晤对，不舍日夕”。这却引起长史王秀之的嫉妒，送密折以奏闻武帝，遂下令“朓可还都”。此诗即作于这次还都途中。首六句写“使下都”，为路途中所见所感；中六句写“至京邑”，为望中京都的壮丽景色；末六句为感时伤怀，作避祸远害之想。然全诗之妙全在首联即发端，因为它不只奠定了全诗的情感基调，且为思绪依次展开的基点，沈德潜曾评曰：“极苍苍莽莽之致”①，又说：“滔滔莽莽，其来无端”②。何以见得呢？“大江流日夜”，本是平白如话之语，似无多少精彩可言，然突接以“客心悲未央”，给人的感受便非同一般。因为这浩荡长江之奔流不息，恰成为诗人心灵的外化，使抽象的客心之“悲”有了可感色彩，它似乎显得那样深沉、悲怆，有如大江之滔滔莽莽，日夜翻滚不息！触物兴感，情不能已，遂领起下文依次展开描写。他先从一般情事淡淡叙起：眼前光景，是距京都关山越来越近（这将是吉凶未卜的险恶去处啊），若要再回荆州却是长路无期（那又是最值得留恋的生活之地）。接下去不是进一步说明“心悲”之因，而是宕开一笔写景，似有欲吐复吞之隐衷。举目望去，唯见秋夜银汉星光明昧欲曙，而寒冷洲渚尚笼罩在苍茫夜暮之中。“耿耿”二字语意双关，既言其星光明亮，亦可指思绪难释。合二句看，实为耿耿难遣、苍凉迷惘心绪之外化，与首联之情感基调正相一致，真所谓“语不及情而情自无限”者，故称佳构。以下写京城景物固然明丽雄壮，却是“以乐景写哀”的衬托手法，故结以“思见昭丘阳”（按楚

---

① 沈德潜.《说诗晬语》卷上. 人民文学出版社，1979

② 沈德潜.《古诗源》卷十二. 中华书局，1984

昭王暮在荆州城外,故言)以抒其悲。并将此情反复再三说明,谓"何况隔两乡",谓"江汉限无梁",正沈德潜所说"眷恋不已"(同上)者。直到诗篇结尾,才将"悲未央"的根因和盘托出:"常恐鹰隼击,时菊委严霜;寄言罻罗者,寥廓已高翔!"应该说在小谢诗中,象这样直截痛快、罄胸直抒的笔法是少见的,然而却正与"大江流日夜"的激荡宏阔、滔滔莽莽适相一致。此情此景,怅触无端,婉曲写来,却精气一贯,故知发端真能"极苍苍莽莽之致"了。

善以江景发端而成名篇者,还有《观朝雨》诗:"朔风吹飞雨,萧条江上来。既洒百常观,复集九成台。空濛如薄雾,散漫似轻埃……"。在那朔风横扫、江雨萧条的描写中,又自有一种苍莽悲凉、空濛萧瑟、似难捉摸却又感慨无端的情感激流存在,所以大不同于前诗的宏阔雄壮。然亦与此诗的总体情感基调相一致,并为后面"戢翼希骧首,乘流畏曝鳃,动息无兼遂,歧路多徘徊"的复杂矛盾心情描写,作了充分的暗示和铺垫。"戢翼"句是说,他虽然已如敛翼大鹏难以起飞,却仍然期望着能骧首奋蹄象千里马去一搏;"乘流"句是说,若欲一搏又怕如鲤鱼跳龙门那样,一旦受挫则会招来曝鳃枯身之祸。所以他感到十分矛盾痛苦,仕(动)和隐(息)总难做到兼得而遂心,故只能独立于歧路道口而犹疑徘徊。而这正是其感到风雨江上,萧瑟清冷,思绪万端,难以排遣的根本原因所在。结尾虽以"去剪北山莱"(《诗经·小雅·南山有台》)的决心自誓,但真的归隐草莱却始终没有做到,仕与隐的矛盾也就难以解决,其内心的痛苦和悲凉是不言而喻的,这就是诗的发端所包涵和传递的深层信息。谓之警策,当亦无愧。

《高斋视事》虽非一首由江景起兴的诗,但其发端却同样写得颇具特色。高斋,指大堂;视事,即办公,故此诗约写于宣城任上。全诗可分三部分:首四句写景,以景发端则气象开阔;中四句叙办公生活,略举晨起、办公、用餐和居安四事,突出写生活中的懒散;末四句述志,既为"纷诡谅非一"即混乱、欺诈的险恶官场生活而烦恼,亦有"安得扫蓬径"即远离嚣杂、归隐蓬屋的企想。全诗虽写得不算很好,但发端却极为精彩:"余雪映青山,寒雾开白日。暧暧江村见,离离海树出"。余雪与青山相互辉映,甚见其秀;白日从寒雾分散中跃出,更显其丽。然二句当是倒装,因云开雾散,阳光普照,方可见到青山覆盖白雪、相互映衬之美。且暧暧江村之"见",离离海树之"出",亦应是在"雾开"之后所见,故着一"开"字实为四句关键。这样写来,不仅将静态的景物动态化了,更重要的还在于把大千世界的倏忽变化、绚丽多姿尽皆囊括笔端,顿觉气象宏阔,光彩焕发,可谓神来之笔。"暧暧""离离"一联,亦自不俗,把江村隐约,岸树迷离的朦胧平远之美,亦铺染得令人陶醉而神往。诗人写景如此美丽,自然是为后面"安得扫蓬径"的归隐作铺垫,不过中四句叙事过于平实,末四句议论又嫌枯燥,不免显得钝弱,钟嵘谓其"多踬"者,于此类诗言可谓不诬。

小谢诗最为人称赏者,是《晚登三山还望京邑》一诗,其写作背景当与《之宣城出新林浦向板桥》等相同,即出任宣城太守时,下面从全诗再看发端:

灞涘望长安,河阳视京县。白日丽飞甍,参差皆可见。余霞散成绮,澄江静如练。喧鸟覆春洲,杂英满芳甸。去矣方滞淫,怀哉罢欢宴。佳期怅何许,泪下如流霰。有情知望乡,谁能鬒不变?

三山,据《水经注》载,在建康西南之长江南岸,是由京城去宣城的必经之地,距建康亦不远。故诗一开头即写道:"灞涘望长安,河阳视京县。"即以宏肆健举之笔,提挈一篇总纲,下面所写皆由"望"中生发出来。"灞涘"句是借用王粲《七哀诗》之"南登霸陵岸,回首望长安"语意,"河阳"句则借用潘岳《河阳县作诗》之"引领望京室,南路在伐柯"语意,就表面字义来说,不过是借古兴今,表达诗人还顾京室恋乡不舍之意,并无深刻内涵。但若联系王、潘二诗写作的具体时代背景来读,其含意就大不一样了。粲诗写于汉末董卓被杀,李傕、郭汜大乱长安之时,诗中充满对时世乱离、民生多艰的慷慨悲壮之情,以及希冀重建清平政治的强烈愿望;潘诗写于诗人蛰居河阳县令时,《晋书》本传谓:"岳才名冠世,为众所疾,遂栖迟十年,出为河阳县令,负其才而郁郁不得志。"联系谢朓当时的处境来看,与二人皆有相同之处。当时萧齐皇室内部政争十分激烈,一年之内接连换了三个皇帝,亦正处于政局混乱动荡之中,而此时谢朓又遭谗受贬,被逐出京都建康去宣城赴任。因此他引用二诗,是有着深沉的哀痛和寓意的,故才与一般记游诗的发端不同,而能笼括全篇。接下去便分别以六句写景,六句言情。先是"望"中所见之景:京城的高斋大第正辉耀在阳光之下,参差错落而十分壮丽。收回视线时光已暗中推移:白日西沉,天空云霞舒展,灿若烂锦;澄江明净如洗,宛似匹练,水天辉映,一片澄沏空明。一俯一仰,视线再次转移:江中小岛有晚归的鸟群在喧闹,以动景写静景;芬芳的郊野则杂花在争相绽放,以嗅觉助视觉。这是一幅多么绚烂纷繁,满目彩绘的图画,又令人感到何等的宁静温婉,爽心陋意!因此,同发端所写情感基调似乎是极不谐调的。然而,接下去诗人却写:"去矣方滞淫,怀哉罢欢宴"。一想到往日同京城的友朋生活,不仅久久难以离去,所设欢宴亦为之罢饮;而且首则伤心流涕,泪如流霰;终则痛苦地呐喊:"有情知望乡,谁能鬒不变!"其内心哀痛的沉重和强烈是可以想见的。因此,认此诗前后情调不太统一者,固不足取;将诗题主旨仅归一般所说"思乡"者,亦嫌肤浅。其实它的情感基调是首尾一贯的,只是表现得不敢过于直露,遂难以清晰把握。从艺术表现的角度来看,中间写景部分偏于明丽,并不说明心情愉快,大概只是一种反衬烘托而已。欲得其真,还得从首二句探得消息:在表面的妍丽轻快中,其涵盖的应是某种深广历史内容和沉重悲痛,而之所以可称"善发诗端"者,亦当在此。另外,"澄江"一联,自从诗人李白写下"解道澄江静如练,令人长忆谢玄晖"(《金陵城西楼月下吟》)的诗句后,遂成千古传诵的名句,而此诗之流传不衰亦与此关系甚大。

综言之,如果分析一下所谓"善发诗端"的诗句,其实大都是一些长于写景的景句,但其内涵又并非单纯写景,而是在景物意象中蕴含有某种尚待解读的深广精神内容,具有笼盖全篇情感基调的巨大力量,故读来倍感意味深长。这同样是诗歌创作在突破大谢模式后,才能出现的重要现象,它是我国诗歌渐趋成熟的突出标志,也是诗歌发展史上的长足进步。另外,所谓处处间起的"诗人秀句",其情形亦大体如此,只是常置于篇中而非篇首,它们共同构成六朝诗人最耀眼的特色和成就,并对后世产生了深远影响。

最后,是小谢诗虽有似陶谢,但又异于陶谢的独特风格。同大谢相较,他没有康乐徜徉于深山大壑的崇峻深秀，而更多地表现为一种清丽圆转的平和；同渊明相较，二人虽都倾向人境的萧散平实，然陶所写多为田园式的山水，朓所写多为山水式的田园，故一放旷而一疏散。明钟惺曾说："谢玄晖……似撮康乐、渊明之胜，而似皆有不敌处，曰厚"①，即已看到了这点，只是未作展开说明。他指出小谢能撮取陶、谢二人之长，故应有所突过处；但又有所不及，即内容气质上显得比较单薄，缺乏高古淳厚风味，然仍不失为齐梁以后一大家。故陈祚明说："大抵运思使事，状物选词，亦雅亦安，无放无累，篇篇可诵，蔚为大家。……希康乐则非伦，在齐梁诚首杰也"②，施补华则专就"厚"指出："谢玄晖名句络绎，清丽居宗，虽不如魏晋诸贤之厚，然较之阴铿、何逊、徐陵、庾信，骨干坚强多矣"③。因此，朓诗应是侧身陶、谢之间的另一大家。

谢朓诗，除少数几篇为有意摹仿灵运模式而写外，其他大量山水之作，则与大谢风格迥异。大概而言，康乐精工富丽，玄晖清绮秀妍，求新求奇求巧密，是其所长，如前引诸诗之"花树杂为锦，月池皎如练"、"塘边草杂红，树际花犹白"、"鱼戏新荷动，鸟散余花落"、"风荡飘莺乱，云行芳树低"、"叶低知露密，崖断识云重"、"窗中列远岫，庭际俯乔林"、"香风蕊上发，好鸟叶间鸣"、"竹树澄远阴，云霞成异色"、"秋河曙耿耿，寒渚夜苍苍"、"余霞散成绮，澄江静如练"等，均可说明这种特色，此不仅为大谢诗中所无，且开梁陈乃至初唐诗歌创作的主流。如前谈及，灵运诗善写景物光色的变化，小谢对此亦多有发明，但前面却未曾说到，故下面仅在这点上作一比较。如小谢《京路夜发》的前半：

> 扰扰整夜装，肃肃戒徂两。晓星正寥落，晨光复泱漭。犹沾余露团，稍见朝霞上。故乡邈已夐，山川修且广。

首二句写出发前的准备，先点明"夜发"，不过此"夜"并非深夜，当指拂晓而言，下面自明。戒，备也；徂，往也；两，即车辆。下面接写路途所见，大概由于夜中能见者稀，故全从光色变化着笔。晓星稀疏寥落，晨光浑茫隐现，凄清旷寂，寒气凛冽，的是贬徙落漠心情。一路上珠露团团，不时撞落，打湿了鞋脚裤管；渐渐地东方放亮，一抹朝霞挂上天边，打破天空的寂静黑暗。这时他才恍然想到，故乡离自己越来越远，而前路却正遥远漫长……。描写曙光晨色，用笔细腻精致，平缓中饶具妍秀。这使我们想起大谢的《从斤竹涧越岭溪行》诗，也是写拂晓出行："猿鸣诚知曙，谷幽光未显。岩下云方合，花上露犹泫。逶迤傍隈隩，迢递陟陉岘，……"虽同写曙色，且景物语言亦多有相似，但前者空灵，后者质实，为一写京野、一写山中故也。不过大谢"花上露犹泫"一语，灵动而娟秀，小谢诗实皆得力于此。又如玄晖《和萧中庶直石头》诗："川霞旦上薄，山光晚余照。翔集乱归飞，虹霓纷引曜"，同灵运《七里濑》之"石浅水潺湲，日落山照曜。荒林纷沃若，哀禽相叫啸"，在物色情韵上亦多有相似之处，然在词语的妍巧修饰上，小谢似更有过之者。此外，如《登山曲》之"天明开秀崿，澜光媚碧堤"；《和徐都曹出新亭渚》之"日华川上动，风光草际浮"，《奉

---

① 谭元春评选.《古诗归》(13). 明崇祯间刻本

② 陈祚明.《采菽堂古诗选》(12). 清康熙45年(1706)刻本，全国图书缩微中心，1989

③ 施补华.《岘佣说诗》(34). 见《清诗诗》(下). 上海古籍出版社，1982

和随王》十六首之“月阴洞野色，日华丽池光，草合亭皋远，霞生川路长”；《还塗临渚》之“白沙澹无际，青山眇如一。……白水田外明，孤岭松上出”等，其造语之细密妍秀，光色之灵动传神，都不让大谢。沈德潜曾说：“玄晖灵心秀口，每诵名句，渊然泠然，觉笔墨之中，笔墨之外，另有一段深情妙理”①，在此类诗中即可充分见出。尤其他还指出，其诗内含“一段深情妙理”，故能情韵绵绵、有余不尽，则更是灵运诗所缺乏的。黄子云亦曰：“玄晖句多清丽，韵亦悠扬，得于性情独深，虽去古渐远，而能摆脱前人习弊，永、元中诚冠冕也”②。凡此皆非虚誉，正是小谢诗特具之长，而所谓“能摆脱前人习弊”者，更是我们始终都在强调的。

玄晖每有田园村野之作，故与陶诗存在某种相似，却是大谢诗中少见的，这又构成其风格萧散淡远之另一方面。其《始出尚书省》诗曾说：“因此得萧散，垂竿深涧里”。当是明确自白。而陈祚明则说：“夫宦辙言情，旨投思遁，赋诗见志，固应归宿是怀。仰希逸流，贞观邱壑，以斯托兴，趣颇萧然”③。大概是说，由于仕途蹭蹬，每作草莱之想，故仰希逸流，放情丘壑，其情怀萧散疏淡，也就不足为怪了。这约有几方面的表现：一是对天时物候的深切关怀和体悟，大有随遇顺化的情怀，如《出下馆》诗所写：

麦候始清和，凉雨销炎燠。
红莲摇弱荇，丹藤绕新竹。
物色盈怀抱，方驾娱耳目。
零落既难留，何用存华屋。

麦熟时节，一场凉雨过后，炎热尽消，天气清和宜人，池中红荷共荇草而晃漾，岸上紫藤绕晴竹而亲昵，这满眼可餐的秀色，确叫人目娱而情畅。此时他想到什么呢？不是物质生活的满足，而是“零落既难留，何用存华屋？”语本曹子建《箜篌引》：“生存华屋处，零落归山丘”。原来，这是勘破人生真谛后的无牵无碍，是确认死生无常的解脱超逸，为六朝名士所共取的生活态度，诗中自然带上了玄趣玄味。又如《治宅诗》：

结宇夕阴街，荒幽横九曲。迢递南川阳，迤逦西山足。辟馆临秋风，敞窗望寒旭。风碎池中荷，霜翦江南菉。既无东都金，且税东皋粟。

如仅就“既无东都金，且税东皋粟”而言，确与陶渊明有相似之处，即他们都企望着弃官归隐，托身田园，其情怀自然趋于平和萧散。但小谢终归不是渊明，亦未能真正脱弃贵族阶层走向田园，陶可“依依在耦耕”为生，他却只能靠“且税东皋粟”活命，故其所见所闻所感所写，终与陶诗异趣。如果说小谢所写，如上二首都是田园式的山水，本质上还是清丽化细巧化的灵运家数，那么陶所写才是田园本色：“夙晨装吾驾，启途情已缅。鸟弄欢新节，

① 沈德潜.《古诗源》(12). 中华书局,1984
② 黄子云撰.《野鸿诗的》. 载《清诗话》(下). 上海古籍出版社,1982
③ 陈祚明.《采菽堂古诗选》(12). 清康熙45年(1706)刻本,全国图书缩微中心,1989

泠风送余善。寒竹被荒蹊,地为罕人远。是以植杖翁,悠然不复返”(《癸卯岁始春怀古田舍》)。同写村居时令,然风味迥异,胸次亦大不相同。又如陶诗:“秉耒欢时务,解颜劝农人。平畴交远风,良苗亦怀新。虽未量岁功,即事多所欣”(同上之二),“山涤余霭,宇暧微霄,有风自南,翼彼新苗”(《时运》),那就更非小谢诗中所能有。故陶写田园只是田园,谢写田园不离山水。陶萧散得胸次旷逸,谢只是失落后故作萧散,然求其平和淡远、随遇顺化则同。

二是对翎毛飞走的悉心赏悦和爱昵,大有天胞物与之情怀。在陶渊明、谢灵运诗中,当写到动物飞禽时,一般都较概括抽象,缺少特有的个性,似乎这些东西尚未进入他们的审美视野,还不是他们描写的独立对象。除那些明显带有象征意味的动物,如陶之“望云惭高鸟,临水愧游鱼”、“栖栖失群鸟,日暮犹独飞”、“云鹤有奇翼,八表须臾还”;谢之“羁雌恋旧侣,迷鸟怀故林”、“忘怀狎鸥鲦,摄生驯兕虎”、“交交止栩黄,呦呦食苹鹿”等,不计在内外,其他描写大都是作为营造一般景候的部件或陪衬出现的,对这些动物本身则缺少生动具体的描状,故还不具有诗歌创作的独立主体的意义。如陶之“荒路暧交通,鸡犬互鸣吠”(桃花源诗)“云无心以出岫,鸟倦飞而知还”(《归去来兮辞》)、“往燕无遗影,来雁有余声”(九日闲居)、“哀蝉无留响,丛雁鸣云霄”(己酉岁九月九日)、“日入群动息,归鸟趋林鸣”(《饮酒》其七)、“翩翩新来燕,双双入我庐”(《拟古》其三)等,谢之“差池燕始飞,夭袅桃始荣”(《悲哉行》)、“荒林纷沃若,哀禽相叫啸”(《七里濑》)、“虚馆绝诤讼,空庭来鸟雀”(《斋中读书》)、“鸟鸣识夜栖,木落知风发”(《石门岩上宿》)、“秋泉鸣北涧,哀猿响南峦”(《登临海峤初发疆中作》)、“阳鸟尚倾翰,幽篁未为邅”(《发归濑三瀑布望两溪》)等,其所写不过是很一般化的鸡鸣、犬吠、倦鸟、哀蝉、丛雁、啼猿、新燕、鸣禽,所作具体描状亦不过翩翩,差池、趋林、夜栖、来空庭,相叫啸、尚倾翰、响南峦而已,全未从事物本身的特征上着眼用笔。当然,在陶谢诗中,也有写得比较生动且具情韵的,如“弱湍驰文鲂,闲谷矫鸣鸥”(游斜川)、“鸟弄欢新节,泠风送余善”(癸卯岁始春怀古田舍),谢之“活活夕流驶,噭噭夜猿啼”(登石门最高顶)“池塘生春草,园柳变鸣禽”(登池上楼)、“鷕鷕翚方雊,纤纤麦苗垂”(入东道路诗),“海鸥戏春岸,天鸡弄和风”(于南山往北山经湖中瞻眺)等。其实这些诗句所以写得鲜活生动,更多地还由于他们所擅长的景物意象之映衬配合,禽物本身的描状并不十分突出。如果没有“朝霞开宿雾”,没有“活活夕流驶”,没有“池塘生春草”,则“众鸟相与飞”、“噭噭夜猿啼”、“园柳变鸣禽”也就只是平平,与前面那些诗并无多大差别。然而,陶之“鸟弄欢新节,泠风送余善”一联,谢之“海鸥戏春岸,天鸡弄和风”一联,确是六朝人少有的佳句,正所谓“着一字而境界全出”者,但在陶谢诗中究属罕见。

小谢在景物描写上的一大突破,即是在山水之外将自然界中最活跃的因素——翎毛飞走自觉纳入自己的创作主体,表现出审美观照的又一进步。因此,他写这些事物主要写其鲜活的生命形态,以及与他事物的关系影响中产生的极富情趣的变化,故能极尽刻划细致、传神写照之能事,而绝非陶谢诗所能比。如《登山曲》之“风荡飘莺乱,云行芳树低”,不仅写物较之写景更具动态感,且将因风“荡”故有莺“飘”而“乱”这种复杂关,亦真切地婉转写出,便觉十分新颖而生动。又如《游东田》之“鱼戏新荷动,鸟散余花落”,亦是从事物的复杂关系描状传神；因鱼在"戏"而引发"荷动"，而这荷还是光色鲜活之"新荷"；由于"鸟散"，故引起"花落"，而这"花"则是暮春凋残之"余花"。更妙的还在于，新荷当发初夏，残花开在暮春，又隐约点出春末夏初时令。总之，通过这一层层复杂关系的组合、解析，诗人的描写也就不是简单化地状物了。他如"翔集乱归飞，虹霓纷引曜"（和萧中庶直石头），"鼯穴叫层堪，鸥凫戏沙衍"（游山诗）、"日出众鸟散，山暝孤猿啼"（郡内高斋闲望答吕法曹）等，都可作如是理解和欣赏。有些诗虽嫌过于纤巧，但亦不乏新鲜感，如《送江兵曹檀主薄朱孝廉还上国》之"香风蕊上发，好鸟叶间鸣"，《赠王主簿》其一之"蜻蛉草际飞，游蜂花上食"之类，在细密佻巧的描写中，饶具物融时和之主观感受内涵，亦非单纯状物，同样给人以亲切的审美享受。而下面一些诗，则写得更加精彩：

汀葭稍靡靡，江菼复依依。
田鹄远相叫，沙鸨忽争飞。
云端楚山见，林表吴岫微。
——《休沐重还丹阳道中》

在汀葭茂盛、江菼依依的水天空阔背景上，大概由于船只的逐渐靠近，远处的田鹄相互鸣叫起来，又惊动了觅食的沙鸨，忽然间争飞而起。这本是写静中之动，却愈益衬托出安闲恬适的静，可谓笔笔传神。又如《春思》：

茹谿发春水，阰山起朝日。
兰色望已同，萍际转如一。
巢燕声上下，黄鸟弄俦匹。

诗以首四句写景，全是春思绵绵之意，然却突以"巢燕声上下，黄鸟弄俦匹"结束，可见其在诗中的特出地位。这固然也能造成以景结情之妙，但更在于以禽鸟之亲和自然，写人之恬淡闲适，较之首四句写景，更能表现诗人的内在心灵世界。且用"声上下"状筑巢之燕，"弄俦匹"状叶间黄鸟，全是一派活泼生机，正是诗人之感兴所在，故绝非只是诗中的陪衬点缀。再如《和刘西曹望海台》诗：

沧波不可望，望极与天平。往往孤山映，处处春云生。差池远雁没，飒沓群凫惊。嚣尘及簿领，弃舍出重城。临川徒可羡，结网庶时营。

此诗写作主旨，后四句即已点明：他将舍弃"尘嚣"（险恶官场）和"簿领"（繁杂公务），去过那"结网庶时营"的退隐生活。然此种思想何以产生呢？原来他登上海台，放眼望去，唯见水天一色的大海顿感心胸开阔，相互辉映的青山碧海又饶具清趣，而变幻出没的霭霭春云更叫人精神舒展，再加雁去长天、凫戏水上的那种自由自在，便不能不产生隐没江海之想。但就全篇而言，写景不过是背景点染，重心则唯在凫雁，因其慨叹于"临流徒羡"

者即指此而言，故写来也就特别精致而笔触传神：如写雁，不仅“差池”着列行“远”去，且渐渐隐“没”于天边；写凫，不仅“群”居嬉戏而“飒沓”，且突然“惊”飞而起。老实说，象小谢这样对禽物细致精确而饶具风韵的大量描写，在陶谢诗中是没有的。究其原因，除永明诗风整体趋于细密妍秀这一因素的影响外，更在于他还具有一种萧散平和的心态，故能与天地万物保持亲和友善、物我齐一的关系，即庄子所说“万物与我为一”（《庄子·齐物论》）的人生境界。孙绰曾说：“浑万象以冥观，兀同体于自然”（《游天台山赋》），正因为有“体同自然”的心态，并以之去冥观万象，所以才能消除物我之间的心理距离，视万物为友为侣，心无丝毫芥蒂，故能观察得那样细微生动，描状得那样灵动活泼。王世贞曾称谢朓“撰写精丽，风华映人”；沈德潜则赞其“灵心秀口”、“觉笔墨之中，笔墨之外，另有一段深情妙理”。即于此等细微处，亦能深切感受得到。

综前所述，谢朓在意象文学发展史上，确实占有一个特出的地位，堪称陶谢以后取得突出成就之一大家。他是六朝诗演变为唐诗之一座过渡性桥梁，所以才获得唐人那么多赞誉。李白不仅说：“月下沈吟久不归，古来相接眼中稀。解道澄江静如练，令人长忆谢玄晖。”即将其推为古代诗人中唯一看得上眼的诗人，并且说：“蓬莱文章建安骨，中间小谢又清发”（《宣城谢朓楼饯别校书叔云》）。还反复吟唱道：“我吟谢朓诗上语，朔风飒飒吹飞雨”（《酬殷明佐》），“明发新林浦，空吟谢朓诗”（《新林阻风寄友人》）。诗圣杜甫也说：“谢朓每篇堪讽诵，冯唐已老听吹嘘”（《寄岑嘉州》），可知他对唐人影响之巨。

第二节　永明诗风影响下的梁陈诗坛

在我国文学史上，往往把“齐梁”或“梁陈”并称，即此已可说明整个南朝诗坛都长期笼罩在永明诗风影响之下，而且，这一影响还远及于初唐。对此殷璠《河岳英灵集序》曾作过很好说明：“自萧氏以还，尤增矫饰。武德初，微波尚在；贞观末，标格渐高；景云中，颇通远调。开元十五年后，声律风骨始备矣”。按此所谓萧氏，当概指萧齐萧梁而言。故知自唐高祖武德（618—626 年）起，历经太宗贞观（627—649 年）、睿宗景云（710—711 年），乃至玄宗开元（713—741 年）以前之整个文坛，其实大都或多或少地依然延续着萧氏“尤增矫饰”的风气，处于一种不断淡化的渐变时期。

然而，这一时期的诗歌，长期以来却被史家们描写成一片灰色，成为文学史上的一段空白。这首先缘于唐人。诗仙李白说：“自从建安来，绮丽不足珍”（《古风》其一）；诗圣杜甫说：“恐与齐梁作后尘”（《戏为六绝句》其五）；大文豪韩愈说：“齐梁及陈隋，众作等蝉噪”（《荐士》），他们都采取了全盘否定的态度，但这种偏激片面之词，其实并不可信，亦不可取。李白“一生低首谢宣城”，杜甫尤倾心于小谢、阴、何和庾信，其诗亦多胎息于此，即是明证。至于被誉为“道丧五百岁而得陈君”的陈子昂，以及元结、白居易等的否定性批评，因其带有浓重政治实用色彩和复古倒退倾向，就更不足取。因为这不仅有把诗歌创作引入狭窄一途的危险，而且还必然导致对整个唐代诗坛的怀疑和否定。白居易对唐代诗人的过激批评，正是这一趋势合乎逻辑的极端发展。他不仅批评苏、李、骚人之作，为“六义始缺”；晋宋以还之作，“六义浸微”；至于梁陈“率不过嘲风雪，弄花草而已”，则“六义”尽去矣。而且对“唐兴二百年”的诗人，所肯定者只有陈子昂《感遇诗》二十首，鲍魴（当作防）《感兴诗》十五首，其他唐代诗人则几乎一笔抹倒。他接着写道：“又诗之豪者，世称李杜。李之作才矣奇矣，人不逮矣，索其风雅比兴，十无一焉。杜诗最多，可传者千余首，至于贯穿古今，覙缕格律，尽工尽善，又过于李。然撮其《新安吏》、《石豪吏》、《潼关吏》、《塞芦子》、《留花门》之章，‘朱门酒肉臭，路有冻死骨’之句，亦不过三四十首。杜尚如此，况不逮杜者乎！”①他所肯定者，大多并不能代表唐诗的最高成就，他所不取者，却正是唐诗之精华所在，其目光之偏狭可知。因此，过去我们对陈子昂等人诗论的大力肯定，那是言过其实且不无偏颇的。

平心而论，梁陈以降诗歌，既有创新前进的一面，亦有蜕变偏失的一面，或如论者所说是在倒退中孕育着前进，故不可一概而论。对这一时期的诗坛，除继续延承永明诗人的“矫饰”，即声律的研练、对仗的讲求和语言的华靡外，可概括为如下几方面的特征：一是文学领域的全面意象化，即包括散文、辞赋在内的全部文学，只要是比较成熟的文体形式，几乎都有大量景物意象的介入，使其真正纯艺术审美化了，故而呈现出迥不同于前人的崭新面貌。二是更加注目于意象的追求，即倾其全部热情于“秀句”的自觉创造，虽愈来愈变得纤小细密，却更讲求新巧精致，这主要是受谢朓诗的影响发展而来。三是描写山水景物，本是贯穿宋、齐、梁、陈以后文学的主流，但却有一个由山水向景物的过渡和转变。简言之，宋诗多写山水，齐诗山水景物各半，梁陈以降则几为景物矣。这也是六朝诗发展至唐诗的关捩点。四是意象文学的延展和蜕变，如“宫体”诗的大盛，七言歌行的长足发展，近体格律诗渐趋成熟等，即都发生在这一时期。但对意象文学来说，有的属于创新发展，有的则是异质蜕变，总之前进和倒退是纠结在一起的，不能简单化地对待。下面所论，即以此四点为纲，却不以此标题，取其便于叙述而已。

一、文学领域的全面意象化

文学领域中只要是比较成熟的文体形式走上全面意象化，是这一时期文学创作中一个特别显眼的重要现象，它提示我们意象文学的发展已入它繁荣的鼎盛期。一方面是文学新质的萌发生成，一方面却又显示出走向衰败的征兆，因而酝酿一场变革已成为势所必然。这场变革则是经过唐人不无偏激的批判，最终在盛唐时期才完成的，而前面提到的陈子昂、李白等人对六朝文学的那些过激言论，在这样的历史背景下也就可以理解了。

所谓“意象化”是指大量景物意象向各种文学领域的渗透，使之与其原行的母体文学产生了形体与本质的多方面变异。比如就诗歌领域而言，最初乐府是偏于记事的，古诗则重在言情，二者界划显然。又如由乐府诗派生的七言歌行，最初则是言情的代言体，故与“直抒胸情”的古诗亦大异。然而，自从鲍照将景物意象描写引入其部分乐府歌行后，至齐梁又经过进一步扩张延展，除句式的长短参差有别外，与古诗的界限便逐渐变得不太明显了。有些甚至就是古诗，如前引谢朓奉隋王命写的《鼓吹曲十首》中之《入朝曲》（“江南佳丽地，金陵帝王州”）、《登山曲》（“天明开秀崿，澜光照碧隈”）等与小谢其他诗

① 郭绍虞主编.《与元九书》.《中国历代文论选》（上）. 中华书局，1963

几无差别。

不仅诗歌领域如此，更重要的是景物意象描写，还大量进入一向与诗歌无涉的散文辞赋中，赋本以“体物浏亮”为宗，诗则以“缘情绮靡”为尚，二者各有所长。但自晋宋以后，随着诗歌景物造型化的进程，辞赋也被大大景物意象化了，于是其面貌亦顿然改观。如鲍照的《芜城赋》、江淹的《别赋》、庾信的《哀江南赋》等。至于我国散文，其含括面最广，有政治哲理性散文，有史传体记事散文，还有书信杂体散文，唯独没有纯艺术性散文，其实都是准文学或非文学之作。自从晋宋以后，随着景物意象描写的大量进入，我国文学史上才出现了真正艺术性的散文，如王羲之的《兰亭集序》、鲍照的《登大雷岸与妹书》、孔稚珪的《北山移文》等，无不以浓烈的写景抒怀而增色，可谓这一时期文学上取得的又一划时代成就。而纯粹的写景之作，在这一时期亦已出现，如张载的《剑阁铭》、陶弘景的《答谢中书书》、吴均的《与宋元思书》等。尤其可贵的是当时的一些文学论文，如刘勰《文心雕龙》中的《原道》、《物色》、钟嵘《诗品》中的一些序及论、梁昭明之《答湘东王求文集诗苑书》、简文之《答张缵谢示集书》、萧子显之《自序》、陈后主之《与詹事江总书》等，虽谈创作，亦为缘情写景之美文。仅就上举情况而言，难道还不足以说明，这一时期文学发生的巨大变化么？

由于行文的方便和需要，关于散文辞赋我们宜另辟专节来谈，下面则只谈诗歌。

1. 纤秀新巧的景物抒情诗

我国意象文学自从晋宋之际正式确立以来，其描写的题材主要是山水，所以谢灵运遂为一时之雄，刘勰称“庄老告退，而山水方滋”者，即指此而言。延至鲍照，由于一生沉沦下僚，故羁旅仕途之悲成为抒写主导，虽每每不离山水之作，然日常生活的景物描写却渐次增多。永明诗人遂步其武，诗歌创作向更加平俗化转变，故山水和景物遂成分庭抗礼之势。这大概是由于他们没有过大谢那种沉溺山水的经历，而往往与官署、宴饮、送友、行役等纠结在一起的缘故。梁陈以降，诗人们处于宫廷帮闲者多，倦于仕途羁旅者众，已基本与山水没有多少联系，故纳入诗中的便只能是日常生活的大量景物描写。这一文学史的变迁，一方面是诗歌创作的趋于平俗化，一方面则是景物意象的日常生活化，然仅就其产生的积极面而言，却为六朝诗向唐诗的转变准备了前提条件。

但从另一方面来看，正因为诗人的创作趋于平俗化，也就失去了自陶谢以来的那种高古浑厚的风韵，而追求景物的观察细密、精雕刻琢、逐新求奇，终于造成一种纤秀新巧的语言风格。这虽是承谢朓长于“秀句”的作风发展而来，但其纤巧细碎则更有过之。如萧纲《和湘东王首夏》：

> 冷风杂细雨，垂云助麦凉。竹水俱葱翠，花蝶两飞翔。燕泥衔复落，鶗吟敛更扬。卧石藤为缆，山桥树作梁。欲待华池上，明月吐清光。

小谢也有一首写首夏的诗，开头是这样写的：“首夏实清和，余春满郊甸。花树杂为锦，月池皎如练"①。对照着读,二诗境界相近。然谢诗虽亦刻划,却刻划得比较自然,尚有苍古之气;萧诗则不免佻巧尖新,过事雕琢纤微了。陶渊明亦有诗曰:"山涤余霭,宇暧微霄,有风自南,翼彼新苗"(《时运》),与此诗首二句亦有相近处,然陶则胸怀澹荡,自然流于笔端;萧则斤斤于字句之间,不免粘皮滞骨。同写鸟哢燕鸣,陶则曰:"鸟弄欢新节,泠风送余善";谢曰:"巢燕声上下,黄鸟弄俦匹";然视萧之燕泥而"衔复落",鹍吟而"敛更扬",则又何如哉?当然这不是说萧诗写得不好,其实也是很成功的,甚至给人以新鲜异样之美感,但有天然和人工之别。"卧石藤为缆,山桥树作梁"一联,其求新求巧求创变,都是陶谢诗尚未注意到的独特发现,然景物描写之日趋细碎纤丽,则有将诗歌创作引向狭窄歧途的危险。再如《秋夜》一诗:

萤飞夜的的,虫思夕喓喓。轻露沾悬井,浮烟入绮寮。檐重月没早,村密风声饶。池莲翻罢叶,霜筱生寒条。端坐弥兹露,离忧积此宵。

同样写得纤秀、新巧,别致,极尽写物状形之能事。萤飞而用的的,虫鸣则用喓喓;轻露谓"沾",浮烟以"入";因檐重故觉"月没早",由树密才知"风声饶";唯"罢叶"而有"莲翻",是"霜筱"故生"寒条"。可谓字字用工,句句锤炼,精确细密,颇具穷形尽相之妙。然而,六朝意象文学发展至此,也就走到它的穷途末路,若求进一步翻出新境,便只能待唐人那样去作改造和拓展了。萧纲是梁陈诗的一个典型例证,对其进行解剖很有代表性。他的其他诗如:"沙文浪中积,春阴江上来。柳叶带风转,桃花含雨开"(《侍游新亭应令》),"离离细碛净,蔼蔼树阴疏。石衣随溜卷,水芝扶浪舒"(《玩汉水》),"星明雾色净,天白雁行单。云飞乍想阁,冰结远疑纨"(《大同十年十月戊寅》),"星茫侵岭树,月晕隐城楼。暗花舒不觉,明波动见流"(《夜游北园》);即使像《经琵琶峡》这样的山水纪游诗,所写也是"百岭相纡蔽,千崖共隐天。横峰时碍水,断崖或通川……夕波照孤月,山枝敛夜烟"等,也是从小处着眼,以细密精致见长。他本是一代诗坛领袖,其影响所及遂遍被华林,而成为一时风尚,并延续至陈隋以后。如任昉《济浙江》:

昧旦乘轻风,江湖忽来往。或与归波送,乍逐翻流上。近岸无暇目,远峰更兴想。绿树悬宿根,丹崖颓久壤。

诗题所说浙江,即以"八月十八潮,壮观天下无"而闻名于世的钱塘江。但诗人所注目者并非其壮观景象,而是以"归波送"、"翻流上"轻轻点过后,即进入对岸无暇目、千山竞秀引发的"兴想"。然而他看到的是什么呢?唯在"绿树悬宿根,丹崖颓久壤"而已,可见仍是从细处小处着眼。这似乎成了梁陈诗人写作的定势,不如此便无从着笔,故情感也变得日益纤细淡薄,唯余唐人批评的"雕饰"而已。他如丘迟《旦发渔浦潭》之"诡怪石异象,嶃绝峰殊状。森森荒树齐,析析寒沙涨。藤垂岛易陟,崖倾屿难傍"。王僧孺《春日寄

① 以下引诗皆逯钦立辑校.《别王丞僧孺》.《先秦汉魏晋南北朝诗》(下).中华书局,1983

友》之"翠枝结斜影，绿水散圆文。鱼戏两相顾，游鸟半藏云"；何思澄《奉和湘东王教班婕妤》之"蜘蛛网高阁，驳藓被长廊。虚殿帘帷静，闲阶花蕊香；"刘孝威《登覆舟山望湖北》之"荇蒲浮新叶，渔舟绕落花。浴童竞浅岸，漂女择平沙"；刘孝绰《夜不得眠》之"风音逐树起，月色度云来。夏叶依窗落，秋花当户开"；萧子范《夏夜独坐》之"虫音乱阶草，萤花绕庭木。帘月度斜晖，风光起余馥"；庾肩吾《奉和春夜应令》之"月皎疑非夜，林疏似更秋。水光悬荡壁，山翠下添流"等。无不观察细致，描写丽靡，饶具新颖婉巧之美，但在追求精确刻划中，诗人的主体情感也隐没不见了。而在这些诗人中，吴均的成就则比较突出，如《至湘洲望南岳》："重波沦且直，连山纠复纷。鸟飞不复见，风声犹可闻。胧胧树里月，飘飘水上云。长安远如此，无缘得报君"。又如《赠王桂阳别》三首其三：

树响浃山来，猿声绕岫急。旅帆风飘扬，行巾露沾湿。深浪暗蒹葭，浓云没城邑。不见别离人，独有相思泣。

在婉巧秀丽、两两成对的描写中，却能一气贯通，情景相浃，饶具浑融之美。至于《山中杂诗三首》其一更是他的代表作：

山际见来烟，竹中窥落日。鸟向檐上飞，云从窗里出。

写"烟"是"山际"所见，写"落日"则为竹中所"窥"，"鸟"向檐飞，"云"从窗出，虽未写人，其山居情景却一并托出。故山林花鸟都带有明显的主观色彩，情感内涵就比较浓烈，实为绘景高手。不过这种纤秀新巧的描写，已远非大谢的山中景物造型了。

陈隋诗人则更趋细密，也更在新巧上下功夫。如张正见《还彭泽山中早发》："摇落山中曙，秋气满林隈。萤光映草头，鸟影出枝来。残暑避日尽，断霞逐风开"。陈叔宝《同江仆射游摄山栖霞寺》："天迥浮云细，山空明月深。摧残枯树影，零落古藤阴。霜村夜乌去，风路寒猿吟"。江总《静卧栖霞寺房望徐祭酒》："连崖夕气合，虚宇宿云霾。卧藤新接户，欹石久成阶。树声非有意，禽戏似忘怀"。徐陵的《春日》则更具有典型意义：

岸烟起暮色，岸水带斜晖。径狭横枝度，帘摇惊燕飞。落花承步履，流涧写行衣。何殊九枝盖，薄暮洞庭归。

每写到具体物象，总是从小处着眼，细处用笔，似乎完全是一种纯客观描摹，主观情感则被淡化稀释而所存无几了。他如元行恭《过故宅》："吹台有山鸟，歌庭聒野虫。草深斜径没，水尽曲池空"；杨广《早渡淮》："晴霞转孤屿，锦帆出长圻。潮鱼时跃浪，沙禽鸣欲飞"；卢思道《春夕经行留侯墓》："疏芜枕绝野，逦迤带斜峰。坟荒隧草没，碑碎石苔浓"；杨素《山斋独坐赠薛内史》："日出远岫明，鸟散空林寂。兰庭动幽气，竹室生虚白。落花入户飞，细草当阶积"；《赠薛播州》十三："秋水鱼游日，春树鸟鸣时。……山河散琼蕊，庭树下丹滋"等，虽也描写得细腻生动，雕琢精巧尖新，却不能真正感人，因过重单个景物的刻划，宋齐人那种清爽流丽之气已不复存在。至于象杨广《春江花月夜》其一之“暮江平不动，春花满正开，流波将月去，潮水共星来”那样的诗句，就已算很有开阔境界的了，但亦不多见。

然而，也正是齐梁以后诗风的这种转变，却使人们对诗歌意象的追求（即“秀句”的营构）达到极盛期。这虽是承宋齐、尤其小谢的创作发展而来，但宋齐人诗中的“秀句”多出于不经意的兴到之作，他们则是刻意求新求巧，故表现出极大的人为造做性。正如黄庭坚对陶、庾作对比批评时所说：“宁律不谐而不使句弱，用字不工不使语俗，此庾开府之所长也，然有意于为诗也。至于渊明，则所谓不烦绳削而自合者也”（《题意可诗后》）。不过着意追求也有其好处，那就是结构意象成为诗坛自觉的普遍追求，故而推动我国“意象”文学走向跨领域全面繁盛。可知刘勰恰于此时提出“意象”①，便非偶然之举。此时诗人的创作中，可谓“名句络绎”，如虞骞“澄潭写度鸟，空岭应鸣猿”（《寻沈剡夕至嵊亭》）、任昉“绿树悬宿根，丹崖颓久壤”（《济浙江》）、吴均“水传洞庭远，风送雁门寒”（《酬周参军》）、“轻云纫远岫，细雨沐山衣”（《同柳吴兴何山集送刘余杭》）、王僧孺“日华随水汎，树影逐风轻”（《秋日愁居答孔主簿》）、萧子云“夕云向山合，水鸟望田飞”（《落日郡西斋望海山》）、庾肩吾“梨红大谷晚，桂白小山秋”（《寻周处士弘让》）、刘孝胜“叶动花中露，湍鸣阁里泉”（《草堂寺寻无名法师》）等，无不以新颖的奇思妙想和精心雕琢取胜。其时柳恽更以“汀洲采白蘋，日暖江南春”（《江南曲》）之句闻名于世，而其《捣衣诗》似乎更受人们的赞誉：

行役滞风波，游人淹不归。亭皋木叶下，陇首秋云飞。寒园夕鸟集，思牖草虫悲。嗟矣当春服，安见御冬衣。

其中二联之写万物飘零之感，愁思湍飞之怀，境界疏朗阔远，堪称精警，故为王元长（融）“见而嗟赏”（《梁书》本传）。王籍的《入若耶溪》亦久为传诵：

艅艎何泛泛，空水共悠悠。阴霞生远岫，阳景逐回流。蝉噪林逾静，鸟鸣山更幽。此地动归念，长年悲倦游。

其三联更见其匠心独运，成功地使用了以动衬静，寂处听声的艺术手法，正所谓“寂静之幽深者，每以得声音衬托而愈觉其深”②。另外，如陈隋诗人之“寒云结不解，陇水冻无声”（周弘正《答林法师》）、“野莺添管响，深岫接铙音”（陈叔宝《祓禊泛舟春日玄圃各赋七韵》）、“云根飞烧火，鸟道绝禽踪”（张正见《和诸葛览从军游猎》）、“野烧村田黑，江秋岸荻黄”（徐陵《新亭送别应令》）、“浴鸟沈还戏，飘花度不归”（江总《春日》）、“香炉带烟上，紫盖入霞生”（释惠标《咏山》）、“落日沧江静，云散远山空”（杨广《夏日临江》）、“水

① 范文澜注.《文心雕龙·神思》. 人民文学出版社，1962

② 钱钟书.《管锥编》. 中华书局，1994

白先分色，霞暗未成红”（王衡《宿郊外晓作》）、“早梅香野径，清涧响丘琴”（王由礼《赋得岩穴无结构》）等，真如隋李谔所批评：“寻虚逐微，竞一韵之奇，争一字之巧。连篇累牍，不出月露之形，积案盈箱，唯是风云之状”（《上隋高帝变革文华书》）。所以我们才说他们把意象文学之发展推到了极致。而长期来对此否定太多，其实亦应看到有失亦有得，如果没有他们社会群体性的自觉努力，要达到唐诗那样的精致完美是不可想象的。何况，这正为文学的走上全面意象化奠定了广泛基础。

又由于追逐“秀句”之盛行，还造成梁陈诗人琢炼语言的习气。他们往往把各种不同物象拼接叠加，甚至颠倒错置，以造成一种特殊的语言意象美，也是求新求巧求其脱俗的产物，这对唐代诗人了也产生过很大影响，故亦不能一笔抹煞。如张正见的诗句“萤光连烛动，月影带河流”（《和衡阳王秋夜诗》），以及庚肩吾的“雁与云俱阵，沙将蓬共惊”（《经陈思王暮》）、江总的“人将蓬共转，水与啼俱咽”（《陇头水二首》其一）等，即把一些似有连系又似无连系的物象巧妙拼接在一起，在相互间形成一种拟喻、衬托、渲染等关系，用以描写主体所感受的某种情境，因而使客观物象都具有较强的主观色彩。其中江总诗句的主观色彩则更浓，用蓬转写人之流徙不定，用水咽状人之悲怆抽泣，自然比单纯写流转悲泣更形象，也更具感染力。又如他的“人随暮槿落，客共晚莺悲”（《在陈旦解酲共哭顾舍人》），亦是同样句式，只是主客之间的联系更简单直接。阴铿的“眉含黛俱敛，啼将粉共流”（《秋闺怨》），不过是写眉敛、涕流而已，但将其眉上之黛，面上之粉一并写入，于是“敛”和“啼”也就更形象，更有表现力度。孔稚珪的“草杂今古色，岩留冬夏霜”（《旦发青林》），则又是一种情况，在景物的空间性描写中，又突然接入时间性描写，便会造成一种人世沧桑之感。草色年年如此，故可称“古”，是虚写；然眼前所见者则只是“今色”，是实写。岩霜（雪）当是年前所落，故可称“冬”，亦是虚写；然今时积于岩间者已成“夏霜”，则是实写。虚实相衬，相反相成，形成强烈反差，自然又流露出时光流驶、物是人非的沧桑之悲。江总的“露浸山扉月，霜开石路烟”（《赠洗马袁朗别诗》），露浸者本是山扉，霜开者只是石路，但却将依山之月、笼路之烟一并写入，无理中似有妙趣存焉。还有一种故作颠倒错置的诗句，其构成的意象亦更奇特。如张正见的“残虹收度雨”（《后湖泛舟》），不说雨收残虹，却说残虹收雨，亦甚无理，但因视觉上往往是虹出才知雨收，亦符合艺术虚拟的真实了。陈后主的“荷影侵池浪”（《晚宴文思殿》），本应写作池浪侵荷影才符合真实，但诗人主观上亦可感觉为是荷影搅乱了池浪，当是以静态心境来体悟动的结果，更不能说成无理。江总的“岸绿开河柳，池红照海榴”（《山庭春日》），也是同样的句式，本应是河柳开了岸绿，海榴照得池红，但如此写却显得平板化，故将因果关系互作颠倒，便会产生一种特殊意趣，当是诗人泛化思维的结果。萧绎的“池红早花落，水绿晚苔生”（《纳凉诗》），句式也完全相同。总之，梁陈诗人这种精于琢炼诗句的努力，给后代诗人提供了丰富的艺术技巧，我们只要一想到杜甫那些久传不衰的诗句，如“绿垂风折笋，红绽雨肥梅”（《陪郑广文游何将军山林》其五）、“红豆啄余鹦鹉粒，碧梧栖老凤凰枝”（《秋兴八首》其八）等，就会知道并非完全不可取。诗歌是语言的艺术，故对其语言运用所作设计和探索，标示的不只是一种技术上的进步，更重要的则是对表现人的心理感爱和体验的深入。而近体诗之终于能在唐代达到那样精致完美，自然与此也不无关系。

2. 意象缤纷的拟乐府

乐府诗从其产生之日始，即与古诗有明显不同的功用和风貌。简言之，前者主要用于记事，后者则偏重在抒情；前者句式参差，后者整齐划一，故二者并不同科。然至建安诗人所拟作，由于时代风气之使然，已逐渐向抒情化方向转变，有些则与五言已无多大差别。如曹操之《短歌行》、《步出夏门行》，曹植之《泰山梁甫行》、《鰕䱇篇》等。故王士禛曾说："曹氏父子兄弟，往往以乐府题叙汉末事，虽谓之古诗亦可"①。魏晋以后，同诗歌领域的纯抒情化步调相一致，乐府也愈益纯情化，即沈约所说"直抒胸情"化了。不过，在诗歌创作中早已酝酿和存在的景物意象，却一直未能进入其创作视野。真正把景物意象纳入其乐府创作的，当首推鲍照，虽然还不占全诗的主要地位。如《拟行路难十八首》其三之"春燕差池风散梅，开帏对景弄禽爵"；《代出自蓟北门行》之"疾风冲塞起，沙砾自飘扬。马毛缩如猬，角弓不可张"；《代结客少年场行》之"日中市朝满，车马如川流"；《代陈思王京洛篇》之"扬芬紫烟上，垂彩绿云间。春吹回白日，霜歌落塞鸿"等。鲍照是大谢以后最重要的山水诗人，他自然会借鉴五言抒情诗意象创造的经验，运用于乐府诗的创作实践中，以弥补其抒情手段之不足。不过自此以后，文人们的拟乐府也就面目全非了。

永明时期，乐府诗的创作亦然很盛，但却往往五言诗化了。如前面已经提到过的谢朓《隋王鼓吹曲十首》中之《入朝曲》、《登山曲》，其意象之婉丽已与五言诗无异。又如《同王主簿有所思》、《玉阶怨》、《王孙游》等篇，其意象之秀丽，音韵之和谐，又接近绝句。此外，如《隋王鼓吹曲》中的《出藩曲》：

> 云枝紫微内，分组承明阿。飞艎溯极浦，旌节去关河。眇眇苍山色，沈沈寒水波。铙音巴渝曲，萧鼓盛唐歌。夫君迈惟德，江汉仰清和。

除结尾两句点明"颂藩德"的主旨外，全诗几乎都是景物意象描写，与一般的送行或出游诗已无多大区别。又如《从戎曲》："日起霜戈照，风回连骑翻。红尘朝衣合，黄沙万里昏。寥戾清笳转，萧条边马烦"。《校猎曲》："凝霜冬十月，杀盛凉飚哀。原泽旷千里，腾骑纷往来。平罝望烟合，烈火从风迴"。都是纷纭意象占据诗篇主要部分，而乐府诗长于叙事的原有特色，已淡化得不可复睹了。又如《同赋杂曲名》之《曲池之水》：

> 缓步遵莓渚，披衿待蕙风。芙蕖舞轻带，苞笋出芳丛。浮云自西北，江海思无穷。鸟去能传响，见我绿琴中。

在一连串生动的景物意象描写中，也不是没有叙述的成分，但却被大大淡化了。比如一二句所写，是说自己遵渚缓步，披衿待风，自然是一种叙述。可是，踏着青草葱茏的洲渚

① 王士禛.《古诗选·五言诗凡例》.上海古籍出版社，1980

慢步，又敞襟迎着蕙风徐徐吹拂，这样的描写恐怕借景抒情的成分更多于述事。末二句是企望借飞鸟以传琴声之意，但细加分析起来，恐怕亦非简单的叙事。因此，象这类诗作完全是按五言诗的方式在创作乐府了。

沈约是永明诗人中，写乐府诗最多的作者之一，其景物意象亦成为创作乐府诗主要构件。如《从军行》一诗，居然以十二句的浓彩重笔写景，显然同传统的写法大异其趣："浮天出鳀海，束马渡交河。雪萦九折磴，风卷万里波。维舟无夕岛，秣骥乏平莎。凌涛富惊沫，援木阙垂萝。江飔鸣叠屿，流云照层阿。玄埃晦朔马，白日照吴戈"。《昭君辞》以四句交代离宫以后，接着写道："沾妆疑湛露，绕臆状流波。日见奔沙起，稍觉转蓬多。胡风犯肌骨，非直伤绮罗。衔涕试南望，关山郁嵯峨。始作阳春曲，终成苦寒歌"。都是此前写昭君的诗作所没有的。再如《悲哉行》之"徐光旦垂彩，和露晓凝津。时嘤起稚叶，蕙风动初蘋"；《有所思》之"关树抽紫叶，塞草发青芽。昆明当欲满，蒲萄应作花"之类，更是雕琢细密，意象纤秀，完全堕入齐梁诗风中，而乐府之质朴刚健则荡然无存。

无论从哪一方面看，萧纲都是梁代诗风的代表，其乐府亦然。如《和湘东王横吹曲·折杨柳》：

杨柳乱成丝，攀折上春时。叶密鸟飞碍，风轻花落迟。城高短箫发，林空画角悲。曲中无别意，并是为相思。

同样用词妍丽，雕琢细密，完全是其诗风的延续。再如《采莲曲》其一：

晚日照空矶，采莲承晚晖。风起湖难渡，莲多采未稀。棹动芙蓉落，船移白鹭飞。荷丝傍绕腕，菱角远牵衣。

除主题仍是写采莲外，全由精密细致的景物意象结构成篇，南方民歌原有的那种活泼自然和生活气息亦所剩不多。江淹有一首《采莲曲》，题材与此诗相近，但风格迥异："参差万叶下，泛漾百流前。高彩隘通壑，香风丽广川。歌出棹女曲，舞入江南弦。乘鼋非逐俗，驾鲤乃怀仙"。虽境界阔大，用笔朗畅，然却完全是用五言诗笔法，去乐府诗更远。何逊的《铜雀妓》与此相近，同样是从大处落笔："秋风木叶落，萧瑟管弦清。望陵歌对面，向帐舞空城。寂寂簷宇旷，飘飘帷幔轻。曲终相顾起，日暮松柏声"。但不论如何，他们都以大量景物意象来结构乐府歌词，则是共同的。何诗还以景物意象结尾，即前所说"含思落句势"，更能拓展思维空间，造成言尽意余之妙，当然也是从五言诗创作经验化出。

至于以边塞为题材的乐府诗，一般都写得比较雄豪刚健，但同样以大量的景物意象构思谋篇则一。如吴均的《胡无人行》："剑头利如芒，恒持照眼光。铁骑追骁虏，金羁讨黠羌。高秋八九月，胡地早风霜。男儿不惜死，破胆与君尝"。江洪《胡笳曲》："藏器欲邀时，年来不相让。红颜征戍儿，白首边城将。落日惨无光，临河独饮马。瑟飒夕风高，联翩飞雁下"。刘孝仪《从军行》："冠军（霍去病）亲挟射，长平（卫青）自合围。木落雕弓燥，气秋征马肥。贤王皆屈膝，幕府复申威。何谓从军乐，往返速如飞"。而车毂的《陇头水》则是写得较好的一首,全诗以"景——情——景——情"的层次结篇,写景则愈来愈严酷,言情亦愈来愈强烈,其激昂慷慨之怀溢于言表:

陇头征人别,陇水流声咽。只为识君恩,甘心从苦节。雪冻弓弦断,风鼓旗杆折。独有孤雄剑,龙泉字不灭。

相比之下,则萧纲的《陇西行》三首就过于重在意象的堆垛雕琢,反而失之纤弱了。如其三:"悠悠悬旗旌,知向陇西行。减灶驱前马,衔枚进后兵。飞沙朝似暮,云起夜疑城。迴山时阻路,绝水亟稽程。往年郅支服,今岁单于平。方欢凯乐盛,飞盖满西京"。故知乐府诗的意象化,虽是艺术上的一大进步,但大段景物意象的着意铺陈,固然可增加其形象生动的感人力量,但有时也会造成琐细堆垛而削弱艺术性。陈叔宝的《陇头水》二首,则写得干净利落、流丽婉转而情韵绵绵。如其一:"塞外飞蓬征,陇头流水鸣。漠处扬沙暗,波中燥叶轻。地风冰易厚,寒深溜转清。登山一回顾,幽咽动边情"。在风卷征蓬、陇水潺鸣的象征性大背景下,中四句集中笔力状写边地荒寒之景,从而引出登山回首戍边思归的幽咽情怀,就显得一气灌注、非常自然。而明余庆的《从军行》,写戍边将士的声威气概,也不乏精致的意象雕画,但全诗却显得神完气足,浑然一体,则尤为可贵:

三边烽乱惊,十万且横行。风卷常山阵,笳喧细柳营。剑花寒不落,弓月晓逾明。会取河南地,持作朔方城。

全诗主旨即写"十万横行"军的声威气概,然值得注意者则在于:虽使用了许多历史典故,却仍能毫无窒碍地造成明丽意象感。如常山阵、细柳营、剑花不落、弓月晓明等,把明丽的景物意象和历史事实融为一体,无疑大大丰富了诗歌的容量和内涵,手法十分高明。

隋人杨素、薛道衡、虞世基曾各写有二首《出塞》,题材为取自开皇七年(公元587)大破突厥的唱和之作。这是开盛唐边塞诗派先河的佳作,构成诗篇主体的仍然是色彩缤纷的景物意象,而且战事的描写就融入景物意象中。如杨素诗其一:

漠南胡未空,汉将复归戎。飞狐出塞北,碣石指辽东。冠军临瀚海,长平翼大风。云横虎落阵,气抱龙城虹。横行万里外,胡运百年穷。兵寝星芒落,战解月轮空。严鐎息夜斗,骍角罢鸣弓。北风嘶逆马,胡霜切塞鸿。休明大道暨,幽荒日用同。方就长安邸,来谒建章宫。

杨素为隋朝开国元勋,官至尚书左仆射,曾多次率兵赴边塞作战。《隋书》本传曰:"出云州,击突厥,连破之"。可证。故其诗的写作是有丰富生活经历为基础的,而以诗写自身边塞征战经验者,亦当以杨素始。他与隋炀帝、薛道衡、虞世基等,曾在隋代诗坛掀起过一次边塞诗创作的小小高潮,亦形成一个颇具特色的诗人群体。沈德潜曾评炀帝曰:"边塞诸作，铿然独异，剥极将复之候也”[1]，认为这是矫变梁陈丽靡之风的征候，其实亦可移评杨素等人。他们诗风“雄深雅健”，笔力矫举，大都意象宏阔，音声朗畅，加之长于锻句炼字，工于对仗，实开由六朝乐府向初唐格律过渡的先声。又如薛道衡《出塞》其二：“长驱鞮干北，直指夫人城。绝漠三秋暮，穷阴万里生。寒夜哀笳曲，霜天断雁声。连旗下鹿塞，叠鼓向龙庭。妖云坠虏阵，晕月绕胡营。……”虞世基《出塞》其二：“……誓将绝沙漠，悠然去玉门。轻赍不遑舍，惊策骛戎轩。懔懔边风急，萧萧征马烦。雪暗天山道，冰塞交河源。雾烽黯无色，霜旗冻不翻。耿介依长剑，日落风尘昏”。就都写得刚健雄肆，颇有气势。不过，他们给唐人提供的更直接的影响，则是能将征战之事、边塞之情，一并化作境界开始阔大的缤纷意象，因而改变纯叙事或纯抒情的乐府民歌的质朴风貌，故更值得史家的关注。

3. 流靡婉转的七言歌行

在我国文学史上，曹丕的《燕歌行》是一首用乐府体写作的最早而完整的七言诗，然魏晋迄宋却是五言腾涌、七言相对沉寂的时期，直到鲍照《拟行路难十八首》的出现，才为七言诗体的成形奠定了基础，但大多还是杂言。其时汤惠休亦已创作七言，如《白纻歌三首》其二：“少年窈窕舞君前，容华艳艳将欲然。为君娇凝复迁延，流泪送笑不敢言。长袖拂面心自煎，愿君流光及盛年”。《秋思引》：“秋寒依依风过河，白露萧萧洞庭波。愿君未光光已灭，眇眇悲望如思何！”与鲍诗不同者在于，鲍多写失意和悲愤，此则写艳情和哀思，但都共同标志了七言诗创作的开始崛起。而且还可以看出，这又多是受乐府民歌影响的结果。乐府本多杂言，更不乏七言句式，所写又多是男女情爱内容，时人模仿拟作者甚多，从中受启发而提炼出比较整齐的七言来，也是很自然的事。萧子显就曾提出理想的文风是：“言尚易了，文憎过意，吐石含金，滋润婉切，杂以风谣，轻唇利吻，不雅不俗，独中胸怀”。[2] 他明确提出要吸收民歌的菁华，使诗歌既不能太“雅”，亦不太“俗”。不雅，即对颜、谢、鲍以来的传统诗风有所改造，克服过于雕饰之流弊（“言尚易了，文憎过意”）；不俗，即在吸收民歌的基础上又有所提高，强调文人化、雅化的特征。详其宗旨，他的这种主张似乎更适用于当时新兴的拟乐府，尤其是七言歌行的创作特征。因此，七言的兴起当与乐府存在密切关系。至梁武帝又雅爱乐章，不仅大力提倡，且能身体力行，于是七言之作遂大盛于时。他本人即写有《白纻辞二首》、《河中之水歌》、《东飞伯劳歌》等，萧子显则写有《燕歌行》、《乌栖曲应令三首》、《春别四首》等，萧纲写有《乌栖曲四首》、《东飞伯劳歌二首》、《和萧侍中子显春别四首》等。此外如王筠的《行路难》、沈满愿的《晨风行》等，也都是七言。下面先看萧纲的《东飞伯劳歌》：

东飞伯劳西飞燕，黄姑织女时相见。谁家女儿对门居，开颜发艳照里闾。南窗北牖挂明光，罗帷绮帐脂粉香。女儿年几十五六，窈窕无双颜如玉。三春已暮花从风，空留可怜谁与同？

---

① 沈德潜.《说诗晬语》.《清诗话》（下）. 上海古籍出版社，1982

② 萧子显.《南齐书·文学传论》. 百衲本二十四史《南齐书》卷五十二. 中华书局，1972年1月

此诗所写为艳情，但韵律却相当谐畅，语言亦比较流丽，已是臻于成熟的歌行体。只是意象化的特征尚不明显，保持了比较浓厚的乐府民歌风味，代表的是七言体形成的初阶。至萧子显所作，由于有明确的理论作指导，故雅化的成分也比较大，如《燕歌行》前半："风光迟舞出青蘋，兰条翠鸟鸣发春。洛阳梨花落如雪，河边青草细如茵。桐生井底叶交枝，今看无端双燕离。五重飞楼入河汉，九华阁道暗清池。遥看白马津上吏，传道黄龙征戍儿。明月金光徒照妾，浮云玉叶君不知。思君昔去柳依依，至今八月避暑归"。不仅用词考究，语言华丽，在韵律的跳动变化之中，极具流靡摇荡的节奏美。而且，诗人又将五言诗的创作经验化用于七言长调的创作，以大量鲜明生动的景物意象，或用以渲染氛围，或借以铺排节令，或因之抒写情思意绪，总之不再是仅作直白式的叙事了。再如萧纲的一些短篇：

芙蓉作船丝作绋，北斗横天月将落。采桑渡头碍黄河，郎今欲渡畏风波。——《乌栖曲四首》其一

可怜淮水去来潮，春堤杨柳覆河桥。泪痕未燥讵终朝，行闻玉佩已相要。——《和萧侍中子显春别》其三

虽带有浓厚的乐府民歌色彩，但同样写得意象绮丽，语言流美，婉曲含蓄而情韵悠扬，正萧子显所说"不雅不俗，轻唇利吻"者。故胡应麟曾赞之曰："奇丽精工，齐梁短古，当为绝唱"①，王夫之则谓："远思逸韵，为太白《横江词》所祖"②。总之，经过梁初诸多诗人的努力，七言歌行的创作已完全进入其成熟期，终于至梁元帝萧绎写下著名的《燕歌行》：

燕赵佳人本自多，辽东少妇学春歌。黄龙戍北花如锦，玄菟城前月似蛾。如何此时别夫婿，金羁翠毦往交河。还闻入汉去燕营，怨妾愁心百恨生。漫漫悠悠天未晓，遥遥夜夜听寒更。自从异县同心别，偏恨同时成异节。横波满脸万行啼，翠眉暂敛千重结。并海连天合不开，那堪春日上春台？乍见远舟如落叶，复看遥舸似行杯。沙汀夜鹤啸羁雌，妾心无趣坐伤离。翻嗟汉使音尘断，空伤贱妾燕南垂。

据《北史·王褒传》载："褒曾作《燕歌行》，妙尽塞北苦寒之状，元帝及诸文士并和之，而竞为凄切之词"。可知梁元帝此诗，正是和王褒《燕歌行》之作。其时庾信亦有和作，三诗遂成为"启唐之先鞭"③的划时代作品。又清人冯班说："七言歌行盛于梁末，梁元帝为

① 胡应麟.《诗薮·外编》卷二. 上海古籍出版社，1979
② 王夫之.《古诗评选》.《船山全书》第14册. 岳麓书社，1996
③ 丁福保辑.《升庵诗话》.《历代诗话续编》(中). 中华书局，1983

《燕歌行》,群下和之,有《燕歌行集》。其书不传,名见郑樵《通志》"①。然不论盛行一时的《燕歌行》,究竟是和王褒或和元帝所作,似乎都不重要。重要的是他们达到的集体成就,即由于众人纷纷和作,遂使七言歌行体创作进入完全成熟的第一个鼎盛期,这却是事实。王褒所作,也是对后代产生过重要影响的佳构:

初春丽景莺欲娇,桃花流水没河桥。蔷薇花开百重叶,杨柳拂地万千条。陇西将军号都护,楼兰校尉称嫖姚。自从昔别春燕分,经年一去不相闻。无复汉地关山月,唯有漠北蓟城云。淮南镜中明月影,流黄机上织成文。充国行军屡筑营,阳史讨虏陷平城。城下风多能却阵,沙中雪浅讵停兵。属国小妇犹年少,羽林轻骑数征行。遥闻陌头采桑曲,犹胜边地胡笳声。胡笳向暮使人泣,长望闺中空伫立。桃花落地杏花舒,桐生进底寒叶疏。试为来看上林雁,应有遥寄陇头书。

三诗中庾信所作则成就最高。因为上两篇尚带有宫体诗靡丽轻艳的较重色彩,故显得比较纤弱。庾诗则渐转刚健雄肆,顿去纤密之巧,所谓"绮而有质,艳而有骨,清而不薄,新而不尖"②者,故能雄出一代。其诗曰:

代北云气昼昏昏,千里飞蓬无复根。寒雁嗢嗢渡辽水,桑叶纷纷落蓟门。晋阳山头无箭竹,疏勒城中乏水源。属国征戍久离居,阳关音信绝能疏。愿得鲁连一飞箭,持寄思归燕将书。渡辽本自有将军,寒风萧萧生水纹。妾惊甘泉足烽火,君讶渔阳少阵云。自从将军出细柳,荡子空床难独守。盘龙明镜饷秦嘉,辟恶生香寄韩寿。春风燕来能几日,二月蚕眠不复久。洛阳游丝百丈连,黄河春冰千片穿。桃花颜色好如马,榆荚新开巧似钱。蒲桃一杯千日醉,无事九转学神仙。定取金丹作几服,能令华表得千年。

就篇制言,三诗中庾最长(28句),褒次之(26句),萧最短(22句)。就成就言,前人谓元帝之作"音调始协"、"巧于用长",是为"唐体之祖";而庾诗,明杨慎曰:"庾信之诗,为梁之冠绝,启唐之先鞭"③,又刘熙载曰:"庾子山《燕歌行》,开唐初七古,《乌夜啼》开唐七律"④。其实三人之作,在当时完成的可说是一种新体,简言之即在宏大的篇幅、舒长的语句中,更讲求用笔的纵横开阖,语词的舒缓疾徐,音声的跌宕错落,铺叙讲法度,体物在浏亮,笔致多摇曳,融情、景、事为一体,既写"负戈外戍,杀气雄边"之苦,亦写"塞客衣单,孀闺泪尽"之思,故能意象瑰丽、"感荡心灵"⑤者也。唐初卢照邻之《长安古意》、骆宾王《帝

① 吴乔.《围炉诗话》(2)引. 齐鲁书社,1997
② 丁福保辑.《升庵诗话》.《历代诗话续编》(中). 中华书局,1983
③ 丁福保辑.《升庵诗话》.《历代诗话续编》(中). 中华书局,1983
④ 刘熙载.《艺概·诗概》. 上海古籍出版社,1982
⑤ 陈延杰注.《诗品》(序). 人民文学出版社,1958

京篇》，以至高适的杰构《燕歌行》，当都是由此而奠定基础的。因此，愈信"七言歌行盛于梁末"之判断为不谬，在我国文学史上应是一大关节点。

此后写七言体最多者，当推江总。短篇如《怨诗二首》、《乌栖曲》、《芳树》等，长篇则有《宛转歌》、《梅花落》、《闺怨篇》、《杂诗三首》等。虽意象婉丽，音声谐和，但终不离宫体纤弱雕饰的的富贵气，故品味不高。写得比较自然流美而完整者，如《闺怨篇》："寂寂青楼大道边，纷纷白雪绮窗前。池上鸳鸯不独自，帐中苏合还空然。屏风有意障明月，灯火无情照独眠。辽西水冻春应少，蓟北鸿来路几千。愿君关山及早度，念妾桃李片时妍"。故近人谓其"专工对仗，已开唐人排律之体"①。当然最著名的还是他取材于传说的《宛转歌》，虽不离艳情的特征，但不少景物意象的描写却很生动，如"七夕天河白露明，八月涛水秋风惊。楼中恒闻哀曲响，塘上复有辛苦行"。又如"别燕差池自有返，离蝉寂寞讵含情。云聚怀情四望台，月冷相思九重观"。皆可谓意象凄婉，情意绵绵。

胡应麟曾说："六朝歌行可入初唐者，卢思道《从军行》、薛道衡《豫章行》，音响格调，咸自停匀，体气风神，尤为焕发"②。如前所述，若以流靡婉丽为梁代七言歌行的总体风貌，则庾信《燕歌行》业已突破宫体的狭小范围，而融进塞北和大漠，故能"绮而有质，艳而有骨"，更具刚健雄肆之气。至卢思道则更是由北入隋的诗人，在由北齐、北周至隋代的数十年间，他曾亲身经历过战争频仍、烽火不息的离乱生活，故笔下所写不只塞北边地之风物更为真实，且是融入了自己对现实的强烈感受和体验的，同样以流走自如的劲健之气著称，艺术上也更加成熟，这大概即是他"可入初唐"的根本原因所在吧。其《从军行》即代表之作：

> 逆方烽火照甘泉，长安飞将出祁连。犀渠玉剑良家子，白马金羁侠少年。平明偃月屯右地，薄暮鱼丽逐左贤。谷中石虎经衔箭，山上金人曾祭天。天涯一去无穷已，蓟门迢递三千里。朝见马岭黄沙合，夕望龙城阵云起。庭中奇树已堪攀，塞外征人殊未还。白雪初下天山外，浮云直上五原间。关山万里不可越，谁能坐对芳菲月。流水本自断人肠，坚冰旧来伤马骨。边庭节物与华异，冬霰秋霜春不歇。长风萧萧渡水来，归雁连连映天没。从军行，军行万里出龙庭，单于渭桥今已拜，将军何处觅功名？

此诗成功之处，可归纳为三点：一是语多排偶，却排而不滞，极具流走自如之美。全诗除"天涯"、"关山"、"边庭"数联及结尾数句外，几乎句句偶对，但由于句式多变化，行文有气势，且以七言长句代替五言短章，增加了音节浏亮流畅，故读来意贯情融，毫无板滞之感。又汲取前人自由换韵的写法，或八句一换，或四句一换，平仄相间，低昂互节，以音韵的婉转抑扬来贴合情感的丰富变化，同样增加了语言的流转美。二是用典虽多，却不晦涩，反而增加内容的厚度和深度。如"谷中"、"山上"二句，前者用汉李广夜暮出行，误石

① 许逸民点校.《古诗赏析》引下远村语，许逸民点校，上海古籍出版社，2000
② 胡应麟.《诗薮内编》(3). 上海古籍出版社，1979

为虎，射而穿石没镞之典，以状将士的英勇无敌；后者则用汉霍去病远征皋兰山，击败匈奴，没收祭天金像之典，暗示战事取得胜利。“流水”、“坚冰”二句，则分别来自古乐府之《陇头歌辞》：“陇头流水，鸣声幽咽，遥望秦川，肝肠断绝”和《饮马长城窟行》：“饮马长城窟，水寒伤马骨”。则是借古伤今，直抒思妇遥念征人戍边之苦，更具历史的苍凉感。结尾“单于渭桥今已拜”句，典用汉甘露三年，匈奴呼韩邪单于入朝，宣帝登渭桥接见事。然接一句谓：“将军何处觅功名？”则有了强烈的讽刺意味。外邦臣服，边患已平，然战事仍频，征人难还，皆因将军贪功邀赏之过，却终不能悟。以此结篇，可谓曲终奏雅，诗的主题亦得以深化。他如“白马”句，“庭中”句等，均皆有出处，此处不赘。三是融情、事于景物意象之中，从而化解了乐府诗原有的直白叙术的平板和单一，真正具有意余言外的含蓄美，这是更带根本性的转变。全诗除“长安飞将出祁连”、“天涯一去无穷已”、“塞外征人殊未还”、“将军何外觅功名”等比较直白的句子外，大部分都是靠意象的营造、转换来结构诗篇的，当然情和事也就包孕其中了。比如“平明偃月屯右地，薄暮鱼丽逐左贤”，固然有对出兵、布阵、胜利的叙述，但那是隐含在绮丽的意象描写中的，只可意会而得。又如“天涯”以下四句，首谓时间之久，继谓征程之远，终则以“朝见”“夕望”极写战争之频繁、激烈、无休无止，然这一切同样是隐含在天涯无穷、蓟门迢递、马岭黄沙、龙城阵云等景物描写中的，表面并未直白道出。至于“长风萧萧渡水来，归雁连连映天没”二句，所包含的情感就更加复杂，也不是一言可解。这是思妇望水盼归，待雁传书？抑或为丈夫戍边的塞外作想：物候变冷，一年将去，为何仍羁留不归？很显然，因为其表面所写只是节令物候的意象迁变，并不明白交待什么，故才叫人猜度，不过诗意也因此变得更加含蓄。我想，正是自鲍照、萧绎、庾信、卢照邻等人所取得的这些历史性成就，才为唐人终于走向诗歌王国的鼎盛高峰，铺平了一条值得纪念的道路，难道还有什么可怀疑的吗？

综前所述，到了这一时期，诗歌乃至文学的全面意象化，似乎已成为一种不可逆转的趋势，因而也才有唐诗、宋词、元曲的全面辉煌。后来宋人亦曾试图改变诗歌的这一趋势，但改造得似乎不太成功，故历来有“宋以后无诗”之说。对宋诗虽不能笼统地一笔抹煞，但他们所走的那条“以文字为诗，以才学为诗，以议论为诗”①的道路，却是需要批判思考的。

二、意象文学的蜕变和宫体诗

在中国文学史上，梁陈时期大概是被史家描绘得色彩最浓的灰色时期，因为这一时期盛行诗坛的是所谓“宫体”诗。顾名思义，“宫体”者，即为流行于宫廷以反映皇帝贵族及其帮闲文人们荒淫腐朽生活之作，自然应予彻底批判而横扫之。这是长期来人们的思维惯性，但却并非完全是客观科学的态度。真实情况究竟如何，我们先需弄清下面几个问题。

1. 关于“宫体”和宫体诗人

首先是宫体诗兴起的时间。《梁书·徐摛传》曰：

① 郭绍虞校释.《沧浪诗话·诗辨》. 人民文学出版社，1983

(摛)属文好为新变,不拘旧体。……会晋安王(萧)纲出戍石头,高祖谓周舍曰:"为我求一人,文学俱长兼有行者,欲令与晋安游处"。舍曰:"臣外弟徐摛,形质陋小,若不胜衣,而堪此选"。高祖曰:"必有仲宣之才,亦不简其容貌"。以摛为侍读。……王入为皇太子,转家令,兼掌管记,寻带领直。摛文体既别,春坊尽学之,"宫体"之号,自斯而起。

昭明太子萧统薨,萧纲继立为皇太子,时在中大通三年(531 年)七月。据此,历来人们遂认为这一年即是"宫体"诗开始形成的时间。然而,《徐摛传》接着写道:"高祖闻之怒,召摛加让"。虽经过徐摛机智得体的回答,而没有治罪,且"宠遇日隆"。但接着,武帝的另一宠臣朱异怕受其排挤,遂进谗言诋毁,终致徐摛于"中大通三年,遂出为新安太守"。也就是说,同样是在这一年的稍晚些时候,徐摛实际已离开太子萧纲。因此,由其得名的"宫体"之称,谓其形成于这一年,恐不合情理。最大的可能是,在萧纲入主东宫之前的雍州任上,"宫体"早已形成且广为传播,只是尚无"宫体"之名而已。《南史·庾肩吾传》曰:

(庾)初为晋安王常侍,王每徙镇,肩吾常随府。在雍州,被命与刘孝威、江伯摇、孔敬通、申子悦、徐防、徐摛、王囿、孔铄、鲍至等十人,抄撰众籍,丰其果馔,号"高斋学士"。

上诸人虽不一定都是诗人,但以徐摛、庾肩吾为代表的"宫体"诗人群实际已经形成。何况那时的徐摛,已经"属文好为新变,不拘旧体",也就是说"宫体"的特征业已具备。又《梁书·庾肩吾传》曰:

初,太宗在藩,雅好文章士,时肩吾与东海徐摛,吴郡陆倕,彭城刘遵、刘孝仪、仪弟孝威,同被赏接。及居东宫,又开文德省,置学士。肩吾子信,摛子陵,吴郡张长公,北地傅弘,东海鲍至等充其选。齐永明中,文士王融、谢朓、沈约,文章始用四声,以为新变,至是转拘声韵,弥尚丽靡,复逾于往时。

这就是说,由"高斋学士"到"文德省学士"两个诗人群体之间,虽于后者徐摛已经离去,但其成员还是一脉相承的,而且作风也是一脉相承的,即都是"转拘声韵,弥尚丽靡"。成员间也增加了后来声名显赫的肩吾子信、摛子陵。可以说至此宫体诗人的主干力量,也基本形成,虽还有一些在野者,但为数不多。基于这种情况,我们可得出这样的结论:在"高斋学士"时期,虽有宫体之实,尚无宫体之名。迄萧纲入主东宫,太子以"副君之重"的身份倡导,天下翕然宗之,其体大行,又这种作风又主要流行于宫廷诗人中间,故名之曰"宫体"。因此《宋书·徐摛传》所说"宫体之号,自斯而起",是就"宫体"这一名称的出现而言的。

缘此，对齐梁文学的划分，也应有一个新的认识。史书中常齐梁并称，但齐和梁是不能简单等同的。齐梁文学是有一脉相承的密切联系，上引《梁书·庾肩吾传》已说得很清楚，亦为历来所公认，并均以“新变”相标榜。然而，见于“宫体”这一重要现象的存在，却不能不将其分别对待。具体来讲，就是“永明体”和“宫体”之别。大概而言，由齐武帝永明至梁武帝前期的五十年间，当属永明体盛行时期，谢朓、沈约等为其代表；梁武帝后期至陈末的近七十年间，当为宫体诗盛行时期，萧纲、萧绎兄弟、徐摛、庾肩吾父子为其代表。如果再说具体一点，则梁武帝在位的四十八年中，天监、普通之际①可作为前后期的大体分界。前期诗人如沈约、范云、任昉等，年岁既高，行辈亦老，与萧衍都是“竟陵八友”中人，作风仍与永明体接近；年辈稍晚如何逊、吴均，柳恽等，虽各有特色，但大体仍是永明风致而与宫体相去甚远，故皆应属于前段。至于江淹，其时早已“才尽”，集中亦不见入梁以后作品，更与宫体无涉。此后是宫体诗的时代，以萧纲、萧绎为核心，出入东宫西邸的作家如徐、庾父子、刘遵兄弟为骨干，其作品内容和风格都与永明诗人有明显差异。而以陈后主及其狎客如江总、孔范等的诗作，则完全是宫体诗的承续，且愈演愈烈，其流风余习一直影响到唐初。因此，被史学所泛称的“齐梁”，其实有很大差别，还不如称“梁陈”更为贴确。

其次是宫体诗所涵括的范围。应该明确，并非宫体诗人所写作品，都属于“宫体”诗。宫体诗是有其特定所指范围的，除前引《梁书》的几条材料外，下面再抄几条，以究其实。

> 《梁书·简文帝纪》：“幼而聪睿，六岁便能属文，及长……读书十行俱下，辞藻艳发，博综群言，善谈玄理。……雅好题诗，其序云：‘余七岁有诗癖，长而不倦’。然伤于轻艳，当时号曰‘宫体’。”

> 《南史·梁本纪》下：“宫体所传，且变朝野”。

> 《南史·梁本纪》：“（太宗）文艳用寡，华而不实，体穷淫丽，义罕疏通，哀思之音，遂移风俗”。

> 《南史·徐陵传》：“其文颇变旧体，缉裁巧密，多有新意，每一文出，好事者已传写成诵”。

> 《北史·文苑传》：“（信）父肩吾，为梁太子中庶子，掌管书记。东海徐摛为右卫率，摛子陵及信并为抄撰学士。父子在东宫，出入禁闼，恩礼莫与比隆。既文，并绮艳，故世号为‘徐庾体’焉。当时后进，竞相模范，每有文，都下莫不传诵”。

① 亦即以“高斋学士”文人集团形成为标志。

综合以上材料来看,宫体诗的内涵可归纳为如下几个方面:一是承永明体更作新变,故与“旧体”已有很大不同,所谓“文好新变,不拘旧体”、“颇变旧体,缉裁巧密”者即指此而言。二是在声韵词藻上,由永明体而更变本加厉地踵事增华,遂使原先之清丽一变而为丽靡,原先之妍秀一变而为轻艳,下者则沦为淫靡,如所谓“转拘声韵,弥尚丽靡”、“辞藻艳发”、“伤于轻艳”、“体穷淫丽”、“文并绮艳”等,可知“丽”和“艳”是其最大特征。三是丽靡掩盖下的内容苍白,如谓“文艳用寡,华而不实”即是。这是由于他们的生活圈子缩小到只是宫廷苑囿、歌儿舞女,连永明诗人仅存的那点生活基础和真实感都没有了,故诗歌内容不免显得苍白浮薄。不过,这也说明当时对“宫体”的理解,还只是外在形质上的,并不牵涉到内容和题材的性质,所以涵盖也比较广泛,比如除写妇女的诗作外,诸如大量的咏物诗及无聊的县名诗、药名诗、卦名诗等亦应包括在内,不象后来人们理解的那样狭窄,将其等同女色诗乃至色情诗。

从思想倾向上理解宫体诗,主要开始于唐人。如《隋书》所说:

> 简文之在东宫,亦好篇什。清辞巧制,止乎衽席之间;雕琢蔓藻,思极闺房之内。后生好事,递相放习,朝野纷纷,号为宫体。(《隋书·经籍志》)

> 梁自大同之后,雅道沦缺,渐乖典则,争驰新巧。简文、湘东启其淫放,徐陵、庾信分路扬镳。其意浅而繁,其文匿而彩,词尚轻险,情多哀思。格以延陵之听,盖亦亡国之音乎?(《隋书·文学传序》)

虽然“思极闺房之内”同“止乎衽席之间”还是并提的,但已圈定一个范围并向前者倾斜,也是明显的。所以,才称之为“亡国之音”。而且,对其形式风格的评价,也不再使用中性词如“丽靡”“艳发”“绮艳”等,而是“雕琢蔓藻”、“文匿而彩”、“词尚轻险”等这些贬意甚明之词。故不论从内容或形式方面来看,都毫无疑问应是“雅道沦缺,渐乖典则”的表征了。又刘肃《大唐新语·方正》曰:

> 太宗谓侍臣曰:“朕好作艳诗。”虞世南便谏曰:“圣作虽工,体制非雅。上之所好,下必随之。此文一行,恐致风靡。而今而后,请不奉诏。”……先是,梁简文帝为太子,好作艳诗,境内化之,浸以成俗,谓之“宫体”。晚年改作,追之不及,乃令徐陵撰《玉台集》以大其体。永兴之谏,颇因故事。

这段话也颇值得注意,因为称宫体诗为“艳诗”即导源于此,且同艳情或色情也就距离不远了。不过唐人的批评也并非没有道理,写妇女的容貌、体态、服饰、用物,究竟是宫体诗最显眼的题材,而谈女人在中国封建社会是避讳的,何况所谈不是“情”而是“态”呢!便不可避免地要和“淫”与“荡”联系在一起。这又牵涉到给宫体诗定性的问题,因问题比较复杂,下面另立一节来谈。

2. 爱情、艳情、色情

妇女作为文学描写的对象,总是联系着人类情感的两端:一端是爱情,另一端是色情。人们自然给前者以热情肯定,给后者则以鄙夷和不屑。宫体诗的特殊性,就在于它既不是写爱情的崇高性,但也并未沦落到写色情。诗中大量所写则是妇女的姣好容貌、柔媚体态,以及个性化的服饰、用物,可以概括为艳人、艳饰、艳物,所用语言则是艳词。相对于爱情和色情,我们可称作"艳情"。那么如何给"艳情"定性呢?也就是如何为狭义的宫体诗定性呢?长期来人们似乎把它和色情诗等同,如所谓"宫体诗大都是当时荒淫无耻的宫廷生活的反映"之类,说得文雅点则谓:"迨宫体既兴,情思逾荡。绮罗色泽之好,形于篇章,帷闼床笫之私,流为吟咏。……则其淫荡轻艳,根于体性,从可知矣"①。得出这种结论的依据是"南朝多淫主"②。如史籍所载:

《南史·宋前废帝纪》:帝尝"游华林园竹林堂,使妇人裸身相逐"。又:"山阴公主,淫恣过度。谓帝曰:'妾与陛下,虽男女有殊,但托体先帝。陛下后宫数百,妾惟驸马一人,事不平均,一何至此!'帝乃为立面首左右三十人"。

《南史·齐郁林王纪》:帝尝"与左右无赖二十许人,共衣食,同起卧。妃何氏择其中美貌者,皆与交欢"。

《南史·后主传》:陈后主"荒于酒色,不恤政事,左右嬖佞珥貂者五十人,妇人美貌丽服、巧态以从者千余人。常使张贵妃、孔夫人等八人夹坐,江总、孔范等十人预宴,号曰狎客。先令八妇人襞彩笺,制五言诗,十客一时继和,迟到罚酒。君臣酣欢,从夕达旦,以此为常"。

据此南朝宋,齐、陈三代确多荒淫之主,但要说与宫体诗兴盛有必然联系,却也未必。以荒淫生活为蓝本之说,用于陈代君臣或有道理,但与宋、齐、梁三代诗坛情况,则恰恰相悖。宋齐两代皇帝贵族,生活可谓糜烂腐败,然"宫体"之作并未出现于此时,写过一些艳诗的是鲍照、沈约等人,鲍则"才秀人微"③,沈则"性不饮酒,少嗜欲,虽时遇隆重,而居处俭素"(《梁书·沈约传》)。至于帝王贵族,热衷写艳诗者则少见。宫体之作大盛于梁代,而倡导宫体诗的萧梁帝王们,却是南朝数代皇帝中少有荒淫劣迹记录的君主,赵翼《廿二史札记·南朝多淫主》中并未提到,史书反倒载:梁武帝萧衍,"不饮酒,不听音声……性方正,虽居小殿暗室,恒理衣冠。小坐押腰,盛夏暑日,未尝褰袒"。(《梁书·武帝纪》)简文帝萧纲,"威惠外宣,德行内敏"、"实有人君之懿"(《梁书·简文帝纪》),元帝萧绎,亦"不好声色,颇有高名"。(《梁书·元帝纪》)昭明太子萧统,则"出宫二十余年,不畜音声。……少时,敕赐太乐女伎一部,略非所好"(《南史·萧统传》)。至于其他宫体诗人,史书中也大都没有留下荒淫放荡的恶名,有些甚至还颇有清简刚正的佳评。如刘孝仪,《梁书》谓其"为人宽厚,内行尤笃";陆杲,则谓其"性婞直,无所忌惮。既而执

① 刘永济.《十四朝文学要略》. 黑龙江人民出版社,1984
② 赵翼.《廿二史札记》有《南朝多淫主》一篇。中国书店,1987
③ 陈延杰注.《诗品》(中). 人民文学出版社,1958

法宪台,纠绳不避权幸";萧子云,亦曰"性沉静,不愿仕进","出为贞威将军临海内史,在郡以和理,民吏悦之"等。这都充分说明,宫体诗同宫廷荒淫腐朽的生活没有必然联系。而且,从宫体诗的创作实际来看,所写也多是艳情,而非色情。艳情的品位固然不能算作很高,但也不能与色情完全等同。当然,宫体诗中不是没有品质低劣,甚至写到性变态的作品,如《娈童》、《繁华应令》之类,但那究属个别现象,我们也不能以此否定整整一个时代。何况,此类诗作又有哪个时代绝对没有呢?岂独宫体而已。

若要给宫体诗分类,大致可分为相互间并非不无联系的两类:一是写女性内心生活和情感世界的,如宫怨、相思、别离等,或写其哀思忧怨,或状其空寂孤寞,一般说也比较有内容。但是它与汉魏时期的思妇诗及唐人宫怨诗不同者在于,只是就妇女的哀愁本身去着笔,而对造成这些哀愁的原因缺乏现实关怀和未来期盼。二是数量最多也最引人注目的对于女性体态的描写,包括姣好的容颜、柔媚的情态、艳服浓妆和用物等。这究竟是格调轻浮的表现,还是一种美的展示,目前尚有争论,暂且不论。但我们只能就事实说话,作具体分析。

关于第一类作品,可举出王僧孺的《春闺有怨》、刘孝绰的《为人赠美人》、萧纲的《秋闺夜思》等。如《春闺有怨》:

> 愁来不理鬓,春至更攒眉。悲看蛱蝶粉,泣望蜘蛛丝。月映寒蛩褥,风吹翡翠帷。飞鳞难托意,驶翼不衔辞。

首二句写愁,以不理鬓、更攒眉的具体动作足成之,形象而生动。次二句点出"悲",且继以"泣",充分展示其凄然神伤、孤寂无聊、忧思难遣之意。难遣故静看蛱蝶飞戏,无聊则兀观蜘蛛结网,描写细微,用笔含蓄,情状宛然。然看蛱蝶微末到"粉",观蜘蛛具体到"丝",这大概不只是用词纤丽秾艳的需要,更是与"分""思"二字谐音的结果,这种手法来自南朝民歌,可增加含婉深永之致,故练字尤佳。五、六句,写"褥"而以月映、寒蛩描状,写"帷"则用翡翠、风吹饰写,可谓情景交练,愈见其孤寂清冷。结尾以欲向飞虫驶翼寄辞而不得言情,更觉悠思绵邈。全诗对仗工整,音韵谐和,词语组丽,正是典型的宫体诗,虽充满脂粉气,也不能不说是一首较好的诗。又如简文帝《秋闺夜思》:

> 非关长信别,讵是良人征?九重忽不见,万恨满心生。夕门掩鱼钥,宵床悲画屏。迥月临窗度,吟虫绕砌鸣。初霜陨细叶,秋风驱乱萤。故妆犹累日,新衣襞未成。欲知妾不寐,城外捣衣声。

这是一首宫怨诗,首四句夹叙夹议,说明"万恨满心生"的原因,既非妻妾离宫,亦非良人远戍,而是恩绝宠断后的失落之悲。"门掩""宵悲"二句,作一过渡,大有宫门一掩,天荒地远的孤寂清冷。中四句以景含情,作进一步渲染:迥月度窗,虫绕砌鸣,霜陨细叶,风驱乱萤,全是一派肃杀景象,然一声声、一叶叶,又何尝不是其心灵的颤栗!正是这种失落和凄冷,给她的精神以极大刺激,所以累日来旧妆不理,新衣懒裁,唯有在耿耿不眠的折磨中聊度时日了。此诗虽嫌散缓,不够凝炼,但刻划细致,情味缠绵,同样深永可读。

有一点很重要:在这类写思妇怨情的诗中,总是有大量被心灵化的景物意象描状,如“月映寒蛩褥”、“泣望蜘蛛丝”、“吟虫绕砌鸣”、“秋风驱乱萤”之类,如果不论内容上的差异,那就完全是一般的意象诗了。由此可知,所谓“宫体”其实正是意象文学的延伸和扩展。不过,这点放在后面再谈。

第二类诗如刘孝绰的《爱姬赠主人》:

卧久疑妆脱,镜中私自看。薄黛销将尽,凝朱半有残。垂钗绕落鬟,微汗染经纨。同羞不相难,对笑更成欢。妾心君自解,挂玉且留冠。

此诗所写为女子卧起,对镜戏看残妆的情形,从薄黛半尽、凝朱半残、脱钗缠鬟、微汗湿纨,一直写到看镜同羞,相笑成欢,可谓“憨态”可掬。有动有静,有声有色,脂粉秾艳,语言组丽,是典型的宫体。至于写到人物内心情感活动的,则只有结尾两句,亦不过“妾心君自解”的邀宠卖俏而已,却没有多大意义了。再如庾肩吾的《咏美人看画》:

绛树及西施,俱是好容仪。非关能结束,本自细腰肢。镜前难并照,相将映渌池。看妆畏水动,敛袖避风吹。转手齐裾乱,横簪历鬓垂。曲中人未取,谁堪白日移。不分他相识,唯听使君知。

从好容仪、细腰肢,一直写到临池畏水、敛袖避风、裾乱簪横,其刻划的细致纤微,较前诗又有过之而无不及,然笔触仍然集中在“媚态”(有动有静)的描状上。至于写到思想情感的,依然集中在结尾数句,然所期盼者同样是“使君知”而已,故可知此类诗人的思想境界不过尔尔。简文帝萧纲的《美女篇》,是这类诗中比较生动的一篇:

佳丽尽关情,风流最有名。约黄能效月,裁金巧作星。粉光胜玉靓,衫薄拟蝉轻。密态随流脸,娇歌逐软声。朱颜半已醉,微笑隐香屏。

其笔触所状就在佳丽的风流尽关情上。中四句写服饰妆扮之美,是外在的静态的;末四句写情态动作之媚,是内在的动态的。尤其“密态随流脸,娇歌逐软声”二句,更为传神,写尽了歌女娇软流媚的难言情态,可称作宫体诗的“佳句”。至于“微笑隐香屏”,虽嫌挑逗然亦别有风致。总之,这些诗并不象人们所想象的那样,是直接牵涉到性的描写的,其笔墨所及则只是艳物、艳情、艳态。

梁元帝的诗也是如此,如《和林下咏妓应令》:

日斜下北阁,高宴出南荣。歌清随涧响,舞影向池生。轻花乱粉色,风筱杂弦声。独念阳台下,愿待洛川笙。

此诗除写歌妓的歌舞妆饰外,结则引用昔楚王在云梦之台,昼梦巫山神女,“与之梦期”的美丽传说以达意,是否就可看作邪思之“淫”的流露呢?其实,这是我国文学自汉以来常用的典故,元帝所写亦无任何不同,更非宫体诗人所首创。因此,最多亦仍属艳情的范围。

在这类诗中,萧纲的《咏内人昼眠》大概是招致责难最多的了,且看他如何写:

北窗聊就枕,南檐日未斜。攀钩落绮障,插捩举琵琶。梦笑开娇靥,眠鬟压落花。簟文生玉腕,香汗浸红纱。夫婿恒相伴,莫误是倡家。

人们首先感到不顺眼的是其题目。因为按照传统观念,诗歌是要“经夫妇,成孝敬,厚人伦,美教化”的,此写妻妾之白昼睡眠,岂非淫荡!不过创作题材应是无禁忌的,就看如何来写,又表现什么。首二句先交待昼眠的地点时间:北窗就枕,因北屋冬暖夏凉之故;檐日未斜,言其恰当正午时分,当是休息的最佳时段。“聊”字极有韵味,因已透露出女主人公的懒散、娇慵,为后面描写作铺垫。三、四句写准备就寝:攀钩落下帷幛,插拨收起琵琶,暗示欲眠之因由于长时间弹奏引起的精神困乏。以下四句,集中笔力写睡眠中骄态,这是最遭人们非议的,其实写得极为精彩。先写,美梦中娇脸上笑出酒窝,枕上乌发压着窗外飘来的落花,说明居处环境优美,心态安逸宁静,家庭婚姻非常美满。再写,如玉的手腕压印出竹簟的花纹,芳香的汗水浸湿红纱制成的睡衣,观察细微,描写精致,青春睡态宛然。若以现代人的眼光来看,虽未写深挚爱情,但描状如此形象生动,似亦无可厚非。“夫婿恒相伴”言其情感生活之相洽相得;“莫误是倡家”稍涉轻薄,亦不过调侃语、幽默语,并无过分低俗处,不必大张挞伐。因此,就总体描写来看,此诗迄未写情,只是以欣赏的眼光描“态”,格调算不上高雅,但也并未沦落到低级庸俗。那么,我们究竟该为其如何定性呢?

说到底宫体诗人所写仍然是意象诗,即用营造意象的眼光心态、方法和技巧来写艳情,表面看是意象文学由山水、景物向其他领域的扩展延伸,实际上不论从内容到形式都有点走样,故只能称作意象的蜕变。当然,这是由他们生活的特定环境决定的。我国意象文学自从陶谢为之奠基以来,陶有广阔的田园村居生活为基底,谢有放浪深山大壑的经历酿诗兴,故眼界开朗,胸储大千,情感厚实,笔力自遒。降及永明,诗人们的生活范围已缩小到宦途,或写官衙起居,或写迁谪行役,但不管怎么说,他们的感受还是真实的,经历也比较丰富,故不致完全丧失内容的积极意义。到了梁陈诗人,他们的生活圈子进一步缩小,仅仅局限于宫廷苑囿,欣赏的对象不再是奇山异水、旅途风景,而是歌儿舞女、日用杂物,再加风雨莺雁之类,于是女色诗、咏物诗一时大盛。而且大都是君臣间的应令和作,追新求巧,争奇斗艳。然而,由于受意象诗创作惯性的影响,心态上仍然是赏心悦目的赏观态度,方法上则极力为之作物态造型,语言上更带有浓艳的富贵气脂粉气,所以称“宫体”。也正因为此,故上不能写爱情,下又不入色情,而恰恰写的是艳情。如果说妇女也被当作山水景物那样成为欣赏的对象,那么“余霞散成绮,澄清静如练”,“草杂今古色,岩留冬夏霜”、“露浸山扉月,霜开石路烟”等是为人称道的秀句,而“密态随流脸,娇歌逐软声”、“梦笑开娇靥，眠鬟压落花”之类又何尝不是“诗人秀句”呢？只是内容有所不同，其实思维形态仍是一样的。因此，有些宫体诗人居然用写女性妆容来状眼前亭阁，更说明其间的相通性。如徐君茜的《别义阳郡》：

饰面亭，妆成更点星。颊上红疑浅，眉心黛不青。故留残粉絮，挂著箔帘钉。

陈祚明曾说：“梁陈之弊，在舍意问辞，因辞觅态”①。这个“态”字用得极佳。前面我们曾说，所谓“意象”就是为心灵感受的景物造型，又何尝不是“觅态”？区别仅在于，宋齐人所觅者为山水之态、田园之态、风物之态，而梁陈人所觅者则为女子之态、杂物之态。仅注目于“态”，固难写出爱情，但亦非色情，所以品位不高，但也不必和淫荡联系在一起。

咏物诗是宫体诗的又一类别，也是“觅态”审美观的产物。所不同者，前类是就女性身体进行形象造型，此则专就所咏之物传其形似，然同为铺彩摛文者则一。此种诗大多为宫廷文人无聊消遣之作，低者甚至专以美人鞋、袜、枕、褥等为描写对象，就更属无谓，至于清新可读之作则并不多见。

较早的咏物诗，大都是宫廷乐舞生活的反映，自然也属“艳情”一类。如梁武帝萧衍的《咏烛》：“堂中绮罗人，席上歌舞儿。待我光泛滟，为君照参差”。沈约的《咏帐》：“甲帐垂和璧，螭云张桂宫。隋珠既吐曜，翠被复含风”。借物写人，一派珠光宝气，仍是宫闱艳情。萧衍《咏笛》：“柯亭有奇竹，含情复抑扬。妙声发玉指，龙音响凤凰”。则是帝王为其奢靡生活所作的饰美自矜。另有一些咏物诗，似也含有一定的意义，但其品位同样不高，如萧衍的《咏笔》：“昔闻兰蕙月，独是桃李年。春心傥未写，为君照情筵。”萧子显的《桃花曲》：“但使桃花艳，得间美人簪。何须论后实，怨结子瑕心”。都是献身美人、结其同心之意，并无厚实内容可言。在这方面，萧纲的几首诗似乎写得更可读一些，如《咏蜂》：“逐风从泛漾，照日乍依微。知君不留盼，冲花空自飞。”又如《咏灯笼绝句》：“动焰翠帷里，散景罗帐前。花心生复落，明销君讵怜！”虽不脱宫廷富贵气，但也寄托着一丝不被赏识，或失落或高举的淡淡哀怨，能够引起人们一定的共鸣。

倒是并非宫体诗人的何逊等，其咏物诗大都寄慨遥深，写出了一般失意士人的流离凄苦之悲。如何逊《咏白鸥兼嘲别者》：“可怜双白鸥，朝夕水上游。何言异栖息，雌住雄不留。孤飞出溆浦，独宿下沧洲。东西从此别，影响绝无由。”本来是朝夕水上游嬉的笃情伴侣，何以会突然间“雌住雄不留”呢？不言而喻那是政治的原因。且全诗境界阔大，甚有苍凉之气，是当时下层士人的典型心态。吴均的《萍诗》则更写出了根无所托、命运难测的悲哀，其后四句曰：“微根无所缀，细叶讵须茎。飘荡终难测，流连如有情”。其《咏柳》所写，则是君恩不濡、饱受排挤打击之怨愤：“细柳生堂北，长风发雁门。秋霜常振叶，春露讵濡根。朝作离蝉宇，暮成宿鸟园。不为君所爱，摧折当何言”。梁武帝曾批评说：“何逊不逊，吴均不均”。诗人托物寄意，当与此有关。周弘正《于长安咏雁》：“南思洞庭

① 陈祚明.《采菽堂古诗选》(21).全国图书缩微中心，清康熙45年(1706)刻本，1989

水，北想雁门关。稻粱俱可恋，飞去复飞还。”则写出一些士人欲去不能，欲留难进的矛盾心情，更具有时代的典型意义，当是某些知识层士人的生动画象。

典型的宫体咏物诗，当以萧纲、萧绎兄弟为代表，今存梁陈诗中也以他们所写最多。萧绎甚至写了许多县名、姓名、宫殿名、针穴名、车名、船名、兽名、药名一类的游戏诗，更是无聊。他们的咏物诗大都就物状物、粘皮滞骨，求新求巧，矜奇斗艳，本质上和那些女色诗没有两样，都可称作意象诗的延展和蜕变。如萧纲的《赋咏枣》：

浮华齐水丽，垂采郑都奇。白英纷靡靡，紫实标离离。风摇羊角树，日映鸡心枝。谷城俞石密，蓬岳表仙仪。已闻安邑美，永茂玉门垂。

可以说除淫文破典之文，羌无故实，毫无意义。沈约的《咏青苔》亦属此类：

缘阶已漠漠，汎水复绵绵。微根如欲断，轻丝似更联。长风隐细草，深堂没绮钱。萦郁无人赠，葳蕤徒可怜。

陆机《文赋》说：“虽离方而遁员，期穷形而尽相。”大概即是此类诗追求的旨趣所在。萧绎的《咏风》诗更是揣称模形，毫微毕现，但境界亦更低俗：

楼上试朝妆，风花下砌旁。入镜先飘粉，翻衫好染香。逐舞飞长袖，传歌共绕梁。欲因吹少女，还持拂大王。

更多的咏物诗还以自然风物为题材，如花草动植、山川雨雾之类，虽仍是就物咏物，但无形中却与鲍谢等的山水诗存在某种叠合，因而景物意象的结构同样成为创作的主要手段，亦更能见出他们之间的内在联系。如萧纲的《赋得桥诗》：

浮梁既冲崄，通波信可陵。乘空泻渭石，跨岸拟河冰。斜阑隐浊雾，布影入清渑。方知歌绿水，无待榜苍鹰。

在结构上采用的仍是大谢叙述、写景、议论的三段模式，中间两联则意象尤为生动，只是同写一物而已。此外，如《春日看梅花》之“今旦闻春鸟，何啻两三声。冻解池开渌，云穿天半晴”；《和湘东王阳云楼檐柳》之“柳枝无极软，春风随意来。潭沲青帷闭，玲珑朱扇开”；《咏初桃》之“枝间留紫燕，叶里发清香。飞花入露井，交干拂华堂”；《咏栀子花》之“日斜光隐见，风还影合离”；《咏朝日》之“光随浪高下，影逐树轻浓”；《咏云》之“玉叶散秋影，金风飘紫烟”等，单就其描写本身来说都是很生动的意象，当然雕琢字句的倾向也更明显。相较而言，庾肩吾的一些诗则写得更有韵致，如《咏花雪诗》之“寒光晦八极，同云暗九天。已飘黄石路，共庆白渠田”。虽是寻常题材，却境象宏阔，气势不凡。又如《咏长信宫中草》：“委翠似知节，含芳如有情。全由履迹少，并欲上阶生”。其写吊古之情，引而不发,含蓄有味。而"知节""有情"二语更妙,应是此类诗中的一首好诗。

总之,不论就宫体诗的哪一种题材来说,所采用的仍然是意象结构的手法,只是有点变形。其创作旨趣即所谓"觅态",故方法上务期穷形尽相,动机上唯在矜奇斗艳,表达上则极尽丽靡之词,是为永明体之后的又一种"新体"。它固然是在华丽掩盖下的苍白,但也不能说成淫荡生活的直接产物,谓之"艳情"可也。

3. 宫体诗兴盛之特定动因

梁陈时期宫体诗之兴盛,可以有诸如社会的、政治的、心理的等多方面的原因,但就文学演化的本身来说,下列两方面的特定机遇则是其根本动因。一是文学创作的宫廷文人集团化;二是南朝乐府民歌的影响。

首先,是文学的家族化并接着向宫廷文人集团化转变,因而造成文学史上诸多不同于前代的奇特现象。陈寅恪先生曾说:"魏晋南北朝之学术、宗教,皆与家族、地域两点不可分离"①。而这种学术上的地域家族化现象,又当直接起源于东汉时期的经学世家,故近人王伊同即曾指出:"东京以降,门第渐盛,其初多以经术进,累世清贵,遂成名门,杨、袁是矣"②,而此所谓杨袁,即指弘农杨氏和汝南袁氏,他们皆以数世治经而成"家学",并因此位列三公,成为当时声势显赫的名门。故知高门世族的形成,依靠的不只是权势、地位和经济实力,家族的高度文化学术修养可能起着更重要的作用。其时邹鲁间有谚曰:"遗子黄金满籯,不如一经"(《汉书·韦贤传》)即是这种情况的真实反映。降及魏晋,玄学代经学而大振,人们由研治儒术又转向"三玄"的阐习讨论,于是清谈之风渐靡士林,遂又造就出一批玄学世家,如琅琊王氏、陈郡谢氏、河东裴氏等。故自东汉以来的世家大族,首先在文化学术上都具有突出的传统优势,没有一定的文化素养,即使在政治、经济上可以称雄一时,也是难以预于士流的。因为文化上取得优势,正是他们建立和维护其家族地位的先决条件。这可说是文学家族化的先导。

东晋是门阀士族的黄金时代,时谚云"王与马,共天下",即形象地说明当时政权的门阀政治特征。如琅琊王氏、颍川庾氏、龙亢桓氏、陈郡谢氏、太原王氏等,便相继成为东晋当权士族,或入主中枢,或出镇方岳,主宰着朝廷的军政大权,也是文化上的垄断者。然而,刘宋政权的建立,却使门阀政治受到极大打击,从某种意义上说甚至可看作士族专权的终结。刘裕出身下层,由北府军人建立军功而起家,登上皇位宝座后,启用的大都是随他南征北战拥有军功的伧夫武将,又吸取东晋门阀士族凌驾于皇权之上"主弱臣强"的历史教训,故采取抑制豪门、削弱其势力及影响的政策,于是门阀政治格局被打破,而寒门政治逐渐崛起。唐长孺《士人荫族特权和士族队伍的扩大》曾说:"宋齐时期,大量寒门地主挤入士族行列,'昨日卑微,今日仕伍',在底层形成'士庶不分'的情况(《通典·乡党》载沈约上言)。这是自宋以来几十年寒门地主长期斗争包括流血斗争所取得的胜利"。故知此时高门甲族虽失去政治上的特权,但在文化上却仍然占据着优势,他们甚至还可以此与皇室抗衡,于是便转而在文化学术上发挥优势,建立家族文化。这无疑是造成文

① 陈寅恪.《隋唐制度渊源略论稿》. 三联书店,2004

② 王伊同.《五朝门第》. 成都金陵大学中国文化研究所,1943

学家族化的根本动因。故自刘宋王朝之后，门阀士族中虽再没有产生过象王导、桓温、谢安那样能左右国家政局的人物，却大多因文学上的成就而被皇室赏接，并成为领袖一代文坛的人物，如颜、谢、王融等人便是。

钟嵘《诗品序》曾说："迄于有晋，太康中三张、二陆、两潘、一左，勃尔复兴，踵武前王"。已开了文学家族化的端绪，但还不是自觉的，也不明显，只是士族文化优势的自然趋势所致。但自刘宋以后，爱好文学已成为贵族阶层的自觉追求，故《南史·王昙首传附王承传》曰："时膏腴贵游，咸以文学相尚，罕以经术为业"。钟嵘以批评的口吻也说明过这种情况："故词人作者，罔不爱好，今之士俗，斯风炽矣。才能胜衣，甫就小学，必甘心而驰骛焉。于是庸音杂体，人各为荣，至使膏腴子弟，耻文不逮，终朝点缀，分夜吟咏"①。这种风气的形成，当然不只是个人爱好的问题，更是重文的家学传统所造成。琅琊王氏的王筠就曾说：

> 史传称安平崔氏及汝南应氏，并累叶有文才，所以范蔚宗云："崔氏雕龙"。然不过父子两三世耳。非有七叶之中，名德重光，爵位相继，人人有集如吾门者也。沈少傅约常语人云："吾少好百家之言，身为四代之史，自开辟以来，未有爵位蝉联，文才相继如王氏之盛也"。汝等仰观堂构，思各努力。（《南史·王昙首传附王筠传》）

可知对家族文学之盛，他们不只感到自豪，而且进入自觉，因为这是时代留给他们可选择的首要道路。故王僧虔劝诫其子亦曰：

> 吾不能为汝荫，政应各自努力耳。或有身经三公，蔑尔无闻，布衣寒素，卿相屈体；父子贵贱殊，兄弟声名异，何也？体尽读数百卷书耳。（《南史·王昙首传附王僧虔传》）

坐致卿相的关键，已不再是家族的世袭庇荫，而在"读数百卷书"，本来占有文化素养优势的门阀子弟，便自然会走上以文学显名光族的道路，文学的家族化也就因世代相传而自然形成了。在这些家族中最具代表性的是陈郡阳夏谢氏，当始基于谢安，而形成于谢混、谢灵运时代。据《南史·谢弘微传》载："混风格高峻，多所交纳，唯与族子灵运，瞻、晦、曜、弘微以文义赏会，常共宴处，居在乌衣巷，故谓之乌衣之游。混诗所言'共为乌衣游，戚戚皆亲姓'者也"。可知以文学赏会交流，此时已成为谢氏家族的浓厚风气。混为谢安之孙，是转变玄言诗风的重要人物，灵运则为山水诗的奠基者，谢家子弟生活在这样一个爱好文学的家庭氛围中，耳濡目染，自小浸润于其中，故才得以文学相继，不绝于史书。仅《晋书》和《南史》所载能文者就有二十多人。除谢混和灵运外，如谢安："出则渔弋山水，入则言咏属文"；谢万："工言论，善属文"；谢朗："善言玄理，文义艳发"；谢瞻："文章

① 陈延杰注.《诗品》(序). 人民文学出版社,1958

之美，与从叔混，族弟灵运相抗"；谢晦："涉猎文义，博赡多通，时人以方杨德祖"；谢惠连："年十岁能属文，族兄灵运嘉赏之"；谢朓："少好学有美名，文章清丽"；谢璟："少与从叔朓俱知名，齐竟陵王开西邸，招文学，璟亦预焉"；谢超宗："好学有文辞，盛得名誉"；谢朏："幼聪慧，庄器之，常置之左右，十岁能属文"；谢微（《梁书》作谢徵）："美风采，好学善属文"；谢几卿："博学有文采"；谢举："年十四，尝赠沈约诗，为约所赏"；谢嘏："风神清雅，颇善属文"；谢侨，亦有文集十卷；谢札："博涉文史"；谢蔺："所制诗赋碑颂数十篇"；谢贞："七岁尝为《春日闲居》诗，从舅王筠奇之，谓所亲曰：'至如风定花犹落，句，乃追步惠连矣"；谢览："受敕与侍中王暕为诗赠答，其文甚工"。纵观谢氏家族文学之盛，在南朝数代均不乏人，并多有为一时文坛冠冕者。此外如吴郡陆氏，亦是积世文儒之家。最早的陆机、陆云兄弟，虽在西晋政局动乱中被杀，但陆姓另一支的陆晔、陆玩却在南朝产生了不少著名文学家。如陆慧晓，为竟陵王西邸之士，其三子僚、任、倕并有文名。倕子缵，从子厥，厥侄陆云公，云公子陆琼，琼子从典，琼从弟陆琰、陆瑜、陆玠等，在当时皆为著名文士。又如彭城刘氏，《南史·刘勔传》曰："兄弟及群众子侄当时有七十人，并能属文，近古未有也"。刘勔本出身行伍，刘宋王朝著名武将，属因军功而挤进士族阶层的新贵。以文学而著称于时者有其子刘悛，悛子刘孺，孺弟刘遵，遵弟刘瑱，侄刘苞；悛另一子刘绘，绘子刘孝绰、孝仪、孝威，时人有"三笔六诗"之称；孝绰的三个妹妹亦有文采，《南史·刘勔传》说："并有才学，（徐）悱妻尤为清拔，所谓刘三娘者也"。再如彭城到氏，据《南史·刘彦之传》载，彦之出身寒微，亦因跟随刘裕首义而显贵，但子孙两代尚无文名，未形成文学之家。到曾孙辈的到沆、到溉、到洽，遂文名大著，而溉子到镜，镜子到荩，亦因能文而为梁武帝赏接。唯琅琊王氏，虽是门阀士族的代表，而与谢氏齐名，但始终官运亨通，文学则不济，可称名家者仅王融、王筠二人，故胡应麟曾慨叹说："王谢江左并称，诸谢纵横文选，而王氏一何寥寥也"①。总之，这些世家大族对文学创作的垄断，遂使南朝文学实质上是一种士族化的文学。

不过，文学的这种家族化，却给那些出身寒门、行伍起家的南朝几代皇室同样构成威胁。因为，他们虽然取得了皇权的最高统治地位，但在文化上仍然处于劣势。而文化素养的不足，即使贵为皇族也仍然会受到高门大族的歧视，更难与于士族的行列。故自宋武帝刘裕起，即已广为延纳文士，开始重视皇室自身文学修养的提高。他本人即爱好文学，曾在彭城大会群臣，并命纸赋诗，但他的文学修养并不高，因而发生了谢晦恐其出丑而为之代笔的趣事（《南史·谢晦传》）。此后，文帝亦"好文章，自谓人莫能及"（《南史·临川王刘义庆传》）；孝武帝也好文章，在其影响下"天下悉以文采相尚"（《南史·王昙首传附王承传》）。临川王刘义庆更是文学的爱好者，"招聚才学之士，远近必至。太尉袁淑文冠当时，义庆在江州请为卫军谘议。其余吴郡陆展、东海何长瑜、鲍照等，并有辞章之美，引为佐吏国臣"。（《宋书·临川王刘义庆传》）刘景素亦"好文章书籍，招集才义之士，倾身礼接，以收名誉。由是朝野翕然，莫不属意焉"。即此已可看出刘宋皇室力求改变处于文化劣势的努力。《梁书·江淹任昉传论》曾说："观夫二汉求贤，率先经术，近世

① 胡应麟.《诗薮·外编》(2). 上海古籍出版社，1979

取人,多由文史”。这种风气的转变,首先就是从刘宋时期开始的。刘宋政权首立文学为官学,并与儒学并列,实为前此所未见,故南朝重文风气的盛行,即由此而发端。延至萧齐,其风不减,宗室子弟延纳文学之士者更多。大概而言,当时文士不出文惠太子萧长懋、竟陵王萧子良、豫章王萧嶷、随王萧子隆等几个文人集团。尤其是萧子良的西邸文人集团,则几乎荟萃了其时所有著名文学家,大有成为该集团实际领袖之概,故《南齐书·萧子良传》称其“所著内外文笔数十卷,虽乏文采,多是劝戒”。已远非宋时皇族在文人集团中的地位了。据史载,齐开国皇帝萧道成即已有很高的文学素养,年十三曾受学于硕儒雷次宗,故博学善属文,工草隶书,对文学鉴赏也很有眼光。清人汪师韩即曾说:“《南史》齐武陵王煜,诗学谢灵运体,以呈高帝。帝报曰:‘见汝二十字,诸儿作中最为优者。但康乐放荡作体,不辨有首尾。安仁、士衡深可宗尚,颜延之亦其次也。’其称述安仁,士衡、延之,盖不免局于时尚,而谓康乐‘不辩有首尾’一语,卓识冠绝千古”①。能受汪氏如此推崇,可知识见不凡。降至武帝萧赜,则对皇族文学修养的要求更加自觉,故诸子中好学者,便加褒奖,不学者则加申斥。如《南史·齐武帝诸子传》所载,萧子懋“最为清恬,有意思,廉让好学。……启求所好书,武帝曰:‘知汝常以书读在心,足为深欣’。赐以杜预手所定《左传》及《古今善言》。”而庐陵王萧子卿不学,遂斥之曰:“汝比令读学,今年转成长,学既勿就,得敕如风过耳,使吾失气”。可知宋齐二代君主对诸子文化素养的要求,是一代更比一代自觉的。

然而,不管怎样说,宋齐二代领袖文坛的人物,究竟都是门阀士族中人物,如宋之颜、谢,齐之沈、谢、王融。皇室成员尽管有招纳组织之功,以创作实绩论却得不到社会的承认。萧梁政权的建立,则彻底改变了这种情况。他们不只是文学集团的组织核心,而且以自己的创作实绩成为文坛上的真正领袖,前有昭明太子萧统,后有简文帝萧纲、元帝萧绎,以副君之重和帝王之资都成为一代文坛的主宰。故《南史·文学传序》曰:“时主儒雅,笃好文章,故才秀之士,焕乎俱集”。曾经趾高气场、傲视一时的家族文人,现在都要围绕着当今帝王来转了。对此,他们也是自知的,萧纲《答湘东王和受试诗书》即说:“文章未坠,必有英绝,领袖之者,非弟而谁?每欲论之,无可与语,思吾子建,一共商榷。辨兹清浊,使如泾渭,论兹月旦,类彼汝南,朱丹既定,雌黄有别”。不仅理直气壮地自诩为文坛领袖,而且还要为文学创作树立准则,以使文界遵循。这是南朝文学一次更重要的转变,即由文学的家族化向宫廷文人集团化的转变,自然会对当时文学发展流程产生重要影响。

在我国文学史上,以帝王之尊而能领袖一代文坛,笼括天下英逸,俊才云集,诗文腾踊如梁代者,恐怕并不多见。有之,则唯汉末建安时期的曹氏父子与之相近。刘勰曾这样写道:“建安之末,区宇方辑,魏武以相王之尊,雅爱诗章;文帝以副君之重,妙善辞赋;陈思以公子之豪,下笔琳琅。并体貌英逸,故俊才云蒸”②。萧梁时期文学之盛,亦复与之相似,故张溥《梁简文帝集》题辞说:“兼以昭明为兄,湘东为弟,文辞竞美,增荣棠棣,储极

① 汪师韩.《诗学纂闻》.载《清诗话》(上).上海古籍出版社,1982

② 范文澜注.《文心雕龙·时序》.人民文学出版社,1962

既正,宫体盛行”①。然而,我国文学史上仅有的这样两个辉煌时期,其建安诗人之作,因多产生于社会板荡、兵戈铁马之中,具有很强的现实意义,而倍受史家重视;至于梁代君臣所作,却因多产生于宫廷苑囿、姬妾美人之间,遂被冠以“宫体”之恶名而一直受着冷遇,长期缺乏深入研究和公允评价,实在令人遗憾。

宋齐两代诗坛,虽也曾形成过一些以皇室家族为中心而聚集的文人集团,但那时诗人们和这个集团的关系往往是游离的。南齐二十三年,政局一直动荡不定,武帝猜忌,明帝残暴,东昏荒淫,皇室内部权力之争不断,文人们也就免不了贬谪失意之悲,离别羁旅之苦,故同社会生活还比较贴近,情感世界也较丰富,创作视野也较开阔,还谈不上文人的彻底宫廷集团化。但梁代情况却大不相同,梁武帝萧衍在位四十八年,除最后数年侯景之乱的纷扰外,社会一直维持着和平安定景象。故《梁书·武帝纪》说:“治定功成,远安迩肃”,“三、四十年,斯为盛矣,自魏晋以降未或有焉”。而魏征则赞曰:“济济焉,洋洋焉,魏晋已来未有若斯之盛也。”李延寿也说:“自江左以来,年逾二百,文物之盛,独美于兹”。(《南史·梁本纪》(下、中))加之帝王们爱好文学,接纳文学之士,于是天下才俊,几乎全部囊括于宫廷之中。萧衍在齐,即为“竟陵八友”之一,《梁书》本传谓其“天情睿敏,下笔成章,千赋百诗,直疏便就,皆文质彬彬,超迈古今”,《梁书·刘峻传》则说:“武帝招文学之士,有高才者,多被引进,擢以不次”。他实际已是统御文界的领袖。太子萧统,《梁书·昭明太子传》称“引纳文学之士,爱赏无倦,恒自讨论篇籍,或与学士商榷古今,闲则继以文章著述,率以为常。于时东宫有书几三万卷,名才并集,文学之盛,晋宋以来未之有也”。而《昭明文选》之编辑,即是他同学士们商榷古今、讨论篇籍的产物,故“名才并集”而形成宫廷文人集团之盛,确属晋宋以来之空前。时为晋安王之萧纲,其周围文士云集之盛,实亦不亚于乃兄。《梁书·简文帝纪》曰:“引纳文学之士,赏接无倦,恒讨论篇籍,继以文章”。即大有昭明之风,而这是他在藩邸时即已开始的。故《梁书·庾肩吾传》曰:“初,太宗(萧纲)在藩,雅好文章之士……及居东宫,又开文德省,置学士”。如庾肩吾及其子庾信,徐摛及其子徐陵,刘遵及其弟孝仪、孝威,到溉、到洽、刘苞、陆倕等皆预与其中,更可称“名才并集”,而他们便是宫体诗的主干作者。至于被萧纲推奖为“领袖之者”的梁元帝萧绎,《梁书·元帝纪》亦谓:“既长好学,博极群书,下笔成章,出言为论,才辩敏速,冠绝一时。……与裴子野、刘显、萧子云、张缵及当时才秀,为布衣之交,著述辞章,多行于世。”可知与二位兄长无异,也是爱好文学而能领袖一代群伦者。总之,经过萧梁几代帝王皇室的赏接募集,几乎当时所有文学才秀全都云集于宫廷之中,也就出现了迥乎不同前代的宫廷文人集团化现象。

《梁书·到洽传》曾载沈约谓武帝萧衍曰:“宋得其武,梁得其文”。其本意大概是说:宋以武功立国,梁以文治称盛。不过,这所谓“得其文”并非说明梁代文学成就一定超过刘宋,因为二者本不是成为正比的,而只是指梁代文学因宫廷文人集团化造成的表面繁荣。然文学的宫廷文人集团化,却必然导致其生活圈子的狭小,创作视野的狭窄,题材取向不出宫闱之内,描写对象只在歌儿舞女,除了“好作艳诗”便只能写些咏扇、咏筝、咏马、

① 张溥.《汉魏六朝百三家集题辞》. 人民文学出版社,1981

咏蝉、咏石榴一类的无聊咏物诗。他们不仅失去建安作者那种敢于直面现实的苦难沉吟和豪情壮志，就连宋齐诗人那点仅存的贬谪失意、离愁羁旅的不平和放情山水的高情远致亦不复存在。正如《隋书·经籍志》四所说："清辞巧制，止乎衽席之间；雕琢蔓藻，思极闺房之内。后生好事，递相放习，朝野纷纷，号为宫体"。因此，"宫体"之兴，实乃文学宫廷文人集团化的必然产物。对此，前引张溥《梁简文帝集》题辞之说可谓接触到了本质："盖朱邸日久，会逢清宴，兼以昭明为兄，湘东为弟，文辞竞美，增荣堂棣，储极既正，宫体盛行。但务绮博，不避轻华，人挟曹丕之资，而风靡黄初之旧，亦时世使然乎！"①生活内容的贫瘠，加之创作动机的争奇斗艳，遂导致"但务绮博，不避轻华"，那是必然的。但是，虽同为华辞丽藻而皆用于"衽席之间"和"闺房之内"，其结果却同前人如建安诗人之"怜风月，狎池苑，述恩荣，叙酣宴"（《文心雕龙·明诗》）者，亦有所不同。因为他们更着力于女性体态美和物态美的描绘，所以特称作"宫体"。然不可否认的事实是：这也是一种美，一种文学"新体"。

其次，宫体诗的兴盛，与南朝乐府民歌的影响亦不无关系。长期来以由于受"民间文学主流"论的影响，凡是产生于民间的作品如南朝乐府民歌，被说得一片光明，而文人创作的东西如"宫体"诗之类，则被描写成一片漆黑。这是极其片面的。其实刘师培早就指出："宫体之名，虽始于梁，然侧艳之词，起源自昔。晋宋乐府，如《桃叶歌》、《碧玉歌》、《白伫歌》、《白铜鞮歌》，均以淫艳哀音，被于江左，迄于萧齐，流风益盛。其以此体施用五言诗者，亦始晋宋之间，后有鲍照，前有惠休。特至于梁代，其体尤昌"②。事实确实如此，如被看作"宫体"先导的鲍照、汤惠休、沈约诸人，就都写有《白伫歌》之类作风淫艳的摹拟乐府之作。故冯定远才说："至于沈鲍，文体倾侧，宫体滔滔，作俑于此。"③所谓"宫体"，因多写女性而得名，而南朝乐府民歌十之八九亦多为男女之词，时风爱好，文人拟作，亦是必然现象。后影响到文人创作而"施用于五言诗"，遂造成宫体诗盛行。

产生于建康、荆、襄一带的吴歌西曲，是当时商业发达，经济繁荣的产物，带有明显的市民文化特征，但却引起统治阶层的爱好。《世说新语·言语篇》曾载："桓玄问羊浮，何以共重吴声？羊曰：'当以其妖而浮'。"即已透露出吴歌浸淫于统治阶层的信息。故郭茂倩《乐府诗集》卷六十一论《杂曲歌辞》说：

> 自晋迁江左，下逮隋唐，德泽寖微，风化不竞，去圣逾远，繁音日滋。艳曲兴于南朝，胡音生于北俗，哀淫靡漫之辞，迭作并起，以至陵夷。原其所由，盖不能制雅乐以相变，大抵多溺于郑卫，由是新声炽而雅乐废矣。

他提出"相变"的办法未必奏效，但指出"自晋迁江左"而"艳曲兴于南朝"，却是事实，而且一代盛于一代。《太平御览》五百六十九引裴子野《宋略》曰：

---

① 张溥.《汉魏六朝百三家集题辞》. 人民文学出版社，1981

② 刘师培.《中国中古文学史·齐梁文学》. 人民文学出版社，1959

③ 吴乔.《围炉诗话》(2)引. 齐鲁书社，1997

> 及周道衰微，日失其序，乱俗先之以怨怒，亡国从之以哀思。优杂女子，荡悦淫志，充庭广奏，则以鱼龙靡漫为瑰玮；会同享觐，则以吴趋楚舞为妖妍。纤罗雾縠侈其衣，疏金镂玉砥其器，在上班锡群臣，群下亦从而风靡。王侯将相，歌伎填室，鸿商富贾，舞女成群，竞相夸大，互相争夺，如恐不及。莫为禁令，作风败俗，莫不在此。

这是刘宋时期的情况，至于南齐，《南齐书·王僧虔传》则曰：

> （僧虔）以朝廷礼乐，多违正典，民间竞造新声杂曲。……自顷家竞新哇，人尚淫俗，务在噍杀，不顾音纪，流宕无崖，未知所极，排斥正典，崇长烦淫。……故喧丑之制，日盛于廛里，风味之响，独尽于衣冠。

尽管他们都是站在维护礼乐正典的立场，来批评"家竞新哇，人尚淫俗"的社会风气的，但是从反面说明乐府民歌在宋齐两代受到社会喜爱的盛况。至于说"纤罗雾縠侈其衣，疏金镂玉砥其器，在上班锡群臣，群下亦从而风靡"的情况，裴氏虽写的是《宋略》，恐怕所讽则是他所生活的梁代。因为梁武帝萧衍特喜吴歌西曲，曾亲为修改并创作歌词，如《子夜四时歌》之类，其风情之旖旎几与原歌词莫辩。《古今乐录》即云："梁天监十一年冬，武帝改西曲，制《江南》《上云乐》十四曲。《江南弄》七曲：一曰《江南弄》，二曰《龙笛曲》，三曰《采莲曲》，四曰《凤笙曲》，五曰《采菱曲》，六曰《游女曲》，七曰《朝云曲》"。可知沉溺的热情和情况。值得注意的是，不仅萧衍作《江南弄》七曲，沈约亦作四曲，萧纲作三曲，格式亦全同，正所谓"群下亦从而风靡"者也。按梁武帝今存诗九十首，其中乐府共五十四首，且多为摹拟乐府旧题之作，则更能说明问题。在他影响之下，沈约、萧纲、萧绎等亦创作了大量乐府诗。而这正是"宫体"诗的滥觞形成期，岂能不深受影响。故刘师培提出"其以此体（按即所谓淫艳哀音）施用五言诗者，……特至于梁代，其体尤昌"的断言，便不能说无据。

前面曾将宫体诗定位于爱情—艳情—色情系统中的"艳情"一类，仿此则南朝乐府民歌应大体属于"爱情"之列，故历来被看作我国文学的宝贵遗产，这是毫无疑问的。如《子夜歌》中的许多优秀小诗，就往往抓住抒情主人公瞬间的某种情态和思绪，来表现青春少女对爱情的向往、娇嗔和痴情，以其质朴天然而透露着浓郁的乡土气息，确为文人作品中少见。《大子夜歌》说："歌谣数百种，子夜最可怜。慷慨吐清音，明转出天然。"即是下层人民对自己歌谣的自觉肯定。如吴声歌曲《子夜歌》四十二首之一：

> 揽裙未结带，约眉出窗前。
> 罗裳易飘飏，小开骂春风。

这位少女一早起来，迎着窗外的春光，即忙乱地套上裙子，连裙带也忘了系，就到窗前装饰画眉，已够粗心的了。可是恰在此时，一阵春风吹进，无意掀起她罗裙的一角，露出白玉般的肌肤，于是她又气又恼，又羞又恨，又颦又嗔，刚才还满面春情的喜色，顿时化作娇羞嗔怒，而小开窗扉骂起鲁莽的春风来。虽然这只是生活中的一个小小细节，但对人物的刻画可谓情态宛然。又如：

夜长不得眠，明月何灼灼！
想闻散唤声，虚应空中喏。

所写也是生活情境的一个细节。她何以长夜不眠？起句干净利落，未加细说，只是以灼灼明月状其孤寂独处之情景。后两句即作补充点明：原来她是在苦苦思念远方的丈夫（或情人?）以至产生幻觉，似乎听到空中的呼唤，便赶紧答应了一声。情节虽然简单，但把那种深深沉溺于相思之中，如痴如醉的神态却生动地刻画出来。下面这首《子夜四时歌·秋歌》则由思而转作恨了：

别在三阳初，望还九秋暮。
恶见东流水，终年不西顾！

三阳初当指正月，九秋暮则已到交冬之时。虽不言别后时间之长，而实已很长，何况又状以“三阳”“九秋”等时间性词语，更增加了“长”的感觉。于是她顿生恨意，不过不是恨其所爱，而是牵怒于长年浩浩、永不回首的东流之水。这似不合理，却极合情，正见出思念之深之烈。写恨而最见其炽烈之情的则是《读曲歌》中的那首：

打杀长鸣鸡，弹去乌臼鸟。愿得连暝不复曙，一年都一晓！

还有一些是表达生死不逾、甚至以死相殉的忠贞爱情的。如《子夜歌》：

侬作北辰星，千年无转移。
欢行白日心，朝东暮还西。

这是在表达自己对爱情忠贞时，又担心所爱用情不专的。又如《华山畿》：

相送劳劳渚，长江不应满，是侬泪成许！奈何许？天下人何限，慊慊只为汝！

劳劳，惆怅忧伤之意，有《孔雀东南飞》之“举手长劳劳，二情同依依”可证。据《景定建康志》载：“劳劳亭在城南十五里，古送别之所，吴置亭在劳劳山上”。则渚亦名劳劳，本地名，然此曲用于句首，有笼括全诗情感基调之妙。离别之痛，无以言说，谓长江本不应如此涨满，那是我的泪水流成这样，可知相爱之深。然尚不足尽意，又说天下人何其多也，

我所爱者却唯你一人,故泪水才流得如许暴涨,夸张而痴情。然写得最奇特的,当数《西曲歌·作蚕丝》二首:

春蚕不应老,昼夜常怀丝。何惜微躯尽,缠绵自有时。绩蚕初成茧,相思条女密。投身汤水中,贵得共成匹。

作者充分运用汉语谐音双关之妙,以春蚕吐丝、作茧为喻,表达自己以身殉情的决心,可谓语新而意警,带有某种悲壮美色彩。怀丝,即怀思,语旨双关。缠绵,既指丝之缠绵,亦指情之缠绵,设喻极切。条女,即采桑养蚕之女。蚕由吐丝成茧,女则随之相思日炽,亦点化自然。茧须投汤滚煮方可缫丝成匹,情须舍生忘死则终成伴侣,更妙语双关。隐喻而以谐音,本民歌中常用手法,然如此诗之妙合天然者,不只一般的民歌中并不多见,更是当时文人诗作所没有的,堪称杰构。

南朝乐府民歌如上所列,固然为文人创作提供了许多启发和灵感,曾产生过积极的影响。但是它的影响也绝非是单一的,往往表现得相当复杂和多样。比如,有些曲词语言藻艳秾丽,就为宫体诗描写女性提供了某些启迪。象《子夜歌》二首:

落日出前门,瞻瞩见子度。
冶容多姿鬓,芳香已盈路。
芳是香所为,冶容不敢当。
天不夺人愿,故使侬见郎。

这本是男女对答言情之歌,由男女初次相见的怦然动心,到女子谦辞中表露的"天不夺人愿"的欣喜,有送有答,相互呼应,情感极其纯真朴实,具有浓郁的民歌风味。然而"冶容""姿鬓"之言,"芳香""盈路"之语,却已经有点艳。至如《读歌曲》二首,就更臻秾纤了:

花钗芙蓉髻,双鬓如浮云。
春风不知著,好来动罗裙。
青幡起御路,绿柳荫道驰。
欢赠玉树筝,侬送千金宝。

其语言之雕饰,表现出的富贵气,已和宫体诗相去不远。再如《子夜四时歌·春歌》:

娉婷扬舞袖,阿那曲身轻。
照灼兰光在,容冶春风生。

不只写到娉婷舞袖,婀娜身轻,连女子的曲线也未忘记缀上一笔,就更象宫体诗了。而《夏歌》亦然:

反覆华簟上，屏帐了不施。
郎君未可前，待我整容仪。

恐怕从这类乐府曲词中，说宫体诗受到过某些启迪，大概不会是纯属臆猜。尤其值得注意的是，此类曲词中往往写到女性的体态，而这正是宫体诗的主要特色，如《子夜四时歌》中的《秋歌》二首：

凉风开窗寝，斜月垂光照。
中宵无人语，罗幌有欢笑。

一夕就郎宿，通夜语不息。
黄檗万里路，道苦真无极。

又如《莫愁乐》：

闻欢下扬州，相送楚山头。
探手抱腰看，江水断不流。

再如《读曲歌》二首：

含笑来向侬，一抱不能置。
领后千里带，那顿谁多媚。

娇笑来向侬，一抱不能已。
湖燥芙蓉萎，莲汝藕欲死。

《子夜歌》中亦多此类描写，如下面二首：

宿昔不梳头，丝发被两肩。
婉伸郎膝下，何处不可怜！

揽枕北窗卧，郎来就侬嬉。
小喜多唐突，相怜能几时？

尤其是那首《华山畿》，不仅肆意夸张，而且情真意切：

啼着曙，泪落枕将浮，身沈被流去。不能久长离，中夜忆欢时，抱被空中啼！

总之,在这类大胆、热烈、优美的情歌描写中,凡女性语态、情态、体态、作态等全都写到了。尽管这和宫体诗所写并不相同,但其关注的基本点总是一致的。一是叙述身份的不同,乐府民歌是第一人称的女性自述,宫体诗则是站在第三者立场的描状;二是角度及态度的不同,自述总是强烈情感和体验的表现,描状则采取冷眼旁观的体味和欣赏;三是内涵各异,真情酿造的自然是爱情,旁观者萌生的则只能是艳情。但不管怎么说,由于其所关注的基本点一致,前者对后者产生相当的影响和启迪则是必然的。

或者以为,象前举那些过于秾艳的乐府诗,往往是上层文人加工润色的结果,甚或就是他们的创作。这种情况容或有之,但也并非尽然,如那首被推为南朝乐府之绝唱的《西洲曲》,不少学者就认为前后风格不类,后半可能即是文人加工或续作。前半虽也有许多精彩的描写,但民歌风味淳浓,如"单衫杏子红,双鬓鸦雏色"、"日暮伯劳飞,风吹乌臼树"、"开门郎不至,出门采红莲"等,写景写事写物,全是民间色彩。尤其是以下八句:"采莲南塘秋,莲花过人头。低头弄莲子,莲子青如水。置莲怀袖中,莲心彻底红。忆郎郎不至,仰首望飞鸿"。更是情悠韵远,朴茂真淳,但仍是民歌中谐音双关隐喻的惯用手法。然象这样的诗句:"栏杆十二曲,垂手明如玉。卷帘天自高,海水摇空绿。海水梦悠悠,君愁我亦愁。南风知我意,吹梦到西洲"。其境界之高远,语言之文饰,便大不类民歌风味,而与文人诗的造句方式相近(如"卷帘""海水"等句)。所以,才会有《玉台新咏》题江淹作(然宋本不载),《诗镜》题梁武帝作的现象存在。总之,《西洲曲》确曾经过文人的加工改写,还是可以肯定的,但我们却不能以此为据,遂认为前举那些曲词也同样如此,从而否定它们曾对宫体诗产生过影响。

综前所述,则宫体诗的产生和兴盛,文学创作的宫廷文人集团化应是主因,对南朝乐府的爱好并表现出极大热情则是诱因,当然还有文人五言诗本身发展的关系,前面已讲过很多,此处不赘。文学宫廷文人集团化的结果,首先限制了诗人的生活视野、知识经验和胸怀眼光,若不局限于宫廷这一特定的生活圈子,亦不可能。故所写之人是宫中所见之人,所写之物是宫中所见之物,艺术兴趣则唯在矜奇斗艳,故"俪采百字之偶,争价一句之奇",遂成必然。而乐府民歌对女性的关注和热情,尤其是对女性情态、体态、饰物等的描写,以及用于这些描状的艳词丽藻,又无不与宫体诗人的写作兴趣和需要相吻合,因此他们又必然会从中受到提示和启发,进行摹拟并"以此体施用于五言诗",踵事增华,变本加厉,亦是势所难免。前者如梁武帝,后者如徐、庾,即标志着由摹拟向"施用"的转化。再加之五言诗在声律、对偶、骈丽,尤其在意象结构等方面形成的丰富经验,相挟而又相煽,宫体诗这种"新体"的出现便不可避免。

三、何逊、阴铿和由南入北的庾信

梁陈诗坛,虽是"宫体"独行的时期,但也有些诗人并非"宫体"所能一概牢笼,他们直承小谢脉绪,而把景物意象诗发展并推进到一个更加完善成熟的阶段,成为下开唐风的关键性人物。除前此之大小谢外,最为诗圣杜甫心折的便是何逊、阴铿和庾信。庾信是由南入北,既以南风浸染北俗,又最终从宫体诗营垒中冲杀出来的杰出诗人,后面另说。关于阴、何,杜甫曾推赞说:"能诗何水曹"(《北邻》),又道自己创作心曲谓:"熟知二谢将能事，颇学阴、何苦用心”（《解梦》十二首之七），而赠李白则曰：“李候有佳句，往往似阴铿”（《与李十二白同寻范十隐居》）。即此可知他们在诗圣心目中的地位，故后世文人亦倍加推崇。尽管一般认为阴不如何，如胡应麟所说：“阴、何并称旧矣，何摅写情愫，冲淡处往往颜谢遗韵。阴惟解作丽语，当时以并仲言，后世以方太白，亦太过。然近体之合，实阴兆端”。① 就其创作的整体成就而言，确实阴不如何，但以“惟解作丽语”批评阴铿，似亦欠妥。其实善作丽语，正是阴、何共同的特征，而且何逊诗更甚，问题在于是否同他们的情感内容相谐调。陈祚明即认为阴诗饶富“清思”，并“更能运以亮笔，一洗《玉台》之陋，顿开沈、宋之风。且觉比《玉台》则特妍，较沈、宋则尤媚，六朝不沦于晚唐者，全赖有此大雅君子，振起而维挽之，宜乎太白仰赞，少陵推许，榛涂之辟，此功不小也”。② 故阴、何并称，不只是本身成就的高低所决定，更在于他们风格相近，并能挺出时流的原因。

何逊字仲言，东海郯（今山东郯城西）人，是由齐入梁而主要活跃在梁代诗坛的诗人。据《南史》本传载，他“八岁能赋诗，弱冠州举秀才。南乡范云见其对策，大相称赏，因结忘年交”。故范云曾作诗相赠，题《贻何秀才》，而何逊亦写诗作答，题《酬范记室云》。据《南齐书》载，范云初补记室、参军事，是在竟陵王萧子良为司徒的齐永明五年（487 年）。此时何逊约 20 岁（弱冠）左右，因受范云的称赏，便有了诗名。入梁后，他曾作过建安王萧伟、安西安成王萧秀、仁威庐陵王萧续的记室、水曹行参军等职。《南史》本传云：“梁天监中，兼尚书水郎，南平王引为宾客，掌记室事。后荐之武帝，与吴均具进倖。后稍失意，帝曰：‘吴均不均，何逊不逊，未若吾有朱异，信则异矣’。自是疏隔，希复得见”。从此他便走上仕途的困顿期，最后卒于仁威庐陵王记室任上（518 年）。他一生的创作固与此经历密切相关，并且也说明他并非宫廷文人集团中人，故诗风亦与宫体迥异。阴铿字子坚，武威姑臧（今甘肃武威）人，是稍后于何逊，由梁入陈的诗人。《南史》本传谓其“博涉史传，尤善五言诗，被当时所重，为梁湘东王法曹行参军”。入陈后，先任始兴王录事参军，后因徐陵推荐，常应召预宴赋诗，深受陈文帝推赏，累迁晋陵太守、员外散骑常侍，顷之即卒。由此看来，他与宫体诗倒有些关系，但濡染可能不深，故其诗风仍与谢朓、何逊相近，均以清丽妍秀见长，都是下开唐律的先导。本来小谢已将山水景物意象的描写生活化、平俗化了，阴、何则进一步使其日常经历化，于是山水的成分亦消失殆尽，而代之以生动的寻常景物。故陆时雍说：“何逊诗，语语实际，了无滞色。”③沈德潜则说：“仲言诗……浅语俱深，宜为沈、范心折”④，而陈祚明评阴铿则谓：“寻常景物，亦必摇曳出之，务使穷态极妍，不肯直率”⑤。故大致而言，六朝意象诗历经宋、齐、梁、陈四代，概由山水始而以景物终，其大谢、小谢、何逊、阴铿即是各个阶段的代表性诗人。在历史演化的层面来看，无疑每次都是一种解放和开拓，正为唐诗的光华灿烂、无所不能、无所不有铺平了道路。

阴、何并非不写山水，但那山水已和谢灵运笔下的山水大不一样。或者我们只能称

---

① 胡应麟.《诗薮·外编》. 上海古籍出版社,1979

② 陈祚明.《采菽堂古诗选》(29). 清康熙 45 年(1706)刻本,全国图书缩微中心,1989

③ 丁福保辑.《诗镜总论》.《历代诗话续编》(下). 中华书局,1983

④ 沈德潜.《古诗源》(13). 中华书局,1984

⑤ 陈祚明.《采菽堂古诗选》(29). 清康熙 45 年(1706)刻本,全国图书缩微中心,1989

这是一种景物,一种对自然物象的心灵感受,欲从其中寻找谢家山水的那种造型模式已不可得。如何逊《入西塞示南府同僚》的写景部分:

露清晓风冷,天曙江晃爽。薄云岩际出,初月波中上。黯黯连嶂阴,骚骚急沫响。回楂急碍浪,群飞争戏广。伊余本羇客,重暌复心赏。……

既是写入西塞山,而且诗中说"在昔爱名山",那么此诗之写山水应是题中应有之意。然而,所写却全无谢诗山水之类似造型,只是主体心灵对寻常景物的感受,或曰心灵感受中的自然物象之变化。诗人选取的是一个欲曙未明的特定时刻:清露晨流,冷风刺面,岩际云蒸雾绕,残月(初当作残)波中晃荡,晨曦因叠嶂而变得昏朦,盘涡在脚下又喷沫震响。此时,惟一叶木筏颠簸于惊涛骇浪之中,叫人怵目胆寒;头顶又有成群飞鸟在争斗戏闹,更反衬出几分凄怆。总之,整个氛围是昏冷、阴沉、迷朦而纷乱不安的,无疑又是其主体心境和情感的外化。就全诗结构看,前半写景,后半言情,表现的是对险恶官场的厌弃、故而欲辞官归隐而不得的内心衷曲,正好情景呼应,相洽而相谐,呈现出整体的统一。又如《南还道中送赠刘諮议别》前半:

一官从府役,五稔去京华。遽逐春流返,归帆得望家。天末静波浪,日际敛烟霞。岸荠生寒叶,村梅落早花。游鱼上急水,独鸟赴行楂。目想平陵柏,心忆青门瓜。曲陌背通垣,长墟抵狭斜。善邻谈谷稼,故老述桑麻。寝兴从闲逸,视听绝喧哗。

尽管两诗表现的情感基调不同,前者是因"何逊不逊"而失宠,被贬逐出京的惊疑和沉重;后者则是外放五载后,又得"南还"京都的欣喜和轻松。但它们有一个共同之点:与其说是在写心灵感受的景物,毋宁说是在写感受景物的心灵。因而,诗中的景物是完全心灵化的,正如王夫之所说:"以写景之心理言情,则身心中独喻之微,轻安拈出"①。

阴铿那首著名的《开善寺》也是如此:

鹫岭春光遍,王城野望通。登临情不极,萧散趣无穷。莺随入户树,花逐下山风。栋里归白云,窗外落晖红。古石何年卧?枯树几春空?淹留惜未及,幽桂在芳丛。

开善寺在南京钟山的独龙阜上,首建于刘宋元嘉年间,梁武帝天监十三年重修,又建宝分塔,其景色优美,为当时佛教胜地(故以"鹫岭"喻之)。阴铿登临其上而赋诗,自属山水纪游一类。但细按之,全诗描写重点却不在山水,而是极力突出"萧散趣无穷"的心境,故取景便有了选择性:莺逐风树而时时入户,花逐山风而纷纷卷落,趣萧散也;白云晚归栖居

① 王夫之.《夕堂永日绪论·内编》.《姜斋诗话》卷二.人民文学出版社,1962

檐栋,落日熔金红染万山,韵悠远也;再加"古石""枯树"之思古致慨,不论我们知不知其二典出处,只是那段凄楚感怆之情怀,已够发人遐想的了。所谓"登临情不极"者在此,故才引发出"淹留惜未及",即不能归隐林泉的深深叹惋。因此,在他们的诗中情和景总是相因依,相含吐而融为一个整体的。王夫之曾说:"夫景以情合,情以景生,初不相离,唯意所适。截分两橛,则情不足兴,而景非其景"。(《夕堂永日绪论·内编》)相较而言,大谢诗不免时有"截分两橛"之感,鲍则更甚,而阴、何诗虽乏谢之高华,鲍之骨力,庶几却无此弊。史家常谓阴、何乃下开唐音的重要诗人,除一般所指出的声律对偶等外,其实意象的渐趋圆融,则是更为本质的方面。

关于阴、何诗的突出成就,陈祚明曾指出过两点:一是从创作的主体方面说的,一是就作品的特征方面说的,基本概括了他们在历史上的地位。试分述如下。

前者称其:"清机自引,天怀独流,状景必幽,吐情能尽"①,即认为他们超迈前规,师心独造,构思清丽,别开新境,故景幽情畅,殊不尽缠绵之致。如何逊《敬酬王明府》:

> 星稀初可见,月出未成光。澄江照远火,夕霞隐连樯。贱躯临不测,玉体畏垂堂。念别已零泪,况乃思故乡。

王明府即王僧孺,何逊的同乡和挚友。天监十年(511年)曾任兰陵太守,故称"明府",然此时已因事被纠免官。何逊亦因作五字叠韵诗,被梁武帝斥为"不逊"而离开京都,远徙寻阳去作建安王萧伟记室。王曾寄诗何逊,述其"思君不得见,望望独长嗟"(《寄何记室》)的思念之情,故逊作此诗以相答。全诗八句,前景后情,先由写景入题:这是个寒凉的秋夜,暮色渐暗,星光初吐,稀疏而隐约;月亮也已爬上天边,却显得光芒微弱,苍白而无力;平望远处,清澄的江面上渔火点点,更是一片迷蒙;而天际的一抹晚霞,亦渐渐收起它的绚烂,与连绵的桅船融作一片浑沦。无疑这是诗人的真实所见,是实景;然又与其"贱躯临不测,玉体畏垂堂"的处境和心情,又是多么和谐一致,岂不正是现时迷茫思绪的外化?就景而言,惝怳、迷离、朦胧莫测;就情而言,孤寂、落漠、前途未卜。二者相生相洽而不相离,确如王夫之所说,"景以情合,情以景生",故读来殊不尽缠绵之致。值得特别指出者在于,本来都是一些人所能详的平常景、日常事,然一经诗人的灵心妙口道出,意象遂变得如此丰满,内涵又如此充盈,而不落于质实和平俗,正是艺术上的一大进步。

阴、何诗的题材,大都不离酬答、送别、行役之类,可以说已完全脱弃谢家山水的套路。只就日常景物、平居所见着笔,却能翻出一段灵秀精彩来,故能独树一帜。正如陆时雍所说:"阴、何气韵相邻,而风华自布,见其婉而巧矣,微芳幽馥,时欲袭人"②。何逊的《暮秋答朱记室》即是如此:

> 游扬日色浅,骚屑风音劲。寒潭见底清,风色极天净。寸阴坐销铄,千里长

---

① 陈祚明.《采菽堂古诗选》(26). 清康熙45年(1706)刻本,全国图书缩微中心,1989

② 丁福保辑.《诗镜总论》.《历代诗话续编》(下). 中华书局,1983

迂迴。桃李尔繁华，松柏余本性。故心不存此，高文徒可咏。

朱记室，其人未详，但有《送别不及赠何殷二记室》诗，当是他们作记室时的同僚。朱诗结尾云："即此余伤别，何论尔望家！二君最琬琰，无使没泥沙。"逊诗即是就此所作回答。首四句写景，以点"暮秋"，造语清丽精警，先声夺人，然又并非止此而已。日色苍白地在恹恹升起，西风呼啸着萧瑟劲吹；寒潭凝碧，清沏见底；长天无云，湛蓝明净。肃杀、简远，甚至有几分静穆。此时，唯诗人孤独地枯坐潭边，虚掷着光阴慢慢逝去，思绪却已飞到远在千里之外的故友身边。孤寂、清冷，又透露出几分凄然。这里营造的只是一种情致，一种境界，一种莫名的傲岸。不过，这都仅仅是铺垫，他要真正表达的则是对朋友"高文"所说"无使没泥沙"的回答："桃李尔繁华，松柏余本性"。任尔桃李春风得意，临寒秋而终将凋落，迎雪傲霜，才见松柏本性。由此可知，诗中的情和景又是互为一体的，只是较之前诗意象更为含婉。故张紘《何水部集跋》说："盖出雄浑于婉丽"。还有一点需指出，"松柏"句当本刘桢《赠从弟》之"亭亭山上松，瑟瑟谷中风"、"岂不罹严寒，松柏有本性"。不过刘诗借助比兴，虽骨力铮铮，但构思单纯，笔法直致；此诗则意象缤纷，造境清迴，骨力和情韵兼胜。或者说他是把建安沉雄之气，同齐梁清丽之思结合起来了。因此，我们或许可悟喻象诗同意象诗之真正不同，这正是何逊诗开辟出的新境。

阴铿的《晚出新亭》构思亦甚新颖：

大江一浩荡，离悲足几重。潮落犹如盖，云昏不作峰。远戍唯闻鼓，寒山但见松。九十方称半，归途讵有踪！

此诗起势不凡，虽有小谢诗"善自发端"的影子，但融入的情感似乎更浓。浩荡大江，滔滔而去，景象开阔；临流增感，离愁几重，情思激越。景物和情思在这里作了极好的配合映衬，落笔自然不俗。接下四句转入写景，然亦是所谓"以写景之心理言情"者，故其感受独特，选择极具个性，亦为梁陈时人少有的佳景。晚潮汹涌，涨落如盖；暮云昏沉，不作叠峰。激荡不安，沉重压抑，虽写景实为内心情感之所化。暮色江岸，唯闻戍鼓，时不靖也；寒山衰草，但见老松，心有企也。肃杀、苍凉、岑寂而撩人遐想。故末尾以征典结，用"行百里者半九十"之成语喻征途之艰难，前程之未卜，而慨叹"归途讵有踪"了。要说写景之妙，他的《五洲夜发》似更突出：

夜江雾里阔，新月迴中明。
溜船惟识火，惊凫但听声。
劳者时歌榜，愁人数问更。

雾笼江面，不辩涯际，所以"阔"；月挂天穹，纤垢不染，所以"明"。看来诗人的心情是轻松愉快的，少有前诗之沉重，故感受的景物亦大不一样。"溜船惟识火"句写见，承"江雾"句来，故不见船行，唯以灯火移动才可分辩。"惊凫但听声"句写闻，又承"溜船"句来，因行船惊动野凫，不见其飞而只闻其声。感受同样是愉快的，写江夜行船之独特景致，更是真切精细，亦六朝诗人少有言及者。末尾二句，由写景转入写人。榜者劳歌，清韵悠场；愁人问更，言其急切。何以如此？盖缘于长夜水行而已，所以一夜行船，才能闻察得那样细致入微，赏心悦目。那么，纵然有“愁”，亦是淡淡的。此诗前景后人，首尾呼应，针线细密，清新婉丽，有如一滴晶莹露珠，结构极为浑成完整。前人所谓“近体之合，实阴兆端”①者，于此可见。

何逊的《相送》亦颇堪讽咏：

客心已百念，孤游重千里。
江暗雨欲来，浪白风初起。

送行留别之诗，一般多以情语收束，结出全诗主旨，如惜别、劝勉、祝愿等。此诗短短四句，独以景语结尾，欲吐复吞，情韵绵邈，很是特殊。首二句扣题写相送：客心、客居之心；百念，百感交集；加“已”“重”二字，表示情思之递进。谓本已愁情万端，那堪又要作千里远行，而且还是“孤游”呢！情感的表达可说刚刚开始，正需放笔直抒，然而诗人却大笔一转，写起即目所见之时之景之风云变幻来了。不过细寻其意，亦并非闲笔。似可分三层看：雨来江暗，风起浪白，前途险恶，这是一层；生死作别，后会难期，情感激越，借景渲染，又是一层；愁思万端，出处莫测，意乱心纷，有如风雨交加，借景物折射而流露于不自知者，又一层。大抵以景结句者，多因“深意堪愁，不可具说”②，即所要表达的情感复杂，思绪纷乱，欲说而不可说、不能说、或不愿尽说，因此才以景语作结，恰造成言尽意余、蕴含不尽之妙。唐人多有此写法，何逊此诗已臻其境，故不能不特加重视。

清人张玉穀曾批评此诗说：“此非送人诗，乃别送者诗也。制题亦欠明白”。③ 似不无道理。但若考虑到当时联句之风盛行，友朋送行往往彼此唱和，也许就不会感到制题不当了。所谓联句，相传起于汉武与群臣所作“柏梁台诗”，然人各一句。至晋代贾充与妻作，人各二句。自陶渊明等之后，始人各四句，并风行齐梁。何逊适处其时，亦时有所作，如其集中即另有《相送联句》五首，是与友人韦黯、王江乘二人的联作，并人各四句。由此类推，本诗亦当是朋友相送的联句，只是联者为谁，已难确考。不过所作四句，若无人续作，或续而未成，仅存四句的便称为“绝句”，后世绝诗之名，由斯而起。何逊此诗，虽平仄尚未全合规范，但结构完整，意象浑成，实开五绝先声，所以可贵。以上为第一个方面。

另一方面陈祚明说：“琢句抽思，务极新隽，寻常景物，亦必摇曳出之，务使穷态极妍，不肯直率”④，这是重在诗人秀句的营构方面说的，当是梁陈时期的普遍习气，阴、何特杰出时流者而已。故叶矫然曰：“何仲言体物写景，造微入妙，佳句实开唐人三昧”⑤。然而，

---

① 胡应麟.《诗薮·外编》. 上海古籍出版社，1979
② 遍照金刚.《文镜秘府论·十七势》. 社科院文研所编《中国历代诗话选》(一). 岳麓书社，1985
③ 许逸民点校.《古诗赏析》. 上海古籍出版社，2000
④ 陈祚明.《采菽堂古诗选》(29). 清康熙45年(1706)刻本，全国图书缩微中心，1989
⑤ 叶矫然.《龙性堂诗话》(初集). 上海古籍出版社，1987

由于各人评判的角度和标准不同,也就不免招来一些微辞。如沈德潜即说:"诗至于陈,专攻琢句,古诗一线绝矣。少陵绝句云:'颇学阴、何苦用心',又赠太白云:'李侯有佳句,往往似阴铿'。此特赏其句,非取其格也"①。如果仅仅向后看,阴、何之诗确已失却"古诗"的"高格"。不过,这里孕育的却正是一种未来:"开唐人三昧"。世间的事物大多如此,有所失才能有所得,前进总是和过失纠结在一起的,纯而又纯的革变恐不多见。因此,尤其是对阴、何这类诗人,不必过多以"失古"去指责。因为他们诗歌的生命正在于求新、求变,琢句婉丽,穷态极妍。如何逊的《临行与故游夜别》,即是这样一首好诗:

历稔共追随,一旦辞群匹。复如东注水,未有西归日。夜雨滴空阶,晓灯暗离室。相悲各罢酒,何时同促膝。

前四句娓娓道来,只是作一般叙述,似并无可称之奇。然五六句,突接以"夜雨滴空阶,晓灯暗离室",遂使全诗顿增亮丽,所以成为传诵的名句。然而这并非是孤立的:多年共事追随的朋友,一旦就要分离,恰如东流不西之水,恐难再有相见之日!虽是平叙,却已离情满怀,愁绪难却,欲说还休,可谓蓄势已足。于是陡转笔锋,借景达情,着笔成绘:夜雨空阶,绵绵长夜,点点滴滴,犹如打在心上,着一"空"字,写尽多少凄凉!灯光犹暗,离情难尽,长夜未眠,不觉东方已白,着一"晓"字,又道出多少深情!在这浓重的感伤氛围中,离延已是草草,人更悲不自胜,于是为之罢酒,唯以"何时同促膝"来相期相慰了。由此可知,"夜雨"一联之出现,恰到好处:承上以尽难尽之情,启下造成未尽之势。故陆时雍评论说:"惨甚!闲闲两语,景色自成"②,那么,佳句之于诗歌创作,又岂可小觑哉!

黄伯思《东观余论》曾说:"古人论诗,但爱逊'露湿寒塘草,月映清淮流'及'夜雨滴空阶,晓灯暗离室'为佳,殊不知逊秀句殊多。如《九日侍宴》云:'疏树翻高叶,寒流聚细纹。日斜迢递宇,风起嵯峨云'。《答高博士》云:'幽蝶弄晚花,清池映疏竹'。《还渡五洲》云:'萧散烟霞晚,凄清江汉秋'。《答庾郎丹》云:'蛱蝶萦空戏'。《日暮望江桥》云:'水影漾长桥'。《赠崔录事》云:'河流绕岸清,川平看鸟远'。《送行》云:'江暗雨欲来,浪白风初起'。庾子山辈有所不逮。"③确如其所说,何逊诗的秀句不是个别的,几乎篇篇都有,更难以尽举,故沈约当时倍加赏叹,谓"吾每读卿诗,一日三复,犹不能已"(《南史·何逊传》)。不过也应看到,如上面所举秀句,却并非属于同一审美层次,有的清新秀丽,有的则不免纤细佻巧,并不一定为人人所赏。至于高者,不只庾信等"有所不逮",即如诗圣杜甫、诗仙李白常摭拾为已句者,亦不少见。如黄伯思所举之"团团月隐洲"、"轻燕逐花飞"、"绕岸平沙合,连山远雾浮"、"岸花临水发,江燕绕樯飞"、"游鱼上急濑"、"薄云岩际宿"等,"子美皆采为己句,但小异耳。故曰'能诗何水曹',信非虚赏"(同前)。所以,叶矫然称其"佳句实开唐人三昧",正点明了何逊在文学史上的特殊地位。

还有一些偏于写景的诗,秀句的创造则更有特色,如《慈姥矶》

① 沈德潜.《古诗源》(14). 中华书局,1984

② 陆时雍.《古诗镜》(22).《文渊阁四库全书》第1411册. 台湾商务印书馆,1983

③ 廖德明校点.《苕溪渔隐丛话(后集)》(2). 人民文学出版社,1962

暮烟起遥岸，斜日照安流。一同心赏夕，暂解去乡忧。野岸平沙合，连山远雾浮。客悲不自己，江上望归舟。

这是一首写思乡难归的诗，情景俱佳，十分感人，而景句尤为传诵。遥岸暮烟，斜阳江流，苍苍茫茫，浩渺迷离，引起多少愁肠思绪，所谓"烟波江上使人愁"也。故起势即饶富情韵，可是诗人却偏说，朋友同赏，"暂解去乡忧"。显然是强说有愁为无愁，其心镜之凄楚，已的然可见。大概是由于这种心情之欲说而不可说、不能说吧，故转而又借景言情：野岸平沙，连绵一片，徒增寂寞；层山远雾，隐然飘动，更添迷茫。虽写景而尤在达情，所谓"化景为情"者也。至于结尾两句，沈德潜说："己不能归，而望他舟之归，情事黯然"①。综观全诗，诗人的情感，其实主要是借景物来表达的，故写景往往成为传诵佳句。尤其是"野岸平沙合，连山远雾浮"一联，即为杜甫诗裁取，其《秋野五首》之"远岸秋沙白，连山晚照红"，便脱胎于此。前人称何逊诗"探景每入幽微，读之殊不尽缠绵之致"，于此类诗正可见之。

至于阴铿诗，佳句亦多。都穆曾说："阴常侍、何水部以诗并称，时谓之阴何，宋黄思长睿跋何诗，尽录其佳句。予观阴诗，佳句尤多，如《泛青草湖》云：'行舟逗远树，度鸟息危樯'；《晚泊五洲》云：'水随云度黑，山带日归红'。《广陵岸送北使》云：'海上春云杂，天际晚帆孤'；《巴陵空寺》云：'香尽奁犹馥，幡陈画渐微'。《雪里梅花》云：'从风还共落，照日不俱消'；《晚出新亭》云：'远戍惟闻鼓，寒山但见松'。皆风格流丽，不减于何，惜未有拈出之者"②。其实他所拈出者并非最佳，此外如《开善寺》之"莺随入户树，花逐下山风"；《罢故章县》之"晨风下散叶，歧路起飞尘"；《和侯司空登楼望乡》之"寒田获里静，野日晓中昏"；《五洲夜发》之"溜船惟识火，惊凫但听声"；《晚出新亭》之"潮落犹如盖，云昏不作峰"等。而《渡青草湖》写湖之浩淼及行舟湖上之情景，更宜四句连读则愈加传神："带天澄迥碧，映日动浮光。行舟逗远树，度鸟息危樯"。以"澄迥碧"，状其清沏泛碧，水天一色；以"动浮光"，状其空阔浩淼，日丽风和，先造成吞吐八荒之概。因其水天空阔，进而再写心理感受：远看行舟，似隐隐逗留树上；飞鸟难渡，故时时栖息高樯。显然，这都是为全诗主旨——"一苇讵能航"作铺垫，然其笔力之雄肆浑涵，则为六朝人所罕见。故李调元说："陈则以阴铿为第一，琢句之工，开杜子美一派，徐陵、江总不及也"③。窃以为如《江津送刘光禄不及》，则尤为别致：

依然临送渚，长望倚河津。鼓声随听绝，帆势与云邻。泊处空余鸟，离亭已散人。林寒正下叶，钓晚欲收纶。如何相背远，江汉与城闉。

离别送行，自古写者极多，重点大都放在"送"上，要再写出新意极难。此诗偏选"不及"来

① 沈德潜.《古诗源》(13). 中华书局，1984

② 丁福保辑.《南濠诗话》.《历代诗话续编》(下). 中华书局，1983. 1354

③ 李调元.《雨村诗话校正》卷上. 巴蜀书社，2006

写,遂将时空视点浓缩到顷刻,顿觉新鲜。开首先下一“依然”,初看似感突兀,细味却内涵极厚:明知自己已赶不上送行,但还是“依然”直奔江边,其情谊之真诚珍重,的然可知。次句接写“不及”而临渚怅望,用一“长”字,其凝望之切之久亦知。再同下联之“帆势与云邻”句合读,则不禁使人想起李白“孤帆远影碧空尽”的名句,或后者即脱胎于此,亦未可知。用一“望”字,是直接领起下面六句:不言平日友情,却写所见景物,黜叙述而造意象,构思独特。开船鼓声已绝,行舟已在云中,失意甚也;泊处空余鸟戏,离亭人更寂寂,情何极也。此时惟寒木簌簌,落叶纷纷,一派肃煞景象,更增落寞。老实说,就情景之浑融一气来说,阴诗多不如逊,故沈德潜批评其“专求佳句,差强人意”,此诗则不然。其佳句如“鼓声”“帆势”、“林寒”“钓晚”等,正是景丽情浓,浑化一体。

阴、何诗另一值得注意之点,是为结构秀句造成的句式变异,虽有雕琢之嫌,却往往另辟新境,大大提高了诗歌语言的表现力。如何逊《夕望江桥示萧谘议、杨建康、汪主簿》:

> 夕鸟已西度,残霞亦半消。风声动密竹,水影漾长桥。旅人多忧思,寒江复寂寥。尔情深巩洛,予念返渔樵。何因适归愿,分路一扬镳。

其“风声”“水影”一联,就是一种语序的错置颠倒。因为“声”是难以动竹,而“影”亦难以漾桥的,故正常的写法应为:风动密竹声,水漾长桥影。阴铿的《晚泊五洲》亦如是:

> 客行逢日暮,结缆晚洲中。戍楼因嵁险,村路入江穷。水随云度黑,山带日归红。遥怜一柱观,欲轻千里风。

其“水随”“山带”一联,也是句式的变异,正常句法应为:云度水随黑,日归山带红。可是,诗人却“倒因为果”,居然变成:水随着度云而黑,山带着归日而红。因省去许多连带词语,而在可解不可解之间。然而,正是这种语序的颠倒错置,恰造成新颖、奇特、脱俗的美感享受,似乎所传达的信息较之正常句式,其蕴含更加丰厚,更耐品味。比如“风声”一联,就可直接理解为:风声飒飒中密竹在摇动,水影晃荡中长桥在漾曳。不仅造成的心理感受更丰富,更强烈,而且不合理中(如后句)恰有美感上的合理性存在。他如何逊《下方山》之“繁霜白晓岸,苦雾黑晨流”等。故叶矫然谓其“体物写景,造微入妙,佳句实开唐人三昧”,仅此一端,亦知并非虚誉。

庾信(513—581年),字子山,南阳新野(今河南新野县)人。是杜甫所推崇的南北朝时期又一重要诗人。其《戏为六绝句》之一曰:“庾信文章老更成,凌云健笔意纵横”。又《咏怀古迹》五首之一曰:“庾信生平最萧瑟,暮年诗赋动江关”。其赞赏之情可能更超过阴、何。此后,人们遂多持一致肯定的态度,因为庾信诗赋确有总六代大成、承前启后的作用。不过,人们所欣赏者却并不完全一致,如少陵所重在“暮年诗赋”,而杨慎却说:“庾信之诗，为梁之冠绝，启唐之先鞭”①。虽能简括说明庾诗的文学史意义，然所重似乎仅在梁代所作。而那时庾信却是以宫体代表诗人活跃于文坛的时期，并与徐陵共称“徐庾体”，值得肯定的东西并不多。真正能代表其创作最高成就的，当是由南入北、融合南北诗风而抒写其乡关故土之思的那些作品。陈祚明说：“（信）北朝羁迹，实有难堪，襄汉沦亡，殊深悲恸。子山惊才盖代，身堕殊方，恨恨如亡，忽忽自失，生平歌咏要皆激楚之音，悲凉之调，情纷纠而繁会，意杂集以无端。……故间秀句以拙词，厕清声以洪响，浩浩洲洲，成其大家”②。陈沆更明确点出是时代成就了他：“使其终处清朝，致身通显，不过黼黻雍容，赓和绮艳，遇合虽极恩荣，文章安能命世？而乃荆吴倾覆，关塞流离，国家俱亡，身世如梦，冰蘖之阅既深，艳冶之情顿尽。……苍然万感，并入孤哀，回首前修，殆若隔世，固当六季寡俦，奚为少穆却步？斯则境地之曲成，未为塞翁之不幸者也。”③此大概即少陵所说“老更成”者乎？倘不遭此坎坷，终其老不过“赓和绮艳”而已，也就同一般宫体诗人没有多大区别了。

庾信在文学史上的出现，并不是孤立现象。他不过是当时动乱社会中，由于政治的时势的种种原因，被逼由南入北的一批诗人的杰出代表罢了，如刘昶、王肃、萧悫、颜之推、王褒等。而正是由于地域、生活、个人心态和情感的巨大变化，才带给他们的创作以新的灵感和激情，从而一洗南朝诗风，尤其是宫体的绮靡淫艳，而为苍壮悲凉之气。他们中的一些人是因政治的倾轧和杀戮，被逼逃往北方的。如刘昶，本宋文帝第九子，及前废帝刘子业立，疑其有异志，遂发兵讨昶，于是“奔魏，弃母妻，惟携妾一人，作丈夫服，骑马自随。在道慷慨为断句曰：白云满鄣来，黄尘半天起。关山四面绝，故乡几千里！”（《南史·宋晋王昶传》）又如王肃，本仕齐为秘书丞，父奂及兄弟并为萧赜所杀，遂自建业奔魏，“曾于省中咏《悲平城》诗：悲平城，驱马入云中。阴山常晦雪，荒松无罢风”（《魏书·祖莹传》）。其诗均转向悲慨苍凉，直抒所感，而不事雕饰。萧悫，亦本梁宗室，乃上黄侯之子，后因政治上的变故，而于天保中入北齐的。他本是典型的宫体诗人，如《临高台》之“小衫飘雾縠，艳粉拂轻红”、“舞逐飞龙引，花随少女风”；《春日曲水》之“禁苑至饶风，吹花香满路”；《春庭晚望》之“窗梅落晚花，池竹开初笋”等，就带有浓厚的脂粉气。入北后诗风亦渐转宏阔，如《上之回》：“山寒古道冻，叶下故宫秋。朔路传清警，边风卷画旒”。其用笔苍劲，自是北地景物。又《奉和悲秋应令》：“草湿蒹葭露，波卷洞庭风”；《和崔侍中从驾经山寺》：“野禽喧曙色，山树动秋声”等，尽管都是侍游之作，但气象浑灏，常透露出几分苍凉。

另一些则是遭遇家国的亡乱变故，而被掳或流离到北方的，如颜之推，王褒等。梁自简文以后，进入多事之秋，先是侯景之乱，建康沦陷，元帝平乱后即位，定都江陵。接着西魏派步骑五万南侵，江陵城破，元帝被执处死，魏掳朝臣百姓十万余口北上，驱归关中，分赏西魏将士作奴婢。颜之推就是在这次动乱中，因避祸乱而投奔北齐的。其《古意二首》曾对此记述说：“歌舞未终曲，风尘暗天起。吴师破九龙，秦兵割千里。狐兔穴宗庙，霜露

① 丁福保辑.《升庵诗话》.《历代诗话续编》（中）. 中华书局，1983. 633

② 陈祚明.《采菽堂古诗选》（33）. 清康熙49年（1706）刻本，全国图书缩微中心，1989

③ 陈沆.《诗比兴笺》（2）. 上海古籍出版社，1981

沾朝市。璧入邯郸宫,剑去襄城水。未获殉陵墓,独生良足耻。悯悯思旧都,恻恻怀君子。白发窥明镜,忧伤没余齿”。看来他对这次弃国投北,是充满愧疚之情和深深哀惋的。入北后尽管仕途通显,但这却成为伴随他终生的心理阴影,故曾自述曰:“生于乱世,长于戎马,流离播越,闻见已多”①,又称:“三为亡国之人”②。正因为有这些亲身经历,诗风亦不能不尽洗铅华,而归厚重苍劲。如《从周入齐夜度砥柱》:

侠客重艰辛,夜出小平津。马色迷关吏,鸡鸣起戍人。露鲜华剑影,月照宝刀新。问我将何去,北海就孙宾。

全诗纵放豪宕,中四句对仗工整,平仄谐适,已开唐边塞诗风味。“露鲜”“月照”一联,似刻划而实遒丽,以露映剑影、月照宝刀状森严关隘,杀气雄边,实非南朝之风花雪月者可比。

王褒则是在这次动乱中被掳入北的。只是由于他的文才和文名,受到北朝统治者的赏识重用,才避过劫难的。《北史·文苑》褒传曰:“褒与王克、刘珏、宗懔、殷不害等数十人,俱至长安。周文喜曰:‘昔平吴之利,二陆而已。今定楚之功,群贤毕至,可谓过之矣。’又谓褒及王克曰:‘吾即王氏甥也,卿等并吾之舅氏,当以亲戚为情,勿以去乡介意’。于是授褒及殷不害等车骑大将军,仪同三司。常从容上席,资饩甚厚,褒等亦并荷恩眄,忘羁旅焉”。按周文即西魏执政宇文泰,曾命于谨、宇文护率军破江陵城者,其母“曰王氏”(《周书·文帝纪》)。故自以“王氏甥也”称之。实际这是为拉拢南方才俊,扩大统治基础所采取的一种政治行动而已。在南朝,王褒也是宫体集团中人物,史载他与梁元帝“有旧,相得甚欢”、“褒曾作《燕歌行》,述尽关塞寒苦之状。元帝及诸文士并和之,而竟为凄切之辞”。(《周书·王褒传》)这次入北,不只是他生活命运的一次大转折,也是其创作生涯的一次大转折,在由南入北的诗人群体中,是融合南北诗风成就比较突出的一个。如《渡河北》一诗,就尽洗丹铅,纯以朔风气骨取胜,极沉郁悲凉之致:

秋风吹木叶,还似洞庭波。常山临代郡,亭障绕黄河。心悲异方乐,肠断陇头歌。薄暮临征马,失道北山阿。

《北史》称他与殷不害等“并荷恩眄,忘羁旅焉”,由此诗所写来看,恐并非如此。首四句状景,便是一派凄凉萧索景象,其情怀悲怆可知。沈德潜曾赞首句曰:“起调甚高。”③然在秋风劲吹、落叶萧萧的一片秋之海洋中,他首先想到的却是“洞庭波”,其故国之思、乡关之悲,虽不言已自明,故才听异方之乐而心悲,闻陇头之歌而断肠,人在物非处处愁了。可是,虽说一失足已成千古恨,而屈仕异邦却是自己的选择,纵有千般羁愁,万种遗恨,也难再说出口,遂笔头一转以叙事收结,同样起到言尽意余之妙:北山之下,道路迷失,惟立马

① 颜之推.《颜氏家训·慕贤》. 四部丛刊影明本卷下. 上海古籍出版社,1999
② 严可均辑.《观我生赋》(自注).《全上古三代秦汉三国六朝文》之《全隋文》卷一三
③ 沈德潜.《古诗源》卷十四北周诗附. 中华书局,1984. 354

踟躇，茫然四顾而已。总之，浓郁苍凉之气，灌注全诗，读来凄怆感人，这是宫体诗人绝对没有的。再如《送别裴仪同》：

河桥望行旅，长亭送故人。沙飞似军幕，蓬卷若车轮。边衣苦霜雪，愁貌损风尘。行路皆兄弟，千里念相亲。

同样是以质朴无华的语言，写苍凉悲慨之气，状景凝重阔大，言请拳拳深挚。表面看这只是"同是天涯沦落人"的送别，似不关家国之思。然触处又无不盈溢着羁旅之悲，故国之哀，从"边衣""愁貌"一联即可窥见。故明人张溥即曾指出："外縻周爵，而情寄风土"，其"伤心久矣！"(《王司空集题辞》)王褒的一些小诗也写得极为精彩，如《始发宿亭》：

送人亭上别，被马枥中嘶。漠漠村烟起，离离岭树齐。落星侵晓没，残月半山低。

这是一首短小的行旅诗。首二句叩题，先点出"别"，是写准备出发的顷刻：馆驿、道别、人声、厩马、嘶鸣，已然是一派喧闹景象。接着该写"始发"了，然而并不铺叙，却转而状景：漠漠村烟，弥漫如雾，当是行经村落平原所见；离离岭树，齐如刀削，则是踏上山路征途望知。以景代叙，正是写的始发。寥落星辰，渐渐隐没在晨光熹微之中；残月如弓，冉冉低垂于岭壑山坳之间。清冷、寂寥、低沉，自是孤凄心情的外化。就此嘎然而止，似言未尽、情亦未尽，然较之直白说尽者，韵更悠长，意更绵渺。司空图《诗品·含蓄》说："不著一字，尽得风流，语不涉已，若不堪忧。"其意象浑成之妙，此诗已尽具之矣。这是典型的南北诗风精致和刚健的融合，对唐代诗风的形成其影响亦极大。陆时雍曾评刘长卿诗"体物情深，工于铸意"，而往往有"庾信、王褒语气"①，当不是无据之言。又如《入关故人别》：

百年余古树，千里暗黄尘。
关山行就近，相看成远人。

这当是一首写"外靡周爵，而情寄风土"的诗。送故人入关归国，而己独不得相与，独立苍茫，故感恨良多。首二句是即目所见，本可理解为：黄沙漠漠的千年古道上，时不时有一株半棵百年古树站立。然而，诗的内涵却绝非只此而已。百年惟余古树，人世沧桑之感也；千里黄尘暗遮，塞上荒寒之谓也。合而观之，正有困顿异域，地老天荒，进退无奈之悲。当是此时此地，故国难归的悲凉心境的真实写照。就是在这样的背景上，他眼巴巴地看着友人远去，距故国关山越来越近，而友朋之间却成为一别永绝的远人。故这不只是写极目远送的诚挚，更是决绝语、伤心语，是将客死他乡、永无归期的极度绝望语，读来

① 丁福保辑.《诗镜总论》.《历代诗话续编》(下). 中华书局，1984

潸然。全诗一气贯下，情景浑融，气韵绵渺，已是唐人绝句风味。

在由南入北的诗人群体中，能融汇南北诗风而"启唐之先鞭"者，庾信当是一块岿然屹立的丰碑，成为总前启后的诗人。

他的入北，既不是由于政治的迫害，亦不是因为战乱的裹挟，而是由于他太盛的文名。侯景之乱，建康沦陷，他随梁元帝避难于江陵。承圣三年(554)，奉命出使西魏，因其文名而被扣，不能随同行者返回。不久，西魏大军南下，梁亡。及北周代魏，南方亦易主为陈，对此他也没有什么好感，遂仕北周宇文氏政权。虽仕途通显，累迁骠骑大将军，开府义同三司，进爵义城县侯，但他的内心是十分痛苦的，故其创作中总是充满着故国之悲、乡关之思。他本是最有才华的宫体诗的代表性人物，时与徐陵并称"徐庾体"。风格艳丽纤巧，题材不离宫苑女色，正陈沆所说"不过黼黻雍容、赓和绮艳"者，其意义不大。然自入北之后，则诗风顿变，这主要是由变化了的思想感情决定的，所谓"要皆激楚之音，悲凉之调，情纷纠而繁会，意杂集以无端"，再兼"学擅多闻，思心委折，使事则古今奔赴，述感则方比抽新"①。难怪杜甫要特别赏赞其"老更成"的"暮年诗赋"了。

因此，较之一般的六朝诗人，除善制清丽新巧的秀句外，其最大的特征在于：借用典而创造精美意象，既可含蓄达情，又不失"化景为情"之妙，所以不同于一般就事言事的征事用典。故也可看作文学全面意象化进程的一大变化，如《拟咏怀二十七首》即是代表之作。其七曰：

> 榆关断音信，汉使绝经过。胡笳落泪曲，羌笛断肠歌。纤腰减束素，别泪损横波。恨心终不歇，红颜无复多。枯木期填海，青山望断河。

此诗几乎句句用典，然即使不知原典所出，只通过那些生动的意象描写，也基本不会影响对诗意的理解。如若能进而知晓诗句所包含的典故人事，则无疑会切入艺术表现的更深层面。如首二句写身羁北国的孤凄处境，"断音信""绝经过"，表面看是由于南北之隔，若再结合其《哀江南赋》读，则他指斥篡梁的陈朝统治者说："锄耰棘矜者，因利乘便"，遂使"江表王气终于三百年"，实"为东南之反气"。即知隔离之感，更在于江山易主，岂不又有亡国之恨乎？"胡笳""羌笛"二句，本是情哀而见物皆哀，用意甚明，然典出李陵《答苏武书》："胡笳互动，牧马悲鸣，吟啸成群，边声四起，晨坐听之，不觉泪下"；此"异方之乐，只令人悲，增忉怛耳"。而庾信又是常以李陵自喻其遭遇的，如说"李陵从此去……应将苏武别"、"秋风苏武别，寒水送荆轲"(《拟咏怀》)等，那么二句的深层，又蕴含有身世之悲。"纤腰"以下四句，清人倪璠说："若闺怨也。"②但细味却非简单的闺怨可比，庾信曾写过几首关于王昭君的诗，其《王昭君》曰："腰围无一尺，垂泪有千行"；又《昭君辞应诏》曰："片片红颜落，双双泪眼生。"两相对照，那么他是否又暗用昭君之典，以寄去家离国、远出塞外的身世曹际呢？末二句首用《山海经》精卫填海故事，次用《水经注·河水》："华、岳

① 陈祚明.《采菽堂古诗选》. 清康熙49年(1706)刻本，全国图书缩微中心，1989

② 倪璠注，许逸民点校.《庾子山集注》. 中华书局，1980

本一山，当河，河水过而曲行。河神巨灵，手荡脚蹋，开而为两”之典。但他期待着的却是海水能够填平，断山能够合一，南北变通途。但现实又是不可能的，因而只是痴情语，绝望语，自慰自解而已。总之，既不脱弃意象描写方法，又能充分开掘典事的深层内涵，从而极大地拓展诗意空间，确是庾诗的一大创造。再如《拟咏怀》其十一：

> 摇落秋为气，凄凉多怨情。啼枯湘水竹，哭坏杞梁城。天亡遭愤战，日蹙值愁兵。直虹朝映垒，长星夜落营。楚歌饶恨曲，南风多死声。眼前一杯酒，谁论身后名！

此诗所写，一般认为即公元 544 年魏军攻陷江陵，君臣死难，吏民被掳，沦为魏军囚奴的那段悲惨史实，因此也是为梁亡吟唱的一曲哀歌。读来句句都是一个生动意象，对仗工整；而句句又都隐含一桩典故，以典喻史，实为庾信创作的奇观。首二句，翻用宋玉《九辩》语意：“悲哉，秋之为气也，萧瑟兮草木摇落而变衰！”借以渲染悲凉肃杀氛围，笔力苍劲，为下面之战败国亡先作铺垫。“啼枯”二句，前用舜帝崩，二妃为之悲泣，泪洒竹皆为斑的传说；后用春秋时杞梁战死，其妻哀号，杞城为崩的故事。但深层隐射元帝被害、江陵城陷，构思精巧，用笔曲婉。“天亡”二句，前用项羽垓下败亡事，羽尝叹曰：“此天之亡我，非战之罪也”。后见《晋书·天文志》，谓“日蹙”者“日蒙蒙无光，士卒内乱”。是说天欲亡梁而遭受这场令人愤恨的战争，日月昏蒙士兵愁怨也失去斗志。“直虹”二句，按《晋书·天文志》曰：长虹映垒乃流血之象，星落兵营为败亡之征，实暗用诸葛亮伐魏军屯渭南事：“有长星赤而芒角，自东北西南流，投亮营……九月，亮卒于军，焚营而退。”（《晋书·天文志》）是说败亡征兆已显，“天亡”格局已定。而以蜀拟梁，当谓国脉正统所在，暗含深意。“楚歌”二句，前用项羽兵败被困垓下，夜闻四面楚歌之典；后则出自《左传》襄公十八年：“晋人闻有楚师，师旷曰：不害。吾骤歌北风，又歌南风，南风不竞，多死声，楚必无功。”是说梁军处境困危，人心涣散动摇，更无力抵抗，唯有败亡而已，当是暗示战争结局。末二句，翻用《世说新语·任诞》张季鹰语：“使我有身后名，不如即时一杯酒。”此以张自况，是说故国沦亡，自己却屈身仕北，名节尽丧，唯以酒浇愁而已，岂可再谈身后声名呢！其情凄苦内疚，流露出无限悲凉。总之，此诗每句都有典可据，然每句又都是极生动的意象，并巧妙地将一段历史真实故事融铸于其中，使三者构成浑涵整体，真是绝妙笔墨。

此外，如《拟咏怀》其十五之“壮冰初开地，盲风正折胶”。据《礼记·月令·仲秋之月》云：“盲风至，鸿雁来”。是农历八月之风，称盲风。而《汉书·晁错传》注谓，秋气至则胶坚硬可折，是匈奴出兵之征候。又《礼记·月令·仲冬之月》云：“冰益壮，地始坼（裂）”。故壮冰，即农历十一月之厚冰。而江陵之陷，正在梁元帝承圣三年（554 年）十一月。合二句来看，则是说西魏八月出兵，十一月江陵沦陷（地坼），梁朝灭亡。同样，在纯似生动的景物意象描写中，实际却包含着深刻历史内容。又《拟咏怀》其十七之“都护楼兰返，将军疏勒归”，亦是史事情景的融浑整合。史载，西汉昭帝时，楼兰数反，傅介子奉命出使其国，至则刺杀楼兰王而归。又东汉明帝时，匈奴围疏勒城，耿恭及数十名将士坚守不降，几弹尽粮绝，后终被汉军迎归。此虽用此典，实写北周屡立战功的一批猛将，如田弘、权景宣、元定等，他们曾先后讨平宕昌羌王、罗阳蛮、岷州生羌等（《周书．本传》），但恰恰就是这批凯旋将军，却在567年与南朝的沌口（今汉阳西南）水战中，屡遭失败，故诗的结尾说："闻道楼船战，今年不解围"，又意在讥刺。再如《对宴齐使》：

> 归轩下宾馆，送盖出河堤。酒正离杯促，歌工别曲凄。林寒木皮厚，沙回雁飞低。故人倘相访，知余已执珪。

此时庾信已由齐仕周。周武帝天和四年（569年），北齐遣使者聘周，由庾信接待，即事伤情，不无王褒所说"三为亡国之人"的感慨吧。首四句写饯别，是一般送行文字，无甚特别。然当送"出"河堤，设帐"对宴"，正当酒劝离杯，歌奏别曲时，他却笔锋一转，写起景物来了："林寒木皮厚，沙回雁飞低"。无疑这是即目之所见，采用的是六朝人一般常用的意象造型手法。但细味，却和一般的"化景为情"者不同了。《汉书》载晁错曰："夫胡貉之地，积阴之处也，木皮三寸，其性耐寒"。又崔豹《古今注》云："雁自河北渡江南，瘦瘠，能高飞，不畏矰缴。江南沃饶，每至还河，体肥，不能高飞"。北木皮厚，固是实写，然结合面对他曾为宦的齐国使者这一特定的场合来看，"皮厚"之说，正是诗人感到身仕他国的厚颜偷生，而发出的自责自谴；至于南雁"低飞"，更是送别要写的常物，可是用于此处却别有深意，当是表白自己特有的心理处境，即指入北南人寄人篱下、志已消沉的失落和压抑。因而才有末二句的羞愧寄言：若有齐地故人问起我，就说我已在这里做官！故前二句表面虽是生动的景物意象，但其中有典故，其中有深意，亦不可作寻常语言看过。总之，用典之风，盛自颜延，其后代有不乏，然象庾信这样能借典成景，用典结构意象者，却不多见，正少陵所说"老更成"者，也为唐诗开启了一大法门。

庾信诗的"老更成"，还表现在律体创作的更趋成熟上，这从上面诸作的对仗工整、音韵铿锵、声律协调，即可看出。刘熙载《艺概·诗概》曾说："庾子山《燕歌行》开唐初七古，《乌夜啼》开唐七律。其他体为唐五绝、五律、五排所本者，尤不可胜举。"下面先看《乌夜啼》：

> 促柱繁弦非《子夜》，歌声舞态异《前溪》。御史府中何处宿？洛阳城头那得栖！弹琴蜀郡卓家女，织锦秦川窦氏妻。讵不自惊长泪落，到头啼乌恒夜啼。

此诗的一大特征，又是大量用典，但较之《拟咏怀》其十一，似乎缺少深刻的历史内涵。不过，在其格律成就上却很值得注意。七言律诗，就每句言要讲平仄，即每句的偶字应平仄交替，不能相同，所谓"一三五不论，二四六分明"者即是；就每联言则要求对，即每联两句中的上下句偶字，应平仄相反；就两联言更要求粘，即两联之间，前联下句同后联上句相应平仄字，应相同而非相反。六朝人之所失，往往就在"对"和"粘"上，尤其是后者，所以还不是成熟的律体。庾信此诗，就平仄言则"洛阳城头那得栖"和"到头啼乌恒夜啼"二句，二四六字本应为平仄平，而实为平平仄（得字古入声），所以失协。又第一联与第二联相应字，如声与史、态与中、前与处，平仄不是相同而是相反，故失粘。然除此两点外，此诗已基本符合七律的平仄要求,故刘熙载称其“开唐七律”亦非为过。这说明最具我国民族特色的诗歌形式律体,在庾信已基本确立。又如《秋夜望单飞雁》已初具七绝风韵:

失群寒雁声可怜,夜半单飞在月边。
无奈人心复有忆,今暝将渠俱不眠。

就格律言,此诗已完全符合七绝规则,但尤为可贵者在风韵。七言绝句之不同于他体者,在于洗净铅秾,不求典奥,不过分着力,只就眼前景,口头语,恰造成语近情遥、含吐不露、言尽意余的绵绵情味,所以为贵。庾信此诗,实已得之。首二句只是一幅剪影:失群孤雁,低回月边,身影迷离而哀鸣不已;孤寂、凄楚、低迷,已染就一幅忧伤氛围。这或许就是诗人的象征,抑或更是一种心灵共鸣造成的物化折射,故三四句笔锋一转,只就人和雁。契合点发兴。雁有忆,低飞不去,人亦有忆,夜坐难眠,人雁同一,只有相伴相依到天明了。这是离群索居的孤寂,抑或故国难归的悲哀,都没有明写,但留给读者的想象空间却是巨大的,正前人所说“于不尽之中已深尽之”矣。庾信集中这类耐读的小诗极多,如那首著名的《寄王琳》:

玉关道路远,金陵信使疏。
独下千行泪,开君万里书。

王琳,梁武将,当与庾信为同朝共事过的友人。但因望高兵众,曾引起梁元帝疑忌,遂遣岭外。及西魏围困江陵,元帝急诏赴援,军至长沙而江陵沦陷,元帝被杀。琳即举哀,并传檄四方,共举大义,遣兵讨伐西魏所立萧詧傀儡政权。陈霸先篡梁称帝后,兵败被杀。庾信大概就是在此时收到其来信的,故心情之激动、愤慨、崇敬、担忧,以及国亡之痛,时局之虑,无援之责,可知。“道路远”、“信使疏”,略略数字,以概括当时特别之局势。“独下千行泪”,则悲喜交集,其情难抑,而复杂情感亦流露于不自知者。“开君万里书”,劈空而来,以行写言,强言所难言,然而不言之中已深言之矣。故读来同样有语近情遥、含吐不露之妙。此外如《寄徐陵》、《和庾四》、《重别周尚书》等,均饶五绝风韵。

庾信等一批由南入北的诗人群体的出现,固然受北方地域环境、风土民情及文化传统的熏染,而诗风为之大变。但是,他们的北移,也将南方更为成熟精致的文学形式、技巧,挟带到了北方,并给北方诗坛以深刻影响。二者交互作用,彼此补充,形成一股合力,也为唐代诗歌的繁荣准备了条件。唐诗的浑灏博大,正是由其融汇南北的合力构成的。

第三节　六朝时期散文辞赋的意象化

前面已指出,齐梁时是我国文学的全面意象化时期,这不只是在诗歌领域,散文辞赋也是如此。细绎一下文学史的演化进程即可发现,我国之有真正意义的文艺性散文,也是从晋宋时期开始的。在这之前的散文,大都属准文学或非文学之作,辞赋虽无准文学或非文学之说，但随着文学的整个意象化进程，汉以来辞赋之面目亦为之大变，而且艺术性抒情性也大为增强。故言六朝赋者，仍以鲍照、江淹、庾信为最具代表性的人物。有人称此期之赋为诗的散文化，称此期的文为散文之诗化，是不无道理的。

一、散文

我国的散文，可以说是经历过一个由非文学到文学的演化进程的。大体而言，先秦两汉散文大都是一些哲理文、政治论文、史传文和实用性文章，如章表、奏议、书札等，所以还不能算作真正文艺性散文。尽管在传统观念中有所谓文、史、哲不分的大文学观，但对真正把握文学史的发展演化来说，却并非是应予保留的最佳观念，虽然已沿用了两千多年。由粗到精，由不分到分，那才是事物发展的根本规律。

魏晋时期是文学上一个值得骄傲的时代，因为那是鲁迅先生所说文的自觉时代。这“文”不只是指诗，而且也包括散文。其“自觉”的标志，同诗歌的情形一样，就是“直抒胸情”之作的兴盛并讲求辞藻美。即散文的写作亦由重外转向重内，由说理转向言情，于是文章面目遂为之一变。自然，这也是思想与个性解放的时代潮流的产物，故与诗歌的演变正相同步。鲁迅先生在《魏晋风度及文章与药及酒之关系》文中指出，当时文章存在的两大特征：一是形“成了清峻的风格——就是文章要简约严明的意思”；“另外，还有一个特点，就是尚通脱。……通脱即随便之意，此种提倡影响到文坛，便产生多量想说什么便说什么的文章”。因而，除了严肃的说理文之外，诸如登临、凭吊、悼亡、伤别，归田，抒愤等散文便大量出现。并且，早期作家除曹操、孔融等作品比较质实外，也开始讲求辞藻的华美，渐滋靡丽。如曹丕的《与吴质书》、曹植的《求自试表》及《与杨德祖书》、阮籍的《大人先生传》、嵇康的《与山巨源绝交书》、李密的《陈情表》、刘伶的《酒德颂》、刘琨的《答卢谌书》等，就都是这一时期抒情写愤的代表作。曹丕《与吴质书》一面追念往昔游宴娱乐之事，一面抒发思恋伤悼七子之情，可谓情真意切，哀思凄婉，文笔亦甚清新流丽，其文曰：

> 昔年疾疫，亲故多离其灾，徐陈应刘，一时俱逝，痛可言哉！昔日游处，行则连舆，止则接席，何曾须臾相失？每至觞酌流行，丝竹并奏，酒酣耳热，仰而赋诗。当此之时，忽然不自知乐也。谓百年己分，可长共相保，何图数年之间，零落略尽，言之伤心！顷撰其遗文，都为一集，观其姓名，已为鬼录。追思昔游，犹在心目，而此诸子，化为粪壤，可复道哉！

曹植的《与杨德祖书》，则是抒写自己空怀远大抱负，却有志难展、其道不行，只好弃“立德”转而求“立言”的悲愤之情的，更写得文采飞扬，情辞激切。如下两段：

> 仆少好为文章，迄至于今，二十有五年矣。然今世作者，可略而言也。昔仲宣独步于汉南，孔璋鹰扬于河朔，伟长擅名于青土，公干振藻于海隅，德琏发迹于大魏，足下高视于上京。当此之时，人人自谓握灵蛇之珠，家家自谓抱荆山之

王。吾王于是设天网以该之，顿八紘以掩之，今悉集兹国矣。然此数子，犹复不能飞轩绝迹，一举千里。……于今称之，吾亦不能妄叹者，畏后世之嗤余也。

辞赋小道，固未足以揄扬大义，彰显来世也。昔扬子云先朝执戟之臣耳，犹称壮夫不为也。吾虽德薄，位为藩侯，犹庶几戮力上国，流惠下民，建永世之业，流金石之功，岂徒以翰墨为勋绩，辞赋为君子哉！若吾志未果，吾道不行，则将采庶官之实录，辨时俗之得失，定仁义之衷，而成一家之言，虽未能藏之于名山，将以传之同好。非要之皓首，岂今日之论乎？其言之不惭，恃惠子之知我也。

像这种放纵恣肆，直抒其情之作，实两汉以来少见。延及竹林时期，玄风鼎盛，世极迍邅，志蓄思愤，文风更趋峻切雄放。如嵇康《与山巨源绝交书》写到自己难于为仕的七不堪、二不可时说：

阮嗣宗口不论人过，吾每师之，而未能及。……吾不如嗣宗之贤，而有慢弛之阙，又不识人情，暗于机宜；无万石之慎，而有好尽之累。久与事接，疵衅日兴，虽欲无患，其可得乎！又人伦有礼，朝廷有法，自惟至熟，有必不堪者七，甚不可者二：卧喜晚起，而当关呼之不置，一不堪也。抱琴行吟，弋钓草野，而吏卒守之，不得妄动，二不堪也。危坐一时，痹不得摇，性复多虱，把搔无已，而当裹以章服，揖拜上官，三不堪也。素不便书，又不喜作书，而人间多事，堆案盈机，不相酬答，则犯教伤义，欲自勉强，则不能久，四不堪也。不喜吊丧，而人道以此为重，已为未见恕者所怨，至欲见中伤者，虽瞿然自责，然性不可化，欲降心顺俗，则诡故不情，亦终不能获无咎无誉，如此五不堪也。不喜俗人，而当与之共事，或宾客盈坐，鸣声聒耳，嚣尘臭处，千变百伎，在人目前，六不堪也。心不耐烦，而官事鞅掌，机务缠其心，世故繁其虑，七不堪也。又每非汤武而薄周孔，在人间不止此事，会显世教所不容，此甚不可一也。刚肠疾恶，轻肆直言，遇事便发，此甚不可二也。以促中小心之性，统此九患，不有外难，当有内痛，宁可久处人间耶？

此书便是他招致杀身之祸的根由。外似言理，内实沉痛，峻急激切，毫无掩饰。故李贽《焚书》说："此书实峻绝可畏，千载之下，犹可想见其人"。王世贞则说："类信笔成者，或遂重犯，或不相续，然独造之语，自是奇丽超逸，览之跃然而醒"①。明江进之更推尊备至，谓"此等文字，终晋之世不多见，即终古亦不多见。彼其情真语真，句句都从肺肠流出，自然高古，自然绝特，所以难得"（《亘史外记》）。清人方廷珪亦说："行文无所承袭，杼柚予怀，自成片段。予友畹村云：'有真性情，则有真格律，遂为千古绝调'。信然！"（《文选评》）诸人所评，正在于此文乃其精神境界和个性解放的充分展现，尽管"类信笔成者"，却恰成天下奇文。阮籍的《大人先生传》，亦与此有相似之处，尤其激烈抨击和嘲讽虚伪礼

① 丁福保辑.《艺苑卮言》.《历代诗话续编》（中）. 中华书局，1983. 989

法之士的那段，更是奇文："且汝独不见虱之处于裈中乎？深缝匿乎败絮，自以为吉宅也。行不敢离缝隙，动不敢出裈裆，自以为得绳墨也。饥则啮人，自以为无穷食也。然炎邱火流，焦邑灭都，群虱死于裈中而不能出。汝君子之处区之内，亦何异乎虱之处裈中乎？悲夫，而乃自以为远祸近福，坚无穷已！"其言风趣，其辞剀切，识密洞达，是狂放人语。故刘师培说："为汉人所未有"①。而钱钟书则说："此节历来传诵，盖集古而增新者"②。

然而更值得注意者，就像诗歌中的情形那样，自晋以还惯于"直抒胸情"的文人们，却一变直陈而为即景兴情、就景言情，他们往往将浓烈感情倾注于景物描写中，使散文更具一种感时伤逝的意象美。尽管建安以来那种激切时事的风骨削弱了，但却造成六朝特有的清丽秀润、婉兴绵长的审美风味。前期如陆机、潘岳等，较晚如王羲之、孙绰、陶渊明。潘岳的《杨仲武诔》凄婉而新巧：

> 日昃景西，望子朝阴。如何短折，背世湮沈。呜呼哀哉！寝疾弥留，守兹孝友，临命忘身，顾恋慈母。哀哀慈母，痛心疾首；嗷嗷同生，凄凄诸舅。春兰擢茎，方茂其华；荆宝挺璞，将剖于和；含芳委耀，毁璧摧柯。呜乎仲武，痛哉奈何！……痛矣杨子，与世长乖。朝济洛川，夕次山隈，归鸟颉颃，行云徘徊。临穴永决，抚榇尽哀。遗形莫绍，增恸余怀。魂兮往矣，梁木实摧。呜呼哀哉！

仅从这段引文即可看出：在凄婉低沉的悲吟中，时时加入景物意象的描写渲染，以倍增其哀。这同单纯抒写情感的直白，显然已很不一样。至王羲之、孙绰等，这种情景相生，精心营构意象的色彩就更浓。如王羲之《兰亭集序》首段：

> 永和九年，岁在癸丑，暮春之初，会于会稽山阴之兰亭，修褉事也。群贤毕至，少长咸集。此地有崇山峻岭，茂林修竹；又有清流激湍，映带左右；引以为流觞曲水，列坐其次。虽无丝竹管弦之盛，一觞一咏，亦足以畅叙幽情。是日也，天朗气清，惠风和畅，仰观宇宙之大，俯察品类之盛，所以游目骋怀，足以极视听之娱，信可乐也。

此序为何成为历代传诵名篇，就不只因为写得情感浓郁、真率自然，而且情景交会、极富诗情画意，完全是一篇文艺性的美文了。作者本来是在批判泛滥一时的"一死生"、"齐寿殇"的老庄虚无思想，而高倡及时有为的务实精神和对生命的关爱。但是它给我们的感动，却主要不是来自逻辑分析，而完全是一种艺术力量的感染，这就和建安正始之文划出明确界线。故清人吴楚材等编《古文观止》评此文曰："逸少旷达人，故虽苍凉感叹之中有无穷逸趣"。陶渊明散文也是如此，其《桃花源记》所以会对后世产生那么大影响，恐怕亦非仅在于他提出一个自给自足、人人平等、和睦相处、无有纷争的美好理想社会，也得力

---

① 刘师培.《中国中古文学史·嵇阮之文》. 人民文学出版社，1959

② 钱钟书.《管锥编》(3). 中华书局，1979. 88

于他那抒情诗般富有感染力的描写：

晋太元中，武陵人捕鱼为业，缘溪行，忘路之远近。忽逢桃花林，夹岸数百步，中无杂树，芳草鲜美，落英缤纷。渔人甚异之，复前行，欲穷其林。林尽水源，便得一山，山有小口，仿佛有光，便舍船从口入。初极狭，才通人，复行数十步，豁然开朗，土地平旷，屋舍俨然，有良田美池桑竹之属。阡陌交通，鸡犬相闻，其中往来种作，男女衣著，悉如外人，黄发垂髫，并怡然自乐。……

即此一段描写，文虽极简洁，色彩却秾丽，实非一般单纯叙述可比。吴楚材等编《古文观止》卷七曾说："亦《归去来辞》之意也"。文所写实可与此诗媲美，只是后者更富景物意象的营构，如"舟遥遥以轻飏，风飘飘而吹衣，问征夫以前路，恨晨光之熹微"；"园日涉以成趣，门虽设而常关。策扶老以流憩，时矫首而遐观。云无心以出岫，鸟倦飞而知还。景翳翳以将入，抚孤松而盘桓"；"或命巾车，或棹孤舟，即窈窕以寻壑，亦崎岖而经丘。木欣欣以向荣，泉涓涓而始流。善万物之得时，感吾生之行休"等，就都是用诗歌的结构意象写文了。故知晋宋之际实为我国散文发展之一大转关。自此之后，文艺性散文大盛，长期来处于混沌状态之文，也才有了"文""笔"之分。因此，萧统编《文选》，不但不取经、子、史书，且连"贤人之美辞，忠臣之抗直，谋夫之话，辩士之端"，也一并摒之于文外，而谓"事异篇章"①。萧绎《金楼子·立言》更进而将文分作四类：儒、文、学、笔。而只取"吟咏风谣，流连哀思"，或"惟须绮縠纷披，宫徵靡曼，唇吻遒会，情灵摇荡"者为文，其他则皆排除在文学之外。其所标示的不正是我国文学观念的最早自觉，而且还不只是在诗歌领域，也包括散文写作，可知正是时代给了他们观念转变的机遇。

相较而言，鲍照则是这一时期更具典型意义的散文作家，其一篇《登大雷岸与妹书》，就足以说明其在散文史上的突出地位。他长期沉抑下僚，仕途蹇碍，而奔波于羁旅征途之间。此文虽为书信体，既非叙事，亦不说理，却以大理景物描写抒发殷殷愁思，正是意象性散文成熟的标志。他首叙所行，其深沉浩叹皆以生动意象出之：

吾自发寒雨，全行日少，加秋潦浩汗，山溪猥至，渡溯无边，险径游历，栈石星饭，结荷水宿，旅客贫辛，波路壮阔，始以今日食时，仅及大雷。涂登千山，日逾十晨，严霜惨节，悲风断肌，去亲为客，如何如何！

于是他"凭观川陆，遨神清渚"，再写所见：

南则积山万状，争气负高，含霞饮景，参差代雄，凌跨长陇，前后相属，带天有匝，横地无穷。东则砥原远隰，亡端靡际，寒蓬夕卷，古树云平，旋风四起，思鸟归群，静听无闻，极视不见。北则陂池潜演，湖脉通连，苧蒿攸积，菰芦所繁，

① 六臣注.《文选》(序).《文选》卷首. 四部丛刊影宋本

栖波之鸟，水化之虫，智吞愚，强捕小，号噪惊聒，纷牣其中。西则迴江永指，长波天合，滔滔何穷，漫漫安竭，创古迄今，舳舻相接。思尽波涛，悲满潭壑，烟归八表，终为野尘，而是注集，长泻不测，修灵浩荡，知其何故哉！西南望庐山，又特惊异，基压江潮，峰与辰汉连接，上常积云霞，雕锦缛，若华夕曜，岩泽气通，传明散綵，赫似绛天，左右青霭，表里紫霄。从岭而上，气尽金光，半山以下，纯为黛色。信可以神居帝郊，镇控湘汉者也。

在这些描写中，确实也采用了汉赋的手法，然而与汉赋之罗列景物，堆积词语不同者，是其景物皆出于心灵的审美观照，故而渗透强烈情感而被意象化了。因而，读这类文章，我们感受到的不只是一种气势，更是心灵的感动和领悟。此外，如《瓜步山楬文》也是一篇优秀之作，虽大量状景写物，却同样充盈着“才秀人微”者的深深慨叹：“才之多少，不如势之多少”！至于说“贩交买名”、“吮痈舐痔”之所愤，更是对社会丑恶现象的入木三分的批判了。

鲍照之后，可以说意象化的思潮浸淫到散文的一切方面。孔稚珪的《北山移文》，即是这方面的名篇。作者以辛辣的拟人化手法，借山神的口吻，历数先隐后仕者的虚伪和无耻，遂使香草含羞、山林蒙辱的悲愤，构思奇特，意象生动，如下段：

使我高霞孤映，明月独举，青松落阴，白云谁侣？涧石摧绝无与归，石径荒凉徒延伫。至于还飚入幕，写雾出楹，蕙帐空兮夜鹄怨，山人去兮晓猿惊。昔闻投簪逸海岸，今见解兰缚尘缨。于是南岳献嘲，北陇腾笑，列壑争讥，攒峰竦诮。慨游子之我欺，悲无人以赴吊。故其林惭无尽，涧愧不歇，秋桂遗风，春萝罢月，骋西山之逸议，驰东皋之素谒。

即使如丘迟的《与陈伯之书》，虽是一篇劝人息兵悔归的外交辞令，也在“晓之以理”之外，更动之以情，写下那段千古传诵的景物名句：“暮春三月，江南草长，杂花生树，群莺乱飞。见故国之旗鼓，感平生之畴日，抚弦登陴，岂不怆悢！所以廉公之思赵将，吴子之泣西河，人之情也。将军独无情哉？想早励良规，自求多福”。又如刘峻的《广绝交论》这样的议论文，也时时不忘作景物意象的铺排，如为趋炎附势者画像的所谓“势交”一段：“若其宠钧董、石，权压梁、窦，雕刻百工，炉捶万物，吐漱兴风雨，呼噏下霜露。九域耸其风尘，四海叠其熏灼，靡不望影星奔，籍响川骛。鸡人始唱，鹤盖成荫，高门旦开，流水接轸。皆愿摩顶至踵，隳胆抽肠，约同要离焚妻子，誓殉荆卿湛七族。是曰‘势交’，其流一也”。当然更重的，是这一时期还出现了纯粹“化景为情”式的写景散文，最著名如陶弘景《答谢中书书》：

山川之美，古来共谈。高峰入云，清流见底；两岸石壁，五色交辉；青林翠竹，四时俱备。晓雾将歇，猿鸟乱鸣；夕阳欲颓，沉鳞竞跃，实是欲界之仙都。自康乐以来，未复有能与奇者。

这是作者写给谢微（曾为中书鸿胪）的一封信，貌似状图山水，实则寄寓情思，表达玄禅思想影响下隐逸者的清趣。故清人许梿说："演迤澹沱，萧然尘壒之外，得此一书，何谓白云不堪持赠！"①但尤为难能可贵者，在于能以白描写法，于咫尺之间写出万里之势，其神全，其气完，与读一首短小的山水诗者无异。胡怀琛曾谓："写山写水，写竹树猿鸟鱼等，无不善于形状，虽寥寥短幅，而画意无穷。文耶？画耶？吾不知矣"②。不只诗中有画，文中亦有画矣，此种文字当首开其先。又如吴均的《与宋元思书》：

风烟俱净，天山共色，从流飘荡，任意东西。自富阳至桐庐，一百许里，奇山异水，天下独绝。水皆缥碧，千丈见底；游鱼细石，直视无碍。急湍甚箭，猛浪若奔，夹岸高山，皆生寒树，负势竞上，互相轩邈，争高直指，千百成峰。泉水激石，泛泛作响，如鸟相鸣，嘤嘤成韵。蝉则千转不穷，猿则百叫无绝。鸢飞戾天者，望峰息心；经纶世务者，窥谷忘返。横柯上蔽，在昼犹昏；疏条交映，有时见日。

此文纯粹状景，毫无一笔及情，可能留存到今天的并非全文。但状景中已是情思无限，不能作单纯写景文字看。正如王夫之评六朝诗所说："虽语不及情而情自无限"。吴均即被梁武帝称为"何逊不逊，吴均不均"因而仕途失意者，故诗文多写羁旅征途之山水景物，尤以小品为时人所称，故此文当与《答谢中书书》同一旨趣。许梿《六朝文絜》卷三说："扫除浮艳，澹然无尘，如读靖节《桃花源记》，兴公《天台山赋》。此费长房缩地法，促长篇为短篇也"。此言不差，后世写景文字如柳宗元《永州八记》之类，皆由此生发出来，其文学史意义同样不可低估。

除上举一般实用文字外，意象文学发展演变之艰巨，还可以从当时一些文学评论文章中见出。换句话说，当时的文艺理论文章也被全面意象化了，而这种具象感兴的批评方式，遂成为此后我国文艺批评独具的传统。早在陆机《文赋》即写道："遵四时以叹逝，瞻万物而思纷，悲落于劲秋，喜柔条于芳春，心懔懔以怀霜，志眇眇而临云"。已可看出意象批评在文艺理论中的萌动。至刘勰《文心雕龙》则使用得更多，其《原道》篇谈"自然之文"曰：

傍及万品，动植皆文：龙凤以藻绘呈瑞，虎豹以炳蔚凝姿；云霞雕色有逾画工之妙，草木贲华无待锦匠这奇；夫岂外饰，盖自然耳。至于林籁结响，调如竽瑟；泉石激韵，和若球鍠。故形立则章成矣，声发则文生矣。

其遣词造句，已不只是描写，更充满激情，道理之外还给人以美感，已然是一种意象式批评。至于《物色》篇，其实质又是专谈当时新兴审美概念——感兴的，亦即创作冲动中心物关系的，故更是意象缤纷。尤其是"赞曰"所言："山沓水匝，树杂云合。目既往还，心亦

① 许梿.《六朝文絜》(3). 华夏出版社，1999

② 胡怀琛.《古文笔法百篇·写景琢句法》. 湖南人民出版社，1984

吐纳。春日迟迟，秋风飒飒。情往似赠，兴来如答”。钟嵘《诗品》亦不例外，只是意象的范围更加扩大，其序曰：

> 若乃春风春鸟，秋月秋蝉，夏云暑雨，冬月祁寒，斯四候之感诸诗者也。嘉会寄诗以亲，离群托诗以怨。至于楚臣去境，汉妾辞宫；或骨横朔野，魂逐飞蓬；或负戈外戍，杀气雄边，塞客衣单，孀闺泪尽；或士有鲜佩出朝，一去忘反，女有扬扬入宠，再盼倾国。凡斯种种，感荡心灵，非陈诗何以展其义？非长歌何以骋其情？

又评谢灵运曰：“名章迥句，处处间起，丽典新声，络绎奔会，譬犹青松之拔灌木，白玉之映尘沙，未足贬其高洁也”。评范云、丘迟曰：“范诗清便宛转，如流风迴雪；丘诗点缀映媚，似落花依草”。若此者则完全是意象性的艺术批评了。较之前面用于说理者，又自不同。延及梁陈，往往以书信方式谈诗文创作，既可当散文读，亦可当论文看，如下面几段：

> 或日因春阳，具物韶丽，树花发，莺鸣和，春泉生，暄风至，陶嘉月而熙游，藉芳草而眺瞩。或朱炎受谢，白藏纪时，玉露夕流，金风时扇，悟秋士之心，登高而远托。或夏条可结，倦於邑而属词，冬雪千里，睹纷霏而兴咏。（萧统《答湘东王求文集诗苑书》）

> 至如春庭落景，转蕙承风；秋雨且晴，檐梧初下；浮云生野，明月入楼。时命亲宾，乍动严驾，是以沉吟短翰，补缀庸音，寓目写心，因事而作。（萧纲《答张缵示集书》）

> 若乃登高极目，临水送归，风动春朝，月明秋夜，早雁初莺，开花落叶，有来斯应，每不能已也。（萧子显《文集自序》）

> 每清风朗月，美景良辰，对群山之参差，望巨波之滉漾；或玩新花，时对落叶，既听春鸟，又聆秋雁，未尝不促膝举觞，连情发藻。（陈后主《与詹事江总书》）

在对其诗酒流连的生活描写中，实际也表达了某种创作观、审美观。此外，还有一些学术性专著，如郦道元的《水经注》，杨衒之的《洛阳伽蓝记》等，亦不乏生动的景物意象描写，不再赘言。

总之，晋宋之际，也是我国散文史的一大转折。原为说理实用性的散文，从此也全面意象化了，故而才有真正文艺性散文的兴盛。从某个角度看，它的思想性也许有所削弱，但其艺术性却明显增强。同诗歌领域的情况一样，思想的削弱并不能成为漠视艺术表现上更加成熟的理由。何况是否真的削弱亦难断定，因为艺术同实用文究竟不同，所以它们中的优秀之作同样千古传诵。而这也说明,文学的意象化进程,确是一次意义深刻的变革。

二、辞赋

辞赋的情况也和散文基本一致:由两汉大赋,到抒情小赋,再到意象化辞赋;而且转变的关键也在晋宋时期。

大赋盛行于两汉,但到东汉后期抒情小赋则渐次兴起。如张衡的《归田赋》、蔡邕的《述行赋》、赵壹的《刺世嫉邪赋》等。降及魏晋,虽然各种题材的辞赋都在创作,但值得注意的一个现象是:抒情赋大量产生,遂成为赋坛主流。如曹操的《登台赋》、《沧海赋》,王粲的《登楼赋》,曹丕的《济川赋》、《临涡赋》,刘桢的《黎阳山赋》,曹植的《游观赋》、《临观赋》等,但成就都不是很高。这些赋推溯其源流所始,当脱胎于屈原的《哀郢》《涉江》,虽也写到了一些景物,但尚难构成真正的艺术意象,故基本上仍是"直抒胸臆"之作。王粲的《登楼赋》是比较著名的一篇,举其一可见一斑。且看其前半:

> 登兹楼以四望兮,聊暇日以销忧。览斯宇之所处兮,实显敞而寡仇。挟清漳之通浦兮,倚曲沮之长洲。背坟衍之广陆兮,临皋隰之沃流。北弥陶牧,西接昭邱,华实蔽野,黍稷盈畴。虽信美而非吾土兮,曾何足以少留!遭纷浊而迁逝兮,漫逾纪以迄今。情眷眷而怀归兮,孰忧思之可任?凭轩槛以遥望兮,向北风而开襟。平原远而极目兮,蔽荆山之高岑。路逶迤而修迥兮,川既漾而济深。悲旧乡之壅隔兮,涕横坠而弗禁。昔尼父之在陈兮,有归欤之叹音。钟仪幽而楚奏兮,庄舄显而越吟。人情同于怀土兮,岂穷达而异心!

曹丕《典论·论文》曾说:"王粲长于辞赋,徐干时有齐气,然粲之匹也。如粲之《初征》、《登楼》、《槐赋》、《征思》……虽张、蔡不过也"。刘勰则称此赋为"魏晋之赋首"①。此赋大概写于建安十一年(206 年)前后,即他淹留荆州时。其时社会动荡,群雄纷争,他却寄人篱下,壮志难酬,故赋中抒发的乃是其浓重的乡土之思和失意士子的苍凉悲慨情怀,基调有点像他的《七哀诗》,都是建安风骨的代表之作。文中也写到景物,如"虽信美而非吾土兮"以上一段,然只是抒情的泛泛点缀或陪衬,有似当时诗歌中的景物描写,尚不具有心灵化景物造型特征,故实质上仍是直抒胸臆的。

爱情是文学的永恒题材,曹植的《洛神赋》则是此类赋作的不朽之作。据序所言,此是"感宋玉对楚王神女之事,遂作斯赋"的,故他把理想和现实揉合来写,以寄托某种美好的心灵体验,具有浓郁的神话色彩和抒情氛围。虽有似宋玉的《神女赋》而实则不同,大概而言宋赋以对答形式作纯客观叙述,此则对洛神作出神入化的描状,以抒发其爱恋和人神不得相通的怅惘失意,仍不出抒情赋的范围。其最精处是对洛神的描写,如

---

① 范文澜注.《文心雕龙·诠赋》. 人民文学出版社,1962

其形也，翩若惊鸿，婉若游龙，荣耀秋菊，华茂春松。髣髴兮若轻云之蔽月，飘飖兮若流风之回雪。远而望之，皎若太阳升朝霞；迫而察之，灼若芙蓉出渌波。秾纤得衷，修短合度，肩若削成，腰如约素。延颈秀项，皓质呈露，芳泽无加，铅华弗御。云髻峨峨，修眉联娟，丹唇外朗，皓齿内鲜，明眸善睐，辅靥承权，瓌姿艳逸，仪静体闲，柔情绰态，媚于语言。

这还只是外在形质的描写，就已经够叫人“超长吟以永慕，声哀厉而弥长”了。下面再看其动态传神的描写：

体迅飞凫，飘忽若神。凌波微步，罗袜生尘。动无常则，若危若安。进止难期，若往若还。转眄流精，光润玉颜。含辞未吐，气若幽兰。华容婀娜，令我忘餐。

然而，究竟是“人神之道殊”，虽“盛年之莫当”，便只能留下无限怅恨而已！“于是背下陵高，足往神留，遗情想象，顾望怀愁”，此恨绵绵无绝期了。因此可说，强烈的抒情性是此期各种题材赋的主流，尽管随处都可发现汉大赋描写的影响。到了魏晋之际，像散文中的情形一样，这种抒情性变得更加直接，更为凌励。如向秀的名作《思归赋》，其序曰：“余与嵇康、吕安，居止接近，其人并有不羁之才。然嵇志远而疏，吕心旷而放，其后各以事见法。……余逝将西迈，经其旧庐。于时，日薄虞渊，寒冰凄然，邻人有吹笛者，发声寥亮。追思曩昔游宴之好，感音而叹，故作赋云”。是知此赋为向秀应召去洛阳时，路经嵇康山阳故宅，因怀念好友之死而发的愤激之词。鲁迅先生曾说：“年轻时读向子期的《思归赋》，很怪他为什么只有寥寥的几行，刚开头却又煞了尾。然而现在我读懂了”①。虽怀愤而迫于时势不敢言、不能言，遂趋于简短掩抑含蓄，便是此赋的一大特征：

将命适于远京兮，遂旋反而北徂。济黄河以泛舟兮，经山阳之旧居。瞻旷野之萧条兮，息余驾乎城隅。践二子之遗迹兮，历穷巷之空庐。叹《黍离》之愍周兮，悲《麦秀》于殷墟。惟古昔以怀念兮，心徘徊以踌躇。栋宇存而弗毁兮，形神逝其焉如。昔李斯之受罪兮，叹黄犬而长吟。悼嵇生之永辞兮，顾日影而弹琴。托运遇于领会兮，寄余命于寸阴。听鸣笛之慷慨兮，妙声绝而复寻。停驾言其将迈兮，遂援翰而写心！

向秀与嵇康、吕安谊厚情深，曾一起打过铁、种过菜。此赋却写得词语简短，正如鲁迅所说“刚开头却又煞了尾”，似言有未尽。然其慷慨之怀，愤激之情，却已跃然纸上，所以读来甚为感人。这也正是那个特殊时代造就的嵇、阮文章的共同特色。

太康以降，诗文辞赋发生的重要转变，可以说是共同的，那就是直抒胸臆之作中景物意

① 鲁迅.《为了忘却的纪念》.《鲁迅全集》第四卷. 人民文学出版社，1981

象的大量涌入。诗歌中如陆机的《赴洛道中》、张协的《杂诗》、左思的《招隐诗》、谢混的《游西池》等；散文中如张载的《剑阁铭》，潘岳的《杨仲武诔》、王羲之的《兰亭集序》等。辞赋亦如此，如潘岳的《秋兴赋》、《闲居赋》，孙绰的《游天台山赋》，即是此期的代表之作。《秋兴赋》序曰："晋十有四年，余春秋三十有二，始见二毛，以太尉掾兼虎贲中郎将，寓直于散骑之省。高阁连云，阳景罕耀，珥蝉冕而袭纨绮之士，此焉游处。……譬犹池鱼笼鸟，而有江湖山薮之思，于是染翰操纸，慨然而赋"。故知此赋乃即秋兴感，因时有托之作：

> 四时忽其代序兮，万物纷以回薄。览花莳之时育兮，察盛衰之所托。感冬索而春敷兮，嗟夏茂而秋落。虽末事之荣悴兮，伊人情之美恶。善宋生之言曰："悲哉！秋之为气也，萧瑟兮草木摇落而变衰；憀慄兮若在远行，登山临水送将归"。夫送归怀慕徒之恋兮，远行有羁旅之愤。临川感流以叹逝兮，登山怀远以悼近。彼四戚之疚心兮，遭一涂其难忍。嗟秋时之可哀兮，良无愁而不尽。野有归燕，隰有翔集，游氛朝兴，槁叶夕殒。于是乃屏轻箑，稀纤絺，籍莞蒻，御夹衣。庭树槭以洒落兮，劲风戾而吹帷。蝉嘒嘒以寒吟，雁飘飘而南飞，天晃朗以弥高，日悠阳而浸微。何微阳之短晷，觉凉夜之方永。月朣胧以含光兮，露凄清以凝冷。熠耀粲于阶闼兮，蟋蟀鸣乎轩屏。听离鸿之晨吟，望流火之余景。宵耿介而不寐兮，独展转于华省。悟时岁之遒尽兮，慨俯首而自省。……耕东皋之沃壤兮，输黍稷之余税。泉涌湍于石间兮，菊扬芳乎崖澨。澡秋水之涓涓兮，玩游儵之潎潎。逍遥乎山川之阿，放旷乎人间之世，优哉游哉，聊以足岁。

此赋作于晋咸宁四年，虽被贾充召为太尉掾，但心情仍是沉沦苦闷的，故多有周旋官场的厌倦之情和年华流逝的迟暮怅惘，因而结尾表现出"江湖山薮"的隐逸之想，思绪是十分矛盾的。但他却不像前人那样直说，多借心灵感爱的时序景物抒写，故能景中含情，情由景兴，读来感人。汉赋中不是不写景物，但常常是景物纯客观的堆积罗列，甚至有些还是被想象神化的东西，距人心也远。放在这一背景来看，潘岳此赋方见出其独特性。钱钟书先生曾说："潘岳诸赋，以卷九零《秋兴赋》、卷九二《射雉赋》为优，此卷《闲居赋》抑其亚也"①。《秋兴》《闲居》皆为名篇，何以会有这种感受上的差异呢？两相对照即可明白，因《闲居赋》过多保留了传统赋的写法，故情和景还是两张皮。如："爰定我居，筑室穿池，长杨映沼，芳枳树樆。游鳞瀺灂，菡萏敷披，竹木蓊蔼，灵果参差。张公大谷之梨，溧侯乌椑之柿，周文弱枝之枣，房陵朱仲之李，靡不毕植。三桃表樱胡之别，二柰耀丹白之色，石榴蒲桃之珍，磊落蔓延乎其侧。梅杏郁棣之属，繁荣藻丽之饰，华实照烂，言所不能极也。……"遂成为纯客观的景物罗列，也缺少真实的心灵感受，尚非真正心灵化的景物。虽铺排张扬色彩艳丽，终入人也浅，称"抑其亚也"并无不当。而这就是意象和非意象之别。孙绰《游天台山赋》，亦与此则大不相同。他曾以此赋为平生得意之作，并对范启说："卿试掷地，要作金石声"。赋以游记的形式，对天台山带有灵异色彩的景物作了细致生

① 钱钟书.《管锥编》(3). 中华书局，1979

动的描绘，文辞工整秀丽，甚为时人传诵。其体验亦是投入的而非旁观的，是情化的而非罗列的，故尤为后来的山水游记所祖述。如下面二段：

既克跻于九折，路威夷而修通，恣心目之寥朗，任缓步之从容。藉萋萋之纤草，荫落落之长松，觌翔鸾之裔裔，听鸣凤之邕邕。过灵溪而一濯，疏烦想于心胸。荡遗尘于旋流，发五盖之游蒙。追羲农之绝轨，蹑二老之玄踪。

陟降信宿，远于仙都。双阙云竦以夹路，琼台中天而悬居。朱阁玲珑于林间，玉堂阴映于高隅。彤云斐亹以翼棂，皦日炯晃于绮疏。八桂森挺以凌霜，五芝含秀而晨敷。惠风伫芳于阳林，醴泉涌溜于阴渠。建木灭景于千寻，琪树璀璨而垂珠。王乔控鹤以冲天，应真飞锡以蹑虚。骋神变之挥霍，忽出有而入无。

他往往将神话传说同现实感受融会于一炉，却写得兴味绵绵，情浓意畅，不过是要突出这样一种玄学理想："恣语乐以终日，等寂默于不言，浑万象以冥观，兀同体于自然。"景物经过情感的熔陶，万象浑化为一，也就没有"情景为二"之隔了。

还有一个值得注意的现象，赋发展至晋，其骈体的形式已基本确立，而由散至骈则是形式上的一大变迁，其影响所及至于整个六朝和唐代。近人徐师曾即曾指出：汉赋"其为古赋之流也，三国两晋以及六朝，再变而为俳，唐人又再变为律，宋人又再变而为文"。①而所谓"俳"，即专求对仗工整、字句妍丽之骈体，正如此时诗中之渐变为律，文中之渐变为骈，可知即使在形式上三者演变的步伐也是一致的。自刘宋以降，骈俪化的意象赋遂勃然兴盛，成为赋体文学的主流，而作者亦夥。如陶渊明的《闲情赋》、鲍照的《芜城赋》，谢惠连的《雪赋》、谢庄的《月赋》、江淹的《别赋》《恨赋》、庾信的《哀江南赋》《春赋》《小园赋》等，皆为一时名篇。其中尤以鲍照、江淹和庾信，为三个阶段性代表作家，庾信更有集大成之称。

鲍照的名作《芜城赋》，李善《文选》注曰："登广陵故城"。广陵故城，在今江都县东北。钱仲联说："考宋文帝元嘉二十七年冬十二月，北魏太武帝南犯，兵至瓜步，广陵太守刘怀之逆烧城府船乘，尽帅其民渡江。孝武帝大明三年四月，竟陵王诞据广陵反，七月，沈庆之讨平之，杀三千余口。是十年之间，广陵两遭兵祸，照盖有感于此而赋"②。故此赋当是鲍照有感于战乱后广陵城荒芜破败的今昔兴亡之作，其中也不乏自己失意悲伤心情的寄托。赋文前半极状广陵昔日之繁盛，已是意象飞动，如谓："车挂轊，人驾肩，廛闬扑地，歌吹沸天。孳货盐田，铲利铜山，才力雄富，士马精妍。……板筑雉堞之殷，井干烽橹之勤，格高五岳，袤广三坟，崪若断岸，矗似长云。"后半则写今日之荒败，于景物的铺排张扬中充满伤感和遗恨：

出入三代，五百余载，竟瓜剖而豆分！泽葵依井，荒葛罥涂。坛罗虺蜮，阶

① 徐师曾.《文体明辩序说》. 人民文学出版社，1982

② 鲍照.《鲍参军集注》. 上海古籍出版社，2005

斗麏鼯。木魅山鬼，野鼠城狐，风嗥雨啸，昏见晨趋。饥鹰砺吻，寒鸱吓雏，伏暴藏虎，乳血飡肤。崩榛塞路，峥嵘古馗。白杨早落，塞草前衰。稜稜霜气，蔌蔌风威，孤蓬自振，惊沙坐飞。灌莽杳而无际，丛薄纷其相依。通池既已夷，峻隅又已颓。直视千里外，唯见起黄埃，凝思寂听，心伤已摧！

末尾他还慨叹曰："天道如何？吞恨者多"。是作者亦吞恨人也。此赋前后对比，极力铺排，语言奇警有力，意象鲜明生动，不再作景物的罗列堆垒，总是有感而发，景中含情，可以说赋到此时已完全意象化了。其作赋的主要手段，不外两个方面：一是征用典章故事，一是状景铸造意象，高者如庾信甚至化典故亦为生动意象。江淹的赋即是走向更加成熟的标志，虽然他的赋思想比较单薄，但善于通过景物环境的描写，突出人物的心理感受，具有很强的抒情性。例如《别赋》，本是写人生的一个永恒的主题"伤别"的，除了写古今各类人物的离情别绪外，主要便是以创造景物意象来做铺垫渲染，故极富感人力量。如开头一段即说：

黯然销魂者，唯别而已矣！况秦吴兮绝国，复燕宋兮千里。或春苔兮始生，乍秋风兮暂起，是以行子断肠，百感凄恻。风萧萧而异响，云漫漫而奇色，舟凝滞于水滨，车逶迟于山侧，棹容与而讵前，马寒鸣而不息。掩金觞而谁御，横玉柱而霑轼。居人愁卧，怳若有亡。日下壁而沈彩，月上轩而飞光，见红兰之受露，望青楸之离霜，巡层楹而空掩，抚锦幕而虚凉。知离梦之踯躅，意别魂之飞扬。

这是写一般的离愁别恨，已觉意象飞动、黯然神伤，即是写具体离别者，亦往往得力于景物意象的浓墨重彩渲染，试抄一节：

或乃边郡未和，负羽从军。辽水无极，雁山参云。闺中风暖，陌上草薰。日出天而曜景，露下地而腾文。镜朱尘之照烂，袭青气之烟煴。攀桃李兮不忍别，送爱子兮沾罗裙。

可以说在此类赋中，景物意象是其描写主体。其伤别之情虽未直白多说，然景物描写本身已倍觉感人。当然，我们更不能忘记其结尾那千古传诵的名句："春草碧色，春水渌波，送君南浦，伤如之何！至乃秋露如珠，秋月如珪，明月白露，光阴往来，与子之别，思心徘徊"。刘熙载曾说："江文通诗有凄凉日暮，不可如何之意"①，似乎状景成为其达情的唯一手段，就如"凄凉"离不开"日暮"那样。

庾信是六朝时期最后一位杰出赋家，说他有集大成之成就亦不为过。大体而言，其早期辞赋同齐梁时人亦无多大不同，内容多写宫苑生活，缺少深厚内涵，词语华艳，对偶

① 刘熙载.《艺概·诗概》. 上海古籍出版社，1982. 57

整饰，体物浏亮，兴象络绎，景物仍是其描写的主要对象。如《春赋》，虽篇幅短小，但对春之气息和带给人们的欢乐，描写得淋漓尽致：

宜春苑中春已归，披香殿里作春衣。新年鸟声千种啭，二月杨花满路飞。河阳一县并是花，金谷从来满园树。一丛香草足碍人，数尺游丝即横路。开上林而竞入，拥河桥而争渡。出丽华之金屋，下飞燕之兰宫。钗朵多而讶重，髻鬟高而畏风。眉将柳而争绿，面共桃而竞红。影来池里，花落衫中。苔始绿而藏鱼，麦才青而覆雉。吹箫弄玉之台，鸣佩凌波之水。移戚里而家富，入新丰而酒美。石榴聊泛，蒲桃酦醅，芙蓉玉碗，莲子金杯。新芽竹笋，细核杨梅。绿珠捧琴至，文君送酒来。……三日曲水向河津，日晚河边多解神。树下流杯客，沙头渡水人。镂薄窄衫袖，穿珠帖领巾。百丈山头日欲斜，三晡未醉莫还家。池中水影悬胜镜，屋里衣香不如花。

然自入北以后，虽位望通显，却屡遭变故，故家国之痛，乡关之思，常流露于不自知者。老杜曾称其"暮年诗赋动江关"，即指此而言。其代表作当推《哀江南赋》，《北史·庾信传》谓："信虽位望通显，常作乡关之思，乃作《哀江南赋》，以致其意"。此赋以其自己身世遭际为线索，叙写了萧梁由兴而衰，并至灭亡的全过程，从而揭露其朝政的腐败，统治者的昏庸无能、朝臣的争权夺利，给国家和人民带来的深重灾难。其表现上的一大特征，是几乎处处用典，但又能将典故往往化作生动意象写出，故读来不觉枯燥反增感人力量。可以说他是把用典、抒情和铸造意象融为一体来写的，正同他后期诗作的情形一样，所谓"老更成"者此也。如描写梁朝君臣耽于逸乐终招来侯景之乱一段：

于时朝野欢娱，池台钟鼓，里为冠盖，门成邹鲁。连茂苑于海陵，跨横塘于江浦。东门则鞭石成桥，南极则铸铜为柱。桔则园植万株，竹则家封千户。西赆浮玉，南琛没羽，吴歈越吟，荆艳楚舞。草木之遇阳春，鱼龙之逢风雨，五十年中，江表无事……。既官政而离逷，遂师言而泄露。望廷尉之逋囚，反淮南之穷寇。出狄泉之苍鸟，起横江之困兽。地则石鼓鸣山，天则金精动宿。北阙龙吟，东陵麟斗。尔乃桀黠横扇，冯陵畿甸。拥狼望于黄图，填卢山于赤县。青袍如草，白马如练。天子履端废朝，单于长围高宴。两观当戟，千门受箭，白虹贯日，苍鹰击殿。竟遭夏台之祸，终视尧城之变。官守无奔问之人，干戚非平戎之战。陶侃空争米船，顾荣虚摇羽扇。将军死绥，路绝长围。烽随星落，书逐鸢飞。遂乃韩分赵裂，鼓卧旗折，失群班马，迷轮乱辙。猛士婴城，谋臣卷舌。昆阳之战象走林，常山之阵蛇奔穴……。

尤其在此段中，他还特别点出梁朝灭亡之因在于："宰衡以干戈为儿戏，缙绅以清淡为庙略"。可谓精警之言，深中要害。文中虽典故络绎，却行文流畅，并将一腔真情抒写得淋漓尽致，充分反映出作者的文学才思和驾驭语言的能力。在以典故构造生动意象上，除此段不少句子所写外，几乎顺手牵来，随处可见，如“设重云之讲，开士林之学，谈劫尽之飞灰，辩常星之夜落”，即用汉武帝开凿昆明池见灰烬事①和释迦牟尼降生恒星陨落事。又“胄落鱼门，兵填马窟，屡犯通中，频遭刮骨”。则用申子（柳仲礼）挂帅抗敌战败事（《左传·僖公二十二年》）。又“闻鹤唳而心惊，听胡笳而泪下。拒神亭而亡戟，临横江而弃马。崩于钜鹿之沙，碎于长平之瓦”，则分别用前秦苻坚淝水之战溃退（《晋书·谢玄传》），刘琨晋阳被困奏胡笳而解围（《晋书·刘琨传》），东吴孙策大战太史慈、刘繇和项羽钜鹿之战及战国秦赵长平之战等事。凡此等等，无疑既是一段历史故事，更是一种生动的意象造型，故而才增加了语言的思想内涵，也增强了描写的抒情性，使思想和艺术得到完美统一。尤其是写西魏亡梁一节更具这种特色：

> 周含郑怒，楚结秦怨。有南风之不竞，值西邻之责言。俄而梯冲乱舞，冀马云屯。伐秦车于畅毂，沓汉鼓于雷门。下陈仓而连弩，渡临晋而横船。虽复楚有七泽，人称三户，箭不丽于六麋，雷无惊于九虎。辞洞庭兮落木，去涔阳兮极浦。炽火兮焚旗，贞风兮害蛊。乃使玉轴扬灰，龙文折柱。下江余城，长林故营。徒思拑马之秣，未见烧牛之兵。章曼枝以毂走，宫之奇以族行。河无冰而马渡，天未晓而鸡鸣。忠臣解骨，君子吞声。章华望祭之所，云梦伪游之地。荒谷缢于莫敖，冶父囚于群帅。硎阱折拉，鹰鹯批攒。冤霜夏零，愤泉秋沸。城崩杞妇之哭，竹染湘妃之泪。水毒秦泾，山高赵陉。十里五里，长亭短亭。饥随蛰燕，暗逐流萤。秦中水黑，关上泥青。于是瓦解冰泮，风飞电散，浑然千里，淄渑一乱。雪暗如沙，冰横似岸。逢赴洛之陆机，见离家之王粲，莫不闻陇水而掩泣，向关山而长叹……。

当然，这种叠用典故的写法，也引起过历代不少人的批评，如金代王若虚即说：“庾信《哀江南赋》，堆垛故实，以寓时事。……而荒芜不雅，了无足观。如‘崩如钜鹿之沙，碎于长平之瓦’，此何等语？至云‘申包胥之顿地，碎之以首’，尤不成文也。……然子美推称如此，且讥诮嗤点者，余恐少陵之语未公，而嗤点者未为过也”（《滹南遗老集·文辞》）。王氏的批评虽说并非无据，但究竟不是其创作的主流。当时风气，苦心营造秀句，刻意求新，雕镂过甚而出现个别地方用语不当，那是很自然的，庾信亦未能免俗。行文用典，本是无可非议的事，然如何用典以增加语言的涵盖度，而不流于枯燥板滞，庾信却给后人提供了比较成功的经验。那就是：化典故为生动意象，并在化用中改造成为自己情感的载体。无疑这是艺术上的一种成熟和进步，其沾溉唐人者亦甚多。故老杜说：“庾信文章更老成，凌云健笔意纵横”，亦并非虚夸之谈，而此赋之历来为人称道也就不奇怪了。更重要者还在于，它提示人们不只征事用典，即如叙事，议论、讽谏、比兴等，也必须化作生动意象出之才成为真正的艺术。否则，便只能是“以文字为诗，以才学为诗，以议论为诗”，只见其工，而直白无味了。谓宋不及唐者在此，谓“宋以后无诗”者大概亦在此。

① 胡怀琛标点.《搜神记》(13). 商务印书馆,1960

意 象 文 学 卷

（下）

第十一章　文学的意境化和“盛唐之音”

第一节　由六朝余绪向意境的转化

在我国悠久的文学史上，有两个时期曾因创作上的独特成就，而被人们冠以一种标志性的称谓，即“建安风骨”和“盛唐之音”，确是罕有其例，故特别值得重视。就其特定的历史内涵而言，前者当是在那个大动乱的时代，诗人们关注国运民瘼，投身现实斗争，因而焕发出的英雄豪情的高歌。正如刘勰所说：“观其时文，雅好慷慨，良由世积乱离，风衰俗怨，并志深而笔长，故梗概而多气也”①。他们关怀民生疾苦，感喟时世动乱，人怀安邦定国之豪情，或痛生民之多艰，或慨命运之不济，或悲人生之苦短，然却都能深刻地反映那个时代的真实及理想，所以誉之曰“诗史”。后者则是在大一统的政治经济繁盛时期，士子们放荡情怀和激扬青春意气之作，他们写边塞、写羁旅、写离别送行、写登临游览、写山林闲适、写深闺宫怨，虽也有生活的失意、人生之痛苦，有不平和隐退，有哀怨而悲怆，但却从不消沉、不颓唐、不绝望，更少自暴自弃的逃避。故总是表现得那样雍容大度、优游洒脱、才气飞扬、风华朗畅，所谓“少年不识愁滋味”、“天生我才必有用”的自信自觉，故人们特称之为“唐音”。

自建安以后，中国文学曾发生过一次重大变革，即由前期之“喻象”向后期之“意象”的转化。由于这是一次质的突变，是一种崭新创作原则的确立，故刘勰说“宋初文咏，体有因革”，而沈德潜则谓“诗运转关也”。但是，自晋末宋初至盛唐，我国文学再次发生变革，不过与前一次变革不同，它只是在“意象文学”本身发生的嬗变，故只能看作是一种深化或发展，而非质的变化。简言之，即由六朝余绪向唐音或意象向意境的转化，其不同之处在于如前已谈到的：前者偏重在描写心灵感受的景物，后者侧重于感受景物的心灵。这一变化虽说从谢朓、阴铿等人即已开始，但真正完成则要等到盛唐诸大家的出现。二者虽在“化景物为情思”这点上是共同的，但重点放在心灵感受的景物上，景物本身即成关注的重心，为主体感受的景物精切造型，且语言上求新求巧求妍，所谓“辞必穷力追新”者，遂成为必然。至于末流甚者，则流为繁缛靡丽，招来千古骂声。但若侧重点放在感受景物的心灵上，景物遂成为抒写情灵的载体，而不再具有对象描写的重心意义，主体心灵才是涵盖一切的基点。这种由情感外射向心灵感受的内敛，使“诗人秀句”的追求不再成为必需，而“有句无篇”之弊才真正得到克服。“秀句”的追求曾使六朝人走进死胡同，或则陈陈相因，难有创造；或则华词丽藻，徒事色彩，唐人终于冲破这种创作模式，而开辟出一片文学新天地。

---

①　范文澜注.《文心雕龙·时序》.人民文学出版社，1962

然而，由六朝至盛唐，诗歌走过的并非一条短暂而平坦的道路，仅从初唐算起大约也经历了将近一个世纪。唐帝国建立（618 年即高祖武德元年）的最初三十年，诗坛上仍然承袭的是齐梁余风，词语华靡淫艳，讲求声律对仗，文体冗弱，矫揉藻饰，多为宫廷应制之作，甚至连齐梁诗人那点清新秀丽之气也已荡然无存。其代表性诗人如高宗朝曾任宰相的上官仪（约 608—664 年，河南陕县人），其《旧唐书》本传即说：“本以词彩自达，工于五言诗，好以绮错婉媚为本……时人谓之‘上官体’。”其《八咏应制诗》二首即颇具典型性，其一曰：

翡翠藻花轻，流苏媚浮影。瑶望燕始归，金堂露物晞。风随少女至，虹共美人归。罗荐已擘鸳鸯被，绮衣复有蒲萄带。残红艳粉映簾中，戏蝶流莺聚窗外。

题材不离闺阁脂粉，语言极尽涂饰靡丽，内容却更加空洞冗弱，实与梁陈宫体无异。这是史家们早已指出的，自不待细言。但初唐诗的另一更重要的特色，则是沿袭梁陈诗人对“秀句”的刻意追求，往往造成情和景的失调甚或割裂，而缺少通体融贯的浑整美。即使如当时另一杰出诗人王绩（585—644 年，绛州龙门人），因仕途失意，归隐田园，号东皋子，诗风也一洗六朝铅华而变素朴自然，在初唐别具一格，但也未能摆脱对“秀句”的追求而过多地在感受的对象上用力，如其代表作《野望》：

东皋薄暮望，徙倚欲何依？树树皆秋色，山山唯落晖。牧人驱犊返，猎马带禽归。相顾无相识，长歌怀采薇。

同上官仪等相比，虽描写清新素净，不事错金镂彩，然如“秋色”“落晖”一联，固为历来传诵名句，却仍是六朝人专为“景物造型”的路数，并未从意象文学的前期观念中摆脱出来。尤其是全诗结构，先叙事、中间写景、结则明志的模式，仍依稀可见板块结构的影子。当然，他的时代究竟已不同六朝，有些小诗趋向浑整含蓄，正是其高出时人之处。如《秋夜喜遇王处士》：

北场芸藿罢，东皋刈黍归。相逢秋月满，更值夜萤飞。

不事直白说理，不作“秀句”的刻意追求，只在情景浑融的氛围中营造出一种静谧、安闲、恬适的生活情境，所以不同于六朝意象诗。尤其结尾，纯以景语点染，含而不露，欲吐还吞，饶具有余不尽之妙。故后所谓“盛唐”者，即往往由此类诗的境界化出，特别是王孟一派诗人。

太宗贞观以后，活跃在高宗武后朝的一批诗人，则都是在新的唐代社会土壤上成长起来的新人，其代表人物有“四杰”、沈宋和陈子昂。由于国家繁盛和社会风气的改变，变革唐初华靡冗弱的诗风，已渐成他们的自觉意识。安定繁荣的时代，需要歌唱时代的新声，而文学本身的发展也在孕育着新诗风的出现，于是一场革新文学积弊的自觉运动勃然兴起。杨炯在《王勃集序》中曾称赞王勃，因其有鉴于"上官体"诗的"骨气都尽，刚健不闻，思革其弊，用光志业"，"遂使繁综浅术，无藩篱之固，纷绘小才，失金汤之险"。他以"骨气"和"刚健"为号召，来批判唐初华靡冗弱的诗风，大概是"四杰"的共同企向，只是说王勃因此使"积年绮碎，一朝廓清"，则未免夸张，因为他们实际上并未完全摆脱梁陈诗风的影响。同时期的陈子昂，更是高举起革新的大旗，而被称赞说"（文章）道丧五百年而得陈君……横制颓波，天下翕然，质文一变"①。在其被认为是革新纲领的《与东方左史虬修竹篇序》中，他这样写道："文章道丧五百年矣，汉魏风骨，晋宋莫传，然文献有可征者。仆尝暇时观齐梁间诗，彩丽竞繁，而兴寄都绝。每以咏叹，思古人，常恐逶迤颓靡，风雅不作，以耿耿也。"平心而论，正是在这批朝气蓬勃的一代新人的思想冲击之下，唐人才终于走出陈陈相因的旧俗，而造就出唐诗的繁荣及独特风貌的。不过也应看到，他力倡汉魏而全盘否定齐梁，却不免偏颇保守，也并不符合唐诗发展的实际情况，如作为盛唐标志的李白、杜甫等人，前已说到就未必如此之目光偏狭。其实，唐人更多继承的是晋宋以后新兴意象文学传统，并非诗骚以来的"兴寄"之作。陈子昂所擅长者惟在古体，而疏于今体，正与此种认识的偏颇不无关系。如代表作《感遇诗三十八首》，即以兴寄直抒代替生动意象，便是其例。如：

本为贵公子，平生实爱才。感时思报国，拔剑砍蒿莱。西驰丁零塞，北上单于台。登山见千里，怀古心悠哉。谁言未亡祸，磨灭成尘埃！

尽管慷慨任气骨力端翔，却不免罄胸直抒，多发议论，似汉魏矣而缺少文采，殊乏风韵。即如其传诵名篇《登幽州台歌》："前不见古人，后不见来者，念天地之悠悠，独怆然而涕下！"固然大音洪声，思深而调远，为文学史上不可多得佳作，但这并不代表唐诗发展的主流，真正起到"横制颓波，质文一变"的效果。的确，唐人承汉魏古体将直抒胸臆之作推进到一个新阶段，但能真正代表一代诗歌成就的，是近体而非古体，是律绝而非古风，这是历史演化的必然。

在律体的成熟定型上，作出重贡献的当首推"四杰"和沈（佺期）宋（之问）。不过，他们仍然未能尽蜕梁陈诗风的影响，语言华靡涂饰，而斤斤于"秀句"的创造，还缺少盛唐风华朗畅的浑成美。

沈佺期（约656—714年）、宋之问（约656—712年）是"上官体"在初唐后期的代表诗人，因依媚权贵、善写应制诗而得幸于武后期。但在律体诗的最后完成上，却作出了重要贡献。他们的诗工于偶对，巧于描绘，语言绮丽，且声韵协适，但内容空泛，缺少深厚情思，故仍沿袭着六代遗绪。如宋之问《奉和立春日侍宴内出剪彩花应制》诗：

金阁妆新杏，琼筵弄绮梅。人间都未识，天上忽先开。蝶绕香丝住，蜂怜艳粉迴。今年春色早，应为剪刀催。

---

① 卢藏用.《右拾遗陈子昂集序》，载《全唐文》卷二百三十八

浮艳绮丽，金铺锦张，着意铺排，不过斗其巧思而已，并无可取。沈佺期的七律《独不见》，则犹是乐府格调，虽体裁明密，却非七律本色：

卢家少妇郁金堂，海燕双栖玳瑁梁。
九月寒砧催木叶，十年征戍忆辽阳。
白狼河边音书断，丹凤城南秋夜长。
谁谓含愁独不见，更教明月照流黄。

正如胡应麟所说：“七言律滥觞沈、宋。其时远袭六朝，近沿四杰，故体裁明密，声调高华，而神情兴会，缛而未畅。‘卢家少妇’，体格丰神，良称独步，惜颔颇偏枯，结非本色”。故谓之“歌行短章”亦可①。就整体而言，文辞流美，音韵谐适，格调朗畅，确是初唐难得的佳构。但语言华靡，而更接近齐梁文人乐府歌行，去盛唐终隔一层。不过，当他们写到游览行旅等题材时，因有比较真实的生活感受，诗风亦由华靡而转清丽，但仍不出齐梁模式。如沈佺期的《夜宿七盘岭》：

独游千里外，高卧七盘西。山月临窗近，天河入户低。芳春平仲绿，清夜子规啼。浮客空留听，褒城闻曙鸡。

虽全诗结体完整，清新秀丽，但如“天河入户低”、“芳春平仲绿”之类，却仍将侧重点放在心灵感受的景物造型上，尽管秀句络绎，新人耳目，亦不免雕琢巧饰，追求精辟，走的还是“争价一句之奇”的老路。在这一方面，似乎初唐“四杰”表现得更为突出。如王勃(649—676年)，字子安，绛州龙门(今山西河津县)人。少年即天才英发，然年仅二十八岁溺海而亡，曾写下著名的《滕王阁序》，以“落霞与孤鹜齐飞，秋水共长天一色”的名句而享誉后世。其《滕王阁诗》，亦气势轩畅，音韵谐适，尤于意象创造上饶具飘逸飞动之致，但在语言藻饰、追求秀句上仍未改前辙。其诗曰：

滕王高阁临江渚，佩玉鸣鸾罢歌舞。
画栋朝飞南浦云，珠簾暮卷西山雨。
闲云潭影日悠悠，物换星移几度秋。
阁中帝子今何在？槛外长江空自流。

若“佩玉鸣鸾”之句，“画栋”“珠簾”之联，风华朗畅，意象流丽，远非初唐一般诗人可比，但却着意雕饰，亦不离齐梁家数。结尾则一问一收，以景涵情，更具悠然远韵，已入盛唐格调，故对七律的建设产生了积极影响。不过他的诗，还是以“争价一句之奇”为主要企

---

① 胡应麟.《诗薮·内编》(5). 上海古籍出版社，1979

向,如《饯韦兵曹》之“川霁浮烟敛,山明落照移”;《仲春郊外》之“鸟飞村觉曙,鱼戏水知春”;《郊兴》之“雨去花光湿,风归叶影疏”;《秋日别王长史》之“野色笼寒雾,山光敛暮烟”等,那就完全是齐梁模式了。王勃《送杜少府之任蜀州》一诗,亦因“海内存知己,天涯若比邻”之名句而广为传诵,其与上诸诗不大相同者,在于它不是以物象雕琢取胜,而是在貌似直白的句式中,加入诸如“海内”“天涯”等词作铺垫,使抽象的抒写意象化,创造出一种浑整情感氛围,因而也更接近唐音。所以,他是由初入盛的重要过渡性诗人。

总之,到了“四杰”的时代,虽“争价一句之奇”的风气犹存,但也不再斤斤于“为景造型”这一变得愈来愈狭窄琐碎的创作模式。故随着盛唐时期的到来,人们遂能幡然彻悟而转写感受景物的心灵,为诗歌创作开辟出一片新天地。他们总是随情赋景,即景写情,纵有佳句,亦不着意突显,故能一气灌注而臻浑成之美,此之谓“意境”。后人称唐诗者,多以“浑成”、“雄浑”、“浑灏”赞之,原因即在此。司空图《诗品》说:“大用外腓,真体内充,返虚入浑,积健为雄”。严羽《沧浪诗话》说:“故其妙处,透彻玲珑,不可凑泊”。便是最早对唐诗意境浑整美,在理论上的精辟概括。尤其司空图所说:“澄澹精致”、“渟滀渊雅”、“近而不浮,无而不尽”①,以及严羽镜花水月之喻所说之“言有尽而意无穷”等,更是深契唐诗奥妙之言。宋以后人对此更是推崇备至,甚至成为评诗的最高标准。如明高棅即说:唐诗“冲融浑灏”,唐以后则“其声调格律,易于同似,其得兴象高远者亦寡矣”②。而吴乔《围炉诗话》说:“汉魏诗甚高,变《三百篇》之四言为五言,而能复其淳正。盛唐诗亦甚高,变汉魏之古体为唐体,而能复其高雅;变六朝之绮丽为浑成,而能复其挺秀,艺至此尚矣”。合二家所评来看,则盛唐正好处在我国诗歌的巅峰期,能变古体为唐体(即律体)固是一个重要方面,但更值得重视的则是:能变六朝的绮丽秀句而为浑成之声,仍不失其蕴秀,所以为贵。此外,如谢榛说:“盛唐人突然而起……或命意得句,以韵发端,浑成无迹,此所以为盛唐也”③。王世贞则说:“盛唐之于诗也,其气完,其声铿以平,其色丽以雅,其力沉而雄,其意融而无迹,故曰盛唐其则也”(《徐汝思诗集序》)。总之,不论前诸人所谈着眼点是否相同,但在变六朝之秀句为整体浑成上,即变“意象”为“意境”这点上,则是完全相同的。这是由初入盛之关键所在,故不可不察。因为,这正是自晋宋以来,意象文学本身发展过程中产生的深化。

胡应麟有一段颇可注意的话,循此可对唐诗之由初入盛作一概括地理解。他说:“唐初五言绝,子安(王勃)诸作,已入妙境。七言初变梁陈,音律未谐,韵度尚乏。惟杜审言《渡湘江》《赠苏绾》二首,结皆作对,而工緻天然,风味可掬。至张说‘巴陵’之什,王翰‘出塞’之吟,句格成就,渐入盛唐矣”④。这是他就七绝而谈唐诗由初入盛的情况。下面且看杜审言的《渡湘江》:

迟日园林悲昔游,今春花鸟作边愁。

① 郭绍虞.《与李生论诗书》.《诗品集解》附录一,人民文学出版社,1981

② 高棅撰.《唐诗品汇·序目》,明嘉庆本卷一

③ 宛平校点.《四溟诗话》.人民文学出版社,1962

④ 胡应麟.《诗薮·内编》(6).上海古籍出版社,1979

独怜京国人南窜，不似湘江水北流。

此诗亦有景有情，寓事于景，似与六朝人所写者无异。然细绎之却大不然。迟日春林，花香鸟语，是何等绚烂而令人怡悦的景色，但诗人对此并未作细致具体的描写，只是略作点染，发人想象而已，可知其重点并不在为景物造型。迟日园林而缀以"悲昔游"，春花春鸟而缀以"作边愁"，笔锋斗转，点出"悲""愁"二字，流露着多少今昔荣辱之感，远徙边地之哀，此谓"以乐景写哀而倍增其哀"，可知景物描写又都是为表现主观情感服务的。于是熔冶得不知何者为景，何者为情，只是顺手写来，随情构景，即景赋情，完全是特定情境中的一种心灵感受。结二句以由南流北的湘江发兴，慨叹自己离京南窜的悲伤，相反而相衬，是情感的进一步深化，并非仅"以景结情"之谓，故胡氏称"风味可掬"，信然。全诗浑融一片，既无"秀句"可摘，又无情景割离之感，六朝习气渐尽，所以可贵。杜审言曾两次遭贬，中宗时贬往南鄙之地的峰州，此诗当作于这次旅途中，故写来情真意切。再看张说的"巴陵之什"（《送梁六自洞庭山》）：

巴陵一望洞庭秋，日见孤峰水上浮。
闻道神仙不可接，心随湖水共悠悠。

此诗同样有景有情，却脱弃一切雕饰，只是乘兴写来，一气灌注，故自臻妙谛。首二句只就眼前景运笔，却其景宛然，其情湛然，举凡湖之阔，秋之寒，水之碧，山之翠，尽皆囊括笔端。但也并非单纯状景，全出心灵的独特感受，故物皆着有浓厚的主观色彩，毋宁说是心灵的外化。当然这还只是铺垫，最妙者在结二句。孤峰水上，遥望迷濛，自然启人遐想，于是有"闻道神仙不可接"的慨叹。表面讲，这"神仙"自指湘水二妃，传说之事，扑朔迷离，当从前面"水上浮"生发出来。往深一层想，这却不是一次一般的送别。当时诗人正谪居岳州（即巴陵，今岳阳），其好友潭州（今长沙）刺史梁知微，正欲奉诏入京，送别之际，自不能不触动万千思绪，故有是咏。那么，这"不可接"之神仙，单指湘妃乎，抑亦朝廷乎？其情只是羡仙乎，抑亦恋阙乎？耐人寻味。屈绍隆曾说："诗以神行，使人得其意于言之外，若近若远，若无若有"（《粤游杂咏》）。唐人所谓兴象风神者，正当于此领会。如果照一般所说，这也是一种寄托，又岂香草美人之什之可比耶？全诗至此，已是情感积聚之临界点，欲言而不能言、不可言，或不能尽言，遂以一景语作结："心随湖水共悠悠"！那么，悠悠不尽者岂止湖水，情亦悠悠，思亦悠悠，心随天地怆然共悠悠。此写景乎，抑言情乎？只能心会难以言传。故与六朝之景物山水诗不同，其"化景为情"者虽同，但情感已明朗化了，也更含蓄化了，自不需要也无"秀句"可摘，只以意境风神取胜。

至于王翰的"出塞之吟"，当以那首脍炙人口的《凉州词》为代表：

葡萄美酒夜光杯，欲饮琵琶马上催。
醉卧沙场君莫笑，古来征战几人回！

同张诗一样，此诗既不见雕饰，亦不斤斤于“秀句”创造，只是一气运转写来，便自高华秀丽，前人难及。尤其充盈于全诗的那股悲慨苍凉、英雄豪壮之气，更是跌宕顿挫，感动多少后人。关于此诗内容，有一种看法认为“欲饮琵琶马上催”者，非催其出征，而是催其痛饮，因此全诗乃写出征前沙场豪饮的欢乐场面。果若是，则既是“欲饮”（非不饮）又何必催呢？而且，出征前的欢宴，尽可从容演奏，事非紧急，又何必上马奏乐而催？尤其是结句，更非什么豪壮语，可谓悲怆凄楚、坠涕吞声，岂不与所谓欢宴豪饮相悖乎？如果将其定格在出征在即、欲醉不得的刹那，其情其景不就完全统一起来了么。因此，全诗妙处正在似乐实悲，以景状情，情景相生，让人感受到的只是一种情境、一种心态，一种责任重负下男儿的殉边之声，而非客观“场面”的铺排。从艺术创造的角度说，可称作互根互生的情景结构，所谓“变六朝之绮丽为浑成”者。

随之，当时又有一批新人相继走上诗坛，终于造就“盛唐之音”的特有风貌。如王昌龄、王之涣的七言绝句，王维、孟浩然的五言山水，李太白之乐府古风，高、岑之边塞歌行，至杜甫之七律而总其大成，中国诗歌终于迎来一个最光华灿烂的时代。这是一个诗歌精神高扬的时代，也是产生诗歌巨人的时代，他们都在各自特长的领域树起诗的里程碑，为后人确立诗歌创作的准则，任后来者如何千变万化，也终难超越其范围。

宋荦曾说：“诗至唐人七绝，尽善尽美。自帝王、公卿、名流、方外以及妇人女子，佳作累累。取而讽之，往往令人情移，回环含咀，不能自已，此真风骚之遗响也”①。此说未必全面，但七绝确是“盛唐之音”初起之最强旋律，且名家最多，人皆不乏独创，然其中尤以王昌龄、李白成就最高。故王世懋说：“（七绝）盛唐惟青莲、龙标二家诣极，李更自然，故居王上”。② 卢世漼则说：“天生太白少伯以主绝句之席，勿论有唐三百年两人为政，亘古今来无复有骖乘者”（《紫房余论》）。李诗留待他处再谈，此处先从龙标说起，为盛唐风貌作一注解。

王昌龄（约卒于756年），字少伯，京兆（今西安）人，一作太原（今属山西）人。曾贬龙标尉，故后人亦称王龙标。后因世乱还乡，途经亳州，为刺史闾丘晓所杀。其七绝之作，主要可分两类：一写宫怨，构思新巧，婉而多讽，他处将会谈到；一写边塞，气势雄浑，格调高昂，亦名篇最多，故先从后者谈起。如《从军行七首》其四：

青海长云暗雪山，孤城遥望玉门关。
黄沙百战穿金甲，不破楼兰终不还。

首句状景，苍凉悲壮，着一“暗”字以突出主观感受，景中寓情。次句述情，孤寂寥廓，着一“望”字表明心所顾念，融情入景。三句之黄沙，言环境之艰苦，是典型的边地风物；百战，言战争之频繁，写争夺之惨烈；穿金甲者，既补足百战的后果，是对艰苦生活的深化，更透露出戍边之年久漫长。于是便逼出尾句之“终不还”。然此“终”字，究为“终于不能”之

① 宋荦.《漫堂说诗》，载《清诗话》（上）．上海古籍出版社，1982
② 何文焕辑.《艺圃撷余》.《历代诗话》（下）．中华书局，1982

思归叹惋，抑或“坚决不愿”之壮志豪情？却存在不同理解。但就诗的整体情感基调言，当以前者为是。这又牵涉到唐诗的情景结构问题。如前述盛唐之所以为盛唐，乃在专写感受景物的心灵，而非为心灵感受的景物造型，故情景浑融一体，难以句摘。因此对末句的理解，如果说仅凭第三句的描写还难说明问题的话（可作多方向阐释），那么再联系首句之“云暗雪山”、次句之“孤城遥望”等来看，其心境之孤凄沉重显然，若反认结句为高亢豪迈之誓言，岂非悖谬。又诗中青海（湖）、雪山、玉门关三地之关系，应是雪山（祁连山）横亘于中，青海湖在山南而偏东，玉门关在山北而靠西，二地相去何啻千里，且有大山阻隔于中，“孤城遥望”，岂可见之。于是对此描写之真实性遂产生怀疑，而曲为说解者亦多。其实对中国文艺（岂止诗歌，他如书画、园林建筑）来说，从来就不讲物理、形体、空间距离的真实①，而是讲求“意似”，用今天的语言说就是心理感受的真实，情感体验的真实，常言“写意”一词之实质即在此，或称“不似之似”，这牵涉到中国文艺的本质真实观，后面还将谈到②。

王昌龄《出塞二首》其一也是脍炙人口之作：

秦时明月汉时关，万里长征人未还。
但使龙城飞将在，不教胡马度阴山。

月是秦时已有，关是汉时筑就，这看似生活常识的大白话，可是叫他写来却气势不凡，而想落天外，顿增多少历史沧桑之感，正为下句之“人未还”巧作铺垫。这里没有精确细致的景物刻划，却又写景粲然，此之所以为盛唐。万里出征，代代如此，从未停息，然慷慨赴边者又有几人能够生还？这是诗人之真感慨所在，故写来悲愤之情已的然可见。谓此联为“秀句”乎，可也；非“秀句”乎，亦可也。总之情中寓景，景总含情，冲融浑灏，实不可辨，此之谓意境。其所以不同六朝“意象”者，因为那只是一种情感的激流，一种突然触发的心绪，绝不为某一特定景物而精细造型，也就不存在“争价一句之奇”式的涂饰。既情怀激愤难抑，自然又逼出下二句之议论，且语带讥刺。沈德潜即说：“秦时明月一章，前人推奖之而未言其妙。盖言师劳力竭而功不成，由将非其人之故，得飞将军备边，边烽自息”。③ 不过此虽议论，却非后世一味直白道出者可比。特加入“龙城飞将”“胡马阴山”，则化情为景，字字活跃，正与首二句之“秦月汉关”“万里长征”而化景为情者，适相相反而相成，故能上下联通而构成一格调高亢、气势雄浑之整体。至于飞将军前所冠之“龙城”，历来歧解亦甚多。或谓即“匈奴祭天大会诸侯处”之龙城（在今蒙古硕柴达木湖附近），但与李广身份不合，于是有指其曾任州守的右北平卢龙城者④，有说指李广祖籍陇西成纪者认（“龙”乃“陇”之讹），有说龙城即帝京者。然而，倘若以中国文学只讲“写意”的真实观来看待，也就不必在地域字句上死抠，当是对边地虚拟之泛称，能给人心理感受上的真实

① 王渔洋曾精辟地称此为“只取兴会神到”。
② 参看拙作.《艺象文艺论（七）》. 敦煌文艺出版社，1997
③ 霍松林校注.《说诗晬语》. 人民文学出版社，1979
④ 王安石.《唐百家诗选》改作“卢城”。

即可，犹如青海与玉门之能否“遥望”一样。

王之涣（688—742年，字季凌，山西太原人）是这一时期的另一位重要诗人，其写边塞之《凉州词》亦广为传诵：

黄河远上白云间，一片孤城万仞山。

羌笛何须怨杨柳，春风不度玉门关。

黄河发源于青海，与河西走廊中间横亘着绵绵祁连，至河口才始入甘肃，去玉门关又何啻千里！怎么会写到同一首诗中去呢？若以地理时空的真实求之，显然更不合理，于是有人遂依宋本改作“黄沙远上”。这是否又一次说明古人诗“只取兴会神到”，并不斤斤地理位置的合理。诗人写的本是边塞，而黄河、玉门之类又是最具边塞性的代表风物，，写在同一诗中，读者并不感到有乖真实，而在想象中反而恰恰造成雄奇壮阔的浑整美，此即中国文艺特有的真实观。清代王渔洋就曾举过很多例子，如王维诗之“九江枫树几回青，一片扬州王湖白”，而“下连用兰陵镇、富春郭、石头城诸地名，皆寥远不相属”①。江淹《从冠军建平王登香炉峰》之“落日长沙渚，层阴万里生”，则“长沙去庐山二千余里，香炉何缘见之？”②又孟浩然《下赣石》诗之“暝帆何处泊，遥指落星湾”，则“落星在南康府，去赣亦千余里，顺流乘风，即非一日可达”③。那么，凡此等等描写上的不合理，又该作何解释呢？他的回答是：“古人诗只取兴会超妙，不似后人章句，但作记里鼓也”。其实今人对唐诗的许多争论，大都缘于对中国文艺真实观的不理解，如张继《枫桥夜泊》之“夜半钟声”，杜牧《江南春绝句》之“千里莺啼”，卢纶《塞下曲》之“月黑雁飞高”，乃至岳飞《满江红》词之“踏破贺兰山缺”等，似都可作如是观。而这正是唐人从“描写心灵观照的景物”中解脱出来后，能做到放浪纵姿、浑融高华的又一重要原因。

总而言之，所谓“盛唐之音”，至此已得到充分显现，于是一个诗的光华灿烂的新时代，也就必然接踵而来。那么，造成这一文学现象的原因又何在呢？过去的文学史曾作过许多探讨，但都偏于外在条件方面，似有未足。而刘勰对“建安风骨”成因的那段名言，正可给我们以深刻启发：

观其时文，雅好慷慨，良由世积乱离，风衰俗怨，并志深而笔长，故梗概而多气也。④

可谓言简意赅，但内涵却极为丰富，并没有把问题简单化。建安文学的根本特征，是“雅好慷慨”、“梗概而多气”，对其造成的原因，他讲了三层意思：一是世积乱离，这是社会政治的外在条件；二是风衰俗怨，则是外在条件造成的普遍社会心态，当是内因；三是志深

---

① 靳斯仁点校.《池北偶谈》(18). 中华书局，1982

② 王士祯.《渔洋诗话》(上)，载《清诗话》上册，上海古籍出版社，1982

③ 王士祯.《渔洋诗话》(上)，载《清诗话》上册，上海古籍出版社，1982

④ 范文澜注.《文心雕龙·时序》. 人民文学出版社，1962

而笔长，即由普遍社会心态积淀的个体动因，是更内在的创作基点。只有完成相衔接而又不断转化的三大步，才会有“梗概而多气”的作品的产生。因此，“社会心态”的形成，是三者中更主要的决定性因素。对造成“盛唐之音”的各种原因，我们亦应如此来看。

首先，是大一统的兴盛时代，对诗人创作心态产生的积极影响。唐自开国至开元天宝，将近整整一个世纪，经过几代人的休养生息和努力开创，终于医治好了长期南北分裂及隋末战乱给社会经济造成的创伤，而迎来了一个国力强盛、经济繁荣、社会矛盾相对缓和的鼎盛时期。从当时所设六都护所辖范围来看，其疆域之大，东穷海隅及满洲、朝鲜，西至天山南北及中亚细亚，北有今日之整个蒙古，南达印度支那，实已超越秦汉而为前所未有之封建大国。就国内经济情况而言，由于长期社会安定，再加海陆交通发达，兼长江运河之便利，遂直接促进国家经济的繁荣，物质生活的富裕，呈现一派欣欣向荣的景象。诗人杜甫曾在《忆昔》诗中写道：“忆昔开元全盛日，小邑犹藏万家室。稻米流脂粟米白，公私仓廪俱丰实。九州道路无豺虎，远行不劳吉日出。齐纨鲁缟车斑斑，男耕女织不相失。……”应是对当时情况的真实写照，而非全是虚美之辞。重要的是这种丰盈全盛的时代，带给诗人们的首先是营造一种健康心态，他们奋发、进取、积极向上和充满自信。李白说：“天生我才必有用”，岑参说：“功名祗向马上取”，高适说“莫愁前路无知己，天下谁人不识君？”即是历史上少有的这种豪情和自信心的普遍反映。另外，国力的强盛和社会富庶繁荣，又必然会促进与周边国家的贸易极大发展，这又直接间接地造成民族间的文化交流。当时以长安为中心的大城市遍布全国，如洛阳、扬州、成都、广州以及西部丝绸之路上的凉州等，既是商贾云集和货物集散的中心，也是各民族文化交汇的宝地。异域的各种音乐、舞蹈、文学和艺术，都能在大唐土地上生根开花，而被喜爱接纳、融合和发展，这又造成盛唐诗人历史上少有的开放心态。而一个民族大海般广纳百川的胸襟和气度，也正展现出这个民族的健康心态，创造出迥异于前人的独特文学风貌，也就成为历史的必然。又唐自太宗李世民以来形成的比较宽松清明的政治传统，又营构成诗人们无所顾忌或少有疑忌的自由心态，他们没有太多外部压力的种种拑制，所以才有李白那样的放荡不羁、跋扈飞扬，才有高、岑那样的疆场驰骋、豪纵情怀，以及王昌龄、刘禹锡那样肆无忌惮的锐意讥刺，王维、孟浩然那样的达可兼济、退亦雍容。当然，他们也有过种种失意和不满，但却至死锐气不减，这是很不同于前人的。

其次，社会对文学爱好的浓郁氛围，则是盛唐诗歌繁荣的特有温床。从文艺生态学的角度说，唐代确是一个诗的时代。正如宋荦所说：“自帝王、公卿、名流、方外以及妇人女子，佳作累累，取而讽之，往往令人移情，回环含咀，不能自已”①。因此，在这个时代可说凡是稍有文化修养的阶层，他们似乎无不写诗，而其所作又都在民间广为流佈。著名的诗人王昌龄、高适、王之涣“旗亭画壁”的故事，即以饮酒中歌伎唱诗的多少较高低的风流韵事，便很能说明诗歌在全社会普及的情况。又白居易曾自述说：“自长安抵江西，三四千里，凡乡校、佛寺、逆旅、行舟之中，往往有题仆诗者；士庶、僧徒、孀妇、处女之口，每

① 宋荦.《漫堂说诗》，载《清诗话》(上)，上海古籍出版社，1982

每有咏仆诗者。此诚雕虫之戏,不足为多,然今时俗所重,正在此耳。"①他说:"时俗所重正在此耳",可谓一语括尽其时社会上对诗歌的普遍喜爱,称之为前所未有,恐亦不为过。据《全唐诗》及補遗统计,有唐三百年间,存诗几近五万首,是自西周至魏南北朝现存诗歌总数的二至三倍,而有姓氏可考的诗人则有二千二百余人之多,从皇帝后妃到文臣武将,从僧尼道士到百工歌伎,均有诗作传世者,亦可谓之空前。所以,称这是一个诗歌的民众化普及时代,亦非夸张之言。究其原因,则与如下几方面因素密切相关。

一是帝王的爱好提倡所产生的全民效应,所谓"上有所好下必甚焉"者。唐自太宗李世民始,即极为重视文学,开设文学馆,弘文馆,以招延学士,既编纂书籍,又喜唱和吟咏,六代遗风未减。高宗武后,亦好乐章,常自制新词,编为乐府。中宗朝此风益盛,据《唐诗纪事》载:"中宗正月晦日,幸昆明池,赋诗,群臣应制百余篇。殿前结綵楼,命昭容(上官婉儿)选一首,为新翻御制曲。从臣悉集其下,须臾纸落如飞,各认其名而怀之"。其喜爱之情,可见一斑。玄宗李隆基,本身便是诗人、乐师、优伶兼而有之者,故其彬彬之盛,更愈他时②。唐代后期的几个君主,虽国运不济,然此风犹在。如文宗朝,曾特置学士七十二人。暨白居易殁,宣宗又作诗曰:"缀玉联珠六十年,谁教冥路作诗仙。浮云不系名居易,造化无为字乐天。童子解吟长恨曲,胡儿能唱琵琶篇。文章已满行人耳,一度思君一怆然"。其爱好赞赏之情溢于言表,可说诗人的知音,非止白居易而已。总之,在这样一个上所笃好、诗人和诗歌备受关爱的时代,其流风所及,自然会影响波及到全社会。

二是以诗取士的考试制度的影响。唐代以诗取士制度的广为实施,遂使年轻士子们积极致力于诗歌创作和历练,因为这是他们最主要的求官干禄的仕进途径。他们从幼年时代起,诗歌就成为日日必修的科目,而实际上也就是对诗人才干的一种训练和选拔。在诗歌的广泛创作和普及的基础上,一批才俊之士的脱颖而出,遂成为可能和必然。因而,这是一个产生诗歌巨人的时代,也是攀登诗歌顶峰的时代。但是,对此历来人们却有不同的认识,试作进一步分析。明杨慎曾引胡子厚的话说:"人有恒言曰:唐以诗取士,故诗盛,此论非也。诗之盛衰,系于人之才与学,不因上之所取也"③。就每个个体而言,可能不错,但就一个时代言,却是很片面的。才之与学固是诗歌创作的必要条件,但却不是唯一条件,而营造某种适宜的时代氛围和社会心理,则是更为根本的方面。人们常说唐代是诗的时代,是极富诗人气质的时代,便不能说与他们自幼习染而养成的精神爱好无关。因为,没有适宜的沃壤,诗歌的嫩芽同样也会枯萎。明王世贞提出另一种理由说:"人谓唐以诗取士,故诗独工,非也。凡省试诗,鲜有佳者"④。说省试诗少有佳者,这是事实,但以现象代替本质,恐亦难成立。《全唐诗序》的作者曾写道:"盖唐当开国之初,即用声律取士,聚天下才智英杰之彦,悉从事于六艺之学,以为进身之阶,则习之者固以专且勤矣。而又堂陛之唱和,友朋之赠处,与夫登临宴集之即事感怀,劳人迁客之逐物寓兴,一举而托于诗,虽穷达殊途,而以言乎摅写性情,则其致一也"。他指出"声律取士"的客

① 白居易.《与元九书》,载《白氏长庆集》卷四十五,文学古籍刊行社影宋本

② 参看新、旧《唐书·音乐志》及《礼乐志》

③ 丁福保辑.《升菴诗话》.《历代诗话续编》(中). 中华书局,1983

④ 丁福保辑.《艺苑卮言》,载《历代诗话续编》(中). 中华书局,1983

观效果，一是“聚天下才智英杰之彦”，二是造成“专且勤矣”的修养风习，这便是制度的号召力所在。以此用于毫无生活积累的应试诗，未必能写出好诗，但以此深厚的积淀用于写劳人迁客、登临宴集、友朋赠处之感事兴怀、摅发情性，恐就大不一样了。因此，在政治制度的推动下，以增强修养、锻炼诗才、营造社会氛围的问题，便显得尤为重要了。

以诗取士所产生的一个更重要的结果，则是文学资质的转变，或曰诗人地位的转移。唐以前的中国文学（主要是诗），除乐府民歌外，大都掌握在达官贵人等高层统治者手里，魏晋以后文学又被家族化，梁陈时期更被宫廷化，所以有“宫体诗”的盛行。一般说来，这种诗歌不只内容贫乏，语言也是贵族化的，与人民距离相去甚远。大概只有出身贫贱的陶渊明、鲍照等个别诗人例外。另外建安诗人，由于生活在社会大动荡的战乱之中，其思想感情同人民群众有了一定接近；但也未能真正改变文学贵族化的根本性质。但唐人却不同，对他们来说正是由于以诗取士的科考制度的实施，于是大批出身中下层的知识分子，不仅涌入政坛，同时也涌入诗坛，诗的社会普及化正与此密切相关。如王昌龄、高适、李白、杜甫、岑参、韩愈、柳宗元、孟郊、张籍、元稹、白居易等，就都是出身这一阶层的著名诗人，如果唐诗缺少了这批诗人，也就黯然失色。因此，正是唐代科考制度的实行，才真正打破过去数百年的门阀制度，使下层知识分子不仅有参与政治的机会，也获得从事文学这类精神创作的机会。原由贵族阶层掌控的诗坛，从此转移到中下层知识阶层手中，时代赋予诗歌以新的生命，它之所以欣欣向荣而走向高度繁盛，便成为历史必然。

总之，大一统的兴盛时代对诗人创作心态的影响，社会对文学爱好形成的浓郁氛围，以及帝王爱好提倡产生的全民效应和以诗取士的科考制度的实施等，是“盛唐之音”得以出现的根本原因，也许还会有一些次要因素，但不具备普遍意义，可以不计了。

第二节　诗中有画：唐诗的意境浑成美

什么是意境？我们可引苏轼在《书摩诘蓝田烟雨图》中那句名言作说明：

> 味摩诘之诗，诗中有画；观摩诘之画，画中有诗。

对此，笔者曾作过如下阐释：所谓“诗中有画”，即诗歌艺术的景物造型化；所谓“画中有诗”，即绘画艺术的抒情写意化。而这两方面的融通，遂使原为再现性的绘画而能兼具表现之美，原为表现性的诗歌而能兼具再现之长。简言之，即诗情和画境的结合，即人们所说的意境。因此，严格地讲，唐以前的中国文学是没有意境的。两汉以前诗，多为比兴、象征、寄托之类，属喻象文学范畴；晋宋以后诗，则以“诗人秀句”见长，虽以巧构形似的秀句名载史册，但真能做到通体融贯者却很少，故不乏“有句无篇”之讥，所以只能称作“意象”。① 唐诗则不然，虽然都是“化景为情”之作，其最大特征即在诗情和画境的结合，因而克服了六朝人“有句无篇”的缺失，所以说“诗中有画”。

① 拙作.《意象文艺论（五）》. 敦煌文艺出版社，1997

把诗写得不仅情味亹亹，而且画境盎然，确是唐诗的一大进步。与之相较，则所谓音律的谐适、对偶的工整、律体的成熟等，都只是技术层面而显得次要了，尽管这也是不可缺少的。因为，正是在这一根本点上，才使唐诗同那些比兴喻托之作、直抒胸情之作、才学议论之作而明显区分开来。也就是说，它不再是诗人纯理性思维的产物，而是丰富心灵世界的感性体悟，所以才有“透彻玲珑，不可凑泊”、如镜中花、水中月、“言有尽而意无穷”的意境。下面先举唐人绝句略作分析，如王勃的《山中》：

长江悲已滞，万里念将归。况属高风晚，山山黄叶飞。

全诗所抒之情，其实就是“万里念将归”五字而已，如果直白写出，恐怕就会枯燥无味。所以才舍弃一切具体内容不写，只加“况属”二字关联，而全以绘画般的景物描写托出。浩浩长江，因心情的悲愁似乎已经停留，何况还是这样一个撩人心绪的时候：天气向晚，秋风劲吹，满山遍野，落叶纷纷，此情此景，怎能不勾起乡愁而肝肠寸断！这里似乎一切都没有说，一切似乎又都说得十分清楚，正所谓“不尽之中已深尽之矣”。王夫之曾说：“以写景之心理言情，则身心中独喻之微，轻安拈出”①。而唐诗意境之无尚妙谛，可谓一语破的。联系具体时代背景来看，当时诗人被废斥在巴蜀作客，其思乡念归之情可知，故虽是写景，却读来更为感人。再如王之涣的《登鹳雀楼》：

白日依山尽，黄河入海流。欲穷千里目，更上一层楼。

鹳雀楼，旧址在山西蒲州（今永济县）西南。沈括《梦溪笔谈》曰：“河中府鹳雀楼，三层，前瞻中条，下瞰大河，唐人留诗者甚多”。此诗即最为传诵的一首。诗写登楼所感，开首即由如画之景入题，白日依山而尽，黄河奔腾入海，视野开阔，胸次旷然，而其楼之高，亦隐然含括其中。后二句直述，似近抽象说理，然正是承前之胸襟气度腾挪出来，故不觉枯燥突兀，反增层进深化之妙，所谓“景生情、情生景”者，其融情造境更妙。沈德潜评曰：“四语皆对，读来不嫌其排，骨高故也”②。此“骨高”二字，尤值得深味。

李白是写绝诗的圣手，但不像他的长篇歌行写得那样豪纵直致，同样以情景的相融相洽见长，如《玉阶怨》：

玉阶生白露，夜久侵罗袜。却下水晶帘，玲珑望秋月。

全诗除“侵”、“望”等几个表示感受或动作的词，以点明还有“人”的存在外，几乎全是状景。然景中含情，如露侵罗袜言时间之久，下帘望月言思念之殷等，既含蓄温润，又刻划精致，如雕如塑，亦极具“以写景之心理言情”之妙。太白诗往往以“奇”称，如《陪侍郎叔

① 王夫之.《夕堂永日绪论·内编》,《姜斋诗话》卷二，人民文学出版社，1962

② 沈德潜.《唐诗别裁》.商务印书馆，1958

游洞庭醉后三首》之三即是：

> 刬却君山好，平铺湘水流。巴陵无限酒，醉杀洞庭秋。

这是一首最能体现李白奇思、奇想、奇才、奇情的杰作，在唐人诗中也是绝无仅有。在写景层面看，则洞庭秋色，烟波浩渺，泛舟湖上，是何等兴致！大概诗人是嫌君山遮住了视线，遂突发奇想，要刬平君山，让湘江平铺直流；而此时已是醉后，故其思致亦更加幻漫，在醉眼朦胧中，似乎洞庭碧波全化作美酒，而满山霜叶也变成醉酒红颜了。但从情感层面来看，尤其结合当时写作背景理解，其妙处又绝非想奇、语奇而已。乾元二年（759）诗人因永王璘事牵连，被流放夜郎，中途遇赦，遂兴致勃勃返回江夏，以待再被朝廷起用，谁知时日空逝，音讯渺茫，幻想彻底破灭，其天地之大，亦是无路可走，于是离家出游，在岳州遇到贬官岭南的族叔李晔，二人泛舟洞庭，寄身沧溟，借酒浇愁，遂写下这篇诗作，其心情之抑郁愤闷可知。他在《江夏赠韦南陵冰》中曾写道：“愁来饮酒二千石，寒灰重暖生阳春”、“我且为君捶碎黄鹤楼，君亦为吾倒却鹦鹉洲”。其愤激不平之情，更是溢于言表！那么，此所谓刬却君山、平铺湘水、巴陵为酒、醉杀洞庭之种种描写，岂非正是其愁情难抑、一醉不醒的寄托悲愤之词！不过，《赠韦南陵》表现得比较直白，此诗则全以景语出之，诗情画境，即景即情，已是浑然无际，自成佳构。

杜甫的一些小诗，虽风格境界迥异，然清新明丽，亦能融景入情。如《绝句二首》之一：

> 迟日江山丽，春风花草香。泥融飞燕子，沙暖睡鸳鸯。

则四句全是景语，但其妙处，却不只在“诗中有画”，宋罗大经曾评此诗说：“上二句见两间莫非生意，下二句见万物莫不适性，于此而涵咏之体认之，岂不足以感发吾心真乐乎？”①此所谓两间生意、万物适性之乐，还是偏于客体之体认言，似更可用沈德潜评石曼卿语足成之：“盖意未尝深，语未尝奇，即眼前景物而乐天无闷、物各自得之意，隐然遇于言外”（《南园唱和诗序》），则并主观之体悟而言之。合此二层意思而观，则不只诗中有画，亦画中有诗矣。这即是唐人意境特有的含蓄。

下面再举唐人七绝作分析。如贺知章（约659—744年，越州永兴人，字季真）的《咏柳》：

> 碧玉妆成一树高，万条垂下绿丝绦。
> 不知细叶谁裁出，二月春风似剪刀。

此虽咏物（柳），稍显雕琢，但句句扣柳，出以新裁巧思，精致雅丽，真是一幅春柳图。由柳

---

① 《鹤林玉露》乙编卷二《宋史·艺文志》著录于子部小说家类。《四库全书》收于子部杂家类。

叶之裁制，联想到春风之为剪刀，可谓妙语天成，实亦运用人类通感之妙语，而画境诗情亦隐然言外，不似六朝人只作呆板刻划。又如张旭（苏州人，字伯高，名书法家）的《桃花溪》：

隐隐飞桥隔野烟，石矶西畔问渔船。
桃花尽日随流水，洞在青溪何处边？

桃花溪，在湖南桃源县桃源山下。因晋人陶渊明《桃花源记》一文，而名满天下。诗人大概是溯溪而上，寻找传说中的桃花源，由远渐近，思绪绵婉，叙中状景，景总含情。不过，诗人虽不着意状景，却是画境宛然；虽未直接写情，却是情辞婉爽。只一“桃花尽日随流水”，就够启人遐想的了，何况还有那隔桥野烟的幽杳，矶畔渔船的崇深，在在都指向那个“不知有汉无论魏晋”的人间仙境。虽说桃花源没有找到，却也够叫人流连忘返的了，故特称作“有意境”。

与此相较，则王昌龄的《芙蓉楼送辛渐》比较舒放直陈，然亦不乏“诗中画”之妙：

寒雨连江夜入吴，平明送客楚山孤。
洛阳亲友如相问，一片冰心在玉壶。

首二句以景代叙，除“入吴”“送客”二语明叙外，全由生动画面组成，然时间、地点、心境及环境氛围等，亦全寓其中，由此即知“诗中画”运用之奥妙所在。“孤”字为尤妙，此非仅谓山之孤，实亦是心理感受之孤，所谓“情化景”者也。后二句顺势直下，转从己写，却拈出一巧喻作结，借“玉壶冰心”以寄意。应劭《风俗通》曰：“言人清高，如冰之洁”。后开元宰相姚崇作《冰壶诫》，更以之代表个人品质之冰清玉洁、光明磊落，诗人即取此意再加象喻之，遂倍感贴切。据载王昌龄性格放荡，不拘小节，遂致“谤议沸腾，垂历遐荒”①。开元二十七年，先贬岭南，后被诏回，任江宁（今南京）丞，不几年，又贬龙标（湖南黔阳）尉。此诗即作于江宁任上，故知“一片冰心在玉壶”者，乃诗人表白语、明志语、愤激语，巧譬设喻，良有以也。

同是写送别，李白的《黄鹤楼送孟浩然之广陵》则又不同：

故人西辞黄鹤楼，烟花三月下扬州。
孤帆远影碧空尽，唯见长江天际流。

首二句与王诗基本相同，都是以景代叙，交代时间、地点、将去之地，内涵丰富。所不同者在后二句，王诗顺势言情，李则一味状景，然其所含之情并不比王诗少。借用王夫之评谢朓这段话，以评此诗也许更为切当：“‘天际识归舟，云间辨江树’，隐然一含情凝眺之人，

① 殷璠撰.《河岳英灵集》（卷中）载《唐人选唐诗（十种）》，上海古籍出版社，1978

呼之欲出”，故曰：“语有全不及情而情自无限者”①。以帆尽碧空，唯江流天际，来暗示其“含情凝眺”之久之专注，恐怕是一切直白的语言所难以替代的，故更能体现出“诗中画”的妙用。又“寒雨连江夜入吴”、“烟花三月下扬州”二语，历来被推为写景名句，其实也并不在其辞藻色泽，更在于其间有一种胸情、气势、思绪流转其间，显得尤为含蓄有味。

说到“诗中画”即意境的含蓄，用于写复杂的心理感受而以景物造型语出之，则尤耐人寻味。如刘方平（洛阳人）的《夜月》：

> 更深月色半人家，北斗阑干南斗斜。
> 今夜偏知春气暖，虫声新透绿窗纱。

诗中叠用更深、今夜、偏知、新透等词，自然不能否认有叙述成分在内，但却如水中着盐，似乎已完全消融在景物描写中了。而且，还成了“诗中画”的有机结构部件。月光人家、北斗南斗、春气夜暖、虫声透纱等，自然构成一幅初春夜暖图，然所以能称之为含蓄者，乃自有“人”在。首二句点时，月色已半，北斗南斗转斜，不言已知是更深夜半以后，实又暗含主人之长夜难眠、辗转不安。难以入眠，遂自生烦躁，于是才会有“春暖”之燥热，“虫声”之嘈杂等种种独特感受。然这一切又非直白写出，而是暗含在生动的景物造型中的。下一“偏知”，是说此前未曾觉察过；接一“新透”，是说此前未曾听到过。表面看是由季节的更换造成，底蕴里却是转侧难眠产生的特定心理体验。因此，它所传达的愁思之剧之烈，确是一般直白叙述所难达到的，这就是唐诗的含蓄，亦即意境之奥秘所在。

总之，自从唐人以“诗中画”的方式作诗以来，不论叙事、议论，讥刺时政等，都常以景物造型化语言出之，可说已遍及到一切诗歌领域和题材。因而，既不同于六朝之专于景物刻划而显得琐细，亦不同于宋人之经作直白议论而丧失诗味，故才表现得那样风华朗畅而又含蓄无穷。下面试作进一步探讨。

第一，叙述人事而以景物造型语出之者。如王昌龄《从军行七首》之五：

> 大漠风尘日色昏，红旗半卷出辕门。
> 前军夜战洮河北，已报生擒吐谷浑。

这是写一场后继部队紧急出动，以增援先头部队的战争，并且是以大获全胜结束。首句状景，大漠风尘，日月变色，既写环境之恶劣，亦是对战场氛围的浓笔重染。次句写出征，红旗半卷，承前之“风”而来，其捷其锐，其场面气势，已自的然可见。后二句写战争，但非正面描写，而是避实就虚：军行未至，捷报已传，洮河一战，敌酋被擒，大获全胜。先说“夜战洮河”，再说“已报生擒”，其惨烈，其迅捷，其神勇，其雄杰，虽未明写，亦自可知，叙中有景。一场激烈战争，短短二十八字，即写得有声有色，巧于构思安排，固是成功的重要原因，但情景融通，出之以如画般的景物造型语言，则在造势表达上发挥着极重要的作用，

① 王夫之.《古诗评选》(5).《船山全书》第14册. 岳麓书社，1996

从而避免直白叙述而丧失含蓄。

与此诗相近的是卢纶的《塞下曲六首》其三：

月黑雁飞高，单于夜遁逃。
欲将轻骑逐，大雪满弓刀。

二诗同写战争的一个片断，而且都是夜战。但不同的是，前诗写出征支援，此诗则写战争结束的一瞬，而且是最具蕴含的一瞬。全诗不作铺张展开叙述，纯以绘画般的景物造型语出之，故极具言尽意余之妙。首二句先从战争的环境氛围上着笔点染，且有明时地的作用，而终归注目于"单于夜遁逃"之临近战争结束的顷刻。虽简短十字，而激烈之鏖战，残酷之厮杀，刀光血影，似已尽括其中。三句之"欲将轻骑逐"，则是顷刻中之顷刻，关键处之关键，若箭在弦上，蓄势待发，但如何收束，遂成全篇营构之神奇所在。诗人却竟出人意表，不作铺张描叙，不为事实所使，而以"大雪满弓刀"之景物造型语收结，意似未尽而文已尽，正所谓"于不尽之中已深尽之"者。故知此诗之主旨，非写战争，实颂将士。着一"满"字，则于艰苦卓绝之中，将士杀敌戍边之神勇豪情，已自跃然纸上。至于"逐"或未逐，胜败如何，则不必明言交待了。另外，王建《赠李仆射愬》，所写即元和十二年(817)李愬雪夜袭蔡州(今河南汝南县)活捉吴元济事，诗曰："和雪翻营一夜行，神旗冻定马无声。遥看火色连营赤，知是先锋已上城"。与前二诗均出同一妙旨，表面看四句全是景语，底蕴里叙述的却是一场著名战争。言简意丰之妙，正在"诗中画"造成的特有神韵。

柳中庸的《征人怨》，也是一首融叙事于景物造型的名作，然其表现方式却别具特色：

岁岁金河复玉关，朝朝马策与刀环。
三春白雪归青冢，万里黄河绕黑山。

诗所写乃征人长年转战边地，日不离鞍马劳顿之艰辛，故题作"怨"。然转移迁徙之地虽频虽多，诗中却没有一句正面述及，而是叠排出一连串地名，如金河、玉关、青冢、黄河、黑山等，由关外到塞北，行程数千里，且"朝朝""岁岁"不停，其征战之频繁转移，塞外之荒寒艰辛，虽不明言而自可想见。又金与玉、白与青、黄与黑等色彩极强或叫人想起色彩的词，皆两两相对，相互映衬，虽不在写色却在画面造型的色相构图上，无疑会给人造成强烈的感受，从而营构成一幅色彩秾丽、造型性极强的边地军旅图。而诗人所要表达的思想情感"征人怨"，又正是通过这幅秾丽画面表现出来的，故虽无一语及情，而又情自无限，内涵也更显得含蓄。

中唐诗人刘禹锡的《西塞山怀古》，以景叙事的思维方式则更加特殊：

王濬楼船下益州，金陵王气黯然收。
千寻铁锁沉江底，一片降幡出石头。
人世几回伤往事，山形依旧枕寒流。

今逢四海为家日，故垒萧萧芦荻秋。

诗中所写，乃公元297年晋武帝司马炎，派王濬由成都发兵，顺江而下灭吴之事。但诗人并未就这场战争作如实纪录，而是选取几个最具代表性聚焦点着笔。但与一般所说之“典型化”者又不同，因为它们都不是作为典型事件或情节而存在的，故不具有叙述性质；而是作为最具内涵的画面构型部件出现的，使历史事件一一化作景物造型，故虽未言事而事在其中。首句言进军之猛，次句谓灭亡之速，三句点战争的关键一役，四句则说明双方的胜败结局。然而，不具体写晋军进兵之猛，只说“王濬楼船下益州”；不具体写东吴灭亡之速，只说“金陵王气黯然收”；一下一收，对照鲜明，其猛其速也可知。不具体写晋军势如破竹，只说“千寻铁锁沉江底”；不具体写东吴竖旗投降，只说“一片降幡出石头”；一“沉”一“降”，因果昭然，其胜其败也可知。因这一切都不是平板直白叙述出来的，而是在生动画面造型中暗示出来的，故能化板滞为神奇，兼具诗画特有功能之妙，使兴象飞动，意境圆融。后四句抒发历史沧桑之感，但“人世几回伤往事”的深沉悲慨，却融进“山形依旧枕寒流”的江水永恒之状景中；而“今逢四海为家日”的时代隐忧，又融进“故垒萧萧芦荻秋”的秋色残垣之造型中，可谓情和景互根互生，画境诗情相得益彰。又全诗以景物造型句作结，言虽尽而意犹未尽，更给读者留下想象的广阔空间，亦是唐人之一大创造。有论者指出，对这次事件作者虽未加一语评说，未置一言议论，却不乏哲学家之深邃，政治家之识见，历史家之透辟。其实亦正是景物造型之妙，即意境特有之含蓄所致，虽不言理而理自在其中，严沧浪所说非关书、非关理之“别才别趣”正是此意。

其次，即使讽刺议论，唐人亦以景物造型语出之。王夫之批评唐诗曾说：“古今人能作景语者百不一二，景语难情语尤难也。‘世人皆欲杀，我意独怜才’，非情语；‘不才明主弃，多病故人疏’，尤非情语。伛偻讼俚，唐人不免”①。不论是针对谁而发，此话是很富启发性的。的确，在诗歌中是不宜直白其情，径发其议论的。从其所举诗例来看，那只能算是表一般的同情、发一般的激愤，却不是真正艺术的诗情诗愤。宋以后人正是在这点上难以悟入，往往好说而明白说尽，所以不及唐人。而聪明的唐代诗人，即使写政治讽刺诗，也绝不以纯粹议论出之，而是“化景为情”以景物造型语出之，故说“景语难而情语尤难”。我们常说的“宫怨”诗，就往往如此。被称为七绝圣手的王昌龄《长信秋词五首》可作为代表，如其三：

奉帚平明金殿开，且将团扇共徘徊。
玉颜不及寒鸦色，犹带昭阳日影来。

诗中所咏，乃汉班婕妤故事。借古托今，以达宫女怨情，怨而兼讽，又不能只作宫怨看。班曾为赵飞燕所谮，被贬居长信宫，遂作《怨歌行》，以团扇自喻。其词略曰：裁为合欢扇，动摇凉风发；常恐秋节至，弃捐箧笥中。故团扇亦喻失宠，此诗第二句之用意即在此。又

① 王夫之.《明诗评选》(5)，载《船山全书》第15册，岳麓书社，1996

古人以日喻君，日影犹言君恩，是又结句主旨所在。不言失宠，只说团扇；不言君恩，只说日影；表面看只是比喻，实则乃化虚为实，以景言情的奇思妙笔，故四句全用景语写出。诗从平明宫中洒扫写起，有"奉帚"之繁忙，有忙后之徘徊，即目兴感，于是有"不及寒鸦色"之奇怪联想：乌鸦虽丑，犹可自由飞过昭阳宫，沾带朝日光辉而归；自己虽玉颜姣好，却不及寒鸦之幸运，连这点恩宠也无，人不如禽，其命运之痛苦堪悲可知。可是这一切都不是明白说出的，而是一味状景，如平明、金殿、团扇、寒鸦、昭阳、日影等，虽旨在讥刺，却全作景语，且画面鲜明生动，故读来深永有味。又如其一：

金井梧桐秋叶黄，珠帘不卷夜来霜。
熏笼玉枕无颜色，卧听南宫清漏长。

全诗二十八字，几乎字字都是写景，未有一语及情，然其中自有情在、自有人在。金井梧叶、珠帘夜霜、笼枕无（失）色，字字都在状寒，不过这不只是季节之寒，更是心底发出的孤寂之寒。在这一大背景中，终于有主人公出现，可是那还是状景——"卧听南宫清漏长"——以景结束。总之，在这长夜不绝的滴滴沥沥声中，其主人公之辗转难眠、思念之凄切、心情之失落无奈，乃至怨恨都涵盖其中了，此即"以景含情"之妙。又如朱庆余的《宫词》：

寂寂花时闭院门，美人相并立琼轩。
含情欲说宫中事，鹦鹉前头不敢言。

此诗前二句状景，而景中有叙，是作环境氛围的铺染，以为转入讥刺议论作铺垫。"含情欲说宫中事，鹦鹉前头不敢言"，表面是说连会学舌的鹦鹉都成了避忌的对象，其宫禁之严可知。实则又是以景语为搬弄是非的小人画像，总不用直白语道出。这说明妙龄宫女们，不仅在肉体上受尽折磨，在精神上也深受摧残，较前诸诗似又更深一层。

更值得注意的，还是那些政治讽刺诗。韩翃的《寒食》即是最著名的一首：

春城无处不飞花，寒食东风御柳斜。
日暮汉宫传蜡烛，轻烟散入五侯家。

首先，这无疑是一幅生动的汉宫寒食图。然细按，又是引典讥刺，不能单纯以景物造型论。据《西京杂记》载：汉时每逢寒食节，全国禁燃烟火，但也发生过皇帝特赐蜡烛给贵戚之家，以供夜间照明之用，以表示特别之优遇恩宠之事。韩诗以此为题材，借以寄慨，当是有为而发。诗开篇即点明"春"，故有飞花、东风、御柳等之次第状景。花而加"无处不飞"，柳则迎"东风"倾"斜"，则落花之漫天遍地、飞扬飘洒，御柳之迎风夭冶、摇曳袅娜，已自可想见。且由"春城"而引出"寒食"，因"御柳"而述及"汉宫"，层层逼进，既为其所写之特定内容——禁火作暗示，亦为其所写之特定举措——赐烛作铺垫，于是遂有"日暮汉宫传蜡烛”之特例颁行，以及“轻烟散入五侯家”的怪现象出现。挨户颁赐，故曰“传”；烛精则烟少，故曰“轻”。其考虑之周，用品之良，亦自可想见，更勿言为“特赐”了。然而，这一切并非通过直白议论说出，而是选择最具意蕴之瞬间造型暗示，因而造成含而不露、情韵绵长的诗歌意境。

唐诗大抵自杜甫以后，诗中议论逐渐增多，遂开宋人“以才学为诗，以议论为诗”之先河。但与宋人不同者，他们并不纯粹以理性逻辑去写诗，把诗写成押韵的说理文。而是始终保持着丰富的心灵感受，全身心地接触体悟生活，即使言理亦常寓理于“画”中，不减景物造型的浑成美。最具代表性的诗人如刘禹锡、杜牧、李商隐等，刘之名作《乌衣巷》即是脍炙人口的一首：

朱雀桥边野草花，乌衣巷口夕阳斜。
旧时王谢堂前燕，飞入寻常百姓家。

乌衣巷，乃东晋时王导、谢安等豪贵所居之地；朱雀桥，则为其进市中心所必经之地，亦谢安所建，因桥上重楼饰有二铜雀而得名。这是六朝繁华的代表，但如今却是野草杂花、落日残照，已不复有旧时容颜。二句纯为状景，当为下面抒发感慨议论作铺垫。然而，发议论却不写人事，反着重笔写物——旧时王谢堂前燕，用笔即不落俗套。世事沧桑，繁华如梦，王谢成尘，这里已变作寻常百姓之家，只有那旧时的燕子啁啾飞舞，是为那逝去的繁华而哀吊吗？显然，这是一幅生动的景物造型，然思古伤今之情亦自在其中。孙元宴亦写有《咏乌衣巷》一诗，其结曰：“乌衣巷在何人住？回首令人忆谢家”。直白道出便觉浅而无味，两相对照，更可体味以景物造型达情之妙用。王夫之曾称此诗为“小诗之圣证”，洵非虚誉。又如《浪淘沙九首》其六：

日照澄洲江雾开，淘金女伴满江隈。
美人首饰侯王印，尽是沙中浪底来。

前半状景，后半明意，情景互根互生，是唐人最喜采用的一般写作模式，此诗亦然。首二句景叙兼行，用笔绚丽，形象生动，确是一幅工笔水墨两具的女子淘金图。后二句顺承直下，以议论言情，曰“美人首饰侯王印”，直且白矣，亦为他诗中所常见，但妙处在结句：把美人头上的首饰和侯王桌上的金印，都说成是从“沙中浪底”得来，便显得造型别致生动，不仅极具动态画面感，亦极富想象内涵，又非尽情直白者可比，神韵自然天成。

杜牧也是这方面的高手，如《过华清宫绝句》其二：

新丰绿树起黄埃，数骑渔阳探使回。
霓裳一曲千峰上，舞破中原始下来。

此诗所写史事是：天宝中，安禄山取得唐玄宗宠信，遂兼任平卢、范阳、河东三镇节度使，重兵在握，伺机谋反。经皇太子和宰相杨国忠屡屡启奏，玄宗才派遣中使辅璆琳以赐柑为名，去探听虚实，但璆琳受安禄山厚赂，回来后遂盛赞其忠心，玄宗轻信谎言，更高枕无忧，而沉湎于华清宫恣意享乐，因而有“安史之乱”之祸。首二句即写璆琳回长安（华清宫）复命事，极状声势和快捷，形象鲜明。后二句即就前事而引发议论，有因有果，用意当在讥刺。但诗人同样不叙其事，只写其物——霓裳歌舞。一曲霓裳，竟能“舞破中原”，可谓想落天外，造语奇警，然又是历史事实，便有惊心骇目的功效。较之刘诗，则更具批判现实的强烈精神。

李商隐的《咏史》，则是咏史诗中的杰作：

北湖南埭水漫漫，一片降旗百尺竿。
三百年间同晓梦，钟山何处有龙盘。

屈复曾指出，此诗乃诗人“国之存亡在人杰不在地灵”①政治历史观的表现，大抵是就东吴至陈亡建都金陵的六代王朝之兴亡作总结，故实质上即是一首政治议论诗。开首仍从景物写起：北湖，即玄武湖；南埭，即鸡鸣埭，都是六代帝王寻欢作乐之游览胜地，然而今唯湖水漫漫，昔日之繁华不再，总写其荒败也。下面即就造成荒败的原因展开推究。次句言六代接踵而亡的历史悲剧，以“一片降旗”总括之，语本刘禹锡《西塞山怀古》之“一片降幡出石头”，然彼言东吴之亡，此则引申而统言六朝败灭，并加“百尺竿”以强调其投降之屈辱，总之仍是化情为景，以景语出之，而绝不作直白。三、四句推究所以灭亡之根因：三百年间之繁华，不过醒后一梦耳，当由各代皇帝的依恃金陵形势险要，而昏庸腐败造成。龙盘，语出诸葛亮赞金陵形胜所说：“钟山龙蟠，石城虎踞，帝王之宅也”。此则反用其义，谓龙蟠虎踞之险要并不可恃。这本来是直发议论，但诗人却用“钟山何处有龙盘”言之，则是把抽象的思想同样景物意象化了。故施補华说：“以议论驱驾，而神韵不乏”。②叶燮则说：“寄托深而措辞婉”。③ 总之，写诗不能没有议论讽刺，但唐人深知那是不能直白道出的，必须化作景物造型语表出之，方可“措辞婉”而不乏“神韵”。

第三，为避免过于直白，往往在尾句以景语结情，也是唐诗造成言尽意余的“诗中画”重要方法之一。《文镜秘府论》曾称此为“含情落句势”，其《论体势·十七势》曰：

含思落句势者，每至落句，常须含思，不得令语尽思穷。或深意堪愁，不可具说。即上句为意语，下句以一景物堪愁，与深意相惬便道，仍须意出成感人始好。昌龄《送别》诗云：“醉后不能语，乡山雨纷纷”。又落句云：“日夕辨灵药，空山松桂香”。又“墟落有怀县，长烟溪树边”。又李湛诗云：“此心复何已，新月清江长”。

---

① 屈复.《玉谿生诗意》（七）. 上海会文堂石印本，1917
② 施补华著.《岘傭说诗》，载《清诗话》（下）. 上海古籍出版社，1982
③ 叶燮著.《原诗》. 人民文学出版社，1979

所谓落句，即近体诗之结尾两句，一般是前句言情，后句则以“一景物堪愁”句作结。实即以景物造型句而结尾者，是唐诗中常普遍采用的一种表现手法。究其原因，则是因“深意堪愁，不可具说”，即因要表达的情感复杂，思绪纷乱，欲说而不可说、不能说、或不愿尽说，遂以一景语作结，却恰造成言尽意余、兴在象外之感。这既可看作唐诗整体造型化之一种特殊形态，也是造成唐诗意境含蓄美之一大发明。如王昌龄《送别》诗前句“醉后不能语”，即是“含思”述情之“意语”，因是全诗情感集结之高峰，欲说而无从说，亦不能尽说，故以“乡山雨纷纷”一景物堪愁句相承，使不能尽说之情，一寓于景物造型之中，于不尽之中实已深尽之矣。又如李湛诗之“此情复何已”，亦是难以尽说或不必尽说之情感高峰，故以“新月清江长”之景句作结，而那种明月荒夜、清江流长之景物描写，又恰与诗人凄楚悲怆、悠悠不尽之绵渺情思形成同构对应，虽语不及情而情自无限。《诗人玉屑》卷六“命意”亦说：

> 宫词云：“监官引出暂开门，随例虽朝不是恩。银钥却收金锁合，月明花落又黄昏”。断句极佳，意在言外，而幽怨之情自见，不待明言也。诗贵乎如此，若使一览而意尽，亦何足道哉！

此诗自是典型的“以景物堪愁”而落句之佳构，因千言万语亦难表达之复杂情感，全都集结在“月明花落又黄昏”这一独特感受的景物造型句中了。花落，使人联想到红颜的“又”一次衰老；月明，迎来的将是“又”一次不眠之夜；何况那还是黄昏，即最撩人愁绪的时候。所以说“意在言外，幽怨之情自见”。沈义父《乐府指迷》也说：“以景结情最好”，“含有余不尽之意”。都说明诗贵含蓄，而“以景结情”即是造成含蓄意境的重要手法，若一味说尽，诗则不成为诗了。唐诗中这类优秀之作极多，若孟浩然《早寒有怀》之“迷津欲有问，平海夕漫漫”、《晚泊浔阳望庐山》之“东林精舍近，日暮空闻钟”；若王维《送别》之“但去莫复问，白云无尽时”，《酬张少府》之“君问穷通理，渔歌入浦深”；若李白《金乡送韦八之西京》之“望望不见君，连山起烟雾”、《送友人》之“挥手自兹去，萧萧班马鸣”等，尤其是他那首《夜泊牛渚怀古》：

> 牛渚西江夜，青天无片云。
> 登舟望秋月，空忆谢将军。
> 余亦能高咏，斯人不可闻。
> 明朝挂帆席，枫叶落纷纷。

《晋书·文苑传》载：袁宏少孤贫，以运租为业，时镇西将军谢尚镇守牛渚，秋夜乘月泛江，闻运租船上有人讽咏其所作咏史诗者，遂邀其过船谈论，则宏也，二人论说直至天明，宏遂由是声名大著。此诗所谓“怀古”者，即指此而言，故题下原注：“此地即谢尚闻袁宏咏史处”。李白一生怀才不遇，落拓不羁，即景生情，遂有感发，当是叹知音之稀少也。首联状景，言秋夜澄沏空明，寥廓浩渺，天无片云，自然启人遐想，所以生怀古之情。中二联寄慨，只是直说，“空忆”句点人，“余亦”句切事，言己亦能诗而善咏者，然今却无谢尚那样的人相知也。直说固是李诗特有的个性，但一味说尽，却不免浅露，于是有末二句之以景结情。明朝挂帆而去，亦“明朝散发弄扁舟”之意，是失意、是放浪，抑或悲慨，但均未明说，而突接以“枫叶落纷纷”之景物造型语，则未尽之意已全涵盖在萧瑟景物的描写中了。当正是思绪纷乱而欲说或不可说、不能说、不愿尽说者，故读来特别含蓄而余韵不尽。又如《听蜀僧濬弹琴》：

蜀僧抱绿绮，西下峨眉峰。
为我一挥手，如听万壑松。
客心洗流水，余响入霜钟。
不觉碧山暮，秋云暗几重。

读此诗且不以联论，而改以句说。首三句是破题，交代蜀僧的来历和“为我”弹琴，偏于事实的叙述。绿绮，乃司马相如琴名，借以说明琴的名贵；峨眉，乃蜀中圣山，由峨眉而来则知僧为高僧，意在加强对倾慕心情的渲染。中三句写听琴引起的深切感受，多像喻之词。初听只觉其状，犹如万壑松声怒涛；再听则心灵如受流水洗涤，感到无限的轻松和解脱；终则余音袅袅，同那苍茫暮钟悠然飘扬云外，使用的全是生动意象语言，故读来真切可感。流水，亦是用典，见《列子·汤问》载伯牙和钟子期的故事：“伯牙善鼓琴，钟子期善听”，伯牙鼓琴志在高山，子期曰：“峨峨兮若泰山！”志在流水，子期曰：“洋洋兮若江河！”子期死，伯牙毁琴遂不复奏。故知此句又不只写对琴声的感受，亦寄寓有对知音难得之叹惋。霜钟，典出《山海经·中山经》：“丰山……有九钟焉，是知霜鸣”。郭璞注：“霜降则钟鸣，故言知也”。是此又兼点时地，与下之“秋云”相呼应，以明音声之神圣高妙。然全诗妙处尤在结尾：“不觉碧山暮”，言听琴之痴迷，不觉碧山已暮，唯钟声使之惊觉也。然痴迷、惊觉后之情又将如何？大概亦是不可说、不能说吧，遂径接以“秋云暗几重”的景物造型，将不尽之意亦尽括其中了。

边塞诗中亦多用“含情落句”手法，以蓄势足而韵味长故也。如王昌龄《从军行》其二：“琵琶起舞换新声，总是关山旧别情。撩乱边愁听不尽，高高秋月照长城”。岑参《碛中作》：“走马西来欲到天，辞家见月两回圆。今夜未知何处宿，平沙莽莽绝人烟”。又《武威送刘判官赴碛西行军》：“火山五月行人少，看君马去疾如鸟。都护行营太白西，角声一动胡天晓”。下举王维《观猎》试作分析：

风劲角弓鸣，将军猎渭城。
草枯鹰眼疾，雪尽马蹄轻。
忽过新丰市，还归细柳营。
回看射雕处，千里暮云平。

首联写行猎，先状环境，在疾风中弓箭频发，已见英武雄姿，接着補出行猎地点和人物。

方东树评曰:“如高山坠石,不知其来,令人惊绝”。① 颔联再作铺排,进而具体写猎:鹰眼因草枯而显得特别敏锐,马蹄因雪尽而飞奔更加快捷,其猎获之丰不言可知。诗情画境,栩栩然如在眼前,明快而简洁。颈联写猎归,“新丰市”和“细柳营”自然成对,前后相承,一气贯下,有瞬息千里之豪情和气势,与前二联正相匹配。又细柳营,亦暗用汉名将周亚夫屯军细柳之典,意在褒扬“将军”之名将风度,也十分贴合。至此,“观猎”题意已经写足,应是直抒其情了,然诗人却打破常规,径接以回望行猎之地,而以“千里暮云平”之景物造型语:唯见暮云流水般平铺天野结束。这似乎是毫无意义的赘笔,实则更层进一步,以補足逸兴遄飞之豪情余兴,故能言尽而意不尽。

大历以降,诗作更趋精巧圆融,亦更贴近日常生活,虽已没有盛唐诸人的高情远致,却更能见出情韵绵长的特质,大概正应验了“深意堪愁,不可具说”之论。如严维《丹阳送韦参军》:“丹阳郭里送行舟,一别心知两地秋。日晚江南望江北,寒鸦飞尽水悠悠”。戴叔伦《苏溪亭》:“苏溪亭上草漫漫,谁倚东风十二阑。燕子不归春事晚,一汀烟雨杏花寒”。白居易《暮江吟》:“一道残阳铺水中,半江瑟瑟半江红。可怜九月初三夜,露似真珠月似弓”。元稹《西归绝句》:“五年江上损容颜,今日春风到武关。两纸京书临水读,小桃花树满商山”。温庭筠《过分水岭》:“溪水无情似有情,入山三日得同行。岭头便是分头处,惜别潺湲一夜声”。而李益的《喜见外弟又言别》则构思尤为独特:

十年乱离后,长大一相逢。
问姓惊初见,称名忆旧容。
别来沧海事,语罢暮天钟。
明日巴陵道,秋山又几重。

其所写乃十年乱离(安史之乱)之后,在羁旅途中与表弟偶然相逢,旋又匆匆话别的情景,读来十分感人。先点“乱离”,说明分别是在儿时战乱之中;次说“长大”,则相逢之时记忆已经模糊;从而引出“惊初见”、“忆旧容”的悲喜交集、恍如隔世。十年分离,今又聚首,艰难苦恨,人世沧桑,一时岂能道尽,故涕泪纵横不觉已至日暮,唯寺庙钟声悠扬震耳,始被惊觉。但回神一想,明日又将分别,各自东西,踏上漫漫巴陵(湖南岳阳)之道,而前途茫茫,生死未卜,其情何堪?此正所谓“不可具说”之时,故以“景物堪愁”而谓“秋山又几重”了。平平道来,没有盛唐之豪情逸兴,却语短而情长,读来感人,此之所以为中晚唐。

属“大历十才子”之一的钱起,其《省试湘灵鼓瑟》虽是一首试帖诗,但亦传诵甚广,尤其是末四句。“湘灵鼓瑟”之主题,出自《楚辞·远游》:“使湘灵鼓瑟兮,令海若舞冯夷”。故前八句只就与湘水有关的人物传说来写,极状音乐之高妙和感人,使神鬼亦为之动容。后四句才写到音乐在主体心灵引起的奇特感受:

流水传湘浦,悲风过洞庭。

---

① 方东树.《昭昧詹言》.人民文学出版社,1961

曲终人不见，江上数峰青。

寥阔湘江，流水为之呜咽；八百里洞庭，悲风为之席卷，音乐效果达到顶峰。但此时乐声突然停止，弹奏之人也踪影杳然，唯江上数峰之间，袅袅余音似仍在回荡。神而奇，奇而幻，尤能发人遐想。湘灵本是舜妻，曾有过一段哀感动人的爱情故事，死后化作湘水女神，来无影而去无踪，既神圣又虚幻，如何用语言表达如此空灵的境界，却非一般人所能做到。诗人的高明处正是以一景物造型语作结："曲终人不见，江上数峰青"！则不仅与湘灵的身份若合符契，而神韵亦全出。这再次证明景物造型句在诗中的妙用。

最后，在唐人诗中还有一种情况，亦颇值得重视。即在诗中专设一景物造型意象，既涵盖全诗，又反复回环咏唱，故最具荡气回肠之力。如李商隐的《夜雨寄北》：

君问归期未有期，巴山夜雨涨秋池。
何当共剪西窗烛，却话巴山夜雨时。

久居他乡的诗人，突然接到亲人询问归期的来信，但他回答却是"未有期"。原因何在呢？不难想象，这是因为他日未卜、归期难定，而个中原委，一时自难说清，或竟无从说清，故不作正面回答，而以"景物堪愁"句相接："巴山夜雨涨秋池"！其实，他并非真的无话可说，这从末句之"却话巴山夜雨"可知，那是说不完、道不尽的，但在此时此刻，或竟无从说起，于是"以一景物堪愁"遂成最佳表达方式：在荒寒萧瑟的巴山阴雨之夜，孤灯独对而长夜难眠，其异地漂泊的凄楚，客舍羁縻之孤寂，尽在不言之中；而绵绵细雨，秋池为涨，不也正好是诗人难排难遣之无端愁绪的客观对应物么？故此情此景，遂更觉孤寂凄冷，而思念之切更何以堪，因而径以不言言之。此诗特别高明之处，在于创造出"巴山夜雨"这一情景相洽的中心意象，它作为涵盖全诗的主导性意象，既能接通现时的彼此亲情，又贯联着未来的迷蒙理想，其传达复杂情感的奇妙功能，是其他任何径情直遂的情语都无法比拟的。因此，此诗之精神气韵，全凝注于"巴山夜雨"这一景物造型意象，而产生回肠荡气的感人力量。

又如崔护的《题都城南庄》：

去年今日此门中，人面桃花相映红。
人面不知何处去，桃花依旧笑春风。

此诗可看作一首景物造型化的叙事诗，其中自然包含着一段生动感人的爱情故事。但其所以能写得如此感人，则由于创造了"人面桃花"这一中心意象。同样，它作为涵盖全诗的主导性意象，既是此诗全部精神凝注之焦点所在，但又不同于李诗：即不是连接现在和未来，而是连接现在和过去。去年、今日、此门，都说得极为真切和肯定，然全都由"人面桃花"这一美好回忆生出，并具有不容置疑的真实性，难怪《本事诗》等书还要编造出一段失而复得的爱情故事来。今日重至，已是院门深锁，人去楼空，其心中狐疑之情，其热望失落之感，又岂是三言两语可以说清的，故以“桃花依旧笑春风”这一“景物堪愁”句作结，正所谓“欲尽其情而情愈不尽”者，耐人细细品味。其实，正是“人面桃花”这一景物造型意象的往复回环，才造成这种故事浓缩性的特殊美感效应。宋吴开《优古堂诗话》曾有一段记载，很能启人深思：

> 唐独孤及《和赠远》诗云：“忆得去年春风至，中庭桃李映琐窗。美人挟瑟对方树，玉颜亭亭与花双。今年新花如旧时，去年美人不在兹。借问离居恨深浅，只应独有庭花知”。此诗与崔护诗意无异。

确实，仅就二诗所表达的浅层意思而论，崔诗与之并无大异，甚至有无效仿之嫌，亦未可知。但二诗之艺术效果却迥异，原因究竟又何在呢？确切地说，此诗是不大懂得诗中情事，须出之以景物造型的重要性，故只是一味直说，而华词丽藻亦成涂饰。当然，他更不懂得营造一个中心景物意象的重要性，即使有个别造型化的诗句，如“美人挟瑟对芳树，玉颜亭亭与花双”之类，不仅不及崔诗“人面桃花相映红”之简括清丽，且缺少那种人花相映、光彩流媚的鲜活生动感，因而不能形成涵盖全诗的中心意象。并且，亦不懂“以景物堪愁”而“含思落句”的奥妙，故用“借问离居恨深浅，只应独有庭花知”这种莫知所云的诗句结尾，可谓言尽意尽，韵味索然，其诗之不显而几被遗忘者，良有以也。

又刘皂的《旅次朔方》，以“并州”这一中心意象回环咏唱，虽不及前二诗之内涵丰盈厚重，然亦不失为成功之作：

> 客舍并州已十霜，归心一夜忆咸阳。
> 无端更渡桑乾水，却望并州是故乡。

并州，汉时曾置并州刺史部（当今山西），唐时属河东道，在桑乾河一带。诗谓十年客居并州，当为求取功名，却日夜思念着故乡咸阳。可真的要离开了（可能一事无成），不觉间并州已成为另一故乡，故回望间又难分难舍、不忍离去。其心情犹豫矛盾，孰在心中占有更重的分量，一时间又难以说清，故行文回环往复，措辞沉郁婉转，与悒郁缠结的心情正相合拍。无疑，“并州”这一中心意象的往复回环，又起着十分重要的作用。此外，如崔颢的《黄鹤楼》诗，首当其冲四句即“黄鹤”三见，而人们尝赞其不觉重复，实亦中心景物意象之妙用，非仅在诗人之技巧也。又唐诗中有一首《金缕衣》，虽出无名氏之手，却是千古传诵，大概亦与“折花”“折枝”这一中心景物意象之往复回环咏唱有关，此不赘。

还要说明的是，“诗中有画”一语，是苏轼论王维诗画时提出的，于是有人遂认为，那不过是“王孟家数”，并不具有普遍性意义。实则大不然，不仅前面所举大量唐人诗已足可说明，而且正是唐诗之所以获得成功之奥妙所在，离此则不足以谈意境、谈神韵、谈“羚羊挂角，无迹可求”。因此，还是王夫之所说那句话最为探本之言：“以写景之心理言情，则身心中独喻之微轻安拈出”①。学诗者必须学会“以写景之心理言情”，方可进入艺术的真正殿堂。宋人“以议论为诗，以才学为诗”之失败，正缘于以景物造型结构意境之迷失，应该记取。

第三节 “宫体诗的自赎”到诗仙李白

闻一多先生在其《唐诗杂论》中，曾提出“宫体诗的自赎”这一历史性概念，以梳理梁陈诗向唐诗转变的脉络，确是极值得重视的卓见。因为，历来谈到唐诗同梁陈诗的递承关系时，大都着眼于近体诗的萌发和成熟这一方面，我们前面所谈也主要放在这方面，至于构成“盛唐之音”重要一翼的乐府歌行，却有意无意地被忽略了，至少没有作过系统的描述。尤其是作为站在盛唐诗坛巅峰上的伟大诗人李白，其诗歌成就也主要在这方面，我们更不能把他的出现看作无源之水，无本之木，而归结为纯粹个人的奇迹。除了前面谈到的那些普泛社会原因外，乐府歌行体诗的本身发展及其艺术经验积累，也是不能忽视的重要原因。

闻先生指出，弥漫于梁、陈、隋、唐四代宫廷或以宫廷为中心的宫体诗，发展到初唐后期，“堕落毕竟到了尽头，转机也就来了”。而卢照邻的《长安古意》便是“忽然一声霹雳”，也是“宫体诗中一个破天荒的大转变”。而作为他“配角的骆宾王”，其《代女道士王灵妃赠道士李荣》等作，则是仅次于《长安古意》的“宫体诗的一个巨变”。所以，“卢骆的到来，能使人们麻痹了百余年的心灵复活”。至于刘希夷的《代悲白头翁》等作，则又转向描写“常态的、健康的爱情”，而“感情返到正常状态是宫体诗的又一重大阶段”，何况他还“悟到宇宙意识”，也就“离（诗的）绝顶不远了”。于是，闻先生写道：“如果刘希夷是卢骆的狂风暴雨后宁静爽朗的黄昏，张若虚便是风雨后更宁静爽朗的月夜”。而这才迎来了“诗中的诗，顶峰上的顶峰”的张若虚《春江花月夜》。这一精彩的描述提醒我们，所谓“盛唐之音”不仅是近体诗的天下，在长篇乐府歌行方面同样有着辉煌的成就。

卢照邻（约636—695年）字昇之，号幽忧子，幽州范阳（今河北涿县）人。曾任新都尉，后因风痹症所困遂投颍水而死，“初唐四杰”之一。其《长安古意》是揭露和批判长安豪门贵族争竞豪奢、追逐享乐生活的，用词华丽铺排，仍保留有浓厚的宫体色彩。大体而言，首写城市建筑的繁华壮丽，以铺叙背景；中写从上至下各色人等的游冶和狂热，而以市井娼家为中心；终写豪门权贵的转瞬即逝、不能长久以及自己怀才不遇的愤慨寂寞之情，寄寓讽谏之意。全诗共六十八句，所以仅就那“洋洋洒洒的巨篇，这也是宫体诗的巨变”。何况，他还“放开了粗豪而圆润的嗓子……生龙活虎般腾踔的节奏，已够教人们如大梦初醒而心花怒放了”②。如开篇写道：

> 长安大道连狭斜，青牛白马七香车。玉辇纵横过主第，金鞭络绎向侯家。

① 王夫之撰．夷之校点．《夕堂永日绪论内编》．《姜斋诗话》卷二，人民文学出版社，1962

② 《宫体诗的自赎》，载闻一多全集选刊之三《唐诗杂论》，古籍出版社，1957

> 龙衔宝盖承朝日，凤吐流苏带晚霞。百尺游丝争绕树，一群娇鸟共啼花。游蜂戏蝶千门侧，碧树银台万种色。复道交窗作合欢，双阙连甍垂凤翼。梁家画阁中天起，汉帝金茎云外直。楼前相望不相知，陌上相逢讵相识。……

起句即具恢宏气势，且层层铺排写来，虽华丽而不冗弱，气势雄放，声调高亢，充溢着荡漾激情，自非宫体诗可比。中间写歌楼妓馆、纵情游冶之狂热，更是饰词艳冶，文绮落霞，灿若舒锦：“双燕双飞绕画梁，罗帷翠被郁金香。片片行云着蝉翼，纤纤初月上鸦黄。鸦黄粉白车中出，含娇含态情非一。妖童宝马铁连钱，娼妇盘龙金屈膝”。这是写妓楼娇娃，车马赴约的排场场面，下面即接写浪荡少年的纵情游冶：“俱邀侠客芙蓉剑，共宿娼家桃李蹊。娼家日暮紫罗裙，清歌一啭口氛氲。北堂夜夜人如月，南陌朝朝骑似云。南陌北堂连北里，五剧三条控三市”。在这些烂若舒锦的描写中，同样是节奏腾踔，声调圆润，虽未脱宫体已非宫体柔靡风韵，且不乏传诵名句，如“得成比目何辞死，愿作鸳鸯不羡仙”、“北堂夜夜人如月，南陌朝朝骑似云”等。诗中还有对权臣相互倾轧的深刻揭露：“别有豪华称将相，转日回天不相让。意气由来排灌夫，专权判不容萧相”。这种针对性极强的褒贬，则更非宫体诗中所能有了，故才称作“一个破天荒的大转变”。

刘希夷（约651—678年）字延之，汝州（今河南临汝）人。他的《代悲白头翁》，也是初唐时期传诵的名作。诗中主要写青春易逝、红颜易老、富贵无常的悲哀，构思独特，情意宛转，语言谐美，用意大概亦在讽世：

> 洛阳城东桃李花，飞来飞去落谁家？洛阳女儿惜颜色，行逢落花长叹息。今年花落颜色改，明年花开复谁在？已见松柏摧为薪，更闻桑田变成海。古人无复洛城东，今人还对落花风。年年岁岁花相似，岁岁年年人不同。寄言全盛红颜子，应怜半死白头翁。此翁白头真可怜，伊昔红颜美少年。公子王孙芳树下，清歌妙舞落花前。光禄池台文锦绣，将军楼阁画神仙。一朝卧病无相识，三春行乐在谁边？宛转峨眉能几时？须臾鹤发乱如丝。但看古来歌舞池，惟有黄昏鸟雀悲。

此诗以“寄意”句为限，大致可分作前后两半。前半写洛阳女子对落花而伤感，悲红颜易凋，叹沧海桑田；后半写白头老翁的沦落遭际，哀身世变迁，慨富贵无常。两相照应，盛衰对比，引出哲理性思考警世：宛转峨眉须臾鹤发如丝，歌舞之地变作鸟雀之悲。而“年年岁岁花相似，岁岁年年人不同”的人间通感语，更成千古名句，历来传唱不绝。所以，闻一多才说这是常态的健康情感，而“感情返到正常状态”才能一洗宫体诗的浮词艳情，读来感人。

张若虚（约660—720年）扬州人，曾官兖州兵曹，与贺知章、张旭、包融同称“吴中四士”。然存诗仅两首，故被称为“孤篇横绝，竟为大家”。其《春江花月夜》一篇，则是这一时期歌行体的绝唱：

> 春江潮水连海平，海上明月共潮生。滟滟随波千万里，何处春江无月明。江流宛转绕芳甸，月照花林皆似霰。空里流霜不觉飞，汀上白沙看不见。江天一色无纤尘，皎皎空中孤月轮。江畔何人初见月？江月何年初照人？人生代代无穷已，江月年年只相似。不知江月待何人？但见长江送流水。白云一片去悠悠，青枫江上不胜愁。……

仅看此诗题目，已够撩人遐想的了：春、江、花、月、夜，字字似乎都能惹人产生离愁别恨，而全诗又以月为描写中心，于是更浸染上层神秘色彩。何况在诗人的笔下，这一切又都融构成一个迷朦淡远的美丽想象世界，就更教人沉浸和颤栗了。诗人首先描绘出一幅极具景物造型美的江月夜景图，是情感寄生之本：江潮连海平铺，浩瀚无垠，明月共潮涌生，明洁素净；而滟滟江波，杂花芳甸，林木繁英，汀渚白沙，又全都笼罩在一片如霜似霰的月光之中，简直就是琼楼玉宇般的梦幻世界！举目望去，则江天一色，氛丝不染，唯朗月孤照，深杳难测，这是最易引人遐想的时候，于是诗人突发奇想，向杳杳苍穹发出疑问："江畔何人初见月？江月何年初照人？""人生代代无穷已，不知江月待何人？"深邃、奥秘，却又简单、平易，这即是闻一多所说"琼绝的宇宙意识"。这虽是一个古老而永恒的话题，但在诗人笔下却已没有魏晋人那种"羡宇宙之无穷，哀吾生之须臾"的悲凉，而是标志着觉醒的生命意识的哲理性思考，是对宇宙奥秘的探究，对"我"之所来的拷问，从而使整个诗境得以创造性的升华。然而，宇宙之奥秘终不可知，唯搅扰思绪撩人心扉的月华却是实在的，于是转入后半专写"扁舟子"和"明月楼"（中人）的两地相思之情。月光是最易惹人思念的，也是最恼人的，它却偏要照在离人的妆镜台、玉户帘、捣衣石上，拂之不去，卷之还来，愈怕见而愈缠人。就连传说中能够传送书信，寄托相思的鱼雁（"尺素在鱼肠，寸心凭雁足"）而今也是如何高飞也飞不出月光阴影，尽力潜游也只溅起朵朵浪花而已，欲寄书信的心愿亦成枉然。于是主人公绝望的写道：

> 昨夜闲潭梦落花，可怜春半不还家。江水流春去欲尽，江潭落月复西斜。斜月沉沉藏海雾，碣石潇湘无限路。不知乘月几人归，落月摇情满江树。

那如花红颜只能在无奈等待中，随着"江水流春"黯然凋谢，"待月几人归"的殷殷企望，也终将化作泡影。此时，唯有那残月摇情，洒满江树，无限离恨亦化作永恒，，而更增相思的一天又将到来。至此我们不能不惊叹，诗人是写景的能手，更是言情的能手，正如王夫之所说"善言情者但写景而情在其中"。这大概就是唐诗意境创造的奥秘所在，所以闻一多才称作"诗中的诗"、"顶峰上的顶峰"。而这也再一次印证了"以写景之心理言情"的重要性，因为诗既不是情感的直白，也不是单纯的状景，亦如王夫之所说："情不虚情，情皆可景；景非滞景，景总含情"，才是解读唐诗的大关键，即使乐府歌行之类也是这样。

歌行体的写作，是由一些梁陈时期的宫体诗人，在乐府诗的创作基础上首先完成的。如著名的梁元帝、庾信、王褒和作的《燕歌行》、江总的《闺怨篇》、卢思道的《从军行》、薛道衡的《豫章行》等。发展到张若虚已基本蜕尽宫体面貌，而进入其繁荣鼎盛期。从内容上说，已摆脱宫廷和女性题材的局限，而向描写“人”的常态的、健康的情感“正常状态”转化，如对青春易逝、富贵无常的慨叹，人的生命意识的觉醒和宇宙奥秘的探求等；进入盛唐则更向生活的一切方面扩展，如仕途羁旅、行役送别、边塞军营等，可说和近体诗的步伐是完全一致的。艺术上也已涤荡尽宫体的华丽柔靡之风，语言圆美流转，节奏变化跌宕，音韵谐和抑扬，尤其在情景互根互生的意境创造方面，也推进到一个更加醇熟的阶段，终于成就为“盛唐之音”豪纵朗畅的重要一翼。因此，这一时期的重要诗人如李白、杜甫、王维等，几乎没有不写歌行古体的，其中尤以边塞诗人的成就更值得注意。下面就先从他们谈起。

边塞诗人是一个群体，他们大都采用歌行古体写作，其成就和影响也主要在这一方面。其代表诗人有李颀、高适、岑参等，而李颀（690—751？，赵郡人，开元进士，曾任新乡县尉）的《古从军行》即是一篇边塞名作：

白日登山望烽火，黄昏饮马傍交河。行人刁斗风沙暗，公主琵琶幽怨多。野云万里无城郭，雨雪纷纷连大漠。胡雁哀鸣夜夜飞，胡儿眼泪双双落。闻道玉门犹被遮，应将性命逐轻车。年年战骨埋荒外，空见蒲桃入汉家。

诗题前虽冠以“古”字，实则是对当今统治者穷兵黩武、好大喜功的辛辣讥刺。前八句用情景交错的手法写战争，景中有叙，叙中含情，而以白日、黄昏、夜晚的时序为叙述线索，重笔浓染环境氛围。烽火以指边警，交河以明地理，刁斗以代夜柝，“公主琵琶”则是借用，言军中乐声之哀怨也。由接警而出征，由出征而宿营，由宿营而至乐声哀怨，层层铺叙写来，其将士心情之凄苦已的然可见。接着专就边地酷寒用笔，先作正面描写：军营所在，黑云低压，雨雪纷纷，又无城郭可依，其处境之危险可知。再作反面衬托：胡雁哀鸣，夜夜难安，胡儿落泪，酷寒难挡，而中原将士则更何以堪！诗人用笔奇特，亦极富地域特色，一气直下，蓄势已足，于是末四句笔锋突转，点明题旨，而以议论作结。据《史记·大宛传》载：武帝太初元年，汉军攻大宛，数战不利，遂请求罢兵，武帝闻之大怒，派人遮断玉门，并下令曰：“军有敢入者辄斩之！”诗用此典，既关合题中“古”字，也是对穷兵黩武、一意孤行的帝王专横旨意的讥刺。然而，广大将士以“性命逐轻车”的死战，换来的又是什么呢？唯抛骨荒外，区区“蒲桃入汉家”而已。其言沉痛，其语辛辣，含蓄而隽永，字字千钧。又此诗句意蝉联，声韵顿挫，音节浏亮，以传统五音论，则首段为羽，中段转角，末段归商，即由促转缓，再转宏亮，与情感色度的变换恰相一致，故读来极富声韵美。

在边塞诗人群体中，高适和岑参无疑是最享盛名的作者，他们都曾亲历过边塞生活，故诗歌也极富边地特色，尤其擅长七言歌行。

高适（约702—765年）字达夫，渤海蓨（今河北景县）人。早年仕途不利，后客游河西，为哥舒翰书记。曾作淮南、西川节度使，终散骑常侍，封渤海县候。他的代表作《燕歌行》，近人赵熙曾评为“第一大篇”，是唐人边塞诗中的杰作。诗前有序曰：“开元二十六年，客有从御史大夫张公出塞而还者，作《燕歌行》以示适，感征戍之事，因而和焉”：

汉家烟尘在东北，汉将辞家破残贼。男儿本自重横行，天子非常赐颜色。摐金伐鼓下榆关，旌旆逶迤碣石间。校尉羽书飞瀚海，单于猎火照狼山。山川萧条极边土，胡骑凭陵杂风雨。战士军前半死生，美人帐下犹歌舞。大漠穷秋塞草腓，孤城落日斗兵稀。身当恩遇恒轻敌，力尽关山未解围。铁衣远戍辛勤久，玉箸应啼别离后。少妇城南欲断肠，征人蓟北空回首。边庭飘遥那可度，绝域苍茫更何有！杀气三时作阵云，寒声一夜传刁斗。相看白刃血纷纷，死节从来岂顾勋？君不见沙场征战苦，至今犹忆李将军。

此诗所写，当为开元二十一年(733年)以后唐与奚、契丹之事。此前双方曾屡有战争，其年又命幽州节度使张守珪经略边事，初战获胜。二十四年，张派平卢讨击使安禄山再次出兵讨伐，然“禄山恃勇轻进，为虏所败”。(《资治通鉴》(215))二十六年，幽州守将赵堪、白真陀罗又矫张守珪命，逼平虏军使乌知义出兵再战，却始胜而终败。于是“守珪隐其状，而妄奏克获之功”(《旧唐书·张守珪传》)。此前，高适曾一度北上幽燕，以图为国效力，然皆失意而归，其《蓟中作》曰：“岂无安边书，诸将已承恩。惆怅孙吴事，归来独闭门”。看来他对边事早有良策，只是未被纳用，遇此骄将悍吏轻敌致败，心中自多感慨，又逢有客自张军中来，并示以《燕歌行》之作，遂作是诗慨然以和。诗大致可分作两层：前十四句由出征写到战败被围，出征时摐金伐鼓、旌旆逶迤、“横行”骄纵，是何等气势！到头来却因“恒轻敌”，而损兵折将“斗兵稀”，遭致惨败终致被围。后十二句写被围士兵的痛苦和彻底败北，虽说杀气雄边、血刃纷纷作过英勇抵抗，然“力尽关山”亦难以“解围”。中间还插入士兵对家人的殷切思念，且从彼我双方对照用笔，既增强了哀感动人的抒情氛围，也是对轻起边衅、邀功取宠者的强烈谴责。唐汝询曾评论说：“言烟尘在东北，原非犯我内地，汉将所破特余寇耳。盖此辈本重横行，天子乃厚加礼貌，能不生边衅乎？”①正揭明了此诗主旨所在。诗人屡用对比手法成文，故褒贬讥刺既生动又含蓄，如出兵时的骄纵横行，和兵败后的孤城落日；汉军的大兵压境，和敌方其实只是“残贼”；战士的“军前半死生”，和将帅的“美人犹歌舞”；结尾还拈出李广爱兵之典，作古今对照，亦有极强的讽刺力量。又善用景语营造氛围，描状气势，亦是造成此诗意境雄浑、笔力矫健的一大特色。如写出征谓“摐金伐鼓下榆关，旌旆逶迤碣石间”；写军情谓“校尉羽书飞瀚海，单于猎火照狼山”；写惨败谓“大漠穷秋塞草腓，孤城落日斗兵稀”；写被围临敌谓“杀气三时作阵云，寒声一夜传刁斗”等，而正是这些极富特色的景物意象之恰当安排，使诗篇才充盈着悲壮激越、金戈铁马的跌宕气势。

岑参(约715—770年)河南南阳人，天宝进士，曾随高仙芝到过安西、武威，后又往来于北庭、轮台间，有丰富的边塞军旅生活经历。官至嘉州刺史，故史亦称“岑嘉州”，后卒于成都。其诗以“奇”见长，景奇语奇情奇，又迥别于其他边塞诗人。如代表作《白雪歌送武判官归京》：

---

① 唐汝询.《唐诗解》(16).河北大学出版社，2001

北风卷地白草折，胡天八月即飞雪。忽如一夜春风来，千树万树梨花开。散入珠帘湿罗幕，狐裘不暖锦衾薄。将军角弓不得控，都护铁衣冷难着。瀚海阑干百丈冰，愁云惨淡万里凝。中军置酒饮归客，胡琴琵琶与羌笛。纷纷暮雪下辕门，风掣红旗冻不翻。轮台东门送君去，去时雪满天山路。山回路转不见君，雪上空留马行处。

天宝十三载(754年)岑参再度出塞，为安西北庭节度使封常清判官，诗当作于此一时期。本写送人，但他却从北地环境气候的特异写起，奇景奇物，大肆铺排，起势突兀，给人以豪纵壮美之感。诗中真正写到送行的，不过区区三、四句，其他全是景物造型，故可当作北地冬雪幕府图看。白草，《汉书·西域传》颜师古注，谓西北边地草名，性质坚韧；当是今所说芨芨草之类，经冬变枯而呈淡白，丛聚而坚韧，故曰。北风卷地而来，坚韧之白草亦为折，言其风劲也，着一“卷”字实已暗点出“雪”。八月本非降雪之时，然胡地气候特殊，中秋即已飞雪，为下面写“寒”暗渡。由雪想到花，由花又幻出春，于是北风变作春风，雪花变作梨花，且以“千树万树”描状，可谓奇思妙想，而气象雄宏壮丽，塞北亦变江南矣。接着再写酷寒：狐裘不暖，锦衾嫌薄，角弓冻而不开，铁衣冷而难着，浩瀚沙海冰雪纵横，阴云凝结浓重稠密。在这一酷寒背景铺垫十足后，诗人才将笔锋转向全诗主旨：送别。先写“中军置酒”相送，再写并肩携手“辕门”，最后在“轮台东门”相别，叙述层次清晰。不过，更多的则是随笔景物点染，有“胡琴琵琶与羌笛”的急管繁弦，有“风掣红旗冻不翻”的即目异景，有“去时雪满天山路”的别情依依，景中有叙，叙中含情，融情事景境于一炉。结尾两句，以“含思落句势”收束，以景代情，嘎然而止，给人留下无限回味余地，韵味不尽。

说到奇景奇语奇情，他的《走马川行奉送出师西征》恐怕更有过之而无不及：

君不见走马川，雪海边，平沙莽莽黄入天。轮台九月风夜吼，一川碎石大如斗，随风满地石乱走。匈奴草黄马正肥，金山西见烟尘飞，汉家大将西出师。将军金甲夜不脱，半夜军行戈相拨，风头如刀面如割。马毛带雪汗气蒸，五花连钱旋作冰，幕中草檄砚冰凝。虏骑闻之应胆慑，料知短兵不敢接，车师西门伫献捷。

莽莽黄沙与天相接，斗大碎石随风乱走，没有到过西北边陲的人，恐难真切体验得到。即使到过西北边陲的人，如果没有实地军旅生活经验，象“半夜军行戈相拨，风头如刀面如割”、“马毛带雪汗气蒸，五花连钱旋作冰”这样的边陲景象，恐怕亦难感知。而诗人就是通过这种奇景奇情奇语的描状，把一场威武雄壮的出师，写得有声有色、飞扬蹈厉，为壮军容振军威增色不少。这可说是边塞诗人的独造之境，所谓“盛唐之音”自少他不得。另外，如《轮台歌奉送封大夫出师西征》之“上将拥旄西出征，平明吹笛大军行。四边伐鼓雪海涌，三军大呼阴山动。虏塞兵气连云屯，战场白骨缠草根。剑河风疾雪片阔，沙口石冻马蹄脱”。写气势，雪海为之汹涌，阴山为之撼动；写奇寒，风速曰“疾”，雪片曰“阔”，沙石冰“冻”，马蹄为“脱”，而声威军容亦自在其中。总之，他所营造的这种雄豪而奇特的诗中画面,在唐人中可谓独树一帜。

高、岑也写过不少优秀的近体诗,不同的生活经历铸就了他们不同的胸襟气度,故写来亦与他人不同。如高适《塞上听吹笛》:

雪净胡天牧马还,月明羌笛戍楼间。
借问梅花何处落?风吹一夜满关山。

他竟将《梅花落》之悠扬笛声,幻化成大雪落梅之边地胜景,那么"风吹一夜满关山"者,幽怨之笛声乎?抑边情之幽怨乎?虚虚实实,或有或无,尽可去发挥想象,然确是诗中画之妙品。岑参诗则更具边地风物特征,如《武威送刘判官赴碛西行军》:

火山五月行人少,看君马去疾如鸟。
都护行营太白西,角声一动胡天晓。

五月火山,正当焰炎,谁人敢过?刘判官(名单)却纵马疾驰,如飞鸟一头撞去,这是何等的军人气概!而结句"角声一动胡天晓",更给人留下赴死蹈敌、前途一片光明的胸襟和气度。又如《碛中作》:

走马西来欲到天,辞家见月两回圆。
今夜未知何处宿,平沙莽莽绝人烟。

岑参的生活信念,是立誓"功名祇向马上取"(《送李副使赴碛西官军》)的,边塞沙场便是他一腔豪情所寄之处,故所感所写总和别人不同。"西来欲到天",大概是受释教"西天"影响的缘故吧,当言极远,而非极高。此去今夜何处投宿,谓"平沙莽莽绝人烟"者,以景结情,亦是"深意堪愁,不可具说"语,然其心情之苍凉、义无反顾之豪气亦自在其中。总之,在"盛唐之音"的大军中,自少高、岑不得。

站在乐府歌行体创作高峰的,无疑是诗仙李白。李白(701—762 年)字太白,号青莲居士,祖籍陇西成纪(今甘肃省秦安东)。隋末,其先人曾流寓碎叶(今巴尔喀什湖南楚河流域),幼时随父迁居绵州昌隆(今四川江油)青莲乡。二十五岁离蜀,开始他的漫游生活。天宝初受玄宗赏识,供奉翰林学士,然仅一年余,即因权贵们的排挤谗毁而离开长安,漫游全国各地。安史之乱中,曾随永王李璘东巡,以图一展抱负,及璘败因牵累获罪,流放夜郎,中途遇赦东还。晚年飘泊穷困,在窘迫中卒于当涂。其诗豪放恣肆,想象奇纵,多从乐府民歌和神话传说中汲取营养,故又具瑰玮绚烂、俊美秀丽的特色。在唐与杜甫齐名,有"诗仙""诗圣"之称,被誉为诗史上的"双子星座"。至于二人之异同,何曰愈曾说:"有唐大家,李杜齐名……严沧浪《诗话》谓:'太白有一二妙处,子美不能道;子美有一二妙处,太白不能作'。又曰:'子美不能为太白之飘逸,太白不能为子美之沈郁'。可谓眼光如炬,然余谓太白以天资胜,故语多俊逸;子美以学力胜,故语多沈郁。太白之长在歌行，子美之长在五七律。子美之五七律，太白不能办；太白之歌行，子美虽不能为，而沈着苍健，旗鼓亦足相当，惟七绝逊太白耳”①。前人多从风格评论李杜，此则兼及所长之体并论之，定位二人在诗坛的贡献，可谓简赅。

就长篇歌行言，如果说高、岑雄而健，李则放而豪。所谓“放”者，放浪纵恣，雄奇奔放之谓也，原与高、岑并不相悖。沈德潜曾说：“读李诗者，于雄快之中得其深远宕逸之神，才是谪仙人面目。”②而雄快、宕逸，正所谓“放”也，这是把握李诗独特风貌的关键。如《将进酒》：

君不见黄河之水天上来，奔流到海不复回。君不见高堂明镜悲白发，朝如青丝暮成雪。人生得意须尽欢，莫使金樽空对月。天生我材必有用，千金散尽还复来。烹羊宰牛且为乐，会须一饮三百杯。岑夫子，丹丘生，将进酒，杯莫停。与君歌一曲，请君为我倾耳听。钟鼓馔玉不足贵，但愿长醉不复醒。古来圣贤皆寂寞，惟有饮者留其名。陈王昔时宴平乐，斗酒十千恣欢谑。主人何为言少钱，径须沽取对君酌。五花马，千金裘，呼儿将出换美酒，与尔同销万古愁。

天宝初李白奉诏入京，供奉翰林学士，然仅一年有余，即为权贵不容而放还归山。此诗即作于颍阳与友人岑勋、元丹丘山居时，约在天宝十一载（752年）。其《酬岑勋见寻就元丹丘对酒相待以诗见招》曾说：“不以千里遥，命驾来相招。中逢元丹丘，登岭宴碧霄。对酒忽思我，长啸归清飙”。是此诗正为三人相会，临风长啸以泄郁愤之作。首四句由黄河起兴，先写浩荡而来，再写奔流而去，长句铺排，大笔振起，虽是即目所见，亦有深意寓焉：慨流水不返，人生易逝；叹长河永恒，生命短促。于是顺势而下，引出高堂明镜白发之悲，此乃全诗之眼。孔子临流曾有“逝者如斯夫，不舍昼夜”之叹，也是千百年来人们写老了的题目，然在李白笔下却幻化出如此激越风调，实为前所未有，自非大笔不办。故沈德潜说：“此种格调，太白从心化出！”既人生苦短，不为世用，唯纵酒作乐以为排遣；此亦是人们写老了的题材，然在李白笔下同样呈现出另一种风采：知心相聚能几，要欢则须尽欢，宰牛烹羊，一饮三百杯！何等豪雄，尽扫低沉，是发惊人语曰：“天生我材必有用，千金散尽还复来”。物物而不物于物，既不为金钱所役，又岂有他虑哉！这是何等自信，而这就是李白。接着，又承以短句：“岑夫子，丹丘生，将进酒，杯莫停”。如爆花炒豆，短紧急促，把情感的震颤推到高峰。接着再借人酒杯，浇自己垒块，虽音节趋缓，然又发惊人语：“古来圣贤皆寂寞，惟有饮者留其名”。是已同二人亦圣贤乎，虽寂寞亦可自慰了。结尾呼应“千金散尽”句专为“饮”者唱赞歌，豪情万丈，视千金裘、五花马不过“换美酒”之等闲物耳，以求一“销万古愁”而绾结。全诗忽翕忽张，大起大落，悲而乐，乐而悲，总以雄豪放浪、纵恣直抒为情感底色。尤其是巨大数目字的运用，如“千金”、“三百杯”、“斗酒十千”、“千金裘”、“万古愁”之类的频频出现，更为其胸怀个性的展现增色不少，这也是他

① 《退菴诗话》(1).《云南诗话汇编》. 广东高等教育出版社，1998

② 沈德潜.《唐诗别裁》. 商务印书馆，1958

人很少有的。

再如《行路难三首》其一：

> 金樽美酒斗十千，玉盘珍羞直万钱。停杯投箸不能食，拔剑四顾心茫然。欲渡黄河冰塞川，将登太行雪满山。闲来垂钓碧溪上，忽复乘舟梦日边。行路难，行路难，多歧路，今安在？长风破浪会有时，直挂云帆济沧海。

此诗应写于天宝三载（744 年）诗人被明皇“赐金还山”后，离开长安不久。若与前诗相较，虽篇幅较短，却也写得兴会淋漓，节奏跳荡、情感波折，同样具有长篇的格局和气势。首二句凭空而来，也是“会须一饮三百杯”的豪兴，但接着却说，投箸停杯、不能下咽、四顾茫然，正是“被逐”后不知所之、心情迷茫的表现。而“四顾”所见，唯冰塞黄河，雪满太行，则世路艰阻，前途不测，自在言外，心情是低沉的。然而，李白之所以为李白，他永远不同于他人者在于，不管遭受多大的打击，他也绝不颓唐而充满自信，于是想起九十垂钓磻溪而遇文王的吕尚，和曾梦乘舟绕行日月终为汤聘的伊尹，以古人君臣遇合的美谈而自励，情感却趋于高亢。接着他愤怒地呐喊：“行路难，行路难，多歧路，今安在？”由历史转向现实，情感虽是激越的，未来的出路却看不到，心绪又转低迷。结尾再次振起：“长风破浪会有时，直挂云帆济沧海！”大概亦是“天生我材必有用”的自矜自信，只是有点虚飘，聊寄美好理想耳。总之，全诗就是在这种跌荡起伏的心灵挣扎中，诗人排遣着他心中的郁闷和愤激，而终不失雄豪恣肆的本色。

古人曾用“壮浪纵恣，摆去拘束”八字评李诗，不仅长篇歌行如此，即如乐府短章亦不乏佳构。如《金陵酒肆留别》：

> 风吹柳花满店香，吴姬压酒劝客尝。金陵子弟来相送，欲行不行各尽觞。请君试问东流水，别意与之谁短长？

起句即不俗，不仅是写景语，亦是壮浪语，而胸怀个性自在其中。何况柳花、杨花还都是一种象征：引发离思，寄寓飘荡之物。因此，柳花漫天飞洒，既点暮春之景，写时状景如画，又寄离情别绪，敛刚为柔，情景无限。又柳花似无香，然细味又自有香在，何况此乃酒店，那么“满店香”者，淡淡花香抑浓浓酒香乎？似已难作分辨，亦不必分辨，总为铺染特殊氛围而已。只一景语，满怀离情已写足，下面转入直叙，放浪纵恣，正如前诸诗，只是少了情感的跌宕，故以简语出之。虽然，却也并不枯淡，同样内涵饱满：“吴姬压酒劝客尝”的殷勤款款，“欲行不行各尽觞”的深情厚意，在在都是离情别绪，惹人流连。结尾设譬达意，以尽其情，在流水与别意之间造成巧构，韵味无穷。

李白的乐府诗，虽不无清丽隽永的一面，但仍以放浪纵恣为底色，常寓阔大境界于绵绵情意中。如《子夜四时歌·秋歌》：

> 长安一片月，万户捣衣声。

秋风吹不尽，总是玉关情。

何日平胡虏，良人罢远征？

王夫之评此诗曰：“前四句是天壤间生成好句，被太白拾得”①。的确如此，秋来赶做寒衣，寄送远戍亲人，这是古今来多少人都曾写过的题材，可是一到李白笔下，却又别出心裁：不从实处写，只从虚处写，化景为情，营造意境。他不是用重笔叙写事实，而是用景语只作立体造型，其情自在其中。“长安一片月，万户捣衣声”，虽景中有事，却纯是状景，即景即事，境界何等高远空莹！然此或可为别人所能道者。若“秋风吹不尽，总是玉关情”，则妙想奇思，阔朗绵渺，寄“情”可解不可解之间，则非人人所能道矣。且语言明白如话，用笔轻松自然，确是顺手拾得天生好言语。严沧浪曾说：“观太白诗要识真太白处”②，虽引起过不少争议，然若此则“真太白处”矣。又如《杨叛儿》：

君歌《杨叛儿》，妾劝新丰酒。何许最关人？乌啼白门柳。乌啼隐杨花，君醉留妾家。博山炉中沉香火，双烟一气凌紫霞。

《杨叛儿》本北齐民谣，辞曰：“暂出白门前，杨柳可藏乌。君作沉水香，侬作博山炉”。李白遂括其意而改写成诗。后半又参照鲍照《拟行路难十八首》之二：“洛阳名工铸为金博山……对此长叹终百年”。金博山，吕大临《考古图》云：“香炉，象海中博山”。沉香，即沉水香，一种名贵爇香。原辞以二物拟喻爱情，是说沉香之入香炉，二者相见即会燃起熊熊烈火。虽比喻可爱，却意义单枯。李诗前半只是原辞的扩写，未见精彩，其精神则全注于结尾，先借用博山沉香之妙喻，再具体補出“双烟一气凌紫霞”之燃烧，造语精美，意象生动，顿增热烈奔放之气势。而且，还是一种象征：两情相洽时，脉气灌注，精神境界也得到升华。这也正是人人所不及处、真太白处！至于那首带有浓厚南方乐府色彩的《横江词》，则更是豪放纵浪一格了：

人道横江好，侬道横江恶。猛风吹倒天门山，白浪高于瓦官阁。

起首二句，纯用吴声歌曲口语提起，质朴而自然。然而，侬何以会认为“横江恶”呢？这便转入全诗着力之焦点，而真太白的面目始出：站在天门高处，狂风怒吼，仿佛要将天门山推倒；放眼望去，巨浪排空，滔天汹涌，前面的瓦官阁也被淹没！据《江南通志》载：天门由东西梁山组成，“两山石状巉岩，东西相向，横夹大江，对峙如门”。又《方舆胜览》载：瓦官阁“在建康府城西隅，前瞰江面，后据重冈”。经过诗人如此一番夸张和想象，尽现其胸中丘壑、笔底波澜，又是何等力量，何等气势！恐怕也只有李白能办。

当然，能站在歌行体高峰而堪称古今杰构的，还是他那首脍炙人口的《蜀道难》。现

① 王夫之.《唐诗评选》，载《船山全书》第14册，岳麓书社，1996

② 郭绍虞校释.《沧浪诗话·诗评》.人民文学出版社，1983

全抄如下：

噫吁戏，危乎高哉！蜀道之难难于上青天！蚕丛及鱼凫，开国何茫然！尔来四万八千岁，不与秦塞通人烟。西当太白有鸟道，可以横绝峨眉巅。地崩山摧壮士死，然后天梯石栈相钩连。上有六龙回日之高标，下有冲波逆折之回川。黄鹤之飞尚不得过，猿猱欲度愁攀援。青泥何盘盘，百步九折萦岩峦。扪参历井仰胁息，以手抚膺空长叹。问君西游何时还？畏途巉岩不可攀。但见悲鸟号古木，雄飞雌从绕林间。又闻子规啼夜月，愁空山。蜀道之难难于上青天，使人听此凋朱颜！连峰去天不盈尺，枯松倒挂倚绝壁。飞湍瀑流争喧豗，砯崖转石万壑雷。其险也如此，嗟尔远道之人，胡为乎来哉！剑阁峥嵘而崔嵬，一夫当关，万夫莫开。所守或匪亲，化为狼与豺。朝避猛虎，夕避长蛇，磨牙吮血，杀人如麻。锦城虽云乐，不如早还家。蜀道之难难于上青天，侧身西望长咨嗟！

孟棨《本事诗》曾说："李太白初自蜀至京师，舍于逆旅，贺监知章闻其名，首访之。既奇其姿，复请所为文，出《蜀道难》以示之。读未竟，称叹者数四，号为谪仙，解金龟换酒，与倾尽醉。期不间日，由是称誉光赫"。知此诗当写于天宝初年，诗人出蜀首来长安时。那么，叹世路之艰险则有之，谓别有寓意则未必。全诗以声情强烈的呼叫句开篇，有先声夺人的气势，接着即从神话传说中蜀地开国之祖蚕丛、鱼凫写起，首先为全诗蒙上一层神秘幻诞的色彩。接着，又通过丰富的想象和生动的语言，极状蜀道之"高"不可攀，黄鹤之飞尚且难过，猿猱欲度亦为发愁，远旅之人便只能仰胁屏息、抚膺长叹了！而且，再以飞鸟悲号、子规啼月加以浓墨渲染，其环境氛围之可怖，自然更会造成读者心灵的强烈震撼，而无不为之动容了。下面又从"惊""险"二端，为蜀道作进一步皴染，有飞湍争喧，瀑流砯雷，猛虎磨牙，长蛇吮血，于是慨叹"嗟尔远道之人胡为乎来哉！"蜀道之险尤在剑阁，故又引张载《剑阁铭》之语："一夫当关，万夫莫开！"为剑阁的峥嵘和崔嵬气势特着一笔。尤值得注意的是，在开头、结尾和层与层之间，还复沓式地插入"蜀道之难难于上青天"这一饱含激情之语，并以"危乎高哉"、"凋朱颜"、"长咨嗟"等语相配合，因而造成跌宕起伏之势，具有回肠荡气之力。另外，诗中长短骈散句式的交错使用，更是来去自如，出神入化，无疑又增强了诗歌雄奇奔放的气势和力量。总之，可以说此诗汇集了李白诗的全部特征，故能卓尔不群，雄视古今，贺监为之倾倒也是必然的。后人对此评者亦多，如胡应麟说："读之真有挥斥八极，凌厉九霄之意"①。卢世漼更谓："亘古今来，无复有骖乘者矣"②。总之，乐府歌行一体，自卢照邻、张若虚等人始变宫体以来，声调渐趋雄放高亢，节奏渐趋腾踔流转，内容则由宫闱粉黛而庸常生活，而生命意识，而高岑边塞，至李白则极矣。他的诗歌题材无所不包，他的想象驰思无所不到，他的造语用功则无所不能，因而才成就为"盛唐之音"的一座高峰。

---

① 胡应麟撰.《诗薮·内编》.上海古籍出版社，1979

② 卢世漼撰.《紫房余论》.台北：里仁书局，1980 年 7 月

第十二章　唐诗的几种抒情模式

我国文学自进入表现性意象创造以来,其根本特征即宋范晞文所说"化景物为情思"。因此,情和景的关系,便成为人们关注的焦点,也是其创作进行的理论根基。故谢榛才说:"作诗者本乎情景,孤不自成,两不相背。……景乃诗之媒,情乃诗之胚,合而为诗"①。王夫之还进而探讨了化景为情之奥妙所在,他说:"言情,则于往来动止、缥缈有无之中,得灵蠁而执之有象;取景,则于击目经心、丝分缕合之际,貌固有而言之不欺。而且,情不虚情,情皆可景;景非滞景,景总含情"②。即是说在文学创作中,经过情景的相互转化以后,纳入作品中的情不再是纯抽象的情,而是物态化的情;纳入作品中的景也不再是纯客观的景,而是心灵化的景。总之,物被人化了,人也对象化了,这就是文学意象。而这个"化"的过程,起决定作用的则是主体心灵。故方士庶说:"山川草木,造化自然,此实境也;因心造境,以手运心,此虚境也。虚而为实,在笔墨有无间"③。如前曾述,境是意象的高级形态,而境象创造全在"因心造境",化虚为实,即综合主客体内容的心灵创造之产物。因此,如没有这个"化"的过程,则情自情(即"虚情")而景自景(即"滞景"),也就构不成意象,自然也不会有"境"。明乎此,则作家如何处理情和景的关系,亦即对情景进行结构的不同方式,不特只是意象文学的理论问题,更是区分作家艺术独创性的根本标志,由此遂形成各种不同的抒情模式。

就唐代诗歌的情景结构而言,大致可归纳为如下几种最基本的模式:一般唐人是一种模式,可称作情景的互根互生型,杜甫可作为典型代表;王孟诗派是一种模式,则是典型的"化景为情"型,王维可作为杰出代表。但到中晚以后,由于时代的变迁,创作心态渐向心灵深层沉潜,情感趋于细密曲隐,遂弃盛唐而求变,却终于造就出一个独特诗人李商隐,其抒情模式可称作情景结构的隐意识心灵场。当然,这种分类不是绝对的,只是就其主导创作倾向而言,故而也就不能说这一类型的作家绝对不能创作另一类型的诗歌,后面将做进一步说明。

第一节　王孟诗派的抒情模式

一、王维"化景为情"的抒情模式

所谓"化景为情"的抒情模式,是指那种全篇只用景语,或只写景物却又含情无限的诗作;有时虽有个别情语,却并不影响整体"以写景之心理言情"者亦归此类。对此,王夫

① 宛平校点.《四溟诗话》(3). 人民文学出版社,1962

② 王夫之.《古诗评选》(5),《船山全书》第14册,岳麓书社,1996

③ 方士庶.《天慵庵笔记》,仰视千七百二十九鹤斋丛书排印本. 中华书局,1983

之曾有过精辟阐释，他说：

语有全不及情而情自无限者。心目为政，不恃外物故也。“天际识归舟，云间辨江树”，隐然一含情凝眺之人，呼之欲出。从此写景，乃为活景。（《古诗评选》）

此处他说了两层意思：一是有这样一种诗歌，它只用景语而不用情语，但又“情自无限”，写景成了抒情的特殊手段；二是在此类诗中，其景必是情感化的景，情则是景物化的情，故说“从此写景乃为活景”，否则就是前面提到过的“滞景”，即非艺术创作的审美对象了。然而，这却引出一个重要理论问题：只写景而情自在其中，那么理论根据何在？清初寥燕的这段话似可悟出其中奥妙：

借彼物理，抒我心胸。即秋而物在，即物而我之性情俱在。然则，物非物也，一我之性情变幻而成者也。性情散而为万物，万物复聚而为性情。（《李谦三十九秋诗题词》）

故知，在诗人眼中笔下之物，已非纯粹自然的生造之物（“物非物”），而是由“一我之性情变幻而成者也”。因此，在我国文学中之物和我、景和情，实是非一亦非异、不即亦不离的，故借景才能言情，写物即是写我，景物是被外化的我之性情。这可说是很多中国人的共识，如黄宗羲即说：“诗人萃天地之清气，以月露风云花鸟为其性情，其景与意不可分也。月露风云花鸟之在天地间，俄顷灭没，而诗人能结之不散。常人未尝不有月露风云花鸟之咏，非其性情，极雕绘而不能亲也”（《景妙诗集序》）。除诗人能荟萃天地清气而以月露风云花鸟等自然物为其性情的观点，与上诸人相同外，他还提出了一个极值得注意的问题：“非其性情不能亲也”。格式塔心理学认为，客观物理力场与主体心理力场之间，往往存在一种同构对应关系，当其产生同构对应时，“物”才能成为主体识的对象，否则便不会成为对象。审美活动则更是如此，所以说“非其性情，不能亲也”。可看作是对这种理论的进一步发明。在我国天人合一、物我同一的古老文化体系中，能夠萌生主客体之间存在同构对应的认识是必然的，只是在文艺创作中似乎表现得更加突出，如《鹤林玉露》丙编卷五载杨简语云：“山禽说我心中事，烟柳藏他物外机”。明唐志契则说：“山性即我性，山情即我情”①，程正揆《题稚公画册》也说：“以山水为性情，以性情为笔墨”。②而这就是中国文艺创作中所以会出现化景为情、以景写情模式的理论根据，故王夫之才不无偏激地发出这样判断：

不能作景语，又何能作情语邪？古人绝唱多景语，如“高台多悲风”、“胡蝶

① 唐志契撰.《绘事微言》，载《历代画论名著汇编》. 文物出版社，1982

② 冯金伯.《国朝画识》(1). 上海古籍出版社，1996

飞南园”、“池塘生春草”、“亭皋木叶下”、“芙蓉露下落”皆是也，而情寓其中矣。以写景之心理言情，则身心中独喻之微，轻安拈出。①

不能作景语即不能作情语，这种理论恐怕只有放在中国文学、尤其是意象文学中才能理解，否则几成无字天书。而能真正实践这一理论并创作出诗歌典型的，当首推王孟派诗人，尤其是王维。

王维（？—761 年）字摩诘，原籍祁（今属山西），后随父迁居蒲州（山西永济），开元进士，仕途上一帆风顺，累官至给事中。安史之乱中，叛军陷长安时，被迫受伪职，乱后降为太子中允。后又被擢为尚书右丞，故史称王右丞。晚年居蓝田辋川，与裴迪等相唱和往来，过着半官半隐的优游生活。早期也曾写过一些富有朝气的边塞诗，但最能代表其诗歌艺术成就的，则是那些描写山水田园生活的写景之作，他和别人唱和的《辋川集》即最具特色。如《栾家濑》：

飒飒秋雨中，浅浅石溜泻。跳波自相溅，白鹭惊复下。

浅浅，即溅溅。在一场飒飒秋雨中，山溪为之猛涨，石溜因而也变得急湍，它撞在凹凸不平的山石上，遂激起朵朵浪花和晶莹水珠。本来悠闲自在而觅食的白鹭，也突然被它惊起，不过这惊疑很快便回归平静，一切又象原来那样恬适安闲。显然，这是瞬间发生的一幕，却被诗人敏锐地捕捉到了，其中有动有静，色彩鲜明，在他笔下又是多么富有情趣，而撩人心绪。这是单纯写物，抑或反映着诗人的某种心境？恐怕真如司空图所说：“脱有形似，握手已违”②，只能靠心灵去体悟那种情境了。又如《辛夷坞》：

木末芙蓉花，山中发红萼。涧户寂无人，纷纷开且落。

芙蓉花，此处即指辛夷，二者形似故曰。《辋川集》中裴迪和诗即说：“况有辛夷花，色与芙蓉乱”可证。全诗主旨即在写“寂”，然“涧户寂无人，纷纷开且落”者，乃写辛夷花之适得天然之性，抑或含有香兰幽谷之寓意，或者就是一种心境的隐约展现，是又在可解不可解之间。王国维说：“一切景语皆情语也”。全诗虽无一语及情，却又情自无限，正其奥秘所在。与此诗之写“寂”不同，有时他也加入活动的人物，只是那也是构成景物的有机部件，如《白石滩》：

清浅白石滩，绿蒲向堪把。家住水东西，浣纱明月下。

王维是一个通音乐、工书画，具有多方面才能的诗人，在历史上他的画名并不亚于诗名，

---

① 王夫之.《夕堂永日绪论·内编》.《姜斋诗话》卷二，人民文学出版社，1962

② 郭绍虞集解.《诗品·冲澹》. 人民文学出版社，1981

故能融通诗画，以画理入诗，遂造成其状物精致传神的“化景为情”特有抒情模式。他常以画家的敏感，特善于捕捉景物光线和色彩变化，此诗即是突出一例。此乃写月夜，写月夜滩上的水，水中的石头，石旁的蒲草，而以“清浅”一词状之，则波光粼粼，石草晃漾之景如见。既是月夜，他又何能看得如此真切？此无他，一是水特别清，清则通透力强；二是月特别明，明则因光的折射而变浅。因此，他虽没有正面写水写月，而水澄月朗自可揣知。这是极高明的艺术表现手段，却又恰成为吸引家住附近的一群妇女，来到河边乘月浣纱的有力铺垫。她们嬉笑打闹着，欢歌笑语地享受着大自然赐予的劳动快乐，又是何等天真纯朴而叫人神往的村居生活。其实，诗人的精神寄托亦正在此。与此诗可相媲美而最著名的，还是他那首《山居秋暝》：

空山新雨后，天气晚来秋。
明月松间照，清泉石上流。
竹喧归浣女，莲动下渔舟。
随意春芳歇，王孙自可留。

新雨初霁，晚山染秋，清泉石上流过，明月松间静泻，写得何等清新自然，而又饶具诗情画境！在这如画的背景中，再点缀上竹丛喧闹的浣女，荷塘收归的渔舟，一切宁静似乎都被打破了。然而，这却是闹中之静，故嘈杂反转化为世外桃园般的恬适，既是诗人所追求的更高生活境界，亦是诗中“王孙自可留”的真谛所在。两诗所写景物境界如此相象，同是明月、山石、流水、浣女和喧闹画面，但具体写来却又很不相同，一淡远而空灵，一清新而流丽，这说明真正的艺术是永远不会重复的。

王维还有一类小诗，似乎并不着意描绘景物，也不着意抒写感情，只是随意写来，而从笔锋腕底自然流出者，却能情境宛然自成名篇。如《鹿柴》：

空山不见人，但闻人语响。
返景入深林，复照青苔上。

此诗之妙，全在两对相反相成的矛盾设置上：空山无人，言其幽寂，却用“人语响”来打破其寂，这是听觉上相反相衬，故而愈觉其寂；深林青苔，言其幽暗，却用“返景复照”打破其暗，这是视觉上相反相衬，故而愈觉其暗。正是声色视听上的这种明显反差，所造成的心理感受的变化挪移，使诗人那种幽冷的心境和高洁情趣才在景物描写中充分展现出来。又如《竹里馆》：

独坐幽篁里，弹琴复长啸。
深林人不知，明月来相照。

独坐幽篁，本言其寂，却接以弹琴长啸以相衬，同前诗手法颇有相似处，总不以“死寂”为审美描写对象。其实这只是铺垫，重要的则是用"深林人不知"作进一步点醒。因为是深林无人可知，唯以明月为伴，竹篁为侣，故才有弹琴长啸般的怡情发泄，而幽人隐士的高洁情怀，也就自在其中了。自然中有至味，平淡处见高韵，是王维此类诗的共同特征。说到写明月静夜，还不能不提到他的另一首名作《鸟鸣涧》：

人闲桂花落，夜静春山空。
月出惊山鸟，时鸣春涧中。

表面看这是一首纯粹状景之作，骨子里却含情更浓，故入人也最深。诗人以极敏锐而丰富的内感觉来造型，从而建构成一种似真似幻的心灵化造境，语虽淡却令人味之不尽。首句"人闲"，点出感受的特殊主体，而"闲"字尤值得注意，当是一篇主脑，下面景物实皆由此化出。次句"夜静"，继写特定的时间氛围，并辅以"春山"这一表述时序的概念。春山之"空"，当承"人闲"的特有心境产生出来，是极写其静。然静则易生敏感，故有"桂花落"这种本能性直觉体验，于极空极静中添加些生命的律动。"月出惊山鸟"，则似真似幻，皆未必然之辞，但在极闲极静的主体感受和情感体验中，无疑又具有完全的合理性和真实性。于是更有"时鸣春涧"的进一步描状，用时断时续的空谷元音，再平添些生命的不宁和躁动，故虚幻亦化作真实，而滞景亦成活景矣。通观全篇，诗人通过动静互衬、声色杂陈、虚实交错的景物造型，融其特有的心境、情感和意绪于其中，造成情景契合无间的深邃意境，是此类诗中的代表作。

王士禛曾说："观王、裴《辋川集》及祖咏《终南残雪》诗，虽钝根初机，亦能顿悟"①。裴即裴迪，他和祖咏都是王维的知交诗友，也是当时山水田园诗的代表性人物，王氏对其如此推尊，正可与王维在此作统一观察。

裴迪（716—？年）关中（今陕西）人，曾官蜀州刺史、尚书省郎。王维隐居蓝田辋川时，二人常"浮舟往来，弹琴赋诗，啸咏终日"。他们以辋川胜景为题，彼此唱和，各作五言绝句二十首，遂编为《辋川集》。王诗已见前举诸篇，如《辛夷坞》、《鹿柴》、《竹里馆》等，下面仅举裴氏《华子岗》一篇：

日落松风起，还家草露晞。
云光侵履迹，山翠拂人衣。

与王诗正是同一抒情模式，即语不及情却又藏情景间者。不过这"情"，却非一般所说之情，而是诗人因物而瞬间触发的某种情致、意绪或心境，并借景以寄托其高洁志趣，故读来更觉含蓄而有味。首句由景写起：落日熔金，晚风骤起，松叶飒飒，是该到回家的时候了。下句即点一路"还家"：由于日晒风吹，草上雨露已干，故踏步行来，感觉特别细嫩柔软。下二句却是景中含情：落日余晖，洒满走过的足迹，而用一"侵"字描状；青翠山色，辉

① 王士禛.《香祖笔记》(2). 大连图书供应社，1935

映着衣襟冠带,而用一“拂”字写活。于是,无情变作有情,静境亦成动境,它们和诗人之间似乎都存在某种亲和关系,而怡然忘返之情亦洋溢于字里行间。然而,对大自然的亲和,反面流露的却是对世俗的厌弃,这才是诗人埋藏于深层的无言主旨。祖咏(约699—746)洛阳人,开元进士,后迁居于汝水之北。他的《终南望余雪》则是一首传诵名作:

终南阴岭秀,积雪浮云端。
林表明霁色,城中增暮寒。

首句叩题,先点出终南,继说“阴岭”,以呼应“余雪”,用词可谓极审,因为只有岭的阴(北)面,才会有余雪可见。“秀”字亦不可轻心放过,下面描写皆由此生出:高入云端的峯峦余雪,似与白云一起飘浮;雨过天晴后的树木林梢,则被夕阳染上一层明丽色彩,显出终南特有的秀美。至此,诗人用四分之三的篇幅铺垫已足,才画龙点睛般地写出自己的感受:“城中增暮寒”。何以会有暮寒之增,其因概有二端:一是满山皆着冷色,云端皑皑白雪,林表一抹夕阳,晚来遥望,雨后新晴,怎能不生寒凉;二是天晴雨霁,冰雪消融,俗谓“下雪不冷消雪冷”,亦会自觉寒凉。《唐诗纪事》卷二十载:此诗乃祖咏长安应试之作,本应写成六韵十二句的五言排律,但他只写了这四句便交卷,或问其故,曰“意思已经完满”。若尾句,真可谓神来之笔,既为全诗之精神所注,读来中边韵味皆厚;又能包举全诗,结得清爽利落,增他一语不得,此所以为完满。

除裴、祖二人外,其时写山水田园诗而以“化景为情”模式出之者,还有不少诗人,如綦毋潜、丘为、储光羲、孙逖等。而刘眘虚(江东人,开元进士,曾官夏县县令)的《阙题》即是名作:

道由白云尽,春与青溪长。
时有落花至,远随流水香。
闲门向山路,深柳读书堂。
幽映每白日,清辉照衣裳。

这是一首五律,篇幅亦较长,但却句句状景,不着情语,而诗情画境,韵味盎然,又佳句盈篇。诗中所写,当是他远在深山中的一座别墅,故开首即从入山写起:道路通向那白云深处的别墅,伴随山路的则是一条曲折悠长的溪流。“春”即是春色,是说一路行来,繁花似锦,绿草茵茵,春色映眼不暇,故曰与春色而共“长”了。接着进一步写春溪:“时有落花至,远随流水香”。王渔洋曾称此为“妙谛微言”,而推为“神韵”之作的典范。即所谓“钝根初机,亦能顿悟”者。总之,由溪而春,由春而花,由花而溪水生香,这是在视觉和嗅觉的联通中产生的“通感”作用,自然妙不可言。后四句正面写别墅:人迹罕到的院门向山路而开,柳荫深处则掩映着书堂,这自然是隐者读书的好去处;等静室独坐,虽在白天也会有一片清幽光亮,不时洒落在衣裳上面。其环境的安谧,物候的宜人,在在都使人心身朗爽,而这也正是诗人所要表达的生活情趣和理想。因此,不只是意境情韵幽美,而且景中有人,凡人物的思想、感情、心态乃至身份地位,全都包含在其中了。王湾(洛阳人,先天进士,曾官洛阳尉)的《次北固山下》亦是一首名作:

客路青山外,行舟绿水前。
潮平两岸阔,风正一帆悬。
海日生残夜,江春入旧年。
乡书何处达,归雁洛阳边。

首句点题,"青山"叩北固山,"客路"则已露思乡之意,与尾联之"乡书""归雁"相呼应。次句是说他已踏上征途,在绿水行舟之中。因前有"青山",则后缀"绿水",色相声韵俱佳,状景极美。次联继写江上行舟:春潮涌涨,江面浩渺,江水与两岸齐平,放眼眺望便更觉开阔了;船帆高挂,风正帆直,此当为顺风,更是和风,虽回乡情切而心情却是舒畅的。"海日生残夜,江春入旧年",此乃写时,当在除夕。胡应麟曾谓此联"形容景物,妙绝千古"。① 诗人是说在除夕之夜,当海上太阳升起时还是残夜,当春气袭来江上时却仍在旧年,时移节换,革故鼎新,对未来充满希望和勇气,心情又是昂扬的。前联写物,此联写时,本来都是景语,然诗人之感受、心情乃至精神境界,却又全包涵其中,所以妙绝千古。尾联呼应首句,当是在船上看到北归大雁而兴感,于是想到"雁足传书"的故事,想象着它将经过故乡洛阳的上空,企望能捎带去一封书信以寄托对家人的问候。不过,对此他却并未明白说出,而是用"归雁洛阳边"一语作结——你看,又是一"含情落句势",而欲说难尽之情全在景物描写中了,这就是唐人真正的含蓄。

对王维来说,前面所谈全是其绝句小诗,而五言律更是他的所长且名句络绎,理当看作"化景为情"模式的典范。如《汉江临泛》:

楚塞三湘接,荆门九派通。
江流天地外,山色有无中。
郡邑浮前浦,波澜动远空。
襄阳好风日,留醉与山翁。

此诗一洗辋川诗的清丽而变宏阔,更应看作王维以画入诗的代表作。首联总写汉江壮丽宏阔的气势,点明其地理、形势以及重要位置,有点全诗序言的味道。领联始进入具体描写:言水,则谓"江流天地外",以状其空阔浩瀚;言山,则谓"山色有无中",以状其迷濛杳渺,如水墨写意,能状其人所难言者。故明王世贞评曰:"江流天地外,山色有无中,是诗家俊语,却入画三昧"②。颈联接写近景,专从错觉动感着笔:鼓荡不宁者水也,却说成是前面的城郭在漂浮;波涛汹涌者江也,却说成是远处的云天在震动。然而,波涛之洪壮既

---

① 胡应麟.《诗薮·内编》(4). 上海古籍出版社,1979
② 丁福保辑.《艺苑卮言》.《历代诗话续编》(中). 中华书局,1983

可动云天、撼城郭，其磅礴之气势可知，故落笔仍在汉江上，而折射出的壮怀豪情，亦正可与上联相敌。尾联用晋人山简的典故，以寄流连不舍之情。据《晋书·山简传》：简尝为征南将军镇守襄阳，时游习氏园林，风景甚美，常醉而忘归，传为美谈。王诗即取此意，但是即使不知此典，亦不甚影响对诗意的理解，因为诗句本身即是对“襄阳好风日”的由衷赞叹，与前面状景恰能浑融一气。

又如《使至塞上》：

单车欲问边，属国过居延。
征蓬出汉塞，归雁入胡天。
大漠孤烟直，长河落日圆。
萧关逢候骑，都护在燕然。

开元二十五年(737)，河西节度副使崔希逸与吐蕃作战获胜，玄宗遂派遣王维以监察御史身份，赴边关抚慰并访察军情。但此次出行，其实也是诗人受政治排挤打击的结果，所以写诗时心情并不愉快。首联叩题，是说这次单车出塞问边，要去的地方就在那边远的居延。按属国，即典属国之简称，此代指使臣。首联叙中有景，次联则是景中兼叙：就景言，伴征蓬而出塞，看归雁而入胡，皆是行程中即目所见；就叙言，征蓬、归雁又都是传统对游子的象喻，故“出汉”“入胡”即是自指，而悲凉之情已在其中。再联系首句之“单车”其情更显，但措辞和婉。三联写景：浩瀚大漠，广袤荒寂，放眼望去一无所见，唯长河落日，烽火孤烟而已。“圆”，乃无遮无挡者所见；“直”，则寂无动息者才有，状景雄奇，意境浑成，自成千古名句，然孤楚之情亦自在其中。尾联则是一跌：谓将至边关驻地，孤寂的跋涉就要结束了，但遇到的放哨游骑却说：都护将军还在那更远的燕然前线！言当尽而意又不尽，可谓余音袅袅，又给人留下无限想象空间。有一点应指出：诗中提到的居延、萧关、燕然三地名，一在甘肃张掖，一在宁夏固原，一即蒙古人民共和国境内的杭爱山，三地并不在一条线路上，似乎有失真实。但前面已经说过，中国文学是不固执时空地理真实的，这就叫“意似”，即心理感受或情感体验的真实，这又是典型一例。

王维的五律《终南山》，从心理感受角度说又有点像辋川诗，虽然也很宏阔壮美：

太乙近天都，连山接海隅。
白云回望合，青霭入看无。
分野中峰变，阴晴众壑殊。
欲投人宿处，隔水问樵夫。

太乙，终南别称。首联以夸张笔墨，总写终南形胜，纵看直插云霄而上，横眺连绵直至海边，当是远景，势如大笔水墨画。颔联接写入山：一路行来，云霭茫茫，走近虽已分开，回看却又闭合，不即不离，在有无之间，而感受真切，细微传神，亦能言人所难言者。颈联写峰顶：立足绝顶四望，广袤的大地被它分割，而起伏的丘壑则有阴有阳，形势更加壮观，不只一览众山小，而是一览天地阔，正是诗人疏朗情怀的展现。尾联在大背景中，偏着以小结裹，写当时情境，写心理感受，写人物情态，则无不恰切。沈德潜曾说："或谓末二句与通体不配。今玩其语意，见山远而人寡也，非寻常写景可比"①。表面看是问答式的叙述句，但却问而不答，便在创造一种情境，顿觉余味无穷。情境又是不可定执的，读出"山远而人寡"来固佳，但似乎还可体味出更多东西来，所以"非寻常写景可比"。总观全诗，大抵由远而近，由下而上，次第写来，气势不凡，结尾似淡笔点缀，却淡而有味，可为终南胜景之绝唱。

王维的《送梓州李使君》，则是一首写寻常景物的奇作：

万壑树参天，千山响杜鹃。
山中一夜雨，树杪百重泉。
汉女输橦布，巴人讼芋田。
文翁翻教授，不敢倚先贤。

这是一首送友人李使君去梓州（今四川三台县）赴任之作，但与一般写送行者不同，他意不在惜别，而在劝勉，故并非一首纯粹的"化景为情"诗，然其状景之妙，却又绝无仅有，也许只有久居山中的王维才能写出。前半当是从送别时之景物起兴，有如《送元二使安西》之从"渭城朝雨"写起。首联"万壑"、"千山"互文见义，是说此地到处都是参天大树，到处都是杜鹃啼声，然言树高用"参天"，言啼声用"响"，其气势已自不同凡响，故被后世推为律诗工于发端的范例。次联接写山中奇景，当承首句"树参天"来，是说一夜大雨过后，千杪万叶都在倾泻流注，又变成千百道飞泉的奇观！而"一夜""百重"对举，更造成心理的强烈反差。总之，在这幅图景中，是视听交错，声色杂陈，纵线和横线融贯，再加之万、千、一、百等数字的妙用，因而造成强烈的艺术效果，产生亲和而又震撼人心的力量。由第三联起才叩题写李使君。他要去的地方是梓州，故先从梓州的民情物产习俗写起，仍可作景语看。此乃少数民族聚居之地，习用橦木花织布，又盛产薯芋，人民往往因此而引起诉讼争端。诗用"汉女"、"巴人"、"橦布"、"芋田"写梓州，无论从民情物产来说，都写得十分贴切。李使君赴任要解决的就是这些问题，故尾联便转入引典劝勉。文翁，汉景帝时曾任蜀郡太守，他兴办学校，鼓励农耕，蜀郡"由是大化"②。王维以之拟李，又以为李所效法的典范，勉励他要翻新教化，而不要倚仗先贤政绩，无所作为。那么，前后两半之间又有何联系呢？大概是说：在野则适其性，可放情山水；在位则忠其职，不干则已，干则必为天下子民谋福。王维的一生是比较顺利的，在宦与隐之间并未产生过太大矛盾，不像其他诗人始终在"兼济天下"和"独善其身"之间作生死挣扎，因此即使是他写的山水诗，也能表现出雍容平和的盛唐之风，把"适性"和"勤政"统一于同一首诗中也就不奇怪了。

---

① 沈德潜.《唐诗别裁》(9). 商务印书馆，1958

② 《汉书·循吏传》百衲本二十四史

二、王孟诗派的其他代表诗人

在整个唐代诗坛，所谓“王孟诗派”其实是一个人数众多的诗人群体，但在习惯上则以王、孟、韦、柳四家，为最具影响力的各个时期的代表。他们在“化景为情”的创作模式上又各有独特贡献，说明这种模式的多样性丰富性，而非单一封闭性。在盛唐能与王维齐名的是孟浩然，下面就从他讲起。

孟浩然（689—740 年）襄州襄阳（今湖北）人，早年曾隐居鹿门山，年四十方到长安应试，不第，因有诗曰：“不才明主弃，多病故人疏”（《岁暮归南山》）。相传，他一日应邀去王维内署，而遇玄宗适至，求其所作诗，孟遂以此诗进，玄宗看后十分生气，说“卿不求仕，而朕未弃卿，奈何诬我？”①由此遂终生失意，尝漫游东南各地，后为荆州从事，因患疽疾死。其诗则以清淡隐逸之趣见长，如《晚泊浔阳望庐山》：

挂席几千里，名山都未逢。
泊舟浔阳郭，始见香炉峰。
尝读远公传，永怀尘外踪。
东林精舍近，日暮空闻钟。

孟浩然诗，向以情景素淡见称，此诗即是一个标本，被后人叹为“天籁”之作。清王士禛曾将其与李白《牛渚西江夜》并举，而谓有“不著一字，尽得风流”之妙。并说“诗至此，色相俱空，真如羚羊挂角，无迹可求，画家所谓逸品是也”。所谓“色相俱空”，即素淡之谓，因为它确实没有王维诗那样鲜明的形象及美丽色彩，但素淡中又自有神韵在。首四句，缩千里于尺幅，淡墨轻扫，一气运转而下，在似叙非叙中即把江山形胜，笼括笔底，气势已自不凡。“都未逢”，未必是说千里行程没有名山胜水，而是为有意突出庐山作铺垫，故未曾看上眼罢了。只是到了浔阳郡，才“始见”香炉峰而为之震惊，喜悦渴望之情溢于言表。这一切似乎都是不经意间的平平叙述，没有什么出色状景可言，但字里行间又都启发人的想象，似乎风景灿然，此所以为简淡自然也。下半怀人，是写既见香炉峰，便自然想起东晋高僧慧远，想起他曾讲经论道的东林精舍。据史载，此地“洞尽山美，却负香炉之峰，傍带瀑布之壑……清泉环阶，白云满堂”，极尽人间山水之美。故虽是怀人语，亦自能启人遐想，未必即可作单纯情语看也。综言之，诗人举目香炉，遥想东林，追踪高人隐遁之迹，遂油然而生“永怀尘外踪”之情。但是，这只是晚泊浔阳，并未亲践其地拜谒，故结句以“日暮空闻钟”收住。无疑，这又用的是“含情落句势”，而“空”字则尤富情韵：暮色苍茫，钟声袅袅，高人不见，，情思悠悠，唯空怀怅惘而已！故读之令人神远，作山林想也。他有些诗的结构则近谢灵运，但又不像谢诗那样作情景板块的分割，如《游精思观回王白云在后》：

---

① 王定保撰.《唐摭言》(11).《唐五代笔记小说大观》. 上海古籍出版社，2000

出谷未停午，到家日已曛。
回瞻下山路，但见牛羊群。
樵子暗相失，草虫寒不闻。
衡门犹未掩，伫立望夫君。

闻一多先生曾就此诗评论说：“真孟浩然不是将诗紧紧的筑在一联或一句里，而是将它冲淡了，平均的分散在全篇中……甚至淡到令你疑心到底有诗没有……淡到看不见诗了，才是真正孟浩然的诗”。① 首联紧叩游精思观写，由清晨出发，到出谷停午，到回家日曛，正是六朝陶谢家数，但又与陶谢绝不相同者，即在不是就“一联或一句”精思，而是把诗“平均的分散在全篇中”，甚至“淡到看不见诗了”，所以没有雕镂刻划之痕，只是一片灵气行乎其间。以至连专门写景也看不到，即如此诗这一出、一到、一瞻、一见、一不闻、一伫立等，似乎全是次序井然的平淡叙述，几乎没有诗意的存在。然而，由停午到日曛，由下山路到牛羊群，到倚门伫立、候望夫君，又似乎处处都是景语，处处都是诗歌特有的情景意境，总启发人作田园尘外之想也。再加“樵子暗相失，草虫寒不闻”的细节描写、环境烘染，而诗人之心境情致又自在其中，即所谓“淡而实腴”者，故与一般一味直述者究竟不同。因此，把诗谈化到只是一种情韵、一种境界，这才是孟浩然的本色，也与王维诗大不相同。即使在其七律中也是如此，如《夜归鹿门歌》：

山寺鸣钟昼已昏，渔梁渡头争渡喧。
人随沙岸向江村，余亦乘舟归鹿门。
鹿门月照开烟树，忽到庞公栖隐处。
岩扉松径长寂寥，唯有幽人独来去。

似乎句句都在叙述物事，又似乎处处都在状景造境，景物则完全消融在叙述中了。若山寺鸣钟、渔梁争渡、沙岸江村、乘舟鹿门等，虽是述事而景亦自在其中，只是不像他人专作景句那样显眼罢了。又若月照烟树、松径寂寥中之“唯有幽人独来去”，则叙事乎、壮景乎、抑写人乎？似又已然浑融一体，邈无涯际，唯存境界而已，情和景就更难分离了。相较而言，王维喜着秀句，便自然用力，孟则消融秀句，则纯任自然；王维只写景中景、景外景，孟则多是叙中景、景中叙，二人虽并称而不同如此，说明相同的抒情模式也是极富创造空间，而不能固拘一格的。孟浩然的小诗也是如此，同王维亦不大相同，如《春晓》：

春眠不觉晓，处处闻啼鸟。
夜来风雨声，花落知多少。

此虽纯作景语，却又景中有叙，只是叙述完全消融在写景之中，似乎成为景与景之间融为

① 闻一多.《唐诗杂论·孟浩然》.《闻一多全集》先刊之三《唐诗杂论》. 古籍出版社，1957

一体的沟通连缀。因此，由于有叙述，才给读者提供了理解的背景和情境，如“春眠不觉晓”的情绪体验，“夜来风雨声”的梦中联想，“花落知多少”的季节变化等，所以理解可以是比较具体真切的。又由于它只是状景，故我们所感受的则只是景物触发的某种心境，如“不觉晓”的慵懒，“闻啼鸟”的欣喜，“风雨声”的回味回想，“知花落”的淡淡愁绪等，感受中又不会有太多的叙述内容计算在内。而这就是“意境”。又如《宿建德江》：

移舟泊烟渚，日暮客愁新。
野旷天低树，江清月近人。

首二句叙中有景，后二句却纯是景物造型，那么二者之间又是什么关系呢？泊舟江渚，惟暮色苍茫，烟水迷离，而羁旅远行之人，对此浩茫又怎能不惹起“客愁新”呢？《诗·君子于役》早就吟唱过：“日之夕矣，牛羊下来，君子于役，如之何勿思？”看来日暮思乡，这是人类早就存在的普遍感触，而诗人却只用十字，即渲染得情浓景浓，一派离愁别绪。不过，言情也就此打住，含而不露，言尽意余，却巧妙地向写景过渡。而“日暮”一词即是承上启下语。启下，则是暗转，终于转出活脱脱两个景物造型句来，大有独立江表、孤舟明月为伴之寂寞悲慨，故“愁”也就蕴含其中。沈德潜曾说：“下半写景，而客愁自见”。① 何以能写景而“愁自见”呢？当然不在景物本身，因为景是无所谓“愁”的，而妙就妙在“以写景之心理言情”，即使由景物的感受领悟因而触发的某种情思、心境或意绪，成为景物造型化的生动意象。心境意绪是“虚”的，而在艺术中虚又不能以虚明，故必须借助景物，写入诗中的景也就不再是纯客观的景了，此即王孟诗人创作的奥秘所在。

中唐以后，这派诗人的代表当推韦、柳。韦应物（737—792）京兆长安人，玄宗时为三卫郎，后任滁州、江州、苏州刺史，史称韦苏州。其诗多写田园山水，风格以闲雅简淡称，与王孟一脉相承。如其名作《寄全椒山中道士》：

今朝郡斋冷，忽念山中客。
涧底束荆薪，归来煮白石。
欲持一瓢酒，远慰风雨夕。
落叶满空山，何处寻行迹。

诗中多有叙述，自非化景为情模式的典范之作，但却是他雅淡风格的代表，故先录之。他更多的诗即是由“淡”化出来的，乃至淡到只剩下写景。全椒，县名，在安徽省滁河上游，是知此诗乃滁州任上所作。诗的主旨虽在“寄”，但意境营构却在“冷”。前半主要是叙，但叙中有景：由郡斋冷，而作山中念；由山中念，再作高人之想。按道家有“煮白石为粮”② 的修炼方法，故象道士这样的高人，总是进洞一束薪，归来白石餐，仙骨道风，不类常人。

① 沈德潜.《唐诗别裁》. 商务印书馆，1958
② 葛洪.《神仙传》. 学苑出版社，1998

此虽叙事，但叙中有景，景中含人，三者是浑然为一的。又道士则见山住山，逢水住水，踪迹飘忽不定，所谓“浮云柳絮无根蒂”者，恰又引出下面描写：虽欲携酒相慰，然在这风雨之夕，又能到何处寻找呢？恐怕惟有风雨萧瑟，落叶满山，而行迹莫辨，空怀怅惘而已！显然这是“束薪”“煮石”一联的进一步深化，不只叙中有景，更是景中含人，人因景而弥显。故知，此虽表面写怀人不达之失落，实则为“山中客”状写风神，以寄仰慕希企之高情。然而，状写风神之重笔，却又在景而不在叙，若“涧底束荆薪，归来煮白石”的仙风道骨，“落叶满空山，何处寻行迹”的白云野鹤，在在都为人设，所以妙绝。相传东坡曾欲拟之，而“终不似”并致慨曰：“盖绝唱不当和也”①。后施补华又分析说：“盖东坡用力，韦公不用力；东坡尚意，韦公不尚意，微妙之诣也”②。此所谓“用力”“尚意”之说，正严沧浪批评宋人“以才学为诗，以议论为诗，以文字为诗”之意，宋之不及唐人者若比。

他的《赋得暮雨送李曹》便主要是景语：

楚江微雨里，建业暮钟时。
漠漠帆来重，冥冥鸟去迟。
海门深不见，浦树远含滋。
相送情无限，沾襟比散丝。

首联以景点题，用笔却甚独特。先点出雨，而衬以江；再点出暮，而辅以钟，则苍江暮雨，杳杳钟声，先从视听两方面进行铺染，而一片孤凄之情自见。下面即是“赋”，但全从暮、雨二字生出。“帆来重”、“鸟去迟”，既因微雨之故，也是沉重心情的外化，更有送人的象征意义，故内含是多重的。“深不见”，主要写暮；“远含滋”，主要写雨，既是朋友要去的方向，也是迷茫心情的表白，然望而不舍，亦知用情之专一。尾二句言情，却只淡淡一点，即为全诗绾结，含蓄而不发露，亦是王孟机杼，总不以情语喧宾夺主。

其实韦诗最为人传诵，而能与王孟并驾者，还是他那些五七言绝诗。胡应麟曾说：“中唐五言绝，苏州最古，可继王孟”③。沈德潜也说：“五七言绝句，右丞之自然，太白之高妙，苏州之古淡，并入化境”④。如《秋夜寄邱二十二员外》：

怀君属秋夜，散步咏凉天。
山空松子落，幽人应未眠。

这是一首怀人诗，前半写己，后半写人，层次井然。但尤值得注意的是取景：秋夜、散步、凉天、空山、松子、幽人……不着秾丽的色彩，没有强烈的感情，恬淡素净，平和宁静，结尾也只是一种淡淡的怀人设想，却能令人悠然神远。按理说，秋夜之触何其繁也，山中之景

① 许顗.《许彦周诗话》.《中国历代诗话选》(一)，岳麓书社，1985
② 施补华著.《岘傭说诗》，载《清诗话》(下)，上海古籍出版社，1982
③ 胡应麟.《诗薮·内编》卷六，上海古籍出版社，1979
④ 霍松林校注.《说诗晬语》(上). 人民文学出版社，1979

何其多也，诗人却一概略而不取，只取夜暮中的散步咏凉，空山中的松子坠落，并且所念者也是山中幽人，寥寥数笔而已，何也？究其因，则所念者既是山中幽人，诗人又是以倾慕幽人的心情去感受一切的，所欲表现者乃是一种淡淡的思念，因此一切太浓太强的色彩都只能破坏这种氛围和心境，故是不可取的。所以，他才淡淡着墨，款款运笔，语近而情遥，自然灵妙。施补华曾赞其“清幽不减摩诘，皆五绝中之正法眼藏也”①。这正启示我们：诗人所取之景，虽是生活的现实的，然其所造之境（如“清幽”之类），却是情感的心造的，艺术之不完全等同于生活者在此。古人有“景能生情，情能生景”之说，其中奥秘亦在此。他的七绝也有不少传诵之作，如《滁州西涧》：

独怜幽草涧边生，上有黄鹂深树鸣。
春潮带雨晚来急，野渡无人舟自横。

诗当写于唐德宗建中二年（781 年）的滁州任上。韦应物一生的仕途是比较平静的，未遭遇过什么太大挫折，但其内心也是充满矛盾的。他洁身自好，也关心民瘼，曾有诗曰：“身多疾病思田里，邑有流亡愧俸钱”。（《寄李儋元锡》）既为社会弊端造成的百姓疾苦而愧疚，又因无力革除弊病而苦闷，遂欲归隐田里却又不能。于是，仕和隐、进和退的矛盾便始终纠缠着他，终在不进亦不退中求生活、求恬适，所谓“隐于宦”也。如前诗便是求“隐”心情的体现，而此诗则是内心矛盾的反映，虽然都写得是那样的情韵悠远。关于此诗主旨，或认为是刺“君子在下，小人在上”的，则未免刻意求深，近于穿凿。从语法上说，“独怜”二字是统贯首二句的，同是状“幽”，故不能割裂开来理解。“幽草”固然可爱，而黄鹂之鸣，以动写静，同样落脚在“幽”字上，岂不闻“鸟鸣山更幽”乎？所以不应作为“君子”或“小人”的代称读。其实，全诗所写亦只在“幽”，即施补华所说之“清幽”——孤寂清冷之谓。而韦诗不同于王、孟者，也正是“幽”：景幽境幽、幽情幽绪。诗首句即着一“独”字，以明此诗主体特有之心境；再缀以“幽”字，以营造孤寂清冷之氛围。次句又加一“深”字，以增山寂林密之感；终以“鸣”字点醒，以动写静，于孤寂中增添些生意，造成意境的层次感。三句突转，既点时令，又迭用“春潮”“急雨”等动态性极强的物象造型，打破一切孤寂幽冷，节奏急促，大起大落，凭空荡起一层波澜，同前半形成强烈反差。不过，结句又以千钧截流之笔力，突以“野渡”收束，且舟是“自横”，渡口则“无人”，极动又悉归之于极静，与前半之“独”“幽”遥相呼应。综观全诗，当是诗人矛盾不宁心情之外化，无疑在主客物我之间存在着同构对应关系，而最终归诸于“静”者，岂亦“独无外物迁，遂此幽居情”（《幽居》）之意乎？看来不迁于外物，只安于内心的恬幽，这才是他的主导思想。

柳宗元（773—819 年）字子厚，河东解县（今山西运城解州镇）人，故史称柳河东。贞元进士，授校书郎，后调蓝田尉，升监察御史里行。因参加王叔文集团革新弊政，失败后贬永州司马，后迁柳州刺史，故又称柳柳州。曾与韩愈共同倡导古文运动，并称“韩柳”，乃“唐宋八大家”之一。在贬谪永州期间，他曾写下不少山水游记和抒情诗，以抒写自己

① 施补华著.《岘傭说诗》载《清诗话》（下），上海古籍出版社，1982

在政治上遭受打击后的抑郁苦闷和放浪山水的空寂孤傲之情，尤为后人传诵，在文学史上产生过很大影响。在《与浩初上人同看山寄京华亲故》中他曾写道：

海畔尖山似剑芒，秋来处处割愁肠。
若为化作身千亿，散向峰头望故乡。

此诗即是“永贞革新”失败后，他备受打击迫害的“堙厄感郁”心情的明白抒写。《新唐书》本传说：“既窜斥，地又荒疠，因自放山泽间，其堙厄感郁，一寓诸文”。即指此类作品言。在诗中，诗人通过丰富想象和巧妙构思，以尖山为刺割愁肠的剑刃，又幻想着若能象佛家所说“化身千亿”，他便会飞向每座山尖，去遥望那日思夜想的故乡了。虽是拟喻，却造型生动，情怀激烈，属“化景为情”模式的另一类型。不过，这种情怀激荡之作，却并非柳诗创作的主流。他诗作的主导风格，正如苏轼所说，还是那些“发纤秾于简古，寄至味于澹泊”①的作品，王渔洋曾说“风怀澄淡推韦柳”。故简古而澄淡才是他的主要特色。如《中夜起望西园值月上》：

觉闻繁露坠，开户临西园。
寒月上东岭，泠泠疏竹根。
石泉远逾响，山鸟时一喧。
倚楹遂至旦，寂寞将何言。

此诗之融情造境，与王维《鸟鸣涧》大有相同处。虽一简而一繁，一写山中，一写西园，描写各有重点，但心灵的感受，清幽淡远的境界，则是完全相通的。“繁露坠”有似“桂花落”，均是对幽寂中心灵特别敏感的描状。而“寒月上东岭”，光如泉水般地流泻竹根，正“月出惊山鸟”也，皆状其辉光之清凉明洁，会在感觉上造成突然刺激。故有“山鸟时一喧”，而此亦“时鸣春涧中”之谓也，都是以动衬静，以听觉强化感觉，皆为“寂寞”铺设。柳诗尾联似较直白，然只轻轻一点，并未破坏总体意境美。但相较而言，王诗似乎更觉空灵超脱，也更含蓄，柳则不免实矣。柳之绝唱，当推那首久已传诵的《江雪》：

千山鸟飞绝，万径人踪灭。
孤舟蓑笠翁，独钓寒江雪。

这是一首典型的“化景为情”之作，没有一个字说到情，但又无处不是情。此虽也是写孤寂落寞而又不甘寂寞之情，但却无一语道破，所以更为含蓄，容量也更大，更能赢得人们的喜爱。“千山鸟飞”、“万径人踪”，本是极繁华热闹的情景，然诗人却分别缀以“绝”“灭”二字；于是极繁极闹悉归之于极静极寂矣，先为特殊身份的主人公铺垫其出现背景。

---

① 郭绍虞主编．《书黄子思诗集后》．《中国历代文论选》(中)．中华书局，1962. 76

人们常以"不食人间烟火"评判这类诗,其实未必真看透他们的内心活动。他们由达而穷,由宦而隐,由热肠素衷而孤行独处,凡是过来人都曾有过深切经历,未必即是对生活的消极对待。于是后半暗转,遂次之以孤舟蓑翁、寒江独钓,以抒写其穷途失意之孤寂落寞之情。然而,寒江上有独钓者,孤舟中有蓑笠翁,并置之莹白一片之背景中使之突显,则不只形象生动,极具圣洁感;而且还曲折透露出不甘沦落、待时而动的一缕情思(按此暗用吕尚"渭滨垂钓"之典)。故其内涵又极深广,并非抽象术语能作简单概括,虽说"语不及情"却又"情自无限",真有所谓"羚羊挂角,无迹可求"之妙。当然,诗中的渔翁,自然是诗人的化身,他也似乎特别喜欢这一形象,在诗中屡屡写到,如另一篇名作《渔翁》:

渔翁夜傍西岩宿,晓汲清湘燃楚竹。
烟销日出不见人,欸乃一声山水绿。
回看天际下中流,岩上无心云相逐。

如果说前诗中的渔翁,还是个比较孤寂清冷的形象,此诗则有点放浪形骸的意味了。苏东坡曾评此诗说:"诗以奇趣为宗,反常合道为趣。熟味此诗有奇趣"①。前诗还有未能忘怀世事、心存希冀的一面,此则完全放情山水,纯做人外之想了。所谓"奇趣"的根因在此。夜傍西岩而眠,晓汲清湘为饮,燃烧楚竹为炊;且傍者乃"岩",湘则用"清",竹则用"楚",经过层层美化,境界始出,这自然会教人想到那些岩上高人、穴居名士,故知此所谓"渔翁",实非为生活所迫而出入于风口浪尖之一般渔翁,"奇趣"一也。他又踪迹无定,来去忘形,每当天色放亮,"烟销日出"之时,只闻一声"欸乃",随桨荡去,已是形影全无,消融在那青山绿水之中;他是大自然的儿子,是大自然的精灵,只属于那个无遮无碍的自由世界,"奇趣"二也。尤其是,当他放舟中流,再次回眸所居之处,唯余水天一色,白云苍狗,翻涌追逐,真有"云深不知处"的悟解,这是对"梦"的依恋、心灵的迷朦象征、抑或生的喟叹?无从解,亦不必解,唯余音袅袅而已,"奇趣"三也。有此三奇,谓此诗所写乃柳氏之心路历程,亦可也。关于末二句,东坡曾认为"虽不必亦可",则删与不删,遂成长期争论热点。若结以"欸乃一声山水绿",虽是警句奇句收束,有似钱起"江上数峰青"之余韵;然若不删,则蕴含似更丰满,思绪表达也更深一层,何况艺术上同样有"含情落句势"之妙。综观柳诗,在静、淡、寂之外,更增加一层"放"的色彩,正可与王孟等人争辉。

然而,长期来人们却不无贬意地称此为"王孟家数",似乎只有王孟派诗人才这样写诗,其实这是一种偏见。唐代诗人,几乎都写有这种"化景为情"之作,包括那些名家大家,可知这种模式具有普遍创作意义,只是内容上不一定像王孟那样冷寂淡远。如李白的《访戴天山道士不遇》、《清溪行》、《望庐山瀑布》、《送孟浩然之广陵》,尤其是那首《望天门山》:

---

① 惠洪.《冷斋夜话》.《中国历代诗话选》(一),岳麓书社,1985

天门中断楚江开，碧水东流至此回。

两岸青山相对出，孤帆一片日边来。

即是一首典型的“化景为情”之作。在杜甫集中则更多，如《绝句漫兴九首》、《水槛遣心二首》、《夔州歌十绝句》、《绝句四首》、《漫成一首》等，试看他的《江畔独步寻花七绝句》其六：

黄四娘家花满蹊，千朵万朵压枝低。

留连戏蝶时时舞，自在娇莺恰恰啼。

清新秀丽，活泼可爱，在杜诗中别具一格。又如刘禹锡的《堤上行》、《踏歌词》其一、《乌衣巷》、《石头城》、《望洞庭》等。白居易的《村夜》、《问刘十九》、《勤政楼西老柳》、《暮江吟》等，而《钱塘湖春行》则是一首七律：

孤山寺北贾亭西，水面初平云脚低。

几处早莺争暖树，谁家新燕啄春泥。

乱花渐欲迷人眼，浅草才能没马蹄。

最爱湖东行不足，绿杨阴里白沙堤。

紧叩刚刚披上春衣的西湖特征，由寺到水，由莺到燕，由花到草，而结于绿阴沙堤，款款写来，如绘如画，如迷如醉，渲染得满目春意盎然，而欣喜陶醉之情亦自见。其实那些脍炙人口之作，就往往是这类诗。如刘长卿（字文房，河间人，天宝进士，曾任长洲县尉，终随州刺史）的《逢雪宿芙蓉山主人》：

日暮苍山远，天寒白屋贫。

柴门闻犬吠，风雪夜归人。

诗写到这种地步，可谓色相俱泯。全诗似乎只是景物的堆积：日暮、苍山、天寒、白屋、柴门、犬吠、风雪、归人，何情之有？然细味之，又恰构成一幅极真切的画面，再将“夜归人”这一极特殊的主体意象融入其中，于是境由景生、人因景活：空旷、荒寒、岑寂、孤迥，而悲凉辛酸之感，亦自油然而生，岂无情者乎？也许正可用庄子所说“无言”之“大美”评之。又如贾岛（779—843 年，字阆仙，范阳人，曾任长江主簿）的《访隐者不遇》：

松下问童子，言师采药去。

只在此山中，云深不知处。

在片断的对话问答中，除“松下”“云深”关涉到景外，似乎一切景物都被淡化稀释掉了。

然而，正是在那对答的话音外，却又处处有景，句句有景。满山松涛，一林云海，苍莽雄浑，杳渺幽深，构成总体背景。向此中“问”，已觉茫茫；由此中“去”，更增莽莽。“此山中”，化无限为有限，似有踪迹可寻；“不知处”，变可即为不可即，亦然难觅身影。从主体言，固然是曲写访而不遇的失望；就客体言，则是状写其孤云野鹤的高人形象，何况还有那白云美其高洁、青松赞其风骨的用意呢！如果说，王维把诗淡化到只剩景，此则淡化到无景之景，故在审美价值上才独具一格。温庭筠（约 812—866 年，字飞卿，太原人，官止国子助教）的《商山早行》亦是一首名作：

晨起动征铎，客行悲故乡。
鸡声茅店月，人迹板桥霜。
槲叶落山路，枳花明驿墙。
因思杜陵梦，凫雁满回塘。

全诗紧扣“晨起动征铎”来写，除次句“悲故乡”三字明情外，几乎全是写景，当然包括梦中故乡之景。尤以“鸡声”“人迹”一联，更博得历代人们的赞誉。梅尧臣在解释“状难写之景如在目前，含不尽之意见于言外”二句论诗名言时，即举此联为例，并说：“道路辛苦，羁旅愁思，岂不见于言外乎？”①而明李东阳又以为未足，故进而发挥说：“人但知其能道羁愁野况于言意之表，不知二句中不用一二闲字，止提掇出紧关物色字样，而音韵铿锵，意象俱足，始为难得”。② 其实，他只从音韵和意象而论，反不如梅氏理解深刻，景中见情，那才是大关键。若仅以音韵铿锵数端论之，则槲叶山路、枳花明墙、凫雁回塘等，亦不少让。颔联之佳，一是“二句中不用一二闲字”，有如前举刘长卿《宿芙蓉山主人》之神韵，却情景俱足；二是不似槲叶山路之类，已为他人习用，此则生新创奇，为他人所未曾道，故能新人耳目。

那么，是否可这样总结：如果说杜诗所写是现实的生活，李白所写是幻想的生活，而王孟所写乃大自然的人化生活。“自然”一词之本义，乃万物之根，人性之本之谓也，岂止自然景物之谓乎？故读王孟诗，总给人以解脱感、恬适感，似更关乎个体的深层体验，心灵的自放自适，故天地间亦自缺此体不得。不过，现实、幻想和自然之间，本来并不存在天然鸿沟，故王孟可以用此模式写诗，他人亦可用此模式写诗，从前举诗例看，它甚至扩展到任何生活和题材领域，而仅以“王孟家数”目之，无疑缩小了它的普遍性创作意义。

三、以画法入诗的王维

以画法融入诗法，是王孟派诗人或多或少、或浓或淡都具有的普遍特征，但王维表现得最为显著和精到，也最具典型意义。究其原因，则因他总是用“化景为情”、以景代情的方式写诗，故讲设色，讲构图，讲声光造型，讲营构意境，把诗歌绘画造型化，便带有必然

① 郑文校点．《六一诗话》十二．人民文学出版社，1983
② 丁福保辑．《怀麓堂诗话》．《历代诗话续编》（下）．中华书局，1983

性,所以苏轼说他"诗中有画"。并且,王维不但精于诗,是著名的诗人;而且精于画,又是著名的画家,融画法入诗更具有独具的优越条件。他在《偶然作》中曾自述道:"宿世谬词客,前身应画师。不能舍余习,偶被时人知。名字本皆是,此心还不知"。诗人兼画师的特殊身份,正是他成功的根本原因。明吴宽曾说:

> 右丞诗云:"夙世谬词客,前身应画师"。盖自道也。右丞诗与李、杜抗行,画追配吴道子,毕宏、韦鶠弗敢平视。至今谈右丞诗者,则曰"有声画",观画者则曰"无声诗"。以余论之,右丞胸次洒脱,中无障碍,如冰壶澄沏,水镜渊渟,洞鉴肌理,细观毫发,故落笔无尘俗之气,孰谓画诗非合辙也。①

能够水镜渊渟,冰壶澄沏,而洞鉴肌理,细观毫发,大概即是他"画诗合辙"的奥秘所在吧。因为,众唐人大多不是这样,他们总是凭藉一时的"感兴"或"兴趣"写诗,则不免粗豪而肆放。下面就从设色和造境两方面读解王诗。

先看设色。刘宋时的宗炳,在《画山水序》中说:"画象布色,构兹云岭……身所盘桓,目所绸缪,以形写形,以色貌色"。即认为山水画的创作,首先是要用人为的符号线条,来摹写客观事物的各种物象,然后再用颜料状貌其自然色彩。这是绘画创作最基本的功能,当然也普遍适用于其他画科。至南齐谢赫,他在《古画品录》中又进而提出"六法"的概念,除"气韵生动"和"骨法用笔"两项外,还特列"应物象形"、"随类赋彩"二端,即是对宗炳所说作进一步发展,并成为此后我国绘画的金科玉律。但自唐代以后,我国又有"诗是有声画,画是无声诗"之说提出,显然这是经过诗画融合的新进程后,诗歌被"景物造型化"而产生的崭新认识。也就是说,诗是用有声的语言写成的绘画,除讲求声律应有的音韵美外,也要讲求绘画的线条色彩美,不过这不是用具象的线条或颜色,而是用富有形体感、色彩感或能唤起形体感、色彩感的语言。而在唐代诗坛上,王维可说是这方面的佼佼者,下面举他的诗作试作分析。如《田园乐》其六:

> 桃红复含宿雨,柳绿更带朝烟。
> 花落家童未扫,莺啼山客犹眠。

仅从设色角度看,即能给人以清新明丽的春之美感。鲜红的桃花,嫩绿的杨柳,粉白的落花,翠黄的啼莺,其色彩的互補互衬,已是何等的鲜艳明丽!它们是那样谐和地统一着,共同渲染出春天的繁华多彩,确实夠叫人陶醉的了。然而,也许诗人写的是暮春,或因这色彩太亮丽繁华,与隐居的萧散情怀不太谐调,故在桃红、绿柳、黄莺上再笼染上一层宿雨造成的淡淡轻烟,以增加迷离朦胧的色彩美,便和"山客犹眠"的懒散恬适情境统一起来。这便是题中所说的"乐",不过不是"田园"之乐,更像是隐逸情趣之乐。我们读他这类诗,确实不能不为诗人对色彩的敏感记忆、准确把握和捕捉,以及高超的语言表现力而

---

① 吴宽.《书画筌影》,载《历代画论名著汇编》,文物出版社,1982

赞叹，其设色、皴染、构架，无不精彩绝伦。此外，如《白石滩》、《栾家濑》、《辛夷坞》等作中，同样都有对色彩出色的描写。又如《新晴野望》中的"白水明田外，碧峰出山后"，大概是写斜阳照射下的原野：白的水，绿的田（也可能是黄的），碧的峰和深暗的山，无论就色彩的互補映衬或层次感来说，都非常清晰可感，并且还造成一种冷色调的谐和，以适应主人公特有的情感，即使在绘画上也是极高明的手法。又如《积雨辋川庄作》中的名句："漠漠水田飞白鹭，阴阴夏木啭黄鹂"。有人因见李嘉祐集中有"水田飞白鹭，夏木啭黄鹂"二句，遂讥笑王维"好取人文章嘉句"。① 且不论王李二人因同时而谁袭取谁，单就诗作本身论，李诗则偏于客观而显枯槁板滞，王诗则变五言为七言，顿觉活泼飞动而丰满。故叶梦得说："此两句好处，正在添'漠漠''阴阴'四字……如李光弼将郭子仪军，精彩数倍"②。本来是水田、白鹭、夏木、黄鹂的简单搭配，因为有了漠漠、阴阴四字的敷染，于是田变成漠黄，鹭显得纯白，木变作深绿，鹂更成翠黄，无论就色彩的对比或构图的温润言，都显得更为含蓄，也更富层次感。前人有"炎绯、寒碧、暖月、凉星"③之说，说明颜色的选取敷设，都是和主观心灵感受密切联系着的，在这方面王维显然更胜一筹。

王维对色彩及色彩效应的敏感记忆力是惊人的，而尤擅长于对光色造成的瞬间效果的捕捉。如《过香积寺》的"泉声咽危石，日色冷青松"。颜色本来只是视觉感受，并无冷暖之分，那么说"日色冷青松"，便有乖常理了。可是，当明丽的阳光照耀在万壑松林上时，青松不就显得更绿，甚至还带上苍苍寒意，因而产生"冷"的感觉，又是合理的了。因绿而生寒，这是感觉的挪移，即所谓"通感"，王维却敏锐地捕捉到了。又如《终南山》中的"分野中峰变，阴晴众壑殊"，试想当时他进入终南山，一路行来，密林曲径，青霭白云，视觉不免局促，但到爬上峰顶一看，却是天宇旷朗，四野空阔，万山攒动，一抹斜阳，这种胸襟气度，这种新鲜感受，用什么语言表现好呢？唯着一"变"字而已。中峰分野是变，"阴晴众壑殊"也是变。唐志契论画山水说："古人画淡墨远山之外，复画浓墨远山。……日影到处之山则明，不到处之山自然昏暗，于晚景落照时更易了然"④。看来王维是深谙此理的，所以着墨设色才如此能尽其妙。此外，还有写月光朗照下，水波洸漾中河石水草的，则以"清浅白石滩，绿蒲向堪把"（《白石滩》）描状之；有写久雨新晴后，野旷宇净的，则以"新晴原野旷，极目无氛垢"（《新晴野望》）描状之，等等。凡此都是光色辉映下造成的特殊视觉效果，他又体察得何等微妙而恰到好处。

更值得注意的是他对补色效应的运用，这是维诗中最精彩的部分。所谓补色，就是"刺激色同时引起了与之相反的微妙感，例如在绿色背景里的灰色小圆圈显出微微的粉红，蓝色映衬下的橙色就如同红色；反过来，红色把蓝色衬托得显出了绿盈盈的颜色等"。⑤ 如《山中》一诗，先写清溪白石，寒林红叶，，接就使用了補色效应："山路元无雨，空翠湿人衣"。在那清流、碧峰、蓝天的映衬下，一派冷色调中点缀上几片耀眼的红叶，整

---

① 李肇.《国史補》(卷三). 明崇祯毛氏汲古阁刻本

② 社科院文研所编，叶梦得.《石林诗话》(卷上).《中国历代诗话选》(一)，岳麓书社，1985

③ 萧绎.《山水松石格》. 载俞剑华著.《中国绘画史》(上). 商务印书馆，1955. 67

④ 唐志契撰.《绘事微言》. 载《历代画论名著汇编》. 文物出版社，1982

⑤ 卡洛琳·M·布鲁墨著，张功钤译.《视觉原理》. 124

个山谷岂不变得更加碧绿,而显得“绿盈盈”的了？这就是“空翠”。而空翠又与“山路”句密切相关。山路无雨,自然是呼应下句“湿衣”,预设伏线;但无雨也说明是晴天,给冷色调的山谷再涂抹上一层阳光的金红色,那就更是造成“空翠”的主因了。王维写到“翠”的诗很多,似皆可为证。如《送方尊师归嵩山》:“瀑布杉松常带雨,夕阳苍翠忽成岚”;《木兰柴》:“彩翠时分明,夕岚无处所”;裴迪《华子岗》也说:“云光侵履迹,山翠拂人衣”。可知空翠就是由苍翠、彩翠、山翠等,在夕阳(尤当雨后)照射下造成的“岚”,也就是所谓补色效应。明乎此,则“湿人衣”、“佛人衣”的错觉,亦源于補色效应造成的感觉挪移,使视觉的颜色有了触觉重量,似乎在轻拂、打湿衣裳,还不仅由于绿生寒意,而产生“空山新雨后”的联想。又如《书事》诗:“坐看苍苔色,欲上人衣来”。阴雨新停,阳光初透,满院翠绿苍苔,久久凝视,那光色似乎都在跳动而变成可触的了(视觉向触觉转移),并且要跳到人的衣服上来。或赞此为“神来之笔”,但却不仅仅是表现手法的高妙。现代科学实验证明,人的眼睛在受到某种图象或颜色长时间的刺激后,便会产生“后像效应”或“补色效应”。因此,“欲上人衣来”,正是诗人久视苍苔而发生的后像错觉,并经过感觉转换造成的奇特光色现象。这种现象是短暂的,转瞬即逝的,诗人却能敏锐地捕捉到,并用极生动精确的语言表达出来,这才是“神来之笔”的根因所在,尤有赖于画家的特殊修养。

再说造境。关于山水画的造境,宋代郭熙曾说:“自山下而仰山巅,谓之高远;自山前而窥山后,谓之深远;自近山而望远山,谓之平远。高远之色清明,深远之色重晦,平远之色有明有晦。高远之势突兀,深远之意重迭,平远之意冲融而缥缥缈缈”①。随后韩拙《山水纯全集》又增三远:曰阔远,曰迷远,曰幽远,总谓之为“六远”。详审之,则郭只是就山说的,韩则兼平原和水而言,故才有另增三远之说。否则,他所说阔和平、迷和深,便没有太大区别。又六远中之其他五远,皆是就空间视觉而言的,唯独“幽远”比较特殊,既不属空间视象,也不是视觉所能感受,大概更需要心灵去体悟,故状写起来更微妙。王维诗如“太乙近天都,连山接海隅”(《终南山》)是写高远的,如“古木无人经,深山何处钟”(《过香积寺》)是写深远的,但完整者不多,也不是他成就的主要方面。他尤擅于写幽远、迷远和阔远。写幽远者前面所举已多,如《鹿柴》、《竹里馆》、《香积寺》等,下面主要谈阔远和迷远。如《奉和圣制从蓬莱向兴庆阁道中留春雨中春望之作应制》即是写平远阔远的:

渭水自萦秦塞曲,黄山旧绕汉宫斜。
銮舆迥出千门柳,阁道回看上苑花。
云里帝城双凤阙,雨中春树万人家。
为乘阳气行时令,不是宸游重物华。

蓬莱宫即大明宫。唐代宫城在长安东北,大明宫又在宫城东北,兴庆宫则在宫城东南,再东即为游览胜地曲江。开元二十三年(735)为帝王后妃出游方便,遂筑阁道(空中廊道)由大明经兴庆而直达曲江。此诗,即诗人随玄宗出游在阁道眺望的奉和之作。因是写在

① 郭熙.《林泉高致》.载《历代画论名著汇编》,文物出版社,1982

阁道(天桥)放眼眺望的景色,故基本符合自近望远的阔远或平远画法。首联状长安形胜:渭萦秦塞,山绕汉宫,地势开阔壮观,再以“秦”“汉”点明此都之为古都,又极富历史感。颔联正写出游:皇帝车驾高在千门万柳之上,宫苑御园尽现眼底胸怀之中,凌虚蹈空,情怀旷朗,再以“花”“柳”点明春游春望,更是一派繁华景象。颈联就“雨”着笔,帝城凤阙,城中万家,或出腾云之上,或遮雨幕之中,辉煌富庶,生机勃发。尾联关合“奉和圣制”之意,谓乘阳气而行时令,并非耽于繁华游乐,颂圣而已。总之,诗人在满城春雨的背景中,以善于取景设色布局的如椽画笔,使秦塞、汉宫、渭水、黄山、春树、春花、门柳、人家等,错落有致地相互陪衬映带,从而展现出帝京的阔大、壮美和昌盛,并隐含风调雨顺的欣喜在内,是对盛唐帝国的一曲赞歌。

阔远之作的代表,当推他《使至塞上》。诗从单车问边写起,过居延,出汉塞,入胡天,一路行来便进入广袤的戈壁大漠。然而,首次接触大漠的新鲜感惊奇感,又能是怎样的呢?他没有正面写,却只说“大漠孤烟直,长河落日圆”。烟质轻浮而能直,说明阒寂而无风;落日易遮而能圆,说明无云亦无山,再加上一泻千里的长河作陪衬,其大漠之广袤无垠、荒静死寂,乃至如一纯净透明的凝冻世界,岂不如在目前乎?绘画中有所谓“以白当黑”的空白法,即没有画的地方同样是组成画面的有机部分,而且是包孕最丰也最能启发人想象的部分。王维此诗即运用了空白法,从而产生“无字处皆成妙谛”的强烈效果,故知它之被交口传诵不是没有原因的。

王维有些精彩篇章,还能创造出一种“迷远”之境。韩拙说:“烟云溟漠,野水隔而仿佛不见者,谓之迷远”①。此即一般所说烟水迷离之境,在王诗中更多传诵名篇。如《汉江临眺》之中两联:“江流天地外,山色有无中。郡邑浮前浦,波澜动远空”。诗人在此使用了一种很特别的手法:写有中之无,或无中写有。方士庶曾说:“山川草木,造化自然,此实境也;因心造境,以手运心,此虚境也。虚而为实,是在笔墨有无间”②。就此诗而言,“江流”是实,“天地外”是虚;“山色”是实,“有无中”是虚。要将实中的虚写出来,或通过虚写出实来,全系于一心之创造,以化实为虚,才有天地外之江流,有无中的山色,浮动着的郡邑等,这就叫“因心造境”。因此,诗中的妙境,断非纯客观自然之如实摹写。与此相关的还有:“白云回望合,青霭入看无”(《终南山》)、“山路元无雨,空翠湿人衣”(《山路》)、“白水明田外,碧峰出山后”(《新晴野望》)等,其笔触所到,都在有中之无,故倍觉灵动含蕴,成为王维诗一大特色。

还有“幽远”,韩拙说:“景物至绝而微茫飘缈者,谓之幽远”③。由于它不属于视觉感受范围,故尤难描写。王维则使用两种手法来表现:一是以静写静法,如“渡头余落日,墟里上孤烟”(《辋川赠裴秀才迪》)、“荒城临古渡,落日照秋山”(《归嵩山作》)、“松风吹解带,山月照弹琴”(《酬张少府》)、“行到水穷处,坐看云起时”(《终南别业》)等。二是以动荡不安衬静,由于“诗是有声画”,在绘画中难以表现的声音,却可通过诗的语言符号在感觉中唤醒,较之前者就更具有艺术感染效应。如“寒山转苍翠,秋日水潺湲。倚杖柴门

① 韩拙.《韩氏山水纯全集》. 中华书局,1985
② 方士庶.《天慵庵随笔》,仰视千七百二十九鹤斋丛书排印本
③ 韩拙.《韩氏山水纯全集》. 中华书局,1985

外,临风听暮蝉”(《辋川赠裴秀才迪》)、“万壑树参天,千山响杜鹃。山中一夜雨,树杪百重泉”(《送梓州李使君》)、“月出惊山鸟,时鸣春涧中”(《鸟鸣涧》)、“明月松间照,清泉石上流”(《山居秋暝》)、“古木无人经,深山何处钟”(《过香积寺》)等。由于是从视觉和听觉两方面刺激人的大脑,因而获得的美感信息就更加丰富,也更耐人品味,这是王维诗造境的又一大特征。

总之,在粗略地巡视了王维诗多彩的设色造境之后,我们会惊奇地发现,他在“以画入诗”这点上是积累了十分丰富,并可资借鉴的宝贵经验的,可惜我们过去是注意、总结得太少了,这不能不是一大缺憾。

第二节　杜甫和一般唐人的抒情模式

一、情和景互根互生的抒情模式

所谓“情景互根互生”的抒情模式,是指那种不全用景语亦不全用情语,而是情语景语夹杂并组成一种浑融整体的诗歌创作。但是,情语和景语之间又不是各自独立、相互外在、毫不相关的分离关系,而是如王夫之等人所说“景能生情,情亦能生景”、“景为诗之媒,情为诗为胚”那种互根互生的结构关系。这是唐人广泛采用的写作方式,并且普遍存在于五七言古近体的各类作品中,即如王孟派诗人亦不乏此类佳作,故较之“化景为情”的写作模式更具有创作方法上的代表性。明谢榛曾说:“作诗者本乎情景,孤不自成,两不相背……合而为诗”①。王夫之也说:“夫景以情合,情以景生,初不相离,唯意所适”②。即是对这种普遍性的精彩概括。因为,写入诗歌中的景,已非纯客观的“滞景”;而写入诗歌中的情,亦非纯抽象的“虚情”,只有二者的相辅相成、互根互生才能形成诗歌意象,否则“景非其景”而“情不足兴”,也就没有意象文学的存在了。除此王夫之还有一段话,似乎说得更为透彻:

> 关情者景,自与情相为珀芥也。情景虽有在心在物之别,而景生情,情生景。哀乐之触,荣悴之迎,互藏其宅。

景能生情,这是人人都能感知的,但情又何以能生景呢?王国维曾说:“诗歌之题目,皆以描写自己感情为主。其写景物也,亦必以自己深挚之感情为素地,而始得于特别之境遇中,用特别之眼观之”③。即是说,诗人写景并非一种纯客观的被动反映,而是带着一种先在的情感为素地,然后才进行观察、撷取和描写的,此即“于特别之境遇中用特别之眼观之”。因此,那景物便非纯粹的他在之物,而是已被主观心灵化的情化物了。亦由于此,虽是同一景物,但由于各人所怀之“素地”不同,于是见之于笔下的景物也就各异。例如,

---

① 谢榛. 宛平校点.《四溟诗话》(3). 人民文学出版社,1962

② 王夫之. 夷之校点.《薑斋诗话》(2). 人民文学出版社,1962,二书合为一册

③ 王国维.《人间词乙稿序》载《人间词话》附录(22),人民文学出版社,1962

同一棵垂柳，在离人眼中看是愁的象征，然在恋人眼中看来，却成为秀发垂垂的美的象征了，这就叫“情生景”。所以，王夫之才说“哀乐之触，荣悴之迎，互藏其宅”，他们的关系是互根而互生的。吴乔也说：“夫诗以情为主，景为宾。景物无自生，惟情所化，情哀则景哀，情乐则景乐。唐诗能融景入情，寄情于景”①。因此，唐诗意境美的奥秘，即存在于这种互根互生的情景结构中，它们大都是情景相洽、通体融贯、妙合无垠的整体，是不能以此情彼景的机械割裂去解读的。正如王夫所批评的：“截分两橛，则情不足兴，而景非其景”②。

关于唐诗的情景结构，前人都曾试为其分类，抄几则如下，以作参考。如王夫之说：

情景名为二，而实不可离。神于诗者，妙合无垠；巧者则有情中景、景中情。景中情者，如“长安一片月”，自然是孤栖忆远之情；“影静千官里”，自然是喜达行在之情。情中景尤难曲写，如“诗成珠玉在挥毫”，写出才人翰墨淋漓、自心欣赏之景。③

此仅就句言，虽情中景、景中情之说具有重要理论意义，但还很难看出情景结构的整体关系。宋范晞文则说得比较实在：

老杜诗：“天高云去尽，江迥月来迟。衰谢多扶病，招邀屡有期”，上联景，下联情。“身无却少壮，迹有但羁栖。江水流城郭，春风入鼓鼙”，上联情，下联景。“水流心不竞，云在意俱迟”，景中之情也。“卷帘惟白水，隐几亦青山”，情中之景也。“感时花溅泪，恨别鸟惊心”情景相触而莫分也。“白首多年疾，秋天昨夜凉”、“高风下木叶，永夜揽貂裘”，一句情一句景也。固知景无情不发，情无景不生④。

虽还只是就两联或两句说的，但已基本概括了唐诗情景结构的各种情况，但只停留在感性认识的阶段。宋方回的《瀛奎律髓》则进而就律诗的整体言，有所谓“前四句皆景，后乃言情”或“前六句叙景物，末二句以情致激之”者，则谓之正体；有“用一句说景，用一句说情”者，则谓之变体；还有一些“洁净精雅者，多是中两句言景物，两句言情”等，并举例说：“老杜《夕暝晚夜》五言律近二十首，选此八首洁净精致者，多是中两句言景物，两句言情。若四句皆言景物，则必有情思贯其间”。又如贾岛“《僻居无可上人相访》：‘自从居此地，少有事相关。积雨荒邻圃，秋池照远山。砚中枯叶落，枕上断云闲。野客将禅子，依依偏往还’。……中四句极其工而皆不离乎景，情亦寓乎景中”。重要的是，他不仅分析了律体的各种情景结构，而且还触及到结构所隐含的互根互生的关系，如谓“必有情思贯其

---

① 吴乔.《围炉诗话》(1). 齐鲁书社，1997

② 夷之校点.《姜斋诗话》(2). 人民文学出版社，1962

③ 王夫之.《夕堂永日绪论·内编》.《姜斋诗话》(2). 人民文学出版社，1962

④ 范晞文.《对床夜话》.《中国历代文论选》(一). 岳麓书社，1985

间”、“情亦寓乎景中”等。这说明，我们的古人从来就不以诗中景语为单纯的写景，而这也正是意象文学之精义所在。

在情景互根互生的结构模式中，最常见的是首四句为景，末四句为情，如孟浩然的《宿桐庐江寄广陵旧游》：

山暝听猿愁，沧江急夜流。
风鸣两岸叶，月照一孤舟。
建德非吾土，维扬忆旧游。
还将两行泪，遥寄海西头。

从写景的角度看，首四句状景，创造出一种凄清孤峭的意境：暮山、啼猿、夜月、急流，再加疾风中两岸鸣叶，清辉中一叶孤舟，处处在在，都是一派孤凄荒寒景象。而正是由于这种景象的触染，于是见景生情，即物兴感，主体情思也就笼上一层浓厚悲怆，而于下四句萌生出羁旅乡关之思，维扬忆旧之情，不禁两行热泪矣！然从取景角度看，其所以专取此孤寒凄迷之景而不及他者，亦非偶然：猿声无所谓“愁”，江流亦未必“急”，而言愁言急，不过是主体情感的外化而已；又两岸风叶何以听来如此惊心？月中轻舟何以觉得如此孤独？其实也是由先在的“情感素地”决定了的，未必即是客观事物的实象。此之谓景生情、情生景也。故全诗情景虽各四句，但却是浑涵一体、妙合无垠、难以“截分两橛”的。此诗写作背景，是在孟浩然大约四十岁时，满怀希望去长安应试，却终以落第失败而告终，遂离京出游吴越①。诗当作于此次出游，至钱塘江经桐庐县时，其心情之悒郁苦闷可想而知，不过在诗中他没正面描写，而是借怀友为托，作了淡化处理，却以状景之笔作浓墨重染，以寄难以抹掉的愤激和不平，故有“还将两行泪，遥寄海西头”之伤感。

杜审言的《和晋陵陆丞早春游望》则是两头言情，中四句写景者，属又一种结构模式：

独有宦游人，偏惊物候新。
云霞出海曙，梅柳渡江春。
淑气催黄鸟，晴光转绿苹。
忽闻歌古调，归思欲沾襟。

杜审言（约645—708年），诗人杜甫的祖父，高宗咸亨元年（670年）进士，但长期仕途失意，一直充任县丞、县尉之类小官。至永昌元年（689年）虽宦游已近二十年，诗名在当时亦甚高，却仍在远离京洛的江阴县任职，心情自然是十分悒郁的。时友人陆某（姓名不详）亦任邻县晋陵（江苏常州）县丞，在江南早春的一天，二人相邀同出踏青赏景，陆先写了《早春游望》一诗，审言则以此诗相和，以抒自己倦于宦游的怀乡之思，即结句所说之“归思”。诗中首句先点“宦游”，当是对后面“归思”作暗示，故只模糊带过，并未明说。

① 孟浩然.《自洛至越》诗：“山水寻吴越，风尘厌洛京”可证

次句再说“偏惊”于物候之新，可知心情是比较特殊的，自与一般的赏游之乐不同。中二联承“物候新”状景，却是由“偏惊”之特有心境生出。颔联写景极有气势：霞光一出，则大海曙色灿烂；春气渡江，而梅柳红绽绿染，的是早春景色。颈联状物亦鲜丽清新，当从陆机诗“蕙草饶淑气，时鸟多好音”（《悲哉行》）和江淹诗“江南二月春，东风转绿苹”（《咏美人春游》）化出，极写江南二月鸟欢草长的欣欣向荣景象。然而，“新”则如此，“惊”又何来呢？虽说是朋友所写“古调”触动了他羁旅异乡的敏感神经，但这只是叩题“和陆丞”，真正的原因在“新”：一年又过，浑噩一秋，春来惊觉，羁宦依旧，岂不老大独伤而思家乎？所以，“新”是为“惊”的铺垫，所谓“以乐景写哀而倍觉其哀”也，仍是互根互生的关系。

綦毋潜（692—约749，字孝通，江西虔州人）的《春泛若耶溪》，则更用中间六句写景，可再备一体：

幽意地断绝，此去随所偶。
晚风吹行舟，花路入溪口。
际夜转西壑，隔山望南斗。
潭烟飞溶溶，林月低向后。
生事且弥漫，愿为持竿叟。

幽意，即幽居避世的情怀，是全诗之主脑所在。故下句即说，此次出行亦是随遇（偶）而安，无所目的和追求，自适幽情而已。中六句写景，即泛若耶溪时所见：由溪口写到入谷，由际夜写到月低，有空间行程，有时间推移，总是一派清幽静寂景象，意境孤迥。尾二句收以情结，既叹世事之茫茫，亦表隐遁山林之想，以呼应首句，此所以“幽意无断绝”也。但我们更关注的，还是此诗的情景结构：避世之情，隐遁之乐，持竿之想，固由若耶溪清寂美丽的景色所引发；但那晚风送舟，星明月低，潭烟溶深的惬意景象，如没有先在的“幽意”心境为素地，恐怕也是很难真切地感受并写出的。全诗写得如行云流水，毫无斧凿雕琢痕迹，正是“景以情合，情以景生”即心物同一才能达到的高妙境界，并非仅靠技术之纯熟而已。

亦有前六句景，结二句情者，如崔颢（？—754，汴州人，开元进士，官司勋员外郎）的《行经华阴》：

岧峣太华俯咸京，天外三峰削不成。
武帝祠前云欲散，仙人掌上雨初晴。
河山北枕秦关险，驿路西连汉畤平。
借问路旁名利客，何如此处学长生。

天宝中，诗人两度入京求官，故亦是诗中所说“名利客”。他在行经华阴时写下这首诗，当是忽有所悟，悔于奔波之言。首六句状景，极颂山河形胜和神灵古迹，统可看作全诗铺垫之笔。起句说太华高出云表，俯视咸京①。次言三峰（按指芙蓉、玉女、松桧或明星三峰）秀出天外，非人力所能削成，起得极有气势。颔联接写云散雨晴后，所见武帝祠和仙人掌的壮丽雄姿。在我国神话传说中，太华（西岳华山）乃“群仙之天”，为“巨灵手劈”，故峰如刀削，其最高者如“仙掌之形，莹然在目”②，故俗称仙人掌。又汉武帝曾在此建巨灵祠，以供人祭祀，是为武帝祠。诗人特以云散雨霁之景状写，既增加烟云聚散的飘缈神秘感，且在首句着一“俯”字，当别有寓意：以仙灵胜迹来压倒京师王侯富贵，为结句之“学长生”作铺垫。颈联则是驰想：秦关，指华阴县北黄河隔岸之风陵渡，即秦代的潼关；汉畤，指京城北面的雍县，秦文公曾在此作鄜畤，（按畤，乃“神灵所止之地”），汉高祖在此又作北畤，共有五畤，诗中所写当为高祖所作者。关中山河，北“枕”秦关而“险”；驿路坦荡，西“连”汉畤而“平”。放眼望去诗人心底自会卷起无限历史烟云，世事扰攘皆尘土，当以借抒心中垒块。故尾联才转入直抒情感，警诫世间“名利客”，看破红尘学道家“长生”之术，而作求仙出世之想。由此看来，全诗虽景多于情，但仍是互根而互生的。

也有两句景、两句情的，如张九龄（678—740 年，字子寿，韶州曲江人，累官至中书侍郎同中书门下平章事）的名作《望月怀远》：

海上生明月，天涯共此时。
情人怨遥夜，竟夕起相思。
灭烛怜光满，披衣觉露滋。
不堪盈手赠，还寝梦佳期。

这是一首怀人诗，先由景起。首言“海上生明月”，意境浑灏清迥，以叩“望月”，寓含共聚团圆之意，语简意丰，堪称名句。“天涯共此时”，当脱胎于谢庄《月赋》之“隔千里兮共明月”，亦情亦景，转入“怀远”。次联顺承直下写情：遥夜明月，是最易惹起相思之情、离人之怨的，故有“遥夜”“竟夕”之谓，言其长夜漫漫而难安也。此联虽用流水对，却全是古诗笔法，故浑成自然，一气呵成。三联再转写景，亦承“月”而生发：既为相思所苦，索性灭烛去寝，可是依然月光盈盈，满室生辉，撩拨得人心绪不宁，难以入睡；不得已遂披衣出室，徘徊凉夜，以求内心排遣，可是夜露却愈来愈浓，顿生寒意，同样情思难禁。尾联亦是顺承，再次回应“寄远”：既然捧着“盈手”月光，亦难以为赠，那就回屋就寝吧，也许能作个“佳期”好梦。此当由陆机诗“照之有余辉，揽之不盈手”化出，却是与古为新，翻出新意，更觉缠绵可爱。总观全诗，或情或景，或景或情，都是随着诗人的思绪变化而措置安排的，不只景为情设、情由景生，而且景中有情、情中有景，直是由情景结构的融浑整体。

通过上面的简约说明，所谓情景互根互生的写作模式，可以说已有一个基本的了解，这不仅是唐人最喜欢采用的写作形式，而且还存在于古近体一切诗歌之中，故具有广泛的代表性。然要找一个典型范例作分析，则唯集大成的诗人杜甫。金元时期的揭傒斯即

---

① 崔颢.《汉书·地理志》曰：“京师，秦之咸阳，汉之长安也”。安徽教育出版社，2006 年 6 月
② 张君房.《云笈七籤》. 齐鲁书社，1988

曾说:"杜少陵古律各集大成,渐趋浩荡,正如颜鲁公书一出而书法尽废。言其浑然天成,略无斧凿,乃诗家运斤成风手也,是以独步千古,莫能继之"①。既然是"独步千古,莫能继之",那么选他作分析范例,是再恰当不过的。但是,从文学史的角度说,杜诗最突出的成就,却主要在如下两方面:一是反映动乱现实的乐府古体,一是用于抒发性灵的七律。当然,这不是说他在其他方面的成就不高,然若绝句之有李白、王昌龄,五言之有王维、孟浩然,都在各自的领域创作出造诣极高的不朽作品,将之置于其中也就未必很突出了。但在这两方面,杜诗则是具有划时代意义的。不过,若《三吏》《三别》之类,则标志着我国文学向生活再现的质的转变,应放到再现文学编中去讲,此处不赘。下面只讲他的七律。宋方回曾说:"文之精者为诗,诗之精者为律"②。而在律体诗中,七律虽较之五律每句只多了两个字,却不只是在声律对偶方面增加更多困难,而且也开拓出更广的艺术创造空间和更大的艺术容量,故是古典诗歌最高也最精美的形式,并成为此后人们最乐于采用的主导性诗体。何况,七律还是最能完美体现互根互生的情景结构的形式呢。

二、杜甫以前七律发展溯源

统观我国文学发展史,大体而言,是由四言而五言,由五言而七言,最后完成的则是七言律诗。六、九言诗,亦有不少人尝试过,但终未被广泛接纳和认可。虽说在四言盛行的《诗经》时代,七言也已出现,但真正完整的七言诗的出现,却是较晚时期的事,而且较之五言诗,也一直不够发达。

七言诗的最终出现,大致可回溯到两个源头:一是由骚体文学而演化,一是由北朝民歌所萌生。根据现在能掌握的材料,最早的完整七言诗的出现,亦在五言诗初兴的汉代。相传汉武帝时已有群臣相和的"柏梁联句"诗,但经清初顾炎武《日知录》详加考辨,学界亦多认为不可信,故此处不论。然当时童谣中却已有比较整齐的七言诗,如汉桓帝时童谣:

> 小麦青青大麦枯,谁当获者妇与姑,丈人何在西击胡。吏买马,君具车,请为储君鼓咙胡。(《后汉书·五行志》)

除中间两个三字句外,已都是整齐的七言。在这种背景下,文人创作中也出现了七言,今所见最早的就是东汉张衡的《四愁诗》,下录其一:

> 我所思兮在太山,欲往从之梁父艰。侧身东望涕霑翰。美人赠我金错刀,何以报之金琼瑶。路远莫致倚逍遥,何为怀忧心烦劳。

诗中"兮""之"等字的使用,说明它更多地是由骚体演化而来,并且蜕变的痕迹也尚未脱

---

① 社科院文研所编.《诗法正宗》.《中国历代诗话选》(二). 岳麓书社,1985

② 社科院文研所编.《瀛奎律髓》.《中国历代诗话选》(二). 岳麓书社,1985

净，只是较之骚体变得更为整饬，虚字的使用也大为减少，可谓七言的形体初具。到了曹魏时期，已有更加成熟的七言诗出现，那就是魏文帝曹丕的名作《燕歌行》（二首）。此诗在相关章节中已抄出，较之张衡《四愁诗》，它有很大进步：一是骚体常用的“兮”“之”之类词语完全消失，已看不出脱胎由来的痕迹；二是在句法组织和音节结构上，二、二、三的顿逗已经形成，与五言诗的二、三顿法已基本一致，应看作是五言的扩展。不过，在押韵格式上，却仍是每句押韵，一韵到底，仍保留着骚体短歌的形式。它虽然为后来歌行体的兴起奠定了基础，但缺少变化仍是其艺术上的不足。

自建安以后，五言腾踊，彬彬大盛于时，但七言一体，却始终沉寂，一直延续了很久，至刘宋时期鲍照的《拟行路难》等作品出，才算打破了这种局面。不过七言的发展，亦并未断线。汉乐府中的七言句式，却在北朝乐府民歌中继承下来。西晋泰始、元康时期，民间就有大量七言童谣出现，但大都是七言两句、三句体，亦偶有四句、五句的。其产生地则主要集中在洛阳，其次是并州、幽州、凉州。如《豫州耆老为祖逖歌》即是很著名的一首：

> 幸哉遗黎免俘虏，三辰既朗遇慈父。
> 玄酒忘劳甘瓠脯，何以咏思歌且舞。

此后，由五胡十六国至北魏期间，北地的七言歌谣亦一直不衰。如《晋书·慕容宝传》所载《大风谣》，《洛阳伽蓝记》所载《时人为上高里歌》等。都是逐句押韵的七言四句体，可看作后来七绝的源头。

这些七言谣辞的传唱，似乎也引起了当时文人们的关注，集录或模仿之作遂不断出现。如《陆士衡引俗语》为七言二句；陆机《百年歌》除首为三言外，都是七言五句。宋人卞彬的《自为童谣》则是七言三句。既名“歌”名“谣”，自然应是仿北地民谣之作。然在东西晋之交，即已出现文人所作最早七言四句体诗，如王敦参军熊甫所作《别歌》：“徂风飙起盖山陵，氛雾蔽日玉石焚。往事既去可长叹，念别惆怅复会难”。（《晋书·沈充传》）至刘宋时汤惠休的《秋思引》：“秋寒依依风过河，白露萧萧洞庭波。思君末光光已灭，眇眇悲望如思何！”则在一、二、四句押韵，无疑是最早一首合格的七言绝句。此后，似乎南方骚体源流和北地谣歌源流终于汇合，无论七言长体或短体都同时并兴，鲍照的《拟行路难》十八首，自然最值得注意，但七言之句虽较多，却仍是古乐府杂言之变，并非真正完整的七言诗。梁武帝萧衍的《河中之水歌》、《东飞伯劳歌》等，虽在音节韵律上带有较浓的乐府歌辞痕迹，然已是完整的七言长体，可直接曹丕《燕歌行》。至于七言四句体，当时则更为普遍，如简文帝萧纲的《夜望单飞雁》、《和萧侍中子显春别诗》，元帝萧绎的《送西归内人》、《乌栖曲》，魏收的《挟琴曲》等，虽不尽合律，但已随声律说的兴起而逐渐律化，已是七绝的先声。庾信的《秋夜望单飞雁》，除两处声病外，已是七绝形制，而且二、三句也已相粘。《代人伤往》二首，则是多含律句的折腰体。隋代无名氏的《送别诗》，已基本合律。虞世南的《应诏嘲司花女》，则是标准的七绝。至此，七绝之体已基本成熟，但七律一体却尚在酝酿中。如梁简文帝的《春情》：

蝶黄花紫燕相追，杨低柳合露尘飞。
已见垂钩挂绿树，诚知淇水沾罗衣。
两童夹车问不已，五马城南犹未归。
莺啼春欲驶，无为空掩扉。

除末二句为五言外，中间四句已是颇为工整的对句，律化迹象明显，但仍属杂言体。陈后主的《听筝》，体制与此则完全相同，但整饰的工对和谐畅的语言，都说明这是由杂言转为七言、由古体转为近体的一种过渡性作品。于是，近似七律的七言八句体亦随之出现。如庾信的《乌夜啼》：

促柱繁弦非子夜，歌声舞态异前溪。
御史府中何处宿，洛阳城头那得栖。
弹琴蜀郡卓家女，织锦秦川窦氏妻。
讵不自惊长泪落，到头乌啼恒夜啼。

又如隋炀帝《江都宫乐歌》：

扬州旧处可淹留，台榭高明复好游。
风亭芳树迎早夏，长皋麦陇送余秋。
渌潭桂楫浮青雀，果下金鞍跃紫骝。
绿觞素蚁流霞饮，长袖清歌乐戏洲。

且不论这类宫体诗的内容，单从诗体演化的角度来看，无论字、句、对偶等，都已合乎七律体制，只是平仄尚未谐律，音调仍带乐府色彩，所以真正七律的确立，还有很长一段路要走。延至唐初，上官仪倡导“当对律”，将对仗之法归纳为六种，称为“六对”，以规范诗人创作，时号“上官体”，转相摹习。等沈（佺期）宋（之问）出，又有“回忌声病，约句准篇”的讲究，而经过他们的不懈努力和倡导，至中宗神龙、景龙间，七律一体终于继七绝之后正式确立。辛文房《唐才子传》曰：“自魏建安迄江左，诗律屡变。至沈约、鲍照、庾信、徐陵，以音韵相婉附，属对精致。及佺期、之问又加靡丽，回忌声病，约句准篇，著定格律，遂成近体，如锦绣为文，学者宗尚。……谓唐诗变体，始自二公”。方回也说：“律诗自徐陵、庾信以来，亹亹尚工，然犹时拗平仄。……至沈佺期、宋之问，而律诗整整矣”。[①] 所以，他们才被推为“七律之祖”。不过，七律之恰于此时而能确立，亦有其社会政治的诸多原因。据史载，在武后末年，宫廷君臣唱和，提倡的主要是七律，故在整个中宗朝，七律和七绝遂成为应制诗的主要体裁。俗言上有所好，下必甚焉，七言迅速走上律化，而“回忌声病，约句准篇，著定格律”也就成为必然。

① 社科院文研所编．《瀛奎律髓》．《中国历代诗话选》（二）．岳麓书社，1985

但唐初诗坛，写七律者亦不是很多。如王、杨、卢、骆，七律之作已是极少；他如崔日用、杜审言、李峤、张九龄等，偶有七律之作，成就亦不是很高。故可称佼佼者唯沈、宋而已，然其数量亦不多。据《全唐诗》所收，沈诗共一百五十七首，七律则只有十六首；宋诗共一百九十三首，七律则仅四首而已。并且大都是奉和之作，内容空泛，徒具七律形体而已，尚不是诗人主要的抒情之具。如宋之问的《饯中书侍郎来济》：

暧暧去尘昏灞岸，飞飞轻盖指河梁。
云峰衣结千重叶，雪岫花开几树妆。
深悲黄鹤孤舟远，独对青山别路长。
却将分手霑襟泪，还用持添离席觞。

这是一首钱别诗，对偶工整，声律谐适，已完全符合格律的要求，并且有些描写，如“云峰衣结千重叶，雪岫花开几树妆”之类，想象着已经远去的友人，那翻滚的白云就是他的衣饰，那满山花树就是他的艳妆，由渴念而产生错觉，便极富诗意。但就整体而言，因受严密格律的束缚，不仅具体描写难以放开手脚，即意脉的转换亦显局促，如“黄鹤孤舟”、“青山别路”等对句，就显得平板拘执；而结尾之“将分手泪”以“用添离席觞”，更是思无奇致，语意平钝，毫无高情远韵。这说明七律一体之确立固为可喜，但要达到变化精纯，纵横挥洒之化境，尚需时日。

盛唐是各种诗体全面繁荣的黄金期，唯七律一体似仍在徘徊踏步，前进的力度不大。这从下面诸名家创作情况的统计，即可明白看出。盛唐七律作者，最重要的诗人当推王维、高适、岑参、李颀、崔颢和李白。据赵殿成注《王右丞集》，收古近体诗共四百七十九首，其中七律约二十首，是当时写作七律最多的一个。其次如李白，据清缪曰芑本《李太白全集》，收各体诗共九百九十四首，其中七言八句者共十八首，然通篇押平韵者九首，《送从弟绾从军安西》一首乃短歌体，故皆非标准的律诗，而较合七律之体者不过八首。此外，据《全唐诗》收高适诗共二百四十一首，其中七律仅七首。收岑参诗共三百九十七首，其中七律仅十一首。他如李颀，今存七律六首，崔颢七律三首，孟浩然七律四首，王昌龄七律二首，崔曙、祖咏、储光羲等各有七律一首。这就是说，较之其他诸体，此时七律尚未被盛唐诗人所普遍认同和接受，其进步不大也就在情理之中了。杜甫的情况却不同，可以说他是全力以赴创作七律的第一人，尤其是在他的后期。据浦起龙分体编辑的《读杜心解》，共收诗一千四百五十八首，七律一体竟多至一百五十一首，仅此一项即可说明，他在七律创作上的用力之勤、用功之深。而七律之在他手中，能达到炉火纯青境界并有伟大建树，也就不足为奇了。而且，也是在他的影响之下，自中晚唐始，此体遂成为后来历代诗人所最喜欢采用也最有成就的主导性诗体，杜甫之功实不可没。

盛唐七律创作，大致可分两种情况：一是尚留有以乐府或古诗句入诗者，当然不是标准的七律；二是虽完全合律，却技术尚不成熟而流于平板者。关于前者，如沈佺期名作《独不见》（即古意呈補阙乔知之），即存在这种情况，故胡应麟批评说：“惜颔颇偏枯，结非本色”。[①] 何以说“结非本色”呢?《全唐诗话》曾一语道破:“末句是齐梁乐府诗话……如织宫锦,间一尺繡,锦则锦矣,如全幅何?”即认为此虽名作,但作为七律尚有缺憾。到崔颢《黄鹤楼》一诗,起首即连用三“黄鹤”,自难符合严密格律,故胡应麟亦批评说:“崔颢《黄鹤》,歌行短章耳”。[②] 纪晓岚则说:“偶尔得之,自成绝调,然不可无一,不再有二,再一临摹,但成窠臼”。即认为此非七律正格,偶尔为之尚可,作为范式临摹,便非七律本色了。而诗人李白,却正有临摹之嫌,如他的《登金陵凤凰台》,胡仔《苕溪渔隐丛话》、杨慎《升庵诗话》,就都认为是拟崔颢之作,而王世贞《艺苑卮言》、《全唐诗话》则皆评之曰:“并非作手”。他的《鹦鹉洲》一诗亦复如是:

> 鹦鹉来过吴江水,江上洲传鹦鹉名。
> 鹦鹉西飞陇山去,芳洲之树何青青。
> 烟开兰叶香风暖,岸夹桃花锦浪生。
> 迁客此时徒极目,长洲孤月向谁明?

太白天才纵放,自非严密格律所能束缚,故写起律诗来往往出之以歌行笔法,也就是很自然的事。惟其如此,他在七律上的成就,便无甚称道。他也有严格按律所写的诗,如《题雍丘崔明府丹灶》,但又往往为格律所拘,更难使才气得到施展,遂流于平俗板滞,故有人批评他在七律上“真无丝毫可以成立之价值”(叶嘉莹语)。

至于第二类七律,王维是写得较多的一个。虽较之同时诸人所作,他写得更为成熟流畅,也较少有格律束缚之感,但与其在五律方面之天怀独造、妙达自然而入圣境者相比,却差别甚远。这主要表现在无论叙述方式、意境创造或语言使用,都比较平实板滞,缺少独到的创造开辟。如常为人提到的《出塞》:

> 居延城外猎天骄,白草连天野火烧。
> 暮云空碛时驱马,秋日平原好射鵰。
> 护羌校尉时乘障,破虏将军夜度辽。
> 玉靶角弓珠勒马,汉家将赐霍嫖姚。

虽首联气势雄健,极富边地特色,但就整体的章法句法言,却不免平铺直叙,缺少应有的拓展变化。若“护羌校尉”、“破虏将军”一联,亦只是平实叙出,并无特别可称者。如与五律中之“江流天地外,山色有无中”、“大漠孤烟直,长河落日圆”、“山中一夜雨,树杪百重泉”等相较,能妙造自然、境界浑成而杰出一世者,七律中则寡矣。七律中为人喜爱而仅有之“漠漠水田飞白鹭,阴阴夏木啭黄鹂”一联,虽有出蓝之誉,但仍被指为乃窃李嘉祐诗者[③]。故知七律亦并非摩诘之所长。

---

① 胡应麟.《诗薮·内编》(5).上海古籍出版社,1979

② 胡应麟.《诗薮·内编》(5).上海古籍出版社,1979

③ 李肇.《国史補》(卷上).明崇祯毛氏汲古阁刻本

高、岑诸人，在七律创作上虽数量不多，却已能够熟练运用，颇为工整流丽，其失则在缺少创造，表现一般化，不像他们的七古那样雄豪奇崛，杰出一代。如高适的《送李少府贬峡中、王少府贬长江》：

嗟君此别意何如？驻马衔杯问谪居。
巫峡啼猿数行泪，衡阳归雁几封书。
青枫江上秋天远，白帝城边古木疏。
圣代即今多雨露，暂时分手莫踌躇。

这是一首送别朋友之诗，就诗的艺术成就言，无论叙述语言的流畅、情景的渲染照应、或声律对偶的使用，都很娴熟，七律一体已不再是束缚人的艺术形式了。但正如叶燮所说："高岑七律，遂为后人应酬活套作俑"。即认为流于一般化，成为后人应酬诗的始作俑者。又如岑参《九日使君席奉饯卫中丞赴长水》：

节使横行西出师，鸣弓擐甲羽林儿。
台上霜风凌草木，军中杀气傍旌旗。
预知汉将宣威日，正是胡尘欲灭时。
为报使君多泛菊，更将弦管醉东篱。

同样写得兴酣墨畅，然能变化出新、裁成已意者就不足了，所以流于平板。如前诗之"巫峡啼猿"和"衡阳归雁"、"青枫江上"和"白帝城边"，及此诗之"台上霜风"和"军中杀气"、"汉将宣威"和"胡尘欲灭"等，对仗不能不谓之工整流丽，但造意却未能出人意表，醒人心脾。尤其高诗之中二联，平列四地名为对，更为人所诟病。再如前已抄引的李颀《送魏万之京》，那是一首很优秀的七律，但许学夷《诗源辨体》却批评说："李颀七言律，声调虽纯，后人实能为之"。即只能用于一般情感的表达，而要上升到诗的境界创造则不足，大概还是拘于七律体制的原因吧。

总之，七律一体，盛唐人所作还不是很多，也未能达到运用自如，变化腾挪之精境，如王、孟之于五言，高、岑之于七古，太白之于乐府那样，皆取得后人难以企及的成就。而这正为诗圣杜甫留下了专攻和创造的空间，并以其盖世天才和囊括万有的学识，使七律一体终于进入成熟期，也把互根互生的情景结构发展到完美阶段。

三、杜律情景结构分析

杜甫（712—770 年）字子美，原籍襄阳（今属胡北），生于巩县（今属河南）。因曾家居京兆杜陵（今西安东南）附近的少陵，故诗中每以"杜陵布衣"、"少陵野老"自称。由晋至唐，祖上多有人仕宦为官，其《进雕赋表》说："自先君恕、预以降，奉儒守官，未坠素业"。祖父杜审言，又是初唐著名诗人，尝受到武则天的赏重，故他说："吾祖诗冠古"（《赠蜀闾丘》）、"诗是吾家事"（《宗武生日》）。由此可知，他从小即受到过儒业和诗歌创作的良好教育。当然,他之所以能成为一代伟大诗人,还是由他生活的时代造成的。尤其是那场引发社会大动乱的"安史之乱"。这从他一生经历及诗歌创作情况,即可清楚地看出。大约在四十岁之前,是他漫游各地和长安求仕时期,曾有江浙苏杭、齐赵、梁宋三次远游,过的是裘马轻狂的生活。开元二十三年(735 年)举进士不第,遭受生活中的第一次挫折。后寓居长安近十年,屡向达官贵人投谒干进而未果。天宝十三载(754 年)向玄宗献"三大礼赋",终获赏识,封河西尉。但因未曾授实职,遂改任右卫率府胄曹参军。而在这一年(天宝十四载)十一月,安史之乱爆发。统观这一时期他的创作,虽也写过一些好作品,尤其是在临乱前所写《丽人行》、《兵车行》、《赵奉先咏杯》等极富现实意义作品外,却难独树一帜,取得超越时人的成就。可以说正是安史这乱,才将他推上诗歌历史舞台的。天宝十四载,安禄山反,洛阳沦陷。次年六月,哥舒翰二十万大军兵溃潼关,长安亦相继失守,玄宗匆匆逃往蜀中。杜甫亦携家前往奉先避难,继迁白水,又颠沛流离逃至鄜州(今陕西富县)之羌村。七月肃宗在灵武即位,杜甫亦离家奔延州,拟去灵武,中途为叛军所俘。肃宗至德二年(757 年)四月,他冒险逃往长安,到达肃宗驻跸的凤翔(今宝鸡东),授左拾遗。在数年的辗转流离中,他感民生之多艰,哀战乱之惨烈,忧国忧民而写下许多不朽的伟大诗篇,从而奠定了他在文学史上地位,这是他的第一个创作丰收期。尤值得注意的是,这些诗篇上承汉乐府反映现实生活的优秀传统,下又开我国再现文学"为时""为事"之先河,其影响所及而有中晚唐之"新乐府运动",具有划时代的文学史意义。不过此期作品多用长篇古体,七律之作却无一篇。

是时,宰相房琯又因陈陶斜大败,为贺兰进明弹劾罢官,而身为谏官的杜甫遂上书为之辩白,因此触怒肃宗,故被疏远。乾元元年(758 年)五月,房琯被贬出京,杜甫亦被放华州司功参军。他对政治前途深感绝望,抱负理想亦随之破灭,于是年七月遂以生活穷困为由而弃官,先居秦州(今甘肃天水),继迁同谷(今甘肃成县),于乾元二年末到达成都,从此过起了"漂泊西南天地间"的流荡生活。他曾写道:"奈何迫物累,一岁四行役"(《发同谷县》),即指此段经历而言。到成都后,时任剑南节度使兼成都尹的好友严武,曾多方支持照顾,遂筑草堂于浣花溪上,暂时定居下来。四月,玄、肃二宗相继去世,七月代宗诏严武还朝,不久成都少尹徐知道即乘机作乱。杜甫遂携家避乱绵州,继往梓州,又转阆州,拟取水路出蜀。广德二年(764 年)春,严武再镇成都,甫乃举家返回。六月,受严武推荐任节度使署参谋,检校工部员外郎。然不到一年时间,他因已厌倦幕僚生活,于次年正月辞职。四月严武死,杜亦失去依凭,遂离家顺江东下,经嘉州、戎州、渝州、忠州、云安,于大历元年(766 年)夏到达夔州。在夔州的不到两年时间,他全力投入诗歌创作,居然写下四百三十多首诗,这是他的第二个创作丰收期,也是其艺术成就的巅峰期。大历三年,离开夔州,再度过起漂泊流浪的生活来,最后于大历五年病殁于湘江舟中。这一时期,他所写最多的是七律,也最能代表其创上的成就,下面即以此为主要分析对象。

安史之乱前,杜甫所写七律既少,质量也不是很高,并未取得超越时人的成就,叶嘉莹即曾指出:"其风格则仍在初唐绮丽余风的笼罩下",即使置之同期诗人中来看,"仍未能摆脱时尚,其风格仍不过是平顺工丽,不但未能度越前人,即较之摩诘、太白的一些佳作之远韵高致，亦复尚有未及"①。比如，写于早期的《城西陂泛舟》的"青蛾皓齿在楼船，横笛短箫悲远天"、"鱼吹细浪摇歌扇，燕蹴飞花落舞筵"等，就和前面说到的高、岑之"青枫江上"和"白帝城边"、"台上霜风"和"军中杀气"不免受格律拘限，仅求其平顺工丽者没有什么不同。然而，自任左拾遗至夔州的后半生，他一方面生活上相对说比较安定，故有较充裕的时间进行精心构思；另一方面加之纯熟的创作修养和深切的生活感受，于是七律之作才骤然增多，并达到宛转自如，随心所欲的自由境界。如写于乾元元年的《曲江二首》之一即已臻于纯熟：

一片飞花减却春，风飘万点正愁人。
且看欲尽花经眼，莫厌伤多酒入唇。
江上小堂巢翡翠，苑边高冢卧麒麟。
细推物理须行乐，何用浮荣绊此身。

此诗约写于因房琯事而触怒肃宗被疏远闲置时期，虽可看作前六景后二情结构，但并不那么明确，大概是"以写景之心理言情"的产物，故情中有景，景中有情。蒋弱六曾评前二联云："只一落花，连写三句，极反复层折之妙，接入第四句，魂消欲绝"。确实，此诗之妙当从整体来看，不能寻章摘句。就行文言，虽一气直下；就思理言，却层折百转。首句由一片小小落花起兴，即景生感："一叶落而天下知秋"，一瓣坠则春光顿减，这已够惹人愁绪的了，何况还是"风飘万点"，正纷纷扬扬满世界洒落呢？又怎能不叫人产生美好生命凋谢的哀感！次联即顺承直下，思绪更推进一层："经眼"之花，零落将尽，春残已是无可奈何，唯有借酒浇愁，聊以自遣而已，故曰"且看""莫厌"，那是何等无奈的悲哀！如此写来，则一切景语似乎都有了象喻色彩，无论主观上是否有意寄托，客观上却和诗人遭际之心境若合符契。因此，所谓"反复层折之妙"，也就不只在结构布局，更在深层的细密情思。而"且看""莫厌"一联之造句，于灵活自由中又见工整，完全不见刻意局促之态，所达之浓情远致所以使人"魂消欲绝"也。"江上小堂巢翡翠，苑边高冢卧麒麟"，虽纯是状景，初看甚为工丽，细按却是上面情思的进一步延展，即由自然而社会，由物事而人事，写安史乱后曲江胜景的残败。故知"愁人"的内容，亦不只伤春，更在离乱，所谓"花经眼"者，也就具有时代沧桑的蕴含，并非仅指花也。张性《杜律演义》曰："曲江，旧时风景佳丽，禄山乱后，无复向时之盛，是以堂巢翡翠，冢卧麒麟，盛衰不常如此"。正是这"盛衰不常"，有如"风飘万点"般的时代巨变，才引发诗人对世事烟云、贤愚尘土的深深震撼，而有"细推物理"抛却"浮荣"的大彻大悟，且以"行乐"的愤愤之言而自宽自觉了。总之，此诗不仅在情景关系上，相互勾连贯通，成为一个融浑整体；而且，使工整却不免板滞的律句，也一变而为随心所欲、灵活自如、又自有法度存在的抒情工具。这说明到了杜甫手中，七律一体已不再是束缚人的东西，为此后人们所最喜采用的诗体，也就不足为怪了。

当然，我们要谈的重点，是杜律互根互生的情景结构。即写入诗中的情和景，它们不

① 叶嘉莹.《杜甫秋兴八首集说》. 上海古籍出版社，1988. 31

是相互孤立外在的，而是互为存在的根据，又是相互生发的前导。一般来说，先景后情仍是他采用的普通方式，但也可分作多种情况。然不管是哪种情况，化景为情，情景相生，亦然是其谋篇运笔之根本。先看前四（景）后四（情）式，如传诵名作《登高》：

风急天高猿啸哀，渚清沙白鸟飞回。
无边落木萧萧下，不尽长江滚滚来。
万里悲秋常作客，百年多病独登台。
艰难苦恨繁霜鬓，潦倒新停浊酒杯。

此诗作于寓居夔州时，杨伦曾评为“杜集七言律诗第一”①，胡应麟更认为“此诗自当为古今七言律第一，不必为唐人七言律第一也”②，那么它成功的奥秘又何在呢？当然还在情景的敷设。就前四句状景言，则刘勰所说：“物以情观，故词必巧丽”③是也；就后半抒情言，则王夫之所说：“情不虚情，情皆可景”④是也，请言其详。这是一首登临兴感，自伤飘零之作，其感慨襟抱又特深广，可谓“前四景，后四情”的典型范本。然首联状景，以风急天高之猿啸，渚清沙白之鸟飞起兴，极写其环境之动荡不宁；颔联言时，以无边萧萧之落木，滚滚不尽之长江相接，极状秋色之寥廓萧瑟。而言“急”言“高”，言“啸哀”，言“飞回”，则情怀之激烈难平，亦自在其中；又言长江则曰“不尽”，言落木则曰“无边”，其愁思之浩茫遥深，亦自在其中。是所谓“景中情”者。后四述情，先点明“常作客”，以言其常年之飘泊不定；继写出“独登台”，以言其此身之孤独无依，因而才有下面“艰难苦恨”的“潦倒”之悲。但是，作客而以“万里悲秋”状写，登台而用“百年多病”形容，又与心理时空上之“无边”“不尽”遥相呼应，以增加其飘泊之空间感，和潦倒之时间感，蕴含倍觉厚重，虽是言情而景亦自在其中，又所谓“情中景”者。“繁霜鬓”自是“常作客”的见证，“停酒杯”则是“多病”的必然结果，其潦倒失意更自可知。且与首句之“哀”又相呼应（哀在己而非猿也），并通贯全诗，结构成一“妙合无垠”的浑融整体，故能意境圆融，余味不尽。至于此诗格律自然之美，胡应麟《诗薮》曾说：“则一篇之中句句皆律，一句之中字字皆律，而实一意贯串，一气呵成。骤读之，首尾若未尝有对者，胸腹若无意于对者；细绎之，则锱铢钧两，毫发不差，而建瓴走坂之势，如百川东注于尾闾之窟。至用句用字，又皆古今人必不敢道者，真旷代之作也”。未尝对而自然成对，精于对又似无意于对，正前人所说七律而臻于圣境者。

又如《秋兴八首》之一：

玉露凋伤枫树林，巫山巫峡气萧森。
江间波浪兼天涌，塞上风云接地阴。

---

① 杜甫.《杜诗镜铨》. 上海古籍出版社，1998
② 胡应麟.《诗薮・内编》(5). 上海古籍出版社，1979
③ 范文澜注.《文心雕龙・诠赋》. 人民文学出版社，1962
④ 王夫之.《古诗评选》(5).《船山全书》第14册. 岳麓书社，1996

丛菊两开他日泪，孤舟一系故园心。
寒衣处处催刀尺，白帝城高急暮砧。

《秋兴八首》历来被看做杜律之代表作，首章则尤为传诵，胡震亨即说：“气概风韵，固是压卷”①。此亦为典型的前四后四式。“首章对秋而伤羁旅也。上四因秋託兴，下四触景伤情”②。玉露结寒，枫林为之凋伤，巫山巫峡，秋气一片萧瑟，静景也，然已“写秋意满纸”；峡江波浪，已是连天翻涌，山塞风云，更是匝地遮阴，动景也，固为“志士所增悲”。可知此虽状景，却非滞景，其心绪之郁结不宁已在言外，正如胡震亨所说：“前四句景中含情，乃秋兴之端”③。或以为“塞上”句，乃言时局之危殆，吾不敢猜测。颈联亦是《登高》手法，虽是写情，言泪而用“秋菊两开”，言心而用“孤舟一系”，化情为景，以实代虚，绝不作抽象说明。特拈出“故园心”者，此一篇主脑也，其调伤之触，萧瑟之感，皆以此为“情感之素地”，故物皆着我之色彩。尾联则是“故园心”的具体化，所谓“客子无家之感，可胜悽绝”。（清顾宸语）只是不似《登高》之直说，亦然出于高城急砧之景语而已，亦胡震亨所说：“后四句情中寓景，乃秋兴之实”④。关于尾联，钱谦益曾分析说：“以节则杪秋，以地则高城，以时则薄暮。刀尺苦寒，急砧促别，末句标举兴会，略有五重，所谓嵯峨萧瑟，真不可言”⑤。以此来体悟“情中寓景”之说，当会更深一层。刀尺苦寒、急砧促别，皆情也；然置之杪秋，高城、薄暮之中，其情其感又将何如哉！杜律能将情语景语，融铸得如此毫无分际，确是他人所不及。

再看前六后二式，如《阁夜》：

岁暮阴阳催短景，天涯霜雪霁寒宵。
五更鼓角声悲壮，三峡星河影动摇。
野哭千家闻战伐，夷歌数处起渔樵。
卧龙跃马终黄土，人事音书漫寂寥。

此诗者当写于大历元年诗人寓居夔州西阁时。时西川战乱频频，而吐蕃亦乘机侵凌蜀地，故有感而作也。此亦被推为七律典范之作，胡应麟即说：“老杜七言律全篇可法者，……登楼、阁夜、崔氏庄、秋兴八篇，气象雄盖宇宙，法律细入毫芒，自是千秋鼻祖”⑥。首联由景起，先营造一种情感氛围，为景物染上主观色彩；短景，寒冬日短之谓，乃此联重心所在。是说这是一个岁末白日短促的冬夜，霜雪初霁，月明寒宵，独立苍茫，而情思浩荡。“天涯”者，漂泊西南天地间之谓；“催”字尤其值得注意，有烈士暮年，岁月逼人之意。

① 杜甫撰．胡震亨编．《杜诗通》．清顺治七年朱茂时刻本
② 仇兆鳌注．《杜诗详注》．中华书局，1979
③ 杜甫撰．胡震亨编．《杜诗通》．清顺治七年朱茂时刻本
④ 杜甫撰．胡震亨编．《杜诗通》．清顺治七年朱茂时刻本
⑤ 杜甫著．钱谦益笺注．《钱注杜诗》（上）．上海古籍出版社，1979
⑥ 胡应麟．《诗薮·内编》（5）．上海古籍出版社，1979

次联即由此浩荡情思生出，化情为景，写阁夜所见：五更鼓角，悲壮凄楚，怵目惊心，战乱未平也；三峡星河，参差映带，晃荡摇曳，心绪不宁也。此造境宏阔，气势雄大，悲慨苍凉，笼括天地，自是千古名句。卢世㴶说："意中言外，怆然有无穷之思"（《杜诗胥钞》），诚然。但理解为景外意中，似更加明确。三联由自然转向社会，忧国忧民之心更显：村野里有千家哭声，田园废也，这是战争造成的灾难；寒江上每夷歌数起，聊为生也，尚赖渔樵可以生活。虽是情语，而出以客观状景，尤觉含蓄而味长。铺垫已足，尾联遂结以议论：卧龙，指蜀丞相诸葛亮；跃马，指西汉未据蜀称帝的公孙述。左思《蜀都赋》曰："公孙跃马而称帝"。杜诗中亦每每写及，如"公孙初据险，跃马意何长？"（《白帝城》）沈德潜即解释二句曰："结言贤愚同尽，则目前人事，远地音书，亦付之寂寥而已"①，是说战乱之中，人事音书杳然不通，只在寂寞无奈中度日。前面写大景，此则以一己之情结，最后点醒全篇，知诗人者时代之诗人也，故读来尤为感人。

《秋兴八首》之六，亦是如此结构，只是句联之间空白太大，往往产生歧解：

瞿塘峡口曲江头，万里风烟接素秋。
花萼夹城通御气，芙蓉小苑入边愁。
珠帘绣柱围黄鹄，锦缆牙樯起白鸥。
回首可怜歌舞地，秦中自西帝王州。

此诗主旨大抵是：在瞿塘（即夔）"思长安之曲江而伤乱也"（沈德潜语），首句只列出两地名，中间又不置他字，便是一段空白。却隐然有一"望"字在，否则岂有"万里风烟接素秋"之远景乎？即所谓"两句串一句法也"。如此，则方觉一片风烟相连，萧瑟苍凉，情怀浑浩悲慨之妙。次联即接写花萼、夹城、芙蓉等，又全是长安胜景，但少陵在夔州亦自难"望"见，更是一段空白。合理的解释，应是承曲江而回忆往昔之词。盖花萼楼、夹城、芙蓉苑等，皆与曲江相接，为皇家出游时所常到，故连类而及之。御气，当指天子之气，故顾宸曰："通御气，言明皇游幸复道，其气无不通也。禄山警报日至，芙蓉小苑遂入边塞之愁"（《辟疆园杜诗注解》）。故知二句是说，明皇溺于游乐，终于引起禄山之乱，此所以误国也，暗含讥讽。颈联所写，究为盛时景象，抑或衰败景物，分歧甚多，但联系前面所写来看，当仍以写游乐之盛为是。"珠帘绣柱"，当指曲江宏丽建筑，皆围绕水中黄鹄而立；"锦缆牙樯"，当指池中行船竞舟，不觉时时惊飞白鸥。此乃回忆当年曲江游乐之盛，以衬今日乱后之残败景象，遂径直逼出结尾两句："回首可怜歌舞地，秦中自古帝王州！"但歌舞地与帝王州之间似仍留有一段空白，更需凭各人所得去铺充。清黄生《杜诗说》曰："可怜藏歌贮舞之地，一朝化为戎马之场，因思秦中历代所都，胜碛非一处，盖令人不堪回首耳！"此说当为近之。统观全诗，首联因秋起兴，状景浑灏苍茫，笔入化境，乃景中之情也。中二联只就曲江铺写，极状歌舞富丽之盛，实为"可怜歌舞地"之叹惋铺垫，盛衰之感，家国之思，尽在其中。而景为情设，情以景结，互根互生，相得益彰。然"秦中自古帝王州"

① 沈德潜.《唐诗别裁》. 商务印书馆，1958

之句，却情中含景，在悲集万端中自不乏气象。少陵诗常蕴含深厚的历史感，此亦突出一例。

同前举诗相反，杜律中亦有首二句情，后六句景者，且诗以景结，尤富有余不尽之妙。如《南邻》：

锦里光生乌角巾，园收芋栗未全贫。
惯看宾客儿童喜，得食阶除鸟雀驯。
秋水才深四五尺，野航恰受两三人。
白沙翠竹江村暮，相送柴门月色新。

诗中所写乃是他的一位邻居，大概属安贫乐道的隐遁之士，故首联即充满赞赏之情地加以概括介绍：人称他为“锦里先生”（可能因居锦江边之故），头戴乌角巾，日以芋栗为粮。“贫”字尤值得注意，“未全贫”而安于贫，才是全诗说明的主旨。既对其外貌和生活情趣有了概括理解，下面即就此展开描写，却全是家居环境的景语：先写家中特有的氛围，由于儿童看惯宾朋们常来常往，见客亦不认生而满面欣喜，惯于阶除觅食的鸟雀亦不为生人所惊，一派和谐适情，纯真自然景象，虽是写物已暗寓主人情趣；再写居住环境，此地河汊纵横，家傍小港而居，秋来水深不过四五尺，往来村船也只容两三人，则僻静村朴，远离人境，更是高人怡情养性的场所。尾联再铺一笔，四外明沙翠竹，一爿柴门掩映其间，在此每每盘桓半日，已是暮色降临，遂相送柴门，寻路而归，唯新月初上，清辉满地而已。不难看出，诗由对主人的欣赏之情起兴，又以层层状景加以丰富補充，故可说情乃景之根，而景乃情所寓，二者不即亦不离，虽有在物在我之分，却是浑融一体而难分涯际的。至于结句“相送柴门月色新”，则是以景结情，相得相洽之意，更是含而不吐，徒留想像之空白矣。

杜律中还有一些诗，则是不情不景，亦情亦景，情景难分却又互根互生之作。此类诗，既不同于纯粹的情感直抒，因诗中分明不乏景物描写；但也不同纯粹的化景为情，因情语和景语又难截然分开。如《恨别》：

洛城一别四千里，胡骑长驱五六年。
草木变衰行剑外，兵戈阻绝老江边。
思家步月清宵立，忆弟看云白日眠。
闻道河阳近乘胜，司徒急为破幽燕。

上元元年（760 年）三月，检校司徒李光弼，先破怀州叛将安太清，四月，又破盘踞河阳的史思明，并欲乘胜直捣叛军老巢幽燕。此时杜甫已寓居成都，距安史之乱发生也已五、六年时间，诗人闻讯而喜，家国之思和乱离之苦，都一齐涌上心头，于是写下这首《恨别》诗。他是于乾元二年（759 年）离开故乡洛阳的，先返华州，再寓秦州、同谷，辗转四千余里，最后来到成都。首联即述此次战乱流离之事，然并非只是叙事，其胡马长驱，生灵涂炭，转徙飘荡之情景，亦自在其中，心情是十分沉重的。次联接写流寓他乡之悲："草木变衰"，自是写景，谓客蜀时间之久，然联想到宋玉《九辩》之"萧瑟兮草木摇落而变衰"句，则又含有万物盛衰不常的沧桑之感；"兵戈阻绝"句，既点出造成这些苦难之因，进一层加强由"衰"而"老"的情感深度，其实也是状干戈动乱之时局，情景更是绝难分开的。三联由别洛阳老之悲，转写思家忆弟之伤：思家而曰"步月清宵"，忆弟而曰"看云日眠"，则是寓情于景，倍觉其伤。沈德潜即分析说："若说如何思，如何忆，情事易尽。步月、看云，有不言神伤之妙"①。因思之切，却无可奈何，故时步时立，坐卧不安，所谓"以写景之心里言情"者，此所以为妙。尾联则是直说，以寄托祝愿和希望，但杀伐之声，军急之状，亦自在言外，且由前半之沉重一变轻快，是翻进一层，笔力劲健。总之，若此类诗，是难以此情彼景或一情一景去作切割的，在杜甫又运用得出神入化，故尤值得重视。他如《闻官军收河南河北》亦极具特色：

剑外忽传收蓟北，初闻涕泪满衣裳。
却看妻子愁何在，漫卷诗书喜欲狂。
白首放歌须纵酒，青春作伴好还乡。
即从巴峡穿巫峡，便下襄阳向洛阳。

诗当写于广德元年（763 年）诗人流离梓州（今四川三台）时。前一年冬，唐军在洛阳附近的横水与叛军交战，初获大胜，其首领薛嵩、张忠志等投降。广德元年正月，史思明子史潮义又兵败自缢，部将田承嗣、李怀仙等相继投降。至此，朝廷收复洛阳、郑（郑州）、汴（开封）诸州，安史之乱结束。诗人离乡背井②流离蜀中已多年，听到这一胜利消息，便情不自禁写下这首传诵名作。它同《恨别》一首主题相近，但表现手法又各不相同：前诗融情景于一体来写，景多于情，可称作意境；此诗则主要写情，情多于景，可称作情境。首联写初闻之"惊"，次联写惊后之"喜"，三联写因惊喜而"狂"，尾联则是对回乡路线的预想。诗人不直抒其惊其喜其狂，而只写其惊其喜其狂之情状，按"化虚为实"之说加以衡量，则前者虚而后者实，故仍可归于"景"或"境"中。王嗣奭曾评曰："此诗句句有喜跃意，一气流注而曲折尽情，绝无妆点，愈朴愈真，他人决不能道"。③ 谓"句句有喜跃意"，则知只是写喜跃的景象，而非喜跃之情的直抒，所以称之为不情不景，亦情亦景的创作模式。尾联连用四地名，是预想中的回乡路线，应该说是比较板滞的了，然在杜甫笔下，四地名经过诗人用"即从"、"便下"、"穿"、"向"等词的连缀绾合，不仅情景灿然，亦顿增精彩。从声律来说，不只造成句内自对，句与句对，而且还是活泼流丽的流水对，再加上两"峡"两"阳"的重复，更增加了声韵铿锵之美。从遣词使字来说，亦十分准确生动：由巴峡到巫峡，峡险浪急，舟行如梭，所以用"穿"；出巫峡去襄阳，顺流急驶，由高而低，所以用"下"；从襄阳至洛阳，已转陆路，车马兼程，所以用"向"。总之，此虽是行程的描述，然一路之艰

① 沈德潜.《唐诗别裁》. 商务印书馆，1958
② 此诗自注："余田园在东京"。
③ 杜甫.《杜少陵集详注》引. 中华书局，1979

辛、急切和快意，已全在其中，如身历目见，岂非情景灿然乎？更不要说那如行云流水般的工整对偶了。

杜律中还有一些诗，是情语和景语错杂而出者，更是变化多端，出神入化。如《咏怀古迹五首》其三：

群山万壑赴荆门，生长明妃尚有村。
一去紫台连朔漠，独留青冢向黄昏。
画图省识春风面，环珮空归月夜魂。
千载琵琶作胡语，分明怨恨曲中论。

此诗亦寓居夔州作，诗中所咏乃汉明妃王昭君。不过与他人不同，他只是把明妃作为历史悲剧形象来写，故没有那么多抽象的评说和议论。首联即由景起，而气势不凡：千山万壑齐赴荆门，则山之奔腾，水之险急可知，它们都向荆门攒聚，地势雄奇壮丽，大有囊括山川英气之概，此言地之灵也；而在这钟灵毓秀之地，坐落着那生长明妃的秭归香溪，言地灵则人自杰也。明胡震亨曾批评说："群山万壑赴荆门，当似生长英雄起句，此未为合作"。[①] 意谓写明妃而用此雄壮之语，似与全诗主题不大谐和。然明妃并非仅一红颜薄命耳，以此责少陵，则未必真知少陵者。故吴瞻泰说："发端突兀，是七律中第一等起句。谓山水逶迤，钟灵毓秀，始产一明妃，说得窈窕红颜，惊天动地"。[②] 始为知言耳。此联虽是写景，实寓评赏赞叹之意，但写得不露声色，故佳。中二联情景错杂互出，始转入本题，统写明妃一生遭际和家国之思。"紫台"句，本江淹《恨赋》："明妃去时，仰天太息，紫台稍远，关山无极，望君王兮何期，终芜绝兮异域"。是说一去紫台便入连绵朔漠，而"朔漠"乃一空间概念，得一"连"字相系，便具有愈深愈远的时间意味；下句是说，身后孤坟独向薄暮黄昏，而"黄昏"乃一时间概念，然得一"向"字相接，则又具有天幕笼罩的空间内涵。清朱瀚曰："连字写出塞之景，向字写思汉之心，笔下有神"。[③] 在理解诗意上虽可作参考，但所谓笔下有神，则更在意象的多层性多边性，始可悟其境深而意远。"画图"句点出造成这一悲剧之因，是说汉元帝后来才从画师的图像上省（略也）识了昭君的美貌，所以才有埋骨塞外的千古遗恨；"环珮"句乃写昭君思汉之心，是说青冢虽已葬于朔漠，然家国之思不泯，每当月夜还有魂随环珮之声回到故里。前联境多于意，此联意多于境。然"空归月夜魂"则意境两佳，忧伤、凄楚而终把情感波澜推向顶峰。尾联写后人的怀念和同情，但也不是情感的直白，而是全部凝注于那会"作胡语"的琵琶上。当承"空归"句来写，是说她已忘记昔日音乐而学会胡人琵琶，但那千古幽恨分明还在曲中叙说，听之自然叫人怀念动情。按汉刘熙《释名》说："琵琶，本出于胡中，马上所鼓也，推手前曰琵，引手却曰琶"。将一曲幽怨琵琶之曲，置于月夜环珮之声中弹奏，虽是情语而作景语会更妙，方觉神韵悠远，故结得极佳。

① 杜甫撰．胡震亨编．《杜诗通》．清顺治七年朱茂时刻本
② 吴瞻泰．《杜诗提要》．大通书局，1974
③ 朱瀚．《杜诗解意》．大通书局，1974

在此类诗中，更应提到他的名篇《登楼》。清浦起龙说："声宏调阔，自然杰作"①。沈德潜则说："气象雄伟，笼盖宇宙，此杜诗之最上者"②。且看原诗：

花近高楼伤客心，万方多难此登临。
锦江春色来天地，玉垒浮云变古今。
北极朝廷终不改，西山寇盗莫相侵。
可怜后主还祠庙，日暮聊为梁甫吟。

广德元年(763年)正月，安史乱平，十月吐蕃又乘机入侵，曾一度攻陷长安，代宗奔陕州，后为郭子仪所败，才得收复京师。是年冬，吐蕃又连破松、维、保储州(皆在川西北)，继又陷剑南、西山等地，再加之地方藩镇拥兵割据，蜀中也陷于一片战乱之中。时诗人寓居成都草堂，因感时局而作此诗。首联由景起，亦兼述情："花近高楼"，言楼外已是满眼春色，此本欣喜之事，然接曰"伤客心"，当是以乐景写哀，而客心才倍觉其哀；"万方多难"，则是点时，而以"此登临"承之，"此"字尤值得注意，当是强调此时此地之意，故这次"登临"也就有了特殊含义，这才是客心之伤的根本原因所在。颔联全是景语，当为登楼所见者：烂漫春光随锦江铺天盖地而来，飘忽起灭的玉垒(山)浮云阅尽古今变幻。语本状景，却加"古今"二字点缀其间，故知此非仅谓自然界之白云苍狗，亦谓人世间之沧海桑田，感时而寄慨也。颈联则全是情语：北极朝廷，《分门集注杜工部诗》引宋赵次公曰："盖长安上直北斗，号北斗城"，又斗垣紫微为天帝座，以象帝京，故知此句谓大唐朝廷；二句是说，大唐江山终是岿然不可改变，而盘踞西山之敌寇岂可侵犯之乎？用语意正词坚，其凛然之气难干。尾联则半情半景，当是即目兴感：蜀后主之荒淫误国，至今却还(依然)被村人祠祀，悲而刺时也；诗人便只能在暮色苍茫中，孑然独立天地，吟咏着《梁甫吟》以寄慨。《梁甫吟》，乃诸葛亮未出茅庐时，最喜欢吟唱的乐府歌词，此因后主而连类及之，实即指诗人此诗。全诗写得气势雄浑，沉郁顿挫，既于状景中委婉达情，又于言情中曲含其景，融自然胜景、家国灾难、个人情思于一炉，真有"俱道适往，著手成春"之妙，此所以为"杜诗之最上者"。

互根互生的情景结构，本是唐人最喜欢采用的一种抒情模式，不仅五七言绝、五七言律、乃至歌行古体中都普遍存在；即以人论，如长于情感直抒的李白，以景言情的王维等，亦往往如此。但是在七言律诗中，尤其是杜律中才发展到最完美的程度，所以被视为我国诗歌发展的最高形式。在杜甫手中，七律已不再是此情彼景的对举描写，而是打破一情一景的固定模式，使其变得更加随心所欲，出神入化，而真正臻于"情由景生，景为情化"的圣境，即他所说"浑漫与"者。换句话说，他创作构思的感受心态，不再是由物及情、先物后情，而是或物或情，都能在心灵体验中完整统一起来，以至不知何者为我，何者为物，而见于笔下则又情景灿然。宋方回曾称赞他夔州以后诗："绣与画之迹俱泯，赤甲白

① 浦起龙.《读杜心解》. 中华书局，1978

② 沈德潜.《唐诗别裁》. 商务印书馆，1958

盐之间,以至巴峡、洞庭、湘潭,莫不顿挫悲壮,剥落浮华”①,陈善也说:“观子美到夔州以后诗,简易纯熟,无斧凿痕,信是如弹丸矣”②,大概都是有感于此而发,只是尚说得不够透彻。

第三节　中晚唐和李商隐的抒情模式

一、安史之乱后的诗风变迁

进行了八年之久的安史之乱,终于代宗广德元年史朝义的败死而结束,但繁盛富庶的一代大唐帝国,也因此遭到沉重打击,并从此一蹶不振,杜甫曾讴歌过的那种“忆昔开元全盛日,小邑犹藏万家室,稻米流脂粟米白,公私仓廪俱丰实;九州道路无豺虎,远行不劳吉日出;齐纨鲁缟车班班,男耕女织不相失”(《忆昔》)的煊赫景象,也从此风光不再。尤其是这场战乱造成的严重后遗症:在内是宦官和权奸轮替专权,造成党争剧烈;在外是藩镇拥兵割据,动辄发动叛乱。正如《通鉴》代宗永泰元年所说,他们“自署文武将吏,不供贡赋”,“虽名藩臣,羁縻而已”。同时,吐蕃、回纥等亦乘机作乱,烧杀抢掠,攻城略地,屡逼京师,社会形势变得更加严峻,政权危机重重。因此,这是一个政治上最为黯弱,经济上极其窘困,社会充满矛盾的最不安定的时期。《旧唐书·德宗纪》载:“大历中,李宝臣、李正已、田承嗣、梁崇义等,各聚兵数万,始因叛乱得位,虽朝廷宠待加恩,心犹疑贰,皆连衡盘结以自固。朝廷增一城,浚一池,便飞语有辞,而诸盗完城缮甲,略无宁日”。由此可知当时藩镇势力之猖獗,朝廷亦曾先后发兵,与田承嗣、李纳、李惟岳、梁崇义、朱滔、李希烈、朱泚、李怀光等进行过连年战争,但已局势难改,而战火却烧遍大半个北中国。连年战争的破坏和沉重的军费负担,不仅使国库空虚,更给广大人民群众造成深重灾难,陷入流离失所、哀鸿遍野的苦难之中。唐德宗在罪己诏中曾说:“征师四方,转饷千里,赋车籍马,远近骚然。行赍居送,众庶劳上,力役不息,田莱多芜。暴令峻于诛求,疲民空于杼轴,转死沟壑,离去乡里,邑里丘墟,人烟断绝……”(《旧唐书·德宗纪》)。故当时形势的严酷,是可以知而想见的。在当时诗人们的笔下,这种破败凋敝的景象,则更令人触目惊心。刘长卿说:“空城垂故柳,旧业废春苗。闾里相逢少,莺花共寂寥”(《送朱山人放越州贼退后归山阴别业》),“鸟雀空城在,榛芜旧路迁。山东征战苦,几处有人烟!”(《送河南元判官赴河南勾当苗税充百官俸钱》)。李嘉祐说:“处处空篱落,江村不忍看。无人花色惨,多雨鸟声寒”(《自常州还江阴途中作》)。“平陂战地花空落,旧苑春田草未齐”(《宋州东登望题武陵驿》)。无疑这是一个村落破败、田园荒芜、人烟几于断绝的苦难时代,而新的一代诗人,就是经历过并在这种环境中成长起来的。

面对这一严酷的现实,诗人们可能由于经历了太多的生活苦难,太多的政治排挤和打击,他们已失去前辈诗人如李杜等对现实的关注和热情,也不再对所谓“中兴”寄予希

① 北平故宫博物院编.《程斗山吟稿序》,见《宛委别藏》影抄本《桐江集》卷一. 上海商务印书馆,1935

② 社科院文研所编.《扪虱新语》.《中国历代诗话选》(二). 岳麓书社,1985

望，于是转向失望消沉，甚至感到迷惘空虚，遂采取冷眼旁观，以至遁迹逃避的态度。他们不是说“白发壮心死”（钱起《銮驾避狄岁寄别韩云卿》）、“时危且喜是闲人”（卢纶《无题》）吗？不是说“临风脱佩剑，相劝静胡尘，自料无筋力，何由答故人”（戴叔伦《酬崔法曹遗剑》）吗？相较而言，则盛唐诗人那种“功名祇向马上取”（岑参《送李副使赴碛西官军》）、“为君谈笑静胡沙”（李白《永王东巡歌》）的勤恪王事、建功边陲的自信和豪气，不仅消沉难振，且又丧失殆尽。他们感受到的似乎只是梦幻般的空虚和迷惘，转而沉浸于对苦难经历的细细品味，对人生况味的深切内省，从而变得十分敏感，凡一草一物、一触一动，都会引起他们无限感伤，而沉吟低回。韦应物说：“江村少年生离乱，见话先朝如梦中”（《与村老对饮》），朱长文说：“夜静忽如身似梦，更闻寒雨洒芭蕉”（《宿僧房》），戎昱说：“先皇歌舞地，今日来游巡。……万事如桑海，悲来欲恸神”（《秋望兴庆宫》），张继说：“天宝承平奈乐何，华清宫殿郁嵯峨。……只今惟有温泉水，呜咽声中感慨多”（《华清宫》）。往事如烟，回首似梦，思绪低沉，情怀感伤，已远非盛唐人雄豪大度的雍容气象，所以胡应麟才批评说“气骨顿衰”。程千帆先生谈到大历诗风时说：

> 由于生活在一个遭受了极大破坏的社会里，物质精神两方面都未免贫乏，……而着眼用力于写日常生活。时序的迁流，节物的变化，人事的升沉离合等方面的描绘，贯串于悯乱哀时的情绪之中，便形成大历诗歌的格调。诗人们对这些方面具有特殊的敏感，体物甚是工致，抒情颇为深刻，因而其作品富有人情味。那是一个从恶梦中醒来却又陷落在空虚的现实里因而令人不能不忧伤的时代，诗人们具有这样的心情，是不足为异的。①

因而可以这样说，正是这场历经八年的安史之乱，才摧垮了一代诗人的精神生活，也彻底改变了他们的创作心态。如果说，盛唐人的心态度是外向的开放的，从宏观浑整的大处着笔，关注的是社会历史的思考；那么，大历以后诗人的心态则是内敛的、凝聚的，是从具体的生活小处着笔，更关注对身边发生的事物的内省和体验。因而他们才对时序迁流，旅途蹇碍、相聚送别、花开花落等，表现出特别的敏感。这固可看作他们的缺失，但也是其真正之成功所在。正是盛唐人所忽略和尚未触及的地方，却给他们留下可开拓的余地，从而打造掘凿出一片崭新天地来，建构起前人所没有的新鲜境界。总之，此后诗坛虽流派风格各别，但转向主体的内省和细微体察，即对心灵世界的把握和展现，却愈来愈成为时代的主导性潮流，李商隐即是这一潮流的集成者和终结者。

《金玉诗话》曾说：“洞廷天下壮观，自昔骚人墨客，斗丽搜奇者尤众。如‘水涵天影阔，山拔地形高’、‘四望疑无路，中流忽有山。鸟飞应畏堕，帆运却如闲’，皆见称于世。然莫若‘气蒸云梦泽，波撼岳阳城’，则洞庭空旷无际，雄壮如在目前。至读杜子美诗，则又不然。‘吴楚东南坼，乾坤日夜浮’，不知少陵胸中，吞几云梦也”②。洞廷美景，确是历

① 萧涤非.《唐诗鉴赏辞典·序言》. 上海辞书出版社，1983

② 杜甫.《杜诗详注》(22). 中华书局，1979

来诗人最喜欢选取的题材，也留下不少杰作，盛唐诗人如孟浩然，杜甫等更已写到绝佳，就此而言后人确实难以超越，那么中晚唐人又是如何别出心裁的呢？如刘禹锡的《望洞庭》：

湖光秋月两相和，潭面无风镜未磨。
遥望洞庭山水色，白银盘里一青螺。

虽是同写洞庭，孟、杜诸人总是从大处设想，整体着墨，给予读者的是浑整的印象，风格雄宏阔大自不必言，所谓“胸中吞几云梦”者正是其所长。刘诗恰恰恰相反，却是从细小处设想，具体细微处用笔，观察角度很不相同。先写光色：这是风平流静之夜，湖面渊渟如镜，月光莹洁似雪，两相辉映，一片空明澄沏。于是万虑俱空，惟莹然一点向内心凝聚，却激发想象飞腾，突发奇思妙想：在浩淼的洞庭山光水色中，那深黑的君山，竟化作“白银盘里一青螺”！这里虽没有孟诗之旷，杜诗之雄，然其艺术造型的想象力概括力，其意象结构的独特性精致性，亦绝不在孟、杜诸人之下。他曾自述道：“长庆四年八月，予自夔州刺吏转历阳，浮岷江，观洞庭，历夏口，涉浔阳而东……”（《历阳书事七十韵序》）可知此诗正是诗人被贬逐南荒时所作，那么诗中所写，也就不只仅仅是“洞庭山水色”了，而是积聚在内心深处苦闷失意情怀的释放，从而寄托自己的高旷襟怀和清超风概。再如雍陶的《题君山》：

烟波不动影沉沉，碧色全无翠色深。
疑是水仙梳洗处，一螺青黛镜中心。

君山，亦称湘山，在洞庭中。而写山，自然应先写湖，故诗先从湖起笔。但是，诗人同样不是从八百里洞庭、烟波浩淼的大处落墨，而是只从细小处着笔，把重点放在写山上，尤其是浓墨重彩写山之倒影，至于湖之整体风貌，则用“烟波不动”四字轻轻带过。沉沉倒影，魆魆森人，较之君山明丽的碧色，它显得更深更浓，也更能引发人之遐想。这是有意造成神秘幽邃的氛围，以便向诗之后半写“水仙”过渡。传说中的舜妃湘君姊妹，曾泪染竹斑，化作湘水女神，常往来遨游于洞庭之上。，诗人遂将这一古老而美丽的神话传说，融进自己突发之奇想中，营构成一种非现实的而是心灵的诗歌意象——“一螺青黛镜中心”！那便是水仙对镜梳妆映出的倩影吧。无疑这一精致意象，与刘诗的思路有相同之处，也都是心灵营构的产物，但内涵似更丰富，更具有人情味，读来思绪杳然。总之，盛唐人所写往往是某种浑整的感受，重在造境，胸襟自大；中晚唐人则只在具体细小处用笔，重在达情，时逞巧思。前者的成功在创造意境，后者的成功在营造情境，虽二者都可称境，但有重物重心之别，试比较“气蒸云梦泽，波撼岳阳楼”与“遥望洞庭山水色，白银盘里一切青螺”，其理自明。这类例子很多，可再举一些。

孟浩然《宿建德江》曰：“移舟泊烟渚，日暮客愁新。野旷天低树，江清月近人。”张继《枫桥夜泊》亦与之相近：

月落乌啼霜满天，江枫渔火对愁眠。
姑苏城外寒山寺，夜半钟声到客船。

二诗同写羁旅客愁，但构思、落笔、风致却绝不相同。孟诗前半只是叙情，自然叙中有景；后半则是状景，虽写物而不远离于物，只从大处落笔，心态是浑整的。相较而言，张诗则打破浑整，描写是具体的，心态是细腻的，思路是清晰的，最后则只集中到一点："夜半钟声到客船"。这是一种即时性的心灵意象，未必是生活中所必有，虽具体而小，却更觉平中见奇，情韵绵长。又如张祜《题金陵渡》：

金陵津渡小山楼，一宿行人自可愁。
潮落夜江斜月里，两三星火是瓜州。

同样是平平叙出，只从具体、细小、真实的事物着笔，不像杜甫、孟浩然那样用力。比如，首句全用来交待地点，三句全用来交待时间，二句点事点人点愁，而重心全落在尾句："两三星火是瓜州"。这同样只是一种情感意象，以呼应"一宿行人"，虽貌似单纯状景，却含蓄蕴藉，有余不尽。

又王维《过香积寺》曰："不知香积寺，数里入云峰。古木无人径，深山何处钟。泉声咽危石，日色冷青松。薄暮空潭曲，安禅制毒龙。"郎士元《柏林寺南望》亦与相近：

溪上遥闻精舍钟，泊舟微径度深松。
青山霁后云犹在，画出西南四五峰。

首二句几乎是王诗前半之浓缩。但王诗后半，五、六乃写心中一种浑整的感受，是写景名句；七、八则写对禅理的感悟，暂且不论。相较而言，郎诗却只从平常具体的物色入手：青山、白云、雨霁、天穹映衬下傲然孤立的四五峰。同样貌似单纯写景，却仍是一种心灵意象，故在真切如画的造型中，情思绵邈，远韵悠扬。与此相近者如：

浮云不共此山齐，山霭苍苍望转迷。
晓月暂飞高树里，秋河隔在数峰西。
——韩翃《宿石邑山中》

回看巴路在云间，寒食离家麦熟还。
日暮数峰青似染，商人说是汝州山。
——王建《江陵使至汝州》

二诗同样把笔锋集中在山峰意象上，围绕它的则都是一些非常具体平常的事物，如韩诗之浮云、此山、山霭、晓月、高树、秋河等，王诗之巴路、云间、寒食、麦熟、汝州、日暮等；而更重要的还是，他们并不对这些事物本身作过多描绘，而是某一特定情境中诗人特有的某种心境、情思或意绪。如韩诗尾联，“晓”点时间之转换推移，“暂”明树月之时隐时现，“飞”则化静为动，以状月随人行之况，确是一路山行所见；下句“秋”明时令已寒，“隔”写山河淡远，且渐落于“数峰西”者，则知已是夜尽破晓时分。造境孤寂清冷幽僻，恰与诗人羁旅行役之凄清苦况相合，所以所创造的只是一种情境。盛唐人则不同，如“气蒸云梦泽，波撼岳阳城”、“吴楚东南坼，乾坤日夜浮”、“野旷天低树，江清月近人”、“泉声咽危石，日色冷青松”等，不管采用什么表现手法，重点仍侧重在事物本身的描绘上，当然它也表现了诗人的某种胸襟气度和感受，但客观性仍大于主观，所以创造的是一种意境。因此，盛唐人所写，表面看提升了现实，但实质上并不改变现实；中晚唐人所写，表面看忠实于现实，但其妙用又在现实之外，二者之差别不可不察。

综而言之，中晚唐人由于创作心态趋于凝聚内敛，他们对社会、对生活不愿再作宏阔的历史哲理思考，而只对身边发生的那些平常事物具有特别敏感，尤其是对内心幽微的体验和瞬间感悟，善于作真切具象的描绘，故前人常认为他们远师二谢，近师王维，不是没有道理的。不过，他们虽是从细处小处着笔，却并不似六朝人，只为景物对象本身精切造型，故往往能发现前人未曾写过的奇思妙想。因而其所作也就显得更精致、更洗练、也更圆满。盛唐人曾有过的那种高华朗畅的气骨和深厚意境，固已荡然无存，却在被前人忽略或未触及的地方进行开凿，终于垦掘出一片新天地来，对后人产生持久而不可低估的影响。如同是写登鹳雀楼，王之涣那首名作的创作心态便是浑整的，核心则落实到一种哲理感悟上。而畅当诗曰：“迥临飞鸟上，高出尘世间。天势围平野，河流入断山。”就只限于写亲身感受和经验，且如“围平野”“入断山”的具体描状，就不只观察细致真切，亦颇具情韵奇思，但也远非“白日依山尽”的浑浩气象了。当然，这种创作倾向其甚者也不免过度刻镂，反而显得小巧纤弱，而为后人所诟病。如“掬水月在手，弄花香满衣”、“潮作浇田雨，云成煮海烟”、“熊寒方入树，鱼乐稍离船”、“风兼残雪起，河带断水流”等，巧则巧矣，不免又落入齐梁人的死胡同中。也许艺术的辩证法就是这样，得和失、功和过、前进和倒退，总是纠结在一起而并存的。

二、成就李商隐的两类诗人

到贞元、元和之际，唐代诗歌又出现繁荣局面，故史称“中兴”。其共同倾向就是求新求变，力求改变盛唐风气，以建立自己时代的诗歌模式，故曰“诗到元和体变新”者是也。不过这种“新体”，却包括作风完全不同的两大诗人集团：一是以白居易为代表，以元稹、张籍、王建、李绅为羽翼的“新乐府运动”诗人；一是以韩愈为代表，以孟郊、贾岛、卢仝、李贺为羽翼的“戛戛独造”派诗人。二者虽皆源出于站在盛中分界处的伟大诗人杜甫，但前者承继的主要是杜诗敢于直面现实、揭露社会矛盾、抨击政治黑暗的一面，如《三吏》《三别》之类，故其创作力求贴近生活、贴近民众，语言通俗晓畅，妇孺皆知；后者则主要承继杜诗刻意求新、词必已出、以至散文化议论化的一面，故其创作往往刻琢过度，以至写险怪、写奇僻、写冷涩、写狠厉，语言则不免生新佶屈，以文入诗。但“新乐府”诗人所作，前已指出，它所确立的是一种新的创作原则，在文学史上意义重大，且“为时”“为事”之说，更标志着一个文学新时代之开端，却并非唐诗发展的主流，也与李商隐无关，故此处不赘。而韩孟派诗人，尽管已开宋诗先声，然究其实仍属唐诗抒情系统内的创变求新，不只语言新，结构新，更重要的是诗歌意象的重构翻新，尤其李贺之作，却与李商隐密切相关。

因此，李商隐诗歌抒情模式的建立，其所受影响主要应来自两个方面。从其创作心态说，则是中晚唐人趋向凝聚内敛、向主体心灵开掘乃至描写隐意识或潜意识时代潮流的延续，而且这种潮流愈是发展到后期则愈加明显，并且词体的兴起也与此密切相关。从其意象结构说，则韩派诗人那种戛戛独造的精神，弃旧生新的追求及舍我而谁的不懈努力，都给李商隐以深刻的启示。比如在语言表述层面，正如著名的“推”“敲”故事所昭示的那种“语不惊人，死不休”的苦吟精神，后来更扩展到意象结构层面，于是盛唐人那种宏阔浑整却不免粗线条的意象结构模式被打破了，而代之以拗峭奇崛或纤细精致的心灵性意象，除前已谈到的韦、柳诸人外，下面再就一些代表性诗人试作分析。

首先是属于“大历十才子”的李益（748—829年），字君虞，陇西姑藏（今甘肃武威）人，大历四年进士。初因仕途不利，弃官游燕赵间，曾为朔方、幽州、鄜坊、邠宁节度使幕府，在军中有过十多年的戎马生活经历，故以写边塞诗歌尤负盛名，而特长于七绝。后入朝，官至礼部尚书。他在《从军诗》五十首序中说：“为文多军旅之思”，“率皆出乎慷慨意气，武毅犷厉”。《唐才子传》则说：“往往鞍马间为文，横槊赋诗，故多抑扬激厉悲离之作。”虽说大历十才子追慕盛唐，然时移世改，盛唐边塞诗之豪迈宏阔的乐观情调已不复存在，而开始向主体心灵的内在心绪倾斜，故李诗亦以描写戎卒思妇之悲离激厉之情见长。如名作《夜上受降城闻笛》：

回乐烽前沙似雪，受降城外月如霜。
不知何处吹芦管，一夜征人尽望乡。

受降城，当指今内蒙古杭锦后旗乌加河北岸的西受降城，属灵州管辖。回乐烽，则指灵州州治所在回乐县（故址在今宁夏灵武县西南）附近的烽火台。首二句先以色彩鲜明之拟喻起笔，饱含情感地极状边地之月色夜景，由视觉形象引出绵绵乡情。接着又以悠扬飘忽而吹满关山的芦笛之声，从听觉形象进行铺染，使乡情更增加梦幻般的浓重。视觉固易引起人的忧伤，而听觉，更能撩拨人的心弦，于是淡淡乡情也就化作滔滔洪流，从而引发“一夜征人尽望乡”的强烈情绪反应。此正古人所说“如截奔马”句，虽是急流中截后语，而以此结尾则有“于不尽之中固已深尽之矣”①之妙。又如《从军北征》：

天山雪后海风寒，横笛遍吹行路难。
碛里征人三十万，一时回首月中看。

此诗与前篇，无论内容或表现手法，都有许多相似之处，然细按却又不尽同。比如前诗以

① 社科院文研所编.《白石道人诗说》.《中国历代诗话选》（二）. 岳麓书社，1985

首二句状景，此则只用一句概括，但其容量似乎则更大：天山乃边鄙之地，气候本寒，一也；又恰逢大雪之后，则知更寒，二也；且又山间湖上，疾风劲吹，则寒上加寒，三也。而以七字作数层铺垫，把环境的艰苦一气写足，不只读来语言简捷，更为后面描写留下许多空间。所以，不仅写"吹笛"，还補出所吹内容乃"行路难"；不仅写"征人"，还補出大军乃"三十万"，这就使"思乡"主题更为丰富，而军旅的场面更为壮观。或以为此"行路难"乃乐曲名，然据《乐府·杂曲歌辞》题解，乃"备言世路艰难及离别悲伤之意"。依此，则与本诗题意似并不贴合。因为诗题说明此写"北行从军"，内容既无"世路艰难"如鲍照、李白之有所寄托，亦无"离别悲伤"如思妇闺阁之有所嗟怨，只是因一时之触目兴感而生的军旅艰辛之叹吧。故下文才有那三十万沙蹟大军一齐回首月夜来路之瞬间定格，在鲜明的意象造型中蕴含有多少行军蹇碍和边地荒寒之无限辛酸。应该指出的是，同高、岑等人之多写客观场景相较，不论是"不知何处吹芦管，一夜征人尽望乡"，或"碛里征人三十万，一时回首月中看"的描写，都更倾向于未必然的主体感受，即仅仅是一种心灵意象，这就叫"情境"。

关于"情境"之说，首见于托名王昌龄的《诗格》。他认为"境"有物境、情境、意境之分，对于物境他阐述得比较详细，其他二境则比较粗略，不过可参考物境来理解。他写道："诗有三境，一曰物境：欲为山水诗，则张泉石云峰之境极丽艳秀者，神之于心，莹然掌中，然后用思，了然境象，故得形似。二曰情境：娱乐愁怨，皆张于意而处之于身，然后驰思，深得其情。……"。大致而言，物境偏于景物的客观描写，而以营构"境象"以求"形似"为根本特征；情境则偏重于情感的表达，但也不是情感的抽象抒写，同样要"张之于意"而"神之于心"、"了然境象"而后可得，目的在于"深得其情"。当然，这样的解释是很含混的，尚难准确把握，不过王国维有段话却可用作参考，其托名樊志厚的《人间词乙稿序》说："文学之事，其内足以摅已，而外足以感人者，意与境二者而已。上焉者意与境浑，其次或以境胜，或以意胜，苟缺其一，不足以言文学"。接着又说："原夫文学之所以有意境者，以其能观也。出于观我者，意余于境；而出于观物者，境多于意。然非物无以见我，而观物之时又自有我在"。无疑，观我观物之说，当来自庄子，即以庄子所说"物化"之我去观物时，便是"以物观物"，可简称作"观物"；相反，若以未经"物化"之我去观物，便是"以我观物"，可简称作"观我"。而"以我观物"者，则"意多于境"，相当于王昌龄所说"情境"；至于"意与境浑"者，则是所谓"意境"了。不过，不管是"境多于意"或"意余于境"，恐怕都非简单地是说描写的情感（句子）多于景物（句子），或描写的景物（句子）多于情感（句子）。因为，无论"以物观物"或"以我观物"，都讲的是作家特有的创作心态，前者即指进入物我两忘的心理状态，后者则是进入两忘之前尚有我在的状态。故王氏《人间词话》还说："有我之境，以我观物，故皆著我之色彩；无我之境，以物观物，故不知何者为我、何者为物"。在这两种创作心态中，"情境"无疑属于"有我之境"的一类，以这种心态进行创作，无疑景物是被情感化心灵化了，所以说"意余于境"、"物皆著我之色彩"。而所造成的诗歌意象，也就是心灵化的意象。例如，皎然《诗式》讲"体有一十九字"时，即曾说：

静：非如松风不动，林狖未鸣，乃谓意中之静①

远：非如渺渺望水，杳杳看山，乃谓意中之远②。

静或远本是客观存在之境，但对中国文艺来说，此种境恰恰不在客体，而是在“意中”，即被主观心灵化了的。因此，所谓“境多于意”或“意余于境”等，都不是讲情和境的孰多孰少问题，而是客体心灵化的问题。如李益诗“不知何处吹芦管，一夜征人尽望乡”、“碛里征人三十万，一时回首月中看”，以及前面提到过的“潮落夜江斜月里，两三星火是瓜州”、“青山霁后云犹在，画出西南四五峰”、“日幕数峰青似染，商人说是汝州山”等，就都并非只是状物，而是被心灵化的“意中”意象。下面即循此来解读中晚唐其他诗人。

刘禹锡（772—842 年）字梦得，洛阳（今河南洛阳市）人。贞元九年（793）进士，登博学宏词科，授监察御史。他是王叔文集团“永贞革新”的骨干人物，后革新失败，遂贬朗州（今湖南常德）司马，历任连州、夔州、和州等州刺史，在巴山楚水间辗转生活了二十三年。宝历中，因裴度力荐任太子宾客，加检校礼部尚书，故史称刘宾客。其文可与韩、柳抗衡，诗则与白居易齐名，有“诗豪”之称。其《竹枝词》、《柳枝词》、《浪淘沙》等模拟民歌之作，虽在诗坛别开生面，而受到历来人们重视，但他尤长于吊古伤今和政治讽刺之作。此类诗多写内心感受和深沉思考，大都是由日常物象兴感而营造的“意中”意象，故创作心态仍是内敛的。

除前已提到的《西塞山怀古》、《乌衣巷》等外，又如《金陵怀古》：

潮满冶城渚，月斜征虏亭。
蔡州新草绿，幕府旧烟青。
兴废由人事，山川空地形。
《后庭花》一曲，幽怨不堪听。

宝历二年（826 年）冬，刘禹锡由和州返回洛阳，途经金陵时，已是次年初春。此诗即作于旅次金陵时。据《金陵记》载：冶城，位于金陵府治西北，故址在今南京市朝天宫一带，是当年东吴冶铸刀器之地。征虏亭，故址在今玄武湖北，乃东晋征虏将军谢石及兄谢万送客处。蔡州，在长江中，有捍卫金陵不沉战船之称，东晋军阀苏峻曾一度占据金陵，试图凭藉险阻建立霸业，后陶侃、温峤起兵伐叛，舟师四万即次于此。幕府山，向称金陵门户，雄踞大江，丞相王导曾在此建立幕府，屯兵驻守，因此而得名。诗前四句即由这些历史遗迹发兴，摹时状景，极写昔日这些险要用兵之地，今已变作浪涛拍岸、斜阳残照的荒败景象；而春草年年绿，岗烟岁岁青，虽是江山永恒，却已物是人非。而那些叱咤一时的风云人物，及纸醉金迷的六代小朝廷，今又安在哉？吊古伤时，写景中又饱含着多少深沉的历史悲慨！是为后半之议论作铺垫过渡。“兴废由人事，山川空地形”，是说国家兴亡系于

① 一作“意中之静曰静”。
② 一作“意中之远曰远”。

人的努力，至于山川险要又岂可凭恃，此所谓社稷存亡，“在德不在险”。这是诗人对六朝兴亡原因的洞见卓识，然用意却在警示当世，充满对时代的隐忧。《玉树后庭花》乃荒淫误国的陈后主所作，虽说六朝最后一个小朝廷陈的灭亡，并非一曲《后庭花》所致，但它却是六代帝王歌舞升平、耽于逸乐的腐败生活的代名词，更是有名的“亡国之音”。问题是当今的统治者，并未因此而吸取教训，仍然步六代后尘，凭仗关中百二山河之险，沉溺在声色享乐之中，而《后庭花》乐曲的亦然流行，即可为证，因为欣喜它的正是那些身居高位的达官贵人们。故知此诗主旨当是借古讽今，不过表现手法却比较特殊：前两联只从眼前名胜遗迹这些小处发兴，暗示千古兴亡之所由，并不拘于一朝一代；颔联就此发表议论，直接揭出六代灭亡的秘密；尾联又借一曲小小的《后庭花》寄寓感慨，小中见大，讽谕古今。因此，这与前人只就历史事件之大处着笔者，又不相同。王国维曾说：“境界有大小，不以是而分优劣”。[1] 似于此正可辨中盛之别。刘禹锡还写过一首《台城》，与此诗亦同一主旨：

> 台城六代竞豪华，结绮临春事最奢。
> 万户千门成野草，只缘一曲《后庭花》。

台城，乃古都金陵六朝帝王们起居临政的中枢之地，自然一代比一代建筑的更为豪华。而六朝最末一个皇帝陈后主，又在豪华的台城增建了结绮、临春、望仙三座高达数十丈的仙境楼阁，并纳数以千计的美女充其内，成天倚红偎翠供其淫逸享乐，所以说“事最奢”。《玉树后庭花》即后主此时所作，用以伴唱乐舞者。刘诗即以此为题材，用意当与前诗相同，重点依然放在《后庭花》这一意象上，同样引人遐想，发人深思。《贞一斋诗说》曾说：“咏史诗不必凿凿指事实，看古人名作可见”。拘于凿凿事实来写，固为高明的诗人所不取，但对中晚唐诗人来说尤其如此，因为他们所写者只是一种心灵意象，如“后庭花”之反复咏唱，就不能以政治家、历史家的眼光作历史兴亡的判断，但写入诗中却声色情韵兼美，正是非现实的心灵营造的意象。

刘禹锡还写有《金陵五题》的组诗，除前已提到的《乌衣巷》外，其《石头城》一篇亦别具特色：

> 山围故国周遭在，潮打空城寂寞回。
> 淮水东边旧时月，夜深还过女墙来。

同前诗相较，此则全用景语，既无“结绮临春”之述事，亦无“万户千门”之直白，故少了些议论，多了些含蓄，而吊古伤今之情似更为深沉。首句言围绕此城周遭的青山仍在，顺便点出“故国”，故知此城历史悠久，亦暗含江山永恒，人事沧桑之意；次句言拍打城脚的潮水显得寂寞，顺便点出“空城”，故知此城已历经战乱，如今变得萧条寂寞、破落荒败。其

---

[1] 徐调孚注．《人间词话》(8)．人民文学出版社，1962

隐括的历史事实是：始建于战国时期楚国的金陵，至三国东吴改名石头城，六朝帝王又相继建都于此，遂臻鼎盛而历尽豪华；李唐王朝统一全国，此城始废，二百年来遂成一座空城。诗人感触特深者在此，故发悲慨苍凉的“寂寞”之叹，而诗中所写即由此“情感素地”化出。三、四句则舍弃一切大景不写，只从细小处着笔：即那个“今月曾经照古人”的月，从而生发开去遂尤觉别致，而这正是中晚唐渐趋细密内敛特征的体现。而且这还是“淮水月”：秦淮自古繁华，曾是王公贵族昔日笙歌彻夜、纸醉金迷之地，它虽曾目睹过这一切，如今却像一个历史的冷漠见证者，亦然从城垛后面缓缓爬起，似乎在记忆什么，又要述说什么，但一切还归空无。李白《苏台览古》曰：“只今惟有西江月，曾照吴王宫里人”。用意与此诗相似，但李诗虽有思接千载之豪迈，却不免直陈；刘诗则只从身边事眼前物之细处着笔，激荡着的似乎只是心灵的一丝颤动，心底的一股潜流，不只有故国萧瑟的概叹，更有人生悲凉的感伤，故情境是多边多层的，内涵亦更丰富。而这正是“淮水月”这一心灵意象的妙用。故白居易读此诗曾说：“我知后之诗人，无复措词矣！”

刘诗《酬乐天扬州初逢席上见赠》则更是一首传诵名作：

巴山楚水凄凉地，二十三年弃置身。
怀旧空吟闻笛赋，到乡翻似烂柯人。
沉舟侧畔千帆过，病树前头万木春。
今日听君歌一曲，暂凭杯酒长精神。

宝历二年冬刘禹锡罢和州刺史返回洛阳，时白居易亦由苏州归洛，二人初次相逢于扬州，遂互有赠答。白氏赠诗结尾曰：“亦知合被才名折，二十三年折太多”。刘以此诗酬答，即由此接写。诗人于永贞元年（805年）因革新失败，与柳宗元等人被贬出京的，后遂辗转于连州、夔州、和州的巴山楚水间，至宝历三年（827年）春写此诗时，已“二十三年”矣，故云。首联即是对这段经历的概括描述，然既曰“凄凉地”、“弃置身”，则情、景、事皆冶于一炉，而悲愤之情已溢于言表。次联首引向秀闻笛悼念友人典，以明对死伤旧友的日日怀念；再引王质打柴入山观棋而斧柄朽烂典，是说自己回乡已人事全非。此虽叙情，但以“闻笛赋”和“烂柯人”代言，则以具象描写代替抽象表述，故更觉深婉含蓄。三联当是即目兴感，虽全出景语，实则乃生动象喻：是说面对千帆竞渡，万木成春的大好时光，自己却如“沉舟”“病树”，已是青春不再的人生迟暮了。当是对白诗“举眼风光长寂寂，满朝官职独蹉跎”所作的回答。不过，对于真正的诗来说，其内涵往往大于形象，所以此联也往往以其引申义被人广泛引用，而传诵不绝。尾联则是呼应题意，以表示白诗对自己慰藉鼓励的感谢。总之，这种委曲婉折、细腻深切的表达方式，虽已没有了盛唐人雍容纵浪的风彩，但用情独深、言词微婉、韵味尤长，正是中唐以后诗人对诗歌艺术的独特审美贡献。

选取题材的个体生活化和日常经历化，以及在情感表达上向内心世界开掘，即创作心态的内敛，是中晚唐诗人愈来愈明显的艺术倾向。因此，在他们笔下一切看似非常个体现实的东西，又往往都是作为“意中”的生动意象出现的，所以也就不能仅作为对一般事物的描写看。比如，他们常把年号、月日、数字等大量写入诗中，以结构其独特意象，却不仅不觉枯燥，反而显得情浓意畅，即是其一大创造。如白居易（772—846年，字乐天，晚号香山居士，其先太原人，后迁居下邽，贞元进士，累官杭州、苏州刺史，刑部尚书）的《勤政楼西老柳》：

半朽临风树，多情立马人。
开元一枝柳，长庆二年春。

诗从勤政楼西的一株老柳起兴，它是唐玄宗开元年间（713—741）年所种，至穆宗长庆二年（822）已是百龄以上的老树。时诗人五十一岁，而以垂暮之年面对半朽之树，怎能不产生“树犹如此，人何以堪”的深重感慨呢！历来凭吊古迹之作多矣，而此诗之结构却甚为独特。因为，他所要表达的时代盛衰、历史沧桑之感，以及物是人非、生命短促之感等复杂感情，既不是借助历史事件，亦不是借助江山巨变来写的，而是将其浓缩于两句实即一个心灵意象来写：“开元一枝柳，长庆二年春”。于是时间跨度，历史跨度，乃至情感跨度，全都凝聚在那不写之写、不言之言中了，称之为“见话先朝如梦中”的镜花水月般的含蓄，应不为过。又如张祜（？—849年，字承吉，清河人，为元稹排挤，遂在丹阳曲阿隐居终生）的《宫词二首》其一，则是另一种精彩：

故国三千里，深宫二十年。
一声《何满子》，双泪落君前。

“三千里”言其离家地域之远，“二十年”言其入宫时间之长，而多少不能言说也难以言说的酸楚、思念和痛苦之情，全都概括在这十个字中了。虽说未有一字及情，然却情思无限！还因为这十个字的涵盖幅度太大，承载量也太重，故后面两句直抒情感之语，反而成了内心滔滔情感激流的发泄和补充，遂显得有点言尽情尽。这种笔法，在柳宗元的《别舍弟宗一》中也曾使用过：“零落残魂倍黯然，双垂别泪越江边。一身去国六千里，万死投荒十二年。……”。若将此类诗与李白诗，如“金樽美酒斗十千，玉盘珍羞直万钱”、“尔来四万八千岁，不与秦塞通人烟”等相较，李不过是单纯的情感夸张，此则是心灵的情感凝聚，故一为一般表述，一为心灵意象。另外，直接以年月入诗，也是一个很特别的现象，如白居易的《暮江吟》：

一道残阳铺水中，半江瑟瑟半江红。
可怜九月初三夜，露似珍珠月似弓。

这是一首王孟式的“化景为情”之作，但既不全作景语，亦不是半景半情那种模式，结构比较特殊。前半状景：在残阳斜照之下，江水平缓流动，有的呈现深碧，有的跳动艳红，用词妍丽，状景如画，极为生动。“露似珍珠月似弓”，暗示时间的推移，由残阳铺水到新月初上，诗人则完全陶醉于夜色美景而流连忘返：举首则碧空如洗，新月似弓；俯察则绿草闪烁，露珠晶莹。此诗大概写于杭州刺史任上，当时朝政昏暗，牛李党争激烈，诗人谙尽朝中政治的险恶，所以才请求外放的。诗中创造这样一种宁静恬适的生活情境，当正是诗人远离政争、身心得到解脱后喜悦心情的外射。然而，他在这一完整的意境创造中，为什么要在中间突然插入“九月初三夜”这一质实无华的时间意象呢？从艺术表现说，大概是用以虚间实之法，有意打破整饰，起到一种间隔作用，使“露似真珠月似弓”的普通象喻，更具即时亲历的真实性，因而具有超越一般语义的艺术表现张力；从结构层次说，它既是前半描写的进一步定位——赋予其滟荡秋水所独具特色，也是为结句凝缩蓄势，变单纯状景为以景结情的“含思落句”句式，因而更具有余不尽的含蓄韵味。可知以年月日入诗，也是中晚唐诗人心灵意象创造的独特发现。

晚唐诗坛有“小李杜”之称，当然不能不讲“小杜”，因为在他的诗中总是笼罩着梦一般的伤感和幽思，便去李商隐不远了。

杜牧（803—852），字牧之，京兆万年（今陕西西安）人，乃杜佑之孙。太和二年（828）进士，曾在淮南节度使牛僧儒幕掌出记，历任黄、池、睦、湖等州刺史，后入朝为司勋员外郎，官终中书舍人。因居长安城南樊川别墅，故世称“杜樊川”。一生以经邦济世之才自负，好谈兵甲财赋，曾手注《孙子兵法》，性格刚直不阿，却长期沉沦下僚，遂郁郁不得志。就其诗歌总体而言，刘禹锡那种用情独深、婉曲达意、着力创造心灵意象的抒情方式，也被他继承下来，但表现得更流美也更内敛罢了。如《题宣州开元寺水阁阁下宛溪夹溪居人》：

> 六朝文物草连空，天淡云闲古今同。
> 鸟去鸟来山色里，人歌人哭水声中。
> 深秋帘幕千家雨，落日楼台一笛风。
> 惆怅无因见范蠡，参差烟树五湖东。

宛溪，在今安徽宣城东，东北是秀丽的敬亭山，城中有开元寺（原名永乐寺），始建于东晋，是著名的历史胜地，寺中有水阁。故知此诗当作于诗人任宣州团练判官时期。春秋时范蠡曾辅助越王勾践败吴复国，功成后遂携西施隐居于五湖（即宣城东之太湖）。诗中所咏即此事，故这又是一首咏史诗。首联即目起兴，感慨古今：言青天白云，依然悠闲平静，是江山永恒不变；然六朝人文风物，却又化作荒草，是知世事变幻无常，人事全非；而一种历史的空寂感，如梦如幻已充满字里行间。次联分写敬亭山和宛溪：在苍翠山色的映衬下，飞鸟出没来去，这固然令人欣喜可爱；但回首夹宛溪世代而居的人民，心头却浮起另一种感受和况味。“歌哭”语出《礼记·檀弓》：“晋献文子成室，张老曰：‘美哉轮焉！美哉奂焉！歌于斯，哭于斯，聚国族于斯’。”故“歌哭”二字可引申为婚庆丧吊，是指人的由生到死、聚族而居、生灭不已的族群延续过程，而这是更能撩动人的思绪的呵。上两联一古一今、一乐一哀、一短暂一永恒，相互生发，相互映衬，意象蕴含是十分丰富的。三联似为即目之所见，但细按却又上下互不关联：一阴一晴，一秋雨一落日，似都不应同时出现，当是诗人记忆中宣州最美好亦最值得回味的两种不同景象，放在一起写则是为了拓展心灵感受的多层空间。应特别注意是，这种时空颠倒错乱的叙述方式，当是有意识地打破唐人的表述逻辑，以寻找新的诗歌结构模式，应是中晚唐诗歌心灵潜隐化必然导致的结果，也是李商隐诗最用力之处。结尾则归结到那个已随历史远去的传奇式人物范蠡。但是，范蠡是在功成身退、红颜相随、浪迹五湖中而隐然逝去的，可是自己呢？却仍沉沦下僚，抱负难展，去就无从，其心情之惆怅迷惘又何以堪！要知小杜是精通兵书谋略，以经国济世之才自许的，然此时此地，或历史或现实，可谓触绪万端，而此种心情又是难说清或无法说清的，故结句又以“含思落句”式的景语——“参差烟树五湖东”绾结，更是韵味悠扬，有余不尽。

分离送别，是历来诗人所最喜欢吟咏的题材，那么小杜又是如何出新的呢？且看《宣州送裴坦判官往舒州时牧欲赴官归京》：

日暖泥融雪半消，行人芳草马声骄。
九华山路云遮寺，清弋江村柳拂桥。
君意如鸿高的的，我心悬旆正摇摇。
同来不得同归去，故国逢春一寂寥。

诗当写于开成四年（839 年）春，时诗人将离任回京，而朋友裴坦却改任舒州（今安徽潜山）。临行送别，情有所牵，遂以此诗相赠。不过此时之裴坦，刚中进士不久，正踌躇满志，改任升迁，自是值得庆贺的事；而诗人却久经宦海沉浮，饱历人世沧桑，虽是赴官归京，却是前途难料，故心情又是沉重的。而把这两种完全不同的复杂情感，要在一首律诗中得到完满表达，便造成相当大的难度。晚唐时期是诗人心灵变得更加内敛，也更细腻化潜隐化的时代，故作者遂以此为创作基点，巧妙地选用传统以乐景写哀的方式两面兼顾，遂造成此诗一大特点：景为乐景，情是哀情，于是写景言情都具有多边功能。具体而言，前两联状景，且景物极美：日暖泥融，明早春；行人马嘶，说送行；山路云遮，言友人去路；江柳拂桥，乃送别之地。虽字字写景，却字字无不关涉到送行，是所谓“语不及情而情自无限”者，自与直接以乐景写哀者又不尽相同。后两联言情，又有景中情、情中景之别。颈联用象喻，分写友我不同心情：“的的”形容高飞远举、春风得意之状，与前“马声骄”正相呼应；“摇摇”拟写飘荡无着、怅然若失之情，亦与“柳拂桥”情思相谐。二句化景为情，应是触物兴感，并非单纯的喻。尾联正面点明“同来不得同归去”的伤感主题，而以“故国逢春一寂寥”绾合全诗，既明别后之寂寞，又寄望“逢春”之欣喜，是以情景双结者也。总之，把那种细腻曲隐的情感，通过复杂婉折的手法而表出之，实为晚唐诗人之一大特色，并将预示着一种新的抒情诗体（词）即将出现。

前面提到小杜诗，总是笼罩在梦一般的伤感和幽思中，他的绝诗亦往往如此。如《泊秦淮》：

烟笼寒水月笼沙，夜泊秦淮近酒家。
商女不知亡国恨，隔江犹唱《后庭花》。

看，又是《后庭花》这个心灵意象！而全诗主旨亦正凝注于此。或以为此诗乃前二景后二情结构模式，其实亦不必如此执实。寒水、轻烟、明月、白沙，再点缀以秦淮、酒家、歌声，一切都掩映在苍茫迷离的夜幕之中，固然状景如梦境般幽美。但是，如果缺少那想象中灯红酒绿的歌女，那隔江传来的商女悠扬宛转的歌舞弦吹之声，其景又将减色多少，而秦淮亦将不成秦淮矣！故知所谓“情句”中实亦寓景，即“情中景”。若再回头来看，不论前二或后二句，即使写景又并非“滞景”，即单纯地状景：烟、水、月、沙四者，被两“笼”字统合起来，造成的主观感受无疑是朦胧、迷离、感伤而低沉的，显然又正是“夜泊”诗人心情的外化，是又所谓“景中情”者。并且，由秦淮由酒家，又自然引出商女引出《后庭花》，所渲染的亦正是江南形胜之都、歌舞繁华之地的盛况，那么诗人何以又会心情低沉呢？就因“只缘一曲《后庭花》”——此曲乃南朝荒淫误国的最后一个皇帝陈后主所制，被后人称作亡国的靡靡之音。可是，人们却“不知亡国恨”而“犹唱《后庭花》”，于是历史的伤感，现实的悲哀、国家的隐忧，遂一起涌上诗人心头，触动着他敏感的神经，情绪何止是低沉，简直是沉重了，而这就是全诗的主题。当然，“不知亡国恨”者并非只是商女，更让人忧心的还是那些手操政柄却点唱并欣赏着的达官贵人们，因为他们才国家安危之希望所系。可是他们亦然醉生梦死，又多么让人失望！到此可知，仅仅一个小小的“后庭花”心灵意象，它又容纳着多少历史和现实的沉重主题，那原因就在于它已超越现实存在而进入哲理性超悟领域。

又如他的《江南春绝句》：

千里莺啼绿映红，水村山郭酒旗风。
南朝四百八十寺，多少楼台烟雨中。

此诗亦善以乐景写哀者，除“多少”一个诘问词外，四句几乎全是状景。不过，前诗以暮和烟造成梦一般的朦胧感，此则以烟和雨造成梦一般的迷离感。或以为此乃诗人对江南景物的赞美及神往，而反对是借南朝皇帝佞佛以讽刺现实之说。固然，解诗首要是从艺术形象本身描写出发，而不应作过多抽象推论，所以“讽刺”说实不足凭。然而只一句“多少楼台烟雨中”，即使直感地说，也已包涵多少历史沧桑和世事兴亡的伤感，而寄寓着吊古伤今的深沉哀思呢，岂是赞美和神往所能包容！此诗之一大特点，即以极简括的语言，缩万里于尺幅之中，既涵盖着广大空间，又包容着悠久时间，以大跨度地时空结构，今昔对比、声色互陈地建构出一幅境界绮丽的造型画卷，而“念天地悠悠”之历史浩叹亦蕴其中。首句以长镜头推出江南水乡莺啼绿映的春景，次句以中镜头浓缩出酒旗飘风中的水村山郭，最后以短镜头聚焦于烟雨迷蒙的楼台寺观。诗中叠用“千里”、“四百八十”等数字，其地域之辽阔，都市之繁华，均不言而自明，却正与眼前烟雨迷蒙之荒败，适形成鲜明对照，并突接“多少”二字发问，其感物伤逝之情、人世沧桑之悲并一寓其中。这是一种无情可觅之抒情，不见议论之议论，所谓情景者更无边际、更无界分，只是心灵深处的一种震颤、一种冲动，一种时代造成的潜意识感伤，可以包括许多社会生活内容，却不能用理性逻辑明确把握。与此相近的还有那首名作《清明》：

清明时节雨纷纷,路上行人欲断魂。

借问酒家何处有,牧童遥指杏花村。

与前诗之以乐景写哀不同,此诗却是以哀写哀,故所选取的景物似皆为情化。首先,选取"清明"这个节日着笔,便不同寻常,在我国二十四节气中,清明是人们祭祖扫墓、缅怀先人而最具感伤色彩的一天。清明又加绵绵细雨,固然这是"天街小雨润如酥"的春雨,但在这个特定时刻人的心理上,无疑又会加重沉重感、低迷感、烦闷感,同样充满梦一般的忧伤。经过如此层层铺垫,终于在次句才正面点出伤感情怀——"路上行人欲断魂"!当然这"行人",亦不必单指诗人自己,凡碌碌奔走于旅途者,似皆无不可,不过在诗人眼中来看,他们似乎全部笼罩在一种淡淡的感伤色彩之中,此之为"以我观物物皆着我之色彩"故也。至于这究竟是一种什么样的伤感,诗中并未明确写出,它可能是仕途奔竞之苦,可能是士子落拓之悲,也许那只是一种淡淡的末世普遍心绪,则因各人之不同而异了。然而,正因其内涵的多边多义性,不确定性,才更能引发人们的同感而被深深感动,并产生持久的影响力。结尾二句突变问答体,由牧童而引出酒家,引出杏花村,给感伤和低沉似乎增添几分明丽,增添几多美丽的遐想。不过,这也许是为得到内心排遣才去找酒的,未必仅仅是为旅途解渴的缘故。但诗人却于欲尽不尽之中,又戛然而止,反更觉蕴含无穷之妙,亦正是此诗久传不衰的一大原因。总之,极力揭示人物复杂的心灵世界,揭示心灵世界中隐微无序的变化,并将这一切都置于梦一般的感伤中描写,正是小杜诗之所长,也是向李商隐过渡的初阶,因为心灵和梦境乃义山诗着力开掘之两大主题。另外,小杜诗中还有一些诗句、意象乃至气韵风神,都和义山诗有一脉相承之处,如《赠别二首》其一:"多情却似总无情,唯觉樽前笑不成。蜡烛有心还惜别,替人垂泪到天明"。又如:"碧山尽日思无尽,芳草何年恨即休"(《登九峰楼寄张祜》);"尽日无人看微雨,鸳鸯相对浴红衣"(《齐安郡后池绝句》);"一夕小敷山下梦,水如环珮月如襟"(《沈下贤》);"清时有味是无能,闲爱孤云静爱僧"(《将赴吴兴登乐游原一绝》)等。因此,李商隐的出现,应是中晚唐诗发展的必然历史结果。

从另一方面来看,李商隐的出现还与韩孟派诗人那种戛戛独造的非现实、或超现实的意象结构,不无密切关系。这派诗人的领袖是韩愈(768—824年,字退之,河南河阳人),他是唐代古文运动的著名代表,在创作上主张"唯陈言之务去"(《答李翊书》)、"唯古于辞必己出"(《南阳樊绍述墓志铭》)。更在《荐士》文中说:"横空盘硬语,妥帖力排奡。"故其门人诗友如孟郊、贾岛、卢仝、姚合等,大都苦吟成风,艺术上刻意求新、惨淡经营,注重锤字炼字,有意避熟就生,且喜用奇字,造拗句,押险韵,故往往不免失之生僻艰涩,奇崛险怪,末流甚者更走上怪诞晦昧。总之,生奇险怪四字,可看作他们共同的创作特色,诗歌也从此失却高华朗畅之美,而走上散文化,实开了宋诗之先河。但是,这并不应否定他们打破盛唐人意象结构模式,而在艺术表现上所作独出心裁的探索和创新,尤其是意象的非生活化或超现实化。如韩愈《李花赠张十一署》对李花的描写:

江陵城西二月尾,花不见桃惟见李。风揉雨练雪羞比,波涛翻空杳无涘。

君知此处花何似？白花倒烛天夜明，群鸡惊鸣官吏起。金乌海底初飞来，朱辉散射青霞开。迷魂乱眼看不得，照射万树繁如堆……

初读首二句，确实令人难解。桃李本同时开放，为什么说“不见桃惟见李”呢？可能与光色的映射相关。从下面所写看，当是写夜晚，而且是“二月尾”，正是一个无月之夜。即无月光照射，则红者变黑，而白色在黑色映衬下却显得更加耀眼，所以说不见桃而见李。故杨万里《读退之李花诗》说：“近红暮看失燕支，远白宵明雪色奇。花不见桃唯见李，一生不晓退之诗”。但应关注的是他对李花意象的创造。先说此花是由“风揉雨练”铸就其美丽的，便已远离了现实，自非一般写花者所习用之笔。接着又说，李花之白把黑夜都照明了，于是群鸡误以为天亮而惊啼，官吏们也纷纷起床上朝；甚至连那金乌（太阳）也被惊醒从海底飞来，红光四射，朝霞为开，照得人眼花缭乱，神摇魂迷，万树李花更是似锦如堆。通过这样的想象夸张，显然这已不是现实生活中的李花，而是诗人心中的李花了，前人称其“放肆纵横，神奇变幻”之戛戛独造精神者，亦当在此。又如《听颖师弹琴》对琴声的描写：

昵昵儿女语，恩怨相尔汝。划然变轩昂，勇士赴敌场。浮云柳絮无根蒂，天地阔远随风扬。喧啾百鸟群，忽见孤凤凰。跻攀分寸不可上，失势一落千丈强。嗟余有俩耳，未省听丝篁……

诗一开始，先不说“弹琴”，即从“听”觉对琴声的感受写起，甚感突兀。首二句说琴声轻柔细微，如小儿女们窃窃私语，互诉衷肠，虽不时夹杂些不愉快之声，却更显得无遮无碍的倾心相悦。接着，琴声突然变得昂扬激越，就像勇士们金戈铁马突入敌阵，正进行着一场浴血奋战。随之琴声又由刚转柔，在天清气朗、风和日丽中，就像无根无蒂的浮云柳絮，高天阔地的随风飘扬。突然，琴声再转，似乎有千百只飞鸟齐鸣，啁啾不已，而此时一只凤凰又蓦然高举，艰难地攀跻着却分寸难上，最后又跌落下来坠入千丈深渊。于是诗人忽然省悟，自己虽长着两只耳朵却从未听懂过音乐，这却是何等令人失望。而这些让人眼花缭乱的描写，无疑都可说成是象喻，但又不能简单地只作比喻看。如果说前诗更偏重于想象和夸张，此诗更多地却是一种心灵感悟了，即都是诗人心造的意象，因而其人格、修养、个性也就自在其中。清人方扶南曾将此诗与白居易的《琵琶行》、李贺的《李凭箜篌引》相提并论，并推为“摹写声音至文”①，这正说明用如此手法塑造音乐意象，当是从中唐时期开始进入佳境的，而以韩派诗人表现尤为突出。另外，韩愈赞扬“李杜文章”的写作时说：“想当施手时，巨刃磨天扬，垠崖划崩豁，乾坤摆雷硠”（《调张籍》）。形容其兴会淋漓的情景，就像大禹治水，挥动着摩天巨斧，山崖为之崩裂，被堙洪水滔滔而下，水石冲撞的巨响在天地间震荡。像这类意象创造，不只气势雄豪，其超现实的构造方式，恐怕也是前无古人的。

---

① 方扶南.《李长吉诗集批注》. 上海人民出版社，1977

再如孟郊(751—814年,字东野,湖州武康人,少年隐居嵩山,近五十岁才中进士,任溧阳县尉),他的《秋怀》(其二)诗也是别具特色的:

秋月颜色冰,老客志气单。
冷露滴梦破,峭风梳骨寒。
席上印病文,肠中转愁盘。
疑虑无所凭,虚听多无端。
梧桐枯峥嵘,声响如哀弹。

诗人长期屈居下僚,贫病交加,所以说"老客志气单"。而下面那一长串奇特意象,就都是由"志气单"这一特定情感素地生发出来的。单者,孤也;久病萧瑟,寂寞孤单。月色而曰"冰",岂一般曰寒曰冷者可比。露滴轻盈,岂可"破梦";秋风纵峭,岂能"梳骨"?此皆主体一种特殊感受,当是未必然之词,然在他那特殊的遭际和境况下,却又是十分合理而真实的。席上久卧而曰印上"病纹",梧桐变枯而曰突显"峥嵘",恐怕亦非一般思维所能至,但也同样显得十分深刻而真实。另外,此诗意象还有一层"喻"的色彩在内,亦需指出:如"冰"暗指心寒,"滴"暗指泣泪,"梳"喻梳理记忆,"梧桐"则喻琴,寄托诗人苦吟的一生,而以"峥嵘"補足之等。总之,出人意表又在人意中,叫人吃惊却不感突兀,完全是一种主体心灵化情感化的意象,带有浓厚的非现实色彩。苏轼曾讥笑孟诗为"寒虫号",但他又说:"我憎孟郊诗,复作孟郊语。饥肠自鸣唤,空壁转饥鼠。诗从肺腑出,出辄愁肺腑"。(《读孟郊诗二首》)看来此皆出于主观真实感受,故又真切感人,天地间自缺此体不得。

古有"郊寒岛瘦"之说,郊之寒已如前述,那么贾岛(779—843年,字阆仙,一作浪仙,河北范阳人,初落拓为僧,后还俗却屡举进士不第,曾任过长江主簿)诗之"瘦"又如何呢?且看《暮过山村》诗:

数里闻寒水,山家少四邻。
怪禽啼旷野,落日恐行人。
初月未终夕,边烽不过秦。
萧条桑柘外,烟火渐相亲。

诗当写山行村落荒僻之情景,但意象造型却极具特色。他先从听觉上着笔,谓数里之外即能听到山涧潺潺流水之声,故此地之幽寂凄冷可知;继又从视觉上描写,说远远看到几户农舍却没有多少四邻,则山村之荒僻少人更可知。这是从大的方面铺排氛围,所以下面接着写道,他从旷野一路走来,夜幕渐渐笼罩大地,惟有鸱鸮一类猛禽在不时啼叫,已是令人毛骨悚然;何况又值夕阳落山,更增加了独行旅人的几多恐惧,甚是不寒而栗。后二联写逐渐靠近山村,由惊悸转为欣喜的感受:此时初月已经升起,而战争烽火也未燃烧到山村,四外一片阒静;但那村宅边萧条的桑柘已隐约可见,而茅舍上升起的袅袅炊烟,更使奔波一天的疲劳旅人感到亲切温暖。无疑,"怪禽啼旷野,落日恐行人"一联,不仅状写声色氛围骇人，最具生新独创性，也最能见出岛诗奇僻险怪、枯寂瘦诞的意象结构特色，便绝非他人所能办。又如《雪晴晚望》：

倚杖望晴雪，溪云几万重。
樵人归白屋，寒日下危峰。
野火烧冈草，断烟生石松。
却回山寺路，闻打暮天钟。

这是一首山居写景诗，大概作于诗人长安落第后，随从弟释无可寓居长安西南圭峰草堂寺期间。前人写此类诗者极多，也往往写到“深山何处钟”的山寺钟声，但就具体写景言，岛诗却与之绝不相同。此诗首句呼应诗题先点明“望晴雪”，接着便突接“溪云几万重”，其气势之壮浪宏阔，实不少减盛唐。但随后之状景，便极具个人特征。颔联写晚，谓“樵人归白屋，寒日下危峰”，是说樵人已到归家的时候，等待他的是那寒雪覆盖着的白屋；而铺展在其背后的则是苍白落日照射下，衔日欲吞的高峻山峰。不过，“白”固然指雪，却又使人联想到贫；“危”固然言高，又使人联想到孤；而孤傲清冷，似乎又有了人格象征的意义。颈联写望，谓“野火烧冈草，断烟生石松”，是说放眼望去，高冈上野火正在燃烧荒草，烈焰熊熊；远处断续云烟从岩石苍松间生出，变幻而飘忽。但是，“野火”句虽未必是即目，却叫人想起“野火烧不尽”的顽强生命；“断烟”句虽状烟为主，同样叫人想起“历历山上松”的孤傲高洁，依然具有人格象喻的意义。这当然是贾岛落第后特有心情的投射，但却字字生新，造语奇特，所体现的依然是其孤峭瘦劲的意象结构特色。尾联写回寺而特表钟声，表面看“暮钟”乃写山寺风韵者所最习用，但结合他当时由僧还俗、屡试不第的背景看，那钟声便成了一种召唤，具有“实迷途其未远，觉今是而昨非”的意蕴了。他不是写过“独得潭底影，数息树边身”的名句么？其下自注云：“知音如不赏，归卧故山秋”，此亦归卧之意乎！

在韩派诗人中最重要的是李贺。他的诗奇崛中又富冷艳，生新中更具想象，摹形赋色出人意表，非生活超现实的色彩更浓，是通向李商隐的又一重要诗人。

李贺（790—816年）字长吉，昌谷（今河南宜阳）人。唐高祖李渊叔父郑孝王李亮后裔，其父晋肃，官卑早死，因而家道衰落，生活困顿。又因避父讳，而不得应进士科考试，遂断绝了仕进之路，造成终生幽愤，抱负难展而穷愁潦倒，死时年仅二十七岁。早岁即能诗，曾见知于韩愈、皇甫湜，亦与沈亚之相友善。曾官奉礼郎。其诗常寓政治上不得志的悲愤，极善熔铸词采，驰骋想象，常发人所不能之想，造人所难到之境，悲怆冷艳，独树一帜。如名作《金铜仙人辞汉歌》：

茂陵刘郎秋风客，夜闻马嘶晓无迹。
画栏桂树悬秋香，三十六宫土花碧。
魏官牵车指千里，东关酸风射眸子。
空将汉月出宫门，忆君清泪如铅水。

衰兰送客咸阳道，天若有情天亦老。
携盘独出月荒凉，渭城已远波声小。

诗题下有小序曰："魏明帝青龙元年八月[①]诏宫官牵车西取汉孝武捧露盘仙人，欲立置前殿。宫官既拆盘，仙人临载，乃潸然泪下。唐诸王孙李长吉遂作《金铜仙人辞汉歌》"。金铜仙人，乃汉武帝炼丹求仙、为求长生不老所铸，尝矗立于神明台上，"高二十丈，大十围"[②]。但据《魏略》明帝诏令拆离汉宫，移置洛阳时，主要是因"铜人重不可致，留于霸城"的，未有"潸然泪下"之说。长吉所述当据《汉晋春秋》之传说："帝徙盘，盘拆，声闻数十里，金狄（即铜人）或泣，因留霸城"。诗人有意忽略史实而取传说，显然是寓有深意的，当是用以物写人、以小见大的手法，来寄托自己的时代兴亡之感。首四句写时移世改、沧桑巨变之悲：汉武在世时何等煊赫，但当一夜秋风马嘶过后，唯留下茂陵荒冢而已；那些曾是雕梁画栋、桂陌飘香的三十六宫，今亦随之荒败凋零，只有凝碧惨绿的苔藓布满庭院阶除。这自然是为下文预作铺垫，而金铜仙人也就难逃被拆除搬走的命运。中四句即写金人被拆迁的凄婉哀伤，重点即放在极富神话色彩的"潸然泪下"这点上。末四句夹叙夹议，然只一"天若有情天亦老"的悠长叹息，即已写尽那冲天塞地、地老天荒般的万古悲情，故司马光曾赞其"奇绝无对"。但应特别注意的，则是其独特的意象结构：写曾是辉煌无比的皇宫凋败，而说"画栏桂树悬秋香，三十六宫土花碧"，煊赫中又透露着何等的冷艳！写铜人被拆运时的悲抑心情，而说"东关酸风射眸子"，风有寒而无所谓"酸"，此乃由己及物，风亦变得酸涩，可谓想落天外又在人意中，情化物也。金人之流泪，自非一般之眼泪可比，故说"忆君清泪如铅水"，而"铅水"之说，不只落想奇特，且既可适物性，又可达人情，更非常人想得。从清泪如水、有情天老诸句所表达的沉痛情感来看，此诗则绝非单纯的咏史，当饱含着诗人家国败落之痛和身世悲戚之感，故读来感人至深。

同他飘逸不群的想象相一致，长吉诗最善写的则是天上非人间生活，如名作《天上谣》：

天河夜转漂回星，银浦流云学水声。
玉宫桂树花未落，仙妾采香垂珮缨。
秦妃卷帘北窗晓，窗前植桐青凤小。
王子吹笙鹅管长，呼龙耕烟种瑶草。
纷霞红绶藕丝裙，青洲步拾兰苕春。
东指羲和能走马，海尘新生石山下。

此诗当是诗人面对灿烂星空，而想入非非，终由人间进入幻想天界而写的游仙诗。但与一般游仙诗不同者，则在其超人想象及意象结构的幻真性。首二句状景，乃星夜所见：星

① 据裴松之.《三国志》注引《魏略》当为景初元年四月。
② 《三辅故事》. 三秦出版社《三辅决录：三辅故事・三辅旧事》,2006

星在天河中来回漂转，银浦流云发出潺潺水声，幻而奇，奇而真，且真实得似乎人人都能感受到。在这样一个美好的夜晚，于是他的幻觉进入天界，中八句即写天庭景象：这里有玉宫桂树，仙姬们正相携采香（花），红绶藕裙，寻芳拾翠，一派祥和、自适的景象。当年“随凤飞去”的秦女弄玉，正倚窗瞧看依然娇小的青凤；仙人王子晋则吹着细长的笙管，正驱赶着神龙翻耕烟云、播种瑶草。如果说关于仙宫仙女的描写，还未见出更大精彩，那么对于弄玉、王子的刻画，则方显出诗人所独创之境界：青凤依然稚小，说明仙人红颜永驻；而仙人不食五谷，所种者自当瑶草；天庭不饲牛马，耕田所使自然要用神龙，这才是天界之神奇所在。结尾二句转写人间，当寓深沉喟叹，所谓海水成陆、沧海桑田者是也。他还写过一首《梦天》，其结尾亦是此意：“黄尘清水三山下，更变千年如走马。遥望齐州九点烟，一泓海水杯中泻”。其语言更为精警，意象结构也更富诗意形象之美。总之，天界美丽而永恒，人世则渺小而短暂，鲜明的对比又不能不引发诗人深沉的感喟，而这喟叹中似乎又寄寓着他一生困顿的身世遭际在其中了。李贺被人称为“鬼才”，不只因为他善于写天界，还由于他善写凄冷的鬼域，这在唐人中也是独树一帜的。《金铜仙人辞汉歌》首联之“茂陵刘郎秋风客，夜闻马嘶晓无迹”，已给人以空渺森冷之感；他如《南山田中行》之“荒畦九月稻叉牙，蛰萤低飞陇径斜。石脉水流泉滴沙，鬼灯如漆点松花”；《秋来》之“思牵今夜肠应直，雨冷香魂吊书客。秋坟鬼唱鲍家诗，恨血千年土中碧”等，就不只凄厉冷艳，而且奇崛幻怖，其意象结构之独特，可谓一空依傍、自铸伟词。如流泉滴沙、鬼灯如漆、秋坟鬼唱、恨血土碧之类，写鬼域之阴怖，无不呕心独造，幻中寓真，而且真实得令人发竖。尤其如《致酒行》之“我有迷魂招不得，雄鸡一声天下白”，则变凄冷为豪纵，更写得逸兴遄飞，而广为人们传诵了。

当然，长吉也写现实生活题材，但其意象创造同样是迥出凡响的。如描写战争的《雁门太守行》：

> 黑云压城城欲摧，甲光向日金鳞开。
> 角声满天秋色里，塞上燕脂凝夜紫。
> 半卷红旗临易水，霜重鼓寒声不起。
> 报君黄金台上意，提携玉龙为君死。

诗采用乐府旧题，当非实写，但据史家考证，当是写平定藩镇叛乱的。拂去覆盖其上的象喻色彩，前半乃写一场激烈的生死搏斗，由城被围困（黑云压城）到将士守卫（甲光向日），由城里（城欲摧）到城外（塞上），由白天（向日）到黑夜（凝夜紫），由激烈鏖战（角声满天）到战争结束（燕脂凝紫），虽是虚笔描状，却写得惊心动魄、气势非凡。后半写援兵驰救，首述出军声威，次写行军苦寒，而结以为君誓死的决心以言志。值得注意的还是他的意象结构：写战争形势严峻，而用“黑云压城城欲摧”，写实乎，抑象喻乎？然不掩其容量之多边丰厚，至今尚为人提升到哲理高度经常引用。写将士整装待敌之英武精神，而用“甲光向日金鳞开”，或状或喻，整肃庄严、忠勇感天，亦极生动传神。写血污战场惨不忍睹之象，而用“塞上燕脂凝夜紫”，其奇崛冷艳，竟似“恨血千年土中碧”，更非他人所能想得。"霜重鼓寒声不起",虽是写行军常语,然用于此亦简括凝重,自然移动不得。描写战争,本是唐人最喜采用的题材,但像长吉如此具有独创性、且极富想象力的描绘,却并不多见。长吉尤其喜欢描写劳动人民的生活技艺,其意象的创奇精美,更是想非所想,如《杨生青花紫石砚歌》之赞美砚工:

端州石工巧如神,踏天磨刀割紫云。
佣刓抱水含满唇,暗洒苌弘冷血凝。
纱帷昼暖墨花春,轻沤漂沫松麝熏。
干腻薄重立脚匀,数寸光秋无日昏。
圆毫促点声静新,孔砚宽硕何足云!

诗的后六句是写端砚的色质、造型和品德的,此且不论。前四句则是写砚工生活和精湛技艺,且看他如何结构意象。端州石砚曾被大书法家柳公权推为砚中第一,而紫色者尤为世所重。李肇《国史补》说:"端州紫石砚,天下无贵贱通用之"。青花,即砚上的"鸲鹆眼",本是石上的一处青筋,可说是石病,但却为人宝视。朱彝尊曾说:"沉水观之,若有萍藻浮动其中者,是曰青花"①。诗首句即说"端州石工巧如神",以赞美其出神入化的精巧技艺,接着便说采石:"踏天磨刀割紫云"。是说砚工采石,攀援悬崖,脚踏蓝天,刀凿并用,才可采到优质砚石。他既说是在蓝天上采掘,那么紫石也就变成"紫云",既为云则不用斧凿而用"刀割"也就合情合理。据载唐时开采端砚石,是在西江羚羊峡南岸的烂柯山(一称斧柯山),主要有下岩(一称水岩)、中岩、上岩和山背的龙岩,尤以下岩所产者才有"青花紫石",是称"老坑"。由此可知,砚工采石是在"砚坑"中,并非是在悬崖峭壁之上,那么谓其"踏天磨刀"者,乃想象之词,并非实写,但想象得极富诗意,造型亦极佳。"佣刓抱水含满唇",乃写磨制雕刻石砚。佣,磨治整齐;刓,雕刻而成形;唇,砚中盛水处,故曰"抱水含满"。但接着写青花,却又出人意表:"暗洒苌弘冷血凝"。《庄子·外物》篇曰:"苌弘死于蜀,藏其血,三年而化为碧"。诗人以此状其紫石血痕,不仅使人感到青花的珍贵和美丽,更蕴含着一种辛酸厚重,隐约说明此砚乃工匠之血泪凝成,所以说"暗洒"。而"紫云""冷血"之说,则更是一种非生活超现实的意象结构,无论在感官声韵或心理感受上,都精妙新鲜无比。此外,如《老夫采玉歌》写采玉老人之凄苦生活,而曰"老夫饥寒龙为愁,蓝溪水气无清白。夜雨冈头食蓁子,杜鹃口血老夫泪";写采玉人之履险蹈艰和对家人揪心思念,而曰"斜山柏风雨如啸,泉脚挂绳青袅袅。村寒白屋念娇婴,古台石磴县肠草"。且不说龙为老夫饥寒发愁,而搅得蓝溪水气混浊是多么富有神话色彩的想象,而用"杜鹃啼血"之典喻老人的辛酸苦泪,又是多么地创奇生新,因而具有刻骨铭心的厚重。至于具体写采玉,那就更是惊心动魄:风雨呼啸的柏林山崖之间,流泉飞瀑倾泻,他却身系长绳在崖壁间飘来荡去!于是他想到自己随时有生命之虞,也想到家人将生活无着,那紧揪着的心就如同古台石磴上的悬肠草(又名思子蔓)飘忽不定。又如《罗浮山人与葛

① 《曝书亭集》,载《四库全书》集部,上海古籍出版社复印文渊阁本,1987

篇》写织葛山人环境之湿热恶劣，而曰“蛇毒浓凝洞堂湿，江鱼不食衔沙立”；写葛布的光洁柔和精美，而曰“欲剪湘中一尺天，吴娥莫道吴刀涩”。洞穴和江水本是最阴凉的地方，如今却因溽暑熏蒸而毒气不散，粘乎乎地凝结成水把洞堂打湿；炎暑酷热使江鱼也吃不下东西，而嘴衔沙粒直立江中；如此描状，不只想落天外，其造型亦可谓鬼斧神工。滔滔炎夏，人们自然会想到清凉的葛衣，于是想剪裁如湘水碧波般柔软光洁的“一尺天”制作，可是它太精美了，就连技艺高超的吴娥也不忍下手，而显得剪刀涩滞变钝了。“湘中一尺天”，本来是说葛布，又是何等美妙的意象！它不仅具有湘水般的柔润，而且有天空般的舒展湛蓝了。他的《马诗》其四写“此马非凡马”，而说“向前敲瘦骨，犹自带铜声”，则不只状其形，而且写其质，“瘦骨”敲地而发出“铜声”，可谓刚健瘦劲、气骨风神兼全，当是诗人用以自况者。总之，凡铜人铅泪、燕脂凝碧、刀割紫云、鬼灯如漆、蛇毒凝洞，鱼衔沙立、瘦骨铜声等，其意象结构之奇崛幻诞，已远非盛唐人那种虽带着浓郁感情却偏于写实的景物造型可比，而是趋于非生活超现实的主观心灵创造，尽管它也根源于现实，但正如清刘熙载所说，实质上那是只是一种“心象”，即“心灵营构之象”。

综前所述，我国诗歌进入中晚唐时期，随着动乱时代一并而来的创作心态的巨变，无论就其所表达的内容性质，或是就其意象结构特征来看，这都是一个值得特别关注的时代。一方面，诗人们的创作心态更趋于凝聚内敛，更重视对潜隐化心灵层面的开掘，捕捉心路历程中深婉隐曲、细微无序的变化，故感人也特深，而名作亦夥，从诗歌艺术的多样性来说，其实并不亚于前人。另一方面，诗歌意象也与那种偏于写实的盛唐景物造型越去越远，诗人们往往以其终生积累的丰厚知识和经验，借助其想象、幻想和敏锐感悟来结撰心中营构之象，因而诗歌意象也就变得更加主体心灵化，乃至是一种非生活超现实的“心象”了。因此，同盛唐人相较，他们的诗也就更难用理性逻辑去直接把握，也更难靠实证索引的方法去解读。总之，一方面是向潜意识或隐意识世界开掘，一方面又向非生活超现实方向倾斜，而这正是为盛唐人所忽略和未曾触及的，却给他们留下创造的空间。就是在这两股合力的作用下，历史终于造就了李商隐，造就了唐代诗歌的又一座高峰。

三、李商隐诗歌的抒情模式

李商隐（813—858 年）字义山，号玉溪生，原籍怀州河内（今河南沁阳），后迁居郑州荥阳。虽历经六代皇帝，但主要生活在文宗、武宗、宣宗朝。他出生在一个“宗绪衰微，簪缨殆歇”①的没落小官员家庭，九岁丧父，遂无依恃，但自幼聪慧，十六岁即“以古文出入诸公间”（自编《樊南文集序》），且抱有“欲回天地”（《登安定城楼》）的远大抱负。大和三年（829 年）应天平节度使令狐楚之聘入其幕，甚得赏识。开成二年（837）为令狐绹推荐，登进士第，时年二十五岁。但不久令狐楚病逝，遂失去依托。翌年，入泾原节度使王茂元幕掌书记，茂元重其才华，遂以小女妻之。但令他没有想到的是，从此却陷入牛李党争的政治旋涡之中。“商隐为茂元从事，宗闵党大薄之。时令狐楚已卒，子绹为员外郎，以商隐背恩，尤恶其无行”。（《旧唐书·李商隐传》）从此他备受牛党猜忌，常遭排挤打击。

① 《祭处士房叔父文》载《樊南文集》清乾隆四十五年冯浩重校本

开成三年应博学宏辞科考试，先为考官录取，复试时却被除名。开成四年，始通过吏部考试，授秘书省校书郎，这本是进入枢要的理想之职，但立脚未稳，不久又被调補弘农县尉，赶出京畿。于是，他亦因职微而请辞他去，遂奔走于四川、两广、徐州等地，长期为人幕下，而潦倒终生。大中十二年（858 年）病逝于郑州。李商隐的婚姻爱情生活，也是始终充满悲剧的。他因娶王茂元女而获罪牛党，受尽排挤打击，但他与王氏却情深意笃，夫妻情感甚洽。然宣宗大中五年夏秋之交，王氏却突然病逝，美满的家庭生活也化为泡影，他不愿再娶，留下一双儿女亦难相随，遂孤孑一身，长期在外漂泊。因此，相思离别，生死以之的痛苦，始终纠缠着他的后半生，这在他的创作中留下了深刻印痕。

李商隐的诗歌成就，无疑是多方面的。无论是政治讽刺诗、咏史咏物诗，或抒写怀抱的寄情之作，如《韩碑》《筹笔驿》、《隋宫》、《有感》、《龙池》、《流莺》、《哭刘司户蕡》、《贾生》、《梦泽》等，都以其独特的艺术风貌和深刻内涵，而享誉诗坛。但是，最能代表其高度度成就的，并成为我国意象诗又一座高峰（甚或可称为总结）的，则仍要数他那些被称作《无题》或准《无题》的诗歌，大体估算约有六、七十首或更多一些。可以说他在文学史上的地位，主要就是由这些诗所确定的。下面即以此为分析的标本。

1. 李商隐《无题》诗的可解读性

自金元好问《论诗三十首》称“诗家总爱西崐好，独恨无人作郑笺”以来，李诗的难解就成为历来人们谈论的热门话题，直至明胡震亨还在说：“商隐一集，迄无人能下手”①。其实最难解者还在《无题》诗，故至今还有人发出“一篇《锦瑟》解人难”的慨叹。不过，令人费解的是：它既艰深难解，却又能脍炙人口，几至家喻户晓；既聚讼纷纭，却又广为流传，其知名度、接受度绝不在李杜之下。这又是为什么呢？

推究起来，原因大概有二：一是表层的，一是深层的。就表层的一面言，他善用事却又僻涩，措辞精确而又奇诡，当然这不是根本原因所在。因为，不管用典多么繁复生僻，用字多么奇特诡异，那总是能夠注释清楚的，而注释清楚也就不存在阅读障碍了；何况他那些最被传诵的好诗，如就单个的句或联言，大都明白晓畅，并不存上面这些问题。其实真正难解之处还在它的深层，即诗所涉及而隐藏在背后的本事，而这正是历来注释家用力最勤也最难说清之处，往往说解纷纭，莫衷一是。因为，他并非是就某种具体的一时一地一人一事去写，如别某某、怀某某、咏某某等，而是《无题》。即使其作确因某一具体人事触发，他也绝不去写这些事实本身，而是由事实所引发的某种情绪、心境、感悟或意识流，所以似明似暗、朦朦胧胧、可解不可解。有人慨叹义山诗是真正提纯的诗，它把一切用散文、议论和解注所能表达的非纯诗的东西，都全部淘洗干净了。诚哉斯言！不作叙述，没有议论，没有直说，而是心灵的一味倾吐，并且还是经过美化的迷离恍惚的倾吐，这即是李诗的最突出特征。下面举具体诗作加以说明。

如准无题诗《碧城》三首之一：

碧城十二曲阑干，犀辟尘埃玉辟寒。

① 胡震亨.《唐音癸签》(32). 上海古籍出版社，1981

阆苑有书多附鹤，女床无树不栖鸾。
星沉海底当窗见，雨过河源隔座看。
若是晓珠明又定，一生长对水精盘。

此诗之所以难解，并非由于经过故意美化的语词①或典故②，而是所写本事之难以确指，故历来聚讼纷纭。有人以为此乃写“君门难进之词”（姚培谦），有人认为此乃讽刺唐明皇和杨贵妃之作（朱彝尊），还有认为三首都是寓言的，但其事不清（纪昀），而更多的人则以为是写诗人恋情的，事实同样不清。诸说中明人胡震亨之说似尤值得注意：“此似咏唐时贵主事。唐初公主多自请出家，与二道（佛、道）人媟近。商隐同时如文安、浔阳、平恩、邵阳、永嘉、永安、义昌、安康诸主，皆先后丐为道士，筑观在外。史即不言他丑，于防闲复行召入，颇著微词”③。说此诗以仙女喻入道公主，似较他说更为吻合。即以诗中所写居处、服饰和生活情事来看，亦最合公主身份，故程梦星说：“是则名为仙家，未离尘垢”④。大概是写他们身虽入道，却尘心未断，暗为苟且之事的。碧城，乃仙人所居之地⑤，诗由此发端，是知首句状写住处；犀梳避尘⑥、佩玉温润，皆妆饰之物，故此乃写服饰。又“仙家以鹤传书，白云传信”⑦，则三句是写情书的传递。阆苑、女床，亦正与入道女冠相关合；而鸾凤，则指男女偶合之事，亦古代诗文中所常见。故程梦星释此四句说：“处其中者，意在定情，传书附鹤，居然畅遂，是树栖鸾。”⑧五句曰“星沉海底，”是点明时间，乃长夜将晓之际；六句曰“雨过河源”，典出《荆楚岁时记》：汉代张骞乘槎寻找黄河之源，而遇牵牛织女，这应是表层意义；若再联系巫山神女“朝为行云，暮为行雨”的故事，则知深层所含乃指男女幽会事。结二句承上而言，是说如果太阳（晓珠）永远照耀而不动，那就永无幽会之乐了，所以希望一生常对明月（水精盘），天不再晓，岂非欢乐无穷！如此读完全诗，则其中似有情事，却又恍惚难明；其中似有时有地有人，却又虚恍诞幻，几乎难以放实把捉，而这就是李商隐诗的难解处。因此，寓意说，讽刺说，寄托说、恋情说、女冠说等，似乎都有存在的道理，但又都难确解，于是遂成千古之迷。再如《重过圣女祠》：

白石岩扉碧藓滋，上清沦谪得归迟。
一春梦雨常飘瓦，尽日灵风不满旗。
萼绿华来无定所，杜兰香去未移时。
玉郎会此通仙籍，忆向天阶问紫芝。

---

① 如以“晓珠”代日、“水精盘”代月等。
② 如“犀辟尘埃，雨过河源”等。
③ 朱鹤龄笺注.《李义山诗集辑评》. 四川人民出版社，1957
④ 朱鹤龄.《重订李义山诗笺注》. 清乾隆11年(1746)东河堂本. 中华书局，1978
⑤ 李昉撰.《太平御览》. 河北教育出版社，1994
⑥ 典出《述异记》，见《钦定四库全书荟要》，吉林出版集团，2005
⑦ 引道源注.《李义山诗集笺注》
⑧ 引道源注.《李义山诗集笺注》

此也是一首准《无题》诗，尽管它是有题的，但托喻似有似无，意境扑朔迷离，同样叫人难加猜详。圣女祠，或以为是实写，指陈仓（今陕西宝鸡市东）圣女祠，诗人借以题咏者。或以为也是写女冠所居道观，当与恋情有关。或以为只是借喻，即以“上清沦滴”的仙女喻自身遭际之悲等等。何以会如此歧解？同样由于所写本事不清，今又无从详考，便只能由主观识见之不同去猜度了。从诗篇所写本身来看，首句写神祠门扉，当是即目所见；次句明圣女身份，则是由仙界贬谪人间而迟迟未归者。然“碧藓滋”三字，已逗出幽居独处、久无人迹之寂寞，此即所谓“得归迟”也。颔联是传诵名句，从整体环境之大处着笔，是说整个春天常细雨飘洒，敲击着屋瓦；整日里微风飘扬，故难张满神旗，清冷凄楚，经历着萧瑟独处的生活况味。按金王若虚《滹南诗话》引萧闲曰：“盖雨之至细，若有若无者，谓之梦雨。”细雨如梦，则更造成一种虚无缥渺，迷朦诞幻之境；若再联系到巫山神女朝云暮雨的传说，则“梦雨”一词似又具有爱情欢会的内涵，传递的信息量亦更大。又义山常以“风”来寄托自己对爱情的美好希冀，如“何处西南待好风”（《无题》二首），“安得好风吹汝来”（《留赠畏之》）等，则灵风不满旗者，似亦与爱情的失落有关。于是，颈联遂征典事而径直点明情爱事。萼绿华，事见道书：晋穆帝升平三年，有女衣青衣，颜色绝整，年约二十，夜降羊权家，从此经常往来，后授权尸解药，遂引其升天而去。杜兰香，乃一渔父在湘江边收养的弃婴，后有一青童自天而降，遂携其并去，临行谓渔父曰：“我仙女也，有过谪人间，今去矣。”是知前典切其情爱，后典切其沦谪。然其来无定所，去未移时，虽是二典本义，却与前二联所写脱节，那么它的含义究竟何在？是象征祠中圣女，抑或暗示自身遭际，或者只是悲叹失落的爱情？实难遽断。结尾二句就更难理解了。“玉郎”，乃天上掌管仙册的仙官，故能否升入仙界，则是他独有的大权，故有“通仙籍”之说。不过，古称登第入仕，亦曰“通籍”，那么此与义山屡遭仕途排挤是否有关？然而，“会此”又指什么呢？是同情圣女遭贬的不幸，要将他重新擢上仙界？或者是作者一种希冀寄托？当然，“玉郎”也可指美男子，若是则“仙籍”乃圣女代称，而“会此”当指圣女独处的孤寂清冷，至于“忆向天阶问紫芝”，便是在今日的同情中对过去欢爱的美好回忆。如果是义山对仕途的自伤，从“会此通仙籍”，到“天阶问紫芝”，那也讲得通，因为他确曾作过“天阶“的秘书省校书郎。总之，两层意思就这样夹缠不清地纠结着，总在似有似无之间，真够惹人猜详的了。

更重要的是与本事的无迹可求相并生，因而带来的句与句之间、联与联之间、乃至语词意象之间，存在的巨大的跳跃性、空白性和间隔性，或者可称作各自相对独立的不相连贯性。这是更大的难解，从前举诸诗已可体会得到。因此，在义山《无题》一类诗中，别指望会理出一条叙述线索来，也别指望去把握它的语序和逻辑，用纯粹的理性思考去评判它。当然，这不是说他的诗没有层次、没有逻辑，而是说不是一般唐人惯用的层次和逻辑。换句话说，他的意象结构模式，不是杜甫式的，不是李白式的，也不是王孟式的。下面先看具作品，如《无题二首》其一：

昨夜星辰昨夜风，画楼西畔桂堂东。

身无彩凤双飞翼，心有灵犀一点通。

隔座送钩春酒暖，分曹射覆蜡灯红。

嗟余听鼓应官去，走马兰台类转蓬。

首联语意明确，一气蝉联直下，是写昨夜与恋人的欢遇，当然是追忆。但次联写相思的沉重执着、阻隔不通，虽是李诗最为传诵的名句，却与首联实不相接。因为，首联既说"画楼西畔桂堂东"，已有昨夜的相遇相亲，又何以会发出身非彩凤、无翼可达的惋叹，和两情相契相知，如灵犀之角一线贯通的表白？三联就更奇了，送钩、射覆都是宴席上借以侑酒的游戏，那么所说是过去时（对昨夜回忆）还是现在时（今日酒宴的实写）？若是前者，则与首联相接应（都是忆），却与尾联之"听鼓应官"而"类转蓬"没有了关涉；若是后者，则是送钩、射覆一夜后赶早"听鼓应官去"，自然语意贯通，却与前二联的关系似又迷离恍惚。总之，在此诗中你找不到叙述线索，找不到时间空间顺序，可称作无线无序。然而，它又并非真的无线无序，否则还能众口传诵、几乎家喻户晓么？可知它实是无线中有线，无序中有序，只是同一般熟悉的线性结构不同罢了，所以还需从另外角度再作探索。又如《无题四首》之一：

来是空言去绝踪，月斜楼上五更钟。

梦为远别啼难唤，书被催成墨未浓。

蜡照半笼金翡翠，麝熏微度绣芙蓉。

刘郎已恨蓬山远，更隔蓬山一万重。

一般认为，首联乃写睡梦初醒的情景，"来是空言去绝踪"句，可说把梦中与恋人相会、疑幻疑真、亦幻亦真的心境写活了。次句则是醒后即目所见，清空幽丽、情思袅袅，也许这梦正是由那悠扬远逝的"五更钟"唤醒的呢。次联当是倒叙，即写梦中情景，"梦为远别啼难唤"则是具体内容。可是，"书被催成墨未浓"又该作如何解，是梦中写书（情书）吗？人在眼前，似无此必要；是醒后基于相思之烈而写书吗？既不明确交代，也无现在时过去时之分，总是叫人迷茫。三联当写室内陈设，极富金粉秾丽之气，然是梦中幽会所见，抑或醒后卧榻得知，亦不作明确交代，又是一次跳跃，留下一片空白。尾联用刘晨再入天台山寻仙不遇典事，是说他已觉蓬莱仙山路遥难到，以衬托自己此时之隔阻感、距离感更超过他千倍万倍，当然是醒后之言，也是心理距离，是和首联衔接上了，但同中间二联亦然似断似连。

照此，那么义山的《无题》诗是不可解的了？在语言逻辑层次史实层次上，确是难以通解的，但在心理感受和情感体验层次上，则是完全可解的。在诗中虽然找不到一条明晰的叙述线索，时间空间线索，甚至是表意顺序，却很容易体味到一种共同的情绪，共同的语言色彩和潜在节奏，所以不论读哪一首诗，都会感到那就是李商隐，就是义山诗。王蒙曾盛赞张采田评义山诗所用"潜气内转"一语之妙，认为"潜气"即一种心灵沉潜之气，今人所说情意结、"力比都"，古人所说"胸中垒块。"这是经过长期生活积淀造成的心病，"一种类似自恋自怨自嚼自味只是无以自解的沉迷状态。"由于长期压抑却又得不到渲泄得不到呼应得不到报偿却又充溢饱满厚重,于是"内转起来。内转就是一种能量潜流,今人或称意识流,是心灵冲动寻求得以释放而产生的张力,所以李诗所写实际只是一种"心灵场"①。心灵场是不受时间空间限制的,更无顺序逻辑之类的线性结构可言,此乃造成义山诗之跳跃性、间断性、空白性之根因所在。

李商隐的一生曾有过那么多坎坷经历,身处末世而壮心不泯却又只能抱憾终身,再加之家世的衰败,仕途的蹭蹬,妻子王氏早逝、爱情失意、长期颠沛流离,都给他造成心灵上的极大损伤。种种复杂情感,积久郁结,交织融汇,难解难分,一旦喷薄而出,发为诗文,便很难说清是由哪一具体情事所触发引起。故展现于诗中者便非定缘于一时一地一人一事之感悟刺激,而是整个混沌的"心灵场。"心灵场的确是混沌迷茫的,它不可能产生清晰的层次或逻辑,然后再进行创作。那往往是一些呈现于心灵中的美丽情感碎片,或曰精致的意象片断,诗人靠他敏锐的感觉捕捉住这些碎片,并以其超人的才华将其镶嵌起来,则结撰成他那些似连非连、又似断非断的《无题》和准《无题》诗。然而,这些意象碎片又都是统一在同一心灵场中,统一在同一种情感底色上的,故而不仅有词语色彩和语言风格的和谐性,而且具有心绪心境的内容同一性,所以又是可以感受领悟和解读的——只是在解读的时候,不要去追究句与句之间、联与联之间、甚或词语意象之间我们已习惯的逻辑,而是去感知他所营造的心境情境意境。如此,则前面所举《碧城》、《重过圣女祠》及《无题》诸诗,不是可以解读了么?

2. 景物描写的心灵潜隐化

前已指出,读义山诗在语言逻辑层次史实层次上似乎是不可解的,但在情感层次心灵层次上又都是可解的。也就是说,李诗的诗象诗理诗境同现实已拉开了距离,并不完全按照现实的实际存在去描写,而这正是造成其诗歧义多解的根本原因所在。杜甫是现实的,高岑是现实的,王孟也是现实的,尽管他们都并不缺少理想、美化和夸张。李白虽不完全讲求现实,但和李商隐也不相同。他写的是理想化的想象的世界,义山所写则只是一种"心象",即心灵世界之象。因此,在历史感、现实感和时代性方面,义山诗固不如前诸人,但在揭示心灵世界的广度深度、细微和复杂性方面,也是前人所难比拟的,这即是他的历史意义所在。且看这首《无题》名作:

相见时难别亦难,东风无力百花残。
春蚕到死丝方尽,蜡炬成灰泪始干。
晓镜但愁云鬓改,夜吟应觉月光寒。
蓬山此去无多路,青鸟殷勤为探看。

首句叠用两"难"字,即是一种心灵感受,因为它并非是人为造成的某种困难,应与一般所说"困难"相区别。大凡两情相悦相系相爱,都是一次极为艰难的情感心灵历程,不一定是有人故设障碍才折磨得死去活来。因此,这个"难"大都是一种心理事实,内心感

① 王蒙.《混沌的心灵场》. 文学遗产,1995(3)

受，是面对悲欢离合时产生的一种无可奈何的怅惘之情。于是自然生出下句："东风无力百花残！"说者多谓此乃客观写景，说明这次分别正当轻风吹拂、百花凋零的暮春天气，功用是烘托渲染氛围。其实亦不必如此拿实。百花之盛开，当藉东风之有力而然，今东风疲软无力，而群花凋谢，自然形成一种象征：一切美好的东西都将一去不返。虽说与首句的联系在似有似无、可解不可解之间，但同情感层面那种相会短暂、无可奈何的难堪"离别"，不正存在必然联系么？故这只是心灵感受的"无力"和"凋残，"即心灵化的景物描写，不必一定与时令相关，下面所写皆与时令无关可证。颔联是传诵最广的名句，但说者亦认为"蜡炬"是实写所见，即离别时的具体情景。然若如此理解，则"春蚕"句成为为凑对而组装上去的毫无意义的东西，岂不破坏了此联诗意的浑整谐和，而成为相互游离的无关联意象？其实，春蚕吐丝（思）至死方尽，蜡炬流泪成灰始干，那也是无可奈何的，不由自己的，被动而难以自控的；放在心灵层次而言，也正是无可言说，难以自达、劫而不悔的事情，不正和首联所表达的情感相对应相关合？只是更觉诚挚、更觉沉重，也更刻骨铭心罢了。由此更可见出，他的诗只是从色调统一的心灵中捡来的意象碎片，只是组装得如此谐和精妙，却史不多见。如果说以上所写，都是情感之流、意识之流，属内在方面，那么颈联和尾联便转到外在描写上来，而且写得也较平顺明白，理解起来没有太大困难。然这"愁"，还是离别之愁、艰阻之愁；这"吟"，还是相思之吟，恋念之吟、仍与前二联存在内在一致性。尾联用传说中海上三神山，及西王母信使——青鸟的典事，喻指对方所去之地的杳渺，如蓬莱仙山之可望而不可达，故需神鸟为之探看也。然蓬莱之远，在虚无缥渺之间，而谓"无多路"者，是说虽然路少但仍有路可通，当是自存希望之词亦自慰之词，不至完全绝望吧，故知思念之永且切也。

再看他的另一首《无题》：

飒飒东风细雨来，芙蓉塘外有轻雷。
金蟾啮锁烧香入，玉虎牵丝汲井回。
贾氏窥帘韩掾少，宓妃留枕魏王才。
春心莫共花争发，一寸相思一寸灰。

此诗的中心情结，当在尾联，尤其是"一寸相思一寸灰"句，全诗所写当由此生发而来。明乎此，再来反观全诗，也许会容易理解一些。首联乃实写，当是对环境所作烘染：东风、细雨、轻雷，共同营造一种春意初萌、风雨交加的不宁情境，这是最感寂寞也最易引发思绪烦乱的时候，故才有下面相思之情的种种叙写。虽说此乃写实，但细看似又不尽然：轻雷何以偏在"芙蓉塘外"？从心灵流程的线索来看，也许其所思念之人就在那里吧，故认定雷声也从那里发出，但又不明晰，这正是义山诗的难解处。中间两联，从语言逻辑层次看，似与首联亦不相接："金蟾"句还可理解为居处陈设，但"玉虎"句为何又要扯到"汲井"去？亦毫无规律可寻。因此，这些都非实写，只是突然间产生的一种"心象"。也就是从浑整心理场中剪辑来的美丽意象碎片：金蟾，指熏香用的饰有蟾形鼻钮的铜炉，全句是说心如金蟾啮锁般被咬啮着，吞噬着，唯有一缕心香不断；玉虎，指饰有虎头辘轳的汲水用的井索,全句是说思如辘轳汲井般抽曳着,牵拉着,只有一脉丝(思)绪不绝。所以,用实写理解则难通,以心灵的象征解则全通。何况,此联之诚挚生动,实不亚于"春蚕""蜡炬"或"彩凤""灵犀"诸联,只是过于艰深的原因流传不广罢了。颈联则是用典,字面上亦与前面互不相关。前句用贾充女与韩寿窥帘相慕,遂私通而终成眷属的故事①;后句则用甄后与曹植生前相恋,死后托梦赠枕的故事②。值得注意的是,一写生前欢愉得遂,一写死后失落悲戚,但都是相爱相恋生死不渝的动人情事,用于此处当仍是表达诗人隐曲的心路历程,与一般用典者不同。尾联则是传诵名句,前三联将复杂浑沌的心灵场,婉婉曲曲,林林总总,方方面面一路写来,至此终于达到情感的制高点,激发出奇思妙想而写下震撼人心的名句:"春心莫共花争发,一寸相思一寸灰!"以"春心"拟爱情思绪的萌动,乃为诗词中常用,并无特别之处,但他由"春"联想到"花",并说纤弱的春心不要去和烂漫的百花而争发,因为那寸寸春心已如春草而烧成灰烬,不复再有生命力与之抗挣!则奇之又奇,可谓沉挚之至,亦哀伤之至,于人人难道处,却又折进一层切入一层,将不能道者亦尽情托出,这便是义山爱情诗迥乎超群之处。

我们发现义山诗有一个规律,首尾两联大都写得比较平易明白,而中间两联却大都艰深而不连贯,于是有论者提出弃骈取散、弃腰腹而取首尾的解读方法,即可掌握诗中大旨。此说固然不错,但更须注意的是,义山往往下功夫最深最勤也最精彩的,却正是由混沌心灵场突然闪现的意象碎片组成的中腹两联,并且常是一联写景(心灵化的),一联征典(改造过的),因而名句络绎,精彩纷呈,使诗篇内涵得到极大增殖,故又是最不应该忽视的。除前面已提到的诸诗外,他如《无题》二首之"神女生涯原是梦,小姑居处本无郎。风波不信菱枝弱,月露谁教桂叶香";《曲江》之"金舆不返倾城色,玉殿犹分下苑波。死忆华亭闻鹤唳,老忧王室泣铜驼";《二月二日》之"花须柳眼各无赖,紫蝶黄蜂俱有情。万里忆归元帝井,三年从事亚夫营"等。即都具有这种特征,而以《无题》诗为尤甚。

心灵化的景物意象,往往以跳跃性间隔性的互不连贯的孤立形式出现,不只在义山律诗中是如此,在那些脍炙人口的五七绝中也不例外,如名作《嫦娥》:

云母屏风烛影深,长河渐落晓星沉。
嫦娥应悔偷灵药,碧海青天夜夜心。

诗中所咏者,乃传说中后羿的妻子嫦娥,因偷食西王母不死之药而奔月成仙的故事。传说是美丽的,义山写入诗中却翻旧为新更觉凄楚动人。首句状月宫陈设,只用"云母屏风"四字装点,便觉莹丽高贵无限,又用"烛影深"暗点相思之情,以起提挈全篇的作用。次句从大背景落笔,以補足前句之意,主要是点时,说明她一夜未眠,已捱到黎明时分。三句顺承,进而点出主人公及长夜不眠之因,只缘她错食灵药而造成如此悔恨,是作翻案文章,大有仙界不如人间的破除迷信之意。以上语序清楚明白,并无难解之处,但接着却

① 刘义庆.《世说新语》(下). 上海古籍出版社影印光绪思贤讲舍刻本,1982
② 李善注.《文选·洛神赋》. 四部丛刊影宋本六臣注

说“碧海青天夜夜心”，那就令人费解了。大概这是一种象征吧：碧海青天，广袤而空旷，既美丽而深邃，又清冷而莹洁，朝朝夜夜，只有那一轮明月孤独地爬行着，寂寞地忍受着，其光不冥，其情不灭，而那就是她的心——夜夜不眠的心！状景可谓夐绝，言情却在有无之间，启发人无穷的想象。自然，这又是从浑整心灵场中突然捡拾的意象碎片，构成虚而实、实而虚的心灵化景物意象。

这种情况，在义山诗中可谓俯拾即是。如“芭蕉不展丁香结，同向春风各自愁”。（《代赠二首》）难道这未展的蕉心、缄结不开的丁香，仅仅是“芳心犹卷怯春寒”的客观写景吗？实则那仍是心灵化的象喻：相思之苦，挥之难去，故芳心未展，眉头犹结也。又如“阶下青苔与红树，雨中寥落月中愁”（《端居》）。其实那雨中月中的寥落之愁，亦是象喻，既在青苔红树，更在端居之人。“秋阴不散霜飞晚，留得枯荷听雨声”（《宿骆氏亭寄怀崔雍崔衮》）。前句实，后句实而虚，实中寄虚，亦心象也。“欲就麻姑买沧海，一杯春露冷如冰”。（《谒山》）沧海归于一杯，春露凝作寒冰，虚而又虚，纯是出于心灵营构的想象之词。总之，脱离开客观景物的实写，不再融情于景，寄情于景，而是向心灵深处沉潜，从浑整的心灵场中捕捉景物的美丽碎片，结构成不即不离、似有似无的发人深省的诗歌意象，这就是李商隐。

3. 情景结构的心灵场

前面说到，我国诗歌由六朝意象向唐代意境的转化过程中，曾创造出几种比较定型的抒情模式，如王孟派的化景为情结构模式，杜甫代表的情景互根互生结构模式，那么李商隐的诗歌结构模式又是什么呢？它是一种完全心灵化的情景意象结构，或者就称作情景结构的心灵场吧。相较而言，一般诗人的诗歌意象，现实色彩较浓，客观性较强，它们并不改变物的本来形态，物只是情感的载体。李商隐却不同，他纳入诗中的物象已被主观心灵改造过了，虽不离物却已超乎物，故同现实生活拉开很大距离，完全是一种心灵营构的“心象”。蓬山、青鸟、灵犀、彩凤、瑶台、碧城，生活中可见否？珠泪、玉烟、灵风、梦雨、如冰春露、缄结蕉心，可与现实等同否？又如同写落日，唐人名句是“大漠孤烟直，长河落日圆”，是“白日依山尽，黄可入海流”，是“夕阳千万”；李商隐却说“夕阳无限好，只是近黄昏”；显然，前者偏重于写物，李所写则是由物触发的某种心灵感受。写其他事物亦大多如是，如写莺：“巧啭岂能无本意，良辰未必有佳期”（《流莺》）；写梅：“为谁成早秀，不待作芳年”（《十一月中旬至扶风界见梅花》）；写蝉：“本以高难饱，徒劳恨费声”（蝉）；写柳：“桥回行欲断，堤远意相便”（《赠》）等，都是应目会心，而遗形取意，绝难因具体形象而指实为某一物。他也很喜欢用典，却往往改造增殖，依旧翻新，已绝非本来面目。若“绿萼华来无定所，杜兰香去未移时”、“贾氏窥帘韩掾少，密妃留枕魏王才”等，前面均已谈到，此处不赘。他如《无题二首》：“神女生涯原是梦，小姑居处本无郎”，前写巫山神女的传说，本以美丽神奇的神话故事而广为流传，他却只取“梦”来生发，于是改造成为对爱情、事业或理想如一场春梦的象征；小姑句典出《乐府・清溪小姑曲》：“小姑所居，独处无郎”，本言孤居独处的寂寞聊赖，经他点铁成金般的大手一改，也成为爱情、事业或理想失落不遂的隐语。诗人一生历经沧海，心理负荷沉重，神经也特别敏感，一旦触物兴怀，物事典故遂纷至沓来，悲怆泣涕而不能自已，遂发为歌诗吟咏，便乘兴写去，全从潜意识中自然流出，至于物事本义已淡化模糊，而化作朦胧迷离飘忽不定的意象凝聚于心中。因此，他的诗情诗意诗境结构，全以内心体验感悟为核心，以心灵世界为其表现对象，那是一个混沌的心灵场，不再有生活时空和语言逻辑的限制，故而才造成那种片断、跳跃、间隔性的情景结构特征。

不过，情景结构的这种内向化心灵化，却也更符合"意境"一词的本来含义。何谓意境，据佛典说："心之所游履攀援者，故称为境"①，"如色为眼识所游履，谓之色境；乃至法为意识所游履，谓之法境"②。故知所谓"境"者，虽不离物又不单纯在物，虽不离心亦不单纯在心，它是心物之间缘合缘生的结果，说到底则只是心灵借物而造成的一种"幻相"。然而在佛学家看来，则万物皆空，万法（象）皆妄，它们本身并无真实自体可言，只有通过心灵的作用才可变得真实可信。智𫖮即说："三界别无法，唯是一心作，心如工画师，造种种色"③。《大乘起信论》则说："一切诸法，唯依妄念而差别，若离心念，则无一切境界之相"。又说："三界虚伪，唯心所作，离心则无六尘境界"。当然，这里所说"唯是一心作"，并非是说心灵就像造物主那样，能够创造出一个独立于主体之外的物质世界来，而是认为万物皆属虚妄，只有经过主体心识的作用，将自己外化投射到相应物质对象上去，虚妄才会变得真实。故知这真实存在，既非单纯的"物"，亦非单纯的"心"，而由心物缘生缘合所产生的同一之"境"。故心灭即无境，境灭亦无心，境中色相都是被主观心灵化了的。反之，亦可由境来"反观心源"——即境见心，即物见性，境中有人。故马祖道一说："凡所见色，皆是见心；心不自心，因色故有心"④。湛然则说："心色一体，无前无后，皆是法界。……先了万法唯心，方可观心。能了诸法，则见诸法唯心唯色，当知一切由心分别，诸法何曾自谓异同"。总之因色见心，物中有情，景中有人，这就是所谓"境"，二者是相依相存，合二而一的。对此说得最为透彻的，当是《禅源诸诠集都序》这段话：

> 所变之境既皆虚妄，能变之识岂独真实？心境互依，空而似有故也。且心不孤起，托境方生；境不自生，由心故现。心空即境谢，境灭即心空。未有无境之心，曾无无心之境。如梦见物，似能见所见之殊，其实同一虚妄，都无所有，诸识诸境亦复如是⑤。

不言而喻，这种"观境见心"之说，是同文艺创作中的"意境"理论相通的。尽管佛学的立脚点是"万法皆空"，而文艺创作却立足于"万物皆有"，但就"境"本身而言，不论佛理或艺道，"境界"都只能产生于心物之间的同构对应、因缘相生。离物固无境，离心则更无境，它原只是心灵化的幻象，也就不必对客观对象作如实再现了。我国文学中意境论的兴起，适当禅宗盛行的中晚唐时期，可知这绝非偶然。而李商隐正是生活在这一时期

① 《俱舍诵疏》(1). 大正新修大藏经，东京：大正一切经刊会，日本大正昭和间(1926—1933)本
② 丁福宝.《佛学大辞典》. 文物出版社，1984. 1247
③ 隋天台智者大师说门人章安大师灌顶记.《摩诃止观》(1)，有 2006 年印本
④ 南唐静筠禅僧.《祖堂集》(14). 岳麓书社，1996
⑤ 黄夏年.《大藏经》(四十八). 九州出版社，2005. 404

的杰出诗人，故其诗歌意象也更趋内心潜意识化，它们并非完全独立于意识之外的生活实相，而是依内识自身的心灵化“似相”，因此才“如梦如焰，所起影象，如水中月，如镜中像”①，显得朦胧迷离，似真似幻，在可解不可解之间。下面举他的代表作《锦瑟》一诗，试作分析：

锦瑟无端五十弦，一弦一柱思华年。
庄生晓梦迷蝴蝶，望帝春心托杜鹃。
沧海月明珠有泪，蓝田日暖玉生烟。
此情可待成追忆，只是当时已惘然。

只短短一篇五十六字的七律，自宋至今，却说者纷纭，莫衷一是，可算作中国文学史上一大奇观。不过，这也说明此诗在历代人们心目中的重要地位。宋刘攽认为：“锦瑟”是令狐楚家丫环的名字，自然与写暗恋情结有关。宋黄朝英认为，此乃咏瑟声的适、怨、清、和，又同音乐道德扯上了关系。此后，更多的人认为这是一首悼亡诗，当然是悼念亡妻王氏的。或以为此乃诗人回首平生遭际，尤其是政治上坎坷遭际之作，应与那些写爱情的《无题》诗相区别。也有认为它只是“客中思家之作”，故别无深意。程湘衡又立新解，以为“此义山自题其诗以开集首者”，即诗集自序，回顾并总结他平生做诗的经验和成就，而附和响应者亦夥。林林总总，钩索考证，深思遐想，洋洋大观，都不能说是无据，但也难以剧断。本来“诗无达诂”么，作者未必然，读者何必不然？只是《锦瑟》似乎不大一样，因为大家都想把它落实到具体情事上，却又把捉不住，不是因为各人感受不同的问题，而是它根本就不适合用这种原则。

仅从诗篇本文看，首联由锦瑟起兴（或者称赋更合适），但主旨却在“思华年”，此即全诗立意之核心所在，不可忽略放过。然为何要从锦瑟起兴呢？是由听琴忽有所感引起，抑或自奏瑟而有所触，甚或根本就只是一种心象？总之诗中既无明确交待，遂倍感突兀。至于“五十弦”者，或以为诗人“行年五十”、“年近五十”故云，恐也是臆猜之词。又“无端”者，没来由、无因由、无缘无故之谓，当非仅就锦瑟而言。因据记载，古瑟始作时即为五十弦，后虽简化为二十五弦，但也不至于引发诗人“无端五十弦”的责问，因为能简化为二十五弦即是“有端”，即有因由、有道理。因此，“无端”二字，当是贯通上下两句并言，意为没来由、无缘无故何以五十弦瑟而弦弦柱柱（犹言声声音音）都要惹人思念青春年华呢？当是老大感伤之词。

颔、颈二联，似乎都是混沌心灵场中浮现的一些意象碎片，一庄周，一杜宇，一沧海，一蓝田，既互不相关，亦无时空逻辑关系可言，大概即人们常说义山诗的空白、跳跃。但是，在心绪逻辑上，感知层次上，情感色彩上，它们又都是十分谐和地结构成一个整体的，故读起来并不感到隔阂或中断。脂批《红楼梦》曾说：“其囫囵不解之中实可解，可解之中又说不出理路”（《红楼梦》己卯本第十九回）；当正指此类妙境妙理而言，故不可简单地

① 《说无垢称径·声闻品》.《普贤菩萨经典》，华夏出版社，2007

以“不解”对待之。

“庄生”典出《庄子·齐物论》:“昔者庄周梦为蝴蝶,栩栩然蝴蝶也,自喻适志与!不知周也。俄然觉,则蘧蘧然周也。不知周之梦为蝴蝶与,蝴蝶之梦为周与?周与蝴蝶,则必有分矣。此之谓物化”。庄子的本意是讲齐物我、一死生的“物化”哲理,其中既然说到不知周之为蝴蝶、抑蝴蝶之为周的那种迷离恍惚状态,自然有“迷”的意思在内。可是,诗人所取只在“迷”之一面,便远非典事本义,故知此句是说:逝去之“年华”已如一场睡梦,如烟如雾,迷离恍惚而已,与结句之“已惘然”则正相呼应。“望帝”句,典出《华阳国志·蜀志》及《成都记》等书,是说周朝蜀地君主名杜宇,亦名蒲卑,后禅位退隐,却不料国亡而身死,魂魄遂化为杜鹃,往往于暮春苦啼不止,其声凄厉哀怨,以至口中流血。但上面载籍中并无啼血之说,而是诗人根据民间传说补充的,从而表达自己死而不冥,刻骨铭心、心中流血的伤痛。又“春心”一词,自然会教人联想到他的名句“春心莫共花争发,一寸相思一寸灰”,也可相互发明。“沧海”句,典出《博物志》:“南海外有鲛人,水居如鱼,不废绩织,其眼泣则能出珠”。这是个美丽的传说,极富想象奇幻色彩,诗人在此大概只取“眼泣出珠”事。又《大戴礼记》曰:“蚌蛤龟珠,与月盛虚”。即蛤珠能随月圆缺之意,故诗中又以“月明”状珠泪。合二典是说明月之夜,孤然孑然,其思念之殷而潸然泪下,有如鲛人之泣泪成珠也。“蓝田”句,见同时或稍后之司空图《与极浦书》:“戴容州云:诗家之景,如蓝田日暖,良玉生烟,可望而不可置于眉睫之前也”。此言本意,乃论唐人诗境的高妙,故有认为此诗乃义山说明自己诗歌成就的,恐不免牵附。因义山用典,往往不在典事本义(如前诸典),却别作生发增殖,以为己用。其实在此典中,他也只取“可望而不可置于眉睫之前”之意,是说他所思念之人,空踪杳渺,如烟如梦,可望而不可即罢了。统观四句,虽用典而意不在典,概括而言:首句言晓梦迷离,次句言春心泣血,三句言月明珠泪,四句言可望难即,完全是围绕恋念之痛来写,别无深意。然而,在这些看似简单的意象上,经过他生花妙笔的铺染装饰,加入许多美丽而奇幻的想象之词,于是使诗歌意境美化升华、提纯净化、无限托展、无限增殖、朦朦胧胧、多层多边多义多味,竟成为“不可解中实可解,可解中又说不出理路”的佳构,称之为诗中绝唱,诚然!尤其中间两联,虽非正面接写“思华年”,似有跳跃隔断,却都是从“思华年”的情感激流中捡拾的心灵碎片,故似断似连,不即不离,尤觉空灵高妙。有认为此诗主旨可用“思华年”三字概之者,恐亦过于浮浅,因其真正内涵远较此复杂得多、丰富得多、层深得多。正如论者所指出,其中不仅寄寓着年华消逝的悲怆,恐亦有爱情生活的隐痛、理想幻灭的悲哀、时代艰危的幽愤,人生道路上种种坎坷遗恨皆寓其中,所以说是混沌心灵场。何谓“混沌”?不就是各种情感的混合、混同、混一,你中有我,我中有你么!

至于尾联,倒是和首联一气连贯相接的,由“思华年”而至心“已惘然”怅然,顺理成章亦无需多说。可待,何待也;只是,就是。意谓此情已化作回忆更有何待乎,其实就在当时已怅惘莫名难以为怀了。诗而至此,可谓情思绵渺、余味无穷,于不尽之处已深尽之矣。什么叫“潜气内转”?如果不是一味地用逻辑去联缀间隔、用史事去填满空白,而是从“潜气”角度去把握诗人一气流转之内在心路,不是对此诗的理解更有益处么?

最后要说的是,唐代诗坛之有杜少陵,有李太白,有王维,他们共同营造了“盛唐之音"的壮丽辉煌,固是一代诗人不可企及的高峰。然而,意象文学的根本则是"化景物为情思",即借景物意象以抒写主体情感及心灵世界,李商隐将其生花笔触深入到人的最隐秘的沌混心灵场,不能不说是他诗歌的独到之处。如果说杜甫所写是现实生活世界,李白所写是想象夸张世界,王维所写是大自然界,李商隐着力开掘的则是心灵世界。但复杂曲隐的心灵世界的表现,整齐的五七言诗却不是最恰当合适的形式,人们读义山诗总感到朦胧,当与此不无必然关系。于是,逼迫人们去寻找一种更合适的形式遂成历史必然。那么,李商隐出现的意义,不只说明一个诗歌旧时代的结束,更预示着一个诗歌新时代——更适于表现隐秘心灵世界的词曲时代的到来。叶燮《原诗》曾说:"李商隐七绝,寄托深而措辞婉,可空百代"。深而且婉,实际已接触到词的特征问题。常言道:"诗直而词婉"。那么深而婉者,岂非正是整齐的五七言诗所难而为曲词所长者乎?当然这不只是他的七绝,更在《无题》一类诗。那么,李商隐的出现,并不在"空百代",而是接前代又启后代了。

第四节　关于宋诗

中国的诗歌发展到了宋代,可说是个大断限,因而有"宋诗"之称。而所谓"宋诗",当然不是指所有宋代的诗歌,而是曾经笼罩两宋诗坛,且表现也不同于唐人风格而独具特色的苏轼、黄庭坚及江西诗派等的诗歌。这是因为,宋人学唐者不少,如宋初之西昆体诸人,即犹沿唐风;而南宋之"永嘉四灵"、"江湖派"等,则步趋晚唐,但都非诗坛主流,也难超出唐人而独具面貌。宋诗之能形成独特风貌而称得上一代之诗歌者,当由梅尧臣、苏舜钦肇其端始,复经欧阳修之大力倡导鼓吹,至苏、黄而集其大成。尤其是黄山谷诗,其后法席盛行,海内翕然,遂有"江西诗派"之兴,影响了整个有宋一代。清人曾说:"宋人诗文,皆至庐陵而一变。有功于文,有罪于诗。自作者害人浅,论他人诗害人深"云云,即指此而言。然而从此以后,参照唐诗而对宋诗进行对比性的批判争论,亦即开始。先是永嘉、江西两派对垒,阵营始渐分明,论争亦渐趋激烈,以至于延续近千年而勿衰。那么,究竟对宋诗应如何看待?它在文学史上的地位又如何评估?便是下面要检讨的问题。

一、关于唐宋诗之争

关于唐宋诗的概念,钱钟书先生曾有过精彩说明:"唐诗、宋诗,非仅朝代之别,乃体态性分之别,乃体态性分之殊。天下有两种人,斯分两种诗。唐诗多以丰神情韵擅长,宋诗多以筋骨思理见胜。……曰唐曰宋,特举大概而言,为称谓之便,非曰唐诗必出唐人,宋诗必出宋人也。故唐之少陵、昌黎、香山、东野,实唐人之开宋调者;宋之柯山、白石、九僧、四灵,则宋人之有唐音者。……故自宋以来,历元、明、清,才人辈出,而所作不能出唐、宋之范围,皆可分唐、宋之畛域。"①就是说,唐宋诗之别,实是两种风格、两种写作方法、两种创作原则的区别,如此才不会区区于时代之限制。尤其重要的是,我国宋、元、

① 钱钟书.《谈艺录》. 中华书局,1984. 第2页

明、清之诗歌史，就其本质而言，则是唐宋两种诗风笼盖下交替沉浮的诗歌史，故才有唐宋诗之争的代代相沿。然统观历代关于唐宋诗之争的历史，我们会发现如下一些问题：

第一、宗唐者多，崇宋者究为少数。从各个时代来看，自永嘉、江湖诗人宗唐黜宋以来，金元两代诗坛皆倡复古，推主唐音，对宋诗则大加贬抑。如王若虚、元好问、杨载、范梈、杨维桢、贝琼等，皆为唐诗的倡导者，且下启明人。宋濂为杨维桢写墓志即说："君遂大肆文辞，非先秦两汉弗之学。……其于诗尤号名家，震荡凌厉，骎骎乎将逼盛唐"。① 后来明七子之说即以此为先导。明初诗坛，钱谦益曾说："国初诗派，西江则刘泰和（名崧），闽中则张古田（名以宁）"。② 而二人皆力主唐音者，故叶盛曾谓泰和说："近世有刘崧者，以一言断绝宋代，曰：宋绝无诗"③。自此"宋无诗"之说，遂成成明人之口头禅。后有闽中诗派，号十才子，以林鸿为首，高棅等为羽翼。棅曾著《唐诗品汇》一书，始定唐诗为初、盛、中、晚四期，为历代人们沿用至今，所体现的即是此派诗人的观点。又有茶陵诗派兴，李东阳为其领袖，他直斥六朝、宋、元诗为"禅家所谓小乘，道家所谓尸解仙耳"④。即上承沧浪之说，为明七子的直接渊源。至明代前后七子兴，李梦阳、何景明、李于鳞、王世贞、谢榛、胡应麟等，更倡"文必秦汉，诗必盛唐"之说，至谓"汉无骚，唐无赋，宋无诗"，遂将学唐之风推向极盛，纵有批评者，亦难动摇其地位。当然，明代也有主宋而鼓吹宋诗者，如国初之宋濂、方孝孺、都穆、瞿佑、唐顺之等。李濂曾写诗曰："唐人无《选》宋无诗，后进轻狂肆贬词"⑤。以讥笑宗唐派，但势力显得小多了。七子极盛之时，有公安三袁起而排击，世称"公安派"，但所抨击者乃七子之学唐，并非提倡宋也。他们倡"性灵，"立新说，别有建树，与一般主宋者并不同路。故有明一代诗坛，实宗唐者所主导，倡宋者则寥寥，难以与之抗衡。

清代诗坛却比较复杂。《四库全书提要》曰："当我朝开国初，人皆厌明代王、李之肤廓，钟、谭之纤仄，于是谈诗者竞尚宋元"⑥，其实亦不尽然。如主宋者有黄宗羲、吕留良、吴之振、叶燮等，但宗唐者却更多，如顾炎武、王夫之、李因笃、毛奇龄、朱彝尊、吴乔、贺裳、冯班等（按后三人转倡晚唐）。在为宋诗张目之诸人中，其论诗大旨多为："夫宋诗之佳，亦谓其能唐耳，非谓舍唐之外能自为诗也。"⑦实为调和唐宋、不欲分唐界宋之论，并非单纯崇宋者也。其中尤以黄梨洲、吕留良值得注意，他们明明倡言宋诗，却说："于是搢绅先生间，谓余主张宋诗，噫，亦冤哉！"（黄宗羲《张心友诗序》）"人遂以为某宗宋诗，嗜时文，其实皆非本意也"⑧。那么，他们究竟主唐还是主宋，其实态度并不明朗。此后分门立派之风渐盛，遂有王渔洋倡"神韵"，沈德潜主"格调，"二人先后主盟诗坛，虽宗旨不同，但其意皆在盛唐，于是唐风乃大盛。沈氏原出横山门下，为叶燮之学生，但论诗竟如此不

① 宋濂.《宋文宪公全集》(10). 四部备要集部，上海中华书据严荣校刻，2007
② 钱谦益.《列朝诗集小传》(甲集). 上海古籍出版社，1983
③ 叶盛.《水东日记》(26). 中华书局，1980
④ 丁福保辑.《怀麓堂诗话》.《历代诗话续编》(下). 中华书局，1983
⑤ 钱谦益.《列朝诗集小传》(丙集). 上海古籍出版社，1983
⑥ 张升.《精华录》提要，《四库全书提要汇编》(5)，商务印书馆，2006
⑦ 张瑞军.《张心友诗序》载《黄梨州文集》，中华书局，1959
⑧ 吕留良.《答张菊人》载《吕晚村先生文集》. 北京图书馆出版社，2007

同，有唐宋之别，甚可怪也。稍后，有翁方纲者起而相抗，倡“肌理”之说，所谓“专以考订、议论为诗”（王树枏《清诗过眼评》），虽是宗宋，却误入歧途者，无多论也。时有袁枚，承公安三袁之诸，专倡“性灵”，虽在排击时人学唐之弊，却也并非出唐而入于宋，因为一切学古之论，皆在其摒弃之列，更无分唐界宋之成见萦怀。道咸以后，有何诏基，祁隽藻、魏源、曾国藩等相谜而起，益盛倡宋诗，流派相承，以迄晚清，是谓“同光体”。但实际论诗，眼光又并不偏狭，专以分唐界宋为说。如同光体的理论代表陈衍即说：“余谓诗莫盛于三元：上元开元，中元元和，下元元祐也”①。唐反占其二而宋居其一，亦并非专主宋者。而潘德舆也说：“学者大纲，自宜宗唐，而宋元两代，亦何可薄？”②大概都是有鉴于明七子学唐之偏颇而言，其实唐诗在他们心目中的地位，仍占主导方面。综言之，自宋至清，虽有唐宋门派之争，真正否定唐诗者并不多见，更多的都是针对一时学唐者而发，宋诗的地位也从未超过唐诗。

第二、主宋者多为宋诗争地步，并非贬抑唐诗。或有之，亦门户过激之言。唐宋诗之争，起于永嘉四灵之兴，时当江西诗派正盛之时，他们起而宗唐黜宋，由是干戈遂起。其时鼓吹江西者，有吕本中作《江西诗社宗派图》曰：“惟豫章始大出而力振之，抑扬反复，尽兼众体，而后学者同作并和，虽体裁或异，要皆所传者一，予故录其名字，以遗来者。”此乃最早为江西诗派立传者，但以“抑扬反复，尽兼众体”许山谷，当时即有人提出反驳：“豫章自出机杼，别成一家，清新奇巧，是其所长。若言反复抑扬，尽兼众体，则非也”③称山谷“别成一家”，反而更能概括他在诗史上的地位。吕氏之外，极口称扬江西诗者有理学家陆九渊，其《与陈帅》曰：“杜陵之出……诗家为之中兴。自此以来，作者相望，于豫章而大肆其力，包含欲无外，搜抉欲无秘，体制通古今，思致极幽眇，贯穿驰骋，工力精到。由是江西遂以诗社名天下，虽未及古之原委，而其植立不凡，亦宇宙之奇诡也。”陆亦江西人，于黄如此称颂，虽不免乡曲之私，然尚不至越唐而定宋于一归也。至于批评江西诗者也有人在，如陈岩肖即说：“近时学其（山谷）诗者，或未得其妙处，每有所作，必使声韵拗戾，词语艰涩，曰江西格也”④。如此看来，为吕、陆二人所肯定者，也许正是其弊端所在。

此后，为宋诗鼓吹者，大致不出两端：一谓以学问议论为诗，境界独辟；一谓能变化创新，不蹈袭唐人。明初诸人，只言片语，缺少正面说明，姑且不论。关于后一方面，如吴之振引曹学佺序宋诗曰：“取材广而命意新，不剿袭前人一字”⑤。而公安派之张扬宋诗，亦正由此着眼，如袁小修说：“宋元承三唐之后……为诗者处穷而必变之地，宁各自出手眼，各为机局，以达其意所欲言，终不肯雷同剿袭，拾他人残唾，死前人句下，于是乎情穷遂无所不写，景穷遂无所不收”⑥。又蒋士铨《辨诗》曰：“唐宋皆伟人，各成一代诗。变出不得已，运会实迫之。格调苟相袭，焉用雷同词。宋人生唐后，开辟真难为。……奈何愚贱

① 陈衍.《石遗室诗话》(1). 人民文学出版社,2004

② 潘德舆.《养一斋诗话》(4). 艺文印书馆,2006

③ 廖德明校点.《苕溪渔隐丛话》前集. 人民文学出版社,1962

④ 陈岩肖.《庚溪诗话》载社科院文研所编《中国历代诗话选》(二). 岳麓书社,1985

⑤ 吴之振.《宋诗钞序》. 上海三联书店,1988

⑥ 《宋元诗序》. 载《袁小修文章》(下). 中央书店,1935

子，唐宋分藩篱？”并且还明确表示：“唐宋皆师”①。可知从“变”的角度肯定宋诗，是明清人的普遍认识，也没有什么不妥，问题在于这种创变的实质是什么？是否有益于诗歌的发展？这才是更重要的问题，留在下面再谈。关于前一方面，当以清代黄宗羲和翁方纲最具代表性。黄曾说：“古来论诗有二：有文人之诗，有诗人之诗。文人由学力所成，诗人从锻炼而得。大篇丽句，矜奇斗险，使僻固而狭陋者，茫然张口”②。他是肯定由学力而成的文人之诗的，故于矜奇斗险一类的宋诗特加推奖，所以说：“宋之长铺广引，盘折生语，有若天设，号为豫章宗派者，皆源于少陵。”甚至认为宋人“以文字为诗，以才学为诗，以议论为诗，莫非唐音。”③这是以学者的眼光谈诗，可以说不大懂诗，其《诗历》卷三还说：“至文不过家书写，艺苑还从理学求，”此或为过激之言，但以理学求艺，岂非失之更远！论诗与此相近者还有叶燮，其《原诗》论诗之源流正变，自成体系，甚有见地，然论唐宋诗曰：“从来论诗者，大约申唐而绌宋。有谓唐人以诗为诗，主性情，于《三百篇》为近；宋人以文为诗，主议论，于《三百篇》为远。何言之谬也！”何以斥之为谬？他说：“至于宋人之心手，日益以启，纵横钩致，发挥无余蕴，非故好为穿凿也。……如苏轼之诗，其境界皆开辟古今之所未有，天地万物，嬉笑怒骂，无不鼓舞于笔端，而适如其意之所欲出，此韩愈后之一大变也，而盛极矣。”④他以“变”论诗，本无可厚非，但他以宋诗之走上散文化、议论化，乃至嬉笑怒骂为诗，亦认为是理所必然，那就大错特错了。别人以为宋人之弊端，他反以为其优长，恰恰是模糊了诗和非诗的界限。还有翁方纲，倡“肌理”而主张以学问考据为诗，崇尚宋诗也就成为必然。他说：“唐诗妙境在虚处，宋诗妙境在实处，……而其精诣则固别有在者。宋人之学，全在研理日精，观书日富，因而论事日密，……莫不借诗以资考据。”又说：“宋人精诣，全在刻抉入里，而皆从各自读书学古中来，所以不蹈袭唐人也”⑤他所谓之读书学古，其实质就是考据，故直倡言曰：“为学必以考证为准，为诗必以肌理为准”⑥。“考订训诂之事，与词章之事未可判为二途”⑦。对这种迂腐之言，清人王树楠即嘲笑说：“先生精心汲古，宏览多文，专以考订议论为诗，几于有把抄书当作诗”（《仿元遗山论诗》）。因为，那本来就是违背创作规律的，正为黜宋者提供了藉口。

如果说上诸人，还能提出一些理由为宋诗争地步，那么下面诸人则更甚，以至认为唐不如宋了，不过需作具体分析。如欧阳修《梅圣俞墓志铭》说：“其初喜为清丽，闲肆平淡，久则涵演深远，间亦琢刻以出怪巧，然气完力余，益老以劲。……于它文章皆可喜，非如唐诸子号为诗人者，僻固而狭陋也。”这明确贬斥唐诸子，不过欧公之时，山谷诗名未著，江西派亦尚未形成，还未有严格意义的唐宋之分，所以他所针对的当是西昆、九僧之流专学晚唐者，此所谓“唐诸子”与后来严唐宋界限时之含义便不尽相同，不得相与为混。又

① 蒋士铨.《忠雅堂诗集校笺》(13). 上海古籍出版社,1993
② 黄宗羲.《后苇碧轩诗序》.《四部丛刊》影初刻本《南雷文案》卷二
③ 黄宗羲.《张心友诗序》.《四部丛刊》影初刻本《南雷文案》卷二
④ 霍松林校注.《原诗外篇》. 人民文学出版社,1979
⑤ 陈迩冬校点.《石洲诗话》(4). 人民文学出版社,1981
⑥ 《志言集序》.《复初斋文集》(4). 文海出版社影印手稿本,1974
⑦ 《蛾术编序》.《复初斋文集》(4). 文海出版社影印手稿本,1974

欧公喜韩而不喜杜①,故文师韩诗亦师韩,但宋人谓“退之以文为诗”②、“乃押韵之文”③,而欧公独称其为“乃天下之至工也,”可知他贬斥晚唐事出有因,而宋诗之真正走上散文化、议论化,实欧为之始。叶梦得曾批评说:“欧阳文忠公诗,始矫昆体,专以气格为主,故其言多平易舒畅。律诗意所到处,虽语有不伦,亦不复问。而学之者往往遂失于直快,倾困倒廪,无复余地”④。即针对此而言。至于真敢发扬宋而抑唐之论者,综观宋元以来各代,实以明初为甚,但亦小心翼翼,人数寥寥。方孝孺《谈诗五首》其二曰:“前宋文章配两周,盛时诗律亦无俦。今人未识昆仑派,却笑黄河是浊流”。既说前代无俦,当然包括三唐在内,只是未敢明说耳,此乃微言见义者。又都穆曰:“昔人谓诗盛于唐,而坏于宋,近亦有谓元诗过于宋者,陋者见乎!刘后村云:‘宋诗非惟不愧于唐,盖过之矣。’余观欧、梅、苏、黄、石湖、放翁诸公,视之唐诗未可便谓过之,然真无愧色者也。”⑤按刘后村语见《本朝五七言绝句序》,但更多材料证明,他却是宋人中排击江西诗派最力者,读《后村诗话》即知。如说:“迨本朝则文人多,诗人少。三百年间,虽人各有集,集各有诗,诗各自为体,或尚理致,或负材力,或逞辩博,少者千言,多至万首,要皆经义、策论之有韵者耳,非诗也。”⑥又说:“近世理学兴,而诗律坏。”⑦可知他批评宋诗,深中其弊,与张戒、严羽等人一脉相承,因此谓后村以宋诗超过唐人者,乃片言孤证,且前后抵牾,实不足凭。而且都穆虽引其说,目的只是为宋诗抬高地步,也不敢即表赞成,故坦言“未可便谓过之也。”此外,尤值得注意者乃是公安派的袁宏道,他曾这样写道:“世人喜唐,仆则曰唐无诗。世人喜秦汉,仆则曰秦汉无文。世人卑宋黜元,仆则曰诗文在宋元诸大家。……不肖恶之深,所以立言亦自有矫枉之过。”并補充说:“仆求自得而已,他则何敢知!”⑧可知他说“唐无诗”,则是对“世人喜唐”而“恶之深”的过激之言,其论诗宗旨也并非真的要贬唐褒宋,而是别有目的:即张扬“性灵”,以求“自得,”至于其他(如分唐界宋)则“何敢知。”另有唐顺之者,其《书黄山谷诗后》云:“黄豫章诗,真有凭虚欲仙之意。此人似一生未尝食烟火食者,唐人盖绝未见有到些者也。虽韦苏州之高洁,亦须让出一头地耳。”则直是凭空蹈虚之语,或出于个人偏嗜,无论也。

第三,主唐者多理论建树,倡宋者则显得肤泛浅薄。从宋代开始,批评苏、黄、江西者,即表现出很强的理论勇气和独立精神,对中国文学理论作出了重要贡献。如南北宋之交的张戒,当苏黄诗风靡一世之时,其在《岁寒堂诗话》中即严加抨击:

> 自汉魏以来,诗妙于子建,成于李杜,而坏于苏黄。余之此论,固未易为俗人言也。子瞻以议论作诗,鲁直又专以補缀奇字,学者未得其所长,而先得其所

---

① 社科院文研所编,刘攽.《中山诗话》,《中国历代诗话选》(一),岳麓书社,1985

② 社科院文研所编,陈师道.《后山诗话》,《中国历代诗话选》(一),岳麓书社,1985

③ 社科院文研所编,魏泰.《临汉隐居诗话》.《中国历代诗话选》(一),岳麓书社,1985

④ 社科院文研所编,叶梦得.《石林诗话》.《中国历代诗话选》(一),岳麓书社,1985

⑤ 丁福保辑,都穆.《南濠诗话》,《历代诗话续编》(下).中华书局,1983

⑥ 《竹溪诗序》,见《四部丛刊》影印旧钞本《后村先生大全集》

⑦ 《林子显诗序》,见《四部丛刊》影印旧钞本《后村先生大全集》

⑧ 《与张幼于尺牍》,锺伯敬增定本《袁中朗全集》卷二十二

短，诗人之义扫地矣。

又说："诗以用事为博，始于颜光禄而极于杜子美；以押韵为工，始于韩退之而极于苏黄。……苏黄用事押韵之工，至矣尽矣，然究其实乃诗人中一害。使后生只知用事押韵之为诗，而不知咏物之为工、言志之为本也。"他一反时人鼓噪赞誉之声，而称苏黄"乃诗人中一害，"实乃振聋发聩之言。而所谓"以议论作诗"、"補缀奇字"、"用事押韵之工"等，即后来所说"以文字为诗，以才学为诗，以议论为诗，"而如此写出的诗，最多只能称作有韵之文，而非真正的诗。所以，他又说："诗者志之所之也，情动于中而形于言，岂特专意咏物哉？……后人所谓含不尽之意者，此也，用事押韵何足道哉！"张戒是苏黄诗的首先发难者，思想尚趋于传统，其重要意义则是启发另一个更著名的诗论家的出现，那就是南宋的严羽。羽字仪卿，号沧浪逋客，著《沧浪诗话》，以"说江西诗病真取心肝刽子手"而自任。其批评苏黄和江西诗有段名言：

夫诗有别材，非关书也；诗有别趣，非关理也。然非多读书多穷理，则不能极其至。所谓不涉理路，不落言筌者，上也。诗者，吟咏性情也。盛唐诸人，惟在兴趣，羚羊掛角，无迹可求。故其妙处，透彻玲珑，不可凑泊，如空中之音，相中之色，水中之月，镜中之象，言有尽而意无穷。近代诸公，乃作奇特解会，遂以文字为诗，以才学为诗，以议论为诗，夫岂不工，终非古人之诗也，盖于一唱三叹之音，有所歉焉。且其作多务使事，不问兴致，用字必有来历，押韵必有出处，读之反复终篇，不知著到何在。其末流甚者，叫噪怒张，殊乖忠厚之风，殆以骂詈为诗，诗而至此可谓一厄也。

沧浪之不同于张戒者，首在于他所表现出的强烈理论性，自非一般仅凭感性说诗者所能比。按黄山谷《答王观复书》曾责其"读书未精博，"又教其"但当以理为主，"是江西诗人遂以多读书、多穷理，为其学诗之根底者甚明，于是以才学为诗、以议论为诗遂成为创作的根本趋向。沧浪有感于此，遂首揭别材非关书、别趣非关理之旨，以说明诗不同于文的审美本质所在，显然是从根本上为江西诗纠偏補弊。然而，沧浪亦并非否定读书穷理以提高诗人学养的重要性，故又说"然非多读书多穷理则不能极其至。"在这似乎前后矛盾、实则是很辩证的表述中，大概他已隐然意识到"源"和"流"，即情感的本源性和书本知识第二性的问题，所以为诗下定义说："诗者吟咏情性也。"至于二者的理想处理方法，那就是"不涉理路，不落言筌"，即有深厚学养而不在诗中发议论说道理，有丰富知识却不以撏扯拆補代替创造出新，以至把诗写成说理散文，这样才有"一唱三叹之音"，有"言有尽而意无穷"之妙。而宋人之失，正在落于迹相，死于句下，这是有乖创作的根本规律的。沧浪对诗歌创作有如此清晰的界定，于是江西诗派的一系列创作基石才被他扫地廓清。比如，黄庭坚说："老杜作诗，退之作文，无一字无来处"①。"易其意而造其语，谓之换骨

① 黄庭坚.《与洪驹父书》，四部丛刊影宋本《豫章黄先生文集》. 中华书局，1957

法；窥入其意而形容之，谓之夺胎法”①。以及被称之为化臭腐为神奇的所谓“以故为新”法②等，都是被江西诗人奉为圭臬的不二法门，沧浪则斥之为违背诗旨的“奇特解会。”又苏轼诗好骂，黄庭坚即说：“东坡文章，短处在好骂”③。沧浪亦连类及之，称其“殊乖忠厚之风”，“诗而至此可谓一厄也。”总之，严羽从批评江西诗病中引申出的这套诗学理论，不仅成为我国文学理论的宝贵遗产，即使在今天也未失去它的现实意义。

尤其值得注意是，此后凡宗唐而抑宋者，几乎无不以沧浪之说为其理论依据。金代王若虚，元好问，未必即受沧浪直接影响，但持论又何其相似。如王氏说：“山谷之诗，有奇而无妙，有斩绝而无横放。铺张学问以为富，点化陈腐以为新，而浑然天成如肺肝中流出者，不足也。”又说：“古人之诗……何尝有以句法绳人哉？鲁直开口论句法，此便是不及古人处”。且批评山谷著名的“夺胎换骨法，”则直斥此乃“剽窃之黠者耳，”更是一针见血④。元好问则说：“曲学虚荒小说欺，俳谐怒骂岂宜诗？今人合笑古人拙，除却雅言都不知。”曰：“奇外无奇更出奇，一波才动万波随。只说诗到苏黄尽，沧海横流却是谁？”⑤其贬抑苏、黄和江西，都持同样的理由。到明代前后七子，始谓“汉无骚，唐无赋，宋无诗”⑥，即据沧浪而发挥。李梦阳说：“宋人主理，作理语，于是薄风云月露，一切铲去不为。又作诗话教人，人不复知诗矣。诗何尝无理，若专作理语，何不作文而诗为耶？”⑦屠隆说：“古诗多在兴趣，微辞隐义，有足感人。而宋人多好以诗议论，夫以诗议论，即奚不为文而为诗哉！”⑧胡应麟则说：“苏黄初亦学唐，但失之耳。眉山学刘、白，得其轻浅而不得其流畅，又时杂以论宗，填以故实；修水学老杜，得其拗涩而不得其沉雄，又时参以名理，发以诙谐。唐宋体制，遂尔悬绝”⑨。此外，如王夫之说：“人讥西昆体为獭祭鱼，苏子瞻、黄鲁直亦獭祭耳，……除却书本子，则更无诗。”⑩吴乔则说：“子瞻、鲁直、放翁，一泻千里，不堪咀嚼，文也，非诗也。”⑪显然，他们所说都源自沧浪，有些则发挥得更为透彻。

总之，沧浪批评宋人“以文字为诗，以才学业诗，以议论为诗，”可谓正中苏黄诗弊，并且影响深远，因为他们那种创作趋向，恰恰模糊甚至混淆了诗和文、艺术和非艺术的界限，这是不争的事实。因此，为宋诗张目者如黄宗羲、叶燮、翁方纲等，不管为其怎样辩护，终显得过于浅薄而迂腐。“何不为文而为诗哉！”这是何等发人深省的问题，可惜翁、黄等人始终不悟，而为那些“要皆经义、策论之有韵者耳”曲为解说，岂非固陋！从上述三方面来看，虽代有唐宋诗之争，实则唐诗的地位始终未曾动摇过，而争论的焦点在宋诗，

---

① 社科院文研所编，惠洪．《冷斋夜话》．《中国历代诗话选》（一）．岳麓书社，1985

② 黄庭坚．《再次韵杨明叔》小序，四部丛刊影宋本《豫章黄先生文集》

③ 黄庭坚．《答洪驹父第二书》，四部丛刊影宋本《豫章黄先生文集》

④ 丁福保辑，王若虚．《滹南诗话》．《历代诗话续编》（上）．中华书局，1983

⑤ 郭绍虞主编．《论诗三十首》．《中国历代文论选》（中）．中华书局，1962

⑥ 何景明．《杂言》，赐策堂本《何大復先生全集》

⑦ 李梦阳．《击音序》，明万历浙江思山堂本《李空同全集》．江苏古籍出版社，2003

⑧ 郭绍虞编．《文论》，明刻本《由拳集》卷二三，《中国历代文论选》（中）．上海古籍出版社，2001

⑨ 胡应麟．《诗薮·外编》．上海古籍出版社，1962

⑩ 夷之校点．《姜斋诗话》．人民文学出版社，1962

⑪ 吴乔撰．《围炉诗话》．齐鲁书社，1997

即宋诗在文学史上的地位问题，这是下面要集中谈论的。

二、从文学史角度看宋诗

谈唐宋诗之优劣，似可取两种不同之角度：就文学史的角度言，则可以说“经亡而后骚作，骚亡而后赋作，赋亡而后诗作。秦无经，汉无骚，唐无赋，宋无诗”①。或曰：“诗至于唐而格备，至于绝而体穷。故宋人不得不变而之词，元人不得不变而之曲。词盛而诗亡矣，曲盛而词亦亡矣”②，是一代有一代之文学，不必定要争地位而自高大也。然从诗人的角度言，则又可以说：“代不能废人，人不能废篇，篇不能废句，盖不止前数公（按指欧、梅、苏、黄）而已”③，或曰：“皆有工有拙，未必古人皆工，今人皆拙。”是不宜一笔抹倒，弃而无所顾忌者也。如果从前一种角度来看，则宋诗已失去了文学史的意义；如果从后一种角度来看，则宋代诗人仍有可取的价值，写文学史不同于文学批评者在此。

近人对待宋诗，是多取前一种态度的。如章太炎说：“宋世诗势已尽，故其吟咏情性，多在燕乐”④，柳亚子说：“诗学坏于江西派……欲中华民族之诗学有价值，非扫尽江西派不可”⑤，鲁迅《答杨霁云》也说：“我以为一切好诗，到唐已被做完，此后倘非能翻出如来掌心之‘齐天大圣’，大可不必动手”⑥。尤其是闻一多，则完全是从文学史的角度看宋诗了。其《文学的历史动向》一文说：

> 从西周到宋，我们这大半部文学史，实质上只是一部诗史。但是诗的发展到北宋实际也就完了。南宋的词已经是强弩之末。就诗本身说，连尤、杨、范、陆和稍后的元遗山似乎都是多余的，重复的，以后更不必提了。我们只觉得明、清两代关于诗的那许多运动和争论都是无谓的挣扎。每一度挣扎的失败，无非重新证实一遍那挣扎的徒劳无益而已。本来从西周唱到北宋，足足两千年的工夫也够长的了，可能的调子都已唱完了。……从此以后，是小说戏曲的时代。⑦

有两点需作说明：一是闻先生所说“诗史”，除《诗》和《骚》之外主要是指诗和词二者在内的历史，所以说“南宋的词已经是强弩之末。”二是对北宋未加否定，不知是指诗或词，抑或二者兼有，不太明确；若是二者兼有，则他对苏黄等的诗并不否定，便与前诸人对宋诗的态度也就不同；但从他说“诗的发展到北宋实际也就完了，”而接着的话是“南宋的词已经是强弩之末”来看，则只指词的可能性更大。但不管怎么说，在前面诸大家看来，宋以后的诗已失去了文学史的意义，尽管不能说此后便没有写出过好诗，但那只是个别现象，

---

① 何景明.《杂言》，见赐策堂本《何大復先生全集》. 商务印书馆，1981

② 胡应麟.《诗薮·内编》. 上海古籍出版社，1997

③ 王世贞序，慎蒙编.《宋诗选》

④ 章炳麟.《国故论衡·辨诗》. 上海古籍出版社，1997

⑤ 柳亚子.《答野鹤》，载《南社纪略——柳亚子文集》，上海人民出版社，1983

⑥ 鲁迅.《鲁迅书信集》（下册）. 人民文学出版社，1976

⑦ 闻一多.《闻一多全集》选刊之一，古籍出版社，1957

而总体上则只是"无谓的挣扎。"

钱钟书先生对宋诗则取后一种态度。其《宋诗选注序》说:"瞧不起宋诗的明人说它学唐而不像唐诗,只是他们不懂这一点不像之处恰恰就是宋诗的创造性和价值所在。"如此说他似乎是完全肯定宋诗的,不过他接着说:

> 用宋代文学批评的术语来说,凭藉了唐诗,宋代作者在诗歌的"小结裹"方面有了很多发明和成功的尝试,譬如某一个意写得比唐人透彻,某一个字眼或句法从唐人那里来而比他们工稳,然而在"大判断"或者艺术的整个方向上没有什么特著的转变,风格和意境虽不寄生在杜甫、韩愈、白居易或贾岛、姚合等人的身上,总多多少少落在他们的势圈里。

从"大判断"来说宋人已很难开创一个新的时代,所以有点闻一多所说"重复"和"多余,"也就失去了文学史的意义。这是"史"的观察角度。但从"小结裹"来说,则"代不能废人,人不能废篇,"而"宋元两代亦何可遽薄?"仍有其存在价值。这是"人"的观察角度。如此说来,则钱先生所说也有道理,比如下面这些宋人优秀诗篇,其传诵度就并不在唐人之下:

京口瓜洲一水间,钟山衹隔数重山。
春风又绿江南岸,明月何时照我还。
——王安石:《泊船瓜洲》

金炉香烬漏声残,翦翦轻风阵阵寒。
春风恼人眠不得,月移花影上栏干。
——王安石:《夜直》

山外青山楼外楼,西湖歌舞几时休!
暖风薰得游人醉,直把杭州作汴州。
——林升:《题临安邸》

黄梅时节家家雨,青草池塘处处蛙。
有约不来过夜半,闲敲棋子落灯花。
——赵师秀:《约客》

绿遍山原白满川,子规声里雨如烟。
乡村四月闲人少,纔了蚕桑又插田。
——翁卷:《乡村四月》

应怜屐齿印苍台,小扣柴扉久不开。

春色满园关不住，一枝红杏出墙来。

——叶绍翁：《游园不值》

当然，这还只是一些所谓“有唐风”者的小诗，暂且不论。更重要的是那些真能代表宋诗独特风格之作，则具有另外一种审美风貌，更不可轻忽放过。如下诸大家：

东风知我欲山行，吹断簷间积雨声。
岭上晴云披絮帽，树头初日挂铜钲。
野桃含笑竹篱短，溪柳自摇沙水清。
西崦人家应最乐，煮葵烧笋饷春耕。

——苏轼：《新城道中》

痴儿了却公家事，快阁东西倚晚晴。
落木千山天远大，澄江一道月分明。
朱弦已为佳人绝，青眼聊因美酒横。
万里归船弄长笛，此心吾与白鸥盟。

——黄庭坚：《登快阁》

我居北海君南海，寄雁传书谢不能。
桃李春风一杯酒，江湖夜雨十年灯。
持家但有四立壁，治病不蕲三折肱。
想得读书头已白，隔溪猿哭瘴溪藤。

——黄庭坚：《寄黄几复》

恶风横江江卷浪，黄流湍猛风用壮。
疾如万骑千里来，气压三江五湖上。
岸上空荒火夜明，舟中坐起待残更。
少年行路今白头，不尽还家去国情。

——陈师道：《舟中》

世味年来薄似纱，谁令骑马客京华。
小楼一夜听春雨，深巷明朝卖杏花。
矮纸斜行闲作草，晴窗细乳戏分茶。
素衣莫起风尘叹，犹及清明可到家。

——陆游：《临安春雨初霁》

像这种诗的境界，这种意象结构和句法字法，都是唐诗中没有的。尤其是最为用功的颔颈两联，如“落木千山天远大，澄江一道月分明”、“桃李春风一杯酒，江湖夜雨十年灯”、“小楼一夜听春雨，深巷明朝卖杏花”等，往往遒丽丰腴，横放而沈雄，雕刻却不伤骨，称之“唐人盖绝未见有到此者，”似亦不为过。但骄矜学向，爱发议论，拗折字句，即从这几首诗中已可见出，正是历来为人诟病者，却是宋诗的主导趋向。就上述人的创作倾向言，苏轼则更偏重于言理，他的许多名篇就是藉此而流传的，如：

横看成岭侧成峰，远近高低各不同。
不识庐山真面目，只缘身在此山中。

——《题西林壁》

竹外桃花三两枝，春江水暖鸭先知。
蒌蒿满地芦芽短，正是河豚欲上时。

——《惠崇春江晚景》

春云收尽溢清寒，银汉无声转玉盘。
此生此夜不长好，明月明年何处看？

——《中秋月》

就其情景意象的创造而言，其实并未见出太大特色，甚至往往还显得平直，但那警句中蕴含的人生经验或深刻哲理，却是发人深省、教人喜爱而难以忘怀的。由于表现得很成功，人们给其取了个很特别的名字叫“理趣，”以区别于枯燥直白的说理。但是，他的有些诗则不免“以议论为诗”、以“俳谐怒骂”为诗，乃“文也，非诗也。”与之相较，黄诗则更注重炼字造句的新奇拗折，这在前举诸诗中已可看到，高者自然可喜，下者则不免“以文字才学为诗”了。如这首《病起荆江亭即事》：“翰墨场中老伏波，菩提坊里病维摩。近人积水无鸥鹭，时有归牛浮鼻过。”这是他写得比较明白顺畅的一首，但已够晦涩深奥的了，不仅用典多，如他所说“无一字无来处，”、“点铁成金”等教人秘法，也全都有所体现。

陆游字务观，号放翁，是南宋杰出的爱国诗人。他的诗悲慨奔放，壮怀激烈，时时不忘收复失土，解救沦陷区人民于水火，这是同苏黄等人只为个人的穷达遭际而长歌短吟不同的。他早年学江西，四十岁后却幡然彻悟，以为学即是“病，”便抛却书本子而向生活找创作灵感。如说：“君诗妙处吾能识，正在山程水驿中”①，又与杜思恭手札曰：“大抵此业在道途则愈工，……愿舟楫鞍马间加意勿辍，他日绝尘迈往之作，必得之此时为多”②。因此，以江西之修养根底，抒爱国之激越情怀，成为其一大特征：

早岁那知世事艰，中原北望气如山。

① 陆游.《题萧彦毓书卷后》，四部丛刊影明本《渭南文集》卷十三．全国图书文献缩微中心，1988
② 谢启昆修，胡虔纂.《广西通志》(224)．广西人民出版社，1988

楼船夜雪瓜洲渡，铁马秋风大散关。
塞上长城空自许，镜中衰病已先斑。
出师一表真名世，千载谁堪伯仲间。

——《书愤》

三万里河东入海，五千仞岳上摩天。
遗民泪尽胡尘里，南望王师又一年。

——《秋夜将晓出篱门迎凉有感》

山村病起帽围宽，春尽江南尚薄寒。
志士凄凉闲处老，名花零落雨中看。
断香漠漠便支枕，芳草离离悔倚阑。
收拾吟牋停酒椀，年来触事动忧端。

——《病起》

宋遗民林景熙曾说："前辈评宋南渡后诗，以陆务观拟杜，意在痡瘝不忘中原，与拜鹃心事实同"①。就其爱国忧时情怀言，若与杜甫相较，正如都穆说"未可便谓过之，然真无愧色者也"，其造语之横放崭绝，胸襟气度之纵浪宏阔，固为唐人诗中少见，自是江西根底。不过宋人好说，总以说尽为快，亦不免"文也，非诗也"之讥。

总之，从个别诗人的某些诗篇来看，说"宋无诗"自然不妥，但就诗坛的整个倾向言，散文化议论化、矜才使学的作风未必是值得肯定的。缪钺先生《诗词散论》)说："故宋诗非能胜于唐诗，仅异于唐诗而已"。② 而这个"异"字极值得品味，既可理解为是"创新"，别开生面；亦可理解为"野狐外道，"不再是诗，就在你站在什么角度看。而诗人的角度和文学史的角度，则是很不相同的。

前引章太炎、鲁迅、闻一多等，即是从文学史角度来看宋诗的，所以说"宋世诗势已尽"、"好诗到唐已被做完"。毛泽东甚至说："又诗要用形象思维，不能如散文那样直说，所以比、兴两法是不能不用的。……宋人多数不懂诗是要用形象思维的，一反唐人规律，所以味同嚼蜡"(《给陈毅同志谈诗的一封信》)。从这个角度说，确实宋诗已失去了文学史的意义。虽取同一角度，但闻一多说"诗的发展到北宋实际也就完了，"这所谓"北宋"，包括不包括苏、黄等人？若按钱钟书的说法，宋人的"风格和意境……总多多少少落在他们(唐人)的势圈里，"那么，是否正如闻先生评尤、杨、范、陆所说，他们也"是多余的重复的"呢？或者这里的"北宋"，仅指当时的新兴抒情诗体"词"？而此后便是"小说戏剧的时代。"但不管怎么说，闻氏那段话的理论意义都是巨大的。

① 林景熙．《霁山先生集》(5)．《王修竹诗集序》．上海古籍出版社影《文渊阁四库全书》本，1987
② 缪钺．《诗词散论》．上海古籍出版社，1982

从西周到宋的文学史“实质上只是一部诗史。”这是值得人们深刻检讨的。而我们的文学史，却把大量准文学或非文学的西都搜罗进来，当作文学作品读，比如诸子散文、历史散文、政治论文，乃至诏策书信等，它们本质上就都属准文学范畴，而并非真正审美性的文学，那么还叫文学史吗？这并非是说它们对文学的发展不重要，但只能作为影响文学发展的诸多因素或背景材料来看待，并非就是文学本身。若把它们都捆扎在文学史这一链条上，文学发展还有什么普遍规律可寻？因为它们的性质根本不同，属于不同的文化领域，难以相提并论。闻先生所说，固然语出惊人，却发人深省。“诗的发展到北宋实际也就完了，”所说“发展”当然包括北宋在内，但指诗或词，似乎有点模糊。不过紧接着说“南宋的词已经是强弩之末”，那么指词的可能性更大。按照一般的看法，北宋是词的发展鼎盛期，也是“诗史”发展的一个重要阶段，他并不完全否定北宋者，其用意应该在此。章太炎不是说“宋世诗势已尽，故其吟咏情性多在乐燕”吗？其实用意完全相同。“从此以后，是小说戏剧的时代，”指明的则是我国文学史上一次重大的质的转变，可惜也被我们的文学史在很大程度上忽略了。这不是说从此便没有了诗和词，而是说它们已丧失了文学史的意义，“诗亡而求诸野。”我国对诗的传统认识是“言志”“缘情”的，但当其发展到巅峰期稍后的中唐时，白居易即首先提出“为时”、“为事”的明确主张，这说明原为主观表现的诗歌遂向客观再现的方向转变，并且这一变化还自觉不自觉地伴随着文学运动的形式出现，如那场轰轰烈烈的“新乐府运动。”不过，诗并非叙事性再现文学最合适的表现形式，故随后便被源自民间而兴起的唐传奇、南戏北曲所代替，我国也才有了现代意义的小说戏剧的繁荣。以至发展到宋元以后，更勃然蔚为大国，而传统诗歌却黯然失色而退出文学主流地位，唐宋文学分野这可能才是真正深层的原因。闻一多先生那段话所展现的应是一种崭新的文学史理念。

总之，宋人“以文字为诗，以才学为诗，以议论为诗”，把诗当文来写，风格固然迥异于唐人，但诗也不再像诗。他们加大诗歌中理性叙述或情感直白的成分，在诗中斗学问、发宏论、明哲理，以写文的方法写诗，不再有“化景为情”的意象结构之妙，因此从晋宋时期开始的我国意象文学，至此也就走到了它的尽头。幸好还有词曲的繁荣，又继续了一段辉煌，虽常被视作“小道”，那也是幸运的。

第十三章　诗歌演化的新体式:词

第一节　“曲子词”与词体的确立

由“三百篇”到汉乐府,由古体诗到近体诗,中国前期文学几乎都是诗歌的天下。乐府诗最先虽是配合音乐歌唱的歌辞,但自转入文人之手以后,便也被改造成为诗歌之一体,特称之为“拟乐府”、“新乐府,”而逐渐脱离与音乐之关系,不再成为歌辞。后来,人们把一种杂言体的歌辞,既当歌辞写,又当诗来写,使其既具有一种特殊音乐性,又有严格声律规范的崭新文学体式,并取代传统诗歌的主导地位,而成为抒情写意的主要方式者,则是兴起于唐而大盛于两宋的“曲子词”,后来遂简称为“词”,以区别于“诗”。

“词”字本义与“辞”通,泛指一般的言词、文词或语词。后来才引申为歌词之“词,”但与作为特殊诗歌一体之唐宋词并不相同。早在六朝时期,即有称乐府歌辞为“词”者,如齐梁时期沈约的《宋书·乐志》,其所录数十首乐府歌辞,即往往在题后加上“××词,”以说明歌辞的作者。如《罗敷·艳歌行·古词》、《对酒·短歌行·武帝词》等,其实际所指就是伴随音乐曲调所唱歌辞,所以他是把辞和调分开来说明的。到了唐代,则把伴随当时流行俗乐“曲子”或“杂曲子”所唱歌辞,也称作“词,”叫“曲子词。”如《北梦琐言》曰:“晋相和凝,少年时好为曲子词”。又《花间集叙》曰:“因集近来诗客曲子词五百首,分为十卷。”至于单称伴随某一曲子歌唱的歌辞为“词”者则更多,如《北梦琐言》曰:”唐薛澄州昭纬……好唱《浣溪沙》词,宣宗爱唱《菩萨蛮》词。”《云溪友议》则曰:“(裴郎中諴)与举子温歧为友,好作歌曲……裴君《南歌子》词云(略)。二人又为《新添声杨柳枝》词,饮筵竞唱其词而打令也“等。由此可知,所谓“词”最先乃概指歌辞而言,实为一般歌词的泛称,并非是指某种特定诗歌体式。并且唐人将自己所写诗,也往往称为“词”,与歌、行、曲、引等并用,有些是乐府诗,有些则是五七言律绝。如王之涣的《凉州词》、张敬忠的《边词》、王昌龄的《长信秋词》、李白的《横江词》、《清平调词》等。中晚唐时期把诗称“词”者则更多,不只张籍有《牧童词》、王建有《新嫁娘词》、刘禹锡有《秋词》、白居易有《后宫词》等,元稹还将所写七言长篇叙事诗也题作《连昌宫词》。而为唐人最喜欢写的《宫词》,王建则一口气写了一百首,刘禹锡则把模仿民歌之作同样题作《竹枝词》、《柳枝词》、《杨柳枝词》等。总之,对唐人来说,不只配合音乐歌唱的歌辞称“词”,似乎那些能配合音乐歌唱的诗(所谓“声诗”)也可称“词,”甚至已脱离音乐歌唱的诗,同样可称“词。”因此,“词”的内涵在当时是比较广泛的,概念亦并无定指,大约直到北宋中叶以后,才逐渐定型,并用来指称一种兴于唐而盛于宋、句式长短不齐、时或配合音乐歌唱的新型抒情诗体,它常与“诗”对称,创作方式也与诗大不一样,而采用“依调填词”、“依曲拍为句”或“由乐定词”的方式定写成。那么,这种与“诗”对称的特指意义的词,它的内涵和外延又如何界定?便不能不牵涉到词的起源或生成问题。

一、关于词体起源的各种说法

“词”的起源问题,历来聚讼纷纭,然总其大要,则可归纳为如下数说。

其一,主“乐词”说者。根据他们的认识,“词”既为配合音乐歌唱的歌辞,则汉魏乐府、诗三百篇,乃至上古歌谣,皆歌辞也,岂独唐宋词为然?因此,追溯其渊源,当自古歌谣始。南宋王灼即说:

> 古人初不定声律,因所感发为歌,而声律从之,唐虞禅代以来是也。余波至西汉末始绝。西汉时,今之所谓古乐府者渐兴,晋魏为盛。隋代取汉以来乐器歌章古调,并入清乐,余波至李唐始绝。唐中叶虽有古乐府,而播在声律则鲜矣,士大夫作者不过以诗一体自名耳。盖隋以来,今之所谓曲子者渐兴,至唐稍盛,今则繁声淫奏,殆不可数。古歌变为古乐府,古乐府变为今曲子,其本一也①。

他把我国由上古至唐宋的歌辞演化史,分为古歌、古乐府和今曲子三个阶段,这本是符合历史事实的。而由此得出的结论,本应是“今曲子”不同于古歌或古乐府,因为它们发展的阶段性不同,也无相互直接承续关系,但他却说“其本一也,”即认为它们皆同出一源,便从根本上抹煞了各自作为不同历史阶段产物的特殊性。而这种超越具体历史阶段的溯源,实际上是混同广义文学起源论和某一文学现象起源生成的界限,对“今曲子”的界定也就失去意义。

大概是有见于此说之过于笼统,明清时人遂多主“梁陈乐府渊源”说。如明王世贞说:“昔人谓太白《菩萨蛮》《忆秦娥》——杨用修又传其《清平乐》二首,以为词祖,不知隋炀帝已有《望江南》词。盖六朝诸君臣,颂酒赓色,务裁艳语,默启词端,实为滥觞之始。”②而明杨慎则说:“大率六朝人诗,风华情致,若作长短句即是词也。”③并举陶弘景之《寒夜怨》、梁武帝之《江南弄》、陆琼之《饮酒乐》、隋炀帝之《望江南》等,称其“填词之体已具矣。”可知他们都是因其风格体制及合乐情况,与词有诸多相似之处而说的,应该说是看到了一些传承情况的,故不能说毫无道理。胡应麟《庄岳委谈》即进而指出:“世所盛行宋元词曲,咸以昉于唐末,然实陈隋始之。齐梁月露之体,矜华角丽,固已兆端;至陈隋二主,并富才情,俱湎酒色,所为长歌短行,率宋人词中语也。”此后,清人持此说者更多,唯一不同的是所举作品更为丰富,除前已提到的陶弘景、梁武帝等作外,还有僧法云的《三洲曲》、徐勉的《迎客曲》《送客曲》、陈后主的《玉树后庭花》、隋炀帝的《夜饮朝眠曲》、王叡的《迎神歌》等。这类作品之格式体调,确与后代所说“词”有许多相似之处,如

① 王灼.《碧鸡漫志》(4). 中华书局,1981

② 丁保福辑.《艺苑卮言》.《历代诗话续编》(中). 中华书局,1983

③ 杨慎.《词品》(1). 商务印书馆,1936

陶弘景的《寒夜怨》,除换头稍有差异外,则与后来词调《梅花引》全同;而陆琼之《饮酒歌》,又为后来词调《破阵乐》《何满子》所祖。因此,要追溯词的生成过程,便不能说与梁陈乐府绝无关系。总之,与泛论“乐词”说者相较,持梁陈乐府说者可谓确实而通达多了,因为前者之最大缺失在于,他没有能把“今曲子”和六朝乐府所用曲调——“清乐”明确区分开来,更毋说“古歌”和“古乐府”了,也就难以准确说清词体起源的时代断限。

其二、主“长短句”说者。此说是以“词”的外部形体特征,即从它与齐言体的“诗”不同的长短参差句式为着眼点,从而来追溯词体起源的。此说早在宋代即已出现,如胡仔《苕溪渔隐丛话·后集》卷三九所说:“唐初歌辞,多是五言诗或七言诗,初无长短句。自中叶以后至五代,渐变成长短句,及本朝则尽为此体。今所存止《瑞鹧鸪》、《小秦王》二阙,是七言八句诗并七言绝句而已。《瑞鹧鸪》犹依字而歌,若《小秦王》必须杂以虚声,乃可歌耳。”而此说之所以出现,可能与当时许多人以“长短句”名其词集有关,如秦观的《淮海居士长短句》、陈师道的《后山居士长短句》等,因而“长短句”一词遂成为词的代称,反映在理论上便有胡仔之说。但胡仔还是就有唐一代而言的,而明清人却远远超出唐宋词的范围,几等于是谈广义的文学起源了,其失正与前说相同。如汪森《词综序》即说:“自有诗而长短句即寓焉,《南风》之操、《五子之歌》是已。周之《颂》三十一篇,长短句十八;汉《郊祀歌》十九篇,长短句居其五;至《短箫铙歌》十八篇,篇皆长短句,谓非词之源乎?迄于六代,《江南》《采莲》诸曲,去倚声不远,其不即变为词者,四声犹未谐畅也。自古诗变为近体,而五七言绝句传于伶官乐部,长短句无所依,则不得不更为词。……古诗之于乐府,近体之于词,分镳并骋,非有先后,谓诗降为词,以词为诗之余,殆非通论矣。”确实,如果把伴随音乐歌唱的“长短句”歌辞,也作为诗之一体来看,那么自从人类产生诗歌之日起,“长短句”词也就存在了,这是不争的事实。但问题在于,能否因此认为如《南风》之操、《五子之歌》等古歌,就是“词之源”呢?恐怕难以剧断。因为,以这种超越历史阶段的观点去认识文学发展史,则诗中古体、近体都将抹平,又何独于唐宋词呢?清李调元则更趋极端:“词非诗之余,乃诗之源也。周之《颂》三十一篇,长短句属十八;汉《郊祀歌》十九篇,长短句属五;至《短箫铙歌》十八篇,篇皆长短句。……诗先有乐府而后有古体,有古体而后有近体。乐府即长短句,长短句即古词也。故曰词非诗之余,乃诗之源也。”(王仲闻.《雨村词话序》)也许笼统地说诗源于古代歌谣,这是完全正确的,但却不能由此及彼推导出古歌谣(所谓“古词”)即是特定意义的“词”的起源,因为二者性质不同。并且,从他所举诗例来看,也只能说二者并行,却不能断定何者为先何者为后,也就不存在“源”或“流”的问题。总之在他们心目中,《诗》三百等古歌就是“古词”,就是“词之源”,唐宋词只是“今词”而已,它们本质上大概没有多少区别(按汪森指出“四声犹未谐畅”一点),显然这是难以成立的似是而非之言。

其三、即主“诗余”说者。持此说者,认为“词”源于唐代五七言近体诗。因为,唐代配合“曲子”歌唱的歌辞,最先多是文人所作五七言律绝,故特称为“声诗。”但是,“声诗”却是四句或八句的齐言体,入乐歌演唱往往不能适合悠扬婉转的曲调需要,所以便不能不加入一些“虚声”、“和声”或“泛声”之类,以兹配合。最初它们都是一些没有实意的应和之声,但唱得久了,遂将虚声处一一填实,于是便有了语句参差长短不齐的“词”。此说在宋即很普遍,如蔡启即说:"大抵唐人歌曲,本不随声为长短句,多是五言诗或七言诗,歌者取其辞与和声相叠成音耳"①。前引胡仔那段话,其中也说到"《瑞鹧鸪》犹依字而歌,若《小秦王》必杂以虚声,乃可歌耳。"都说明以诗配乐演唱必杂虚声的情况。朱熹则从古乐府说起:"古乐府只是诗,中间却添许多泛声,后来怕失了那泛声,逐一添个实字,遂成长短句,今曲子便是。"②沈括更举实例说:"诗之外又有和声,所谓曲也。古乐府皆有声有词,连属书之,如曰'贺贺贺'、'何何何'之类,皆和声也。今管弦中之缠声,亦其遗法也,唐人乃填词入曲中,不复用和声。此格虽云自王涯始,然贞元元和之间为之者已多,亦有在王涯前者"③。故知他们认为,所谓"泛声""和声"之类,是在乐府诗中早已存在的现象,但逐一填实字为长短句,则是中晚唐人的创造发明。因此,将五七言近体诗被之弦管,又填实曲调中的虚声,才是词的直接起源,故又称作"诗余。"而明人胡震亨之说则最为透彻:

> 古乐府诗,四言五言,有一定之句,难以入歌,中间必添和声,然后可歌,如'妃呼豨'、'伊何那'之类是也。唐初歌曲,多用五七言绝句,律诗亦间有采者,想亦有剩字剩句于其间,方成腔调。其后即以所剩者作为实字,填入曲中歌之,不复别用和声,……此词之所由兴也。④

另外,除和声、泛声、虚声之外,还有所谓"散声,"亦是由诗演变为词之一理。如清方成培说:"唐人所歌多五七言绝句,必杂以散声,然后可被之管弦。如《阳关》必至三迭,而后成音,此自然之理。后来遂谱其散声,以字句实之,而长短句兴焉"⑤。总之,从上诸人所说情况来判断,所谓"和声,"当指歌唱时之他人和歌陪呼之声,若沈括等所说之"贺贺贺"、"妃呼豨"者即是。所谓"泛声",当指以整齐的五七言诗入歌时,为配合曲调的婉转悠扬之声,而加入的有声无字之声,却不必定指陪呼之和声。至于"虚声,"当是上面诸种情况之总称,凡有声而并无实际意义的发声,则皆可称之。"散声"则比较特殊,从其所举《阳关》三迭的例子来看,当指一首诗之反复迭唱以成婉转曲调者,却不必杂以虚声。而后来人们将这些虚声,"皆以实字填之,"或将反复迭唱的散声,写成意义连贯的歌辞,就有了今天人们所说的"词"。因此,词体的形成确立,其原因可能是多方面的,故不应执一端以求,若"诗余"说者应该只是一个方面,因为确有许多实例可以说明这种现象的存在。如:

> 船动湖光滟滟秋。举棹。贪看年少信船流。年少。
> 无端隔水抛莲子。举棹,遥被人知半日羞。年少。
>
> ——皇甫松《采莲子》其二

---

① 中科院文研所编.《蔡宽夫诗话》.《中国历代诗话选》(一). 岳麓书社,1985

② 王星贤校点.《朱子语类》(140). 中华书局,1986

③ 沈括.《梦溪笔谈》(5). 岳麓书社,2002

④ 胡震亨.《唐音癸签》(15). 上海古籍出版社,1981

⑤ 方成培.《香研居词麈》. 中华书局影印本,1985

门前春水[竹枝]白苹花[女儿],岸上无人[竹枝]小艇斜[女儿]。

商女经过[竹枝]江欲暮[女儿],散抛残食[竹枝]饲神鸦[女儿]。

——孙光宪《竹枝词》

皇甫松,晚唐人,孙光宪,唐末五代人,其二词凡句中加入的"举棹"、"年少"、"竹枝"、"女儿"诸字,显系将歌唱时的"和声"填以实字者。不过,这些和声辞尚与诗句意义没有多少必然联系,依然保持着"和声"特有的游离性特征,若将其删去,实则即是一首七言绝句诗。但前蜀顾敻的《杨柳枝》词却不同:

秋夜香闺思寂寥。漏迢迢。鸳帏罗幌麝烟销。烛光摇。正忆玉郎游荡去。

无寻处。更闻帘外雨萧萧。滴芭蕉。

这同样是一首七言绝句,只是在每句后所谓有"虚声"处,皆填以实字,而且所填三字已与诗句语意一脉联贯,融为一体,当是较之孙词更为成熟的形态。还可作另一种比较,同是《竹枝词》或《杨柳枝词》,在中唐刘禹锡则都是整齐的七言绝句,但到了孙、顾诸诸人却演化为较成熟的长短句,那么,要说这些词都从"声诗"演变而来,恐怕应是顺理成章的吧。

但是,因此遂得出"此直词所由兴也"的结论,或径谓"词实源于诗,"则未免轻率。问题在于当唐人以五七言诗入乐歌唱的同时,是否也有依"今曲子"填写的歌辞存在呢?若然,则谓词为"诗余"便显然不够全面。而事实上正是如此。象隋至唐初颇为流行的《回波乐》,相传始于北魏,崔令钦《教坊记》列入软舞曲,曲名表又列为"大曲"名。今所见流传下来歌辞,有中宗朝沈佺期、李景伯、杨廷玉及优人所作四首,下抄沈、杨二首:

回波尔时佺期,流向岭外生归。身名已蒙齿录,袍笏未复牙绯。

回波尔时廷玉,打獠取钱未足。阿姑婆见作天子,傍人不得枨触。

据《本事诗》、《朝野佥载》等记载,他们所写这些词都是在宫廷宴饮中,伴随《回波乐》舞曲演唱的歌辞,并借以"各言其志"者,当然不应划在诗一类。但从形式看,除杨作第三句多一衬字外,又都是整齐的六言四句诗,而非参差不齐的长短句,故尚有"以诗入乐"之嫌。下再举张说的《舞马词》(六首)其一来看:

彩旋八佾成行,时龙五色因方。屈膝衔环赴节,

倾心万寿无疆。四海和平乐。

据载,此乃每年千秋节时,为庆贺唐玄宗诞辰的宴乐活动中,在表演"蹀马之戏"而配

合《倾杯乐》或《升平乐》演唱时用的歌辞，故末尾加入“四海和平乐”的颂词。但此词究属“声诗”抑或“曲子词，”学界尚有争论而仍难为据的话，那么唐玄宗所作《好时光》却是典型的词了：

宝髻偏宜宫样，莲脸嫩，体红香。眉黛不须张敞画，天教入鬓长。　　莫倚倾国貌，嫁取个，有情郎。彼此当年少，莫负好时光。

而此时却正是高适、王昌龄等“旗亭画壁赌唱”和“阳关三叠”之类“声诗”风行正盛之时，玄宗词本身又无明显迹象说明它是由近体蜕变而来，那么所谓“词源于诗”也就难以论定。而且，在二十世纪二十年代“敦煌曲子词”的发现，尤其是其中那些民间词，虽数量不多，写作时间也大多难以确定，但均非由近体诗演化而来却是不争的事实，就更说明“变五七言诗为长短句”亦并非词起源的唯一通道。

综观前面“乐词”说、“长短句”说、“诗余”说之得失，“乐词”说指明词是配合音乐歌唱的歌辞，“长短句”说指明词的起源与梁陈乐府有密切关系，而“诗余”说则说明词体的确立与近体诗入乐亦存在机缘。那么这些不争的事实，是否说明词的起源问题便已解决了呢？似乎尚难定论，因为不管哪种说法都还存在本身难以说明的矛盾，于是又有“民间”说的提出和盛行。

二、关于词起源于“民间”说

词起源于民间风谣之说，是在上世纪三十年代前后才提出的。大概是先有“诗歌起源于劳动”的理论，而后才有词起源于“民间”之说。如曰：“中国诗歌体式，大都发源于民间的风谣，”“所以我说五七言绝句词的体式都发源于民歌，并非什么特殊例外的事。”并举北朝乐府民歌《月节折杨柳歌》为例，认为这就是词体“形式所继承的祖先。”①再加之有新发现的“敦煌曲子词”作佐证，于是到建国以后，此说遂成为我国词学研究的主流而几乎众口一词。不过，由于前述“梁陈乐府”说、“声诗”说等提出的那些复杂文学现象的存在，恐怕也不能简单绝对化，排除其他影响因素存在的可能。但值得注意的则是“民间”说者提出的划界标准：为了同“乐词”说，“梁陈乐府”说划界，他们提出隋唐“燕乐”歌辞说；又为了同“诗余”说或“声诗”说划界，他们提出“依调填词”说，以作为确定词体真正确立的衡量标准。应该说这是符合实际的正确的论断，下面就依此作进一步探讨。

先说隋唐“燕乐”。

前引王灼《碧鸡漫志》将我国音乐文学的发展分为三个阶段：“古歌变为古乐府，古乐府变为今曲子。”并认为古歌其“余波至西汉末始绝，”古乐府其“余波至李唐始绝，”唯“隋以来之所谓曲子者渐兴，至唐稍盛。”宋沈括与此有相似的认识，不过他分别称之为雅乐、清乐和燕乐：“自天宝十三载，始诏法曲与胡部合奏，自此乐奏全失古法。以先王之乐

① 钟敬文.《钟敬文民间文学论集》(下). 上海文艺出版社，1982

为雅乐，前世新声为清乐，合胡部者为燕乐"①。合此二说，正可考察词体之真正起源，试先对先王雅乐、前世清乐和隋唐燕乐作区分。

"先王雅乐"：此当指始自周朝文、武以来所传之音乐，但自秦火以后，即已大半消亡。杜佑《通典》卷一四一说："秦始皇平天下，六代庙乐惟韶、武存焉。"故到汉代制订宗庙雅乐时，太乐官即有"但能纪其铿锵鼓舞，而不能详其义"（《汉书·礼乐志》）的慨叹。因此，武帝制乐遂不得不杂以讴谣，以为補充。《隋书·音乐志》即曰："武帝裁音律之响，定郊丘之祭，颇杂讴谣，全非雅什。"至于当时采集讴谣的情况，《汉书·礼乐志》则有记载："武帝定郊祀之礼……乃立乐府，采诗夜诵，有赵、代、秦、楚之讴，以李延年为协律都尉。"此后，又经东汉三国之乱，雅乐亦随之全失，从此不可复知矣。故《晋书·音乐志》曰："汉自东京大乱，绝无金石之乐，乐章亡缺，不可复知。"唐高祖时，亦曾有过整理雅乐的壮举，但那更非雅乐的本来面目。《唐书·音乐志》曰："武德九年，始命祖孝孙修定雅乐，至贞观二年六月奏之。"可是，祖孝孙所制雅乐，实是以"梁陈旧乐杂用吴楚之音、周齐旧声，多涉胡戎之伎"而"斟酌南北，考以古音，作为大唐雅乐"的，大约是南北古今的杂凑，并非古乐原貌。

"前世清乐"：沈括所说"前世"当指六朝，而所谓"新声"者，实承汉代之"乐府新声"而来。前已说到汉武帝立乐府采诗夜诵之事，又《汉书·佞幸传》曰："延年善歌，为新变声。是时，上方兴天地诸祠，欲造乐，令司马相如等作诗诵，延年辄承意弦歌所造诗，谓之新声曲。"此即后来所说"新声"之始。至于当时所用乐调，大致可分为"鼓吹曲"和"相和歌"两大类。而"鼓吹曲"又可分为数类，如黄门鼓吹、骑吹、横吹、短箫铙歌等。郭茂倩《乐府诗集·横吹曲辞》曰："列于殿庭者名黄门鼓吹"、"从行鼓吹为骑吹"、"短箫铙歌为军乐"，至于横吹"其始亦谓之鼓吹，马上奏之。"总之，它们大都是用于军中之乐。关于"相和歌"，大概是因演唱方式而命名，如《晋书·乐志下》所说："相和，汉阳歌也，丝竹更相和，执节者歌。"故知相和者即是以弦管伴唱之意。又《乐府古题解要上》曰："乐府相和歌……并汉世街陌讴谣之辞，"是其中又多民间歌曲，大概都是从民间采集来的。其所用曲调，亦分多类，而最著名的就是"清商三调"，据《魏书·乐志》：曰"瑟调以宫为主，清调以商为主，平调以角为主。"而《乐府诗集》卷二六则有比较详细的说明：'平调、清调、瑟调，皆房中曲之遗声也，汉世谓之三调。又有楚调、侧调。楚调者，汉房中乐也，高帝乐楚声，故房中乐皆楚声也。侧调者，生于楚调。与前三调总谓之相和调。"魏晋以来遂一直沿用，至永嘉南渡，它们又随之流入江左，后与江南之吴歌及荆楚之西声相结合，而总称清商乐，简称之则为"清乐"。《乐府诗集》卷四四说："清商乐，一曰清乐。清乐者，九代之遗声，其始即相和三调是也。……自晋朝播迁，其音分散，""后魏孝文讨淮汉，宣武定寿春，收其声伎，得江左所传中原旧曲……及江南吴歌，荆楚西声，总谓之清商乐。"因此，所谓"清乐，"实为汉以来中原及南方各地所流传音乐之大汇合，既包括传统歌曲如"相和歌，"亦有民间音乐如吴歌西曲等，应是当时各地音乐之交汇融合。

"隋唐燕乐"：顾名思义，所谓"燕乐"者，当指宾客欢聚时娱乐宴饮所秦之音乐，也就

① 沈括.《梦溪笔谈》(5). 岳麓书社，2002

是宴乐。及隋灭陈，统一全国，南北中外文化（包括音乐）出现大交流、大融汇，于是又形成一种既不同于“雅乐”亦不同于“清乐”的新型音乐——燕乐。隋文帝开皇初始置七部乐，包括国伎、清商伎，天竺伎、高丽伎、龟兹伎、安国伎、文康伎，已初具中外南北音乐交通之特色。及炀帝又改置九部；清商、西凉、天竺、高丽、龟兹、安国、疏勒，康国及礼毕（即文康伎）。唐得天下，太宗时又增至十部：燕乐、清商、西凉、扶南、高丽、龟兹、安国、疏勒、康国、高昌，曲终还有燕后。凡此七部、十部之音乐设置，因都是在娱乐宴饮场合演奏的，故统称之为“燕乐”（但与太宗时特置之“燕乐”实有内涵广狭之不同。）可以看出，它们中既有华夏传统之音乐，又有由外部流入之“胡部”之乐，它们同在娱乐宴饮场合一起演奏，便不免相互之间影响交流，而造成新的风格体调，所以沈括才说“合胡部者为燕乐。”当然，这是相对于纯粹胡乐或传统清乐而言的，因为此时它们已是我中有你、你中有我，当是一种全新的音乐系统了。音乐史家杨荫浏先生即曾指出：“唐人的燕乐，是清乐与胡乐之间的一种创作音乐，是含有胡乐成分的清乐，含有清乐成分的胡乐”①。总之，唐代的音乐，实可说是集南北胡汉多种音乐成分之音乐，而后来所谓的“词”，即是伴随这种新型音乐演唱，并配合这种音乐曲调而填写的歌辞。在当时，既广泛流行于宫廷中，也广泛流行于民间的歌楼舞榭，其原初形态只是一种“曲子词”，后来进入文人墨客之手，逐渐使之雅化和定型，遂成为一种新的抒情诗体，称之曰“词”。

再说“依调填词。”

把词界定为伴随隋唐“燕乐”歌唱的歌辞，固然在其所用音乐形式上，把它和“古歌”及“古乐府”歌辞区分开来，但是，伴随燕乐歌唱的歌辞，在当时却并非只有称为“曲子词”的一种。丘琼荪先生曾说：“这燕乐是雅俗兼施的，上自郊庙朝廷之所谓‘雅’，下至陌头里巷之所谓‘俗’。……事实上，典礼中用得少，日常娱乐，尤其是广大的民间用得多。一切民间乐曲，可称无一不在燕乐范围之内。所以‘燕乐’二字，在唐以后便成为俗乐的代名词了”②。这就是说，在广义上燕乐虽有雅俗之分，但所谓“曲子词”则只是配合俗乐演唱的歌辞，并不包括配合雅乐唱的歌辞在内，这是其一。另外，即以俗乐来说，配合其演唱的歌辞也并非只有“曲子辞，”此外还有“唐初歌曲多用五七言绝句”这种情形存在，即所谓“声诗，”并被看作词起源的另一途径。那么，又如何将它们加以区分呢？于是人们注意到“词”在辞乐配合上的特殊方式，即“依调填词”的问题。还有，“词”在早期虽是合乐的歌辞，但自宋中叶以后，又渐次演化为一种脱离音乐的长短不齐句式的格律体诗，却为何仍称“词”而不叫“诗”呢？其重要原因就因为它仍具备“依调填词”这种特殊创作方式。因此，“依调填词”遂成为界定词体的基本标准之一。

据王灼“古歌变为古乐府，古乐府变为今曲子”之说，古歌之辞乐配合，是“感发为歌而声律从之”的，即处在创作的非自觉阶段，有辞即有歌，歌辞和乐曲是同时产生而融为一体的。至汉乐府兴起，其辞乐配合方式发生重大转变，从典籍记载来看，则主要采用“采诗入乐”和“依调作歌”两种方式。“采诗入乐”之始，可能早在“三百篇”的时代即已

① 荫浏.《中国音乐史纲》(3 章 4 节). 人民音乐出版社,1981

② 丘琼荪.《燕乐探微》. 上海古籍出版社,1989. 5

存在,虽未可尽信,但也不能完全视为传言,至于汉武帝立乐府设采诗之官,那却是确实存在的事,大概是诗和乐同时采来演奏,仍是诗乐不分。“依调作歌,”是指如司马相如等作诗诵而李延年弦歌之类,虽是依曲调来创作,但仍不能称“词”者,正如汪森所说:“其不即变为词者,四声犹未谐畅也”①。也就是是说,他们还不是严格按声律填词,所以同词还隔着一层。殆至于唐,从表面现象来看,唐人似乎全面继承了六朝辞乐配合方式,同样是用“采诗入乐”和“依调作歌“两种方法。前者即是被后来称为“声诗”者,其所采实皆为文人士大夫所作之五七言律绝,同六朝文士所作”拟乐府“实已大不相同。后者则指伴随燕乐而兴起的“曲子词,”当其初起之时,可能与六朝时的“依调作歌”没有多大区别,但随着近体诗的成熟及格律的不断细密,依曲律歌调填词的难度越来越大,所以便不能再称作“依调作歌”而称为“依声填词”了,于是遂由“以诗从乐”进入“由乐定词”的历史新阶段。

那么,通过前面考察是否即可说“词”起源于民间呢?恐怕问题并非那么简单。尽管在上世纪二三十年代发现的“敦煌曲子词,”似乎已提供了有力证据,但若进一步作深入读解,矛盾和问题可能依然存在。

三、词体起源之探讨

首先,从音乐史的角度来看,既然“词”是配合隋唐时期兴起的燕乐曲调演唱的歌辞,而燕乐曲调的源头又无不可以追溯到街陌里巷的杂歌曲辞,那么“词”起源于“民间”之说,似乎已是无可置疑的了。譬如,初唐时期的“十部伎”乃是在周隋时期开始搜集整理,至唐初贞观年间完成的一套用于宫廷宴饮的音乐节目。其中包括华夏乐三伎,胡部乐七伎,但无论华乐或胡乐,似都与民间乐曲有着密切联系。如“十部伎”中的“清乐伎,”就是在中原音乐的基础上吸收南方吴、楚、巴、蜀等地民歌(吴歈楚声、越调、南弄等)成分而形成的。又如作为隋唐燕乐重要组成部分的“法曲”虽是梨园法部创制并教习演唱的乐曲,但据专家考证其实也并非全出乐工们创造,亦多取自初盛之际的民间歌曲或边地乐舞而加工改造。至于“胡部”七伎,则是在搜集和改造少数民族民间音乐的基础上形成,当更不成问题。因此,“词起源于民间”之说,似已成定论无疑,还有必要再提出疑问吗?

可是,杨荫浏先生早就指出:“这种被选择、推荐、加工的民歌,实际上已不同于一般的民歌,而是一种艺术歌曲了。在唐代,它们已不叫民歌,而叫《曲子》了”②。很显然,“词”是配合燕乐歌唱的歌辞,但不是配合民歌唱的歌辞,民歌并不等于“曲子词,”它们的关系是间接的而非等同的。比如,燕乐的典型代表是《教坊曲》,教坊则是以教习、加工、创制、演奏俗乐(与“雅乐”相对而言)的专设机构。盛中唐之际的崔令钦《教坊记》中,对此曾有详细介绍,其所录教坊曲共343调,就音乐系统言以汉族音乐为多,后来便有不少变为词牌而填词歌唱,此即当时与“雅乐”相对的俗乐,也叫“曲子”。这才是词的真正源头,至于江南吴歌、荆楚西声之类民歌,恐怕与词相去就很远了。

---

① 汪森.《词综·序》. 人民文学出版社,2000

② 杨荫浏. 中国古代音乐史稿(上). 人民音乐出版社,1981. 193

另外,就“燕乐”而言,其构成的主要成分中,还有属于六朝清商乐系统的“清乐伎”。因此,也不能排除词的起源与乐府歌辞存在密切关系,如前人所举梁武帝《江南弄》、陶弘景《寒夜怨》、僧法云《三洲歌》、徐勉《迎客曲》、陈后主《玉树后庭花》、隋炀帝《纪辽东》等,就不能说与词的起源没有一点关系。据《隋书·音乐志》载:“炀帝大制艳篇,辞极淫绮,令白明达造新声,创《万岁乐》、《藏钩乐》、《七夕相逢乐》、《投壶乐》、《舞席同心髻》、《玉女行觞》、《神仙留客》、《掷砖续命》、《斗鸡子》、《斗百草》、《泛龙舟》、《还旧宫》、《长乐花》及《十二时》等曲,掩抑摧藏,哀音断绝,帝悦之无已。”这些歌曲在入唐以后,仍广泛流传,有些甚至被采为教坊曲而填词歌唱,显然这就是最早的“新声”——曲子,其歌辞也就是最早的“长短句。”尤其从“掩抑摧藏,哀音断绝”、“辞极淫绮”的“艳篇”性质来看,更不能说与雕藻淫艳的梁陈乐府歌辞没有血缘关系。那么,词的起源也就不能说与乐府毫无关系了。

还有,从“依调填词”的辞音配合方式来看,在敦煌曲词中固然不乏同调多人所作的情况,但这种情况在梁陈时期其实亦早就出现。这可分两种情况:一是如徐勉之《迎客曲》、《送客曲》二首,僧法云之《三洲曲》二首等,虽为同曲同人同时所作,但只可看作某位诗人的偶然连章之什,自汉代以来,如张衡之《四愁诗》之类也早就存在,自然不能算作“依词填词”之作,暂且不论。二是如武帝之《江南弄》,全诗共七句,每句字数为七七七三三三三,而据《乐府诗集》载,此词除梁武帝所作七首外,不有昭明太子三首,沈约四首,而诸人所作无论其格式、句数、字数皆全同;又如徐陵之《长相思》二首,全诗共九句,每句字数为三三七三三五五五五,此外尚有萧淳作一首,陆琼作一首,王瑳作一首,江总作二首,而诸人所作无论其格式、句数、字数,亦皆全同。那么,像这种情况是否即可看作“依调填词”之滥觞呢?恐怕这是不能否认的事实。然而,论者却为之曲解,认为这只是一种尚处于偶发的无序无律状态的现象,若民间之“令曲子”者,才是自觉的有律有序的创作。是否真的如此呢?唐圭璋先生在对敦煌词的代表《云瑶集》杂曲子30首,经细致研读后得出的结论却是:“有衬字”、“有和声”、“调与题合”、“令慢词兼有”、“单双叠兼有”、“字数不定”、“平仄不拘”、“韵脚不拘”、“平仄通叶”、“用方言”等十项。除前五项外,若字数不定、平仄不拘、平仄通叶等,岂能谓之为自觉的有律有序的“依调填词”之作?在敦煌曲子词中有《菩萨蛮》十八首,下举二首试作比较:

> 清明节近千山绿,轻盈士女腰如束。九陌正花芳,少年骑马郎。罗衫香袖薄,佯醉抛鞭落。何用更回头,谩添春夜愁。

这应是曲子正格,句字数按七七五五五五五五排列,其他诸首亦多作此格式,但如另一首名作却曰:

> 枕前发尽千般愿,要休且待青山烂。水面上秤锤浮,直待黄河彻底枯。白日参辰现,北斗回南面。休即未能休,且待三更见日头。

这确是一首写得泼辣大胆,热烈率真、不事雕饰、直抒胸情的天籁之声,充分表现出民间歌谣质朴、真挚、清新自然的本色特征。但在形式上虽仍用《菩萨蛮》曲调,却正如唐圭璋先生所说"字数不定"、"平仄不拘"而表现出极大自由,显然不能说成是严格的"依调填词。"更何况它还明显蜕变自汉乐府民歌《上邪》,因为二作无论在命意("绝"和"休")、设喻(如"青山烂"与"山无陵"、"黄河枯"与"江水竭"等),层次结构(先言题旨"绝"或"休",中间设喻、结尾回应题旨重言"绝"或"休")上,都是几乎一致,故和乐府歌辞又是一脉相承的。

又如,炀帝时曾命白明达所造"新声"俗乐,即被后人目为"今曲子"之祖,然以"依调填词"之标准衡量,其情况又如何呢?如《泛龙舟》,今《乐府诗集·清商曲辞》尚载有隋炀帝所作一首,而敦煌写卷中亦有无名氏同调之作一首①。两首《泛龙般》皆为七言八句,这应是正格,但无名氏所作结尾却多出三言二句和声辞,故是否为严格的"依调填词"之作,学界便产生歧议。又如《乐府诗集·近代曲辞》载隋炀帝、王胄二人《纪辽东》各二首,皆由"七五"句式组成,然形式格律也只是大体一致,并不全同,于是有人认为乃依调填词之作,有人则视之为乐府诗。故依此来看,则以"依调填词"的标准衡量,其实他们还不如梁武帝等人所作,表现出更多严格性和自觉性。总之,在词的起源问题上,是不能排除梁陈清乐曲辞在发生学上的意义的,而完全归功于"民间"。

关于"敦煌曲子词"在词体起源上的意义,似乎还需对有些问题作进一步考虑。

首先,应对其本身价值作充分肯定。据学界考证,千余首所谓"敦煌词"中,大体可定为民间作品者约有150多首,就数量言虽不是很多,然在词学史上的意义却是不容忽视的。语言技巧方面的特点且不说,即如"令慢词兼有"、叙事言情兼备、题材广泛丰富、有些还含有戏剧因素的萌芽等,较之前期文人词仅局限于小令和离别艳情者,便不可相提并论。如《望江南》之写恋情。

> 莫攀我,攀我太心偏。我是曲江临池柳,这人折了那人攀,恩爱一时间!

这才是真正下层人民的恋情。其中既饱含着女主人公的身世辛酸之悲,也倾注了对恋已者的痛苦拒绝。还有那顺手拈来的巧喻,构思落想的新颖独特,以及质朴清新的简捷语言,无不透露出浓郁的生活气息,可说是文人词中所没有的。又如这首《菩萨蛮》:

> 敦煌古往出神将,感得诸蕃遥钦仰。效节向龙庭,麟台早有名。　　只恨隔蕃部,情恳难申诉。早晚灭狼蕃,一齐拜圣颜。

这是抒写被占领区人民的爱国情怀的。词中对抵抗外族侵略的将领们,发出由衷的赞美和无限自豪,也表现出沦陷区人民忠爱祖国的炽烈情感。故王重民先生说:"唱出外族统

---

① 任半糖.据任二北《敦煌歌辞总编》考证为炀帝同时代作品。上海古籍出版社,1987

治下敦煌人民之爱国壮烈歌声，绝非温飞卿、韦端已辈文人学士所能领会，所能道出者”①。至于其写作历史背景，下面则会进一步谈到。另一首《菩萨蛮》则写闺妇思边：

香销罗幌堪魂断，唯闻蟋蟀吟相伴。每岁送寒衣，到头归不归？　千行欹枕泪，恨别添憔悴。罗带旧同心，不曾看至今。

同样的主题，到《凤归云·闺怨》中，则铺展为长调，描写也更细密生动：

征夫数载，萍寄他乡。去便无消息，累换星霜。月下愁听砧杵彻，塞雁(成)行。孤眠鸾帐里，枉劳魂梦，夜夜飞飏。　想君薄行，更不思量。谁为传书与，表妾衷肠。倚牖无言垂血泪，徧祝三光。万般无那处，一炉香尽，又更添香。

前二词虽尚难剧断为民间词，也许已经过文人加工，但无疑又保持着民间创作崇尚自然、质朴和真挚清新的特色。既未受剪红刻翠的文人艳情词的沾染，也无矫揉造作式的恋情做作，而是完全以白描手法抒写主人公的隐曲心理变化，已是相当成熟的婉约词。此外，如《定风波》(攻书学剑能几何)、《南歌子》(斜倚朱帘立)等篇，就体调言皆属慢词，采用的还是代言体对答方式，当是在有角色有情节的临场演出时所用，因此，说它们已具有戏剧因素亦未尝不可。与此不同，有些令词却写得是简洁生动、活泼可爱，有的还具有词学研究的认知意义。如《鱼美人》二首之一：

东风吹绽海棠开，香榭满楼台。香和红艳一堆堆。又被美人和枝折，坠金钗。

“鱼美人”即“虞美人”，任二北先生认为此词“出于乐工歌妓之手，”是可信的。虽说批评其“重沓矛盾，并无文理”有些太过，但难通之处确是存在的，如次句之“榭”当作“麝”，末句之“坠”当作“缀”，始能通畅。但是，这种错白字的出现，正说明它还保存着来自民间的本色。又如《浣溪沙》：

五两竿头风欲平，张帆举棹觉船轻。柔橹不施停却棹——是船行。　满眼风光多闪烁，看山恰似走来迎。子细看山山不动——是船行。

这应是一首舟子行船的号子一类歌曲，全词写行船顺风的喜悦心情，不过不是直说点破，而是用暗示烘染手法，所以读来倍觉含蓄有味。“风欲平”是起点，故要张帆举棹；“觉船轻，”则已点明顺风；至“橹不施”、“停却棹，”则知风力加大；再至“看山恰似走来迎，”以错觉状写船行疾速，凡此构思皆极巧妙，描状真切，应是源于生活之真实体验者。又两

① 王重民.《敦煌曲子词集》. 甘肃文化出版社，1999

“是船行”反复迭唱,前者是说明,后者是解释,更增加无限风趣,充满着生活的轻松欢快魅力。从反映生活的广度和丰富性说,除上面说到这些描写征夫、思妇、边民、舟子的作品外,有些作品则是反映下层人民的喜怒哀乐、风俗民情、劳动生活等各个方面的,如《鹊踏枝》(独坐更深人寂寂)之写游子他乡思亲,《望江南》(娘子面磑了又重磨)之写娘子的辛劳,《长相思》(估客在江西)之写无论贫富生死而估客均不得归家之酸苦,《五更转》(每年七月七)之写妇女七夕乞巧,《斗百草》(建寺祈长生)之写民间斗草风习,《南歌子》(斜倚朱帘立)之写夫妻猜忌而又释疑等,其所接触生活面之广阔丰富,也是后来文人词所少有的。

但是,在充分肯定敦煌民间词的意义和价值之后,再从词体起源的角度考察,是否说明这就是词的始初形态呢?恐怕不能。从目前被大体认定为民间词的一百多篇作品来看,虽大多已难确考创作时期,但能考订者以中晚唐及五代作品最多,盛唐已不多见,至于初唐周隋更是少之又少了。所以,在词源学上的意义并不是很大。如前面提到被认为“出于乐工歌妓之手”的那首《鱼美人》,其中以海棠喻人而曰“春风吹绽海棠开,”但此花在唐以前殊无记载,当是自唐始传入中土者。故李德裕《平泉花木记》说:“凡花木以‘海’为名者,悉从海外来,如海棠之类是也。”唐明皇即曾用海棠以喻杨妃,称其醉态若海棠之春睡未足;晚唐的郑谷、薛能等,亦均有咏海棠诗传世。贾耽著《百花谱》中,称海棠为“花中神仙”;宋沈立《海棠记序》则曰:“则海棠足与牡丹抗衡”。这似乎说明,海棠身价之不断提高,当是盛唐以后才逐渐出现的风气,那么这首词的写作时间,也就不会早于玄宗,更可能是中唐以后之作。又据记载,海棠起自蜀地,故沈立序曰:“蜀花称美者,有海棠焉”。而蜀地正是晚唐五代时词作繁盛的中心之一,那么此词所咏可能正蜀地盛事,其写作时间就更晚了。再如前已说到的那首《菩萨蛮》(敦煌古往出神将),从史事记载来看,敦煌之失陷当在安史乱后。天宝十四载(755)安禄山反,守边军队遂多调往内地平叛,吐蕃乘虚进犯,于代宗广德元年(763)攻占长安。随后撤军,于次年又攻占河西节度使府所在地凉州(甘肃武威)、当时敦煌乃沙州治所,新任河西节度使杨休明,因凉州失守于大历元年(766)遂移治沙州。后甘州(甘肃张掖)、肃州(酒泉)、瓜州(安西东南)相继为吐蕃占领,敦煌遂处四面包围之中,而与内地交通完全断绝,但仍以孤岛坚守。故词中屡屡提到“诸蕃”、“狼蕃”,并说“只恨隔蕃部,情恳难申诉。”又敦煌守将先是杨休明,继有沙州刺史周鼎、阎朝等,词中所说“古往出神将”、“麟台早有名”者,即指此而言。直至德宗建中二年(781),敦煌始被吐蕃完全占领,前后坚持长达十多年。那么,此词写作时间最早不会早于大历元年,最晚也不会晚于建中二年,任二北先生定为建中初年之作①,是较为妥当的。因此,所谓敦煌民间词,凡可考知时间者大都是中晚唐乃至五代时期的作品,而此时文人词也已蓬勃兴起,所以便只能说它代表的是民间词的风貌,却不能说是词的始初最早风貌,对词源学的探讨并无太大意义。

那么,词的的最早风貌又怎样呢?人所共知,词的音乐载体是“燕乐”。广义地说,是指雅乐之外的全部俗乐。《新唐书·音乐志》曰:“凡所谓俗乐者,二十有八调……皆从浊

① 任二北.《敦煌曲初探》. 上海文艺联合出版社,1954

至清，迭更其声，下则益浊，上则益清，慢者过节，急者流荡。”应是一种曲调抑扬婉转，又极富抒情性的乐曲，唐五代的词调即多由此演变而来。《教坊记》所载三百三十四种燕乐曲调中，据今人统计就有七十九曲成为唐五代词调而广泛使用①。至于和这些曲调相配合之歌辞，却多为五七言近体诗。《旧唐书·音乐志》开元二十五年即说：“时大常旧相传，有宫、商、角、征、羽燕乐五调歌词各一卷……词多郑卫，皆近代词人杂诗。”而在此之前，就更多是五七言诗了，如前引《苕溪渔隐丛话》所说：“唐初歌辞，多是五言诗或七言诗，初无长短句”。其由诗向词转变的关键，即是将为配合歌唱而加入的“虚声”以实字填实，所以由近体诗转变为长短句这一因素亦不能排除。当然，这也不是说词源于诗是唯一通道。若乐府歌辞，如梁武帝等人所作；若民间小调，如刘禹锡所作《竹枝词》、《柳枝词》之类，都应是重要源头。因此，促成词体发生的因素，应是复杂而多元的，但燕乐（或称俗乐）仍是基本音乐载体。而词的“民间”说，似乎陷入了一种学术研究怪圈：先设定词起源于民间，然后以为敦煌民间词必代表词的始初风貌；反之，又以敦煌词的原初风貌，再证明词必起源于民间。这种循环论方法，显然是不可取的。

第二节 “别是一家”的词体特征

曲子词，本是伴随燕乐歌唱的歌辞，但自从转入文人之手以后，便渐次演化为一种特殊的抒情诗体——词。于是，诗和词有何不同，它又为何会取代诗而成为一代文学的主要抒情方式，便一直是人们思考和争论的焦点。将其称之为“曲子”、“乐府”、“倚声”，即是对其音乐性文学特征的认定；又将其称为“长短句”、“诗余”，则是对其抒情性文学特征的认定。但是，仅仅用“音乐性”一点又是很难说明诗和词的根本区别的，因为，不仅诗也有一定的音乐性（声律），而且有时候词也并不配合音乐歌唱，发展到后期则尤其如此，实际上它只是作为诗之一体而使用，诗和词的界限也就模糊不清了。因此，当女词人李清照提出词“别是一家”时，便不能不在词坛上引起轩然大波。其著名的《论词》曰：

> 晏元献、欧阳永叔、苏子瞻学际天人，作为小歌词，直如酌蠡水于大海，然皆句读不葺之诗耳。又往往不协音律者，何耶？盖诗文分平侧，而歌词分五音，又分五声，又分六律，又分清浊轻重。且如近世所谓《声声慢》《雨中花》《喜迁莺》，既押平声韵，又押入声韵。《玉楼春》本押平声韵，又押上去声，又押入声。本押仄声韵，如押上声则协，如押入声则不可歌矣。王介甫、曾子固，文章似西汉，若作一小歌词，则人必绝倒，不可读也。乃知（词）别是一家，知之者少。

这是从音律角度说明诗词之别的，大意是说既不能把“小歌词”写成诗，也不宜写成文。因为，诗文只分平仄清浊就够了，但歌词除平仄外，还要细辨五音、五声、六律，始能协适婉转抑扬的歌唱。所谓“五音”，是就发音部位的不同对字音所作的区分，指唇、齿、

① 吴熊．《唐宋词通论》．商务印书馆，2003

喉、舌、鼻五种发声。“五声”,则指传统的宫、商、角、征、羽五个音乐音阶。“六律”,则指古代乐律的十二律吕,即黄钟、大蔟、姑洗、蕤宾、夷则、无射,阳六为律,阴六为吕,简称六律。清浊轻重,指声字之阴阳,虞集《中原音韵序》引周德清曰:“以声之清浊,定字之阴阳,如高声从阳,低声从阴。”故知李清照此处的意思是说,诗文不需合乐,用字只分平仄即可,但词是合乐的,故用字要细辨“五音”和清浊,以求与词调之“五声”“六律”相和。此即所谓“审音”,若昧于此则所作小歌词“不可歌矣。”显然,这只是从词律词韵方面对诗词所作区分,虽反映了北宋晚期词体的趋于成熟细化,但却并非诗词之别的最本质方面。于是,遂有“诗直词婉”、“诗庄词媚”等说的提出。

早在晚宋,沈义父《乐府指迷》即说:“为情赋曲者,尤宜宛转回互。”①张炎《词源》也说:“簸弄风月,陶写情性,词婉于诗,盖声出莺吭燕舌间,稍近乎情也。”即是对词以婉媚为主要特色的说明。自此,词“别是一家”之说,遂更深入人心而不可移易。故清初李渔说:“作词之难,难于上不似诗,下不类曲。”②为什么呢? 朱彝尊说:“词虽小技……盖有诗所难言者,委曲倚之于声。”③查礼则说:“情有文不能达,诗不能道,而独于长短句中可以委曲形容之。”④而陈廷焯则说:“后人之感,感于文不若感于诗,感于诗不若感于词,”原因是词之“其情长,其味永,其为言也哀以思,其感人也深以婉”⑤。不过,他们虽都强调指出了“词婉”这一特征,却容易给人造成“诗不如词”的印象,到王国维认识便全面多了。他说:“词之为体,要眇宜修,能言诗之所不能言,而不能尽言诗之所能言。诗之境阔,词之言长”⑥。看来,“婉”确是前人总结的词的根本特征所在,但是中国传统文学批评虽以言简意赅、语言警辟见长,却常常流于感性直观,其使用概念的内涵,也往往具有模糊的不确定性,给后人留下不断阐释的余地。因此,对词之所谓“婉,”下面从三个方面重作发挥:一是词的心理历程化;二是词的隐在情节化;三是由此而决定的长短不齐的参差句式。

一、词的心理历程化

中国诗歌,到晚唐五代又演化为词,一变唐诗虽意境阔大浑融,却又单整划一的结构格局,进而追求深层情感节奏韵律的把握,故变规整的五七言为长短句,变块状结构为参差不齐。虽然体式要求更加严格,也更格律化,音韵声字也更讲究,但不论在状景或言情上,其容量都大大扩展了,故能言“诗所难言者,”并取得“曲尽人情”的艺术上极大优势。这既是一种束缚,也是一种解放,是对情感界阈和艺术意境的丰富拓展。质言之,则是把诗歌创作给心理历程化了。因之,对中国意象性抒情文学来说,确可谓之为“艺至此而极矣!”

---

① 宛转,谓委婉含蓄;回互,谓曲折隐讳。

② 李渔.《窥词管见》. 济南:山东画报出版社,2004

③ 朱彝尊.《红盐词序》. 原刊本《曝书亭集》卷四十. 上海商务印书馆,1935

④ 查礼.《铜鼓书堂词话》. 见《词话丛编》本. 中华书局,1986

⑤ 陈廷焯著. 杜未末校.《白雨斋词话·自序》. 人民文学出版社,1959

⑥ 徐调孚注.《人间词话删稿》. 人民文学出版社,1962

前面曾指出，自大历以来，中晚唐诗人已失去盛唐人那种外向的开放心态，不再从宏观浑整的大处着笔，不再关注社会历史的普遍性思考。他们的心态是凝聚内敛的，更关注对身边所发生事物的体验和内省，故对时序的迁流、旅途的蹇碍、相聚送别、花开花落等表现出特别的敏感。并且愈到后来，则愈是向心灵的隐秘细微处敛聚，完全沉浸于对生活经历的细细品味，对人生况味的深切内省。对这种隐意识或潜意识领域的不断开掘，便渐渐呈现出五七言近体诗在艺术表现上的局限性，以至如李商隐的无题诗，遂只成为心灵场意象片断的诗意化集结，迷离模糊，朦胧恍惚，虽说别具一种含蓄美，但终究造成“可恨无人作郑笺”的理解困难。于是内容和形式的矛盾，遂变得十分突出，而从这一角度说，词代替诗而兴起是带有历史必然性的。换句话说，词作为一种诗体而发生，音乐只是由头，最终引起文人重视而被定型确立，则存在形式终被内容选定的深层次原因，故走上心理历程化可说是它先天带来的文学本性。因此，自宋以来大都认为词的根本特征，是“诗直词婉。”胡寅《题酒边词》说：“名之曰曲，以其曲尽人情耳。”况周颐说：“词之情文节奏，并皆有余于诗，故曰诗余”①。而象前引朱彝尊所说“盖有诗所难言者，委曲倚之于声”那样，沈际飞则说：“何文非情？而以参差不齐之句，写郁勃难状之情，则(词)尤至也。”②而前诸人所说之“曲尽人情”、“有余于诗”、“诗所难言”、“郁勃难状”等情感，其所指大概均不是一般诗文所表达的情感，可以说正是人们心路历程中最隐秘、最细微也最难把捉的情感，故对此才称作“词的心理历程化。”也许人的情感是分层次的，诗能表达的是一个层次，词表达的则是另一个层次，诗不能代替词，故才有词的继诗而勃兴。

词的这一特性，在下层人民所写敦煌民间词中，即已有充分体现，如《云谣集杂曲子》所收《抛球乐》：

珠泪纷纷湿绮罗，少年公子负恩多。当初姊姊分明道，莫把真心过与他。子细思量着，淡薄知闻解好么？

多情女子负心汉，这是诗文中常写的主题，但用曲子词的形式来表现，却大不相同。虽说全词只短短六句，简洁通俗，毫无雕饰，但所表达的情感层次却并不单一。先点明自己遭遇的悲伤痛苦，继则说明原因：少年公子负恩多！这是一般行文习惯，尚未见出特别。按一般诗文惯例，接下去该是数说男子薄幸寡情的败行了。可是，她却笔锋一转，写起自己的无限悔恨来：当初没听姊姊的劝告，过与他真心而终于造成今日之失落痛苦。接着笔锋再转，扫却一切惯用的情感直抒或心理直白不用，而是爱恨交加地转从对方着笔，提出正告：你这个负心男子，仔细思量，还懂得好歹么！无疑，这又是在经过长期痛苦折磨后，而发出的心灵悟觉和抗争。因此，全词重点始终放在女主人公的心路剖示上：爱而恨，恨而痛，痛而悔，悔而悟；爱恨交加、缠绵悱恻，绝不作记叙述物、寓言写志的铺排张扬，所以同诗文风格迥异。而文人们最终所以选择曲子词，作为抒写情感的新载体者，其

① 况周颐．王幼安校点．《蕙风词话》．人民文学出版社，1962

② 沈际飞．《草堂诗余．四集序》．全国图书文献缩微中心，2001

根因盖在此乎?

但是,当词最初进入文人之手后,大概是由于新体式之运用尚欠纯熟,或是对其特点把握尚不夠准确,所以他们总是以诗入词,常可当作好诗读,而不是当作好词读,因为尚缺少含婉曲折"要眇宜修"的深层心灵揭示。如中唐时期刘、白等人所作:

江南好,风景旧曾谙。日出江花红胜火,春来江水绿如蓝,能不忆江南?

——白居易:《忆江南》

西塞山前白鹭飞,桃花流水鳜鱼肥。青箬笠,绿蓑衣,斜风细雨不须归。

——张志和:《渔父》

春去也,多谢洛城人。弱柳从风疑举袂,丛兰裛露似沾巾。独坐亦含嚬!

——刘禹锡:《忆江南》

其意境风韵之美,自然流丽,浑厚感人。然而却多属显意识或客观方面的描写,至于心灵活动层面却很少接触,故主要仍是诗的意境非词的意境。用的也主要是诗的句式,如"日出"和"春来"、"白鹭"和"鳜鱼"、"弱柳"和"丛兰"诸联,便都是近体诗的工整对句。有学者曾说:诗常一句一意或一境,整首含义阔大,形象众多;词则一首或一阕才一意,形象细腻,含义微妙,并涂有更浓更细的主观情感色彩①。这种区分是值得重视的。下面且看成熟期的词作,如冯延巳的《鹊踏枝》:

谁道闲情抛却久?每到春来,惆怅还依旧。日日花前常病酒,不辞镜里朱颜瘦。　　河畔青芜堤上柳,为问新愁,何事年年有?独立小桥风满袖,平林新月人归后。

首句虽只七字,已是几多层折回环,几多感伤咽噎!直待后二句再補足语意,始能完满。闲情,乃百无聊赖、难以说清亦难定指之情;加一"抛却,"是说有意寻求摆脱,却终不能得的痛苦挣扎;再加"久"字,更可知挣扎之艰难历程,其沉重感亦随之倍增。全句又以"谁道"二字领起发问,则知一切努力均属惘然,挣扎也完全落空了,其情其境之悲亦复何如哉!故下句接言:每到春天万物复苏的时候,其惆怅之情亦旧,成了折磨人的永恒。而永恒不是人力所能对抗的,故才日日对花消遣、借酒浇愁,但可悲的是,美好的青春也就在那百无聊赖、无所事事中流逝了。生命何等短暂,青春又如此易逝,这是人生多么沉重的悲哀!故下片承"惆怅还依旧"进一步铺写,而有"为问新愁何事年年有"之重复,但由"日日"而至"年年,"却是心理时空上的又一层递进,不能简单作重复看。中间以"青芜""堤柳"隔断,虽有借景渲染之妙,但亦是化景为情——"春草生兮萋萋,"已叫离人夠伤感

① 李泽厚.《美的历程》.安徽文艺出版社,1994

了！何况还有那万千柔条，迎风飘举，岂不更勾起人伤离念别之情，而倍添神伤。结尾再翻进一层，铺染孤寂之感：平林漠漠，新月初上，更深人定，万籁俱寂，唯斯人独立小桥，满袖风絮……。这同样是以景结情，亦诗人所常用，但在词人笔下却更含婉，有无限感伤悠悠不尽者。总之，冯词所写虽仍是青春易逝的惆怅和难以追回的痛苦，但和诗人不同，婉款写来全在展示心灵隐曲，故入人心者亦更深。

再看花间派重要词人韦庄的《木兰花》：

独上小楼春欲暮，愁望玉关芳草路。消息断，不逢人，却敛细眉归绣户。坐看落花空叹息，罗袂湿斑红泪滴。千山万水不曾行，魂梦欲教何处觅！

这是一首望远怀人的闺怨词，亦为诗中所常见，但其婉曲要眇的情感表达方式，也是诗中少见的。首句"独上小楼春欲暮，"既点主人，亦明时令，妙处在为全词铺设特定的情感基调。着一"独"字，言其人之孤独处境；着一"暮"字，言春事已届阑珊；二者总为主人公的活动，先铺染上一层寂寞暗淡的色彩。次句明其因，特从"望"之行动中点出："玉关，"乃丈夫戍边所在；"愁"字呼应首句之"独"，并明确写出具体情感，共同构成全词描写基点。"芳草路，"亦是"春草生兮萋萋"之意，当为愁思作象喻性渲染。接三句则是一层折转：望而既久，仍是失落而无聊，遂生消息断绝、问讯无人之悲，唯愁结细眉径自"归绣户"以自伤了。下片专就"愁"继作铺写，不过时间已由白天过渡到晚上了。过片二句，"落花"遥应"春欲暮"，亦自寓红颜易逝、美人迟暮之伤感，故曰"空叹息"也。然叹亦无奈，愁思难遣，其伤愈甚，以至禁不住"罗袂湿斑红泪滴，"情感达到全词高潮。按"红泪"句，典出《拾遗记》：谓有薛灵芸者，曾"以玉唾壶承泪，壶则红色……。及至京师，壶中泪凝如血。"通过此典，更说明词人此时其悲之烈，其痛之深，情感表达再进一层。但尤应指出的是，由"独上"到"愁望"，进而"敛细眉"，进而"空叹息"，进而"红泪滴"，其情感表达是层折递进式的，犹如剥笱而愈剥愈真，充分展现出词所特有的含婉细腻风格。至此，愁情似已写足，亦无复用笔，但尾二句却又奇峰突起，更翻出一层新境界来，即写"梦"："千山万水不曾行，魂梦欲教何处觅"！玉关之遥，何止千里，我却从未出门远行过，那么即使想在梦中相寻，又怎么认得路呢？总之，终归还是绝望，其伤又如之何！全词就是这样曲曲折折、断断续续写来，揭示的全是抒情主人公的心路历程，极尽缠绵悱恻、千回百转之妙。

词作之盛，首推北宋，晏、欧、周、秦，名家辈出。其在隐秘心灵活动的揭示上，无论就广度和深度来说，均有愈于前人，所以表现得也更成熟。如欧阳修的名作《玉楼春》：

尊前拟把归期说，欲语春容先惨咽。人生自是有情痴，此恨不关风与月。　离歌且莫翻新阕，一曲能教肠寸结。直须看尽洛城花，始共春风容易别。

这同样是首写离情别绪之作，似有无限沉痛和悲慨存乎其间，但也写得千回百转、一波三折。首二句直接入情，焦点集中在"离别"和"归期"的矛盾上。不过，"尊前""春容"

都是欢乐美好之事物,而“归期”“惨咽,”却是勾起人失落伤感之情怀,作者将二者对举来写,其心中之冲突矛盾不言可知,这是全词的立足点。再加“拟把”“欲说”这类犹疑不决之词勾连提领,则心中之欲忍不能欲说这休之痛,更可窥见,而心灵中复杂隐秘的情感,亦跃然纸上。接二句则宕开一笔,以生活中提升的某种抽象理念,总结上片:人之生也自是情痴情种,与繁华的风月场景有何关涉呢?此痛言之也,实乃補欲说还休之未能尽说者,从理性和情感两方面提升词的亮度,突出真正爱情之永恒主题。下片却作顿折,明白点出全词主旨“离,”承“尊前”再写:“离歌且莫翻新阕,”转折层进,又回到别恨主题:“一曲能教肠寸结!”因为新歌更苦,对离人说来既不忍心、亦无情绪再听。不过,此虽重复前面,却是复而不重,将前之虚写化为实笔出之,无疑增加了情感表达的深度厚度,所以好。结二句更妙,或评其“豪放中有沉着之致,”实故作豪放语也,以达其沉痛悲慨之极者,非浅读着可解。春风浩荡,花满洛城,是心理重压而生佯狂,故“直须看尽”始可满意而别乎?抑悲春事之谢、青春易老而郁郁放歌、不能自已乎?若此,则真“情痴”也,亦“关风与月”也。

再看晏几道的《南乡子》:

新月又如眉。长笛谁教月下吹?楼倚暮云初见雁,南飞。漫道行人雁后归。　意欲梦佳期,梦里关山路不知。却待短书来破恨,应迟。还是凉生玉枕时。

此乃写闺中女子怀人之作,其意境与唐赵嘏《长安秋望》诗之“残星几点雁横塞,长笛一声人倚楼,”似相仿佛,然用词体来写遂生几多含婉、几多曲折。首句“新月又如眉,”是说这又是一个新月初上、勾人离思的不眠夜晚,全词便由此起步。“又”者,非止一次,每每如此之谓;“月如眉,”亦即眉如月,乃暗逗主人公的女性身份。接着说,此时偏有悠悠笛声月下飞来,则更撩人烦乱心怀,而以问句出之者,则透出情已不堪之意。二句两层,主体方面铺染已足,于是“楼倚”三句遂折进一层,转写行人。北雁南飞,自然会教人联想到雁足传书之典,然着一“初”字,含义似更深一层,不只写“又”至清秋之物候清冷,亦写心中失意之无奈凄寒,故曰“漫道行人雁后归”也。换头二句,是说既行人不归,苦苦相思亦无所寄望,于是折转一层再写梦境。梦中该是自由的吧,可是正如韦庄《木兰花》所说:“千山万水不曾行,魂梦欲教何处觅。”看来即使在梦中,亦难圆“佳期”之约,因为常锁闺中,也是“关山路不知”也,这又是何等的悲哀!梦既不成,遂再作层折,转盼“短书”之来,聊慰心中之离愁,然而“应迟”!连这点最后希望都落空了,失意落寞之悲遂臻极点,不觉重又跌落现实中,却亦然是“凉生玉枕时”的难耐和孤独。总之,全词写得回环婉转,以细腻的笔触揭示出女主人公复杂的怀人心路历程;由新月闻笛生感,而注目于南飞雁;又由雁而思及行人,叹其不归;思极成梦,梦亦不成;又待来书,书亦不至;回房就寝,却凉生玉枕,又捱孤寒;其念远怀人之凄苦心情,写得何等曲婉尽致,意味层深。

再如秦观的名作《满庭芳》:

山抹微云，天连衰草，画角声断谯门。暂停征棹，聊共引离尊。多少蓬莱旧事，空回首，烟霭纷纷。斜阳处，寒鸦万点，流水绕孤村。　　销魂。当此际，香囊暗解，罗带轻分。谩赢得青楼，薄幸名存。此去何时见也，襟袖上，空惹啼痕。伤情处，高城望断，灯火已黄昏。

张炎《词源》卷下曰："秦少游词，体制淡雅，气骨不衰，清丽中不断意泳，咀嚼无滓，久而知味。"清丽淡雅，而饶有气骨，秦词风味正以此见长。但"意脉不断"一语，则尤值得注意，所谓心路历程者即此也，而《满庭芳》一词可作典型案例分析。首三句先由景起，造语淡雅新警："山抹微云，"抹字用得极妙，写静态中的动感，实处却虚；再接以"天连衰草，"则构成一幅云山苍杳草木萧瑟的秋意图。然又不能只作景语看：微云遮山，明已届天晚，衰草连天，明已饶秋意。独立苍茫，极目远眺，斜阳衰草，其所要突出的正是那惜别伤感的浓重情怀，化景为情也。"画角"句，再添一笔重墨。姜白石曾有"正黄昏，清角吹寒，都在空城"的名句，与此正是同一境界，苍凉凄清，既暗示时间的推移，更为悠悠离绪增加重彩，真有"高处不胜寒"之感。氛围铺染已足，接着正面点出离别主旨：停征棹，叙离尊，转入正题。但多少心中苦况，却全都省略，尽在不言之中，唯以"聊共"二字轻轻点出，其无奈眷恋之情亦自见。于是笔锋再转，回忆往昔"旧事"。"空回首，"即不堪回首之意，而径接"烟霭纷纷，"却值得注意：此当承首句之"云"来，故是即目所见之景；但往事如烟，亦如云涛暮霭，不可追忆，而徒增迷惘！故知此语虚实双关，词婉而意隐，显得特别空灵高妙。"斜阳外"三句，再折回写景，亦貌似极目所见，却实含婉曲深：流水孤村，静谧温馨之世外家园也；斜阳一抹，万物知归，各乐其所乐也，而我却去乡离群，游子他乡，临歧怅望，状若飘萍，岂不潸然泪下而失声乎。换头"销魂"二字，既是上片离怀苦绪的总绾结，亦是下片情节推展的总提挈。"香囊暗解，罗带轻分，"已由前面"共引离尊"的送，暗转过渡到赠别，情节进一步推展。然歧路临别，却无言慰解，唯有无尽追悔而已，遂化用唐杜牧"赢得青楼薄幸名"之诗句補出。青楼薄幸，非写其轻薄浪荡之生活，实抒其潦倒失意、光阴虚掷、一事无成之悲愤。下三句折笔再转，又回写离别，谓"此去何时见也，"虽是心存期望，却希望渺茫，故云"襟袖上空惹啼痕，"缠绵委婉，情感又深一层。尾三句宕开一笔，再以景语状其别后之怅惘：伤心地高城独立，直到望断天涯不见人影，而此时已是满城灯火的黄昏了。赋情如此，可谓厚、重、深兼具，较之前诸人词，在心路历程的揭示上就更婉曲也更丰富复杂了，所以他用的是长调慢词。

周邦彦乃结北启南之重要作家，尤长于慢词的创作，其自度曲《六丑·蔷薇谢后作》即是很有特色的一首：

正单衣试酒，怅客里光阴虚掷。愿春暂留，春归如过翼，一去无迹。为问花何在？夜来风雨，葬楚宫倾国。钗钿堕处遗香泽。乱点桃蹊，轻翻柳陌，多情为谁追惜？但蜂媒蝶使，时叩窗槅。　　东园岑寂，渐蒙茏暗碧。静绕珍丛底，成叹息。长条故惹行客。似牵衣待话，别情无极。残英小，强簪巾帻。终不似，一朵钗头颤袅，向人欹侧。漂流处，莫趁潮汐。恐断红尚有相思字，何由见得。

由词调后所加小题可知,这是一首咏蔷薇谢后的咏物之作。沈祥龙曾说:"咏物之作,在借物以寓性情,凡身世之感,君国之忧,隐然蕴于其内,斯寄托遥深,非沾沾焉咏一物矣。"①由此词内容看,则主要偏于写"身世之感。"不过在诗人笔下,止于"寓性情"而已,词则更进一步,更能曲折细微地剖露隐秘幽微的心路历程,则是词体之一大进步。大抵上片写蔷薇花谢,下片写谢后之寻芳凭吊,以寄托自己因花草凋零、春光易逝而引发的年华不再、怀才不遇的深衷感慨。首二句即点出"怅客里光阴虚掷,"这是全词的情感底色,不可轻易读过。接三句写伤春:"愿春暂留,春归如过翼,一去无迹。"看似平平,情感上却一波三折。正如周济所说:"十三字千回百折,千锤百炼。"春不能永驻,故希望暂留;但暂留亦不可得,遂倍增感伤;春如展翼之鸟疾飞而去,又何等无情;去更无迹,泯焉不知所之,那就是彻底绝望了。于是,下面以"为问花何在"领起,由伤春转入伤花,直贯上片。原来一夜狂风骤雨,红衰翠敛,半作桃蹊章泥,半作柳陌残英,唯有遗香浮动,氤氲冉冉。一切美好的事物都消逝了,词人心中之痛可知。然而更可悲者,她的消亡还是那样地孤独寂寞,又有谁还知道爱护和怜惜呢?大概只有那些无知无识的蜂媒蝶使,不时叩响窗槅,才向人们报丧吧。经过一夜的辗转不眠,下片遂接写次日凌晨步入东园凭吊落花事。但表面虽写落花,实抒自己一段悱恻缠绵之情,全是拟人手法。清晨的东园一片岑寂,碧丛蒙茏,落花狼藉,一路随碧丛绕来,那带刺的蔷薇枝条,却牵衣不放,似要诉说"别情无极,"引人叹息。偶抬头,见枝间尚留一朵瘦小残花,强折来插在发际,却勾起往日情事:想当初繁花盛开之际,曾与美人携手簪花,袅娜着向人攲侧,那是何等媚人的情态,"终不似"如今之"残英小"完全失去风韵。这是周词最擅长的一段铺叙,然娓娓道来,正透露出他复杂低惋的心绪。结尾处又翻奇想,竟痴情地嘱咐落花,问您能否抗挣一下,不要随潮水远逝他方?因为我恐怕那上面,还有您临别留下的"红叶题诗"般的"相思字,"从此就再也看不到了!常言道:流水无情,而落花有意,生离死别,这其中又寄寓着词人多少痛苦和辛酸。毛先舒曾说:"长调如如娇女步春,旁去扶持,独行芳径,一步一态,一态一变。"②若周邦彦此等长调慢词,正可谓步步含态,步步生变者,婉曲缠绵,极尽揭示心理活动历程之妙。又此词已融入唐人如孟浩然《春晓》、杜甫《曲江》、韩偓《懒起》及温庭筠等的诗意诗境,然读来却总不似诗者,其奥秘又何在呢?刘熙载曾说:"一转一深,一深一妙,此骚人三昧。倚声家得之,便自超出常境。"③确实,诗人之作也讲"转"讲"深",但能把人之心灵变化层次,逐层揭示出来,转深转妙而臻绵婉至境者,却是倚声家独得之秘。因此,把抒情诗心理历程化了,这是词不同于诗的首要之点。

二、词的隐在情节化

自从词之出现,使我国抒情诗走上心理历程化之后,与之俱来的又一突出特征,即是词体创作的隐在情节化。当然,二者又往往是同时并在的,故难以明确划界,如前引诸词就都或多或少存在隐在情节问题。因为,所谓"历程",便是一种经历,一种过程,一段心

① 沈祥龙.《论词随笔》. 词话丛编本. 中华书局,1986

② 王又华.《古今词论》引,木石居民国二十五年(1936)印本

③ 刘熙载.《艺概·词曲概》. 上海古籍出版社,1982

灵深处的历史，故而也就有了情节。不过这“情节”却不是显在的，而是隐在的，即伴随着情感潜流而存在，这是造成词的婉约风格的又一原因。

与词不同，诗歌创作靠的常是一种“感兴”，即瞬间的触发或感悟，故其意象时态总是即目的、现时的、同时并在的。例如，当孟浩然唱着“八月湖水平，涵虚混太清。气蒸云梦泽，波撼岳阳城”（《望洞庭湖赠张丞相》）的时候，当王维唱着“万壑树参天，千山响杜鹃。山中一夜雨，树杪百重泉”（《送梓州李使君》）的时候，杜甫唱着“夔府孤城落日斜，每依北斗望京华。听猿实下三声泪，奉使虚随八月槎”（《秋兴八首》（二））的时候，诗人的视角和所搜捕之意象，就都是瞬间即目、同时并在的。即使一些篇幅较长的古风或乐府，如李白《行路难》（其一），由“停杯投箸不能食，拔剑四顾心茫然，”一直写到“闲来垂钓碧溪上，忽复乘舟梦日边；”高适《人日寄杜二拾遗》，由“人日题诗寄草堂，遥怜故人思故乡，”一直写到“一卧东山三十春，岂知书剑老风尘；”岑参《白雪歌送武判官归京》，由“北风卷地白草折，胡天八月即飞雪，”一直写到“轮台东门送君去”、“雪上空留马行处”等，读者看到的同样是诗人即目之所见所感，情感是共时的，景物是并在的，并不存在什么情节的转换。而有些诗，似乎还包含着一段美丽动人的故事，如王昌龄《从军行》（其五）：“大漠风尘日色昏，红旗半卷出辕门。前军夜战洮河北，已报生擒吐谷浑”。可是当其刚写到“出辕门”时，似乎要演绎一段故事了，却又立即刹住，而以“前军”胜利之喜讯传来告终，于是一切又都化作共时的了。又如李商隐的《夜雨寄北》：“君问归期未有期，巴山夜雨涨秋池。何当共剪西窗烛，却话巴山夜雨时。”本来既写现在，也写未来，中间似乎有一段情节，可是他用“何当”的假设语气发问连接，于是一切又都变成现在时了，意象还是共时并存的。崔护那首著名的《题都城南庄》，明明既写到“去年”，也写到“今日”，似乎有一个情节转换问题，可是诗人的整个视角，整个触发点还是从“今日”这个现时基点出发，以作巧妙串联，故其思绪表达仍是瞬时性而非情节性的。当然，这正是唐诗之高妙意境，即所谓浑灏含蓄之三昧所在，但词的含蓄意境却并不在此，而是另有机杼，另成格局，故能成就中国诗史之另一座高峰。

至于诗歌中的叙事诗，自然是以讲述故事为主，故情节的编织转换遂成为创作之基点。由乐府诗《孔雀东南飞》到白居易《长恨歌》，由杜甫《石壕吏》到韦庄《秦妇吟》，在其反映现实的深刻性、故事叙述的生动性、人物描写的典型性上，无疑情节的组织和安排起着决定性作用。但是，他们所写故事都是生活中已然发生（经过艺术加工）的事情，因而情节的转换是显在的、明晰而完整的。词则不然，其情节只是心灵流程之一种必然产物，情感运动轨迹之一个组成部分，因而是潜在模糊的、不经意的，只能大概按迹而寻。如果称前者为显在情节，后者则是隐在情节。

在反映词的民间面貌的《敦煌曲子词》中，擅长铺陈叙事，注重故事情节，甚至穿插进戏剧因素的作品不少，大概是受汉乐府民歌传统因素影响的结果，故同诗的叙事方式一脉相承，都属显在情节的范围。而早期文人词又多为小令，一阕词则相当于一首绝句或律诗，其短小的形式则无法对复杂的心灵展开充分描述，隐在情节的生成还处在孕育期。因此，无论民间词或文人词，作为一种特殊抒情诗体的定位，此时应该说还处在探索阶段。而词体特征的充分显现，应是进入晚唐五代了。如冯延巳的《鹊踏枝》：

几度凤楼同饮宴。此夕相逢,却胜当时见。低语前欢频转面,双眉敛恨春山远。　　蜡烛泪流羌笛怨。偷整罗衣,欲唱情犹懒。醉里不辞金盏满期,阳关一曲肠千断!

就总体而言,此词全篇只贯穿一“恨”字。但上片重在写“相逢”,下片重在写“离别,”于是就了时间和情节的转换问题。首句从回忆“凤楼同饮宴”之往昔美好生活写起,实为下面之“逢”和“别”铺垫。以“几度”提起者,特达其“此夕相逢”之艰难之弥可珍惜,故曰“却胜当时见”也。接二句写相见时之情状:欲叙前欢而凝噎,离恨难释而敛眉,其柔情蜜意可见。其间已有一层由昔而今,由离而聚的情感转折,并非仅叙相见情景也。下片转写“别,”在时间上留下一段空白:“蜡烛泪流,”当是化用杜牧诗“蜡烛有心还惜别,替人垂泪到天明”(《赠别》)句意,既暗示着情境的又一次转换,亦是以烛喻人,说明此夕相聚之短暂和难分难舍。“借整罗衣”,本欲唱一曲送别之歌,却不忍唱,不愿唱,又不能不唱,故曰“懒,”其难堪之情态描状宛然。故唯有频举金盏,和泪痛饮,以求一醉而得到排解。可是,送别之曲终于还是唱了,那是著名的《阳关三叠》:“劝君更尽一杯酒,西出阳关无故人!”在正当难分难解的情人听来,岂不肝肠寸断。从结构看,这又是一层暗转,即由惜别终至送别。总之,此词虽不长竟有数层转折:昔散、今逢、惜别、送别,而故事情节也就在这心理层面的暗转推移中,亦随之推进,所以情节是隐在的。

而韦庄的《更漏子》则更具特征:

钟鼓寒,楼阁暝,月照古桐金井。深院闭,小庭空,落花香露红。　　烟柳重,春雾薄,灯背水窗高阁。闲倚户,暗沾衣,待郎郎不归。

从诗歌意象传达的表面信息看,此词前半状景,后半则情景兼有,乃一气贯注而下者,似不存在情节的推移问题。然细读,却又不然。首三句是为主人公的活动描状背景,孤寂清冷,透露出一种浓重的低沉伤感气氛。次三句作进一步描写,然已具体到深院、小庭,再加前已出现的“楼阁,”则主人公之身份、性别、时地等,才得到进一步确定。而加“寒”加“暝”加“深”加“空”者,未必都是当时的实际存在,因为后面接着而来的“落花”、“烟柳”、“香露”、“春雾”等,皆可说明此时并非已到天寒庭空时节,故知此等描写都不过是被主体心灵化的,在特定情境中的特有感受,即前人所说“化景物为情思”者,所以景物描写也就带上浓厚的主观情感色彩。“灯背水窗高阁”以下,才具体写思妇之“思,”情感变化微妙,细节生动,一并点出“待郎不归”主旨。“闲”者,无事可做无所事事之谓也;“背”者,百无聊赖之情态也,正温庭筠所说”红烛背,绣帘垂,梦长君不知”(《更漏子》)之意。这是说她在无所事事、百无聊赖之中,连一梦亦不可得,故只能临高阁、倚秀户、背烛影、独自守着窗儿等待,可是希望终归失望——“待郎郎不归“! 于是悲从中来,不能自已而不觉泪沾衣襟了。全词前景后情,浑成一片,如无情节可寻,细绎之却有时间上的推移:“月照”三句,所写当是“月上柳梢头”的薄暮;“深院”三句,则是“灯火已三更”的深夜了;至于“烟柳重,春雾薄”,则是“曙色东方才动”景象,已然到了黎明时分。由此可知,她是整整折腾了一夜而未眠，正是心灵所经历的一次艰难而复杂的过程，其思之切，情之真，怨之深，不言而跃然纸上。

又如张先的《相思令》：

蘋满溪，柳绕堤。相送行人溪水西。回时陇月低。　　烟霏霏，风凄凄。重倚朱门听马嘶。寒鸥相对飞。

这虽是一首小令，却写出一段分离送别及别后寂寞情怀之情事，其中蕴含着相当复杂的情感经历，故与早期那些文人令词是很不相同的，从中可看到词的成熟细化进程。首二句状景，当是送行途中所见。然满溪萋萋之蘋草，绕堤条条之细柳，更是此时情怀之特别象喻，所谓"芳草萋萋满别情，杨柳条条系行人"者，并非闲笔，而是景中有人，已表出凄迷怅惘之无限感伤。接着点出"相送行人"之事之地，乃一篇主旨。但"溪水"呜咽，又会使人联想到易水送别之类典故，遂更增加一层伤感，而整个氛围的渲染亦更显饱满。"溪水西"，言其相送之远也，是送了一程又一程，绵绵情意终不忍分离，乃"剪不断，理还乱"也。但令人称奇的是，接着他只写了"送"而未写"别"，便大跨度地转写"回"——"回时陇月低"。不仅将别时之一切省略，并"回时"之一切亦一概省略，只加"陇月低"三字描状。不过，此三字却包含数重内容：一是说一路行来，陇山魆魆，月光迷离，更增添一层哀感；二是明山月既低，则已届黎明时分，实是时间上的暗转。那么，从"蘋满溪，柳绕堤"的黄昏出发，直到"陇月低"的黎明诀别而折回，那难分难解之情景是持续了整整一夜的，可知语虽简而事未必简。换头两句，写别后之景：风声凄凄，烟霭迷朦，送者的心灵似亦在凄迷怅惘之中挣扎，而伤感的氛围亦更浓更重。但离人虽已远去，自己之离怀别绪却仍难平静，既不能回房就寝，遂"倚朱门"而听那远去的马声，慢慢咀嚼别后之孤寂况味。此句在全词中很重要，一是知去者乃骑马远行的男子，送者为倚朱门而立的女性，人物身份至此大明；二是时间再次暗转，由送别写到别后，情节十分完整。结句又突作景语，故意含蓄其情，但面对那杳杳烟霭中比翼双飞的鸥鹭，岂非为女主人公的心灵又添一重怅惘！总之，此词结构之一大特征，随着人物心理流程细微无遗的展示，不时加入一些时间转换的词语，如"相送"、"回时"、"重倚朱门"等，在简洁的描写中包含着完整的故事，可看作"隐在情节"的又一类型。

再看欧阳修的《少年游》：

栏干十二独凭春，晴碧远连云。千里万里，二月三月，行色苦愁人。　　谢家池上，江淹浦畔，吟魄与离魂。那堪疏雨滴黄昏，更特地，忆王孙。

这是一首借咏春草而伤羁旅离别的小词，其中事实完全被浓郁的抒情淡化了，但细绎似仍有情节转换于字里行间。以春草象征离愁，古代诗词中常见，究其所以然之故，当是春草的滋生漫延，不仅标志着冬春季节的更替，也容易引发人们对美好青春事物的联想；同时它又以其弥漫天际的翠色，容易引起对远行者离去的思念。此词的着眼点应亦在此,但表现却更加含蓄。“栏干十二独凭春”句写远望,着一“春”字以点明季节转换,为春草预作铺垫;着一“独”字,以状其形影孤单。全句的意思是要说明“倚遍栏干,只是无情绪”(李清照.《点绛唇》)的失落感,却未着一字表情语提明。“晴碧远连云”即写登高远望之所见也,正面点出咏草主题——晴光照映下一望无际的碧绿草色,造语极富光色跳动感。“千里万里”,承“远”写;“二月三月”,承“春”写,用的是赋体笔法,作进一步重笔铺染。至“行色苦愁人”句,才写出全词之主旨——“独凭春”的特有情感底蕴,以绾结上片。下片即就“苦愁人”接写,但同样未着一字情语,而是以征事用典曲言之。“谢家池上”,指谢灵运《登池上楼》诗:“池塘生春草,园柳变鸣禽。祁祁伤豳歌,萋萋感楚吟”。“江淹浦畔”,指江淹《别赋》句:“春草碧色,春水渌波,送君南浦,伤如之何”。而以古人之诗情赋意,来代达自己之“吟魂与离魂”,言则隐而语则曲,极尽婉约含蓄之美。结句说“疏雨滴黄昏”,是知已由“晴碧”过渡到“黄昏”,中间是经过大半天时间的,其许多情节的转换和推移却全都省略。那么,“谢家”“江淹”一联,也就具有另一层含义:这不只是用典,更应是词的实写,即终日流连于“池上”浦畔“的另一种表述,而其中隐含一段情节也就不言自明。至于终日拂之不去的伤感,则是因“更特地忆王孙”引起,题旨遂大明。此句本自《楚辞·招隐士》:“王孙游兮不归,春草生兮萋萋”。当是借指所念之人。除了“晴碧”至“黄昏”的情节暗转,似乎“千里万里,二月三月,行色苦愁人”中,也存在着一段情节,或许词人此时正是羁旅他乡之时,“行色”匆匆,“苦愁人”者前途未卜之谓也。

柳永是开北宋写慢词长调的第一人,《婆罗门令》则是较短的一首,但他从睡前写到睡梦,写到醒后,其间有倒插、有伏笔、有補笔,曲曲折折写来,就更具内在隐化情节之能事了:

> 昨宵里恁和衣睡,今宵里又恁和衣睡。小饮归来,初更过,醺醺醉。中夜后,何事还惊起?霜天冷,风细细,触疏窗,闪闪灯摇曳。　　空床展转重追想,云雨梦,任攲枕难继。寸心万绪,咫尺千里。好景良天,彼此,空有相怜意,未有相怜计。

词虽重点写中宵梦醒后种种情状,但却是从梦前和睡梦,甚至昨宵写起的,时空交错挪移,思绪飘忽游弋,最后结于彻夜难眠,便有一种心理流程的隐在情节在。首二句,以貌似平平的重复句式发端,说昨夜如此,今宵又如此,而所谓“如此”之内容,则是选取生活中一个典型细节——“和衣睡”,其为相思折磨、孤独潦倒之状亦自见。接三句则是逆折,说“小饮归来,初更过,醺醺醉”,径由睡前写起,以明“和衣睡”之前因。因“醺醺醉”而至“和衣睡”,自然是酣睡入梦了,而睡去无清晰记忆,故下句直接“中夜后”之梦醒。因何事从梦中突然惊醒呢?词人故作狡狯,省却梦中具体内容,却从外部原因写起:“霜天冷,风细细,触疏窗”,醒后则唯见灯光荧荧。此虽景语,却极有分量,不仅渲染出凄清孤冷的环境氛围,其实也是主人公凄楚寂寒心境的外化,正是情景同构对应之审美原则的妙用。不过梦中之事终为描写重心,岂能完全省却,于是又以跳跃式的结构空白,于下片过拍三句補出:原是一场云雨好梦,却被触窗风声打断,其无限怅惘可知。接着即具体写怅惘情怀："寸心万绪"，言情感负荷之沉重也；"咫尺千里"，言两处睽隔之无望也。故结尾慨叹说：纵有良辰好景虚设，虽是两情相怜相爱，却无计相见，徒遗恨而已。总之，全词反复错综，曲曲折折写来，由外(行动)而内(心绪)，由物(景)而人(情)，直揭词人心灵变化之隐微，而一段难堪的相思经历也在其中了。这可说是"隐在情节"比较复杂的一种表现形式。

探讨词的隐在情节化，还有另一种重要意义，那就是对中国戏剧文学——尤其是元杂剧所产生的直接影响。戏剧本来是一种再现性的叙事文学，但同西方戏剧的叙述方式不同，元杂剧的叙述方式却比较特殊。它对事件过程及情节的交代都极简单，只是点到而已，至于整个剧情推进展开的种种细节，则主要是靠剧中人物的唱词对心路历程的展示而表现出来的；至于心路历程的展示，即往往包含着情节的更替发展，所以一曲唱词(相当于一阕词)终了，整个剧情故事也就向前推进一步。比如《西厢记》最脍炙人口的"长亭送别"(亦称"哭宴")一折，除宾白部分十分简单的交代外，主要是崔莺莺唱了十九支曲文，重点写了三个场面：一是赴长亭途中，二是长亭宴别，三是宴后分手上路。唱词所展示的主要就是莺莺百感交集的复杂心路，并以浓重的暮秋景物造型作背景渲染，但三个场面之间的衔接推移，则是通过与心路历程相纠结的"隐在情节"来完成的。当莺莺送张生出普救寺后唱道：

> [正宫·端正好]碧云天，黄花地，西风紧，北雁南飞。晓来谁染霜林醉，总是离人泪。

此虽写景，却不能简单作写景看。因为还点明了当时季候、时令和时间，更拈出"离人泪"三字作一篇主脑，便有情节交代在内。接着写去长亭途中：

> [滚绣球]恨相见得迟，怨归去得疾。柳丝长玉骢难系，恨不倩疏林挂住斜晖。马儿迍迍地行，车儿快快地随。却告了相思回避，破题儿又早别离。听得道一声"去也"，松了金钏。遥望见十里长亭，减了玉肌，此恨谁知？

其生离死别的复杂情感变化，且撇开不说，仅就情节的铺展推进而言，与之相关的就有："恨相见得迟，怨归去得疾"，是暗示将要分别了。"马儿迍迍地行，车儿快快地随"，是说一前一后向长亭出发了。"却告了相思回避"，连道别的细节都写到了。"遥望见十里长亭"，是即将到达教人伤心的宴别之地了。也许是宴席上众目睽睽，难有道别机会，故有途中"道一声去也，松了金钏"的点睛之笔。总之，整个故事的发展，总是同人物情感纠结在一起的那些细节描写完成的。此后所唱诸曲中还有："见安排着车儿马儿，不由人熬熬煎煎的气"；"想着掩前暮私情，昨夜成亲，今日别离"；"供食太急，须臾对面，顷刻别离"；"一个这壁，一个那壁，一递一声长吁气"；等等。由进入长亭到设宴相送，两心相通，两目传情，其复杂心理及夹缠在一起的种种细节，又是描写得何等真切而生动，而剧情亦随之步步推进。又如"霎时间杯盘狼藉，车儿投东，马儿向西"；"青山隔送行，疏林不作美，淡烟暮霭相遮蔽,夕阳古道无人语,禾黍秋风听马嘶";"笑吟吟一处来,哭啼啼独自归"等,从席散到决别,到极目送远,再到独自啼归,情节的发展也是伴随着撕心裂肺的情感激流完成的。尤其最后一笔:"四围山色中,一鞭残照里",其妙不只在状景如画,不只在意境浑成,更在于把情节隐在化了。"一鞭残照里",那是辉映着落日残照、扬鞭远去的孤独倩影,也是映入眼底的最后一点渺茫,主人公的心路至此完成,剧情亦随之结束。不过所有这些叙述成分,都是在主人公复杂心路流程展示中随意点染出来的,是一种若断若续、或明或暗的隐在性叙述,也许作者写这些时根本目的就不在情节故事,但故事却这样完成了。那么,是否可以这样说,元杂剧也是以创造"化景为情"的意境为旨归,故事情节的叙述倒在其次,故同诗词一样具有浓烈的抒情味,则是其独具的一大特色。

三、长短不齐的形体特征

从形体来看,长短不齐的参差句式,确是词有别于诗的最明显的特征。在前面谈到词的起源时,即曾屡屡接触过这个问题,只是未曾追究其发生的深层原因。梁启勋曾说:"词由诗变,其特异处即在长短句错杂成章。……不此之求,则将如李清照所谓句读不葺之诗矣。"①显然,他是以长短不齐之参差句式,为诗词之别的根本特征的。李之仪则说:"长短句于遣词中最为难工,自有一种风格。"②大概也包含了这个意思。但是,诗歌中的长短句自古即有之,正如前引汪森、李调元等所说,"自有诗而长短句即寓焉",从上古之《南风》之操,《五子之歌》算起,中经周之《颂》三十一、汉之《郊祀歌》十九、《短箫铙歌》十八,以迄六朝乐府之《江南》《采莲》诸曲,大都是参差不齐之长短句,然何不称之为"词"而以"古歌""乐府诗"名之呢?其中必有原因在。因为较之长短句诗,词乃"别是一家"、"自有一种风格",故不宜率然相混耳。所以,仅仅就长短句形式说,虽是词不同于诗(其实仅指近体)的显著特征,却并非根本特征。至于造成长短不齐句式的原因,学界一般都归因于配合音乐歌唱的关系。如刘尧民即说:"词的长短句子的工具,自然是音乐给与他的。……词的婉约的抒情调子,这一点灵感,都是燕乐的染色,燕乐的灵感"。③ 确实,词产生于灯红酒渌、歌儿舞女的城乡娱乐生活,并且是伴随着低回要眇的乐曲缓歌曼唱,而调有缓急,音有高低,语有长短,其伴随的歌词自然就成为参差不齐的长短句式,所以才叫做"曲子词"。因此,说它的体式是由配合音乐的需要造成的,在其作为"曲子词"的早期民间阶段,也许不错。但是,要发展成为一种特殊抒情诗体的词,却还有一个更重要的原因,即被文士知识阶层所发现、所认识、所选择,亦即形式终被内容接受的过程。没有这一过程则它只是"曲子词",而不会是新兴抒情诗体的"词"。而这才是发生学上的更深层的原因。否则,历来伴随乐曲歌唱的歌词多矣,但并非所有歌词都能称作"词",其原因就在这里,因为那时人们情感的表达还未产生这种选择的需要。

词之出现,一变唐诗意境浑融、却又规整划一的结构格局,进而追求深层情感节奏韵

---

① 梁启勋.《词学·例言三》. 中国书店,1985

② 李之仪.《跋吴思道小词》.《姑溪居士文集》(40). 宝米斋清代刊本. 全国图书馆文献缩微中心,1985

③ 刘尧民.《词与音乐·燕乐与词》. 云南人民出版社,1985

律的把握,故变规整的五七言为长短句,变单整结构为参差不齐。虽说它的要求更加严格,其容量却大大扩展了,故能言"诗之所难言",从而获得"曲尽人情"的艺术上之优势。这既是一种束缚,但也是一种解放,是对传统诗歌功能的一次丰富和拓展,所以有人才说"艺术此而极矣",恐亦不为过,尽管就文学的整体说发展是无止境的,并不存在极限。而这一变化的文学史意义,就在于词的出现正好适应了诗歌发展至中晚唐急需摆脱窘境的需要。前面曾谈到,我国诗歌发展到李商隐的时代,诗人创作由外到内、由社会到心灵、由显意识到潜意识的急剧变革,使那种规整单一的五七言近体诗,已不能适应人们愈来愈趋于丰富细腻、幽微要眇的情感表达的要求,因为那种情感只是一种纯粹心灵内省式的隐秘活动,所以在李商隐那些规整的律体诗中,便只剩下诗意化心灵碎片的意象拼接,因而造成"独恨无人作郑笺"的阅读理解困惑。宋人有感于此,遂变唐诗为"宋诗",但他们却以文为诗,以理性代替感性,迄未走出困境而难以获得成功。但是,一向被视作"小道"的曲子词,却终被文人学士们所选择并在他们手中悄悄发展起来,并取得超越宋诗而成就一代抒情诗体的辉煌,便绝非历史的偶然。

较之诗文来说,词在艺术上的优势,借用前人的话说,即:"名之曰曲,以曲尽人情耳。"①或曰:"词之情文节奏,并皆有余于诗,故曰诗余。"②这虽是就词的称名望文生义,其实已揭示了词体优势的根本特征所在。故朱彝尊说:"词虽小技……盖有诗所难言者,委曲倚之于声。"③查礼说:"情有文不能达,诗不能道,而独于长短句中可以委曲形容之。"④沈际飞则说:"何文非情?而以参差不齐之句,写郁勃难状之情,则尤至也。"⑤这就是说,诗文虽然都是表达情感的,但表达情感的层次却有很大不同。词之优势就是以"参差不齐之句"来"写郁勃难状之情",故能"曲尽人情",而这正是"诗所难言者"。所谓"郁勃难状之情",当正指与显意识相对而言的隐意识或潜意识;而所谓"委曲倚之声","委曲形容之",或者就是词的隐在情化或心理历程化问题。正因有此优势,所以词取代诗是必然的,人们选择句式"参差不齐"的曲子词以救诗之穷也是必然的。

但是,人们却往往不是从"曲尽人情"、"委曲形容"去理解词的"婉约"特征,而是把它和"艳"联系起来,说"词为艳科",称之为"艳词"或"侧艳之词"。而所谓"艳",则是指艳情,即以妇女为描写对象的声色娱乐之情,儿女私房之情。其依据则起自《旧唐书》温庭筠传称其"能逐弦吹之音,为侧艳之词"。于是,"侧艳"一词遂成为对词的性质的普遍评语。其实这是莫大的误解。"艳"和"侧"原本都是音乐概念,肇始于梁陈,至唐人诗文中则广泛使用。左思《吴都赋》即有"荆艳楚舞"之说,《文选》卷五李善注曰:"艳,楚歌也"。又梁元帝《纂要》亦曰:"楚歌曰艳"。可知"艳"是当时流行于荆楚之地的歌曲,所以左思才将它与"舞"并言。"艳歌"之名,最早见汉乐府中的《艳歌罗敷行》,据《通志》卷四九"相和歌三十曲"条云:"《陌上桑》,亦曰《艳歌罗敷行》",而别有《秋胡行》是"亦称

---

① 郭绍虞编.《中国历代文论选》(中),胡寅.《题酒边词》.中华书局,1962.112
② 况周颐.王幼安校点.《蕙风词话》.人民文学出版社,1962
③ 郭绍虞主编.《红盐词序》.《中国历代文论选》(下).中华书局,1962.101
④ 查礼.《铜鼓书堂词话》,台北:新文丰出版公司,1989
⑤ 沈际飞.《草堂诗余.四集序》.北京:全国图书文献缩微中心,2001

《陌上桑》"。故"艳"只是"艳歌"的略称,在唐人诗中亦常见,如:"新歌一曲令人艳"(万楚.《五日观妓》)、"艳听竹枝曲,香传莲子杯"(白居易.《郡楼夜宴留客》)、"莺声暗逐歌声艳"(陆弘休.《和訾家洲宴游》)、"艳逐寒云变惨凄"(司空图.《歌者十二首》)等。全称则是"艳歌"或"艳曲",如顾况《瑶草春》:"江南艳歌西京舞";白居易《长安道》:"艳歌一曲酒一杯";韦应物《拟古诗》:"艳曲呈皓齿";乔知之《铜雀妓》:"艳曲不须长"等。此外,亦有称艳唱,艳声者,如顾甄远《惆怅诗》:"浓醪艳唱愁难破",韩愈《和武相公早春闻莺》:"似妒歌童作艳声"。合艳歌之舞,则称艳舞,如宋之问《宴安乐公主宅得空字》:"短歌能驻日,艳舞欲娇风"。那么,所谓"艳歌"究竟是什么样子呢?前引《隋书音乐志》曾说到炀帝"大制艳篇"、令乐正白明达造新声的事,而《太平御览》卷五六八引苏夔《乐志》则曰:

> 隋炀帝不解音律,大制艳曲,令乐正白明达造新声《纳刑乐》、《万岁乐》、《藏钩乐》、《七夕相逢乐》、《投壶乐》、《玉女行觞》、《神仙客》、《斗百草》、《泛龙舟》、《还旧宫》、《长乐花》等曲,皆掩抑摧藏,哀音断绝。

除上列诸曲外,在《隋书·音乐志》中还载有《舞席同心髻》、《掷砖续命》、《斗鸡子》、《十二时》等曲。从这些歌曲的内容看,所谓"艳曲",其实就是在游乐宴会上演唱的歌曲,用于合乐的歌词即是"艳词",并非用以指称歌词内容性质的用语。至于"侧"亦是音乐述语,即前面谈词的起源时提到的"清商三调"中的侧调。《乐府诗集》卷二六曰:

> 平调、清调、瑟调,皆房中曲之遗声也,汉世谓之三调。又有楚调、侧调。楚调者,汉房中乐也,高帝乐楚声,故房中乐皆楚声也。侧调者,生于楚调。与前三调总谓之相和调。

《唐书·乐志》亦曰:"侧调者,生于楚调"。由于"艳"是荆楚之歌,故可称"荆艳"或"楚艳",除左思所说"荆艳楚舞"外,他如颜延年说:"江南进荆艳,河朔献赵讴"。(《车驾幸京口》),谢灵运说:"楚艳起行戚,吴趋绝归欢。"(《彭城宫中》)白居易说:"楚艳为门阀,秦声是女工。"(《筝》)而"侧调"又生于"楚调",当其与楚歌合称时,自然就称作"侧艳",也就是荆楚歌调的意思。因此,《旧唐书》称温庭筠"(能)为侧艳之词",本意是说能倚声填词,即依楚声楚调之"艳曲"填写新词的意思,并非是对其词作内容提出评价。① 另外要说明的是,据《隋书·音乐志》记载看,炀帝"大制艳曲"而乐正白明达所造"新声",则正是隋唐"燕乐"的重要组成部分,故被看作词或词调的最早形态,那么将后来"依调填词"而写作的唐宋词,称作"艳词"或"艳科"也是顺理成章的事,在温庭筠的时代更应是如此。

综前所述,当人们说"诗直词婉"以区分诗词差别,"婉"的实质并不在"艳",即内容上的艳情和形式上的淫艳。而是词的心理历程化和隐在情节化,以及与之相适应的"侧

① 岳珍.《艳词》.文学遗产,2002(5)

艳”之类音乐性质，即参差不齐的长短句式。句式也体现着情感运动的节奏韵律，并非仅是语言形式问题。正如艾里略所说的，“创造一种形式并不是仅仅发明一种格式，一种韵律或节奏，而且也是这种韵律节奏的整个合适的内容的发觉”。换句话说，“一个创造出新节奏的人，就是一个拓展了我们的情感并使它更为高明的人”。① 艾氏所说是从形式“发觉”“整个合适的内容”说的，前面我们所说“以参差不齐之句，写郁勃难状之情，则尤至也”，则是就内容“发觉”“整个合适的”形式说的，因此王国维才说：“词之为体要眇宜修，能言诗之所不能言，而不能尽言诗之所能言”。② 而以此来衡量唐宋词，谓之“当以婉约为正”（徐师曾.《文体明辨序说·诗余》），或谓“以清切婉丽为宗”③，当没有什么不妥，“豪放”和“婉约”之争也许可以息讼。因为若缺少了“婉”的特征，则是以诗为词，程度轻者尚可称作诗化词，严重者则直是“句读不葺之诗耳”，其实一些流行很广的词，我们往往是把它当好诗读，而不是当好词读，乃辨体不精之故也。

---

① 宗白华.《美学散步》(15). 上海人民出版社，2005

② 徐调孚注.《人间词话删稿》. 人民文学出版社，1962

③ 苏轼. 四库全书总目《东坡词提要》. 全国图书文献缩微中心，2001

第十四章　词的三种变化类型和元散曲

第一节　豪放、婉约之争和词的三种类型

人们习惯以“豪放”“婉约”两个概念，谈论唐宋词，并简单地把词划分两派。此说之起实滥觞于宋人，如晁无咎说“东坡词，人谓多不谐音律。然居士词横放杰出，自是曲子中缚不住者”①，已有隐以豪放许东坡，而与柳永代表的婉约词分庭抗礼之意。至胡寅《题酒边词》则曰：“及眉山苏氏，一洗绮罗香泽之态，摆脱绸缪宛转之度，……而逸怀浩气超然乎尘埃之外，于是《花间》为皁隶，而柳氏为舆台矣”。其区划苏、柳二派風格之意图则更明。而最著名者，当数南宋俞文豹《吹剑续录》中这段话：

> 东坡在玉堂，有幕士善讴。因问：“我词比柳词何如？”对曰：“柳郎中词，只好十七八女儿，执红牙拍板，唱‘杨柳岸晓风残月’；学士词，须关西大汉，执铁板唱‘大江东去’。”公为之绝倒。

不过，这些都还只是对个别作家所作风格的比较，并未提高到“派”的划分上来，自尚无大碍。但问题在于，此后遂将其扩展至整个宋词，并作为研究两宋词人风格流派的普遍模式，便需要作认真思考了。

最早提出“婉约”“豪放”两个概念，并上升到一般原则以区别词的风格流派的是明张綖。其《诗余图谱·凡例》说：

> 词体大略有二：一体婉约，一体豪放。婉约者欲其词调蕴藉，豪放者欲其气象恢宏。然亦存乎其人，如秦少游之作，多是婉约；苏子瞻之作，多是豪放。

其后，明徐师曾《文体明辨序说》亦承其说：

> 至论其词，则有婉约者，有豪放者。婉约者欲其辞情蕴藉，豪放者欲其气象恢宏。盖虽各因其质，而词贵感人，要当以婉约为正。

值得注意者在于，张说在二者之间并未作明确轩轾，徐则直认“婉约”为正宗了。也就是说，他同宋以来那些提倡“豪放”以扬苏抑柳者，其观点并不相同，倒和李清照《论词》的认

---

① 廖德明校点.《苕溪渔隐丛话后集》(33). 人民文学出版社，1962

识颇相一致。但他们二人又有一个共同点,即所说“婉约”“豪放”似尚指风格——词体而言,并未提出“派”的概念。然到清初神韵说大师王渔洋,遂进而以“派”划界了,终于走到极端。其在《花草蒙拾》中说:

> 张南湖(綖)论词派有二:一曰婉约,一曰豪放。仆谓婉约以易安为宗,豪放惟幼安称首,皆吾济南人,难乎为继矣。

此后,二派之说其影响愈来愈大,虽仍有三派、四派、七家、十四体等主张,似皆不如此说之广泛流行。尤其是建国以后之词学界,更专以此论宋词,至有谓豪放为“主流”,而婉约为“逆流”者,原因则是把豪放与“词坛革命”、“爱国”挂钩,而婉约成为“逃避现实”、格律派的代名词了。但问题在于,能否以“豪放”“婉约”两个概念,说明宋词创作的复杂情况,则不免暴露出此说简单化片面化之嫌。豪放派公认代表是苏轼、辛弃疾。然据统计,豪放派的开创者苏轼其能真正称作“须关西大汉执铁板唱”的豪放词,即使放宽点也不到十首,占全部词的分量其实很少。至于辛弃疾,《全宋词》共收词629首,其中明显属豪放者仅七、八首,若再放宽一些,也只有十几首,未占到总数的零头。而婉约绮丽之作则有三百多首,占到总数的百分之五十以上。因此,仅以“豪放”一词概括,不能不说是以偏概全,而与实际难符。

有趣的倒是那些被公认的婉约词人,如柳永、周邦彦、秦观、李清照等,其实都写有风格接近豪放之作。柳之《望海潮》开篇即说:“东南形胜,三吴都会,钱塘自古繁华。烟柳画桥,风帘翠幕,参差十万人家。云树绕堤沙。怒涛卷霜雪,天堑无涯。市列珠人玑,户盈罗绮,竞豪奢”。秦观《满庭芳》下片则曰:“时时横短笛,清风皓月,相与忘形。任人笑生涯,泛梗飘萍。饮罢不妨醉卧,尘劳事,有耳谁听?江风静,日高未起,枕上酒微醒”。其豪情壮气、放浪形骸之处,正不减豪放派词人。此外,如周之《西河》二首、李之《渔家傲》(天接云涛连晓雾)等,亦庶几可列于豪放词中。至于爱国情怀之慷慨悲歌,固然以张孝祥、张元干、辛弃疾等作称首,但若姜夔、王沂孙、吴文英、张炎等,亦不乏哀时感喟、神州陆沉之咏。如白石之“自胡马窥江去后,废池乔木,犹厌言兵”(《扬州慢》),“南去北来何事?荡湘云楚月,目极伤心”(《一萼红》),“今何许?凭阑怀古,残柳参差舞”(《点绛唇》);史达祖之“天相汉,民怀国……老子岂无经世术,诗人不预平边策”(《满江红·出京怀古》),吴文英之“乔木生云气,访中兴英雄陈迹,暗追前事。战舰东风悭借便,梦断神州故里”(《贺新郎·陪履斋先生沧浪亭看梅》),王沂孙之,“千古盈亏休问,叹漫磨玉斧,难补金镜……看云外山河,还老桂花旧影”(《眉妩·新月》),张炎之“短梦依然江表,老泪洒西州。一字无题处,落叶都愁。……空怀感,有斜阳处,最怕登楼”(《八声甘州·饯别沈秋江》)等等,皆情调凄咽,感怀故国,沈郁悲凉,只是情感的表达不过于直白,不象南宋初爱国志们那样激昂慷慨罢了。总之,即就上面所举两个方面来看,用“豪放”和“婉约”对宋词分疆划派,实是一种简单片面的似是而非之论,并不能反映宋词创作的实际,尽管在风格的认识上有一定道理,也是不可取的。

那么,如何从历史层面(非仅风格艺术层面)去认识并把握词的发展演化呢?如果把词定位为一种抒情诗体，则这种诗体由萌生、兴盛到衰微的过程，可大致归纳为三个阶段、造就了三种类型而积淀为三种历史形态：一曲化词，即由“曲子词”演化而来的词；二诗化词，即以诗法入词而创作的词；三赋化词，即以赋法入词而创作的词（此取叶嘉莹说）。然三类词皆有成败得失之别，尤其是后两类词。至于衡量得失之标准，则是前已阐明的词所特有的心理历程化和隐在情节化之“婉约”特征，因为失去这种特征虽可以是诗是赋，但词之所以为词也就不复存在了。

一、曲化词

词的母体，是隋唐时期配合“燕乐”演唱的歌词，所以称作“曲子词”。由于它最初来自民间，源于生活，故有生动质朴、情真意真、不事雕饰、题材丰富等诸多特点。但是，作为一种能够取代诗而广泛流行的新的抒情诗体，却是不够成熟的。诗之转化为词，是经过一个历史演变过程的，而这个“化”的过程，实际就是诗的“曲子”化，所以我们称作“曲化词”。欧阳炯《花间集序》曾称其为“诗客曲子词”，用以区别于一般“曲子词”，大概就是出于这个原因。

“曲子词”之引起一般文人们的重视，大约是在中晚唐时期。然中唐诗人所作，大都尚难摆脱五七言诗歌创作的影响，估且不论，但到晚唐时期的温庭筠，则成为历史上大力采用“曲子”写作的第一人，自此“词”作为一种新的抒情诗体，引起人们的广泛兴趣。继有韦庄、孙光宪、和凝、皇甫松辈一时并出，遂开“花间“一派。不过此时之作，仍为歌楼酒宴红粉佳人所写娱人娱已之应歌，并非专用于个人一已抒情写意之具，尚难见出作者之心灵个性，可称为被雅化或精致化的“曲子词”。韦庄词的意义在于，首先是其创作角色的转换，即将专为歌儿舞女演唱所需写作的歌词，一变而为抒写个人一己之情的情诗，只是所写者仍是对歌儿舞女之爱恋、离别、相思之类情思，故仍未跳出应歌的范围。至南唐冯延巳，虽其词所写亦仍离别、相思之类情愫，但这种情感已转化一般文人士大夫的普泛情感，故对词的诗意境界的提升具有重要意义，并最终完成向抒情文学的转化，而对词坛产生深远影响。关于“曲化词”的代表人物，明王世贞曾举出李氏、晏氏父子、耆卿、子野、美成、少游、易安等，并推为词之“正宗”。① 除柳耆卿、张子野因喜欢写作慢词，故放在“赋化词”一节讨论外，下面即从温飞卿讲起，至李易安而理出一条线索。

温庭筠（约 812—870 年）原名歧，字飞卿，太原（今山西）人。才华横溢，文思敏捷，相传每入试，押官韵，八叉手而成八韵，时人遂称“温八叉”。然行为放浪，少受拘检，故仕途甚不得意。及徐商镇襄阳，署为巡官；后商知政事，用为国子助教；商罢相，即贬方城尉。于是遂耽溺于歌楼酒榭，来往于歌儿舞女中，故所作多以此为题材，词风秾艳，词藻华丽，为花间词人之鼻祖，开五代宋词之盛。其词存《花间集》、《金奁集》中，今有王国维辑《金荃词》一卷。关于仕途失意，《旧唐书》谓其因于“士行尘杂，不修边幅”，其实与获罪于相国令狐绹关系甚大。元辛文房《唐才子传》卷八记载甚详：“（尝）出入令狐相国书馆中，待遇甚优。时宣宗喜歌《菩萨蛮》，绹假其新撰进之，戒令勿泄，而遽言于人。绹又尝问玉

---

① 王世贞.《弇州山人词评》，民国二十三年(1934)线装本

条脱事,对以出《南华经》。且曰:'非僻书,相公燮理之暇,亦宜览古'。又有言曰:'中书省内坐将军'。讥绹无学,由是渐疏之"。故知史所谓,"薄于行,无检幅"者,多为文士之恃才傲物而已,但这却断送了他一生的前途。另外,《旧唐书》说他"能逐弦吹之音,为侧艳之词"。遂招来千古讥评。如前说,"侧艳"并非淫艳之谓,而是侧调艳曲,即楚声楚歌之意,并无贬意。如《新唐书·温大雅传》附庭筠传曰:"少敏悟,工为辞章,与李商隐皆有名,号温李。……又多作侧辞艳曲"。又《唐才子传》卷八亦曰:"侧辞艳曲,与李商隐齐名,时号温李,才情绮丽,尤工律赋"。是"侧艳之词"即"侧辞艳曲",且与李商隐并言而曰"才情绮丽"、"善鼓琴吹笛",则知侧艳之并非专指艳情可知,不过是说他善知音律能倚调填词而已。其词作以《菩萨蛮》十四首、《更漏子》六首为代表,前者或即《唐才子传》所说宣宗喜歌而为令狐绹假以进之者,可分两类来解读。

其一,是以华丽之词藻、精美之意象相互叠加而成文者,有点像李商隐那些以美丽心灵碎片构成的《无题》诗。不过李诗全出于主观内在的诗化心灵意象,故极富抒情性和感人力量;温则纯属美人外在服饰、装束、名物之类的客观描写,是为歌儿舞女们所作侑酒劝客的应歌,故只给人以精致秾丽的听觉美。王国维《人间词话》曾拈出"画屏金鹧鸪"一语概括其特征,又以"精艳绝人"四字评之,庶几近之。金鹧鸪之精美宜人,自不待言,然不过"画屏"之装饰耳,故是缺少生命和个性的东西。如《菩萨蛮》之二:

> 水精簾里颇黎枕,暖香惹梦怨鸯锦。江上柳如烟,雁飞残月天。　　藕丝秋色浅,人胜参差剪。双鬓隔香红,玉钗头上风。

单从意象的描写看,可谓精美至极:水精(晶)簾,颇黎(玻璃)枕、暖香梦、鸳鸯锦,不只给人以富丽高贵之印象,更具冰清玉洁之神圣感,用以状美人是极切的。然下面突着以景语,便颇令人费解:江上如烟之柳,残月雁飞之天,是不眠之夜望中所见,抑或暖香缭绕的温馨中入"梦"所见,就只能见仁见智了。不过首二句之秾丽如彼,此二句之凄清若此,浓淡相济,转折跌宕,极尽缠绵旖旎之致,却是极高明的手法,所以为"婉约"者在此。俞平伯《读词偶得》云:"簾内之清秾如斯,江上之芊眠如彼。千载以下,无论识与不识,解与不解,都知是好言语矣"。下阕四句,当是回过头来再写人,然这是仍在梦中,抑或醒后,同样令人费解。"藕丝"当写衣服,而以浅淡之秋色状之,极富想象力。"人胜"乃头饰,《荆楚岁时记》曰:"正月七日为人日,剪綵为人,或镂金箔为人胜以贴屏风,亦戴之头鬓。"结二句则状美人之神态,"香红"者花也,不直言之,而取气味之"香"、颜色之"红"代称之。人或责其"雕绘满眼"者,此类是也。而"玉钗头上风"句,摹形取神,却极富情致,因着一"风"字,则人胜之袅颤,香红之飘拂,似皆可想而见之也。但就四句所写整体而言,乃户内户外乎?抑梦中梦醒乎?实难以指言,确如《栩庄漫记》所讥:"四句晦涩已甚"。造成感觉上这种细部同整体存在极大差异的原因,推究起来当是飞卿词以纯客观之态度,用精美之意象片断结构成篇,正可适用于"绮筵公子,绣幌佳人,递叶叶之花笺,文抽丽锦，举纤纤之玉手，拍按香檀”①那种场合，以听之快耳，闻之爽心，至于抒写个人情志，并熔铸成为一种情感整体，似尚未进入自觉耳。

其二，虽也是用精美之意象片断镶嵌成篇，但形象完整，脉理清晰，理解上困难不大者，如《菩萨蛮》之一：

> 小山重叠金明灭，鬓云欲度香腮雪。懒起画蛾眉，弄妆梳洗迟。　　照花前后镜，花面交相映。新贴绣罗襦，双双金鹧鸪。

若要寻绎此词描写主旨，可二字蔽之，曰“晨妆”而已。小山，眉妆之名，即《海录碎事》所说“十眉”中之一式，尝流行于晚唐五代，如毛熙震《女冠子》所写之“不语檀心一点，小山妆”；孙光宪《酒泉子》所写之“玉纤淡拂眉山小，镜中嗔共照”等皆是。或谓此乃山水屏风者，谬也。重叠，眉蹙不展之谓。金，指妆饰眉际之“额黄”言，光线一照，遂生明灭不定之感，故曰“金明灭”也。全句所写，即韦庄《荷叶杯》之“一双愁黛远山眉”之意（取周汝昌说）。首句写眉，故次句写鬓，合而言之，是为下写“妆梳”预作铺垫。云，状鬓发之散乱；雪，状香腮之洁白；中间以一“度”字连接，谓蓬松鬓发微掩其面也。蹙眉乱发，自是晨睡初起之状，然已暗透出心有所怀之幽思，故接二句即正面写梳妆之态。懒起者，非不起也，心事慵懒之谓；梳洗迟者，非不梳洗也，无情无绪之谓。二句分承“小山”“云鬓”句而来，心中郁结寂寞之意亦更明。上半阕写将起、梳妆，下半阕另起，转写妆后及自赏。过片三句即写自赏之情景：前后镜，指妆奁之座镜和手持柄镜；两镜叠相映照，审其妆梳是否得宜完美也，而总其用意则在写“花面交相映”之人美也。结二句则是对衣着的审视：新贴者，重新熨贴过之谓；金鹧鸪者，襦上所绣之图样也，言其华丽精美，以物衬人之笔。不过“双双金鹧鸪”，亦非不经意之笔，当是一种暗示：孤居独处，睹物怀人，见此岂能心无所动？如此则前之蹙眉、懒起、弄妆、洗迟等所表现之不快，只此一句便可绾结，也许她正望着那双金鹧鸪在出神发呆呢！总之，小山呀，鬓云呀，香腮呀，蛾眉呀，以及弄妆、花面、绣襦、鹧鸪等全都是构成全词的意象要件，真可谓“雕绘满眼”，却也是精彩绝伦，因为它们都能和谐地统一于一个整体，而构成温词特有的审美个性，故历代传诵不绝。

这两类作品，构成了温词的主要风格，集中还可举出很多。前者如《更漏子》“柳丝长，春雨细”一篇，后者如《更漏子》“玉炉香，红蜡泪”一篇，就都是既雕绘又精美、在雕绘中显精美之作。尤其后者之下半阕：“梧桐树，三更雨，不道离情正苦。一叶叶，一声声，空阶滴到明”。更因其强烈的抒情性和剖析心灵感受之深细，而受到人们称赏。他还有一首《望江南》，更为人们所传诵：

> 梳洗罢，独倚望江楼。过尽千帆皆不是，斜晖脉脉水悠悠。肠断白蘋洲。

① 欧阳炯.《花间集序》. 中州古籍出版社，1991

篇幅虽短，却写得浓情默意，委婉含蓄，剖示的心路历程更为复杂，这代表了温词的另一种风格，虽然仍未脱离为歌儿舞女们写作的代言体。

韦庄（约836—910年）字端己，京兆杜陵（今西安市东南）人。僖宗广明元年（880）在长安应举，时值黄巢大军攻入，陷乱军中，次年至洛阳写《秦妇吟》，一时传诵，因而被誉为"秦妇吟秀才"。后羁旅江南一带，至景福二年（893）始得再返长安应试，于次年（乾宁元年）及进士第，授校书郎。曾两度入蜀，因才名为王建所重，遂终身仕蜀掌书记。后逢朱温篡唐，王建据蜀称帝，官吏部侍郎兼平章事。有词集《浣花集》，与温庭筠齐名，时称温韦，然风格则大不相同。温词华艳，韦词清简，温多写精美之名物，韦则多用白描手法，直抒一己之真淳情思。他在词史上的突出贡献，乃在创作角色之转换，即由代人而为已，把"歌筵酒席间不具个性之艳歌变而为抒写一已真情实感之诗篇"（叶嘉莹语）。由此词终于演变为抒情诗之一体，从而登上文学之圣殿。不过，他的词仍以写男女爱情为主，如《荷叶杯》：

> 记得那年花下，深夜。初识谢娘时。水堂西面画帘垂，携手暗相期。
> 惆怅晓莺残月，相别。从此隔音尘。如今俱是异乡人，相见更无因。

就语言说，平易晓畅，几无雕饰，纯是白描手法，全无温词那种剪红刻翠之铺排。然在结构上，却更层折宛转，似更能直接作用于人之心灵世界。全词大致写了四个场面：深夜花下"初识"，由回忆起；水堂西面"相期"，以热恋承；晓莺残月"相别"，以离别转；至同沦异乡，无缘相见而结。从"那年"到"如今"，小小情事，娓娓道来，集美好回忆、惆怅之情、孤寂之感、落寞之悲于一体，而联系其生平，则乱离之伤、黍离之痛、家国之思，似亦深隐于其中，又极具时代伤悼之感。从词体演化角度看，能融心路历程和隐在情节之描写于一炉，极尽"婉约"之能事，当是词体渐趋成熟之标志。再如《女冠子》：

> 昨夜夜半，枕上分明梦见。语多时，依旧桃花面，频低柳叶眉。　　半羞还半喜，欲去又依依。觉来知是梦，不胜悲。

前词状景极佳，若深夜花下之初识，水堂画帘之相期，晓莺残月之相别，无论是渲染氛围、衬托环境，或作为心爱女子之兴譬象喻，都是景中有人，物我融为一体。此词则不同，它几乎不着景语，而以白描无华之笔，集中刻划人物情态，缠绵旖旎之风情溢于文字之表。其结构亦甚奇特，不作上下片之分，而以一气贯注首尾，直可看作诗中绝句读。首二句从"昨夜夜半"之梦境写起，劈空而来，用笔已自不俗。着一"分明"，言其相思之切、心仪之久而梦之真也，下面所写遂因此而更可信。"语多时"，虽是平叙，却欲说还敛，故有余而不尽。"依旧"句，言其丽质未减也；"频低"句，言其媚态百生也。过片两句，接前之侧重写形进而传神：半羞半喜，似推还就也；欲去依依，终不忍分离也，此极写恋情之缱绻缠绵。然梦终于要醒，一切还归空无，其失落之悲可知。"知是梦"三字尤应注意，看似平平，承前言则别具滋味，情自凄苦言自哀，平淡中饱含清泪，故以"不胜悲"三字相承而绾结，欲语无言竟以不言言之，是言有尽而意不尽也。杨湜《古今词话》曾说："（韦）庄有宠人，姿质艳丽，兼善词翰。（王）建闻之，托以教内人为辞，强夺之。庄追念悒怏，作《荷叶杯》、《小重山》词"。不管此说之是否可信，从上两词所写内容来看，其有切肤之真情实感在，都是不容怀疑的。总之，韦庄之词，确不同于温词乃花前酒后之应歌性质，而为抒写一已身世遭际之情诗，即不论其写作动机或态度均发生了变化，故在词史上应有其重要地位。

冯延巳（约903—960年），一名延嗣，字正中，广陵（今江苏扬州）人。南唐烈祖（李昪）时为秘书郎，与李璟游处。保大中，累官至中书侍郎拜平章事，出镇抚州。后再入相，罢为太子少傅。善作新词，思深而辞丽，除写男女之离情别恨外，更扩展至抒写士大夫伤感落寞之情怀，乃词向抒情诗体转化之又一关键人物。在五代词坛，堪与温、韦鼎足而三。清冯煦曾评其词曰："上翼二主（南唐李璟、李煜），下启晏（殊）欧（欧阳修），实正变之枢纽，短长之流别。"（《成肇麐唐五代词选叙》）故其影响之所及，实乃开北宋之先者。

南唐乃偏朝小国，政局岌岌，政争纷杂，冯居宰辅之位，自有许多难言之隐和难以排遣的哀愁，遂于词中抒而发之。冯煦《阳春集序》曰："周师南侵，国势岌岌，中主既昧本图，汶闇不自缰……翁负其才略，不能有所匡救，危苦烦乱之中，郁不自达者，一于词发之"。又张尔田《曼陀罗寱词序》也说："正中身仕偏朝，知时不可为，所为《蝶恋花》诸阕，幽咽惝恍，如醉如迷，此皆贤人君子不得志，发愤之所为作也。"按此《蝶恋花》，即前已引到的《鹊踏枝》，下面再举一首：

> 梅落繁枝千万片，犹自多情，学雪随风转。昨夜笙歌容易散，酒醒添得愁无限。　　楼上青山寒四面，过尽征鸿，暮景烟深浅。一晌凭栏人不见，鲛绡掩泪思量遍。

如前面曾说，冯词之意义在于不再专写女性之离别愁恨，而多抒文人士大夫之伤感情怀，然词的结尾却说"鲛绡掩泪思量遍"，则显非男子而岂不矛盾。其实借美人香草以自托，是我国自屈子以来之古老传统，而全词象喻色彩亦甚浓，正所谓"郁不自达"、"幽咽惝恍"者。何况从《鹊踏枝》十四首之整体来看，亦皆为直抒情怀或着意寄托之作，此词岂独不然！首三句由景写起，谓落梅满眼，随风飘荡，借以点出时令，亦杜诗"风飘万点正愁人"（《曲江》）之意，然说"独自多情"，则不能不启人他想。故细绎之，此又绝非仅是景语，实写尽世间一切有情生命之无可奈何，必然殒落之无限悲伤，是极悲苦语、极伤心语，此为一层。更细绎之，则又非仅此也，实乃词人挥之不去、无可名状的感伤情绪之象喻，故才引出下二句之欢会易散、忧思难遣之哀感，此又一层。有此数层，则缱绻婉曲、层折递进，将词揭示人之隐秘心灵的功能发挥到极致。笙歌之易散，犹繁花之易落，自生人生无常之感，此即酒醒反添"愁无限"的深层原因。过片三句，乃即目所见之景，实亦承前而来。青山四面，凛凛生寒，既是体肤之感，更因莫名哀伤而心中生寒。征鸿者，随季节之变化而迁移，踪迹无定，当是游子之象喻。再加暮烟蔼蔼，满目凄迷，遂倍增伤感，此皆所谓景生于情者，故蕴涵无限。忧思难遣，清泪难禁，故才有"人不见"之喻托，以达"思量遍"之耿耿情怀。应该说明的是,冯词中这种难排难遣欲言无言之哀伤,当是那个时代的共同哀伤,更是那个时代文人们的普遍哀伤,故具有人性关怀的泛化意义,从而感动着历代无数文人。又此词开首说:“梅落繁枝千万片”,当是白日所见;过片又说:“暮景烟深浅”,则是傍晚了,可知其间隐含着时间的推移,即前所说“隐在情节”者,其间妙处亦不可不知。

再看他的《酒泉子》:

> 芳草长川,柳映危桥桥下路。归鸿飞,行人去,碧山边。　　风微烟淡雨萧然。隔岸马嘶何处?九回肠,双眼泪,夕阳天。

此词只取临别时之瞬间情怀写之,起三句即颇具特色。词由景起,然“芳草”配“长川”,便已绝妙,再加绿柳高桥,气象朗畅中又有细部描写,大小广细结合,顺便点出时地,饶具丰约情味。又芳草、长川、绿柳、高桥,清绮亮丽,本乐景也,而“以乐景写哀则倍增其哀”,用笔微妙,情境俱加深一层。“行人去”,写离,而衬以“归鸿飞”,亦象喻之也,言行人踪迹之漂泊无定,情景相生,用意深婉。“碧山边”,承“桥下路”而来,言行人之去远,亦以乐景出之,其悲苦之情愈显。过片以“风微烟淡雨萧然”承接,点染出一幅凄清低迷画面,是前面悲情之正笔描写,情景一而物我浑也。“隔岸马嘶”,言人已去远而终不见,难抑之情遂喷薄而出,故直写离肠之九转,不觉泪眼之潸然矣。更妙的是,尾三字不以情结,而用“夕阳天”之景语绾住,无限离情以不言言之,益增悠悠情韵,的是妙笔。就结构言,词人从“柳映危桥”,写到“淡雨萧然”,再到“夕阳天”;从离别时之“桥下路”,写到“行人去”,再到“隔岸马嘶”,时间在暗中推移,行人则由近而远,其隐含的一段情节,就足已撩人心弦,何况还每每衬以景语,词之所以称“婉约”者在此。可以说词作为一种新的抒情诗体,至冯氏手中已臻完全成熟,留给后人的便主要是意境上的开拓。

李煜(937—978 年)初名从嘉,南唐中主李璟第六子。因遭长兄弘冀之猜忌,遂自号钟山隐士、莲峰居士,以明自己无意于政事。自幼聪慧,于诗、词、书、画、音乐等,都有很好修养,尤工于词。二十五岁(956 年)时,命运却把他推上南唐君主的宝座,史称李后主,改名煜,字重光。宋太祖开宝七年(975 年)南唐为宋所灭,煜肉袒出降,遂沦为臣虏,先封违命候,后封陇西公加检校太尉衔。从此便过着“此中日夕只以泪洗面”的屈辱生活。因不时流露出对故国的怀念,且写作《虞美人》(春花秋月何时了)一词,故遭忌于978 年而被药杀。

李煜词以亡国为界限,可分作前后两期。前期多写男欢女爱、声色犬马的宫廷生活,风格柔靡,语言纤丽,虽也有清新之作,但总未脱尽“花间”习气。如《玉楼春》(晚妆初了明肌雪)、《浣溪沙》(红日已高三丈透)等。但到后期,由于生活的骤然改变,抒写人生无常的深刻体验和家破国亡的巨大痛苦,成为他词作的中心主题,风格也由绮艳变为清丽,语言明快,凝炼精警,情感真挚,个性鲜明,在冯延巳词创作的基础上,对词的境界拓展又有长足进步。王国维《人间词话》曾说:“词至李后主,而眼界始大,感慨遂深,遂变伶工之词而为士大夫之词”。即指此而言。但他后期的词,所写虽不离一己之亡国之痛、身世之悲、囚徒之恨,然当其化作那种诗意浓烈的独创文学语言时,却具有某种普泛意义而能激起孤臣孽子、羁旅骚人乃至一般民众的深切共鸣，故长久传诵不衰。王国维《人间词话》曾评论说："生于深宫之中，长于妇人之手，是后主为人君所短处，亦即为词人所长处"。即能保持赤子之心之谓，故又说："后主之词，真所谓以血书者也"。这不是没有道理的，如《虞美人》：

春花秋月何时了，往事知多少？小楼昨夜又东风，故国不堪回首月明中。雕栏玉砌应犹在，只是朱颜改。问君能有几多愁？恰似一江春水向东流。

前已说到，后主于其生日(7月7日)因命随行故妓演唱比词，遂招致宋太祖大忌，而命秦王赵廷美赐牵机药而毒杀之，故可看作比乃他的绝命词。起句发问，音调高亢，然又隐含多少曲折。"春花秋月"，人间最美好之物也，他却说"何时了"，问得岂不奇怪！原来正是这些常见事物，勾引起他对过去美好生活的回忆，所以说"往事知多少"。其潜台词当是：宇宙万物永恒不改，人生世事却短促多变，岂不悲哉！接二句即进而点明此深痛大悲之原因：小楼东风，是现时，而着一"又"字，再强调大自然之反复和无情，从而更加剧其故国不堪回首之悲愤，情感之激流遂达顶峰。"雕栏玉砌"句，承前"故国"而来，它同样是不会改变的，但加"应犹在"三字，乃猜度之词，说明又是可以颓毁的。但不论前者或后者，都是令人哀伤的，想来物是人非，韶华不再，岂不悲哉！就全词结构言，情感先是激昂的，至此遂趋低沉，这是一跌。结尾再趋高亢，以一"愁"字绾结，大音洪声，势如滔滔江水，则是一扬。愁如江水，奔腾倾泻，恣肆汪洋，无穷无尽，然用"春水"表之，似又非不经意之笔。春水者，雪融冰消之水也，固可使江水为之满涨，但它却是汩汩沥沥，从松软而膨胀的泥土中流出的，以之状心底之沥血如潮，似更切当。故此成为千古之名句者，不只在滔滔滚滚之大也，更在淅淅沥沥之无穷尽也。统观此词，似是满心而发，直抒胸情，其实大不然，就情感变化之轨迹说，前六句近似相同的意思，却是三度转折，隔句相承，貌似一气直下，实则千回百转。景由春花秋月起，到昨夜东风，到月明中，何等美好？情则由往事多少，到小楼昨夜，到故国不堪回首；又是何等凄楚！腾挪跌宕，逶迤而至结尾，以一象喻句绾之，言外而意内，刚中而含柔，境象高浑，自成绝妙好词。以江水喻愁恨，又如他的《相见欢》：

林花谢了春红，太匆匆。无奈朝来寒雨晚来风。胭脂泪，留人醉，几时重？自是人生长恨水长东！

此词所写，大致还是前首之愁恨，但表现上却绝不相同。其用笔自然流美，似同样是肆口而发，毫不用劲，只是信笔抒写而已，其实亦大不然。"林花""春红"，何等繁华之景象，偏说"谢了"，谓韶华已去，便是一跌。再加"太匆匆"，则若白驹之过隙，春光苦短，人生无常，括尽多少低迷悲愤心绪，再跌。接句明其"太匆匆"之因，不过"朝来寒雨晚来风"，既写自然之无情风雨，更是人生路途上朝朝暮暮之风雨，亦象喻也。联系其身为"臣虏"之背景，此理甚明。"无奈"者，无能为力亦无法与之抗争之谓，其言则甚苦，其情也可哀。过片，宕开一笔，却转写回忆，亦"故国不堪回首"之意，只是以问句出之，便增添多少回肠荡气之哀痛。前词结于"愁",此则结于"恨",其情感之强烈似更进一层。"愁"是渐变的,悠悠不绝的,故以"一江春水"状之;"恨"是强烈的,爆发式的,故以"水长东"喻之,二者都是以景拟情之名句,其所标示的感情质地和色彩却并不相同,亦不重复,可知其用心精细。李词之感人处,要知大都集中于这些具有普泛意义之名句,并非"雕栏玉砌"、"胭脂泪,留人醉"那些具体之名物,若单就具体名物之内容抠之,则败兴矣。这同样适用于其另一名作《浪淘沙》:

帘外雨潺潺,春意阑珊。罗衾不耐五更寒。梦里不知身是客,一晌贪欢。　　独自莫凭栏,无限江山,别时容易见时难。流水落花春去也,天上人间!

据蔡絛《西清诗话》载:"南唐李后主归朝后,每怀江国,且念嫔妾散落,郁郁不自聊,尝作长短句云(按即此词)。含思凄惋,未几下世"。盖亦绝笔前不久所作乎,故于低沉悲怆之中,满含如泣如诉怀念故国之悠悠情思,读来感人。较之前几首词,它的具体内涵已被蒸发而显得抽象多了。此所谓"无限江山",固指已覆亡之南唐小朝廷,但也未必不可作更宽泛的山河大地理解;"身是客"虽是说被俘后的生活,亦未尝不可作客途羁旅解读,所以更具有普遍意义。上半阕以"梦"为中心展开,前半倒叙,写梦醒后之所闻所感;后半回忆,就梦中情事抒发感慨,并贯通全词至结尾。首三句乃逆推:一梦初醒,先感单薄罗衾之不耐凄寒,继知时已五更。何以觉"寒"呢?原来帘外正淅淅沥沥地下着小雨,想来春事也将随之零落寂寥吧。此虽景语,然已满纸悲凉凄楚,景化情也。接着補足一句:梦中竟不知自己乃滞留他乡之客(实为"臣虏"而羁宋),却一味贪恋于过去(实为故国之宫廷)的欢娱,岂不可悲哉!其言也苦,其情也哀,情景相衬,悲欢对照,凄荒无限,自嘲之也。此乃全词关键处。醒而不寐,遂生凭栏舒解之想,但又马上察觉"独自凭栏"亦无用,因为凭眺亦未必能看到魂牵梦绕之"无限江山",即使看到又会怎样呢?黯然销魂,徒增伤感而已。"别易会难"乃俗话,然后主之用于此,意义却不大一般,因为那是国亡家破之别,是生离死别,岂寻常别离哉!"死"是他作俘虏后常萦绕心头,挥之不去阴影,他也深知死期之将至,于是在结尾写下这样的惊人警句:"流水落花春去也,天上人间!"春事将残,春归何处?不知。人之将死,魂归何处?亦不知。天上乎,人间乎?这正是人生中最大的疑问,也是人世间一切生命莫名之悲哀。王国维不是说"词至李后主眼界始大,感慨遂深"么?尽可在这类处心会。他的《相见欢》也极具"感慨遂深"品格:

无言独上西楼,月如钩。寂寞梧桐深院锁清秋。　　剪不断,理还乱,是离愁。别是一般滋味在心头。

此词当写于后主入宋似囚被禁期间,全词可用"愁"之一字概括之。"愁"之具体内涵虽有各种各样,而写愁之大家名句亦不可枚举,若曹孟德之"对酒当歌,人生几何?"若阮嗣宗之"中夜不能寐,起坐弹鸣琴;"若李太白之"抽刀断水水更流,举杯销愁愁更愁";若杜子美之"怅望千秋一洒泪，萧条异代不同时"等，固有悲凉，沉郁、骨气奇高等美誉，但其描写大都是粗放型的。若后主此词，能把一种莫名的无可言说的愁，写得如此真切、细腻、有切肤之感者，则史不多见。诗、词之别，正当由此划界，而词之所以称纯情文学、心绪文学者，原因亦在此。首句六字，言"独上"，则是无人伴随，无人亲近，其孤独寂寞情状不言可知；言"无言"，则是无人可诉，亦无可诉说，知彻身心内外皆孤凄悲凉也。虽简单六字，却几多层折，身世之遭际已在其中。既孑身一人，又无可与说，唯怅望着一弯眉月发呆，那其中的况味应是很复杂的吧，若"举头望明月"之思乡，若"千里共婵娟"之离情，若"淮水东边旧时月，夜深还过女墙来"之故国怀念，恐怕都是交织涵盖于其中的。因为，明月所象喻之思乡、团圆、瓯缺等，已成为民族文化传统之无意识积淀，是深深植根于每个人的心灵中的，李后主岂独不然。接句"寂寞梧桐深院锁清秋"，其梧桐、深院、清秋，实景也；而寂寞者，人也；被锁者，亦人也。王姜斋曾说，景能生情，情亦能生景。若客观之物，为被"锁"之人之"寂寞"情怀所化，若梧桐、深院、清秋遂"皆着我之色彩"而成满目寂寞矣。统观前半，实只是为下面铺垫，"寂寞"二字可尽之。"无言独上"是寂寞，"梧桐深院"是寂寞，"锁清秋"还是寂寞，皆为下半之写"愁"而铺设。古人常以"丝"为"思"之谐音，以丝喻愁亦情理当然，故过片即以"剪不断，理还乱，是离愁"相承。盖以乱丝之难以理清、难以剪断为喻，把说不清、难了断、挥之不去的"离愁"具象化了。正因为这是一种说不清、难了断、没头没绪而辛酸苦咸皆具的离愁，所以结尾以"别是一般滋味在心头"绾住，结得笔墨饱满、真切悠扬，故称名句。明沈际飞说："七言所至，浅尝者说破，深尝者不说破。破之浅，不破之深，'别是'句妙"。而说别与否，正此词之用心处。

王国维《人间词话》曾评论说："温飞卿之词，句秀也；韦端已之词，骨秀也；李重光之词，神秀也"。此话发人深省。飞卿词只着眼在服饰名物，雕琢字句，藻饰文采，虽精艳绝伦，却是欢宴应歌，故说句秀也。端已词虽无飞卿之秾丽精绝，然情感真挚，每每发自内心，读来感人，缺点是能实不能虚，能小不能大，尚是"曲子"中人，故说骨秀也。至若后主词，洗尽铅华，不假雕饰之美，不见着力之处，纯真任化，满心而发，感慨深而境界大，全是一段神行笔墨间，遂变伶工之词为士大夫之词，故说神秀也。此虽片语简言，却已括尽晚唐五代词演化之三重轨迹，故尤值得注意。

进入北宋，词始盛于晏、柳、张、欧诸人，大都承袭南唐冯延巳遗风。晏元献（殊）乃宰辅重臣，尝究心词章，在当时产生很大影响，许多著名词人皆出其门下，如范仲淹、张先、欧阳修等，遂成为词坛盟主。柳永、张先虽是婉约词名家，然尤喜作漫词长调，摹形写物，铺叙形容，往往曲尽其妙，可看作赋化词的先导，故留在他节再讲。此后，晏小山、秦观、李清照等相继走上词坛，婉约词风遂臻于全盛，不过词的变革亦由此开始，如苏轼的诗化词，周邦彦的赋化词等，词的创作进入多元化时代。

晏殊（991—1055 年）字同叔，抚州临川（今江西抚州）人。景德二年（1005 年）以神童召试，赐同进士出身。仁宗时，官至同中书门下平章事兼枢密使。卒谥元献，世称晏元献。诗属西昆体，词承袭南唐冯延巳，语言婉丽，音韵谐和，多写闲适情调和淡淡哀愁，含蓄婉美，耐人品读。其《浣溪沙》即是传诵名篇：

> 一曲新词酒一杯，去年天气旧亭台。夕阳西下几时回？　　无可奈何花落去，似曾相识燕归来。小园香径独徘徊。

词由现时起笔：朋友相聚，饮酒听歌，享受闲适恬雅的生活，这大概是他们的常态，由下“去年”句即可推知。但忽然之间，心中似有所触：还是和去年一样的天气，同样走上旧时的亭台，可是感觉却大不一样了。岁月催人老，转眼又是一年，岂能心无所动。于是他发出一声长长喟叹：夕阳西下几时回？当然夕阳还是会升起的，可是流逝的岁月不再，这便是人生的无奈和悲哀。由喜而悲，心情发生大折转，思绪的表达也显得十分含蓄婉曲，下片即由这莫名的怅惘接写。“花落去”承前“天气”说，“燕归来”承前“亭台”说，只是对内心复杂情感的揭示更加深一层。花落而燕归，知此已是暮春时节，也是最易引人产生伤感的季节。美好事物的凋谢，固然令人惋惜伤痛，但那是不可抗拒的大自然规律，个人是无法改变的，故说“无可奈何”。然此写物乎，抑写我乎？去燕之如令归来，或许正是去年亭台所见，应是老巢重归，并不产生陌生感，故曰“似曾相识”。然见此归燕乃欣喜乎，抑怀旧乎？虽说皆难剧断，但他那复杂微妙、欲说莫名的纠结情绪，已自包蕴其中，含婉而蕴藉，故称名联。尤其结句“小园香径独徘徊”，不结以情而结以景，欲言又止，是吐还吞，当是一种沉思中的心境，然沉思什么？是对生命的怅惘，对人生的悟觉，对大自然的叩问，各人皆可以领会自得之，始知“婉约”者如是。

他的《采桑子》也是一首脍炙人口的名作：

> 时光只解催人老，不信多情，长恨离亭。泪滴春衫酒易醒。　　梧桐昨夜西风急，淡月胧明，好梦频惊。何处高楼雁一声？

与前首词相同，这也是抒写时光易逝，人生易老的莫名怅惘的。只是掺入亲情离别之痛在内，伤痛也就更深一层。“时光催人老”，生活中常语也，然着于开篇却有惊心动魄的急迫感。并且中间又以“只解”二字连接，怨恨中又含有多少警告：时光是无情的，它只知道把生命一点点耗掉，岂不慎哉！人是多情的，但离别之痛亦常不可避免，所以话别离亭上往往留下多少憾恨！但词人却说他“不信”长会如此，是自作慰解之辞，其实也是无可奈何的伤心语。时光催人老，而且还是在离别的痛苦中变老，情感则更加深一层。但对老的无奈，对离别的长恨，最易想到的就是用酒来麻醉自己，以求得暂时的解脱。可是酒是易醒的，醒来后会是更大的痛苦，所以他不禁要“泪滴春衫”而倍增烦恼了。无疑，在情感上这是又一次层进，并总绾上片，婉曲道来，意足而完。复杂的心路历程披写已足，下片遂由景起。西风凄紧，梧桐凋落，淡月朦胧，一派低迷凄怆景象，不仅呼应前片，亦专为“好梦频惊”四字设。就是在这样一个惊悸难眠的夜晚，睡梦中也许他梦见与离人团圆，享受着温馨欢乐的生活，带来无数欣喜。其实这又是个难安的梦，乍惊乍喜，终于还是醒了，一切重归空无，惟闻“何处高楼雁一声”！人的思绪又飞向那杳远的太空，引向那哀唳的大雁，是传书给己吗？是失群孤征吗？抑或告诉人们一年将尽，离人不返吗？总之以不言言之，发人无穷想象，却不能字字执实以求，所以绝妙。冯延巳开启个人情感抒写的大门，至晏、欧诸人则演化得更为含婉精致，预示着词的黄金时代已经到来。

欧阳修(1007—1072年)字永叔，号醉翁，晚年号六一居士。庐陵(今江西吉安)人。天圣八年(1030年)进士，累擢知制诰，翰林学士，历枢密副使，参知政事。神宗朝，迁兵部尚书，以太子少师致仕，卒谥文忠。政治上，他支持范仲淹等的革新主张；文学上，则是北宋诗文革新运动的领袖，为"唐宋八大家"之一，散文、诗、词均有很高成就。有《六一词》。其词风亦然沿袭晚唐五代余风，抒情含婉有深致，写景明丽而清新，前已谈到过他的词，下面再看其名作《踏莎行》：

候馆梅残，溪桥柳细，草薰风暖摇征辔。离愁渐远渐无穷，迢迢不断如春水。　　寸寸柔肠，盈盈粉泪，楼高莫近危阑倚。平芜尽处是春山，行人更在春山外。

写行人思妇的诗词，历史上最为常见，然此词写来却又不同。上片先由景起，当是行人道中所见。首三句大笔皴染，先描绘出一幅盈溢着春之气息的宜人画面：旅舍的梅花已经开过，只留下几瓣残英；桥边的柳树感受着春意，抽拽出细细嫩枝；暖风吹送着春草的芳香，正是远行的宜人天气。残梅、细柳、草薰、风暖，虽是一派春光骀荡的仲春美景，然也是最易触发离人愁思的季节，故接着点出"离愁"。关于离愁的描写，他只用了一个美丽的比喻绾住：相别时间越久，路途越走越远，离愁也就愈积愈多，何以明之？触景生情，就象桥边之一溪春水，既来无穷，去亦不尽！此虽无"一江春水"之浩荡，却是"迢迢不断"，永无休止地潜转流淌，形容此时心绪十分恰切精当。古人有挪开一步，只从对面写来的笔法，此则用之。故接着，下片即从拟想中的恋人写起。在他的想象中，恋人也似乎正立楼头，远眺企望着旅途中的自己呢！说"柔肠"而曰"寸寸"，说"粉泪"而曰"盈盈"，可知企盼之殷切、思绪之缠绵者如此。于是他寄语闺中人，不要再在高楼上频倚，因为您什么也看不到！又是何等地体贴。词人用笔之奇妙，正在结尾，他忽然异峰突起，以响遏行云之笔，把情感的波澜推到高潮，補出"莫倚"之故：您所能看到的是绿野之外的青山，而行人还远在青山之外！结得可谓余音袅袅，含而不尽，更生出一种无穷愁伤，所以为妙。词之所谓"婉约"者，大概如此，此后遂愈变愈繁，手法新颖层出，艺术上也更加精警，终于达到宋词鼎盛期。

晏几道(约1040—1112年)字叔原，号小山，晏殊第七子。殊久居相位，其门生故吏，多据政治要津，故叔原若想仕宦腾达，恐怕不是难事。然其个性耿介，不肯依傍权贵，故一生仕途不利，家道中落，生活亦陷于贫困。黄庭坚《小山词序》说："仕宦连蹇，而不能一傍贵人之门。"故只作过监颖昌府许田镇的小官。旋即退居京都私邸，而终生潦倒失意。然赋性天真恬淡，终不为世俗所污染，虽年少时为歌舞筵前之风流贵公子，俟父死后亦不改其至情至性之天然本色。黄庭坚即谓 其"磊落权奇，疏于顾忌"(《小山词序》)者，从这一点上说，他倒和"生于深宫之中，长于妇人之手"，亡国后亦"不失其赤子之心"(《人间词话》)的李后主有几分相似。虽然，李之词境界阔大而多阳刚之气，小山之作则多浅语深情而趋婉丽轻柔；李之词多亡国之悲恨，小山之作多忆旧之感伤，其出于至情至性者则一。故清冯煦曾评曰："淮海(秦观)小山，古之伤心人也。其淡语皆有味，浅语皆有致。求之两宋词人，实罕其匹"。① 可谓知言者。

小晏《小山词》自序曾说："追惟往昔过从饮酒之人，或垄木已长，或病不偶，考其篇中所记悲欢离合之事，如幻如电，如昨梦前尘，但能掩卷怃然，感光阴之易逝，叹境缘之无实也"。当是其创作心态的真实自述，故词亦多追怀往昔，感慨身世之作。而其婉曲吞吐、厚重悲凉，尤能令人荡气回肠。如《临江仙》：

梦后楼台高锁，酒醒帘幕低垂。去年春恨却来时。落花人独立，微雨燕双飞。　　记得小蘋初见，两重心字罗衣。琵琶弦上说相思。当时明月在，曾照彩云归。

《小山词》自序还说："始时，沈十二廉叔、陈十君龙家，有莲、鸿、蘋、云，品清讴娱客，每得一解，即以草授诸儿，吾三人持酒听之，为一笑乐"。此词有"记得小蘋初见"语，当是追忆往昔欢乐生活之作。然身世之感，纤痛之悲，似亦寓于其中而流露于不自知者，不必仅为某一人作也。全词只作内心感受之客观描绘，不作主体情感之直接抒发，含蓄婉曲，终不作一语道破，乃小山词独具之审美特征，故读来哀感动人，被推为词中绝唱。首三句从梦后酒醒写起，惟见楼台高锁，帘幕低垂，深沉凄迷，已不胜孤独寂寞矣。而心事烦乱，不觉"去年春恨"亦一齐袭上心头，那又是何等无奈的滋味呢？——"落花人独立，微雨燕双飞"！眼看着美好的春光随落花逝去，却只能无限怅惘地站立于微微细雨之中，面对飞来飞去的双双燕子而忧伤不已。这是回忆，然人生哀感之千言万语，尽皆囊括于这两句景物描写中了，是亦写今日无言之悲也。谭献曾评此二语云："名句千古，不能有二"。② 因为它的内涵太广，也太启人思绪，若说其中没有词人一生坎坷遭际之悲，而仅为一小女子而发，似不大可能。故知所谓"梦"者，不只写梦，乃人生如梦也；"落花"者，亦繁华生活、青春年华俱逝也；"燕双飞"者，不独有慨于小蘋，若"往昔过从饮酒之人，或垄木已长，或病不偶"，并慨其零落而不能如燕之常相比翼也。按此二语，或曰出自五代翁宏之《宫词》(残春)，然实有点铁成金之妙，不可目为"出蓝"而相贬抑也。过片三句，始说到具体人事——小蘋。她穿着的薄罗衫上，绣着双重"心"字，是在暗示两情之相悦；又因是"初见"，情语未通，故说"琵琶弦上说相思"，以乐传情也。结尾二句省却一切语言之皮相不用，翻作回忆而以警句出之："当时明月在，曾照彩云归"。歌舞已散，明月清晖，凉风习习，独送"彩云"般美丽的女子回去。这是何等温馨的夜晚，又是何等的意兴遄飞。然而，词人却在句前分别加上"当时""曾照"二词，一切又都化作乌有，唯无限感喟蕴蓄其中，化作一声叹息随"彩云"悠然而逝。陈延焯曾评曰："既闲雅，又沉着，当时更无敌手"③。似闲雅而实沉着，大概即由此体会中得来。按"彩云"语，远本《高唐赋》之"旦为朝云"意，近取之李白诗："只愁歌舞散，化作彩云飞"(《宫中行乐词》)。既用以点明女子身份，又

---

① 朱坎校点．《蒿庵词话》(7)．人民文学出版社，1959

② 朱坎校点．《复堂词话》(10)．人民文学出版社，1959

③ 陈延焯著．杜未末校．《白雨斋词话》．人民文学出版社，1959

加进神话和想象之美丽成分，用暗喻代替直说，境界自然超妙。

若谓抒情之沉厚婉曲，则小晏之《阮郎归》可为代表：

天边金掌露成霜，云随雁字长。绿杯红袖趁重阳，人情似故乡。　兰佩紫，菊簪黄，殷勤理旧狂。欲将沉醉换悲凉，清歌莫断肠。

此词乃重阳抒怀之作。首二句写景兼点时令，但侧重点又各不相同。金风渐冷，秋露为霜，言其节近重九也；雁队云阵，遥望驰列，言秋高气爽也，故有下面"趁重阳"之句。而二句所写，亦的是重阳特有之景色，放他处不得。"金掌"，典出汉武帝为求长生，于建章宫修建铜人手托铜盘以承"玉露"事。或以为此乃暗点北宋汴京，无稽可考，不取。实为借典以美其辞也，当从"金风""金露"之联想得来，巧而切，乃婉约词人常用之绝妙手法，以增辞藻意境之美。接着正面点明赶趁重阳之举。绿杯，指酒；红袖，言人。有美酒佳人相伴，民风民情亦与故乡无异，故曰"人情似故乡"也。况周颐曾分析说："绿杯二句，意已厚矣。'殷勤理旧狂'，五字三层意：狂者，所谓一肚皮不合时宜，发见于外者也。狂已旧矣，而理之，而殷勤理之，其狂若有甚不得已者"①。其实词人一路写来，无不含婉曲折，无不深厚蕴籍，端为此"狂"之一字所发，正是人所不及处。过片三句，似由纯景起笔，实乃情景关合之语。"兰佩紫"句，亦有出处，《九歌·少司命》曰："秋兰兮青青，绿叶兮紫茎"，即其所据。故从纯景的角度说，乃谓秋兰佩带着紫色叶茎，秋菊簪戴着金黄花朵，景物明丽灿烂，可心宜人，正是登高季节应有。但与下句相联系看，则仍是写人，即身佩紫兰，头簪金菊，所谓"理旧狂"而"发见于外者"。由此更知，此前之很长一段时间，他是再未有过簪菊佩兰（当然还有绿杯红袖）那样轻狂之事了，所以殷勤重理。原因何在？联系其生平遭际自知，只是终不愿一语道破耳。既写到"旧狂"，已是悲情难抑，结尾遂转入直抒胸情，却亦然婉曲吞吐。当人之愁恨难消时，常以醉酒解脱之，此所谓"欲将沉醉换悲凉"也。然酒真能"举杯消愁"乎？纵有亦醉中一霎耳。可词人却似乎相信能，所畏惧者只是怕再听"断肠"之歌，重惹"悲凉"耳。况周颐还说："欲将沉醉换悲凉，是上句注脚；清歌莫断肠，仍含不尽之意"。（《九歌·少司命》）其妙处当是欲喜却悲、欲说还休，婉曲道来，终难说尽，"一肚皮不合时宜"寄之知音耳。词和诗终究不同，李白可以高唱"举杯消愁愁更愁"，小山却只能絮絮叨叨发这断肠之音，以表自己之心绪耳。

"婉约"之与"豪放"，其实并非绝对对立（就像长期来人们认识的那样）概念，故所谓婉约词人亦未必不能作豪情俊爽语，只是仍不失其"婉约"之特征，便与那些一味粗豪者不同。小山之《鹧鸪天》便是一例：

彩袖殷勤捧玉锺，当年拚却醉颜红。舞低杨柳楼心月，歌尽桃花扇底风。从别后，忆相逢，几回魂梦与君同？今宵剩把银釭照，犹恐相逢是梦中。

① 况周颐．王幼安校点．《蕙风词话》(2)．人民文学出版社，1962

此亦忆昔伤今之作，上半阕叙写当年欢会之乐，便极具豪情恣纵之特色。首句即突然而起，说为感谢红颜翠袖殷勤劝酒之美意，自己便不惜一醉而拼命畅饮了。这是一个多么狂纵的夜晚，楼中舞蹈一直跳到月落柳梢头，伴奏歌声一直唱到桃花扇下风定人静，真可谓情灵摇荡，逸兴遄飞。“舞低”一联，造语奇特，虽是正面写歌舞，而豪情逸兴却历历如同身受，故尤为警绝。下半阕写久别重逢之喜，然过片二句由“从别后，忆相逢”起笔，情辞陡转，却是一跌，大欢乐转作大悲凉矣。昔日之歌舞繁华之地，温柔富贵之乡，不过一场梦境耳，故下片遂集中写梦。“几回魂梦与君同”，是实写，为恋情所苦也；“犹恐相逢是梦中”，乃虚写，见而犹疑也。结尾二句，当从杜诗“夜阑更秉烛，相对如梦寐”（《羌村三首》）化出。“剩”者，只有之意，适与前之歌舞终宵形成鲜明对照，情辞益加悲凉，实乃点睛之笔。然此虽由杜诗变化而来，却非简单重复，杜诗挚而直，感人至深，此则写得心旌摇曳，仍不失婉，诗词之别正在此处。如果说此词前半写得豪情俊爽，那么他的另一首《鹧鸪天》，则写得恣情疏放、声韵悠扬，亦不在豪情词之外。“醉拍春衫惜旧香，天将离恨恼疏狂。年年陌上生秋草，日日楼中到夕阳。　　云渺渺，水茫茫。征人归路许多长。相思本是无凭语，莫向花笺费泪行”。尤其结句，虽故作决绝之辞，却是至情之语，狂放中寓婉，多少沉挚！填词三昧，于此可深加体味。

秦观（1049—1100年）字少游，一字太虚，号淮海居士。高邮（今属江苏）人。少时性情豪隽，喜欢读兵家书，慷慨之气往往溢于文辞。后见苏轼于徐，作《黄楼赋》以进，轼赏其才，遂勉以应举。元丰八年（1085年）登进士第。元祐初，除秘出省正字，兼国史院编修官。绍圣初，因新旧党争之累坐罪，削其秩，先贬杭州通判，再贬监处州酒税。后又被罗织罪名，于绍圣三年（1096年）贬徙郴州，并削去所有官爵和俸禄，又徙雷州。徽宗朝，始赦还，至藤州卒。其词主要是这一时期感伤身世之作，有《淮海居士长短句》行世。宋张炎《词源》卷一曾说：“秦少游词，体制淡雅，气骨不衰，清丽中不断意脉，咀嚼无滓，久而知味”。清周济则谓：“少游意在含蓄，如花初胎，故少重笔”①。冯煦更谓：“他人之词，词才也；少游，词心也，得之于内，不可以传”②，可知历来评价之高。不过，谓其为“词心”之作，这和小晏是相同的，然其风格之清丽淡雅，却又不同于小晏，故尤值得注意。其代表作《满庭芳》（山抹微云）前面已作介绍，下再录其名作《踏莎行》为例：

雾失楼台，月迷津渡，桃源望断无寻处。可堪孤馆闭春寒，杜鹃声里斜阳暮。　　驿寄梅花，鱼传尺素，砌成此恨无重数。郴江幸自绕郴山，为谁流下潇湘去？

此词约作于徙郴州旅舍其间，时在绍圣四年（1097）春三月，以其凄迷淡远，含蓄蕴藉而蜚声词坛，被推为千古绝唱。上半阕借景述怀，抒情色彩极浓，然存在一个明显矛盾，遂造成理解上之争议。因前既言“月迷津渡”，后又谓“斜阳暮”，在时间上便难统一，故有

① 朱坎校点.《介存斋论词杂著》(14). 人民文学出版社，1959
② 朱坎校点.《蒿庵词话》(6). 人民文学出版社，1959

以为首三句乃写“意想中之景象”者，纯是虚笔。然就其脉理推绎之，“雾失”三句应是即目所见，而“可堪”二句则是逆叙，意谓在杜鹃声中他一直由夕阳落山，坐到暮色苍茫，继有“雾失楼台，月迷津渡”之所见也。所以，“斜阳暮”三字，乃是一个时间承递过程，而非“月迷”之同时概念。只是他选取时间终段起笔，再逆推到始点叙述，以强调愁怀之深、时间之久，其运笔之空灵蕴藉、含婉曲隐，已臻无上妙谛矣。试想那是一个什么样的夜晚？四外楼台在茫茫大雾中消失，远处渡口也在朦胧月色下隐没，而当年陶渊明笔下那种令人向往的“世外桃源”，也在迷茫夜色中无处可寻了。黄了翁曾评曰：“雾失月迷，总是被谗写照”。(《蓼园词话》)是的，此虽写景，然无限迷茫，无尽凄伤，无路可走，无处可遁之情，岂非跃然纸上！接着翻转一笔，再写触发其深沉感伤之因：那是一个被料峭春寒包围的岑寂旅舍，在孤独寂寞之中，耳听着声声“不如归去”的杜鹃啼声，目注着夕阳缓缓落下而终归暮色苍茫。身在旅途，乡关何处，此情此景，回想所遭遇的接连打击，咀嚼人生坎坷的辛酸况味，岂不心情盘郁、肝肠寸折！王国维曾说：“少游词境最凄婉，至‘可堪孤馆闭春寒，杜鹃声里斜阳暮’，则变为凄厉矣”①。就其运笔之妙言，如此强烈复杂之情感，虽郁勃欲出，却终不一言道破，全以轻淡温雅之景语表达之，便觉蕴含无尽。所以周济才说：“意在含蓄”而“故少重笔”。过片二句，分别用陆凯赠范晔诗：“折梅逢驿使，寄与陇头人。江南无所有，聊赠一枝春”②；及古诗《饮马长城窟行》：“客从远方来，遗我双鲤鱼。呼儿烹鲤鱼，中有尺素书”之典，以明亲友书信相慰虽多，亦难排愁释怀，徒增离恨耳。然谓“砌成此恨无重数”，则将无形可见之愁恨具象化了，不仅有了数量，而且有了重量，故妙。结尾二句当承“恨”而来，虽是以景结情，却似自伤自问，故有无限感伤隐含其间：郴水之于郴山(郴县黄岭山)，本自同根一体，为着什么人的原因，却要远徙潇湘，弃她而去呢？被迫乎，无奈乎，抑无情乎，恐难说清，亦无须说清。然怀乡之情，身世之感，亦已的然可见。总之，全词以情化之景起笔，中间逶迤曲折道来，又以景化之情煞尾，词之所谓“婉约”，至此可谓发展到它的极致。

关于秦词之锻炼精纯，而表现却极空灵蕴藉，历来皆为人所称道。故张炎谓其“咀嚼无滓，久而知味”；周济谓其“最和婉纯正”。试看其《八六子》：

倚危亭，恨如芳草，萋萋刬尽还生。念柳外青骢别后，水边红袂分时，怆然暗惊。　　无端天与娉婷，夜月一帘幽梦，春风十里柔情。怎奈向、欢娱渐随流水，素弦声断，翠绡香减。那堪片片飞花弄晚，蒙蒙残雨笼晴。正销凝，黄鹂又啼数声。

此乃怀人之作，中有“红袂分时”等语，故所怀者当是女性。起首三句，便极精妙。“倚危亭”，点地；“芳草”点时。楼高可以致远，故独上而倚望也。“芳草萋萋”，乃离情之象喻，一般诗词中多用之，然奇特处在以“刬尽还生”補益之，则更深化一层，以明离恨之盘郁纠

① 王幼安校订.《人间词话》. 人民文学出版社，1962

② 盛弘之撰.《荆州记》. 商务印书馆，民国十九年(1930)

结、刬之不断，便觉分外形象生动。三句本皆状景，妙处在只以“恨”字一点，即通体皆活，遂觉空灵蕴藉，情韵悠长，故周济誉之为“神来之笔”。接三句写离别时情境，然以一“念”字领起，知是转入回忆，乃美好生活之第一画面。“水边红袂”、“柳外青骢”，是分指对方和自己，不明言而隐言之也。再加色彩鲜丽之词增饰之，水边柳外之景点染之，故意象构造极美，而生出多少缠绵情味。“怆然暗惊”句，乃承“念”而来，发出无限感慨，是又转回到现在。过片三句，先赞女子之天赐丽质，再写双方之欢会情意，是回忆美好时光之第二个画面。此当化用杜牧《赠别》诗意：“娉娉袅袅十三余，豆蔻梢头二月初。春风十里扬州路，卷上珠帘总不如”。亦不直言而曲言之也。然“夜月一帘幽梦”、“春风十里柔情”，无论用语之美，造境之佳，情兴之浓，似皆胜小杜一筹，可谓洗炼精纯，极炼如不炼也。“怎奈向”三句，乃慨叹好景之不常，时光之易逝，而以“素弦声断，翠绡香减”代言之，此乃全篇一大过渡，亦为前所“念”所“恨”之情愫的总绾结。故“那堪”以下，即径书现时即目之所见所感，虽全是景语，仍必当作情语读，正张炎所说“全在情景交炼得言外意”者。“落花弄晚”、“细雨笼晴”，凄迷衰煞中虽不无活泼生意，然在满怀伤感之词人眼中看来，已是不胜其悲（故曰“那堪”）而黯然神伤。凝神处，不时传来“黄鹂又啼数声”，凄清哀婉，撩人心怀，遂益增其低回怅惘而情不能已了，真所谓“别是一般滋味在心头”也。此词一大特色，即能将隐微幽约之情，以锻炼精纯之语言含蓄表出之，如“柳外青骢”、“水边红袂”、“夜月一帘幽梦”、“春风十里柔情”、“片片落花弄晚”、“蒙蒙细雨笼晴”等，或曲言之，或含蓄之，或景化之，或形容之，却绝无堆砌造作之感，而意象皆精美纯净，词之技至此可谓极矣。

以“七夕”为题材，写牛郎织女故事之作，古往今来之诗词中可谓多矣，然能长久传诵而脍炙人口者，除古诗《迢迢牵牛星》外，则当推少游《鹊桥仙》一词了。首先即在于其构思角度之新颖，故沈际飞曾说：“（世人咏）七夕，往往以双星会少离多为恨，而此独谓情长不在朝暮，化朽腐为神奇”。且语言清丽淡雅、纯净精美，自是少游本色：

> 纤云弄巧，飞星传恨，银汉迢迢暗渡。金风玉露一相逢，便胜却人间无数。
>
> 柔情似水，佳期如梦，忍顾鹊桥归路。两情若是久长时，又岂在朝朝暮暮。

词起笔即状景，既富想象力，亦极具童话色彩。纤柔的云彩在天上巧织丽锦，游走的星星在传递着相思离恨，这是何等奇妙而繁忙的景象，总为牛女的相会而营造一个温馨氛围。“弄巧”字用得极切亦极有讲究。因为，传说中的织女乃织锦巧手，故七夕之夜民间向有“乞巧”之习俗，此以“弄巧”状之，自依稀可见织女身影在，于是下面之“暗渡”“相逢”便有了主词。接着写相会，先叙银汉暗渡，以关合“鹊桥”之旨，但于后面才補足之。继叙两情相逢，并状以“金风玉露”，即置之于冰清玉洁之秋夜背景下来写，遂大大增加两情之圣洁和珍贵，故曰“胜却人间无数”。过片顺承，即写相会之情景，然词人避实就虚，仅以相互温存之“柔情似水”、转瞬即逝之“佳期如梦”及不忍割舍之“忍顾鹊桥归路”表出之，其运笔之空灵蕴藉，洗炼之精纯无滓，皆非前人能及。也许此时之词人，已为圣洁永恒之牛女爱情所深深陶醉和感动，遂人己两忘地发出由衷赞叹：“两情若是久长时，又岂在朝朝暮暮!”语新言警,肆心而出,不只将全词推向哲理性高度,也成为千古写情之不刊名句。而且此虽小小令词,然心灵活动之复杂历程,生动曲折的隐在情节,尽皆涵盖于简洁淡雅之笔墨之中,幽情远韵,味之不尽,堪称绝唱矣!

北宋婉约词的最后一位代表人物,是女词人李清照。清初王士禛称“婉约以易安为宗,豪放惟幼安称首”,而沈谦则说:“男中李后主,女中李易安,极是当行本色”①。可知作为婉约派词人,他在人们心目中的地位。

李清照(1084—约1151年)号易安居士,济南(今属山东)人。系李格非之女,赵明诚之妻。夫妻二人同爱好文学,共事金石研究,志同道合,两情甚笃。钦宗靖康元年(1126)金兵围攻京城,随后徽、钦二宗被掳北去,史称“靖康之变”。建炎元年(1127)高宗于南京(河南商丘)即位,起用主战派李纲为相,明诚亦得复用,知江宁府(江苏南京),清照亦从青州赶来相会。其时生活尚属安定,故“每值大雪,即顶笠披蓑,循城远览以寻诗,得句必邀其夫赓和”②。然为时不久,政局大变,李纲等被罢官,任用奸佞黄潜善、汪伯彦等主政。建炎三年己酉春明诚亦罢建康守,同年八月病故。时金兵已逼建康,清照遂携带图书等物出逃,从此流寓越州、杭州等地,晚居金华,渡过她孤苦的后半生。其词以南渡为界,可分前后两期。前期多写离别相思之情,后期由于经历过“靖康之变”国破家亡、流离失所的巨大痛苦,再加之丈夫死后精神上所承受惨重打击,词风亦随之大变,于身世悲慨中寄寓亡国之恸。语言清丽浅近,情思曲婉深沉,时有豪宕不平之作。她之出现,在我国词史乃至诗史上,都有其重要意义,这首先表现在创作主体的转换这个问题上。概括而言,传统诗词中的女性形象,从此遂由男性理想化的“美人”或世俗歌妓,改变为女性自身形象的清纯展现;其情感模式,亦由男性代拟的“愁思”或男性欣赏的“恣情”,改变为女性自我心灵世界的真情独白。换句话说,她是以女性特有的思维方式和心理积淀去感知世界的,是以女性特有的敏锐视角和纤细情感去把握世界的,故无论其创作所概括的生活内容深度,或所创造的审美意象的新颖独特,乃至语言运用的尖新警策、浅俗生动,都是男性作者所不可能有的,这大概即是她能预于一流作者的根本原因所在。还有一点亦应提到,她为了维护词体的纯洁性,在那个男人主导词坛的时代,居然还写了一篇《论词》的文章,明确提出词“乃知别是一家”的观点,对北宋诸大家如欧阳修、苏轼、王安石等,批评其作乃“句读不葺之诗”,甚至称其“不可读”,而反对把词诗化、赋化或文化。这大概亦出于女性对词这种抒情诗体特有的心灵契合而发的,虽未必全面或全都准确,但在词学史上的意义也是不能抹煞的。

下面就读她那些极富女性语言和意象的小词,象《如梦令》:

昨夜雨疏风骤,浓睡不消残酒。试问卷帘人,却道海棠依旧!知否,知否?应是绿肥红瘦!

① 沈谦.《填词杂说》,民国二十三年(1934)刊本

② 社科院文研所编,周晖.《清波杂志》(8).《中国历代诗话选》(二).岳麓书社,1985

乍读此词,总叫人想到孟浩然的绝句《春晓》。从孟诗的角度看,二作有几乎四分之三的描写是对应而相近的,如“昨夜雨疏风骤”之于“夜来风雨声”,“浓睡不消残酒”之于“春眠不觉晓”,“应是绿肥红瘦”之于“花落知多少”,其所写情景皆大体一致。又二者所写,都是春睡晨醒后瞬间产生的一种心境意绪,从前夜的隐约记忆到醒后的惜花伤春,故主题亦应基本相同。然从李词的角度细绎,二者却又大不相同。李词略去孟诗之景物渲染(“处处闻啼鸟”),却着重笔于人物间之问话对答,其中便隐含情节乃至故事成份在内,自然会增加许多曲折,这是其一。再从所对应的词句来看,“夜来风雨声”则只是散漫的记忆,而“雨疏风骤”却注入内心活动的强烈情感。按“疏”有二解,一为稀疏,一为疏狂,前者与“风骤”似不大谐调,故应作后者解。“春眠不觉晓”亦只写春困春懒,而“浓睡不消残酒”,却是借酒浇愁,以求排遣,则必有伤心失意事在,至结句以象喻手法点出,达情十分含婉。“花落知多少”亦只是单纯怜香惜花,但“绿肥红瘦”却是借物自喻,必有深切的身世之悲寄寓其中,故有“浓睡不消残酒”之伤痛也。总之,一是粗线条的,是文人才子的雅兴;一是工笔式的,是隐秘心灵的展示。以花喻女子,人皆能之;以花落花谢之喻红颜易逝,唯女子多愁善感之心灵始能感之;而以“绿肥红瘦”达女子多愁善感之心灵,则唯易安居士能知能感且能写之。故此千古名句,世之士大夫亦望而却步者,良有以也。所谓“诗直词婉”,又以词能“曲尽人情耳”者,当由此等处求之。又如《醉花阴》:

薄雾浓云愁永昼,瑞脑消金兽。佳节又重阳,玉枕纱厨,半夜凉初透。

东篱把酒黄昏后,有暗香盈袖。莫道不消魂,帘卷西风,人比黄花瘦。

相传李清照写好此词后,曾寄给远在他乡的丈夫赵明诚,“明诚叹赏,自愧弗逮,务欲胜之”,遂废寝忘食三日夜,乃写成五十阕,杂易安作于其中,示友人陆德夫,以判其佳者。陆玩之再三,曰“只三句绝佳”。明诚更诘而问之,则“莫道不消魂”三句也。① 为何他们均赞赏此词并以此三句为“绝佳”呢? 显然不是没有原因的,当有一般人不能道之妙处在。首句先点出“薄雾浓云”的阴霾天气,而这是满怀愁思的人最感沉重压抑,也最难奈的,所以说“愁永昼”。整个白天都不敢出来,便只好蜷缩在房中,孤独地面对着香炉中的瑞脑香烟,丝丝缕缕地慢慢消散,其孤寂落寞之状不言而自知。“佳节”二句,与前所写实已相隔一段距离,因为那已是“半夜”时分了。“佳节又重阳”,虽是点时,实亦点题,乃此词中一大关节。九九重阳,正是家人团聚,登高致远,佩萸饮酒的良辰吉日。王维《九月九日忆山东兄弟》即有“每逢佳节倍思亲”之语,此则暗用其意,以明“倍思亲”而对丈夫的思念。逢此佳节,自己却孤身独处,遂倍感寂寞清冷,虽未必真寒亦觉房间充满寒气,以至孤枕难眠。上半可看作全是心境的渲染,专为后半之写“人”而设。既然长夜难眠,遂慢慢咀嚼日间的活动,于是有后半阕专写“黄昏”之一幕。重九习俗,是要阖家共饮菊花酒的。故一直挨到傍晚(与“愁永昼”相呼应),才勉强抱恙而出,以求把酒一醉,而那染人衣袖的“暗香”(菊乎? 抑酒乎?)确也给人带来一时惬意。按古诗曰:“馨香盈怀袖,路

① 伊世珍撰.《瑯嬛记》. 北京:全国图书文献缩微中心,1998

远莫致之”。是知此句亦藏怀人之意，以明思念丈夫之情，是此词又一关节。然而，“以酒浇愁愁更愁”，离情别绪岂酒能排遣之乎？故相思悲苦之情终归难以化解，心境依然落寞低沉，于是在“莫道不消魂”的深沉慨叹中，她想到已被相思折磨得憔悴不堪的自己，而发出“帘卷西风，人比黄花瘦”的怜花自怜、愍物悲己之感人绝唱。宋人黄昇曾说，若易安此类名句，则“前此未有能道之者”。（《花庵词选》）其实男人们也曾写过类似的词句，如秦观词：“依旧，依旧，人与绿杨俱瘦！”（《如梦令》）程垓词：“人瘦也，比梅花，瘦几分？”（《摊破江城子》）等等，但均不及易安之拟神细切、心态活现者，何也？文人们不免做作，终似隔着一层，易安则自芳心慧口沛然流出也。

其实，易安最能表现女性特征的词，还是那些以提炼过的口语入词，并化为女性特有抒情用语的漫词长调，如《永遇乐》：

> 落日熔金，暮云合璧，人在何处？染柳烟浓，吹梅笛怨，春意知几许？元宵佳节，融和天气，次第岂无风雨？来相招，香车宝马，谢他酒朋诗侣。　　中州盛日，闺门多暇，记得偏重三五。铺翠冠儿，撚金雪柳，簇带争济楚。如今憔悴，风鬟霜鬓，怕见夜间出去。不如向，帘儿底下，听人笑语。

宋人张端义《贵耳集》曰：“（易安）南渡以来，常怀京洛旧事。晚年赋元宵《永遇乐》词”。则知此词之作，当在词人晚年流寓南宋都城临安期间，所赋者乃元宵之夜，并对北宋汴京元夕充怀恋，大概是有意作今昔对照，痛下针砭，并非仅泛泛之言。此时的南宋王朝已危在旦夕，但仍沉迷醉生梦死的享乐之中，其“元宵”之乐并不亚于北宋。词由状景写起，然开首即连用三组问句，其用意何在？当应细加体味。先由元夕起笔，谓落日光华灿烂，锦云幻化成璧，景色宏阔壮丽，是专为元宵铺垫设色。但接着却说：“人在何处？”显然，这并非仅为流落他乡之一己发也，并南宋小朝廷之偏安不省亦包含在内。落日渐隐，暮色苍茫，柳烟深锁，落梅笛怨（亦含《梅花落》曲之典），应是华灯初放时刻。但又说：“春意知几许？”就语言表层意义言，固亦贴合元宵春意尚浅之季节特色，然深一层想则岂非谓小朝廷之美好前景，又有几许乎？继则直点“元宵佳节”主题，其节日良辰之宜人，则以“融和天气”一语概之。但接着又说：“次第岂无风雨？”次第者，短暂之谓，以关合前之“知几许”言。此则不独谓孤苦飘零之自身，顷刻间会有风雨坎坷，亦谓小朝廷之沉溺于声色，怕时时也会有风雨之虞吧。总之，此用乐景写哀手法，含蓄其辞，跌宕起伏，层折顿挫，极具婉约之风致。又因三问中，饱含着对国家危殆局势的隐忧，不忍再看那种醉生梦死的繁华景象，哪有心情再去观赏热闹，于是生出下一层：虽有“香车宝马”之盛情相邀，亦然心情沉重黯然，故曰“谢他酒朋诗侣”，这才是合乎逻辑的切换。至过片六句，转写“中州盛日”的元宵佳节，谓“闺门多暇”，谓翠冠雪柳（妇女头饰）而“簇带争济楚”，当是言社会安定，生活富足，国家无虞，故值得怀念。但用意却在今昔对比，盛衰对照，以针贬当国者莫忘国耻。所以，接下去说“如今憔悴”，然其所以憔悴者，又未必仅指“风鬟霜鬓”之肉体，更在几于心死的绝望吧，故说“怕见夜间出去”。此当直承“谢他酒朋诗侣”句来，是为全篇情感之总缩结。既达情已足，似可就此打住，然女性词人特有之敏感细腻心态，却陡然再翻出一层新意："不如向帘儿底下，听人笑语！"其孤寂、凄苦、悲凉、落寞之情，以一语尽括之，这便是李清照的绝大本事！也许独自躲在帘儿底下听人笑语的这种心态，男人们有时也能体验到，但用于表现女子心态则尤切，因为在古代的中国社会，妇女是被社会边缘化、甚至忽视遗忘的角落，其心态也就更加封闭，也更具内省性。

此词上片写得精工秾丽，在宋代词坛并不少让须眉，这说明文饰其辞并非她不能，而是不愿。下片则往往以提炼过的口语俗语入词，读来警绝，入人心扉。然对此却引起不小争议，是非褒贬者皆有。王灼《碧鸡漫志》即批评她"作长短句，能曲尽人意，轻巧尖新，姿态百出，闾巷荒淫之语，肆意落笔"。看来他对李词"能曲尽人意"的"闾巷之语"，不管铸造得多新颖独特，也是看不顺眼的。当然，更多的男士们却抱肯定态度，如张端义就对其"皆以寻常语度入音律"大加称赏，而邹祗谟则说："以浅俗之语，发清新之思"①。其实，这正是李清照作为女性词人特有的妙造，何罪之有？当然更应该提到的还是她那首《声慢慢》：

寻寻觅觅，冷冷清清，凄凄惨惨戚戚。乍暖还寒时候，最难将息。三杯两盏淡酒，怎敌他晚来风急？雁过也，正伤心，却是旧时相识。　　满地黄花堆积，憔悴损，如今有谁堪摘？守着窗儿，独自怎生得黑！梧桐更兼细雨，到黄昏，点点滴滴。这次第，怎一个愁字了得！

此词全篇皆以经过提炼的口头语写成，亦最享盛名。而最为人所称道者，乃开头即连用十四叠字，遂被目为创格，后之效仿者虽多，却绝少成功，何也？大概而言，绝非仅在为人津津乐道的文字技巧一端，更重要者则是女性特有的细密婉约之心理感受所致。睹物思人，掇遗怀旧，乃一般人之常情，然能体味入微、缠绵纠结如此者，则惟女性而已。而此十四字又能恰切合度、幽隐无遗地表出之，所以为奇为贵也。其实，最值得关注者，则是它与情感节奏十分合拍的跃动配合。在条理清晰的叙述中，总是节节深化，步步翻转，层折递进，最后推上情感的巅峰，爆出一个"愁"字点醒题目，可以说把词的婉约特征发挥得尽兴尽致。"寻寻觅觅"，先从外在具象行动起笔，言其思之深而念之切，故有此百无聊奈无以为安之举。"冷冷清清"，则是寻觅无着产生的结果，顿觉陷入孤寂清冷之中，后面描写全由这种心情生出。"凄凄惨惨戚戚"者，则是一切努力挣扎全归失败造成的复杂心境，模糊而多端，把捉不定，变化倏忽，然达情却恰如其分。此虽全用叠字，表面似无大区别，实三句三层，已是婉曲之至。"乍暖还寒"，或谓习用于初春而秋则不宜，不过取其时暖时寒、寒暖交错之意，若深秋时令亦未尝不如此也。"最难将息"，是深化一层说，乃"寻觅"句寂寥无奈之情绪化表现。"三杯两盏"二句，乃借酒浇愁以排遣之也，然努力挣扎亦归失败，因寒在心而非在身，故曰"怎敌他晚来风急！""雁过"三句，是又转一层，俞平伯曰："雁未必相识，却云'旧时相识'者，寄怀乡之意"。② 秋日北雁南归，独已"愁损北人"

① 邹祗谟撰.《远志斋词衷》，民国二十三年（1934）刊本

② 俞平伯.《唐宋词选释》. 人民文学出版社，2005

而不得归，乡关千里，亦寄失地难复之慨，此即所以为“正伤心”也。以上是总说，下片则专说庭院。既已深秋，菊花憔悴枯萎。故以“满地堆积”描状之，是人欲摘而不堪摘矣。此以花自喻乎？抑惜花自惜乎？读前“人比黄花瘦”之喻，自可探出其中消息。“守着窗儿”二句，又直承前“最难将息”说，乃倒折法，无奈之情转作悽惶之泪，是又深一层。“梧桐更兼细雨”数句，化景为情，情景交练，或谓当从温飞卿《更漏子》词意（“梧桐树，三更雨，不道离情正苦，一叶叶，一声声，空阶滴到明”）化出，然化用得妙，虽无温词之空灵细密，却与所抒之情恰相贴合，是悽惶之泪转作凄厉之声，故总其终曰“怎一个愁字了得！”这复杂情感既非“愁”能概括得了，那又是什么呢？结合其时代，恐怕家愁、国恨、怀乡、思念、忧虑等全在其中。此词之作，有两大特点可注意：一是“以我观物，物皆我之色彩”。即进入词中的一切事物，都是被情感化心灵化了的，故凡乍暖还寒的天气、晚来风急、旧时雁过、憔悴黄花、梧桐细雨等，无不与主体心境形成同构对应，而成为叫人生愁、催愁、助愁、添愁的东西，营造出一个为“愁”所涵盖笼罩的情感世界，故读来倍感撩人心弦。二是“直如行云舒卷自如”的结构。刘熙载论词曰：“一转一深，一深一妙，此骚人之三昧，倚声家得之，便自超出常境”①。若易安此词，则真如刘氏所云层折盘曲、而愈转愈深、愈转愈妙者。“寻寻觅觅”是一层，情见于行者也；“最难将息”是一层，思发于言者也，尚属浅表之发露。“怎敌风急”是一层，情感于物者也；“旧时雁过”是一层，思托于情者也；“满地黄花”是一层，物象其身者也，移情于物故深。“守着窗儿”是一层，悽惶无奈之极也；“梧桐细雨”是一层，转发凄厉之声，而最后拈一“愁”字点醒全篇，是知无一层不端为愁设也。此虽粗计，已见出“一转一深，一深一妙”之用笔，是倚声家尤长之三昧。

有一种传统观念，总认为所谓“婉约”词者，大概只能写一己之离愁别恨，乃至倚红偎翠的艳情一类东西。易安词恰恰打破了这种狭隘偏见，即如前引那篇《永遇乐》，便寄寓着深沉的家国之忧、时局之虞的爱国情怀，虽无当时一些豪杰之士的慷慨直露，而以含蓄婉约手法出之，似更摇荡情灵。此词写成一百二十年后，南宋末年爱国词人刘辰翁读后，即效作一首并序云：“余自乙亥（1275 年）诵李易安《永遇乐》，为之涕下。今三年矣，每闻此词，辄不能自堪，遂依其声，又托之易安自喻。虽情辞不及，而悲苦过之”。可知他是读懂此词之寓意内涵，并为其艺术魅力所深深感动过的，否则怎么会“每闻此词辄不能自堪”而“为之涕下”呢？其实在易安词中，这类抒写忧国忧时之作甚多，如《临江仙》之“春归秣陵树，人老建康城。感月吟风多少事，如今老去无成”；《添字采桑子》之“伤心枕上三更雨，点滴霖霪。点滴霖霪，愁损北人，不惯起来听”等，就都流露出老死建康、北归无望、失地难复的强烈悲愤。总之，婉约不等于柔媚，抒写爱国情怀亦非“豪放”派的专利，也许出之婉约对艺术表现更为有益。

二、诗化词

词曲之兴，原为補诗之穷——诗难以尽达之人之最隐秘复杂心灵世界的缺憾。到了北宋，遂进入其高度成熟之鼎盛时期，然沿习既久，套路已熟，一些桀骜有识之士，遂不能

① 刘熙载.《艺概·词曲概》. 上海古籍出版社，1982

不起而变创。但中国传统文士之文化修养,最直接也最深厚的基底,则皆来自传统之诗、文、辞赋,于是以诗改造词(诗化词)或以赋改造词(赋化词)遂成其为心理惯性或必然之路。此所谓"诗化词"者,即以诗法融入词法,用写诗的方法来写词,例如将诗的题材内容、诗的表达方式、诗的风格语调等一并用于词中,似乎写诗和写词没有什么根本区别。然这似乎是一把双刃剑:运用得宜,可大大丰富词的题材内容,提高词的风格品位,顿觉焕然一新;运用不宜,又容易抹煞诗词界限,以议论为词,以才学为词,或径以文为词,直述怒号,完全变成"句读不葺之诗"了。这种作风,宋人用于诗尚且不可,岂可更用于词乎?

"以诗为词"之代表人物,当首推苏轼。对此,当时人曾频频指出过,如陈师道即说:"退之以文为诗,子瞻以诗为词,如教坊雷大使之舞,虽极天下之工,要非本色"。[①] 又王直方说:"东坡尝试以所作小词,示(晁)无咎(张)文潜,曰:'何如少游?'二人皆对云:'少游诗似小词,先生小词似诗'"[②],而批评最直截者当数李清照:"至晏无献、欧阳永叔、苏子瞻,学际天人,作为小歌词,直如酌蠡水于大海,然皆句读不葺之诗耳"[③]。其实,不只时人如此看东坡,而且东坡也是很自觉的,有意为之的。如在密州,他曾写下豪放词的代表作《江城子·密州出猎》,即致书鲜于子骏说:"近却颇作小词,虽无柳七郎风味,亦自是一家,呵呵。数日前猎于郊外,所获颇多,作得一阕,令东州壮士抵掌顿足歌之,吹笛击鼓以为歌,颇壮观也"。其自珍自赏之情溢于言表,且矜为"自是一家"者。然而,他为何偏要与柳永争一高下呢?约言之,北宋文坛在欧阳修的领导下,曾对当时的文风诗风进行大力革新,已功在史册。苏轼则承其绪更涉足词壇,一并就当时词风亦革新之,而柳永则是词坛主流"婉约派"的首要人物,苏以其为变革的矢的,便是很自然的事。至于他在柳之外另树的"一家",也是自觉而且明确的,即"以诗为词",有《与蔡景繁》书为证。蔡致所作新词向他求教,他却回信说:"颁示新词,此古人长短句诗也,得之惊喜,试免继之"。很明白,他是要把词写成"长短句诗"的,陈师道等人都认为这"要非本色",他却说"得之惊喜",创作取向不是十分明显吗?

从宋人开始,人们总把"以诗为词"与"豪放"两个根本不同的概念等同,又以"婉约"为"豪放"的对立面,于是苏轼便成为革除"婉约"词(此以"花间"以来之所谓"艳词"言)风而开创豪放词派之第一人。然而,这种判定不但与苏词的创作实践不符(前已谈到),且在概念理解上也是值得商榷的。"婉约"一词之实质,乃是就词不同于诗而提出的概念范畴,并非单与"豪放"相对立的概念范畴。宋有"豪苏腻柳"之说,则与"豪放"相反者乃是柔腻、柔媚一类语词。然婉者,乃委婉曲折之意,未必即柔腻也。合二字而统言之,则是说词要写得能曲尽人情、辞约旨丰,与豪情壮志之抒写似乎并不相悖。因此,虽"豪放"而能兼具"婉约"之美者,则是词;反之,徒粗豪而直浅者,则诗矣。等而下之者,恐怕连诗都不是,去词则更远。所以,我们常击节欣赏的某些词,其实是当好诗读,而非当好词读,惟浑然未觉耳。如上面曾提到的苏词《江城子·密州出猎》:

---

① 社科院文研所编.《后山诗话》(12).《中国历代诗话选》(一). 岳麓书社,1985

② 廖德明校点.《苕溪渔隐丛话·前集》(42). 人民文学出版社,1962

③ 郭绍虞编.《论词》.《中国历代文论选》(中). 中华书局,1962. 106

老夫聊发少年狂，左牵黄，右擎苍，锦帽貂裘，千骑卷平冈。为报倾城随太守，亲射虎，看孙郎。　　酒酣胸袒尚开张，鬓微霜，又何妨。持节云中，何日遣冯唐？会挽雕弓如满月，西北望，射天狼。

此词历来被看作“豪放”的代表作，但在曹植的《白马篇》和王维的《观猎》等诸多诗篇中，我们总会感到似曾相识。不错，他们所写内容虽不尽相同，如曹写雄姿英发的少年壮士，王写逸兴遄飞的将军狩猎，此则写老当益壮的作者自己，除采用长短不齐的句式外，无论其形象塑造、表现的方式方法、意象语言的使用、乃至风貌气质等，似都仍停留在粗线条的显意识层面（此之谓“诗化”），而于心灵活动的隐意识层面（此之谓“曲化”）则接触甚少。大概而言，此词之前半写出猎，后半写请战，豪情激越，慷慨任气，形象极为生动，读来励人奋进。但以“婉约”衡之则未足。有评论者曾称赏此词“大有‘横槊赋诗’的气概”，应该说这种感受确乎是真实的，但只是作为好诗读，而非好词读，正验了李清照所说“句读不葺之诗耳”那句话。

还有那首唱响千古词坛的《念奴娇·赤壁怀古》，也值得再作品味。开首三句，涵蕴深厚，确是宋词中绝唱。“大江东去”，广袤的空间与悠悠不尽的时间已浑融一气，已是刚中含柔，雄放中寓婉曲。再加“浪淘尽千古风流人物”的进一步補足，增加一层漫漫历史的纵深感，那似乎是从杳远的旷古投来之人世沧桑之一瞥，因而发出人生短暂、渺小和无奈的一声深沉慨叹。这是全篇之主脑。“乱石崩云，惊涛裂岸，卷起千堆雪”，虽景句，似可作三层理解：一是自然的，前已点明“故垒西边，人道是三国周郎赤壁”，可知是对赤壁的实写，用笔雄奇而壮丽；二是历史的，此既为“浪淘尽千古风流人物”之因，岂非也是历史长河卷起的“千堆雪”，亦然在淘汰着世间的一切，能不见之感伤！三是自我的，既说“一时多少豪杰”被滚滚白浪“淘尽”，又岂能胸无所触而心潮澎湃，发出吊古伤今的悠悠情思呢？当是此时自我心境的象喻。感之深而言自伤，于是又有结尾之逶迤逆接，先生出“多情应笑我早生华发”，即被岁月之长河淘汰之悲哀，继则萌发“人间如梦”般空寂绝念之伤痛，这固然是由于时代和自身遭际之诸多原因造成，然思绪亦由豪纵转向凄婉低迷。若就其表现的情感层次言，可谓写得层折跌宕，极尽“婉约”之能事，今人仅以“豪放”一端目之，岂非浅之乎也！但是，中间大段描写，即由“遥想”至“灰飞烟灭”，却弃灵府之曲奥而写人事之迹相，集中笔力于“周郎赤壁”展开叙述议论，而词之体制又最不宜叙事议论者也。弃其所长而用其所短，借用王国维的话说就叫“隔”，不是说他藻饰用典读不懂，实乃以写诗之法写词，于词则非本色。因此，苏词中成就最高的作品，绝非所谓“豪放”者，而是那些既豪情纵放却又写得情词含婉之作，他后期的作品则大多如此，如《水调歌头》（明月几时有）、《定风波》（莫听穿林打叶声）、《卜算子》（缺月挂疏桐）、《八声甘州》（有情风万里卷潮来）、《洞仙歌》（冰肌玉骨）、《永遇乐》（明月如霜）等。因为，单纯追求“豪放”，则不免给人以粗直的感觉，很难适合词体独有的特征。周济曾说：“人赏东坡粗豪，吾赏东坡韶秀；韶秀是东坡佳处，粗豪则病也”①。韶秀之说固嫌抽象，但不以粗豪为苏词佳处，却是不易之论。夏敬观也说：“东坡词如春花散空，不著迹象，使柳枝歌之，正如天风海涛之曲，中多幽咽怨断之音，此其上乘也。若夫激昂排宕，不可一世之概，陈无已所谓‘如教坊雷大使之舞，虽极天下之工，要非本色’，乃其第二乘也”。（《吷庵手批东坡词》）差为近之，只是亦未能说明其根本原因之所在。总之，词的诗化并非一定是什么坏事，而豪放亦非与婉约相对立的概念，只要能扩展词的情感境界而又不失其根本特征，即豪放中寓婉约，以婉约補豪放者，那才是词的至高境界，苏轼之于词坛的意义大概在此。

诗化词的先驱，一般认为大约始于北宋名臣范仲淹。下面即从他先讲起，再讲自觉“以诗为词”的苏轼，然后及于南渡前后的爱国诗人群体。

范仲淹（989～1052）字希文，其先邠（今陕西邠县）人，后徙苏州吴县（今属江苏）。大中祥符八年（1015）进士。仁宗康定元年（1040）八月，任陕西经略安抚副使，兼知延州（治所在今陕西延安）。庆历元年（1041）四月调知耀州（治所在今陕西耀县）。曾抗击西夏，守边多年，被称其“胸中自有数万甲兵”。后累官至枢密副使，参知政事。卒谥文正。曾写有著名的《岳阳楼记》一文，词仅五首，其代表作《渔家傲》数阕即写于守边其间，欧阳修曾称之为“穷塞主”之词，然今只剩一首存世。他的词虽风格不一，却能首变绮靡柔软之调，为壮丽雄放之音，把有关国家社会的重大题材写入词中，使词具有传统诗歌的风致和意境。如《渔家傲》：

塞下秋来风景异，衡阳雁去无留意。四面边声连角起。千嶂里，长烟落日孤城闭。　浊酒一杯家万里，燕然未勒归无计。羌管悠悠霜满地。人不寐，将军白发征夫泪。

此词上半写景，下半抒情，采用的是先景后情，由景入情的一般惯用手法。首句“塞下”点地，当指抗敌前线之延州；“秋来”点时，乃是“霜满地”之边陲素秋。“风景异”者，写时令变迁中的心理感受，范乃南人（吴县），故对季节变化有此特别之敏感。“衡阳雁”乃用典，传说秋来大雁南征，至衡阳即止，故山曰“回雁峰”。王勃《滕王阁序》曰：“雁阵惊寒，声断衡阳之浦”，即用此意。雁去不留，人却仍在驻守，已微露思乡主旨。二句大处落笔，触物伤情，阔大中又含悲凉心绪。“四面边声”句，《文选》载李陵《答苏武书》曰：“凉秋九月，塞外草衰，夜不能寐，侧耳远听，胡笳悲鸣，吟啸成群，边声四起”。乃知“边声”者，实承上“塞下”进而状边地苍凉悲慨之景色也，极具特定环境之特色。此乃耳闻，接下“千嶂”二句再写眼见。千山迭起，落日熔金，大漠烟直，唯一孤城固守屹立，虽景极宏阔，然形势岂不危殆！故“孤城闭”三字，极有分量，乃全篇之主眼，下半所抒情感皆由此生出。盖宋自建国以来，重内而疏外，积贫积弱。对内严加控制，分兵驻跸，对外却疏于警戒，武备松弛，一旦临事，仓促起兵，则将不识兵，兵不识战，故屡战屡败。宝元元年

① 赤坎校点.《介存斋论词杂著》(20). 人民文学出版社，1959

(1038)西夏李元昊称帝,范仲淹受命于危难,领军抗敌,即面临这种不利形势,故势单力弱唯紧闭“孤城”而已。下半转入抒情,而过片“一杯”与“万里”相对举,遂造成强烈反差,而以一杯浊酒欲浇平万里乡愁,其情之激越可知。何以会以酒浇愁?曰“燕然未勒归无计”也。典出《后汉书·和帝纪》:和帝永元元年(89年)窦宪大破北匈奴,登燕然山,“刻石勒功而还”。仲淹深知无此实力,回乡亦成泡影,故有此叹,这是一层。尾三句在忧国之余,进而再写戍卒之伤,是又一层。“羌管”呼应“边声”,“霜满地”呼应“秋来”,腾出闲笔叙景,是为情感进入高峰——“人不寐”铺垫,最后在长长一声“将军白发征夫泪”之叹惋中结束全篇。无疑,读此会叫人想起中唐诗人李益的《夜上受降城闻笛》的意境:“回乐峰前沙似雪,受降城外月如霜。不知何处吹芦管,一夜征人尽望乡!”只是较之李诗,它的情思更为复杂、层折和低婉,不像绝句之纵放宏朗,于豪宕中又寓深婉之情,是写得很成功的一首词。

苏轼(1037—1101年)字子瞻,号东坡居士,眉州眉山(今属四川)人。与父洵、弟辙皆属唐宋古文八大家者,无论在散文、诗词、书画方面,他都有很高成就,是领袖一代文坛的人物。嘉祐二年(1057年)进士,曾通判杭州,知密州、湖州、颍州等地。累官至中书舍人、翰林学士、端明殿学士、礼部尚书。由于他既不阿附新党,亦不追随旧党,故一生遭遇十分坎坷。其《与杨元素书》曾说:“昔之君子,惟荆(王安石)是师;今之君子,惟温(司马光)是随。所随不同,其随一也。老弟与温相知至深,始终无间,然多不随耳。致此烦言,盖始于此。然进退得丧,齐之久矣,皆微不足道”。其人之个性操守即此可知。当新党执政时,他直言其弊端,遂被排挤至杭州(时在熙宁四年),后转密州、徐州,到达湖州时,曾写谢上表文,却被人摘取文句,以为谤讪朝廷;又从诗中罗织罪名,称有叛逆之心,于是拘系御史台狱,几致之死地,史称“乌台诗案”。但神宗还算明白,遂免一死,贬黄州团练副使。由元丰二年(1079年)至七年,是他词作的黄金时期。后新党失败,旧党执掌大权,他虽和司马光个人关系很好,但仍不苟且附和。绍圣初,又贬惠州、儋州,远徙海南。及徽宗立,赦还,卒于常州。

苏轼开始写词,大概是在熙宁五年(1072年)官杭州通判时,年三十岁①。在这之前,他似乎不大懂词,其写给族兄子明的信中即说:“记得应举时,见兄能讴歌,甚妙。弟虽不会,然常令人唱为何词……”云云,可证。究其原因,大概宋人抒情多用词,诗则多用于写严肃的思想,故直待东坡在政治上遭受严重挫折之后,出于疏散情怀的需要,而学习并喜爱上了词,也就顺理成章。并且,他还不是出于喜爱曲子的原因去写词,而是为補诗之不足才写词的,那么“以诗为词”也就成为必然的自觉选择。再加他作诗为文的态度,总是以“出新意于法度之中,寄妙理于豪放之外”(《书吴道子画后》)。为追求之最高境界,又有“行于所当行,止于所不可不止”(《答谢民师书》)的主张,再用这种态度来写词,便自难为曲子束缚得住了。故刘熙载说:“东坡词颇似老杜诗,以其无意不可入,无事不可言也”②。此则东坡词能在宋人中别树一格之实质所在,不过用得好则有益于词,用不好则

① 龙榆生.《东坡乐府笺》.台北:台湾商务印书馆,1970

② 刘熙载.《艺概·词曲概》卷四.上海古籍出版社,1982

为句式长短不葺之诗。且看他的代表作《水调歌头》(丙辰中秋,欢饮达旦,大醉,作此篇,兼怀子由):

明月几时有?把酒问青天。不知天上宫阙,今夕是何年。我欲乘风归去,又恐琼楼玉宇,高处不胜寒。起舞弄清影,何似在人间!　　转朱阁,低绮户,照无眠。不应有恨,何事长向别时圆?人有悲欢离合,月有阴晴圆缺,此事古难全。但愿人长久,千里共婵娟。

据词前小序,此当作于宋神宗熙宁九年(1076年)丙辰中秋日,贬知密州时。是一首体现苏词风格的典型之作,即超旷襟怀和缠绵思绪的完美结合,故写得夭矫婉转、回旋跌宕、极尽展演心理矛盾之描写能事。因是中秋,首句即从咏月起笔,或曰其能排空直入、笔力奇崛,其实更可贵者还在表现出的琼绝宇宙意识。初唐诗人张若虚曾提出过同样的问题:“江畔何人初见月?江月何年初照人?人生代代无穷已,江月年年只相似”。(《春江花月夜》)即标志着人类摆脱物质世界而向宇宙奥秘探询的精神远举,一般产生于沉重的心灵所承受的重压。“不知”二句乃顺承,即“问”的具体内容。“天上宫阙”指月宫,即《酉阳杂俎》等书所说“广寒清虚之府”,是把美丽的神话传说融入词中,已露蝉蜕于万物之意。“我欲乘风归去”三句,却是一提一折,意谓神话仙境亦未必可恋,此也有所本。李商隐《嫦娥》诗曰:“嫦娥应悔偷灵药,碧海青天夜夜心”。月中仙娥尚感清冷难耐,何况我等世间凡人乎?故有“高处不胜寒”之喟叹。当然,这正婉转地反映出词人遭受打击后产生的矛盾心情,即在“出世”和“入世”、“仕”和“隐”之间进退维谷的困惑。“起舞弄清影”二句,再折,直写嫦娥,犹疑终归镇定。舞弄清影者,月中仙娥也,谓“何似”,即李商隐所说“应悔”之意,以明遁世退隐之终不可取,当为后面“不应有恨”预作铺垫。过片三句,一韵一意,一意一转,正面写月,然却宛转直下,榫接勾连,生出许多曲折来。唐圭璋先生说:“实写月光照人无眠。以下愈转愈深,自成妙谛”。① 甚是。照人无眠,自有恨也,却说“不应有恨”,是一折。恨者何在?曰“何事长向别时圆”。石曼卿诗曰:“月如无恨月长圆”,拟月如人,谓月有恨则缺,圆则反之。苏词参以人事,谓何照离亦圆乎?违情悖理,虽说“无恨”而幽怨深矣。“人有悲欢离合”三句,再翻转一层说,反躬自省,则月终非有情之物,阴晴圆缺,皆自然之理,与悲欢离合何涉乎?故曰“此事古难全”,于是自宽自解,萦怀尽释,其胸怀之超旷放达者,又若此。思绪跳荡,抑扬转折,以旷达写悲则情更悲,于是逼出第三层,竟以共勉之辞缩结:唯愿长健久安,共寄相思于千里婵娟而已。虽是吉庆语,却不免强颜,幽咽之意,其实更显。综言之,此词前半空灵超妙,后半蕴藉婉转,所谓纳超旷于婉约而非一味粗豪者,乃东坡诗化词的真本色所在,自为他人所不及。再如《定风波》:

莫听穿林打叶声,何妨吟啸且徐行。竹杖芒鞋轻胜马,谁怕?一蓑烟雨任

① 唐圭璋.《唐宋词简释》.中华书局香港分局,1987

平生。　　料峭春风吹酒醒，微冷。山头斜照却相迎。回首向来萧瑟处，归去。也无风雨也无晴。

词前题序曰："三月七日沙湖道中遇雨。雨具先去，同行皆狼狈，余独不觉。已而遂晴，故作此"。是知此词当写于贬黄州时，约为宋神宗元丰五年（1082年）春三月。关于词的写作背景，前已说到，他是在经历过一场生死的险恶挣扎后，才谪贬到黄州的，词中借遇雨复晴而抒情，自会折射出这种特有心绪。既是突然遇雨，自会由雨起兴，然用"穿林打叶"描状之，不只下字极见分寸，亦十分传神。而以"莫听"二字领起，当有深意寓焉。莫听者，乃处事不惊、外物毋足萦怀之谓，联系序中"同行皆狼狈"读，固可见出放旷不羁之情，然亦实有所指，想其当时处境自知。竹杖芒鞋，乃一般平民百姓打扮，答李仪书曾自述云："得罪以来，深自闭塞，扁舟草履，放浪山水间，与樵渔杂处，往往为醉人所推骂，辄自喜渐不为人识"。知此乃当时真实写照，何以又要同"马"对举呢？马是官家富人们用的交通工具，芒鞋固然轻便，马则更为快捷，二者实相差甚远，他却以"轻胜"连缀且轩轾之，是知此"轻"当非仅物质方面的，而是别有用意，岂亦"无官一身轻"之谓乎？接着又以"谁怕"二字发问，其用意也更明显了。总之，从开头至此，似乎处处都紧扣着风雨用笔，而处处又无不关涉自身遭际，故以"一蓑烟雨任平生"结束上片。乍读之，此实与遇雨毫无关系，甚至不可读。或以为此亦写当时之实景，即不畏风雨之豪纵气概，恐非。序曰"雨具先去，同行皆狼狈"，则当时并无"一蓑"之遮雨可知也。又当时所遇者乃"穿林打叶"、"已而遂晴"的骤雨，似与烟水迷濛、雨丝风片之"一蓑烟雨"的情境，亦不甚合拍。其实，自张志和《渔父》词之"青箬笠，绿蓑衣，斜风细雨不须归"的吟唱以后，"一蓑烟雨"遂成为隐遁自适的代名词。苏用于此处，虽跳跃性很大，却正流露出他的心灵轨迹，绝非只为纯客观状景也。那么，既然立志遁世，则无论自然的或政治的风雨，似已皆无畏惧，此即"谁怕"的真正内涵所在。过片三句，回应小序"已而遂晴"用笔，是有"山头斜照却相迎"之句，这倒是实景实感实情，不必细究。但到结尾，却又出了问题："回首向来萧瑟处"，萧瑟，此当指风雨声，苏诗有"夜雨何时听萧瑟"之名句可证，当是说回首刚刚经过一场风雨的来路。然最难解者在结句："归去，也无风雨也无晴"。小序不是说："已而遂晴"么，词中也有"山头斜照"之句，显然是有雨有晴，怎么能说无雨无晴呢？就表层意义看，似乎是说天既不放晴，但亦无风雨，即所谓不晴不雨者，则不免产生理解上的矛盾。然若再深入一层看，即从心灵演化的轨迹去看，一切又都很明白：这是对"一蓑烟雨任平生"的回应。即回头再看所经历的那段风雨萧瑟历程，无论晴雨皆已无所挂怀，因为他现在要"归去"过隐遁自适的生活了，他也曾说过"进退得丧齐之久矣，皆不足道"的话，那么阴晴风雨又于我何有哉！故知此处之"无"，并非没有，而是无所谓的意思。统观全词，虽有诗人的旷达直率，又出之以词家的含婉曲折，是把二者很好的融通起来了，在景物游记之外更应看到它政治词的本色。

东坡词中有些本来已定性为幽约曲婉的，也举一首，如《永遇乐》：

明月如霜，好风如水，清景无限。曲港跳鱼，圆荷泻露，寂寞无人见。紞如三鼓，铿然一叶，黯黯梦云惊断。夜茫茫，重寻无处，觉来小园行遍。　天涯倦客，山中归路，望断故园心眼。燕子楼空，佳人何在，空锁楼中燕。古今如梦，何曾梦觉，但有旧欢新怨。异时对、黄楼夜景，为余浩叹。

词前小序曰："彭城夜宿燕子楼，梦盼盼，因作此词"。彭城，即今江苏徐州，故知此词当作于元丰元年(1078年)，即由杭州通判转知密州，再知徐州时。关盼盼，据说乃唐张尚书爱姬，善歌舞，雅多风韵，燕子楼即张尚书为其所建，张死后盼盼因念旧爱而不嫁，居此楼十余年，历代诗人多有咏其事者。苏此词之创作动机，虽由盼盼事而触发，但涉及本事者却不多，故知此乃寄怀之作，非为历史韵事而发咏也。开首，词人即用两组工整精美的排比句状景："明月如霜，好风如水"、"曲港跳鱼，圆荷泻露"，先营造出一幅清和幽寂的宜人背景，为后面写"梦"铺垫。尤其写小园夜景，设色层次却极为丰富，有视觉的、触觉的、听觉的、嗅觉的，且兼具图案线条动静交汇之美。鱼之跳言其人静，露之滴言其夜深，再加月光之迷离，微风之清冷，在"清景无限"中渲染出一幅凄冷寂寒的静夜氛围，词人就是在这神话般的背景下进入梦境的。然突接以"寂寞无人见"，似别具深意，非只为景说。东坡自为官以来，十数年间已历尽官场险恶，今外放徐州而得此"清景"，心灵遂得到一时解脱而恬憩之，乃顿悟那些蝇营狗苟于仕途者岂能知之并享之，所谓"无人见"者此也，亦牢骚语也。于是，再回头補写"梦盼盼"之"梦云惊断"。其折射出的，则亦然是那种惊悸不安的遭际心境。更鼓之响，一叶之落，声音何其徐缓细弱也，但在此时词人听来，却是如此沉重铿锵，居然使"黯黯梦云惊断"，其心境之亦然忐忑不安可知。梦醒后自有小园寻梦之举，然唯夜幕茫茫，梦魂悠悠，一直等到清醒(觉来)，才发现已是"小园行遍"。直写得惝恍迷离，似真似幻，也许这本身还是一场梦吧，的确费人猜详。过片以"天涯倦客"领起，转入怀乡主题，但也正是前面所写种种幽凄心境之谜底。长期的调转奔波固然使人疲倦，仕途的风雨坎坷又何尝不教人疲倦，于是他对人生有了哲理性悟解：由"燕子楼空，佳人何在"悟出"古今如梦"的空寂感。然而，又有多少人却囿于"旧欢新怨"的恩仇中，始终大梦难醒，岂非人生最大的悲哀！结尾词人联想到自身：若后人见黄楼[1]而凭吊自己，不也像今日自己见燕子楼而凭吊盼盼一样，徒增历史沧桑之感慨而已，又有什么意义呢！"后之视今亦犹今之视昔"(王羲之语)，那么一切政争的纷纷攘攘又何足挂怀！这是心灵解脱后的大彻大悟，然其中又蕴含着多么深广的历史浩叹——"浪淘尽千古风流人物"！万物皆无累于心，在娓娓道来的含蓄曲婉中仍不失"旷"，这即是苏词特有的个性。

在东坡婉约词中，广为传诵的还要数那首"黄州定慧院寓居作"的《卜算子》：

缺月挂疏桐，漏断人初静。时见幽人独往来，缥缈孤鸿影。　惊起却回头，有恨无人省。拣尽寒枝不肯栖，寂寞沙洲冷。

① 黄楼，乃东坡守徐州时的政绩标志，是在黄河决口后率众抗洪的纪念性建筑。

此词乃苏轼经过“乌台诗案”而死里逃生后，贬为黄州团练副使时作，故词中充满孤独寂寞、惊悸不安之情，借“孤鸿”以婉曲表达之。正张惠言所说“幽约怨悱不能自言”①者，而陈廷焯则评曰：“寓意高远，运笔空灵，措语忠厚，是坡仙独至处，美成、白石亦不能到也”。② 其评价之高，于此可见。词开首即状景：月光迷离，桐影萧疏，造境凄冷空寂；继则点时：漏壶（计时器）声断，人声定息，夜已渐渐深沉。此情此景，尚有未能入眠之人，孤独徘徊于小院，其忧思之深重不言可知，故才生出下面种种之情事。“时见幽人”句，或谓此词人自指，非也。时见者，时隐时现之谓，故下接“缥缈孤鸿影”之描状。二句当谓：隐约似有人影往来，或以为乃幽栖之人在行走，弄清了才知是一只孤鸿。“独往来”正合“孤鸿影”之描状，故二者虽二实一，下面遂只就此用笔。何以知此乃孤鸿而非人？换头处補出——“惊起却回头”，所以知为鸿也。然或有以为此词上片写幽人，下片只写鸿者，但语意不甚连贯，遂强释之为特殊结构：“盖其文章之妙，语意到处即为之，不可限以绳墨也”③，认作只是大作家信笔为之，因而超越绳墨以外的妙笔，其实上下语意一以贯之，前后并未隔断，只是对“幽人”和“孤鸿”理解错误且割裂所致，并不涉及结构用笔问题。“有恨无人省”，恨者人也，鸿何有恨乎？此拟人手法，情化物也，实寄言耳。然谓无人可知省者，状其处境之孤独甚也。“拣尽寒枝不肯栖”，或以为此乃病语：“鸿雁未尝栖宿树枝，惟在田野丛苇间，此亦语病也”④。这是把现实真实等同艺术真实所致，不知艺术描写乃“意想”之真实，由下“寂寞沙洲”之描写，是作者亦未必不知鸿雁之不栖于树枝。此亦寄言，不敢拣寒枝而栖，独于冰冷寂寞之沙洲息卧者，亦是“高处不胜寒”之意，反映的仍是词人孤寂惊惕的复杂不安心境。统观全词，此虽咏雁，实乃东坡初贬黄州时思想感情的真实写照，孤独、惊悸、不安、恬憩等皆有之，唯寄托在似有似无、可解不可解之间，所以为“空灵”为“高妙”也，而不在人们所赏之一味“豪放”，苏词之佳处在是。

但是，东坡也确曾写过不少所谓“无事不可入，无意不可言”的，即偏于议论说理的豪气词，词成了“长短句诗”。并以此转相鼓吹号召，则不能不谓之认识上的偏颇。胡寅《酒边词序》又对此大加推赏：“眉山苏氏，一洗绮罗香泽之态，摆脱绸缪宛转之度，使人登高望远，举首高歌，而逸怀浩气，超乎尘埃之外，于是《花间》为皂隶，而耆卿为舆台矣”。遂使其影响流播更广，至有以为词家正轨者，时至今日而不绝。然平心论之，若谓其“一洗绮罗香泽之态”，是也，所以有苏词之独辟蹊径；但真要“摆脱绸缪宛转”之法度，而一味强调“举首高歌”、“逸怀浩气”之抒写，则何不诗为而词为之，甚者则不免流于叫噪怒张之粗豪，词之为词亦扫地尽矣。不过东坡此类创作，虽被看作词体的解放，然终北宋之世却并未产生太大影响，故显得有些寂寞。但随着国事危殆，政局日渐混乱，尤其“靖康之变”的发生，在南渡前后数十年间，爱国词人群体崛起，时移世改，时代需要和社会心理均发生巨大变迁，东坡“豪气”词却产生前所未有影响。当然就具体作者言，又有得失成败之别。

在宋、金联合灭辽后，宣和七年（1125 年）十一月，金兵遂分两路大举南下，次年一、

---

① 郭绍虞编．《词序选》.《中国历代文论选》(下)．中华书局，1963

② 陈延焯著．杜未末校．《白雨斋词话》(一)．人民文学出版社，1959

③ 廖德明校点．《苕溪渔隐丛话》前集卷三十九．人民文学出版社，1962

④ 廖德明校点．《苕溪渔隐丛话》前集卷三十九．人民文学出版社，1962

二月间，迫于金兵的强大攻势，宋徽宗赵佶退位，太子赵桓（钦宗）即位，改元靖康。又次年（1127年）十一月，钦宗出城投降，翌年四月，徽、钦二宗被掳北上，皇室人员随行者三千余人，北宋灭亡，史称“靖康之变”。同年五月，赵构称帝于南京应天府（今河南商丘），改元建炎。为躲避金兵追击，随即南渡，流徙于江浙一带，至1138年始定都临安（今浙江杭州）。从此便掀开了南宋小朝廷苟安江南半壁、妥协投降、受尽屈辱长达160余年的历史。然自偏安江左后，小朝廷并未吸取北宋灭亡的教训，仍沉溺于灯红酒绿的歌舞享乐生活，继续奉行妥协投降政策而不思进取，主和派始终把持着朝政。期间主战派虽也曾发动过几次北伐，或因准备不足、指挥失当，或因能胜却不准战、被迫撤回，故均以失败而告终，且随之而来的便是丧权辱国的割地赔款。1141年11月，签“绍兴和议”，宋向金称臣；1162年兵败符离，再签“隆兴和议”，宋向金称侄，主和派更加得势。直至1206年再次北伐失败，主战派领袖韩侂胄被杀，又签“开禧和议”，一再受辱，时局更加不可收拾。就是在他们基于强烈的家国情、民族恨，及对昏庸小朝廷和投降派的义愤，以词为参加战斗和抒写情怀的工具，发出时代的强音。词人们举首高歌，振臂呐喊，抨击时政，发表议论，而一泄“忠愤气填膺”的郁积愤闷，“无事不可入，无意不可言”的豪气词，遂成为词坛的主弦律。但由于此类词作，往往要讲求政治时效性和及时性，难于进行精心结撰和细致琢磨，不少词遂流于直浅粗豪，成为“句读不葺之诗”。尽管如此，当时一批优秀作者，仍能充分发挥词体独具特征，写出不少既激愤昂扬又含婉曲折的优秀作品，无疑为宋词的发展作出重要贡献。如张元干、岳飞、张孝祥、陈亮、刘过等，至于辛弃疾这位集大成者，因其特殊的成就而另立专节讲述。

张元干（1091—约1170年）字仲宗，号芦川居士，又号真隐山人，福州永福（今永泰县）人。向子諲之甥。靖康元年（1126）曾任李纲行营属官，南宋初官将作少监，充抚谕使。绍兴元年（1131）因不满奸佞专权，致仕。绍兴八年至十二年，曾作词反对和议，因送胡铨《贺新郎》一词而获罪除名，后又被追赴临安入狱。出狱后，豪气亦然不改，抨击时政，绍兴末尚在世。早年词风属婉约一路，但自南渡后则大变，多写时政弊端，感怀故国山河，顿增激昂豪迈之气。其为时人推赏而视作压卷之作的，是他的两首《贺新郎》，一即上面提到的“送胡邦衡谪新州”，一为“寄李伯纪（纲）丞相”。其送胡铨曰：

> 梦绕神州路。怅秋风、连营画角、故宫离黍。底事昆仑倾砥柱？九地黄流乱注，聚万落、千村狐兔。天意从来高难问，况人情、老易悲难诉！更南浦，送君去。　凉生岸柳催残暑。耿斜河、疏星淡月、断云微度。万里江山知何处？回首对床夜语。雁不到、书成谁与？目尽青天怀古今，肯儿曹恩怨相尔汝？举大白，听《金缕》。

绍兴八年（1138年）金使来宋，以宋为金之属国视之，不称国而称“江南”，不用“通问”而用“绍谕”，且让高宗跪拜接受诏书，朝野震愤，但秦桧等人却仍主张“和议”，以屈膝事之。时任枢密院编修官的胡铨，遂愤而上书请斩秦桧、孙近、王伦三人，曰：“竿之藁街，然后羁留敌使，责以无礼，徐兴问罪之师，则三军之士不战而气自倍。不然，臣有赴东海而死尔，宁能处小朝廷以求活耶？"此论一出，无疑喊出了朝野军民的心声，于是刻板流布四方，广为传诵。但却引起高宗、秦桧等的震怒，称其"意在鼓众，劫持朝廷"，遂罢胡铨官，送昭州编管，后改监广州盐仓，再改签书威武军判官（任所在今福州福唐）。后"绍兴和议"成，投降派又重加兴师问罪，于绍兴十二年除名编管新州（今广东新兴）。时张元干正羁留福州，遂写此词为胡铨送行，冒着极大政治风险以示支援。果不其然，在九年后（绍兴二十一年）秦桧得知此词，仍不放过已经赋闲的六十一岁老词人，将其追赴大理寺下狱，并削藉除名，抄搜其家产。

词以"梦绕神州路"开篇，是说自己的梦魂亦然萦绕于祖国破碎的山河大地，直抒中原故土难复之悲愤，实与胡铨被贬新州主旨相关，为全词之基点。"怅秋风"三句，再进而補足前意，抒发对严峻军事形势和故宫（汴京）已为黍离之悲，然底蕴里却是为备受打击迫害的胡铨之不平，暗作铺垫，故接着即提出严词质询："底事昆仑倾砥柱"，即何以会造成天崩地陷、黄流泛滥、神州陆沉这样危险的局面呢？因而造成人民转徙流离、千村万落荒芜、狐兔盘踞肆虐的惨象！不言自明，这是昏庸皇帝和屈膝投降的奸佞们造成的，矛头直指最高统治集团，却又含而不露。"狐兔"者，既写物事，亦指人事，语意双关。于是再折进一层，化用少陵诗句（"天意高难问，人情老易悲"），发出无奈的悲慨：天本扬善，谁知天意难知，时局瞬变，爱国者有罪，人情也变得麻木，受迫害者的冤屈又向何处诉说！这"天"，既指无言的杳杳苍穹，亦指代天牧民的最高统治者——天子，所以是全词的点睛之笔。二句虽为化用，却能出蓝生新，其情悲抑，其怀激烈，终于逼出上片结句："更南浦，送君去"，此虽关合送人主旨，联系上文更知所送者之非常遭际。过片四句，全从景物着笔：岸柳生凉，星河耿耿，淡月疏星，断云残暑，一派凄冷孤寂氛围，乃传统以景托情手法。然转深一层想，又非单纯化景为情之渲染也，实写别情难舍，良久伫立者，联系下面"回首对床夜语"，其情其景更可知晓。正是在这清寂夜幕中，他久久伫立江边，还在为风涛远去的朋友安危而焦心："万里江山知何处？"然用笔却甚为开阔，说明用情悲苦却并不消沉。以下写回去后的种种思虑：先写如今独对空床，无人再与"夜语"，同道已去也；再写纵有书信，亦无鸿雁可传，音讯永绝也。相传大雁南飞，不逾衡阳，而新州更在衡阳之外，故曰"雁不到"。三写举首天地古今，而产生对家国人生的哲理思考，从国家兴亡之大事计，岂可以昵昵儿女恩怨之情相比呢？此化用韩愈诗句，意在安慰和鼓励。而总以"举大白、听金缕"作结，此虽故作旷达语，却是含泪的笑，无言的痛，不觉泪下沾襟了。纵观全词，虽情感悲怆慷慨，且不乏议论直白，但运笔却极委婉含蓄，成功地敛豪于婉，故极尽沉郁顿挫之致，充分发挥了词体抒情特征，是爱国词人群体中不可多得的佳构。风格更趋婉约的，则是其《石州慢·己酉秋吴兴舟中作》：

雨急云飞，惊散暮鸦，微弄凉月。谁家疏柳低迷，几点流萤明灭。夜帆风驶，满湖烟水苍茫，菰蒲零乱秋声咽。梦断酒醒时，倚危樯清绝。　　心折。长庚光怒，群盗纵横，逆胡猖獗。欲挽天河，一洗中原膏血。两宫何处？塞垣只隔长江。唾壶空击悲歌缺。万里想龙沙，泣孤臣吴越。

已酉，即高宗建炎三年(1129 年)。在前一年二月，金人始举兵南下，直逼扬州，时在扬州的高宗，遂仓皇渡江，狼狈逃走，先抵镇江，再至杭州。五月北上江宁(今江苏南京)，改名建康府，然乞和不允。闰八月末，又走镇江，经常州，到杭州。不久杭州失陷，十月至定海，定海又危，遂乘舟入海至温州避乱。时词人亦正避乱南行，秋日乘舟吴兴(今浙江湖州)夜泛，感时伤世，抚事生哀，遂写下这首"泣孤臣吴越"的抒写孤愤之词。词分上下两片，结构层次清楚，但用笔却并不单一。上片写舟中夜泛之景，下片抒复国御敌之愤，前后两结则分别以"倚危樯清绝"和"泣孤臣吴越"相呼应，故能做到浑然一体，无针线心计之痕。就景言，则雨霁月凉，云飞鸦惊，流萤疏柳，烟水菰蒲，一帆风驶，而低冷凄迷，正是词人内心情感的外化，所谓情化景也。然就用词言，则雨而言急，云而言飞，暮鸦惊散，疏柳低迷，流萤明灭，风帆急驶，的是一派惊悸不安的乱离之象，当是战乱时局的真实折射，故景物中又是融进了社会内容的。王国维说"一切景语皆情语也"，若用来理解此类词则尤切。氛围铺染已足，遂着一笔点醒："梦断酒醒时，倚危樯清绝"！原来这是噩梦醒后舟中之所见所感，故带有强烈的主观色彩，以结束上片。换头"心折"二字，即承此噩梦来，突以短促之句，换作变徵之声，其心之惊乱寒栗可知。"长庚"三句，似直白，却有层次：首写天象，次言内忧，末明外患，是对"心折"之因作具体補充。据《史记·天官书》：金星主兵戈之事，见于西方则称长庚，谓其"光怒"者战乱天象也。群盗，据《宋史·宗泽传》载：当时南方各地民众，纷纷举义兵勤王，然"大臣无远识大略，不能抚而用之，使之饥饿穷困，弱者填沟壑，强者为盗贼"。其实更严重的还是那些叛臣，如建炎二年济南知府刘豫之降金，翌年苗傅、刘正彦之作乱，逼高宗退位等，是皆为盗贼者。内忧如此，再加金兵猖獗南侵，国家危如累卵，遂发壮志不得申的悲愤："欲挽天河一洗中原膏血!"然而时局则是：徽、钦二宗被掳北去，长江已成塞桓，大片中原土地沦陷，投降派亦然把持朝政，抗敌志士则屡遭迫害打击，词人只能长歌当哭了："唾壶空击悲歌缺!"按此用王敦典，他酒后每诵"老骥伏枥，志在千里"之诗，"以玉如意打唾壶，壶口尽缺"①，可知其情之悲愤难抑，以至声泪俱下了。故末二句以"万里想龙沙，泣孤臣吴越"绾结。龙沙，当指白龙堆沙漠，此处当是沙塞的泛指，寓二帝被囚、北国沦丧之意，所以有乱世孤臣泣涕之叹。此词的另一大特点，是语言上多用颠倒词序的扭峭句式，如"唾壶空击悲歌缺"、"万里想龙沙"、"泣孤臣吴越"等，不只造语健拔、殊能生新，且同其激越情怀的抑扬相合拍，增加了词的节奏感，更能见出歛豪气于婉约的特色。一般认为，张能上承苏东坡，下启辛弃疾，是词风转变的关键人物，如果能从寓豪于婉的角度去理解，也许更为贴切。

岳飞(1103—1141 年)字鹏举，相州汤阴(今属河南)人，抗金四大名将之一。二十岁从军，屡破金兵，奇勋卓著。绍兴十一年(1141 年)大败金兀术，进军至距东京开封仅四十里之朱仙镇，大河南北军民亦闻风响应，收复汴京指日可待，然高宗却听信秦桧谗言，诬陷至死。曾官枢密副使，封武昌郡开国公。孝宗始复官职，谥武穆。宁宗时追封鄂王，理宗时改谥忠武。今存词仅三首，然一曲《满江红》却唱彻千古：

① 刘义庆.《世说新语·豪爽》. 上海古籍出版社，1982

怒发冲冠，凭栏处，潇潇雨歇。抬望眼，仰天长啸，壮怀激烈。三十功名尘与土，八千里路云和月。莫等闲、白了少年头，空悲切。　　靖康耻，犹未雪。臣子恨，何时灭！驾长车，踏破贺兰山缺。壮志饥餐胡虏肉，笑谈渴饮匈奴血，待从头收拾旧山河，朝天阙。

“怒发冲冠”，四字劈空而起，遏响干云，蓄势饱满，先发镗鞳镗哒之声。“怒”字乃全篇主脑，一气通贯而至结尾。“凭栏”二句，渐趋平缓，然写得情景并茂，是情感节奏之一跌。接三句，“抬眼望”者，乃平叙，是对祖国山河破碎的关怀，至“仰天长啸”情感再转激越，斯时斯世，乃“望”中会产生之必然，并以“壮怀激烈”補足之形容之，其愤激难平、回肠九转之心情可知。接下宕开一笔，回想他那传奇般的短促经历，虽曾有过披星戴月、转战八千里路的峥嵘岁月，但已届而立之年的“功名”（实勋业）却都化作尘土，此身弃置，雄才难展，中原何复，其慷慨悲凉之情更溢于言表。此联极富时空的概括性，且冶情景于一炉，以简驭繁，最为一篇警策。故上片结曰：“莫等闲白了少年头，空悲切！”似励志，实亦励人，发英雄报国无门之悲，把情感推上顶峰，读之怆然。总之一路写来，抑扬跌宕，委婉顿挫，绝不以直笔出之，是为词家本色。下片可作一篇檄文读，全从“怒”字着笔：“靖康”二句，言国家之耻；“臣子”二句，抒民族之恨，短语促节，跳跃激荡，总是一腔爱国忠愤之情，故接曰“驾长车踏破贺兰山缺”。然细想，徒有请缨灭敌之心，不遇英雄驰骋之时，虽是壮语，情亦哀矣。“饥餐”“渴饮”一联，虽稍涉直露，然浩气壮怀、喷薄以出，有震聩起懦之效，喊出的是时代之最强音。以诗为词，亦不为过。结尾二句，碧血丹心，满怀忠愤，以之绾收全篇，亦酣畅淋漓，气完意足。岳飞殁后，每当国家民族危难之际，此词即被广为传唱，曾鼓励过多爱国儿女之心，这是一曲高扬中华民族浩然正气之歌，又岂可以文字论长短哉！

或有以此词为伪者，其中一条重要理由即词中“贺兰山”的出现。就地理位置言，贺兰山乃在河套左近，即今宁夏和内蒙古两省区界山，其去岳家军转战之东北黄龙府，何啻千里之遥，确非当时宋金用兵所经之地。然以此论真伪，却是对中国文艺真实观之无知所致。中国文艺之讲真实，除“形似”“神似”说之外，在更高层次上追求的是“意似”，即心理感受的真实、情感体验的真实，并不特别重视时空地理位置的真实，故有“不似之似”之说，岂可一一指实？书画如此，而唐宋诗词中则更多。如王之涣《凉州词》之“黄河远上”，王昌龄《从军行》之“青海长云”，就地理时空而言，皆辽远不相及，岂可以“遥望”而见玉门乎？词如赵鼎《花心动》之“西北欃枪未灭，千万乡关，梦遥吴越”，则金人岂在西北乎？张元干《贺新郎》之“要斩楼兰三尺剑”，则楼兰（西域鄯善国）又与金兵何涉乎？总之，当人们提到这些地名物事时，其实也是给人以边地的真实感即可，不必定要落实到道里尺寸上去，这大概就是中国绘画所说“写意”吧。

张孝祥（1132—1169 年）字安国，号于湖居士，历阳乌江（今安徽和县）人。高宗绍兴二十四年（1154 年）中状元，而秦桧之子遂因此失去头名机会，因此结怨于桧，怀恨在心，并将其父张祁诬陷下狱，直到桧死后才得释出。孝宗朝官至中书舍人，直学士院兼都督府参赞军事，继又代张浚为建康留守。因极力赞助张浚北伐，反对“隆兴和议”，而被免职。后知荆南府兼湖北路(今湖北西南、湖南北部)安抚使,政绩甚著。乾道五年(1169年)因病退居芜湖,旋卒。其词学苏轼,并有意与之争胜。门人谢尧仁《张于湖先生集序》曾说:“先生气吞百代,而中犹未慊,盖尚有凌轹坡仙之意”。并载其帅长沙时曾作《水车》诗,问门人曰:“此诗可及何人?”答以似东坡而尚不及。又叶绍翁《四朝闻见录》乙集“张于湖”条也说:“尝慕东坡,每作诗文,必问门人:‘比东坡何如?’门人以过东坡称之。虽失太过,然亦天下奇男子也”。此事叫人想起东坡曾问幕士“我词何如柳七?”之事,不过,苏是要另辟门径超越柳,张则是要学习苏而超越之,又不同也。其欲争胜东坡之作,《念奴娇·过洞庭》即是典型一首:

> 洞庭青草,近中秋、更无一点风色。玉鉴琼田三万顷,着我扁舟一叶。素月分辉,明河共影,表里俱澄澈。悠然心会,妙处难与君说。　应念岭表经年,孤光自照,肝胆皆冰雪。短发萧疏襟袖冷,稳泛沧溟空阔。尽吸西江,细斟北斗,万象为宾客。扣舷独啸,不知今夕何夕。

此乃借景言情,抒写自己复杂心路历程的优秀词作,不可简单地以纪游词看。孝宗乾道元年(1165)七月,词人出知静江府(治所在今桂林)兼广南西路经略安抚使,次年六月即因谗言诬陷被免职,北归途中经湖南洞庭湖(洞庭、青草二湖相连,故可概称洞庭),时近中秋,泛舟湖上,遂有感而发,写下这篇名作。从当时创作背景说,词人遭受打击,心境应是很不平静的,底蕴里当含明心见志之意。然他一路写来却只就景物用笔,并不直言明说,虽超旷飘逸,仍含蓄曲婉,充分发挥了词体的优长,甚见功力。开篇即从景起:“洞庭”句点地,“中秋”句明时,至“更无一点风色”则微露情矣。此既为眼前景色的生动描状,更是经历过恶风险浪后词人心境的暗示,寄言之也。“玉鉴琼田三万顷”,继“无风色”句来,景美、语美、境亦极美,如入神话般冰清玉洁的世界,先为下面伏设。言驾“扁舟一叶”遨游者,是写脱净尘氛后身心俱获解放之快意,而句前下一“着”字,则尤应回味,当是说任恶风险浪肆虐,我亦沉着固守如初,“胜似闲庭信步”而毋乱怀也。于是有接三句:素月、明河、光影交辉,天地莹然,我则与物合一,进入那天人一体的圣境,故说“表里俱澄澈”。既身心洞明如鉴,则此心可表,一切诬陷之词又岂可挂怀!“悠然心会,妙处难与君说”,此非独谓景物之妙难说也,正直承前意,谓其中又有多少难言的苦衷,只是虚笔带过,含而不露,就势打住,以结上片,情韵悠然自远。他在《西江月·题溧阳三塔寺》中说:“世路如今已惯,此心到处悠然”,虽前婉而此直,正可用以互解。换头三句,在前隐约其辞的基础上,终于吐露真情实感,上片之不可解遂变可解。岭表,乃两广之地,此实指静江府之任;经年,言知静江府越年而不满一年也。以“应念”二字领起,则此词写作之用心,益昭然矣。“孤光自照”者,独抱坚贞、独清独醒之谓,然知音难觅之孤独感亦自在其中。“肝胆皆冰雪”,承前“俱澄澈”句来,再申品行高洁莹透、无可着污之意。然可悲的是,如今却只落得“短发萧疏襟袖冷”之凄凉,悲愤之情自在言外。尽管如此,孤傲的灵魂终不可屈,于是又生“明朝散发弄扁舟”的超旷,而句前着“稳泛”者,当谓稳操钓船,风浪亦何所畏惧也,愤世之情更显。“尽吸西江”三句,是既悲愤之情难抑,于是情灵高扬,想象飞动，带词人进入幻境：欲举北斗之柄，饮尽西江之水，役使万物为友为宾客作陪，此豪言亦寓言也，是在他界以求得愤懑的发泄。上面三层，一层深似一层，实含婉曲折之至，寻常笔墨可到哉！此时之词人，已是心物两泯、物我俱化，既不知天上地下、生死祸福，唯"扣舷独啸"，又岂知"今夕何夕"乎！总览全词，实乃词人受诬后复杂心路之含婉曲折表白，较苏词之超旷飘逸并不逊色，却更多一层沉着厚重，大概是由时代的原因造成的吧。另外，胡仔《苕溪渔隐丛话》后集卷十三说："中秋词，自东坡《水调歌头》一出，余词尽废"。其实亦未必，若此词固不敢有出蓝之誉，然谓之各有千秋可矣。

张孝祥最为人所称道的，还是他那些悲愤难抑的爱国词，其《六州歌头》即是代表作之一：

> 长淮望断，关塞莽然平。征尘暗，霜风劲，悄边声。黯销凝。追想当年事，殆天数，非人力；洙泗上，弦歌地，亦膻腥。隔水毡乡，落日牛羊下，区脱纵横。看名王宵猎，骑火一川明。笳鼓悲鸣，遣人惊。　　念腰间箭，匣中剑，空埃蠹，竟何成！时易失，心徒壮，岁将零。渺神京。干羽方怀远，静烽燧，且休兵。冠盖使，纷驰骛，若为情！闻道中原遗老，常南望，翠葆霓旌。使行人到此，忠愤气填膺，有泪如倾。

此词乃在建康留守张浚宴席上所赋。绍兴三十一年（1161年）十一月，金主完颜亮举兵南侵，突破宋军淮河防线，直驱长江北岸。在向采石（今安徽马鞍山）渡江时，为虞允文水师击败，宋金大军遂夹江东下，完颜亮至扬州为部下所杀，金兵退守淮河，双方暂时息战。隆兴元年（1163年），主战派张浚奉诏由潭州（今湖南长沙）改判建康府（今南京市）兼行宫留守，遂出师江淮，收复宿州。孝宗即慰勉张浚说："近日边报，中外鼓舞，十年来无此克捷"。可知这是自南渡以来振奋人心的一次胜利。但随之因将领失和，宋军兵败符离，孝宗态度动摇，和议之声又起，投降派再次得势。安国这篇《六州歌头》，当作于此时张浚的一次宴席上。故起句曰："长淮望断，关塞莽然平"。淮水已成边地，大片中原土地沦陷，极望处唯平野苍莽而已，其感慨之情何能已已！杨万里《初入淮河》诗有"人到淮河意不佳"、"中流以北即天涯"之句，皆同一伤心语，然在表达上有诗直词婉之别。"征尘暗"三句，继写关塞细景，关键是"悄边声"，即悄无声息、息战无声之谓。既中原收复无望，自增感伤情怀，于是他悲愤地喊出"黯销凝"的痛苦呻吟。这使他回想起"靖康之变"的往事，国家由此一蹶不振，山河大地变得如此破败不堪，究为谁之罪耶？答案本来很明显，但他隐约其辞并不直说，而曰"殆天数，非人力"，似乎是上天命运决定的。如果真是宋廷气数已尽，"从来天意高难问"，那也包括代表天意的最高统治者在内，是他们的妥协投降政策，造成多少抗敌爱国志士死的死、亡的亡，纵有经国方略，人力岂可为耶？故使礼乐弦歌之地（山东洙泗乃孔子当年讲学之处，此指代中原文明大地），亦变为腥膻臊臭之异国他乡。下面转写隔岸金兵，胡骑纵横，哨所遍佈（区脱，即金哨所在土屋），笳鼓悲鸣，战争气氛极为严峻，岂不叫人触目惊心！这当然是对宋廷提出的警示，亦暗寓对"悄边声"政策的批评。下片自换头"念腰间箭"至"岁将零"，抒写杀敌斗志难酬，时光虚掷之满腔悲愤，亦岳飞“莫等闲白了少年头”之意。自“干羽方怀过远”至“若为情”，笔锋直指包括皇帝在内的投降派，对软弱忍让政策进行抨击。干羽怀远，用《尚书·大禹谟》“舞干羽于两阶”典。干，即盾；羽，雉尾，相传乃大禹时用于文舞之饰具。禹曾以干戚羽舞使远方的有苗降服，后遂成为不以武力而用文治礼乐招抚异族的代词。此处当是指南宋统治者放弃北伐，专以媾和而屈膝金人的投降政策，即所谓“静烽燧，且休兵”，是极其辛辣的讽刺。“冠盖使，纷驰骛，若为情”三句，据岳珂《桯史》载：“礼文之际，多可议者，而受书之仪特甚。逆亮（完颜亮）渝平，孝皇（宋孝宗）以奉亲之故，与雍（金世宗完颜雍）继定和好。虽易称叔侄为与国，而此仪尚因循未改，上（孝宗）常悔之”。此乃“若为情”，即莫可奈何、何以为情的真正含意所在。两层之间又以“渺神京”三字连接过渡，亦极值得注意。渺，渺远也，谓汴京已遥不可及；又渺，亦渺茫之谓，言光复亦无望也。故前有报国无门之恨，后有对妥协投降政策的批评，其间心路活动之轨迹分明。“中原遗老”二句，当是从“冠盖使”等北来行人所闻知，故曰“闻道”。翠葆霓旌，指以鸟羽装饰车盖彩旗的皇帝仪仗，此处指宋廷大军之复北。又从沦陷区人民的殷切盼望用笔，是对妥协投降政策再作拷问，情感又折进一层。结尾振笔直抒，心情激烈悲慨，谓“忠愤气填膺”则是时代的共同心声，“淋漓痛快，笔饱墨酣，读之令人起舞！”①不过，明杨慎曾说：“骏发踔厉，寓以诗人句法者也”②，却需认真分辨，因其中确有不少议论直白之处，当是以诗入词者，只是整体的含婉使之化解，便不那么显眼了，或称其敛豪雄于婉约亦不为过。

再看他的《水调歌头·闻采石战胜》：

雪洗虏尘静，风约楚云留。何人为写悲壮，吹角古城楼。湖海平生豪气，关塞如今风景，剪烛看吴钩。剩喜燃犀处，骇浪与天浮。　忆当年，周与谢，富春秋。小乔初嫁，香囊未解，勋业故优游。赤壁矶头落照，肥水桥边衰草，渺渺唤人愁。我欲乘风去，击楫誓中流。

关于虞允文在采石大败金主完颜亮事，前已述及，此处不赘。由于这是宋室南渡后的首次大捷，朝野上下无不为之振奋欢呼。张孝祥此时往来于宣城、芜湖间，消息传来，亦受到极大鼓舞，遂写此词以抒怀抱。因此，这是一首快词壮词，更是以诗人情怀入词者。“雪洗虏尘静”，时当仲冬，有“雪洗”之说也不奇怪，然若以“洗雪”之义解读之，则语义双关，似更具敌忾气势，这是一扬。但接句“风约楚云留”，却是一抑：闻此捷报，顿起蹈边赴敌之志，然时世无奈，却将自己留在了楚地（宣城、芜湖间）。接下二句即继抒此无奈之悲慨：“何人为写悲壮，吹角古城楼”。写，通泻，是借城楼上倾泻而下的悲壮角声，以抒自己沉郁苍凉之情怀。“湖海”句，用《三国志·陈登传》典：“陈元龙（登）湖海之士，豪气不除”。是说自己，亦如陈登之有廓清天下之豪气。“关塞”句，用《世说新语》周𫖮典，𫖮曾曰：“风景不殊，正自有江山之异”，再说时势，言宋金对峙，中原未复也。故接曰“剪烛看

---

① 陈廷焯著．杜未末校．《白雨斋词话》(6)．人民文学出版社，1959

② 杨慎．《词品》(4)．山东画报出版社，2005

吴钩”，杜甫《后出塞》：“少年别有赠，含笑看吴钩”；李贺《南园》诗：“男儿何不带吴钩，收取关山五十州”。吴钩，即弯刀，接上言自己亦有收复中原之志。结二句，回写采石之战。剩，甚也；剩喜，非常喜；然犀，典出《晋书·温峤传》：峤奉命平苏峻之乱，“至牛渚矶（即采石矶），水深不可测，世云其下多怪物。峤遂毁犀角而照之，须臾见水族覆灭，奇形异状”。此乃关合“采石战胜”题旨，言金兵之如水族鬼怪，须臾覆灭，并以“骇浪与天浮”状写这场战争之激烈，声势惨壮，气象阔大。此等处征典虽繁，且多议论，然抒写婉曲，含而不露，虽以诗为词却非常成功。下片即转写虞允文，其妙亦然。首以周瑜、谢玄之英年成就雄业（时周三十四、谢四十一岁）喻虞，以赞誉其胜利伟业。虞时年五十二岁，故以“富春秋”而统写之。“小乔初嫁”句，语出东坡《念奴娇·赤壁怀古》（见前）；“香囊未解”句，则据《晋书·谢玄传》：“（玄）少年时好佩罗香囊”。最后以“勋业故优游”总写一笔，虽言在周谢，实意在美虞允文之风流儒雅，文韬武略，亦儒将也。“赤壁矶头落照，肥水桥边衰草，渺渺唤人愁”，承前周、谢事来，当是实写。然落日残照、凄迷衰草，又何以会叫人愁呢？即景生情，绸缪未雨，总为中原未复故也，当是对虞允文等将领的提醒。故结尾处遂用祖逖北伐而击楫誓中流之典收束。《晋书·祖逖传》载：逖北伐渡江至中流，击楫而誓曰：“逖不能清中原而复济者，有如大江！”当是激励将士，下定决心，一鼓作气，情词激越悲慨，豪气干云。总之，以诗入词，雄豪而不直露，壮放却见婉曲，是此词一大特点。

与张孝祥相接而稍后的爱国词人，其声名较著者有辛弃疾、陈亮、刘过等。辛弃疾是宋词的一座高峰，且成就也是多方面的，当另作介绍。而陈亮等的爱国词，就其大的倾向言，则多向政论化方向发展，往往以论为词，以文为词，强调的是政治指向的即时性，议论说理的直接性，提出问题的尖锐性，恣肆雄放，豪情激越，乃英雄豪杰之词，读之令人鼓舞。但就表现艺术言，则不免直率浅露，甚或叫噪怒张，把词直当长短句诗写耳。当然，如果把词仅作为一种特殊抒情诗体看，将其写成长短句读不葺之诗，亦未尝不可，只是词之所以为词，也就不复存在了。

陈亮（1143—1194年）字同甫，亦曰同父，号龙川，婺州永康（今属浙江）人。南宋著名思想家，为人才气超迈，喜谈用兵方略，力主抗金，反对和议，曾两讥时相无能，六达帝廷上书，遂被诬为狂怪，而数次下狱。《宋史》本传称其“自少有驱驰四方志”，然屡试不第，直至绍熙四年（1193）五十一岁时，始中进士第一，次年授官未至而病卒。今存《龙川词》七十四首。他的词大都以抗金救国为题旨，或鼓励爱国志士，或批判妥协投降，或分析宋金形势，甚或直陈方略主张，词完全成为政治斗争工具。其代表作《水调歌头·送章德茂大卿使虏》是写得比较成功的一首：

不见南师久，漫说北群空。当场只手，毕竟还我万夫雄。自笑堂堂汉使，得似洋洋河水，依旧只流东。且复穹庐拜，会向藁街逢。　　尧之都，舜之壤，禹之封。于中应有，一个半个耻臣戎。万里腥膻如许，千古英灵安在，磅礴几时通？胡运何须问，赫日自当中。

“隆兴和议”后，宋向金称侄，每至元旦或金主生日（称万春节），都要派使节前往祝贺，以示和好。然这种所谓"使虏"差事，却并非什么光荣使命，既以非对等的低下身份前往，便不免遭受种种屈辱，以至有使节因此而卖国求荣者。淳熙十二年（1185 年）十二月，为贺金世宗完颜雍生日（在次年三月），宋孝宗欲遣使而不成，独章德茂（森）出于大义，不畏艰险挺身而出，遂肩负起这一特殊使命。孝宗即下令命其以大理少卿试（借也）户部尚书的身份前往，陈亮因此写此词以送行。其大旨所在，亦即如他写给章德茂的信中所说："主上有北向争天下之志，而群臣不足以望清光，使此恨磊磈而未释，庸非天下士之耻乎？世之知此耻者少矣，愿侍郎为君父自厚，为四海自振！"①以申不甘屈辱之正气和誓雪国耻之豪情，期以共勉之。起二句即从正告金人发端，谓南师之久不北伐，不要错认为乃宋无卫国之士的原因。"北群空"句，由韩愈"伯乐一过冀北之野而马群遂空"②语化出，是以马为喻，谓此间之正不乏千里也。"当场只手"二句，即关合德茂出使事，赞其能只手千钧，还我汉使万夫称雄的堂堂正气，实勉之也。"自笑"三句，陡转笔锋，批评南宋朝臣软弱无能的投降政策。自笑者，自我嘲笑也，笑自己（实指宋）岂能象洋洋河水之东流归海，而向金人俯首称臣称侄！并用"得似……依旧……"的反诘语式加重强调，以示不甘居此屈辱地位之强烈义愤。"且复"二句，即承前征典以明决心。穹庐，北方游牧民族居住之毡包，此指金廷。藁街，本汉长安城南门内之"蛮夷邸"，传汉将陈汤，曾斩匈奴郅支单于首悬之藁街示众，因言之。下片慨宋廷软弱，权奸当政，忠良被害，国中无人之悲。"尧之都"五句，是说由尧、舜、禹等圣王经营五千年的这片国土，于中岂无一个半个耻于作虏臣的人，讽刺之也。行文节奏短促，激情高亢，悲愤怒号难以抑遏。"万里腥膻"三句，更是呼天抢地，叩问大片国土已成腥膻之地者，则国之英灵安在？国之气运又何时得以磅礴伸张？最后以金人气数已尽，宋朝如烈日当空之美好祝愿作结。不过，"胡运何须问，赫日自当中"二句，似有语病。可能由于写得匆忙，或一味豪放不拘，以"赫日"直接"胡运"，则义相反矣。

叶适《书龙川集后》曾说，陈亮填词"每一章就，辄自叹曰：平生经济之怀，略已陈矣！"可知他所作词，都是为表达经济之怀的副产物，这篇《水调歌头》就是典型的一例，而有些词甚至成为以词议政之作。他在《上孝宗皇帝第一书》中曾写道："南师之不出，于今几年矣！河洛腥膻，而天地之正气抑郁而不得泄，岂以堂堂中国，而五十年之间无一豪杰之能自奋战哉！"很明显，此词即书中这一思想的铺排扩展，其用语亦几乎相同，只是给皇帝上书拘谨，词则纵恣放浪，借题发挥耳。陈亮曾自述其作词曰："本之以俚语，杂之以街谈巷歌，抟搦义理，劫剥经传，而卒归曲子之律"③。可知他是把"曲子之律"，只当作抟搦义理、劫剥经传的一件外衣来写作的，而以这种态度作词，则忽视词体本身之特性，以诗为词，以文为词，也就成为必然了。因此，他的词往往豪气纵横、情词激切，但以词论之则不免议论直陈，为诗为文矣。正如陈廷焯评此词所说："就词论，则非高调"④。

同陆游、辛弃疾、陈亮等同时交游者，还有布衣词人刘过（1154—1206 年），字改之，号

---

① 陈亮．《与章德茂侍郎》．《龙川集》．台北：台湾商务印书馆，1983

② 陈亮．《送温处士赴河阳序》．《龙川集》．台北：台湾商务印书馆，1983

③ 陈亮．《与郑景元提干书》．《龙川集》．台北：台湾商务印书馆，1983

④ 陈廷焯著．杜未末校．《白雨斋词话》．人民文学出版社，1959

龙洲道人，吉州泰和（今属江西）人。一说庐陵（今江西吉安）人。他出身贫寒，自幼即以功业自许，却屡试不第，曾数次上书直陈恢复方略，亦如石沉大海，遂长期流落江湖间。今存《龙洲词》八十首，风格近似陈亮而少议政。冯煦曾评其词曰："龙洲自是稼轩附庸，然得其豪放，未得其宛转"。① 如《沁园春·张路分秋阅》：

万马不嘶，一声寒角，令行柳营。见秋原如掌，枪刀突出，星驰铁骑，阵势纵横。人在油幢，戎韬总制，羽扇从容裘带轻。君知否，是山西将种，曾系诗盟。　　龙蛇纸上飞腾，看落笔、四筵风雨惊。便尘沙出塞，封侯万里，印金如斗，未惬平生。拂拭腰间，吹毛剑在，不斩楼兰心不平。归来晚，听随军鼓吹，已带边声。

此词乃观张路分秋季阅兵时所写。路分，担任路分都监的官，宋代路一级的军事将领。张路分，生平不详。词中所写乃一爱国儒将的形象，全词结构整严，勾锁绵密，人物亦虎虎生风。词从"秋阅"前之一霎写起，故先是听觉："万马不嘶"，言气氛之肃穆；"一声寒角"，谓令行如山，霎时间即在军营传遍。寒，应秋阅。柳营，即军营，用西汉周亚夫军细柳典。"秋原"四句接写阅兵开始，又从视角着笔："刀枪突出"，紧承"令行"句，当是急速集合；"星驰铁骑，阵势纵横"，乃言调兵布阵，军容雄壮整肃。"人在油幢"三句，由兵而帅，才正面写到张路分，文韬武略之形象始出；"羽扇轻裘"，乃传统对儒将形象的用语。"君知否"用反诘语气，接前总提一笔，赞美张之既系天生将种，亦是诗文场中人，由武略遂过渡到文才。山西将种，典出《汉书·赵充国辛庆忌传赞》："秦汉以来，山东出相，山西出将"。换头三句，正面補写其文才："龙蛇纸上飞腾"，言其才思纵横、兴会淋漓之状；"四筵风雨惊"，侧面烘托诗文之妙，四座震惊。"便尘沙"四句，本是对其功业成就的肯定，但结以"未惬平生"，却是一转，点明其志不在一己之荣贵，更见出品格之崇高。那么其志何在呢？接三句即補足之，是知"不斩楼兰心不平"也。此既是笼括全篇之主旨，实亦词人所寄托之强烈心声。至此，人物形象已是神完气足，然终不应脱离"秋阅"主题，故尾三句再回到演练结束："归来晚"，言阅兵时间之久之长；"随军鼓吹"而带有"边声"，则词人的想象，似乎已飞到那刀枪厮杀的战场，实现他那"不斩楼兰心不平"（实指金人）的誓愿哩！此结极妙，情韵悠扬，含而不尽，是极警策语。张炎曾评其词曰："刘改之作豪气词，非雅词也。于文章余暇，戏弄笔墨，为长短句之诗耳"②。谓其戏弄笔墨虽未必，但以严整的诗法写词，缺少张孝祥等含婉跌宕的心灵袒露却是事实，岂非"长短句诗"乎！

刘过写过一首被岳珂称为"白日见鬼"的词，甚为时人称道，其实也是"长短句诗"。即题作"寄辛承旨。时，承旨招，不赴"的《沁园春》：

斗酒彘肩，风雨渡江，岂不快哉！被香山居士，约林和靖，与坡仙老，驾勒吾

① 朱坎校点.《蒿庵论词》(25). 人民文学出版社，1959

② 郭绍虞编. 词源(下).《中国历代文论选》(中). 中华书局，1962. 182

回。坡谓西湖，正如西子，浓抹淡妆临镜台。二公者，皆掉头不顾，只管衔杯。

白云天竺去来，图画里、峥嵘楼观开。爱东西双涧，纵横水绕；两峰南北，高下云堆。逋曰不然，暗香浮动，争似孤山先探梅。须晴去，访稼轩未晚，且此徘徊。

辛弃疾曾作枢密院都承旨故称辛承旨。宋宁宗嘉泰三年（1203 年），辛弃疾重被起用，知绍兴府兼浙东安抚使。据《桯史》载，辛因“闻其（刘过）名，遣介招之。适以事不及行，作书归辂者，因效辛体《沁园春》一词，并缄往，下笔便逼真”。因此，这是一首应约因事不赴而推迟行期之作，词中谈笑风生，充满幽默诙谐的奇趣，称作“于文章余暇戏弄笔墨”，倒还恰当。首句化用鸿门宴樊哙事，以豪雄之笔状其“风雨渡江”去赴约的痛快心情。然“以事不及行”，遂突发奇想，拉来三位不同时代的大诗人盛情挽留，作为开脱爽约的理由，而“驾勒吾回”。先是苏东坡邀他去赏“浓妆淡抹总相宜”的西湖胜景；再是白居易约他去游“东涧水流西涧水，南山云起北山云”（《寄韬光禅师诗》）的东西两涧林壑之美；更有林和靖跳出来说：“不然！”还是去探访那“疏影横斜水清浅，暗香浮动月黄昏”的孤山梅花。其妙处是他能将三位诗人的名章秀句，拿捏得提魂摄魄，声情毕现，表现出超凡脱尘的想象力和诙诡个性。故俞文豹《吹剑录》说：“此词虽粗而局段高，固可睨视稼轩”。但是，这也说明此时之豪气词，已完全成为“无事不可入，无意不可言”的长短句诗，于诗或许无碍，于词则不免离矣，所以历来评价并不很高。

通过前面对诗化词的巡视，可以描绘出这样一个轮廓：自东坡以诗法入词以来，他初学词则不免以诗为之，后期则能很好掌握词体特征，寄旷放豪纵于含婉曲折之中，故写下许多不朽名篇。中经张元干、张孝祥等人，更以爱国豪情而用曲子之律为之，尤能见出此派词人之独特风格。然至陈亮、刘过等人词，则不免“转掇义理，劫剥经传”，直陈方略主张，嬉笑怒骂世情，凡诗文所能为者则无不入词，于是缺少了些“潜气内转，百折千回”的词心，而多了些“劲气直达，大开大阖”的文气。① 总之，是把词当诗来写了。

三、赋化词

对宋代词人来说，传统文学修养的心理积淀，成为他们始终摆脱不掉的沉重精神负担，这主要有两个方面：一是诗的传统，一是赋（文）的传统。他们无时不以此为鉴，来规范对词的认识、理解和创作，并以此来对照、比较和提升词的品格（所谓“尊体”），于是词的身份也就常常处在半明不明的状态中。就诗的传统言，这种心理积淀有积极的一面，若能遗貌而取神，去粗而取精，自能提高词的艺术素质和能量；但就消极一面言，则不免混同诗词界限，把词完全写成诗（尤其是“宋诗”），词所特有个性遂昧而不明了。同样的道理，另一些人又将赋（文）法引入词的创作，以赋（文）笔来写词，这固然可以提高词在语言、结构、描写方面的精美及容量的扩大，但也容易造成专事铺陈堆垛、语言晦涩、内容苍白之弊。诗和词的共同点，是皆源于触物起情式的感兴，故容易产生摇荡性灵之美感；不同处则在诗表现的是人之显意识情思，词则表现的是人的隐在的微妙心灵，所谓“潜气内

---

① 此陈匪石《声执》评陈亮《登多景楼》语。

转”是也，故说“诗直而词婉”。赋同诗词的最大区别，则不是重在触景生情之心理感发，而是以铺陈勾勒之思力安排取胜。不过，在表现人之隐秘心路历程方面，由于其往往要精心构思和扩大容量，却反而更有益于词，这就和诗的瞬间触发且多直致的创作方式则相去甚远了。因此，赋化词的作者传统上大都归类于婉约词中。

所谓词的赋化，是指词对赋体特征的借鉴，如结构体式的宏博雅丽，表现手法的敷陈铺叙，词语拣择的精心设计等。“宏博雅丽”一语，乃是人们对汉赋的常用评语，这里所指则是此类词人最喜用慢词长调写作，相对于晚唐五代以来人们惯用的短篇小令而言，便有了“宏”和“博”特征。至于“雅”，则更是赋化词所标示的高格，自然是相对于词原本“俗”的特征而言的。敷陈铺叙，则是由慢词特有的容量和体式造成，或者说是为适应较长篇幅的描写需要决定的，当然这更是赋体文学的独具特征。这类词人也特别讲究征事用典，讲究调声协律，讲究勾勒修饰，大有赋家“锻岁炼年”、精益求精的苦吟精神，其实也是赋化的一种表现。因此，这类词有如下一些特征：一是工于布局，结构曲折绵密；二是体物状形，精致工巧；三是精于炼字，妥帖生新；四是深谙音律，喜欢自创新调。综言之，若用“体大思精”四字评之，亦不为过。

赋化词的滥觞者，可溯源到北宋的柳永、张先。他们虽都是当时婉约词的代表性人物，但在词史上尤为突出的贡献，则是首先大力创作慢词，故对后来的赋化词产生了很大影响，如赋化词的完成者周邦彦就受到直接沾溉。关于慢词，早在敦煌民间曲子词中即已存在，如《云谣集》中的一些作品。但词作为一种特殊的抒情文体，自中晚唐进入文人之手以后，他们却都选用与传统诗律相近的小令进行写作，戴叔伦、白居易、刘禹锡等如此，即使到晚唐五代的温、韦、冯、李和北宋的晏、欧诸大家，也是如此。这大概是由于词之初起，人们尚难熟练掌握运用其复杂声律的缘故吧。然自柳永出，他既精通音律，又常沉溺于歌楼酒馆为乐师歌妓写词，于是慢词的写作亦渐渐兴盛。而慢词的创作又不像小令那样简单，有如律绝之可以即兴直书，而是需要精心结，需要铺叙勾勒，这就为赋化词的出现奠定了基础。

柳永（？—1053 年）字耆卿，初名三变，字景庄，崇安（今属福建）人。景祐元年（1034）进士。曾任职晓峰（属今浙江定海县）盐场盐官，睦州推官，余杭令等。仁宗皇祐年间官至屯田员外郎，故世称柳屯田。据《能改斋漫录》、《艺苑雌黄》等书载，在他做地方小官时，曾有人荐其才于仁宗皇帝，却因所填《鹤冲天》词中，有“忍把浮名，换了浅斟低唱”句，因而触忤仁宗，曰：“得非填词柳三变乎？”荐者曰“然”。仁宗曰：“且去填词”。而柳闻之却不思悔过，反而自称“奉旨填词柳三变”，遂更肆纵游冶。自此便不得志而沉沦下僚，长出入歌楼酒肆，潦倒终生。然其词作俚俗畅晓，尤善铺叙形容，体情状物无不曲尽其妙，使文人歌词与燕乐杂曲得到很好结合，从而赢得“一时动听，传播四方”、“凡有井水饮处即能歌柳词”的盛誉。《避暑录话》曾记载：“永为举子时，多游狭邪，善为歌辞，教坊乐工，每得新腔，必求永为辞，始行于世。”可知他从青少年时期开始，即已表现出知律填词的不凡天赋。因此，批评其“词语尘下”者虽说历代多有，但在艺术上取得的杰出成就也不能不被认可。如王灼《碧鸡漫志》卷二说：“浅近卑俗，自成一体，不知书者尤好之”。冯煦《蒿庵论词》则一方面批评其“好为俳体，词多媟黩”，一方面又说“曲处能直，密外能疏，奡处能平，状难状之景，达难达之情，而出之自然，自是北宋巨手”。刘熙载《艺概·词曲概》也有相似论述，一方面斥其“风期未上”，另一方面又说“细密而妥溜，明白而家常，善于叙事，有过前人”。其实语言是否卑俗鄙俚，都不是实质所在，他们多致不满者则在柳永之行为生活及其描写，即所谓“卑俗”、“媟黩”等，也就是“多游狭邪”的放荡行为，因为那是不合封建士大夫的礼教规范的。至于艺术上达情状景、铺叙形容之高超技巧，却不能不推之为“北宋巨手”、“有过前人”了。

下面先读他的代表作《望海潮》：

> 东南形胜，三吴都会，钱塘自古繁华。烟柳画桥，风帘翠幕，参差十万人家。云树绕堤沙。怒涛卷霜雪，天堑无涯。市列珠玑，户盈罗绮，竞豪奢。　　重湖叠巘清嘉。有三秋桂子，十里荷花。羌管弄晴，菱歌泛夜，嬉嬉钓叟莲娃。千骑拥高牙，乘醉听箫鼓，吟赏烟霞。异日图将好景，归去凤池夸。

据《鹤林王露》卷十三载：“孙何帅钱塘，柳耆卿作《望海潮》词赠之”。又《宋史·孙何传》：何任两浙转运使约在真宗咸平中至景德初（1000—1004年），而“何乐名教，勤接士类，后进之有词艺者，必为称扬”。那么，柳永此词当是为博取孙何之延誉引荐，因而投递赠与之作。词中所写，大部称赏钱塘（今杭州）胜景，结尾才归结主题，赞颂孙何政绩。用笔高华朗畅，音韵铿锵雄浑，极尽铺排形容之能事。首三句只为点出钱塘，却写得极其宏阔张扬，既是东南一带形胜之地，又是三吴地区重要都会，并说“自古繁华”，那就更是历史悠久的文化名城了。三吴，旧指吴兴、吴郡、会稽。钱塘，顾祖禹《读史方舆纪要》曰：“陈置钱塘郡，隋平陈，废郡置杭州”。称“自古繁华”者即指此而言吧。起头即大开大阖，营造出不凡气势，字字掷地有声，下面即由“形胜”“繁华”两方面展开叙写。“烟柳画桥”，写街陌河桥之美；“风帘翠幕”，写楼宇亭市之美；“参差十万人家”，总括一句写民人户籍之蕃庶，的是用笔铺张，形容尽致。“云树”三句，转写钱塘江景：“云树绕堤沙”，乃状江堤之曲折逶迤，由一“绕”字点出；“怒涛卷霜雪”，乃状江水之澎湃浩荡，着一“卷”字激活；“天堑无涯”，本用以状长江之险，此则移用于钱塘，言其形势险要也。统观三句，当是描写著名的钱塘八月观潮，其用笔之雄放不在东坡《念奴娇·赤壁怀古》之下。“市列珠玑”三句，当承“十万人家”句来，回笔再状都市“繁华”，然中间所以隔断者，有意疏密错杂其笔也，亦铺排尽致。换头先提“重湖”，此当指西湖。史传白居易在杭州时筑白堤，始将西湖分成两部分，即里湖和外湖，故曰“重湖”。又西湖周围有灵隐山、南屏山、慧日峰等重山叠岭，故曰“叠巘”。重湖叠巘，其风光清和优美，已够教人陶醉流连的了，而湖中还更有一番胜境：“有三秋桂子，十里荷花”。前有白居易《忆江南》词“山寺月中寻桂子”，后有杨万里《晚出净慈寺送林子方》诗“接天莲叶无穷碧，映日荷花别样红”，都是描写西湖胜景的名句，而柳词特以简洁空灵之工整对句出之，则尤有令人欣然神往之艺术魅力。据罗大经《鹤林玉露》卷十三载：“此词流播，金主亮闻歌，欣然有慕于‘三秋桂子，十里荷花’，遂起投鞭渡江之志”。这也许不无夸张，但也并非全是凿空之言，其状景传神之妙亦可知矣。“羌管弄晴”三句，承前再作渲染：“羌管”“菱歌”，一昼一夜，从听觉上营造意境，读之令人神远；“钓叟莲娃”，或渔或采，从视觉上铺绘喜乐，状景如在目前。用“嬉嬉”二字写人，则形神兼具，图画宛然。尾数句回应献赠主题，归美郡守孙何政绩：“图将好景，归去凤池夸”，此好景自指上面大笔描状之“钱塘繁华”，而全归于其政绩以“图”进之，向“凤池”夸讲之，实婉寓有孙何能入朝执政之颂美意，不仅使前所铺排形容之肆景街貌与后之进献主题融贯一气，且能谀而不着痕迹，斯所谓善颂者也。此词之一大突出特征，即在以赋法入词之成功运用，如李之仪所说：“铺叙展衍，备足无余，形容盛明，千载如同当日”。（《跋吴师道小词》）陈振孙也说：“承平气象，形容曲尽”。[①] 而铺叙展衍、形容曲尽即赋法之谓也。又如他的另一首名作《八声甘州》：

对潇潇暮雨洒江天，一番洗清秋。渐霜风凄紧，关河冷落，残照当楼。是处红衰翠减，苒苒物华休。惟有长江水，无语东流。　　不忍登高临远，望故乡渺邈，归思难收。叹年来踪迹，何事苦淹留？想佳人妆楼颙望，误几回、天际识归舟！争知我，倚阑干处，正恁凝愁。

此乃柳永传诵千古的第一流名作，简单地说，上半写景，苍莽浑浩；下半言情，细密婉约。其慷怆悲慨之气，尤以赋笔为之的上半阕为最，故历来受到人们称赏。苏东坡即曾说：“世言柳耆卿曲俗，非也。如《八声甘州》云：‘霜风凄紧，关河冷落，残照当楼’。此语于诗句，不减唐人高处”。[②] 或曰此词气韵，全在发端，究其因则实乃全篇生发之总帽，即“暮雨清秋”四字而已。下面所写，即是对此作多角度多层次的铺排展衍。就日常生活经验言，则每经一番风雨，遂增加几分秋气，这固然是季节变化的必然，但对羁旅他乡的游子来说却尤为敏感，故“洗清秋”三字不可轻心放过。所谓“城中增暮寒”者，实因经过潇潇洒洒之秋雨“一番洗”刷而造成，但这是一个渐变的过程，故接下三句即以“渐”字领起。“霜风凄紧”写渐变之天宇，“关河冷落”写渐变之大地，“残照当楼”则统人物都在此其中矣。是则秋气之笼天盖地、充塞宇宙，自不待言，而意境之高远阔大、苍莽郁结，又体现出何等情怀！宋玉曾吟咏之“悲哉秋之为气也”的心灵感伤，至此才被具象化，且发挥得淋漓尽致，此即所谓“不减唐人高处”之真义所在吧。如果说这都是大笔水墨，下面即转入工笔细刻。红衰翠减，物华不荣，在秋士之感伤外，再加入青春易逝、美好凋零之无奈悲哀，情感更翻进一层。在易逝和不逝、短暂和永恒的对比中徜徉，词人终于进入宇宙和人生的哲理思考，遂发出无限感慨：“惟有长江水无语东流！”此特着“无语”二字又极富启示：是无知无识之长江本不能语，抑或虽有知有识却不愿泄漏天机？视之于万物，人类又何其渺小！常言说：“春女善怀，秋士善感”，故触物生情，即景起兴，于是过片遂转入情感的抒写。上片已点出“当楼”，换头便从“登高临远”写起。“故乡渺邈”是说回乡无望，“归思难收”是说思乡情切，在双重的矛盾痛苦中熬煎，所以说“不忍登高临远”。思乡主题至此明确点出。“叹年来”二句，再加重一笔，以明对“淹留”他乡之宦游生活的悔恨厌

---

① 陈振孙．《直斋书录解题》．福建：清光绪二十一年(1895)刊本

② 赵令畤．《侯鲭录》引，四库全书收于子部小说家类，共八卷

倦，其心迹更明。接下笔锋又转，他不是就本身续写，而是拟想对方——佳人，也许正“妆楼颙望”呢，日日伫盼着游子的早日归来，可是总是失望。“天际识归舟”，化用南朝诗人谢朓名句，然加“误几回”，则笼罩上一层飞卿词“过尽千帆皆不是”的浓浓柔情和失意，言情可谓含蓄婉曲。接着笔锋再转，又设想自己所想之人亦正在恋想自己，却怎会知道我亦倚楼颙望，而如此“正恁凝愁”呢？就此结束全词，既墨饱意足，又含蓄不尽，真所谓“曲处能直，密处能疏，状难状之景，达难达之情”者，柳之妙往往如此。

周济曾说：“柳词总以平叙见长。或发端，或结尾，或换头，以一二语勾勒提掇，有千钧之力”①。这又是柳永在铺叙展衍的“平叙”中，却并不平直的绝大本事，如他的另一代表作《雨霖铃》：

> 寒蝉凄切。对长亭晚，暮雨初歇。都门帐饮无绪，留恋处，兰舟催发。执手相看泪眼，竟无语凝噎。念去去，千里烟波，暮霭沉沉楚天阔。　　多情自古伤离别，更那堪冷落清秋节。今宵酒醒何处？杨柳岸、晓风残月。此去经年，应是良辰好景虚设。便纵有千种风情，更与何人说？

柳永自因作词而触忤仁宗后，遂“失意无俚，流连坊曲”，过起了“奉旨填词”、专为歌妓艺人写作歌词的放浪生活，此词当作于此时与自己相爱女子的一次惜别。开篇即由景起：“寒蝉凄切”，劈空而来，却又最具力度响度，只此一笔便把情感推上高峰。接下二句，才以缓笔再做渲染：在凄切的蝉鸣声中，一阵骤雨刚刚停歇，夕阳已经西下，景色低迷，心绪黯然，情化物也。然就此点出“长亭”二字，已暗寓离别之意，当是此情此景产生的根本原因。下面即就此接写：“都门帐饮”，语本江淹《别赋》之“帐饮东都，送客金谷”，是補出长亭设宴送行，而曰“无绪”者，则是无心情、没兴致之谓，全为下面之写离别铺垫。然心情之如此不佳，又正与景物所设之底色完全一致，心物融为一体，正王夫之所说“情不虚情，情皆可景；景非滞景，景总含情”者也，是词家极高明的手法。尽管心情不佳，离情难舍，不忍遽别，但屡屡“兰舟催发”，又不能不别，遂造成情感上的强烈矛盾，而有那非留非别之最难挨的一瞬：“执手相看泪眼，竟无语凝噎”！这虽是极真切的大实话，却于“曲处能直，疏处能密”，可谓精彩绝伦，正是柳词善于铺叙的绝大本事，非有深切生活经验者恐不能办。一路委婉曲折写来，至此铺排已足，于是有“念去去”三句正面写出别离。“去去”二字叠用，正如古诗之“行行重行行”，言去之又去，行逞无尽也。然接下却全是状景，更有不言言之之妙：曰去去，曰千里，曰楚天阔，其空间之大、前途之无着可知；又曰烟波，曰暮霭，曰沉沉，其设色之浓，而心情之沉重亦可知。只短短十数字，却以层折重彩之笔出之，柳词之善铺叙，又于此可见。换头二句，先宕开一笔说一般：“多情自古伤离别”，这是人情之所共有；下句却折进一层写特例：“更那堪冷落清秋节”，故此离别又有别于他离别，是为逆折层进之法，以强调其别之难、情之深、悲之不能自胜也。“今宵”以下，又接“念去去”句展衍，将似尽已断之叙述再次连通，但全出之以预为设想之辞，从而开辟出一

① 周济.《宋四家词选》评《斗百花》语.清光绪三十四年(1908)刊本

层全新的境界。此可分作两层:先是设想别后之“今宵何处”?想来应是舟行一夜靠岸,酒醒梦回,唯见晓风轻拂柳丝,残月已沉山坳,虽设想之言,然用情切、感触深,其景自然真率,故自成名句。苏轼就曾与之争胜,而有“柳郎中词,只合十七八女郎,执红牙板歌‘杨柳岸晓风残月’”之调侃。再设想“此去经年”后之情景,当自非一日半日可聚,相思之苦时时折磨,良辰美景也会黯然失色,纵然有千种柔情、万般蜜意,也无人可以相对诉说了。所谓“状难状之景,达难达之情”,铺排展衍,于此尤甚。此词之妙,尤在其叙述结构之精心安排:情节的深隐化潜在化,本为词体心灵化之特质所在,然他人所写或多简略平直,缺少变化,若永之此词,则时景时情,或抒或叙,勾连逆折,错综而下,又名章迥句,络绎不绝,真如草蛇灰线,似断实连,可谓摇曳多姿,情韵无穷矣。而词之赋体化,此亦是其一端。

在北宋词坛上,其作用与柳永情形相近的还有张先(990—1078 年)。先字子野,湖州乌程(今浙江吴兴)人。天圣八年(1030 年)进士。晏殊知永兴军时,辟为通判。后累官都官郎中。晚年退居乡里,过着诗酒闲淡的生活。他也是北宋婉约词的代表性人物,写有不少关于男女之情和闲适生活的词作,但尤喜作漫词,造语工巧,讲究叙述结构,对词的赋化也产生过重要影响。因其善用“影”字,故时人称其为“张三影”。《高斋诗话》载:“子野尝有诗云:‘浮萍断处见山影’,并长短句云:‘云破月来花弄影’;又云:‘隔墙送过秋千影’,并脍炙人口,世谓张三影”。又《古今诗话》曰:“有客谓子野曰:‘人皆谓公张三中,即心中事、眼中泪、意中人也’。公曰:‘何不目之为张三影?’客不晓,公曰:‘云破月来花弄影;娇柔懒起,帘压卷花影;柳径无人,堕絮飞无影。此余平生所得意也”①。综合二书所记,善用“影”固其喜好所在,然尤值得注意者则是“张三中”之说,因为那才是其词的精髓所在。至于二书都提到的“云破月来花弄影”,则是其《天仙子》中名句:

> 水调数声持酒听,午醉醒来愁未醒。送春春去几时回?临晚镜,伤流景,往事后期空记省。　　沙上并禽池上暝,云破月来花弄影。重重帘幕密遮灯,风不定,人初静,明日落红应满径。

此词所写,当是对“往事后期”(约期被耽误)的感伤回味(记省),故充满着追悔怅惘之情。题下有小注云:“时为嘉禾小倅,以病眠,不赴府会”。又张先作嘉禾判官,约在仁宗庆历元年(1041),时年五十二岁,已入老境。② 故知此虽时人普遍采用的主题,却与一般所写伤春不同,故有“往事后期空记省”之言。词由酒醒伤春写起,还有那已经厌听的悠扬《水调》笙歌,更搅扰得人心绪不宁,已是愁情满纸。只是他并不直说,而以含蓄委婉之笔墨出之,故极具深厚韵味,长期来遂脍炙人口。“记省”前着一“空”字,即知对“往事”之憾恨难平也。而“往事”之内容,亦未加说明,却以“送春春去几时回”这种象喻性极强的语言表出之。故知“春”者,非仅谓自然界之大好春光,实亦青春年华之谓。于是,联系

① 廖德明校点.《苕溪渔隐丛话·前集》(37). 人民文学出版社,1962

② 沈祖棻.《宋词赏析》. 上海古籍出版社,1980. 13

上下文，换头一联也就具有特殊寓意。“沙上并禽池上暝”，是以水鸟之双栖并宿，来衬托自己之索居独处，暗示的也许正是“往事”曾有过的幸福欢乐；“云破月来花弄影”，是在阴霾重压的苦闷中，以月移花影的袅娜舞动，表明自己并未放弃对人生光明的希冀。所以，在那个帘幕遮灯、风急人静的夜晚，他还在为明日落红焦心呢！凡此等处，虽写得景真情真，却不必执着以求，于不即不离之间味之，当更佳，此之所以为“婉约”也。故前人评价亦极高，如沈际飞说：“心与景会，落笔即是，着意即非，故当脍炙”①。王国维则说：“‘云破月来花弄影’，着一弄字而境界全出矣”。② 但是，张先在词史上的意义，更在其漫词错综变化的结构，即表述方式的创新上。如他的《满江红》：

> 飘尽寒梅，笑粉蝶游蜂未觉。渐迤逦、水明山秀，暖生帘幕。过雨小桃红未透，舞烟新柳青犹弱。记画桥深处水边亭，曾偷约。　　多少恨，今犹昨，愁和闷，都忘却。拚从前烂醉，被花迷着。晴鸽试铃风力软，雏莺弄舌春寒薄。但只愁，锦绣闹妆时，东风恶。

此乃追旧念远、描写男女情爱之作，乍一看去，上片状景，下片言情，似乎与一般词作所常采用的手法，没有什么特别不同之处。然细心琢磨，我们却会发现其叙述之方式，确实与众大为不同。一般说，为适应词体心理历程化的需要，词中（尤其是小令盛行的北宋词）情节之叙述安排，往往是一种潜隐化心灵化之单一点染，或按时间顺序描叙，还见不出凭借思力所作之精心结构，即使在柳永词中亦复如是。而子野这首慢词却不然。长调须讲究结构，但其用心之重点，各人又不相同，若柳所长者在铺叙，子野则特于叙述结构上独出心裁，他打破时间顺序，打乱时空界限，错综其先后以安排情节，不仅丰富了词的曲折故事性，且增强了情感的跌宕起伏、节奏韵律变化，充分表现出词因赋化而获得的优势。陈廷焯曾说：“张子野词，古今一大转移也。……有含蓄处，亦有发越处。但含蓄不似温、韦，发越亦不似豪苏腻柳”③。何以称其为“古今一大转移”？就因为除传统讲的含蓄之外，还有他特别强调的“发越”，即叙述结构的跌宕展衍、不拘常轨。这是赋化词的又一大特征。

词首二句先从春意萌动之初春写起：寒梅落尽，大地春回，而那些惯于偷香窃玉的蜂蝶却浑然未觉，岂非可笑？然既用蜂蝶，当有烘托和象喻之两重意义，下面分析中将自明。“渐迤逦”五句，即承前再写春光之渐转明媚：水明山秀，帘笼生春，桃花着雨颜色尚浅，柳丝笼烟泛出青柔，正是一派融和骀荡的初春天气。就是在这样一个情灵摇曳的美好时刻，我们终于在画桥水边的小亭初次相会。不过“画桥”前冠一“记”字，“偷约”前加一“曾”字，则前面所写这一切，似乎都非现实的东西，而全部变作回忆。在章法上为一大转折。又“约”前着一“偷”字，则与“粉蝶游蜂”句又有了某种联系，该不是自悔时过吧！下片即由景物烘染过渡到述情。换头四句写别后之恨，及因恨而生之愁之闷，但以“今犹

---

① 沈际飞.《草堂诗余·正集》. 全国图书文献缩微中心，2001

② 徐调孚注.《人间词话》. 人民文学出版社，1962

③ 陈廷焯著. 杜未末校.《白雨斋词话》(1). 人民文学出版社，1959

昨”三字领起，是时间从过去又转移到现在，而谓“都忘却”者，实不能忘却也，否则哪会有“今犹昨”的清晰记忆和悠悠情思呢？接四句又着“从前”，是时间再次倒转，又回到了过去。“拚从前烂醉”，言其沉溺于从前的柔情蜜意不能自拔也；“被花迷着”，与“粉蝶游蜂”句联系更显，既写人又写物，浑然一体。“晴鸽”“雏莺”一联，当是生动的象喻，接前写“迷”：风力软、春寒薄，是写触觉感受之“迷”；晴鸽试铃、雏莺弄舌，是写听觉感受之“迷”，当然同前面的“花”一样，都有象喻的意味。结尾二句，故作不确定之词，作过去现在解都可，惝恍迷离以点明心迹。尾句“春风恶”语，似乎是在暗示此次离散而造成的爱情悲剧，当是某种社会恶势力的所作所为。正因这个结尾，而错综支离、似乎有点杂乱的结构，也才有了心理上的解释而化为一个整体，它是悽恻动人的爱情三部曲：画桥小亭之偷约，风软春寒之甜密，最后被“东风恶”势力阻断，至于贯穿全篇的叙述主线，则是阻断后“今犹昨”的刻骨思念。总之像这样精致的谋篇结构，却绝非信笔率意之作所能到，当是词人殚精竭虑之思力造成的结果，而这正是后来周邦彦等人所最着力用心之处。

周邦彦（1056—1121 年）字美成，号清真居士，钱塘（今浙江杭州）人。宋神宗元丰初，为太学生时曾献《汴都赋》，遂被擢为太学正。居五年，出为庐州教授，知溧水县，还京为国子主簿。哲宗召对，除秘书省正字，历教书郎。徽宗时，仕至徽猷阁待制，提举大晟府，出知顺昌府，徒处州，提举南京鸿庆宫，卒。他一生有两点，与说明其词的赋化倾向关系密切，兹分述如下：一是献《汴都赋》，知其少年即工于辞赋。《宋史・文苑传》曰：“元丰初，游京师，献《汴都赋》万余言，神宗异之，令侍臣读于迩英阁。”又《咸淳临安志・人物志》曰：“（神宗）令左丞李清臣读于迩英阁，多以边旁言之，不尽悉也”。原因是此赋“多古文奇字”，殊不易晓，所以知他对辞赋创作确有深厚修养。《咸淳临安志》论其文曰：“其文，识者谓有功力深到处。磬镜乌几之铭，有郑圃漆园之风；祷神之文，仿《送穷》、《乞巧》之作”，亦可作为旁证。二是因精通音律而提大晟府。《宋史・文苑传》称其“好音乐，能自度曲”，而《咸淳临安志・人物志》则说：“邦彦能文章，妙解音律，名其堂曰‘顾曲’。”按顾曲之名，当取自“曲有误，周郎顾”之俗语，当是自负精通音律，而以周郎自比也。关于大晟府事，张炎《词源》曰：“崇宁立大晟府，命周美成诸人讨论古音，审定古调”。讨论审定古音古调自然是因为精通音律，值得注意的是他还能以古为新，自创新鲜曲调。《词源》说：“美成诸人又复增演慢曲引近，或移宫换羽，为三犯四犯之曲，按月律为之，其曲遂繁”。而他创作的这些三犯四犯之“新声”，又往往是繁难复杂、不为一般人容易掌握的，没有深厚的音乐修养和创作功力，是很难为之填写歌词的，这再次说明他那些“尤善铺叙，富艳精工”的慢词之赋化倾向的必然性。

后人对清真词的评价，虽有褒贬态度不同，但对他的“诗律之精”或“思力独绝”却大都取肯定态度。如张炎说：“美成词只当看他浑成处，于软媚中有气魄，采唐诗融化如自己者，乃其所长，惜乎意趣却不高远”①。刘熙载也说：“周美成词，或称其无美不备。余谓论词莫先于品，美成词信富艳精工，只是当不得个贞字”②。批评其思想内容方面有所不

---

① 张炎.《词源》(下). 榆园丛书本. 山东画报出版社,2004

② 刘熙载.《艺概・词曲概》. 上海古籍出版社,1982

足，这是正确的，但更多人所看重者则是其艺术上的成就。陈振孙即说："长调尤善铺叙，富艳精工，词人之甲乙也"①。周济说："钩勒之妙，无如清真。他人一钩勒便薄，清真愈钩勒愈浑厚"②。并进而曰："清真集大成者也"③。王国维对清真词虽有贬词，但也说："先生之词，文字之外，须兼味其音律。……今其声虽亡，读其词者犹觉拗怒之中，自饶和婉，曼声促节，繁会相宜，清浊抑扬，辘轳交往，两宋之间，一人而已"。甚至说"北宋人如欧、苏、秦、黄高则高矣，至精工博大，殊不逮先生"，并最终以"词中老杜非先生不可"论定之④。总之，善铺叙、善钩勒、知音律、富艳精工等，便是其超越前人之处。于是，有以杜甫在诗史上的地位比拟者，如邵瑞彭说："诗律莫细乎杜，词律亦莫细乎周"。⑤ 有以颜真卿在书史上的地位比拟者，如周济说："美成思力，独绝千古，如颜平原书，虽未臻两晋，而唐初之法至此大备"⑥。因此，就其词作之思力用功之精而论，不管从哪方面说都是有划时代意义的，承前可上接柳永、张先而更为精谨，启后则南宋诸大家如姜夔、吴文英、周密、陈允平等，似皆无不在其影响之笼盖之下。

清真词的代表作当首推《瑞龙吟》：

> 章台路，还见褪粉梅梢，试花桃树。愔愔坊陌人家，定巢燕子，归来旧处。　黯凝竚，因念箇人痴小，乍窥门户。侵晨浅约宫黄，障风映袖，盈盈笑语。　前度刘郎重到，访邻寻里。同时歌舞，唯有旧家秋娘，声价如故。吟笺赋笔，犹记燕台句。知谁伴、名园露饮，东城闲步？事与孤鸿去。探春尽是，伤离意绪。官柳低金缕。归骑晚，纤纤池塘飞雨。断肠院落，一帘飞絮。

此词所写乃旧地重游，追怀往事，眷恋旧欢之事。首以景起，终以景结，中间则述事、写人、言情融为一体，以忆昔和伤今两条线索交织错综而下，有抽茧剥笋往复回环之妙。因此，最引人注意的，即是其精心结撰的结构章法。全词共三叠，前两叠谓之"双拽头"，实等于一般词调的上片。前叠写"章台路"上所见之景，"褪粉梅梢，试花桃树"二语，新巧别致，不直说梅谢桃开，而是另换一种表述说梅粉褪去、桃花试着，把无生命之物拟人化、女性化，便觉措语生新，而写初春天气更觉传神。"章台""坊陌"，既点出此乃歌台舞榭集聚的繁华之地，亦暗示所恋者乃一歌妓，婉约其词者也，故知字字皆有着落。冠以"愔愔"二字，于繁华处偏着冷寂语，便微逗出相思怀人之失落情怀。故次叠即转入写人，"黯凝竚"乃一过渡语，承前"愔愔"而使情思明朗化，正面点出伤离念别。此又领下而具体写"箇人"，并用"因念"说起，知思绪已回到过去。写人而用痴小、乍窥、浅约、障风、盈盈笑语等，语言轻灵活泼，人物形神飞动，浅雅中却富骚艳，是篇中最具神采的笔墨。三叠换头

---

① 陈振孙．《直斋书录题解》．福建：清光绪二十一年(1895)刊本
② 朩坎校点．《介存斋论词杂著》．人民文学出版社，1959
③ 周济．《宋四家词选目录序论》．见《介存斋论词杂著》附录
④ 王国维．《清真先生遗事》．见《人间词话》附录14，17．人民文学出版社，1962
⑤ 章锡琛校．《周词订律序》．上海：开明书店，民国二十六年(1937)
⑥ 周济．朩坎校点．《介存斋论词杂著》．人民文学出版社，1959

之"前度刘郎重到,访邻寻里",语用"重到",是又回到现在。首叠结尾有"定巢燕子归来旧处"语,虽是即目写实,然亦借物象喻者,故与此处呼应始点出故地重游主题,可谓勾连接榫,针线绵密。刘郎句,表面是化用刘禹锡《再游玄都观》诗意,实则是用刘晨入天台山采药遇仙女,重访不遇之典,因此与周词寻访旧欢主题更相契合:今日刘郎重到,同样美人踪迹杳然,唯有旧家秋娘而已,岂不怅然!"吟笺赋笔"五句,以"犹记"二字领起,是思绪又回到过去。燕台,用李商《燕台》诗典:有洛阳女子名柳枝者,闻其诗而惊慕李之才华,遂追询作者所在,翌日遇于巷,梳双鬟抱扇而立,风障一袖,与语相约,终于引出一段神魂离合之凄美爱情故事。词用此典,实亦暗示昔日之以诗乐相倾,而终归凄然断肠之事。应指出的是,凡所引诸典,皆与前所写之"桃树"、"人家"、"障风映袖"等丝丝相叩、一一关联,亦是针线绵密处。然这些回忆中之吟笺赋诗、名园露饮、东城闲步等美好记忆,如今却都变作过眼烟云,故慨然曰"事与孤鸿去"!接下"探春尽是伤离意绪"句,实乃全篇主脑,至此而公然点明,其不能自已之情和盘托出矣。"官柳低金缕"以下,再回叙现在,并以访旧不遇而绾结全篇。"归骑晚",言踏访之久,一路又是纤纤细雨,状凄楚也。"断肠院落",则移情于物,偏是满帘风絮飘飞,失落之极也。此乃以景结情,移用"含情落句"之诗法入词,同样具有语尽意不尽之远韵在。周氏此词,虽极尽勾勒顿挫、回环往复之妙,却能运笔空灵流美,文思出简入繁,实乃人工思力所达致之化境,自成词史上之名篇。

上词是以事为线(可称隐在情节)而错综勾勒,在结构上尤见人工思力者。他的另一类词,则是以善写心路历程之转折层递,而见人工思力之博大精深者。如《六丑·蔷薇谢后作》:

> 正单衣试酒,怅客里光阴虚掷。愿春暂留,春归如过翼,一去无迹。为问花何在?夜来风雨,葬楚宫倾国,钗钿堕处遗香泽。乱点桃蹊,轻翻柳陌,多情为谁追惜?但蜂媒蝶使,时叩窗槅。　　东园岑寂,渐蒙笼暗碧。静绕珍丛底,成叹息。长条故惹行客。似牵衣待话,别情无极。残英小,强簪巾帻;终不似、一朵钗头颤袅,向人欹侧。漂流处,莫趁潮汐。恐断红尚有相思字,何由见得。

据词题,此当是一首咏蔷薇凋谢之作。沈祥龙曾说:"咏物之作,在借物以寓性情,凡身世之感,君国之忧,隐然蕴于其内,斯寄托遥深,非沾焉咏一物矣"①,是知周词亦非单纯咏物,乃借物咏怀者也。所寄之怀抱何在?一言蔽之,怜花惜春而伤年华之易逝、怀才不遇也。从其结构层面看,上片写花谢,下片写寻花,前景后情,相互映衬,而以伤春情怀一以贯之。开篇二句,先点出"客里光阴虚掷",可知此乃游子他乡、仕途失意、触物伤怀而感年华易逝者。春者,美好事物之象喻;花者青春年华之表征,故接下即写惜春伤花之情。起得既深挚别致,下三句更写得情思摇曳。周济曾评之曰:"十三字千回百折,千锤丰炼"。何为千回百折?曰:不说春光久驻,而曰"愿春暂留",知势不可为之无奈也,其情已

① 沈祥龙.《论词随笔》. 词话丛编本. 中华书局,1986

悲，一折；去似无情，不作少驻，却如飞鸟之疾驶，是去得无罣无虑也，益悲，二折；疾而已矣，且一去杳然，渺无踪影，其决绝无情可知，悲之又悲，三折。有此三重层折，则其心情之凄楚烦乱，当非常言所能尽者，于是想到那随春怒放之花（蔷薇）"为问何在？"想起经过一夜之疾风骤雨，怕是玉碎香消、已在桃蹊柳陌飘堕、唯留泥淖中一丝余香了吧！然而，有谁还知怜惜她们呢？大概只有那些护花使者蜂蝶，才叩窗触槅，为主人报丧哭葬而忙乱吧！倾国、钗钿，皆指美人，此处暗喻蔷薇花。状花如此，其情凄伤低抑，已是不能自已，于是有起而去"东园"寻花之举。此时，东方渐晓，满园岑寂，一层薄雾掩映，花丛暗碧，随步低回其下，唯有叹息而已。可是谁知花若有情而恋恋不舍，不时牵衣不放（茎有刺故），似有别情离绪等待诉说。我终于找到一朵小小"残英"试插在头巾之上，可是哪有盛开时曾向人亲昵依偎、袅袅震颤的那般风韵呢？唯有暗自祝愿她：不要随那潮汐漂流而去，因为您尚待诉说而写在花瓣上的"相思字"（此暗用红叶题诗典），我就再也看不到了。什么叫"诗"？刘熙载曾说："一转一深，一深一妙，此骚人三昧。倚声家得之，便自超出常境"①。若此词者，一路迤逦写来，却愈转愈深，愈深而愈妙，竟排荡出如许之情感曲折波澜来，不谓之深得"骚人三昧"，可呼？人而花，花而人，吊花吊己，感物伤怀，铺排展衍，曲尽物态人事，写人心中之潜意识细密如此，较之那些振笔直书，毫无遮掩者，又何如哉！

周济评清真《拜星月慢》（夜色催更）词说："全是追思，却纯用写实，但读前阕，几疑是赋也"②。若以赋论，则《西河 · 金陵》一篇全似赋了：

> 佳丽地，南朝盛事谁记？山围故国绕清江，髻鬟对起。怒涛寂寞打孤城，风樯遥度天际。　　断崖树，犹倒倚，莫愁艇子曾系。空余旧迹郁苍苍，雾沉半垒。夜深月过女墙来，伤心东望淮水。　　酒旗戏鼓甚处市？想依稀，王谢邻里。燕子不知何世，入寻常巷陌人家，相对如说兴亡，斜阳里。

徽宗宣和二年（1120 年），方腊军在浙江一带起义，时周邦彦适在杭州，遂仓皇逃离，取道扬州、天长等地，经过一段颠沛流离的生活，终至南京（河南商丘）。此词当是经过金陵时所作。其时北宋国势日衰，危机四伏，已走到穷途末路，词所写当与他这段经历有关，借以抒发其思古之幽情者。它的一个突出特征，即张炎所说"采唐诗融化如已出"。前半即化用刘禹锡《石头城》诗，后半则化用《乌衣巷》诗。但又铺排展衍、钩勒形容，故其风格境界自有很大不同。概言之，刘诗俊爽而神韵高举，周词厚重而情思婉约。究其原因，除生活积淀和时代情势之不同外，则所采用之表现方法亦是重要之一因。具体地说，他取刘诗之情感意境，而扩充之，铺展之，钩勒刻画而形容之，总之是以赋法来重铸诗境，因而才成就为词体特有之婉约要眇特征。全词分上中下三片，首句"佳丽地，南朝盛事谁记"，当从谢朓《入朝曲》之"江南佳丽地，金陵帝王州"名句化出，突兀而起，直举胸情，有

① 刘熙载.《艺概 · 词曲概》. 上海古籍出版社，1982

② 周济.《宋四家词选》，光绪三十四年（1908）本

提挈全篇之妙。意谓，山川之佳丽自古永存，然金陵作为“帝王州”之兴盛景象，恐怕亦如过眼烟云，早被历史尘封，如今还有谁会记得呢？以此入题，伤时刺世，不禁感慨系之，遂引出下文专咏金陵。上片即据刘诗“山围故国周遭在，浪打空城寂寞回”发挥，然“山围”状以“髻鬟对起”，“浪打”换作“怒涛”，“空城”改用“孤城”（孤则可也，空则未必），再饰以“风樯遥度天际”，皆铺张形容之也。中片据刘诗后半“淮水东边旧时月，夜深还过女墙来”发挥，除“旧时月”益以“伤心东望”，而增强感情浓度外，又叠加断崖古树、旧迹苍台、雾沉半垒等景物描写，皆扩充展衍之也。而“莫愁”句，语本古乐府《莫愁乐》之“艇子打两桨，催送莫愁来”，既用“曾系”知此乃过去有过的风流，如今已不可得。赋者铺也，以如此铺张排比的手法状景，无非是与“佳丽地”造成强烈对照，低回宛转，发怀古之幽思，其暗讽之意亦自寓其中。下片则全从刘诗《乌衣巷》之“旧时王谢堂前燕，飞入寻常百姓家”名句化出，当是承前结之“东望淮水”（此指秦淮河）而来，故有“酒旗戏鼓甚处市”之换头发问。此下虽是对原诗稍作参差腾挪，然却幻化出一双燕子的呢喃：“相对如说兴亡，斜阳里”，才算明白点出主题，提醒全篇。而以此绾结全词，其用笔之妙，余味无穷，情思袅袅，正不在刘诗之下。综观此词，似全借前人诗而增益成篇者，然所抒之情感节奏不同，故句式结构亦随之改变，以抑扬顿挫之声，发低回要眇之情，是情文节奏皆有余于诗，此诗词之所以不容相混也，岂止长短句之形式哉！

南宋词坛大家，首推沉郁顿挫、雄放杰出的辛弃疾，其次就应数姜（夔）、吴（文英）了。而二家又都是深受美成赋化词之影响，且能另辟新境者，故陈廷焯说：“词至美成，乃有大宗，前收苏、秦之终，后开姜、吴之始，自有词人以来，不得不推为巨擘”①。若分而言之，则张文虎说：“白石何尝不自清真出，特变其秾丽为淡远耳”（《绿梅花龛词序》），陈廷焯也说：“白石、梅溪（史达祖）皆祖清真，白石化矣，梅溪或稍逊焉”（《白雨斋词话》卷二）。至于梦窗，沈义父即早已指出：“梦窗深得清真之妙”②，陈锐则说：“梦窗变美成之面貌，而炼响于实”（《褒碧斋词话》），是二家词皆出清真，更无疑义。但相较而言，虽为同师清真，二家却不似史达祖之亦步亦趋，渐趋尖巧，殊少变化，所以为“清真之附庸”。姜、吴则能另辟新径，别创新境，或转向清空一路，或转向质实一途，是为大家。因而，陈廷焯谓姜曰：“顿挫之妙，理法之精，千古词宗，自属美成。而气体之超妙，则白石独有千古，美成亦不能至”。③ 而况周颐谓吴曰：“梦窗致密其外耳”，“即致密，即沉著，非出乎致密之外，超乎致密之上，别有沉著之一境也”④。即是说，二家虽自清真出，然二家之独特创造亦有清真不能到处。

姜夔（约1155—1221年）字尧章，号白石道人，饶州鄱阳（今江西波阳）人。少随父宦游汉阳，父死遂流寓湘、鄂间。早岁曾写《姑苏怀古》诗曰：“行人怅望苏台柳，曾与吴王扫落花”。深得名诗人杨万里赞赏，而千岩老人萧德藻尤爱其才，遂于孝宗淳熙十三年（1186年）冬应其邀赴浙，并以兄女妻之，由是居湖州萧家约十年之久。光宗绍熙二年

① 陈廷焯著．杜未末校．《白雨斋词话》(1)．人民文学出版社，1959
② 沈义父撰．《乐府指迷》．济南：山东画报出版社，2004
③ 陈廷焯著．杜未末校．《白雨斋词话》(2)．人民文学出版社，1959
④ 况周颐．王幼安校定．《蕙风词话》(2)．人民文学出版社，1962

(1191年)又应名诗人范成大之情,于范村共赏梅花,遂自度新腔填写《暗香》《疏影》,一时传诵,声名大著。后德藻因贫病随子离湖州,白石亦于宁宗庆元三年(1197年)移居杭州,依挚友张鉴、张镃兄弟为生。同年向朝廷献《大乐议》、《琴瑟考古图》,但未予奏议。又二年,上《圣宋铙歌十二章》幸得赏识,诏于礼部试进士,未中,从此遂绝意仕进,旅食于江浙间,终卒杭州。他精通音律,是当时著名诗人,然尤长于词,今存《白石道人歌曲》收词八十余首,大都为精雕细刻之力作。此外,他还著有《白石诗说》,虽篇幅不大,在我国诗论史上却具有重要意义。范成大曾称他"翰墨人品,皆似晋宋之雅士"。其人品风流可知,影响到词作,张炎遂以"清空"二字称之。其《词源》曰:"词要清空,不要质实。……白石词如野云孤飞,去留无迹"。又评周美成词时说:"惜乎意趣却不高远,所以出奇之语,以白石骚雅之句润色之,真天机云锦也"。此后,以"清空骚雅"评白石词遂成定论。不过,名作家之艺术奥妙,从不同角度看总会得到不同感受,故刘熙载即说:"姜白石词,幽韵冷香,令人挹之无尽。拟诸形容,在乐则琴,在花则梅也"。① 这不仅是因为其词多用"冷香"二字(如"冷香飞上诗句"、"冷香下携手多时"、"冷香人瑶席"等),而更在其意境之清冷幽约。因此,若以"清空骚雅"、"幽韵冷香"八字评姜词,也许更为全面。只是,前者偏于风格方面言,后者则就意境韵味言。先看名作《扬州慢》:

> 淮左名都,竹西佳处,解鞍少驻初程。过春风十里,尽荠麦青青。自胡马、窥江去后,废池乔木,犹厌言兵。渐黄昏,清角吹寒,都在空城。　　杜郎俊赏,算而今、重到须惊。纵豆蔻词工,青楼梦好,难赋深情。二十四桥仍在,波心荡、冷月无声。念桥边红药,年年知为谁生!

词前有小序:"淳熙丙申至日,予过维扬,夜雪初霁,荠麦弥望。入其城则四顾萧条,寒水自碧。暮色渐起,戍角悲吟。予怀怆然,感慨今昔,因自度此曲。千岩老人以为有黍离之悲也"。此序对理解全词至关重要,至少可传递出如下信息:其写作时间在孝宗淳熙三年(1176)冬至日,时词人约二十二岁,正当风华少年之时;地点则在扬州(维扬)"夜雪初霁"的晚上,而历史上写扬州繁华之最著名诗人,当首推晚唐杜牧,故词境亦多从杜诗生发;其写作之情感基底,却不是写扬州繁华,而是"感慨今昔",以发故国"黍离之悲",故和小杜诗又形成鲜明对照。知此数端,则我们才可感受词中强烈的时代气息及艺术上之独特创造。首三句为一层,当写心灵积淀中之"淮左名都,竹西佳处"的美丽扬州。杜牧《题扬州禅智寺》诗:"谁知竹西路,歌吹是扬州",即此所本。再联系后面多化用小杜诗句,又知此种心理积淀实全从杜诗得来,而历史同现实的差异,便成为此词构思基点。既为想象中杜牧笔下之美丽扬州所吸引,遂不免要"解鞍少驻初程",而去一览了。可是眼前事实却并非如此,于是笔锋顿作折转,径书"入其城"之所见,为第二层。步入当年之"春风十里扬州路",见到的却是"尽荠麦青青"、"废池乔木",一派残败荒凉景象,其引起之心灵震撼是可想而知的。为何会造成如此景象?接三句转入第三层,以揭示其因:经过金

---

① 刘熙载撰.《艺概》(4). 上海古籍出版社,1982

兵的那场掠夺蹂躏之后，这里已是断垣残壁，而战争留下的创伤亦然难以抚平，故至今人们“犹厌言兵”。中间夹“废池乔木”四字，表面看是说“胡马”造成的后果，但也可作拟人手法读，是说草木尚且如此，人又岂不厌战！陈廷焯评曰：“数语写兵燹后情景逼真。‘犹厌言兵’四字，包括无数伤乱语，他人累千百言，亦无此韵味”。① 此韵味者何？即它之多解性、多边性，不即不离性，而黍离之悲、家国之痛已深蕴其中矣。收三句再作顿折，从听觉感受上作进一步渲染：落日黄昏，清角悲鸣，冬气送寒，一派凄楚景象，最后终于逼出那个始终含而不露的东西——“空城”意象，以收结上片。“寒”，本是天气变化给人造成的主观感受，作者却说乃由角声吹出，是化无情为有情，知寒亦在人心也，可谓用笔摇曳曲婉。也许是由于潜意识中，飘逸纠结着的小杜诗句不散，故换头即正面点出“杜郎”。他不是写过那么多赞美扬州、令人神往的诗篇么？想来面对“而今”扬州这座“空城”，恐怕也会感到触目惊心，纵有千万般深情，亦难吟哦成篇吧！这是词人发出的历史浩叹，其心情之低回激荡亦自可知。然而，词人妙笔所到，竟能著手成春，居然另辟一层新境出来：“二十四桥仍在，波心荡，冷月无声”！这种空灵冷寂之美，正是白石词之真精神所在，所谓“冷香幽韵”是也，故能创前人之所未到，自当享誉千古。因为，知此则不只是“寒”在心中，并骨髓亦寒彻也。然犹以此为未足，遂更着一笔：“念桥边红药，年年知为谁生！”移情于物，不以有知者的人之感伤悲悼，而以“寂寞开无主”之芍药花悼之，是为苟活的生命寄一丝悲悯，抑或赞叹其孤独生命之顽强？高情远韵，味自绵长。此词虽无清真词时空错综变化之妙，却以勾连宛转之安排见长，无论构思谋篇、用字造句、节奏韵律都十分讲究，是词人精心结撰之作。

这种冷色调的词，成为他词作最具特色的一面，所见多有，如《点绛唇·丁未冬过吴松作》：

> 燕雁无心，太湖西畔随云去。数峰清苦，商略黄昏雨。　　第四桥边，拟共天随住。今何许，凭栏怀古，残柳参差舞。

词虽不长，然其堂庑之大，气象之阔，实所谓能空诸万有又包诸万有者。总之，融自然、人生、历史和时代于一炉，尤能见出白石词举重若轻的精湛艺术。丁未冬，即淳熙十四年冬天。当时，他正随萧德藻住湖州，后经杨万里介绍，又去苏州石湖会晤范成大，途经吴松（今江苏吴江县）时有感而写下此词。感由何起？即词中提到的“天随”。晚唐诗人陆龟蒙，号天随子，又号江湖散人，虽抱经国大志，却屡举不第，遂终生隐居江湖。据《吴郡图经续志》载：“陆龟蒙宅，在松江上甫里”。松江，即吴松江。白石与陆之遭遇近似，今又途经故里，遂不免产生情感上之共鸣，故而写下此词。上片所写乃词人俯仰天地之情怀，是由景起。燕雁，即北雁；无心者，无权谋机诈之心也。时白石散淡江湖，以己度物，而见北雁之南归，遂生随遇顺化，流徙无依之想，故由此起兴。“太湖西畔随云去”，境界浩茫高远，而“云”之意象，又往往使人联想到白云野鹤的高人，既说“随云去”，是已渐

① 陈延焯著．杜未末校．《白雨斋词话》(2)．人民文学出版社，1959

逗出追踪高人的隐逸之志,为下面写"天随"铺设。"数峰清苦,商略黄昏雨",由仰天而移至俯地,乃传诵名句。商略,有商量义,又有酝酿义,二义实又相通;清苦,本用来形容人之贫寒,此处用以说山。卓人月《词统》评此二句说:"商略二字,诞妙"。然既诞何以又说妙呢?细绎其意,原来是说唯有那光秃精瘦(岂非清苦)的数峰,在黄昏时分正谈论酝酿着一场骤雨的到来,造意用词皆出常人意表,岂非怪诞?然其妙处,却并非他用了拟人手法,更在创造出一种凄清幽冷之意境,又和作者此时之心情如此吻合,读之泠然凛然,岂非绝妙?上片虽寥寥数言,已括尽自然和人生之凄清况味,下片遂转入正面怀人。第四桥,即吴江城外的甘泉桥,"以泉品居第四",故名(乾隆.《苏州府志》)。此陆龟蒙曾居故地,故说"拟共天随住"。天随,语本《庄子·在宥》:"神动而天随"。天者,自然之谓也,在外为天,在已则为人之本性,率性而行,随天顺化而动,即谓"天随"。陆既以此为号,又自称"散人"。其《江湖散人传》曰:"散人,散诞之人也。心散,意散,形散,神散,既无羁限,为时之怪民"。故知其为人及取号之本意,而白石实亦陆氏一流人物。陈郁曾说他"襟怀洒落,如晋宋间人,语到意工,不期于高远而自高远",可证。所以他平生亦多追慕天随子诗句,如"三生定是陆天随,只向吴松作客临"(《除夜》),"沉思只羡天随子,蓑笠寒江过一生"(《三高祠》)。值得关注的是,词中通过"第四桥"这一跨越时空之遗物,居然把古和今、人和物、历史和现实联通起来,不仅给人留下想象的空间,并用"拟共"一词以上友古之人,其用情之深,尤觉言简而意挚。但是,多少怀古伤今感慨,他又偏不多说,只用"今何许"三字发问,而何许者,有何时、何处、为何之多义,以此发向则似从那悠悠"怀古"的远梦中蓦然惊醒,犹余心悸,又终归语塞,而用看似不关紧要的景语结之:"残柳参差舞"!然此非故作吞吐,实是一种莫可名状的、或不能言不敢言不必言之复杂心灵情结的表现。正因其难以名状,故特以冬日寒风中残杨枯柳瑟瑟舞动之视觉形象補足之,遂顿觉蕴藉空灵、幽峭绵眇,与前之"数峯清苦"正构成同一涩冷境界。这种冷色调的词,在姜词中俯拾即是,如"淮南皓月冷千山,冥冥归去无人管"(《踏莎行》),"高柳晚蝉,说西风消息"(《惜红衣》),"翠叶吹凉,王容销酒,更洒菰蒲雨。嫣然摇动,冷香飞上诗句"(《念奴娇》)等。其中尤以《暗香》《疏影》二词更为著名,如《暗香》:

> 旧时月色,算几番照我,梅边吹笛?唤起玉人,不管清寒与攀摘。何逊而今渐老,都忘却、春风词笔。但怪得、竹外疏花,香冷入瑶席。　　江国,正寂寂。叹寄与路遥,夜雪初积。翠尊易泣,红萼无言耿相忆。长记曾携手处,千树压,西湖寒碧。又片片吹尽也,几时见得?

根据词前小序,知此词当作于光宗绍熙二年辛亥(1191年)冬天。当时范成大邀他前去,遂往访于苏州石湖范之别墅。范为当时诗坛四大家之一,亦嗜梅,曾买园植梅千树,并著有《梅谱》。见面后,二人甚为相得,过了一段诗酒吟唱的生活后才离去。如《小序》曰:"止既月,(范)授简索句,且征新声,作此两词"。遂成为词史上咏梅之绝唱。张炎《词源》曾说:"诗之赋梅,惟和靖一联而已,世非无诗,不能与之齐驱耳。词之赋梅,惟姜白石《暗香》《疏影》二曲,前无古人,后无来者,自立新意,真为绝唱"。其评价之高可知，而所说和靖一联，即指宋初诗人林逋《山园小梅》："疏影横斜水清浅，暗香浮动月黄昏"。而此正白石此二词摘取首二字，以为"自度曲"之调名者。梅，傲雪斗寒，为百花之先，最具清冷幽寒之美感意韵，亦是傲岸不屈之人格象征。白石以之入题，适与其孤傲幽寂之情怀契合，称之为借物寄慨亦属必然，但不必定要执着于某一史事解。此词结构之精妙，唐圭璋先生曾指出："章法自周邦彦《六丑》得来"。① 确有周词颠倒时空、错综其用笔之妙。开篇即曰"旧时月色"，知是从回忆写起，更不落俗套，故刘体仁说，得此四字"便欲使千古作者皆出其下"。② 因其着色幽淡，已为全词铺就一层薄薄的感伤基调，所以统领全篇。接着说："算几番照我，梅边吹笛"。说几番则知其记忆悠悠难尽也；继则点"梅"，又以"吹笛"衬染之，则冷色共清音相宜，更觉情韵无限。"唤起"二句，由物及人，当是被浮动之暗香所吸引，遂生"聊寄一枝春"之想，于是催起"玉人"不顾"清寒"而攀摘之，情深而兴浓。"何逊"六句，当是词人自况之词，却偏实写何逊，着"而今"一词知时间已回到现在。说"渐老"，说"忘却词笔"，皆自谦之词，其实姜夔当时不过三十五、六岁。"但怪得"以下，是说石湖疏竹掩映中的梅花，见之动人诗兴，于是发为词章，不过不是因为我写得好，而是被梅花之幽冷所染香也。此亦暗含答谢主人之意，其含婉若此。"香冷入瑶席"，以梅竹相互映衬，从而突出其孤洁高雅之品性，读之齿牙生香，堪称名句。下片换头，用"江国，正寂寂"过渡，以达孤凄落漠之情怀，接着写相思：欲再像从前那样"攀摘"一枝寄与，但路途遥遥，夜雪阻隔，恐难达致，惟有怅惘而已！"翠尊易泣，红萼无言"，用字考究，词彩华美，以红萼喻人，而花之清露又关合离人愁泪，在似有似无之间，读之潸然。且总之曰"耿相忆"，则花之喻人，忠贞不渝，始觉昭然。"长记"以下，又转写回忆，但以警绝之景语出之，韵味益加醇浓。"千树压，西湖寒碧"，言景言情，色相俱冥，然思心莹然，得诗境之无上妙谛，实亦前句所说"无言耿相忆"之物态化。白石词之幽冷美亦至此极矣。尾两句，即承"千树压"直写，语虽平淡，意实俊永，虽写片片飘零之落花，然加"几时见得"发问，实已语意双关，既是对落花难再之惋叹，亦写离人之从此难会，极伤心语也。以此绾结全篇，两重意象，不即不离，用笔跌宕层折，时空交错变化，而一缕耿耿情思，却如草蛇灰线，时续时断，或明或暗，其造物之美，赋情之深，皆可臻之上乘。故单就"理法"言，白石确实出自美成。《白石诗说》在谈到大篇开阖之妙时，曾以江涛兵阵譬之曰："波澜开阖，如在江湖中，一波未平，一波已作。如兵家之阵，方以为正，又复是奇；方以为奇，忽复是正。出入变化，不可纪极，而法度不可乱"。此虽谈诗，实亦通于词法，那么他特别精于词体结构，也就不足为奇了。

吴文英（约 1207—1269？年）字君特，号梦窗，晚号觉翁。本姓翁氏，后入继吴氏，四明（今浙江宁波）人。一生未仕，多过着清客幕僚生活。绍定中入苏州仓台幕，从此便长期居住在苏、杭一带，足迹亦未出过江，浙二省。曾为浙东安抚使吴潜幕僚，复为荣王府门客，晚年困顿而死。精通音律，能自度曲，词名为时人所重。有《梦窗甲乙丙丁稿》，存词三百四十余首。

---

① 唐圭璋．《唐宋词简释》．香港：中华书局香港分局，1987

② 刘体仁．《七颂堂诗绎》．全国图书文献缩微中心，2001

关于梦窗词的评价，历来争议甚多。自张炎《词源》论"清空"，而曰"姜白石词，如野云孤飞，去留无迹。吴梦窗词，如七宝楼台，炫人眼目，拆碎下来，不成片断"以来，耳食者纷纷，几近全盘否定。然与梦窗同时之沈义父却说："梦窗深得清真之妙，其失在用事下语太晦处，人不可晓"（《乐府指迷》）。既看到其晦涩的一面，又指出其精妙的一面，似较符合实际。即以梦窗词之所谓"晦涩"言，其实大多源于其创作方法和理念（人或称"近于现代化"），未必皆由"用事下语太晦"造成。就梦窗词的基本特征而言，构思绵密却时空交错，用笔深涩却沉郁顿挫，因而造成其词的跳跃性、朦胧性、片断性，浓缩性，总之是不能用常规的逻辑思维去把握其特征的。因而，有人遂将其比作晚唐诗人李商隐。《四库全书总目提要》即说："词家之有文英，如诗家之有李商隐"。刘熙载又对照整个诗史说："词品喻诸诗，东坡、稼轩，李杜也；耆卿，香出也；梦窗，义山也；白石，玉田，大历十子也"①。其所"品"者虽未必皆当，但以梦窗拟之于义山，却不能说没有根据。有意思的是，王国维对梦窗词是持否定态度的，称其"终在一'隔'字"，但却摘取"其词中之一语以评之曰：'映梦窗，零乱碧'"②。这里所说"零乱碧"，大概即张炎所说"不成片断"的意思，但又似乎可作如下理解：映入他梦幻般的心灵之窗的，都是那碎琼乱玉般美丽的意识流片断。而这不正是前面讲过的李商隐么？下面看他的词作，如《浣溪沙》：

门隔花深梦旧游，夕阳无语燕归愁。玉纤香动小帘钩。　　落絮无声春堕泪，行云有影月含羞。东风临夜冷于秋。

这是一首怀人感梦之词，从词面看似乎全是梦境，然从具体描写看，似乎又都是当日离别时之真实情景。即梦境即真实，迷离惝恍，若即若离，幻化出无尽妙谛。刘熙载曾说："词以不犯本位为高"。为什么？曰："词之妙，莫妙于以不言言之，非不言也，寄言也"③。梦窗此词，可谓深得其理者。首句先点"梦旧游"，所写自然是梦境。那是一个花径通幽、草木茂盛，春意浓浓的傍午。"夕阳无语燕归愁"，这是一个多么孤独寂寞的午后，然此写景乎，写人乎？抑以景衬情乎？扑朔迷离，只可意会难以言状。"玉纤香动小帘钩"则更妙，是旧地重游（梦中）产生的幻觉：纤纤玉指，掀起帘钩，桃花人面，馨香可闻？抑回忆中之实写：临别掀帘而顾盼流连？与前写跳跃性太大，自然产生歧解。下片"落絮""行云"一联，似写景而出之拟人化手法，以铺染氛围；但与一般拟人手法又不同，处处似都在写人，当是状吞声泣别时之一霎；而用语之美，赋情之深，实又得"不言言之"之妙。因是情天恨海般之别离，其情悲凄，其心寒彻，故虽是"东风临夜"亦觉"冷于秋"了。陈廷焯说："《浣溪沙》结句，贵情余言外，含蓄不尽。如吴梦窗之'东风临夜冷于秋'……皆耐人玩味"。④ 此话甚是，但从全篇描写来看，似有更耐人玩味者，若夕阳无语、落絮无声、行云有影、燕燕归愁、春光堕泪、明月含羞等，都不过是"七宝楼台"上拆碎下来的"零乱"片

① 刘熙载.《艺概》(4). 上海古籍出版社,1982

② 王国维.《人间词话》. 人民文学出版社,1962

③ 刘熙载.《艺概·词曲概》. 上海古籍出版社,1982

④ 陈廷焯著. 杜未末校.《白雨斋词话》(2). 人民文学出版社,1959

断，也就是游动于词人意识流的诗意化情感意象，虽然具有极大的跳跃性、不确定性、非连贯性的特征，但经过词人心灵场和生花妙笔的揉合酿造成篇，遂产生一种似通非通却蕴涵极为丰富的朦胧美感，而这就是吴梦窗。尤其“落絮”“行云”一联，若对照《无题》诗之“沧海月明珠有泪，蓝田日暖玉生烟”等来读，则义山诗之意韵风味宛然其中矣。故周济形容其词境曰：“天光云影，摇荡绿波，抚玩无斁，追寻已远”。①

《齐天乐·与冯深居登禹陵》是最难解的一篇，也是被人称作雕缋满眼、晦涩堆垛者：

三千年事残鸦外，无言倦凭秋树。逝水移川，高陵变谷，那识当年神禹。幽云怪雨。翠蓱湿空梁，夜深飞去。雁起青天，数行书似旧藏处。　寂寥西窗久坐，故人悭会遇，同剪灯语。积藓残碑，零圭断璧，重拂人间尘土。霜红罢舞。漫山色青青，雾朝烟暮。岸锁春船，画旗喧赛鼓。

大概而言，上片写登临缅怀大禹，下片写西窗感今抒悲，但层次句意屡不相衔，又加时空颠倒错综，是所谓不按常规逻辑顺序用笔。“三千年事残鸦外”，起句便超出常轨。言夕阳鸦外、乡思鸦外者有矣，然说“事”在鸦外，则不多见，亦难理解。此“事”，当指大禹凿山疏水之伟大勋业，“事”而饰以“三千年”，可知是说那杳渺苍茫之历史，然与残鸦何关？想来登临禹陵，缅怀先圣先王之情顿生，其永载史册之伟业，好似正从那尘封之历史中蹒跚走来，恰在残鸦起落的空濛之外，当是幻觉中想象之词。禹王已渺，光昭日月，唯默然膜拜追念，所以说“无言倦凭秋树”。总言之，则“残鸦外”乃时间概念，而非空间概念；秋树，点时；倦凭，则微露人世沧桑之感，领起下段。“逝水移川，高陵变谷”，承“三千年事”说，一切都在历史洪流中发生巨变，故曰“那识当年神禹”，他留下的遗迹也就无从寻觅了。“幽云怪雨，翠蓱湿空梁，夜深飞去”三句，因衔接之突兀，此历来以为最晦涩难解者。经叶嘉莹女士研究，其神秘之面纱终被揭开。原来这是讲浙江四明一带关于禹庙之一段神奇传说。因此时地也已暗转，由登禹陵而至谒禹庙。据《大明一统志·绍兴府志》载：“禹庙在会稽山禹陵侧”。又引《四明图经》曰：“鄞县大梅山顶有梅木，伐为会稽禹庙之梁，张僧繇画龙于其上。夜或风雨，飞入境湖与龙斗。后，人见梁上水淋漓，始骇异之，以铁索锁于柱。然今所存乃他木，犹绊以铁索，存事耳”。此即梦窗所写幽云怪雨、夜深飞去之所据。但“翠蓱湿空梁”，又是什么意思呢？蓱通萍，出自《楚辞·天问》“蓱号起雨”句。然而，《四明图经》只说到“入镜湖与龙斗”、“见其梁上水淋漓”，并未说到“蓱”，又是怎么一回事？叶氏据藏于美国哈佛燕京图书馆的《会稽志》记载，其卷六禹庙条曰：“禹庙在县东南一十二里……梁时修庙，唯欠一梁，俄风雨大至，湖中得一木，取以为梁，即梅梁也。夜或大雷雨，梁辄失去，比复归，水草被其上，人以为神，縻以大铁绳，然犹时一失之”。所载传说虽不尽相同，但《四明图经》只说“夜或风雨”，此则曰“夜或大雷雨”，又说“水草被其上”，则和梦窗所写完全一致了，只是词人此时的思想，大概又飞到惝恍幽幻的神话世界中去了，极尽恢诡幻诞之能事，词境亦随之一变。“雁起青天，数行书似旧藏处”，此亦

① 周济.《宋四家词选》评，光绪三十四年（1908）刊本

有传说根据。《大明一统志·绍兴府志》:“石匮山,在府城东南一十五里,山形如匮。相传禹治水毕,藏书于此”。又《十道志》:“石匮山,一名宛委,一名天柱。昔禹得金简玉字于此”。关于金简玉字,《遁甲开山图》云:“禹治水至会稽,宿衡岭。宛委之神奏玉匮书十二卷,禹开之,得赤珪如日,碧珪如月,是也”。然哉此乃大禹藏书之处,只是沧海桑田,“那识当年神禹”?便只能想象着那依次排开的雁阵,仿佛犹是当年书中的文字罢了。下片换头三句,呼应题面之“与冯深居”四字,正面点出二人相会。“悭会遇”,是说相见不易的意思,原因大概就在“深居”二字。冯名去非,南宋理宗宝祐年间曾为宗学谕,后因反对权臣丁大全被免职,遂退家闲居,深居乃字。这里用“寂寥”二字领起,可能既含有前面凭吊禹陵产生的伤感情怀,也暗出他和冯仕途失意、孤独寂寞之哀思。然既说“同剪灯语”,当为入夜以后之事无疑,但接三句却说:“积藓残碑,零圭断璧,重拂人间尘土”,则又写白天登临之事了,应直陈禹庙而来。“尘土”而冠以“人间”,亦有深意,恐怕不只指“三千年”掩埋掉一切的历史尘埃,更兼言人世间尘劳扰攘、壮志消磨,唯留记忆中已被尘封的“零圭断璧”吧!时空倒错如此,当是潜意识活动中的特有现象。但是,历史之兴替,一己之遭际如此,则无限怅触,低回要眇,而伤感之情又一时难以说清,于是径以眼前景语出之——已是秋红落尽,唯余山色青青,不时掩映在朝烟暮雾之中。语甚绮丽,景却萧索低沉,乃移情化景之法。最特别者乃在结二句:前言“秋树”“霜红”,则登临之时当在深秋,然忽又接以“岸锁春船,画旗喧赛鼓”,岂不突兀!据《绍兴府志·祠祀志》载:“(太祖)乾德四年,诏吴越立禹庙于会稽,置守陵五户,长吏春秋奉祀”。此后高宗、光宗朝皆仍其旧,且一直延续至明清。故知此所谓“画旗赛鼓”者,乃写宋时禹庙祭祀之赛会,虽说“春秋奉祀”,然词中有“岸锁春船”之说,则知此乃春祀。揣其文意,大概是说历史潮汐滔滔不尽,人间尘埃纷纭扰攘,然至来春禹庙祭祀,亦然画旗赛鼓,大禹之万世不朽如斯,今之视昔又何如哉?其慨时之意深矣。这是潜意识的一次跳跃,不可以常言解之。

综言之,梦窗的叙述方式,往往错综跳跃,颠来倒去,并不按事物发生发展之逻辑去描述;在时空观念上又忽昼忽夜,或现在、或过去、或将来,亦无逻辑顺序可言,这就必然造成“前后意思不连贯”之现象。但换一个角度看,这种结构又极大地增加思维表现的灵活性,也极大地拓展了情感容量的空间,故而在艺术上耳目一新。究其原因,则是他所写者并非事物存在的客观性状,而是内在心灵的潜意识流动,并从意识之流的长河中捡拾那些突然呈现的诗意意象,从而编织起情感律动的网络。这是一种纯粹的心灵化运作,事物也就失去其现实呈现的性状,时空变化也常常逸出常轨。对于这类作品,不是人们不可理解,而是不能用常规思维方式去理解,更不能用理性和逻辑去把握,长期来的许多争论即由此产生。因而,这是对传统写法的一大突破,是赋化词乃至整个婉约词的一大发展。

像这种结构复杂、但“拆碎下来不成片断”的词,固然是梦窗创作的主流,不过他也写过一些立意超拔、意境高远、笔力劲健而明白晓畅之作,如《八声甘州》:

渺空烟、四远是何年,青天坠长星?幻苍厓云树,名娃金屋,残霸宫城。箭径酸风射眼,腻水染花腥。时靸双鸳响,廊叶秋声。　　宫里吴王沉醉,倩五湖倦客，独钓醒醒。问苍波无语，华发奈山青。水涵空，阑干高处，送乱鸦斜日落渔汀。连呼酒，上琴台去，秋与云平。

梦窗三十岁左右时，曾为苏州苍台幕僚，其《惜黄花慢》说"十载寄吴苑"，是居吴地当有十年之久。又此词小序云"陪庾幕诸公游灵岩"，则知是其时与诸僚友登灵岩时所作。灵岩山，在苏州西，乃吴王夫差平时居游之处，所留遗迹甚多。梦窗凭吊其地，借以抒吊古伤今之深沉感慨，且隐约其词而婉言出之，乃此词写作之中心主旨所在。词中用一"幻"字，即理解此词之大关节，知自开篇至"问苍波"句前，实皆意想中之幻境也。"渺空烟四远"，言四顾苍茫杳渺，此固即目所见，实亦涵括古今感慨言之，气象阔大。而"是何年青天坠长星"，谓此灵岩不知何年由天外飞来，成此钟灵毓秀之地，则已入幻境矣。故下面所写即由"幻"字领起。苍厓云树、名娃金屋，宫城残迹，皆意想中昔日吴国奢靡淫侈之风流盛事。残霸，指霸业之残迹。接四句转深一层，作具体细节之描绘，用语秾丽新巧，极精致亦极沉厚，总写西施事。箭径，即山下之采香径，《吴郡志·古迹》云："采香径，在秀山之傍，小溪也。吴王种香于秀山，使美人泛舟于溪采香，今自灵岩山望之，一水直如矢，故俗名箭径"。然对箭径的描状，词人却化用李贺《金铜仙人辞汉歌》之"东关酸风射眸子"，以及杜牧《阿房宫赋》之"渭流涨腻，弃脂水也"句，既以尖新造语突显吴王荒淫奢靡之生活，亦揉进词人对现实的感喟，故有"酸风"射眼之痛，"花腥"黍离之悲。"时靸"句，用"响屧廊"之典故。相传吴王娇宠西施，为之特筑此廊，令足底木空，着木屧行其廊上，即生妙音。双鸳，美人所着鸳头屐。然今廊榭屐声已杳，唯酸风秋叶萧萧，是又增一层空幻。以上一路写来，层层渲染，实只为下片换头"宫里吴王沉醉"铺垫耳。吴王荒淫误国，而协越灭吴之范蠡，深知勾践之"可与共患难，不可与共乐"，遂功成身退，泛舟五湖以自全，此即"独钓醒醒"也。在对史事的这么多回顾中，有对历史的褒贬，有对时世的警讽，当然亦有词人于时于己的深深感伤，于是发出"问苍波无语，华发奈山青"的孤独和寂寞之慨叹。从来天意高难问，唯苍波永在，青山不老，奈何人之华发又生哉！其失意之情可知。然苍波无语，实人无语也；亦非人之无语可说，更在此时此情之难以说清，故以景语承接之："水涵空，阑干高处，送乱鸦斜日落渔汀"！水之涵空，心不宁也；落日残照，时将晚也；乱鸦渔汀，居非其所也；此虽寓言，却在即离有无之间，味深故妙。尾三句，波澜突起，故作豪放洒脱语，然前之低回宛转，竟成悲慨矣。以凭栏远眺为未足，更上琴台（西施弹琴处）去，呼酒大醉，然所为者何？眺望中乃大片沦陷之国土乎！故呼酒消愁而悲素秋。秋者，愁也，"何处合成愁，离人心上秋"可证。是知"秋与云平"，即愁塞天地之谓。不出以情语而以景语结，情景浑化，境自高远，余味不尽。

姜尚清空，吴在致密。所谓致密者，当指潜意识隐秘世界之片断意象拼接言，并非是堆垛晦涩之谓。刘熙载曾说："白石，才子之词；稼轩，豪杰之词。才子豪杰，各从其类爱之，强论得失，皆偏辞也"①。这是一种比较辩证的认识。即以爱国词之写作言，也并非只有"豪放"一种模式，如忧国忧民、忠爱家国之情，若以姜、吴之铺排婉约词笔出之，即别具

① 刘熙载.《艺概》(4). 上海古籍出版社,1982

风味。比如南宋赋化词的写作中，咏物词则是一个重要方面，虽然姜夔、史达祖、吴文英、周密、张炎等都写过咏物之作，而其中尤以王沂孙最著名。其词即往往寓国家兴亡之悲于咏物之中，且能克服叫嗓怒张之习，而为后人推重。正如周济所说："咏物最争托意，隶事处以意贯串，浑化无迹，碧山胜场也"①，并明确点出"仲仙最多故国之感"②。陈廷焯也说："王碧山词，品最高，味最厚，意境最深，力量最重，感时伤世之言，而出之以缠绵忠爱……词人有此，庶几无憾"③。"缠绵忠爱"一语正是其特征所在。

王沂孙（约1240—1290年）字圣与，号碧山，又号仲仙，玉笥山人，会稽（今浙江绍兴）人。入元后，曾为庆元路（治所在今浙江鄞县）学正，旋又去官，实为南宋遗民，与周密、张炎等相友善。今存《花外集》一卷，收词共五十一首，再加辑遗所得，亦不过六十余首，但仅标明咏物之作即达四十首，可知他在咏物词创作上之用功之勤。至于创作上之师承，戈载《宋七家词选·碧山词跋》说："余尝谓白石之词，空前绝后，匪特无可比肩，抑且无从入手。而能学之者，则惟仲仙。其词运意高远，吐韵妍和，其气清，故无沾滞之音；其笔超，故有宕往之趣；是真白石之入室弟子也"。而陈廷焯则将其与周、姜并列为三绝："词法之密，无过清真；词格之高，无过白石；词味之厚，无过碧山，词坛三绝也"④。其实他的词即是从清真词法、白石词格，甚至梦窗词心变化而来的，至于其特别强调的"词味之厚"，大概即词中家国兴亡之寓托了。如他的代表作《天香·咏龙涎香》：

> 孤峤蟠烟，层涛蜕月，骊宫夜采铅水。汎远槎风，梦深薇露，化作断魂心字。红甆候火，还乍识、冰环玉指。一缕萦帘翠影，依稀海天云气。　　几回殢娇半醉。剪春灯，夜寒花碎。更好故溪飞雪，小窗深闭。荀令如今顿老，总忘却、樽前旧风味。谩惜余熏，空篝素被。

关于龙涎香，据《岭南杂记》载："龙涎于香品中最贵重，出大食国西海之中。上有云气罩护，则下有龙蟠洋中大石，卧而吐涎，飘浮水面，为太阳所烁，凝结而坚，轻若浮石，用以和众香焚之，能聚香，缕缕不散"。又云："鲛人采之，以为至宝，新者色白……入香焚之，则翠烟浮空，结而不散"。其实龙涎香，乃海洋中抹香鲸之肠内分泌物，并非龙蟠于石吐涎所化，更没有那层神秘的色彩，但对文学创作来说，这却是很好的想象题材，也不必责怪古人之不科学。词之上半阕，即专就前面记载发挥想象而用笔。首三句写龙涎之采集，接五句写运送和焙制，末二句写燃烧后此香翠烟不散的特征。但用字造语，却极峭拔妍丽，境界亦迥出常表。词中虽未说出龙，然叠用"蟋烟"、"蜕月"、"骊宫"诸词，便不能不叫人想到龙，尤其是想到"骊龙含珠"的典故。孤峤、层涛，既状其神圣美丽的传说出处，亦正合"龙蟋洋中大石"之说。"铅水"一词，本出李贺《金铜

① 周济.《宋四家词选序论》. 见《介存斋论词杂著》附录

② 周济. 赤坎校点.《介存斋论词杂著》. 人民文学出版社，1959

③ 陈延焯著. 杜未末校.《白雨斋词话》(2). 人民文学出版社，1959

④ 陈延焯著. 杜未末校.《白雨斋词话》(2). 人民文学出版社，1959

仙人辞汉歌》之“忆君清泪如铅水”，然此以状写“凝结而坚，轻若浮石”的龙涎香，则无论其形象性或产生的美感，似亦十分贴合。接着又用张华的《博物志》“年年八月见浮槎去来不失期”的典事，目的是说明鲛人取涎采香，乘槎运回，更增一层幻涎。“薇露”“心字”指香的制作和成形。据《香谱》载：取龙涎与蔷薇水研和，始可制成此香，并萦绕成心字样。杨万里即曾有诗曰：“遂以龙涎心字香，为君兴云绕明窗”，即此之谓。明杨慎《词品》解释说：“所谓心字香者，以香末萦篆成心字也”。然而，词在薇露心字前加上“梦深”“断魂”字样，则化无情之物为有情，亦如金铜仙人之辞汉宫而掉铅泪，是龙涎之远离故地，再经粉身碎骨之研炼亦流铅泪也。“红甆候火”，进一步具体写出研炼之痛苦经历，终于炼成“冰环玉指”般的龙涎香。当其点燃之后，香味在萦帘翠影间飘移，似乎又回到故地，而感受到那“依稀海天云气”。这种突发的奇特想象，不仅造语极佳，且与前之层涛蟠烟相呼应，更给人以苍茫浑浩之美好联想，读来自然神远。上片只就词题作正面铺排，下片却笔锋顿折，转写有关焚香舒怀之几段温馨回忆。换头以“几回”领起，便知所写乃忆念往昔之情。“殢娇半醉”至“夜深花碎”是一层，“殢”乃娇慵、慵倦之意，又“灯”而曰“春”，“花”而言“碎”，则知这是一个多么叫人慵懒而温馨旖旎的夜晚，在焚香剪灯的半醉中，却伴以永夜不散之“春寒”，似又透露出一丝凄楚。于是又引出下一层：“更好故溪飞雪，小窗深闭”。由“春寒”而想到“飞雪”，似断又续，语意层折，情感之流只在潜意识中游走，那凄寒之情又化作清拔逸兴，此所以曰“更好”也。“小窗深闭”句以呼应龙涎香必于“密室无风之处焚之”这一特性，由此则说明，无论在“深夜”之时，或“飞雪”之日，虽未明写出此香之存在，亦知必有“翠烟浮空，结而不散”以与之相伴也，前所谓娇慵、半醉等才一一落到实处。“荀令”句以下为第三层，即由过去之温馨回忆转写今昔盛衰之感。荀令，即曾任尚书令的三国时荀彧，习凿齿《襄阳记》曰：“荀令君至人家坐幕，三日香气不歇”。又李商隐诗曰：“桥南荀令过，十里送衣香”。是知荀彧原以喜爱熏香而闻名于时的，此处当是词人自况，言己今已无当年衣香十里不散之风概矣。谓“总忘却”者，当有不能明言或不忍明言之隐情在，故终凝定为一声低回之深深叹惋作结，以收束全篇：徒然地慨叹熏笼（篝）已空、素被犹在，唯余昔日之缕缕残香飘逸，其怅惘感伤之情又何如哉！

需要提出的问题是，此词是单纯咏物抑或有更深寄托？这得从他当时的写作背景谈起。据陶宗仪《辍耕录》“发宋陵寝”条、周密《癸辛杂识》“杨髡发陵”条等记载：元初，有一总管江南浮屠的胡僧，名叫杨琏伽真，他曾盗发会稽南宋诸帝后陵寝，并掘出理宗之尸，启棺如生，或闻口中含夜明珠，发墓者遂倒悬其尸于树，沥取水银明珠三日夜，后竟失其首，弃遗骨于草莽间，惨不能尽言。时有义士名唐珏者，闻而悲愤，遂与友人林景熙并邀集里中少年，收诸帝后遗骸共葬之。其后，唐珏与王沂孙、周密、张炎、陈恕可、仇远等十四人，共结社填词，分咏“龙涎香”、“白莲”等五题，成词三十七首，并结集为《乐府補题》，而碧山此词即列集中第一篇。由此看来，此词之写作恐绝非泛泛咏龙涎香而已，其中所寄托之遗民亡国之痛大概是不难发现的。首先，词题所说“龙涎香”，乃蟠龙口中所吐之涎，这无论如何都会叫人联想到悬帝尸以沥取水银那件事，而“骊宫夜采铅水”句，更会叫人联想到“探骊得珠”那句成语，这就和帝口含夜明珠之事更想契合了。其次，南宋帝陵被盗掘，据考盖在元世祖至元十五年（1278 年），时陆秀夫正拥立帝昺于海上崖山，以图抗敌复国，然次年即负帝蹈海而死，那么词中特以“孤峤”、“槎风”、“海天云气”等铺写，是否亦寓有悼伤哀婉之情，恐怕也是不能排除的。再次，下片所写“几回殢娇半醉”等缠绵情事，既以回忆口吻出之，是否亦与南宋小朝廷覆亡前之苟且偷安，沉溺于淫乐生活有关，因而寓有一种批评叹惋之复杂心情在内呢！而有此三端，则结尾之“如今顿老”、“总忘却旧风味”、“谩惜余熏”等无限痛伤之语，似乎也都一一有了答案，较之单为龙涎香洒一掬同情泪，恐怕也更合理吧。

碧山咏物词中，这种寄托家国之痛的作品极多，如《眉妩·新月》、《水龙吟·牡丹》、《水龙吟·白莲》、《齐天乐·萤》、《庆宫春·水仙花》、《水龙吟·落叶》等。下面再读他的《水龙吟·萤》：

> 一襟余恨宫魂断，年年翠阴庭树。乍咽凉柯，还移暗叶，重把离愁深诉。西窗过雨。怪瑶珮流空，玉筝调柱。镜暗妆残，为谁娇鬓尚如许。　铜仙铅泪似洗，叹携盘去远，难贮零露。病翼惊秋，枯形阅世，消得斜阳几度？余音更苦。甚独抱清高，顿成凄楚？谩想熏风，柳丝千万缕。

词发端即破题写蝉，却并不就蝉本身进行描状，而是从传说中的“齐后化蝉”故事写起。据马缟《中华古今注》载：“昔齐后忿而死，尸变为蝉，登庭树嘒唳而鸣，王悔恨。故世名蝉为齐女焉”。作者通过这则美丽而凄楚的传说故事，遂使蝉和人合而为一，咏蝉即是咏人，这是理解此词寓意应注意点之一。首五句之“翠阴庭树”、“乍咽凉柯”、“还移暗叶”等，即完全据此记载描写，稍出之以铺排之笔。不过，他把“忿而死”却改变为“一襟余恨宫魂断”，把“嘒唳而鸣”改变为“重把离愁深诉”，则将平直叙述提升至心灵倾诉，给整个词染上浓重的感伤色彩，这是应注意点之二。“西窗过雨”以下，好像只是就蝉用笔：过雨，当指秋雨，俗言“一场秋雨一场凉”，而伴随着阵阵秋雨送凉，看来蝉之生命也就所剩无多。然而，她却亦然在空气中流播着瑶珮玉筝般的悦耳声响，尽其最后的生命仍在歌唱，闻之岂能不叫人惊心动魄？所以全句以一“怪”字领起。可是，词人接着却说：“镜暗妆残，为谁娇鬓尚如许”？蝉鬓，典出崔豹《古今注》：魏文帝时，有宫人莫琼枝者，曾“制蝉鬓，缥缈如蝉翼”，一时盛行于宫中。在美人诸多可写物事中，他特别提出“娇鬓”以致慨，并问在这尘埃封镜、容妆半残之时，还在为谁而着此缥缈蝉翼而修饰容貌呢？其哀惋之情有不能已者，这是应注意点之三。相传蝉以餐风饮露为生，故下片即由此“露”字生发开来，专写蝉之“病翼”“枯形”以至即将凋毙的一面。换头三句，仍用“金铜仙人辞汉”典故，不过这里的重点不在“铅泪”，而在“承露”。汉武帝制造手持承露盘的金铜仙人，本意是为承甘露以求长生不老，但魏明帝诏令折迁至洛阳，却标志着时易国亡的历史变迁，所谓“难贮零露”即包含这层意思在内，这是应注意点四。但从字面看，则是说既无零露可餐，蝉又何以能续此残生呢？大概只有“病翼惊秋，枯形阅世，消得斜阳几度”了。然此乃写蝉乎、人乎、抑词人自己乎？是为蝉之濒临消亡洒一掬同情泪乎？抑为抒亡国之恨，家国之恸乎？同样，“甚独抱清高，顿成凄楚”句，虽是说蝉固栖高枝，饮食清露，以其高洁孤傲之情抱，唱着凄楚之歌为那最后的时光哀悼；但那些身处风雨飘摇之中，阅尽人世沧桑世变的仁人志士如词人者，又岂独非然！最奇的是收尾二句："谩想熏风，柳丝千万缕"。谩想，即漫想，散乱无拘地驰想。在经过病翼惊秋、枯形阅世、独抱清高的情感抒发后，却突然以这样两句纯客观、很冷静、毫不带感情的描述相接，岂不突兀！固然，此可解释为绝命之前，蝉对自己生命历程中一段最美好生活的眷恋和回顾，但细加咀嚼，却更像是南宋遗民们脑海中突然闪现的回眸一念。如果说上半阕不论征事用典，还都紧扣着"蝉"来用笔，那么至下半阕则物我人蝉似乎都浑然一体，难解而难分，正应了周济"以意贯串，浑化无痕"的那句话。王沂孙生当宋末元初那段社会大变动时代，家亦住在宋都临安附近，是亲眼目睹了南宋灭亡的，故词中表现出深深的家国之痛，也就可以理解了。

那么此词是否也有特殊寓意？首先，此词亦载唐珏等十四人所写三十七首词的结集《乐府補题》中，人们自然会将其与杨琏真伽盗发帝后墓事联系起来。其次，据载墓被盗后，有一村翁曾在孟后陵捡得一髻，发长六尺有余，云云。那么此词所写是否又与孟后事有关呢？看来不能排除。一是词中所用齐后化蝉、魏女制蝉鬓等典，皆与王室后妃有关，且首句即说"一襟余恨宫魂断"，要说是意在影射，大概不能说全出穿凿。二是词中多用宫魂、瑶珮、玉筝、镜暗妆残等字，处处也都贴合孟后遭遇，可知溢于言表之叹惋之情，并非出于无故。三是所用金铜仙人辞汉一典，标示的更是江山易主、陵寝被盗之悲，也与孟后之事相符。当然，更重要的还是"为谁娇鬓尚如许"句，所影射者不正是六尺余长的孟后发鬓么？而且用"为谁尚如许"发问，其见到或听到后的感伤之情可知。常言论词当最忌附会穿凿，然若此等词之索解又岂可以穿凿概之。故周济说："咏物最争托意，……碧山胜场也"。另外，关于碧山此类词，周济还说：虽有《黍离》《麦秀》之悲，却"只以唱叹出之，无剑拔弩张习气"①，陈廷焯则说："斟酌于草窗、西麓之间，亦有感慨，却不激迫，深款处得风人遗志"②，又说："字字凄断，却浑雅不激烈"③。对今人谈爱国词必于"婉约"抱有成见者，是否也是一剂针砭！

第二节　"稼轩体"和辛词风格的多样性

一、辛弃疾生平简介

有学者说过这样一句话：讲其他词作者生平介绍并不十分重要，但讲辛弃疾却必须了解他的生平。这句看似有悖常理或显得偏颇的话，其实并非没有道理，因为他传奇般的一生经历，确实成为理解其词作的最好注脚。

辛弃疾（1140—1207 年）字幼安，号稼轩，山东历城（今济南市）人。他出生时已距北宋灭亡近十三年，出生后不久父亲辛文郁去世，是在祖父辛赞的抚育下长大的。金兵攻陷济南时，因家族人多拖累，辛赞等遂未及南迁，因而被逼出任亳州谯县（今安徽亳县）县

---

① 周济．《宋四家词选序论》．见《介存斋论词杂著》附录．人民文学出版社，1959

② 陈延焯．《云韶集》，南通王氏晴蔼庐本

③ 陈延焯著．杜未末校．《白雨斋词话》．人民文学出版社，1959

令等职。但他始终抱着抗敌复国的坚定信念，对金人的残暴统治有不共戴天之愤。辛弃疾《美芹十论》曾说："大父臣赞，以族从拙于脱身，被污虏官，留京师，历宿亳，涉沂海，非其志也。每退食，辄引臣辈登高望远，指画山河，思投衅而起，以纾君父所不共戴天之愤。尝令臣两随计吏抵燕山，谛视形势，谋未及遂，大父臣赞下世"。辛弃在这样的家庭教育下长大，自然为他后来与金人的传奇性斗争和始终不渝的爱国忠愤之情，准备了深厚的心理思想基础。在他二十一岁时，正逢沦陷区人民纷纷揭竿起义，仅耿京领导的农民义军就聚集有二十万人之众，于是辛弃疾在家乡济南也率忠义之士两千余人高举起义旗。后来为团结抗金力量，他便率众奔赴耿京军与之联合。同时，又说服聚有一千多人的和尚义端来归。但不久，义端又劫印叛逃，耿京遂归罪于辛弃疾。弃疾谋知义端必将投金，遂于半路截杀之，并夺回大印，由是声名大震。高宗绍兴三十一年(1161 年)十一月，金主完颜亮在采石一战中，被宋将虞允文击败，亮退瓜州，随即为部下谋杀，遭此变故金兵遂纷纷向北溃退。弃疾知此正抗敌复国之大好时机，遂建议耿京"决策南向"，以争取宋朝廷的支持。京纳其建议，便遣诸军都提领贾瑞及辛弃疾等十一人赴南接洽，并在建康受到高宗赵构接见，"上大喜，皆命以官"。① 耿京封天平节度使、知东平府兼节制京东河北路忠义军马，辛弃疾特補右承务郎、权天平军节度掌出记。但当贾瑞和辛弃疾等北返抵海州(今江苏东海县近)时，却得知叛徒张安国已杀耿京而降金。弃疾遂当即决断，率骑兵五十人，直趋有五万金兵驻守的济州营地，活捉张安国，并高呼王师五十万大军杀到，原耿京部万余人亦闻风响应，一路夺关斩将，星夜兼程，抵达建康后遂将张斩首。经过这一连串惊心动魄的壮举，他文韬武略、智勇双全的英雄本色也得到充分显现，而赫赫声名亦远近传播。但是，他虽抱着一腔忠肝烈胆投奔南宋，由于皇帝的昏庸软弱，再加投降派的重重阻挠，却并未能受到朝廷重用。万余名南归义军随之被解散，当作南下流民被安置在淮南各州县，辛弃疾也只授以江阴签判的小官。此后，他便在地方官任上调来调去，先后任过建康通判、司农寺主簿等职，始终无权参与军国大计。在此期间，他曾先后撰写过《美芹十论》、《九议》、《论阻江为险须藉两淮疏》、《议练民兵守淮疏》等重要军事论著，虽提出一整套确实可行的反攻复土的策略，可惜南宋统治集团并未采纳他的建议。

绍兴三十二年(1162 年)六月，高宗传位其子赵昚，是为孝宗。孝宗即位之初，积极主张抗金，起用主战老将张浚策划北伐。次年夏出兵伐金，先收复淮河以北一些失地，朝野为之鼓舞，但在关键的符离之战中，却因另一主将邵宏按兵不动，遂致失败。于是投降派再度得势，孝宗态度亦随之改变，隆兴二年(1164 年)四月张浚被解除兵权。至乾道六年(1170 年)孝宗曾召见辛弃疾论事，但因"持论劲直，不为迎合"(《宋史》本传)未被重用。此后七年间，或因一时救急之需，或因政治形势所迫，调动更加频繁，曾任滁州知州、江东安抚司参议官、江西提点刑狱、京西路转运判官、江陵知府兼湖北安抚使等职。淳熙五年(1178 年)秋，出为湖北转运副使，次年春改任湖南转运副使，在此期间他还创建"飞虎军"，加紧进行操练，以备卫边抗敌之用，是对其《十论》《九议》中提出策略的积极实

① 徐梦莘撰.《三朝北盟会编》(294). 明刊本

践。淳熙八年冬，再调两浙西路提点刑狱公事，但诏令颁布不久，监察御史王蔺以“用钱如石沙，杀人如草芥”的罪名弹劾，其实所指即筹建“飞虎军”之费用所需，朝廷不辨黑白，遂于次年被罢官。从此他便隐居带湖，过起长达十年的闲散生活，也是他创作的高潮期，并结识陈亮、杨炎正、韩元吉、郑汝谐等，相互往来，诗酒酬唱。尤其是与陈亮的“鹅湖之会”，更成为词史上的佳话。同时，门人范开还为其编辑第一部词集《稼轩词》，并写词序，又第一次提出“稼轩体”的概念。

淳熙十六年(1189 年)二月，孝宗传位其子赵惇，是为光宗，改元绍熙。绍熙二年冬，辛弃疾又被起用，任福建提点刑狱公事，任上发现土地赋税不均、官盐不便于民等弊端，遂上《论经界盐钞札子》建议重新丈量土地、平均赋税，实行《盐钞法》。但这一举措却触犯了地方官吏和豪强的利益，于绍熙七年左司谏黄艾上书，诬奏其“残酷贪饕，奸脏狼藉”(《宋会要·黜降官》)，遂罢其福州知州与福建安抚使职。九月，御史中丞谢深甫再次诬奏，翌年十月谢又三次弹劾，至此辛弃疾一切官职均被罢免，遂第二次赋闲，过起他隐居瓢泉的诗酒生活来。这是其创作生活的又一次高潮期，不仅风格多样，佳作如林，并且进入艺术上的老成期，变前期之慷壮为沉郁苍凉，时亦寄情山水，藉大自然而诗酒自放。此后，或被起用，或遭诬陷，以提举冲佑观回到铅山。开禧二年(1206 年)五月，宋廷再次进行北伐，但因准备不足，旋即失败。为挽回败局，又任命他为绍兴知府兼浙东安抚使，以年事已高辞而未受。十二月，再授江陵知府，他先赴临安奏事，奏事后欲留任兵部侍郎，辛亦因身心交瘁辞而未受，再返回铅山。次年九月十日，遂抱恨与世长辞，临终尚高呼“杀贼”数声而绝。

回顾辛弃疾的一生，他是南宋具有杰出才能的政治家、军事家，是一个坚定不渝的抗金复国英雄。但是，在南宋小朝廷错综复杂的政治斗争中，他又是一个被屈辱、被埋没的悲剧英雄。他既有传奇般的辉煌过去，又有抱负不展的坎坷经历，而这一切恰恰又成就了他词体创作上的伟大成就，成为我国词史上最杰出的作家，这是值得庆幸的。

二、“稼轩体”的内涵及意义

从词史的角度说，词原本是配合曲子演唱的歌词，当其在民间广为流传的时候，它所反映的生活内容是比较广泛的，并不仅仅局限情爱相思之类题材的描写，这从今存敦煌民间词内容的多样性丰富性即可看出。然而，当其进入文人之手以后，它却变成歌筵酒肆之中专供歌儿舞女演唱以侑酒助兴之用，遂不免“剪红刻翠”而专以男女情事、相思离别为描写内容，故定位也十分狭窄。并且，经过中晚唐，历五代而至北宋，遂逐渐形成词之固定传统模式。然而，词之所以能进入文坛，并与诗并驾齐驱乃至取诗而代之，其根本原因所在，则因其纯粹之抒情特性及特有之抒情功能所使然。不过，它一旦被真的用于抒写人的内在心灵世界之丰富性复杂性，这种狭窄的定位便不可避免地要被打破。但如何才能被打破，对传统中国文人来说，可资借鉴者不外二途：一是诗的传统，其次是赋和文的传统。然词究竟是词，既不能以诗法完全改造词，把词写成“长短句诗”；也不能以赋法完全改造词，把词写成格律化的赋。前者之失在不分“诗直词婉”而弃“婉”取“直”，后者之失则往往表现为形式化的晦涩堆垛。那么，如何既能保持词所特有之表情功能，而又能充分吸取诗赋之无情不可达、无物不可写之优长，以增强词作之时代性社会生活内涵呢？便成为摆在两宋词人面前的迫切任务。事实是，自苏轼、周邦彦以来，许多词人都曾在各自领域各有开拓创新并取得过杰出成就，但要使诗赋完美结合于词创作者，似不多见，有之则唯辛稼轩乎？史所谓“稼轩体”者，应放在这一历史坐标来看。

关于“稼轩体”。第一个把辛词尊为“体”并予高度评价的，是其门人范开在编刻《稼轩词甲集》所写序中。此后刘过写有“效辛体”之《沁园春》（斗酒彘肩），宋遗民词人蒋婕写有《水龙吟》，其题曰“效稼轩体，招落梅之魂”。而江湖诗人戴复古《望江南》则说：“诗律变成长庆体，歌词渐有稼轩风”。此处“体”和“风”互文见义，即风即体也，并充分肯定“稼轩体”对词坛逐渐扩大的影响。那么“稼轩体”的根本特征又何在呢？范开序《稼轩词》说：“其词之为体，如张乐洞庭之野，无首无尾，不主故常。又如春云浮空，卷舒起灭，随所变态，无非可观。无他，意不在于作词，而其气之所充，畜之所发，词自不能不尔也”。他以“张乐洞庭之野”喻稼轩词，典出《庄子·天运》：“北门成问于黄帝曰：帝张咸池之乐于洞庭之野……其声能短能长，能柔能刚，变化齐一，不主故常”。其中“能柔能刚”、“不主故常”二语最为关键。盖辛词之所以能称“体”者，正在其博大精深，刚柔兼济，不斤斤学步于前人，而又无所不具、无所不有，故曰此“公词之所独也”。人们总是把苏、辛并称，或将其直接划归“豪放派”，实则大谬。刘后村《辛稼轩集序》曾称其词曰：“大声鞺鞳，小声铿鍧，横绝六合，扫空万古，自有苍生以来所无”。① 所以是不能简单地以某一种风格限定其词的。而更重要的还在于，其词所特有的情感内涵。陈廷焯评《摸鱼儿》曾说：“词意殊怨，然姿态飞动，极沉郁顿挫之致。起处‘更能消’三字，是从千回百转后倒折出来，真是有力如虎”②，周济则说：“后人以粗豪学稼轩，非徒无其才，并无其情。稼轩固是才大，然情至处后人万不可及”③。为什么不能以“粗豪”学稼轩？不仅是才大才小的问题，更在于“情”，即情感质地的沉郁顿挫，尤其是情感表达的“千回百转”，化刚为柔。但是，也不能以传统所谓“婉约”目稼轩，正如毛晋所说：“词家斗秾纤，而稼轩率多抚时感事之作，磊落英多，绝不作妮子态”。（《稼轩词跋》）对豪放派来说，他能“化百炼钢为绕指柔”；对所谓“婉约”词来说，他又能“沉郁顿挫”不作妮子态，这即是“稼轩体”之真精神所在。后人多以诗中杜甫拟稼轩，而刘熙载评杜曰：“杜诗高、大、深，俱不可及。吐弃到人所不能吐弃，为高；涵茹到人所不能涵茹，为大；曲折到人所不能曲折，为深”④，以之移评“稼轩体”，似更切当。他的代表作《摸鱼儿》，即能充分体现这一特点：

> 更能消几番风雨？匆匆春又归去。惜春长怕花开早，何况落红无数。春且住，见说道、天涯芳草无归路。怨春不语。算只有殷勤，画檐蛛网，尽日惹飞絮。　　长门事，准拟佳期又误。蛾眉曾有人妒。千金纵买相如赋，脉脉此情谁诉？君莫舞，君不见、玉环飞燕皆尘土！闲愁最苦。休去倚危栏，斜阳正在、

① 刘克庄.《后村大全集》(98). 四部丛刊影旧钞本. 三联书店,2001
② 陈延焯著. 杜未末校.《白雨斋词话》(1). 人民文学出版社,1959
③ 周济.《介存斋论词杂著》(22). 人民文学出版社,1959
④ 刘熙载.《艺概·诗概》(59). 上海古籍出版社,1982

烟柳断肠处。

词前题序曰："淳熙已亥，自湖北漕移湖南，同官王正之置酒小山亭，为赋"。故知词当作于淳熙六年(1179)暮春，即稼轩由湖北转运副使再调湖南转运副使时。此时他渡淮南归已整整十七年，却屡屡因主和投降派的排挤打击，始终得不到重用，而在地方上频繁调来调去。在两湖漕运任上，他曾创建"飞虎军"，以图为抗金复国有所建树，但随之又被诬奏"用钱如石沙，杀人如草芥"而被罢官，其雄才难展之苦闷，其心情之抑郁失落，以及对南宋小朝廷之失望，都是不言而喻的。对这种复杂情感的表达，豪放派词的写法前面我们已经很熟悉了，那么辛弃疾又是如何写的呢？起句"更能消几番风雨"，看似平平，然细心推绎，方知并不尽然。他是在屡遭打击，心灵屡受挫折后，再次被诬陷贬调，方才深感年岁渐老，宏图难展的苦闷，于是发出这声长叹的，而下面所写即是其具体原因。因此，确如陈廷焯所说："是从千回万转后倒折出来"的。当然，他也并非直陈，而是摧刚为柔、歛雄豪为悲凉，而以惜春伤春的象喻手法出之的。整个上片即由此生发延展开去。既然是"匆匆春又归去"，首先产生的是"怕"，本来因惜春而"怕花开早"，何况现在已到"落红无数"的时节呢，岂不痛伤！此写时亦写人，总为年华虚掷而感伤。接着他异想天开，竟然要留"春且住"，并设想(听人说)现在已是芳草遮满天涯海角之路，恐怕春要归去也是无路可走吧！然而，春却"不语"，并不给一个明确的回答，于是设想亦化作失望，遂更增一层怅惘而终于生"怨"了。要之，此亦"从来天意高难问"之谓，只是措词温婉，用意含蓄，并不径直说破。然失意之后再作遐想：春已阑珊，势将不可挽回，可是算来还有那殷勤的蜘蛛在吐丝织网，大概是想粘惹住些柳絮而留点春意吧，然这又能如何呢！物且如此，人岂非然，将惜春之情推至极限。总观上半阕，表面看纯是写景，实是不即不离之寄言，层折跌宕写来，情思却含婉不断，这即是陈廷焯所说"千回百转"吧！上片以景语胜，下片则以情语见长，转入征典事以达意：自"长门事"至"此情谁诉"，用汉武帝时陈皇后失宠，并借司马相如写《长门赋》陈情的故事，其核心则只取遭遇贬谪而被冷落，故"蛾眉曾有人妒"、"准拟佳期又误"、"脉脉此情谁诉"诸语，实乃不直言而寄言之也，说古人事而达自已心里话，便觉分处婉折：当是"怨春不语"心境的延展，以明被人诬陷而终无可辩白之曲衷。"君莫舞"三句，借玉环、飞燕虽得宠于一时，然却无好结果的典事，励己警人，借古讽今，语言直白不隐，情感渲泄进入高潮，终至点出全篇主旨："闲愁最苦"，为年华易逝却无事可为，发一声长叹！然结尾却又空际转身，以景结情，乃不言言之也。"休去倚危栏"者，高处所见唯落日斜晖、暮霭迷朦、断肠烟柳耳，益增"匆匆春又归去"之想故也。此是一种时局的象征，抑或感到前途迷茫，见仁见智可也。总之，此词愤激之情溢于言外，英雄本色不老，但不直言罄出，正如周济所说"无剑拔弩张习气"，始觉有苍莽之"潜气内转"其间，以"千回百转"一语评之可也，这就是稼轩词。

杨慎曾推尊《永遇乐·京口北固亭怀古》为辛词"第一"，也确是千古传诵之名篇：

千古江山，英雄无觅，孙仲谋处。舞榭歌台，风流总被，雨打风吹去。斜阳草树，寻常巷陌，人道寄奴曾住。想当年，金戈铁马，气吞万里如虎。　元嘉草草，封狼居胥，赢得苍皇北顾。四十三年，望中犹记，烽火扬州路。可堪回首，佛狸祠下，一片神鸦社鼓。凭谁问，廉颇老矣，尚能饭否？

开禧元年(1205年)朝廷起用韩侂胄准备北伐，闲居已久的辛弃疾也于前一年被任命为浙东安抚使，次年春又授知镇江府，出任江防要地京口(今江苏镇江)。这一方面又激起他恢复中原失地的豪情壮志，积极进行备战；另一方面他也清楚地看到，韩侂胄朝政独专、轻敌冒进的事实，而不免忧心忡忡。当宁宗赵扩召见他时，亦曾痛陈过打无准备之仗的危险，可是并未引起重视，心中不免怏怏。此词即写于当时和同僚登北固山时，遥望江防南北，其心情是十分复杂的。京口，乃三国时孙吴设置的军事重镇，六代时曾一度置为都城。宋武帝刘裕即生长于此，宋文帝刘义隆草率北伐，而"赢得苍皇北顾"，亦在此，故词人登上北固亭吊古伤今，则不免感慨系之。词由缅怀吴主孙权起笔，他以区区江东之地，拓土开疆，抗衡曹魏，终成三国鼎立之势，故一直是宋人眼中的英雄。"千古江山"四字，气势雄壮宏阔，而以烘托孙权的英雄业绩，起笔便自不凡。但接着却说："风流总被雨打风吹去"，却是一跌，转而为英雄业绩的消逝而惋惜。"斜阳草树，寻常巷陌"，又以清丽闲婉之笔，再点出刘裕(小字寄奴)。裕出身孤寒，崛起于京口，曾两度北伐而收复黄河以南大片国土，词人以"气吞万里如虎"颂赞之，其仰慕之情可知，则心情亦为之再振。缅怀千古英雄，寄托抗金复国而不得之哀思，上片以上主旨已明，又为下面铺垫。过片即专从历史教训一面用笔。史载：宋文帝刘义隆"自践位以来，有恢复河南之志"(《资治通鉴·宋纪》)。故曾多次用兵北伐，但皆以失败而告终。尤其元嘉二十七年(450年)最后一次北伐时，在听取彭城太守王玄谟的献策后，还兴奋地说："闻玄谟陈说，使人有封狼居胥意"。(《宋书·王玄谟传》)然终因准备不足，而失败得更惨。词用此典，而以"元嘉草草"四字概括，显得有警时谏上之意，既贴古又切今，可谓用心细密精当。封狼居胥，典出《史记·卫将军骠骑列传》：时卫青、霍去病分兵共击匈奴，皆获大胜，霍遂"封狼居胥山，禅于姑衍"而还。古时获胜必积土为坛于山，以祭天地而报功，祭天曰封，祭地曰禅，后遂以"封狼居胥"为战则必胜的代称。"四十三年"以下，则是作者由思古而触发之感慨。绍兴三十二年(1162年)稼轩率众南归，一路夺关斩将，转战淮扬一带，终于回到建康，"烽火扬州路"即指此而言。于今(1205年)算来，光阴虚度已整整四十三年，"望中"所见又岂能不感慨系之！接下即进而補足此意：当年曾征战斯杀过的疆场，如今已沦为金人国土，而且他们还兴高采烈地在佛狸祠下迎神赛会呢，见之又岂能不忠愤气填膺！故而才慨然曰："可堪回首"。佛狸祠，在长江北岸今江苏六合县东南瓜步山上。永嘉二十七年，元魏太武帝拓跋焘南侵，曾在瓜步山建行宫，拓跋焘小字佛狸，民间遂称此为佛狸祠。此祠南宋时尚存，故作者遂以此指代金人。今失地未复，报国之志难泯，英雄老去，于是他想到那"一饭斗米，肉十斤，披甲上马"(《史记·廉颇列传》)的老将廉颇，亦应是老当益壮而裹尸疆场，可这番心意还有谁能理解，又能"凭谁问"呢？此虽用典，实亦自指，其失意之情已是不能自已了。辛词之一大特征，就是"多用事"，若此词由开头至结尾，几乎层层用典有五处之我。然典事一多，则词易踬，甚或堆垛晦涩。辛词却不同，不仅事如己出，毫无窒碍，而且每一层用事，都代表心灵的一次跳跃，思绪的一次转换，故能层折跌宕写来，极具回肠荡气之力。词中虽不乏豪壮语，却能摧刚为柔，从而见出“潜气内转”之曲婉。

陈廷焯则以《贺新郎·别茂嘉十二弟》为辛词之冠，并说“沉郁苍凉，跳跃动荡，古今无此笔力”。[①] 也是辛词最具特色的篇章之一：

> 绿树听鹈鴂，更那堪、鹧鸪声住，杜鹃声切。啼到春归无寻处，苦恨芳菲都歇。算未抵、人间离别。马上琵琶关塞黑，更长门翠辇辞金阙。看燕燕，送归妾。　将军百战身名裂。向河梁、回头万里，故人长绝。易水萧萧西风冷，满座衣冠似雪。正壮士、悲歌未彻。啼鸟还知如许恨，料不啼清泪长啼血。谁共我，醉明月？

词当作于稼轩赋闲铅山期间[②]，茂嘉乃其堂弟，事迹不详。此词开首即由景起笔，当是送别时实地所见。但写景又特选啼声最苦的三种鸟类铺排，便和一般泛泛写景者不同，可谓匠心独运。质言之则紧扣送别主题，而一任其意识潜流之运转也。鹈鴂，向有二说：一谓杜鹃，一谓伯劳，辛则取后说。伯劳于夏至前后，始出而啼鸣，《离骚》曰：“恐鹈鴂之先鸣兮，使夫百草为之不芳”。此本寄托良时易失、美人迟暮之伤感，辛词所取者即此义。杜鹃，相传乃蜀望帝失国身死后之精魂所化，常悲鸣以至吐血，而啼声则如曰“不如归去”。鹧鸪，俗亦谓其啼声如曰“行不得也哥哥”，二者常用以写离别，尤其是那种前途凶险未卜之离别。取此三事铺排，乃寄词人身世寥落凄苦之悲哀，然三者却构成一种递进关系：三者间先插入“更那堪”三字，已是一层折进，而“声住”到“声切”，由缓趋急，从“不如归去”进而至“行不得也哥哥”，则更是一重层折，总为缘情化景手法，共同营造浓烈的悲感氛围，为全词笼罩上一层激越跳荡的情感色彩。“啼到春归无寻处，苦恨芳菲都歇”，绾结前段，终于点出众芳飘零、年华老去主题。“算未抵人间别离”，却是衬折之笔，专为“最苦人间别离”这一意念铺张，梁启超曾以此为“全首筋节”，故在词中位置极为重要。下面即围绕此“离别”主旨铺排典事，全用赋笔，计有五事：一写汉元帝宫女王昭君出嫁匈奴事；二写汉武帝陈皇后失宠辞阙事；亦有以此二句实写昭君一事者；三写春秋时卫庄公死，州吁作乱而杀公子完，其妻庄姜送戴妫事；四写汉李陵兵败降敌后送苏武归汉事，今传李陵《与苏武诗》即诀别诗；五写燕太子丹易水送荆轲刺秦王事，送者衣冠皆白，轲为歌“风萧萧兮易水寒，壮士一去兮不复还”。上片三事皆写女性，下片二事皆写男性，妙在每事之情感侧重点又各不相同：昭君事侧重辞国远别，陈后事侧重被疏遭贬，戴妫事侧重国覆家破，李陵事侧重英雄末路之愧恨，荆轲事则写壮士赴死之悲歌。由“辞国”而“赴死”，不能不说是作者精心安排的，正反映出词人当时复杂而多端纷乱心情，却为词作增加沈郁悲慨、回肠荡气之艺术魅力。而且，还由于内涵之复杂多端，有人便体味出其中之深刻寓意，如周济说：“前半阕北部旧恨，后半阕南渡新恨”。[③] 即认为前半是抒靖康之

---

① 陈廷焯著．杜未末校．《白雨斋词话》(63)．人民文学出版社，1959

② 辛弃疾．《稼轩词编年笺注》．上海古籍出版社，1978

③ 周济．《宋四家词选》，清光绪三十四年(1908)刊本

乱、二帝北狩、大批后妃宫女被掳之悲的，后半则是寄寓南渡后、国势阘弱、豪杰之士壮志难酬之恨的，虽尚难定论，然细味似亦不无道理。“啼鸟还知”二句，当直承“啼到春归无寻处”写，但非平叙，而是又一次层折：此“恨”非仅指啼鸟之恨，当兼典事所涵诸恨，乃至寄托之恨，是说若啼鸟亦能知此，则流下的不是清泪而是血了。清泪成血，当由杜鹃啼血典生发出来，则把情感波澜又一次推向高潮，以绾合以上“别恨”主旨。尾二句，却又空际转身，才将笔锋收拢到送别茂嘉主题，谓“谁共我，醉明月”，敛悲怆成苍凉，腾挪跌宕，终以景语结，更是绝大本事。

稼轩词亦有不过多使用典事，而同样写得敛刚成柔、千回百转者，如《木兰花慢·滁州送范倅》：

> 老来情味减，对别酒，怯流年。况屈指中秋，十分好月，不照人圆。无情水都不管，共西风、只管送归船。秋晚莼鲈江上，夜深儿女灯前。　征衫，便好去朝天，玉殿正思贤。想夜半承明，留教视草，却遣筹边。长安故人问我，道愁肠殢酒只依然。目断秋霄落雁，醉来时响空弦。

孝宗乾道八年(1172年)春天，辛弃疾由司农主簿调任滁州知州。是年秋，时任滁州通判的范昂去任，送行时辛赋此词以述怀。倅，副使之称。词先由送别时之心情写起：少年为人送行，总是十分高兴的事，可如今年事老大，情味便大减了。其中原因，接二句補出之：“对别酒，怯流年”。原来时光无情，眼看着年华老去希望成空，当初一腔抗敌复国之壮志消磨殆尽，而又时不我待，岂能不“怯”！短短数语，即写出多少曲折，已为全词铺就情感基调。接三句以反诘语“况”字领起，则是折进一层。“屈指中秋”者，是说中秋将到而未到，故才说“不照人圆”。东坡曾怪其“何事长向别时圆”，此则怪其“不照人圆”，意似反而实同，总曰“此事古难全”也，虽写离别却是“怯流年”之进一步深化。“无情水”二句再折进一层，专就“别”而发：人有情，别情难堪；水无情，人去不管；西风则更无情，专合着水“只管”送走归船。此移情于物，借物而言情，用笔迂曲，更见用情之细密含婉。又西风，常作为恶势力象喻，此或暗示范之离任当与政局变化有关，如此则意蕴更深一层。“秋晚”“夜深”一联，接得十分突兀，与前不连贯。然细想仍是从前段翻出，当是为远离政争、村野闲居所作之突发预想，造语极清俊，造境极温馨，于己于人讲似都说得通。莼鲈句，用张翰典事，《晋书·张翰传》：“翰因见秋风起，乃想吴中菰菜、莼羹、鲈鱼脍曰：‘人生贵得适志，何能羁宦数千里，以要名爵乎？’遂命驾而归”。便弃洛阳官不做而去，成为历史美谈。儿女句，当由黄庭坚《寄上叔父夷仲》诗化出：“弓刀陌上望行色，儿女灯前语夜深”。是以此村居温馨之想，来衬托落拓失意之悲，所谓以乐景写哀者，内涵遂更为丰富，用笔出人意表，总为一“潜气内转”故也。上片写送，下片转写别。换头三句，“征衫”遥接“送归船”来，然情境亦随之陡变，是为友人壮其行色，作美好祝愿：朝廷正当思贤，此去必蒙圣主召见重用，授以起草诏令、筹划边事的要务。然句前着一“想”字，一切都不过变作美好悬想而已，可谓含泪的笑。应指出的是，这固然是对朋友的美好祝愿，但又何尝不是稼轩郁积已久之愿望直陈，托以明志呢？故下面才合乎情理地转写自己：“长安故人问我，道愁肠殢酒只依然”！这当然是说给故人听的，但不也是说给“长安”当权者听的吗？在那边远的滁州，还有英雄空负壮怀，仍然在闲置潦倒而沉溺杯酒呢！于是，由此又自然生出结句：“目断秋霄落雁，醉来时响空弦”①。词人尚能醉中开弓满月，空弦虚响即能惊落秋雁，故宝刀未老，铅刀尚可一试。因此，此词虽是送人，处处却紧贴送者写，故内里即是寄托，是明志，乃一抒胸中郁积之愤懑耳。只是一路顿挫跌宕写来，化百炼钢为绕指柔，含蓄得不为人所察觉耳。如此，则前所说“老来情味”、“怯流年”、“十分好月不照人圆”、“无情水都不管”、“夜深儿女灯前”等，便知仅非为离情而发，实有更深的意蕴在，这就是真稼轩词。

总之，以“化百炼钢为绕指柔”一语评稼轩体，庶几近之。要知这不只是技术问题，而是特殊之时代遭际所铸就的个性心理特征，乃至思维特征造成的，故而他观察事物的方式，对事物的感受和摄取，进行心理镕裁结构和表达方式，便都与他人有根本不同。前引陈廷焯所说“无稼轩才力，无稼轩胸襟，又不处稼轩境地”之实质，即在这里。所以，才能铸就词史上的辉煌，而具有完美的范型意义。

三、稼轩词的多样化风格

前面所谈固然是“稼轩体”之根本特征所在，但作为一个广采博取、转益多师的集大成作者，辛词的风格又是多样化的，对前代词派可说又都有效法和汲取。当然，他这种多样化的创作实践，虽非“稼轩体”的主要方面，但也是不能忽视的。邓广铭先生评稼轩词说：“其题材的广阔，体裁的多种多样，用以抒情，用以咏物，用以铺陈事实或讲说道理，有的委婉清丽，有的秾纤绵密，有的奋发激越，有的悲歌慷慨，其丰富多彩也是两宋其他词人的作品所不能比拟的”②。虽未能区分优短主次，但概括还是全面的。然在历史上，人们却往往只取自己所赏爱的一面作评断，于是便有了“壮词”抑“婉词”之争。南宋刘克庄评稼轩词有“大声镗鞳，小声铿鍧，横绝六合，扫空万古，自有苍生以来所无”③之说，虽语近夸饰，比拟宽泛，而难以确指其意，但“大声”之说近“壮”，“小声”之说虽不能简单认作“婉”，却与邓先生所说“委婉清丽”有点相近了。因此，从壮、婉、清丽三方面看辛词风格，当无大咎。先说壮词，如《破阵子·为陈同甫赋壮词以寄》：

醉里挑灯看剑，梦回吹角连营。八百里分麾下炙，五十弦翻塞外声，沙场秋点兵。　　马作的卢飞快，弓如霹雳弦惊。了却君王天下事，赢得生前身后名。可怜白发生！

这是明确点出乃“壮词”的，显然是有意为之。陈同甫，即陈亮，早在孝宗淳熙五年（1178），辛任大理少卿时，二人即相结识。淳熙九年辛被诬陷罢官，便开始他长达十年的带湖隐居生活，次年春陈亮遂致书辛弃疾，约定秋后拜访，但因故未能成行。又次年亮被

① 此用《战国策》“虚弓落病雁”句意。

② 辛弃疾.《论辛稼轩及其词》载《稼轩词编年笺注》. 上海古籍出版社，1978

③ 郭绍虞编.《辛稼轩集序》.《中国历史文论选》（中）. 中华书局，1962. 162

诬“置药杀人”遂入狱两个多月。直到淳熙十五年冬，二人始得践约相会，即著名的“鹅湖之会”。在这期间，他们“憩鹅湖之清阴，酌瓢泉而共饮，长歌相答，极论时事”，甚为相得，这首《破阵子》大概即作于此时。陈亮是著名的豪放派词人，故辛弃疾亦特意以“壮词”相和，但也并不像陈亮写得那亲直露。“醉里挑灯看剑”，辟空而起，却仍有许多婉折。首先，为何饮酒、以至于醉？醉而不眠，却去挑灯者又为何？表面看挑灯是为看剑，然何以偏要看剑而不是他物？就是这短短六字，在情感的跳跃婉折中，已将人物的身份个性、烦躁不宁的思绪、悲愤激越的心情，都淋漓尽致地写出了。其次，“梦回吹角连营”，按一般解释“梦回”即梦醒，下面所写即梦醒后之实境，但此时之辛弃疾已闲居带湖，既无身居“吹角连营”之条件，亦无“沙场秋点兵”之可能；或有谓写梦醒后之回忆者，但于语序逻辑，似亦难通。故“梦回”者，当是梦中回到之意，而且因“醉”而有“梦”，也是生活中常见。总之，是说他以酒浇愁无效，便怀着满腔悲愤挑灯看剑，于是梦中便回到曾经历过、或半实半幻的驰骋沙场之最快意时刻：连营吹角催人奋起，八百里驻兵饱餐（炙，烤肉）待发，鼓舞人心的战斗乐曲亦随之奏起，这是要干什么？“沙场秋点兵”，原来是准备秣马出征。下面即接写这场激烈的战争——“马作的卢飞快，弓如霹雳弦惊”。虽没有正面描写战争血腥残酷的一面，只是从骏马的风驰电掣、弓箭的纷飞雷鸣着笔，以极状战士之奇兵突袭和英勇无畏。而所以如此者，正突显出“壮词”之所以为“壮”也。那么战斗结果呢？当然是胜利了，故曰“了却君王天下事，赢得生前身后名”。沦陷国土得以收复，生前成为英雄，死后名垂青史。这是何等完美的结局！但结句却说：“可怜白发生！”原来这只是一场美梦，刹那间不仅梦被突然打破，激越昂扬的情感也降到冰点，因为仍然要回到老死林下的现实。此词之一大特点是，敛雄豪终作悲凉，为壮词添上一抹凄婉色彩，故读来扣人心弦。

与此词相近的还有《鹧鸪天》：

> 壮岁旌旗拥万夫，锦襜突骑渡江初。燕兵夜娖银胡簶，汉箭朝飞金仆姑。
>
> 追往事，叹今吾，春风不染白髭须。却将万字平戎策，换得东家种树书。

词前题序：“有客慨然谈功名，因追忆少年时事，戏作”。对辛弃疾来说，少年时最能表现英雄本色之事，莫过于高宗绍兴三十二年（1162 年）正月，率五十骑突袭济州（今山东巨野）营地，生擒叛徒张安国，又星夜兼程，夺关斩将、南渡淮水一役，故当客人谈起“功名”之事，便不能不勾起他对这段传奇般经历的回忆。“壮岁拥万夫”，时辛弃疾二十二、三岁，又在耿京二十万大军中掌书记，故云。而“渡江初”，即指此次耿京“决策向南”派辛弃疾等十一人去建康与宋朝廷接洽合作事。“突骑”，则指所率五十突袭骑兵。娖，通捉，提着之意；胡簶，箭袋（一说娖，谨慎貌；胡簶，皮制的一种测听军马声的器具）。金仆姑，箭名。二句互文见义，是说两军对阵，乱箭纷飞如雨，言战斗之激烈。综上四句，乃实写初次渡江之那场恶战，笔力劲健，气势豪迈，有声有色，此又所以为“壮词”也。但是，辛渡江南归后，却并未得到宋廷重用，部下义军随之被遣散，他也只派了个江阴签判的地方小官，此后二十年便在各地调来调去，最后还因筹饷组建“飞虎军”被诬罢官，闲居带湖。过片“追往事，叹今吾”，其所叹者即此失落和不平。“春风不染白髭须”，是总前一声长叹，但蕴含丰厚，可作三层看。一是将无情作有情，言春风能使草木变青，却难染白发变黑，叹岁月之虚度、青春难再也。二是“白髭须”与前之“壮岁”呼应，形成鲜明对照，言英雄老去壮志难酬，心有不平也。三是既叹春风难染白发青，则知耿耿忠愤终不泯，家国之恨难抛却也。有此三重深衷，敛豪气于含婉中，终于逼出尾联一对名句：“却将万字平戎策，换得东家种树书”，将政治悲剧之痛推向高潮。本是经国盖世之才，曾上《九议》《十论》提出抗金复国之策，可是换来的是什么呢？村居闲置的耘田种树生活！“换得”二字中的苦涩味，以及由此散射出的灰冷、失意和悲凉，虽不言已是潸然泪下了。此词与前词结构上有相似处，都是在抒写大段豪情后突作折转，然此词之折转似表现得更充分、更丰满，因而也更具沉郁顿挫、潜气内转之含婉特征。

辛词中也有一些写得完全符合传统所谓“婉约词”的，如《祝英台近・晚春》：

> 宝钗分，桃叶渡，烟柳暗南浦。怕上层楼，十日九风雨。断肠片片飞红，都无人管，更谁劝啼莺声住？　　鬓边觑。试把花卜心期，才簪又重数。罗帐灯昏，哽咽梦中语：是他春带愁来，春归何处？却不解带将愁去。

沈谦《填词杂说》曾曰：“稼轩词以激扬奋厉为工，至‘宝钗分，桃叶渡’一曲，昵狎温柔，魂销意尽，才人伎俩真不可测”。沈氏的惊叹不无道理，但也并非不可理解。因为，稼轩体本非粗放直陈一派，即能刚不能柔、能粗不能密者，如前说他往往敛刚为柔、化直为曲，尤其是把那种悲愤激越的情感化作内转潜气表出之，故从思想和艺术两方面都使词体特征得到完美表现，能写婉词亦自在情理之中。此词所写，当为恋人别后之缱绻情怀。首三句皆有所本：“宝钗”句，按前人离别每以分钗留赠，如白居易《长恨歌》所写“钗留一股合一扇，钗擘黄金合分钿”即是。桃叶渡，在秦淮河与青溪汇流处，《隋书・五行志》：“陈时盛歌王献之桃叶之词曰：桃叶复桃叶，渡江不用楫。但渡无所苦，我自迎接汝”。按桃叶乃献之妾名，此后遂以名渡口。南浦，《九歌・河伯》有“送美人兮南浦”句，后遂用以泛指送别之地。此三事皆为写前人离别者，辛词用此只取其“别”，但如此写则声色秾丽，再加“烟柳暗”三字铺染，则烟柳迷濛之景、凄清怅惘之情突显，是先为全词作情感基调之铺垫。“怕上”以下才进入正题，写别后，然情感的表达是层进式的，故显得特别曲婉。“怕上层楼”是别后凄苦心境之总提，然何以“怕上”呢？曰“十日九风雨”，乃凄风苦雨不断，徒增心灵之沉重压抑，此其一。又因连日风雨之肆虐，落花飘零，残英满地，春亦将归去，感物伤怀，更不忍睹，此其二。“更谁劝啼莺声住”，又折进一层，是说在啼莺声中春已阑珊，而美好春光就这样被聒噪尽了，于是迁怒于莺而愿其声住，遂倍加伤感，此其三。以上三层，宛转曲折写来，由恶听风雨到伤悼落红，到牵怒啼莺，情愈转愈深，境愈转愈新，总为相思之苦敷设，用笔可谓含婉。上片全由景生，下片则止写二事。“鬓边觑”，乃觑头上簪花也；于是怜花怜己，遂生拈花卜归之想：数了一遍，卜未准再扳瓣数，重复了一遍又一遍……此寂寞之极，无奈之极，又痴心之极，将少女之迷恋情态和盘托出，此其四。痴甚而成梦，遂生梦呓，是又深一层。“罗帐灯昏，哽咽梦中语”，又迁怒于春：是你把愁带给我的，现在你要逃向何处，为何不把愁也一起带走呢？痴想痴行，痴言痴语，终于把情感激流推到高潮，此其五。然而，却又款款绾结，写得含而不露，终不许道破"相思"二字，真是绝大本事。有此五层，则人物最隐秘之心路历程，都被层进式地得到一一展现，较之北宋婉约词人并不逊色。

辛词中最为人所喜爱的，还有那些写村居闲适、生活气息浓郁、状景如画的小词，如《西江月·夜行黄沙道中》：

明月别枝惊鹊，清风半夜鸣蝉。稻花香里说丰年，听取蛙声一片。　七八个星天外，两三点雨山前。旧时茅店社林边，路转溪桥忽见。

词当作于淳熙八年(1181)辛弃疾被罢官闲居上饶带湖期间。黄沙岭，《上饶县志》载：在县西四十里，高约十五丈，下有两泉水自石中流出，可溉田十余亩，深而敞豁，风景优美。辛不时践临其地，常有感而赋，写下不少作品，今存词共五首，此篇即其中最脍炙人口者。其突出的特点，是作者能于日常平淡的景物中，提炼出极具审美韵味的情感意象，熔铸成朴野恬淡、具有浓厚生活气息的优美意境，婉而不媚，丽而不艳，淡雅淳厚，别具一种风格，与前人所说"豪华落尽见真淳"者近之。全词皆以景物描写成篇，有如诗中的一首绝句，然景物又都化作情思写，所谓"一切景语皆情语也"。开首一联即着力渲染夏夜特有之氛围，正是道中夜行所见，表面看全是名词的叠加，其内里却又存在密切联系。"别枝"当因鹊惊，"惊鹊"则因月明，何以知其然，读王维《鸟鸣涧》则自知："月出惊山鸟，时鸣春涧中"。此虽未必然之词，用以状月色照朗已入化境。又蝉乃日夜长鸣之物，然于清风中则声尤繁，于朗月中则声更响，悠韵繁弦闻之令人神畅，此之所以为夏夜也。在朗月蝉噪中一路行来，由山径渐入平原沃野，始闻稻花飘香，蛙声一片，这又是何等教人陶醉的夏夜境界！"稻花"二句，或谓"说丰年"者乃是"蛙声"，这固然点出移情于物、借物言情的高明手法，但理解起来不免纡曲。既说"听取"，自非孤独一人而有同行者在，而当突然进入一片稻花飘香、蛙声噪闹(亦丰年之象征)的环境中，人们情不自禁地便谈论起丰收的前景来，那又是何等自然而又惬意的事，何必借"蛙声"始言之哉！总观上片，虽全是状景，然其人之身轻体爽、兴豪意畅之情态已在其中矣，故又不能单纯作景物看。如果说上片所写乃身处其中，那么下片却是抬身天外，变平阔为高远了。不过，他仍不以超旷雄放铺写(如东坡)，而仍以恬淡朴野出之。大概这时天有点变，却仍不着重墨，星只是七八个，雨也是两三点，是阴而不重的过雨，写村居生活尤有情趣。人皆赏此联为工，其实不只工而且自然，寓自然于工整之中，更是词人艺术修养的表现。按题序则此乃写"黄沙道中"，而随着道途的结束，词也就收尾了："旧时茅店社林边，路转溪桥忽见"。在夏夜一派芬芳温馨的陶然快乐中，不觉转过一座溪桥，社林边那幢熟悉的老茅屋，已出现在眼前了，这又是奔波后何等惊喜怡悦的心情。综言之，词人采用这种移步换景，着笔成绘，景移境深的层剥手法，而充分表现出远离政争后，其闲散恬适、淡泊潇洒的生活层面，这是一个不同于那种充满沉郁顿挫之情的辛弃疾。又《鹧鸪天·代人赋》也是这种心境的反映：

陌上柔桑破嫩芽，东邻蚕种已生些。平岗细草鸣黄犊，斜日寒林点暮鸦。山远近，路横斜，青旗沽酒有人家。城中桃李愁风雨，春在溪头荠菜花。

首句“柔桑破嫩芽”是全词关节点，因不仅点时亦点出地，下面写景皆由此生发。春回大地，万物复甦，着一“破”字则点出生命力之顽强不可阻挡。因是初春，故平岗所生乃细草，牛犊也出栏而撒欢鸣叫；寒林尚未着叶成荫，斜阳下暮鸦才黑如墨点。总之，万物都洋溢着春之活力，的是一派欢欣闲适景象。下片承前接写，再加远近之山，横斜之路，青旗酒家以作铺染，转从广处阔处着笔，境界始大。因山瘦始见路歧，因无遮故现酒家，写景中又添以人事，用笔便不单薄。结尾二句，似乃信笔为之，其实亦不尽然。表面看，是说城中桃李已被风吹雨打而凋谢了，村野的荠菜花却正开得春意盎然呢。然结合着稼轩当时的处境来看，岂非又是一种暗示：城朝中人尚为政治的凄风苦雨而发愁，但村野散人却正沐浴着春之恬适而优游呢，其自矜自慰自放自励之情溢于言表。如果说前词所写，完全是村居生活的放浪恬适，此词则不免流露出心中之不甘与不平，也更多一层意蕴。

综言之，稼轩六百多首词的风格是多姿多彩的，不仅有豪词壮词，甚至还以文为词、以议论说理为词，确有纵横恣肆的一面；然而，他也善作清丽语、妩媚语，缠绵语，又有“婉雅芊丽”的一面。但就“稼轩体”之特定内涵言，这却并非其真精神之主要方面，因只就风格之多样性论定“稼轩体”，那不过说明它只是多种风格的集合体而已，所谓“体”之特指性也就不存在了。至于“体”，应该是指代表某种独创性、开创性的，既不步趋前人，亦对后人有极大影响的个人成就的东西。而能代表辛词最高成就的，仍然是他那些极富时代精神和社会重大意义，而又写得沉郁顿挫、潜气内转的纯粹个性化作品。较之传统所谓“婉约”词，他丽而不艳、婉而不媚，总有一股阳刚雄肆之气存乎其间；较之传统所谓“豪放”词，他又歛刚为柔、化直为曲，是真正意义的心路历程的隐密揭示。因此，“后人以粗豪学稼轩”者固非，但若直以柳、周一派目稼轩则更非。可以说他是把词体这一抒情文学的固有特征，发挥到思想和艺术结合的完美程度，即所谓“吐弃到人所不能吐弃”、“涵茹到人所不能含茹”、“曲折到人所不能曲折”，所以才成为词坛上不可逾越的顶峰，因而具有历史的典型意义。

第三节 元人散曲

在我国文学史上，虽历代不乏作为音乐文学的歌词之作，如“三百篇”因其特殊性暂且不论，但从汉代开始即有“乐府”，至六朝则更盛，文人亦常染指而多摹拟之作。延至唐中叶似有中断（文人拟作已不用于管弦遂为诗之一体），于是又以五七言绝诗为歌词，特称“声诗”。但不论“乐府”或“声诗”，始终都处于诗坛之从属地位，并不能进入传统文学之主流意识。然而，词则不同。自隋唐之际配合“燕乐”歌唱的曲子词兴起后，它即以其强大的生命力冲击着诗坛，虽在很长一段时间仍被目为“小道”，但经过五代两宋词人的不断创作，终于取代传统诗文而成为一代文学之代表。这是音乐文学的一次伟大胜利。元曲则继词而兴起，并词亦取而代之，成为我国音乐文学上又一次辉煌，故后代有唐诗、宋词、元曲之美称。

一、元曲和元散曲

王国维曾说："凡一代有一代之文学。楚之骚，汉之赋，六代之骈语，唐之诗，宋之词，元之曲，皆所谓一代文学，而后世莫能继焉者也"①，这是就一代文学之最高成就，并且具有代表性之文体而言的，并非用以概括一代文学之全部。而应该说明的是，所谓"元曲"，实包括杂剧和散曲两种文学类型，它们虽有着共同的渊源，但其性质又存在很大差异，并不宜混同。自宋室南渡，金人入主中原，到元人统一全国，大量异族音乐流入中土，与汉族地区原有音乐相互结合渗透，遂形成新的音乐类型——北曲。而在北曲发展演化的过程中，由于受金院本、诸宫调、宋杂剧等的影响，尤其是诸宫调这种说唱艺术对音乐的提高定型作用，于是便演化出配合这种音乐曲调歌唱的戏曲文学，这就是元人"杂剧"。与此不同，如果是单独配合这种曲调——"北曲"填写的歌词，即演化为一种新兴抒情诗体，即元人"散曲"。前者属再现性叙事文学范畴，后者属表现性抒情文学范畴，所以说它们源同而实异。当然，这种区分也不应是绝对的，如散曲作品亦多含或简或繁的叙事情节，而杂剧曲词则主要用于人物情感的抒写（前曾说到情节的隐在性）。因此，王国维即曾指出："小令只用一曲，与宋词略同；套数则合一宫调中诸曲为一套，与杂剧之一折略同"。②说明它们之间确有交叉之处。但两者相较，则元曲之主要成就在杂剧，这是中国文学史上一种划时代的新型文学；而散曲，虽然在抒情文学史上也有其独特的艺术个性，相对而言则属次要。因此，与唐诗、宋词相并列的所谓"元曲"，当是就元曲的总体成就而言的，并非仅指散曲而言。仅就数量来看，今存散曲中小令约三千八百多首，套数四百多套，若同将近五万首唐诗及二万多首宋词相比，显然相去甚远，精品也就偏少，难以代表一代文学之真正成就。

散曲分小令和套数两类。小令亦称"叶儿"，是配合单个曲子歌唱的歌词，王骥德《曲律》说："所谓小令，盖市井所唱小曲也"。这些小曲都有不同的曲调，每一曲调又有不同的名称，如〔山坡羊〕、〔水仙子〕、〔落梅风〕、〔拨不断〕、〔沉醉东风〕等。不同的曲调又有不同的句式和字数，故又造成曲词的长短不齐，正如王国维所说，它和词的体制亦最为接近。套数亦称散套，是吸收宋大曲、诸宫调等联套的方法演化而成，都是按一定规则将数只曲子联结成篇，但这些曲子都应属同一宫调，且按一定顺序排列，结束时有"尾声"或"煞调"。用同一宫调中二、三只曲子组成的，称"带过曲"；三调以上乃至二、三十调的，即是套数。套数都有简单的情节，所以说"与杂剧之一折略同"。关于北曲所用乐调，据元人周德清《中原音韵》和明人朱权《太和正音谱》记载，共有三百三十五调。清人李玉《北词广正谱》所列，则多至四百四十七调，不过其中很多都是没有曲调流传下来，或属于杂剧专用的。故真正为散曲所用者约一百六、七十调而已，常用的则只有四十调左右。它们分属于十二个不同宫调，一般所采用者惟五宫四调，即正宫、中吕宫、南吕宫、仙吕宫、

① 王国维.《宋元戏曲考序》.《海宁王静安先生遗书·宋元戏曲考》卷首. 商务印书馆，1981

② 王国维."元剧之文章"为《宋元戏曲考》第十二章. 商务印书馆，1981

黄钟宫、大石调、双调、商调、越调,合称“九宫”。既然小令只用一曲,散套则合用同一宫调中诸曲为一套,那么小令可看作元曲的基本构成单位。

散曲是在金元时期“俗谣俚曲”的基础上发展起来的,但其内容并不单一,而是包括了生活的各个层面。散曲中的许多曲调,如〔山坡羊〕、〔干荷叶〕、〔豆叶黄〕等,显系来自乡村。而另外一些,则是所谓“街市小令”①或“市井所唱小曲”②,当是流行于市民阶层的俗乐。而更重要的一面,则是来自金元时期带入的胡乐,明王世贞《曲藻序》即说:“曲者词之变,自金元入主中国,所用胡乐,嘈杂凄紧,缓急之间,词不能按,乃更为新声以媚之”。又徐渭《南词叙录》曰:“今之北曲,盖辽金北鄙杀伐之音,壮伟狼戾,武夫马上之歌,流入中原,遂为民间之日用。宋词既不可被管弦,南人亦遂尚此,上下风靡”。词起源于隋唐之际南北音乐之融合,曲则发端于金元时期胡汉音乐的汇集,故其体制亦最接近词。但能否因此即认为“曲者词之变”呢?单就其音乐源头说已自不同,当然不能将二者直接联系在一起。不过,“北曲”之传入,实给当时之音乐增添了一股新鲜空气,并在社会上广为流佈,这自然不能不引起文人们的注意和喜好。于是,在宋词“依调填词”创作方式的启发下,再依“北曲”曲调来填词,从而创造一种新的抒情文学形式,却是顺理成章的事。仅就此而言,则如清人李玉之称散曲为“北词”,似亦未尝不可。

元人散曲既是受宋词“依调填词”之启发而创作,这可从最初散曲作者的创作得到证实,因为他们的作品实际就是词化的曲。早在金末元初,文人们已初步染指散曲,他们大多都是官场中人,既有深厚的传统文学修养,也习惯用诗词这种文学形式表达思想感情,故创作时遂不免以曲而为词,曲大概不过是为原有的词增加一些新的音乐曲调罢了。这种情况,可看作是对曲这一新的音乐文学认识尚不深刻,规律也未熟悉掌握的表现,故带有浓厚的由词向曲过渡的性质。如金末元初的著名诗人元好问(1190—1257 年),就是创作散曲最早的作家之一。他字裕之,号遗山,太原秀容(今山西忻县)人,曾任金的尚书省掾、左司都事员外郎、后入翰林,知制诰等官职,入元后隐居不仕。今存小令九首③,但都和词混编在一起共称“乐府”,正说明当时人在曲和词之间尚无明确界限。且看其名作《双调小圣乐·骤雨打新荷》:

> 绿叶阴浓,遍池亭水阁,偏趁凉多。海榴初绽,朵朵簇红罗。乳燕雏莺弄语,有高柳鸣蝉相和。骤雨过,珍珠乱撒,打遍新荷。　　人生百年有几,念良辰美景,休放虚过。穷通前定,何用苦张罗。命友邀宾玩赏,对芳尊浅酌低歌。且酩酊,任他两轮日月,来往如梭。

陶宗仪《辍耕录》卷九:“小圣乐,乃小石调曲,元遗山先生好问所制,而名姬多歌之,俗以为骤雨打新荷者是也”。又据《九宫大成谱·总论》引《宋史·燕乐志》:双调、小石调,俱属商声七调,故《太平乐府》即以此曲入双调中。因此从音乐格调讲,它实际就是词

① 朱权.《太和正音谱》.《中国古典戏曲论著集成》本. 中国戏曲出版社

② 王骥德.《曲律》,陈多等注释. 湖南人民出版社,1983

③ 四首见词集《遗山乐府》,五首载元杨朝英编《太平乐府》。

里的慢词。而从内容来看,前段写盛夏景物,热烈喧闹,语言清丽典雅;后段则对景抒怀,写及时行乐,亦是词中所常见。故无论从此曲的体制、风格或意境来说,都未能跳出词的范围。

又如杨果(1195—1269年),字正卿,号西庵,祁州蒲阴(今河北安国)人。金哀宗正大元年(1224)进士,任偃师县令。入元后任北京宣抚使、怀孟路总管、拜参知政事等职。《元史》有传曰:"果性聪敏,美风姿,工文章,尤长于乐府"。今存小令十一首,套数五套。如《越调小桃红·采莲女》十一首中二首:

采莲人和采莲歌,柳外兰舟过,不管鸳鸯梦惊破。夜如何,有人独上江楼卧。伤心莫唱,南朝旧曲,司马泪痕多。

碧湖湖上柳阴阴,人影澄波浸,常记年时对花饮。到如今,西风吹断回文锦。羡他一对、鸳鸯飞去,残梦蓼花深。

前首乃悼金国灭亡之作,后首则是对这场战争破坏其幸福家庭的伤感,然慑于元蒙暴虐统治又不敢直言,遂以传统词中委婉含蓄手法出之。如悼金之亡,只说"伤心莫唱南朝旧曲",而此南朝旧曲即指陈后主所制《玉树后庭花》,旧以此为"亡国之音"。又此亦暗用晚唐杜牧《泊秦淮》诗意:"商女不知亡国恨,隔江犹唱后庭花"。若是熟悉历史者,一听便知此曲弦外之音。后首写夫妻离散之悲,也只说"到如今,西风吹断回文锦"。此用前秦窦滔苏蕙夫妻事,《晋书·列女传》:"滔,苻坚时为秦州刺史,被徙流沙,苏氏思之,织锦为《回文旋图诗》,以赠滔,宛转循环以读之,词甚凄婉"。结尾则以景结:"鸳鸯飞去,残梦蓼花深"。则尤觉情韵低回婉转,然都是传统惯用手法,还见不出曲所特有的风格个性。

再如刘秉忠(1216—1274年)初名侃,字仲晦,后改名子聪,邢州(今河北邢台)人。金末曾为邢台节度使府令史,后隐居武安山为僧。入元后得元世祖重用,留侍左右,改名秉忠,拜光禄大夫,位太保,参与元初建国大政,成为元朝开国名臣。今存小令十二首,亦是用曲抒发文人繁华如梦、历史兴亡之感的,但仍是词体格调。如《南吕·干荷叶》二首:

干荷叶,色苍苍,老柄风摇荡。减了清香,越添黄。都因昨夜一场霜,寂寞在秋江上。

干荷叶,色无多,不奈风霜剉。贴秋波,倒枝柯。宫娃齐唱采莲歌,梦里繁华过。

无论状景抒情,皆词语浅白,等到结尾才语意双关地点明主旨,言简而意婉,但都是南朝乐府风味,却非散曲本色,仍属过渡性作品。总之,从这一时期的文人创作来看,虽然都采用的是北方的音乐曲调,但真正的元人散曲的个性,似并未充分显现而成型。

二、散曲的"本色"特质

虽然在"依调填词"或"倚声填词"的方法上，散曲可能受到过词的启迪和影响，但是同已经严格定型化、格式化的宋词相比，它却保存着民间曲子更多的村野性、原生性，以及泼辣狂放、不拘格套的品格，也就是说根本来不及严格格律化，它已成为代诗词而起的抒情新形式，所以与词又有很大不同。

就语言形式说，词每阕有定句，每句有定字，而曲则不然。最为突出的一点就是衬字的使用，即在正格之外还可加入多少不等的其他字，有时可以多到数十个。如关汉卿的《南吕一枝花·不伏老》下面两句，本是七字句，可他却写成："我是个蒸不烂煮不熟槌不扁炒不爆响珰珰一粒铜豌豆，恁子弟每谁教你钻入他锄不断斫不下解不开顿不脱慢腾腾千层锦套头"。除"我是一粒铜豌豆，钻入千层锦套头"外，则全都是衬字。又如无名氏的《水仙子》，下面三句为三、三、四句式，却写成"番鼓儿劈飏扑捅擂，火不思必留不剌扑，簇捧着个带酒沙陀"。这大概是因为固定曲调，同灵活口语之间存在着较大差异，所以用加衬字的方法来解决。但这却恰恰造成语言使用的灵活自由，为作家能穷形尽相地叙事抒情带来极大方便，而不必削足适履地以内容迁就固定曲调。其次，除衬字的使用外，还有一些曲调，如〔混江龙〕、〔后庭花〕、〔折桂令〕等，甚至连句数也可以增加。而在散套中，其调数亦非固定不变，也可根据内容需要增加或减少。总之，散曲所用曲调，虽有比较固定的句式、音律，同词一样属格律诗的一体，但由于它可用衬字、增句数、加减调数，故较之诗词又有更大的自由性开放性，实际是自由体和格律体两种诗歌形式的结合。另外，在声韵的使用上，散曲也表现得更加解放，或曰更加接近北方口语的俚俗特征。诗词律严，韵分平仄，字有四声，以上去入三声为仄声，不能错押，但中间可以转韵，以协调情感的变化节奏，故古有"一简之内音韵尽殊，两句之中轻重悉异"之说。曲则不然，曲无入声，故平上去三声通押，且一韵到底，用韵亦较密，几乎每句一韵，不能转韵。又诗词都力避重字重韵，曲却恰恰以此见长，如"的"、"了"、"儿"之类语气助词，就往往重复出现，其他重字重韵的例子亦为常见。这也说明，它更符合俚俗口语的特征，并以此增加悦耳动听的声调美，故而形成与诗词迥然不同的特殊语言风格。论者或有称它为"近代白话诗的前驱"者，确也不无道理。

总之，诗词也有写得通俗的，但总体特征是雅丽；散曲也有写得典雅的，但其总体特征是俚俗。因此，诗词最讲究含蓄蕴藉之美，特别重在意境的创造，"状难写之景如在目前，含不尽之意见于言处"，不只是其创作最高准则，亦是其真正生命之所在。散曲之妙则主要并不在此，往往写得浅俗袒露，放肆泼辣，要说就说到九分十分，绝不吞吐遮掩。前人或谓其"豪辣灏灿"①，或谓其"文而不文，俗而不俗"②，是以"方言常语，沓而成章，着不得一毫故实"③，故其所追求的当是"情境"美④。这是我国抒情诗发展的新路径，因而

① 贯云石.《阳春白雪序》. 人民文学出版社，2000

② 周德清.《中原音韵》. 团结出版社，1993

③ 凌蒙初.《谭曲杂札》.《中国古典戏曲论著集成》本. 中国戏曲出版社

④ 王昌龄.《诗格》始有物境、情境、意境之分。

具有笼括一代文学的蓬勃生命力。

那么,散曲的原始风貌究竟是什么样子呢?幸运的是今天尚有相当数量的无名氏之作被保存下来,虽然就时代而言,它们并非一时之作,但也不乏早期如金代之作;就作者而言,它们或有文人佚名之作,但却大多出于民间作者之手则无疑。下面就分作方面来看:

第一、通俗化、口语化是其一大特征。但重要的是,由于它源自民间,而为乐听适耳之用,便不能不大量使用俚语方言,从而改变诗词原有的语言结构,呈现出完全不同的艺术风貌。如无名氏《越调寨儿令·题章宗出猎》二首之一:

> 白海青,皂笼鹰,鸦鹘兔鹘相间行。细犬金铃,白马红缨,前后御林兵。喊嘶嘶战马蹄轻,雄纠纠御驾亲征。厮琅琅环辔响,吉丁铛镫敲鸣,呀剌剌齐和凯歌行。

章宗是金朝第六个皇帝,复姓完颜名璟,《金史》载其善猎,称有"一发贯双鹿"之能。此曲所写当是时人所见之出猎场面,故可订为金代的作品。其描写整肃威武,有声有色,特有的皇家排场,民族化的方言俚语,象声词的大量使用,既浅直适俗,又铺排张扬,即是这类曲子特有风格。另一首写凯旋而归,其用笔也是如此,如曰:"围子首凤翅金盔,御林军箭插金鈚。易溜秃鲁说体例,赤溜兀剌笑微微,呀剌剌齐和凯歌回"。同样用铺排豪辣的赋体手法,把生活场面和人物都表现得十分鲜明而生动。与此相近的还有一首《双调·水仙子》(后人或题为《晋王出猎》):

> 打着面皂雕旗,招飐忽地转过山坡,见一火番官唱凯歌,呀来呀来呀来呀来齐声和。虎皮包马上驮,当先里亚子哥哥。番鼓儿劈飐扑通擂,火不思必留不剌扑,簇捧着个带酒沙陀。

沙陀族人李克用(曾封晋王)及其儿子李存勖(小名亚子),皆以善战著称,五代时曾建立后唐王朝。此曲即写晋王出猎,亚子相陪的盛大场面,所以产生的时代也是很早的。作者同样采用铺排豪辣的手法、口语化的方言俚语及大量象声词,生动地描绘出沙陀族人的野外军事生活。正是通过这些歌曲,今天人们仍可看到北方少数民族所谓"武夫马上之歌"的本来面目,而感受到强烈的震撼。可以想见,这种极富民族特色的地域性歌曲,引起金元文人的极大兴趣和新鲜感受,从而创造出一种新的抒情诗体,并广泛传佈开来,当是不言而喻的事。

现存中原地区一些无名氏的曲子,则更能见出村野性、原生性特征。如《双调一锭银带大德乐·咏时贵》:

> 吉登登金鞍玉勒马,宝镫斜踏。急飐飐三檐伞下,摆下着两行价头踏。使婢驱奴坐罢衙,闲逐东风,纷飞看落花。明明的立赏罚,暗暗的体察。居民

> 百姓夸，私心无半掐。策马还家，银灯射绛纱。象板琵琶，开怀飞玉斝。

此曲意在讥刺"时贵"。《一锭银》首先为之画像，声词俚语并用，铺排张扬，形容尽致，同前二曲手法相近。《大德乐》写其为人行事，却是正话反说，以直白浅俗的语言暗藏讥刺。明明是"使婢驱奴坐衙"、"银灯射绛纱，象板琵琶"沉溺于酒色的纨绔，却要故作风雅："闲逐东风"、时"看落花"，并称其"居民百姓夸，私心无半掐"（按半掐，言少也）。岂非是在说反话假话？又如无名氏《正宫·塞鸿秋》：

> 一对紫燕儿雕梁上肩相并，一对粉蝶儿花丛上偏相趁，一对鸳鸯儿水面上相交颈，一对儿虎猫儿绣凳上相偎定。觑了动人情，不由人心儿硬，冷清清偏俺合孤零！

全曲要说的话其实只一句，即"冷清清偏俺合孤零"。可是作者硬是用直白而生动的口语，通过极富生活情趣的观察和联想，从侧面洪托渲染，把话直说到九分十分，只为突出那一句话来。如紫燕梁上并肩，粉蝶花丛相趁（追逐），鸳鸯水面交颈，猫儿凳上相偎，都是生活中不大引人注意的琐碎事情，作者却用"觑了动人情"一语点醒，遂连贯成一串珠而直奔主题，便顿觉警策绝妙。再看《塞鸿秋·山行警》：

> 东边路、西边路、南边路，五里铺、七里铺、十里铺，行一步、盼一步、懒一步。霎时间天也暮、日也暮、云也暮，斜阳满地铺。回首生烟雾，兀的不山无数、水无数、情无数。

曲中所写乃羁旅行役之思，然直接写到情思的只有结句："情无数"。其他则皆为状景，如东南西边路、五七十里铺、天日云皆暮、斜阳生烟雾等，虽是诗词中常见题材，然这种铺排张扬的手法，却是绝无仅有的。全曲用直白口语展衍而成，由东西南北路（言其所历频且多也）写到不断歇脚之驿铺，再写到期盼和失望交织的步步跋涉，正古诗所说"行行重行行"也，但以这种村野重沓之语言出之，便增加无尽的活泼新鲜。此乃回想中之所历，下面即景兴情转写目前：斜阳铺金，天地暮色，烟云苍茫，而横亘在前头的还是那无数的山、无数的水、无尽的漫漫旅途，于是悲呼出同样叫人断肠的"情无数"！马致远《秋思》有"夕阳西下，断肠人在天涯"之千古绝唱，然此曲所表现之萧瑟苍凉情怀，似亦不少让。当然，像这类意境空灵、情思绵远之作，在民间曲词中是不多见的，故尤值得珍贵。综而言之，以铺排豪辣、狂放无拘的语言描写，把话说到九分十分，甚至十二分，可说是民间俗言俚曲与生俱来的一大特征，文人诗词中固然少有，而元曲作者却充分利用并发挥了这一语言优长，曲之所以能代词而兴，也许奥秘正在这里。

第二、散曲之兴，是植根于市民文学之深厚土壤的，从繁华大都市到乡间小城镇，才是它赖以生存、借以演出并取得衣食之需的活动场所，因而保持其浓郁市井气、乡土气，则是另一显著特征。如无名氏《中吕·满庭芳》：

> 狂乖柳青，贪食饿鬼，劫镘妖精。为几文口含钱做死的和人竞，动不动舍命忘生。向鸣珂巷里幽囚杀小卿，丽春园里迭配了双生。莺花寨埋伏的硬，但开旗决赢，谁敢共俺娘争。

柳青，本唐代歌妓，后用以泛指鸨母。故此曲当是诅咒凶残且爱钱如命的鸨母的，下面"贪食饿鬼"、"劫镘妖精"（按钱之背面曰镘，此代指钱）即诅咒之词。又"口含钱"，乃旧时殡殓入葬时放在死人嘴里的钱，意亦深含讥刺。"鸣珂巷"以下，凡丽春园、莺花寨等，皆是传奇杂剧中人物故事，为当时勾阑中人所熟知。作者频频以市井咒人语、歌词演唱语入曲，一读便知是歌妓口吻，俚语浅白，尽情尽致，不求含蓄，而爽心快意，知出于市井间者无疑，与文人诗词所写是完全不同格调。这类曲子在无名氏作品中甚多，下再举《中吕·十二月过尧民歌·相思》为例：

> 〔十二月〕看看的相思病成，怕见的是八扇帏屏：一扇儿双渐小卿，一扇儿君瑞莺莺，一扇儿越娘背灯，一扇儿煮海张生。　〔尧民歌〕一扇儿桃源仙子遇刘晨，一扇儿崔怀宝逢着薛琼琼，一扇儿谢天香改嫁柳耆卿，一扇儿刘盼盼昧杀八官人。哎！天公，天公！教他对对成，偏俺合孤另！

大概在市民阶层的审美习惯中，要求就是能爽目惬意、快耳快心，故语言浅俗直白，不可过于深奥典雅；描写也不能过于精练含蓄，而是要铺排展演，说到十分十二分，才能惬意厌心。全曲其实只说了两句话，一是说明"相思病成"，一是悲叹"偏俺合孤另"，那八扇屏上的戏曲传奇故事，不过起到铺排展衍的功效，叫听者快耳而已。

散曲中带有浓厚乡土味的作品，大都短小精悍，应属谣谚一类口头传唱，入曲后则表现得更为村野老辣。如《商调梧叶儿·嘲谎人》：

> 东村里鸡生凤，南庄上马变牛，六月里裹皮袭。瓦垄上宜栽树，阳沟里好驾舟。瓮来大肉馒头，俺家的茄子大如斗。

通过夸张惊人之词，描状说谎吹牛者——"俺"的漫画式嘴脸，用语泼辣而村朴，极富嘲讽调侃意味，是地道的村老婆子话语。又如《正宫醉太平·讥贪小利者》：

> 夺泥燕口，削铁针头，刮金佛面细搜求。无中觅有。鹌鹑嗉里寻豌豆，鹭鸶腿上劈精肉，蚊子腹内刳脂油。亏老先生下手！

奇巧鲜活的比喻，铺排夸张的手法，俚俗质朴的语言，把一个贪求无厌、搜刮民脂民膏者的丑恶嘴脸，刻划得入木三分，在文学史上可谓少有的精品。如果说这类作品还带着谚语式的质素，那么如《塞鸿秋·村夫饮》则有点粗野了：

宾也醉、主也醉、仆也醉，唱一会、舞一会、笑一会。管什么三十岁、五十岁、八十岁，你也跪、他也跪、恁也跪，无甚繁弦急管催。吃到红轮日西坠，打的那盘也碎、碟也碎、碗也碎。

其用语之恣肆张扬，描绘之穷形尽相，氛围之村野粗豪，情境之生灵活鲜，天下之奇文恐无出其右者。这种语言，这种形式，是传统诗词中绝不会有的，曲的根本生命也正在此。另外，还有一首《正宫·醉太平》讥刺奸佞专权，矛头直指大元，也值得一读：

堂堂大元，奸佞专权。开河变钞祸根源，惹红巾万千。官法滥、刑法重、黎民怨，人吃人、钞买钞、何曾见？贼做官、官做贼、混愚贤，哀哉可怜！

此曲历数元朝统治者的重大弊端，如开河、变钞、官法、刑法等，而终至造成官为贼、贼亦官、贤愚混、人吃人的吏治腐败，从而引发红巾军起义的社会大动乱。由此元代统治者也走上崩溃和灭亡的道路，故曲终才发出一声"哀哉可怜"的慨叹，极具警人省世的启迪力量。陶宗仪《南村辍耕录》卷二三曾说："《醉太平》小令一阕，不知谁所造，自京师以至江南，人人能道之。……今此数语，切中时弊，故录之以俟采民风者焉"。可知当时流行之广，且出于民间者亦无疑。

第三、前面曾说到，词之能代诗而兴，在于其心理历程化和隐在情节化，曲在这里似乎又走了个之字，不仅情感的表达是张扬直抒的，而且叙事和情节的完整反成为一大特征，相对于词或可称之为"情节的显意识化"。究其原因，大概由于其产生于勾阑瓦舍之间，面对的是一般普通群众，为了能吸引听众而求得生存，不仅要浅直俚语，易于乐耳；而且要有生动的故事情节，易于餍心。这在无名氏作品中已有充分表现。如《南吕·骂玉郎过感皇恩采茶歌·鏖兵》：

［骂玉郎］牛羊犹恐他惊散，我子索手不住紧遮拦。恰才见枪刀军马无边岸。吓的我无人处走，走到浅草里听，听罢也向高阜处偷睛看。　［感皇恩］吸力力振动地户天关，吓的我扑扑的胆战心寒。那枪忽地早刺中彪躯，那刀亨地掘倒战马，那汉扑地抢下征鞍。俺牛羊散失，您可甚人马平安。把一座介休县，生扭作枉死城，却翻做鬼门关。　［采茶歌］败残军受魔障，得胜将马奔顽，子见他歪刺刺赶过饮牛湾。荡的那卒律律红尘遮望眼，振的这滴溜溜红叶落空山。

此曲通过一牧羊人躲藏在高阜浅草中偷窥所见，生动地记录了一场发生在介休县（在今山西）两军格斗的战争场面。有双方对垒厮杀，有牧人心理感受，有败者的残军沃血，有胜者的欢欣狂荡，还有对战争带来灾难的诅咒。"把一座介休县生扭作枉死城，却翻做鬼门关"，虽说粗俗浅白，却写得何等深刻而具震撼力！结尾的"红尘遮望眼"、"红叶落空山"，虽是夸张渲染，似更含深刻寓意，面对这纷纷攘攘的滚滚"红尘"，老百的路在何方,似唯有落叶萧瑟而已!尤其是方言俚语的大量使用,如我子索(我只得)、无边岸(无际)、吸力力(状声势之大)、地户关天(震天撼地)、歪刺刺(哗刺刺)、卒律律(状尘土迷漫)等,更活脱脱就是一个牧羊人叙述口吻,极尽曲来自民间之村野泼辣的本色特征。而有故事情节,有人物个性,有贴合个性的生动语言,正如王国维所说"与杂剧之一折略同",显然这是宋词中所没有的。不仅散套如此,一些小令也有生动情节,如无名氏《仙吕·游四门》:

落红满地湿胭脂,游赏正宜时。呆才料不雇蔷薇刺,贪折海棠枝。蚩,抓破绣裙儿。

海棠花下月明时,有约暗通私。不付能等得红娘至,欲审旧题诗。支,关上角门儿。

这是两首写男女私情的小令,但又前后连为一体。除首二句稍作修饰外,语言同样浅俗直白,但极富喜剧情味。两段各写一个生活场面,在天真幽默中还透露出一点狡狯,声音笑貌如可闻见,读来叫人喷饭。前首当是写白天的事:"贪折海棠枝",即攀花问柳之意,乃男女偷情的隐语;既说"落红满地",当是暮春,春心萌动,乃有"折枝"之举,常言道"莫待花落空折枝",故有莽撞之举而闯入蔷薇丛中,故曰"呆"曰"贪";而最有趣的是,不想"嗤"的一声,原来那绣裙儿却被多刺的蔷薇给抓破了。既滑稽幽默,又活灵活现,可谓声情并茂。后首写"海棠花下月明时",当是夜晚的事,而且地方也变了;从"等得红娘至"句看,当是在白天约好的,故曰"有约暗通私",可知是前曲情节发展的继续;"不付能"者,好不容易之谓,借口是"欲审旧题诗"去请教,实则是借诗以传情,不想女方却突然变了脸,"吱"的一声那角门儿便关上了,这"呆才料"竟吃了闭门羹!也许在群众娱乐场所,演唱这类既有一定情节,又有幽默调笑情趣的曲子,较之演唱那些典雅深奥、婉约含蓄的词,更能招徕众人的笑声和喜爱吧,因而也才更具生命力。故曲之代词而兴,其受众之变异应是更深层的原因之一。

综言之,方言俚语的广泛使用,浓郁的市井气乡土气,以及故事情节的被再度重视而明朗化,共同构成散曲鲜明的时代特征。它的出现不只给传统抒情诗带来新的风貌和形式,从某些方面说还可补传统诗词的局限和不足。它更接近词,都属音乐文学范畴,但也是严格格律化的宋词的大解放,所以归到宋词中来讲。

三、散曲的发展和演化

曲自进入文人之手以后,并代词而兴且发展成为一种成熟的抒情诗体,当在关汉卿、马致远、卢挚、姚燧等人时期,其中尤以关、马之成就最高。其所以适在此时能达到其辉煌繁荣期,则与他们所生活的时代,是密不可分的。

自元蒙统治者入主中原以后,他们把落后的生产方式和野蛮的政治统治,也一并带进了中原。他们虽然也曾经过窝阔台和忽必烈的"汉化"改制,但那种掠地放牧、驱人为奴的落后生产方式,亦然延续了很长一段时间。在政治上,则实行民族歧视和民族压迫的政策，把全国人民分为蒙古、色目、汉人、南人四等；官制上则规定，凡“台省元臣，郡邑长官及雄要之职”，皆由蒙古人担任，汉人则只能任“州县卑职”。并且，即使如此也是“仅有而绝无”的①。在法制上，也规定了极不合理的待遇，比如蒙古人可任意欺压、乃至打死汉人，汉人则不得还报；而汉人打死蒙古人，不问青红皂白则要处以极刑，甚至要杀戮全家。(《元史·刑法志》)这一系列带有歧视压迫性的规定，便必然会激起汉人对元蒙统治者的不满和对抗，尤其知识阶层更采取不合作的态度，遂纷纷隐居民间。元郏经《青楼集序》曾说：“我皇元初并海宇，而金之遗民……皆不屑仕进，乃嘲风弄月，流连光景”。他虽举“金之遗民”而言，其实不屑仕进者，当更以汉人、南人为最甚。而且，此所谓“不屑”，大概还包含着另一层意思，那就是欲仕进而不得吧。

又元蒙立国之始的数十年间，即已废止了科考制度，因为在文化相对落后，而讲实用主义的游牧民族看来，代表社会文化的儒学之士们是百无一用的，所以其地位已沦落至妓女下，而有“九儒十丐”之称。这就更进一步断绝了他们的仕进之路，而终生沉沦下僚，或浪迹江湖。元曲作家中也有身居高位者，如卢挚、姚燧、刘敏中、张养浩等。但更多的人则是潦倒一生，或混迹于市井青楼，或放情于田园山水，如关汉卿、马致远、白朴、王和卿、张可久、赵善庆、汪元亨、乔吉等，而元曲正是在他们手中达到其高度繁荣的黄金时期的。可以说这是一个特殊的时代，逼迫着文人们选择了一条特殊的生活道路：揭竿而起，反抗元蒙统治，他们的性格过于软弱；依附权贵，以求仕进，此路不通亦不屑；于是他们选择了第三条路，放浪形骸，或混迹于青楼酒肆，或寄情于村野山林。从一方面看，这是封建社会知识分子的一次大悲剧；从另方面看，又是一次思想大解放、个性大解放的转换机遇。于是传统的伦理道德规范发生崩毁，而词人的个性却在相对薄弱的思想统治下，得到释放张扬。如历来以“忠君”而被标榜的屈原，就成了他们嘲笑的对象。马致远《双调·拨不断·归隐》说：“似杜工部陶渊明李太白，有洞庭柑东阳酒西湖蟹。哎，楚三闾休怪！”贯云石《双调·殿前欢·吊屈原》说：“伤心来笑一场，笑你个三闾强，为甚不身心放？沧浪污你，你污沧浪！”而陈草庵更嘲笑屈原“何须自苦风波际”？(《山坡羊·无题》)总之，对屈子的态度由过去的极度推崇，一变而为无所谓：“屈原清死由他恁！”(马致远.《拨不断·无题》)相应地对传统所谓功名事业、献身精神等，也一并采取否定态度，白朴《双调庆东原·叹世》说：“劝君及早冠宜挂，那里也能言陆贾？那里也良谋子牙？那里也豪气张华？”张养浩《沉醉东风·隐居叹》说：“班定远飘零玉关，楚灵均憔悴江干，李斯有黄犬悲，陆机有华亭叹……因此上功名意懒！”他们最心仪的人物，则是以“隐逸”而自适自放的严子陵、陶渊明。卢挚《沉醉东风·箕山感怀》说：“渔父严陵，农夫陶令，尽会婆娑。……好处如何？三径秋香，万古苍波”。鲜于必仁《越调寨儿令·隐逸》说：“汉子陵，晋渊明，二人到今香汗青。……折腰时心已愧，伸脚处梦先惊。听，千万古圣贤评！”范康《仙吕寄生草·酒》说：“不达时皆笑屈原非，但知音尽说陶潜是”。两相对照，陶是而屈非，价值取向已完全改变了。总之，时代风云的巨变，科考仕途的断绝，士人地位的沦落，彻底改变了他们对皇权政治的依赖，也在很大程度上使之与传统伦理观念疏离，而走进

① 叶骑撰.《草木子》，清顺治三年(1646)两浙督学宛委山堂印本

下层人民和市民社会之中。世俗的极富乡土气市井气的思想情感,如脱缰野马、决堤之水却得到高度张扬。传统爱情题材,被置换为青楼妓馆生活,不以为非,反以为快,而发挥得淋漓尽致。土气十足的乡野人物、情感和话语,不以为陋,反以为荣,也一并走入文学的殿堂。所以,在元曲中是极少有歌功颂圣之作的,更无宣扬伦理道德之作。正是伴随着这种转变,象宋词那种已经定型化凝固化、相对比较规整的文体形式,显然已不能适应变化了的思想情感的表达,而发现并选择了更为开放更加活泼的北曲。

散曲的走向繁荣和成熟,也是经历了相当长一段时间的,下面先从较早的王和卿等人说起。王和卿,大名(在今河北)人,生卒不详。元陶宗仪《辍耕录》载:"大名王和卿,滑稽佻达,传播四方。中统初,燕市有一蝴蝶,其大异常,王赋《醉中天》小令云云,由是其名益著"。这首题名《咏大蝴蝶》的曲写道:

弹破庄周梦,两翅驾东风。三百座名园,一采一个空。难道风流种,吓杀寻芳的蜜蜂。轻轻的飞动,把卖花人扇过桥东。

此曲或以为是讽刺那些"花花太岁"、纨绔子弟、糟害良家妇女之作,然以蝴蝶同蜜蜂对举而言,又云"把卖花人扇过桥东",即很难确指,大概只能说在有意无意之间。不过,其想象的丰富大胆,用笔的夸张生动,尤其是口语化的语言,已充分体现出散曲老辣活泼的固有特色。

陈草庵,生卒事迹及出生地里均不详,《录鬼簿》称"陈草庵中丞",今存小令《中吕·山坡羊》二十六首,其一曰:

江山如画,茅檐低凹,妻蚕女织儿耕稼。务桑麻,捕鱼虾,渔樵见了无别话,三国鼎分牛继马。兴,也任他;亡,也任他。

"三国鼎分"句,指历史兴亡的话题。牛继马,《晋书·元帝纪》载:司马氏建立西晋王朝,其覆亡后元帝在南方建立东晋王朝,而据传他是其母与牛姓小吏私通后所生,故云。此曲用浅白的口语叙述,虽说表现出一种厌弃功名富贵,而乐于隐居渔樵的思想感情,但却透露出深沉的历史兴亡感,可知其并非不关心现实。而且,这也开启了元曲的一大主题。

胡祗遹(1227—1293年)字绍开,号紫山,磁州武安(今河北磁县)人。元初曾任应奉翰林文字、太常博士,后出任太原路治中、济宁路总管等外官。元灭宋后,召拜翰林学士,托辞不就。今存小令十一首,如《双调·沉醉东风》:

渔得鱼心满愿足,樵得樵眼笑眉舒。一个罢了钓竿,一个收了斤斧,林泉下偶然相遇。是两个不识字的渔樵士大夫。他两个笑加加的谈今论古。

隐于渔樵,乃元曲中常见主题,但他们却并非不问世事的真隐士。"笑加加的谈今论古",

评说历史兴亡，发泄胸中亢脏之气，以表示对元蒙统治的不满，那才是他们真正的志趣所在。这类题材诗词中并非没有，但以如此生动活泼、幽默调侃的放浪语言表现之，在诗词之外别具一格者，却史不多见。而这正表标志着散曲之终于走上成熟。此后，便进入关汉卿等人的时代。

关汉卿，号已斋叟，大都（今北京）人。约生于金宣宗兴定年间（1240?），卒于元成宗大德年间（1297—1307 年）。《录鬼簿》说他曾为"太医院尹"，著杂剧六十多种，今存《窦娥冤》、《救风尘》、《拜月亭》、《单刀会》等十八种，是我国最伟大的古典戏曲作家。元熊自得称他："生而倜傥，博学能文，滑稽多智，蕴藉风流，为一时之冠。是时文翰晦盲，不能独振，淹于辞章者久矣"①。于是遂不屑仕进，而与白朴、杜仁杰等，共投身于勾栏瓦舍之中，成为"玉京书会"的重要作家，专门从事杂剧的写作。因此，他也最熟悉市井民间艺人的生活。明初贾仲明曾赞他"驱梨园领袖，总编修帅首，捻杂剧班头"，可说已很好地概括了他的一生。臧懋循《元曲选序》并载，他曾"躬践排场，面傅粉墨，以为我家生活，偶倡优而不辞"。则知他还亲自参加演出，与倡优为伍亦不辞了。今存小令五十多首，套数十三套，是最早重视散曲创作者之一。其代表作是由四只曲子组成的《南吕·一枝花·不伏老》，下录三曲：

〔梁州第七〕我是个普天下郎君领袖，盖世界浪子班头。愿朱颜不改常依旧，花中消遣，酒内忘忧，分茶攧竹，打马藏阄，通五音六律滑熟，甚闲愁到我心头！伴的是银筝女银台前理银筝笑倚银屏，伴的是玉天仙携玉手并玉肩同登玉楼，伴的是金钗客歌金缕捧金樽满泛金瓯。你道我也暂休，占排场风月功名首，更玲珑又剔透。我是个锦阵花营都帅头，曾玩府游州。　〔隔尾〕子弟每是个茅草岗沙土窝初生的兔羔儿乍向围场上走，我是个经笼罩受索网苍翎毛老野鸡蹅踏的阵马儿熟。经了些窝弓冷箭镴枪头，不曾落人后。恰不道人到中年万事休，我怎肯虚度了春秋。　〔黄钟煞〕我是个蒸不烂煮不熟捶不扁炒不爆响珰珰一粒铜豌豆，恁子弟每谁教你钻入他锄不断斫不下解不开顿不脱慢腾腾千层锦套头。我玩的是梁园月，饮的是东京酒，赏的是洛阳花，攀的是章台柳。我也会吟诗，会篆籀，会弹丝，会品竹；我也会唱鹧鸪，舞垂手，会打围，会蹴踘，会围棋，会双陆。你便是落了我牙，歪了我口，瘸了我腿，折了我手，天赐与我这几般儿歹症候，尚兀自不肯休。则除是阎王亲自唤，神鬼自来勾，三魂归地府，七魄丧冥幽，天哪，那其间才不向烟花路儿上走！

可以说他把散曲的本色特征发挥到极致，泼辣豪纵的行话口语，累如贯珠的衬字使用，恣肆酣畅的独白叙述，把抒情主人公的内心世界表现得淋漓尽致。在元蒙政权的黑暗统治之下，广大读书人断绝了仕进之路，遂沦落于勾栏瓦舍之中，同那些被侮辱被损害而处在社会最底层的歌妓们生活在一起，靠写杂剧曲子为生。作者却对此不以为贱，反以为荣，

① 熊自得撰.《析津志·名宦传》.中国古籍出版社，1983

故在曲中以极度夸张幽默的笔触加以歌赞，肆心而发，毫无顾忌，实际是对这个不公平社会的愤激情绪的发泄。他曾经历过“窝弓冷箭铁枪头”的暗算，故自称是“蒸不烂煮不熟捶不扁炒不暴响珰珰一粒铜豌豆”，已斩断了世俗仕宦念头，而选择了另一种生活方式，故宣称“天赐与我这几般儿歹症候”，至死也不改“向烟花路儿上走”，其愤激之情溢于言表，显然这不只是“风流浪子”的内心独白，更是对那个社会的强烈批判，而这就是他“不伏老”的倔强性格。

关汉卿的小令也同样写得地道本色，如《双调·沉醉东风》：

> 咫尺的天南地北，霎时间月缺花飞。手执着饯行杯，眼搁着别离泪。刚道得声“保重将息”，痛煞煞教人舍不得——“好去者望前程万里！”

曲中所写乃离情别绪，为诗词中所常见，但曲词虽然短小，其中却有人物、有情节、有对话，便是散曲之一大特征。所送者大概也是勾栏中人，情感真挚深切，十分感人，有作者的身影在，而且那个性化的勾栏语言，极具生发性的典型情境，更是散曲所特有。

同为书会中人的杜仁杰，字仲梁，号止轩，济南长清人。金末隐居内乡山中，元建国后屡征不起，学识渊博，性善谑，为元好问所称赏。其套曲《耍孩儿·庄家不识构阑》，乃是散曲中的一篇杰构。全曲由八只曲子组成，《耍孩儿》一曲乃缘起，是说这年“风调雨顺”、“蚕桑五谷十分收”，又“官司无甚差科”，庄家人过得快活，便来到城里买货，不意经过构阑（演出杂剧的场所）时：

> 〔六煞〕见一个人手撑着椽做的门，高声叫“请、请”，道“迟来的满了无处停坐”。说道“前截儿院本调风月，背后么末敷演刘耍和”。高声叫：“赶散易得，难得的妆合”。

庄家感到好奇，遂向门子交了“二百钱放过咱，入得门上个木坡”。这时场内正在演戏，“不住的擂鼓筛锣”。只见：

> 〔四煞〕一个女孩儿转了几遭，不多时引出一伙。中间里一个央人货，裹着枚皂头巾顶门上插一管笔，满脸石灰更着些黑道儿抹。知他待是如何过？浑身上下，则穿领花布直裰。　〔三煞〕念了会诗共词，说了会赋与歌，无差错。唇天口地无高下，巧语花言记许多。临绝末，道了低头撮脚，爨罢将么拨。
> 〔二煞〕一个妆做张太公，他改做小二哥。行行行说向城中过，见个年少的妇女向帘儿立，那老子用意铺谋待取作老婆。教小二哥相说合，但要的豆谷米麦，问甚布绢纱罗。　〔一煞〕教太公往前挪不敢往后挪，抬左脚不敢抬右脚，翻来覆去由他一个。太公心下实焦懆，把一个皮棒槌则一下打做两半个。我则道脑袋天灵破，则道兴词告状，划地大笑呵呵。　〔尾〕则被一胞尿暴的我没奈何，刚捱刚忍更待看些个，枉被这驴秃笑杀我。

曲中从一庄稼汉的视角并口吻，真实而又生动地记叙了金元时期构阑演出杂剧的情景，语言通俗幽默，形象鲜明生动，既具有重要的研究史料价值，更具有特殊的审美意义。虽是写农民对城市生活的无知，却并无嘲讽丑化之意，只是按生活的本来样子求真而已。尤其是摹写人物场景，描叙妆扮声气，庄家的揶揄指点，都各有声口面目，各有个性特点，可谓如见如闻，栩栩如生，充分表现出通俗、善叙、适众的北曲特色。王国维所说套数"与杂剧之一折略同"，于此尤可见出，因为它是可以直接搬上舞台演出的。

这一时期，本色派的作者还有邓玉宾、冯子振等人。如邓玉宾的《正宫·叨叨令》：

一个空皮囊包裹着千重气，一个干骷髅顶戴着十分罪。为儿女使尽些拖刀计，为家私费尽些担山力。您省的也么哥？您省的也么哥？这一个长生道理何人会！

如话家常，如发牢骚，是老于世故者的经验之谈，还是愤激不平者的讽世之说，似乎都没必要追问。而达情务尽，言理求警，以追求渲泄性、逗乐性、适俗性，则正是这个时代所需要的艺术表现形式。

然而，这些沦落于生活底层的读书人，他们却对传统文化都有着深厚修养，故其曲作自觉不自觉地都会受到传统诗词的浸润滋养，于是由本色当行而向典雅婉丽、重词藻、重意境创造转化，也就成为必然。只是有些作家，如白朴、马致远、王实甫等，对诗词传统的吸收并未改变其曲的特有属性；而另外一些作家，如卢挚、姚燧等，却不免以曲为词，用填词的方法填曲，尽管亦不乏单篇优秀之作。

白朴（1226—1285年）字仁甫，一字太素，号兰谷。原籍隩州（今山西河曲），后移居真定（今属河北）。生于金末，其父白华，乃金枢密院判官。七岁时蒙古兵攻陷金都汴京，适父因事远出，遂随元好问北渡黄河避难。入元后淡泊功名，徙居金陵，放情山水间，以诗酒自娱。著有杂剧《梧桐雨》、《墙头马上》等十六种，与关汉卿、马致远、郑光祖并称元曲四大家。但散曲却不是很多，仅存小令三十七首，套数四套。以清丽而不失曲之本色见长，如《双调沉醉东风·渔夫》：

黄芦岸白蘋渡口，绿杨堤红蓼滩头。虽无刎颈交，却有忘机友，点秋江白鹭沙鸥。傲杀人间万户侯，不识字烟波钓叟。

摒弃功名富贵，歌赞隐逸生活，本是元曲中常见主题，然在白朴写来，却能雅而不奥，俗而不白，且活泼肆放，胸次超旷，别具一种风味。运笔上也特重状景，如"绿杨堤红蓼滩头"、"点秋江白鹭沙鸥"等，往往景中藏人，自成名句，是对散曲重直抒的很大提高。有些写景小令，更能做到化景为情，注重意境的创造。如《越调·天净沙》四首中之春、秋二首：

春山暖日和风，阑干楼阁帘栊，杨柳秋千院中。啼莺舞燕，小桥流水飞红。

孤村落日残霞，轻烟老树寒鸦。一点飞鸿影下，青山绿水，白草红叶黄花。

前曲状春景，清新明丽。春日融融，春风习习，莺歌燕舞，柳絮飞红，自是春游乘兴、赏目欣悦之情，与一般惯写伤春者异趣。后曲写秋景，寥廓苍凉，尤善以彩色字点缀：孤村而衬以落日残霞，寒鸦而辅以轻烟老树，一妍丽，一寒淡，共同为“一点飞鸿”之倩影营造背景，当从王勃“落霞孤鹜”化出。结尾又作纤丽语，以青、绿、红、黄、白五种意象层层皴染，萧瑟中又透鲜活灵动之气，显然都是从诗词意境中生化出来。

王实甫，大都人，《录鬼簿》称其又名德信，列于“前辈已死名公才人”，约与关汉卿同时或稍后。明初贾仲明，曾为之写悼词《凌波仙》曰：“风月营密匝匝列旌旗，莺花寨明飚飚排剑戟，翠红乡雄纠纠施谋智。作词章，风韵美，士林中等辈伏低。新杂剧，旧传奇，《西厢记》天下夺魁”。可知他是生活在勾栏瓦肆中的落魄文人。曾写有杂剧十四种，今存《西厢记》等三种。散曲不多，《金元散曲》仅收小令一首，套数两套。从《中吕·十二月过尧民歌·别情》来看，其风格与《西厢记》曲词极相似：

〔十二月〕自别后遥山隐隐，更那堪远水粼粼。见杨柳飞绵滚滚，对桃花醉脸醺醺。透内阁香风阵阵，掩重门暮雨纷纷。〔尧民歌〕怕黄昏忽地又黄昏，不销魂怎地不销魂。新啼痕压旧啼痕，断肠人忆断肠人。今春，香肌瘦几分，缕带宽三寸。

曲写一女子随春天而惹起的一段相思离别之情，诗词中似亦常见，并无特别之处。前半所写，地点不过重门闺阁，所见不过遥山、远水、柳絮、桃花、香风、暮雨而已，但句句都用叠字，经过层层铺排渲染，始觉幽怨悲凄之情，悱恻缠绵之思遂和盘托出。后半则用连环句法，使前后两种恰恰相反的情事，始终处于强烈对抗之中，从而更见出柔肠寸折、悲情九转之难耐。最后才点出一个也是常有的结果：“香肌瘦几分，缕带宽三寸”，但却是承前顺势而发，则倍觉感人。可见这种艺术效果的取得，实与散曲灵活多变、自由挥洒，不拘死板格套的语言使用是分不开的，故尽管趋于整饰典丽，却仍是曲而非词。

“典雅清丽”（涵虚子语）风格的真正代表是马致远，生卒年月不详，号东篱，字千里，大都（今北京）人。曾任浙江省务提举，后即离开名利是非之场，过起“红尘不向门前惹”、“青山正補墙头缺”的隐居生活来。他曾活跃于元成宗（铁穆耳）元贞年间，与李时中、花李郎等为“元贞书会”的重要作家，著有杂剧十五种，今存《汉宫秋》、《青衫泪》、《荐福碑》等七种，散曲有近人辑录的《东篱乐府》一卷，凡小令一〇四首，套数十七套、残缺套数五套，是前期散曲作家中保存作品最多的一个，有“曲状元”之称。其内容则多写怀才不遇、愤世嫉俗、男女情爱等。贾仲明《凌波仙词》曾说：“万花丛里马神仙，百世集中说致远，四方海内皆谈羡。战文场，曲状元，姓名香贯满梨园”。涵虚子论曲至谓其“有振鬣长鸣，万马齐喑之意”，可知时人评价之高。他最为人所传诵的是两首（套）《秋思》，先看套曲《双调·夜行船》：

〔夜行船〕百岁光阴一梦蝶，重回首往事堪嗟。今日春来，明朝花谢，急罚盏夜阑灯灭。　〔乔木查〕想秦宫汉阙，都做了衰草牛羊野，不恁么渔樵没话说。纵荒坟断碑，不辨龙蛇。　〔庆宣和〕投至狐踪与兔穴，多少豪杰！鼎足坚半腰里折，魏耶？晋耶？　〔落梅风〕天教你富，莫太奢，没多时好天良夜。看钱奴硬将心似铁，争辜负了锦堂风月。　〔风入松〕眼前红日又西斜，疾似下坡车。不争镜里添白雪，上床与鞋履相别。休笑鸠巢计拙，葫芦提一向装呆。

〔拨不断〕名利竭，是非绝。红尘不向门前惹，绿树偏宜屋角遮，青山正補墙头缺。更那堪竹篱茅舍。　〔离亭宴煞〕蛩吟罢一觉才宁贴，鸡鸣时万事无休歇，争名利何年是彻！看密匝匝蚁排兵，乱纷纷蜂酿蜜，急攘攘蝇争血。裴公绿野堂，陶令白莲社，爱秋来那些：和露摘黄花，带霜烹紫蟹，煮酒烧红叶。想人生有限杯，浑几个重阳节！嘱咐你个顽童记者：便北海探吾来，道东篱醉了也。

一般或认为，此曲所写者乃叹光阴易逝，人生如梦，当及时行乐的思想情怀，其实却并非那么简单。从全曲内容看，虽由人生如梦起笔，然重点却落在"重回首往事堪嗟"上，下文无数波澜实皆由此生出。"回首"什么呢？他从历史和现实两方面着眼：一是对历史兴亡的感叹，秦汉、三国、魏晋，虽都曾辉煌一时，人才济济，而如今"都做了衰草牛羊野"，因此而慨叹"投至狐踪与兔穴，多少豪杰"！是在历史的寂寞感中，又流露出无限怅惘和讯问。二是对那些世俗看钱奴的鄙弃讥刺，警告他们"天教你富，莫太奢，没有多时好天良夜"！这是对那个不公平的社会表现的憎恶和抗议，在貌似消极的现实逃遁中，又隐含着多么深刻的人生悟觉。于是有第三层：对名利是非的鄙弃和厌倦。世人为了争名夺利，一觉尚未宁贴，便"鸡鸣时万事无休歇"，又投入你死我活的争斗。那阵势犹如"蚁排兵"、"蝇争血"，纷纷攘攘，无休无止，那是何等教人厌恶而可怕的现实。而在这可怕的时代，是没有是非黑白可讲的，所以说"是非绝"。这不是故意是非不分的浑噩，而是要作哲人式的清醒和鄙弃，故只能"葫芦提一向装呆"。不错，马致远对隐逸生活是大唱赞歌的，然而他所歌赞的那种理想生活——"红尘不向门前惹"、"和露摘黄花，带霜烹紫蟹，煮酒烧红叶"，不正和那个黑暗丑恶的社会相对立么？因而，那是作者在那个令人窒息的时代凿开的一扇换气孔，是为疲惫的身心求得一时栖息的梦境，更是那个时代的"桃花园"。这种带有消极士大夫情趣的思想未必值得肯定，但却真实地标示着自我意识的觉醒，对自身价值的肯定，以至成为那个时代读书人的精神表征，而为后世文人产生持久共鸣，甚至可视为明代个性解放思潮的先声。至于艺术上的成就，前人亦多有评论，明王世贞《曲藻》说："马致远'百岁光阴'，放逸宏丽，而不离本色，押韵尤妙……结尤疏俊可咏，元人称为第一，真不虚也"。元周德清《中原音韵·作词十法》说："此方是乐府，不重韵，无衬字，韵险语俊，谚曰：百中无一；余曰：万中无一"。综二家所说则知：因为其不多用方言俚语的"衬字"，故语言才有似诗词的"宏丽"；然典丽又仍是"乐府"（元人称散曲为乐府）家数，故曰"不离本色"。就是说，他的散曲是在"适俗"基础上被诗词化丰富提高了的，而这正是他不同于关汉卿之处。再看小令《天净沙·秋思》：

枯藤老树昏鸦，小桥流水人家，古道西风瘦马。夕阳西下，断肠人在天涯。

此曲曾被前人推为“秋思之祖”。短短二十八字，写秋景秋意秋情，皆臻绝妙，故王国维说：“《天净沙》小令，纯是天籁，仿佛唐人绝句”①。话虽不错，但又绝非只是绝句可以尽之，所以为贵。曲一开头，即用三个关联极密切的意象：枯藤、老树、昏鸦，浓笔重彩铺染，先为主体情感设置一个萧瑟昏暮的背景底色，景中有人。尤应指出，“寒鸦”在传统诗学中，已暗寓流落无着之意，并非泛泛而言。次接“小桥流水人家”，似为枯寂增加一点亮色，在凄冷荒寒中仍有人迹存在，引起的是“思家”之想，层次便不单一。“古道西风瘦马”，又直承首句，再作浓笔重染，其苍凉萧瑟之感更浓，然又绝非简单重复，是为全曲中心——“人”的出现预作铺垫。道而古，已然；风而西，时然；马而瘦，是已然又遇时然，其马上之人不言可知。“夕阳西下”句，是以浓笔重染为未足，再着一笔提醒，妙处在于：前面都是空间背景的重叠，此则选取最具蕴含量的时间点运笔，暗逗游子无归之意。结句是点亮全篇所有意象的一把圣火，最具震撼人心的力量，可惜一般都作叙述句读：“断肠人、在天涯”，终归平平。其实此乃撕心裂肺的一声呼喊：“断肠！人在天涯”。故才将全曲推进到情感的高潮，而无尽韵味始出。过去人们最看重首三句的名词重叠，并从诗词中找来根据，如“风雪夜归人”、“人迹板桥霜”之类，但更应看到他运用的是曲中特有的“鼎足对”，故而才造成活泼纵恣、淋漓尽致的特征，无论句式、声调、情味都发生很大变化，是又不同于诗词。

马致远写相思情爱之作，也别具特色，如《双调·寿阳曲》二十四首，下录两首：

云笼月，风弄铁，两般儿助人凄切。剔银灯欲将心事写，长吁气一声吹灭。

从别后，音信绝，薄情种害杀人也。逢一个见一个因话说，不信你耳轮儿不热。

精致典雅中又不废浅俗，常选取最具“意味”的细节刻划人物心理，深得元人杂剧的叙述神韵，但又不乏诗词的意境美。“剔银灯欲将心事写，长吁气一声吹灭”，这是多么复杂而又矛盾的心态，所谓“不能不言又不能尽言”者，可是他只用“吹灯”一个细小动作，便表达得入神入化。“逢一个见一个因（找也）话说，不信你耳轮儿不热”，浅俗中深蕴雅丽，且口吻逼肖，如闻如见，既有词的含婉，又见曲的浅俗张扬。他还有一些感悟历史兴亡之作，亦极值得注意，如《双调折桂令·叹世》：

咸阳百二山河，两字功名，几阵干戈。项废东吴，刘兴西蜀，梦说南柯。韩信功兀的般证果，蒯通言那里是风魔？成也萧何，败也萧何，醉了由他。

① 王国维.《宋元戏曲考·元剧之文章》.《海宁王静安先生遗书》本．商务印书馆，1940

此由秦汉战争发端，以说明“功名”二字之毫无意义。百二山河，本《史记·高祖本纪》：“秦，形胜之国。带山河之险，县隔千里，持戟百万，秦得百二焉”。此言秦国地势险要，秦兵二万即可抵挡诸侯百万。项废二句，是说项羽兵败东吴，刘邦兴起汉中。证果，佛家语，即果报的意思；此言韩信功高如彼，却得到如此（兀的般）报应。蒯通，本名彻，史家避汉武帝讳而改，他曾劝韩信反汉，“三分天下，鼎足而居”，信不听，遂佯装疯魔而避祸。后吕后杀韩信，信临刑而叹曰：“悔不听蒯彻之言，死于女子之手”（《史记·淮阴侯列传》）。萧何三句，言韩信首因萧何推荐而被刘邦重用，后又为吕后设计而谋杀韩信，故曰。杂剧《赚蒯通》中萧何曾曰：“这非是我成也萧何，败也萧何，做恁的反复勾当”。全曲言历史的成败功名，犹如南柯一梦，已成陈迹，亦无是非道理可说，故曰且在酒中陶醉，由他（读tuo）去罢。此曲语言俊朗，音韵铿锵，有如飞流注涧，一气呵成，是他豪放风格的典型代表作。

散曲的词体化，始于卢挚和姚燧，由于他们都是位高显贵之人，使起于民间的曲词典丽化，也属必然。不过，卢挚尚能写作一些很具散曲特色的作品，姚燧则完全诗词化了。

卢挚（1235—1300）字处道，一字莘老，号疏斋，又号嵩翁，涿郡（今河北涿县）人。至元五年（1268）进士，累迁少中大夫，河南路总管。大德初持宪湖南，后任江东道廉访使，复入为翰林学士，迁承旨。前人评其散曲曰“天然丽语”、“自然笑傲”。《金元散曲》录小令一百二十首，是此期作家中除马致远外，保存作品最多的一个。个性偏于疏放，风格也比较豪宕，如《沉醉东风·秋景》：

挂绝壁枯松倒倚，落残霞孤鹜齐飞。四围不尽山，一望无穷水。散西风满天秋意。夜静云帆月影低，载我在潇湘画里。

此写夜泛洞庭之作，当在湖南任上时。落霞孤鹜，秋意满天，一苇轻泛，如在画图之中。写景空明澄沏，语言清新瑰丽，自是抒情佳作。然不论前人诗句之化用，或意境之蹁跹飞动，似都从传统诗词中来，文人化的倾向十分明显。又如同调之《闲居》：

恰离了绿水青山那答，早来到竹篱茅舍人家。野花路畔开，村酒槽头榨。直吃的欠欠答答。醉了山童不劝咱，白发上黄花乱插。

此曲题“闲居”，当是写村居生活的适兴之作。虽化用前人不少诗句入曲，却能雅中带俗，显得特别生动活泼，是他比较成功的曲作。“野花路畔开，村酒槽头榨”，虽简笔白描，却色香俱入佳境。“直吃的欠欠答答”（疯癫貌）、“白发上黄花乱插”，疏狂放浪，形象生动鲜明，千载下亦可想见其为人。不过，他也写过一些很俚俗的作品，如《折桂令·田家》：

沙三伴哥来嗏，两腿青泥，只为捞虾。太公庄上，杨柳阴中，嗑破西瓜。小二哥昔涎剌塔，碌轴上渰着个琵琶。看荞麦开花，绿豆生芽，无是无非，快活煞庄家。

词中充满对农村那种带有粗野豪宕，却又质朴风趣生活的欣羡和歌赞，所以语言也纯用口语方言，二者结合得十分谐调。沙三、伴哥，乃杂剧中称呼农民的常用语。昔涎剌塔，形容垂涎而脏污的样子。嗑破，即砸破。渰着个琵琶，即歪躺着像个琵琶。这是一幅原生性的农村生活图，运笔纵恣活泼，人物形象生动，甚至各有个性：有的是两腿青泥、捕鱼捞虾的普通农民，有的是半痴半呆、被遗弃的慵懒傻瓜；他们疲累了就钻进杨柳荫中，摘个西瓜砸破了吃；那傻瓜却干看着流涎水，躲在一旁的碌碡上。作者大概是赋闲了来踏青散心的，这里看看荞麦结子开花，那里看看绿豆破土生芽，忽然见了这情景却不免惴惴心动，既欣羡农民这"无是无非"的生活，也回想到那官场生活的凶险可怕。"快活煞庄家"，是欣羡，是向往，又何尝不是一种反思，一种失落、悔恨的复杂情感的混杂！由此可知，他们并非不懂或不能写极本色当行之曲，只是由于文学观念和审美趣味的偏好，更愿意从传统诗词吸取经验，因而为元后期散曲的典丽化开了先河。

姚燧（1239—1314）字端甫，号牧庵，洛阳人。历任奉仪大夫，提刑按察副使，翰林直学士。仁宗时为太子宾客、太子少傅等。他积极倡导古文，时人比之韩愈、欧阳修。《元史》称其文"闳肆该洽"、"有西汉风"，可知对古典文学修养很深。有《牧庵文集》五十卷行于世。其散曲多发语警策，风格纵放，语言典丽，已与传统诗词相去不远。如《中吕·满庭芳》：

天风海涛，昔人曾此，酒圣诗豪。我到此闲登眺，日远天高。山接水茫茫渺渺，水连天隐隐迢迢。供吟笑。功名事了，不待老僧招。

此为登临镇江金山寺所作，气象豪迈，意境开阔，语言整饰，文采跌宕，直可作豪放词读。若"日远天高"、"天风海涛"、"茫茫渺渺"、"隐隐迢迢"诸语，皆极具高韵，有独立天地之概，但是诗词语而非活泼生动之散曲语。结尾"功名事了，不待老僧招"，是为功成身退之想作铺垫，气势及含蓄两佳，但仍是写作诗词路数。当然，如果把散曲仅仅作为一般抒情诗体来读，而不再顾及其特有的个性，也就无可厚非了，元后期的散曲大都如此。又如《醉高歌·感怀》：

十年燕月歌声，几点吴霜鬓影。西风吹起鲈鱼兴，已在桑榆暮景。

燕月，泛指在北方的生活岁月；吴霜，泛指在江南的风霜暮景。二句以简驭繁，以少总多，深得传统诗词用笔三昧。又"鲈鱼兴"，亦为诗词中常用典故，即晋张翰见秋风起"乃思吴中菰菜莼羹鲈鱼脍"遂弃官归隐事，此亦表达对官场生活的厌恶及恬居归隐的向往。桑榆，《后汉书·冯异传》有"失之东隅，收之桑榆"之说，语本此。东隅，指日出之地；桑榆，指日落之处，此则取以喻人生岁月之晚景。从全曲看，作者所要表达的是对桑榆暮年、尚难退身之慨叹，与前曲同一主旨。他的《越调凭阑人·寄征衣》则是比较有名的一首，但风格偏于婉约：

欲寄征衣君不还，不寄征衣君又寒。寄与不寄间，妾身千万难。

曲只取其对征衣之寄与不寄，这一十分矛盾复杂心情着笔，来描写闺中少妇对戍边丈夫的深切思见，如泣如诉，如闻其声，极为真切生动，可谓别开生面。可作唐人绝句读。

此期重要作家还有张养浩（1270—1329 年）字希孟，号云庄，山东济南人。历任东平学正、监察御史、礼部尚书等职。他为官清正，直言敢谏，因不合时宜，于英宗至治元年（1321）辞官归隐。文宗天历二年（1329 年）关中大旱，又被起用为陕西行台中丞而救灾抗旱，因劳于公事而殁于任所。有《云庄休居自适小乐府》行世。他在陕西救灾任上所写九首《山坡羊》，即其代表之作。如《骊山怀古》：

骊山四顾，阿房一炬，当时奢侈今何在？只见草萧疏，水萦纡，至今遗恨迷烟树。列国周齐秦汉楚，赢，都变做了土；输，都变做了土。

此由秦始皇阿房宫终归化为一炬，从而联想到“列国周齐秦汉楚”的历史纷争，皆不过如过眼眼烟云，同样化作焦土。由此发出感叹，对封建统治者提出批判并警告，有一定历史进步意义，但不免也带有虚无主义色彩。然《潼关怀古》一首则不同：

峰峦如聚，波涛如怒，山河表里潼关路。望西都，意踟蹰。伤心秦汉经行处，宫阙万间都作了土。兴，百姓苦；亡，百姓苦。

此曲由潼关山川地理形势之险要写起，它扼据秦晋豫三省之要，外黄河而内华山，且“峰峦如聚，波涛如怒”，乃历代帝王立业者必争之地。然又怎么样呢？他们胜了，便奴役人民建造豪华宫殿；他们败了，又一场战争全化作焦土，总之给人民带来的都是痛苦和灾难。故曰：“兴，百姓苦；亡，百姓苦”！历代文人凭吊史迹之作很多，但大都是就人物之是非兴亡发表议论，而此作却从劳动人民的视角，对历史作整体性的观察评判，实不多见。无疑，他是站在更高更开阔的层面上，从对封建政治的否定而引申出更具积极意义的历史价值观的。

张养浩的一些写景之作，也常给人以清新明丽之感，如《水仙子·咏江南》：

一江烟水照晴岚，两岸人家接画檐，芰荷丛一段秋光淡。看沙鸥舞再三，卷香风十里珠帘。画船儿天边至，酒旗儿风外飐。爱煞江南。

这是写江南水乡城镇，其繁华胜景，风光如画。画檐、香风、酒旗、珠帘，一派珠光宝气景象，自然叫人留恋。但华丽的词藻，整饰的语言，又无不叫人想起某些宋词。

元曲的创作中心本在北方，但到了元代后期，却渐渐转到南方，这包括两类人：原生活在南方的作家和由北入南而定居者。乔吉和张可久即是具有代表性的作者，不过散曲也从此更加定型化、格律化，而它那泼辣狂放、不拘格套的风采，也就很少再见到了。

乔吉(1280—1345 年)字梦符,号笙鹤翁,又号惺惺道人,山西太原人,后流寓杭州,而一生潦倒,浪荡江湖,纵情于诗酒,自称"江湖醉仙"、"江湖状元"。《录鬼簿》称他:"美容仪,能词章,以威严自筋,人敬畏之"。曾因《西湖梧叶儿》一百篇,而蜚声词坛,是元代后期与张可久并称的重要散曲作家。著有杂剧十一种,今存《扬州梦》、《两世姻缘》、《金钱记》三种。《金元散曲》收小令二〇九首,套数十一套。其风格以典雅清丽见长,尤重词藻格律的捶炼。明李开先曾说他的散曲"出奇而不失之怪",如《水仙子·吴江垂虹桥》:

飞来千丈玉蜈蚣,横驾三天白蝃蝀,凿开万窍黄云洞。看星低落镜中,月华明秋影玲珑。赑屭金环重,狻猊石柱雄,铁锁囚龙。

垂虹桥,在江苏吴江县,共有七十二洞,俗名长桥,上有垂虹亭,故桥亦名焉。曲从桥的形状、气势、云洞及星月交辉的氛围、龟形石座、狮子栏杆等方面来写,似乎并无新颖的视角,但其设喻之奇特、想象之瑰丽、语言之繁华秾倩,却别出心裁,出人意表。写其长曰"千丈玉蜈蚣",写其高曰"三天(天空)白蝃蝀",写其雄曰"万窍黄云洞",写其丽曰"月华明秋影玲珑",言其固则以赑屭、狻猊相辅而曰"铁锁囚龙",凡此都无不发人想象、意出言表,然磊落不群之怀亦自在其中,真所谓"出奇而不失之怪"者。又如《折桂令·荆溪即事》:

问荆溪溪上人家,为甚人家,不种梅花?老树支门,荒蒲绕岸,苦竹圈笆。庙不灵狐狸漾瓦,官无事乌鼠当衙。白水黄沙,倚遍阑干,数尽啼鸦。

曲从荆溪人家之"为甚人家"写起,因是出游踏溪寻梅,满怀着诗情画意般的逸兴,故有何以"不种梅花"之发问。等到他逐渐走近,这才发现此地原是如此荒败,如此穷困,于是兴致顿无,而对现实情景产生了深深思考。至思考之结果,一般人最易用理性代替感性,用抽象议论表出之。乔吉却不同,他以敏锐之感悟而塑造成涵盖极大之生动意象:"庙不灵狐狸漾(荡也)瓦,官无事乌鼠当衙"。就像庙神不灵验而让狐狸猖獗那样,原来此地的府衙也因官吏不理事遂成为乌鼠横行的天下。可谓罕譬妙喻,奇之又奇。又乌鼠当指吏役,是说官不理事而让衙役们逞凶。漾瓦句,当从李商隐《重过圣女祠》之"一春梦雨常飘瓦"句化出。结尾三句,又深得含婉之妙,若"倚遍阑干,数尽啼鸦",则化景为情,思绪绵渺,而低回宛转之伤感亦自在其中,与诗词意境之淳美者无异。又《山坡羊·寓兴》之构想亦甚奇特:

鹏抟九万,腰缠十万,扬州鹤背骑来惯。事间关,景阑珊,黄金不富英雄汉!一片世情天地间:白,也是眼;青,也是眼。

首句用《庄子·逍遥游》"抟扶摇直上九万里"典,是说怀有远大抱负。次二句,事见《说郛》载《商云小说》:"有客相从,各言所志,或愿为扬州刺史,或愿多资财,或愿骑鹤上升,其一人曰：‘腰缠十万贯，骑鹤上扬州’。欲兼三者”。此言富、贵、神仙皆能兼而有之，是何等尊荣也。但是，“事间关，景阑珊”，却突遭变故，遇到挫折，事情并不顺利，于是慨叹“黄金不富英雄汉”！并进而为世态之炎凉而愤激不平了：“白，也是眼；青，也是眼”。此用《晋书·阮籍传》载籍常用青白眼看人典，是为世间势利小人画像。全曲似平和而实雄放，但意象奇崛，造语新颖，刻画入木三分，亦所谓奇而不入怪者。

张可久（1270？—1340年）字伯远，号小山，庆元（今浙江鄞县）人。以路吏转首领官，曾为桐庐典史。足迹遍及湘、赣、闽、皖、苏、浙各地，晚居杭州。一生专写散曲，尤致力于小令的创作，有《苏提渔唱》、《小山北曲联乐府》等集。《金元散曲》所辑计有小令八百五十五首，套数九套，是今存散曲最多的一个。作品多为欣赏湖光山色及抒写个人情怀之作，常与卢挚、贯云石等人相唱和，其散曲多吸收诗词中的词藻、句法、声律和意境，故较之乔吉更为整饰雅丽，涵虚子曾评其曲曰“清而且丽，华而不艳”、“诚词林之宗匠”。是典型的文人化散曲，故历来受到士大夫们的推重。组曲《黄钟·人月圆》即很具代表性，如《客垂虹》一首：

三高祠下天如镜，山色浸空蒙。莼羹张翰，渔舟范蠡，茶灶龟蒙。故人何在？前程那里？心事谁同？黄花庭院，青灯夜雨，白发秋风。

三高祠，在吴县（即今江苏苏州）。越范蠡助勾践灭吴后，即携西施泛舟隐于五湖；晋张翰因见秋风吹起而思吴中菰菜莼羹，遂弃官归田；晚唐陆龟蒙曾隐居甫里，而自号天随子。三人皆历史上著名高士，故乡人立祠祀焉。首句先点出“三高祠”，接着写景，以状环境之清幽，谓天明如镜，山色空蒙，从而引出对三位高士的遐想，言简而意深：以莼羹状张翰，泛舟状范蠡，茶灶状龟蒙，既臻其对先贤之向往，亦明其归隐之志。于是由人及己，发出疑问：“故人何在”，言前人踪迹已杳；“前程那里”，谓自己出路渺茫；“心事谁问”，则谓知音之少也。但这些令人烦恼的问题，是说不明也道不清的，遂亦仍诗词中常用的“含情落句势”——景语绾结之：“黄花庭院，青灯夜雨，白发秋风”。孤寂、清冷、萧瑟、衰颓，虽未写情而情自见，其心境之凄凉和盘托出，使人味之亹亹不倦。是此等曲作，不只词藻手法是诗词的，即意境情韵亦是诗词的。又如《折桂令·九日》：

对青山强整乌纱，归雁横秋，倦客思家。翠袖殷勤，金杯错落，玉手琵琶。人老去西风白发，蝶愁来明日黄花。回首天涯，一抹斜阳，数点寒鸦。

首句化用孟嘉于重九日龙山落帽故事，既关题旨，亦言己之落拓不羁。“归雁横秋”，承前明时，亦为“思家”铺垫发兴。“倦客思家”一语，点出全曲主旨，即“每逢佳节倍思亲”之意。“翠袖”三句，当是酒席上宴饮情景，以乐衬哀，却为下“人老去”平添一层落寞。“白发”“黄花”一联，语本苏轼《九日次韵王巩》：“相逢不用忙归去，明日黄花蝶也愁”。乃叹时光之易逝、而人生渐老、时过则繁华凋谢，蜂蝶亦不为眷顾也。尾三句，与前首又同出一辙，以景结情，融情入景，亦诗词中无上空灵妙境。应说明的是，若张氏此类曲，多用整齐的四字句，每句都是各自独立的精美意象，句与句或意象与意象之间，往往跳跃性很大，亦互不关联，有如马致远“枯藤老树昏鸦”句式的放大，内涵却极为丰富充满，给人留下想象的无限空间，当是传统诗词纯化凝炼的结果。不过，他的散曲也有写得比较超旷飘逸的，从中似能看到东坡词的影子，如《普天乐·西湖即事》：

蕊珠宫，蓬莱洞。青松影里，红藕香中。千机云锦重，一片银河冻。缥缈佳人双飞凤，紫箫寒月满长空。阑干风晚，菱歌上下，渔火西东。

此咏西湖晚景，首以蕊珠，蓬莱为喻，然皆传说中神仙所居仙境，便与现实拉开了距离，想象已自不俗。接着写西湖实景，曰人在“青松影里，红藕香中”，遂不觉心灵恬憩宁静，而形体却为之提升，如在天上行。于是有“千机云锦重，一片银河冻”之奇想：灿烂晚霞映入水中，好似织女机上的千重云锦，铺展在凝冻的银河上，造语愈加奇特。然此皆静景，继而由静入动，更产生幻觉：似有骑着双凤的仙女在遨游吹箫，那“无声”的天乐顿时飘满长空，空灵流动，进入全曲高峰。然结尾偏又着一实笔，只就现实状写：晚风习习，渔火粼粼，菱歌悠悠，共同汇聚成一幅美丽的西湖晚景图。而此时之作者，无疑已陶醉于西湖胜境之中，分不清天上地下、人仙物我，唯在梦幻中体悟着人生的永恒。老实说，此类曲的意境情韵，不能不说已臻于至美，只是我们还是把它当作传统诗词在欣赏，散曲也就成为诗词之一体了。

在元代曲坛上，还存在着一种特别现象。即元蒙政权，是我国历史上第一个由北方少数民族所建立的全国性政权，其政治文化影响，又远及于广大的欧亚地区和阿拉伯世界，因此许多少数民族乃至外国人，也都融汇到汉文化中并参与散曲的创作。如贯云石（维吾尔族人）、孛罗御史（蒙古族人）、阿鲁威（蒙古族人）、薛昂夫（回鹘人）、大食惟寅（阿拉伯人）、兰楚芳（西域人）等。其中尤以贯云石的成就比较突出，在当时即颇负盛名。

贯云石（1286—1324 年）本名小云石海涯，自号酸斋，又号芦花道人。祖、父皆因军功而显贵，初袭文职，为两淮万户府达鲁花赤。他出身将门，少年时即膂力过人，能搏杀猛兽。年稍长，遂弃武从文，折节读书，从姚燧学习诗文书法，皆有成就。仁宗时，曾拜翰林侍读学士、中奉大夫、知制诰同修国史。不久遂称病辞官南下，变易姓名，卖药钱塘市中，过着诗酒优游的生活。年三十九岁卒，卒后谥文靖，封京兆郡公。今存小令七十九首，套数八套，多写留连风景、吟唱诗酒生涯之作，风格豪迈，笔调骏快。如《清江引》二首之一：

弃微名去来心快哉，一笑白云外。知音三五人，痛饮何妨碍！醉袍袖舞嫌天地窄。

主旨是鄙弃功名、放情山水的快乐心情，然在作者写来却是豪兴满怀，语言恣肆纵放，“醉袍袖舞嫌天地窄”，是何等胸襟，竟有吞吐天地之气势！又如《蟾宫曲·送春》：

问东君何处天涯？落日啼鹃，流水桃花。淡淡遥山，萋萋芳草，隐隐残霞。

随柳絮吹归那答？趁游丝惹在谁家？倦理琵琶，人倚秋千，月照窗纱。

每至春暮，百花凋谢，芳事渐了，文人们都不免发一通惜春送春的伤感之情，此曲亦不例外。但首以发问起笔，问东君（春之神）现在天涯何处？这问题当然是很难回答的，于是他避实就虚，只从春事已去之种种迹象用笔，由近而远，状声绘色，纯用四言句式铺排，读来遂觉轻快跳荡、音韵铿锵，正是其骏快特征的体现，又和一般写伤感者不同。接下再起一层发问，亦然是吹归何处，牵惹那家之事，不过这次却不是以骏快见称，而是以无言寂寞应之，大有“落花人独立”之含蓄。要说明的是，酸斋此曲不仅语言化用诗词，如落日啼鹃、桃花流水、萋萋芳草、远山遥岑之类；即使内在意境亦多从前人化出。如“问东君”句，即用黄庭坚《清平乐》诗意：“春归何处？寂寞无行路。若有人知春去处，唤取归来同住”。如“柳絮”句，则用秦观《望海潮》词意：“正絮翻蝶舞，芳思交加，柳下桃蹊，乱分春色到人家”。而“游丝”句，又用冯延巳《鹊踏枝》：“满眼游丝兼落絮，红杏开时，一霎清明雨”等。这再次说明，即使少数民族诗人，到元后期曲之诗词化倾向已成不可逆转之势。

不过，睢景臣的《般涉调・哨遍・高祖还乡》套曲，却是元后期广为传诵的杰构，与前期杜仁杰的《庄家不识构阑》可称双璧。景臣字景贤，扬州人，生卒不详。曾写有《屈原投江》等三部杂剧，今皆不传，唯存套数三套及断句四句。关于这篇套数，钟嗣成《录鬼簿》曰：“维扬诸公，俱作《高祖还乡》套数，惟公〔哨遍〕制作新奇，诸公皆出其下”。可知它之被广泛传诵不是没有原因的。此曲以汉高祖刘邦“威加海内兮归故乡”的盛大场面为题，又从一个特殊观察角度——庄家人眼中所见着笔，而出之以地道的村言俚语和生动譬喻，极尽嬉笑怒骂、挖苦讽刺之能事，而神圣的皇权亦随之扫地尽矣。而这种开放的思想，也许只有在元蒙那个特殊时代的知识阶层中，才会有吧。全套共八曲。〔哨遍〕先从刘邦荣回故乡前，“社长排门告示”，要大家迎接的忙乱场面写起，接着就是汉高祖衣锦还乡：

〔耍孩儿〕瞎王留引定火乔男女，胡踢蹬吹笛擂鼓。见一飚人马到庄前，劈头里几面旗舒。一面旗白胡阑套住个迎霜兔，一面旗红曲连打着个毕月乌，一面旗鸡学舞，一面旗狗生双翅，一面旗蛇缠葫芦。　〔五煞〕红漆了叉，银铮了斧，甜瓜苦瓜黄金镀。明晃晃马镫枪尖上挑，白雪雪鹅毛扇上铺。这几个乔人物，拿着些不曾见的器仗，穿着些大作怪衣服。　〔四煞〕辕条上都是马，套顶上不见驴，黄罗伞柄天生曲。四前八个天曹判，车后若干递送夫。更几个多娇女，一般穿着，一样妆梳。

然后是汉高祖走下轿，众人都“展脚舒腰”的施礼朝拜，可是这庄家“猛可里抬头觑，觑多时认得，险气破我胸脯”：

〔二煞〕你身须姓刘，你妻须姓吕，把你两家儿根脚从头数。你本身做亭长耽几盏酒，你丈人教村学读几卷书。曾在俺庄东住，也曾与我喂牛切草，拽坝扶锄。〔一煞〕春采了桑，冬借了俺粟，零支了米麦无重数。换田契强秤了麻三秤，还酒债偷量了豆几斛。有甚胡涂处？明标着册历，现放着文书。〔尾声〕少我的钱差发内旋拨还，欠我的粟税粮中私准除。只道刘三谁肯把你揪摔住？白甚么改了姓更了名，唤作汉高祖！

史载汉十二年（前 195）十月，在刘邦平定淮南王英布后，曾途经故乡沛县，并在那里呆了十多天，曲即以此为题材并通过丰富的想象而创作了这篇散套。作者通过一个特殊的视角，度之以乡佬之情，出之以村言土语，极尽铺排张扬、辛辣讽刺之能事，把长期来笼罩在皇帝头上的神圣光圈撕扯得粉碎。前段写皇帝老儿的车马排场，语言尖刻：写飞凤旗而曰“鸡学舞”，写飞虎旗而曰“狗生翅”，写蟠龙旗而曰“蛇缠葫芦”，写日旗月旗则以民间惯用的谐音法，说月中玉兔套着个白胡阑（合音即环），日中金乌绕着个红曲连（合音即圈），不但生动，且十分贴切。写金瓜锤是“甜瓜苦瓜黄金镀”，写朝天镫是“明晃晃马镫枪尖上挑”，写鹅毛扇是“白雪雪鹅毛扇上铺”。车前的侍从个个象木雕泥塑的判官，随行的宫人全都是一样妆梳的娇女。就是在这一派洋洋洒洒、令人哭笑不得的状写中，皇帝原有的神圣和威严，如同剥去一层装潢纸，伴随着朗朗笑声而扫地尽矣。这层剥去的还仅仅是外衣，后段则直奔人物的品行个性，一并连丑恶的灵魂和盘托出：这位“觑得人如无物”的大汉，原来是在庄东曾住过的“刘三”，于是通过回忆把他的“根脚从头数”，他曾是个偷桑赊粟、支米称麻、明夺暗抢的无赖，若是不信至今还有账册文书作证呢，谁知这次回来，大概是怕被人“把你揪摔住”，才把欠的钱在“差发内旋拨还”，把借的粟从“税粮中私准除”，居然有如此至高无上的权力！只是叫人不可理解的是，他为何平白无故地要改名换姓，叫做“汉高祖”呢？这最后的淡淡一笔，大有责其灭宗忘祖之意，故讽刺尤为辛辣尖刻。此节虽无前段行文之飞扬恣肆、词彩缤纷，好像只是质朴叙述和平面罗列，但从人物形象的塑造而言，则尤为深刻冷隽。可以说这套《高祖还乡》，在中国文学史上当是独一无二的。

综而言之，从抒情诗的角度来说，词是诗的变体；从音乐文学的角度说，曲又是词的变体。中国意象文学跨越过这样三大步，终于走完它的途程而让位于另外一种新兴文学。于是中国文学又进入一个崭新时代，那就是以戏剧、小说等叙事文学为主流的再现文学阶段。

第十五章　“古文运动”和唐宋文学散文

我国古代散文，多重其说理议论、记事叙人的实用功能，而忽视写景抒情、创造意境的文学审美意义。延至魏晋齐梁，随着诗歌领域的意象化进程，散文领域也开始向纯文学方向延展，于是真正意义的文学散文才开始出现。概言之，如王羲之《兰亭集序》、陶渊明《归去来辞》、鲍照《登大雷岸与妹书》等。并且，山水游记式的文学散文亦已出现，如陶弘景《答谢中书书》，吴均《与宋元思书》等。甚至一些文艺论文，也同样被意象化审美化了，除刘勰《文心雕龙》和钟嵘《诗品》的一些篇章外，他如萧统《答湘东王求文集诗苑书》、萧纲《答张缵示集书》、萧子显《文集自序》、陈后主《与詹事江总书》等，往往在诗酒流连的生活写描中，带有浓烈的抒情写景氛围，无疑都是可读可诵的色彩缤纷的美文。按理说，唐承六代文风之后，在这种散文文学化的强劲潮流中，应该迎来一个文学散文的极盛时期，就像诗歌领域所发生的情形那样，可是事实却并非如此。与一般散文的整体繁荣相较，文学散文的发展却表现得相当沉寂，这不能不说与“古文运动”的蓬勃开展，存在相当密切的关系。一般“古文运动”作家根本不写文学散文，即使间或有所创作，其成就也都不是很高。在叱咤一时的“唐宋八大家”中，大概只有本身原为诗人的柳宗元、欧阳修、苏轼等数人，才在文学散文上取得划时代成就，为文学史留下光辉的一页。同这一时期被称作文学“黄金期”的唐诗宋词相较，文学散文的成就并不十分耀眼，因此对所谓“古文运动”，我们不能不作重新思考。

第一节　关于“古文运动”

兴起于我国八九世纪的“古文运动”，实是一次以反骈易散、反华崇实为号召的文体革新运动。此所谓“骈”，是指形成于魏晋，至唐初亦然流行的那种“雕藻淫艳”、“骈四俪六”的骈体文。而所谓“古文”，则指以孔孟为标志向那种“刚健质朴”、散体单行的先秦两汉诸子散文。方苞曾说：“至唐韩氏起八代之衰，然后学者以先秦盛汉辨理论事、质而不芜者为古文，盖六经及孔子孟子之书之支流余肆也”。（《古文约选序例》）无论从内容或形式方面来说，这一界定都是很妥帖的。因此，这一运动不只是文体革新运动，还更应看作是一次文章复古运动。再加上他们提出的“明道”“载道”之说，又带有浓厚的儒学复兴色彩，故其保守性是显而易见的。

六朝骈文，是长期文学历史发展的产物，凝聚了人们艺术创作和审美感受的丰富经验。其表现形式则主要有三：一是讲求对偶声韵，二是大量使用事典，三是多用华辞丽藻。一般来说，这是对汉语言表现功能和审美功能的经验性总结，如讲求语言美、声韵美、对仗美等，便都是文学创作趋于精致细化的表现，是不能一概抹煞的。而“古文运动”

虽经过几代人的努力,造成浩大声势,但也不能取骈文而完全代之;又那些传诵不衰的古文名篇,也大多是骈散夹杂而成文的,就都说明其生命力之强大。因此,“古文运动”自从举起反骈易散、反华崇实的旗帜以来,本身即带有极大的片面性。

当然,就其六朝骈文发展的实际而言,又确实存在严重的弊端,故“古文运动”的兴起又有其合理性和必然性。唐刘知几《史通·叙事》曾批评说:“(自班马以后)史道陵夷,作者芜音累句,云蒸泉涌。其为文也,大抵编字不只,捶句皆双,修短取均,奇偶相配。故应一言蔽之者,辄足为二言;应以三句成文者,必分为四句,弥漫重沓,不知所裁”。这虽是从史家的立场提出批评的,却深中其弊。由于骈文家过分地追求声律对偶,竟以“骈四俪六”的死板模式行文,遂不免造成“弥漫重沓”而多“芜音累句”。再加之语言的过分雕饰,事典的连篇累牍,于是陈陈相因的陈词滥调蔚成风气,所谓“雕藻淫艳”也就在所难免。何况久而久之,将之造成一种固定写作模式,而不问青红皂白地用于一切文章,如记事叙人、议论说理,乃至奏议、公文、信札等应用文中,使骈体文过度膨胀,严重脱离语言实际,甚至达意记事功能的缺失。从这一角度来说,进行一次文体的革新或解放,是完全必要的,不如此文章写作就会愈来愈脱离现实、脱离生活而丧失生命。然而,也正是“古文运动”的这一根本动机,不仅使其先天地带有保守片面的一面,也决定了自其肇始之日起,就不是或主要不是一次文学运动,甚至可说是背离文学史发展规律的。这可从下面几方面来看。

一、是古非今,其肇端即非文学的运动

反骈易散、反华崇实之风的肇始者,并非始自唐代的“古文运动”家,早在西魏末年的宇文泰、苏绰等人就已开始了。时宇文泰执掌朝廷大权,因不满于“文章竞为浮华,遂成风俗”的现状,尝欲改革其弊。大统十年(544)魏帝祭庙,他命大行台度支尚书苏绰为作祭文,绰遂仿《尚书》而作《大诰》。据史载:“自是之后,文笔皆依此体”。(《周书·苏绰传》)这就是最早的“古文”,完全是模仿儒家经典写作的。其时又有北雍州献白鹿,群臣欲上表庆贺,苏绰即对尚书都兵大行台郎中柳庆说:“近代以来,文章华靡,逮于江右,弥复轻薄,洛阳后进,祖述不已。相公柄民执物,君职典文房,宜制此表,以革前弊”。于是,“庆操笔立成,辞兼文质”。(《周书·柳庆传》)既是以革除“华靡”之时弊为目的写作此表的,大概亦与苏所写《大诰》同调。又柳庆之兄柳虬,时为宇文泰丞相府记室,亦曾上书论史官曰:“古者人君立史官,非但记事而已,盖所以为监戒也。动则左史书之,言则右史书之,彰善瘅恶,以树风声。故南史抗节,表崔杼之罪;董狐书法,明赵盾之愆。是知直笔于朝,其来久矣”。① 他倡“直笔”重“监戒”,显然也是针对骈文之“浮华”、“华靡”而发。当时修史,囿于文坛风气亦盛行骈体,往往华而不实、言过其事,故有“直笔”之说。需要指出的是,他们与骈文相抗而提倡的“文”,不是后人所说文学,而是表祭一类应用文或历史散文,其针对的对象是很明确的。

至隋代建国,出于政事交往的目的,文帝、炀帝亦曾下诏禁止华靡的骈体文风。据

---

① 严可均辑.《上文帝书论史官》.《全后魏文》卷五十三

《隋书·文学传》载:隋文帝“每念斫雕为朴,发号施令,咸去浮华。然时俗词藻,犹多淫丽,故宪台执法,屡飞霜简。炀帝初习艺文,有非轻侧之论”。开皇四年(584)为屏黜浮华淫丽之风,还曾“普诏天下,公私文翰,并宜实录。其年九月,泗洲刺史司马幼之,文表华艳,付所司治罪”。可知他们反对浮华淫丽而提倡“实录”,针对的也不是文学,而是“公私文翰”这类应用文。曾历仕北朝,入隋后又深受杨坚信任的治书侍御史李谔,亦曾上书革正文体,他把文风衰败与政治兴亡联系起来,其崇圣宗经的思想更为明确。其《上隋高帝革文华书》开首即说:“五教六行,为训民之本;《诗》《书》《礼》《易》,为道义之门。故能家复孝慈,人知礼让,正俗调风,莫大于此”。接着即对魏晋以后文风提出猛烈抨击,批评“魏之三祖,更尚文词,忽君人之大道,好雕虫之小艺”、“竞聘文华,遂成风俗”。至于江左齐梁,“其弊弥甚,贵贱贤愚,唯务吟咏。遂复遗理存异,寻虚逐微,竞一韵之奇,争一字之巧。连篇累牍,不出月露之形;积案盈箱,唯是风云之状。世俗以此相高,朝廷据兹擢士,禄利之路既开,爱尚之情愈笃”。于是提出“屏出轻浮,遏止华伪”的文体改革建议,对开皇四年下诏“公私文翰,并宜实录”大加称颂。总之,他是把文学和非文学搞混淆了,并首次对文学大加挞伐,实开了唐代古文家反文学的先河,值得注意。

隋末大儒王通,也是“古文运动”的先驱之一。他身处乱世,守道不仕,遂居河汾,聚徒讲学,死后门人私谥为文中子,有门人录其言行的《中说》一书行世。他的文章追摹经传口吻,一意模仿古人,其复古宗旨已见一斑。他论文说:“学者博诵云乎哉?必也贯乎道;文者苟作云乎哉?必也济乎义”①。作为古文运动号召纲领的“贯道”说,在此已明确提出。又载:“房玄龄问史,子曰:古之史者辨道,今之史也耀文。问文,子曰:古之文也约以达,今之为也繁以塞”②。所以,他对刘宋以来的诗人,也取完全否定的态度,有似李谔。谓谢灵运“小人哉,其文傲”;谓沈约亦“小人哉,其文冶”;谓鲍照、江淹“古之狷者也,其文急以怨”;吴筠、孔稚珪则“古之狂者也,其文怪以怒”;谢庄、王融则“古之纤人也,其文碎”;徐陵、庾信则“古之夸人也,其文诞”;刘孝绰兄弟则“鄙人也,其文淫”;湘东王兄弟则“贪人也,其文繁”;谢朓“浅人也,其文捷”;江总“诡人也,其文虚”。唯颜延之、王俭、任昉乃“有君子之心焉,其文约以则”③。显然,与李谔又有不同,他不是从“竟骋文华”的角度对文学作全盘否定,如作为文学本质特征之“唯务吟咏”,表现形式之“月露之形”、“风云之状”等;而是以“贯道”为核心,对文学所作道德层面的评价,便更非文学方面的评价了,因此说他对文学更加隔膜,恐亦不为过。

欧阳修曾批评说:“南北文章,至于陈、隋,其弊极矣。以唐太宗之政治,几乎三王之盛,独于文章不能少变其体。岂其积习之势,其来也远,非久而众胜之,则不可以骤革也”④。初唐文章沿袭六朝华靡余习,这是不争的事实,但谓“独于文章不能少变其体”,却未必符合当时实际。其实,唐太宗李世民对浮文蠹政之弊就深有感慨,故曾对宰臣说:

---

① 王通.《中说·天地篇》. 四部丛刊影宋本《文中子中说》,1926
② 王通.《中说·事君篇》. 四部丛刊影宋本《文中子中说》,1926
③ 王通.《中说·事君篇》. 四部丛刊影宋本《文中子中说》,1926
④ 欧阳修.《集古录跋尾》卷五.《隋太平寺碑》. 吉林文史出版社,2001

"自知者为难。如文人巧工,自谓己长,若使达者大匠,诋诃商略,则芜辞拙迹见矣"①。又贞观十一年(637年)著作佐郎邓隆上表请编其文集,他回答说:"朕若制事出令,有益于人者史则书之,足为不朽。若事不师古,乱政害物,虽有词藻,终贻后代笑,非所须也。……凡人主惟在德行,何必要事文章耶?"(吴兢.《贞观政要》(7))这说明他重德行而轻文章,对那些"文人巧工"的华辞丽藻是很不以为然的。正是有见于此,故在建国之初的武德元年(618)即发布《诫表疏不实诏》,以示"思革前弊"的决心,而曰:"朕恭膺宝历,救斯兆庶,思革前弊,念兹在兹。起军以来,于今期月,军书羽檄,日有百数,一言一事,靡不览焉。未明求衣,中夜不寐,恐一物之所失,虑一理之或屈"。但是,"四方州镇,习俗未惩,表疏因循,尚多虚诞"。例如,"申请盗贼,不肯直言;言论疾苦,每亏实录。妄引哲王,深相佞媚;矫托符瑞,极笔阿谀。乱语细书,动盈数纸,非直乖于体用,固亦失于事情"。于是申斥曰:"表奏如是,稽疑处断,不知此者,谓我何哉!宜颁告远近,知朕至意"(宋敏求.《唐大诏令集》(110))。因此,说唐太宗"独于文章不能少变其体",而诏书所要求的"直陈""实录"也变成一句空话,恐未必即是事实。贞观二十二年(648年)进士张昌龄、王公瑾并称才俊,名满京师,时考功员外郎王师旦知贡举,却以其文辞华艳而罢黜之,太宗问其故,旦曰:"此辈诚有文章,然其体性轻薄,文章浮艳,必不成令器。臣若擢之,恐后生相效,有变陛下风雅"。帝遂"以为名言"。(王溥.《唐会要》(76))可知诏书不但被执行,而且影响到选拔英才的科举考试,如此严厉的措施,怎么会不对文风的改变产生作用呢?但要说明的是,他们反对浮华不实的文风,同前人一样,也只局限于表奏一类应用文方面,并非文学领域的变革。

唐初修史之风大兴,"二十四史"中有八部即修撰于此数十年间。他们适应着改革文风的时代要求,也对六朝华靡文风提批评,如令狐德棻说:"然则子山(庾信字)之文,发源于宋末,盛行于梁季。其体以淫放为本,其词以轻险为宗,故能夸目侈于红紫,荡心逾于郑卫。昔扬子云有言:诗人之赋丽以则,词人之赋丽以淫。若以庾氏方之,斯又词赋之罪人也"。(《周书·王褒庾信传论》)魏征则说:"梁自大同之后,雅道沦缺,渐乖典则,争驰新巧。简文湘东,启其淫放;徐陵庾信,分路扬镳。其意浅而繁,其文匿而彩,词尚轻险,情多哀思。格以延陵之听,盖亦亡国之音乎!"(《隋书文学传》序)史学家观察文学,总是取史学的角度,故对唐以前文学发展往往取全盘否定态度,所以反对华靡文风实是混文史不分的原因。故到史学理论家刘知几(661—721年)在其史学名著《史通》中,遂对骈文进行了全面批判,凡声律、对偶、征典、藻饰等,不问青红皂白一律都在批判之列。如《叙事篇》说:"史道陵夷,作者芜音累句,云蒸泉涌。其为文也,大抵编字不只,捶句皆双,修短取均,奇偶相配"。又云:"虚引古事,妄足庸音,苟矜其学,必辩而非当"。至于"其立言也,或虚加练饰,轻事雕彩;或体兼赋颂,词类俳优,文非文,史不史"。当然,若以此要求历史散文,自无可非议;若扩而广之,更及于文学那就不可取了。他还有一种倾向,即以述者自任,以为良史才是文之极则,遂以史代文,混文史而不分,且以为文风之趋于华丽,乃因文史渐次分离所致,于是"章句不节,言词莫限",其弊已极。由此推导之结果,便

---

① 吴兢.《上玄宗皇帝纳谏书》引

必然走向文学取消论。初唐以后之“古文运动”，走的就是这条路。

综言之，最初对六朝骈体文发难者之初衷，不外乎“不切实用”之一言可概之。故其提出革正文体、反对浮华、宗经复古，也就只局限在表疏启奏、公私文翰等应用文及史学范围。尽管各人态度并不完全相同，有生硬摹古者，有适俗“实录”者，有便览“直言”者，有混史为文者，并且在各自提出的领域都带有必然性和急迫性，然要之皆非真正文学领域的革新运动。

二、重“道”轻“文”，排斥散文的文学化倾向

我国先秦散文，尤其是后人所推尊的儒家经典，大都以说理议论、记事记人为其宗旨，故语言一般是朴素质实、不事词采的，所以孔子说“词达而已”。自《庄》《骚》以降，雕饰之风大开，至两汉辞赋而极矣。六朝骈文便是顺应这一文学史发展，而合乎规律地结出的硕果，并非一定是什么坏现象。章学诚曾说：“《国策》、《骚》、赋，乃后世辞章之祖也”①。在我国古代散文中，能在哲理文之说理、史传文之记事外，而首开“铺采摛文，体物写志”之文变先河的，当推屈宋开创的《骚》赋。此后，再经过六朝文学格律对仗化的洗礼，终于产生文学化的骈体散文。尽管梁陈骈体文有过甚过滥的一面，而且浸淫到一切文体领域，从实用的动机出发，进行一场反骈易散、去华崇实的革新运动以纠偏，是完全必要的。但是不能因此不问青红皂白，而一概以“浮华”“淫丽”等目之，不管文体如何加以全盘否定，这对刚刚在六朝兴起的文学散文之发展则十分不利。

如果说“文以明道”是古文运动的核心指导思想，那么，所谓“浮华”、“淫丽”、“雕彩”等，即是他们抨击散文骈俪化的主要武器。从西魏宇文泰、苏绰起，他们所针对的即“近代以来文章华靡”、“文章竞为浮华”；隋文帝下诏书，也是“发号施令，咸去浮华，然时俗词藻，犹多淫丽”。李谔批评魏晋以降作家，则称其“忽人君之大道，好雕虫之小艺”，而“竞驰文华”。王通也说：“古之文也约以达，今之文也繁以塞”。至初唐史家，或谓“其体以淫放为本，其词以轻险为宗”；或谓“渐乖典则，争驰新巧”；或谓“虚加练饰，轻事雕彩”。总之，重道轻文，可谓众口一词。然而，他们提出的文的要求是什么呢？柳虬谓：“直笔于朝”。隋文帝曰：“并宜实录”。唐太宗批评“表疏因循，尚多虚诞”，也是因为“不肯直言”、“每亏实录”。此等言论还比较质实，但理论家们就带有抽象色彩了，如王通要求的“约以达”，刘知几要求的“文约而事丰”等，但其实质都是相通的。如果这仅仅是针对实用散文或历史散文提出的，自然是无可厚非的。可是，文学创作是要讲求文采的，作为一种抒情状物、揭示人的内在心灵世界的艺术，它不只要求内容的意境美，也要求形式的结构美、音韵美和辞藻美，故所谓“雕饰”，所谓“藻丽”，就不必一概否定，甚至是不可避免的。可是“古文”家大都没有这种时代意识，没有文学和非文学的清醒认识，逆历史潮流而动，往往走上文学的全盘否定论。如柳虬之“时有古今，非文有古今”之说，李谔批评“魏之三祖，更尚文词，忽君人之大道，好雕虫之小艺”。对六朝文学更是一笔抹煞，称其“贵贱贤愚，唯务吟咏”，“竞一韵之奇，争一字之巧；连篇累牍，不出月露之形；积案盈箱，

---

①　叶长青注.《文史通议・答大儿贻选问》. 台北：广文书局，1970

唯是风运之状”。从根本上否定“吟咏情性”之文学创作,文学几乎没有了存身之地。王通也一样,从谢灵运、鲍照到谢朓、庾信,在他看来都是怪诞淫丽之徒,可说文学领域一片黑暗。唐初史家如令狐德棻、魏征等,从文坏则政衰的思维定势出发,更谓六朝齐梁文学乃“辞赋之罪人”、“亡国之音”。若非他们对文学缺乏真正的悟解,便只能认作严重偏见了。

对此,清阮元曾质疑说:“昭明选例,以‘沈思’‘藻翰’为主,经、子、史三者皆不选。唐宋古文,以经、子、史三者为本,然则韩昌黎诸人之所取,乃昭明之所不选。其例已明著于《文选序》者也”①。关于文学和非文学,到梁《昭明文选》中已有比较明确的认识,终于从长期的文学浑沌观念中走了出来。他编《文选》,不但不取经、子、史书,且连“贤人之美辞,忠臣之抗直,谋夫之话,辩士之端”,也一概摒诸文外,并明确称其“事异篇章”。② 萧绎《金楼子·立言》又进而将“今之学者”分为四,即儒、学、笔和文。而只有那种“吟咏风谣,流连哀思者,谓之文”,并给“文”下定义说:“至如文者,惟须绮縠纷披,宫徵靡曼,唇吻遒会,情灵摇荡”。固然这一文学定义,可能还会存在争议,但较之传统文、史、哲不分的文学浑沌观来,无疑是一大历史进步。然而,唐宋“古文”家们,却恰恰于此多置而不顾,而要回到传统之“文学浑沌论”去,排斥散文的文学化倾向,给文学散文的发展设置障碍。这不能不引起人们深思。譬如,初唐“四杰”本是文人,在唐诗建设上有过重要贡献,但在散文观上却仍是保守的。王勃《上吏部裴侍郎启》说:“文章之道,自古称难。圣人以开物成务,君子以立言见志。背雅遗训,孟子不为;劝百讽一,扬雄所耻。……自微言既绝,斯文不振,屈宋导浇源于前,枚马张淫风于后,谈人主者以宫室苑囿为雄,叙名流者以沈酗骄奢为达。故魏用之而中国衰,宋武贵之而江东乱。虽沈谢争骛,适足兆齐梁之危;徐庾并驰,不能止周陈之祸”,而最后的结论是:“天下之文,靡不坏矣”。杨炯序《王勃集》亦说:“贾马蔚兴,已亏于雅颂;曹王杰起,更失于风骚。……梁魏群材,周隋众制,或苟求虫篆,未尽力于邱坟;或独徇波澜,不寻源于礼乐”。为什么他们一谈到“文”,就要把“屈宋导浇源于前”的文学传统一概加以否定呢?确实令人费解。何况,王勃的名作《滕王阁序》不就是骈散夹杂而成文的么。

早期的“古文”家们,由于崇道宗经的理论更明确、系统而完整,因而对文学散文的否定也更彻底。什么是他们理解的“文”,柳冕说:“文章者,本于教化,发于情性。本于教化,尧舜之道也;发于情性,圣人之言也”(《答徐州张尚书论文武书》)。正是本于这样的认识,个人的思想情感便被排除在文章之外,而表达个人思想情感的一切文学方法,也都成为有害无益的东西。如萧颖士所说:“文也者,非云尚形似、牵比类,以局夫俪偶、放于绮靡,其于言也必浅而乖矣”(《江有归舟三章序》),既不能表达个人情感,更不能尚形似(写景)、讲俪偶、绮靡(艺术语言),文学散文也就没有存在的必要了。独孤及则说得更为尽致,其《赵郡李公中集序》曰:

---

① 阮元.《揅经室二集》卷二.《扬州隋文选楼记》. 商务印书馆,1936

② 六臣注.《文选序》.《文选》卷首. 四部丛刊影宋本

> 自典谟缺,雅颂寖,世道陵夷,文亦下衰。故作者往往先文字,后比兴,其风流荡而不返。乃至有饰其辞而遗其意者,则润色愈工,其实愈丧。及其大坏也,俪偶章句,使枝对叶比,以八病四声为梏拳。拳拳守之,如奉法令,闻皋繇、史克之作,则呷然笑之。天下雷同,风驱云趋,文不足言,言不足志……痛乎!流俗之惑人也。

不是说他们的批评完全没有道理,而是他们不加分析的完全否定态度,显然是错误的。既然如此认识文学,那么对文学传统之彻底否定,也就成为必然了。这可上溯到梁代裴子野,他在《雕虫论》中写道:自四始六艺之后,"作者思在枝叶,繁华蕴藻,用以自通。若悱恻芳芬,楚骚为之祖;靡曼容与,相如扣其音。由是随声逐影之俦,弃指归而无执"。故自苏、李、曹、刘,以至潘、陆、颜、谢,则无不"箴繍鞶帨,无取庙堂"。当然,更重要的还是他对当代文坛的批评:

> 自是闾阎年少,贵游总角,罔不摒落六艺,吟咏情性。学者以博依为急务,谓章句为专鲁。淫文破典,斐尔为功,无被于管弦,非止乎礼义;深心主卉木,远致极风云,其兴浮,其志弱,巧而不要,隐而不深。

较之李谔、王通等人,他这些言论似更具系统性,也否定得更为彻底。他不只以"浮华"、"雕饰"为罪人武器,否定了自屈宋楚《骚》以来的全部文学历史,并且连作为文学创作核心的"吟咏情性",及意象创造一翼之"深心主卉木,远致极风云",即景物描写也一并逐之"文外"。而唐代早期"古文"家所承袭的,则正是这一反文学传统。如李华说:"屈平宋玉哀而伤,靡而不返,六经之道遁矣"(《赠礼部尚书清河孝公崔沔集序》),柳冕也说:"屈宋以降,则感哀乐而亡雅正;魏晋以还,则感声色而亡风教;宋齐以下,则感物色而亡兴致。教化兴亡,则君子之风尽,故淫丽形似之文,皆亡国哀思之音也"(《与滑州卢大夫论文书》),贾至亦曰:"三代文章,炳然可观。洎骚人怨靡,扬马诡丽,班张崔蔡、曹王潘陆,扬波扇飙,大变风雅。宋齐梁隋,荡而不返"(《工部侍郎李公集序》)。尤其是柳冕《答徐州张尚书论文武书》这段话:

> 自成康殁,颂声寖,骚人作,淫丽兴,文与教分为二。不足者强而为文,则不知君子之道;知君子之道者,则耻为文。文而知道,二者难兼。

所谓"文与教分为二",大概意思是说,此时之文学终于从经、子、史中分离出来,有了自身存在的独立价值和意义,给儒家的王功政教说传统带来严重冲击,在他们看来就是"文"的走向衰微。此乃一语破的之言,"古文"家之所以否定整个文学传统,其思想根源即在此。

当中国文学进入自觉以后,人们对"文"有了崭新认识。陆机即首先提出:"诗缘情而绮靡,赋体物而浏亮"。由于当时文学散文尚处在萌芽状态,故他没有谈到艺术性的

“文”，但“缘情而绮靡”之说，也应该是适用于文学散文的。而最重要的是，“缘情”的文学何以语言必须“绮靡”呢？陆机没有作出明确回答，但到一百多年后的刘勰，却在《文心雕龙·情采》中作了十分精彩的阐释：

> 夫铅黛所以饰容，而盼倩生于淑姿；文采所以饰言，而辩丽本于情性。故情者文之经，辞者理之纬。经正而后纬成，情（原作理，依刘永济校改）定而后辞畅，此立文之本源也。

“辩丽本于情性”之一言，可谓括尽二者关系之精髓。意思是说，文学语言之“辩丽”，是由其抒写情感的本性决定了的。对一般的“文”来说，要求把思想表达清楚就可以了，故曰“辞达而已”。但是，对于“缘情”的文学作品来说，一般的“辞达”还远远不够，正如刘永济先生所说：“人情物象，往往深赜幽杳，非常言能尽其妙”①。为何说“非常言能尽其妙”？因为，“辞”是为表达情感而设的，但这“情”却不是抽象的喜怒哀乐之情，或寓情于景，或化景为情，或情景相生相契，故惝恍幽杳，不可端倪，表达起来自非“常言能尽其妙”。那是必须“婉转附物，怊怅切情”②，进行艰苦的艺术创造，始可做到真实贴切、曲尽其妙。因此，“缘情”的文学语言是大不同于一般用于叙述或说理语言的，要求“辩丽”也是必然。他在《诠赋》篇中即说：“原夫登高之旨，盖睹物兴情。情以物迁，故义必明雅；物以情观，故辞必巧丽”。何以被情感所观照的景物，表达起来就“辞必巧丽”呢？此无他，“登山则情满于山，观海则意溢于海”，③因为，那景物已不是纯客观的生造景物，而是经过主体心灵化的景物；那情也不是纯抽象的未经定性的情，而是客观对象化了的情。自然“人化”了，人也“对象化”了，二者相靡相荡，互根互生，有无限奥妙存乎其间，亦自非“常言能尽其妙”。唐代“古文”家们，缺少的就是这种对文学创作的深切体悟，对文学自觉精神的能动的把握，而盲目地反对“浮华”“藻饰”，其保守落后性是显而易见的。

三、“文以明道”，忽视文学本身的独立价值

“文以明道”之说，是中唐韩愈首先提出的，并成为“古文运动”的核心纲领。因为这一口号的提出，既包含着儒学复古的内容，亦概括了文体改革的主张，是颇能说明这场运动的内容及目的。但在韩愈之前，文体复古的观念虽早已存在，而“复古”之含义和途径却不免含混。对那些生硬拟古、混史为文者且不说，即使古文运动兴起后，虽渐趋明确，仍缺少总纲性的口号。李华说：“文章本乎作者，而哀乐系乎时。本乎作者，六经之志也；系乎时者，乐文武而哀幽厉也”（《赠礼部尚书清河孝公崔沔集序》），这说的是六经之志。柳冕则说：“文章者本于教化，发于性情。本于教化，尧舜之道也；发于性情，圣人之言也”（《答徐州张尚书论文武书》），这说的是尧舜之道。独孤及赞李华文则说：“公之作本乎王道，大抵以五经为源泉，抒性情以托讽……必采其行事以正褒贬，非夫子之志不书”

① 刘永济.《文心雕龙校释》. 中华书局，1962

② 范文澜注.《文心雕龙·明诗》. 人民文学出版社，1962

③ 范文澜注.《文心雕龙·神思》. 人民文学出版社，1962

(《检校尚书吏部员外郎赵郡李公中集序》),这又说的是夫子之道。但不论是“六经之志”、“尧舜之道”、“圣人之言”或“夫子之志”,却不免繁复,大致可用贾至所说“儒道”一言概之。他总结安史之乱的教训时说:“夫先王之道消,则小人之道长;小人之道长,则乱臣贼子由是出焉。……非一朝一夕之故,其所由来也渐矣。渐者何?儒道不举,取士之失也”(《旧唐书·贾至传》)。按“古文”家们总是过分夸大文章载道的功能,往往同社会政治之隆污治乱联系起来,这且不说。但他们的这些论述,无疑却给韩愈“文以明道”说的提出,准备好了充分的基础,于是“古文运动”也才有了一个共同的号召理念。

韩愈曾说:“非三代两汉之书不敢视,非圣人之志不敢存”(《答李翊书》),又说:“愈之所志于古者,不惟其辞之好,好其道焉尔”(《答李秀才书》),由此遂引出他写作“古文”的目的:“愈之为古文,岂独取其句读不类于今者耶?思古人而不得见,学古道则欲兼通其辞。通其辞者,本志乎古道者也”(《题欧阳生哀辞后》)。在他这里“辞”和“道”的关系终于明确起来,于是便有“明道”说的提出:

> 君子居其位,则思死其官。未得位则思修其辞,以明其道。我将以明道也。
>
> ——《争臣论》

他提出的“明道”说,在当时产生了极大影响,也为“古文运动”参加者所普遍接受。如另一领袖人物柳宗元即说:

> 始吾幼且少,为文章以辞为工。及长,乃知文者以明道,是故不苟为炳炳烺烺、务色彩、夸声音而以为能也。
>
> ——《答韦中立论师道书》

又《报崔黯秀才论为文书》曰:

> 圣人之言,期以明道。学者务求诸道而遗其辞。辞之传于世者,必由于书。道假辞而明,辞假书而传,要之之道而已耳。

唐代的“古文运动”发展到此时,不论在创作实绩上,或是在理论建设上,可说皆已完成。但是,“文以明道”纲领的提出,却使“古文运动”本身发生质变。

首先,曾被前人片面否定的“浮华”“藻饰”,不再被一笔抹煞了,因为他们对“道”和“文”的关系终于有了正确认识。如柳宗元所说:“道假辞而明,辞假书而传”,它们是相互依存才得以流传后世的。在韩柳之前,李华曾说“行修言道以文”(《杨骑曹集序》),似乎已意识到这个问题,但还不够明确。至独孤及则有较深刻的表述:“志非言不行,言非文不彰,是三者相为用,亦犹涉川者假舟楫而后济”(《赵郡李公中集序》)。是说“言”固可以达志,但只有“言”还不够,必须进行“文”饰,始可得到完美地传达。他还说:“足志者言,足言者文。情动于中而形于声,文之微也;粲于歌颂,畅于事业,文之著也。君子修其词，立其诚，生以比兴宏道，殁以述作垂裕，此之谓不朽”（《萧府君文章集录序》）。他虽对缘情之作尚有贬词，但对“文”饰可使述作传于后世，则是坚信不疑的，已开了韩柳先导。韩愈《答尉迟生书》说：

> 夫所谓文者，必有诸其中，是故君子慎其实。实之美恶，其发也不揜。本深而末茂，形大而声宏，行峻而言厉，心醇而气和。昭晰者无疑，优游者有余。体不备不可以为人，辞不足不可以成文。

其《答李翊书》亦曰：“养其根而俟其实，加其膏而希其光；根之茂者其实遂，膏之沃者其光晔”。此所谓“本”和“末”、“根”和“实”的关系，也就是“道”（内在修养）和“文”（外在表达）的关系。他固然强调内容的决定性作用，但更重要的是他还阐发了二者的辩证统一关系，所以说“辞不足不可以成文”。他甚至说：“若圣人之道，不用文则已，用则必尚其能者”（《答刘正夫书》），意思是说如果从“用”的角度说，则“文”又是起第一性的决定作用了。显然，较独孤及又更进了一步。柳宗元论文，其宗旨亦与韩同。其《送表弟吕让将仕进序》说：“学存也，辞不至焉，不可也”。又《与杨京兆凭书》说：“今之世言士者，先文章。文章，士之末也。然立言存乎其中。即末而操其本，可十七八，未易忽也。……然则，文章未必为士之末，独采取何如耳”。他既说“文章士之末”，但又说“未必为士之末”，岂非前后矛盾？其实，还是韩愈所说那个道理：从“道”的角度说它是末，但从“明道”即文“用”的角度说，“则尚其能者”，那就未必是“末”了。总之，韩柳在“道”和“文”的关系上，认识是很辩证全面的，对前人有着补偏救弊的作用。

其次，同李谔、王通乃至萧颖士、李华、独孤及、柳冕等全面否定屈《骚》文学传统者不同，由于认识到“文”对“道”不可或缺的作用，因此，韩柳也对文学传统不再采取一味漠视或敌对的态度。韩愈《进学解》即说：“沈浸浓郁，含英咀华，作为文章，其书满家。上规姚姒，浑浑无涯；周诰殷盘，佶屈聱牙；《春秋》谨严，《左氏》浮夸；《易》奇而法，《诗》正而葩；下逮《庄》《骚》，太史所录，子云相如，同工异曲。先生之于文，可谓闳其中而肆其外矣”。此虽是讲“博取”之意，但也可看出他对骚赋是并不持否定态度的，同前期古文家则大不相同。在《送孟东野序》中他还提出“不平则鸣”的著名观点，称《诗》《书》六艺，“皆鸣之善者也”，称“孔子之徒鸣之，其声大而远”，接着说：

> 其末也，庄周以其荒唐之辞鸣；楚大国也，其亡也以屈原鸣；臧孙辰、孟轲、荀卿，以道鸣者也；杨朱、墨翟、管夷吾、晏婴、老聃、申不害、韩非、眘到、田骈、邹衍、尸佼、孙武、张仪、苏秦之属，皆以其术鸣；秦之兴，李斯鸣之；汉之时，司马迁、相如、扬雄，最其善鸣者也；其下魏晋氏，鸣者不及于古，然亦未尝绝也。

他称诗书六艺为“皆鸣之善者”，又称司马相如，扬雄等辞赋家为“最其善鸣者”，即此可看出他对汉赋的赞赏之情。即使被前期古文家众口一词所抨击之魏晋，他也并不简单否定，只是说“不及于古，然亦未尝绝也”。由此看来，韩愈之识见胸襟，是远较前人开放广阔得多的，故刘熙载才说：“浅儒但震其起八代之衰，而不知其吸六朝之髓也”（《与田叔子论古文第二书》）。如此解读韩文，是并非没有道理的。

柳宗元谈古文渊源，其见解与韩愈亦大体一致。在《答韦中立论师道书》中，他将古人典籍分作可“本之”和“参之”的两类。如说：“本之《书》以求其质，本之《诗》以求其恒，本之《礼》以求其宜，本之《春秋》以求其断，本之《易》以求其动，此吾所以取道之原也”。这大概是讲个人修养问题。但尤值得注意的则是他列入“参之”的一类，因为这才关涉到“文”：“参之穀梁氏以厉其气，参之孟荀以畅其支，参之老庄以肆其端，参之《国语》以博其趣，参之《离骚》以致其幽，参之太史公以著其洁，此吾所以旁推交通而以为之文也”。凡老、庄、屈赋均皆列入，其取法者似较韩更广。又《与杨京兆书》言前人文章之可法者，较前则更进一层曰：“博如庄周，哀如屈原，奥如孟轲，壮如李斯，峻如马迁，富如相如，明如贾谊，专如扬雄”，全都涵括在可师法的范围之内。也许柳宗元不像韩愈那样专一于儒道，亦常潜心于佛道，所以才有这种开放的心态吧。

总之，韩柳在前人关于“道”和“文”的关系的理论建树上，无疑是前进了一大步，不再把文学和“古文”对立起来。但是，他们仍然未能区分文学和非文学的根本不同，这就必然混同甚至抹煞了文学本身应有的个性。故而从本质上说，他们所领导的“古文运动”，仍然不属于纯粹的文学革新运动。

“文以明道”，作为一般散文创作口号，也许没有什么不妥。然而“道”究竟不能完全等同于“情”，更不能完全代替“情”。而文学是以表现人的情感、揭示人的心灵世界为主要特征的，即陆机所说“缘情”。宣扬儒家的伦理道德思想，建立其绝对权威地位，以巩固岌岌可危的封建秩序，也是时代的需要所决定的，在具体历史条件下原本无可厚非。用于一般性的散文则可，因为它们本就是用于说理记事的；但若用于文学散文，尤其将之作为唯一功能时则不可。文学可以用来表达人们对生活的认知、对哲理的感悟及个人的胸襟怀抱，但却不能“以议论为诗”的方式表出之。当韩柳等人将这一说理性实用性散文准则，普泛化绝对化的时候，文学散文的独特个性也就被取消了。譬如，他们把《春秋》《左传》和司马迁的历史散文，把孟轲、荀卿和诸子的哲理性散文，同屈《骚》汉《赋》和六朝散文混同起来谈论时，文学的概念也因此而模糊不清了，承六朝人之后而继续深入探讨文学特性亦会付之阙如。韩愈的“不平则鸣”之说，在文学史上曾产生巨大影，本来是有创作论的重要意义的，但当其将“孔子之徒”、孟轲、荀卿等“以道鸣”和扬朱、墨翟、管夷吾等“以术鸣”，也纳入其中时，文学史的意义也就不免有些变味。古文家一般排斥文学散文的写作，恐怕与此亦不无关系。韩愈也写过一些感情激烈的文章，如《送董邵南序》、《送李愿归盘谷序》、《送孟东野序》等，但议论太多，说理性太强，只是他理论文的補充或扩展，文学性也大大减低。韩愈的诗，散文化议论化倾向严重，再加之“横空盘硬语”而造成的语言生硬、奇崛、险怪特色，也不免缺少诗味。因此，他还开了宋诗“以文字为诗，以议论为诗，以才学为诗”的先河。凡此，都不能说与他这种尚处于混沌状态的“古文”观，没有内在必然联系。

四、“作文害道”，几至于文学取消论

唐代是个文学的时代，宋代则是理学的时代。随着安史之乱的爆发，唐王朝也由盛

转衰，基于人们对社会弊端逐渐清醒的认识，以及对动乱现实的深切感受，复兴儒家传统伦理道德观念成为时代之急需，于是“古文运动”亦随之蓬勃而兴。到了晚唐，随着封建秩序的彻底崩坏，以及唐王朝统治政权的摇摇欲坠，士阶层知识分子也陷入极度失望和浑然无序之中，儒学也不再是人们寄托希望的理想，“古文运动”亦随之走向衰微消歇。越五代而至宋初，赵宋王朝刚刚建立，诸业百废待举，出于巩固大一统的中央集权政治的需要，以“道统”为核心内容的古文观再次被提出，“古文运动”亦再次兴起。但与唐代却大不相同，与之相伴随而生的还有“理学”，它不只是贯穿两宋学界的主导性哲学，而且还是钦定的统治思想。故两宋文学遂无不打上理学色彩，不只散文成为“载道”之具，诗赋也被议论说理而散文化了。只有不登大雅之堂而被视作“小道”的词，才是一个例外。

宋初古文家，大抵以“尊韩”和“崇经”为号召，把杨、刘所代表的“西昆体”华靡文风作为批判矢的。当时文坛，正如欧阳修所说：“杨刘风彩，耸动天下”。①“天下学杨刘之作，号为时文，能者取科第，擅名声，以夸荣当时，未尝有道韩文者”。（《记旧体韩文后》）故古文家们从其一开始，就是通过韩愈古文之学以再建儒学道统为己任的，并使之具有文体变革和复兴儒学的双重任务，故而也并非只是一次单纯的文学运动。至于其演化过程，则如范仲淹所说：“五代文体薄弱，皇朝柳仲涂起而麾之。洎杨大年专事藻饰，谓古道不适于用，废而弗学者久之。师鲁与穆伯长力为古文，欧阳永叔从而振之，由是天下之文一变而古”（《尹师鲁集序》）。总之，由柳开、穆修开其端，至欧阳修而取得成功，宋代“古文运动”的演展大致如此。另外，关于运动兴起之动因，也不只在于杨、刘之“专事藻饰”，更在于古道之“废而弗学”，是有极强的现实功利原因的。

柳开（947—1000年）是宋代古文运动的始倡者，他承韩愈之“道统”古文观，而以维持儒家道统不堕为己任。其思想核心即是“崇道”和“尊韩”。这从他的取名即可窥知，《四库全书总目提要》就说：“慕韩愈、柳宗元为文，因名肩愈，字绍元。”后改名开，他解释说：“将开古圣贤之道于时也，将开今人之耳目使聪且明也，必欲开之为其涂矣，使古今由于吾也”（《補亡先生传》），由此可知，他“尊韩”似乎只是通往古道的一座桥梁，而“道”在他的思想中则占有更重要的地位。他在回答别人责难时虽曾说：“不以古道观吾心，不以古道观吾志，吾文无过矣”。但接着说：“吾之道，孔子、孟轲、扬雄、韩愈之道；吾之文，孔子、孟轲、扬雄、韩愈之文”（《应责》）。在这里，“圣”和“韩”似乎是一统的，但具体到“道”和“文”的关系时，情况却又并非如此。其《答臧丙第二书》曰：“文取于古则实而有华，文取于今则华而无实。实有其华则曰经纬人之文也，政在其中矣；华无其实则非经纬人之文也，政亡其中矣。政亡其中，则理世不足以观之也”。他以“理世”为衡量一切文章的标准，因而带有浓厚的政治实用色彩，故将“古”和“今”、“实”和“华”对立起来，显然有悖于韩柳的文道统一观，而向初盛唐古文家回归了，当又是一种倒退。他甚至说：“文恶辞之华于理，不恶理之华于辞”。（《应责》）把“辞之华”置于可有可无的地位，更是开了理学家论文的先声。

穆修（979—1032年）也是以继承韩柳古文为己任的，故平生搜求韩柳文集不遗余力，

① 郑文校点.《六一诗话》. 人民文学出版社，1983

并亲为刊印出版。其《唐柳先生集后序》说：“韩柳氏起，然后能大吐古人之风，其言与仁义相华实而不杂”。又说：“践立言之域，舍二先生而不由，非余所敢知也”。则知其崇古尊韩柳的信念同样坚定。只是，他也仅看到韩柳“道统”的一面，而忽略了作为文学家的价值，故往往以“道”代“文”。如说：“夫学乎古者所以为道，学乎今者所以为名。行道者有以兼乎古，守名者无以兼乎道。有其道而无其名，则穷不失为君子；有其名而无其道，则达不失为小人”。因而批评“今世士子，习尚浅近，非章句声偶之辞，不置耳目”。（《答乔适问学文书》）在他看来，“文”只是今之士子们追逐名利之具，即使有所成就亦“不失为小人”。此外，孙复也是如此，一方面他说：“吾之所谓道者，尧、舜、禹、汤、文、武、周公、孔子之道也，孟轲、荀卿、扬雄、王通、韩愈之道也”（《信道堂记》），亦是以绍“道统”而自命，但对文学则持全盘否定态度：“自汉至唐，以文垂世者众矣，然多杨、墨、佛、老虚无报应之事；沈、谢、徐、庾妖艳邪侈之辞，始终仁义不叛不杂者，唯董仲舒、扬雄、王通、韩愈”（《睢阳子集補》）。曾任国子监直讲的石介（1005—1045年）则把韩愈的地位推尊到极点，他称自伏羲、神农至孔子，“十有四圣人，孔子为圣人之至。噫！孟轲氏、荀况氏、扬雄氏、王通氏、韩愈氏五贤人，吏部为贤人之至”。（《尊韩》）仍然承继的是韩愈“道统”观，至于对文学则同样取完全否定的态度。如说：“今夫文者，以风云为之体，花木为之象，辞华为之质，韵句为之数，声律为之本，雕锼为之饰，组绣为之美，浮浅为之容，华丹为之明，对偶为之纲，郑卫为之声。浮薄相扇，风流忘返，遗两仪三纲五常九畴而为之文也，弃礼乐孝弟功业教化刑政号令而为之文也”（《上蔡副枢密书》）。在他们看来，文只不过是儒家伦理道德的附庸或奴婢，其所抹煞的则恰恰是构成文学审美特质的诸种要素。总之，正是在这种重道轻文、以道代文的“道统”思想炽盛的时代氛围之下，连北宋“古文运动”领袖、杰出文学家欧阳修也未能免俗，也要说些以道代文、无视文学特征的话了。如说：“圣人之文，虽不可及，然大抵道胜者文不难而自至也。……后之惑者，徒见前世之文传，以为学者文而已矣，故愈力愈勤而愈不至”。（《答吴充秀才书》）又说：“文章丽矣，言语工矣，无异草木荣华之飘风，鸟兽好音之过耳也。……夫言之不可恃也盖如此。今之学者，莫不慕古圣贤之不朽，而勤一世以尽心于文字之间者，皆可悲也”。（《送徐无党南归序》）总之，文章的根柢在道不在文，“道胜者文自至”，文本身也就无足轻重了。这即是北宋古文家的文道观。

至于北宋道学家，则把这种文道观推向极端，进而有“作文害道”说的提出。先是周敦颐（1017—1073年）提出“载道”说，为这派人树立起一个纲领性口号，其《通书·文辞》曰：

> 文所以载道也。轮辕饰而人弗庸，徒饰也，况虚车乎？文辞，艺也；道德，实也。笃其实而艺者书之，美则爱，爱则传焉。贤者得以学而至之，是为教。……不知务道德而第以文辞为能者，艺焉而已。噫！弊也久矣。

他把文比喻为载物的车子，所载者乃道，若无道则是一辆毫无用处的空车而已，也就失去了存在的意义。因此，作家就像造车的艺人，而作文也就是一种技艺，都是为“道”而存在的，都只具有工具的性质。不过，他还肯定了“美”的必要，说“美则传”，似乎尚未完全抛弃文的价值。韩柳等人曾提出“文以明道”，此则说“文以载道”，表面看二者似无多大区别，实则不然。在文和道的关系上，说“文以明道”，强调的是“明”和“被明”的关系，因文才可以见道，文自然不能缺少，故二者的关系是积极能动的；说“文以载道”，突出的则只是道的主导性功能，道存则文在，道不存则文废，文仅具有工具的意义，因而二者的关系是消极被动的。由此已可见出道学家因道废文观的萌生，与“作文害道”说也就相去不远了。

在此同时，苏舜钦（1008—1048年）即已说：“文之生也害道德”（《上孙冲谏议书》），只是尚不成系统。及至二程出，斯论始昌，《二程遗书》卷十八载程颐答人问：

> 问：“作文害道否？”曰：“害也。凡为文，不专意则不工，若专意则志局于此，又安能与天地共大也？《书》云‘玩物丧志’，为文亦玩物也。……古之学者惟务养情性，其他则不学。今为文者，专务章句，悦人耳目；既务悦人，非俳优而何？”或问：“古者学为文否？”曰：“人见六经，便以谓圣人亦作文。不知圣人亦摅发胸中所蕴，自成文耳。所谓‘有德者必有言’也。”

他以“玩物丧志”批评文学创作，是典型的文学取消论。或有论者为其辩护，称其并不完全否定文，因为他还肯定“自成”之文。其实，此所谓“自成文耳”，乃是认为文是由“道”自然流出的派生物，是可以不学而能的，无疑已取消了“创作”存在的意义。请看他的另一则语录：

> 问：“诗可学否？”曰：“既学时须是用功方合诗人格。既用功，甚妨事。……某素不作诗，亦非是禁止不作，但不欲此闲言语。且如今言能诗，无如杜甫，如云：‘穿花蛱蝶深深见，点水晴蜓款款飞’。如此闲言语，道出做甚！某所以不常作诗。

很清楚，他们把诗仅仅看作是不由“道”中流出，而是由一些人“玩物丧志”并“用功”作出的“闲言语”，所以责问“道出做甚”。故而，我们说道学家是一些根本丧失艺术感受能力的典型的文学取消论者，恐怕不是没有根据。虽然，这是“古文运动”混同文学和非文学、重道轻文合乎逻辑地必然得出的结论。于是，他们不仅否定诗人杜甫，而且凡是富有文学才情的古文学家，都成为他们攻击的对象。例如，一直被宋人推尊很高的韩愈，吴曾即批评说：“古之人好道而及文，韩退之学文以及道”①。杨时则说得更加尖刻：“若唐之韩愈，盖尝谓‘世无仲尼，不当在弟子之列’，则亦不可谓无其志也。及观其所学，则不过乎欲雕章镂句，取名誉而止耳”（《与陈传道序》）。于是曾以“道统”承传者自居的韩愈偶像，也就轰然倒塌了，就因为他还有文学家的一面。又如苏轼，罗大经《鹤林玉露》载：“朱

---

① 吴曾.《能改斋漫录》卷八.团结出版社，1993

文公云:‘二苏以精深敏妙之文,煽倾危变幻之习’。又云:‘早拾苏张之余绪,晚醉佛老之糟粕’。余谓此文公二十八字弹文也。……文公每与其徒言,苏氏之学坏人心术,学校尤宜禁绝。编《楚辞后语》,坡公诸赋皆不取,惟收《胡麻赋》,以其文类《桔颂》。编《名臣言行录》,于坡公议论所取甚少”。朱熹如此排诋苏文,固然有学派之争的偏见在内,但苏文文学性倾向太浓,恐怕也是重要原因之一。如谓不信,请再看朱熹答人问这段话:

> 问:“东坡与韩公如何?”曰:“平正不及韩公。东坡说得高妙处,只是说佛,其他处又皆粗”。又问:“欧公如何?”曰:“浅!”久之,又曰:“大概皆以文人自立,平时读书,只要把做考究古今治乱兴衰的事,要做文章,都不曾向身上做工夫,平日只是以吟诗饮酒戏谑度日”。①

总之,不论欧、苏或韩愈,他们最根本的问题就在“以文人自立”,而不知做修身养性的内在功夫,所以才会有那种“吟诗饮酒戏谑度日”的文人行径,至于所写文章也就正是程颐所说“闲言语”。朱熹是承二程之学的南宋理学大师,故其论文亦一脉相传。其《答杨宋卿》曰:“然则诗者,岂复有工拙哉?亦视其志之所向者高下如何耳。是以古之君子,德足以求其志,必出于高明纯一之地,其于诗固不学而能之。”此“不学能之”之说,大概即来自程颐有德者“自成文耳”。在道和文的关系上,他则说:“道者,文之根本;文者,道之枝叶”。并进而谓“文皆是从道中流出”(《朱子语类》(139))。又《与汪尚书》说:“即文以讲道,则文与道两得而一贯之,否则两失之矣”。因之,在他看来不是“从道中流出”的文,便都是“闲言语”;而终日“以吟诗饮酒戏谑度日”者,则更是“玩物丧志”,这同二程的文学取消论,也就相去无几了。

综前所述,所谓“古文运动”,在其发轫之时,本不属文学范围之事,故无论以散代骈、反对“浮华”而倡“直笔”“实录”等,在应用性散文领域,都具有现实急迫性,本无可厚非。并且,就其客观影响而言,易骈为散,反对过分雕饰,对文学散文的发展也有解放文体、補偏救弊的功效,尤其是对寓言和小说创作的繁荣成熟,都产生过积极的作用。但是,随其发展进程,却出现把文学和非文学对立,从而否定整个文学传统的倾向,不仅偏激片面,其思想观念的保守性落后性,较之六朝人也是一大倒退。再后,“古文运动”兴起,他们以“明道”之说规范一切散文,虽然肯定了“文”的必要性,却只是一种浑沌的散文观,而在文、史、哲的浑一论中,文学特有的个性亦随之被抹煞。至宋而理学大兴,骈散华朴之争,则被突出地转换为“文”和“道”的矛盾,于是有“载道”说和“作文害道”之论,文学似乎从此失去存身之地。但可喜的是,宋代的“古文”也由此分成两派:有道学家的古文,还有文学家的古文。吴子良曾指出:“自元祐后,谈理者主程,论文者宗苏,而理与文分为二”(《筼窗集续集序》),程颢也说:“今之学者歧而为三:能文者为之文士,谈经者泥为讲师,惟知道者乃儒也”②。专以说经为业的“讲师”一类且不论,而以程苏为代表的理学派和

① 黎靖德.王星贤点校.《朱子语类》(130).中华书局,1986

② 朱熹.《河南程氏遗书》卷十一.台北:台湾商务印书馆,1983

文学派却是泾渭分明，当理学家向文学大举开刀的时候，文学家如欧、苏等，却仍然固守着文学阵地，而创造了文学散文的一代辉煌，尽管他们也受到过理学的深刻影响。

第二节　唐代的文学散文

诗歌格律化、散文骈丽化，这是齐梁以后文学发展的主导趋势。然而，格律诗的发展繁荣，却在唐代创造了我国文学的鼎盛辉煌，但在散文领域，骈俪化却成为古文家们力求“革除”的对象，这不能不说是一种奇特的现象。若究其原因，我们会发现这不是没有理由的。诗歌之本质在写景抒情，故讲求声色语言之美，以创造生动鲜活的情感意象，正是天才创造会达致的必然结果。而散文则不然。一般说，散文多偏于实用，或用于表达政见，或用于纪事记人，或用于说理议论，真实而晓畅是其共同的目的，自然也要讲求行文的结构修饰，但以不妨害思想的表达为底线，所谓“辞达而已”是也。斤斤于声律对偶之间，乞乞于虚词滥说之际，既有碍于思想理义的表达，必作为浮华虚词而“务去”。这本是无可非议的事，但古文家们之失在于混文学和非文学而不分，以写一般散文之尺度要求文学性散文，便必然有悖文学本身发展的规律。再之，“古文运动”已成为当时散文领域的主导性潮流，有唐一代之文学散文难以得到充分发展，也就没有什么奇怪了。

不过，在一些文学家，或极具文学天赋的“古文”家的努力之下，唐代的文学散文仍然取得突出成就，创造出不少脍炙人口的优美篇章。大概而言，在初盛唐之际，“古文运动”方兴未艾，文学散文的写作多是一些游宴记序之文，且多用骈体或骈散兼行之体，如王勃的《秋日登洪府滕王阁饯别序》（后简称《滕王阁序》）、苏源明的《秋夜小洞庭离宴诗序》、李白的《春夜宴从弟桃李园序》等，即是这一时期的代表作。此外，有一些沿袭传统的铭赞赋颂，亦极可关注，而且杂文体之寓言也开始出现，读来颇觉新鲜。至“古文运动”进入高潮期的贞元、元和时期，作为运动领袖又是文学家的韩愈、柳宗元，则是这一时期文学散文成就最突出的作家。韩愈也写了不少序记一类的散文，但议论太多，往往影响其文学性。不过他和柳宗元都写了不少寓言体散文，却是很有文学史意义的。寓言，本是先秦诸子散文中一种说理的辅助手段，尚不具有独立的文体性质。但到韩、柳手中，却发展成为一种独立文体，是他们讽时刺世的锐利武器。柳宗元的山水游记散文，虽前承六朝一些游记书信却面貌全新，更是我国散文史上的奇葩。进入晚唐，唐王朝的败亡已无可挽回，人们的希望亦彻底破灭，象中唐人那样的执着和热情没有了，却多了几分冷峻的思考，于是杂文小品大兴，以陆龟蒙、罗隐为代表。下面分别列述之。

王勃的《滕王阁序》是一篇声名远播之作，时作者年仅二十七岁。滕王阁，乃唐高祖李渊的儿子李元婴所建，在今江西南昌市赣江边上，落成时元婴封滕王，故名。唐高宗上元二年（675 年）勃去交趾省亲，途经南昌，恰值洪州都督阎伯屿重九日大宴宾僚，勃亦应邀参加，遂写下这篇序文。此虽是一篇应酬之作，但却承六朝之风，写得辞采绚丽，豪气不凡。序文开始并未就滕王阁本身着笔，而是以吞吐大荒的胸襟，囊括宇宙之情怀，先从其地理位置和江山形胜着笔：“南昌故郡，洪都新府。星分翼轸，地接衡庐。襟三江而带五湖，控蛮荆而引瓯越。物华天宝，龙光射牛斗之墟；人杰地灵，徐孺下陈蕃之榻。雄州雾列,俊彩星驰。台隍枕夷夏之交,宾主尽东南之美”。接着便是一些应酬寒暄的客套话,而写得最逸兴遄飞的则是关于滕王阁这段话:

时维九月,序属三秋。潦水尽而寒潭清,烟光凝而暮山紫。俨骖騑于上路,访风景于崇阿。临帝子之长洲,得仙人之旧馆。层峦耸翠,上出重霄;飞阁流丹,下临无地。鹤汀凫渚,穷岛屿之萦回;桂殿兰宫,即冈峦之体势。披绣闼,俯雕甍,山原旷其盈视,川泽盱其骇瞩。闾阎扑地,钟鸣鼎食之家;舸舰迷津,青雀黄龙之轴。虹销雨霁,彩彻云衢,落霞与孤鹜齐飞,秋水共长天一色。渔舟唱晚,响穷彭蠡之滨;雁阵惊寒,声断衡阳之浦。遥吟俯畅,逸兴遄飞。爽籁发而清风生,纤歌凝而白云遏。睢园绿竹,气凌彭泽之樽;邺水朱华,光照临川之笔。四美具,二难并。穷睇眄于中天,极娱游于暇日。

华美的语言,谐畅的音节,鲜活飞动的意象,浓烈激荡的情怀,无疑为现实的滕王阁增加一层理想的色彩,但抒情主人公的精神世界也因此提升了。“落霞与孤鹜齐飞,秋水共长天一色”,不只是写景,也融进了人的企望和襟抱。“渔舟唱晚”、“雁阵惊寒”,当然也不只是纯客观的感受,其中又寄托着多少生活的际遇。此后,情感之流似转入低沉,发出宇宙永恒、生命易逝的慨叹:“天高地迥,觉宇宙之无穷;兴尽悲来,识盈虚之有数”、“地势极而南溟深,天柱高而北辰远”。似乎陷入某种心灵危机,然而他呼喊出的却是一腔报国热情:“老当益壮,宁移白首之心?穷且益坚,不坠青云之志!”深深寄寓着一个奋发有为青年的坚定信念。读来沈郁顿挫、真挚感人,而历史上所谓“盛唐之音”,在此已初露端倪了。

苏源明,字弱夫,京兆武功(今陕西武功县)人。天宝进士,先为郓州刺史,转国子司业,肃宗朝官秘书少监,与杜甫、元结等相友善。《全唐文》仅收其遗文五篇,未见精彩。《全唐诗》所收两篇游宴文:《小洞庭洄源亭宴四郡太守诗序》和《秋夜小洞庭离宴诗序》,却是写得非常优美的文学散文。尤其后一篇全文仅三百余字,先叙缘起及同游官员,谓“载酒于洄源亭,明日遂行,及夜留宴”,于是写道:

彻馔新尊,移方舟中。有宿鼓,有汶篁,济上嫣然能歌者五六人共载,止洄源东柳门,入小洞庭。迟夷彷徨,眇缅旷漾,流商杂徵,与长言者啾焉合引。潜鱼惊或跃,宿鸟飞复下,真嬉游之择耳。源明歌云:“浮涨湖兮莽迢遥,川后礼兮扈予桡。横增沃兮蓬仙延,川后福兮易予弦。月澄凝兮明空波,星磊落兮耿秋河。夜既良兮酒且多,乐方作兮奈别何?”曲阕,袁子曰:“君公行当挥翰右垣,岂止典胄米廪邪?广不敢受赐,独不念四三贤?”源明醉,曰:“所不与君子及四三贤同恐惧安乐,有如秋水!”晨前而归。及醒,或说向之陈事,源明局局然笑曰:“狂夫之言,不足罪也”。乃志为序。

此文不论从结构布局,或用笔写法看,似都沿袭了六朝抒情小赋如鲍照《芜城赋》的特征,叙事、描写、抒情或分层推进，或夹杂而行，文字戛戛独造，简洁警策，洗尽铅华之态，且解散偶对，实开以文为赋之唐人先声。而后来苏东坡著名的前后《赤壁赋》，即深受源明此文之影响。就此文本身来看，在宴席上为衬托离情别绪的抒写，他集中笔力描绘了湖光月色，用笔澹荡旷漾，着色澄明空旷，实是主人公静谧解脱心境的折射。最后又借酒述怀，酒醒则自嘲自解，其豪荡激越之情更溢于言表，有相反相成以静衬动之妙。

李白集中今存散文五十九篇（包括《诗文拾遗》中一篇），由于他的诗名太高，而掩盖了文名。其实他的散文也是非常杰出的，尤其是那些文学性的散文。任华曾说："我闻当今有李白，《大鹏赋》《鸿猷》文，嗤长卿，笑子云"①。李白自己也说："诸人之文，如山无烟霞，春无草树。李白之文，清雄奔放，名章俊语，络绎间起，光明洞彻，句句动人。"（《上安州裴长史书》）这虽是以诗文并言，但对散文也是很自豪的，后人却往往低估了他的价值。李白的散文亦如其诗，豪纵激荡，极富浪漫精神，然诗情画意，鼓荡其间，又极具艺术魅力。如《春夜宴从弟桃李园序》，以妍丽的骈体出之，有如一首散文诗：

> 夫天地者，万物之逆旅也；光阴者，百代之过客也。而浮生若梦，为欢几何？古人秉烛夜游，良有以也。况阳春召我以烟景，大块假我以文章，会桃李之芳园，序天伦之乐事！群季俊秀，皆为惠连；吾人咏歌，独惭康乐。幽赏未已，高谈转清，开琼筵以坐花，飞羽觞以醉酒，不有佳咏，何伸雅怀？为诗不成，罚依金谷酒数。

关于"逆旅""过客"之说，始自《庄子》，盛行于汉宋魏晋，遂演化为宇宙永恒，人生短暂之激越生命意识。随着个性的觉醒以及对人生奥妙的深入体悟，进而又萌生出思考于冥杳大千的宇宙意识，唐张若虚的《春江花月夜》即是这方面的代表之作。由此遂生出两种不同人生观：或悲年华之易逝而沉缅于溺乐，或感事业之不成而惜时发奋。李白此文，虽有"浮生若梦"之言，根底里却并非消沉，亦如他的诗，乃在求"佳咏"、抒"雅怀"之放怀而已。文章虽短，但极具层次跌宕之感，且浩气流转，情灵摇荡，声韵谐美，正所谓"光明洞彻，句句动人"者，自是少有之佳构。他的《秋于敬亭送从侄耑游庐山序》，是为送李耑去庐山学隐之作，也是一篇妙文。李白自幼学剑术，慕神仙，求道家之所谓轻举，故文章开头即交代这层意思："余小时，大人令诵《子虚赋》，私心慕之。及长，南游云梦，览七泽之壮观。酒隐安陆，蹉跎十年……"。故送李耑是心有戚戚焉，寄寓着空负才华、落拓不遇之情怀。但当写到庐山，李白特有之豪情及生花之笔再见：

> 长江横蹙，九江却转。瀑布天落，半与银河争流，腾虹奔电，潨射万壑，此宇宙之奇诡也。

这使人想起李白许多写庐山瀑布的诗，并且对其可作重新解读：并非仅仅是对山水的一

① 任华.《杂言寄李白》.《全唐诗》卷261. 北京中华书局,1960

种美好情绪，更是他不羁个性的折射，和对恶浊现实解脱后的超越。因此，文章后半对李崙的学道归隐既表示了赞赏之情，又期许其共同“携手五岳”的愿望。总之，感浮生之若梦，期学道而归隐，都不是他的主导心声，其背后深藏的则是怀才不遇之愤激和对污浊现实之批判，故豪放不羁之人格魅力才有了深厚的底蕴。

王维之山水抒情散文亦如其诗。他的诗，是物与我之间的心灵对话，是对生命恬适感的一种悟解。其所表现的特殊情致和意味，正如其诗在唐代诗坛上的地位。然在长期来“古文”情结的作怪下，他的散文却多为人所忽略。据赵殿成注本辑其诗文共二十八卷，文则十二卷七十二篇。早期散文饶具慷慨豪宕之气，晚年隐居辋川，文亦随之转写高洁简淡闲散恬逸的生活，皆与其诗之前后转变相表里。宋陈振孙曾谓读其文“使人有飘然独往之兴”①，即是就后期文而言的。《山中与裴迪秀才书》即是一篇精美的优秀写景抒情散文：

近腊月下，景气和畅，故山殊可过。足下方温经，猥不敢相烦，辄便往山中，憩感配寺，与山僧饭讫而去。北涉玄灞，清月映郭。夜登华子冈，辋水沦涟，与月上下；寒山远火，明灭林外；深巷寒犬，吠声如豹；村墟夜舂，复与疏钟相间。此时独坐，僮仆静默，多思曩昔携手赋诗，步仄径，临清流也。

当待春中，草木蔓发，春山可望，轻儵出水，白鸥矫翼，露湿青皋，麦陇朝雊。斯人之不远，傥能从我游乎？非子天机清妙者，岂能以此不急之务相邀？然是中有深趣矣！无忽。因驮黄蘖人往，不一。山中人王维白。

可知如其诗，此亦“化景为情”之作。前面已经说过，所谓“化景为情”，就是诗人笔下，景物是被情感化了的，而情感又是被景物对象化了的，故表面看似乎是单纯的写景，实则它所蕴含的正是诗人所特有的一种感触、情思、意绪或心境，情感的表达也就更加蕴藉含蓄。正如明人唐志契所说：“山性即我性，山情即我情”②，何以能完成物我的这一转化？清初廖燕则说：“物非物也，一我之性情变幻而成者也”（《李谦三十九秋诗题词》），即离开主体情感的物，其实只是没有生命的生造之物，绝非文学创作的对象，只有它被情感外化并作为情感的载体时，才是真正有生命之物而进入诗人笔底。所以，王夫之才说：“情不虚情，情皆可景；景非滞景，景总含情”③，并强调要“以写景之心理言情，则身心中独喻之微，轻安拈出”④。王维的这篇书信体写景抒情散文，正可为此作生动例证。夜登华子冈，辋水轻泛涟漪，与月色共明灭；远山林外之野火，深巷夜幕的犬吠，远近交织成一片宁静；村墟之舂米声，林表之撞钟声，悠扬而杳远，共同诉说着一派平和。宁谧、恬适、闲淡而简远，虽全是景而其中跃动着的，岂非正是作家的一种美的意绪或心境？对于同一旨趣的隐者如裴迪来说，这又具有何等的吸引力。随后，他又驰骋其想象力，设想着春回大

① 陈振华.《直斋书录题解》(16). 福建，清光绪二十一年(1895)刊本

② 唐志契.《绘事微言》. 人民美术出版社，1964，2004 重印

③ 王夫之.《古诗评选》(5). 文化艺术出版社，1997

④ 王夫之.《姜斋诗话》卷下. 人民文学出版社，1962

地之时："草木蔓发，春山可望，轻鲦出水，白鸥矫翼，露湿青皋，麦陇朝雊"，那又是另一番赏心悦目的景象了。然而，其底里蕴含的同样是一种闲适恬静、超尘脱俗的乡居生活乐趣。这虽然也是给朋友的一封书信，但不像他人之叙事言情，而完全是一种心灵的共鸣和吸引，故更显出其独特性。

盛唐，尚是一个受"古文运动"影响不大的时期，儒家道统思想的钳制也就相对薄弱，所以人们的创作心态尚处于比较自由轻松的氛围中，能创造出极具个性特色的文学散文也就不足为奇了。相对而言，当时的古文家如萧颖士、柳冕、梁肃等人，在文学领域则无足可观。唯李华、独孤及和元结尚可一述。

李华(715？—774？年)字遐叔，赞皇(今河北元氏县)人。曾官监察御史，右補阙，后为检校吏部员外郎。今有《李遐叔文集》行世。他的《吊古战场文》则是历代传诵的名作。此文借写古战场，极力渲染战争的残酷，以表达他厌战反战的情绪，有一定的现实积极意义。文虽仍用骈体，然行文质朴简捷，已大不同于六朝之华丽。而状景写物，又能融情入景，声韵谐和，笔调哀婉，读来有回肠荡气之力，真所谓能"曲余人生悲惨之意"①者也。他首先从今所见之古战场写起："浩浩乎！平沙无垠，夐不见人，河水萦带，群山纠纷。黯兮惨悴，风悲日曛，蓬断草枯，凛若霜晨，鸟飞不下，兽铤亡群"。运用赋体笔法，极状古战场空旷荒凉、阴森可怖、极目心伤的景象，当是为下文"文教失宣，武臣用奇"之议论作铺垫。全文尤为精彩的，则是对昔日古战场回想中的描写：

> 吾想夫北风振漠，胡兵伺便，主将骄敌，期门受战，野竖旄旗，川回组练，法重心骇，威尊命贱，利镞穿骨，惊沙入面。主客相搏，山川震眩，声析江河，势崩雷电。至若穷阴凝闭，凛冽海隅，积雪没胫，坚冰在须，鸷鸟休巢，征马踟蹰，缯纩无温，堕指裂肤。当此苦寒，天假强胡，凭陵杀气，以相剪屠。径截辎重，横攻士卒，都尉新降，将军覆没。尸填巨港之岸，血满长城之窟，无贵无贱，同为枯骨，可胜言哉！鼓衰兮力尽，矢竭兮弦绝，白刃交兮宝刀折，两军蹙兮生死决。降矣哉，终身夷狄；战矣哉，骨暴沙砾。鸟无声兮山寂寂，夜正长兮风淅淅，魂魄结兮天沉沉，鬼神聚兮云幂幂。日光寒兮草短，月色苦兮霜白，伤心惨目，有如是耶！

论其文，绘声绘色，无不致其极；论其情，悲怆哀婉，无不尽其意，甚至连将士们是战是降的复杂矛盾心情，都用极细微而具象的笔触写出了，这是何等功力！至于战争场面的严酷惨烈，更用正面直述、侧面烘托之种种手段，描状得如诗如画，令人不能不折服于作者想象之神奇丰富，而深深慨叹作为古文家的李华，当其充分发挥出文学才华之另一面时，又是何等的洒脱！

李华另一类值得关注的作品，是可以称作寓言体的杂文。尽管正面的议论往往太多，乃至结尾还要"卒章显其志"地点明主旨，有似短小的论说文，因而损害了讽刺艺术的

---

① 何孟春.《余冬诗话》. 上海商务印书馆，1936

含蓄性，但其开创性意义还是不容低估的。如《鹗执狐记》，写异禽鹗的执击丰狐于丛林之中，农者见而称快曰：“是狐也，为患大矣！震惊我姻族，挠乱我里闾，善逃徐子之卢，不畏申孙之矢……高位疾愤，厚味腊毒，遵道致盛，或罹诸殃，况假威为孽，能不速祸？”结尾还不忘缀上一笔：“在位者，当洒濯其心，祓除凶意，恶是务去，福其大来”，以示训导。又如《材之大小》，则是通过牛鸟的对比，写攀巢之雏见珍于贵女，而负轭之牛病扑于郊野的不合理现象，以抨击造成“材大为累”的社会现实，具有积极的批判意义，然较浅俗。我国独立的寓言体散文，是在柳宗元笔下才达到完全成熟的，李文则可看作是政论到寓言的过渡。

另一个创作寓言体杂文的是元结(719—772)，字次山，河南洛阳人。天宝十三载进士，然早年性不偕俗，隐居不仕。及安史乱起，于宝应元年(762)因抗击史思明叛军有功，授道州刺史，转容州刺史容管经略使。但因“见憎于第五琦、元载，故其将兵不得授，作官不得达”(李商隐.《容州经略使元结文集后序》)，遂郁郁不得志而终。著作甚多，今有《元次山集》行世。关于他的这类文章，宋人洪迈曾记载说：“又有《元子》十卷，李纾作序，予家有之。……而第八卷中所载窅方国二十国事，最为谲诞。其略云：方国之僧，尽身皆方，其俗恶圆，设有问者曰：汝心圆？则两手破胸露心，曰：此心圆耶？圆国则反之，言国之僧，三口三舌；相乳国之僧，口以下直为一窍；无手国，足便于手；无足国，肤行如风。其说颇近《山海经》，固已不韪。至云：恶国之僧，男长大则杀父，女长大则杀母；忍国之僧，父母见子，如臣见君；无鼻之国，兄弟相逢则相害；触国之僧，子孙长大则杀之。如此之类，皆悖理害教，于事无补”。① 洪迈站在传统封建礼教的立场，对《元子》这些寓言深致不满，其实恰恰忽略了次山假“僧国”之事，以嬉笑怒骂之笔，而讽世刺时之深刻用意。他的另外一些寓言体杂文，则多用比喻手法，行文更为酣畅淋漓，如《时化》、《世化》、《化虎论》、《丐论》、《恶圆》、《恶曲》等。《世化》借一浪翁之口解释其义说：“昔世之化也，天地化为斧锧，日月化为豺虎，山泽化为州里，草木化为宗族，风雨化为邸舍，雪霜化为衣裘，呻吟化为常声，粪污化为粱肉，一息化为千岁，乌犬化为君子”。元子感到深深困惑，于是浪翁进而解释说：

> 子不闻往昔世之化也，四海之内，巷战门斗，断骨腐肉，万里相籍，天地非斧锧也耶？人民暗衣，盗起求食，昼游则死伤相及，日月非豺虎也耶？人民相与，寄身命于绝崖深谷之底，始能声呼动息，山泽非洲里也耶？人民奔走，非深林荟丛不能藏蔽，草木非宗族也耶？人民去乡国，入山海，千里一息，力尽暂休，风雨非邸舍也耶？人民相持于死伤之中，裸露而行，霜雪非衣裘也耶？人民劳苦相冤，疮痍相痛，老弱孤独相苦，死亡不能相救，呻吟非常声也耶？人民多饥饿沟渎，病伤道路，粪污非粱肉也耶？人民奔亡潜伏，戈矛相拂，前伤后死，免而存者，一息非千岁也耶？僵王腐卿，相枕路隅，鸟兽让其骨肉，乌犬非君子也耶？

① 洪迈.《容斋随笔》(14).《四库全书》本，收于子部杂家类。上海书店，1984

用奇僻之构思，发精警之言语，寄满腔之愤怒，抒哀民之情怀，其所描写的实际就是安史乱中，人民奔走挣扎于流亡道上的惊心动魄的悲惨画面。其《化虎论》则说："兵兴岁久，战争日甚，生人怨痛，何时休息……将恐虎窟公城，豹游公庭，枭集公楹，群蛙匝公而鸣"。正可相互参看，只是前者写人民流离之痛，后者斥劫夺权柄者为豺虎。两相对照，当时整个社会之动乱飘摇，也就可想而知了。当然，这类文章更接近于政论性的杂文，只是用了托物言志的喻寄手法，便带有文学的性质。另外，他的《右溪记》则是一篇山水散文，可谓开了柳宗元山水游记的先声：

道州城西百余步，有小溪。南流数十步，合营溪。水抵两岸，悉皆怪石，攲嵌盘屈，不可名状。清流触石，洄悬激柱，佳木异竹，垂阴相荫。此溪若在山野，则宜逸民退士之所游处；在人间，则可为都邑之胜境，静者之林亭。而置州以来，无人赏爱，徘徊溪上，为之怅然。乃疏凿芜秽，俾为亭宇，植松与桂，兼之香草，以裨形胜。为溪在州右，遂命之曰"右溪"。刻铭石上，彰示来者。

王鏊曾评此文曰："道州诸山川，亦曲尽其妙。子厚丰缛精绝，次山简淡高古，吾未知所先后也"①，大致而言，柳宗元笔下之山川草木，大都描状得细密精致，生动活泼，颇能摄其魄而传其神，故以"丰缛精绝"评之。次山笔下之山川草木，却以造型简洁，平实不华见称，亦甚清新可爱，故以"简淡高古"评之，而这正是古文家去华求实行文特征之体现。此文后半导入议论，虽寄慨闲远，却不即不离，不粘不脱，含蓄而有味，这是柳文所没有的。后来宋人在序记一类文字中，多喜加入议论，当亦导源于此。

独孤及(725—777 年)字至之，河南洛阳人，曾任左拾遗，礼部员外郎、常州刺史等职。有《毗陵集》二十卷。与高适、李白、贾至等相友善。他曾写过一些序记类文章，如《送李白之曹南序》、《马退山茅亭记》等，前者很能从侧面写出诗仙的神情风采，后者写景壮观宏丽，甚有文采。但真正能使"当代词人无不畏服"的却是两篇铭文。《函谷关铭》借秦汉战争的史实，发历史兴亡之慨叹，重点则在说明安邦定国，不在依凭天险的道理。《仙掌铭》写华山仙人掌，主旨则在说明迷信传说而不可惑。然行文气势磅礴，构想奇诡，极富文采。他的正面主张是，这种鬼斧神工的大自然之景，乃是造化元气之所为，而非巨灵神之造作，故开头即说："阴阳开阖，元气变化，泄为百川，凝为崇山。山川之作，与天地并，疑有真宰，而未知尸其功者"。接下来文笔陡转，却从巨灵造山写起：

巨灵赑屃，攘臂其间，左排首阳，右拓太华，绝地轴使中裂，拆山脊为两道。然后导河而东，俾无有害，留此巨迹于峰之颠。后代揭厉于元踪者，聆其风而骇之，或谓诙诡不经，存而不议。及以为学者拘其一域，则惑于余方。曾不知创宇宙，作万象，月而日之，星而辰之，使轮转环绕，箭驰风疾，可骇于俗，有甚于此者。徒观其阴骘无朕，未尝骇焉；而巨灵特以有迹骇世，世果惑焉。

---

① 王鏊.《震泽长语》(下). 顺治三年(1646)两游督学宛委山堂刊本. 商务印书馆，1937

描写巨灵造山,大笔挥洒,想落天外,虽后人“聆其风而骇之”,但“诙诡不经”,就此打住,“存而不议”。接下笔锋一转,以“曾不知”三字领起,谓大自然之造化宇宙,“月而日之,星而辰之”,实“有甚于此者”,只是人们“惑”而不解罢了。于是他指出一个道理,惑于巨灵为已谬,而不识造化之理是乃真惑。至于巨灵之所谓开山导河,不过是“万化之一工”耳,本是“神行无方,妙用不测”的自然现象,又何必拘于迹象以求呢?最后,遂以满腔激情,为仙人掌奇景再献一曲礼赞:

> 峨峨灵掌,仙指如画,隐辚磅礴,上挥太清。远而视之,如欲扪青天以掬皓露,攀扶桑而捧白日。不去不来,若飞若动,非至神曷以至此!

由上观之,此铭是很有一些唯物意识的,虽亦多作议论,但夹写夹议,且文采飞扬,气势浩瀚,却并不枯燥,故为时人所推许也在情理之中。

毫无疑问,在古文家的文学散文创作中,其成就最高的当推韩愈和柳宗元。

韩愈(768—824年)字退之,河阳(今河南孟县)人。因郡望昌黎,故后人又称韩昌黎。他的一生也是颇为坎坷的。幼年丧亲,为长兄韩会扶养,及会故去,遂由寡嫂郑氏扶柩北归,经过一段很艰难困苦的生活。后入长安求仕,却屡挫科场。贞元八年(792)陆贽知贡举,梁肃协助阅卷,始得赏识而登进士第。然此后四年,他三上宰相书不报,只好走上为“幕府吏”的道路,为宣武军节度使董晋任命为观察推官。贞元十八年(802)始授四门博士,迁监察御史,后因上书言关中饥荒事,被贬为阳山(今属广东)县令。元和初,任江陵府法曹参军,国子监博士,后随宰相裴度平淮西之乱,迁刑部侍郎。后又因上表谏宪宗迎佛骨事,被贬潮州刺史。穆宗时,任国子监祭酒,兵部、吏部侍郎等,有《昌黎先生集》行世。韩愈散文中最优秀的篇章,应数那些逻辑性很强的议论性说理文,如《原道》、《原毁》、《师说》、《讳辩》、《争臣论》等,但都不是文学作品。他也写过不少序论一类的文章,如《送孟东野序》、《送董邵南序》、《送杨少尹序》、《送石处士序》等,然他总以绍承“道统”自视,故道学气质太浓,常以论说体出之,注重的同样是行文气势和理论逻辑,文学性亦不是很强。其中《送李愿归盘谷序》一篇,抒发其仕途失意的抑郁情怀和满腹牢骚,却出之以主客叙歌、骈散兼行之体,写得情景交融,文采飞动,可谓别具一格。开头先写盘谷:“太行之阳有盘谷。盘谷之间,泉甘而土肥,草木藂茂,居民鲜少”,并为之正名。接着便借李愿之口批评那些“坐于庙朝,进退百官,而佐天子出令”的所谓“达者”之显贵生活,并以喜悦之情叙述自己“穷居”之乐曰:

> 穷居而野处,升高而望远,坐茂树以终日,濯清泉以自洁。采于山,美可茹;钓于水,鲜可食。起居无时,惟适之安。与其有誉于前,孰若无毁于其后;与其有乐于身,孰若无忧于其心。车服不维,刀锯不加,理乱不知,黜陟不闻。大丈夫不遇于时者之所为也,我则行之。

这就和那些趋炎附势、钻营奔竞者之卑劣行径,形成鲜明对照:“伺候于公卿之门,奔走于形势之途;足将进而趦趄,口将言而嗫嚅;处污秽而不羞,触刑辟而诛戮。侥倖于万一,老死而后止者,其于为人贤不肖何如也!”最后作者才站出来“为之歌曰”,表达了他对盘谷的赞美之情和隐居的愿望:“膏吾车兮秣吾马,从子于盘兮终吾生以徜徉!”可以看出,此文虽不无深刻的议论,但那是融化在情感激流和景物状写中表达的,便和纯作议论者并不一样,因而具有极强的感人力量。韩愈还有一篇被称作祭文中“千年绝调”的《祭十二郎文》,全篇叙写他和十二郎的骨肉深情及对十二郎之死的悲痛,其中有对儿时生活的追忆,有对患难与共情景的悲戚,有对家常琐事的描述,虽平淡无奇,语不惊人,却流露出至真至纯至性的刻骨真情,故感人亦至深。尤其中间叙述二人始终不能相聚数段,更是感人肺腑:

吾年十九,始来京城,其后四年而归视汝。又四年,吾往河阳省坟墓,遇汝从嫂丧未葬。又二年,吾佐董丞相于汴州,汝来省吾,止一岁,请归取其孥。明年,丞相薨,吾去汴州,汝不果来。是年,吾佐戎徐州,使取汝者始行,吾又罢去,汝又不果来。吾念汝从于东,东亦客也,不可以久,图久远者,莫如西归,将成家而致汝。呜呼!孰谓汝遽去吾而殁乎!吾与汝俱少年,以为虽暂别,终当久相与处,故舍汝而旅食京师,以求斗斛之禄;诚知其如此,虽万乘之公相,吾不以一日辍汝而就也。去年,孟东野往,吾书与汝曰:吾年未四十,而视茫茫,而发苍苍,而齿牙动摇,念诸父与诸兄,皆康强而早世,如吾之衰者,其能久存乎!吾不可去,汝不肯来,恐旦暮死,而汝抱无涯之戚也。孰谓少者殁而长者存,强者夭而病者全乎!呜呼,其信然邪?其梦邪?其传之非真邪?

不作修饰,只是平直叙来,如说家常,如话往事,却是如泣如诉,情无不尽,而呼天抢地之痛溢于言表。细加体味,则又处处精彩,警语格言,蕴深贮厚,这才是绝大本事!而古文家掌握运用语言的功力,所谓“繁华落尽见真淳”者,更于此可见,此之所以感动千古也。此外,韩愈还写过一些近乎寓言的杂感,如《杂说》中的《说龙》、《说马》及《获麟解》等,都写得语言锐利尖刻,形象鲜明生动,借物言情,实际寄寓着他怀才不遇的悲慨和潦倒寂寞之哀思,如著名的《说马》:

世有伯乐,然后有千里马。千里马常有,而伯乐不常有。故虽有名马,只辱于奴隶之手,骈死于槽枥之间,不以千里称也。马之千里者,一食或尽粟一石。食马者不知其能千里而食也,是马也,虽有千里之能,食不饱,力不足,才美不外见,且欲与常马等不可得,安求其能千里也。

策之不以其道,食之不能尽其材,鸣之而不能通其意,执策而临之曰:“天下无马!”呜呼!其真无马邪?其真不知马邪?

一般认为,千里马乃世间罕见之神物,故而极为珍贵。然他却说“千里马常有,而伯乐不

愚溪之上，买小丘，为愚丘。自愚丘东北行六十步，得泉焉，又买居之，为愚泉。愚泉凡六穴，皆出山下平地，盖上出也，合流屈曲而南，为愚沟。遂负土累石，塞其隘，为愚池。愚池之东，为愚堂。其南，为愚亭。池之中，为愚岛。嘉木异石错置，皆山水之奇者，以余故咸以“愚”辱焉。

六朝人之写山水，大都是整体性的高山巨川图，不屑于细微之处。此则尺寸而丈量之，凡方位距离、川流处所、高低形胜，皆秩序井然地一一描出之，叫人有身置其间的快感。故林云铭曾说：“语语指划如画，千载之下，读之如置身于其际”。① 其实，他这样写还有一重用意，那就是借题发挥。譬如此文，前面重复了那么多“愚”，正为后面议论以抒愤提供了依据。一则曰：“无以利世，而适类于余，然则虽辱而愚之，可也”；再则曰：“今余遭有道而违于理，悖于事，故凡为愚者莫我若也。夫然，则天下莫能争是溪，余得专而名焉”；最后还要加上一段心灵的独白：“余虽不合于俗，亦颇以文墨自慰，漱涤万物，牢笼百态，而无所避之。以愚辞歌愚溪，则茫然而不违，昏然而同归，超鸿蒙，混希夷，寂寥而莫我知也”。因为这都是心灵的感悟和自省自慰，便不能纯以议论观之，实则议论已化解到浓郁诗情中去了，与他人有大不同。

柳宗元到永州后，对自己的心情曾有一段表白，其《与李翰林建书》曰：“永州于楚为最南，状与越相类。仆闷即出游，游复多恐。涉野有蝮虺大蜂，仰空视地，寸步劳倦。近水即畏射工沙虱，含怒窃发，中人形影，动成疮痏。时到幽树好石，暂得一笑，已复不乐。何者？譬如囚拘圜土，一遇和景，负墙搔摩，伸展肢体，当此之时，亦以为适。然顾地窥天，不过寻丈，终不得出，岂复能久为舒畅哉！”一方面怀着恐惧之情（当然不仅是自然物），一方面徜徉于山水“亦以为适”，这两种看似十分矛盾的感情，搅和融注在一起，便构成他山水游记的基调，那些精致优美的描状也就不能单纯的以景目之了，更需注目于心灵隐含的创伤。例如“永州八记”之一的《钴鉧潭西小丘记》：

得西山后八月，寻山口西北道二百步，又得钴鉧潭。西二十五步，当湍而浚者为鱼梁。梁之上有丘焉，生竹树。其石之突怒偃蹇，负土而出，争为奇状者，殆不可数。其嵚然相累而下者，若牛马之饮于溪；其冲然角列而上者，若熊罴之登于山。……李深源、元克己时同游，皆大喜，出自意外。即便取器用，铲刈秽草，伐去恶木，烈火而焚之，嘉木立，美竹露，奇石显。由其中以望，则山之高，云之浮，溪之流，鸟兽之遨游，举熙熙然回巧献技，以效兹丘下。枕席而卧，则清泠之状与目谋，瀯瀯之声与耳谋，悠悠而虚者与神谋，渊然而静者与心谋。不匝旬而得异地者二，虽古好事之士，或未能至焉。

在作者诗一样的生花妙笔之下，不仅有精确的叙述，生动的描状，形神俱到的喻拟，更重要的还有那物态化了的丰富想象，以及化虚为实、物我两洽的微妙心理感受。故凡

① 林云铭.《古文析义初编》(5). 清宣统元年(1909)刊本

读此文者，无不“心向往之”焉。不过，看来作者用意又并非纯在写景，景物只不过是一种由头而已。故接着即写道，如此美景却摒落深山人未知，若在沣、镐、鄠、杜则“日增千金而愈不可得”，何至落落如此然。“今弃是州也，农夫渔夫过而陋之，价四百连岁不能售”，岂不悲哉！显然，这已不仅是为钴鉧潭鸣不平，而是为自己之受谤遭贬、弃置不用而愤慨不平了。如果说这也是一种议论，那么较之一般古文家之议论，无疑它要高明而富有诗意得多。

“永州八记”中有些篇章，似乎是纯粹写景的，如《至小丘西小石潭记》：

从小丘西行百二十步，隔篁竹，闻水声如鸣珮环。心乐之，伐竹取道，下见小潭，水尤清冽。全石以为底，近岸，卷石底以出，为坻，为屿，为嵁，为岩。青树翠蔓，蒙络摇缀，参差披佛。潭中鱼可百许头，皆若空游无所依。日光下澈，影布石上，佁然不动。俶尔远逝，往来翕忽，似与游者相乐。潭西南而望，斗折蛇行，明灭可见。其岸势犬牙差互，不可知其源。坐潭上，四面竹树环合，寂寥无人，凄神寒骨，悄怆幽邃。以其境过清，不可久居，乃记之而去。

同游者：吴武陵、龚古，余弟宗玄。隶而从者，崔氏二小生，曰恕己，曰奉壹。

写景，尤为中国诗词之所长，故历代曾留下多少名联秀句，供人们吟赏。然尺有所短寸有所长，诗词也有其局限性。而柳宗元此文则把散文之“散”的特征发挥到极致，能达诗词之所难达者。即如写小潭之独特处，谓“全石以为底，近岸卷石底以出”，遂为坻，为屿，为嵁，为岩，极形似之奇妙，已是诗词所难为。至若写潭中小鱼，谓“皆若空游无所依”者，故在日光映照之下，时或“影布石上，佁然不动”，时或“俶而远逝，往来翕忽”，不只穷形而尽相，几乎传神而摄魄，则惟“散”所能写之亦能尽之者。就其散文角度言，它是散文中的诗；就其诗的角度言，它又是诗化的散文。固然这是他沉浸大自然、得到片刻安宁的心态表现，记录下了正如《与李翰林建书》所说“当此之时，亦以为适”的一面。然而，在其深层的潜意识里，亦未尝不存在“闷即出游，游复多恐”的另一面。“凄神寒骨”之切身怆凉，“不可久居”之惴惴不安，恐亦仅非“其境过清”的地理自然因素，未尝不是受伤心灵投下的浓重阴影。因而，读此类柳文，正如读他那些境界清幽的写景诗，其中有“人”呼之欲出，可以心会焉。

至于他的寓言体散文，却是极富现实生活内容的，不仅识见新颖，寓意深刻，更是形象生动，极具概括性，是其散文中最富创造性的部分。应予指出，他的诗歌、辞赋、杂文中，也往往好用寓言，然惟此类散文最具艺术的独特性和独立性。如《黔之驴》、《蝜蝂传》、《永某氏之鼠》、《罴说》等，即都是独立完整、具有高度概括性和强烈现实针对性的名篇。《黔之驴》一篇曰：

黔无驴，有好事者船载以入。至则无可用，放之山下。

虎见之，龙（庞）然大物也，以为神。蔽林间窥之，稍出近之，慭慭然莫相知。他日，驴一鸣，虎大骇，远遁。以为且噬己也，甚恐。然往来视之，觉无异能者。

益习其声，又近出前后，终不敢博。稍近，益狎。荡倚冲冒，驴不胜怒，蹄之。虎因喜，计之曰：技止此耳！因跳踉大㘚，断其喉，尽其肉，乃去。

这是一篇动物寓言，或以为是讥刺那些空有显赫身世，实则腐败无能的世家旧族的；或以为是抨击那些位高权重，实则败絮其中的保守派的，虽都符合实际，但嫌过于指实。其实一语即可概之，所讽谕者乃是那种外强中干、形不副实的庞然大物而已。寓言的生命，就在其普遍性概括性，可以引申，不必指实，实则难免拘执。我国文学本有丰富久远的寓言传统，然而像“刻舟求剑”、“守株待兔”、“揠苗助长”等一类故事，本是简单地以事明理的，其目的并不在进行文学创造，故难免疏略粗糙，有的甚至缺少完整性。若柳宗元此文，纯以冷静客观的态度，不露声色的娓娓叙述，结构上颇费心思，形象又极生动完整，虎和驴对立的双方又各具其特有的鲜明个性，可知是精心构撰之作。这种文体在文学领域的出现，无疑是对先秦诸子寓言的创造性发展。又如《蝜蝂传》，其所创造的蝜蝂这种小虫形象，也是极具特征的：

蝜蝂者，善负小虫也。行遇物，辄执取，卬其首负之。背愈重，虽困剧不止也。其背甚涩，物积，因不散，卒踬仆不能起。人或怜之，为去其负，苟能行，又执取如故。又好上高，极其力不已，至坠地死。

世间有无此虫，实荒唐之言，然其形象之鲜明生动，实不在那头“尨然大物”的蠢驴之下。善负而不胜其负，喜攀高而不顾命，人若怜之而为减其负，它反而感到不舒服，无疑会启迪我们想到某种人，岂其虫乎！何况作者还加上一段抨击“今世之嗜取者”的言论，为那些“日思其高位，大其禄”的贪婪者们画像，心中顿觉豁然。而其观察之锐利透辟，用笔之尖刻冷隽，喻拟之精致贴切，都是超出时代的。

柳宗元同样写过一些记人的优秀传记类文章，然多出于想象，而少根据事实，故有人曾称之为寓言体传记性散文。如《捕蛇者说》之借蒋氏一家不计生死，以岁贡毒蛇而得免其苛赋故独存的事实，说明“苛政猛于虎”的道理；《种树郭橐驼传》借一精于植树的艺人经验，“移之官理”以说明“其天者全而其性得矣”的为政之道；《梓人传》借梓人杨潜“吾善度材”而规划屋宇，却不娴于具体操持斧锯的事理，说明宰辅治国不应“弦能矜名，亲小劳，侵众官，窃取六职百役之事，听听于府庭而遗其大者远者”等。虽亦借事寓理、卒章显志，似与那些动物寓言无异，但究竟偏于叙述，与小说家言更为接近，此处不赘。

韩柳之外，在文学散文写作上成就较高者有刘禹锡、白居易等人。刘禹锡（772—842）亦永贞革新的积极参加者，改革失败后，被贬朗州，是著名的“八司马“之一，为柳宗元的政治同道。其抒情写景散文如《连州刺史厅壁记》、《含辉洞述》、《儆舟》及《秋声赋》等，亦多写政治上的失意和内心不平。前人曾评其文刻峭清丽，别具风韵，为时人所未有。如《连州刺史厅壁记》之写连州：

环峰密林，激清储阴，海风驱温，交战不胜。触石转柯，化为凉飔，城压赭风，踞高负阳。土伯嘘湿，抵坚而散，衺山逗谷，化为群云。……

骈散兼行，用笔刻峭，落想奇特，而连州独有的风景地貌却如在目前。又《秋声赋》乃写秋景之作，但能融情入景，以抒愤闷不平，故结尾曰：“嗟乎！骥伏枥而已老，鹰在韝而有情。聆欻风而心动，盼天籁而神惊。力将痑兮足受绁，犹奋迅于秋声”。虽是传统的悲秋主题，却也写得神彩飞扬，感慨遥深。当然刘禹锡最为人传诵的还是那篇《陋室铭》：

山不在高，有仙则名；水不在深，有龙则灵。斯是陋室，惟吾德馨。苔痕上阶绿，草色入帘青。谈笑有鸿儒，往来无白丁。可以调素琴，阅金经。无丝竹之乱耳，无案牍之劳形。南阳诸葛庐，西蜀子云亭。孔子云：“何陋之有！”

柳宗元曾称其文曰：“文隽而膏，味无穷而炙愈出”。这篇《陋室铭》即可作为代表。全文以陋室之不陋立论，虽仅短短八十一字，却是警句妙语，络绎奔赴，层层写来，如抽丝剥笋，充分突现出高洁脱俗、不愿与世同流合污的坦荡胸怀。加之优美的韵律，和谐的音调，增加了无限的音乐美。故读来形象生动，情感浓烈，如诗如画，韵味无穷，宜传之久远而不衰也。

白居易（772—846年）字乐天，是中唐时期“新乐府运动”的代表性诗人。他不列古文家之列，而以诗人气质见长，然在柳宗元之后则是创作抒情写景散文最多的一个。其著名者如《草堂记》、《三游洞记》、《冷泉亭记》、《荔枝图序》等，无论构思、行文、状物，皆与柳文相接近。《草堂记》是他被贬江州司马寓居庐山所作，其写遗爱寺旁之草堂景致曰：

是居也，前有平地，轮广十丈。中有平台，半平地。台南有方池，倍平台。环池多山竹野卉，池中生白莲白鱼。又南抵石涧，夹涧有古松老杉，大仅十人围，高不知几百尺，修柯戛云，低枝拂潭，如幢竖，如盖张，如龙蛇走。松下多灌丛，萝茑叶蔓，骈织承翳，日月光不到地，盛夏风气，如八九月时。下铺白石，为出入道。堂北五步，据层崖积石，嵌空垤块，杂木异草，盖覆其上，绿阴蒙蒙，朱实离离，不识其名，四时一色。又有飞泉植茗，就以烹燀，好事者见，可以永日。堂东有瀑布，水悬三尺，泻阶隅，落石渠，昏晓如练色，夜中如环珮琴筑声。堂西倚北崖右趾，以剖竹架空，引崖上泉，脉分线悬，自檐注砌，累累如贯珠，霏微如雨露，滴沥飘洒，随风远去。其四旁，耳目杖屦可及者，春有锦绣谷花，夏有石门涧云，秋有虎溪月，冬有庐峰雪。阴晴显晦，昏旦含吐，千变万状，不可殚记。覼缕而言，故云甲庐山者。

此亦柳文以方位距离、尺寸而丈量之的写法，只是更加细密化、精致化罢了。因而，也更能见出景物用笔之明秀俊丽、刻划传神，然而缺少柳文那种凄神寒骨的深厚内蕴。明杨慎曾这样写道：“白居易《三游洞记》：‘云破月出，光景含吐，互相明灭，晶莹玲珑，象生其中，虽有敏口，莫能名状’。造语如此，何异柳宗元？世以为大易轻议之，盖亦未深玩之也”①。其“造语如此”者，何仅止此，若本文之写瀑布：“水悬三尺，泻阶隅，落石渠，昏晓如练色，夜中如环珮琴筑声”；写悬泉：“脉分线悬，自檐注砌，累累如贯珠，霏微如雨露，滴沥飘洒，随风远去”。又如：“春有锦绣谷花，夏有石门涧云，秋有虎溪月，冬有庐峰雪，阴晴显晦，昏旦含吐，千变万状，不可殚记”云云，皆为“巧构形似”、状物传神之语，与杨慎所举可谓同一机杼。但白、柳之异亦甚昭然：白所重者偏于捕状大自然“莫能名状”之妙，而柳则在捕状中化景为情，故景皆带浓重的心灵受伤色彩。前者意象超妙，后者境界宏深，一为意象的，一为意境的，自有高下之不同。

晚唐杜牧（803—853 年）的《阿房宫赋》，则是唐文中的又一名篇。他是一位胸怀大志，密切关注时世的作家，此赋即其抒写匡时济世思想之作。晚唐时期政治腐败、强藩割据，朝廷内外矛盾重重，然封建帝王却骄奢淫逸，沉溺于大修宫室、醉生梦死的歌舞享乐之中。杜牧遂作此赋，借秦事以讽当朝，告诫统者勿蹈秦人覆辙。文由阿房宫之宏伟壮丽写起，继写宫中生活之华侈豪奢，乃为全篇铺垫。继而写官逼民反，揭竿而起，阿房宫付之一炬。最后卒章显志，总结历史教训，以警示后人。文章写得气势雄健，词采华美，音韵顿挫，极富表现力，如开篇曰：

> 六王毕，四海一，蜀山兀，阿房出。覆压三百余里，隔离天日。骊山北构而西折，直走咸阳。二川溶溶，流入宫墙。五步一楼，十步一阁，廊腰缦回，檐牙高啄，各抱地势，钩心斗角。盘盘焉，囷囷焉，蜂房水涡，矗不知其几千万落！长桥卧波，未云何龙？复道行空，不霁何虹？高低冥迷，不知西东。歌台暖响，春光融融；舞殿冷袖，风雨凄凄。一日之内，一宫之间，而气候不齐。

写阿房秦宫，先从历史长河揭开迷雾，便觉构思阔大，行文雄健，深蕴人世沧桑变迁，此想超也。说明山川地理，则胸怀万壑苍穹，历历指划目前，行文却言简而意足，此气充也。描状楼阁宫殿，又极尽铺张形容之能事，妙语络绎，音韵铿锵，所谓出神入化者，此笔健也。有此三长，便是他人所难及处。再看写宫廷生活之淫逸奢侈：

> 妃嫔媵嫱，王子皇孙，辞楼下殿，辇来于秦，朝歌夜弦，为秦宫人。明星荧荧，开妆镜也；绿云扰扰，梳晓鬟也；渭流涨腻，弃脂水也；烟斜雾横，焚椒兰也；雷霆乍惊，宫车过也；辘辘远听，杳不知其所之也。一肌一容，尽态极妍，缦立远视，而望幸焉。有不得见者三十六年。燕赵之收藏，韩魏之经营，齐楚之精英，几世几年，取掠其人，倚叠如山。一旦不能有，输来其间。鼎铛玉石，金块珠砾，弃掷逦迤，秦人视之，亦不甚惜。

“六王毕”——六国是灭亡了。于是六王之媵嫔妃妾，乃至王子皇孙，都成了秦国之“宫

---

① 杨慎．《丹铅杂录》(7)．清顺治三年(1646)两浙督学宛委山堂重印本

人”,这是历史悲剧的叙述,有承前启后之妙。接下来对“宫人”生活的描写,虽有荣辱悲喜交加的复杂感情结聚,却是散文中最杰出的一段美文。作者并不正面着笔,而是倒果为因、以果明因,把平常事物夸张性地化作大自然美丽意象:以荧荧明星之言妆镜,扰扰绿云之说晓鬟,渭流涨腻之拟脂水,雷霆乍惊之喻宫车,凡此之类,其角度、用笔皆极新鲜活泼,给人以强烈的艺术感染,百读之而不厌。最后一层折入婉讽:六国世代积聚之珍宝,一朝被敛掠入秦宫,秦人却不“甚惜”,视钟鼎为瓦铛,美玉为石头,黄金为土块,珍珠为砂砾,而如此暴殄天物,则秦之亡必矣！故一旦“戍卒叫,函谷举,楚人一炬”,不只阿房宫殿化作灰烬,即泱泱大秦亦变成焦土。当然,作者这样写的目的,并非单纯叙述历史,而是从中引出深刻教训,以为后之立国者鉴。故卒章明志曰:“秦人不暇自哀,而后人哀之;后人哀之而不鉴之,亦使后人而复哀后人也”。无疑,这些话有极强的现实针对性,但读来并不觉其议论枯燥者,则因其并不游离于跌宕激情之外,而为精美之意象所化解了。李慈铭曾说:“樊川文章风貌,卓绝一代,其学问识力,亦复如是。予向推为晚唐第一,非虚诬也”①,由这篇《阿房宫赋》来看,在晚唐的文学散文方面,其成就确非他人所能及。

唐自穆宗以后,国家政权实已处于分崩离析、风雨飘摇之中。面对着强藩逆乱、兵祸连连的现实,王朝统治陷入日益严重的政治危机,朝廷也已失去统驭天下的能力。至唐代末期,国家更陷入藩镇征逐和农民起义的双重战乱之中,于是,一方面是“横戈负羽正纷纷,只用骁雄不用文”(陆龟蒙.《五歌·食鱼》),文人们已失却他们昔日的荣耀,而丧失了活动的历史舞台,或隐遁避世,或混迹人世而沉抑下僚,既对国家前途失去信心,也看不到实现理想的出路,便把笔锋指向社会之种种弊端,以抒写胸中之愤激不平。另一方面,统治阶级既已失去对自身的自信,于是言路闭塞,思想禁锢之风益炽,“猩猩鹦鹉无端解,长向人间被网罗”(罗隐.《言》),连猩猩鹦鹉之言都要无端曲解罹罪,其政治风气之严峻可知。活跃自由的盛唐之风已一扫而空,文人们便只能借游戏之笔墨,或借题而发挥,或托物以寄意,于是杂感式的寓言小品遂一时大兴,故人称这是一个杂文的时代。当时写杂文者甚多,如皮日休、陈黯、袁皓、来鹄、程晏、沈颜等,但文学性较强而成就比较突出的,当数陆龟蒙和罗隐二人。

陆龟蒙(？—881年)字鲁望,姑苏(今江苏苏州)人。性疏放,通六经大义,举进士不第,随湖州刺史张搏为从事。后隐居松江甫里,自号天随子、甫里先生。时与皮日休交游唱和,人称“皮陆”。有宋人叶茵编辑《唐甫里先生文集》二十卷。其作多出寓言,杂以讽刺,而以夸张幽眇称。如名作《野庙碑》,本是批判瓯闽一带好淫祀从而自惑陋习的,故开头即说:“余之碑野庙也,非有政事功德可纪,直悲夫甿竭其力,以奉无名之土木而已矣”。但接着一转,便以土木偶像喻人事:

> 今之雄毅而硕者有之,温愿而少者有之;升陛级,坐堂筵,耳弦匏,口粱肉,载车马,拥徒隶者皆是也;解民之悬,清民之暍,未尝贮于胸中。民之当奉者,一日解怠,则发悍吏,肆淫刑,驱之以就事,较神之祸福,孰为轻重哉？平居无事,

① 李慈铭撰.《越缦堂读书记》(8).中华书局,2006

指为贤良;一旦有大夫之忧,当报国之日,则佪挠脆怯,颠踬窜踣,乞为囚虏之不暇,此乃缨弁言语之土木耳,又何责其真土木耶?故曰:以今言之,则庶乎神之不足过也。

本言土偶木像之不必祀,然笔锋一转,却说到那些贪权尸位的官僚上来,抨击他们还不如乡人们所淫祀的野鬼恶神,其用笔之冷儁尖刻,语言之辛辣犀利,可谓酣畅淋漓,入木三分,极尽嬉笑怒骂之能事。“以今言之,则庶乎神之不足过”,似与篇首立意相悖,实则是用曲笔反衬,以强调“此乃缨弁言语之土木耳”的官僚们之害民,反可见出文思之隐晦曲折、含蓄有味。碑文,乃是一种以叙功纪德、垂之久远为宗旨的文体,此文则说“非有政事功德可纪”,遂出之以议论嘲讽,刻意讥刺,当是碑文中一种创变。

陆龟蒙写过不少寓言性的杂记,尤值得注意。如《记稻鼠》、《禽暴》、《记锦裾》、《招野龙对》等,或借史事而发挥,或就所需而臆造,然皆写得冷儁锐利,极富批判精神。如《蠹化》一篇,即由桔蠹而化蝶的事情写起,等飞上天空,却为蝥网所胶,于是发出感慨:

秀其外,类有文也;嘿其中,类有德也;不朋而游,类洁也;无嗜而食,类廉也。向使前不知为桔之蠹,后不见触蝥之网,人谓之钧天帝居而来,今复还矣。天下,大桔也;名位,大羽化也;封略,大蕙篁也。苟灭德忘公,崇浮饰傲,荣其外而枯其内,害其本而窒其源,得不为大蝥网而胶之乎?观吾之螽蠹者,可以惕惕!

他以游戏之笔墨,写出的却是一个严肃主题。“天下,大桔也;名位,大羽化也”,人只要有了官爵名位,尽管用美丽外衣——文采、道德、廉洁等包装自己,即使是甘甜的桔也都会变成残害人民的蠹虫,并最终也逃不脱“触蝥网而胶”的可悲下场。因此,他最后才提出警告,人们要以此为鉴,不可不加谨慎。

罗隐(833—909年)本名横,字昭谏,余杭(今浙江余杭)人。一说新登(浙江桐庐)人。出身“单贱”,从大中十三年(859年)应进士举,累十二年不中,遂于咸通十一年(870年)依湖南观察使于瑰,辟为衡阳主簿。乾符初入朝,为宰相郑畋、李蔚所知。广明中,因战乱归田里,闲居。光启间,入镇海军节度使钱镠幕,为观察判官。入梁后授给事中,迁发运使,卒。一生著作甚丰,今惟存《谗书》,有清人所辑《罗昭谏集》八卷行世。他的杂文小品,题材广泛,举凡历史、现实、寓言、传说等,都能随意生发,自出新意,且构思新巧,用笔冷儁,具有极强的现实批判意义。如《英雄之言》,便是一篇极富奇思妙想,而又写得文情跌宕、尖刻辛辣之作:

物之所以有韬晦者,防乎盗也。故人亦然。夫盗亦人也,冠屦焉,衣服焉,其所以异者,退逊之心,正廉之节,不常其性耳。

视玉帛而取之者,则曰牵于寒饿;视家国而取之者,则曰救彼涂炭。牵于寒饿者,无得而言矣。救彼涂炭者,则宜以百姓心为心。而西刘则曰:“居宜如是!”楚籍则曰:“可取而代!”意彼未必无退逊之心,正廉之节,盖以视其靡曼骄崇,然后生其谋耳。为英雄者犹若是,况常人乎?是以峻宇逸游,不为人之所窥者,鲜矣!

此以《庄子·胠箧》篇所说:“窃钩者诛,窃国者为诸侯”之意,进行推衍发挥,但也不完全相同。他先由防盗说起,再说到为盗,接着分盗为两类并作剖析:一是因于饥寒而窃取玉帛为盗者,一是以“救彼涂炭”为名而窃国为盗者,并引刘邦、项籍为例,说明这后一类英雄不过是一些喊着美丽口号,实为满足一己“峻宇逸游”之私欲的窃国大盗罢了。而通篇所强调的则是要有“退逊之心,正廉之节”,尤其是“以百姓心为心”。作者身处唐末政局动荡、群雄四起、民不聊生的混乱时代,他讲这些话显然是有很强的现实针对性,并郁积着强烈愤慨的。鲁迅即曾说:“罗隐的《谗书》,几乎全部都是抗争和愤激之谈”①。只是他不以直笔写之,而出之以杂感一类小品,便觉隐晦含婉。又如《辩害》:

虎豹之为害也,则焚山不顾野人之菽粟;蛟蜃之为害也,则绝流不顾渔人之钓网。其所全者大,所去者小也。顺大道而行者,救天下者也;尽规矩而进者,全礼义者也。权济天下而君臣立,上下正,然后礼义生焉。力不能济于用,而君臣上下之不正,虽抱空器奚所施设?是以佐盟津之师,焚山绝流者也;扣马而谏,计菽粟而顾钓网者也。於戏!

短短百十言,即说明一个大道理:真能权济天下者,即不可谨于规矩礼义,若如汤武革命中的伯夷、叔齐,在重大时刻还要拘于礼义扣马而谏,便是不审时世、不识大体的迂腐之举。前者乃全其大而去其小者,后者则反是,岂可谓之“救天下者也”。无疑这是一个崇尚乱世英雄的时代,因而才有作者这种精于权变的哲学,虽出之于曲折隐晦之笔,实已暗示出唐王朝无可挽回的灭亡命运,读来发人警醒。总之,象陆、罗这些杂感式的短篇小文,似论而不专作议论,似文而主旨又过严肃,是处于论和文之间的一种新体,是唐代散文的又一变异。

第三节　宋代的文学散文

古文运动之在唐代,其一大特征是文体革新与儒学复古两方面的高度统一,或者说是构成这一运动过程的两翼,因而作为有内在密切联系的整体而和谐地发展着。但是,进入宋代以后,它们却出现分离,于是有道学和文学、天理和人欲、务道和作文之间的睽隔,而最终还导致理学家和古文运动家之间的严重对抗。从理论层面看,古文家之所谓“文”,当偏重在艺文词章之文,所谓“道”则是强调文章内容的正统纯正性,故尚不完全违背文学之特征;而道学家之所谓“道”,则专指明心见性的义理之道,故所谓“文”,则只指

① 鲁迅.《南腔北调集·小品文的危机》.《鲁迅全集》第4卷. 人民文学出版社,1981

表达思想的语言文字之文，在他们来说就是讲义语录之类的文字记录，这就和文学相去甚远乃至绝缘了。故而，古文家谈文，尚不废弃文学，而道学家谈文，遂以“作文害道”为之结论。其实，这是有更为深刻的社会政治原因的。

宋王朝自建国之初，即有鉴于唐五代以来武将专权、军人割据，乃导致历代政权覆亡的历史教训；当然，也由于动乱之后急于社会安定、统一思想，建立强大的中央集权和君主专制国家需要，遂确立“右文抑武”的基本国策。据沈括《梦溪笔谈》载：“太祖皇帝（赵匡胤）问赵普曰：‘天下何物最大？’普熟思未答。间，再问如前，普对曰：‘道理最大’。上屡称善”。即已透露出崇道尚理，“以文德致治”的端倪。太宗赵匡义继位，亦曾对臣下说：“国家若无外忧，必有内患。外忧不过边事，皆可预防。惟奸邪无状，若为内患，深可惧也。帝王用心，常须谨此”①。辞虽委婉，其崇文抑武之情亦可显见。此后，历代宋朝皇帝遂将以文治国策略贯彻始终。一方面，他们都把军权牢牢控制在自己手中，对军事将领严加忌防，且多用儒臣治军。这固然避免了国内军事割据之患，但其副作用却是造成边防虚弱，故就对外关系而言，宋代可以说是历代王朝中最软弱的，边患始终不断。另方面，他们又广开科举，选拔贤能，以笼络广大知识份子。据传，宋建国之初，太祖即密镌誓碑一座，“立于太庙寝殿之夹室”，其中重要一条即“不得杀士大夫及上书言事人”。每逢新天子即位，皆须“恭读誓词”以保证其能永世贯彻执行”②。科举选士制度，虽始于隋唐，但真正趋于完备却在宋代。就规模言，唐代录取进士每次不过三十左右，数量是极为有限的，大多数士人仍无入仕之阶。入宋后却情形大变，太祖时虽取士甚严，然每年录取多者二百，少亦数十人。至太宗即位，当年录取进士及诸科五百人，平常年份亦达三四百人。据《宋会要集稿》载，真宗咸平三年诏曰：“去岁天下举人数逾万人，考核之际，谬滥居多”，但最终经亲试后，仍录取一千八百余人。就入仕途径言，唐人并不仅限于科举，如从戎边塞，建立战功；隐居名山，走“终南捷径”；投书干谒，逡巡于权贵之门等，都可作为进身之阶。尤其唐代门阀势力，并未完全打破，由豪门而直接入仕者，亦为普遍现象。宋代则不然，门阀制度已不复存在，除早期尚有下级官吏而不经考试直接擢用者外，科举考试成为选拔官吏的唯一途径，真正体现公平竞争的科举制度已完全确立，这成为终其宋能实行文官制的根本保证。另外，优待文士也是前此所没有的。如前所说，宋太祖有“不得杀士大夫及上书言事人”的圣训，历代皇帝亦真正做到政治上倚重文人，并为其提供优渥的生活待遇。故与唐代宰辅多出门阀士族相比，宋代可说是“白衣卿相”的时代，上自宰相、枢密，下至各州县地方官吏，无不由文人士大夫们担任，他们都是所谓以“儒学起家”者，并真正成为参与国家权力的决策力量。而且，宋代文人一旦为官，即可获取优厚的俸禄，即使遭到贬黜，俸禄仍可照旧领取，甚至离任致仕，亦可享受半俸。总之，正是这种“重文”政策的实施，对宋代最高统治者来说，他们固然得以实现如唐太宗李世民所说：“天下英雄入吾彀中矣”（王定保《唐摭言》）的梦想；相反，对士夫文人来说，也无形中增强了他们对宋王朝的向心力和依附性，无论在行为上或思想上都能自觉地与其保持一

① 李焘撰.《续资治通鉴长编》(32). 北京图书馆出版社影印本

② 陆游.《避暑漫钞》. 邹氏西山堂清道光元年(1821)本

致。因此,宋代文士总缺少唐人那种青春自由的活力和豪情奋发的精神,尽管他们表现得更加理智也更敦实。

无疑,宋初古文运动的再次勃兴,就是适应着这一社会政治背景的需要出现的,而"文起八代之衰,道济天下之溺"(苏轼《潮州韩文公庙碑》)的韩愈,便成为他们复兴儒学和文体革新的当然旗帜。早期的古文运动家如柳开、穆修等,虽有把复兴古文作为复兴儒学手段的偏颇,但"崇道"和"尊韩"还是并提的,故在"道"和"文"的关系上尚能与韩柳一脉相承,并未把道学和文学割裂对待。与柳开同时的王禹偁,则主要是一个文学家,故更是文道合一论者。其《答张扶书》说:"能远师六经,近师吏部……吾将见子以文显于时也"。这是和柳开等人相同的一面。然对师六经的态度,则说"今为文而舍六经,又何法焉"。可知虽是道和文并重,其出发点尤在"为文"。至于他对文的理解,则曰:"夫文,传道而明心也。古圣人不得已而为之也。且人能一乎心至乎道,修身则无咎,事君则有立。及其无位也,惧乎心之所有,不和明乎外,道之所畜,不得传乎后,于是乎有言焉。又惧乎言之易泯也,于是乎有文焉。信哉,不得已而为之也"①。将"传道"和"明心"并提,尤其强调是"不得已而为之"的,那么道便不是脱离情感的纯粹外在于己的理论教条,这就和只讲道统论者相去甚远了。

然而到了宋真宗时期,随着政权建设和国家治理的更迫切的需要,宋人"崇文"的内涵却发生了剧变,这主要表现在由艺文向儒学的转化上。真宗咸平四年,即诏赐诸州县学校读九经,景德三年又诏天下诸郡咸修先圣之庙,并在庙中起讲堂,聚学徒,择儒雅可为人师者以教。一时州县纷纷修庙祀孔,开学讲经,经学之士遂取代艺文之士而受到推重。真宗本人尤雅好谈经,曾设经筵讲研《易经》《春秋》,并置讲读之职,对专经博学之士多有赏赐。史载"每奉请问,语及儒教,未尝不以六经为首,尔来文风丕变,实由陛下化之"。② 这一"丕变"的意义,其影响所及,实不可小觑。首先,是科举考试发生的变化。咸平年间,张知白即上书言其弊曰:"有司之取者,诗赋策论也。故就试者,取其题之不晓,词之不明,惟恐其学之不博、记之不广,是故五常六艺之意不遑探讨,其所习泛滥而无着,非徒不得专一,又使害生其中。何其为然?"(《续资治通鉴长编》(66))按此所谓"诗赋策论"乃唐人考试旧制,他以"所习泛滥无着"斥之,建议改习五常六艺,故下面提出要"正儒术"、"清仕源",要求考试命题应以经典正史为据。景德年间,戚纶亦上言曰:"近年进士,多务浅薄,不敦实学","请诫励专习经史"。都是同样的意思。对此,真宗即明诏"策问宜用经史",并诫励之曰:"违经旨以立说,此所谓非圣人者无法也,俟有太甚者,当黜以为戒"(同前引)。而真宗本人,据《青箱杂记》载:"听政之暇,唯务观书。每观毕一书,即有篇咏,使近臣赓和。故有御制《看尚书诗》三章,《看春秋》三章,《看周礼》三章,《看毛诗》三章……《读五代汉史》二首,《读五代周史》二首"等。可知他对经史的用心和认真程度,而正是这种从上到下的读经风气,才促成了宋初"重文"思想的转变,它不仅影响到当时的科举考试,更影响到当时的学术思想。

---

① 王禹偁.《答张扶书》. 四部丛刊影旧抄本《小畜集》卷十八

② 李焘撰.《续资治通鉴长编》(65). 北京图书馆出版社影印本

另外，宋代理学是源自儒家思想，且以儒家思想为主干，并兼融释、道学说而建立的社会伦理哲学。这与真宗的关系亦极为密切。他首发三教合一之论，不仅亲撰《崇儒术论》，并勒石于国子监，以示尊经崇儒之旨，同时又撰《崇释论》，提倡释、道二家之说，认为佛老与孔孟实是“迹异而道同”，称“释道二门，有補于世教”。是有意识地纳佛老思想为维护封建伦理政治合理性和永恒性的補充，故强调指出“三教之设其旨一也”。他又于各地大修道观，搜编道书多至四千三百多卷，于是各地僧尼，由宋初之六万多人，猛增至四十余万。因此，北宋中期之道学勃兴，此实已开其先声。

而且，这一时期如石介、尹洙等人以道灭文的“道统”文论观的盛张，正好是与真宗朝“崇道归儒”的思想倾向同一步调的。石介（1005—1045 年）则是一个关键人物。他曾任国子监直讲，不仅写了篇《祥符诏书记》，对真宗诏书极力推扬，且写了著名的《怪说》，旗帜鲜明地确立道统文论观。大中祥符二年，真宗曾颁布《诫约属辞浮艳令欲雕印文集转运使选文士看详诏》，对“西昆”派杨、刘诸子提出批评，称其“辞涉浮华”、“学攻异端”而有“玷于名教”，并重申“聚学”“修词”应以经义为本。石介《怪说》即依其宗旨，亦对西昆派大加挞伐，称其“欲以文章为宗于天下”，遂使天下人“不闻有周公、孔子、孟轲、扬雄、文中子、（韩）吏部之道”，于是变得耳聋而目盲，“惟见己之道，惟闻己之道，莫知其他”。本来西昆诸子之作，有得亦有失，重加审视批判，也是完全必要的。但石介却转换概念，以道代文，不问青红皂白只从“道”的层面，硬派他们一顶“名教罪人”的帽子，试图从世道人心的意义上打倒他们，那就不是论文，而是以建立“道统”的神圣性为终极目的了。他曾这样论文：“今夫文者，以风云为之体，花木为之象，辞华为之质，韵句为之数，声律为之本，雕锼为之饰，组繍为之美，浮浅为之容，华丹为之明，对偶为之纲，郑卫为之声，浮薄相扇，风流忘返，遗两仪三纲五常九畴而为之文也，弃礼乐孝悌功业教化刑政号令而为之文也……此其为今之时弊也”①。可以说在他眼中，一切属于文学特征的东西均属应予抛弃的“时弊”，强调的则只是政治思想内容，这是典型的全盘否定文学自身价值的“重道灭文”论，也是把“道统”文论观抬升到极端的必然结果，而后来理学家“作文害道”说之影子已隐然可见。此外，刘敞则说：“道者，文之本也。循本以求末易，循末以求本难”。（《公是先生弟子记》）尹洙则更谓“如有志于古，当置所谓文章功名，务求古之道可也”。（《志古堂记》）总之，在宋代“重文”内涵之巨变，因而引起政治学术思想巨变的强有力影响下，文学否定论之思潮亦愈演愈烈。及北宋中叶理学逐渐兴起，持论遂亦更趋极端。周敦颐不只提出“文以载道”说，强调文的工具性，且谓“不知务道德而第以文辞为能者，艺焉而已！”其对文的轻视心态可知。二程亦不只有“作文害道”之说，目作文为“玩物丧志”，并说：“某素不作诗，亦非是禁止不作，但不欲为此闲言语。且如今言能诗无如杜甫，如‘穿花蛱蝶深深见，点水蜻蜓款款飞’，如此闲言语道出作甚？”②则连感知艺术美的起码能力都丧失了。朱熹是理学家中最富文学气质者，亦不只说“文皆是从道中流出”，认文为道的派生物，且说：“然则诗者，岂复有工拙哉？……是以古之君子，德足以求其志，

① 朱熹．《上蔡副枢密书》．载《正谊堂全书》本《石守道先生集》卷上．中华书局，1985

② 程颢．《二程遗书》(11)．台湾商务印书馆，1983

必出于高明纯一之地，其于诗固不学而能之”。[①] 强调自然天成固不错，但完全否定文的后天人为特征，视艺术追求为可有可无之物，恐怕也是“以道灭文”论的一种表现。总之，理学家把“道”和“文”对立起来，于是作为宋代古文运动旗帜和心中崇拜对象的韩愈，其地位在他们那里也轰然倒塌了。二程说：“学本是修德，有德然后有言，退之却倒学了”[②]，朱熹则讥韩“敝精神，縻岁月，又有甚前世诸人之所为者”，“未免裂道与文以为两物”（《读唐志》）。由此终于演化为道学家和古文家的分裂和对抗。

宋元之际的戴表元曾说：“后宋百五十年理学兴，而文艺绝”（袁桷《戴先生墓志铭》）。这是符合实际的精审之言，至少就文学散文而言确是如此。然所幸有道学家和古文家的分裂，“文艺”也才未完全被“理学”吞没，于是有范仲淹、欧阳修、苏轼、王安石等一批文学家出现，创造了继唐之后又一次文学散文的辉煌。当然，他们又都是在作为时代主导意识的理学思想和“道统”观的影响下创作的，其散文也就带有浓重的理学色彩。因而，好说理、发议论则是一其大特色，若求其纯粹的抒情写景文字则不多。

宋自建国之后，在文学散文创作上有突出成就者，首推王禹偁（954—1001 年）。禹偁字元之，济州仓野（今属山东）人，宋太宗太平兴国八年（983 年）进士，官至翰林学士，以直言敢谏称于时，故政治上屡遭贬谪。著有《小畜集》及《小畜外集》。他曾写过一篇《待漏院记》，说明“是知一国之政，万人之命，悬于宰相”，因而实行贤明吏治的重要性，歌颂了公忠体国的贤相，鞭挞了祸国殃民的奸贼及尸位素餐、无所作为的庸吏，并建议将此文写在待漏院墙壁上，以警诫执政柄者，在当时产生了很大的影响。他的散文一般写得比较平易朴实，用笔轻快流畅，又吸收骈文排偶整齐、富有音乐节奏美的特征，在当时一味排斥骈体的文坛上，可谓独树一帜。尤其文学散文，在亦骈亦散、跌宕舒畅的行文中，无论状景抒情、言人写物，都极清新传神，富有诗意美。《黄州新建小竹楼记》，即是他被贬齐安（即黄州）时所作，亦最能体现这种特征。文章开始即先交待造楼的地域特色：“黄冈之地多竹，大者如椽，竹工破之，刳去其节，用代陶瓦，比屋皆然，以其价廉而工省也。子城西北隅，雉堞圮毁，蓁莽荒秽，因作小楼二间，与月波楼通”。接着便写到他官场失意、寄情山水、澹泊自适的生活，是一段很精彩的文字：

> 远吞山光，平挹江濑，幽阒辽夐，不可具状。夏宜急雨，有瀑布声；冬宜密雪，有碎玉声。宜鼓琴，琴调和畅；宜咏诗，诗韵清绝。宜围棋，子声丁丁然；宜投壶，矢声铮铮然，皆竹楼之所助也。公退之暇，被鹤氅衣，戴华阳巾，手执《周易》一卷，焚香默坐，消遣世虑。江山之外，第见风帆沙鸟，烟云竹树而已。待其酒力醒，茶烟歇，送夕阳，迎素月，亦谪居之胜概也。

宋真宗咸平元年（998 年），王禹偁因编写《太祖实录》，秉笔直书，触犯圣颜，遂被贬为黄州知州，除夕接到命令，次年闰三月到郡，辟地筑楼，于是写下这篇记文，实乃故作旷达的

① 朱熹.《答杨宋卿》. 四部丛刊影明本《晦庵先生朱文公集》卷三十九. 北京出版社，1988
② 程颢.《二程遗书》(11). 台湾商务印书馆，1983

寓情之作。夏雨瀑布,冬雪踏玉,鼓琴以歌,咏诗而韵,棋子丁丁,壶矢铮铮,煮酒烹茶,展卷遣时,送日迎月,凡此等等,都是士大夫们所追求所企望的恬适之趣,即充满着诗情画意的自在人生。但作者娓娓道来,却并非纯为写景而设,其与时不偶之情实亦隐然其中。否则,尾段何以会历数屡次被贬之事,而发“四年之间,奔走不暇,未知明年又在何处”的慨叹呢?所以,此文表达的感情是相当复杂的,只是写得比较含蓄而已。他还有一篇《录海人书》,借民间传闻写理想中的社会生活,中曰:

垣篱庐舍,具体而微,亦小有耕垦处。有曝背而偃者,有濯足而坐者,有男子网钓鱼鳖者,有妇人采撷药草者,熙熙然殆非人世之所能及也。

当是陶渊明《桃花源记》一类文字,尤见简雅古澹特色,亦是那个时代的一篇奇文。总之,王禹偁的散文,用笔清新流畅,不用生僻晦涩的词句,走的是韩愈“文从字顺”平易近人的一路。至于行文,既讲求骈偶整齐,又多参差变化,亦骈亦散,充分注意到跌宕起伏的声韵铿锵之美。

范仲淹前面已作过介绍,他既是宋词名家,也是散文大家。他为官清正,关心国计民生,曾与富弼、韩琦等人推行改革,史称“庆历新政”。故其散文多为指陈时事、抒发政治抱负之作,有很强的思想性。今存《范文正公集》。其《岳阳楼记》一文,既是一篇脍炙人口、辉映古今的优美散文,也是其抒发政治怀抱的不朽之作。此文写于庆历六年九月十五日,时值“庆历新政”失败,他被贬谪外地,友人滕子京(名宗谅)亦遭诬陷贬岳州(巴陵)知州,因重修岳阳楼,请范为记以作纪念,于是写下这篇名文。此文开头先简述作记的原因,接着描绘登临所见之壮观景象,以吞吐宇宙的气概抒发其“心旷神怡,宠辱皆忘”的感慨:

予观夫巴陵胜状,在洞庭一湖。衔远山,吞长江,浩浩汤汤,横无际涯,朝晖夕阴,气象万千。此则岳阳楼之大观也,前人之述备矣。然则北通巫峡,南极潇湘,迁客骚人,多会于此,览物之情,得无异乎?

若夫霪雨霏霏,连月不开,阴风怒号,浊浪排空,日星隐曜,山岳潜形。商旅不行,樯倾楫摧,薄暮冥冥,虎啸猿啼。登斯楼也,则有去国怀乡,忧谗畏讥,满目萧然,感极而悲者矣。至若春和景明,波澜不惊,上下天光,一碧万顷。沙鸥翔集,锦鳞游泳,岸芷汀兰,郁郁青青。而或长烟一空,皓月千里,浮光耀金,静影沉璧,渔歌互答,此乐何极!登斯楼也,则有心旷神怡,宠辱皆忘,把酒临风,其喜洋洋者矣。

登楼而“览物之情”不同,于是有“悲”和“喜”两种迥异的人生感慨,从而过渡到尾段关于“忧”和“乐”的议论,为全文点睛:

嗟夫!予尝求古仁人之心,或异二者之为,何哉?不以物喜,不以己悲。居庙堂之高，则忧其民；处江湖之远，则忧其君。是进亦忧，退亦忧，然则何时而乐耶？其必曰"先天下之忧而忧，后天下之乐而乐"欤？噫！微斯人吾谁与归？

构思细密，环环相扣，层次分明，是本文第一大特征。文由"巴陵胜状，在洞庭一湖"写起，先突出岳阳楼之地位；接写"迁客骚人，多会于此"，实乃登临必经之处，然而他们所怀之情感却是大不相同的；于是引出"去国怀乡，忧谗畏讥"而悲者，同"心旷神怡，宠辱皆忘"而喜者两大段文字，虽是泛述，用笔隐晦，实亦寄慨遥深，有切时切事之妙。作者当是托古人而以"仁人"自居者，故进而由一己之"悲""喜"为不足取，从而再过渡到"忧"和"乐"的议论，终于高唱出"先天下之忧而忧，后天下之乐而乐"的名言，以结束全篇，警句箴言，响遏行云，掷地有声。其次是行文，作者善于汲取骈体文精华，不拘于骈散之争，只是信笔随意写去，可散则散，可骈则骈，跳宕腾跃，极富音乐节奏之美，读来琅琅上口。至于景物意象，有沉雄处，有明秀处，有妍冶处，然都能化景为情，疏朗中寓豪放，简洁处藏精神，情感真挚，议论精警，十分动人感情。当然，最重要的还是作者所表现的胸襟，他身处逆境，有"去国怀乡，忧谗畏讥"之悲，有"把酒临风，宠辱皆忘"之痛，但能摒弃一切个人遭际不幸，"不以物喜，不以己悲"，萦迴于心的仍是"天下之忧"、"天下之乐"，作为一个封建士大夫文人，这种精神境界可谓难能，千载之下令人肃然起敬，而这篇文章遂成天下士人之座右铭，在宋代散文中亦是不可多得的精品。

到欧、苏的时代，宋代古文运动达到全盛。欧阳修既是这一运动的领导者，也是这一运动的完成者。苏轼虽出自欧门，由于个人遭际之不同，风格也大不相同。然在文学散文方面，他们都代表了一个时代的高峰。

欧阳修（1007—1072 年）字永叔，吉水（今属江西）人。出身低级官吏家庭。父早亡，幼年时遂在贫穷中度过。天圣八年（1030 年）中进士后，初仕洛阳，与梅尧臣、尹洙等相友善，共倡文体变革。景祐初调入京师后，积极参与范仲淹等政治革新运动，因而被贬。庆历间再度入京，因参与"庆历新政"失败，复又贬放在外多年，至至和间方被召回。累擢知制诰、翰林学士、枢密副使、参知政事，神宗朝迁兵部尚书，以太子少师致仕。卒谥文忠。晚年对王安石的变法新政持反对态度，这大概有主客观两方面的原因：一是王安石的新法本身即有许多流弊，二是晚年思想亦渐趋保守。著有《欧阳文忠公集》、《新五代史》、《集古录》及《六一词》。他是北宋文体革新运动的领袖，究其原因亦有数端：一是此次运动实是适应着宋王朝思想文化建设的政治需要出现的，自始至终都是一场由上而下借政权力量推动的运动，其领袖人物不仅要有很高的文化修养和创作成就，以为天下人之表率，而且要有相当高的政治地位，而这两方面欧阳修都是具备的。二是他的人格修养和个人号召力，就思想言他重视道德节操和"明道""致用"的文论主张，既能为偏于保守的士大夫所接受，又能博得激进文人们所尊仰。何况他又喜扬人之美，借知贡举之便提携后进，当时几乎所有著名文士都曾得到过他的知遇，如梅尧臣、苏舜钦、苏洵等，都因他的奖掖而声名大震；而曾巩、王安石、苏轼、苏辙等，则都因他的选拔鼓吹而名动一时的。因而在他的周围形成一种集团性的文人力量，成为古文运动的中坚。

欧阳修又是宋代散文变革的完成者，大体而言，他们在理论上反骈易散，以散体为主，实则骈散兼行、融合为一炉，从而结束了骈体和散体的截然对立；他们虽以“尊韩”为号召，实际只发展了唐人浅易流畅，“文从字顺”的一面，且由于受时代主流意识的影响，说理成分和散文化叙述的成分大大增强，故情感的力度减弱，节奏徐缓宛转，带有较浓的重理性特征。如《送杨寘序》，先从“予尝有幽忧之疾”久不能治写起，于是向友人孙道滋学琴，“久而乐之，不知其疾之在体也”。从而过渡到对琴声高妙的描摹和深刻内涵的解读，是一段很优美的文字。然而用意并不在此，目的是为友人杨君之“累以进士举，不得志”鸣不平，以说明“然欲平其心以养其疾，于琴亦将有得焉”的道理。他的一些文学性散文亦大多如此，下举名作《醉翁亭记》为例：

> 环滁皆山也。其西南诸峰，林壑尤美。望之蔚然而深秀者，琅琊也。山行六七里，渐闻水声潺潺，而泻出于两峰之间者，酿泉也。峰回路转，有亭翼然，临于泉上者，醉翁亭也。作亭者谁？山之僧智仙也。名之者谁？太守自谓也。醉翁之意不在酒，在乎山水之间也。山水之乐，得之心而寓之酒也。

这是总写。就用笔言，由远而近，由大而小，由整体而个别，用剥笋法层层剔去，最后探拨出所写之物，可谓层次昭然。就行文言，则由山而峰，由峰而水，由水而泉，由泉而亭，用聚焦法渐次收拢，最后集束于关键点上，可谓条理井然。终则对泉名“醉翁”者稍加解说，而收结于“醉翁之意不在酒，在乎山水之间”之名言，有叙有议，以景寓情，平易畅达，风韵自远。尤其开首“环滁皆山也”一句，有笼物天地、万取一收之妙，为历来人所称道亦非偶然。下面依次写景、写人、写乐而归，针线亦甚细密：

> 若夫日出而林霏开，云归而岩穴暝，晦明变化者，山间之朝暮也。野芳发而幽香，佳木秀而繁阴，风霜高洁，水落而石出者，山间之四时也。朝而往，暮而归，四时之景不同，而乐亦无穷也。
>
> 至于负者歌于途，行者休于树，前者呼，后者应，伛偻提携，往来而不绝者，滁人游也。临溪而渔，溪深而鱼肥；酿泉为酒，泉香而酒洌；山肴野蔌，杂然而前陈者，太守宴也。宴酣之乐，非丝非竹，射者中，奕者胜，觥筹交错，坐起而喧哗者，众宾欢也。苍颜白发，颓乎其中者，太守醉也。已而夕阳在山，人影散乱，太守归而宾客从也。树林阴翳，鸣声上下，游人去而禽鸟乐也。

写景，则有朝暮，有四时，朝往暮归，四时景物不同；写人，则有滁人游者，有太守宴乐，有众宾喧欢，太守醉而众宾从归，留下的是禽鸟乐的自然永恒世界。热闹中寓闲散，沉挚中寄飘逸，似平易而费安排，最后忍不住还发议论：“禽鸟知山林之乐，而不知人之乐。人知从太守游而乐，而不知太守之乐其乐也。醉能同其乐，醒能述以文者，太守也。太守谓谁？庐陵欧阳修也”。以物托人，以人衬己，大有众山皆小之意，实开了宋文的一种新写法、写风格。这样的散文，也许缺少了唐人那种天真直率、舒卷自如、才气横溢、个性鲜明的特色；但观察得更细致，结构得更精密，更见人工之能，思想情感表现得更丰满，意蕴更含蓄，更能见出成熟的理性思考精神。

欧阳修的《秋声赋》，则是一篇散文赋中的精品，亦极具特色。“文士悲秋”乃是文学史上的老题材，但他不是从传统惯用的视觉方面描写，而是从听觉着笔，所取角度已很新颖。秋声为何？那是极难捕捉的，故开头一段便写得似有似无、迷离恍惚，极富启人思绪的朦胧美：

> 欧阳子方夜读书，闻有声自西南来者，悚然而听之，曰：“异哉！”初淅沥以潇飒，忽奔腾而砰湃，如波涛夜惊，风雨骤至。其触物也，鏦鏦铮铮，金铁皆鸣；又如赴敌之兵，衔枚疾走，不闻号令，但闻人马之行声。予谓童子：“此何声也？汝出视之！”童子曰：“星月皎洁，明河在天，四无人声，声在树间”。

下面夹叙夹议，情景兼融，便是对“秋声”的一段书写妙文：

> 予曰：“噫嘻悲哉！此秋声也。胡为乎来哉？盖夫秋之为状也，其色惨淡，烟霏云敛；其容清明，天高日晶；其气栗冽，砭人肌骨；其意萧条，山川寂寥。故其为声也，凄凄切切，呼号奋发。丰草绿缛而急茂，佳木葱茏而可悦，草拂之而色变，木遭之而叶脱，其所以摧败零落者，乃一气之余烈。夫秋，刑官也，于时为阴；又兵象也，于行为金；是谓天地之义气，常以肃杀而为心。天之于物，春生秋实，故其在乐也，商声主西方之音，夷则为七月之律。商，伤也，物既老而悲伤；夷，戮也，物过盛而当杀”。嗟夫！草木无情，有时飘零，人为动物，惟物之灵，百忧感其心，万事劳其形，有动于中，心摇其精。而况思其力之所不及，忧其智之所不能，宜其渥然丹者为槁木，黟然黑者为星星。奈何非金石之质，欲与草木而争荣？念谁为之戕贼，亦何恨乎秋声！

按严羽《沧浪诗话》评宋诗，有“以才学为诗，以议论为诗”之说，考之此文亦然。不过，在诗此或为之病，在文却适成其为一大特色。作者把细腻的心灵感受、浓烈的诗意情怀，同丰富的学习知识和精深的理性思考结合起来，融状景、抒情、叙事、议论为一体，正是宋人重理性的“道统”文论观的体现，也使他们的文章更具观察体悟细微、结撰精致的冷峻美，因而和唐人表现出迥不相同的面貌。当然，若太滥太过，则有损文学的具象性而为一弊了。

三苏中称得上文学大家的是苏轼。他所承续的正是欧阳修这条道路，然表现得更为放浪纵恣，也更多奇思异想和人生的沧桑体悟。在文论观上，苏轼与一般宋人的认识是大不相同的。无论在诗论、画论、文论上，他都发表过许多独特的见解，因而在我国文艺理论史上占有重要地位。他论文也曾赞扬欧阳修说：“其学推韩愈、孟子，以达于孔氏，著礼乐仁义之实，以合于大道”（《居士集序》）。这是同当时“道统”文论观相合拍的一面。但是他并不认为文就是“载道”的工具，文学创作的目的只在阐发儒家的道德理念。他对文的定位，首先肯定其艺术特征的一面，是人的情感和心灵世界的表征，“非勉强所为之文也”。其《江行唱和集序》说：“夫昔之为文者，非能为之为工，乃不能不为之为工也。山川之有云雾，草木之有华实，充满勃郁而见于外，夫虽欲无有，其可得耶！自闻家君之论文，以为古之圣人有所不能自已而作者”。又《密州通判厅题名记》曰：“有所不尽，如茹物不下，必吐出乃已”。这就是说，在阐释圣道之外，文还有其特有的个人情感功能。道学家之所以否定文，其根据之一就是孔子所说“辞达而已矣”一语，然苏轼却给以新的阐释、赋予新的内涵。其《答谢民师书》曰：“夫言止于达意，即疑若不文，是大不然。求物之妙，如系风捕影，能使是物了然于心者，盖千万人而不一遇也，而况能使了然于口与手者乎？是之谓辞达”。按照孔子的本意，“达”后省去的应是“意”，苏轼却转换概念，改成了“物”。前面已经讲到，理学家是反对文中有“物”的，如石介即排斥“以风云为之体，花木为之象，辞华为之质”等来作文，即是明显例证。今苏氏以“求物之妙”释“辞达”，充分肯定文的意象化特征，正显露出他文学家的更本质的一面。与此相联系，他进而还强调文学创作的灵感性感受体悟的特征，如《文说》曰：“吾文如万斛泉涌，不择地而出，在平地滔滔汩汩，虽一日千里无难；及其与山石曲折，随物赋形而不可知也。所可知者，常行于所当行，常止于不可不止”。然而，他终难摆脱时代主流意识的影响，故仍不免“以才学为文，以议论为文”，带有浓厚的理性色彩，终步欧阳修后尘而完成独具特色的宋文。

在宋人中，苏轼创作的文学散文最多，成就也最高，同样把状物、抒情和叙事、议论融为一体，寓深邃思想于含蓄意境之中，极具启迪和感人力量。如《超然台记》，即先从“凡物皆有可观，苟有可观，皆有可乐，非必怪奇伟丽者也”起笔，发了一段祸福悲喜的议论，以抒写他被贬密州后政治上失意的情怀，接着叙述其修補破败而起台之缘由。当然，全文的重点在写仕途遭遇坎坷后，因而产生的隐遁之情和自慰自娱的辛酸，于是才有下面一段寄情于景的妙文：

> 于是治其园囿，洁其庭宇，伐安丘、高密之木，以修補破败，为苟完之计。而园之北，因城以为台者旧矣，稍葺而新之，时相与登览，放意肆志焉。南望马耳、常山，出没隐见，若近若远，庶几有隐君子乎？而其东则卢山，秦人卢敖之所从遁也。西望穆陵，隐然如城郭，师尚父、齐威公之遗烈，犹有存者。北府潍水，慨然大息，思淮阴之功，而吊其不终。台高而安，深而明，夏凉而冬温。雨雪之朝，风月之夕，予未尝不在，客未尝不从。撷园疏，取池鱼，酿秫酒，瀹脱粟而食之。曰：乐哉游乐！

此外，如《喜雨亭记》、《凌虚台记》、《放鹤亭记》等，虽趣旨各异而大都采用相似写法。其中尤以《石钟山记》最负盛名。

石钟山，在今江西湖口县鄱阳湖畔，对其名之由来，历来说者纷纭，莫衷一是。故文章一开始，即列举郦道远和唐李渤最具代表性之两说，尤其对李渤之说“余尤疑之”而提出疑问，从而引出一番实地考察之妙文来：

> 元丰七年六月丁丑，余自齐安舟行适临汝，而长子迈将赴饶之德兴尉，送之

> 至湖口，因得观所谓石钟者。寺僧使小童持斧，于乱石间择其一二扣之，硿硿然。余固笑而不信也。至莫夜月明，独与迈乘小舟至绝壁下，大石侧立千尺，如猛兽奇鬼，森然欲搏人。而山上栖鹘，闻人声亦惊起，磔磔云霄间；又有若老人欬且笑于山谷中者，或曰此鹳鹤也。余方心动欲还，而大声发于水上，噌吰如钟鼓不绝。舟人大恐。徐而察之，则山下皆石穴罅，不知其浅深，微波入焉，涵澹澎湃而为此也。舟回至两山间，将入港口，有大石当中流，可坐百人，空中而多窍，与风水相吞吐，有窾坎镗鞳之声，与向之噌吰者相应，如乐作焉。因笑谓迈曰："汝识之乎？噌吰者，周景王之无射也；窾坎镗鞳者，魏庄子之歌钟也。古之人不余欺也！"

这段文字，有声有色，有疾有徐，浓情重彩，如大笔泼墨，极富气势。然又曲折婉转，腾挪跌宕，大起大落，极有层次。先叙因至石钟山，折斧扣石，笑而不信，时间地点一一交代，这是铺叙。继写暮夜月明，舟至绝壁以下一段，浓墨重彩，肆笔挥洒，状物摹景，鬼斧神工，这是渲染。"余方心动欲还"，则故作跌宕；"舟人大恐"，则再设起伏，写外不忘写内，皆有意安排。至此笔墨用足，始有水石吞吐一段，若峰回路转，豁然开朗，乃悟"石钟"含义之真谛，夹叙夹议，情景相辅而相洽，短短一段文字，又生出多少神奇！或曰：此非身临其境者绝不能道，然真临其境而无此大手笔，恐亦难言。不过，上面这些辞采飞扬的描写，其实只为说明一个道理："事不目见耳闻，而臆断其有无，可乎？"——没有调查就没有发言权！这才是全文的主旨。总之，纳理性于感性之中，将艺术作哲理升华，即是这类散文之普遍特征。

苏轼也写过一些比较纯粹的文学散文，则以情境胜。如《记承天寺夜游》：

> 元丰六年十月十二日，夜。解衣欲睡，月色入户，欣然起行，念无与为乐者，遂至承天寺，寻张怀民。怀民亦未寝，相与步于中庭。庭下如积水空明，水中藻荇交横，盖竹柏影也。何夜无月，何处无竹柏，但少闲人，如吾两人耳。

此文写于宋神宗赵顼元丰六年（1083 年），即写《石钟山记》的前一年，时贬为黄州团练副使，是个挂名的官儿。他夜游县南承天寺，有感而发，似有很多话要说。然短短数十字，以极其简洁的语言，只写一种境界，只达一种心情，状物澄澹清新，言情含蓄蕴藉，摒弃一切铺排夸张奇思幻想之语言，戛然以一"闲"字打住，似论非论，欲吐还吞，真是余味无穷。闲者，自叹自伤之词。团练副使，本是挂名闲官，官衔上再加"本州安置"字样，即近流放而无一定职务，故称"闲人"。味其文，想其人，似什么未说而仍能使人动容者，赖艺术之力也，较之直发议论者又何如哉！

苏轼这类文章中最享盛名的当推两篇（前后）散文化的《赤壁赋》。前赋写于元丰五年（1082 年）七月，后赋写于同年十月，都是任团练副使时游瞻赤壁所作。既写赤壁，便有一段怀古之幽思在，并非仅仅关乎个人忧戚。故而就外在结构看，它似乎也是记游、写景、言情、说理的惯用四步程式，其实则不然。因为，这"理"并非一般宋人所说儒学之类治世道理，而是个体生命的一种悟解，内在情感的一种升华，是景物意象超然凌虚的一种延展，就像前文中的那个“闲”，它是作为意境构件同心灵融为一体的，故本质上仍是审美的。且看原文：

壬戌之秋，七月既望，苏子与客泛舟游于赤壁之下。清风徐来，水波不兴，举酒属客，诵明月之诗，歌窈窕之章。少焉，月出于东山之上，徘徊于斗牛之间。白露横江，水光接天，纵一苇之所如，凌万顷之茫然。浩浩乎如冯虚御风，而不知其所止，飘飘乎如遗世独立，羽化而登仙。于是饮酒乐甚，扣舷而歌之。歌曰：“桂棹兮兰桨，击空明兮溯流光。渺渺兮予怀，望美人兮天一方”。客有吹洞箫者，依歌而和之，其声呜呜然，如怨如慕，如泣如诉，余音嫋嫋，不绝如缕，舞幽壑之潜蛟，泣孤舟之嫠妇。苏子愀然，正襟危坐，而问客曰：“何为其然也?”

读如此妙文，我们对苏轼所说“求物之妙如系风捕影”和“吾文如万斛泉源不择地而出”之精义，豁然有会于心吧。不只景真、情浓、词美、意畅，即精神境界之飘逸放达，行文用笔之淋漓酣畅，都是动人心魄而罕有其匹的。接着，由苏子“何为其然也”的一句问话，便引出三国赤壁之战的主角曹操和周郎。这是怀古之幽思，然更是心灵的悟解，在“而今安在哉”的悲感中，悟解出“哀吾生之须臾，羡长江之无穷”。生命意识由此而升华飞腾，然这是前人已经说过的，最奇的便是末段的发挥：

苏子曰：“客亦知夫水与月乎？逝者如斯，而未尝往也；盈虚者如彼，而卒莫消长也。盖将自其变者而观之，则天地曾不能以一瞬；自其不变者而观之，则万物与我皆无尽也，而又何羡乎？且夫天地之间，物各有主，苟非吾之所有，虽一毫而莫取。惟江上清风与山间之明月，耳得之而为声，目遇之而成色，取之无禁，用之不竭，是造物者之无尽藏也，而吾与子之所共适”。客喜而笑，洗盏更酌。肴核既尽，杯盘狼藉，相与枕藉乎舟中，不知东方之既白。

这是说理吗？读“自其变者观之”、“自其不变者观之”的阐释，当然是一种辩证发展观，也是一种认识论。不过，这不仅是说客观外物，也包括自己在内，“物与我皆无尽也，而又何羡乎？”，因而更是一种情感的宣泄！再加之末尾所说：“是造物者之无尽藏也，而吾与子之所共适”，隐然可见的还是那种政治上失意后无可奈何的“闲”。因而，我们看到的是东坡内心和人格的全部，而不仅是理。人或谓东坡文优于词，词优于诗。因诗多发议论，恃才矜学；词则过于直致，以至诗化散文化，皆非本色故也。

王安石（1021—1086 年）则代表了北宋政治家的文学散文特征。王字介甫，晚号半山，抚州临川（今属江西）人。庆历三年（1042 年）进士，神宗朝曾两度为相，于嘉祐三年（1058 年）上万言书，主张改革政治，是著名的“熙宁变法”的领导者。变法失败后，被迫辞职，退居金陵，封荆国公，世称“王荆公”。卒，谥曰文。著有《王临川集》。他是北宋时期杰出的政治家、思想家，其散文亦主要是一些政论和学术论文，逻辑谨严，说理透辟，语言生动，具有很强的现实批判特征。故其论文主旨亦强调实用性，如曰："所谓文者，务为有補于世而已。所谓辞者，犹器之有刻镂绘画也。诚使巧且华，不必适用；诚使适用，亦不必巧且华。要之以适用为本，以刻镂绘画为之容而已"。① 又说："治教政令，圣人之所谓文也。……其书之策也，则道其然而已矣"。② 因此，他文学散文的写作虽不是很多，亦体现出这种"适用"的原则，反而削弱了文学的艺术特性。如《游褒禅山记》，本是一篇游记性文字，开首却先考证"褒禅"之由来及本名"花山"而非"华山"之谬；最后又以超过一半的篇幅发表议论，大讲凡事"非有志者不能至"，乃至有其志而无其力、有志与力而"随以怠"者亦不能至的道理，实是借物述怀，以表现一种不畏艰险、百折不挠的事业精神。只有中间一段，才是写游褒禅山"后洞"的经过，固言简而意赅，也只是平实的记载：

> 其下平旷，有泉侧出，而记游者甚众，所谓前洞也。由山以上五六里，有穴窈然，入之甚寒，问其深则其好游者不能穷也，谓之后洞。予与四人拥火以入，入之愈深，其进愈难，而其见愈奇。有怠而欲出者，曰："不出，火且尽"。遂与之俱出。盖予所至，比好游者尚不能十一，然视其左右(壁)，来而记之者已少。盖其又深，则其至又加少矣。方是时，予之力尚足以入，火尚足以明也。既其出，则或咎其欲出者，而予亦悔其随之，而不得极乎游之乐也。

那么，这实际是一篇借游记而阐发事理的说理文，缺少抒情写景散文的辞采和情趣，代表宋代文学散文的另一种风格，而后来许多人也是这样写散文的。

理学家一般是不写文学散文的，但作为宋代理学开山祖师的周敦颐（1017—1073）却写过一篇《爱莲说》，成为传诵人口的名篇。周字茂叔，宋道州营道人，官至知南康军，著《太极图说》及《通书》四十篇，因居濂溪，世称濂溪先生。《爱莲说》实是借莲以歌颂君子品德的文章，亦用以自喻，虽写法不同而与刘禹锡《陋室铭》前后相辉映：

> 水陆草木之花，可爱者甚蕃。晋陶渊明独爱菊；自李唐来，世人盛爱牡丹。予独爱莲之出淤泥而不染，濯清涟而不妖，中通外直，不蔓不枝，香远益清，亭亭静植，可远观而不可亵玩焉。予谓菊，花之隐逸者也；牡丹，花之富贵者也；莲，花之君子者也。噫！菊之爱，陶后鲜有闻；莲之爱，同予者何人？牡丹之爱，宜乎众矣！

文章以菊之隐士形象，和牡丹之富贵态，来衬托莲之君子风概，用笔已属曲婉；然陶渊明之超尘逸怀已成绝响，独牡丹之富贵妖艳却为世俗欣赏，相较之下，则莲之"可远观而不可亵玩"的孤傲清高之个性，又有多少人能够理解呢？无疑这里深深寄寓着作者的人格理想，故知实乃讽世之作也。尤值得指出的是中国传统文化中关于莲之性格特征之理

---

① 王安石.《上人书》. 四部丛刊影明本《临川先生文集》卷七十七. 中华书局,1959

② 王安石.《与祖择之书》,同上卷七十七. 中华书局,1959

念，即所谓“出淤泥而不染，濯清涟而不妖”、“中通外直，不蔓(攀附也)不枝”者，就是由此奠定基础而入于“君子”之列的。文虽简短，却发挥精到，意境高远，更出之以富有节奏感的优美语言文字，宜传之久远而不衰也。

苏辙(1039—1112年)字子由，眉州眉山(今四川眉山县)人，洵之子轼之弟，与父兄共称“三苏”，亦唐宋八大家之一。十九岁中进士，累官至尚书右丞、门下侍郎，仕途亦甚坎坷，几次遭贬。晚年辞官闲居颍川，自号颖滨遗老。其文虽无乃兄之豪情逸兴，然一篇《黄州快哉亭记》，亦差可比肩。此文作于宋神宗元丰六年(1083)谪居筠州(今江西高安县)时，先叙张梦得建亭之事，再释“快哉亭”命名的由来，后就“快哉”二字抒发感慨，即景生情，借物言志，终于道出一条人生哲理，同样采用宋人文学散文惯用的写法。

> 江出西陵，始得平地，其流奔放肆大，南合湘沅，北合汉沔，其势益张。至于赤壁之下，波流浸灌，与海相若。清河张君梦得，谪居齐安，即其庐之西南为亭，以览观江流之胜，而余兄子瞻名之曰“快哉”。盖亭之所见，南北百里，东西一舍，涛澜汹涌，风云开阖，昼则舟楫出没于其前，夜则鱼龙悲啸于其下，变化倏忽，动心骇目，不可久视。今乃得玩之几席之上，举目而足。西望武昌诸山，冈陵起伏，草木行列，烟消日出，渔夫樵父之舍，皆可指数，此其所以为快哉者也。至于长洲之滨，故城之墟，曹孟德、孙仲谋之所睥睨，周瑜、陆逊之所驰骛，其风流遗迹，亦足以称快世俗。

此释“快哉”之义，实乃欧阳修所说山水之乐。然作者之意实不在此，而是要从中引申出一种生存的哲理——“心中坦然，则无往而不快”的真乐。于是有下面就宋玉谏楚襄王语而发表的一段议论：

> 士生于世，使其中不自得，将何往而非病？使其中坦然，不以物伤性，将何适而非快？今张君不以谪为患，收会稽之余，而自放山水之间，此其中宜有以过人者。将蓬户瓮牖，无所不快，而况乎濯长江之清流，挹西山之白云，穷耳目之胜以自适也哉！不然，连山绝壑，长林古木，振之以清风，照之以明月，此皆骚人思士之所以悲伤憔悴而不能胜者，乌睹其为快也！

不过这种议论，却不同于王安石之一味说理，平实枯燥而乏情趣，而是饱和着情感、寄寓着人生之痛的沉吟呐喊，与东坡之能悟解生命奥秘者相近。故知苏氏兄弟之所学杂博，并不局限于儒学，而宋代古文家较理学之士亦更富文学精神之原因即在此吧。此文情融景洽，叙议结合，笔力劲健，文势汪洋，语言亦富起伏变化，是宋文中的优秀篇章。

进入南宋以后，国势日衰，时运益艰，士人们寄情山水的心情没有了，有之则多见于诗词，文学散文衰微。不过，陆游、王质、朱熹也曾写过一些，风格却大变。

陆游(1125—1210年)字务观，号放翁，越州山阴(今浙江绍兴)人。绍兴中，应礼部试，为秦桧所黜。孝宗时，赐进士出身，曾任镇江、隆兴、夔州通判。乾道八年(1172)为四川宣抚使王炎干办公事，投身军旅生活。后官至宝章阁待制，晚年居山阴。是著名的杰出爱国诗人、词作者，有《渭南文集》、《剑南诗稿》等。其《入蜀记》则是日记体游记，文虽简洁平实，却是优美散文，但已没有北宋人那种豪宕之气。如写过扇子峡一路所见名胜古迹，景叙结合，甚具民俗地方特色，宋文中则不多见：

九日，微雪，过扇子峡。重山相掩，正如屏风扇，疑以此得名。登虾蟆碚，《水品》所载第四泉是也。虾蟆在山麓，临江，头鼻吻颔绝类，而背脊鲍处尤逼真，造物之巧有如此者！自背上深入，得一洞穴，石色绿润，泉泠泠有声，自洞出垂虾蟆口鼻间，成水帘入江。是日极寒，岩岭有积雪，而洞中温然如春。碚洞相对，稍西有一峰，孤起侵云，名天柱峰。自此山势稍平，然江岸皆大石堆积，弥望正如浚渠积土状。

晚次黄牛庙，山复高峻，村人来卖茶菜者甚众。其中有妇人，皆以青斑布帕首，然颇白晰，语音亦颇正。茶则皆如柴枝草叶，苦不可入口。庙曰灵感，神封嘉应保安侯，皆绍兴以来制书也。其下即无义滩，乱石塞中流，望之可畏，然舟过乃不甚觉，盖操舟之妙也。传云：神佐夏禹治水有功，故食于此。门左右各一石马，颇卑小，以小屋覆之。其右马无左耳，盖欧阳公所见也。庙后丛木，似冬青而非，莫能名者。落叶有黑文，类符篆，叶叶不同，儿辈亦求得数叶。欧诗刻石庙中，又有张文忠一赞……。夜，舟人来告，请无击更鼓，云庙后山中多虎，闻鼓则出。

此类游记文字，既不像柳文写得那样灵动而有生气，亦不似六朝人之刻镂雕饰，只是随步换景，娓娓然如叙家常写去，其观察之细致，叙述之完整，层次之绵密，造语之精简，却远过前人，可看作游记文学之一种新体，也说明宋人长于理性思考之特征。

朱熹（1130—1200年）字元晦，号晦庵，徽州婺源（今江西婺源县）人，后侨居建阳（今属福建）。宋高宗绍兴十八年（1148年）进士，淳熙时知南康军，改提举浙东常平茶盐公事，后官至秘阁修撰、焕章阁待制。卒谥文，世称朱文公。他是宋代理学的集大成者，不仅建构起庞大的理论体系，且被后世帝王改造为政治统治的基本思想，故其影响亦特大。不过，他也是理学家中最具文学修养之一人。尽管他对韩、柳、欧、苏等古文家大加掊击，对文学采取轻视乃至否定态度，故元人曾有“后宋百五十年理学兴而文艺绝”（戴表元语）之叹，但这并不妨碍他对文学的爱好和欣赏，除创作一些清新的诗词外，也写下一些文学散文，当然常带有即物悟理的浓厚理学色彩。如《百丈山记》便是一篇情景俱佳的游览文字：

登百丈山三里许，右俯绝壑，左控垂崖，垒石为磴，十余级乃得度。山之胜盖自此始。循磴而东，即得小涧，石梁跨于其上，皆苍藤古木，虽复盛夏亭午无暑气，水皆清澈，自高淙下，其声溅溅然。度石梁，循两崖曲折而上，得山门，小屋三间，不能容十许人。然前瞰涧水，后临石池，风来两峡间，终日不绝。门内跨池，又为石梁，度而北，蹑石梯数级入庵。庵才老屋数间，卑庳迫隘，无足观。

独其西阁为胜，水自西谷中循石罅奔射出阁下，南与东谷水并注池中，自池而出，乃为前所谓小涧者，阁据其上流，当水石峻激相搏处，最为可玩。乃壁其后无所睹，独夜卧其上，则枕席之下，终夕潺潺，久而益悲，为可爱耳。

出山门而东十许步，得石台，下临峭岸，深昧险绝。于林薄间东南望，见瀑布自前岩穴瀵涌而出，投空下数十尺，其沫乃如散珠喷雾，日光烛之，璀璨夺目，不可正视。台当山西南缺，前揖芦山，一峰独秀出，而数百里间峰峦高下亦皆历历在眼。日薄西山，余光横照，紫翠重迭，不可殚数。旦起下视，白云满川，如海波起伏，而远近诸山出其中者，皆若飞浮来往，若涌若没，顷刻万变。台东径断，乡人凿石容磴以度，而作神祠于其东，水旱祷焉。畏险者或不敢度，然山之可观者，至是则亦穷矣。

宋黄震《黄氏日抄》曾评其文曰：“朱子为文，其天才卓绝，学力宏肆，落笔成章，殆于天造。……其感慨忠义，发明离骚，则苦雨凄风之变态；其泛应人事，游戏翰墨，则行云流水之自然”。黄氏是就朱文整体而言的，天才和学力并提，亦正是宋人散文之本质特色。他所说之后二类朱文则特关乎文学，尤其最后一类当更切乎《百丈山记》一类游记，谓之有行云流水之自然，亦不为过。此文虽写一路登临之所历所见，前后左右，东西南北，有条不紊，次序井然，但前半重心围绕小庵展开，后半则壮心豪怀，气象阔大，在宋人游记中堪称妙文。然作为理学大师而写此类文字，岂非有“道此闲言语”之嫌？其实亦不然。首先，他虽重道而轻文，谓“文者道之枝叶”，但也看到了道和文的不可分割性：“即文以讲道，则文与道两得而一贯之，否则将两失之矣”。而更重要者则在理学家对道的认识，邵雍曾说“以玩物为道”，程颐亦谓“随事见理而天下之理得”，故至朱熹便不再那么拘束，履游山水而悟道遂成为其所爱。据罗大经《鹤林玉露》卷三载，他“每经行处，闻有佳山水，虽迂途数十里，必往游焉”。那么因喜游而有游记文字，亦为情理中事。

南宋散文中更值得一提的，则是宋末那些仁人志士们所写纯抒怀散文。国家兴亡之感，时势危殆之思，个人无力回天之悲和不寻常的艰难遭际，无可告慰亦无处发泄，便都一寓于散文之中。

这里首先应该提到的是文天祥（1236—1283 年），字履善，又字宋瑞，号文山，庐陵（今江西吉安）人。宋理宗宝祐四年（1256 年）中进士第一名，历任湖南提刑、知赣州。宋恭帝德祐元年（1275 年）元兵渡江，奉诏起兵万人勤王，为右丞相兼枢密使。后出使元军被拘，脱险后回南，组织义军恢复失地，终因兵败再度被俘，押至大都（今北京）囚禁四年，虽经威胁利诱而始终不屈，因被杀。有《文山先生全集》。其中在出使元营被押北行乃至脱险，一路颠沛流离逃到福州的那段时间，他将其所写诗编次为《指南录》四卷，卷首有自序二篇，其《后序》则追叙了他抗辞犯敌、九死一生的历险经过，情词并茂，铮铮铁骨，铺排顿挫，千年后亦叫人动容。文一开始即叙述他受命于“北兵已迫脩门外”的危难关头，不顾个人安危而毅然出使北营，并“吕师孟构恶于前，贾余庆献谄于后”因而被驱北行的经过，接着写道：

予分当引决，然而隐忍以行，昔人云"将以有为也"。至京口，得间奔真州，即具以北虚实告东西二阃，约以连兵大举，中兴机会，庶几在此。留二日，维扬帅下逐客之令。不得已，变姓名，诡踪迹，草行露宿，日与北骑相出没于长淮间。穷饿无聊，追购又急，天高地迥，号呼靡及。已而得舟，避渚州，出北海，然后渡扬子江，入苏州洋，展转四明、天台，以至于永嘉。

呜呼！予之及于死者，不知其几矣！诋大酋当死；骂逆贼当死；与贵酋处二十日，争曲直，屡当死；去京口，挟匕首，以备不测，几自刭死；经北舰十余里，为巡船所物色，几从鱼腹死；真州逐之城门外，几彷徨死；如扬州，过瓜州扬子桥，竟使遇哨，无不死；扬州城下，进退不由，殆例送死；坐桂公塘土围中，骑数千过其门，几落贼手死；贾家庄，几为巡徼所陵迫死；夜趋高邮，迷失道，几陷死；质明，避哨竹林中，逻者数十骑，几无所逃死；至高邮，制府檄下，几以捕系死；行城子河，出入乱尸中，舟与哨相先后，几邂逅死；至海陵，如高沙，常恐无辜死；道海安、如皋，凡三百里，北与寇往来其间，无日而非可死；至通州，几以不纳死；以小舟涉鲸波，出无可奈何，而死固付之度外矣。呜呼！死生昼夜事也，死而死矣，而境界危恶，层见错出，非人世所堪。痛定思痛，痛何如哉！

无疑，这是对其遭罹险恶经历的叙述，但却不是一般的叙述。而是以一"死"字统而贯之的，被情感化的生命的呼号、心灵的倾诉和愤怒的控告，而其叛臣贼子之丑恶嘴脸，亦已揭露无遗，更有甚于正面描述者。应该指出，这种寓叙述于抒情、变史实为艺术的写法，当是一种全新创造。虽不能认作作者之有意为之，或出于情之所不得已不能已的自然流露，再加之以宏肆铺排的语言表达，在散文史上却给人耳目一新之感。至此，理学对散文的控制，似已完全失去了作用。

谢翱(1249—1295年)字皋羽，号晞发子，原籍长溪(今福建霞浦县)，后迁居浦城(今福建浦城县)。试进士不第，遂落魄于漳、泉二州间，其人倜傥有大节。元军南下时，曾参加文天祥勤王义军，任谘议参军。宋亡后不仕，放浪于两浙山水间以终。元世祖至元二十七年(1290)，为悼念故丞相文天祥殉国之事，遂写下《登西台恸哭记》一文。西台，相传为汉高士严光钓鱼处，又称钓台。此文写于入元后，为避元朝统治者之文网，故词多隐晦。如开篇即说："始，故人唐宰相鲁，开府南服，予以布衣从戎"云云，顾炎武即认为此托颜鲁公(真卿)，实喻文天祥①。而张丁《登西台恸哭记注》则说："若其恸西台，则恸乎丞相也；恸丞相，则恸乎宋之三百年也"。可知作者用心之良苦。文首叙与"公"相识的经过，接着写道：

予恨死无以藉手见公，而独记别时语，每一动念，即于梦中寻之。或山水池榭，云岚草木，与所别处，及其时适相类，则徘徊顾盼，悲不敢泣。又后三年，过姑苏；姑苏，公初开府旧治也，望夫差之台，而始哭公焉。又后四年，而哭之于越

① 顾炎武.《日知录》(19)"古文未正之隐"条.上海古籍出版社，2006

台。又后五年，及今而哭于子陵之台。

其用笔与文氏《后序》大有相似处，《后序》以一“死”字统而贯之，此则以一“哭”字统而贯之，以知所“恸”之深之久。下面即专写“哭于子陵之台”即西台事：

先是一日，与友人甲、乙若丙约，越宿而集。午，雨未止，买榜江涘，登岸谒子陵祠，憩祠旁僧舍。毁垣枯甃，如入墟墓，还与榜人治祭具。须臾雨止，登西台，设主于荒亭隅，再拜跪伏，祝毕，号而恸者三，复再拜，起。又念予弱冠时，往来必谒拜祠下。其始至也，侍先君焉。今予且老，江山人物，睠焉若失。复东望，泣拜不已。有云从西南来，渰浥浡郁，气薄林木，若相助以悲者。乃以竹如意击石，作楚歌，招之曰：“魂朝往兮何极！莫归来兮关水黑，化为朱鸟兮有咮焉食？”歌阕，竹石俱碎，于是相向感唶。复登东台，抚苍石，还憩于榜中。榜人始惊予哭，曰：“适有逻舟之过也，盍移诸？”遂移榜中流，举酒相属，各为诗以寄所思。薄暮，雪作风凛，不可留，登岸宿乙家，夜复赋诗怀古。明日，益风雪，别甲于江，予与丙独归，行三十里，又越宿乃至。

据《南雷文定前集》卷一《谢皋羽年谱游录注序》考定，此甲乙丙三人，当为吴思齐、冯桂芳、严侣。并引杨维祯作严侣墓志曰：“宋相文山氏客谢翱，奇士也。雪夜与之登西台绝顶，祭酒恸哭，以铁如意击石，复作楚客歌，声振林木，人莫能测其意也”。是知宋遗民这段悲悼故国江山志士的佳话，已广泛流布于士林而为人所乐道。此文虽仍是一篇游记，却赋予了特殊的沧桑巨变的爱国内容，故与一般游记之重在写景者不同，读来特别感人。大概由于时代的关系，文章用笔简练含蓄，多用白描手法，而不事铺排，当是以情胜而非以景胜者。文在结尾曰：“予尝欲仿太史公，著季汉月表，如秦楚之际。今人不有知予心，后之人当有知予者”。季汉，实影指季宋，意在“采独行全节事为之传”（方凤《谢君皋羽行状》），亦此文用心之所在。

最后还须提到林景熙（1242—1310 年）的《蜃说》。景熙字德旸，平阳（今浙江平阳县）人。曾任泉州（今福建泉州）教授，礼部架阁等职。宋亡后不仕，隐居家乡，而以教授生徒为业。有《霁山先生集》。此文虽作于宋亡后约十年，亦是托物述志，感慨国家兴亡之作。

尝读《汉·天文志》载：“海旁蜃气象楼台”。初未之信。庚寅季春，予避寇海滨。一日饭午，家僮走报怪事，曰：“海中忽涌数山，皆昔未尝有，父老观以为甚异”。予骇而出，会颍川主人走使邀予。既至，相携登聚远楼东望，第见沧溟浩渺中，矗如奇峰，联如叠巘，列如崪岫，隐见不常。移时，城郭台榭，骤变欻起，如众大之区，数十万家，鱼鳞相比，中有浮图老子之宫，三门嵯峨，钟鼓楼翼其左右，檐牙历历，极公输巧不能过。又移时，或立如人，或散如兽，或列若旌旗之节，甕盎之器，诡异万千。日近晡，冉冉漫灭。向之有者安在？而海自若也。

《笔谈》纪登州海市事，往往类此，予因是始信。

这是对发生在海上的一次幻影奇观的记述，中间以表时间词语串联，如饭午、既至、移时、又移时、日近晡等，结构看似简单，然用笔却极谲诡奇幻，跌宕有致，其铺排形容，更能穷其形而尽其变，所谓“挫万物于笔端”者也。尤其是对“众大之区”的描写，细致真切，历历如在目前。然而，这只是记异吗？却又不然。看尾段便知：“噫嘻！秦之阿房，楚之章华，魏之铜雀，陈之临春、结绮，突兀凌云者何限？运去代迁，荡为焦土，化为浮埃，是亦蜃也。何暇蜃之异哉！”无疑，在其妙手生花的笔下，满含着的仍是历史沧桑之感，国家兴亡之悲，亦“浮云世事改”之无奈哀情也。总之，读宋遗民文，更多的是历史的厚度和情感的深度，既不作现实政治的议论，亦不作缥缈哲理的空想，而是散文化了的抒情诗。

唐宋时期，是我国意象文学发展的鼎盛期，也是其取得最辉煌成就的时期。兴盛于唐宋时期的“古文运动”，虽然不是发生自文学内部的革新运动，甚至从其开始之日就根本不是文学运动，以至有些时候还走向文学的反面，但它对文学产生的影响却是不容低估的。首先，就文学散文而言，正是在它强有力的推动下，散文领域终于打破六朝骈偶化散文的单一形态，从而增加一种散体单行或骈散兼用的表达形式，这不仅为文学散文又提供一种选择参照，因而丰富和深化了本身的涵盖性、包容性，而且也扩展和提高了文学散文的表达功能，使其变得更加自由舒展，更具描写叙述的创造空间，无疑这是一大进步。其次，就我国小说文体的确立和成熟言，它也提供了一种更切实际更为开放，即更适于情节叙述、环境创造、人物描写、性格刻画的语言手段，唐代传奇小说的繁荣当得力于此者亦不少。尤应指出的一种现象是：唐代古文家和传奇小说作者之间，大都是声气相投、过从甚密的挚友，并且古文大家如韩柳等，亦往往染指传奇创作，由此亦知二者之间关系之密切①。其三，如就唐宋诗词乃至曲中的散文化倾向而言，亦与古文运动的提倡和兴盛，存在密切的关系，尽管在大多数情况下，这种影响并非是积极正面的。不过，在有些方面或有些时候，比如在一些赋化词或散曲中，却又是有益的。总而言之，文学现象常常是复杂曲折的，并不能简单地用肯定或否定的态度去对待，而需要作细致切实的解剖和分析。

① 陈寅恪.《元白诗笺证稿》第一章. 上海古籍出版社，1982

附 录

历史链条上关键的一环

——为白居易新乐府诗论一辩

在我国美学史上，白居易以其诗论而有着重要的地位。然近十年来，他的地位却不断倾斜。谓其“把现实干预强调到无以复加的高度”，使文学成为“政治观念的传声筒”①者有之，谓其“宣布取消诗歌的审美功能”而沦为一种“政治工具论”②者亦有之，更甚者则谓其影响已“沉潜在民族群体意识深层”，“在今天的古典文学研究中并没有清除净尽”。③ 肆意贬责白居易似乎成为一种时髦！

对历史上一个作家或作品的阐释，似乎可采取三种不同角度：1. 仅就作家或作品本身为审视阈限；2. 放在一个较大社会政治经济背景上进行意义阐释或价值判断。这里则采取第三种视角：作为历史运动链条上一个特殊环节加以总体把握。由于选择的角度不同，得出的结论也就同他人不尽一致。

作为中晚唐时期“新乐府”创作实践经验的概括总结，白居易美学理论的核心精神究竟是什么？对此，研究者们大都不约而同地认为是传统诗学的“风雅比兴”或“美刺比兴”，亦即“六义”。就是说他们都是从一个单一的角度或层面上，即艺术与政教伦理的关系上着眼并进行褒贬的。这确是其诗学的一个突出方面。白居易自己也曾屡屡言及，如谓：“为诗意如何？六义互铺陈，风雅比兴外，未尝著空文”（《读张籍古乐府》）。“郊庙登歌赞君美，乐府艳词悦君意，若求兴谕规刺言，万句千章无一字”（《新乐府·采诗官》）。并谓自己的诗作“自拾遗以来，凡所适所感，关于美刺比兴者”，都统归一类而称之为“讽谕诗”（《与元九书》）。我们知道，所谓“风雅比兴”、“美刺比兴”或“兴谕规刺”等，都是自先秦以来建立在道德象征基础上的一种美学观念，它强调的是诗歌的伦理价值和政治功能，若扩大引申，正可成为后代“政治工具论”的先河，故从孔子到《毛传》，从郑玄到白居易，都不免带有这一沉重负累。但是，这既不能概括白居易诗学全部丰富深刻的内容，更非其思想核心之所在。《策林》六十八说：“古之为文者，上以纫王教，系国风；下以存炯戒，通讽谕。故惩劝善恶之柄，执于文士褒贬之际焉；补察得失之端，操于诗人美刺之间焉。今褒贬之文无覈实，则惩劝之道缺矣；美刺之诗不稽政，则补察之义废矣”。可知他于传统所谓“六义”，其所重者是诗歌的现实品格及生活本体内容。他把诗人的使命感和

---

① 文学遗产编辑部.《文学遗产》，1987(3)

② 文学遗产编辑部.《文学遗产》，1987(4)

③ 文学遗产编辑部.《文学遗产》，1987(4)

道义责任都看得很严肃，虽然对“惩劝善恶”、“补察得失”的作用不免过于夸大，但他坚信“美刺”的力量，并将其目的归之于“稽政”，无疑是突出了诗歌创作根源现实、揭露时弊的本体功能。因此，他所热情倡导的“风雅比兴”也就与前人有很不相同的崭新内容。有趣的是他虽然大力倡导“美刺比兴”，但其《秦中吟》十首，固句句不离美刺之旨，却没有一首是用比兴手法写作的。其《新乐府》五十首，真正用比兴手法写的也只有《古塚狐》、《黑潭龙》、《秦吉了》等很少几首。而且都不很成功。即使从他全部一百七十余首讽谕诗来看，其情况也大致如此。至于他所有传诵人口的名篇，除只在个别字句使用比喻外，也极少使用“比兴”方法。① 可见“风雅比兴”并非其诗美学的真正内核。

那么我们是否可以这样说：白居易主要是从文学和生活关系的本体论角度，来理解并接受传统所谓“六义”的。故所取不在政教言志的比兴功能，而只在风时赋事的美刺稽政，此即他诗学的真精神所在。故他在早期的《新乐府诗序》中已模糊提出这样一个纲领：“总而言之，为君为臣为民为物为事而作，不为文而作也”。据作者自注，此序写于“元和四年”新乐府诗歌创作的初期，故虽具思想规模，然尚带有不够成熟周密之处。但到元和十年，他因政治挫折而被贬江州，这才有时间能够冷静地重新思考并总结创作经验，从而提升到理论表述的高度。《与元九书》这样写道：

> 仆常痛诗道崩坏，忽忽愤发，或食辍哺，夜辍寝，不量才力，欲扶起之。……其实未窥作者之域耳。自登朝以来，年齿渐长，阅事渐多，每与人言，多询时务，每读书史，多求理道，始知文章合为时而著，歌诗合为事而作。

以前他还笼统地讲“为君为臣为民为事而作”，然现在由于“年齿渐长，阅事渐多”的生活磨练，且经过“多询时务”、“多读书史”的调查深思，才“始知”新乐府诗歌创作的真谛，故提出“文章合为时而著，歌诗合为事而作”。可知这才是他十年生活阅历和艰辛创作实践深思熟虑后的真知灼见。与传统所谓“风雅比兴”固有一定联系，而更重要的则是纵向和横向的深化发展，而这正是其美学超越前人的地方。

白居易“为时为事”不同于传统的“风雅比兴”或“六义”，从他对自己诗歌的分类和讽谕诗的说明中，亦可看到这点。《与元九书》说：

> 自拾遗以来，凡所适所感，关于美刺比兴者；又自武德迄元和，因事立题，题为“新乐府”者，共一百五十首，谓之讽谕诗。

这说明他的“讽谕诗”包括既有联系又不尽相同的两类诗歌。说它们有联系，因都可归于讽谕；说它们有差别，因有重“比兴”和“因事立题”之不同。两者虽都可看作“为时而著”之作，然后者更重在“为事而作”。因此，“为时为事”之不完全等同于“美刺比兴”原是很清楚的，只是这一新诗学原则被传统外衣包裹得叫人难以确认罢了。

---

① 参阅《古代文学理论研究》第1辑中梅运生同志文。

何谓“为时而著”？前面已经指出，它与传统“六义”论中的“美刺”说关系密切。“美刺”概念的提出，早在《公羊传》中即有“美恶不嫌同辞”、“美见乎天下”之说，《谷梁传》中亦有“美齐侯之功也”、“刺释怨也”等记载。但如果追溯到更早，则诗三百已有这观念。如《魏风·葛屦》谓：“维是褊心，是以为刺。”与之相近的概念还有“究”、“谏”等词。“美”的概念虽尚未明确提出，但与之相近的则有“嘉”、“诵”等词。至于大量使用美刺概念来说诗，当始自《毛诗》。据朱自清先生统计，《诗序》中《风》《雅》各篇，明言“美”的有二十八篇，明言“刺”的有一百二十九篇，两项合计约占全部《风》《雅》诗的百分之五十九。但《诗序》却不是用“美刺”来解释“比兴”，而是从史实方面突出和强调诗歌的社会政教功能，故与“六义”尚无明确联系。至于把“美刺”与“比兴”直接联结起来并作为“比兴”的主要特征而加以突出强调的，当首推东汉郑玄。① 他在《周礼·春官》注中说：“比，见今之失，不敢斥言，取比类以言之；兴，见今之美，嫌于媚谀，取善事以喻劝之。”又《诗谱序》说：“论功颂德，所以将顺其美；刺过讥失，所以匡救其恶”。当然把“刺”只局限于“比”，把“美”只局限在“兴”，并不符合《诗》三百篇的创作实际，故唐孔颖达即指出：“其实比兴俱有美刺者也。”但郑玄首将“美刺”“比兴”联结一体，比起那些仅用“譬”“托”说比兴的汉儒来，无疑更具现实意义，当是儒家民本思想和作家主体精神的积极发扬。白居易取于传统“六义”者当正在此。

既强调诗歌的“美刺”功能，必然要接触到“时政”问题，从而形成诗学中“时”的观念，这当是白氏“为时而著”说的最早源头。《诗大序》就已经是从“时政”的角度来考察“音声之道”了，郑玄又承此来阐述“三百篇”发生发展的演变史，并进而提出更加具体完整的“正变”说(《诗谱序》)。由于他把诗歌的“美刺”功能和“正变”观念紧密联系在一起，以寻求所以会产生“颂声兴”或“怨刺相寻”的社会政治原因，因而形成比较明晰的“时”的观念；又由于他能从社会治乱、政治良窳等方面来把握每个时代诗歌的嬗变，因而又形成比较明晰的“史”的观念。刘勰承续其后一方面而偏重于从“史”的角度来考察历代文学，故在《文心雕龙》中写下我国第一部初具统纲的文学史专著《时序》篇，并提出“文变染乎世情，兴废系乎时序”的著名论断，从而奠定了我国美学思想中文学发展的历史观。白居易则承续其前一方面而偏重于从“时”的角度来观察一代诗歌，继孔颖达“声随世变”说之后，又提出“声与政通”。《策林》六十四说：

> 音者本于声，声者发于情，情者系于政。盖政和则情和，情和则声和，而安乐之音由是作焉。政失则情失，情失则声失，而哀淫之音由是作焉。斯所谓音声之道与政通矣。

此所谓“音声之道与政通”，当是他“为时而著”说的理论依据。不过这政却不能简单地说成阶级的政治，而是强调“音声之道”——真实反映政治现实所造成的“歌食歌事”的哀乐和生活内容。因而“与政通”亦不能归于“政治工具”论。他的挚友元稹曾在《和李校书

① 《朱自清古典文学论文集》. 上海古籍出版社，1981

新题乐府序》中说:“余友李公垂贶余新题乐府二十首,雅有所谓不虚为文者,余取病时之尤急者,列而和之。”而这“病时之尤急者”一语,当是“为时而著”说之最贴切的说明,也是其创作宗旨之真精神所在,较之建立在“道德象征”基础上的美人香草、写物喻志一类“风雅比兴”来,当不可等量齐观,混为一谈。

又何谓“为事而作”?首先这表现了白居易对传统的积极自觉的追求。在我国渊源久远的“风雅”传统中,对《诗》三百篇意义的阐释,并非只有汉儒一家。在经学家们政教王功、实用功利观之外,还存在着更贴近于劳动人民生活情感的一家。只是由于历史或政治的原因,几被历史灰尘所湮没罢了。然即便如此,今天仍可寻绎到一些蛛丝马迹,如《公羊传》宣公十五年何休注即说:

> 男女有所怨恨,相从而歌,饥者歌其食,劳者歌其事。男年六十,女年五十无子者,官衣食之,使至民间采诗。……故王者不出牖户,尽知天下所苦。

关于古代有“采诗”而“知王者”之说,虽不可尽信,但这些产生于“民间”的诗歌,都是“饥者歌食,劳者歌事”的产物,却并非全出虚构。这种被侥幸保存下来与汉儒截然不同的诗学观,在汉初三家诗之一的《韩诗》中,似乎仍依稀可辨。如《伐木序》说:

> 伐木废,朋友之道缺。劳者歌其事,诗人伐木自苦,故以为文。

它把“劳者歌其事”同“朋友之道”胡乱扯在一起,然而剥去蒙罩其上的道德迷雾,不也尚可看出诗人因“伐木自苦”而“歌其事”的事实吗?至于汉代的乐府民歌,班固《汉书·艺文志》亦作了同样的解释:

> 自孝武立乐府而采歌谣,于是有代赵之讴,秦楚之风,皆感于哀乐,缘事而发,亦可以观风俗,知厚薄云。

可知他们并未用传统的“风雅比兴”观来说解《风》《雅》民歌、两汉乐府的微言大义,而是作为劳动者们生活劳作、思情心声的直接映现来鉴识理解的,白居易所取于传统者当正在此。大家知道,“新乐府运动”本是以“诗三百之义”为准的,那么“缘事而发”、“歌食歌事”的根本精神,正是其创作激情和灵感所自,故才用“为时为事”来作概括,以“歌民病痛”为其指归。萧涤非先生指出:“唐人‘新乐府’虽创始于杜甫,然吾人论新乐府之起源者,乃不能不推本于两汉之乐府民歌。此无他,亦以其描写社会‘为事而作’之特色,实出于汉乐府之‘缘事而发’也。”①正说明他已看到了唐代“新乐府”创作的崭新价值取向,并非只是传统诗学观的简单承传而已。因为如果说“歌食歌事”、“缘事而发”还可理解为并未出传统言志缘情范围的话,则“因事立题”、“直歌其事”等显然已是以客体再现为其第

---

① 据《周礼·大司乐》注引郑众已有“兴者,以善物喻善事”之言。

一义谛了。元稹在《乐府古题序》中指出的正是此中差别：

况自风雅至于乐流，莫非讽兴当时之事，以贻后代之人。沿袭古题，唱和重复，于文或有短长，于义咸为赘賸，尚不如寓意古题，刺美见事，犹有诗人引古以讽之义焉。曹刘沈鲍之诗，时得如此，亦复稀少。近代唯诗人杜甫《悲陈陶》、《哀江头》、《兵车》、《丽人》等，凡所歌行，率皆即事名篇，无复依傍。予少时与友人乐天、李公垂辈谓是为当，遂不复拟赋古题。

他把"讽兴当时之事"的风雅诗和乐府民歌列为一等，又把"寓意古题，刺美见事"的曹刘沈鲍诗列为一等，又把杜甫《兵车行》、《悲陈陶》等"即事名篇，无复依傍"的新乐府诗列为一等，而以杜诗为其创作的共同准的。即此可见其美学思想出古而不泥古的开拓精神。钱钟书先生曾指出：

按微之《酬孝甫见赠》十绝称少陵云："怜渠直道当时语，不著心源傍古人。"或有引此语以说随园宗旨者，却未确切。微之《乐府古题序》曰："……"。又《和李校书新题乐府序》曰："世理则词直，世忌则词隐。予遭理世而君盛圣，故直其词。"据此二节，则"直道时语，不傍古人"者，指新乐府而言，乃不用比兴，不事婉隐之意，非泛谓作诗不事仿古也。①

其说与我们的论旨虽不尽相同，但他指出元稹所说"直通时语"、"即事名篇"等"乃不用比兴，不事婉隐之意"是极为妥贴的，而这也正是白居易"为时为事"之新乐府不同于传统"风雅比兴"的关键所在。因此，他的历史功绩亦并非是对儒家诗学观的"更加条理化、系统化和规范化"，②而是对传统不自觉的扬弃和超越。所以，他尽管倡导的是"比兴美刺"，实则重美刺而轻比兴；他尽管高喊的是"补察时政"，却又必然导向"即名事篇"、"歌民病痛"。这并非仅是"风雅比兴"的古调重弹，实际已是"为时为事"的一种时代新声了。他曾反复写道：

贞元元和之际，予在长安，闻见之间，有足悲者，因直歌其事，命为《秦中吟》。

《秦中吟序》

是时兵革后，生民正憔悴，但伤民病痛，不识时忌讳，遂作《秦中吟》，一吟歌一事。

《伤唐衢》

① 《解放集》

② 白居易.《谈艺录》. 中华书局，1984

自武德迄元和，因事立题，题为《新乐府》者，共一百五十首……

《与元九书》

因之他新乐府创作的宗旨自始就非常明确："因事立题"、"直歌其事"，而且是"一吟歌一事"。这所谓"事"，他曾自述其写作《策林》的情况谓："元和初，予罢校书郎，与元微之将应制举，闭户累月，揣摸当代之事，构成策目七十五门"（《策林序》）。其实这也是他写作新乐府的夫子自道。《与元九书》即说："仆当此日，身是谏官，手请谏纸，启奏之外，有可以救济人病，裨补时阙，而难于指言者，辄咏歌之"。故深深孕育于他诗歌中的，都是那些经过精心揣摩而又"难于指言"的"当代之事"。"其辞质而径"、"其言直而切"，故才不用比兴，不事婉隐，早不同于传统"六义"了。《与元九书》中他一笔抹倒了那么多千古诗人，确实叫人难于索解，其实也并非偶然。因为他追求并建立的是一种全新的美学原则，用以衡量诗歌的尺度自然也是一种全新标准，因而感到处处不合尺寸、不合要求。

纵观我国诗歌演进历程，大致呈现出三种文学形态：周秦两汉重"喻象"，六朝唐宋重"意象"，中晚唐后则渐趋"典型—再现"文学。

魏晋以前，由《诗经》比兴、诸子寓言，到"美人香草"式的屈《骚》；由"比体云构"的两汉辞赋，到阮籍《咏怀》、郭璞《游仙》、左思《咏史》，似皆可称之为一种"喻象"文学。因为这些作品之属意所在皆为比喻、象征、寄托。而所喻与被喻、所托与被托者之间，都必须找到某种相互对应的似同性，这实际是原始先民简单朴素的求同思维观念在先秦时期的理性化。他们诗歌中所表现的仅是某种抽象的认识或概念，故必须借助于类同对应的具体事物形象，才可以取之为"兴"为"比"，取之以为象征、寄托，所以"个别只是作为一般的一个例证或例子"而出现。王逸说"善鸟香草，以配忠贞；恶禽臭物，以比谗佞；虬龙鸾凤，以托君子；飘风云霓，以为小人"，正是这种创作观念的最好总结说明，这在文学理论上就叫"诗言志"。《周易》所说"观物取象"而"以类万物之情"，《淮南子·要略》所说"其四气与雷霆风雨比类，其喜怒与昼宵寒暑并明"，《春秋繁露·阴阳义》所说"以类合之，天人一也"中的"类"，亦正是这种类同性思维观念的理论概括。

到晋宋之际，我国文学也发生骤变，正如沈德潜所说："诗至于宋，性情渐隐，声色大开，诗运转关也"（《说诗晬语》）。于是模山范水之作顿兴，绮靡妍丽之风大盛。但他们写物，却不再像《诗》《骚》那样出于理性的类比认同，而是由于心物之间形成的某种同构，情景之间产生的某种契合。他们所表现的也不再是某种抽象的概念思想，而仅仅是一种直觉的感触、意绪或情思，可以说诗人的笔触已由显意识向隐意识沉淀。这就是人们所说"意象"文学，在理论上陆机称作"诗缘情"。应特别指出，由六朝"意象"，经唐代"兴象"，再到宋元以后的"意境"，这一不断丰富、深化而完成的诗学原则，历经一千多年，其影响之深之广，几乎遍及中华艺林，凡诗，词、书、画，以至戏曲、小说，皆无不受其浸染而以之为准的，并深深积沉于民族文化意识的底层，成为中国文学艺术真正能屹立于世界民族之林的独有特色。

然而，正当我国意象文学进入其黄金时期的盛唐之后，接踵而起的却是以白居易为代表的"新乐府"诗歌及其诗论，这究竟意味着什么呢？

在白居易之前，人们对文学本质特征的认识，主要是“言志”的或“缘情”的。即把文学创作规定为表现的。至于诗歌的现实品质和生活本体内容，要么基本被忽视，要么根本未曾引起注意。钟嵘算是前进了一大步，如《诗品序》在谈到“斯四候之感诸诗者”以后，接着说到“嘉会寄诗以亲，离群托诗以怨”，诸如士卒的“负戈外戍”，思妇的“孀闺泪尽”，逐臣的“解佩出朝”，佳人的“扬蛾入宠”等。这似乎接触到广泛社会生活，但他却认为这不过是“感荡心灵，形诸舞咏”的外在动因而已，实则对诗歌的表现性质并未根本触动。然白居易从他“为时为事”的新创作基点出发，要求“即事名篇”、“刺美见事”，要求“因事立题”、“歌民病痛”，对诗歌创作提出崭新理解：不再以主体精神世界为创作的主要表现对象，而是以再现客体生活本身为其根本目的。而这正标示着传统表现性文学向新兴再现文学转移的运行轨迹，自有其文学史的重要认识意义，其理论上的杰出代表当首推白居易。

我国文学由前期的重表现，到后期的重再现，正是以中晚唐为一大关键的。叶燮曾说：“古今文运诗运，至此时为一大关键”，故所谓中唐“乃古今百代之中，而非有唐之所独得而称中者也”(《百家唐诗序》)。对此我以为只有从历史嬗变的意义来理解，似才有真正丰富深刻的内涵。而正是适应着这一历史的前后转折，适应着新的美学原则的建构，白居易不仅提出了“为时为事”的创作主张，且对新型再现文学的品质提出三项要求：一是真实性要求，这是“为事为时”说的理论基点。不真则不足以谈再现，故他特别强调新乐府创作的“覈实”品性，因为只有真实，才能“传信”，使读之者“易谕”，闻之者“深诫”，从而达到“救人病、补时阙”之目的。故疾虚妄，黜谀词，又成为他创作思想的一个重要方面。他十分痛恨那种“郊庙登歌赞君美，乐府艳词悦君意”(《采诗官》)的虚美颂圣之作，更十分鄙弃那些“不镌实录镌虚词”(《青石》)的阿谀奉承碑文。他甚至视这类秉笔之徒为历史罪人：“若行于时，则诬善恶而惑当代；若传于后，则混真伪而疑将来”。故断然提出：“为文者必当尚质抑淫，著诚去伪”(《策林》六十八)。二是人民性要求，这是“为时为事”说的内在思想倾向。故伤唐衢说：“惟歌生民病，愿得天子知”；哭孔戡说：“贤者为生民，生死悬在天”；赞张籍则说：“上可裨教化，舒之济万民”。他这种企求为生民而歌的强烈愿望，显然是“饥者歌食，劳者歌事”的古代民本思想和创作传统的继承发扬，因而才使他的诗歌获得鲜明的人民性，不仅在国内广为流传，且远诵于国外。三是通俗性要求，这是人民性要求的必然延伸。白居易等新乐府诗人进行的诗歌革新运动，同其前辈陈子昂等人有很大不同。他们既要求内容的变革，也要求形式的革新，这可说是中唐文学一大特征。而自觉追求语言的通俗化，则是新兴文学要求从贵族规范化中解脱出来，而更接近人民、接近生活的内在本质所决定的必然趋向。总之，人民性、真实性、通俗性三者，乃是一切再现性文学所必具品格，这是我国此后文学发展的道路所充分证明了的。

如果联系当时整个文坛情况来看，其实这正是一种共同潜在趋势。中晚唐文学曾出现过许多奇特现象，如与诗歌中的“新乐府运动”同时，散文中有“古文运动”，“曲子词”这种新诗体亦正在崛起，被誉为“唐人三绝”之一的传奇小说也进入鼎盛时期，变文俗讲、市人说话亦在影响或走进文坛。这在整个中国文学史上是罕有其例的。其原因究竟何在？除了文学史家所经常说到的政治经济等外部原因外，更深刻的根源我以为还在文学本身内部发展演化的规律。

韩柳领导的“古文运动”，其文学之意义在于：它“是文风、文体和文学语言的改革运动……古文运动的成就，是提供了一种比较切合实际的文体，便于明畅地表达思想，便于形象地描写人物和事件，也便于自由地抒情或抒情气氛的渲染，从而提高了一般古文的文学因素。”①诚如陈寅恪先生所说：“古文之兴起，及其时古文家以古文试作小说，而能成功之所致，古文乃最宜于作小说者也。”②不管古文运动者们是否意识到，客观上却正好适应了文学再现生活内在趋势之要求，从而也就为我国新型文学——小说的成长铺平了道路。

“曲子词”的兴起，虽然还仅属传统抒情诗领域的变异，自不免带有更多的局限性。同五七言律体比起来，它的结构形式更严格，也更格律化，但其容量却大大扩展了。况周颐说：“词之情文节奏，并皆有余于诗，故曰诗余”（《蕙风词话》）。沈际飞也说：“何文非情？而以参差不齐之句，写郁勃难状之情，则尤至也”（《草堂诗余》。四集序）或用朱彝尊的话说，即“盖有诗所难言者，委曲倚之于声”（《红盐词》序）。正因为曲子词获得了能言“诗所难言”的艺术上优势，宋胡寅《题酒边词》才说：“名之曰曲，以其曲尽人情耳。”中国的演唱文学，由词而曲、而杂剧、而戏曲，正走着一条必然之道。

至于传奇小说，它本身即属新型再现文学。毫无疑问它同六朝志怪有着一定承续关系，但又有质的不同。六朝志怪，大都是一些杂记式的“残丛小语”，由于文笔粗简，目的又在述异志怪，自然还谈不上对生活作精心构撰。而唐人传奇却是作家们自觉的创造，内容已由述异志怪扩展到社会生活的人情世态，艺术上更着意于人物性格心理和形象典型的塑造，实为我国真正现代意义小说的开端。故洪迈说：“小小情事，悽婉欲绝，洵有神遇而不自知者，与诗律可称一代之奇”（《容斋笔录》）。传奇小说之能在中晚唐这块社会土壤上很快进入鼎盛期，实亦文学内在总趋势所使然。

更发人深省者，是古文运动家、新乐府诗人、传奇小说作者可能由于基本文学倾向的一致，故有意无意、自觉不自觉地形成一种心印默契，常常有着共同爱好、呼应配合。陈寅恪就曾指出：“此时之健者，有韩柳元白，所谓‘文起八代之衰’之古文运动，即发生于此时，殊非偶然也。又中国文学中别有一可注意之点焉，即今日所谓唐代小说者，亦起于贞元元和之世，与古文运动实同一时，而其时最佳小说之作者，实亦即古文运动中之中坚人物是也。”③确实如此，当时古文运动家或新乐府诗人，往往多是传奇小说这种新型文学的爱好者、试作者。陈氏还说韩柳诸人是“以古文试作小说”，其实就某种意义讲，亦未尝不可说新乐府诗人则是以诗歌试作小说。仔细比较，新乐府诗人同传奇作者之间似乎还有更深的同契呼应关系，如白居易写了《长恨歌》，陈鸿即为之作《长恨歌传》；元稹写了《莺莺传》，李绅又为之作《莺莺歌》。他们的挚友亲朋亦多为著名传奇作者，如《李娃传》的作者白行简，《霍小玉传》的作者蒋防等，显然并非偶然现象。

另外，我国小说文学宋元以降主要是在民间“说话”艺术基础上发展起来的，唐人传

① 《古典现实主义论略》.《文学遗产》，1987（3）

② 章培恒．中国科学院文研所编．《中国文学史》．上海复旦大学出版社，1997

③ 陈寅恪．《元白诗笺证稿》．上海古籍出版社，1982. 2

奇实亦为之开了先路。据郭湜《高力士传》、段成式《酉阳杂俎》等记载，当时社会上已广为流传着"市人小说"或"转变说话"等民间文艺，正是传奇作者从中汲取营养、获得灵感、并寻找新的题材和语言形式的丰富源泉。像《长恨歌传》、《虬髯客传》、《霍小玉传》等，亦无不受过民间传说的影响。而《游仙窟》、《柳氏传》、《周秦行纪》等，其韵散夹杂的形式，又都明显地取自另一种民间说唱艺术——变文俗讲。这从另一方面也说明，唐人传奇实为我国小说文体的开端，宋元以降是其延展和扩建。

在文学历史领域，中晚唐之所以能称"古今百代之中"，其关键即在"变"。变自何因？窃以为在人、在文学自身。粗略说来，唐代是历史上"士"阶层最为开放的时期。他们在很大程度上摆脱了政治依附地位，尤其崛起于中下层的知识分子，自觉意识和人格个性增强，大都富有积极进取的参与意识。不同于战国策士的游说诸侯、渴求权力；也不同于两汉儒者的学问节操、功名利禄；更不同于魏晋名士的隐逸放浪、纸醉金迷，六朝学子的风花雪月、沉沦帮闲。他们更关注的是现实民生、社会良窳，自觉地肩负着时代的使命感、道义感，是中国历史上最有生气的新兴阶层。从文学自身来看，盛唐时代达到封建社会经济文化的高度繁荣，尤其诗歌艺术进入空前成熟的黄金时代。这就是说，人们艺术地掌握现实的能力已获极大提高。然而"安史之乱"的一声渔阳鼙鼓，却使诺大帝国重又陷入山河破碎、社会动荡、生灵涂炭的混乱之中。随着战乱的结束，接踵而来的又是藩镇割据、宦官专权、党争剧烈的政治局面。白居易时代虽然社会渐趋安定，经济回升，但安史之乱后暴露出的社会弊端，痛定思痛，又不能不促使富有强烈参与意识的有识之士图谋改革。作家们经历过变幻曲折的生活遭际和人生痛苦，面对着变得更加错综复杂的社会生活，他们的感受太丰富强烈了，认识也更深刻透彻了。生活给作家们提出了全新的思想、主题和题材，传统的方法、技巧、语言和形式，都远远不够了。对于已获高度发展的诗歌艺术来说，是不会只是简单地回过头去，搬用旧的形式，甚至重操盛唐兴象。时代和生活都逼迫着他们去探索、寻求新的形式，开辟新的通道，确立新的原则。于是"言志""缘情"的条规被打破，"为时为事"的创作应时而生，诗歌也以全新的姿态出现。杜甫"三吏""三别"、元结《舂陵行》之类"即事名篇"的诗作呱呱坠地，至元白等人而汇流成为以"新乐府"为号召的诗歌革新运动。人们不再沉浸于一己的忧戚感叹，而是面对现实揭示生活的本来样子，遂成为社会普遍意识，这便是当时文学的总体流向。

质言之，诚如当前理论界所说，魏晋、中晚唐、明末，乃我国文学流变之三大关键时期。明末且勿论，至于魏晋、中晚唐，愚以为前者即完成着喻象文学向意象文学的转化，后者则完成着表现文学向再现文学的转化。前者如陶谢，后者如元白，则都是屹立在转化支撑点上的佼佼者。评价历史人物，看来今天尤需确立历史唯物主义观点，而不是如某些人那样从某种先验的抽象概念出发，扣几顶简单的帽子了事，如"政治工具论"之类。瓶管之测，仅正于高明。

后　记

此稿写完于二〇〇四年立秋前一日，谁知中间却经过许多莫名周折，最后才交到学苑出版社。然不料责编郭强同志又英年早逝，实在令人痛惋！忽忽三年，今日才得付梓，总算了却一番心事。

这虽是一部文学史性质的东西，但却是以论著的方式写的，所以同传统文学史又大不相同。本书大多为个人心得或一己之见，其不够成熟甚或疏失错误之处，固当在所难免。因而，引来一些善意的补偏救弊之批评，亦意料中事。其实笔者之探索实在只是开了个头，古人所谓“抛砖引玉”者是也。但若因此而有所启迪：也许文学史还会有其他写法，故而有更完美的文学史著作出现，笔者也就心满意足了。

由于此稿是根据多年读书笔记写成，虽框架建构是自己的，在具体问题上却多参考他人研究成果，笔者于文中虽已尽量一一注明，但疏漏之处恐亦在所难免。若蒙不吝指出，他日有机会定当补正。另外，对目前很流行的几部文学《鉴赏辞典》，如唐诗、宋词等，亦多所参照，在此一并致谢。

此虽讲的是中国文学“三段史”，却只讲了两段（喻象文学和意象文学段），至于再现文学部分并没有写。此无他，首先是因为年龄老大，已感精力不济；而更重要的，则是因为此段文学既定性为“再现”，即反映现实生活的真实性，便和传统文学史认识没有实质不同，或有也只是叙述方式上的，故没有重复他人之必要。唯在稿末附上“论白居易‘新乐府’诗论”的文稿一篇，以明此期文学由表现向再现的转变，聊补不足而已。

郭外岑